虎 石 台

（上）

张治贤 张釜/著

時代文藝出版社

图书在版编目（CIP）数据

虎石台：全2册 / 张治贤，张釜著．—长春：时代文艺出版社，2018.6

ISBN 978-7-5387-5795-8

Ⅰ．①虎… Ⅱ．①张… ②张… Ⅲ．①长篇小说—中国—当代 Ⅳ．①I247.5

中国版本图书馆CIP数据核字（2018）第066346号

出 品 人　陈　琛
产品总监　郭力家
责任编辑　魏洪超
插图及封面画　张名孝
装帧设计　孙　利
排版制作　隋淑凤

虎石台
张治贤　张釜 著

出版发行 / 时代文艺出版社
地址 / 长春市泰来街1825号　时代文艺出版社　邮编 / 130011
总编办 / 0431-86012927　发行部 / 0431-86012957　北京开发部 / 010-63108163
官方微博 / weibo.com / tlapress　天猫旗舰店 / sdwycbsgf.tmall.com
印刷 / 北京彩虹伟业印刷有限公司
开本 / 710mm×1000mm　1 / 16　字数 / 993千字　印张 / 54.25　插页 / 9
版次 / 2018年6月第1版　印次 / 2018年6月第1次印刷　定价 / 98.00元（上下册）

◎作者张治贤（1925~1998）

作者简介

张治贤（1925~1998），北京国立外专毕业，国民党起义人员，生前系长春市二轻局离休干部。

◎作者张釜

作者简介

张釜，东北师大毕业，现任吉林省人民政府参事。从事文学理论，民间文学和影视剧创作。创作36集电视系列片《世纪回眸》；电视剧本《潮起三江》、《八一五》等。

◎作者张治贤手迹

◎作者张釜手迹和底稿

◎作者张釜手迹

内容简介

军阀混战，战火烧到了辽西小山村虎石台。村民遭兵劫，损失惨重，隔年又遇匪患，日子苦不堪言。

九一八事变后，地主、财东争当汉奸，村里恶霸争雄，村民沈万才被逼为匪。啸聚山林的有志之士组成抗日救国军，攻打沈阳，功败垂成，沈万才等参加抗联，投奔共产党。

村里建立小学，革命者金石开任教，带出了一群正义的孩子。乡亲们顽强地和日伪进行斗争。

八一五光复，苏军进入东北，沈万才率部与苏军共管沈阳，期间发生了苏美国共三国四方在东北的激烈争夺。中共侦察员金石开、侯长贵等与恶霸孙占元的儿子、国际间谍孙思奇，进行了殊死搏斗。

中共在松花江以北发展壮大，迅速解放了东北全境。虎石台乡亲们喜迎解放，建设新政权。

目　录

序

梁晓声

案头这一大摞书稿，是长篇小说《虎石台》。东北作家评价东北作品，我给两个字“厚”“重”。

作为叙事体作品，《虎石台》所记，时间跨度数十年，从民国到伪满洲国，再到新中国建立；就空间表现而言，从鄙陋山村，草莽绿林，到繁华都市，市井生活，可谓头绪繁多，丰富多彩。但《虎石台》却能把这些结构成一个整体，不枝不蔓，张弛有致，叙述得体，形象鲜活，故事动人，又不失宏大叙事的气势。因此说，这是一部难得的佳作，堪称上乘。

这部长篇令我刮目相看之处有四。其一，在我的记忆中，近百年内，东北三省作家笔下，少见煌煌百万言近当代题材的长篇小说问世，《虎石台》或许是第一部。果而如此，当属此前未曾有之。其二，近百年内，东北三省出版社出版东北三省作者之百万字的近当代题材长篇小说，当属此前未曾有之的出版现象。在当前出版界遭遇新媒体的巨大冲击下，确实十分钦佩时代文艺出版社诸同仁的胆识和勇气。其三，放眼国内，时间跨度较长的长篇小说，固不算少。我本人目前正写的《共乐区的儿女》，也是此类长篇——从20世纪70年代写到今天，比《虎石台》的时间跨度还要长。但《虎石台》的时间跨度有一特点，即跨越了1949年新中国成立这一重大历史分界，实现了近代题材与当代题材的过渡性结合。当然，国内此类长篇不少，特别是一些家族历史小说。

然而，在地域性上来说，《虎石台》又是此前未曾有之的宏大叙事作品。所谓“满洲国”，乃中国近代史之特有现象，这使得东北三省的抗日活动，土匪绿林现象与一般民众生态乃至一切一切，都与全国别处有不尽相同之处。而对于总貌的不同，《虎石台》予以了生动形象的表现。

一部长篇小说，本身时间跨度长，结合了从近代到当代的两种题材特征，而且已沉淀了六十余年，并由父子两代人来完成，此文学现象肯定也是此前未曾有之的。这四个“此前未曾有之”的特点，从体量、题材上，决定了作品所应有的历史厚度。厚并不等于重，题材固然难以忽视，但最重要的还是作品的文学价值。

《虎石台》有其独特的语言风格，在文学性叙事语言与地方民间语言方面，着意向后一种语言风格靠拢，并兼顾了语言的文学性。所追求的分明是一种“文”“野”结合的语言。此种叙事语言的风格，实际上是对小说史性的“正”与“野”的兼顾。而所谓“正史”，大抵出自文人笔下，文学色彩自然强些，却往往也因而给人以“文人记忆”，而非“民间记忆”的印象。

《虎石台》似乎有意向“民间记忆”靠拢，即写民间事，用民间语，成“野史”文体。

《红楼梦》是文学语言叙事的经典，写刘姥姥、焦大、司棋等底层人物，也皆用了很文的笔法；而《金瓶梅》则相反。《西厢记》是特文学语言的；《三言二柏》的文字就与之相反了。京剧是民间故事也要雅唱的，如《苏三起解》《打渔杀家》《十五贯》；评剧则有所不同，揉入了民间语言。

我读《虎石台》时不由得会想，换一种我认为的较文学甚至特文学的文字来写，效果会怎样？实际上，我反复这样自问，而所自给的结论是，有利有弊，有得有失。所失便是——“民间记忆”或曰“民间叙事”的文本价值取向将大打折扣。

小说的语言风格与其文本的价值取向是“配套”的。进言，要将小说写成《三言二柏》式，一定是那样的而非《红楼梦》式的语言。

《虎石台》的语言风格粗粝、粗犷而不粗糙；细读，行文不多一字，不少一字，北方民间语言信手拈来，应用自如。使小说在文字特色上打下了不可度让的极其鲜明的特别地道的“北派”特征。

《虎石台》采用了发散式的结构方式。换言之，是展扇式，而非蒜瓣式的、剥洋葱式的。如同折扇缓缓展开，其上字也罢，画也罢，从容呈现，格局逐渐放大。

小说中事关民风民俗的场景、事件随处可见，构成了《虎石台》显著的艺术特色。乡村中的世俗民风，是村落文化的载体，或者说它就是村落文化本身。而在美学或审美意义上，它又是村落社会美的一个重要表征。淳朴的民风民俗，乃是村落审美文化中一道靓丽的风景。

我们通常所说的乡村文化变迁，实际上就是世俗民风的变迁。这种变迁的规律是，旧的世俗民风，戕害人性，违反民意，阻碍进步，于是就有了旨在移风易俗的社会变革。这一点在《虎石台》中反映得比较充分。

《虎石台》在人物塑造方面是成功的，几十个栩栩如生的主要人物跃然纸上。正像书中道士黄半仙所言，虎石台乃藏龙卧虎之地，意即小山村中有许多高人，就是在经济文化社会活动中产生过重大影响的人。

小说最大的突破，是浓墨重彩地塑造了一批有血有肉的中国几千年农耕文明的支撑者——乡绅和乡贤，也就是我们所说的地主、粮户和财东。中国历来实行秦政，亦即郡县制，皇家的管理只到县一级；广大基层乡村的管理实行乡绅体制，实际上是一种村民自治。由此产生了影响深远的乡绅文化。书中八大堂口的八大乡绅，性格迥异，各有特色，一改当代文学中这类人物的程式化和脸谱化，从而对东北农村的乡绅政治和乡绅文化进行了深刻的剖析，这是此作区别于同类题材的一大亮点。

活跃在《虎石台》中的各色人等，一个最突出的特征，是他们都生活在由特定的民俗民风构成的文化历史当中，而正是这一点，使作品能够把恩格斯所说的历史批评和美学批评有机结合起来。例如书中塑造的众多具有典型性格的女子，像陈寡妇、陈帼英母女，像石妈、黄氏，像夏大丫、王氏，像尤老娘、姜大妞，等等，这些女性无论尊卑贵贱，美丑妍媸，身上都承载着那个时代特有的历史文化内容，我们会从她们身上较全面地了解那个时代和历史。

用六十年时间反复锤炼的一部长篇小说，在中外文学史上不多见，今后也不会再见到了。这种特殊的文学现象只能产生于那种奇特的时代，由此，我们要格外珍惜它。

2016年，隆冬

主要人物关系表

（以出场先后为序）

沙仲先　东北军将领。曾随郭松龄倒戈，后出任大帅府副官长。策划招安张二德匪帮。九一八事变后，投敌当了汉奸，任东三省保安司令部司令长官，主持剿灭东北抗日义勇军。后在伪满军事部任要职。

孙占元（孙八）　地主、财东、粮户，堂号“公义堂”。大汉奸，伪满时期时期入日本籍，名字“石松占元”。任奉天省国道局局长，马政局局长，思想矫正院院长。抗战胜利后任辽宁省大光复军总司令。兄孙占一，奉天大实业家。妻黄氏，满洲贵族。妾石妈。独生子孙思奇，乳名金锁。

石妈（李小玉）　出身花匠之家，经历一段离奇的婚姻后，被孙占元买来作侍妾，生子孙思奇。

芦启良（芦二）　满洲贵族，大地主，号称“芦千顷”，堂号“仁慈堂”。创办“大同佛教会”“奉天慈善堂”“红卍字会”等宗教团体。大汉奸，出任伪满洲国国务院参事官。其侄芦茂财，其孙芦再新，亲家克甲山。

王玺山（王老好）　农民，任村公会杂役和关帝庙更夫，抗战胜利后任虎石台村村长。儿王吉庆。女儿王淑云，嫁农民沈万洪。其孙王北辰，小名斗儿。孙女王金凤。外孙沈明义（大秃子）、沈明理（二秃子）。

吴殿臣（吴六）　地主，商人，堂号“明德堂”。“永吉丝房”二老板。岳父刘紫玉，儿吴广泰（破门扇），儿媳郝梦梅（小白梨），女儿吴丽娟。

王雅轩（王四）　地主，粮户，堂号“永吉堂”。儿王超，儿媳刘月娇，女儿王莉荣，管事于宝珠。组建“道德会”讲坛。

于二大神　巫医，神汉。

金广梁（金三）　地主，财东，堂号“宝庆堂”。长子金荣海，次子金荣山，三子金荣焕。

邓全义（邓五） 地主，堂号“天益堂”。信奉“道德会”。儿邓富才，儿媳王莉荣、白爱莲。

刘元甲（刘大） 地主，堂号“正心堂”。一贯道坛主。女儿刘月娇先后嫁芦再新、王超、孙萌、关秉醍四人。养子刘玉宝。

吕耀庭（小丧门） 军人、官吏、汉奸。伪满时任清水镇警察署署长。兄吕耀祖，基督教牧师，国民党地工。儿吕诚，抗战胜利后任清水镇区区长。

陈寡妇 媒婆、接生婆、暗娼。因曲折的身世，至死不露名姓。独生女陈帼英（小玲子）。

杨福田 农民、木匠。外甥沈万洪、沈万才，儿杨德山（三宝）。

顾天成 农民、二流子。娶沈万才姐姐为妻，儿顾慎宗。

沈万才 农民、革命者。落草为寇，成为万宝山匪帮先锋，后自建“穷人福”匪帮。九一八事变后，参加“东三省抗日救国军”任西路军督队官。后赴江西参加工农红军，抗战胜利时任八路军独立骑兵团团长。解放战争，任东北野战军骑兵师师长。兄沈万洪，侄沈明义、沈明理。曾赎妓女唐秀花为妻。

焦大海 马夫、革命者。任中共辽西地下交通站交通员。儿焦成龙，女儿焦艳霞。

王吉庆 农民、革命者。中共地下党员。新中国成立后任虎石台村党支部书记。父王玺山，儿王北辰（斗儿），女儿王金凤。姐姐王淑云，姐夫沈万洪。

陈　龙（陈厨子） 工商业者，经营饭店。儿陈老大、陈小二。女儿陈艳香，女婿袁百家。

黄福臻（黄半仙） 道士，满洲贵族。姐姐黄氏，姐夫孙占元（孙八）。

柳天祥 农民、革命者。中共地下党员，新中国成立后任虎石台党支部副书记。前妻阮桂香（村公会文书阮敬贤老先生孙女），后娶顾天成遗孀沈氏。

刘紫玉（大头鬼） 官僚、商人、汉奸。民国和伪满时期任清水镇镇长，维持会长，保安团长，“永”字号买卖的财东。女婿吴殿臣。孙子刘金才、刘金声。

芦茂财（二鬼子） 地主、汉奸。伪满时任虎石台村村长。叔父芦启良，妻克氏（大汉奸克山甲之女），独生子芦再新。

陈帼英（小玲子） 农民、革命者。抗战胜利后加入中共，出任村妇委会主任。新中国成立后，任省妇联副主任，入辽宁大学深造期间，被错划为右派分子。母亲陈寡妇，丈夫顾慎宗。

张茂隆（张七） 地主、马贩子，堂号“福善堂”。伪满时任“种马场”场长。兄张茂森。

孙思奇（金锁子） 国际间谍，代号“猫头”。日本名“石松泉”。父孙占元，生母石妈。先后娶吴丽娟、莫娃为妻。

宫田良相（杨仲和） 国际间谍，代号“猛虎”。日本关东军情报处处长。妻宫田晴柳（司月娥）。

袁连喜 农民、商人。“永吉丝房”三老板。儿袁百家（小喜子），儿媳陈艳香。

尤金榜 工匠、小贩。赌局场上做小生意。参加东北军，任连长。父尤老四，母尤老娘，童养媳姜大妞。

姜大妞 童养媳，公爹尤老四，婆婆尤老娘，丈夫尤金榜。

白延龄（白二先生） 地主、中医。开设“延龄诊所”，新中国成立前夕，任虎石台村村长。

夏大丫（一条龙） 农民女儿，因复仇加入万宝山匪帮为匪，成为二当家的，报号“一条龙”。嫁匪首镇西天张二德为妻。父夏清池，木匠。

张二德（镇西天） 万宝山匪帮大柜。后当汉奸，任奉天省警察厅厅长。娶夏大丫为妻。

宫田晴柳（司月娥） 国际间谍，代号“蜜蜂”，夫宫田良相。

甄济仁 医生、革命者。中共满洲省委负责人之一。在清水镇“济人诊所”建立中共辽西交通站。抗战胜利后任清水镇区区长，后任志愿军丹东总医院院长。

侯长贵（侯铁） 孤儿、革命者。八路军战士，抗战胜利后任沈阳市公安局和哈尔滨市公安局侦查员。一生战斗在中共隐蔽战线。父侯德盛，妻吴丽娟。

刘月娇 地主。父刘元甲，弟刘玉宝。先后嫁同学芦再新、王超、国军连长孙萌和同学关秉暇为妻。

陈艳香 家庭妇女，老厨师陈龙女儿。嫁袁连喜之子袁百家为妻。

焦成龙 农民、革命者。父焦大海，妹焦艳霞，弟刘玉宝。抗战胜利后任中共政权虎石台村武装部长。

关庆余 富农。儿关秉暇，妻关大婶，儿媳刘月娇。

曹　荣 独角盗、革命者。抗日救国军西路军参谋长，八路军便衣队队长。抗战胜利后任沈阳市公安局顾问，开设“红军俱乐部”。东北民主联军保卫部双城检查站站长。

童大鹏（千面人） 中共中央保卫部直属情报员。抗战时，被派到东北抗日联军工作。抗战胜利后任沈阳市公安局和哈尔滨市公安局局长。

金石开 小学教师、革命者。伪满时在虎石台村小任教，后投奔革命，任八路军独立骑兵团政委。后任哈尔滨市公安局局长，东北野战军骑兵师师长。赴朝越参战。妹金雅娜，天主教修女。父金铎，基督教牧师。

王北辰（斗儿） 革命者、中共地下党员。抗战胜利后参加东北民主联军，爆破手。参加志愿军，任连长，后赴越南参战。爷爷王玺山，父亲王吉庆，妹王金凤，妻焦艳霞。

郝梦梅（小白梨） 地主婆，伪满时任村国防妇人会会长。父郝兴，清水镇商人。公公吴殿臣，夫吴广泰。

吴丽娟（吴竟） 妓女，后参加革命。与孙思奇有一短暂婚姻。后嫁侯长贵，一同赴美国，工作在隐蔽战线。父吴殿臣。

北村金黛（亨利·茄茵） 国际间谍，代号“蝴蝶”。德国人。日本关东军919部队部队长。抗战胜利后，嫁美国驻沈阳总领事乔治·布朗将军，从事间谍活动。

田　丰 革命者、八路军战士，东北民主联军连长，战斗英雄。负伤断臂后，到虎石台村任村长。妻李凤舞。

韩　琦（韩七） 江湖人，长春贼王，绰号“野猫”。随孙思奇到哈尔滨解放区作案。妻邱亭榭。

莫　娃 苏联间谍，与母亲沙鸥尼娜在哈尔滨设立交通站。父加良采夫，白俄人。嫁与孙思奇，二人是日本间谍学校的同学。

马春和（马老实） 农民、赤贫户。三子一女，马大，马二、马三、马丫。

苗成栋 革命者。新中国成立后由部队转业到地方任职，任清水镇区区长。

史大赉 农民，农民会会员。

虎 石 台

第　一　章

旧历十一月初七，冬至，关外最寒冷、最漫长的一夜。虎石台——辽西这个小小的山村，凝固在漫天风雪和无边的黑暗中。

民国十四年，公元一九二五年年终岁尾，倒戈反奉的东北军郭松龄部，在势如破竹攻克锦州、围攻奉天之际，接到了日本关东军的宣战通令，同时，黑龙江督军吴大舌头吴俊升率骑兵铺天盖地地压向了辽西。多重压力之下，使这一场轰动全国的不名之战功败垂成。

天亮得很慢很慢，下了一夜的雪还没有停，狂放的西北风掠过房檐树梢儿，发出一阵阵凄厉的啸叫。

郭军骑兵团前进指挥所的驻地，虎石台财主孙占元的宅第“公义堂”灯火通明，警卫排在院子里守候了一整夜。小客厅里烟雾腾腾，烟香四溢，但出奇的静寂，只能听到座钟嘀嗒嘀嗒地走动和明亮的汽灯发出的哧哧的声响。

团长沙仲先披着军装，懒散地倚坐在那张花梨木的太师椅上，猛吸着香烟，精致的景泰蓝烟缸里插满了长长短短的烟蒂。桌上摊放着两封厚厚的信札，沙仲先狐疑的目光还在两个落款上游移，“郭松龄拜上”“张学良拜上”，最后在张学良的信札上停留良久，又认真地翻阅了一遍。昨日傍晚，他几乎同时收到了叛军首领郭松龄将军和东北军少帅张学良将军的两封亲笔信，前者督战，后者劝降，何去何从？

“天都亮了，兄弟，当断不断必受其乱，时间已经不多了。”孙占元从烟榻上欠起身来放好烟枪，抻抻懒腰，慢悠悠地说。

“八哥，那就按你说的办？”虽然还是询问，但口气已经十分坚定了。孙占元行八，村里人都叫他孙八，所以沙团长称他为八哥。

“咋的都得摊花销，这个变不了，没钱什么事也办不成。是福不是祸，是祸躲不过。”经过一夜的游说，孙占元已胸有成竹了。

门开处，袭来一阵香风，让沙仲先眼前一亮。此人他日前见过，是孙占元独生子金锁子的奶娘石妈。石妈二十挂零，身姿窈窕，正在哺乳期，乳房尖挺，凹凸有致，这在偏僻的山村是难得一见的。今早又穿了一件葱绿色的紧身缎子小棉袄，更显得风姿绰约。她双手平端着一个冒着热气的细瓷碗，走到沙仲先面前，细声说：“这是银耳莲子羹，请用。”沙仲先充满血丝的双眼盯视着她的前胸，伸手挡住了瓷碗，笑嘻嘻地说：“我早上只喝奶。”石妈粉面飞红，一扭身出去了，孙占元和沙仲先对视着大笑起来。

忽听大门外一片嘈杂，不一会儿，传令兵进来报告：“早起，一个弟兄糟蹋民女，被村民当场擒获，现扭送到此，要听从长官发落。”

沙仲先沉吟半晌，对孙占元说：“天助我也。”说着，呼地站了起来，穿上军装，扣紧了风纪扣，披上马弁递过来的皮大氅，抬身就往院里走。

“沙大人，”刚到二门，石妈在后面喊他。他停住脚步，见这女人手端小瓷碗已走到近前，“请团长把它喝了吧，天怪冷的。”沙仲先抬眼看了看，石妈大襟的扣还没有系全。“谢了。”他猛仰头干了这碗刚挤出来略带腥气的奶水。

门前聚集的村民正和警卫对峙着，为首两个壮汉把一名衣衫不整的官兵按压在雪地里。见大门敞开，走出一位气宇轩昂的军官，村民乱了起来。“枪崩他！”“长官给百姓做主！”“打死这个畜生！”人群中发出阵阵怒骂声。

沙仲先注视着为首的那个壮汉，大声喝道：“一个一个说！”

“长官，这畜生是我当场抓住的，听凭发落，我倒要见识见识你们这举义造反的国民军是个啥德行。”此人说话挺冲，满脸的胡须结满了冰霜，头上腾腾冒着热气。

“你叫什么？”

“沈万洪。”答话的是个结实的庄稼汉，中等身材，虎背熊腰，一脸的英气。

沙仲先上前一步，薅起那个兵的头。“你怎么干这个尿事？”“团长，饶了我吧！”那小子哀告着。

“不能饶！不能饶！”人群中又是一阵阵怒吼。

沙仲先认识他，此人不是大兵，是个排长，打仗勇猛是出了名的，况且他在队伍里很有些人缘，沙仲先难下决断犯了寻思。

他抬眼看了看越聚越多的村民，咬牙大喝一声：“队伍和百姓到庙头集合。”说着攀鞍上了身边的坐骑。

队伍的集合号和庙前的钟声齐响，肯定是出了大事。庄户人家都起得早，不到一刻钟，庙前的空场上便黑压压地挤满了人。

太阳升起来了，露着煞白的一张脸，雪住了但风未停。旗杆上那面蓝底白字的“东北国民军”军旗在风中呼啦呼啦地山响。当兵的荷枪实弹，场面肃杀。

沙团长巡视了一番，从马上跳下来，健步登上庙前台阶，冲广场上的民众和士兵一抱拳，大声说：“弟兄们，虎石台的乡亲父老们，讨扰大家了。我们是郭松龄将军和冯玉祥将军统领的东北国民军，不是张作霖的胡子兵，今天就让大家伙儿看看我们的军法。”接着挥手说：“把苦主带上来！”

人群一阵骚动，只见沈万洪和一个叫刘铁柱的乡民，搀着适才被辱的董四叔的大闺女走到沙团长面前。望着痛哭中的董大姑娘，沙团长说：“抬头让我看看。”他上下端详了一番，心中不由赞叹，这闺女可真有个模样。然后对这女子说：“认认是不是他干的？”

“就是他！”董大闺女指了指跪在雪地上的排长，刘铁柱冲上前一脚把他踹倒，待要挥拳，被当兵的拽住了。村里人知道，这闺女是刘铁柱未过门的媳妇。

沙团长阴沉着脸，冲犯事的排长说：“小子，你欺负了这个姑娘，死得值了，这叫宁在花下死，做鬼也风流了啊。来人。”

“团长，我没上去呀……”跪在地上的排长大声喊道。所谓没上去是说强奸未遂，因此，遭枪毙确实冤了些。

“团长！”站在前排的连排长呼啦跪倒了一大片，“饶了他吧。”

“崩了他！崩了他！”愤怒的村民一迭声地怒吼，场面骚动起来。半晌见无人上前执行，沙仲先拽出了盒子枪，叫上了狗头，压低声音说：“兄弟，二十年后又是一条好汉，放心走吧，你爹娘我替你养了。”说话间“啪、啪、啪”三声枪响，排长应声栽倒，粉红色的脑浆喷了一地。

跪在地上的军官们“刷”地全都站了起来，百姓也不再言声，全场死一般地沉寂。

沙团长若无其事地看了看冒着青烟的枪嘴子，缓缓地说：“今后谁敢违犯军纪，就是这个死法。”接着提高了声音：“大家不要怕，今儿个叫大家来，本团长有话说。不扰民，真爱民，誓死救国，这是我们东北国民军的宗旨。郭松龄军长为国为民舍生忘死讨伐奉张，是正义之举，现在是功成在即，东三省的百姓就要过上好日子啦。可张作霖老贼竟然卖国求荣，买通了日本关东军向我们开战。大家这几天听见炮声了吧，那就是小鬼子的野战炮。大敌当前，郭军长要与日本兵和奉张在辽西决一死战。”说到这，他猛地抽出雪亮的指挥刀，指着村后的大岭说：“这道西岭就是奉张的葬身之地！”收刀入鞘，旋又开口：“非常抱歉，由于你们这个村子地势低洼，正处在我军的有效射程之内，日本人进攻我们，村里的建筑就成了他们的掩体。”说着从上衣口袋里取出一纸公文扬了扬，“本团长拂晓前接到上峰命令，要我骑兵团荡平你们这个村子，陆军术语叫扫清射界。”说到这儿他语气加重，“服从命令是军人的天职，本团长无条件接受命令，国难当头，乡亲们可要跟着受罪了。不过，战胜日本人之后，郭军长一定会给大家以优厚的补偿。”说着手指前排站立的孙占元，“你们村的孙八爷是我的至交，看在他再三替你们求情的分上，我准许你们在二十四小时之内，把地面上的建筑自行拆除。军令如山，必须执行！”沙团长训话完毕，拨马回转指挥所，随着一阵口令声，士兵们也都有序地撤去了。

广场上的民众并没有动，孙占元的管事李春山大声说：“大伙儿别愣着了，这档子事要没有我们东家求情，依沙大人就要把咱堡子烧成白地了。”孙八孙占元接茬说：“当然了，俺堡子讲住宅，我老孙家占头等，出面向沙团长求情也有私心，大难临头了。”他磨过身望了望老爷庙朱红的山门，懊丧地说：“关老爷保佑，让我们破家之后，人丁平安。”说着牵马回家。

适才沙团长说的是明明白白的中国话，可聚集的民众并没有听懂。待孙八去后，才有人仔细地讯问。村长芦二芦启良走出人群，向大家解释了一遍。

在场的庄稼人被这突如其来的噩耗惊呆了。

在一片喧嚷声中，先走了粮户和财主。村公会的杂役王老好抖动着瘦弱的身躯站在旗杆夹子底下，高声说：“乡亲们，回去把当家的找回来，等我去给你们送信。”

下晌，村里哄传：孙八打发他老婆黄氏带着石妈，怀抱小儿金锁子，乘坐马车到红石岭子“苦竹庵”避难去了。他本人正督率长工动手拆除他家的碾房。

村长芦启良打点金银细软，派他侄子芦茂财护送家眷到烟筒山佃户家里去躲灾。芦启良骑快马跑了一趟西岭，折回来讲，郭军的炮队确实已经开进了阵地，来自奉天的炮声也愈来愈密集了，看势头虎石台保不住了。

申时，郭军在西岭开始向奉天方向开炮，住家户新用毛头纸糊的门窗全都震破了。

关帝庙的道士黄半仙大开山门，敲钟击鼓，正接待庙西的财主刘大为首的一伙乡民，来求告关圣帝君救苦救难。当时风俗，人们互相简称排行，不叫大号，以示尊敬。刘大排行老大，大号叫刘元甲。

酉时，村副吴六吴殿臣从孙八家窜出来，飞马到清水镇去了。

村公会会董、财主王四王雅轩大摇大摆地来到前街于二家。此刻，粮户金广梁、邓全义等一帮人正请于二跳堂神、卜吉凶。王雅轩落座，正当胡三太爷附体，一支金锭香刚着到多半截，只见于二浑身剧烈地抖动起来，半睁着双眼凝视着面前的香炉，喝喝咧咧地说："贵人到了，天机不可泄露，虎石台灾星不小，可还有大命之人，一福压百祸。"转身冲房门大呼："马童备马。"二大神打个哈欠，仙家离体。

"王四爷，你是俺堡子的智多星，连胡三太爷都称你为贵人，看来你一定有解救这场凶险的好法子。"药方先生白延龄诚惶诚恐地对王雅轩说。

"四兄弟，前几年堡子里发大水、着天火，都是靠你出谋划策才消的灾，这回又得看你了。"会董金三金广梁说。

"老四，有什么高见，就洒脱点讲吧，这眼瞅着就没时候了，我看这桩事少不得要打点官项儿。"邓五邓全义按着王雅轩的肩头说。

"你说的对。"王雅轩站起身来。"但要话讲当面，我王某插手和官府办交涉，不全为了自己。经我和孙八爷恳切求情，沙团长已经答应替咱们向上峰请求，或许能网开一面。但咱们得掏银子，这叫破财消灾。"

掌灯以后，关帝庙的大殿上香烟弥漫，几十个乡民黑压压地跪在神像的脚下，直挺挺地纹丝不敢动。他们已经跪求了七股香，指望关老爷显灵。其间，会董刘大刘元甲悄悄地溜出了庙堂。

夜幕拉开了。村子里灯光闪烁，门户洞开，邻里乡亲奔走相告，声言可以从官军那里赎买房屋。砖瓦房每间五十元，草房每间三十元，车棚、马圈、猪栏、鸡架蒙恩豁免。大难临头，居然能想出个解救的办法来，这也是神佛保佑了。苦的是因战乱新粮尚未上市，庄户人家一时间全都拿不出现钱来。紧急关头，财主又发下话，大难当头，自顾不暇了，要租房户各自筹钱赎房，日后从房租中扣除。

沙团长手下的一位黑脸膛副官，高坐在陈家馆子的圈椅上，喷着酒气扬言："这笔款子务必星夜送到军部去，还不知道买得通买不通。沙大人为此事也捏着一把冷汗，这叫贿赂公行，违犯了军法，弄不好就得掉脑袋。"

村子里人心惶惶，鸡犬不宁。黑糊影里，有人见村副吴六吴殿臣骑着高头大马，牵带两匹骡驮垛子从西岭上下来，随从四个端枪的炮手。

王老好在村公会当杂役，是虎石台的“报马神”。黄昏前后，到他家来打听消息的人川流不息，老好也急得火上房，家里儿媳妇要“占房”，儿子吉庆在王四王雅轩的院里赶车，牵病马到清水镇兽医庄去扎咕，三天没捎个口信来。

头晌，他让乡亲们等候听他的信儿，可到现在没听着个准信儿。村公会散了摊子，一个会董也找不着。几间房子全被官军占了。掌灯前，他到村长芦二家去了一趟，见村长正带家丁手捧银洋往老孙家送款。二反脚赶到老孙家，正逢孙宅戒严，沙团长正借用这里的待客厅召开军事会议。老好在闪壁墙旁边，听到芦二送款回来和随从的谈话。

“孙老八和我作对，这场风波算是因我而起，现在把钱给他送来了，下步就不知谁倒霉了！”

“不给他送，能咋样？”

“火烧炮轰，这种人还知道什么叫王法吗？什么事都干得出来。”芦二芦启良回答说。

一村之长都只能出此下策，花钱免灾，老好也只能通知乡亲们赶紧筹款了。

房屋是农家传辈的基业，一旦破损，老来没有戳棍的地场，何况隆冬时节，天寒地冻，房子拆了，人到哪里去呀？那些个租房户也都急得团团转了。

事不宜迟，王老好一面接待乡邻，一面嘱托接生婆陈寡妇好生看护他即将临盆的儿媳妇，二更这才动身离家。

这夜，山村里十分热闹，人喊、马嘶、牛鸣、羊叫搅成一团。街道上送款的、借钱的、要账的、还债的、打听消息的、互通情况的、变卖物品的、求神问卜的络绎不绝。一些黑暗的茅草屋中隐隐传来阵阵哭声。

“现洋折合奉票三元顶一元。”庙后住家的种地户沈万洪点过手中的一沓钞票，对媳妇说：“咱家三间草房是将将够用啊。”话音未落，他的舅舅杨福田推门进来了。

“大外甥，孙扒皮勾结官项儿，这是勒咱百姓的脖子啊。舅舅家人口多，攒不下钱，急人哪。”沈万洪招呼舅舅落座，用询问的目光看看媳妇，王氏撂下怀抱的孩子，穿鞋下地，会意地点点头。“舅，这钱正好够数，我正要给您老送去呢。”万洪拿起桌上的钱递了过去。

“给舅舅预备的？还是我外甥啊！”杨福田感慨地说。舅舅揣钱出屋，跟脚来了妹夫顾天成。此人油头粉面，镶着二鬼把门的金牙，身梢打扮不像个本分的农民。他叼着半截洋烟卷儿，坐在灯下又接上一根，醉眼蒙眬地看了看四周，

“唰”地眼泪就淌了下来，“大哥大嫂，我这是硬着头皮来的。自从我爹妈过世，天成我跑下道不成人，这些年哥嫂没少接济我，我都记着哪。可叹我在耍钱场上结交的那些换谱的弟兄，紧要关头全都拿不出钱来。唉，我爹临死的时候嘱咐我，房屋土地是咱庄稼人的命根子……我知道你们素日有贴己，这回再成全成全天成，日后我一定加倍奉还。”

万洪和媳妇四目相对，默默无言。半晌，才听万洪说：“有点钱让舅舅拿走了。哥哥嫂子年吃年用哪有贴己？你快到别处想想办法吧。”

妹夫走后，两口子发愁，想不出办法。舅舅又返回来了，坐在炕沿上低头不语。

“舅舅，钱送去了？”万洪问。

“遇见侯德盛，把钱给他了，他到这堡子是投奔我来的，北山根下那几间房子也是我亲手帮他盖的，不忍心让官兵给平喽。”

屋子里静默片刻，顾天成又推门进来了，冲福田叫声大舅，垂头丧气地坐在板凳上。王老好拖着一条瘸腿随后走进来，刚跨门槛儿就急忙问道：“姑爷儿，赎房子的钱送去了没有？我忙着给这个那个张罗钱，这才得喘口气。”话音未落，风门子大开，万洪的弟弟万才从场院回来了，他嫂子到外屋给他拿饭，嘴上埋怨他回来得太晚。

万才端饭碗坐在锅台上告诉他嫂子：“郭鬼子的军队打不过张作霖，俺堡子这帮兵也站不住脚，叫我哥别给他们送钱去，我看钱要白花。”

“大人急得火上房，小孩子家别跟着乱插嘴。”舅舅申斥他说。万才缄口，耳听王老好在屋里说：“快拿房文书，跟我出去借钱吧，时候不早了。”

万洪开箱子拿出他家的房照，揣在怀里。他舅舅和妹夫也都起身要回家取各自的房文书。

“一家的房文书作抵押就够你们三家的使用了。”王老好站起来往外走。

未料，小万才挺身卡住了房门，气呼呼地说：“三叔，用我家的房照去借钱，不能带我姐夫的份儿。”

“孩子，这个我知道，这笔钱不是输赢账，他坑不了你们。我是你们的长亲，有主张。”王老好退后半步耐心地说。小万才却勃然变色，抖动嘴唇说出不三不四的话来：“三叔，看我哥嫂的分上，我不该顶撞你，可我把你看透了，你怎么净给财主帮虎吃食呢？这个家我当不了，但在我名下的房子不给官家花销，看谁敢来拆！”

“小孩子说出大人的话来了，我打你个没良心的畜生！你王三叔是你哥哥的老丈人，又是你俩的盟叔，你这是冲着谁？你嫂子十六岁过门，像养活自己的孩子一样把你拉扯大了，这会儿你当她的面卷贬她爹。”舅舅怒冲冲顺手把门插棍儿拔了下来，抬手挥了过去，外甥媳妇淌着眼泪，狠命拦住了。

小万才牛鸣般呜呜地哭着，抄起扁担，拿起绳子，冲出房门又奔场院倒腾粮食去了。万才这一闹，把大家都弄得伤心不已。

当晚，村副吴六开门放账。天黑时他从清水镇押回来的两个骡驮垛子，装的是一笔数额巨大的现款，说是抵押贷款，月息八分，虽说高了些，但在这紧关节要之时也算是修好积德了。王老好一行四人小跑来到的时候，见吴六和村公会的写字先生阮敬贤正在灯下检点成堆的借据。见他们进来，吴老六抱歉地说：“钱倒是有，大洋一万五千元，可惜你们来晚了。”

月亮周围呈现出巨大的风圈。街道上很沉寂，王老好打着牙巴骨回身说：“你们爷儿仨都到老沈家去等我，我去弄钱。”说完匆匆地向前街奔去。

见老好走远，福田说：“大外甥，你老丈人弄钱没把握，舅舅有办法，你俩回家，我立马拿钱来。”杨福田回到家，抬腿踹开自家的大门，直奔槽头，解下了那条给他拉车种地的山西大叫驴。这条驴外号“墨黑特”，身高六尺，头尾一丈挂零，会配马下骡子，骑上去四平八稳，威风得很。这是老杨头花重金买来的。杨福田是一个又打短工又种田亩的木匠，为买这头驴三年才还清了借债。

踹门牵驴，惊动了整装未寝的老婆子。出屋问话，五个知事的孩子也都跟了出来，呼爹叫娘乱成一团。老杨头牵驴出院，不发一言，孩子大人一窝蜂似的跟着，老头子怒火中烧，一迭声地暴喝。

“驴不能卖，眼下拿啥拉车，开春怎么种地？”老婆子话刚出口，脸上便挨了一巴掌。两个大孩子拽着驴头哭哭啼啼，也让他爹踢了个连爬带滚。

杨福田甩开家人直奔正西。掌灯前他就听说了，西街靠贩马发家的财主张老七，正大敞着门户收买骡子马。福田现在悔恨，他想的和老顾家小成子一样，总觉得老沈家殷实，不晓得俩外甥手头并无积蓄。这老头牵驴疾走，身背后急匆匆追上两个人来，月光之下，见他们是粮户金三的儿子金荣海和金荣山。原来，天黑之前，金三就打发俩儿子跟定了杨福田。

金三金广梁惦记这条驴比惦记他爹都厉害。当时财主、粮户都讲究骑走马、坐骡车，可金三却单要买头驴骑。为此，清水镇的集市他去过多次了，但在马市上找不到称心如意的。杨福田这头驴，三里五村都知名，金三透问多次，人家不卖。今天时机来到，金老三趁火打劫，千方百计要把这头驴弄到手。但杨木匠哪是省油的灯，金家二子分左右扯住了驴笼头，老杨头余怒未息，气满胸膛，“你俩干啥？想抢驴呀？”

“杨大叔，这头驴就卖给我家吧。”金荣海笑嘻嘻地说。

“我把它送汤锅，也落不到你老金家。”福田厉声说，并将手里的缰绳匀出半截来，冷不防抽掉了扣在驴嘴边的两只手，扬长而去。

沈万洪和顾天成回到家，王氏正和小叔子万才在屋里唠嗑。天成走在前，侧身把大哥拦住，二人站在门前，听万才正向嫂子赔不是：“嫂子，你别怪我，老嫂比母，小叔是儿。”

“万才，嫂子不怨你，怨只怨咱命苦家穷啊。”王氏哽咽着说。

“嫂子，我挑粮回来听人说，堡子里放债的把钱全都放空了，他们几个得空着手回来。我看就把给我积攒的那笔钱拿出来，给咱们三家赎房子吧。”万才说。

“不行，那笔钱说啥也不能动，那是留着给你娶媳妇的，老人不在了，哥哥嫂子得有个准主意。”

万洪推门进屋，天成跟在身后打个咳声。

鸡叫头遍，王老好返回沈家。他闺女拨下头簪挑亮了灯火，老好从怀里掏出钱来放在桌子上，非常疲倦地说：“奉票二百七十元，我是按数拿来的，你们三家均分。”

顾天成迫不及待就要动手数钱，被大哥拦住了：“爹，这笔钱是从哪弄来的？多少利？”万洪不安地问。

“这是我给你小舅子长支的劳金，明年我让他进公义堂给孙老八扛活。”岳父装上一袋烟抽了两口，这才缓缓地回答。

“我的糊涂爹，你咋把我兄弟往阎王殿里送啊？那不得活活累死他吗？我二大爷怎么死的，你忘了？”王氏把奶头从孩子的嘴里拽出来，旋身来到外屋地，一屁股坐在门后柴火堆上号啕大哭。

顾天成跺脚捶胸，团团打转。沈万洪拿起那叠钞票冲出家门。

老孙家雄伟高大的门楼，分左右站立着八名持枪站岗的士兵。门房的过道里高悬着两盏血红的纱灯，映照着门楣上那块描金的横匾闪闪发光。匾上写的是“急公好义”四个大字，落款是左文襄。孙占元的父亲孙虎堂是前清的武官，曾跟从当时的左大帅去平朝鲜、打平壤，多立战功，告老还乡后在此地安家落户。他的长子孙占一行七，留学日本，现在是奉天城的豪富，次子孙占元，行八，留守田园，在家乡当员外。

值班的长工坐在门槛上打瞌睡，沈万洪走进来无人阻挡。这里从昨天下午就立了新规矩，允许乡民自由出入，主要是方便大家前来送款。孙家的门房成了接待乡民的办事处。

沈万洪进房门，见孙宅大管事的李春山和郭军前进指挥所的黑脸副官正往倒空了的子弹箱子里装大洋、塞奉票。

“李管事的，我要见你们东家，求你分神替我通禀一声。”

李春山满面不悦，抓条手巾擦擦秃头，瞪着眼睛说：“你怎么才来？这里结账了，要交款快掏腰，见东家干啥？”

“我见他有话说。”万洪赔着小心。

“天亮再来吧，我们东家晚上不会客。”李春山声随人走进了里屋。

沈万洪情急无奈，直奔孙家的待客厅。推开两扇沉重的玻璃门，意外地看见财主孙八正和那位沙团长躺在烟榻上对头抽大烟，他家那个妖里妖气的石妈在一旁服侍。

“孙八爷，我岳父为了赎房子，把我小舅子押给你了，这笔钱我不能用。”沈万洪站在烟榻前，把手中的钞票递过去。孙八欠起身子没接钱，解释说：“万洪，你跟老王家是实在亲戚，我惦记让吉庆到我院里扛活，你总能知道吧。你岳父今晚到我这为你内弟预支劳金，我看这是好事。王老好跟我说了，他有好几家穷亲戚都急等用钱，这总比花八分利借债强得多吧？”

“姓沈的宁肯花十分利去借债，也不能让我小舅子到你这儿来扛活。”沈万洪耐着性子说。

“为什么？”

“我怕我小舅子跟我二大爷一样，进得来，出不去。”万洪脱口说。

孙老八瞅瞅他对面的沙团长，见他闭着眼睛像是睡着了。

“沈万洪，我现在身边有客，你别硬惹我生气，天快亮了，我问你还想不想要你那几间房子了？”孙八低声说。

“不要了。”沈万洪怒不可遏地把钱扔了过去，推门出屋。一堆纸币飞落在烟榻上，石妈惊叫着捡拾起来。

“这是昨天抓我排长的那个人吧？够条汉子。他帮了我个大忙啊，不出那件事，庄稼人怎么会如此老实。只可惜我那个勇猛无敌的弟兄啦。”沙团长睁开双眼，若有所思地说。

沈万洪往家走，鸡叫三遍，正碰见舅舅和妹夫迎面走来。

“万洪，舅舅有钱了，咱们一块到老孙家交款去。”杨福田抓住了外甥的胳膊高兴地说。

“舅舅，交你们两家的吧，我名下的那笔钱已经交上了。”

爷儿仨在庙前分了手。万洪到家，这才知道舅舅把驴卖了。杨福田在西街口甩开金家二少，直奔财主张七家，可此时门已落锁。拍打多时，张家的马夫焦大海和他隔墙搭话，告诉他：他东家没用几个时辰就把骡子、马、牛、驴收买了半院子，半夜十二点以前家中的现款就用尽了。

正在为难处，粮户金三携带二子又跟了上来。杨福田万般无奈，只好把那头驴卖给了金三。条件是按买价打八折，现洋四百元整，但要分期付款。经老杨恳求，才答应先付给奉票二百七十元，给他应急。

杨福田携款来到外甥家，外甥媳妇只顾哭，半路和万洪相遇，又没听出头尾。到孙宅交款时，听说万洪来退款的事，慌忙把万洪名下的那笔钱替他交上了，并取得收条。老福田这才松了口气，回家去睡觉。

清晨，刮起了猛烈的西北风，一个号兵站在老爷庙前的台阶上吹集合号，军帽被狂风卷走，那面呼呼啦啦的“东北国民军”的大旗也被刮倒了。孙老八门前“东北国民军前进指挥所”的牌子被当兵的摘了下来，骑兵在整队撤出村子。乡亲们的脸上都露出了笑容。

“给他们拿钱赎房子的，算是上当了。”沈万才去场院干活，临走时，笑呵呵地对哥嫂说。

早饭后，沈万洪端着大簸箕往仓子里头装苞米，心绪很平静。想到的只是，昨天晚上舅舅把头驴卖了，明年开春没有“牛具”，怕要为难，大舅家人口多、劳力少……抬头，见门前有一小队骑兵经过，为首骑白马的正是沙团长的那个黑脸副官。他端坐马上从士兵手里要过一条枪，把几粒子弹压进了枪膛，然后瞄着老沈家的屋顶，打了几枪拨马便走。沈万洪瞅着他们背影，笑着说：“你们完蛋了，狗日的，放几下空枪，发什么邪火。”

约一袋烟的工夫，街坊刘老叔从他家门前经过，惊异地说：“万洪，你家的房盖怎么从里头往外冒烟？”刘老叔有点不相信自己的眼睛，蹒跚地走进院里来。这时沈万洪才发现，他家积着厚厚积雪的房顶上，有好几处丝丝缕缕地冒着轻烟，紧接着便形成了团团的烈火。原来，适才那位黑脸副官把五发燃烧弹打进了老沈家的草房顶。

有人跑到庙上去敲钟，乡亲们从四面八方赶来救火，但火场上没见着沈万洪。草房着火，立即成灾，他望望风头，冲进屋去，抓起两条被子，在水缸里蘸上水，纵越矮墙，把东隔壁陈厨子的西大山盖了起来，又高喊陈大叔往那棉被上浇水。只见他脸色铁青，咬牙切齿，向庙前奔去。他自知火急风大，自家那三间草房是保不住的。冤有头，债有主，他要去找仇人对命。

冤家路窄。那位沙团长正从庙前老孙家乘马走来，身旁率领七八名护卫。沈万洪二目如灯扑上前去，抓住了他的马头："姓沙的，走不了啦，不赔我的房子，你离不开虎石台。"沙团长当然认得他，不禁"扑哧"一乐，右脚离蹬，一只亮金筒儿带着刺马针的大皮靴，直奔万洪的前胸踹过来，万洪一侧身便把他这条腿夹住了，一股猛劲竟把这位威风凛凛的骑兵团长拽下了马。

一个带兵官和一个草民在老爷庙前的空场上摔跤比武，谁看见过？不光是聚拢来的乡亲们，就连那些荷枪实弹的士兵也全都看呆了。卫兵想帮团长，可不敢上前，沙大人在格斗中已连放了好几枪；乡亲们本应帮着万洪，可人群里只有老人、妇女和孩子，青壮年都救火去了。

从庙西赶来一大队骑兵，呼啦啦地将现场团团围住。这时，沈万洪正骑在沙团长的身上挥拳猛打。一声清脆的枪响，万洪的额角上滴下血来，人应声栽倒，瞪着双眼，登时毙命。

那个打死沈万洪的黑脸副官，搀扶着受伤的沙团长上了马，荡开人群，直奔西岭下去了。

傍晚，庙前的广场上空荡荡的，王老好独自呆坐在庙台阶上，蓬头垢面，满心悲伤。他一早听说万洪在庙头上和骑兵团长打起来了，就急忙动身往这赶，一路上踉踉跄跄摔了好几个跟头，说他是走来的，还不如说是爬来的。可他赶到的时候，门婿已经遇害了。老人家当即昏倒在地，半晌才苏醒过来。他亲眼看见他的闺女拖着抱着他的两个外孙子来到庙前，抚尸痛哭，乡亲们劝解、怒骂，一直到有人用门板把万洪的尸体抬回家去。他的心里明明白白的就是身子不能动弹。

此刻，夕阳西下，狂风顿息。关帝庙的角门儿"呀"地敞开，道士黄半仙款步踱出来，打稽首："无量佛，天已经黑下来了，你坐在这里要到几时呢？贫道扶你到我的云床上歇息吧。"一言未尽，堡子里的人妖陈寡妇来到，轻佻地说："傻老爷子，你咋还在这打坐呢？你把这庙台阶坐出屁股印儿来，也救不活老沈家大兄弟那条小命儿了。我给您道喜，今申时，您得了个胖孙子，快回去看看吧。"这寡妇年过三十，正是徐娘半老、风韵犹存之际，是堡子里的"混星子"，她常

◎沈万洪：姓沙的，你走不了了，不赔我的房子，你离不开虎石台。

年卖淫、放赌、保媒拉纤，捎带着接生。

王老好定睛无话，还是照旧的泥塑木雕一般，他的儿子王吉庆忽然赶来，把老爹背回家去了。王吉庆到清水镇，正赶上郭军压境，全镇戒严，里不出、外不进，直到此时才回来。

吉庆把老爹背回家，揭帐子看一眼炕上的媳妇和新生的婴儿，跑出家门直奔后街。

吉庆来到姐姐家，迎面看到的是那一栋乌黑的烧落了架的草房。一口白茬棺材停放在院子里，老杨大舅正在拍棺痛哭："大外甥，赎房子的钱，舅舅替你交上了，这就是他们给打的收条啊！"老人从怀里掏出一张纸条子按在"冥堂"上，意思是让他的外甥看看。接着哭道："外甥啊，官家收了咱们的钱，反过来又烧咱的房子，杀咱的人，这世道让人还有活路吗？"

灵前放张供桌，上面并未陈放什么祭品，只是堆满了乡亲们送来的纸钱。

东院陈厨子喊着"先死为大"，拨开阻拦他的人，跪在灵前叩头、烧纸。站起来泪眼模糊，哽咽着说："我老沈家大侄子，在自个儿家破人亡的时候，还知道先救全邻居，没有他情急生智，用湿被挡住了火道，我那几间房子怎么能保得住，或许要烧平这半趟街。沈万洪够一个英雄字号啊！"

顾天成腰系孝带，守护在灵旁，早已哭得说不出话来。忽然有人喊"万才回来了"，天成怕他，慌忙跳过矮墙躲了起来。

沈万才一早高高兴兴地去挑粮，半路上听说自家着火，撂下挑子往回跑，赶到庙前的时候，肇事的官兵已经全部撤走了。听人说，开枪打死他哥的是那个骑白马的黑脸副官，万才握紧双拳，拔步便追了上去。未料，官兵撤退急如星火，大部队漫山遍野，全都乱了队形。万才上岭下岭顺路直追，专找骑白马的，可骑兵团里骑白马的太多了，怎么能轻易找到那个黑脸凶手！这个傻小子跑了几十里的路程。直等田野上、大道上再也见不到骑马的官兵，他这才猛醒过来：哥哥倒头在地，家中火烧正急，我跑出这么远，撂下嫂子和孩子在家，咋办？回来顺风，下西岭也是掌灯以后了。

万才到家，面色铁青，抄起一把利斧撞到棺前，非要撬开棺材盖看看他哥。此时的万才，一滴眼泪也没有，猛虎恶狼一般，谁能拉劝得住？舅舅急了，劈手把斧子夺过来，狠狠地打了他几个耳光。亡人已经盛殓，见不得日月星辰。万才这才跪倒在棺前放声大哭起来，哭得乡亲们心直蹦。照理万洪就这么一个亲兄弟，应该让孩子见他哥最后一面，可凭万才那个脾气，他哥的那个惨容，让他见了怎么得了啊！

入夜，乌云遮满了天。定更以后，庙后的苦主老沈家，小小的庭院中拥进来一排灯笼。村长芦二，村副吴六，会董刘大、王四、金三、邓五率带着七八名村丁，大摇大摆地走进来。

守灵的妇女回避了。杨福田、王吉庆、沈万才站在灵前等候回话。村长说：“我们刚刚开完村公会，到这里来慰问死难的乡民。郭军败北了。这次兵劫，我芦启良身为虎石台村村长，首先受到了郭军的涂炭。俺堡子我家房产最多，当然损失最大，交出现款三千多元，能买六七垧好地。可这笔钱不同于交课赋，这是明目张胆的敲诈、勒索，定局以后，得如数还给我。”他取出一张纸条子，在高挑的灯笼下，摇晃一下说：“村公会决定，凡是手里有这种收条的都尽快交上来，我们要选出代表，拿证据到奉天去，状告郭军沙团长勒索民财，叫他退回赃款，当然，与他狼狈为奸、祸害百姓的人也难逃法网。”

杨福田取出方才拿出过的白纸条，在照尸灯前请人念一念，白纸黑字写的是：

收　条

今收到村民沈万洪为支援东北国民军讨伐奉张自愿捐献大洋玖拾元整，收讫无讹。

东北国民军前进指挥所“关防”

中华民国十四年十二月 × 日

老杨头往村长手里交收条，同样的条子雪片般地递了过来。今晚堡子里没有早早睡觉的，成百的人都随乡绅到后街来了。

村副吴六站在村长的下首，当众说：“吴殿臣昨夜放款为的是解救乡亲们的燃眉之急。我现在宣布，腊月三十以前能把钱如数还给我的，一律不计利息，不能按时偿付的来年正月十五按契约行事。吴老六身为会首，大家伙儿可别说我趁火打劫，天塌大家死，我本人也照样拆耗了一笔巨款。”

庙西的财主刘元甲见院里聚集的人越来越多，高声言道：“乡亲们，昨天我就说了，在灾祸临头的时候，求人行吗？得求神仙。俺堡子的老爷庙已多次显神通。前年发大水，去年闹虫灾，不都是我刘老大领了大伙儿跪求关老爷，才躲过大难的吗？昨儿个咱们在大庙上跪了七股香，关老爷显灵了。庙上黄老道天亮的时候，亲眼见关圣帝君跨马提刀，率领着周仓、关平，在老爷庙上空驾起祥云，直奔西岭。紧接着就听说，驻守在西岭上的郭军步兵放弃了修筑了好多天的深沟高垒撤退了，炮兵骑上拉炮车的骡子逃跑了。据说他们的司令官在望远镜里看到无数的奉军铺天盖地地冲杀过来。可过后，大家去看看，西岭上只见郭军遗留下的战壕、碉堡和几十门没人看管的大炮，谁看见奉军的人影了？虎石台福星高照，绝处逢生，要晓得因何而来。昨日午时，我带领乡亲们在关老爷跟前许下了宏誓大愿：如若武圣显灵，保佑俺堡子脱离这场飞灾横祸，黎民百姓要给老爷重修庙宇，再塑金身。”他环顾周围说：“许愿的时候都有谁在场？”

“有我！”几十个人同声回答。

村长芦二接言道：“方才村公会决定，明年春暖，重修庙宇。”“这叫一枪打俩眼儿。”会董金三嘟囔着说。

“我对堡子里出的事心里憋屈，明明知道当差的勒大脖子，又杀人放火，瞪眼没办法。我邓五要是当村长，就给他来个硬磕硬，抗到底。”会董邓全义不服气地说。

“老邓家当家的，你这番话叫雨后送伞。看不透没有我王老四出头，去找那个凶神恶煞办交涉，郭军的炮弹不把这个堡子荡平。”王雅轩不慌不忙地说，“面前的老沈家不就是一例，殴官造反家破人亡。”

沈万才趴在哥哥的棺材上，悲伤欲绝，听乡绅在这里嚼舌，一时压不住心头火。“老沈家摊横事，用不着你们这群王八犊子来表同情，滚！”他从地上捡起方才想要撬棺材的那把斧子喝道，“哪个小子晚走一步，我就砍断他的狗腿。”

众乡绅慌忙散去了。

三更天，沈家人和几位至亲好友正在陪灵守夜，死者沈万洪的生前好友，财主孙八院里打头的柳天祥来到灵前吊唁。他给孙家佣工，身不由己，只能在半夜抽空赶来，在沈家的小下屋，天祥讲起了他知晓的情由。

郭军沙团长将前进指挥所设在老孙家，便和孙八打得火热。他不独和孙八的哥哥孙占一有交情，而且一照面就和孙宅的女仆石妈勾搭上了。这女仆是孙八从县里买来的，名为女仆，实为小妾。只碍长妻黄氏阴狠忌妒，直待她生了孩子，也不许孙八纳她为侧室。这女子含怨忍辱，苟且偷生，但对老孙家又是恩怨纠缠，忠心耿耿，秉承主子的意愿，唯命是从。大财主为了攀结权贵，常用女人当礼品，石妈正好扮演了这个角色。其间，沙团长劝说孙八弃农经商像他哥哥那样，或者学他爹到官场里去抓点彩头，一品官、二品客，比啃土坷垃强得多。姓沙的手眼通天，能帮助孙八称心如愿。孙八自觉文武双全，心想，在这个小山沟里为争当个村长惹了一肚子的气，竟没斗过一个土鳖财主芦启良，看来是应该琢磨琢磨了。

没有想到，前天中午，姓沙的同时接到张学良和郭松龄这一对冤家对头的两封亲笔信。是降是战，是姓张还是姓郭，让他犯了寻思。但有一点是千真万确，由于日本关东军的参战和黑龙江督军吴大舌头的挥师南下，郭松龄的倒戈部队败局已定。紧要关头，这位沙大人向土财主讨起主意来。孙八有个土办法，三十六计走为上。作为叛军的先锋官，一旦被捕，就得被活剥皮，但空着两手走不行，得让虎石台这五百多户人家出血。孙八心怀叵测，要借花献佛，这条毒计是他爹孙虎堂当统领打平壤时，在高丽国用过的。

第　二　章

卯时，关帝庙的道士黄半仙，坐在亡人的灵前诵念了一卷经文，给横死的人超度亡灵，为的是打发这个屈死鬼能进得去酆都城。沈万才打着灵头幡头前引路，乡亲们扛抬着棺木起灵了。飘飘洒洒的纸钱，像阴空中飘落的飞雪。老沈家门前遗下摔碎的丧盆子、冒着缕缕青烟的枕头和让人撕心裂肺的哭声。

老沈家大嫂非要把丈夫送到坟地，但被众人劝下了。大孩子不满三岁，小孩子还没过生日呢。

忙活两个时辰，亡人入土，众乡亲悲悲切切地从义地返回村子，时已近午了。路过村头的“虎石”，有人张罗在石台阶上歇歇脚。这“虎石”是村子的象征，实际是一座巨大的花岗岩砌成的梯形石台，长五丈，高两丈，四面设十八级台阶，可登上宽敞的台顶，台顶上立一座一丈高的青石碑，可惜已经残断了，碑面上尚能看到“虎碑”二字。石台周围是高大的青松翠柏。

大家围坐在台阶上，没有人说什么话，只听得沈万才呜呜的哭声，一路上这孩子哭声未断，让乡亲们伤情。为打破这悲伤沉闷的气氛，王吉庆对坐在身边的阮敬贤老先生说：“大爷，您老给讲讲这虎石台呗。”阮先生是村中老户，又是位饱学先生，也没管众人听没听，就慢悠悠地叨念起来：

“你们看。从这奔西岭，再到烟筒山一线这条粗壮的柳树带，就是传说中的柳条边。老罕王率兵打进北京城，为保护他老家的风水，建了这条柳条边，派兵巡逻、驻守，严禁汉人进入。柳条边上有无数座边台，是驻军之处。这边台有石砌的，有砖垒的，有土堆的……咱西岭有的是石头，所以咱这个台就是石头砌的了。当然比别的边台雄伟、高大。老边台有用数字分的，像一台、二台，有用方位分的，像东台、西台、上台、下台。咱这个台最初叫‘西三台’。

“雍正年间，皇上的侄子宁王听闻西三台闹虎患，便带人来到这里。宁王爷武功超群，十分威猛。只带三个随从，一个晚上就在这边台之下，打死了这只为害四方的斑斓猛虎。皇上听闻龙颜大悦，命在此处建一座‘宁王伏虎碑’，以彰显大八旗的武功，还御笔亲书了一个‘虎’字。我小时候，这碑还是完整的。正面是隶书大字‘宁王伏虎碑’，现在断碑上只留了两个字，背面是雍正御笔‘虎’字。为这，乾隆爷两次东巡都来这儿祭拜。百姓把这青石碑称为虎石，我们这个西三台就随之叫了‘虎石台’。”

老爷子讲得很慢，很生动。大家围拢过来，连万才也停止了呜咽。老人看了看万才，朗声说：“俺堡子是个藏龙卧虎之地，我看这小万才就是咱虎石台的一只猛虎！”

乡亲们齐声应和：“对！”并都鼓起了掌。

人穷有志，送灵的乡亲们在进村的时候听万才和他舅舅说，开春就动工，一定把火烧的房子重新盖起来。可阮先生摇头不信：“家破人亡，负债累累，大兴土木，谈何容易！”

沈万洪回家“上望”那一天，眼见自家火烧的房场已经清理干净，院子里堆放着青砖和瓦，烧残的房架子也整整齐齐地归拢在一处。他站在望乡台上，看着跪在尘埃哭奠他的亲人，眼含热泪，但嘴角上却挂下笑来。这是庙上黄老道所言，此人有半仙之体，不分昼夜都能洞悉鬼神。亡人放心了，可他的妻子王氏却是一日一日地忐忑不安。兄弟万才在他哥“发引”的第二天，到号称“老虎岭”的西岭窑地去走了一趟，折回来求后院老董家的车和马，拉砖运瓦，他说是赊来的。大舅来家又讲，已经买妥了房木。前晚吉庆来，把上百元的现款交给了舅舅。这些钱都是哪来的呢？问到谁，都没有实话。

这晚，万才没在家，妹夫顾天成悄悄地溜进了沈家的小下屋，坐在临时搭起的板铺上低言道：“大嫂，咱们坐失机会了。那天晚上会董们开村公会决定，打算全村集资把咱家的房子重新盖起来，可是没等人家宣布，就让万才给轰走了。万才和大舅合计，要新建三间砖瓦房，我看还是别置这口气。”天成大口地吸着烟，眼角上又落下泪来，“大舅卖驴剩下的那点钱，能够买房木的吗？为重建这房子，吉庆还是得进孙八的阎王殿去扛大活，万才得到有去无回的老虎岭上去烧窑啊。”说到这，天成已哭出声来。

沈大嫂并未感到惊讶，因为这都是她意料之中的事，只是被天成说破了。哭有什么用，只能一步一步往前赶了。

天成站起身，从怀中取出一叠钱，递给大嫂说：“今晚手幸，赢了几个钱，请您收下，也算表表我的心意。”大嫂停下针线，微笑着说：“天成这份心思，嫂子心领了，赌场上赢来的钱不好花。你大哥走了，不能再劝你，听嫂子话，还是下决心把赌戒了吧，别让我妹妹为你操心了。光棍回头饿死狗，能赶快回心转意，才对得起死的、活的。”大嫂动起针线，顾天成把钱揣起来，又去了赌场。

二更天，屋子里很冷，大嫂给两个熟睡的孩子盖盖被子，继续在灯下做活。夜静了，听得见西院陈寡妇家赌场的喧闹声，忽然，竟听有人在房后唱起下流的小调儿《寡妇难》：

……
二月也是里儿呀，
龙呀么龙抬头啊。
小奴家房中犯了忧愁。
谁给我买官粉啊，
谁给我买头油，
年轻轻地守了寡呀，
胭粉还没擦够，
哎呀呀我的那个天啊。
对菱花照容颜，
小脸渐渐瘦啊，
哎呀呀我的那个天啊。
……

她停下针线，气得浑身发抖，听得出来，唱曲儿的是财主金三的儿子金荣海，此人向来倾慕王氏，终未如愿，今夜竟趁王氏新寡，前来相欺。

王氏气急，无以发泄，一眼瞅见放在箱盖儿上的那个朱红描金的梳头匣子。这个物件是出嫁时娘家陪送的。那日着火，它随同屋里的家具什物，被乡亲们抢出来。她将匣子掀开，先把里面的生发油、雪花膏、桃红、香粉、瓶儿罐儿……一股脑儿在柱角石上摔碎，又把那梳头匣子连同一面玻璃圆镜推在地上，拿来榔头，砸个了稀烂。楠木镜架很坚固，累得她额角淌汗。两个孩子吓得哭起来，听见妈妈对他俩说：“别怕，妈从今往后不再哭了，咱们得硬硬气气地活下去。”

听屋子里有响动，那个骑在陈寡妇家矮墙上唱曲儿的金荣海，竟悄悄地凑到窗前来，并用一个指头蘸点唾沫把窗户纸捅个小洞洞，往里边观瞧。

忽然，他脖领子被人死命地薅住了，此人只是一拳，便把他打了个仰面朝天。接着头上、身上一阵乱拳，打得他呼爹喊娘。只觉得周围人越来越多，这才想起要喊救命。人群中有人说："万才，别揍了，送村公会法办吧。"趁万才停手的工夫，这小子连滚带爬地逃跑了。

沈万才白天去探望王三叔，其后就到西岭窑地去见大把头尤老四。碰巧，清水镇镇长刘紫玉来到。窑东下马，万才过去打招呼。见此人肩宽背阔，五短身材，脖子细长，头如麦斗。心想，不怪乡亲们给他取个外号叫"大头鬼"，这脑袋也太大了。

大头鬼初识沈万才，也觉惊奇，真是个精壮的棒小伙子，怪不得尤老四极力担保，敢把砖瓦赊给他。窑东和把头将万才领进客房，落座看茶。刘紫玉笑嘻嘻地说："听说料都备齐了？家摊横事，房子给人家烧了，但自己要把它盖起来，有志气。从这赊走的砖和瓦，别在意，你能头一个带头到窑上来干活，也算是帮了我的忙。庄稼人死脑瓜骨，老守田园。这二年，老山东来关外的渐少，大忙的时候，窑地上招不进工来，你小子敢来，这叫穿针引线。"

"东家，这是事逼无奈，自卖自身。我赊欠你的砖和瓦不知道得干几年才能还得上，我只求让我嫂子和俩孩子有个安身之处。今天来，想跟窑上恳求，来年正月我才能上岭，说通我嫂子得一段时间。"

"傻小子，没说的，我西岭窑地，不是你们堡子老孙家的阎王殿。一会儿让老四领你到工地上转转，活计并不重，挣钱可不少啊。"窑东说。

"走，小子，四叔领你看看去。"大把头尤老四带万才出离柜房。

尤老四是十年前逃荒来到此地的，被刘紫玉收留，凭着从家乡带来的好手艺，在这西岭上帮恩人开设了瓦盆窑。民国以后，财主、粮户兴起了盖砖瓦房，刘镇长与尤老四商议，把瓦盆窑改成了砖瓦窑。这窑地连年扩建，生意兴隆。窑地上雇佣的工人是清一色的山东老哥。那年头，山东人兴闯关东，可来到东北又无投奔。尤老四成全乡亲，让他们在窑地干活吃饭，虽说活重了些，但乡亲们还是很感激老四。近年，窑地上用工增多，而前来佣工的山东哥却少了。于是，刘紫玉就想到了当地的村民，可庄稼人都不愿意上岭上来干活，管此地叫老虎岭，这次沈万才带头到岭上佣工，当然是刘紫玉和尤老四求之不得的事。

二人来到工地，见成排高大的砖瓦窑烟尘滚滚，上百号的工人在这里干活。

这时正是出装窑的时候，烧好的青砖和准备入窑的干坯，像长龙似的一进一出。一辆侉车子推过来，万才近前问：“这车砖有多重？”山东哥答道：“七百斤。”万才转脸又问那个挑担的，回答也是七百斤。万才抢行几步，截住了最后从热窑里挑出来的一担青砖，挑在自己的肩上，走行百步，气不长出，尤老四不由竖起了大拇指。

太阳落山，把头留万才在岭上吃饭。走进工棚子，只见南北大炕，地上放着很长的条桌，屋子里热气腾腾，正在开饭。煤油灯下看得清楚，这群山东哥吃得不赖，是白面馒头，白菜粉条炖猪肉，二盆里的空汤飘着厚厚的油花。老四请万才入座，招呼厨子上了一壶酒。沈万才三盅酒下肚对把头说：“四叔，你做保给我从窑上赊了砖和瓦，正月上工，我一定拼命干，不让你老操心，我要在一年里把这笔债还清。”

尤老四摇头不语。

沈万才饭后回村，已经半夜。离家不远，迎面碰见一个从陈寡妇家出来的耍钱鬼，擦肩而过时，听那人说：“有人蹲在你家后窗户外头，调戏你嫂子。”沈万才扑到自家房后，揪住了金荣海，一顿暴打，差点要了这小子的命。

四更天，叔嫂二人还在灯下叙话。万才告诉嫂子他要到西岭窑地去干活了，嫂子垂泪。

进腊月，老杨大舅在清水镇的马市上相中了一匹马，四岁口，双眼瞎，有心要买，缺五十元钱。正巧遇见和东家王四来买马的王吉庆，大舅问到头上，吉庆没管东家愿意不愿意，掏腰点好五十元递了过去。

马市上，东家挑肥拣瘦，一匹牲口也没买成，回村的路上心情显得沮丧。“吉庆，你在我院里扛活，一晃儿五年了吧。我觉得你和你爹一样，遇见什么事情不为自己想，多为别人忙。要知道，人要混得好，必须明白亲戚远来香，邻居高打墙的道理。”王四慢悠悠地说，显然是对吉庆方才借钱给杨福田一事不满。

“东家，我们穷人只知道是亲三分向，是火就热炕。”吉庆回说。

“你老爹体废肢残，你媳妇成年有病，又新生了孩子，四口之家，头顶脚踩都是人家的，自己不作打算，倒硬着头皮帮亲戚盖房子、买牲口。古人说，自顾不暇，焉能顾人。”

“我们穷人各不相顾，家顶家都得活着饿肚子，死了没人埋。”王吉庆不客气地说。

东家没言语。二人进村，王吉庆说是回家去看看，和东家分手后，他却来到了庙前老孙家。财主孙八接待王吉庆，很有礼貌地请他落座、看茶，装模作样地说：“俺堡子受兵劫以后，我病了些日子，没到街上去。听说了村公会开会，要告我姓孙的勾结官差、勒索百姓，你姐夫被害，也有我的责任？”

吉庆笑道：“你还说这些有啥用啊？我的东家已经在报纸上看到了，那位叫沙仲先的团长从这里撤走以后，没到新立屯就倒戈了。在菜窖里抓住了郭鬼子和他老婆并当场枪毙了他们，立了一大功。随郭鬼子反奉一回，不但未受处罚，还当上了师长。我姐夫死在他副官的手下，命该如此。”

“哦？我怎么不知道有这么一回事？”孙八故意说。

“堡子里的人可是全都知道了。”吉庆轻声慢语地说。

“今晚你到我这里来，有什么事吗？”孙八戒备起来。

“一天云彩都散了，你不可能摊官司了，我姐夫算白死，房子也算白烧，没地方喊冤告状去了。”

“殴官就是造反嘛。”孙八自语，忽问道：“你姐夫家摊的事，你看和我有关联吗？”

“我看没有，你的心就是铁打的，也不能指使官兵去杀人放火。”

“是啊，我孙八在这个堡子里也算占山户了，对老亲少友没有过分的地方，有人想挤对我，真是错翻了眼皮。”

“你别冲我发脾气，我又没惹着你，今晚来想和你商量件事。”

“什么事？”

“你打发李管事的到我家去好几趟了，就是想让我到你院里来扛活，我爹一直三心二意拿不定主意，我现在是自己找上门来。老王家四东家待我不薄，雇我赶车，每年给十二石粮，最近看我长支的太多，有为难的样子，我不打算给他干了。”

“你长支了多少？”

“现洋一百五十元。”

“眼下高粱每斗四角，你每年挣粮十二石，用不了三年也就还清了。”孙八漫不经心地说。

“王四院中长支短欠都要利息，息滚息、利滚利，三年怎么能还清？再说我一家老小怎么过生活？”

“那你想咋办？”

“李管事的见我爹，应许每年给我高粱十六石，长支短欠不收利息。”

"实话，实话。"孙八点头。

吉庆欠身说："东家，那你得立刻借给我二百元钱，拿去还债，我决定到你院里来扛活了。"

孙老八撂下茶盅，站起身来，把一张长脸笑短了，伸手抓住吉庆的肩头，语气严厉："好小子，你投靠公义堂，对得起我孙老八，但我不知你有无诚意？"吉庆坐在凳子上，没搭理他。见孙八双眉紧锁，陷入沉思，半晌自言自语地说："当年王玺忠，眼下沈万洪，为借芭蕉扇，金猴闹腹中。"

"东家，这叫万般皆在命，半点不由人。我二大爷给你扛活，死在你家地头上，人们都说他是劳累过度，吐血身亡，我说他那是命中注定。世上有病死的，没有真累死的。我姐夫争强好胜，庙头上和官差对打，那也是自找其祸。"吉庆不慌不忙地说。

孙八脸上的阴云不散："堡子里遭受兵劫，乡亲们对我可是多有微词啊。"

"人不得外财不富，马不吃夜草不肥。"吉庆爽快地说。孙八会心地一笑，打发人给王吉庆立账、拿钱。

吉庆回到家，轻手轻脚地站在风门子外头，透过缝隙，见老爹坐在小炕头上抽旱烟，这才拉开房门，爷儿俩坐在外屋的炕上低声交谈起来。吉庆媳妇在屋里奶孩子，听她公公说："咱这叫逆来顺受，你去给孙八扛活，多挣几个钱，还能替穷乡亲们遮风挡雨，去吧，老爹不拦你。"

王吉庆到庙东王四的院子里去辞工还债，赶上村长芦二正在这里做客。听他讲，他以会首的身份，代表乡亲，进县城状告会董孙占元，碰了一鼻子灰。郭军沙团长率众哗变，在火线上倒戈成功，官运亨通，连升三级，现在是奉天大帅府里的副官处长。孙八的胞兄孙七孙占一当上了"永恒官银号"的总裁兼奉天省商会会长。告这些大人物，分明是太岁头上动土，老虎嘴里拔牙。依王四的意见，让芦村长把乡亲们齐上来的那些收条，交由他退还孙八不留后患，并借此为孙、芦两家解开嫌怨。但芦二不肯，他是一恼王四在其中当好坏人，二恨孙八总是仗势压人三分点，他要骑驴看唱本儿——走着瞧。俗话说，穿长袍没有会不着亲家的。

腊月二十八，老爷庙前的官道上，从正东开来一辆小汽车。这辆车在庙头上稍停一下，径直开进庙前孙老八的大院子，孙老七带着他的小妾回家过年来了。车上下来三个人，孙氏夫妇外加一个穿戴阔气的司机。此人可不是普通的佣人，经介绍知道他是金洲地面上的大财主，少爷秧子杨仲和。他和孙占一在日本是同学，回国以后不做官、不经商，专务农业。他家经营的果木园子，在辽东半岛首屈一指，此番是随老同学到辽西游览观光。

孙占一带着爱妾和好友突然还乡，事前没有打招呼，李春山叫来门房，紧张地嘱咐了几句话。孙占一等人的突然到来让他胞弟孙占元慌了手脚，饭厅里刚开席，他就借故溜出来，把管事的叫来耳语一番后，急如星火地送出了宅门。李春山匆匆赶到庙前陈家馆子门口，见院里的炮手崔歪嘴子正拱手送一个人上马。那人头戴四块瓦的貂皮帽，身穿青缎子马褂儿、八团龙蓝羊绉吊面的青犬皮袄。瘦削的脸膛，宽肩膀，高个头。只见他上马以后，紧裆勒马，头也不回地扬鞭上路了。那匹全鬃全尾的枣红马，眨眼间只剩个红点。

李秃子抓住炮手的肩膀，压低嗓音问："送的那个人是谁？""盖东边大柜的炮头金三好，最近荣升了二当家的，事情已经谈好了，准定年三十儿举事。"歪嘴子胸有成竹地说。

"坏了。"李秃子跺脚说，"东家让我来告诉你，这档子事得出了正月再办，七大人带着姨太太还有南城的贵客回家过年来了，怕吓着他们。"

"不赶趟了，金三好从不留住脚，上哪找他去？"歪嘴子无可奈何地说。

天黑，村副吴六从村公会踱步出来，叫住了从陈家馆子晃晃悠悠出来的顾天成，在旗杆底下低声说："小成子，你今天在馆子里喝了一下晌的酒，看见什么故事儿了吧？"

"没有，吴六爷，一早起和我媳妇吵起来了，到饭馆子里避避风，喝盅酒解解心烦。"

吴六掏出几张票子塞在天成的怀里，郑重地说："这点钱你拿去过年，开春别耍了，到我院里来扛活。"

"六爷……"天成想把钱还给他，吴六摆手，接着问道："你这个机灵鬼，这几天堡子里的风头不对，没看出来吗？过晌崔歪嘴子请一个人在馆子里喝酒，那是个什么人？""我怎么能知道呢？人家在雅座里吃喝谈唠，我在陈厨子的小炕上睡了一觉。听说那人是黑山县的大财主，和崔歪嘴子连亲，路过这里顺便打个尖。"

吴六没再多问，回家备马到清水镇他岳父家里去了。他从清水镇民团借来几名团丁给他家护院，随带手提式机关枪一挺、快枪五支、子弹数百发。从这夜起，吴六便谢绝会客，闭门不出了。

夜到除夕。定更以后，众多的乡亲手提各色各样的灯笼，聚集到庙前，来给已故的祖辈先人烧“包袱”。久病初愈的王老好由他儿子搀扶着也来到庙前。吉庆划火焚化纸钱儿，老爹跪在地上磕了头。站起身，乡亲们都高挑着灯笼，围拢过来和他们父子打招呼。王老好环顾四周，神色陡变，悄声告诉大家：“堡子里要出事，赶快回去熄灯关门。”他的老眼不花，庙前的空场上人来人往，面日可疑。老好自己回家，让吉庆迅速通知庙后的乡亲们。这种事不能声张，乡绅们若是知道了，武装出巡又落不到实处，这叫造谣生事，果然出了事情，又难逃通匪的嫌疑。

有钱人最懂得天天吃饭、夜夜防贼。此时，财主、粮户早把大门上得紧紧的，各家的炮手们都进入炮台，严密警戒。

钟敲十二点，村子里繁星满天。孙八的院子里竖起一根三丈多高的灯笼杆子，比庙上的旗杆还高一头。九盏玻璃灯连珠般升上杆头，接着是十响一咕咚的长鞭夹着无数的高升炮，一阵剧烈的轰鸣划破夜空。孙八衣冠楚楚，开始接神。他在天地桌前满斗焚香，倒身下拜，烧掉了午时开始供奉的“全神码子”，回屋来安顿家里人，吃完了饺子，拉桌子打麻将，欢度除夕夜。上房屋里欢声一片，管事的李秃子却紧张得很。四座炮台分布着十二名炮手，全都是子弹上膛，目不转睛地观察着院外的动静。他又指挥在院里过年的长短工，往四周的大墙底下堆放成大捆的秫秸，并把七八桶煤油放在门房里备用。

此时，堡子里大家小户都忙着接神，香烟缭绕，鞭炮齐鸣。按惯例，这时总有一些要饭花子敲锣打鼓吹着喇叭给财主粮户家送财神。他们把折叠好的财神码子，从门缝里递进去，主人接过财神，会丢出一些赏钱来。喜庆热烈的喇叭曲子从前街吹响，嘀嘀嗒嗒地来到老芦家大门口。管院子的要去接财神，少东家芦茂财抢了先。他把门心子敞条缝，伸出一只左手，右手还紧握着匣子枪，然而，递到他手中的不是纸印的财神，而是冷冰冰的枪嘴子。少东家乖乖地交了枪，又在来人的威逼下，招呼南北炮台的炮手下炮台缴械。立时，院子里拥进来成群的土匪。

芦家的大厅里灯光明亮，匪首盖东边从户主芦二的手里接过一支香烟，点燃了猛吸几口，笑着言道：“芦二爷，我盖东边是请财神来了。”

芦启良闻听此言面如死灰，但强装镇静，拱手言道：“当家的，我芦家世代书香，尚算殷实，现款、首饰、古董玩器、衣裳器皿，总还够万元之资，圈里的大牲口也价值万金，今夜，姓芦的倾家奉献。”

盖东边嘿嘿地冷笑了几声：“当真人不说假话，你家里这点浮财，不值得我劳师动众，没别的，请你们爷儿俩出一个跟我走一趟。”

芦启良看了看他侄子芦茂财。芦茂财哆哆嗦嗦地说：“二叔……我年轻，我去吧。”却早已面色惨白，抖成了一团。

“我去。”芦启良稍稍镇定了一下，不容置疑地说。芦茂财噗通一声跪在地上，放声大哭：“二叔，我爹死得早，孩子我没见过什么世面，我发誓，倾家荡产也要赎你老回家，言而无信，五雷轰顶。”

此时，二当家的金三好早已经率领匪徒，把院里所有的人集中到一个屋子里，开始动手搜检他家的浮财。芦二穿戴整齐，随盖东边走出二门，坐上了满载箱笼包裹的大车。

金三好率众留下来。他用最快的速度把芦家上下人等统统地捆绑囚禁，便开始调兵遣将。芦家大厅成了他的指挥所。

这个当口，堡子里绝大多数人已辞完了岁，接完了神，准备安歇了，但被轰轰隆隆的大车队在冻道上行进的声音惊动了。“闹胡子啦！”腿快的奔走相告，消息一会儿便传遍了全村。

匪徒们布置就绪，乡民们也都有了防备。按计划，此番盖东边进村不是冲村民来的，而是要洗劫堡子里的刘大、芦二、金三、王四、邓五、吴六、张七、孙八这八大户。当然对于孙八就要网开一面了。盖东边匪帮，一百五十多人，今夜倾巢出动，一举拥进了虎石台。载着肉票和财物，先期随盖东边离村的有三十几人，余下的都在金三好的指挥下，执行任务。

刘大、王四、吴六三家有炮台，得强攻，要选派得力的头目去抠夜窑。张七、邓五是土财主，家中没有炮手，派两批泛泛的匪徒去下手也就是了。当家的自带亲随先奔邻近的老金家，再去各路接应。相隔不到一箭地，粮户金三的大院套，黑压压地展现在眼前，来到切近，金三好愕然止步。

门楼上高挂着两盏风灯，院子里被戳灯、房檐下的纱灯、宫灯照得如同白昼。财主金三带领全家老幼齐排排地跪在院当心，迎接来到的凶神恶煞。众匪徒蜂拥进院，金三叩头在地，惊愕地说：“虎石台草民金广梁带领全家老少共十三口，跪接山大王。”

金三好却步抽身倒吸了一口凉气，当了十年红胡子，头一抹碰见这样的财主，但他马上意识到这份买卖要扎手，土鳖财主不可小觑。于是喝令他们随他进屋，屋里当然也是灯火通明。匪首坐在炕沿上，金三又领着全家人齐刷刷地跪了下来。“下跪没用，快交浮财，省得麻烦。”金三好恶狠狠地说。

“大王，金三家人口众多，在堡子里虚有个财主的名声，草民家的动产和不动产，都在这里了，请大王过目。”金三膝行两步，把手中的包袱高举过头顶。

金三好接过包裹，打开观看，见里面是房契、地照、借据、典据、往来账目、买卖清单，还有厚厚的一叠当票子，现款只有二三百元。

这时，在金家乘着现成的灯亮，撬门别锁，翻箱倒柜的匪徒回来报告，这家人早有预备了，皮毛细软，金珠首饰一概没有，空箱空柜，破烂衣裳，被子都打着补丁。

匪首勃然大怒，抬腿把金三蹬了个仰面朝天：“老狗，你这是跟我耍的什么鬼花活？”金三赶忙爬起来，直挺挺地跪着说：“大王啊，金广梁在虎石台是小鱼穿到大串上了。几十垧薄田躬耕自种，节衣缩食，营造家园。有点钱连年放债，家里人的衣服首饰连同媳妇们陪嫁的物件一年到头都在当铺里存放，老老少少舍不得穿戴。”

“为啥？”金三好茫然不解。

“大王，钱财在庄稼人手里，好比果子匠蘸元宵——越滚越大。”

“我问你为什么把家里的东西送当铺去？”金三好愈发不明白。

“大王啊，当铺里的利息是二分五，俺在堡子里放债是四分、五分、六分、八分，有的时候是大加一，也就是十分利。”金三嘴啃地没敢抬头。天下还有这么会算计的？金三好惊奇之余真是怒不可遏，也没分男女老少，劈头盖脸，抡起了手中的马棒，打得是哭爹喊娘，乱成一团。忽听见前街后街一片爆豆似的枪声加之人喊马嘶，料知战况十分激烈。一匪徒闯进来报信：“二当家的，虎石台太扎手，一个照面，十多个弟兄全都挂彩仰壳了。”二当家的拔步往外走，命人牵走他家圈里的牲口。

骡子马抢先拉走，最后剩下那条新买来的大叫驴，一小匪挽牵在手，金三赶上来，抱住驴腿，死也不放。惹得匪徒性起，一顿狂脚，踢得金三满脸是血，拖出两丈多远，可金三的手却没有撒开。匪徒着急赶队伍，拉拉扯扯，到底让金三留下了那头叫驴。

堡子东北角，枪声密集，战斗正酣，这里是财主吴六家。众匪徒在头目的率领下，按惯例迅速靠近了他家的围墙，这本是十分奏效的快速进攻、出奇制胜的办法。财主宅院的炮台不同于部队的碉堡，周围不设铁丝网、断绝沟等障碍，只要贴近墙根，不等射击孔里开枪，久经训练的匪徒就已经翻进院子了。都怪拉线的崔歪嘴子没把内情说明白，吴老六的大院套，除了明摆着四座炮台，还设有六个从地下挖掘好的地堡。前街有动静，后街立即准备战斗。特别是他从清水镇请来的那几个团丁，是他岳父刘镇长从上百号的团丁中挑选出来的好射手，其中，使用手提机关枪的大汉在正规军当过机枪连的排长。土匪袭上来，落脚处正在此人的射程内，弹雨从侧面袭来，当场就击倒了七八个，余下的再也无勇气去攀登围墙了，号叫着往下撤，冲出这交织的火力网。金三好赶到近前，从腰带上扯出双枪，七发子弹就把那挺机枪打哑了。环顾左右，见还有四五十人在身边，黑暗中双睛迸火，雷鸣般吆喝那个攻击失利的头目，命令他立刻带人冲上去，抠开这座响窑。

金三好抽身离开火线，赶到庙前广场，那里是火光冲天，杀声一片，土匪又遭到了顽强的阻击。原来奔袭庙东庙西两家财主的匪徒，在进攻之前，先递了几枪进行火力侦察，未料，一下子捅了马蜂窝。刘大、王四家中的四座炮台同时开火。尤其是庙东孙老八竟背约行事，四面围墙同时往外扔成捆的浇着煤油熊熊燃烧的秫秸，立时，庙前的开阔地如同白昼，毫发可见，胡匪寸步难行。加上他家两座北炮台疯狂地射击，与刘、王两家织成了三股叉的火力网。

金三好来到庙前，尽管跺脚发威，但却没有什么办法能扭转战局。根据当时的情势，他完全应该命令部属从正面撤下来，袭取刘、王两家的侧翼。但此刻屡屡受阻，急怒攻心，求胜心切，命令喽啰奋力强攻，自己只带几名亲随到庙后去察看地形。他要破釜沉舟，不惜代价，拿下孙老八的大院套，严惩这个言而无信的土豪。

二当家的拎枪疾走，迎面见有个人坐在一家门口的石墩上，走临切近，那个人站起来和金三好肩膀齐平。他散披着小皮袄，毡帽头紧贴在脑后，沉着洒利地说:“当家的，虎石台的二流子顾天成祝你旗开得胜，马到成功，今晚抠开这里所有的响窑儿。”说着递过去一捆钞票，“这是我一时手幸，刚赢来的，献给大柜，让弟兄们喝杯庆功酒。”说着手指身后两扇板门，“这是我的亲戚家，户主被官差枪毙了，又烧了他的房子，现在里面住的是孤儿寡母，求您别打扰他们，怕吓着孩子。”又指左右那趟街，言道:“当家的圣明，山后、庙后住家的，从古以来没有走运亨通的人，也求您赏个脸。”

金三好仔细端详，认出这个人来了。年前在陈家馆子和崔歪嘴子见面时，和他碰过头，不由哈哈大笑:“好小子，绿林道义气为重，你也算是个江湖人。”言此，手指沈家:“这一家不抢，这一条街也不劫，看你是个有种的，把钱赶快揣起来，随我去做没本的生意。”匪首把一支净面匣子递过来，言道:“跟我走，我提拔你当个大头目。”顾天成怯阵了，哀声求告说:“当家的，我游手好闲不假，可不敢惹灭门之祸，祖宗三代都是本分的庄稼人，我家还有老婆孩子呢。”

当家的失笑，带人拥进了陈寡妇家。

陈寡妇在掌灯以后，家中的南北大炕就放起了牌九局。推的、押的、跟注儿的、卖呆儿的，挤满了一屋子的耍钱人。顾大成手里的那笔钱，就是从这场局上赢来的。牌九推到十二点，有成有破正耍得难解难分之际，前街传来了匪警，耍钱的呼啦都散了。寡妇很镇静，把炕上的赌具收拾起来，推到柜底下。飞快地检点家中的现款和金银首饰，解开花棉裤，通通塞进裤兜子里，并且叫醒了她那个刚刚三岁的女儿小玲子，告诉她：“闹胡子啦，一会儿胡匪进屋不要害怕，他们抢有钱的，不欺负咱们穷苦人，有人问话，好好回答不要哭。”寡妇把孩子安顿好，动手在炕上放好一张桌，挽袖子下厨房，煎炒烹炸做好八样菜，开坛子打酒，烧水、沏茶。

匪首率众人奔亮进了门，屋里头是明灯高挑，酒菜喷香。一女子浓妆艳抹，体态风骚，手拉一个花朵般的小闺女，站在堂屋地上，摆动腰肢，用旗人的礼节道个万福。匪首行走在前，不禁一怔。听她说：“陈寡妇给好汉爷拜年了，薄酒素菜给众位爷们接风，房屋窄小，都请上炕吧。”寡妇连让三遍，金三好心里冒火。心想，这堡子是个什么鬼地方？大家小户净些个怪物。明知这女子是个刺儿，但又不值得碰她。转身离开这座房子，街上又跟过来了几十名喽啰。

时辰已经不早了，二当家的仰观天象，度量地形，带人来到关帝庙的北墙外，他决定占领这座庙宇，再和对面老孙家拼个死活。这里有一扇用铁皮包裹的小角门，用手一推，“呀”的一声就开了。江湖人忌的是“神、鬼、庙、桥、塔”，一进庙，便觉阴森森地发怵。金三好领先走进去，指挥匪徒立即进入战斗。首先迅速占领了山门左右的围墙，狙击手循着孙家左右炮台射击的火线，准确回击，准备抓住战机，翻过围墙，捣毁这座响窑。正当此时，庙中的道士黄半仙来到面前。“无量天尊，贫道恭候多时了，请罗汉爷到静室歇息。”黄半仙打稽首，朗声言道。

黑暗中金三好定睛观看，这道士仙风道骨，气宇非凡，五绺长髯飘拂颔下，顾盼间，双目炯炯有神。他跟随道士走进一处暖阁经堂，未及落座，道士开口说：“既在江湖内，都是同路人。罗汉进村得手，应当适可而止。适才贫道偶占一课，恕贫道嘴冷，尊驾如要贪功恋战，多凶少吉。”

金三好仰面大笑：“老道，出来以前我也问过‘先生’，他说我一帆风顺，万事大吉，你见我一时失利，就给我泼冷水？”他沉吟片刻，在桌上的铜皮签筒里抽出一支竹签，递给黄半仙："罢了，罢了，你给我推推八门，如要灵验，必当重谢。"

黄半仙噼里啪啦在卦桌上推开了八门，口中念道："休、生、伤、杜、景、死、惊、开，众罗汉子时进村，从东南方生门而入，合当得手……可现在是卯时将近，良机已经错过了。依贫道愚见，为了趋吉避凶，应当采取断然行动，出景门奔正西，大吉大利。"

金三好愀然不乐，委决不下。左右传来坏消息，响窑抠不开，闷窑也未得手。这就叫烦恼皆因强出头。依大当家的盖东边，今晚夜袭虎石台，绑架了芦氏叔侄，席卷了他的家私，也就够了。都是金三好恃强任性，根据拉线的介绍，要一鼓作气拿下这堡子的金银库——吴老六的响窑，在孙老八袖手旁观的情况下，再洗劫其他的富户。而今，孙八背约，战事不利，金三好犯了寻思。和盖东边分手时言定，天亮以前不论成败，相约在正南红石岭子集合。尽人事往南去，听天命得奔正西。鸡叫头遍，还有那一阵锅底黑，金三好发出命令，率匪徒投西岭再折向西南。未料，刚撤到岭底下就和从清水镇赶来增援的自卫团遭遇了，土匪被打得落花流水，金三好侥幸脱逃。

天亮，清水镇自卫团开进了虎石台。镇长兼自卫团团长刘紫玉，高坐在村公会的大厅里，村公会的会董们列座相陪。头件事，镇长命令会董们指挥村丁，把昨夜被胡匪抢劫的人家都召集到庙头来，将自卫团在岭下从胡匪手中缴获的赃物返还给民众。内中有几十匹牲口、九辆大车和车上装载的包裹、什物。第二桩，两名阵亡的自卫团丁，也随队伍被拉进村，停放在庙台阶上。还有五具匪尸，也被拖来丢在庙前的空场上。自卫团剿匪有功，要获奖赏，阵亡的勇士，要给予优厚的抚恤。

会董王四领先说："镇长大人，自卫团不违前约，守望相助，虎石台村民万分感激。但本村昨夜遭劫，秩序未稳，依王某愚见，从匪徒手中夺回的赃物，暂且不能返还给民众。胡匪进村，乡绅们各自为战，情况还不清楚，最好是查明实况，再研究善后的处理。"

"雅轩高见。"刘镇长点头同意。

红日东升，庙前聚集了成百的民众，绝大多数是想来领取昨夜被抢走的财物，惊吓之余，也没忘了互相拜年。听说暂不返还，大家伙儿也未着急，因为庙头上太热闹了，胜过看大戏。

后街吴老六用大车拉来七具死尸，其中六具是胡匪，横七竖八扔在地上。另一个是那个膀大腰粗的机枪射手，这人早已挺尸，天灵盖被子弹掀开，此时还拉着那个打机枪的架势，龇牙咧嘴直瞪着双眼，凶相十足。这具尸首当然和阵亡的团丁摆在一起。

这一伙儿刚完，西街张七张傻子的大车也到了，从车上像扔木头似的扔下三具匪尸，另一个软的是拖下来的，此人还未断气。众人上前围观，又见财主邓老五拖着一具砍掉了半拉脑袋的土匪尸首赶来了。他手里还拿着一张毛头纸，里面竟包着一支完整的人手。原来，昨夜派去两伙抠闷窑的土匪，也是伤亡惨重。

听闻匪情，土财主邓老五便招呼他的四个儿子上好大门，熄灭家中所有的灯火，让家人不许哭叫都趴在炕沿底下。五个人五把铁锹，五把镰刀，贴着他家的大墙根往来巡逻。

胡匪来到门前，边踹门，边是一迭声地呼喊叫骂，但院内是漆黑一片，鸦雀无声。为首的头目离开前门，来到邓家的围墙下。一匪徒熟练地蹲在地上，头目踏着他的肩膀，攀上了墙头，紧握匣枪的右手往黑暗处搜了一阵墙根，然后随枪响翻进围墙。未料脚跟还未站稳，咔嚓一声他的半个脑袋就被铁锹削掉了。一声惨叫，墙外的匪徒知头目遇害，便怪叫着又上来一个，可他的右手刚搭到墙头上，就被一把快镰刀“唰”的一声齐腕子搂了下来。匪徒一死一伤，不敢再硬碰硬，于是从左近人家找来一扇大磨盘，用木杠子把它穿起来，六个人擎起这扇磨盘，喊着号，撞击老邓家大门。一阵咕咚咕咚的巨响，整个门楼子都跟着晃悠，眼看两扇大门就要被撞开，届时老邓家的后果可想而知。可就在千钧一发的时刻，匪徒接到了向西岭撤退的命令。

另一伙匪徒奉命去抢劫张七家的骡子马，知道张家没有炮手，格外地气势汹汹。户主张七，听胡子叫门，躲在上房屋里打哆嗦。他家的马夫焦大海，让他把房门顶上，并告诉他，不论外边有什么动静都不要出来。焦大海走进门洞，对胡子说：“我是管院子的老焦头，本想给你们把大门敞开，可手里没钥匙。你们从墙上跳进来，砸开大门，牵牲口出院。槽头有三十多匹上等的骡子马，我的东家是个屃货，不敢拦你们。”

众匪徒相信了，扑奔左侧的闪壁墙，先跳进两个来。黑暗中焦大海挥动七节钢鞭，在匪徒立足未稳之时，就要了他们的命。一个未吭一声就脑浆迸裂，另一个伤在胸部，死前惨叫了一声。听此声音，墙外的匪徒自知受骗，叫骂着又翻墙进来两个，但只一个照面，一个被匕首扎倒，另一个被鞭梢扫断了脊梁骨。连伤四人，黑漆漆的院子成了鬼门关，匪徒正在犹豫，二当家的派人招呼他们到庙前集合。

喂马的老焦头，临危不惧，用个笨家伙，要了四个胡匪的命，乡亲们不惊讶。大家都知道，老焦头浑身武艺，二十年前随他爹焦老五来本村落户。有人说，他们在河北参加过义和团，打过洋人，后为躲避官府查拿，离乡逃难来到此地。

众人正在庙前广场上看热闹，财主孙老八带着四个炮手，大摇大摆来到现场。这孙八皮衣皮帽，怀里裹抱着一个男孩儿，这便是他家女仆所生的小金锁。

看死尸可不同看秧歌，这东西血肉模糊，十分难看，可孙八仍让他的孩子欣赏这些怪物。那娃娃也是怪，不但没被吓哭，还瞪着两只圆圆的大眼睛，出神地观看。其中有一个没断气的，就是被焦大海打断了脊梁骨的匪徒，从鼻孔里“哼”了一声。孙老八喜出望外，凑过去脸对脸地和他商量：“朋友，硬汉子早死早托生，你能不能临死以前帮我个小忙？”那土匪茫然地点了一下头。

“谢了。”孙老八转过身来，脸上露出了凶相。他从腰间扯出了匣子枪，叫起狗头，紧握着枪把子，瞄准了那匪徒的胸口，招呼他怀里的孩子伸出手来扣动扳机。孩子扳了几次扳不动，奶声奶气地说：“爸爸，我扳不动。”“好，爸帮你扳。”孙八笑道。伸出食指，用他们父子两个叠起来的手指扣动了扳机，一颗子弹射进了那个匪徒的胸膛。

围观的村民都吓得目瞪口呆。耳听孙八得意地说：“金锁子，这就叫枪毙人，像放炮仗似的，不怕。”

今天是大年初一，人人都想讨个吉利。刘镇长和虎石台的村董们协商，准由虎石台村公会拨款五百元，对阵亡的自卫团丁进行抚恤。虎石台在御匪战斗中缴获的枪支弹药，充公拨交自卫团，西岭下截获的财物，发还失主。三名阵亡的自卫团丁，拉回清水镇装殓，并定于正月初六在清水镇自卫团举办祭奠仪式。空场上的那一堆匪尸，割头后就地掩埋，人脑袋拿去祭灵。

第三章

过午，被土匪打伤的杨福田挣扎着来到庙前，领回了被抢去的那匹瞎马，并用手中的拐棍儿把几具无头的匪尸痛打了一顿。傍黑，这堆无头匪尸被村丁拖到北山上喂了狼。几家富户在村中联合设防，昼夜警戒，防备胡匪回来报仇。

孙老七回乡过年碰见匪警，饱受一场虚惊，张罗回省，被那位同来的朋友杨先生拦住了，此人要在虎石台多待几天，考察考察此地的风土人情。

正月十五，上元灯节，是做活的上工的日子。庙前孙八的大院子悬灯结彩，鼓乐喧天。管事的李秃子清早起来到庙头上，当众宣布：今天灯节，他的东家孙八爷要照老规矩，在长工进院的时候，杀猪宰羊吃犒劳，大摆酒筵，广请乡邻，名曰“庆丰年”。酒席筵前，命他家的长短工表演比试庄稼活儿，这又叫“摆擂台”“夺帅印”。在成绩优秀的高手中，任命“打头的”。孙家每年拥有百多名长工，得任六七个打头的才行。在负苦的人群中选拔优秀，这叫凭能耐吃饭，靠力气挣钱。

但乡亲们没有忘记，三年前孙家摆擂台，长工胡二聋子扛一石高粱上跳，摔死在院心，其后便废除了这个规矩。今年孙老八又搞起了这个章法，一时轰动了全村。

前晌十点钟，有几位村董接到孙家的请帖，率先来到，坐在孙家设在正厅廊檐下的看台上。一列长桌摆设着干果茶具，众乡绅依次坐在靠椅上。东廊下擂鼓三通，铙钹交鸣，大打头的柳天祥，身高八尺，膀阔腰圆，雄赳赳、气昂昂，率带几十名长工从西跨院走过来，列队站在西廊下。众人齐声夸赞：好阵势。

管事的李秃子走过来给首座当家的请安：“八爷，一切准备就绪，先比量啥，听您的吩咐。”孙八侧脸瞧瞧他的哥哥孙老七，孙七笑道：“先看上垛吧。”

东家一声令下，伙计们又列队返回了西院。鼓乐声中，管事的把红绿彩绸斜披在柳天祥的肩上。伙计递过一把垛叉，柳天祥接叉在手，鱼贯而来的伙计早把扛来的谷草摆在地上。天祥手中的垛叉左右翻飞，瞬间便打成了一个直径两丈有余的圆圆的垛底。扛运谷草的人数甚多，这些人往来奔走，个顶个都跑了个满头大汗，可地上没有余下的，一捆捆全都立时上了垛。垛身齐腰之后，柳天祥踏上了第一张高桌。当他跳上第二张高桌的时候，垛叉直接从伙计们的肩上挑起来上垛。翻上第三张高桌的时候，长工们把谷草一捆捆地扔在半空，他准确地接挑，眼看着垛比房高，管事的李青山手提铜锣，“咣、咣、咣”敲了一通，唱着说：“一千足数，垛顶封严。”

众乡绅和满院子看热闹的人齐声喝彩。孙老七看看怀表，敬佩地说：“四十五分钟。”

柳天祥站在三张高桌顶上，再次鼓响，新来大院扛活的王吉庆从西廊下闪出来。管事的照样儿也给他披上了红绿彩绸。这吉庆个头不高，车轴汉子，蓝土布的棉袄棉裤，新靰鞡，白毡袜，黑腰带围绕三匝，紧拧着麻花扣，看上去十分威武。从伙计手里接过垛叉，天祥已从垛顶上将封顶的第一捆谷草挑了下来，吉庆用叉尖把它轻快地接了过去。

三通鼓罢，早把周围的人看了个眼花缭乱。大草垛从左边，移到了右边，像安上了轱辘推运去的一样。不同的是此刻王吉庆站在三张高桌的顶上，柳天祥已然脚踏平地了。

孙老七又看怀表，二人倒垛只用了半点钟。

“比量这个有什么用处？”杨先生问道。

“麦子刚拔完，忽然来了暴雨，你说怎么办？”孙七反问道。

杨先生不由得拍手。

小喇叭吹响了，全场的花鼓又把列队的长工从西院引过来。西廊下分别堆放着一排茓子，天祥和吉庆分左右各拿起一块来。紧接着列队而来的长工把印着“公义堂”三个大字的帆布粮袋从肩上敞开嘴，“哗啦啦”倒出来，五斗高粱落地，左右两个大囤底眨眼之时打成了。人随锣鼓点往来飞跑，两个粮囤各用二十人，往返一趟就是十石高粱。十个人忙活搭跳，眼见这两个高粱囤子气吹似的往上涨，顷刻间超过了屋檐。

管事的狠敲一棒锣，再次唱着说：“高粱六十石，足数进仓。”

孙老七掏出怀表，这场表演只用了五十分钟。

封垛不封囤，运粮的长工拎着口袋上跳，登时间又往下倒粮。锣鼓再起，天祥和吉庆站在粮囤上，分别由一个长工打下手，过斗打趟子，口中查数。这一次没来得及计算时间，午时刚过，两囤粮同时不见了。这时，院当心戳着十袋子高粱，一张高桌分左右搭着两块跳板。长工坐在西廊下喝水抽烟，耳听身后的大厨房刀勺齐响，少时即要开席了。

东家这顿犒劳可不能轻易到嘴，眼前这十袋高粱，连半拉子在内，每人必须扛起一袋来，踏上跳板，一上一下越过这张高桌，再把那袋粮食送回原地。李秃子常说，叫个庄稼人肩膀上就得有二百斤的力气。

几十名长工歇了一气儿，起身扛粮。他们进退有序，踩着鼓点，费力地表演着，动作显然没有开头时利索了。拖拖拉拉把十袋高粱倒了一遍，管事的来到柳天祥、王吉庆面前，笑嘻嘻地说："这回该你们的了。"

天祥瞅瞅吉庆，吉庆微笑着从腰上解下那条五尺带子递过去，天祥没接，吉庆替他紧紧地缠在腰间。柳天祥再一次披红入场，锣鼓齐鸣，掌声雷动。只见他骑马蹲裆式拉好了架子，两个搭肩的伙计"嗖"的一声把一袋儿高粱放在他的肩上，天祥伸右手抓住了口袋嘴儿，大声说："再来一个。"高粱上肩，少说四百斤，只见他脸不红、气不喘，迈步上跳。那厚厚的跳板颤抖着发出"咯吱"的响声，瞬间，他便越过高桌，把两袋子高粱送回原地。

喝彩声中，天祥把腰里的带子解下来给吉庆系上。王吉庆更不含糊，肩上高粱一石五，轻松越过高桌，返回原处，面不改色，气没长出。

管事的过来请示，孙老八满面堆笑，招呼门前站岗的四个炮手，上大门开席。这天，是凡来院里看热闹的乡亲们都在这里吃晌饭。老孙家的西跨院儿的伙房屋，摆开了十五桌酒席，不论穷富都坐在了一起。

席间，孙老八给乡亲和伙计们敬酒，敞开嗓门说："去年，俺堡子不太平，闹完了兵灾，又摊匪祸，乡亲们都受到很大的损失。都说否极而泰来，祝愿今年能够福星高照，五谷丰登，把亏空补上。村长芦二爷惨遭不幸，让土匪绑了票，我孙八也没袖手旁观。前几天他侄子找我求情，我花高价买了他十垧地，这笔钱足够赎他叔叔的了。过几天开犁动土，堡子里少不了困难户，姓孙的家有现款，囤有余粮，老亲故友有急用的尽管找我来借。孙占元独立门户，不改家风，遵祖宗遗训，急公好义。"言此，手指身旁的孙老七，"我七哥幼年发奋，留学东洋，回国后在奉天城经营实业，现已是省城的商务会长，此番还乡嘱咐我勤俭持家，和睦乡里。提到去年春天，我和芦二爷为争夺村长的职位，发生嫌隙，让我哥重重地申斥了一顿，单等芦二爷平安回家，我必然去负荆请罪。”说着，又指指身边穿洋服、戴眼镜的绅士说：“这位爷是家兄在东京念书时的同学，金州地面的大财主，回国后不愿居官，退隐山林。他是空怀报国心，难舒凌云志。金州随同旅顺、大连湾划归日本，杨先生不愿在那里做洋奴，打算变卖田产，搬到咱们辽西来。俺堡子有风水，不久又可以多一户财主啦。”

管事的李春山接着说：“众位亲朋邻里听真，我们公义堂摆擂台，大比武，是老东家在世时立的规矩，废除几年了，今年的举动有原因。俗话说，人比人得死，货比货得扔，灭高人有罪，王吉庆是我经手把他雇到院里来的。没有梧桐树，招不来金凤凰，虎石台数头行的庄稼人只能到老孙家来出头露脸，扛一石五斗高粱上跳，这叫真本事。为此，我们东家每年给他高粱十六石。酒席宴前咱们话讲当面，过后别说我们公义堂抬高工价，撬别人院里做活的。”

众人无话，但对这一主一仆演唱的双簧，心中有数。这席酒直吃到过晌，乡亲们欢欢喜喜地离开孙宅。

当晚，公义堂贺灯节，又从清水镇请来一拨“蹦蹦”，一直唱到深夜。

兵劫、匪祸，堡子里耽误了不少的农活，公义堂手中二百多垧地，正月十六开始送粪。村南空地上，大粪堆像小山似的排列成行，几十号长工、四挂大车，紧张地忙活起来。连干三天，做活的口吐怨言。李管事的照老规矩，过夜两点钟就到伙房屋把大伙叫起来，操家伙出院，掌灯笼套车。可恼的是他把伙计从院里轰出来，“咣当”关上大门，返回门房去睡觉，伙计们干了一大气儿活，天还没亮呢。

今年正月格外冷，黎明前，鸡跷脚、鬼龇牙，冻得人透心凉。

天亮进院去吃早饭，个顶个连嘴都张不开。李秃子还扬言：有王吉庆打头，他格外放心，不出正月粪火准能送齐。活儿干到第五天，伙计们表面上说咸道淡，心里可敞亮，大打头的给他们配了一剂“舒肝散”。

清早，东家来到大粪场，李秃子跟在身后。孙八查看四周，沉着脸问道：“管事的，这几天送出多少车粪去？”

“总有四五百车吧。”

“到底是四百车，还是五百车？”

“说……不准。”秃子察言观色有点慌张。

“今天早饭前送出多少车？”

“我不知道，从王吉庆进院，照您的吩咐，我没跟车下地。”

◎李春山：人比人得死，货比货得扔。扛一石五斗高粱上跳，这叫真本事。

孙八把李秃子领到粪堆前的空地上，用手里的藤子马棒指点冰霜凝结的冻地，教训他说：“你给我管事，可取的就是那点忠心，论智谋干脆是个笨蛋，我可知道他们早饭前送出多少车。”李秃子如梦方醒，拜佛似的拱起双手，从心眼里佩服：“东家，你老是活神仙，李春山望尘莫及。”其实挂铁瓦的大车从铺霜的冻地上经过，每行一次都留有明显的痕迹，道理简单得很。

孙八教训了李秃子，回院里去抽足大烟，起身招呼马夫备马。他乘马来到地头上，把打头的叫过来，下马问话：“吉庆，正月十六动工，到现在为止，送出多少车了？”

“五百六十七车。”

“你记得准吗？”

“一车不差。”

“我不信。”

“我有凭据。”王吉庆从腰带上解下一个小布口袋递过去，孙八接过来开口一看，里面装的是黑豆。“每装一车粪，口袋里多一粒黑豆，你不信，当面数一下。”

孙八骇然心服，牵马随吉庆往地里走，听打头的向他报告，东西垄、腰截子、沙坨子、凸岗子……哪块地去年粪火薄，哪块地头年茬口好，黑土地秋垄放宽了，涝洼地没挖排水沟，说得头头是道。

东家临走对他说：“吉庆啊，我这个懒当家的，眼里不揉沙子。早晨，管事的让我考住了，我问他早饭前伙计们送出多少车粪去，他答不上来。”

“你知道吗？”

“我当然知道。”

“你在上房屋睡大觉，怎能知道做活的出几趟车？”

“说知道就知道。”

“我不信。”

“你不信，我也有凭据，出几趟车必留几趟车辙印。”孙八哈哈大笑。

“东家，没想到你也会耍小聪明，你让我当打头的，把权限交给我，我就得主事。李春山每天半夜就把人叫起来出去送粪，伙计们身上无衣、肚内无食，冻得打战战。势逼无奈，我让他们出院以后，装上车在粪堆周围兜几个来回，故意留下车辙印，给管事的留着察看，防备他发脾气，意外地让你给用上了。”

“出了院子不送粪，人上哪去了？”孙八压气问道。

“跟车下地到窝棚里头烤火，吃了早饭，人欢马壮大干一气儿，把前头落下的活计也就补上了，我这么做对得住东家和伙计，庄稼人讲话，烟抽透了活不少干。”吉庆从容应对。

“你小子是个将才，初来乍到就懂得收买人心，看来我孙八赏识你，没错眼珠。”

虎石台南不远是辽河岔子。开化以后，放牛的在浅滩上发现一具死尸，经人辨认，是去年被公义堂辞退的炮手崔歪嘴子。这消息惊动了前街袁连喜，想起他家年前被抢，胡匪吊打他的时候，隐约看见此人夹杂在胡匪中间。连喜在堡子里算是中等户，他爹在世时一无所有，全靠他自己勤俭持家，口挪肚攒，要强百事地积累了一片家业。三间房子、五垧地、宽敞的园栏都是经他手置办的。被抢以后，记恨在心，当日便打发他儿子袁百家把秧子芦茂财请来了。

芦秧子到来的时候，见连喜正和他的邻居金三谈唠。茂财落座，金三说：“老贤侄儿，这回咱们被抢，受害的人家得合计合计，崔歪嘴子一死，没有对证了，大家伙儿要报仇雪恨，得另想章程。”

芦茂财说：“县巡警局的密探正住在我家，只要有个人做证，就能马上逮捕顾天成。”

“连喜已经同意，让他儿子袁百家出证词。”金三说。

芦茂财当场写了一张告发赌徒顾天成通匪的呈子，让袁百家按手印。这份呈子写得周全，内容是去年腊月，匪首金三好在庙前陈家馆子和拉线的歹徒崔歪嘴子会面，有顾天成在场参加。证人袁百家是厨师陈龙的门婿，亲见崔歪嘴子送走金三好和李秃子在庙前密谈。其后，胡匪进村抢劫百姓，崔歪嘴子在袁家行抢，袁氏父子亲眼得见其人。最最可靠的是赌徒顾天成，除夕夜自家未遭匪劫，还出面袒护亲属沈万洪一家并使庙后一条街未遭抢劫。顾天成身不离赌场，要为盖东边匪帮“拉线儿”，二次来抢劫虎石台。

顾天成被人诬告，还蒙在鼓里。耍正月，闹二月，一直在街面上鬼混，不晓得大祸临头。这天晚上，顾天成又在局场上，卖酸梨、瓜子、落花生的小贩尤金榜推门进屋，说他爹尤老四——也就是西岭窑地上的那个山东大把头——从窑东刘镇长那里得来消息，说顾天成通匪有据，要逮捕他，劝顾天成快快逃走。可顾天成并不在意。

第二天早晨，从清水镇赶来四个骑马的巡警，把顾天成绳捆二臂逮走了。这小子摊官司，多数人认为是当然的事，唯独开饭馆子的陈厨子不以为然。出事不久，他便怒冲冲来到前街老袁家，袁百家迎到房门外，被厨子连抽了几个嘴巴子。岳父坐在炕沿上，手指他的门婿说：“正月初三你给我拜年，小成子的事情我就跟你说了，崔歪嘴子年前在我的馆子里和金三好会面，我不知内情，小成子也照样。他是和媳妇吵了架，到我那去躲一天，他既没和崔歪嘴了打交道，也没和土匪套交情。年三十晚上，他拿一笔赢来的钱，给乡亲们买条道，庙后住家的王长江、刘铁柱、李大虎都能证明。我和你家是实在亲戚，能说假话吗？你小子丧天良，告顾天成通匪，这就明明是要连累你老丈人。”

陈厨子酒气醺醺越说越恼，动身又去抓袁百家，挥拳要打，他的亲家袁连喜走进屋来。

“亲家，你别责怪你姑爷儿，也别骂我们老袁家。常言说，王法无私，顾天成通匪不是我们父子爷们儿捏造的。胡子把我吊在过梁上暴打，翻箱倒柜抢我东西。我被打得闭过气去，缓醒过来，一眼就看见了崔歪嘴子。冤有头、债有主，顾天成和崔歪嘴子相好，众人皆知，芦秧子告他通匪，为的是给堡子里被抢的人报仇。我家小喜子不出证词，他顾天成也躲不了这场官司。”

听袁连喜这样说，陈厨子正容道：“亲家，诬良为盗可不是闹着玩儿的。你我都是本分人，咱们陷害顾天成，对不起他爹老连安，那可是一辈子老实厚道与世无争的人。”

“犯王法不查三代，你少动说词，堡子里不三不四的都是你陈龙的好朋友。”连喜没好气地说。

“罢了，罢了，咱俩是儿女宗亲，我有一言相劝，不知你爱听不爱听。财主金广梁人称金三坏，鹰鼻鹞眼、兔胆狼心，你和他交朋友，早晚吃亏上当。”陈厨子劝道。

“秦桧还有三个好朋友哪，远亲不如近邻，我硬要和他相好，你少来教训我。”袁连喜头也不回地出屋。陈厨子气往上撞，大声说：“袁连喜，冲你这份犟脾气，准有倒霉那一天，你抱财主粗腿，欺负穷人，不能得好。从今往后，我和你断亲，谁也别认识谁。”陈厨子抬身往外走，他女儿艳香追送到大门外，被她爹踢了一脚。

隔天，庙前陈家馆子刚挑起幌儿来，村副吴殿臣派人过来订了一桌酒席。正午，村董王雅轩、刘元甲来到。席上说起了孙八和芦二结仇，指使他家的炮手崔歪嘴子勾结土匪，里应外合，洗劫了老芦家，匪祸波及半个村儿。转而孙老八背信弃义，在匪首攻击庙西王、刘两家的时候，拔刀相助，使胡匪受到挫折。倒霉的是金三好，误打误撞，落到黄半仙手里，不知道这个江湖人是孙八的小舅子。胡匪吃了愣亏，怒火都发在崔歪嘴子身上。据说，金三好率带残兵败将行经辽河岸边，下令把这小子活活地塞进了冰窟窿。歪嘴子丧命，死人口里无对证，这桩事孙老八尽可以推个干净。但是，种地户袁连喜告发，秧子芦茂财伸手，县巡警局捕办了知情不举的顾天成。判断小成子身受官刑，必有口供。孙占元这个人物，眼看着要栽跟头，吴六和孙八相好，要会同王、刘两家，出面调停。

王四说："这件事不用调停，我看大发不了，芦茂财决然告不倒孙老八。崔歪嘴子已死，顾天成又不知细情，孙八只需进省城找找他哥，就必能大事化小，小事化无了。"刘元甲也说不要紧，吴六这才放了心。

未出三日，孙老八果然到省城奉天去了。

孙八走后，公义堂这所大院子就由管事的李春山当家，这秃子吹五诈六，装起好不错的来。谷雨前十天，就催促大打头的王吉庆、二打头的柳天祥率带伙计们开犁动土。每年春种秋收，都是老孙家打头行，然而，今年直到了芒种时节，公义堂的大田地才刚刚种齐。堡子里纷纷议论：王吉庆进了孙家大院和李秃子争权，当家的出门在外，管事的说了不算。听院里做活的讲，吉庆不听李秃子的吩咐，不着忙种地，先精选良种后深耕、密植，尤其是粪火滤得格外细，上得十分饱。公义堂下把种地，竟比旁人家晚了十天。谁料想，今年春旱，种子落地，旱风突起。盼星星盼月亮，盼来了一声春雨。大家小户雨过之后都忙着占苗、补苗，唯有公义堂二百四十垧庄稼，幼苗茁壮，一片青翠，长势喜人。

孙占元从省城返回来，没进家先察看地里的青苗。岭底下碰见放猪的半拉子，把院里发生的事情告诉了他。孙八进院，见厨房门口正在宰猪，大师傅告诉他："大打头的王吉庆发话，东家从省城回来了，打赢了官司又看见地里的好青苗，不能不杀猪吃犒劳。"

当晚，孙八把王吉庆叫到上房屋，单独跟他说："你小子真是个能人，从今往后，这院里的大事小情由你做主，李秃子靠边。"

孙八进省城，通过他哥和大帅府沙副官长打招呼，县衙门慌忙将这件案子撤销了，秧子芦茂财原告又打了个被告。孙八回村，那个有通匪嫌疑的顾天成也取保释放了。

小成子被捕以后，先在清水镇民团，后转县巡警局，连番遭受了严刑拷打，关押期间又身染重病。奄奄一息的时候，小舅子沈万才到县城来探监，花钱打点看守，替他治好了病。最让天成痛心的是知道万才已经被逼上了老虎岭。不务正业的人摊官司是常有的事，庄稼人改行去烧窑，倒使他忧心忡忡。

午前天成被放出拘留所，慢慢腾腾小半夜才走到家乡清水镇。饥饿困乏想找店住下，但主意一变，摸黑儿爬上了镇东的大岭。如今无罪就算一身轻，得去看看沈万才，丨九岁的孩子到窑地上去卖苦力，不知能不能扛住。

虎石台西岭的窑地，天成到这里是轻车熟路，因为这里从开瓦盆窑那时起，就设有赌局。天成和这里大把头尤老四的儿子尤金榜相好，两个人就是在赌场上建立的交情。头年，沈万才瞒着顾天成找尤金榜，通过他爹从窑上赊砖赊瓦，内里也包含着这层关系。天成进窑地，经过吆喝六的赌场，照直扑奔工棚子。可走了几栋工棚，都没见着万才，最终在岭腰河沿脱坯场上看见了沈万才和刘铁柱。

“铁柱，你怎么也上窑地来了？”天成先和他打招呼。“万才能来，我咋不能来？”刘铁柱直起腰来笑呵呵地说：“大姐夫，官司打完了？我看从今往后你可别再耍钱了，跟我们到窑地上来凭力气挣饭吃，不招是非。”沈万才站在一旁插言道：“姐夫，你到家了吗？”天成摇头。

“你不先回家去看看，上窑地上来干啥？”

“惦记你呗，这里活计太重，我怕你扛不住，现在啥时辰了，怎么还不收工？”

“大姐夫，我和万才别的没有，可有的是力气，这些日子，我俩天顶天脱七千大坯。”铁柱说。

“这也太多了！”顾天成不禁惊骇。

“工地上，两个人合伙一天有脱一万挂零的。”铁柱一面回话，一面干活。

“姐夫，这窑地比咱庄稼院强得多，讲好了‘年道’，干好干赖都是一年。这地方干活讲计件，十天一算账，多干多给钱。我计算着赊欠窑上的砖和瓦，苦干一年就能还清。铁柱为发送他娘、给他爹治病欠下的债，也能还清。”沈万才一面干活，一面说话。

“傻小子，照你这么说，这地方就不叫‘山东坟’‘老虎岭’了。”顾天成百感交集，手指岗下那一片黑黢黢的荒坟说：“山东哥卖力气挣钱，都累死在这条岭上了。十几年来西岭窑地上已有几百人丧了命，咱们庄稼人不上岭，不就因为这个吗？欠下的债，咱们慢慢还，不能让你小小年纪就命丧老虎岭。”话语落音，拔步便走，背对着万才他已经泪流满面。

沈万才追他姐夫直到岭下，这回小舅子一改常态，头一次哀求天成，允许他在岭上干一年，还清债务，立马回家。顾天成下岭回村，天已大亮了，擦干眼泪，叩打家门。

沈万才正月二十拜别嫂子，收拾行李要到西岭上工，嫂子哭得泪人一般，一句话也说不出来。此时，她只恨自己见识短浅，坑害了娘家、婆家的两个兄弟，一个进阎王殿，一个上老虎岭。眼前没有两个孩子挂碍，她就恨不得找根绳子吊死。

万才打点动身，来了邻居刘铁柱，腊月底哥儿俩就已经合计好，一块上岭去佣工。两个人一样是债台高筑，无力偿还，非得找个卖苦力的地方去干活不可。来到窑地，大把头尤老四非常热情地把他们领进了工棚子，放下行李就开饭，伙食硬得很，工人们说天天如此。苦大力进窑地，并不需要什么技术，凭肩膀挣钱，但干什么活计可以选择。窑头以下有带班的，和军队一样也叫头目，头目分大小，一时认不清，但清一色都是山东哥。这片窑地冬季不停工，一年三百六十五天顶着干，上冻以前攒下足够的干坯子，一直用到来年春暖。烧窑不用煤炭，用的是秫秸，窑东为了节约燃料，无冬历夏趁热出装窑，工人就必须高温作业，所以这里待遇最优厚。

万才头年来过，这个活不单是热和累，关键是要抢时间，当时没到窑里去，这回得去看看。万才和铁柱来到大窑前，一座窑门刚打开，相隔十几步，便觉得酷热逼人。此时，一排工人正准备出窑，他们头系汗巾，身着单薄的衣裳，腰扎布带，手推独轮车，一个个睁大了眼睛，就像准备厮杀的士兵。窑头一声令下，独轮车鱼贯进窑。万才拉铁柱走进去，瞬间直觉脸像被烤焦了一样，慌忙用手捂住了。眼见那些工人，双手都缠着破布，一码一码地往车里装砖，装满之后，推车出窑。昏暗的灯光下，见他们个个汗如雨下，有人手上的破布都被热砖烫得冒了烟。

大窑头进来把他俩拽了出去，笑他俩是仰壳下蛋——力巴鸡。穿棉袄、棉裤进热窑，看起来还挺认真，真是一对傻瓜。可这对傻瓜从窑里看到窑外，看完了出窑又看装窑，最后商定先不干这个活。

岭腰河沿上是脱坯场，这个场地有一里方圆，上百号人在这里正干得欢实。和大泥、脱大坯，庄稼人哪有不会干的，沙子掺黄土，比和“扬搅泥”省劲。万才和铁柱子一走一过便去找大把头，在这干上了。一个月下来，账房给他们结算了两次工资，挣的确实比干庄稼活多得多。

春暖花开了，窑地上的活计紧起来。万才到县城去探监耽误了十几个工，回来后脱坯的定额又提高了，要想多挣钱，必须得贪黑起早，加班加点了。

一晃三个月过去了，他俩和工地上的人都混熟了，除了口音不同，大家都称兄道弟，一家人一样，何况万才和铁柱的老家也在关里。但有一件事让他们闹不明白，这些山东哥逃荒来到关外，好像都是一命货。白天没命干活，晚上也不好好睡觉，闹闹哄哄不是喝酒就是耍钱。工棚子多半截是赌场，大厨房半夜里也叫勺。半个月开一回工资，挣来的那些钱，就像白拿的一样。窑上账房屋里，白花花的银洋堆在柜台上，工人用钱，打个借条就可以长支。这些人破衣烂衫，行李简单，个别的枕砖头、盖麻袋片儿，可昏天黑地，不懂得犯愁。

这晚，二人半夜被耍钱的吵醒。起来出去解手，见邻近工棚子有一伙人急匆匆地往脱坯场走。他俩跟着来到工地，夜色中，见一群人都在这里干活。原来，工棚里空着的铺位，不全是喝酒耍钱去了，他们白天干一天活，晚上一觉醒来，接着干到天亮。这可是个挣钱的好办法。两人相约，学这些好样的，人穷就得有志气，总拉一屁股饥荒，算不得英雄好汉。夜间干活到十几天头上，结算工资时，真多挣了好几元钱，吃得辛苦总有回报。

这天，由于严重的春旱，脱坯场上断了水，得到一里外的山涧里取水。为了赶进度，大窑头勒住了定额，逼得工人昼夜加班，不得消停。夜深人静，沈万才和同伴们挑着沉重的木桶，顶着呼呼的西南风，深一脚、浅一脚地到山涧里取水。大家一个跟着一个，哑然无语，这帮人连续劳动已经超过十五个钟点了。路到尽头，面前是那个可以攀上攀下的陡坡，万才前面的那人肩挑重担，手握双桶试探着下坡，脚下一滑，大头栽葱跌了下去，伙伴们惊呼急救，这人半晌才苏醒过来。跌伤的是个老头，万才将他抱到一块草地上，此人平素也相识，只知道他是山东青州府人氏，姓汪，已经在窑上干了七八年了。老汪头受万才救护 ，称谢不迭，没管头上的摔伤，挣扎着要起身去挑水，被万才拦住了。

夜风掠过树梢，发出刺耳的呼叫，山涧里清清的流水发出冷冰冰的哗哗声，被汗水湿透的单衣紧贴在脊梁上，二人相对打起寒战来。离他们不远的那一片荒坟，荧荧的鬼火从暗处被风卷起来，流光四散。一只猫头鹰蹲在枯树上像儿啼般号叫。触景生情，老人心酸地向万才唠叨起了自己的身世。

七年前，他随同乡六个人逃荒，出关来到东北，没钱买车票，走旱路从山海关奔了奉天。原打算是上抚顺下煤窑，听说当煤黑子挣钱多，卖苦力可以往家邮点钱。一行人走的是大御路，经过清水镇时，歇脚打尖，叙起同乡，被窑东尤老四招到岭上来。

山东老哥不缺力气，七个人上岭，窑东按规定都先借给他们一笔钱，账房先生帮忙写信邮回老家。其后又帮他们添衣裳、置行李。窑地上伙食硬，有人贪吃好酒把钱用多了，工棚子里放赌，有人又把钱输多了，干到年底，光剩下了饥荒。旧债欠着，窑东又能借你新债，让你邮回老家，可是欠窑上的钱是要拿利息的，就这样息滚息，利滚利，怎能还得完。七个人中只有两人还清债务，回乡了，两个病死在岭上埋进了山东坟。一位姓姜的老婆从山东找上来，逼他还乡去照看爹娘，无奈，老姜把女儿卖给了窑头尤老四，做了他家的童养媳。一位姓李的，得了风瘫症，不拿工资给窑东在镇上开设的当铺看门。独剩下老汪一人，不知还要在关外流落到何时！

老汪头指点那一片荒坟，道得出张三、李四都是在哪一年上岭，啥时候得病，生前死后所发生的种种凄惨的景况。

天快亮了，刘铁柱找上来，两人搀扶着老汪头回了工棚子。

老汪头跌伤，多日不能出工。这天，万才又来看望他，正赶上窑头尤老四站在他的铺位前发脾气。“老汪头，一歇好几天，该上工了吧？大忙的时候，都像你这样不疼不痒就歇工，窑上的活儿就没法干了。”

“尤师傅，依我呀一天也不想歇，无奈伤筋动骨一时不爱好，我的右膀子抬不起来。”老汪头痛苦地说。

“你照这么歇下半年去，又该猫冬了，欠窑上的债啥时能还清？”

“世人短不了世人钱，姓汪的有这口活气，就不能让窑上摊黄账。”老汪头嘟哝着说。

“说得轻巧，可你不出工怎么还债呀？窑地上不养闲人，搬山填海是英雄，闹病趴窝是熊货。”尤老四说着要走，惹恼了站在一旁的沈万才。

“等等，老汪头欠你们窑上多少债？他这一辈子还能不能还完？”

“你问得着吗？小孩子家少管闲事。”尤老四抢白他一句，抬腿要走，被沈万才拽了回来。“小兔崽子，你是他什么人，替这老小子抱打不平？你能保证他不逃债？他欠窑上大洋一百多元，穷人欠下债就得拿力气来还，你小子才上几天岭，充什么硬汉儿。”尤老四压着火儿说。

“他的债是怎么欠下的？”沈万才堵着门问。

“长支，长支你不懂？”

“我懂，长支短欠，到庄稼院也有这种事，可我听说工人从窑上长支得拿四分利息。”

“这是咱窑上的老规矩，你小子改不了。”尤老四已经忍无可忍，拧起眉毛来现出一脸的煞气。此人是个雄壮的彪形大汉，素常最喜打架斗殴，动辄拿刀动杖，暴躁异常。今天意外地被一个毛头小伙子留难在工棚子里，气得浑身颤抖，恶狠狠地骂了一句，拉架势就要动武。赶巧刘铁柱走进来和沈万才一左一右把住了房门，两壮士挺身站立，空气立刻紧张起来。尤老四气馁了，他倒不是怕这两个后生，而是此刻工棚子里已经聚集了上百号工人，一个个怒目而视，看样子都能伸手。大窑头骑虎难下，满面通红，不知哪个腿快的把昨夜在窑上过夜的财东刘紫玉请来了。

三个巨人中间夹一个矬巴子，场面有些滑稽。他晃动一颗大脑袋，未待说话，先引起了一阵哄堂大笑。财东有些难堪，他没问窑头和万才因何争吵，而是大模大样地派众人的不是。

“啥时辰了，还不去上工？吵架有什么好看，上工去。”然而周围的人一个也没动。

“嗯？你们这是要干什么，是不是要罢工啊？”财主转身坐在炕沿上，摆手招呼大窑头，“老四你也坐下，咱得和他们谈谈，看样子这是想闹事。”

万才拉铁柱坐在对面的炕沿上，众人七高八低也都找地方坐下了。

“说说吧，你们今天想闹什么事？”财东回身看看窗外的炮手，严厉地问道。

“我们没想闹事，财东来了正好，论说我刚刚到你们窑上来，这也算多管闲事，可是窑上对待工人的做法让人出不来气儿。工人跟柜上借钱，要收四分利，是不是太黑了。再者，这么重的活儿，能不分老幼吗？老汪头五十多岁了，夜里干活掉在山涧里。”沈万才理直气壮地说：“老汪头摔伤了，不能上工，窑东逼他干，说他欠柜上的钱，这是要钱，还是要命？不怪乡亲们管你们这块窑地叫老虎岭，耳听为虚，眼见为实，这地方是能吃人。”

财东聚精会神地听着，等万才把话说完，他才发话：“你这个小伙子说得有理，可你忘了，这片窑地是我的财产，是我拿钱在这开窑，做生意有本就得求利。对待穷苦人，我刘紫玉身为一镇之长，敢说并不刻薄。可这里是烧砖烧瓦的窑地，不是舍粥喝的慈善堂。你小子这番议论，有一个罪名，叫无理取闹，鼓惑罢工。你哥哥殴打官差，惨遭横死，你小子又到我窑地上招惹是非，聚众闹事。姑念你年轻，庄稼人不懂个世故，下次再出这种事，我可得办你。”

刘紫玉人随话走，出离工棚子，尤老四也紧随其后，回转账房。

沈万才人小心大，敢为穷哥们儿说话，让这些山东哥热泪盈眶，竖起了大拇指。晚上，尤老四的儿子尤金榜悄悄来到工地，告诉万才和铁柱，刘紫玉为早晨那件事大发雷霆，嘱咐他俩日后在窑地上千万别再多嘴多舌。

这天，在乡亲们的帮助下，后街老沈家新建的敞敞亮亮的三间砖瓦房落成，炕都烧干了。家具、什物从下屋挪进正房，安置就绪，左邻右舍前来贺喜。东院陈厨子替老沈家准备了三桌酒席，酬谢乡邻，乡里风俗叫“燎锅底儿”。

沈大嫂给后院老董家四叔、西院刘老叔装烟，淌着眼泪说：“四叔，没有你老的车和马，加上大兄弟、二兄弟帮忙，我家的砖瓦木料拉不回来。”接着面向刘老叔：“你老这几年身板不好，我兄弟铁柱子又上岭干重活儿，就这还为我家盖房子多干了不少活，让我拿啥来报答？”又面对几个年轻人说：“老李家大兄弟、二兄弟，为了帮我家盖房子，多少天都没正经下地，长江大哥全家也都为我家操心费力。”

“弟妹，万洪活着的时候，早把四邻的活儿都帮尽了，我们为你家出点力，那是应该的。”西邻李大虎慷慨地说。

门开处，西院儿的陈寡妇一脚门里，一脚门外，“啧、啧、啧”先打阵碎嘴子，蝎蜇般“哎哟”一声：“这房子盖得多阔呀，青砖铺地、纸糊天棚，门窗都是红松打的，真是旧的不去，新的不来呀！”

董四叔欠身离座，刘老叔身后相随，王长江白了寡妇一眼，李大虎忿忿地说：“这房子早点烧掉就好了。”

万才随众人到东院去喝酒。来者是客，大嫂陪陈寡妇说话。寡妇抱起在炕上玩耍的二秃子，又亲又咬，煞有介事地问道：“大妹子，清明给万洪上坟去了吧？”王氏点头。

“咱姐俩真是一对苦命人，都怨咱们住在庙后头，有大庙压着，别想翻身。庙上黄老道说，在庙后住家，命中注定没有好运，一辈子不能发家。你又在原来的地方盖新房，还是转不过运来。守节立志是大户人家说的话，穷苦人，家无隔夜粮，拿什么抚养儿女？嫂子我是过来人，大妹子你得早点打主意。”

沈大嫂面对面看着她，见寡妇泪眼汪汪，态度挺诚恳。“陈大嫂，我知道你这是一片好心，可咱俩不是一样的人，我已定下终身不嫁了，把万洪留下的这俩孩子拉扯成人。我一辈子也不能像你，守不住空房，在堡子里丢尽名誉。”王氏正容道。

“大妹子，一日夫妻百日恩，你和万洪从小就在一起，棒打鸳鸯两离分，难怪一时想不通。当初我男人在前线阵亡，我也想把他那梦生的孩子拉扯大，不让她随娘改姓，可我那孩子还不是当了屈心的王八犊子！”陈寡妇激动地说。见王氏坐在炕沿上低头不语，又接着说：“大妹子，古人说，花开花落年年有，人过青春无少年。药方先生白延龄三十二岁断弦，最近求我向你透问透问，你只要点头，就可以带两个孩子到家里去。招夫养子呗，人情大于王法，乡亲们不能笑话。二先生这个人你知道，是这一带的名医，悬壶治病，日进斗金，跟了他定有好日子过。这所房子和家中的浮物，留给万才安家立命，那也就对得起他死去的哥哥了。”

陈寡妇单刀直入，说出话来娓娓动听，却遭到了王氏的断然拒绝。陈寡妇扫兴，搭讪着出屋，王氏没送她。

送走了客人，沈万才在庙前买了包点心，到前街去看望他的长亲王老好。进门后把手拎的东西放在柜盖上，见那久病初愈的老人正在炕头上喝粥。万才坐下说：“三叔，我们搬进新房子了，我背你老看看去吧。”

王老好一阵心酸，眼泪掉进了粥碗里。

第 四 章

春起，在村副吴六，村董王四、刘大主持下，召开了村公大会，一致通过了重建关帝庙的决议。三月初一动工大兴土木，由刘元甲任监工，七月十五日工程告竣。

这日，新塑的关老爷神像，要把那张蒙脸的纸揭下来，名叫“开光”。神仙开光得举行大典，十里八村的乡民都要赶来焚香顶礼。为了庆贺，堡子里从县城请来一拨“乐亭皮影”，要在庙前的广场上演唱十天。闻讯，做买做卖的、推车挑担的、打把式卖艺的、变戏法卖膏药的，头两天就都拥到庙前，占地号、踩窝子。

清晨，老爷庙山门大开，旗杆顶上升起了杏黄旗，敲钟击鼓，鞭炮齐鸣。村副吴六和几位村董长袍短褂儿站在前排，率领众村民，仰望道士黄半仙登上神案，给关老爷开光。关老爷这才和大伙儿见了面，眼快的看个大概，这个新老爷跟旧的老爷不同，赤红面子变成金脸了。但未等细看，道士黄半仙念经，会董刘元甲唱礼，就赶快跪下去磕头了。大殿里香烟弥漫，呛得人睁不开眼睛。烟雾中可见原来的那些泥像形态如故，只是重新彩画了一遍，庙墙涂了一层青灰，山门刷了一遍红油子，仅此而已。大家心里清楚，这一次翻修神庙的花销不小，大家小户均摊，得凑足数两千元整。

典礼完毕，村副吴六没说修庙花钱，单讲关圣帝君功德无量并郑重其事地对众人说：“关老爷归神之前，曾经见到家雀走三步，和尚告诉他 ，这预示你老归天后，还要走三千年旺运，现在才一千多年，他老人家的旺运还要走一千多年呢。”

庙前的驴皮影开台。被胡匪绑架去的村长芦启良带他的侄子芦茂财来到村公会，一时吸引乡绅和众村民撇下喧天的锣鼓，都跑到这里来看望他们。

村长芦二比被绑以前更显发福了，红光满面、神彩焕发和列座的乡绅们叙话。首先对村里兴修神庙大加赞许，并且说到，他芦家被胡匪洗劫是坏事也是好事，使他更清楚地认识到，死生有命，富贵在天。他被胡匪绑架的时候心中许愿：求关老爷保佑，芦启良平安回家，堡子里翻盖圣殿，由我出钱。今天，关老爷开光，昨日芦启良脱难，正是抬头三尺有神灵，处处都有显应。由此，他宣布：修庙的两千元钱，由他个人施舍，一台乐亭皮影演唱十日，也由他拿钱开付，这算是姓芦的在老爷面前还愿。

堡子里老老少少多数都到庙前看望了村长，唯独会董孙老八没露面。

公义堂管事的李春山，带领四十名做活的，赶五辆大车拉着通椽、苇席、跳板、高桌、长凳来到庙前，在距影窗子十丈开外的地方搭起了半圆形的看台。这看台离地三尺，下有地板，上有席棚。奇特的是，在看台的正中央，高桌前面的扶手上，竖一块牌子，写的是“仁慈堂专席”。

当晚，堡子里的绅士都没去看影儿，村副吴老六摆开了给村长压惊的宴席。和事佬刘大和王四敬酒以后，进言道：“孙老八自知理亏，无颜来相见，口说芦二爷还乡之日，他要负荆请罪，事到临头又磨不开面子了，打发管事的在庙前搭看台，把头排厢让给村长，对孙八来说，可谓变相赔礼。”芦二一笑。

皮影儿从七月十五开演，唱的是全本《薛刚反唐》，昼夜连台十分热闹。忠臣孝子人人敬，乱臣贼子人人恨，薛家将三祭铁丘坟，武则天贬谪亲生子，看得人废寝忘食。

皮影儿演到第八天晚上，唱的是武三思挂帅讨伐叛逆，随军带着如夫人花月姑，这女子能征惯战，武艺超群，只可惜是个狐狸精。两军对垒，迎战的是薛刚的侄子小将薛蛟，双锤并举，未出几回合，花夫人拨马败走，落荒而逃。薛蛟纵马赶来，面前闪出一座古庙，女将勒住了坐骑，急回身冲薛蛟吹了一口法气，小将落马。花夫人把薛蛟抱到庙里，放在神案前，口中淫词浪语不堪入耳，进而为他宽衣解带，二人就在那古庙内、神案前做出了苟且之事。

立时，场子里骚动起来。看影儿的老太太直打碎嘴子；大姑娘小媳妇全都涨红了脸，低下了头；二流子从角落里吹起了刺耳的呼哨，有些人起身回家去了。陈寡妇这时正站在看台上和财主家打诨，瞧见老孙家女仆石妈怀抱他家小少爷金锁子坐在看台的正面，瞪着水汪汪的大眼睛，粉面通红。村副吴六一劲儿冲她挤眉弄眼，石妈没什么反应，并不理他。

秧子芦茂财酒气醺醺，喷烟吐雾，直瞪着两只眼居高临下，在看台底下的人群中逡巡。此时，已是夜间十点多钟了，男东女西，看影儿的妇女所剩无多。西北角坐着一个小媳妇儿，光梳头，净洗脸儿，素淡装束，格外的妩媚。鼓鼻子鼓脸儿，跟影窗上头那个花月姑长得差不多。陈寡妇走过去，偷着掐了他一把，嘴里说："二齿钩眼睛，又叨上她了？"芦秧子此时已没了听觉，木在那。陈寡妇看得清楚，芦秧子是一个人溜走的。

皮影儿唱到十二点半才散场。那个坐在西南角上看影儿的漂亮小媳妇儿，是柳天祥家里的，她是庙前阮家店的姑娘，村公会阮老先生的嫡亲孙女。去年秋天上头，婚后还不到一年，利手利脚儿，男人又总不在家。这几天出来看影儿，被戏中的情节迷住了。她和柳天祥租用西岭窑头尤老四的间半房子做新居，两家住对屋，尤老娘虐待童养媳姜大妞，越到夜晚越是打骂不停。这几日，她总是陪着老太太出来看影，好让大妞在家里享点安生。

娘儿俩趁着月光往回走，一路上人声嘈杂，热闹非常。姜大妞听见响动，跑出来开门，迎面还是挨了两巴掌。婆婆怪她门开晚了，大妞急忙点灯，哆哆嗦嗦又碰洒了灯碗子，接着又是一顿打。阮氏苦劝一番，深悔有意拉老太太去看影，让孩子少受点折磨，未料深更半夜还是没躲过婆婆的毒打。

劝说半晌，这才从西屋回转东屋。掏钥匙开锁，掌上灯察看南北窗户，插上门脱鞋上炕，解下长衫、摘下簪环、熄灯就寝。柳阮氏躺在炕上，心满意足。姑娘出门子，要是没有公公和婆婆，那就是前生修来的福……谁知转念之间，一个人影儿从墙角闪出来，一把冰凉的匕首顶在她的心口窝，"乖，别动，出声我捅死你。"

芦茂财溜出广场，来到她家，先端开北窗户进了屋，再把窗户照旧划好，小媳妇儿把歹徒关在屋里了。阮氏吓瘫了，任其肆意轻薄，一声也吭不出。屋里只是芦茂财的喘息声和隔壁隐隐传来的姜大妞的哭声。

叔叔赎回来了，芦茂财无债一身轻。秧子使出浑身解数，祸害这个失去反抗能力的女子直至天明。临走，芦秧子留下话："这是咱俩前世的缘分，柳天祥又粗又野，你把此事告诉他，没你的活命。从今往后，只要天祥不在家，哥哥就过来侍候你。"

一早，西屋姜大妞不见老柳家嫂子到外屋来做饭，趴门缝儿往里看，吓得大声号叫起来。

柳天祥的媳妇悬梁自缢了。

她临死以前，把屋里收拾得干干净净，炕上地下，草刺儿不见。身上的旧衣服脱下来叠好，平平整整地放在箱子里。从头到脚换上了出嫁时穿的那套衣裳，头上戴着簪花，脸上薄施脂粉，上下身还是那套红缎子的裤子袄儿，鞋和袜儿都是原样儿。她是从梁柱上摘下个装蘑菇的竹筐，放在柜盖上，把两只腿带儿接起来，利用梁上的那根钉子吊死的。

先是尤老娘和她的童养媳在院子里号叫，住在前院的王老好第一个赶到，一面动手拨开老柳家的屋门，一面让第二个跑进来的邻居袁百家快去公义堂，把柳天祥叫回来。天祥回到家，王吉庆和院里的十几个长工也都跟脚跑来。这时，死者已从梁柁上卸下来，平放在炕上，隔壁的二先生说，没救了。

柳天祥呼天抢地，不知他媳妇是为啥死的，铁塔般的汉子，哭得背过了气。小两口儿结婚以后一盆火似的过日子，人死得蹊跷。王吉庆带人出了屋子，把这出事的三间瓦房围了起来，为的是不让人靠近现场，等候会首们来查看。但这伙人一不是村里的头面人物，二不是官府的公差，谁听他们的。消息传出，转瞬之间，看热闹的人就将屋里屋外、前庭后院挤得满满的。村长芦二率众会首赶到，一进院子便大喊："保护现场。"可是现场早就被破坏了。

几个村丁费尽九牛二虎之力，先赶走了大人，又撵走了孩子。屋子里清静了，才开始慢条斯理地盘问柳天祥。天祥痛哭不能回话，再问对屋的知情人，大妞也是个哭，尤老娘打着山东腔儿，把昨夜今晨的经过叙说一遍，绅士们听后懵懵懂懂，理不出个头绪。

这时，房东尤老四才带着儿子金榜从西岭赶回来。早晨，金榜挎篮子迷迷糊糊从赌场上往家走，半路上听说他家房户柳天祥的媳妇在屋里上吊了，拔腿往回跑。到家停留片刻，便上岭找他爹。爷儿俩刚到家，镇长刘紫玉率带着一伙人也骑马来到。

停尸三日，县巡警局才派官员前来验尸。苦主柳天祥一直认为他媳妇死因不明，恳求官府调查明白。派来的巡官大人戴着白手套，捂着鼻子在灵床前边，只站了五分钟就下了结论：确系自缢身死，股背四肢均未见伤害，生前有无疾病不得而知。不单如此，那巡官还在询问案情、检查尸体之后，把村公会申斥一顿，怪他们小题大做，此事没必要惊动警局。

处理此事，芦二心中有数。苦主柳天祥是公义堂的长工，不这么操办一回，怕孙八从中作祟，借此也可以表示芦村长体恤民情。

柳天祥再喊撞天的冤，也无济于事了，乡亲只好劝他把媳妇发送出去。

傍黑，王吉庆赶车从清水镇拉回一口花头棺材。有人替柳天祥到庙上黄老道那里给死者去“打殃榜”。黄老道为难，因为只知道她的生辰八字，不晓得啥时辰咽气，打不出殃榜来，但告诉来人，小媳妇横死，听说又是双身子，最好是火炼了干净，否则就得囚起来。

清晨，死者入棺盛殓，众人帮忙把棺木送到北山底下的义地囚起来。

过午，王吉庆来到义地，见柳天祥和他爷爷丈人——村公会的先生阮敬贤还守在坟旁流泪。天祥年轻丧偶，还可以续弦，老阮头风烛残年，失掉了唯一的亲人，真是苦上加苦了。

老阮家是最早在这柳条边台开荒动土的老户。阮氏先人在此地定居，三十年前，是个人口众多的大户，阮敬贤别号“思圣”，是村里唯一的读书人。他参加过多次乡试，但到老还是个白丁，后来家道中落，便设馆教书了。现今堡子里的绅士芦启良、孙占元、王雅轩、刘元甲都当过他的学生。天灾人祸，使这一家人丁锐减，一年前只剩下他们祖孙二人了。陈寡妇做媒，老先生把他这嫡亲的孙女儿许配给柳天祥。皆因这姑娘生在桂花初放的季节，老祖父给她起名叫桂香，没承想她又在十八年后桂花将放的时候离开了人世。

王吉庆站在他们中间，不知他俩是谁陪着谁，半天晌午还不离开坟地，一老一少对头哭，拿不准先劝哪个好。思忖半晌，动手拉天祥，“天祥啊，人死不能复生，你别哭个没完没了，好几天水米没打牙，该回去吃口东西了。”天祥照旧哭，吉庆无奈，磨身再去拉老爷子，“阮大爷，你老年岁大了，得注意身体，哭坏了身子没人照看你了。”未料这一劝愈发使老人悲痛了，竟致哭出声来。死拉活劝，终于把两个人搀扶起来，随他回村。离坟地很远了，阮先生忽然止步，回身又望了望他孙女的坟头，口中喃喃地念道：“时耶，命耶，天杀吾也！”动念之下，又是老泪纵横。

三个人来到庙前，陈厨子跑出来和王老好一左一右把那祖孙二人拉进了饭馆子，两碗热汤面，片刻摆在圆桌上。厨子开的是家眷铺，老婆、孩子一起忙。此人广交友、重道义，乡里知名，阮先生和他是两辈子的街坊。适才王老好过来打招呼，言说吉庆到义地去把那两个苦主儿劝回来，请他给预备点吃喝，陈厨子欣然应允。

阮先生和柳天祥在乡亲盛情之下，无法推脱，心里感念不已。

饭罢看茶，陈厨子和王老好正陪着他们说话儿，王吉庆从门外进来，随他来了关帝庙的道士黄半仙。道士落座，天祥说：“黄老道来得巧，我得问问你，当初我和阮桂香结亲，是你给合的婚，牙对牙，口对口，你说我俩是上等婚，能够和和美美，白头到老，可如今一年刚过，怎么就生离死别了？”

“无量天尊，贫道一时被你问住了。但有一节，施主应须明白，常言说，八字造定命生成，看贤夫妇今日的收缘结果，恕贫道冒犯，你二人出生之日准定是有一个记错了时辰。不是出家人雨后送伞，还应该晓得星相之术不止一端。施主你剑眉入鬓，目似冷星，此乃妨妻之相。”转而面向阮先生，“老先生明鉴，先天至圣孔老夫子，五十而知天命，看来天命不可违。贤孙女七岁丧父、八岁失母，哪是福寿绵长之人。她性情温柔，形同弱柳，素常日总见她眉锁春山、目含秋水。不独是身世凄凉，孤零相貌，合当夭亡。”黄半仙话说至此，起身要走，被天祥留住。“老道，我想再求你给我算一卦，我总寻思我家里死得屈，你给我算算，我能不能知道她到底是因为啥寻了短见？”

半仙摇头。天祥接着说：“算卦不灵，却也罢了，听说你生就的一双慧眼，白天黑夜都能看见鬼神，请问在我媳妇生前死后这几天，你见到啥妖魔鬼怪没有？”

“为举行武圣开光大典，贫道斋戒沐浴，晨昏诵念经文，没离开庙堂一步，外面的光景，一概不知。”半仙正容道。

王吉庆送他出屋，分手时递给他一块银元，道士未收。原来，这老道是吉庆特意请来的，为的是给那两个苦人儿解解心宽。天祥几日不进饮食，阮先生已痛不欲生。这一招确实有效，爷爷丈人、孙子女婿这二人总算把眼泪擦干了。

阮先生早年丧子，小桂香年仅七八岁，便爹死娘嫁人，老先生当时还在家里设馆教书。祖孙二人相依为命，苦度岁月。民国年间，阮先生进村公会当文书，拉扯这孩子长大成人。去年柳、阮两家结亲，柳天祥也自愿当隔辈的养老女婿。婚前，阮先生毅然决然地把庙前祖传的三间破草房连同房场儿一并卖给了开小铺的张茂森，然后把所得的钱款一部分还了多年的陈债，剩余的都给孙女做了陪嫁。阮先生从孙女过门儿，就一直住在村公会，和两个村丁同杂役王老好在一起办伙食。本意是年老体弱，不能自食其力的时候，可以回到孙女家去养老，以享天年，现下，一切都落空了。可天祥当众声明，自己决定不再娶妻，奉养这位爷爷丈人终生，令众人敬佩。

就在这天晚上，柳天祥到于二大神的家里去烧香。大神坐在马杌子上眯缝着双眼，哆哆嗦嗦地请来了神。柳天祥叩头在地，苦苦哀求：“三太爷，我和桂香成婚不久，她忽然悬梁自尽，我心里不明白，黄老道说的有些道理，可我还是不服气。三太爷有几千年道行了，你老人家通天彻地，道法无边，准能告诉弟子，我媳妇是为啥死的。”

三太爷瞪着他面前的牌位，摇动身躯，正色言道：“小蛮童，你媳妇原本是九天仙女化身，怎能和你这凡夫俗子白头偕老。她如今已经位列仙班，你还在求神问卜，这不是自寻烦恼吗？”三太爷说完，仰起脖颈儿，回府去了。

柳天祥无话可说，默默地回转公义堂。

按乡习，谁家出横事，当时没有人说长道短，事过之后，可是议论纷纷。那天驴皮影散场以前，有人看见秧子芦茂财偷偷摸摸往前街走去，走的并不是回自家的路。究竟天祥媳妇横死和芦秧子有什么瓜葛，反正挺蹊跷。

中秋佳节，家家户户都在庆团圆，王老好父子请阮先生和柳天祥到家里来吃饭，客人走后，爷儿俩低声唠起嗑来。

“爹，这些日子天祥的情绪已经稳定下来了，可我一天比一天着急，这人就这么糊里糊涂死了？”

“这桩案子一时透不了天，事关人命，没有足够的证据，官司没法打。当时我想，惊动官府也许能查出点头绪来，归终还是闹哄三天，不了了之。这件命案，爹心里有个谱儿。”老好起身从柜子里取出一个小小的纸包，打开给吉庆看，里面是一个洋烟头。“这是当天我从梁上把天祥媳妇卸下来以后，在他家的炕席缝里捡到的。当时，在他家的砖地上，还留有男人的脚印。不过这烟头一拿到我手里，我就犯了寻思，咱村抽洋烟的不止一个，地上的脚印也很快被看热闹的人给踩没了。过后，我拿这一点凭证偷偷地对照，正是芦茂财抽惯的那个洋烟牌子，叫‘麦思乾’。尤老四的儿子尤金榜在耍钱场上听说，柳天祥家里的横死，陈寡妇知情。前街的关庆余，在出事那天晚上，也见到芦秧子在老柳家房后转悠。”

“下步咋办呢？”

“咱和天祥非亲非故，不能出头替他打官司，袖手旁观又于心不忍。”老人想了想，感慨地说：“你爹在村公会当杂役，一晃几年了，没见过穷人遇难，财主着急，只经过财主闹事，穷人遭殃，这就叫不经一事，不长一智。从你姐夫死后，我病在炕上，想通了一个理，穷苦人里得有带头的，拿出能耐来对付财主。逆来顺受，随波逐流，只有死路一条。我这才同意你进了公义堂。原想你能站住这个堂口，保护一些人少受财主的祸害，没想到公义堂里边没出事，院外头又出了事。天祥的事咱得管，但得借重孙老八。靠阮先生、柳天祥出头告状不行。”

“怎么下手呢？”

“咱爷儿俩分头办事。”

三天后，公义堂管事的李春山下街来了，先到关帝庙打转，又去庙后陈寡妇家耍了半晌，傍黑转到出事的那一带，串了好几家门子。李秃子做酱不咸，做醋准酸，他接受主子密令调查原委，不但一无所获，还闹了个满城风雨。从公义堂伙房屋到堡子里的大家小户，都知道孙老八要替柳天祥申冤告状，正派出管事的四处访察。

风声传出不久，这日晨起，黄老道刚刚漱洗完毕，秧子芦茂财掀帘进屋，道士笑脸相迎，毕恭毕敬请他落座，动问来意。秧子说：“家大业大，琐碎烦恼的事情太多，求道爷替我看上一卦。”黄老道整衣襟，抹桌案，取过卦盒。芦茂财接过卦盒，高举过顶，摇动三次，倒出里面的金钱，如此六遍。每一次金钱落地，道士都在一张白纸上写画，圈圈点点，各具形状。“六爻”成体，黄半仙动笔在纸相上批断，口中念念有词：“朱雀、玄武、白虎……父母、兄弟、子孙……”他皱眉停笔，面现疑容，冷然道：“公子所问何事？”

“问问我近来的运气如何。”芦茂财若无其事地说。

“出家人不打诳语，从卦相上看，主是非口舌。恕贫道错断，公子目下就要摊一场官司，并且是凶多吉少。”

芦茂财变色，求老道设法解脱，道士应允，少不了还是得“推八门”。演算结果，准许芦茂财到东南方逃灾避难，百日过后，云消雾散。秧子信服。

当晚，王老好走出村公会，到庙前陈家馆子去串门，陈厨子正把他胖大的身躯摊在一张躺椅上喝茶水。见面就说：“这回有把握了，今早芦秧子找黄老道算卦，老黄诈出他心里有鬼。我就说人命关天，死鬼总围着凶手转，早晚也跑不了。”王老好不慌不忙地向厨师问明事情的经过，随即离开。

村里果然发现芦茂财出走了。秧子离村，越发招来乡亲们的物议，很多人都在暗中替柳天祥着急，已经具备了条件，为啥还不到衙门去喊冤告状？原来是王老好父子，一个按住阮先生，一个按住柳天祥，叫他们少安毋躁。

这天，王老好正和阮先生在村公会里闲坐，会董王雅轩溜达进屋，近近便便地和这两个老头儿叙谈。他故意把话题引向柳天祥家发生不幸那件事，并问二老，听到什么谣言没有。阮先生默不作答，王老好自称他听到了一些传言，但不足凭信。王雅轩当面劝说：“老芦家刚刚摊过横事，他叔侄绝不可能伤疤未愈又惹是非，说这种话的肯定是芦姓的仇家，落井下石，用心歹毒。你们俩一老一残，仰赖村公会吃饭，村长家里出了事，你们的饭碗子也就难保了。”尤其告诉老阮头：“你应该嘱咐你的孙女婿，不可轻举妄动，受别人的利用。眼下话虽有因，并无实据，别让那个年轻人刚刚地丧了家口，再去坐班房。”临行时又补充一句话：“阮先生识文断字，必知道‘诬告反坐’也落罪名。”

二老者诺诺连声。

在王雅轩劝说阮、王二老的同时，村长芦二也开始活动，据说他一天一夜未离开陈寡妇家，传闻要包揽这个女人。

两三天以后，在暗中帮忙的尤金榜告诉王老好，柳天祥家的命案无日申雪了。村长通过陈寡妇胁迫黄老道和陈厨子，叫他们不许多管闲事，又指派种地户袁连喜向他的邻居关庆余下话，谁想跟老芦家做对，那就得有本钱拼到底，关庆余也不敢作证了。陈寡妇动用他的情夫金荣海找到尤金榜，威吓他不许管这桩闲事，如若非管不可，寡妇就要含血喷人，说那天晚上她怀疑的不是芦茂财，而是尤金榜，甚至于要出面作证，尤金榜和柳天祥媳妇通奸。同时扬言，事情翻腾大了，老王家父子也休想得好。

村副吴六替芦家从中周旋，孙老八声明作罢。一桩冤屈命案就此终结。

这日，几位乡绅聚在村公会议论，一场春旱很快就补救过来，堡子里今年又是个丰收年。这得归功于重新翻新的关帝庙，没有神佛保佑，连口净水也喝不进肚。特别是关老爷开光之后，要风得风，要雨得雨，不管什么人来烧香许愿，都是异常的灵验。最令人信服的是东泡沿上住家的顾天成，从他爹老连安下世以后，这小子输耍不成人，今年春天摊了一场官司，释放以后到庙上去烧香许愿。他跪在武圣台前，叩头流血，发誓从当日起，他要改邪归正，永远不再去耍钱，口不应心，不得好死。他跪直了身子，仰望神圣，脸面上血泪交流，求老爷给他开这条自新之路，保佑他能够顺顺当当地重新做人。

若没有神佛保佑，谁能承想小成子能变好？发誓以后，马上就去打短工，又隔三差五去帮他大舅杨福田侍弄庄稼，挂了锄也没撂下活。老爷庙开光，他让媳妇抱孩子去烧香，热闹那么些日子，庙头上没人碰见过顾天成，这就叫“浪子回头金不换”。他们没说错，这些日子大伙都在收秋，有人看见小成子顶着星星月亮，帮他大舅往家拉庄稼，杨福田得了外甥女婿的济。有一天，道上遇见村长芦二爷，会首还拍拍他的肩膀夸奖说：“要强的小子，好好干，来年春天到我院里扛活。”顾天成的名誉转过来了。

不久，秋收完毕，新粮入仓，地东忙着讨债，地户准备交租。

佃户杨福田租赁仁慈堂四垧黑土地，坐落在家南。春起地东芦二被胡匪绑架，少东家芦茂财召集佃户，要大家帮忙凑一把，他家要在最短的时间筹措一笔巨款，拿去赎票。希望大家看在东伙的分上，千难万难想方设法弄点钱，来个上打租。

头年不受兵灾、不闹胡子，尚有可能，苦春头子拿什么变钱？可东家提出来了，这叫义不容辞，何况上打租这件事，堡子里也有。上打租，佃户有便宜，每垧地少交一石粮，但那得早合计，眼下这件事可让佃户们为难了。众人面面相觑，沉默无语。芦秧子还是苦苦地劝说，他家出租的土地，左右三县总有数百垧，用这个办法能解燃眉之急。

庄稼人有个老脾气，碰见为难的事情，总要深思熟虑，看看周围，轻易不肯开口。芦秧子吸了三支香烟，耐不住性子了，“我请你们不是来吃焖干饭的，你们不能上打租，我可就得卖地，地过千年八百主嘛，土地出手就不知落谁家了。”

“不管你卖给谁，也得让我们把这茬庄稼种下去。”老杨头嘴快，到底是第一个开了口。

“照你说，我求你们，是办不到喽？”

“少东家，你这是想要拿豆饼榨油，让我姓杨的上打租，实在说办不到。一匹瞎马是我借钱买来的，还能再牵到市上卖钱交租子吗？再说，没有牲口咋种地……”老杨头絮絮叨叨可就把话说多了。

金枝玉叶的秧子，向一群穷苦人递小话，求情面，自出娘胎这是头一次，可首次出马就碰了钉子，他焉能不恼。红涨着脸怒声说：“老杨头，我今天求的不是你一个，你就是慨解义囊把你的老婆孩子都卖了，拿这笔钱送给我，对我来说也是杯水车薪。今天到场的顶数你种我的地少，哪有你说话的份，别成心和我过不去。”秧子狠力地把烟屁股丢开，强压着火气接着说：“罢了，罢了，我现在没心思和你废话，请你赶快离开这，回家好好侍弄你那庄稼去吧。”

这是春天的话，后来听说，芦秧子要求佃户上打租这件事并没有办成，最后还是卖了三十垧好地，五十间房子，才从胡匪手中把他叔叔赎了回来。

都说时过境迁，大人不见小人怪，芦秧子本应把那点小事早就忘记了。哪承想，人愈是财大势大，越是心细如发，事无巨细绝不能宽容。

十月初一到腊月十五，是佃户向地东交纳租粮的期限，芦茂财带着两辆大车，在十月初五这一天，来到老杨家拉取租粮。

“少东家来了，地租子我正要给您老送去呢。”老杨头迎到房门乐呵呵地说。

“你家人手少，力量薄，咱们前后院住着，我领着空车出来，顺便先捎回去吧。”芦秧子迈步进屋也是满面的笑容。

“少东家，这两天我忙着卖粮食还欠账，地租晚送一步，累你老自己来取，真是对不住。”

“没什么，都怨我家摊逆事，也拉了一腚饥荒，早些把租子收回去，变款还债，这也得求您多包容。”秧子说着，从怀里取出一张字据，言道：“这是咱两家的租赁契约，三年期满了，真是抱歉，今年我家变产，把几块地眼核儿都卖了，你耕种的这几垧地我决定收回来，自己种了。”秧子把“租契”轻轻放在炕沿上，抬身请福田过斗称粮。

老杨头和他家口住在西屋，准备好的租粮就放在东屋里。芦家的长工夹进一些空口袋，上面都印着“仁慈堂”三个大字。当时东北的大粮户，家家都有个堂名，虎石台的八大户：孙八是“公义堂”、芦二是“仁慈堂”、吴六是“明德堂”、刘大是“正心堂”、王四是“永吉堂”、金三是“宝庆堂”、邓五是“天益堂”、张七是“福善堂”。新粮登市，粮栈收粮的时候，根据口袋上的字号，给财主们立账。

杨福田动手把应纳的租粮，一斗一斗地装进仁慈堂的大口袋。称粮的器具，名叫“斗”，但这个四方的木匣只装五升粮，盛满两下才够一斗。

杨福田在仁慈堂伙计帮助下，手拿撮子只管往斗里装粮，另一个人打趟子，口中念数，红彤彤的高粱泼水似的倒进了口袋，五斗一袋，扎上嘴儿立即装车。十二石高粱已经装了二十三条麻袋，就差最后这五斗粮，很快又装上了四斗五。高高的粮囤子跟着茓子往下撤，眼看见到了地皮。老杨头抓把笤帚往撮子里收粮，心中奇怪，不上十天，和外甥姑爷亲手囤的粮，怎么不足数了呢？这时芦秧子倚着门框说话了：“老杨头，别收了，还差五升粮，区区小事，就算我仁慈堂豁免了吧。”

“别，五升粮食，姓杨的不领你这份情。”杨福田出离上房，走进小下屋，几分钟以后返回来对秧子说：“少东家，真是碰巧，仓子里没有高粱了，我给你五升米吧。”

芦秧子“扑哧”一乐，拍拍老杨的肩膀，趾高气扬地说：“我知道你老杨头是条硬汉子，可是你太穷，人穷志短，跟有钱的怄气，怄来怄去，只能落一个光腚穷，穷八辈。”

杨福田成家晚，中年得子，本是幸事，可他老婆一开怀就接连给他生起孩子来了。头生的叫大宝，其次是二宝、三宝、大丫、二丫、三丫，第四个男孩子生下来应该叫四宝，但这孩子没福分享受这个宝字了。呱呱坠地，又小又瘦，产婆掂了掂，说只有二斤多。月子里他娘就断了奶，出生二十多个月了，他只能依靠饭米汤度命。刚会爬，还不会坐，一把骨头包着皮，白天黑夜总是咧咧地哭，因此大人孩子无意中给他起了个小名，叫“癞七儿”。

杨福田气急败坏站在堂屋地上，浑身颤抖，耳边厢又传来小癞七的哭声，此时正好和秧子四目相对。秧子见他神情不对，未待开口，老杨头从菜墩子上操起切菜刀赶进西屋，只听“咔嚓”一声响，孩子的哭声没了，一片出奇地寂静，旋见他手提一颗血淋淋的人头，扔进了适才放在锅台上的空斗。“少东家，租粮足数了，请你老人家回府吧。”杨福田逼视着秧子，厉声喝道。

芦茂财拔腿就跑，赶车的、跟车的连同两个炮手一溜烟地逃回了仁慈堂。芦二这时正准备去村公会，大门口碰见了侄子，见众人神色慌张地跑回家，听个大概，立即指挥伙计们关门上锁，命炮手进炮台警戒。老奸巨猾的芦启良马上意识到这件事非同小可，先护住宅院，看事态发展。

前街老杨家又出了人命，不知是谁跑到庙上去找村里的头行人，赶上一个也没在，这个主没管三七二十一，按堡子里发生紧急情况的惯例，爬上关帝庙的钟楼，敲起钟来。倾刻，庙头上聚满了人，跟脚他又往前街跑，顿饭时光，消息传遍了全村。

这回和老柳家出事不一样，公义堂当家的孙八得信较早，率带他院里的伙计，第一批来到事发地点，把现场原封不动地保护起来。装好粮食的两辆大车停在院子里，房门大敞着，迎面右撇的锅台上放着一只斗，里面装着一颗血肉模糊的人头。东屋光洁的土地上稀稀拉拉还有一些高粱粒，两块茓子平放在墙犄角。西屋一铺南炕上堆着几床破被褥，无头的孩子尸体放在炕边上。炕里、炕沿、炕墙子、屋地都溅有殷红的血迹。门槛子底下放着一把带血的菜刀，不问可知，这是杨福田行凶以后脱手把它丢在地上的。看杀人现场能知道，孩子当时正在炕里面，被他爹拖到炕边上，然后把孩子脑袋按在炕沿上，狠下毒手。炕沿上还留下一道很深的刀痕，里边汪着血。这个现场保留下来，对会董孙八来说很有价值。在堡子里的头头脑脑都来齐以后，孙八要求他们同众乡亲好好看看这一幅惨绝人寰的景象。芦启良身为一村之长，他的宅院高挂仁慈堂的匾额，通过眼前这桩事，可知他是个什么样的会首。应当立刻把逼事头找来，当场对证，经官裁判。

会董们不肯表态，乡亲们七言八语。有的说，这人命是芦秧子逼出来的，他得偿命；有人说，老杨头自己动手，怨不得人家；也有人说，不管怎么说，秧子跑了不对，反正这桩事不能就这么撂着。村长不露面，副村长拿不出主意来。久不出头的会董孙八见众乡绅态度谨慎，也自觉适才的举措显得唐突。忽然间发现一件奇怪的事，事主杨福田全家老小和他家的至亲好友，都没在现场。问询后方知，这些人都让王吉庆父子接到他家去了。

“得把杀人的找回来呀，第一须得问问经过，写出笔录，往上边呈报；第二院子里的大车、屋子里的尸首不能让它总这么搁着。”孙八开言道。

“对呀。”副村长吴六如梦方醒，愣呵呵地答道，随即指派村丁去把杨福田找回来。杨福田没来，他的亲戚王吉庆和外甥沈万才来了。

会董和事主的代表相偕走进老杨家的东屋，研究如何处理这桩意外的杀人事件。吉庆和万才言说杨福田现在神志不清，他俩根据福田老伴和孩子们的叙述，把芦茂财上门催租，回收土地，如何对话，怎样称粮，最后只因差那半斗高粱引起了轩然大波，如实地诉说一遍，众乡绅这才了然。事实经过和现场状况完全吻合。

“孩子是老杨头自己杀的，芦茂财是来要粮食，没要人脑袋，这和他并不牵连，他逃的哪一门子的跑？回家去又来个四门紧闭，大伙儿看这里头有什么隐情？”孙老八又挑头发话。

“事出有因嘛，他芦家不来催租兼带着回收土地，加上最后所差那半斗高粱，又意在言外地多费了点口舌，肯定出不了事。事情出来了，并且那么吓人，俗话说，三十六计走为上，谁知道下步还出什么事呢。跑回去关门闭户，也无非是暂避锋芒，以免有人出来煽动是非，扩大事态。”王雅轩出言袒护姓芦的。

孙八白他一眼，转向事主的亲属：“你们是老杨家的亲戚，出来替他办事，心里必也有了准谱，当面说明，也好报官。”

“我大舅脾气不好，一时发火把我表弟给杀了，人命不论大小，杀了自己的儿子，也应该领罪。方才我舅舅一家和我们几个亲戚商量，想恳求村公会把这件事压下，租粮请仁慈堂拉回去，死孩子我们自己把他埋起来，只当俺堡子没出这回事。这么办对我舅舅一家人有好处，他不至于去打徒刑，我舅母和那帮孩子也能少受些个累。”沈万才说。

“小子，你说的这片话可捧，依我看村公会可以把这件命案压下，这里头成全了你舅舅，也给姓芦的闪开一条道。可我说，怕是办不到。这么骇人听闻的一件事，轻轻地压罢，不行。大天白日出的事，庙头上敲钟聚众，堡子里已是家喻户晓，虎石台村公会怕是担不起这个责任。县里不追究，区上那一关也过不去。至于姓芦的，是全村的表率，出了这种事，让他压罢怕也不能，村长大人一定要引咎自责。杨福田若不是被逼无奈，怎能够手戮亲生子。”孙老八厉言厉色地高声说道。

众乡绅默不作声，王吉庆开口说：“孙八爷，我是你院里的伙计，杨福田的亲戚。依我庄稼人的一点见识，这件事还是不要轰动起来的好，冤家宜解不宜结嘛。不管穷富，谁都想把日子过太平。我老杨大舅体性暴躁，办事冒失，这也算他自找苦吃。实在说，死一个光腚娃娃，确也不值得经官动府，民不举，官不究，村上能把这件事压下来，区上、县上都不能追查。真要究问，就说老杨头有疯病，在犯病的时候干出了这件事，也就是了。老芦家只要姓杨的不告他，别人不挤对，他自己也决不能去领罪。”王吉庆面对众乡绅恳切地说。孙八默然，会董们更是哑口无言。

这回到前街来凑热闹、卖呆的人比柳天祥死媳妇那回少多了，那回是赶上唱影，外堡子人多，这回村里清静，闻讯赶来的无非是远亲近邻。乡里乡亲的看人家出了这样血淋淋的横事，怎么忍心去瞧热闹。有些老人和妇女在家里听说，就哭起来了，男人们赶来看了一阵子，听明白根由也就都四散了。乡绅们坐在屋里和万才、吉庆说话，周围已经没有什么凑热闹的闲人了。

老杨头的外甥女婿顾天成忽然来到，在外屋地动手把他大舅装木匠家什的箱子倒空，虎一般地拿起那只斗，把人头倒进箱子里，二反脚进屋把孩子尸首捧出来装进木箱，钉都没钉，把箱子夹起来，飞也似的往堡子外头跑去了。身后跟着两个壮汉，扛着锹镐。杨家的两个男孩子端盆水，动手洗刷西屋的炕和地。孙八长出一口气，抬身回转他的公义堂。

孙八走后，乡绅们活跃些，王雅轩适才出言受挫，没先吱声，刘元甲慢条斯理地言道：“天气寒冷，我们不便在这里总坐着，看样子这段公案也就到此为止了。”

“下步怎么办？”吴六还是没个主意。

“这有什么为难，死孩子已经埋了，苦主不想生事，并且提出来让仁慈堂把租粮拉回去。派两个村丁把院子里的大车给芦家赶回去，不就结了吗。”王四接言说。

副村长默然照办。乡绅们回府，杨福田和他的老婆孩子随同众亲友还家。

秧子芦茂财自以为又惹下塌天大祸，未料想仅仅是一场虚惊。杨福田也能暂时免去牢狱之灾。事情过去三天了，仁慈堂若无其事，老杨家可是没有太平。杨福田肇事以后，像是鬼迷了心，不吃，不喝，不睡，直瞪着两只眼啥也看不见，谁跟他说话，仿佛也听不见。北山根下住家的租地户侯德盛和他寸步不离。因为除了这个人以外，沈万才、顾天成、王吉庆等人，谁也休想靠近他，只要见到这些人就撵他们走。第二天半夜，侯德盛看护他一时困倦，打个盹儿，听见响动，老头子已经走到院子里，忙追出去把他劝回来，发现他腰上系条麻绳。下半夜，哥儿俩说起话来，才知道这老头子行凶之后，悔恨不及，一个心眼儿要跟癫七一块去。这样，大伙儿更加不放心了，苦苦哀求侯老叔再看护他几天。

众人皆知，杨福田在堡子里只有这么一个人和他最要好，因着侯德盛的父亲是他的师父。老杨头当年在清水镇木匠铺出徒，在外边耍手艺，不久就回乡务农了。他师父过世以后，留下独生的儿子侯德盛，也是木匠。八年前侯德盛在镇上佣工，得罪了镇长刘紫玉，在镇上不能立足，于是携家眷到虎石台来投奔他师哥杨福田。福田不仅收留了他，还帮他在北山底下盖了三间房子，安家落户。几年工夫，德盛一家混得很整齐了，房屋、院套、围栏、牛具样样都有，虽然是租地种，但一家四口不愁吃穿。交情不靠，头年冬天堡中受官差勒索，福田不能把刚从外甥手里借出来的钱又转借给他。

哥儿俩交情厚，脾气秉性可是绝对不一样。福田性急如火，德盛软软绵绵，从进堡子那天起，他是什么人的气都能受，什么亏都能吃。和他在一起干活，三天五日听不见他吭一声，不管是打短工做木匠活，还是下庄稼地，他总是老牛一样闷头干。他一家孤零零地住在北山脚下，素日和乡亲很少来往，只是和杨福田走得勤。老杨说，他这个师弟体性和他不一样，可是两人最交心。如今师哥摊事，只有他能够慢慢地劝解。

当天，村丁赶着大车到仁慈堂大门外，门房早把消息传到上房屋。芦家叔侄如释重负，可总觉得这件事了结得太容易。芦二上街去走动，没发现什么情况，芦茂财待在家里，也是不停地派人出去打听。过了几天，据说杨福田已经在自己的院子里正常地干起活来了，这才一块石头落了地。

转眼，半个月过去了。这一天芦茂财来到庙头上，顺脚走进了关帝庙，试想再摇一卦，问问吉凶。黄老道看见他，忽然惊叫起来："公子爷，贫道让你去东南方躲避百日，你硬要赶回来，现在大难临头了。"秧子回头，自己也知道坏了，一小队乘马的骑警呼啸而来，在庙前纷纷下马，镇长刘紫玉陪同县巡警局的一位巡官、十名巡警，拿"拘票"来捉人。杨福田和芦茂财分别上了绑，村长芦启良没下“拘票”，但县太爷有手谕，叫他进城问话。当日，一辆大车由巡警押送，启程进县去了。

进腊月，这件案子初步有了结果。芦茂财在巡警局被拘留四十多天后，罚款释放。老杨头继续关押，等候判刑，芦启良在县城旅馆一直等到侄子被释放。芦氏叔侄回村的第二天，芦启良便向虎石台村董会正式提出了辞呈。

第 五 章

村长芦启良上辞呈，村公会不敢决定，副村长吴殿臣已连去三趟清水镇，镇上也拿不定主意。芦二、孙八都不来村公会露面，吴六与王四合计，只好暂时维持这个“看守内阁”。王雅轩、刘元甲等人也商讨出面调停，但孙、芦两家一个态度，闭门思过，谢绝会客。

沈万才腊月初十到西岭窑地账房结清了账目。干了一整年，汗没白淌，力没白出，所得劳金还清了所欠的砖瓦债。到底是身大力不亏，三岁牤牛十八岁汉。万才回家的第二天便到县城去了。这是他长这么大第二次进县城。春天来一趟，为的是到巡警局探视被扣押的姐夫顾天成，这次照旧是到巡警局，看的可是他舅舅了。

县衙门坐北朝南，西院是巡警局，东院是法院，万才是第二次来，不用打听。清早，从旅店走出来，照直来到巡警局“签押房”，循例先在一个大簿子上登记。那个值班的警长，居然还能认出他来，“你春天不是来过吗？上回来看望那个通匪的顾天成，说是你姐夫，这回看望这个杀人犯杨福田，又说是你舅舅，我说你有几门亲戚，怎么全都不是好人？”

“老爷，我的亲戚不多，我姐夫打官司是遭人诬告，我舅舅动手杀了自己的儿子，是叫财主给逼的，他们不愿意犯法。”

“你小子倒挺能说会道，走吧，我领你看看去。”警长抬身领着他拐弯抹角来到拘留所。赶上在押的犯人正从号里走出来放风，十几个巡警持枪监视一大队犯人，鱼贯到一个污水坑子跟前去解手。万才离老远就看见了舅舅，可怜的大舅已经被折磨得不成样子了，眉毛胡子一把抓，只有两只眼睛还在闪光。他戴着铐子，两腿费力地拖着那副沉重的脚镣子。沈万才脱口喊了声“舅舅”，便飞身扑了过去，但跟舅舅相距还有五步远，就被巡警用枪拦住了，那位巡长追过来，高声喝喊，薅脖领子把他揪回了签押房。警长怒不可遏，巴掌撇子没头没脸地打过来，沈万才直挺挺地站着，不解何意。待到那位老爷打够了以后，坐下来喝水抽烟，万才才敢问他："老爷，您老为啥打我一顿？"

警长仔细地端详面前这个被打得双颊红肿的庄稼人，意识到他这不是故意装憨，不禁一笑，怒气全消。怪罪他说："前番已经来过警局，应当明白探视犯人的规矩，怎么能在放风的时候和他们说话呢？"沈万才这才了然，警官消了火，把万才送到接待室。

长凳上坐满了犯人家属，大家互不交谈，静候狱警的招呼。沈万才第四个被叫进内室。和上次探视姐夫一样，隔着一排圆木栅栏和亲人会面。万才叫声"舅舅"，两眼就模糊了，舅舅却很刚毅，劈头说："我不是给家里捎去信了吗？叫你们别来看我。自作自受，我应当给癞七偿命。家里我也不惦记，有你和天成能照看好你舅母和孩子们。我离家以前把饥荒算是还净了，家里的粮食还够一年的吃用。我在这里待着心静，就等着出西大门了，你来看我，就算尽到了咱爷儿俩的情分，下次来给我收尸。"

"舅，你没犯死罪，听明白人说，顶不济也就是打几年苦力。老王家三叔嘱咐，让你在法官过堂的时候，把出事的前前后后说个明白，也许不至于判的年头太多。你老要把心放宽些，来年开春我就不上岭了，舅母和弟妹们我准能把他们照看周到。"万才哭着说。

"你……家里还有寡妇嫂子和两个侄儿呢，家里外头都这么累着你，得哪年才能张罗媳妇？"舅舅声泪俱下，抬双手抹抹眼泪，接着说："我思前想后就是孽大该死，被抓来以前死在家里就好喽。"

"快点说正事，接见限定五分钟，还有那么多人等着呢。"狱警说道。

爷儿俩赶忙把家里主要的事情交代了一下。临别万才告诉舅舅，他此番来带了五十元钱和几件衣服、被褥，都在签押房收着，来年了，想着买点东西吃。

沈万才进县探监，往返三天。回来以后不免亲亲友友都来询问，二更天，亲戚才都散去了，万才和嫂子在灯下叙话。"嫂子，舅舅摊事以后，我姐夫一场病如今没起炕。舅妈领六个孩子在家，我看她有点挺不起门户来。这官司不知道得打到多久，我想搬到她家去住些日子，帮她收拾收拾外边的活计。"

"好啊，明天你就搬去吧，舅舅家里不出事，嫂子打算年前给你定媳妇呢。"

"嫂子，你别提这桩事，我不帮你把两个孩子拉扯大，不能娶亲。"

“这可由不得你，我不早点给你安排亲事，对不起你哥哥。”嫂子说着眼圈又红了。万才害怕，赶忙说：“好好，等舅舅回来，咱们就张罗。”

沈万才扛着铺盖来到舅舅家，见侯德盛正在院子里喂牲口。这些日子，老侯大叔差不多每天都到杨家来，里里外外的活计都给料理得妥妥当当。万才给大叔道辛苦，并说他搬来以后，侯大叔就不用常来看顾了。

送走了老侯大叔，万才到东泡沿去看望姐夫。万才进屋先抱起了他的外甥长祥子。姐姐正在纺线，急忙停下了纺车子，姐夫头朝里躺着，翻身爬起来，笑脸相迎。

“昨天下晌从县里回来，先到舅母家，又到前屋老王三叔那坐了一会儿，回到家就没出得来。”万才抱歉地说，看看他姐夫问道：“你觉得怎么样，用不用到镇上去看看？”

“好多了，尿血这个症候挺折磨人的，这些日子叫它拿得我成个废物了。”天成笑道。

姐姐坐在炕里，见他们郎舅叙话，亲亲热热，心里头着实宽慰。心想，今后不能再过累心的日子了，从夏到秋，天成用行动感动了这个最看不上他的人。

万才坐在炕边上，把进县城去探监的经过叙说一遍，天成夫妇才放心。万才又和姐夫商量：“舅舅的官司不知打到哪天，我不想再到窑地去了。来年春起，是不是咱们三家合伙种一块地。老人有车有马，咱俩都有一手像样的庄稼活，不愁三家的年吃年用。”天成夫妇赞成并让万才就去操办，这天是腊月十四。

腊月十五，清水镇逢集。清早，顾天成穿戴整齐，媳妇从柜里取出两捆线，让他送到镇上“机房”，把手工钱算下来，顺便到集上买点日用品，特别嘱咐他多领点棉花回来，年前不能再去送线了。清水镇设一座机房，出棉花雇乡民纺手工，虎石台就有十几户人家成年给机房纺线。

天成走到庙后，顺脚看看大舅嫂，她那里也有刚刚纺好的两捆线，一并捎到镇上去。上岭下岭二十里路，天成傍晌来到镇头上。

这是个古老的镇子。顺着东西的大路，南北两侧排列着上百家商号，有烧锅、粮栈、钱庄、当铺、丝房、皮铺、杂货店、饭馆子、铁匠铺、木匠铺，真正五行八作，各色俱全。还有镇公会、税捐局、邮政代办所等，就缺一个巡警的分所，据说是巡警胆儿小，怕胡子端他们的窑。一座威武的衙门是“民团司令部”，设在镇子的中央。镇西头有座龙王庙，庙前的空场很大，长宽总有半里地，逢五成集，赶集的就在这里进行交易。按照惯例，腊月十五这趟集开始以后，就不散了，要一直开到年根儿底。方圆几十里的村民不算，邻近各县也多有人到这里来做生意，所以规模很大，也热闹非常。

顾天成在镇东机房交上线，算上钱，就到西头集市上去买东西。原想是买好东西返回机房领棉花，未料刚到集上就碰见了好友尤金榜。金榜告诉他，今年的大集格外热闹，有几份做生意的，还是从省里来的呢。说话当中，一棒锣响。集市进门处不远，竖着一面大军旗，四名官兵在旗下站岗，一位军官操浓重的当地口音，站在一张主桌上向乡民宣讲。此人个头不高，但长得彪悍，戴着大檐帽，挎着洋刀，看上去很威武。天成、金榜到跟前听了一会儿。大致讲的是，奉天张大帅进北平拥护孙中山统一中国，东北军镇守北六省，兵源不够用，他奉命来到清水镇插旗招兵。“都说好男不当兵，好铁不打钉，那是旧话，如今来到民国，得讲好男当兵，好铁打钉了。张大帅赤胆忠心，为国为民，要招募有志之士，热血青年，奔赴沙场，保家卫国。军歌里唱得好，‘你不当兵，我不当兵，谁保国家？’”说到这，他把大盖帽往脑后推了推，接着讲：“黎元洪，段祺瑞，冯国璋，吴佩孚……带兵谁也不如咱张大帅，他老人家爱兵如子，军纪严明。当兵的待遇优厚，六块银元，按月发饷。冬穿棉，夏穿单，里外三新。夏天靰鞡，冬天靰鞡，仨月一双。当兵吃官办的伙食，顿顿是砍刀卷子大炖肉、粳米干饭小鸡扣黄蘑，一个月两元捌角钱伙食费，余下的可以养家。当兵比种庄稼地干苦力强得多，不出操不出汗，是饭来张口，钱来伸手。”说到高兴处，声调越发高起来，“有人说当兵的没出息，这真是屁话。当今的张宗昌、石友三、韩复榘哪个不是行伍出身？本营长在张大帅当管带的时候，就在一个把总手下当马弁，可现在，你们看看我帽子上的金箍子，光这套军衣就值二百块。我一个月拿四百二十两饷银，合五百块大洋，眼下我有仨老婆不算养下家。大家伙儿都知道吧，人家张大帅是九位太太。至于说家业，本营长黑山县人，果木园子在外，还有二百垧好地。

“说当大头兵，啥时候能熬到营长啊？容易得很，枪炮一响列兵就能升个正目，当月就挣十元钱了。火线上正目升排长只在转身的工夫。排长啥待遇呀，那是洋枪一响，二十五两，顶十五个大兵。当兵好比爬山，越爬越高，越高越阔，俗话说，好汉不怕出身低。”

“你们在东北当兵，挣的钱就够养自己，要是赶上进关打仗，登时就发双饷了。吃饭不花钱，还有娘儿们睡，受伤分三等，阵亡有抚恤……”

营长插旗招兵，鸣锣聚众，讲得满嘴冒白沫子，可没见响应。下来歇歇脚，叫当兵的再次鸣锣，赶巧，隔不远一伙耍猴的也把铜锣敲响了，当面锣对面鼓，两下里同时开台。营长二次登上高桌，对面那只久经训练的猴子也爬了杆子。营长要发话，耍猴的也正好圈起簾子来要递生意口。营长站在高处看得真切，耍猴的周围比他脚下的人多。这时，行将正午，市场里说书的、唱曲儿的、变戏法的、卖膏药的、拉洋片的……丝弦锣鼓混成了一片。

“妈了个巴子，这不是要跟本营长唱对台戏吗？”营长大怒跳下高桌，命令士兵：“叫这些兔羔子把锣鼓都给我打住，等本营长招满了新兵再让他们做生意。”

令出如山，谁敢违抗，吓得那些“撂地”的江湖人纷纷上前，替营长劝兵。“兄弟，做官发财的机会到了，当兵去吧。”“当兵清闲自在，吃凉不管酸，没有家室之累。”“一品官，二品客，穿上军衣，那叫‘虎皮’，说话硬气，头等的牛×。”

……

顾天成和尤金榜走出人群，一眼瞧见市场北门外，龙王庙隔壁福顺客栈门前有个大牌子“奉军暂编第五旅兵员招募站”，两个人凑了过去。客栈的大院里聚满了人，正房的穿堂屋设个大案子，几位老总正在忙活。原来要当兵的没有去听营长的宣讲，照直就到兵站报到来了。接收新兵有手续，门前立一根五尺竿子，这是唯一的标准，除了个子太矮的而外，不管胖瘦，除了残疾，有脑袋就要，当然不能超过六十岁。合格以后进屋去填写花名册，姓名、年龄、籍贯、从军日期，如此而已。

在外屋报名，进里屋换衣服，到东厢房洗脸剃头，到西厢房吃饭，然后就等着分批起身入营了。院里有一帮卖破烂的，等着收买新兵换下来的旧衣裳。穷苦百姓入伍当兵，叫披血布衫子，由此，性命就不再属于自己，穿上的军装也就再也脱不下来。中途不可反悔，若偷偷逃跑，抓回来立马枪毙，按军法从事了。

看罢招兵，天成、金榜二反脚进入市场。偌大的露天市场，四通八达多好，为什么要用铁丝拦起来并设立门户呢？原来税捐局在这里设有卡子，对进场交易的进行课税。成车拉进来的货物，当场交税，可肩挑、背扛、挽筐挎篓进来的商贩，要交税就得卖完货以后了，因为来的时候，大都身上分文皆无。

农家的主副产品，进入集市自由交易，依商品质量评定，这就是人家常说的行市。但这个集市的行市是由刘紫玉镇长一家来定的。他身为镇长兼民团司令，文官挎武衔，是这一带的首户，在镇上开设“永”字号买卖。什么永恒钱庄带当铺，永昌粮栈带油坊，永吉丝房带杂货，永祥木铺、永庆烧酒，还有西岭的永新窑。逢集的日子，永字商号的老板率带柜伙进入集市，按他们事先规定的价格，统一收购货物。从生猪、活羊、干果、药材、皮张、木料，到黄烟、丝麻、芝麻、核桃、瓜子……过头过秤，汇总成交。这种明目张胆的欺行霸市，居然还有税捐局和民团在后面帮虎吃食。

天成和金榜没生意可做，在市场一走一过就奔热闹去了。今天的大集比庙会都热闹，天寒地冻说书的开场没多少人听，金榜说："他这是趁白天把听书的迷住，晚上再到客栈接着说。白天、晚上能说这一头年。"行经唱曲儿的场子，是几个姑娘擦胭抹粉，穿着单薄的衣裳在那唱曲儿。眼见那丝弦拉得火星子直冒，观众可是寥寥无几。金榜说："这帮娘儿们不靠唱曲儿生活，白天唱曲儿，晚上到旅店里去卖。你没见那几个秧子把狗眼都瞪直了吗？她们在城里吃不饱，赶年前到乡下打野食来了。"

拉洋片的那个地界儿围的人多，只见一个人坐在一张高凳上，手脚并用，敲锣打鼓，摆弄七八件乐器，热闹得很，像是戏园子开台。他一面敲，一面唱，每拉一张、唱上一段，全是西湖的风景。六个人坐在板凳上，把眼儿往里瞧，看得津津有味。金榜说："这玩意儿看着简单，有真功夫，听说拉洋片的祖宗大金牙，就是凭这西湖美景八大片，进过皇宫院，见过老佛爷。"

天成二人在集中逗留半晌，心想回家，又被不远处的一片喝彩声吸引过去了。意外地见到虎石台的马夫焦大海在声称是北京"震远镖局"伙计们围起来的场子里耍叉。一杆明晃晃的五股烈焰叉，在大海的手中闪展腾挪，"晃晃"地舞了个风雨不透。焦大海怎么下场了？原来，老焦头随东家张七来集上贩马，正赶上镖局子安好兵器架，拉起杏黄旗，动手要比试武艺，发卖王麻子膏药。大海见里面有一位是他的师兄弟，久别重逢，二人叙谈一阵子。镖局的伙计上场，耍动这杆烈焰叉，圆下场来请大海师叔过场，大海再三推辞不过，这才显了显身手。洋枪火炮当令，拳脚武艺早就不时兴，镖局子全都关了门。伙计们为了吃饭，出来卖祖传的膏药。金榜知道，他们的武艺是真的，但膏药是假的，卖艺就是为卖膏药。

哥儿俩看完焦大海耍叉，回身来到摔跤的场子。十冬腊月，摔跤的全都光着膀子，只着一件短小的褡裢，这时他们已经玩过了一场。场子上放了张高桌，挂着红围子，一个矮胖的中年人从桌上木匣里取出一粒丸药，捏在指头上，绕场一周，冲观众一抱拳，启齿言道："那位问，摔跤的你拿一丸药干什么？说这丸药可是大有来历了。不是老君炉里炼的，也不是药王爷舍的，乃是祖师爷传下来的。

武林道讲的是内练一口气，外练筋骨皮。练功的时候可是难免闪腰岔气、动骨伤筋、出汗受风、磕着碰着。出毛病吃药铺里的丸散膏丹来得太慢，这才有了家传的秘方。说你这方子使的都是什么药啊？这里有人参、鹿茸、何首乌、海马、甲鱼、灵芝草，千年雪莲赶风寒，万年红花能接骨。”

他顿了顿接着说：“那位说，你这味秘方配制的灵药叫个什么名目？治什么病症？在下说，这味药名叫‘大力丸’，内治五劳七伤、外治跌打损伤，吃上它，强筋壮力，专治你气血两亏。不管是腰疼腿疼四肢无力，臌闷胀饱迷糊恶心，大便不通小便赤红，老年痰喘新生的咳嗽，大口吐血痰中带血，一副见效，两副断根。”

紧接着又连珠炮似的往下说：“有人问，你方才说这味药也能治外科病症，那外科病症能治啥？在下说，黑伤、红伤、磕伤、碰伤、拧伤、擦伤，闪腰岔气，动骨伤筋，扛袋子喘气费劲，挑担水耳鸣心跳，手脚瘀血成硬块，腿肚子转筋长疙瘩，吃上去立竿见影。那位说，我长个火疖子，能治不能治？在下说，这回你可是来着了，‘大力丸’清血败毒最有神效，不管你是鼠疮脖子臁疮腿，砍头搭背牛皮癣，吃上它是一扫而光。真是不说玄话，这味药你要是吃长喽，能去脸上的雀斑、粉刺、臊疙瘩，长天花不落麻子，生秃疮不掉头发。”

说到这他手掐药丸绕场一周，接着说：“有人问，我说你这‘大力丸’专为男人预备的？妇女有病能治不能治？在下说，既然是秘方成药治男当然也能治女。简短说，它能治妇女百病，亏气亏血月经不调，赶前错后赤白带下。特别是年轻的妇女，立冬以后自觉心烦意懒不爱吃东西，头迷眼黑净喝凉水，睡醒觉口干舌燥，奶孩子懒得动弹，吃上它管保是精神旺跳，身板复原。

“那位问，我拉痢疾能治不能治？在下说，这是夏天流行的病，‘大力丸’专治跑肚拉稀带痢疾。凡从寒火上来的病，它是专管，不管你是小肠疝气，大肠走血，不过三副准能去根儿。”

说到这，他把那丸药送回去，又取出来一个盒子，平放在手掌上，接着说：“有人说，你这个药卖给我几丸吧，在下说，不卖。花钱买咋还不卖呢？俗话说人过留名雁过留声，怕的是主道把药买到手，吃上不见效，说我们骗钱。那怎么办？有办法，我们哥儿几个就住在对面的‘福顺栈’，五天之内不出清水镇。实在要买今天也不多卖，三丸两丸先拿回去试试，吃了见效，回头你再来买。说今天你要多少卖几丸，怎么个卖法？在下说，蒙众位捧场助威，帮人缘又帮钱缘，这里有个优待的办法，两角钱一丸是买一丸送一丸，这叫减价一半，下次再来可就没有这个优待了，皆因为成本太高赔累不起。”

说话的坐在高桌上递生意口，另外那几个伙计下场销售大力丸，居然有些主顾成盒购买。

顾天成站在圈外头，心想这药我要吃了可也对症，伸手掏钱，被金榜拦住了。转过身来偷偷告诉他，“这是红糖切糕合成的，吃了不治病，江湖人卖的是嘴，不是药。”并指着周围那些测字的、相面的、算卦的、蚀痦子的……说：“跑江湖的有句行话，说道是养家一样，道路个别，多半是靠一张嘴糊弄人，可也有一句话不用说就白手拿钱的。”金榜领天成来到一个地方，蒲团上盘腿坐着一位长袍短褂的绅士，青缎子帽头红疙瘩，水晶石眼镜儿卡在鼻梁上，雪白的胡须飘洒胸前，神态和木雕泥塑一般。在他身后，戳着一块巨大的布牌子，牌子上端画着蛇身美女和牛头人身像，就在这两个怪物周围，开列着十几种药名。路人首先被牌子上的两个奇怪的形象吸引，有识字的人念牌子上书写的药名，这些药能治什么病症，用什么制成，服法、用量及每副药的价钱都标注得清清楚楚。那位老绅士面前就摆着这些药品，问他什么话，一句也不答。意思是，你要问的全在牌子上写着呢，他只管收钱付药。

“这叫高手，太公钓鱼，愿者上钩。这份生意吃的不是张口饭，挣钱的门道在他的穿着打扮上，特别是他的一把白胡子。二在他身后那块牌子上，凭的是那两个怪物。买他的药不上大当，因为那些药品都是他从药铺里买来的，只是价钱比药铺高出许多了。”

天成心乱，对这些骗人的买卖，他虽然看着新鲜，但没啥兴趣，只是觉得金榜的年龄和他差不多，怎么能了解这么多各种各样的江湖骗术。

此时，日已偏西。忽发现东南角有一座黄布帐篷，周围旗幡招展，正被人们围了个水泄不通，金榜没容分说，拉天成走进人群。只见虎石台老爷庙的道士黄半仙正在帐里行法。他身着八卦仙衣，披发仗剑，步罡踏斗，掐诀念咒，绕场三匝，站立中央，龙王庙的小老道侍立在一旁，充当护法。待半仙直眉竖眼地立定之后，护法开口：“列位施主听真，今天腊月十五大集，老爷庙黄真人来此，高道好生之德，广积善果，特请江西龙虎山张天师附体，请赐灵符百道，为一方降妖避邪，医治百病。”说完，从角落里把供桌搬过来，放在黄老道面前。桌上陈放着香炉、蜡台、一叠长条的黄钱纸，一支毛笔放在朱砂砚台上。小老道上香点蜡，黄半仙提笔画符，眼见他拔下头上的玉簪，挑起那张灵符就着烛火焚化了。

顿时，黄半仙神情一变，微微地抖动了一下身躯，骨头节“咯吱吱”地山响，胡须抖动，面现怒容，小老道哆哆嗦嗦的有点害怕了，成百的观众也跟着紧张起来。出人意料，黄老道搬请张天师附体，提前没打招呼，一道灵符发赴到龙虎山，惊动老天师千里迢迢赶来了。本以为是请他来降妖捉怪，殊不知只是劳烦他画几道太平灵符。小老道磕磕巴巴刚说明请神的动议，张天师早被他气了个暴跳如雷，“哇呀呀”一阵怪叫，来了个怒发冲冠。附体的张天师居然把黄老道的头发根根地直竖起来，那顶道士冠悬在半空，离他的头皮足有三寸高。

小老道越发地害怕，卖呆的也全都毛骨悚然，可是神仙已经请下来了，少不得还是要求他老人家行个方便。张天师余怒不息，从供桌上抓起那支毛笔，饱蘸朱砂“唰唰唰”，一盏茶时光把桌上备好的那叠黄钱纸全都画成了咒符。小老道说一声请天师回府，黄半仙缓缓地恢复了本来的模样。

黄老道把张天师手画的灵符散放在供桌上，高声言道：“各位施主，贫道请张天师临凡，蒙赐灵符几道，为的是年关切近，借真神法力消解这一方的妖邪磨难。这灵符拿回家去，用黄布包裹，缝成三角形，挂在门框上。乃凡家宅不安，小儿夜啼或新死了人没出殃，屋子里头有动静，青年妇女疑神疑鬼惊魂不定。再有落炕的病人三魂出窍、七魄尚存，奄奄一息总不断气。毒瘤恶疮医治无效，神志恍惚，特别是不分男女精神失常，气迷心邪，在家里闹，到外面走。凡此种种，挂上这道符，立见神效。出家人不打诳语，贫道不能用神器挣钱花。灵符就分放在这里，请用得着的施主自愿拿取，不收分文。三日内，贫道不离开这个集市，灵符生效之后，再向施主求布施。”

黄老道退后三步，取出一只红木经匣，敞开盖放在一旁，意思是等众人把桌上的灵符拿光，他再往纸匣里盛放桌上的物品。有几个年岁大的先过来取符，取符的同时都自动往纸匣里放钱，但老道连说不必。就这样，几十道灵符瞬间拿光了。取符的人纷纷离去，黄半仙便和那个小道童动手拆棚子，金榜拉天成过去帮忙。长杆、棚布连同长桌、经匣等统统送到龙王庙寄存。

小道童一见老道先哭了起来：“师傅啊，您叫我跟黄真人到集上去募化香资，他真把张天师请来了，天师生气，把我吓坏了，明天说啥也不去了。天师手画几十道灵符，都被黄真人舍善了，这还哪来的香资了。”老道士和黄半仙叙话，盛赞他道法无边，黄半仙谦逊了几句，称谢告辞。

黄老道出门，金榜和天成随行，路过镇东机房，天成才想起进去取棉花，但此时机房早已关了板，明月当空，已到了定更时分。三个人腹中饥饿想吃饭，无奈饭馆也全都关了门，只好硬着头皮往回走。

出镇不远就是岭，冻天冻地，步履艰难。顾天成大病初愈，尤金榜又直喊腰腿疼，过行二三里，金榜就张罗坐下歇口气。道士和天成不吸烟，每次坐下，金榜都从怀里掏出小烟袋来，装袋烟抽上几口，临走时在地上磕一磕，然后一扬手把那个烟袋抛得远远的，好像是三人同行一个人抽烟有些讨厌，下次再歇脚不抽了。可是再一次歇脚，金榜又从怀里把那只烟袋取出来装烟打火抽上几口，临了又把那烟袋扔得远远的。如此这般三番五次，不仅天成看着奇怪，黄老道也觉骇然。疾走多时，三个人上岭下岭已经瞧见了虎石台的树梢儿。第六次停步，是在村头高大的虎石边台，三人坐在石阶上歇息，尤金榜从怀里取出烟袋来，未等装烟被黄道士要过去看了看，琢磨半天不得要领，不禁问道："金榜，贫道知道你是咱堡子里的人精子，江湖上的门道你知道的不少，未意你竟能达到这种程度。黄某年近四旬，自从流落江湖没服过谁，今晚你小子在我面前表演的这套玩意儿让我佩服。你把这个门子告诉我，贫道有意收你做个大徒弟。"

金榜失笑，转而郑重地说："道爷收我做门徒，尤金榜不敢高攀，因为我这一辈子不想当骗子。我爹送我在清水镇小学堂念了六年书，以后就在窑上烧瓦盆。我觉得烧窑没出息，想当官做大老板，可我的能耐又不济。永字号买卖进城去取送货物，我经常跟车到县里热闹街和集市上去溜达，久而久之就把你们江湖骗人的勾当弄明白了，可也没全弄明白，你老今天在集上搞的这个门子活，说实在的把我给考住了。"

黄老道沉吟良久，感慨地说："你小子行事出我意料，说话更使人惊奇，正如阮敬贤老先生所言，虎石台弹丸之地却也藏龙卧虎。为了报答你小小的年纪有偌大的胸怀，就把今天你不解的异端都讲给你听听。我在集上所施展的法术，门子是那怒发冲冠。那顶道士冠怎么就被头发冲起来了？那是我在上集之前，抓一把铁末子和了黏油绺在头发上，然后梳好发髻，戴上道冠来到清水镇。天知道张天师附体问话，勃然大怒，我的头发根根倒立冲冠而起，到底是什么原因。一句话，在那布篷子顶端，缝着一块吸铁石。天师手画的灵符，当场散尽不取分文，为的是明日上集兴隆我的买卖。"道士接着说："明天我到龙王庙，小道士再也不敢跟我帮忙去了，我得单独撑起布篷子，摆好神器。这时，必有众多的乡民前来送香资，说灵验。因为所有的偏方符咒，统统就是给人们解心疑的，挂上以后往往是立见功效。加上昨日取符的人，没花钱得好处于心不安，都要到集上替我传名，再加上龙王庙道士们的润色，绝没有一个人会怀疑那灵符不是张天师画的了。"稍顿又说："明日上集，求符的人更多。我身边没有护法，而乡亲们索要甚急，那只好求他们给我当护法。天师附体，求符的跪下答话，这回天师不能生气，按要求给他们再画一批灵符，但天师要告诉他们，得给黄老道香资，如此三日，贫道财享足矣。”

天成惊得大瞪着两眼，金榜低头无话。老道说：“机灵鬼儿，我把实话都告诉你了，你也得把一路上表演的这个门子活儿告诉我呀。”

金榜很不好意思地赔笑道：“道爷，你骗人是为了生活，我骗你可是为着好玩的。”他拿着那个小烟袋很诚实地说：“我怀里只有六个这样的小烟袋，买来准备在集上卖的，再扔掉一个那就没有了。”

黄半仙倒抽了一口凉气。

三个人走进村，乌云遮住了明月。在岔路口上分手，道士回庙，天成没敢回家。今天只顾在集上看热闹，交上了线，棉花没取来，要买的东西也没买，回家去定准得吵起来。他不怕媳妇闹，就怕她哭，一哭就是几个点。金榜晓得这个情由，便拉天成到他家里过夜，第二天起大早再去趟清水镇，取棉花买东西也就是了。

金榜的妈尤老娘全村知名，因为她经常不管跟谁说话总是自称老娘，老老少少见她喜欢这么称呼，自动地全都叫她老娘了。金榜叫门进屋，尤老娘还没睡觉，她坐在炕上就着油灯摆牌阵呢，小接媳妇大妞子正蹲在地上纺线。今晚金榜领天成来家，尤老娘喜出望外，皆因她早就听说二流子顾天成学好了，而且是一好到底，没打返回。久不务正的儿子和天成相好，老娘知情，今天又混到一起，老人家意识到，天成能帮着金榜改邪归正。金榜游手好闲吃喝嫖赌，放着正经的瓦盆不烧，先是学剃头，后学挂马掌，再去果子铺学手艺，又到画匠铺当徒弟，归终是啥手艺也没学成。说他是糟腿子不会烧酒，说他看过碾子不会磨米，到最后弄了个挎篮子做局买卖，张手管要钱鬼要吃喝。俗话说下坡路好走，这孩子眼看着不能成人。天成和金榜本是一路货，可人家改弦易辙，走上了正路，满村子传颂不已。金榜和他在一起，待上几天必能受熏染，学点好。

天成进屋，尤老娘格外欢迎，待为上宾。听说他们没吃饭，亲自下厨，又招呼大妞子赶快到东屋生火烧炕。摊鸡蛋，炒肉片，两大盘子放在炕桌上，跟着又上来一大壶烧酒。天成打春天在老爷庙起过誓，烟酒都戒了，他把面前的酒盅扣起来，恭恭敬敬地给老娘满上酒，回头又给金榜斟上。金榜手按酒盅跟他讲条件：“天成哥，咱俩一天没吃饭，冷冷呵呵从镇上赶回来，今晚在我家，你非喝几盅不可，你不喝我也不动了。”天成执意不喝，老娘欢喜，让金榜不要强劝，叫妞子赶快烙饼，让她顾大哥先吃。妞子手快，老娘和金榜三盅酒下肚，热气腾腾的糖酥饼也端到桌上来了。

天成慢慢地吃，眼瞧那娘儿俩一盅一盅地喝，那只净装半斤的酒壶没等控干，妞子又给满上一壶来。天成知道，老尤家三口人全都好酒，素常日吃喝不断，唯独他家的童养媳妇，桌上桌下侍候着，却是吃糠咽菜，连口热水都喝不着。灯光下只见她忙来忙去，默不作声，并且战战兢兢地生怕手下活儿出什么差错。

“老娘啊，大妞子来家三年，炕上地下的活计也都学得差不多了。我看她身量渐长，金榜弟也年过二十了，是不是可以给她张罗上头了？”天成吃够半饱，撂下筷子试探着问道。

没承想，一句话捅了马蜂窝，尤老娘把酒盅子往桌上一蹾，顿时来气，适才那副喜乐的模样唰地不见了。天成面对面地望着她，这老娘与方才判若两人，一脸横肉微微地颤动，两只三角眼露着凶光，握着的拳头青筋直暴，一张大嘴唾沫星子四溅。“小成子，这不是多余吗？吃饭你只管吃饭，干吗要提她，这顿酒又叫你给搅了，你不知道一挂连她，我这气就不打一处来。”

天成摇头不解，顺势说：“她是您老的儿媳妇，一家四口人和和乐乐有多好！”

“她是谁的儿媳妇？这是老头子花钱给我买的倒大霉的使唤丫头。”尤老娘怒冲冲地说。

“话得从头讲，当年她再凡招人疼，爹娘也不能狠心把她卖了。为迎娶她过门，我家老头子特意选了个黄道吉日，满心想她能乐乐呵呵地过门来，哪知道这个挨千刀的，当着人客百众，狼哭鬼叫地进了我家。丧门星当头照，倒霉的事跟着就来了。屋子里热热闹闹喝酒，院子里也没断人，我个三十多斤的肥猪羔子转身工夫跑了个无影无踪。人客刚散，这个瘟大灾的帮我收拾家伙，碰砸了我三斤八两的大油瓶，打碎了五个青花细瓷碗。一进门她就使小性对老娘耍起了威风，从此我尤家再也没有好日子。

“我金榜从小聪明伶俐，在窑上烧盆手艺第一，要不是这个臊 × 命硬，哪能不到半年就把我孩子妨了个东倒西歪，正经活不干，闹了归齐，变个二流子。家有贤妻，男人不做横事，我金榜不成人，都是在她来了以后。”她又满饮了一盅酒，菜也不夹，恶狠狠地指点着门旁垂手站立的大妞子，“都说丑妻近地家中宝，可我尤家娶了个狐狸精。堡子里人人都夸她长了个好模样，这叫穷人长个富人相。我老尤家门户小，养不住这样的媳妇。我请庙上黄老道给她算过命，这死丫头命硬，是我儿的克星。”老娘越说越气，“天成，你和金榜相好，不能眼看着他跳火坑。我家老头子打头年就张罗要给她上头，可这件事他说了不算，我不能捡块银子丢块金子，让我儿子一辈子不走好运。说老娘心偏，我就偏了，羊肉不能往狗肉上按。”

尤老娘显然非常懊丧，接着说:“天成啊，我这叫弄来的刺猬扎了手，没打着狐狸惹了一身臊。堡子里大人孩子都说我刁，可老娘的委屈大了。想当年我不也受婆婆的气吗？这就叫老猫房上睡——一辈传一辈，新栽的小树要是不修理，七拧八歪能干什么？庙后陈寡妇模样长得多俊，不就是没有婆婆管教，最后成了个‘破鞋’。”她瞧瞧眼前这三个人，态度缓和了些，“花朵般的媳妇能摊上我这样的婆婆，算她前世修好积了德，年轻人受管教到日后才知道它的好处。黄半仙给妞子批过生辰八字，说这孩子命里有波折，得到二十四岁才能相夫教子，看来老娘得六十岁才能抱上孙子呢。”

说到这，她加重了语气说:“可恨的是年轻人不信命，有种人更是丧尽天良，娶了媳妇就忘了娘，在我这那可是错翻了眼皮。”尤老娘口说大道理，一阵阵有点抬不起眼皮来，叨叨咕咕说要歪一会儿。只见她身子往后一仰，“咕咚”像倒了半堵山墙，两只大民装脚差点把饭桌子蹬到地上去。

大妞忙着捡桌子，尤金榜给他娘放被窝脱衣裳，眼见老娘沉沉入睡，三人先后来到东屋里。

顾天成推门进屋，头发茬子一奓，忽想起柳天祥的媳妇阮桂香不就是吊死在这间屋里吗。灯光摇曳，只见北山墙上一片雪白，凝结着厚厚的冰霜。火炉里的木柈子在熊熊地燃烧，可屋子里并没有暖意。南炕上放着一套单薄的被褥，大妞飞快地把它送到西屋去，然后取来两套半新的铺盖。金榜告诉天成，平日妞子就一个人住在这东屋，数九隆冬，尤老娘不让点炉子，不让烧炕，妞子的双手双脚都是冻疮。

妞子给他两个铺行李，天成忍不住地问道:“大妞子，你婆婆这样对待你，你恨不恨她？”大妞苦笑着摇摇头。灯下，天成认真看了看大妞子，心想，怪不得村里人都夸她，这闺女长得实在是太俊了。一套补丁摞补丁的紧瘦的棉衣穿在她身上，也觉得合体，两只忽闪忽闪的大眼睛透着灵气，不像个受气的样。“你不恨她，我不信。”天成坐下说。这时金榜已经头朝里躺在枕头上。大妞隔着门缝向西屋望了望，又看看自己丈夫，倚在门框上款款地说出一番话来。

“天成哥，你今天来我特别高兴，你是金榜最要好的朋友，俺娘也不把你当外人。要说恨不恨婆婆，说实话，我真的不恨她。三年前是俺公公拿钱替俺爹还了账，让他能顺顺当当离开老虎岭，也让我爷爷奶奶临死前能闭上眼睛。要知道，老虎岭上多少人回不了家。俺爹回不了家，家里几个兄弟姐妹可怎么活？俺想过，为了救全俺爹娘，受点苦算不了啥，婆婆管儿媳妇是正理儿，我凭啥恨她呢？”

“你不恨你婆婆，也一准恨你亲娘，是她忍心卖了你的。”天成说。

“爹娘最疼我，这才把我从关里带到关外来，我是娘身上的骨头肉，娘能舍得卖我吗？你没到过俺关里家，逢荒旱卖儿卖女的那是常事。要说恨，恨我自己，我要是个男子汉，闯点事由养活爹娘，也就不受这个苦楚了。”

天成看看那仰面朝天闭目养神的尤金榜，悄声问：“他待你怎么样？”

妞子脸腾地红了起来，半晌笑着说：“亲哥待我没他好，他为护着我也挨他娘不少打，金榜哥对我的恩情，妞子死活不能忘。我常想，这几年金榜哥不务正业，我侍候婆婆手脚又笨，这才惹她老人家总生气。别说我婆婆脾气暴，她的话我信，她是刀子嘴豆腐心，打我骂我那是让我早成人。”妞子说到此处，脸上泛起了灿烂的笑容，高兴地说：“我就等着二十四岁上头，和金榜哥好好过日子。”

尤金榜忽然从炕上坐起来，咬牙发恨，两手用力揪自己的头发，泪流满面，哽咽着说：“够了！够了！这个该死的世界，到处都是弥天大谎。”他一把把妞子从门旁拉过来，掀开她身上的破棉袄，让天成看。只见妞子的整个上身块块青紫、点点黑斑，没有好地方。金榜流着眼泪说：“自从换上棉衣裳，俺娘打她空手不解恨了，成片的伤那是棒子打的，黑点是锥子硬扎的。”他肚里有酒，显得胆壮，大声说道：“天成啊，我娘方才和你说的那些话全是撒谎，啥叫信命不信命，她就是硬别着不让我和大妞成亲。一百句话都是假的，一句是真的，她见我待大妞好，怕我娶了媳妇忘了娘。”

妞子淌着眼泪穿衣裳，金榜继续说：“我娘生我养我有恩情，可她这古怪的性情，谁摊上也受不了。我爹是个硬茬子，说打就落，和我娘交手也得甘拜下风，巴掌撇子不管用，掏灰耙烧火棍也打不服她。有回我爹把她按在炕上打得差点断了气，可刚一撒手，她就来个兔子蹬鹰，差点没把我爹踢死。和我闹起来，打骂在外，每次都是狼哭鬼嚎、撞头流血、撕扯衣裳、自抽嘴巴，再不就是就地十八滚。有一次也是为了妞子，她居然操起一把剪子来，对准自己的胸口非要攮进去不可。我和爹为了躲事求安，十天半月不回家，她可就越发拿妞子撒邪乎气了。

天上的星星能数过来，妞子挨打的遍数数不过来。”

金榜环顾三人所在的这间冷屋子，悲切切地往下说：“爹和我在窑上合计，不忍心把妞子丢在家里让她给活活折磨死，才在去年把这间东屋租给柳天祥做新房，实指望招个房户，一早一晚在她发脾气的时候能劝说劝说。天祥嫂子搬来以后和我娘挺投缘，一年中妞子真就少受了不少苦，哪知道我那苦命的嫂子又没活长。”金榜望望梁柁，止不住眼泪。“嫂子上吊的那根钉子还没拔掉呢，我盼望她冤仇得报，让这根钉子做个见证。”

金榜小两口对头哭，天成一向眼泪方便，三个人哭成一团。扬风夹雪，敲打着北窗户，这才知道外面变了天。大妞擦干眼泪，挑旺了炉中火，沏壶热茶，给他俩分别倒上一碗，端着那把茶壶到西屋去。婆婆每次醉酒，她都得准备茶水在一旁侍候着。

顾天成欲言又止，最后嗫嚅着问金榜：“你们两个合房没？”尤金榜苦笑着回答：“大妞今年刚满十六岁，我已经二十岁了。从去年开始，每次回家我都得睡在娘身边，半夜出去撒泡尿也得有个支呼，让她知道。偷着出去解手，一顿骂不算，一夜别想再睡觉。

“我娘和妞子不投缘，打她进门那天起，我娘就看她眼眶子发青。”

“照这么说，你俩就没有团圆之日了？”天成叹道。

“她和我萍水相逢，但不知怎的，我就是特别喜欢她，但因着我娘，我俩怕是不能白头偕老了，这才叫事与愿违。”金榜说。

“事到今日，我看你和妞子几年之内是不能团圆了。怕的是她这条小命要断送在你老娘的手里，你想过没有，买雀放生，给她一条生路呢？”天成问。

“爹和我早就有这个打算，差的是妞子自己不同意，我爹几次求好乡亲，偷偷把妞子带回山东老家，可这丫头死活不肯。”

“她那是恋着你了。”天成若有所思地说。

二人无话，金榜睡着了。顾天成辗转不能入睡，心想，这家人本当过好日子，可命运却偏偏地捉弄他们，一个尤老娘脾气不好，就使一家人深陷痛苦。回想到自己身上，爹爹留下一片家业，婚姻也美满，妻娇子幼，也算是衣食不愁，可都因自己一个人不好，差点没弄个妻离子散。一个人走正道还难免这样那样的波折，不成器真是对不住死的活的。

顾天成蜷曲着身子，半宿没合眼，鸡叫头遍，轻轻地爬了起来。外面风停雪住，他刚想动手开门，听西屋的板门“呀”的声敞开了，透过门缝看得清，尤老娘在炕头上蒙头大睡，妞子正从地上捡拾她的铺盖，原来昨夜她就睡在门旁的冻地上。

大妞子带上西屋门，到院子里去了。天成整顿衣帽来到外屋，水缸旁边放着两只大木桶，墙上挂着一根长扁担，这器具是西岭窑地脱坯场上使用的，妞子身小力薄到井台上去挑水，不知怎样艰难。迈步出屋，眼见他家整整齐齐的小院落，猪栏里三口肥猪，偌大的鸡窝不知里面养了多少鸡，齐房高的柈子垛都是大块的劈柴。屋里外头这是多少活计？金榜父子经常不来家，分明都得落在身如弱柳的妞子身上。

大妞在院子里扫雪，抬起头来，见顾天成擦着眼泪，飞快地离开了她家。

第 六 章

雪漫平原，一路上连个狐兔的踪迹都没有，两边若没有披霜戴雪的树木，简直找不着上岭的路径。天成迈出第一步的时候，便计算好了，午前十点钟准定能从镇上赶回来，不免还得向媳妇赔个不是，她不能大闹，因为天成在她心目中已经有点信用了。长祥子自出世以来，也没给他买过玩意儿，这回到集上一定给孩子买个好玩的东西……天成心里想着，脚下用力，“咯吱吱”踩着积雪爬上了大岭。嗖嗖的西北风刮过适才淌过眼泪的面颊，刀刮似的疼痛，他把皮帽重新系了系，手和脚又冻得猫咬一般。对付寒冷有办法，就是快走，到下岭的时候，果然暖和多了。

进镇不远就是那家机房，等候了半个时辰，还没开板。叩门询问，里边说：“小号头年停业了，股子买卖内里有纠纷，送线取棉花都要等到正月初六。”

雪后的阳光分外明亮。镇上好像开了锅，做买卖的忙忙碌碌地打扫积雪，摆设摊床。顾天成徘徊观望，行经坐北朝南的“鸿记饭庄”，这饭庄五间门市，高挑着四个大红幌儿。他一夜没睡，腹中饥饿，见不远处有个烧饼铺，心想进去买块干粮充饥，未料身后悄悄地过来两个人，一个把他的眼睛捂住，另一个竟把他拖进了那家大饭庄。

天成进了屋，才看清那两个和他开玩笑的，都是当初在赌场上认识的熟人，隆冬时节，顾天成竟被这突如其来的举动吓出一身汗来。没容分说，他已被众人在笑语喧哗中拥到单间雅座里去，并且把他挤在角落里，按在一张椅子上。今年腊月的大集，非凡地兴隆热闹，镇上七家大栈房外带十几家小客店，连日以来全都住满了客商。商家店铺，昼夜成交，现大洋流水一般。最振奋人心的是镇上刘紫玉责成永字号买卖，集资开设了大宝局。继之而来的是从镇东头土地祠到西头龙王庙，放赌抽头的有十二家赌局，大牌九推了个震天价地响，久混局场的，眼珠子全都红了。现在请客的那一位，天亮以前一方牌九推成了，净剩大洋一千元整。财神爷性急，不等全神下界，他老人家一马当先到清水镇来了。

大圆桌面杯盘罗列，海陆并进。花枝招展的女招待端盘子走进来，一屁股坐在客人的大腿上……顾天成手足无措，急一阵，恼一阵，两三次站起来要走，可这些赖皮焉能让他走得脱。直逼得顾天成跺脚捶胸，眼含急泪，这才降低条件，请他满饮三盅，吃饱了饭，暖暖和和地回家。姓顾的改邪归正不进赌局，早已在这一方传为美谈，怎好意思再拉人家下水。小顾在跑下道的时候，耍钱场上赌品端正，曾经卖田地挑车马偿还输赢账。平素为人和蔼可亲，胡闹几年，但没染上什么流氓习气。这桌酒席在座的都是穷哥们儿，花子拾金大伙儿乐和乐和。天成无奈，喝下了三盅酒，心想吃点东西而后告辞，未意此时席面上没上饭食。

“老兄弟，烧酒不是毒药，你既然已经开了斋，就再喝几盅吧，人生有酒须当醉，今日一别不晓得啥时候还能跟你相聚了。”桌面上的长者满斟一盅酒，毕恭毕敬地递到面前。天成接杯在手，推辞不得，一饮而尽。宴席上怕的就是这一手，你吃了张三的，李四的那一盅就不得不喝，如此这般，成缸的酒也能灌进去。天成尽管会喝，但已然大半年酒未沾唇，加上忧闷、愧悔、感伤和焦急的心情交织在一起，酒入愁肠，不觉大醉。一席酒真正是喝了个人仰马翻，直到晌午错，几个奸猾的才悄悄退了席，花钱请客的陪着几个醉鬼一直闹到天黑。

顾天成躺在桌子底下，口吐白沫，昏迷不醒。最后剩下的几个哥们儿，扶着他跌跌撞撞地走出了饭庄，灌了几口凉风，开始呕吐。定更之后，天成随着众人一溜歪斜地进了赌场。

这里是一盘明局，院子里有背枪的民团站岗。赌场占据三间房子，雪白的天棚，高挂着耀眼的大吊灯，四副牌九，有在炕上推的、有在桌子上干的，看样子这儿已经好几天没落灯了。天成醉入耍钱场，心里头一阵明白、一阵糊涂，身后一直有个人架着他，怕他栽倒。别看屋子里宽敞，可没有躺卧的地方。推的推、押的押，吆五喝六热火朝天。喝了两回凉水，天成稍微清醒些，那个搀扶他的人把他安置在炕梢墙角上，抽身耍钱去了。天成倚着墙犄角四肢瘫软，眼瞧周围热闹的景象，第一个反应上来的念头是，镇上局场兴通，金榜咋没来赶买卖？他强睁着两只醉眼环视人群，内中没有虎石台的人。

不知什么时候窗外又下起了鹅毛大雪，外面的雪片，屋子里炕上、桌上堆垒着的大洋钱都是那么白花花的，看不出个数来，雪片和银洋忽然掺和在一起了。

天成惊愕地揉揉眼睛，哑然失笑，心想，雪片真是不要脸，敢和银元比高低。一块银元能买五斗细米，你雪片值多少价钱。他小声嘿嘿地一阵冷笑，想起自己十八岁的时候才第一次拿一块银元在庙头上买东西。爹在世的时候总说，人一辈子讲的是时运、财命，国宝流通，钱财有眼睛，虽说是辛辛苦苦挣来的，也应晓得钱上千拿命担、钱上万拿命换。庄稼人不拿钱当命，就得穷得没有裤子穿。老爹爹一双靰鞡穿十年，腿带子都上补丁，赶集丢了一顶破毡帽，心疼得三天没吱声。都说起五更爬半夜，爹没起过五更，成年论辈都是鸡叫前就起身，坐等天亮，一宿当中，他还得起来三回喂牲口……天成刚学会走路，就拉块小木板到家边空地上去剜菜、割草、喂猪羊。八岁那年，爹让他在北山坡上放牲口，狼来了，他还以为是谁家的看家狗呢，结果是护驹的骒马赶跑了狼。爹恨铁不成钢，打着骂着教他做活，十三岁就会赶车了。爷儿俩苦呀累呀，到底累出个小小的家业来。给他定亲的时候，爹捋着胡子洋洋得意，老沈家有房子没有地，把闺女许配顾家，就算高攀。花红彩礼刚过去，妈妈病倒了，她这场老病，算日期总够三年，可是一副药都没吃过。不知多少亲戚朋友来说情，爹这才打发他请来了白二先生，熬好了药也端到炕边上，可妈的嘴撬不开了。

顾天成背着脸淌眼泪，没人注意他，此时屋子里嘈杂的声浪并没打断他的思绪。

妈是病死的，爹应该说是活活累死的，破衣搂嗖，省吃俭用，来了病就是急的，大口吐血，临死也是连句话都没说。妈没看见儿媳妇进家，爹没捞着抱孙子。天成紧咬着牙关，一阵悔恨。唉，没出三年丧失了双亲，一下子变成当家主事的人儿了，但小小家资也有点支撑不住。千不该万不该，心里头没瞧起老王家、老沈家这两门穷亲戚，四垧地自己种不过来，万洪、吉庆还有老杨家大舅，和哪家分种不行？恨自己和爹一样势利眼、私心大，不顾家里的反对，把地租出两垧。头一年自耕自种两垧地，赶上了好年景，赶车到镇上去卖粮时，满腰都是钱。记不清是什么时候开始的了，先学着看小牌，这东西一学就会，一会就上瘾。太平年，闲暇无事，耍正月、闹二月、漓漓拉拉到三月。心里惦记着农活，还是忙里偷闲的看个牌儿。那年五月端阳，溜溜达达走进张小铺，赶上后屋正放牌九局，打哈哈凑趣儿，押上几把，全赢。从那以后，可就不看纸牌了，一个人学耍钱，跟鸭子学浮水一样，费不了吹灰之力。三年光景，先卖牲口后卖地，成了个名副其实的二流子。屌蛋精光，才想起亲戚朋友来。大舅哥仁义，大舅嫂贤惠，急难的时候，不断地周济，三口人才没受冻饿之苦。

他联想至此，头脑中一阵晕眩，扶着墙挪到炕边上，吃力地走到门外。仰面朝天，鹅毛似的雪片落在他灼热的面颊上，过了好大一会儿，神志才完全清醒过来，他要冒着大雪回家去。刚刚抬腿，一只粗壮的手臂挽着他回了屋，紧张兴奋地在他耳旁低声说："小顾，秧子下蛋了，该捡就捡，别装损种。"天成身不由己被那汉子推上炕去。见那正在红毡垫上低头码牌的"庄家"，是个二十多岁的漂亮小伙，他上身穿件蓝绸子小夹袄，高挽着白袖口，镶翠坠儿的赤金怀表链子在胸前耷拉着，两只手戴七八个镏子，有宝石的、有变石的，个个放光。身旁那个"看注儿"的，面前摆着成垛的银元。

打骰儿送牌，赔个通儿。庄家嘴叼着烟卷儿，满不在乎地继续耍。

久占局场的顾天成，看了几把心想，这个主儿真起"梭子"了。凭他多年的经验，认定此刻押上几把准见彩头，遗憾的是自己的口袋里没有钱，习惯地探手入怀，把昨天到机房去送线结算下来的两元捌角钱掏了出来。神佛保佑，顾天成就拿这两元捌角钱的赌本，不到一个时辰赢了二三百元。白花花的银洋连同成沓的钞票，装满了两挎兜子，赶上那个下蛋的秧子宣布推破了。

下半夜，才是局场兴旺的时候。有人怂恿顾天成推上一方，他未加思索，把屁股坐在适才输钱的那个秧子的板凳上，几百元现款掏出来放在身旁，有个熟人主动过来给他"照注儿"。乌木的天九牌，抓在手里叮咚山响，有金玉之音，和天成跟老友重逢一样。骨头骰子捏在手里，服服帖帖地听话，让它出几就出几。都说是福至心灵，天成自觉头清眼亮，手底下麻利得很。方才那个秧子总是赔个通儿，新上来的庄家连番吃个通儿。小顾退隐多日，重上战场，着实地杀伐骁勇。整个的局场都跟着兴奋起来了。

壁上的挂钟"当、当、当"敲了三下，顾天成心花怒放，估量手边赢来的钱总在四五千元，拿这笔钱重整家业，完全可以恢复旧日的规模。真是时运、财命，不信不行，男要闯、女要浪，也是至理名言。凭两只手下庄稼地，干白了头也没有这一小会儿的进项。听说河北省乐亭县姓刘的，在关里关外开"发"字号买卖，家里挂过"千顷牌"，发家的资本就是耍钱赢来的。前下晚儿，小舅子找他要和大舅三家联合租块地种，劳力不缺，牲口太弱，三家一匹瞎马，顶什么用？这回就好了，眼下赢来的这笔钱，要把它拿来公用，拴车买马，硬硬实实地来它两副牛具。老杨大舅人口多，先给他买上两垧好地。老王家三叔一辈子房无一间，地无一垄，至今还住着仁慈堂的两间破草房，要帮他家盖一所新房子。常言道，受人点水之恩，需当涌泉答报，还要给大舅哥买上一块坟地，坟头上立一通石碑。要供两个外甥念书，长大后叫他们留洋。天成发誓，要让穷哥们儿都跟着沾光……顾天成手下忙耍，想入非非，引起了左右几个朋友的误会。

“怎么了？小顾冷手上场，大开利市，拧眉瞪眼，一言不发，是怕咱们几个穷小子跟他分肥吧？”一个说。“我和他连说了两句话，他装聋作哑，我看咱们换个地方玩去吧。”另一个接言道。

……

天成手里的牌面儿越来越大，钱越赢越多，忽发现身旁帮他照注的那个朋友不知啥时候出了屋子。牌已经码好了，没开门儿，顾天成手攥着骰子，为难地说：“没人帮我照注儿，这也……没法耍了。”

“我帮你来。”招兵站的一个连长从身后冒上来，大马靴“咔噔”踩在炕沿上，笑嘻嘻地说。顾天成一阵心慌，抬头看看挂钟，四点半，再瞧瞧所在的这个赌场。这里原来是一家货栈的客房，通连的三间房子，四伙牌九局如今只剩两伙了，高矮不齐还聚着三四十人。有忙耍的，有睡觉的，有喝茶谈唠的，有卖呆帮闲的，满屋子的人只有他一个人身穿布衣。

“别愣着啊，开门打骰送牌。”那个连长兴冲冲地催促道。

“我想……歇一会儿，先不耍了。”天成嗫嚅着说。

那个连长冲坐在天门上的大耍匠儿努努嘴，伸手按住天成的肩膀子：“穷汉子得狗头金了，他拿壶醋钱的赌本，要在一夜之间赢片家业儿，这不是痴心妄想吗？”那军官揶揄地说，引起了一阵哄笑。顾天成面红过耳，心跳气促，无言答对。眼见炕梢上，面朝墙躺卧着的那个人缓缓地爬起来站在众人的面前。这个人梳着锃亮的大背头，宽敞的前额，高颧骨，大下巴，两只闪光的眼睛深陷在眼眶子里。他的身量不高，但很魁梧。他散披着的那件大氅，海龙领子，礼服呢吊面儿，玄狐的皮筒子，突出的是大氅里面那件古铜色的皮袍子，因为他挽着袖口，识货的一看就知道，这件紫貂皮袄价值万金，全东三省也只有那么七八件。屋子里所有的人都认识他，天成也不例外，此人是虎石台的秧子芦茂财。

单说那个揶揄顾天成的连长，见芦秧子出面，马上把蹬在炕沿上的那条腿撤了下来，退后半步。芦茂财操把椅子挨天成坐下，大模大样地说：“小成子，咱们人不亲土亲，我姓芦的不能眼看着你受卷贬，推吧，我给你照注儿。”天成无奈，打骰儿送牌。

从打芦秧子照注儿，顾天成背起点儿来了。长短牌不离手，天地人不见面，天亮以前起开梭子了。赌场上讲的是输赢不变相，小成子到底是功夫不过硬，连赔了几次通儿，眼瞧着对手注子越来越大，心慌意乱，好几次送错门，赔头壳。今晚上分明是要落个猫逮吹泡空欢喜。紧张时刻，他只顾摆弄眼下的赌具，忽见押牌九的不下注儿了，原来他身旁的银元钞票已经空空如也。天成自觉头顶上轰的一声，眼前发黑，手足失措，这时整个局场只剩这一盘牌九了。芦秧子目视天成，从怀里掏出一叠票子来，全是百元的奉票，轻声儿说："这折合现洋五百元整。"顾天成把那叠票子接在手，"啪"的一声摔在毡垫上。一场凶恶的搏斗开始了，小顾这回心不慌，手不乱，他要在局散以前最后捞上一把。

伺候局的开始掸水扫地，擦抹桌椅，局东站在顾天成的身后，低声说："天亮了。"

外面雪停了，天还没放晴。天成拍拍屁股从局场走出来，如释重负，不知咋的，心里反觉得轻松。自言自语地说："不就是输了两元捌角钱吗，就当我做场噩梦。"他脚踩着半尺多深的积雪，蹒跚地向前走去。已经来到了镇东头，行经那座倒塌的土地祠，芦秧子站在一堵断垣的后面，点手儿叫他。顾天成这才想起那最后输掉的五百元钱。这笔钱是硬磕硬从人家手里挪借的，并不是输赢账。天成走进土地祠诚惶诚恐，未料想芦秧子把他领到僻静的地方，翻身跪倒。

"你……这是干什么？"天成愣呵呵地问道。

"小成子，咱们俩年岁仿佛，从小在一块玩过，皆因家境不同，你穷我富，多年来没得亲近。我芦家叔侄和孙扒皮结怨，你知道得最详细。常言说赶人不上一百步，姓孙的挤对我们芦家没有路走。十天以前，家叔领着我在祖宗祠堂里发下了重誓，我叔侄有生之日和姓孙的不共戴天。报仇雪恨的计划已然决定，我在镇上待七八天了，没找到合适的人。"芦茂财直挺挺地跪在冻地上如实地说："当然，你也不是我要选定的人。其一，你晓得孙芦两家打冤家的前因后果；其二，你作为一个局外人，也为我两家趟过浑水，受过委屈；其三，顾天成改邪归正，堡子里有口皆碑。姓芦的也是爷娘所生，不忍花几个臭钱让你去犯险。"秧子膝行半步，满面的戚容，求告说："小成子，这也叫冤缘相报、鬼使神差，让我在局场上碰到了你，你用我几百元钱，是小事，你身上具备的条件是大事。我已经选定了你，这件事你去办最有把握。"

天成呆若木鸡，对他所说的一番话，如坠雾中，脱口问道："你有什么事要求我，这般地大动干戈？"

"你先答应了，我再跟你说。"秧子答道。

"你站起来说。"

"你不点头，我不起身。"秧子跪着放赖。

"我能办到的一定帮忙。"天成斩钉截铁地说。

芦秧子叩头在地，站起身。说起这桩事情来，确也简单，这叫作以牙还牙、以眼还眼。除夕之夜，孙扒皮勾结胡匪抢劫了芦家，绑去了事主芦启良。宿怨未消又记新仇，趁杨家事件，姓孙的又折腾了老芦家，新仇旧恨都不能让他过年。炮手崔歪嘴子拉线，匪首金三好前来卧底，顾天成亲眼得见，老杨家出人命，孙扒皮管闲事，天成也知情。如今之计，老芦家要打发个贴切的人到山里去一趟，给匪首盖东边秘密地送去一封信，邀请他在年底以前，全伙出动，再来虎石台做趟买卖。姓芦的给他准备好二十支快枪、两千发子弹，当场交付，绝不食言。一俟匪帮抠开孙家的响窑儿，芦家甘心奉献过半的家资。天成没见过盖东边，但认识金三好，觅匪投书是老天给他安排的差事。

通风送信，有周密的部署。持芦启良的密札，出镇上岭，岭东坡有一条偏僻的路径，从南向北走，八十里途程有个小小的村落叫"吴三家子"，从此向东进山十里，地名"青鱼沟"，到这里将找到一个最可靠的人家，通过他能见到盖东边和金三好。书信必须面交本人，并且取得回信，如有口信也顺便捎回来。计算得用二日的途程，事情顺手，那就算大功告成。爽神麻利快，送信人顺利归来，老芦家敬送大洋一千元整，言而无信，天打雷劈。秧子情急，甘愿在他叔叔面前担不是，单等天成送信回来，照数给款一千元，赌场上输掉那五百块不要了。

约在午前八点钟，顾天成和芦秧子在土地祠分手，午后三点，他已经赶到了吴三家子。说什么狐遁兔奔，真正是急如星火，傍黑的时候，就来到了目的地青鱼沟。

依山傍水这一座小小的村落，从东到西，星星点点有几户人家，参差错落，不成街道。踏过一座小桥，篱笆障子圈着两间茅屋，刚想过去问问，一条狗咬，跟着全村的看家狗都狂吠起来了。屯子里来个生人，家家户户都有大人孩子走出来探头探脑地观看。顾天成惊恐万状，问明所以，直投正东，在山湾里摸进了一户人家。

这家人穷得简直掉了底，一帮孩子围着破被坐在炕犄角，全都光着腚。当家的身上穿着棉衣，也是褴褛得很。妇女披头散发，穿一件破大衫子，客人进屋，她就忙活做饭。小米干饭，炒鸡蛋，另外还有一盘子不晓得是什么肉。顾天成狼吞虎咽把肚子吃得鼓鼓的，一头扎炕上动弹不得了。在他吃饭的时候，那个接待他的人在耳畔告诉他，盖东边两个月前已经在铁岭县被处决，他的绺子由金三好率带，划到外省去了。

天麻麻亮，顾天成从炕上爬起来，热饭热菜已经摆在桌子上，又是饱餐一顿，起身告辞。那人告诉他，此处和虎石台是正南正北，翻越几个山头，可以少走二三十里路，只是冰雪封山怕找不到路径。天成归心似箭，决定赶行山路。一口气翻越了两架大山，尽管是没有路径，他还能凭着太阳光照的方向，拼命地往南走。荆棘先是刮烂了他的棉衣，一路上跌跌碰碰，攀藤附葛，手臂头脸也全都带了伤，他像一只被猎人追赶的野兽，蒙里蒙登地闯进了深山。

常言说望山跑死马。晌午时，他见正前方有一架白顶的山头，日偏西才来到它的跟前，咬紧牙关，再接再厉，爬到山顶。开始向下走，下坡倒比上坡难，走到半山腰，闪目留神，见眼下黑乎乎的那一片房屋不说，连每棵树的树梢他都认识，他站脚的地方，不偏不倚，正是虎石台的后山。他坐在一块青石上，定定心神，抬腿看看，棉鞋、棉裤全都开了花，手和臂也都出了血，可是一点不疼，周身暖暖和和的。把皮帽子摘下来，不冻耳朵，极目望去，隐隐约约看得见自家那一片房舍。

定更时分，顾天成从青石上站起来，活动活动四肢，顺着山坡儿往下飞跑，但却没有进村，从堡子的东北角悄悄地越过自己的家，来到堡子的西南角，轻轻地叩打仁慈堂的东便门。老更倌早已接受了少东家的密令，一见来人，旋即拉着他，拐弯抹角来到西跨院儿的静室。

秧子在这里候等多时了。一个钟头以后，他在一张毛头纸上，用行书写好了一张字据，很严肃地念给天成听。

典契文书

立典契人顾天成。

今因正用，将坐落在虎石台东北街泡沿上的祖传房产，计开：正房三间，西下屋两间，连同仓房、车棚、马圈、鸡架、狗窝所有土木相联之处，暨房场、园地共二亩七分，典与芦茂财名下。言明典价大洋五百元整，笔下交足。立契之后，上开财产移交芦茂财接管，立契人准在三月内迁出。从此，房无租价，钱无息利。三年之内允许立契人照原价赎回。至期不赎，上开各项房地产，即归芦茂财永远为业。

恐口无凭，立典契文书为证。

立典契人顾天成　押

承典人芦茂财　押

中华民国十五年腊月十八日

顾天成听罢了“典契文书”的内容，脸面上不忧也不喜，站起身来说：“芦秧子，我该走了，让我回家去太太平平过个年，来年正月我一定带着孩子老婆扫地出门，把房子交给你。”

门开处，仁慈堂大当家的芦启良，故作慌张地走进来。养儿像家叔，养女像家姑，这个人的身材长相跟他的侄子差不多，只是秧子二十多岁，他已近中年了。芦启良进屋，变颜变色地从头至尾把那张典契看了一遍，恶狠狠地申斥他侄子：“咱芦家世代公卿，书香门弟，‘仁慈堂’的匾额已经悬挂了一百余年，你怎么能够干出这种伤天害理的事情来！小成子为咱们去担风险、撞大运，备受艰辛，瞧人家孩子那遍身的伤痕。五百块钱对咱们来说不过是九牛一毛，哪能逼着人家破产还债？此举，你对不起咱们的祖宗，对不起你的亲生父，我那已故的长兄芦善人。”眼看他越说越恼，从墙上摘下一把马鞭子，劈头盖脸向芦茂财抽了下去。

芦秧子跪倒在地，顾天成擎住了芦启良的手腕子。

老芦二怒气难消，浑身发抖，好像是气急了，四肢乏力，任凭天成从他的手里把马鞭子夺了过去挂回原处，仰着脸儿坐在太师椅子上，气喘吁吁。

芦秧子跪在地上，顾天成坐在软椅子上，变成了和事佬。“村长，这件事不怨你侄子，是我姓顾的甘心情愿把房子典给他，为的是好走下一步。到现在为止，顾天成才算在耍钱场上把家业儿彻底输光了。可我没有什么可怕的，大不了像我的亲戚王吉庆，去凭力气养家，权当我爹啥也没给我留下。”天成平心静气地说，“这个念头是我从青鱼沟回来的时候，坐在北山腰的青石上想好的。天成有家有口，不能跟光棍撂脚汉崔歪嘴子学。”

芦启良大吃一惊，只是面无表情，踢了他侄子一脚，秧子平身。

“小成子，你的家产荡尽，一家三口打算怎么生活？”芦启良整容问道。

“凭力气去扛大活。”天成说。

“你自出娘胎没给别人支使过，听说你们三门穷亲戚要合伙租地种，可只有一匹瞎马。你舅舅杨福田官司还没打完，你小舅子沈万才脾气古怪，凭你小成子三头六臂也怕难以招架。”芦启良缓缓地说。顾天成低头无话。

老更倌端进来饭食，天成没用。

芦启良撂下手中的扣碗茶，呜呜咽咽地哭起来了。天成一愣，听他说：“在我年幼的时候，咱家乡还流传着一首儿歌。说道是，乾隆回老家，辽西看芦花……自从世主进关，我祖宗就给黄带子看老家，世代公侯二百余年。皇室正统，也没有我家功劳大，出了山海关，打听姓芦的，可说是妇孺皆知。民国以来，就算是家道中落了，可我仁慈堂在辽河流域还算得是首户。可恼的是小人孙老八，得意忘本，眼目中再也瞧不起我们大八旗。他就忘记了，他爹孙虎堂，随旗当差才来到关外。老孙头退伍归农，到虎石台来落户，投奔的是家兄芦善人。他是个汉人，当过统领，我们是旗人，我哥仅是个小小的百家长，可孙虎堂见我哥得请安问好。”芦启良呷口茶，眼睛紧盯着顾天成继续说：“中华民国，汉满蒙回藏五族共和了，我们旗人有资格参加选举，民国以来的文官武将中，都有我们八旗人。孙占元何许人也，胆敢强奸民意和芦某较量高低，此仇此恨，没齿难忘。姓孙的欺负老芦家的桩桩件件，成子你都知底细，不必再说。”他喘口气，越发地严肃起来。“小成子，你也知道，人生在世谁都是光腚来、光腚去。人为万物之灵，和畜类不同的就是因着他有思想。俗话说人争一口气，佛争一炷香，实话实说，我芦二为了要和孙八置上这一口气，甘愿舍弃我的身外物、七尺躯。”

芦启良掏出钥匙来，打开镶在墙壁里的大板柜，里面露出成垛的银元，他指着那些大洋说：“小成子，你虽然薄有家资，也是个负苦出身的穷孩子，这几年游玩耍钱，无非是看透了土里求财不容易。常言道，外财不富命穷人，今晚，要看看你有没有财命。姓芦的成全你，成全到底，我让你发笔外财，闯闯运气。”

顾天成摇头不解，芦二说：“别忘了，一不做二不休，你小子也算把手插到磨眼里了。你为我芦家觅匪投书，以身试法，虽然没有把事情办成，但纸里包不住火，有那么一天也还是得追究你的罪责。”芦二拍一下桌子。“人为财死，鸟为食亡，你既然闯过了第一关，这第二关也准能，闯过去。”他看看怀表，听听窗外的动静，神色紧张地说：“我现在打发你去办件事，人不知，鬼不觉，二十分钟就能完成。得手之后，你立刻返回来，我马上给你一千元钱，明年春起再拨给你五垧好地，姓芦的说话算数，决不反悔。”他从桌上拿起那张“典契”来，在灯火上比量着说：“这一纸文书，也在你回来的时候当场烧掉。”

“你让我去干什么？杀人我可不干。”天成大瞪着两只眼睛说。

芦启良不慌不忙地从抽匣里取出几件小巧的物品来。这是一张短弓、三支火箭。这箭是放火用的，八寸长的竹签儿用细线紧缠着三根“线香”，在三根香的夹空里，挤着火柴头儿。用的时候，把箭头点燃之后射向一个目标，香越着越短，势必引着夹空里的火柴头，那目标如果是易燃之物，一场火灾可就难免了。此时，已然入夜。大雪之后，天气格外冷，正是路静人稀之际。从便门出去，直奔庙前的空场，公义堂的后角门正对着庙旗杆，这个角门右侧的门垛儿，是个死角，从这里爬上去，可以避开炮台上的瞭望孔。趴在墙头上，眼前就是一座巨大的谷草垛，这垛谷草紧挨着孙家的主房，火势一起，瞬息成灾。芦二还说，如果这一次火烧了阎王殿，搞他个片瓦无存，他要认顾天成干儿子。

顾天成怀揣纵火的凶器迈步出屋，芦秧子把他送到便门外。返回来见他二叔正在屋子里团团地打转，好像这间屋子太小，憋得他走不出去。

“二叔，他已经奔老爷庙下去了。”秧子兴奋地说。

“不行，这得以防万一。”芦启良严厉地说。他从壁上摘下了那把德国造的双保险二十响的匣子枪，交到他侄子的手里，嘱咐了几句。芦茂财去后，芦启良坐在躺椅上，擦抹额头上的汗。

顾天成来到庙头上，途中连条狗也没碰见。他蹲在庙前东侧的旗杆夹子底下，也就是头年腊月村副吴六和他谈话的那个地方，掏出火柴来像要抽烟，但从口袋里只取出那张短弓和三支火箭。他划根火柴把那三支箭头全都点燃了，并且用口吹了吹，怕它们没有全着。点着了火箭，天成把它们掖在袖筒里，从东侧挪到西侧那个旗杆夹子底下。

此时，三更过后，万籁俱寂。耳边厢忽听西北风突起，老爷庙兽脊上的环铃齐响，钟鸣鼓应，庙前的两座旗杆，刁斗叮咚。顾天成口诵佛号，鹿伏鹤行，穿越庙前的广场，直奔公义堂的后角门。右撇的门垛儿，千真万确是个死角，把身子挨上去，看不见孙家的东西炮台，他很容易就攀上了墙头。哎呀！芦家爷们儿真不是白给的，离墙不远，这座谷草垛紧挨着孙家的后房柁。

这真是千钧一发，顾天成袖筒里抽出火箭，握定了短弓，忽觉心中擂鼓，耳畔鸣笛，太阳穴发紧，两只眼飞花，他锉齿有声，强自镇定。他趴在墙头上，目视前方，一咬牙关，第一支火箭夹带着风声就射了出去。顺风射箭，距离又不远，应当牢牢实实地命中目标，然而，西北风特大，发射的方向又是正南正北，这支箭离目标尚差一步远，就落在地上了。一击不中，不免着急起来，第二支箭“嗖”的一声又脱弦而出，但这一箭离草垛还有半步远，又落下了。顾天成紧张起来，连番不中，显然是那弓弦力气小，用力一试，那短弓竟“咔吧”折断了。两支火箭，躺在雪地上闪闪发光，特别是当它们燃烧到火柴头上的时候，发出刺眼的亮光，虽然转瞬即逝，但对天成却是极大的威胁。

无暇思索了，他毅然决然地翻越墙头，脚落平地，手拿最后那一支火箭，直奔目标，心想，这回我给你插进去，看它还着不着。只迈出五步，距草垛最多还有五步远，一声枪响，顾天成应声栽倒，离他不远，站立着活阎王孙扒皮。孙八一枪击倒了前来纵火的歹徒，晓得他伤在下肢，意欲近前去看看这是个什么人，墙头上又响起枪声，一梭子子弹不知道多少发，统统打进那个躺在雪地上的歹徒的身上。

起因在那阵西北风。孙八正在书房里抽大烟，刚要就寝，听窗外呼呼的风声，忽有警觉，按往常的习惯，手握着短枪出去查夜。经过前厅来到后院，遥见墙头上火光一闪，正赶上天成射箭。孙老八隐蔽身形，沉着地静以观变，直待来人跳过墙来，前行几步，他这才准确地开了一枪。墙头上连珠枪响，可把他吓得筛了糠，那枪口稍稍地移动半分，他也就报销了。

清晨，公义堂大管事的李春山，敞开了他家的后角门，吆喝过路的乡亲们进去看热闹。顾天成腊月十八深夜到这里来放火，被当家的打了一枪，当时伤在右腿，不能致命，可不知是什么人见义勇为拔刀相助，从墙外对准他开了枪，这小子身中数弹，登时丧命。

吃早饭的时候，顾天成的尸体陈列在老孙家谷草垛的旁边，有人给他盖上了一领芦席。老顾家小成子突然横死，情节这般离奇，死状那样的悲惨，连庙上的黄老道都哭了。

孙八大清早来到村公会，立命阮先生写了一份呈文，加盖村公会的印章，掖在腰里飞马进县去了。隔一天返回来，带来县长手批的公事，内容很简单："查本县清水镇区，虎石台村，乡绅孙占元之家宅，夜有歹徒逾墙纵火，被事主当场击毙。该凶犯罪有应得。责令死者家属认领尸身，择地掩埋。行文了案。"

腊月二十一，午前，后街沈万才和刘铁柱，抬着一口黑色的油漆未干的棺材，走进公义堂的后角门。跟随他们一路前来的还有十几位乡亲，他们把那尸体团团围住，沈万才进前去掀开了那领芦席。死者是脸冲下，弓着腰卧着，左腿弯曲，右腿直伸，胳膊肘拄地，两只手微张。王吉庆蹲在地上，握住他的双肩，把他翻转过来，姿势未变，因他挺尸后就冻僵了。

众人观看他的头面四肢，枪伤并不明显，棉鞋底一只张开，一只即将脱落，袄袖子、裤腿子全都破破纷纷，可见的皮肉，多处有划伤和碰伤。很明显，他在被枪毙以前和什么人拼死拼活地发生过格斗。乡亲们明知道这里面有隐情，一个个咬牙愤恨、骂不绝声，但仅能如此而已。小成子纵火行凶，现赃现获，凿凿有据，真是无话可说。

殡殓一个该死的凶犯，不值得为他掉泪。沈万才抱头、王吉庆托腿，往那口棺材里装。人大棺小装不进去，老王三叔倚着棺材帮伸手为他捋捋胳膊、又捋捋腿，哀切地说："小成子，可叹你憋憋屈屈一辈子，死进棺材还这么不得舒展。"又抚摸他的前额，声泪俱下，"孩子，三叔知道你冤深似海，死不瞑目，你还是把眼睛闭上吧，亲戚朋友还有你的儿子，有朝一日能替你申冤雪恨。"顾天成大瞪着的两只眼随着王三叔的手掌合上了。

傍晌，北山底下乱坟岗子里又多了一座新坟。种地户顾连安的儿子顾天成就这样结束了他的一生，只活了二十四岁。

埋葬顾天成的人，已经回村去了。尤金榜从西岭走岔路来到北山下的义地，从怀里掏出一刀烧纸，在坟前焚化了。他用一根干树枝拨弄着那堆点燃了的纸张，哭着说："天成啊，你从我家里一走，到镇上去取棉花，棉花没取成和那伙耍钱的喝上了酒，当晚又到'代理店'去耍钱。你一时手幸赢了钱，可千不该、万不该，耍钱场上得罪了那帮穷朋友。累我费两天两夜的工夫，也没弄明白在他们走后，局场上发生了什么事情。到现在我心里堵得慌，你耍了一宿钱，天亮以后上哪去了？别人说，你的鞋底子掉了，衣裳都扯破了，是跟谁打了架。可我一看就明白，这不是打架打的，你准是跑了一趟很远的路程，爬山越岭，着急忙慌，搞得这样狼狈。干啥去了？回来以后没得消停又到公义堂去放火，这个谜我实在是解不开了。堡子里人人都说你死得屈，天成啊，你无兄无弟，只有我这么一个朋友，现在四周没人，你告诉我，我替你报仇。"

风呼呼地吹，坟头上的冻土像是在发抖，苍鹰在低空盘旋，吓得野兔四处藏躲。不远的断崖上出现一个猎人，金榜认识他，那是开小铺的张茂森，这个人每年冬季专门打狐狸。他平端着猎枪，选择一个有利的地形，枪口对准了一座孤坟，并向金榜打手势，意思是那座坟里有猎物，叫他不要惊动。尤金榜心中懊恼，此时他正想趴在天成的坟头上，大哭一场，可恨的张小铺剥夺了他哭的权利。张小铺趴在雪地上，尤金榜坐在冻土上，两个人相持了半个时辰。张小铺不耐烦了，持枪离去。金榜狠狠地骂了他一句，同时发现了一只黑狐狸从张小铺趴伏的那块断崖底下钻了出来。这只狡猾的狐狸，戏耍了精明的猎手。

天阴沉沉的，又要降雪，金榜自觉闷得难受，终于趴在天成的坟头上放声大哭起来。哭一场似乎不够，翻过来、折过去连番地痛哭。伴随着纷纷扬扬的大雪，夜幕拉下来了。尤金榜离开坟场，没有进村，顺来时的路又踏上了西岭。他到清水镇招兵站，面见长官，请求连夜穿上军衣到营房去报到，怕的是明日天亮让他爹给找回去。

腊月二十三，沈万才到东头泡沿儿姐夫家，去接他姐和小外甥。走在路上，嫂子也跟来了，她求后院董四婶看家，赶来和她的小叔子，一起去接姑奶奶回娘家。大嫂不来，姐姐还真的不能去，出门子姑娘按乡习不能在娘家过年，据说那样做，娘家要受穷。嫂子一劝再劝，小姑子这才收泪成行。人回娘家，猪和鸡也得跟着，三只鸡装在麻袋里，轰赶着那口就要下羔的母猪，一起回去，这是第一趟。第二趟，万才自己返回来，水缸淘干，屋里屋外的物品收拾起来，钉上门窗，托付邻居家分神照看，并说出了正月再送他姐姐回来。

万才二次转来，家里头已经安顿好了。可是他并未停留，又到前街老杨家，照看舅母去了，他恨不得一下子就学会分身法。姐夫没了，已经租好的那块地，剩下一个人不能再种，还得去赔不是，退租约。

庙东的粮户王雅轩，来到了公义堂，孙八下阶相迎。寒温叙罢，王四说："一场闹剧演完了，足下和芦村长的嫌怨也该了结了吧？""怕他不肯。"孙八说。

"一切全都安排妥当，你八爷丢不了面子。"王四笑盈盈地说："昨天我就和庙西刘大哥到仁慈堂去了，芦氏叔侄对于你们两家和好双手赞成。"

腊月二十四，明德堂当家的吴六设宴请客，孙八、芦二和村里所有的会董全去坐席。孙芦两姓的冤家打完了。席上决定，眼下这个大年，为了庆贺堡中乡绅的大团结，要过得格外热闹。

正月初六，由村公会操办的秧歌、龙灯开始下街，临走以前，要在庙前广场上进行盛大的表演，由乡绅们检阅阵容。

今年虎石台的龙灯，办的是双折料儿的。两套人马，两条青龙，在老爷庙前来了个二龙戏水。锣鼓喧天，鞭炮齐鸣，龙灯退场，紧接着来了大秧歌。洒公子领先，后面跟定上八仙、下八仙，青蛇白蛇西湖借伞，吕洞宾三戏白牡丹。傻柱子接媳妇，小老妈骑着黑毛驴儿，老汉背条纤、旱地来行船。单说船上坐的那个大妞儿，是堡子里出名的漂亮小伙，粮户金三的二小子金荣山。拉纤的老汉谁都没料到，他是金三的把兄弟，前街的新发户，五十来岁的袁连喜。旱船停在正中央，锣鼓家什起个点儿，袁连喜亮开清亮的喉咙，配着锣鼓，一句一句地唱了四段秧歌词，确实是悦耳中听。

来到庙前抬头观，
文武二圣在上边，
奉天出了张大帅，
要搁北京坐金銮。

一对旗杆红鲜鲜，
大帅不收地亩捐，
洋钱好比长流水，
沟满壕平淘不干。

老总打进山海关，
枪口炮口都冲南，
打到苏杭穿绸缎，
打到台湾吃蜜柑。

旗杆顶儿圆又尖，
大家小户都过年，
穷富全凭德行赶，
财神老爷心不偏。

龙灯秧歌下街去了。庙头上只剩下几个孩子猫着腰捡拾断了捻子落在地上的鞭炮。后街的沈万才和刘铁柱来到庙前，他俩倚着庙墙站着，像是在那里晒太阳。今天的太阳暖煦煦的，显得格外明亮。陆陆续续又来了几个人，大家伙儿有蹲着的，有站着的，谈唠起来。富足人家热闹新年还没有过完，穷棒子按每年的惯例，正月初六开始在庙头上讲春月。万才和铁柱去年在西岭窑地干了一年，今年回堡子扛活来了。

虎石台的老爷庙头，是十里八村较为集中的“工伕市”，每年的春月秋月都在这里讲，准备雇人的也到这来挑。那年月财主粮户在市上雇佣长短工，跟买骡子买马一样，明说暗讲。

傍晌儿，骑驴的、乘马的，从外村来了几个长袍短褂儿的粮户。忽发现今年虎石台的老爷庙头，等候要讲活的穷人，比往年多上了好几倍。其中有些人穿着打扮有点岔眼，说话山东口音。原来在西岭窑地上干活的老山东，成群结伙地来到虎石台，他们搁关里都是种地的，这回全要回到本行。永新窑劳金高，伙食好，累死人可是不偿命。在岭上干活、喝酒、耍钱落个空热闹，身背重债总是回不去关里家，混到归齐得埋进“山东坟”。他们下岭来要投靠土财主，吃稀的拿干的，还能弄个两够本。

外村来的粮户冷丁有点不敢订工。先找本地人交谈，万才和铁柱等又声言自己守家在地，脱不开身。那些老山东爽利得很，主动提出不和本地人争同等的工价，关里关外种地干法不一样，过二年熟练了再要求待遇平等。

庙上雇工的、卖工的正然讲论，永新窑的大窑头尤老四气急败坏地来到现场。这个人打年根底下开始就不顺当。儿子尤金榜弃家出走，夤夜从军，老头子找遍了招兵站设在各处的营房，没见到他的儿子。最后回到镇上来，大闹招兵站，让人家揍了个鼻青脸肿。老家伙家出逆事，祸不单行，喝醉了酒又在窑上打骂工人，激起了众怒。工人们倒是没有打他，大伙商量凡是不欠窑上债的全都下岭，到虎石台老爷庙头去讲春月，乡亲们要留下这把生灵骨，将来能回关里家。

今天，窑工们结伙下岭，窑头抓了瞎，窑地眼看就要大动工，熟练工人走了这么一大片，在财东面前怎么交代？尤老四平日脾气暴躁，此时也得强压着怒火。他自出胎胞，没向什么人赔过小心，标准的手艺棒子。今天的场面实在是为难了，他操起山东腔和这个那个套近乎，恳求他们回到窑上去，并且提出来要掏腰包请桌客，向大家伙儿表示歉意。可是那些人像躲瘟疫似的避开他，站得远远的。

尤老四孤立无援，万分难堪，坐在庙台阶上，掉下眼泪来。沈万才过去劝他：“四叔，看在你儿子金榜和我姐夫天成相好的分上，劝你几句，不知你爱听不爱听。我和铁柱上西岭，也得亏你老帮忙，咱爷儿俩不打不交。从那回闹别扭到我离开窑地，你没跟我过不去，说你够个老人。咱们庄稼人讲实的，四叔你吃窑上饭是老本行，从关里到关外，凭手艺吃得开。自从来到清水镇，‘永新窑’是你一手创办的，可你不应得意忘本，祸害乡亲。财东对待你恩重如山，可我听说年末分红利，没有你姓尤的一分半文。永字号买卖有几十个掌柜的，七厘八厘有拿十厘份子的。说句敞亮话，你还不是那里的虫儿。‘永新窑’工人长支短欠算利息，我和你那次犯口舌，为的就是这个。你领着工人吃喝嫖赌，图一时的乐和，不计较有家有口的乡亲能不能回去关里家。

“你当窑头，自觉挺神气，可堡子里谁不笑话你？家里养活个母老虎，硬是惹不起，逼得独生的儿子去当兵。可怜的小接媳妇，挨打受骂还不如一条狗，乡亲们全都气不公。你说你算啥能耐？”

一席话说得尤老四泪如雨下。万才又说：“眼下你得罪了众乡亲，成帮下岭来讲庄稼活，我看这和你姓尤的没关系，孩子哭交给他娘，刘紫玉只要改改他那些欺压工人的旧规矩，窑地上不缺负苦的人。”

尤老四站起身来，离开了庙前广场，回家去了。一进门，正碰上他的老婆骂骂吵吵毒打童养媳，怪妞子杀夫不用刀，妨走了小金榜。老四进屋没拦也没劝，抓瓶子喝了一顿酒，酩酊大醉，蹒跚地撞出家门，扑奔清水镇。他要找财东刘紫玉辞掉本身的职务，领老婆和儿媳妇回关里家。正逢刘府上车水马龙，忙着接待宾客，财东无暇与他叙话。

尤老四回转虎石台已经入夜。他从大路上返回来，遥见老爷庙头人来人往，灯火闪亮，乡绅们正在召开紧急会议。刚想循路回家，一匹快马飞跑到他身旁，“咯噔”停住，财东刘紫玉派人来请尤老四回镇上去，连夜问话。

正月初七，虎石台村公会的两个门垛儿，右边儿还挂着村公会的大牌子，左边又挂了一块相同尺寸的牌子，端端正正三个大字“保甲房”。

人走时气马走膘，虎石台的芦启良和孙占元，两家财主和好之时，大军阀张作霖正打算在北京登基坐殿。为了巩固后方，通令东三省绥靖地面，剿匪清乡，施行保甲制度。令到之日，所有东三省民间自卫的武装，包括地方民团，看家护院的卫队，也就是各粮户私养的炮手，统一划归各地‘保甲房’建制。区镇一级官员，称联保主任，以下村屯分设保长若干统辖地方武装。正月初六，清水镇的镇长刘紫玉，虎石台的村董孙占元同时接到县政府的委任状，荣任联保主任和保长之职。

“保甲房”宣布成立，堡子里的八大户个顶个喜笑颜开，因为从今往后再也不用自己家养枪雇炮手了。带枪的人由村上开工资，在联保主任的统一指挥下，各村屯遇有匪警，守望相助，联合设防，弹压地面。虎石台的“保甲房”，人员多，势派大，正月初十就正式办公。保长孙占元在清水镇定做了一套官衣，里外通是将校呢的。洋刀皮靴、刺马针、大盖儿帽，帽正上绣的是五色旗。宽宽的帽箍子和肩牌、领章，掐金边、走银线，耀眼生辉。他手下的保甲队员，穿戴也都跟当兵的差不多。“保甲房”是执法机关，先建岗亭、岗楼，后又修造了一座足够容纳几十个犯人的拘留所。

正月十五，庙后的沈万才，牵着他舅舅家的那匹白色的瞎马，把他的行李从前街老杨家驮回来。行李拿进屋，没打捆就出门来，又牵着那匹马到北山脚下老侯家。侯德盛不知来意，万才说："我今年要出去扛活了，舅舅的官司还没打完，舅母让我把这匹马送来，求侯老叔暂且喂养。"侯德盛收下。万才从侯家返回来，刘铁柱夹着行李和他相遇在大门外，两个人已经在庙东老王家讲好了活，今天该到永吉堂去上工。

东头狗咬，来了一帮荷枪实弹的保甲队，进前来逮捕了刘铁柱和沈万才，倒剪二臂，推推搡搡地来到庙前，把他们关进了保甲房新修的拘留所。县衙门发来"十万火急"的公事，命令虎石台保甲房，即刻押解这两名要犯进县听审。两辆大车停在庙头上，万才和铁柱各乘一辆。他们的双脚用麻绳缠在一起，两条臂膀牢牢地捆绑在左右的车牙厢上，这是当时官差捕获滚马的强盗解送时经常采用的办法。

孙保长骑上一匹黄骠马，十名保甲队把车辆围护起来，车老板鞭梢儿一响，车辆就要上路。铁柱的爸爸刘老叔拄着拐棍儿闯到车前，一失脚跌倒在雪地上。万才的嫂子正站在旗杆底下和村长交谈。沈大嫂孀居多年，足不出户，今天也到这里来抛头露面，她不知道她的小叔子身犯何罪，这样地五花大绑。

成百的乡亲聚在庙前，七言八语质问村公会和保甲房。沈万才、刘铁柱父一辈子一辈都是老老实实的庄稼人，素常日在堡子里俩孩子连句错话都不说，无缘无故把人家捉拿法办，这不是欺孤灭寡吗？

村长、保长今天全没发威，声言此举乃是上支下派，并叫阮先生站在庙台阶上当众宣读县里发来的那份公事。阮先生哆哆嗦嗦抖着嘴唇，把那份公事从头至尾念了一遍，内中有刘铁柱、沈万才等一干主从要犯，聚众生事，鼓惑罢工等语。乡亲们摇头不解。

孙八、芦二劝众人赶快散开，这般苦苦盘问，拦截押解犯人的车辆不能启程，会增加万才和铁柱的罪名。案由是从永新窑工人罢工引起的，逼事头在清水镇。事有事在，还是得把这两个人送到县里去，回头再说。

车马从庙前缓缓地动了身，一踏上官道，就加快了速度。行近西岭，就被一群从岭上拥下来的工人拦住了。老山东不像堡子里的村民那么文明，他们要把这两个无罪的人留下，让县里的巡警到窑上来办交涉。孙保长这可急了，命令左右对空鸣枪。偏巧联保主任刘紫玉这时正好打发得用的人率带上百的保甲队，赶到肇事现场。工人和他们发生了冲突，孙八乘乱指挥众人驱车上了西岭。

第七章

押解犯人的车辆，傍晌来到清水镇，在十字路口饮马、打尖。闲散人凑上来问那两个犯人："你们是哪个绺子的？啥时候给打花了？当家的报什么字号？大柜在何处安根……"

刘铁柱沉着脸不回答，沈万才信口说："我和他都是革命党，因为罢工让他们抓起来啦。"此时，孙保长正勒马站在车旁，一扬手，儿臂粗的藤子马棒对万才直劈下来。万才戴着皮帽子，不知受伤轻重，只见他面色苍白，昏死了过去。孙老八自觉失手，打坏了人，可他并不服软，放开嗓子吼道："他们两个是罢工犯，公然在这里冒充革命党。大家知道，革命党都是大人物，袁世凯、吴佩孚、冯玉祥、段祺瑞、汪精卫、蒋介石，还有我们的张大帅。我哥哥孙占一那是真材实料的革命党，在日本留学参加同盟会，和孙中山在一起照过相。"

老百姓不爱听，纷纷退避。车辆出离清水镇，沈万才苏醒过来，听铁柱正用最恶毒的语言大骂孙老八。孙八策马走在最前面，好像耳聋。他要加急赶路，力争在天黑以前，把这两个犯人送进县城。

沈万才伤处疼痛，额头淌下来的鲜血，迷住了他的一只眼睛，他索性闭上双眼，陷入沉思。那是头年把姐夫埋葬了以后，当天夜晚，王三叔和吉庆二更天还没走。老人说，小成子被害，内情他全都明白，只是苦无对证，没法经官，这和阮桂香一样，要冤沉海底了。三叔让万才把姐姐接回娘家来，和他们住在一起，说姐姐领着孩子不能自立门户。如今，自己又摊了官司，姓沈的、姓顾的，都剩下了孤儿寡母。那天晚上，三叔说俄国的穷人造了反，把皇上打跑了，老百姓杀死了大臣。乡下的大粮户，都让穷人给绞死啦，财东、老板也都被送进了劳改营。穷苦人当政，叫闹共产。听说，咱们中国的南方，也闹共产了，打土豪，杀恶霸，把他们的房子、地，拿来平分，大人孩子都领一份。这叫闹革命，参加的人，叫革命党。王三叔给他们讲了阮先生给他念报纸知道的新鲜事。适才在清水镇，自己信口说出革命党，脑袋上挨了一马棒，看起来富豪们和革命党是对头冤家，就凭这，将来真有机会，自己一定要参加这个革命党不可。

行程百余里，黄昏时节，车马人役来到了县城。

离远看整个县城恰似繁星坠地，金光灿灿。进得城来，只见大街小巷张灯结彩、花火连云、鼓乐喧天、鞭炮齐鸣，高跷、龙灯、狮子舞耍得正热闹，路口上还矗立着一个电光五色的老寿星。逛灯的如潮涌一般，车和马只能绕道而行，半晌才来到巡警局。

保长孙占元在签押房见到了值勤的警长，交拨公事，那警长认识送来的犯人沈万才。孙八交接完毕，领从人回身便走。那个好心的警长详询了万才和铁柱的案情，并替万才包扎了额上的伤口，领他俩到厨房去吃了一顿残汤剩饭，十点来钟，才把他们送进拘留所。皆因今晚乃是元宵佳节，长官们全都不在衙内，一个警长也就算这院里的上司了。

巡警局的拘留所，是一座十字监牢，东西南北，排列着几十间用粗铁条打造的牢笼，两名巡警在十字路口设摆一张桌案监视犯人。警长送两名新犯进号，二警士起身收容，不远的铁笼里发出嘶哑的喊声："万才、铁柱！"二人紧跑几步，过去抓住了铁栏杆。

那警长把两个犯人送交值勤的巡警，急抽身回转签押房。二巡警发现这两个新送来的犯人，违反监规和在押的杀人犯杨福田隔着栅栏，手拉手地说话儿。怒冲冲赶过来在他们身后连声地断喝，命他们不许谈话，赶快进号。万才痛泪交流，忙着回答舅舅的问话，脊梁上重重地挨了一枪托，紧跟着腰上又是一拳，屁股上又是两脚。一巡警抓住他的脖领子，试图让他离开那个地方，但万才手攥着铁条，只听哗楞哗楞地响，硬是不肯撒手。

二巡警怒不可遏，挥动拳脚毒打万才，眼看他的鼻和口都流下血来。

"铁柱子，不许动手。"杨福田在号里嘶声叫道。来不及了，刘铁柱已然伸双手揪住那两个巡警，像玩哑铃似的，让他们碰了头。下面一个扫堂腿，一巡警先来个仰面朝天，另一个在万才回身的当儿，铁拳到处，应声栽倒。两巡警见势不妙，持枪逃出了牢房。

这里关押着数百名囚徒，内中犯什么罪的都有。穿堂里发生格斗，众囚犯手把着栏杆，看了个一清二楚。一见两巡警吃了败仗，逃之夭夭，好几个人同时喝喊：“二位难友，够得上英雄字号，赶紧到那张桌子里的抽屉里，把钥匙取出来，放我们出去，咱们给他来个大闹花灯。”杨福田脸色铁青，左手拉着万才，右手牵着铁柱，哭着说：“孩子啊，这可万万使不得，咱爷们儿不犯死罪，挑头炸狱那得祸灭九族。”

院子里响儿警笛，拘留所的所长、二等巡官率带数十名巡警赶来，先把拘留所团团围住，在出口处架设了一挺机关枪。十名巡警临时组成了敢死队，子弹上膛，平端着步枪，明晃晃的刺刀，耀眼生寒。他们兵分左右，一步一步地往里走，终于和那两个大汉在拐角的地方相遇。巡警高声喊喝，嘁里喀嚓地掰大栓，命他们把双手举起来，头前带路，出离拘留所。

虎石台的保长孙占元，离开警局，带领从人找到店房，屋子里吃饭，院子里喂马。安顿完毕，孙八一个人来到热闹街，先进饭馆子，用罢饮食，而后嘴叼着牙签儿，循路儿来到平康里那家最大的下处“欢乐堂”。

这晚，人们都忙着过节观灯，窑子里的嫖客不多。一群妓女正聚在天井里说笑，走红的姑娘小翠宝针扎火燎地尖叫起来：“哎哟哟，这不是城北虎石台的大财主孙八爷吗！”她人比话快，像只蝴蝶似的飞到孙八的身旁，抱住他一只胳膊，用力地拧了一下，“我说今天刮的是啥风，把您老人家给吹来了？啥年头脱了袍子褂儿，又穿上军衣了？”她紧贴着客人往里走，招呼伙计打帘子、上盘子。

孙老八步入香巢，立时被人家解除了武装。翠宝先给他摘掉了大檐帽子，接着取下了他的洋刀和匣枪。他刚刚坐在椅子上，姑娘半嗔半喜地扑过来，骑在他的大腿上，没头没脸地先揍了他一顿小拳头，眼圈一红，又抱住他那酱块子脑袋，来个猴啃瓜。孙八兴起，乘势把那妓女抱到床上去，表演了一场狮子滚绣球。

翠宝自己点支香烟，但立即就用尖尖的两个手指头，把那支烟挪到孙八的嘴唇上边去。孙八打个哈欠，鼻涕眼泪同时流下来，做手势表明他要抽大烟。翠宝告诉他，年前县里开花烟馆的，把窑子给告了，军警稽查处下令，不准乐户预备大烟，抢人家的买卖。孙八烟瘾很重，只好重新穿戴齐整，到烟馆去抽烟。临别把“夜资”压在茶盘底下，翠宝亲亲热热地把他送到大门口，千叮万嘱他早点回来。

孙八走出“欢乐堂”，迎面来了一伙逛窑子的大兵，领头的发口令，众军士一字形排开，向这位长官敬礼。孙八一时发愣，抬左手还了个军礼，实因为他没学过步兵“操典”。

“嗯？这位团长看上去眼生，他是哪旅哪团的？”正目问左右的列兵。

“他用左手给咱们还礼，看他不像正经的军官，肩章、帽箍也全都不对。”一个士兵回答说。

“你去问问他，是怎么一回事？”正目命令道。

“是。”那兵士拔腿便追。

孙八这时已经走到拐角的地方，那兵士气呼呼地跑上来，把他迎头拦住，但仍旧是立正姿势，直挺挺地站在那里。

“有啥事儿吗？”孙八左手按着洋刀把，侧着头故作镇定地问道，可他的心却好像要从嗓子眼里蹦出来。

那兵士和他面对面地站着，从上到下又仔细地把他打量一番，心想，张大帅扩军备战，陆海空军兵种复杂，弄串了皮，也是吃不消的。于是，郑庄其事地又敬了个礼，严肃地说：“报告长官，我们正目派我来问问你老，是哪师、哪旅、哪团的？”

“问这个干什么？”孙八变颜变色地回答说。

“报告长官，我们正目说，你老长得像他亲娘舅。”当兵的认真答话。

孙八假装一乐，嘟哝着说：“你们认错人了，我是城北虎石台的保长，贱姓孙，我也没有外甥。”当兵的向后转，跑进了胡同儿。

一声呼哨，黑影里出现十几个大兵，掰胳膊拧腿，把孙保长掀翻在地，说什么鼻青脸肿，单那肥胖的大肚子就连番挨了二三十脚，踹得他屎和尿装满了裤兜子。那顶大盖帽子，高高地挂在电线杆子上，洋刀弯成了一张弓，马靴上了房，紫红色香牛皮的匣枪套儿不见了，匣枪没丢，被抛到茅房里。

逛灯的人蜂拥来到平康里，看大兵打保长，当差的教训土包子。多亏当场卖呆的有两个心眼好使的，呼应着高声喊：“稽查队来了！”当兵的最怕稽查队，呼啦一声跑了个罄尽。

惹事的军人走远了以后，巡警才慢悠悠地凑上来，挑着灯笼照了照，见那人已经背过了气。他们到附近饭馆子里头去，提来半桶凉水，“哗”地一泼，可爱的保长顿时变成了一只粗大山药蘸的冰糖葫芦。半桶凉水，救了一条命。孙老八强睁开两只牛眼，求巡警到店里去通知他的伙计们，套上大车来拉他。

闻听孙老八出离“欢乐堂”，走不远就被当兵的按倒了一顿胖揍，窑子里的小翠宝披头散发、敞胸露怀、哭天抹泪、气急败坏地来到现场。这时，当兵的已经散去，只见她分开众人，弯着腰把被打的人观察一遍，认定今晚这个人绝不能再去住窑子了，小妓女白得了一笔夜资。黑影里看见她一改来时的模样儿，抿着嘴儿美滋滋地回去了。

孙保长被从人拉回店房，放在炕上，只见他出气多，进气少，真正是奄奄一息。大伙儿商议决定连夜把他送回虎石台，怕的是八爷一口气上不来，谁也担不起这个责任。两辆大车在官道上飞跑，后面紧跟着十名保甲队，孙八那匹黄骠马拴在车尾巴上，也跑得通身是汗。

正月十六日午前，公义堂的大当家的由几名做活的从大车上抬下来，送进了卧室。当即有人到前街去请来了白二先生。孙八爷的肋条被打断了两根，左撇的小腿骨折，头面四肢，前胸后背，有十多处创伤。“七厘散”“接骨丹”内服，包扎伤口有现成的刀口药，经过一番急救这算脱离了生命危险。

孙保长在“平康里”挨揍，消息很快传遍了全村。当天夜晚，以村长芦启良为首的慰问团来到了公义堂，内中包括堡子里所有的乡绅。村长坐在保长的卧榻前，安慰道：“八弟，你此番在县城里受了委屈，这也算因公负伤。至于羞辱你的那一群大兵，等你把伤养好，二哥陪你进城，五营六哨，准能把那几个小子找出来，咱们君子报仇十年不晚。”

孙八在青肿的眼眶子里头，直瞪着两只血红的眼睛，意外地问道：“刘紫玉行文进县，要捉拿法办俺堡子这两个庄稼人，事前谁知道？”

芦二摇头，并环视列座的乡绅们，众乡绅都说：“我们不知道。”

“着啊，不是我孙某气量狭小，身遭毒打又迁怒他人，提起这桩事我觉得刘紫玉有点恃强凌弱，大屁股压人，没瞧起咱们这帮乡绅。”孙八有气无力地说。

王四一进公义堂的院子，就觉察出来了，副村长吴六今夜缺席。实因为万才和铁柱突然被捕以后，芦二、王四送走了押解犯人的车辆，折回来就在村公会发起牢骚来。他们结合村民气愤的心情，把所有的不是都推到镇长刘紫玉的身上。当时，村副吴六刚想替他岳父申辩理由，忽听说西岭窑地工人暴动和保甲队打起来，永新窑的工人真的罢了工。事关重大，吴六立刻前往清水镇，两天一夜没见他返回来。

“大头鬼摊事，那叫咎由自取，可恼的是我这小小的永吉堂，刚雇妥两个最理想的长工，没等进院，就给我抓走了。大丈夫恩怨分明，我得趁此时煽风点把火。”王四想到这里，朗声言道：“刘紫玉身为一镇之长，一贯欺压良民，永字号买卖垄断市场，欺行霸市，四方民众早已恨之入骨。所辖的民团，更是无恶不作，鱼肉百姓。自从成立联保，听说借剿匪清乡的口实，诬良为盗，几日的工夫已经逮捕了数十名安分的乡民。俺堡子北山底下住家的侯德盛，一口肥猪误跑进他刘家的果树园，被他的炮手用快枪给打死，肉也给吃了。侯德盛去找，那镇长蛮不讲理，不但不赔猪，反让德盛拿出钱来赔他家的果树。为此，侯德盛携家带眷来到虎石台，投奔杨福田。这位刘镇长如何的豪横，可想而知。”

刘大、金三、张七、邓五，听王四说得有理，也都帮腔数落刘紫玉。众乡绅不约而同地怂恿孙、芦二会首和那个万恶的刘镇长较量较量。

宅上的石妈过来服侍孙八吃药，一时打断了大家的谈话。未料孙八坐起来，把药喝进去，脑袋往枕头上一挨，就昏迷过去，不能讲话了。众人只好起身告辞。

乡绅们在公义堂探望孙八，一群穷苦人正聚在庙后老沈家议论铁柱和万才被捕这件事。大家后悔埋怨，恨本村的青壮年赶不上西岭窑地山东哥们有血气，敢拦路截人和保甲队交战，退回窑地，又宣布罢了工，锹镐扁担操在手中，巡逻站岗，让保甲队不敢靠近。他们把大窑头捆绑起来，扣押在一孔窑洞里，开始和财东讲条件。让他立即派人进县把铁柱和万才接回来，交给他们，然后才能释放尤老四，再考虑复工。现在事情已经僵持了两天一夜，还没有结果。窑地工人敢惹大人物，咱们庄稼人真是心眼儿慢。昨天清早，大伙儿就应该在庙头不理会什么县里的公事，硬把铁柱和万才留下。有人说后悔药难吃，还是得赶快设法把他们营救回来。庄稼人不识字，公事面儿一点也不懂，一时之间谁也拿不出主意来。

夜深了，王老好父子送走了众乡亲，折回来商量办法。天亮，老人家起身漱洗完毕，从炕上拿起一个打好的包裹，动身离开姑娘家。老王家三叔背个蓝布包儿，一瘸一点地出了村。他老人家尽管是心急似火，冰天雪地走行起来还是不能太快，眼瞧着就要上岭了，忽听身后有脚步声。王长江、李大虎、开饭馆子的老陈……东街、后街，跟来的有三十多人。陈厨子喘吁吁地拉着王老好的袖口儿说：“三哥，你一个人要进县去，替两个孩子喊冤叫屈打官司，哪能行啊？要去，咱们大伙儿全都去，我们帮着你去跪堂口，求大老爷开恩。”

“县官要是不放铁柱和万才，咱就砸开他的监牢狱把人救出来。”李大虎接上说。

“三叔，昨下晚大伙合计半天，没准主意。我回家以后又出来，看老沈家的灯亮一宿也没灭，知道你和吉庆没回家。照大伙儿唠嗑的话口儿，我断定你老或者是吉庆要单独出头去替他们打官司。衙门口冲南开，要打官司拿钱来，凭你一个穷老头子对付不了那些抽筋扒皮的恶官差。适才我见你一个人出村奔岭，自觉判断不会错，这才招呼乡亲们跟来了。其实昨晚我们没到老沈家去以前，先在我家，后在陈家馆子，大伙儿就合计了，打算把村里一些知近的人都联合起来，进县去喊冤。庙上的黄老道也在场，他说这样使得，这叫民众请愿。县衙门也许能够网开一面，把他们释放回来。”王长江解释说。

王老好站在高坡上，看跟上来的这群乡亲，全都装束整齐，他们确实已然做好了随他进县的准备。正当此时，村长芦启良骑一匹拴着响铃儿的走马，来到众人的面前。他让王老好带大家回村去，由村上书写开脱沈万才、刘铁柱的呈文，全堡子不论大家小户都在这份呈文上边画押，这份公事就能代表全村的人进县去请愿。众人见他说的有理，就都跟随他回到村公会。一路上芦村长牵着马步行的架势，很有点体恤民情的意思。

送县的呈文由阮先生执笔，只见他伏案疾书，笔走龙蛇，瞬间成章。众乡亲忙着要在上边签名画押，芦村长进前拦住，他要亲自把呈文送给孙保长过目，请他率先垂范。孙占元趴在枕头上，第一个在呈文上签名盖了章。折回来，芦村长以下，堡中共五百六十七户，签名的有五百六十二人。杨福田、沈万才、刘铁柱不在数，副村长吴殿臣、大窑头尤老四未在堡中。

虎石台的村民代表王老好，二次动身进县，老老少少送他到村西口。老人家路过西岭窑地，被窑上的工人拉进了永新窑的账房。此时，账房里的先生、掌柜的早已逃去。监视窑地的保甲队只是骑着马远远地巡逻。

王老好取出怀里的呈文，给工人们看，一百多人没有识字的，老好只好把呈文的大意说了一番，因为他本人也是文盲。

工人们商量，最好也写这么一张文书，派代表送到县衙门，可是一时找不到写字的先生。人多出韩信，有人从装账的大柜里取出几张和那呈文尺寸一样的毛边纸，一百八十多名在场的工人端端正正在两张毛边纸上画了押。数百民众联名具结，力保沈万才、刘铁柱，事情眼见是有把握了。大家请王老好进了些饮食，催他上路。

王老好没走，他建议工人们把尤老四放出来，派他去见财东，双方讲和，并当众陈说利害。这样僵持下去，不是了事的态度，工人总要干活，财主得做生意，让对方知道进退，不再像过去那样欺压工人，也就罢了。至于释放万才和铁柱的事，刘紫玉说了不算。工人们应允。

大窑头尤老四被圈在窑洞里两昼夜，蹲在里头不饮不食，先骂后哭，如今囚磨得没个人样了。他晃悠悠从窑洞走出来，乍见天日，头迷眼黑，由一个人牵着他走进账房。当了多年窑头到底是精细，一进门，先观察房中的陈设。见架子上的账簿、桌子上的单据、装零钱的匣子、搁重款的保险柜，纹丝未动。心里明白，事情没有闹大。

干老好陪同工人和尤老四讲复工的条件，尤老四欣然应诺，立刻到后屋洗脸换衣裳，匆匆地赶奔清水镇。尤老四走后，工人撤销了纠察线。傍黑，王吉庆到窑地上来了，原来他们父子早已商定，先来解除窑地上的纠纷，再进县去营救万才和铁柱。

二更天，尤老四返回来，言说财东已经答应了工人们提出来的全部要求。一不追查这次闹事的责任；二给工人照发停产期间的工资；三是从今往后工地上不再任意打骂工人；四是此后工人长支短欠柜上的钱款不取利息，最后一条是窑地上取消赌局。

诸事完毕，王氏父子离开永新窑，连夜进县去了。

恶霸刘紫玉，飞扬跋扈，威震一方，怎么能乖乖地答应了工人们提出来的条件？其中的隐情是，正月初七，他荣获联保主任之职，正在大摆宴席、迎宾贺喜的当口，大窑头尤老四前来辞职，顺便说出岭上工人到虎石台庙头去讲活儿的举动。刘紫玉正在百忙当中，没和他详细交谈。尤老四走后，有人向他报告了这些情况，这才引起他的重视，登时打发人骑快马，把窑头撵回来。灯下，刘紫玉向尤老四详询了岭上岭下的情况。尽管尤老四没说沈万才和刘铁柱的不是，并且一再陈述自己多年来在窑上横行霸道，有许多对不起乡亲们的地方。认定埋在山东坟的那些个冤魂怨鬼，如今找上他来了，要叫他尤老四遭报应，断子绝孙。为此，他已经决定不再吃这碗饭了，求财东通知账房给他算账。老头子要到兵营里去恳求那里的司令官，把他的儿子放回来，然后带着一家人回归故土。

当场，财东用好言好语安慰他，答应替他向军方联系，把尤金榜弄回来，但不允许他辞职，实在要走来年春暖再说。财东讲：“我这永新窑是你老四帮我一手创办的，我轻易地就放你回老家，别人会说我卸磨杀驴。这些年你在窑上出力报效，劳苦功高，最近我正准备提拔你当个吃四厘份子的掌柜的呢。”尤老四一劲儿摇头，他好像大梦初醒，再也听不进财东家的甜言蜜语。

当夜尤老四无可奈何地回转永新窑，不知道财东刘紫玉在他走后，找来了刀笔，写好了一份公事，星夜行文，在县里告下了沈万才和刘铁柱。大财东咬牙切齿地叮嘱那个拟稿的先生：“这两个小子，今年春天在岭上闹过事，我实指望把他俩收进永新窑，给准备上岭的新工人开条路，可他们干不几天就无端滋事，挑动工人和东家闹对立，要给我永字号买卖改规矩。这两个小子当众折辱了尤老四，也风言风语地讥讽了我。旧债没清，又欠了我的新债，这回，得重重地惩处他们，杀一儆百，镇服镇服窑上的老山东。”

公事发出去批回来，往返七天。其间，镇上的“联保办事处”和虎石台的“保甲房”一样，日夜劳繁。正月十四傍晚，联保主任看了县里的批件，未加思索，就派人送到虎石台去了，皆因公事上写得明白：指令虎石台“保甲房”，捕捉人犯，押解送县。

正月十五清晨，虎石台保甲房捉拿沈万才、刘铁柱，押进拘留所，并张罗准备囚车。正巧庙头上有窑地的工人，到堡子里来上工，问明情况，立即背着行李飞身上岭。盏茶时光，窑上工人做出决定来，全体下岭，把那两个人劫上来，要吃官司大伙一齐去，狠心的大头鬼，要逼咱们穷苦人造反。窑上的先生掌柜的，让窑头尤老四出面干涉，可老四手攥着烧酒瓶子只顾喝，置若罔闻。吓得几个头头脑脑带着少数的狗腿子，屁滚尿流地逃回清水镇去了。

原来的民团，现在的保甲队，奉令赶去弹压，在官道上和拦截囚车的工人们相遇，一照面就交了手，打了个地覆天翻。这伙武装，打胡子的时候，真杀实砍，对付徒手的工人，谁也没敢开枪。皆因临行的时候，刘紫玉嘱咐带队的，为了避免把事情闹大，千万不能流血。这个带队官，当然心中也很清楚，窑地工人也是财东的资本。因此一场鏖战打了半个时辰，当发现孙老八掌握时机驱车上岭后，带队官率领部属及时撤出了战区。

工人们群龙无首，变起仓促，打败了保甲队，可是放走了囚车，终究是得不偿失。盛怒之下，有人说，大财东不是说万才和铁柱挑动罢了工吗，咱们就给他来个罢工吧。窑头尤老四装聋作哑，坏主意准是他出的，咱把他绑起来，当押头，财东放回铁柱和万才，咱们再还他的尤老四。工人扣押了窑头，布置了警戒线，然后向窑地周围乘马巡逻的保甲队喊话，叫他们把条件传达给大财东。这当中，窑上的工人和虎石台的村民没断联系。十六晚上，村副吴六带到清水镇去的一个长工回村来说，大头鬼刘紫玉也让这件事情给吓破了胆，连日以来想不出万全之计。

工人们释放了尤老四，打发他去和财东通消息。谁也没想到，大窑头被屈含冤，像口猪似的在窑洞里关押了几十个小时，竟在那里边深深地反省了自己这大半生的过失。窑头面见财东，居然变成了窑地工人的代表，引咎自责，痛切地陈说利害，建议财东借坡儿下驴，别再往火上浇油。特别提到，王老好怀揣民众请愿的呈子即将进县，这消息吓坏了刘紫玉。工人所提的复工条件，刘紫玉件件应允，并让尤老四火速回去，向窑工们传达。

尤老四走后，刘紫玉自语道：“这得釜底抽薪。”于是，即刻派人到内宅把他的三姑老爷吴殿臣请出来。先埋怨他不该在镇上闲待两日，没及时回村去解释误会，现在事情闹大了，为了惩办两个草民，竟引起一堡子的乡绅不满，真是因小失大了。他叫吴六：“你赶快带着我那匹走马到窑地去，把那瘸老头子给我接来。”吴六赶到窑地，已经三更天，王老好早走多时了。

正月十八，王老好父子到县衙门，交上了带来的呈文，“回事房”收下公事，交了上去。县长口谕：让送公事的人找店房安歇，听候处断。

王吉庆把爹爹安顿在客栈里，回村去了。老好在店里候等了十天。这天夜晚，县衙门来了公差，不是戴红缨帽的，而是个穿中山装的。说明身份，很客气地和这个乡巴佬交谈，把这件案子从头至尾问了一遍，王老好一五一十将始末说个明白。那人走后，老好问开店的：“秘书长是啥官衔？”店东把舌头伸出来，老半天才缩回去。

县衙门的秘书长亲自到小店里，和一个穷苦的瘸老头子彬彬有礼地叙谈了一个多小时，店掌柜和所有住店的都大为惊奇。

过了三天，小客栈又来了个巡警，也不是普通的警士。这个人也很有礼貌地和老王头谈话。在他走后，王老好又问开店的：“啥叫开庭预审？啥叫辩护人？”开店的向他解释了这两个名词，然后听老王头说：“明天早晨，县法院开庭预审我的两个侄子，方才来的那位警官，通知我早晨九点钟到法院去，做他们的辩护人。”

王老好准时来到县法院。高大门楼，巡警站岗，进去以后，有人接待他。九点以前，王老好被引进法庭，坐在一张长椅上。这里很像天主教会的堂屋，由八根明柱支撑着的圆顶大厅，正前方一座木台子，摆一列像木柜似的桌案，在教堂供奉天主的那个地方，没有神龛，而是交叉着两面红黄蓝白黑五色国旗。

这时，陆续有人进入法庭，依次坐在摆放得齐齐整整的长椅上，一个个长袍短褂，西服革履，气宇轩昂。打听一下才知道，他们是绅商二界的代表，被请来旁听。老好看他们不觉出奇，他们看老好却是嗟讶不已，交头接耳纷纷议论。今天这个乡下佬要做被告的辩护人，中华民国果然是平等自由。

九时整，四名法警分左右站在法台前警戒。王老好不禁愕然，到法台上入座的果然有天主教的神父，圆领大袖，黑色的袷褑，只是头上的帽子和神父不一样，方顶带穗儿。乡下人离开问询，啥也不懂。有人告诉他，那个穿着奇形怪状的人是法官，身上穿的叫法袍，头上戴的那叫学士冠。穿礼服的，那是检察长，穿洋服的，名叫书记官。蓝袍、青褂子、红帽疙瘩、碧玺帽正儿那位，是县参议会的议长，今日是帮审官。

那位检察官从桌上拿起一个手摇的铃铛来，"叮叮叮"摇了几下，站起来说："现在宣布，本县第一号罢工案，预审开庭，原告入席。"

清水镇镇长刘紫玉从旁听席上站起来，进入指定的座位。

"请公诉人入席。"

一位巡警局的巡官，走进他的座位。

"请辩护人入席。"

王老好由一位公务员接引，走进他的座位。

"带被告。"检察官最后说。沈万才、刘铁柱由两名法警押着，从侧门走进来，旁听席上一阵骚动。

检察官摇摇铃铛高声说："开庭审理。"法官低头翻阅手中的案卷，撩起眼皮来喝令："原告发言。"

刘紫玉摸摸秃头，站起来比坐着的时候高不许多，咽了一口吐沫，沉着地说："张大帅功德布天下，他老人家是国民革命的先驱，中华民族的楷模，拥护南北统一，反对军阀割据。俄国革命，辱神圣、灭君主、倒反纲常、毁人间正道、创鬼蜮邪说。致使工人罢工、农民暴动、士卒哗变、炮打王宫。国不成国，民不为民，正道难舒，邪说有脚。据悉，共产党已在我国南方横行无忌，威风凛凛、气势汹汹，无视千年法统，试想赤化中原。是可忍孰不可忍！乡民沈万才、刘铁柱去年春季混入鄙人经营的永新窑佣工。前者，无理取闹、打骂工头、羞辱财东，后者，聚众滋事、鼓惑罢工、图谋不轨。本镇长身兼联保主任，担剿匪清乡之重责，有权惩办刁民，绥靖地面。捕捉二犯归案，系县府批案回文。今日将本镇长放置原告席上，深感与礼不合，有失体统。"

法庭肃静，法官没管刘紫玉的抗议，命被告发言。

沈万才说："我和刘铁柱进永新窑，是经窑头尤老四介绍，刘财东当面答应的，我们不是混进去的。因为我欠窑上几车砖瓦钱，到窑地去做工，为了还债。在我俩去窑地以前，窑上干活的没有本地人，这儿专收从关里逃难出来的山东人。窑上的活计重、待遇薄，总有累死和病死的。工人丧命以后，埋在岭坡上，不几年那儿就成了一片坟圈子，乡亲们管这块窑地，有的叫老虎岭，有的叫山东坟。我要不欠窑上的账不能上岭，刘铁柱和我一样，也是为了还债，豁出命来到窑上做工。财东说我们在窑上打骂工头，没有这回事。那是去年春天，脱坯场上断水，我们到山涧去打水，跌伤了一个老头。这老人伤没养好，窑头就逼他上工，我看着气不公，和窑头口角几句。这时财东也来了，话赶话提起他窑上用人太苛毒，催工人干活就像赶猪，不分老少一律打家伙，忙起来黑天白日连轴转。体格弱干不动，遇上天灾病热不能出工，那就得挨打受骂。最说不出的是工人们在柜上有个长支短欠，要按天拿利息。说我冒犯了财东，我承认。我当着他的面，说老虎岭这些事情比俺堡子的阎王殿还霸道，事情就是这样。我和铁柱在窑上干到年底，结账下岭。先想和我姐夫租地种，后因出了变故才决定出去扛活。正月初六在庙上讲活，西岭上下来一伙工人，他们因为和窑头闹别扭，要进堡子扛大活，这和我姓沈的没有瓜连。”

沈万才说到这里，停一停，刘铁柱接上说：“我们两个从小种庄稼，在窑上干不惯，去年一年离家上岭，家里的老人总不放心，岭上活计确实也是太重了。万才的嫂子疼他，一整年总是眼泪不干，我爹也有病，冬天下不了炕。腊月结账的时候，我们就跟柜上说明了，来年不再上岭。财东掌柜的、管账先生和大窑头，全都同意。在庙头上讲活的山东哥，他们和我俩无亲无故，人家在窑上干不干，能听我们的吗？说我们领头罢工，实在说，罢工是咋回事，我俩不明白。”

沈万才接着说：“押送我们到县里来的大车路过清水镇，老乡们看那个势派，拿我们当胡子了。我心里委屈，顺口说，我们是革命党。当场，保长打我一马棒，他说，革命党都是大人物，庄稼人报不起这个字号。我不知道啥叫革命党，啥叫罢工犯。”

听众哗然，检察长摇铃，连呼“肃静”。接着，法官让公诉人发言。

巡警局的二等巡官，从座上起立：“我代表县警局，向被告沈万才、刘铁柱提起公诉。案内查明，被告沈万才并非安善良民，其兄沈万洪曾因殴辱军官被枪决，其舅舅杨福田，系本局在押待判的杀人犯，其姐夫顾天成，前因通匪有据在警局扣押审查，释放以后，劣行不改，黉夜行凶、越墙纵火，被事主当场击毙。沈万才本人，自从加入‘永新窑’佣工，不守铺规、连番生事、鼓惑罢工、图谋不轨等情属实。尤有甚者，正月十五日夜半，虎石台保甲房押解二犯，送交警局。二犯甫进拘留所，便严重违犯监规，不听看守命令，拒绝进号，执意和在押犯人握手谈话，哭闹不停。看守人员只好强力制止，未期二犯动手逞凶，当场打伤我警士二名，并企图抢夺枪支，乘机炸狱。依照上述情节，对被告沈万才、刘铁柱，本局提请法庭予以刑事处分。”

法官再令被告发言。刘铁柱说：“那天晚上打巡警是我先动手，当时万才和他的舅舅说话，让两个巡警打得满脸是血，我实在忍不住了，就先撂倒一个，万才回身没加小心，又撂倒一个，我们不知道巡警这么不结实。俩巡警跑了以后，有犯人叫我们拿钥匙开牢房，我们没干。老杨大叔告诉我们，领头炸狱，祸灭九族。后来，一群巡警把我俩逼进一个黑屋子，当官的下令，吊我们在房梁上，每人打五百鞭子，打完以后才把我们送进牢房。”铁柱解纽扣，脱衣裳，光着膀子在法庭上出示背上的伤痕。

听众骚动，检察长再一次摇摇铃铛，要求肃静。旋听被告沈万才说：“我从小就听大人说，没钱没势不能打官司。方才财东和巡警所说的一番话，末了归宗，还是我姓沈的有罪。刘铁柱老爹有病没人照管，我求你们把他放出去，沈万才这条命，交给你们了。”

法庭沉默良久。法官宣布：“请辩护人发言。”

上百只眼睛盯住了辩护人的座席。只见这个乡下佬，方方正正的脸膛儿，面色红黑，四十开外，须发可全都斑白了。法官没让他说话以前，有人见他只在那里默默地抽烟，法官让他说话，他才把小烟袋在鞋底上磕了磕，从容不迫地站起来。此人身量不高，骨瘦如柴，开口说话，声音却很洪亮：“法官让我说话，在这里我想先报报自己的名字，我叫王玺山，堡子里不知道，多少年来人们都叫我王老好。提起王老好，本是我爹的外号儿，因为他一辈子老实厚道，未曾说话，总是好好好。我大哥王玺成，给财主放牲口，让儿马子踢死了，财主找我爹要赔他五斗米，我爹说，好好好。我二哥王玺忠，在堡中公义堂扛活，劳累过度，在地头上吐血身亡，当家的找我爹，让他把死尸领回去，我爹说，好好好。我本人十八岁赶车，牲口毛了，轧折了双腿，财主找我爹，说惊车怨我，腿折自个治，我爹说，好好好。我治好了双腿，成了残废。爹去世了，我和他一样，对待乡亲还是好好好。堡子里大人孩子见了我也称起王老好来了。”

他睁开明亮的眼睛，横扫整个的法庭，继续说：“今天我来当沈万才和刘铁柱的辩护人，说这些话有什么用处呢？因为我在村公会当杂役，十年了。我知道，我们中国从打没有皇帝，世道变了，民国成立以来，允许老百姓说话。被告沈万才是我的亲戚，我知道，他哥哥是怎么死的，他舅舅为什么摊官司，他姐夫怎样的被屈含冤、死不瞑目。”辩护人在一片沉寂当中往下讲，“现在，不能细讲别人的长短，只能说被告的冤情。老虎岭、山东坟，我们没有权利过问。在法庭，王玺山代表几百人在这里说话，内里有威震辽西的‘芦千顷’，远近闻名的‘公义堂’，虎石台的村民，穷的富的五百六十多户，外带西岭窑地上一百八十五名工人，大家联名画押，担保沈万才和刘铁柱是安善良民。我只是一个目不识丁的乡下佬，知道中华民国成立以来，讲的是民族、民生，还有民权，五权宪法要能实现，放猪的也能议论国家的大事情。”王玺山停下话语，用锐利的目光看看堂上的法官，逼视对面起诉的那个巡警，严肃地说：“这位警官适才数说了沈万才和刘铁柱的罪状，辩护人不服。他两人平安无事在家里正打点去上工，无缘无故地上了法绳，糊里糊涂地装上囚车押解进县。谁人没有亲娘舅，舅舅外甥想不到在难中相逢，沈万才不懂监规，和他舅舅抢着说上几句话，合情合理。常言说一心不能二用，他只顾和舅舅说话，两个巡警动手打他，他只是挺着挨打。刘铁柱看他满面流血，一时不忿，拉开巡警，也是人情。沈万才回头打了巡警，我说那叫身不由己，因故他还是个血气方刚的少年人。说他们闹监，被告每人处罚了五百鞭子，说他们要炸狱，警官没拿出证据来。我说这两个人没罪。”法庭肃静，王玺山最后说：“我们庄稼人，应该说天生就是守法的。几千年的中国，几万万农夫，不种粮食就得全挨饿，不养牲畜断荤腥。”

检察长看法官，法官看议长，议长看旁听席上的众绅商。原告刘紫玉满头大汗，脖子粗脸红，两只贼眼盯住了离他不远的那个巡警局的巡官。

巡官起立，放声说：“本巡官代表权力机关，提请法庭注意。东三省保安司令部司令长官，陆海空军大元帅。三令五申，命我等在东北全境广大的城乡，彻查共产党的活动。方今政令新颁、成立保甲、剿匪清乡，其目的也为的是荡平肖小、弹压地面、肃清歹徒。本巡官对被告沈万才、刘铁柱二犯，所行种种，不能释然。”

法台上的官员们，交头接耳；旁听席里的绅商代表，议论纷纷，乱腾足有半点钟。检察官跟卖酱油的一样，忘不了摇铃铛。最终宣布：“预审终结，听候复审，退庭。”

王玺山回客栈，开店的、住店的都赶到门前迎接他。大家伙儿满有信心地认为，一定是爷儿三个一齐回到店里来。未想，还是老王头一个人低着头走进来，默默地躺在他的铺位上。

华灯初上，热闹街“会仙楼”饭庄，有巡警在门前站岗，跑堂的系上了新围裙，楼上楼下摆了二十桌，清水镇镇长刘紫玉带着几个随从在这里接待宾客。

今晚在这里坐席的，包括白天在法庭上出面的所有的人，另外，还有正副县长、巡警局长、监狱的狱长和县里知名的头面人物。宴上，吹拉弹唱，笑语喧哗，没有人提及这是谁请客，为什么破费。但大家心里全明白，这是清水镇镇长刘紫玉庆贺他走赢了一盘棋。如果虎石台的会首孙占元、芦启良在预审前到县里来一个，沈万才和刘铁柱就得当场释放。

今天，粉墨登场，演了一出民主闹剧，总算是给刘镇长的对手下个台阶，一公二德，借此又宣扬了张大帅的德政。

东道主刘紫玉起身到席上去给客人敬酒，被一个报馆的记者拉坐在身旁。那个人掏出一叠稿件来，说是要在奉天的《盛京时报》上披露永新窑的内幕，并声称，他们新闻界要到所说的老虎岭去采访，给山东坟照个相。别看新闻记者身份低，他有权教训刘紫玉："刘财东，今日在法庭上，由被告沈万才、刘铁柱等农民揭露的事实，证明阁下在二十世纪二十年代，中华民国自由的土地上，还像西班牙人在拉丁美洲、英国人在印度那样用残暴的手段对付劳工……"

"你是我的好兄弟。不瞒你说我儿子是《东北民报》的主笔，你和你一伙耍笔头子的穷朋友，提出一个钱数来，明天到官银号取款。"刘紫玉低声说。记者无话。

另一张席上，县议长正搂着一个妓女调笑，刘紫玉过来敬酒，议长把那妓女推开，言道："紫玉，我当选以来，在县议会第一次碰到这样的难关。虎石台上来的呈文，拿到省里去，就能震惊全国。张大帅爱民如子，这状子要告到大帅府，你姓刘的就得身首异处。参议会多数的议员主张把沈万才、刘铁柱二人当堂释放，是我费尽了九牛二虎之力，才保住了今天的局面。"议长左顾右盼，没有外人，爽快地说："紫玉兄，咱们现打现算，我拖欠'大连东洋贸易公司'十火车大豆，必须在正月底交齐，你垄断本县大豆市场，库存甚多，请大力帮忙。"

刘紫玉点头。

如此这般，巡警局长、法院院长和一干头面人物，刘镇长全有孝敬。

正副县长给虎石台的豪绅孙占元、芦启良，写了一封联名签署的信，说明此举，县衙门努力做到了三全其美，并奉劝他们，今后不要再为区区小事大动肝火。

一席酒，吃到夜深人静。

"会仙楼"大摆酒宴，群魔聚饮之时，对过的茶馆里，高朋满座，正有人在宣讲新闻。

一个商人，吃酒戴醉，满面红光，拧腿儿坐在板凳上，当众说："白天法院开庭，闷葫芦到底揭开了，啥事儿瞒不了咱跑山行的。正月十五夜晚，北门赶来囚车，我一眼就瞧料，车上那两个彪形大汉，是了不起的英雄。这回真相大白，那是咱省出名的胡子头儿，为了搭救落难的弟兄，故意让保甲队给抓住，单等把他们解进县城，劫牢反狱。”抽烟又喝茶，列座向他行注目礼，这才听他接着说：“武艺高强，讲的是空手夺白刃，四个巡警端着明晃晃的刺刀，押他们进号，只是一个照面，上边是大鹏展翅、黑虎掏心，下边是扫堂腿、跺子脚，四个巡警全都趴下了。”他拍一下桌子，眼珠子瞪溜圆，接着说：“看守长逛灯去了，把钥匙带走了，二好汉挥动双手喀噔喀噔，眨眼之时，就拧下八把大锁来。众难友从号里冲出来，全戴着脚镣子，这时，牢房里没有锄头也没有锯，二好汉让伙计们把脚伸过来，就像小孩儿揪皮糖那样，活拉拉地把铁打的刑具抻直了钩，甩落在地。”

众人听他说得热闹，张着嘴听，飞进苍蝇去，都没觉出来。那人继续说：“二头领带着弟兄们排队往外走，这时赶来了军方的稽查队。街上逛灯的人山人海，当兵的不敢开枪，两伙人就在巡警局的院子里干上了，终因众寡不敌，放开的犯人又全被捉住，两个头子翻墙要走，叫电网给拦住啦。”

“我说李三你少放屁，故事你全给讲错了。胡子要劫牢反狱，大闹花灯不假，听说这两位爷打翻巡警，刚要动手，他舅舅在号里发话了，不准他们劫狱。因为灯节晚上出事，囚犯和巡警开战，老百姓就要遭殃，三百五百不够死的。二英雄这才没有劫牢反狱，并且束手就擒。”屠户坐在上首，打断他的话，接言道：“说起来号里关押的那位舅舅，听说是个木匠，去年秋天和财主结仇，手使伯力斧子砍杀七条人命，内中有一顽童。好汉做事好汉当，老爷子投案自首了，大概不能偿命。”

“张掌柜说的有点对，可他拧了轴子。”提篮卖花生的小贩倚着茶馆的柜台，插上嘴，“今天在法院受审的两个人，不是胡匪，劫牢反狱没有那么宗事。人家是南方派来的共产党，俄国红军大学毕业。他们先到省里搞活动，因着张大帅抓得紧，跑乡下来避风。千不该，万不该，在乡下来个大罢工，把清水镇的永字号买卖全都弄得开不了板儿，财东才把他们告下来。被捕以后没有口供，不知咋的，这二人和虎石台的财主芦千顷、孙扒皮有交情，公义堂派来一个管事的，到法院替他们摘落官司。看这个瘸老头不起眼儿，把法官和检验官全都给问了个张口结舌。”

众人争论不休，莫衷一是。

一老者，长须阔面，看着有点寒酸，还是他从东门里“来升小店”打听到的消息比较准确。他不独洞悉眼前这段冤狱的始末，还能讲出沈万才的哥哥、舅舅和姐夫在二年之内所遭遇的事情，一桩桩、一件件，听的人血脉贲张。老者义愤填膺地叙说原委，抬手指指对面的“会仙楼”，骂不绝声。

次日清晨，有几个闲散人，来到东门里“来升小店”，试想看看那个住在这里的瘸老头儿。店东说：“他已经起大早，回转虎石台去了。”

第 八 章

天大黑，王老好回到虎石台。照直到庙后老刘家给铁柱爹送个信，相继来到老沈家，乡亲们陆续前来打听情况。三叔说，尚得复审，他二人不至于判徒刑。预审以前，老人三次到巡警局去探监，和杨福田见了一面，老杨头至今没判，有希望不久获得释放。

门开处，秧子芦茂财忽然出现在众人面前，他见屋子里人多，举足不定，乡邻们告辞。

众人去后，屋子里只剩下王老好和他的姑娘、侄女儿，村公会的阮先生坐在炕里头没走。

芦秧子落座，先说他二叔芦村长已经接到县官的来信了，法院开庭使镇长刘紫玉受到了应得的教训，沈万才和刘铁柱不必等到复审，也许就能释放。继而，从怀里取出一份用毛头纸书写的字据来，交到老好手中，老好挪灯，求阮先生念念。

顾天成画押的典契文书，经阮先生诵念一遍。秧子说："仁慈堂公德心最重，天成摊事以后，我二叔说没让我把这件事情告诉他的家属，好像是落井下石、趁人于危。至今已过两月，契约上的限期将满，只好来和天成家里的商量商量，请她履行契约。"屋子里没人说话，秧子接着讲："这笔钱是顾天成在去年腊月十六晚上跟我借的，当时他在耍钱场上把赌本输光了，硬磕硬从我手里拿去的。现在能为这件事情做证的有八个人。如果不信，我可以叫他们打来证词。"

王老好低头抽烟，听天成媳妇说："这件事情我已经知道了，五天以里，我把房子交给你。"芦秧子走后，阮先生垂泪言道："为富者不仁。"

原来几天以前，就有人传说此事。顾天成将祖传房地产典押给芦茂财是腊月十八作的文书，他到公义堂去放火，正好在这天的晚上。同时，仁慈堂做活的，影影绰绰看见老顾家小成子进出过他家的东便门。

二更天，王老好回到自己的家，后院的尤老四还坐在小炕上等他呢。儿媳妇抱孩子出来打听打听，张罗给老人做饭。老好说吃过了。其实，他从县城的法院里走出来，到现在已经几十个小时没吃东西了。

见到老四，先问西岭复工的情况，又说，财东进县去打官司，有没有别人替你到兵营去把金榜找回来。尤老四回说，西岭已经和往常一样了。他自己又跑了几处兵营，据说孩子已经跟着队伍开到关里去了。回过话，连忙询问万才和铁柱的情况，又为轰动全村的关于老顾家小成子典押房产的传说，洒下同情之泪。响当当的大窑头尤老四，自从走失了独生子，心灰意冷，不住嘴地数落自己的不是，他决心离开窑地，领着老婆和儿媳妇回关里家。老好又劝他一回。

从此，一连好几天没再见到这个人，听说是感染时疫，病倒了。尤老四卧病不起，童养媳姜大妞，衣不解带亲奉汤药。他躺在炕上发高烧、说胡话，看样子这场病来得不轻，略微清醒一点的时候，听得见、看得着，那刁婆子虐待大妞子变本加厉了。

尤老四先说是感冒风寒，病久了却像是痨伤之症，胸背疼痛、咳嗽吐血，连吃了十几副汤药，病体也未痊愈。由此想到，自己个儿自从打懂事，就跟爹负大苦，出大力，这半辈子身强力壮，没吃过苦药汤子。由打出关来到西岭，手艺精通，做活出众，当上了窑头。素常日，对那些个体格软弱的瞧不起，磕着碰着抱病歇工，总骂他们是脓包熊种。现在轮到自己的身上了，去病像抽丝，病魔缠身，真是有说不出来的苦。窑地上的乡亲们，包括和他打过闹过的，今天一伙儿、明天一帮，全来看他，让老四落泪。有一天听说，大财东从县里回来以后不久，就任命了新的窑头。尤老四心绪烦乱，病势加重了。

三月初三，王母娘娘蟠桃盛会，尤老娘到清水镇龙王庙娘娘阁去降香。姜大妞见公公神志清醒，到东屋在总也不烧的凉炕上掀起一块砖，从里头取出一个长方形的布包儿来。

“爹，这些日子家里的钱花断了，这是去年冬天金榜离家以前交给我的，他让我把这点钱藏起来，有朝一日实在受不了娘的气，他叫我拿这钱去逃命。”

公公伏在枕头上，动手打开那个钱包，不禁哭了一场。

婆婆降香回来，兴高采烈，她在庙上为自己求了福也求了寿。龙王庙的道士奉承她，说她那个模样儿长得好，跟子孙娘娘差不多。

春回大地，枯干的树木吐出了新芽，晴空万里，雁过成行。有几副犁杖正在村西耕种，远远瞧见杨木匠老福田从岭上下来了。杨福田到家，亲友都去慰问，知道他的官司已经打完了，巡警局给他个关押教育的处分。至于沈万才和刘铁柱，有警官告诉他，不久也能无罪释放。

杨福田获释还乡，在乡亲们的心目中算是了却了一件大事情。但堡子里又在同一天发生了一件绝对不值得被人重视的小事情。前街老尤家童养媳姜大妞蹲在堂屋纺线，把一个拳头大的蜡团子，被小猫给玩丢了。她停下纺车子，屋里屋外地找，婆婆一时来气，操起火铲子打伤了她的左眼。

乡邻们互相传告，一群妇女借着晚霞的余晖，从东到西、从南到北，汇集到前街来。她们没有贸然到老尤家去，先是到他家的东隔壁白二先生家里打听打听。白二先生说：“是真的，那孩子受伤的眼睛无可救药了。”

年岁大的听说就哭了起来，几位中年妇女怒不可遏，不约而同地冲进了老尤家，七言八语质问尤老娘，为什么对妞子下这样的毒手？老娘说：“俺不是故意的，失手打杀了她。”她有点惊慌，但不认错：“这是俺自己家的事，你们管不着。”

一句话招恼了众姐妹，拧胳膊扯腿，把这只母老虎撂倒在堂屋地上，狠狠地揍了一顿。老刁婆着实光棍，捆得倒挨得打，既然寡不敌众，便索性闭起眼睛来挺着挨打，不哭不叫，也没哼哼。

尤老四躺在炕上，瞪眼看着他的老婆挨打，心中感激。因为出事以后，他好几次想要爬起来和那老婆子对命，都因头晕目眩下不来地。

大妞子经白二先生看视之后，把那只左眼敷了药，包扎起来，疼得她昏厥数次。此时她正在不省人事，忽被这打闹的声浪惊醒了，睁开右眼，见几位婶子大娘在外屋殴打她的婆婆。大妞子翻身下地，从东屋跑出来，扑通跪倒，哀求大伙儿饶过她的娘。

姐妹们住手，过来搀扶大妞子，流着泪，看视孩子的伤处。大家把妞子抬到屋子里去，放在炕上，折回来见那刁婆披头散发地手扶着缸沿喝凉水。一位愣大嫂过去劈手把水瓢夺过来，揪住尤老娘的头发，吼道：“老 × 婆子，今天我要你的口供，从今往后你还虐待不虐待大妞子，孩子被你打伤，怎么办？”尤老娘面如死灰，四肢有点发抖。动手揪住她的这个人，身材高大，双睛迸火，那也是堡中出名的悍妇，西头关庆余的老婆。母老虎遇见了河东狮，却也难怪她发抖。尤老娘此时心中有个谱儿，如果再说横话，那个对手能把她咬两截子。常胜将军败下阵来了，她手扶着锅台，跪在灶王爷板底下，认罪服输。

掌灯时分，条件初步讲妥。从今日始，她永不再虐待大妞子，孩子养伤，由她给煎汤熬药，调理饮食，直到痊愈。下一步，街坊邻居任何人都有权经常过来看视，她要是说话不算数，不单是要用拳脚教育，大家伙儿还要把这只狠毒虫置于死地。

尤老娘诺诺连声，一概应承。

今晚，娘子军出动大获全胜，男人们全都拍手叫好。妇女们走后，以前院王老好为首的老少乡邻，前来安抚慰问。

此后，老尤家西屋躺着公公，东屋躺着小媳妇，尤老娘话附前言，把那爷儿两个照看得十分周到。屋里屋外的活都由她一个人担负起来了，身大力不亏，她虽然是累点，倒觉得心情舒畅。

白二这个江湖气十足的医生，给别人治病专讲价钱，对尤家老少无条件地尽心治疗，半个月以后，尤老四已经拄棍儿行动，大妞子也下炕干活了。

大妞子伤势痊愈，尤老娘欢欢喜喜。这一天晚饭后，娘儿俩坐在房檐底下闲谈，老娘说："妞子，娘由打失手打坏了你的眼睛，悔得我哭了多少场，思前想后对不起你也对不起我儿金榜。娘对你管教得严，还不是恨铁不成钢，让你学全了过家之道吗？关外的老婆、关里的牛，娘来到关外就瞧不起这些当地人，两只大脚片儿，叼个烟袋杆儿，东街串西街，专扯老婆舌。男人下地，女人该把家收拾好，你到他们家去看看，盆朝地碗朝天，锅台连着炕。奸懒馋滑，就懂得不住劲儿地养活孩子。娘教育你照咱关里家的老规矩，炕上地下，屋里屋外，百样活计都会做。"说到这里，娘长出了一口气，泪汪汪地往下讲："金榜离家快半年了，等他回来娘立刻让你们成亲。几年来，凭你练就的这一身过家的本领，你俩跟前儿就是生八个孩子，过起日子来，也不为难。"

娘不说最后这句话，大妞子不至心酸，她亲娘不因孩儿多，怎能卖掉她。

娘儿俩正在说话儿，西隔壁的财主金三，大摇大摆地走来了，这个人形同骷髅，貌似恶鬼，说起话儿来却总是和气得很："老弟妹，我四兄弟病体怎么样了？我特来看望看望他，晚间探病失礼失礼。"金三见她们娘儿俩起身迎接，虚头巴脑地说。

金三进屋，坐炕沿上和老四谈话，妞子进屋去装烟倒水，返回来又和娘在院子里闲坐。

定更以后，金三才走。原来他听说尤老四在西岭辞工不干了，要带着孩子老婆变产还乡，他早想扩大他的宅院，前来商量购买尤老四这一片不动产。堡子里万人恨的金三坏，猪兜圈子套近乎，探听老四的口气，被尤老四一口回绝了。

三天以后，住在金三西院的种地户袁连喜拿两包点心，前来探望尤老四。花说柳说，为的还是要帮他的把兄弟财主金三，接买尤家的房产。老四回绝他比回绝金三委婉一些。

这一天妞子到井台上去打水，赶上正有过路的在那里饮牲口。大妞子放下水桶扁担，极目望去，青山远树，碧绿的禾苗，五光十色。忽想起自己包扎多日的这只左眼，白二先生说它瞎不了，何不把那包布打开，试一试，这只眼还能不能看见东西。包布打开了，大妞子木雕泥塑般站立在道旁，怆惶流涕，孩子心里明白，自己的那只伤眼已经不中用了。

不远的一块青石上，正坐着财主金三。他看妞子发现了她，露出一脸的奸笑，开口道："大妞子，人的两只眼好比门前的两盏灯，灭了一盏，真是难看死了。故此，人们把瞎了一只眼睛的叫独眼龙、单眼炮。你的男人尤金榜是俺堡子出了名的漂亮小伙儿，他和我二小子荣山并列，号称宋玉、潘安，你丫头如今坏了一只眼，和金榜可就不般配了。"

妞子没理他，动身去打水，但这席话一字没落都刻在她伤痕累累的心上了。

光阴似箭，很快来到了端午节。吃过了早饭，娘出去看纸牌，妞子捧茶送到公公的面前，爹让她坐在身边，爷儿俩说说闲话儿。多日来公公就担着一份心，怕这孩子因着失目，心里不敞亮。话引话儿，爹领路儿让她把心放宽："婆婆态度转变了，爹和金榜在孩子你的心目中，一直不都是很好的吗？"妞子说道："你是俺亲爹，金榜是亲哥。哥哥好模样，怕只怕瞎眼的妞子配不上。"

尤老四单手擎着茶碗喝茶，因为紧张两只手也没托住那茶碗，终于让它掉在炕上。公公饱经世故，听孩子说话语重心长，吓得他出了一身冷汗。"妞子啊，爹病好就领你进县，到大医院里去扎咕，不好，爹再领你到省城去，那里有外国医院，镶牙补眼，跟天生的一样。"尤老四气喘吁吁，一阵咳嗽吐了两口血。接着说，"俺的好孩子，你是贤良女、孝顺儿，孝能感动天。你和金榜恩情重，即便是双目失明，爹担保他不能变心。"公公眼含痛泪，哀求说："儿呀，你可不能心肠窄，年纪轻轻，好日子还在后头呢。老爹爹百年之后，还指望你们给我上坟填土哪。"

妞子见公公如此认真，自觉失言，强装笑脸，把老人哄乐了。

五月十三关云长单刀赴会，老爷庙又循例开庙门。娘要去烧香，妞子也想去，娘一口答应，乐得她手舞足蹈。上庙去得换件衣裳，大妞子翻翻检检，没有一件不带补丁的，无奈何，只好浑身打浑身，跟娘逛庙去。

尤老娘带妞子进庙堂，连庙上的老道都高兴，口诵佛号，不住地点头。都说善缘有善果，尤家婆媳的冤孽从此算是了结了。尤氏婆媳焚香，道士敲磬，按说妇女朝神都是飘飘下拜，可姜大妞推开拜垫，跪在砖地上，磕了一顿响头。

娘儿俩打庙上出来，逢人说话，喜笑颜开，在庙头上逛了逛，临回去还买了一串熟螃蟹。

果然是春风能化雨，和乐之家庆有余，三口人今天好光景，堡子里一时间传说开来。

尤氏婆媳乐乐呵呵到家，妞子在外屋忙活饭，老两口子坐在炕上，掰开螃蟹，面对面地喝烧酒。今天三口人破天荒地同桌吃了一顿饭。桌子上娘说，让妞子明天动手做套新衣裳。从今往后每天不必起大早，到夜晚也别在灯下做针线了，"你要喂猪啊，娘来打狗，你要做饭，娘把火烧，咱们家不缺肉和蛋，明儿个起，别再出去剜野菜啦。"

娘说这番话，妞子急忙闭上眼，她生怕把眼泪掉在桌面上。

十三的月亮，差一点儿就圆了，五月清风夹带着花香，邻家的蔷薇刚刚开放，摇摇曳曳地探过墙来。大妞在院中痴呆呆地站着，隐隐约约听见了远方军号的响声，依稀望见了迎风飘摆的旗帜，金榜哥挥鞭跃马在最前面……她惊叫一声，抬手捂住左眼。

月光明亮，大门右侧的矮树丛中，晃悠悠长出来一条黑影儿，妞子不惊也没怕，看清了他是西隔壁的财主老金三。

金三来到切近，一把扯住了大妞子，紧张地说："我在你家房前房后转腾两个时辰了，我判断你今夜要寻死，在你身后总跟着那个死鬼阮桂香。三大爷受过高人指点，善观气色、通晓阴阳，人活百岁终有一死，你不死对不起尤金榜。"他抖动着嘴唇，变色言道："现在，你公婆醉酒之后，已睡得跟死狗一般，一根麻绳你就可以了此残生。"言下，他扮个鬼脸，做了一个上吊的手势。

妞子推开他，不由大怒，手指金三厉声说："堡子里都叫你金三坏，你这个人真是坏透了顶，世界上哪有逼着人寻死的？你叫我死，我偏不死，明天我去报官，让你摊官司，受报应。"

老贼见风头不对，磨身逃走。

隔壁老白家的大挂钟，"当当当……"敲了十二下，妞子在东屋已经摸着黑儿洗完了澡，穿戴整齐，正坐在炕上搓麻绳。一面搓着一面想，俺死可不如阮大姐了，人家临死从头到脚都亮亮堂堂的。听说人死后头顶簪花的能朝佛祖，新鞋新袜好过阴城，身穿大红也是吉祥兆，投胎转世能做贵人。我妞子破鞋破袜，粗布的衣裳还打着补丁，一根头绳儿系两个结儿，这就叫白白地当了一回人哪……

妞子搓好了麻绳，在炕上站起来，把两扇窗户敞开，一片光华洒进屋来。夜风轻轻地抚摸着她那发烧的脸，似在耳畔悄悄地劝她，妞子啊，且从容，且从容。大妞子没有理会，手拿那条搓好的麻绳，寻找阮桂香在梁上用过的那根钉子。

姜大妞临死大声说："金榜哥啊，俺不能让你娶个瞎老婆。"

尤老娘素常听不见妞子在屋里屋外干活的动静不知道天亮，昨夜醉酒，今日睡到了太阳红。

老娘站在东屋窗根底下放开喉咙喊救命，街坊邻居这才赶了来。从梁柁上把尸首解下来的，还是那个好管闲事的王老好。

老尤家出的这桩事，又使全村的父老兄弟姊妹们十分地震惊，孩子倒头之后，多数人都没忍心来看。单等备棺成了殓，傍晚时分，婶子、大娘、姐姐、妹妹这才络绎地前来吊唁。她们在灵前焚化了纸钱，全都没走，把那口棺木围起来，哭黄了天。

第二天清晨，亡人出殡。

人死七天应分是回家上望，大妞子没有望乡台，因为她今年刚刚十七岁，不算孩子，也不算大人。妞子该当上望这一天，黄昏后，尤老娘哭哭咧咧在西屋烟筒桥底下烧了几张纸，坐在地上着实地号叫一通儿。这天晚上，老夫妻都没用饭，天大黑就关门躺下了。

二更天，尤老四一阵咳嗽，老娘慌忙掌灯，防备他吐血。灯光下，两个人全都醒着，分明听见东屋有妞子的哭声。灯焰摇晃，冷气森森，尤老娘浑身战栗，瞪眼瞧瞧屋门，怪叫一声，把棉被蒙在脑袋上，四马倒蹚蹄，抽起风来了。尤老四病中虚弱，也感到毛骨悚然。转念一想，这有啥可怕的，孩子果然是七天回家，足见她的魂灵不散，生前啥话儿也没留下，我倒是要去问问她为什么这样的自寻短见？孩子你狠心一死，爹爹我还依靠谁？金榜回来要扑个空，儿啊儿啊你好忍心。老四想到这里，挣扎着穿鞋下地，可他的两条腿不听使唤，这个老山东有他的倔脾气，硬是爬到东屋去了。

尤老四进东屋，费了很大的力气，坐在炕沿上，不住嘴地的呼儿叫妞子，但哪里有妞子的回应。他坐定了不走，哭着叫着，让妞子和他说话儿，并告诉她说："孩子啊，你就是现出形来，爹也不怕！"那妞子也不现形。尤老四大失所望，刚想要回转西屋去，妞子的哭声又起。这回他沉着、冷静、仔细地听清了，这孩子在烟筒桥那儿哭呢。尤老四像条疯狗似的扑向西房山外头的烟筒桥，这里只见适才烧过的那一堆纸灰，并不见妞子的踪影。外面风大，老四久病之身自觉支持不住，爬来爬去地又呼叫半晌，仍是毫无回响，只好回房去安歇。

姜大妞上望回家，屋里屋外哭了半宿，这桩奇事又轰动了全村。尤老娘心中有愧，吓得她疯疯癫癫在屋里外头到处地烧香烧纸，又烦人把黄老道从庙上请了来，给她画符镇宅。就这样喧闹了多日。

尤老四重病在身，尤老娘又怕得要死，可这个得理不让人的大妞子，更深夜半经常地回来啼哭。没法子，只好请两个做伴的。说来也怪，家里一有外人，妞子就不来哭，外人一走，照旧如初。

眼看要数伏了，尤老四强挺病体试探着到门前去行走，遇见了袁连喜，连喜说："老四啊，我想跟你说句话，你可别生气，我看你如今人亡家败……"袁连喜话没说完，就被尤老四打断了，他声明要把所有的家私一古脑儿卖掉，带老伴回关里家。

窑头尤老四要变产还乡，堡子里的殷实户都看着眼馋。那年月乡里人全都迷信，独因他家那三间房子连番横死了两个女人，新近又闹鬼，因此互相观望，无人问津。财主金三和他那相好的袁连喜，终于用最低的价钱，买下了尤家的房地产。

雇好的大车停在门口，尤老娘泪涟涟地扶她的丈夫上车。老夫妻俩闯了一回关东，在虎石台安家落户，达二十年之久。今天，就要辞别众乡亲回老家去了。二位老人粗布衣裳，萧条行李，真是来也匆匆，去也匆匆。好些人把他们一直送到村头上。听说这辆车还要在西岭站脚，有七八个乡亲要伴随着他们一起回老家，内中有那个最先认识沈万才和刘铁柱的老汪头。

老尤家闹鬼，姜大妞的哭声原来是财主金三的把戏，他用一支小小的竹筒儿，吹奏起来，能惟妙惟肖地模仿女人的哭声。

尤姓一家走后，乡亲们惋惜了一回。很多人开始盼念沈万才和刘铁柱。杨福田回来的时候，说他们不久也能获得释放，但至今音信杳然。老杨大舅张罗要去看看，可是他已经到清水镇木匠铺里去佣工，一时不能抽身。

这一天，县巡警局拘留所开过了早饭，看守长拎着钥匙，先后敞开七号和五号牢房，分别把沈万才和刘铁柱叫出来，领到司法科的办公室。就是那个在法庭上对他们提起公诉的巡官，通知他们说：“你们的官司算是打完了，检察院批准了警局的签呈，对你们两个人给予不起诉处分，宣布无罪释放。”其后，他二人在巡警值班室被取下了刑具。五个月以前，他俩就是在这个地方被砸上脚镣子。随身的小包裹，里面是换下来的棉衣，经过检查，允许他们带走。万才和铁柱都记得，老王三叔预审前来探监时说，在拘留所为他们储存了三十元现款。老杨大舅临走，说他在这里还留下二十多元钱，让万才和铁柱在监中使用。可是，释放他们的时候，巡警不提这桩事，万才和铁柱同声质问，一巡警眨眨眼睛咧嘴说：“拿存条来。”二人无奈，骂骂吵吵离开了巡警局。

炎日当头，兄弟俩找个阴凉的地方歇息歇息。刚合计好了要马上动身回家去，铁柱子忽觉头目眩晕，恶心呕吐，上吐又接着下泻，眼看着走不了啦。万才急得像热锅上的蚂蚁，正不知如何是好，不远的“来升小店”走出一个人来。这个人满头白发，拄一根过头的拐棍儿，来到切近，自报名号。他是来升店掌柜的，叫刘老全，曾和虎石台的王老好有一面之识。判断眼前这两个人，一个是沈万才，一个是刘铁柱。二人正在难中，刘老全把他们接进了自己的店房，沏茶备饭，又连忙请医生，给铁柱诊治疾病。沈万才进店就说，他二人手中并无分文，刘老全言说无碍：“俗语道，孟尝君子店，千里客来投，先在我这店中歇息几日，医好了疾病，然后回家。”

二人心急如火，一意回家，怎奈铁柱进店之后，吐泻不止，发高烧说胡话已然不能行走。万才找店东商量，他要马上动身，回转虎石台，求辆大车进县来把柱子接回去。店东依允。

天傍黑，万才饱餐一顿，从来升店动身。临行，给店东行了一个九十度的鞠躬礼，拜托他老人家照看铁柱，他今晚动身，明早到达，最晚明天午后，他也就转来了。店东反过来嘱咐他，不要着急。

万才在店中打开包裹，换一套干净的衣裳，急匆匆来到大街上。自己在嘴巴上摸一把，胡子和头发已经连了综，生怕回家去见了嫂嫂惹她伤心，想去剃剃，可口袋里没有这笔钱。出东门，出北门，都有直通家乡的大道，月亮光光，正好上路。他心想，出得城来，就能像飞鸟似的展开翅膀，振翼疾飞，三旋五转扑喇喇落在自家的房檐上。都说练武的为跑得快，往往在小腿上缠裹沙子口袋，天天跑步，一旦把沙袋子拿掉，那就健步如飞了。我在监中戴十八斤重的脚镣子，将近半年，如今把这铁家伙拿下去，这两条腿准能赶得上神行太保。

没想到，沈万才出离县城，行走还不到三五里，就连番地跌起跟头来。这件事只有打过官司的人知道，脚镣子戴久了，冷丁摘下来，腿肚子转筋。两条腿找别扭，万才没听邪，当然他也不能把它们扛起来走，只是连滚带爬一味地狂奔，可是，直到红日东升，他还没赶到清水镇。他穿越镇街，商家铺户都已经开了板儿。行经东头木匠铺，不知道舅舅就在这里佣工，舅舅这时正在临街的屋子里做活，也没瞧见他外甥从门前路过。

出镇上岭，万才加快了脚步，顿饭时光走完了岭上的大路。下东坡，远远望见永新窑那一片地面，烟尘缭绕，依如故旧。循路下岭，瞧见了自己的家乡。再走上二里地，就可以推开自家的房门了，哪料想，又往前迈动了一百步，竟发生了一件天大的事情。

六月六看谷秀，虎石台的公义堂按往年惯例，杀猪吃“犒劳”。当家的孙老八伤势痊愈，在这一天来到伙房屋，给伙计们筛了一巡酒，乐乐呵呵地接受了大家对他的祝福。这天是六月十五，清水镇逢集。孙老八看天气晴朗，一时高兴，叫伙计给他备马，他要到集上去散散心。他在门前足登上马石，跨上了他那匹黄骠马，缓辔而行直奔正西。临行告诉管事的，过午就回来，还让家里给他备饭。

人马上路，瞬息之间行程一二里。皆因连日阴雨，大道被来往的车辆轧翻了浆，走马生性骄横，自动踏上了平坦的腰道儿。此时，沈万才刚刚下岭，低头看路，行走正急，耳畔忽听见“嗒嗒”的马蹄声，高头大马已经来到切近。他要不扬起右臂，晃动了一下，并换步移身，闪开正面，就得让那马撞一个仰面朝天。

那匹马依照它的经验，逢是这种场面，对方来人，总得给它让路，未料此番大不相同，铁臂挥来，险些击中它的眼睛。俗话说，马有龙性，顿时，暴跳如雷，“咴咴”地一阵长嘶，人立起来。万才只顾看马，没注意马屁股底下躺卧着那个人。

孙八来个嘴啃地，焉能不恼。他不怪自己重伤新愈，身子太虚，也没想骑走马不该踏上人行的毛道，未容分说，从地上爬起来，手提着还是那根茶盅粗细的藤子马棒，泰山盖顶对准沈万才直劈下来。马棒重重地落在那人的臂膀上，这才看清被打的是谁。

“沈万才，你的官司是不是还没打够？拦路行凶，是不是要抢我？”孙老八叉着腰儿，喘吁吁地说。

万才直瞪着那根马棒，恨得咬牙，但还能强压着满腔的怒火，放低嗓音说：“姓孙的，我现在没工夫跟你扯皮，上你的路吧。”他动身要走，未想那根大马棒又跟着过来了，万才真是忍无可忍了，这回没让他击中，“啪”的一声把那凶器接在手里，怀中抱月，掠了过来。孙老八硕大的身躯，踉踉跄跄冲出有五步远，那根马棒已然离了手。眼看他脚踏丁字步，一阵狞笑，匣枪出了壳，万才一个箭步蹿过去，两个人就在这大路旁的青草棵子里扭打起来。一个是养伤多日，刚刚康复，一个是关押数月，初获释放，虽都不够精壮，却也是势均力敌。孙老八总想掏枪，万才硬是让他不能得手，这叫死生攸关之间，搁谁也得拼命。眼瞧着他们俩滚作了一团。

二人搏斗，一辆大车从岭上下来了，四套马的空车，车上坐着三个人。老板子鞭梢紧响，呼隆隆来到近前。车上的一个说：“哎呀，那不是虎石台的孙扒皮吗？让那个穷小子给揍得够呛了。”“快走，快走，咱们别管。”另一个说。“老板子，紧甩两鞭，别崩咱身上血星子。”第三个人言道。车辆从他们身旁赶过去，奔正东下去了。

车辆过后，从东往西又来个骑驴的，那个人也是急匆匆地赶了来，并且下驴看一眼，默默地爬上软鞍，头也不回地上岭去了。

此刻，孙八已被万才按在地上打得半死，当万才停下铁拳的时候，未想这条癞皮狗，还要垂死挣扎。只见他迷惘中探手入怀，摸出了撸子枪，乌黑的枪口正好瞄准了万才的前胸。沈万才荡开他那条操枪的手臂，饿虎扑食，紧紧地掐住了他的喉咙。孙扒皮青黢黢的一张大长脸，由红变紫，由紫变白，最后只听他的喉咙里“咯咯”地响了几声，那张脸变成了一团黄蜡。

沈万才掐死恶贼，费力地撒开了双手，站起身来，在路旁痴呆呆地发愣。

不远一片小树林里，走出来一个手拿镰刀的老头儿，三脚两步赶到跟前，面向沈万才一揖到地，“多谢壮士，替老汉报了深仇，我和孙扒皮有累世的冤仇，今天有幸看见他身遭惨死。”老头儿流着眼泪说。他作个揖，又说了一番话，万才没看清，也像没听着，只是愣呵呵地问道：“大叔，你看我得怎么办？”

“把他抬进林子去。”老头说着，哈腰提起死尸的双足。万才听话，和老人把那具死尸抬进了小树林。老少二人蹲在死尸的旁边，紧张地交谈。老人给万才出主意：“人命关天，只好逃灾避祸。适才大路上车来人往，已有见证，你不能再回堡子去了。现在最好是拿他的枪，骑他的马，远走他乡。远方如有投奔，固然是好，无亲可投、无友可访，那就只好一不做二不休，索性去投身绿林、加帮为匪，落一个自在逍遥。”

万才听老人一席话，不禁犯了寻思：我沈万才身世清白，务农为本，一向是安分守己、疾恶如仇。姐夫耍钱，不务正业，我都和他要断亲。每年秋收，碰见偷庄稼的，不论是谁，都难逃我的打骂。如今厄运临头，摊上了人命，成了凶手还不算，势态威逼，只得去加帮为匪，这真是万分为难了，但除此而外，又是别无出路。沈万才跺脚捶胸，痛不欲生。

那老头看看天时，无暇劝他，走出树林，牵来了那匹走马。“小伙子，快上马逃命去吧，先离开这块是非地，保住性命要紧。”

万才接过缰绳，蹬上马，那老人递给他两支光秃秃的手枪，万才顺手掖在腰里。他顺岭投北，人马走出去三箭地，才想起没有叩问那老人的姓名。万才踏上这条路，不知道他姐夫顾天成头年腊月曾经从这里经过，到青鱼沟去觅匪投书。荆棘塞途，蒿草没膝，那匹马举步艰难，行动迟缓。万才紧勒嚼环，策马强行。那牲口被逼无奈，惶惶地上路。

他放马驰骋，总在一个时辰开外，不由心里敞开了一扇窗户：我亲手杀死了仇人，到底是给哥哥、姐夫报了仇。自己胆敢和孙扒皮打冤家，跟狗财主面对面地拼个死活，没像他们两个，那么委委屈屈地死得窝囊。万才这回要去当胡子，准定要杀尽土豪除尽恶霸，把抢来的金钱散给穷人。人生自古皆有死嘛，轰轰烈烈才够得上个好汉英雄。我半年的徒罪没白打，在监号里结识了不少身背重案的罪人，他们原先也全都养大眷小地安分守己，绝大多数都是让有钱有势的逼的，才做出违法的事情来。一个被判决了死刑的难友，曾经对他说：“帝王将相非天降，大丈夫顶天立地，继往开来，为的就是虎斗龙争。”

他想到这里，紧催坐马，志得意满地又赶了一段路程。马失前蹄，差一点把他栽下来。勒住丝缰，四下里张望，知道自己离家乡越走越远了。忽然又想，我只顾消灭仇敌，报仇雪了恨，可丢在家里的姐姐和嫂子怎么生活？最大的孩子刚刚会走路，小的还没离开奶头嘴儿，大人孩子口口不咬空，娘儿几个还不得活活饿死吗？沈万才一阵心酸，双目落泪。觉得对不起姐姐、嫂嫂，也苦了侄儿和外甥。

乌鸦回巢，漫山遍野地发出一片噪音，火红的太阳顿失光辉，缓缓地落进了西山头。万才端坐在马上，猛然又想起那个病在城中的刘铁柱来了，霎时，浑身冒汗，头上的汗往下淌，滴滴答答迷住了眼睛：我从县城跑回来为的是什么？不是找人去接铁柱吗，刘老叔病得起不来炕，我怎么对不起人家爷儿俩！

他拨转马头，就要回去给刘家送个信，转念一想，我这么回去，不是自投罗网吗？狠狠心肠，说声“罢了，罢了”，眼望西南，流着眼泪说：“铁柱子啊，我实在是对不起你，我今天惹下了杀身之祸，不能不逃灾避难，远走他乡了。你有命不怕家乡远，那个好心的店东也一定能把你的疾病扎咕好，打发你回家。万才我今天逃了命，咱哥们儿这叫留下青山有柴烧。”

放马趱行，又有十余里，星月无光，耳听雷声。顷刻之间，阴云密布，大雨倾盆。雨尽管下，霹雳闪电任凭它发威，沈万才只是一味地赶路。天如墨染，伸手不见五指。道路泥泞，坐马嘶鸣。可叹这匹马，自出娘胎，就是娇生惯养，它有点儿怪这个新主人忒绝情了。此时，已经是人困马乏，可是站下挨浇，倒不如多赶一段路程。

雨过，风停，东方闪出了鱼肚白，隐隐约约听见远处的公鸡打鸣儿。路旁是一片青纱帐，万才下马，牵着它蹚着露水走进了那块高粱地。忙活半晌掰下来一抱刚刚打苞的高粱穗儿，人吃“乌米”，马嚼新粮。人马一时全吃饱，牵马走出了高粱地，又找条河沟儿饱喝了一顿清水。

岭下忘记了一件事，没把那根藤子马棒顺手带了来。折把柳条儿，编成了辫儿，权当马鞭子。这一回，重新上路，扬鞭打马，就快得多了。当然，还是不能走大道，只投小路，大天白日也难免碰见行人。万才心里有主意，每逢对面来人，他就紧带嚼环，挥上一鞭，不等那人看清他的脸面，就早已经风驰电掣地过去了。

辰时过后，行经一处地面，远远地望见一帮人迎头走来。看看地势，躲是无处躲了，只好硬着头皮冲过去，快马加鞭，很顺利地把那帮人甩在身后。

这帮人看万才飞马而过，发起议论来。一个说：“这小子像个偷马的贼。”“你看错了，腰插双枪，哪是盗马贼，看样子是绺子上的报马，通风送信的。”另个说，“咱们这一方又要遭难了，风来雨就来，快点往前走吧。”

沈万才马不停蹄又奔跑了一头晌，拐过一溜山弯，碰见一个挑担的。看他头戴一顶大檐草帽，穿青挂皂，脖子上套着浑圆的蓝布垫肩，足蹬靰鞡像个小贩。勒马问话，这才大放宽心，这一天一夜，总算没白跑，此处距离家乡，已经隔着一个县，长翅膀的公差捕快，也怕追赶不上了。心里开缝儿，肚子也跟着饿上来了，脱口问一句：“你挑的是什么？”

“吃食物。”小贩答道。

万才飞身下马，把他拉到了一棵大树底下。那小贩掀开了箱子盖，万才的两只眼睛瞪溜圆。这里头装的是烧饼、麻花、糖三角，还有炸糕、豆包、大馒头。沈万才刚想伸手往外取，不由心里有点打哆嗦，阴天下雨不知道，腰兜里有钱没钱自己明白。

小贩叉着手儿站在一旁，从上到下打量这个路遇的人。他腰插双枪，像是胡匪，骑一匹战马，又仿佛是军队上派出来的便衣公差。骨骼貌相，雄赳赳，气昂昂，够个武茬子。两只手上的老茧，证明他是个庄稼人。蓝布裤子，白布褂儿，足蹬一双家做的鞋，热火荒天，他连顶帽子都没戴。前发齐眉、后发盖颈，满面的胡须，看样子总有半年没剃头刮脸了。小贩端详他老半天，猜不透这个古里古怪的人物，终究是哪路的英雄。

沈万才没有拿箱中之物，那小贩察言观色，测透了八九分，和和气气地说："老兄弟，你肚子饿了，尽管伸手拿着用，有钱没钱无所谓。"万才看看他，那小贩"扑哧"一乐说："你别像当年宋太祖，为一个大钱，憋倒在瓜地。"

万才面红耳热，扭过脸去挥挥手，意思是让他快快地离开此地。小贩从万才手里夺过缰绳，把马拴在大树上，回身拍拍万才的肩头，亲切地说："老兄弟，你先坐下，咱们叙谈叙谈。"

万才坐在隆起的树根上，那小贩摘下草帽，从箱子里拿取食物，装满满那么一帽包子，双手捧着送到面前："老兄弟，四海之内皆兄弟，人生何处不相逢，你别看我是个小本经营的穷光蛋，可也懂得交朋友。三灾八难过到老，谁都有个为难遭窄。看样子你还有很远的途程，饿肚子怎么能继续上路呢，先吃点东西，咱们再各奔前程。"

万才看他情意殷切，满面羞惭，愧领了这份人情。起身称谢，就要动身，小贩微笑着指指低着头正在急急忙忙啃吃青草的那匹马。两个人肩并肩坐在树下，二番叙话，万才仗着胆子吐露了实情，令那小贩肃然起敬。

天下的穷人心连心。他告诉万才："你要加帮为匪，我知方向。从这里动身直奔西北，大约五十里进入山林，过一条东西流淌的清水河，那就是三不管的地界。等你把道儿走尽，有个小地名'西天边'，向左拐再进山，就接近了万宝山。这座山方圆百里，没有人烟，山顶上有一座千佛寺，这寺院便是英雄好汉落脚的地方。"小贩说到这里，特意地叮嘱："你有枪有马，这是加帮入伙的本钱，不见着当家的，枪和马不能撒手。千佛寺大柜，名叫张二德，这个人能征惯战，文武双全，在江湖上报号'震西天'。你上山去，不见到这个人，别说实话。当胡子的心狠意毒，弄不好逗去了你的枪和马，还要在半道上打发你回老家。你这两支枪一匹马，到绺子上能换个头目。当胡子和当差一样，大鱼吃小鱼，小鱼吃虾米。"

万才认真记下，起身告辞。临分手，万才问他的姓名，小贩挑起担子，没有回答，口唱着山歌，扬长而去了。

沈万才满腔怅惘，眼瞧着他越走越远，这才攀鞍上马，再上征途。红日西斜，他来到了那条清水河，这条河果真是清澈见底，水流淙淙，游鱼可数，不远有一座石砌的小桥。乘马过河又猛加几鞭，在道路的尽头，看见了小贩所说的‘西天边’。山坡上挨连有十几户人家，住的全是马架子，叩动柴扉，出来的人待客很热情。万才说他要进万宝山，上千佛寺，人家跟他说起黑话来，一时之间对答不上，柴门呀的一声关闭了。

万才吃了闭门羹，心中并不懊恼，因为那小贩已然给他说得详细。牵马往左拐，趁着皎洁的月光进了山凹，羊肠小道不能骑马，心急火燎，徒步进山。荒林一片接一片，到处是蔓藤蒿草，怪石嶙峋，峭壁参天，岩石上又是满生着青苔。跨越深谷，钻了几处石头洞，这才停驻在一条小溪旁，人喝甘泉，马饮清水。这里野果成林，山花怒放，一阵风吹过来，花香打鼻子。本有心在这儿歇歇脚，但看看天时，心里着起急来。

牵马再往山里走，便是乱石塞途，林木苍莽，已寻不见可行的路径了。沈万才停步回身，和那匹马商量："你看今天晚上咱俩上不上千佛寺？"那匹马鼻息吁吁，默不作声。"我说咱俩说啥也得爬上去，趁着凉快，步步登高，讨个吉利。"万才打趣言道，那匹马似乎是点点头。

这回动身，他俩可就费劲了。攀藤附葛，连滚带爬，劳累了半晌，这才喘口气。地势险恶，人和马再前进一步，就有跌落的危险。眼望那山峦重叠，犬牙交错，天然的危楼琼阁，斗角勾心。万才拉马坐在山石上，把怀里的撸子枪抽出来。心想，爬行了半晌，还不知这山到底有多高，量此处离山寨也不能太远，我何不放它两枪，从山上引下人来，把我接上去。可是，他把那把撸子枪握在掌中，一阵焦急，原来当初在家的时候，仅是看过别人摆弄这玩意儿，如今落在自己的手里并不知道怎么用，他把撸子插到腰里，又抽出了那把匣子枪。未料正在此时，从他背后暗暗地袭上来几个人。

万才被人倒剪二臂先上了绑，并蒙住眼睛，又往嘴里塞棉花，喝喊连声，命令他跟着人家走。推推搡搡、拉拉扯扯，两只鞋先掉了，衣裳也撕破了。万才有心要说句话，无奈口中被堵。就这样任人摆布，被牵着、推着往前走。七拐八弯，无暇计算里程。有时得低头钻山洞，有时还得坐摇篮，脚踏平地后，走行得不太远，迈过高高的门槛儿，他就被高吊在一根明柱上了。有人为他解开了眼罩儿，顺便掏出来那块堵嘴的棉花，他先是长出了一口气，又赶忙地睁开双眼。

这是一座式样古老的佛殿，明子油松插在墙缝里，彪形大汉分左右两旁站立，气宇轩昂。万才首先认定了，他们不是官差是胡匪。特别使他高兴的，是方才被绑架的时候，曾怀疑这些人会像小贩说的那样，夺去他的枪和马，再把他弄到一个僻静的地方杀掉。可如今他已经来到了他们的山寨。

他被吊在那里，双脚离地足有半尺高。一个人过来凶恶地问他，家住哪里，姓甚名谁，为什么闯进万宝山，上山来所为何故？万才一一地作了答复。那人去后不久，忽听门外有人高声喝喊：“当家的到！”几个持枪的匪徒首先进殿，身后来了那个当家的。

这里虽然是个佛殿，可连一尊泥像也没有，在供奉神位的地方，横放着一张巨大的桌案。当家的手提皮鞭进殿来，纵身坐在那张桌案上，和万才面对面，相距也就五步远。

当家的见万才，横眉立目，怒气冲冲。万才见那当家的，满腹疑团，嘴角儿挂笑，心里想，这准是我连日以来杀人避祸，神志不清，眼目昏花了。抑或是两天一夜没合眼，困得我做了梦。世界上哪有这样的胡子头儿？怎能设想，一个小娘儿们居然敢报号叫“震西天”。这女子体态苗条，身穿素衣，一条大辫儿直垂在隆起的胸前，细长的修眉入鬓，两只凤目像是给屋子里平添了两盏灯，看上去十分俊俏和英武。但终究是女流之辈，沈万才这分明是要当娘子兵。

当家的手握着皮鞭，也在打量这个刚刚被抓来的陌生人，见他笑眯眯满不在乎的样子，不禁动怒，一声断喝，古殿飞尘。“你给我从实地讲，家乡、名姓、谁指引你前来加帮，深更半夜闯进了我的万宝山。放着盘山道你不走，迂回查看了我山上的险要，深入腹地，又想鸣枪示警，你这是要给什么人打信号？你小子虽然是乡民打扮，但我怀疑你是官兵派出来的密探。”

沈万才听她问话，越发地笑不可抑。从小儿常听大人讲《水浒》，这本书上倒是有母大虫、母夜叉、一丈青，她们都是女的，可这些女子比普通的男人壮实得多，孙二娘在十字坡上敢对付武松，没听说哪个像眼前这样的弱不禁风的黄花闺女。

一匪徒从门外走进来，手捧着两支短枪，放在那张桌案上。当家的看视一番，手指着枪支问万才：“这支撸子还可以，这匣枪烧蓝未褪，号码清楚，这是东北军新近买来的德国货，刚发到兵营里。最让人怀疑的是你骑来的那匹马，身上有烙印，是受过训的军马。你说枪和马都得自一个姓孙的财主手，老百姓家里，哪有这些东西？”

一席问话，逗得万才扬声大笑。当家的歪头看看他，唰地粉面通红，心道：“这小子一开头就目不转睛地打量我，问他话，又嘻皮笑脸的，看来是没瞧得起我。”她思念至此，跳下了高桌，燕子抄水，来到沈万才的面前，抡起皮鞭，劈肩带背抽了下去。

万才挨揍，收敛了笑容，心里可发出赞叹。看她长得单薄，手底下有劲，这一鞭子就知她比那些狗日的巡警力气大。

当家的怒不可遏，啪啪啪地狠抽了三鞭，忽发现在这个人的脚下有两汪鲜血。住手观看，不问便知，他适才是光着两只脚被带上山来。那双脚已被山中的碎石扎了个皮开肉绽，现如今被高吊在明柱上，脚不沾尘，血流不止。她把皮鞭背在身后，再来看看这个被打的人，蓬首垢面像个刚刚释放的囚徒。但此人鼻直口方，浓眉阔目……闪念之中，有如电光石火，心里想：“呀，他的长相儿怎么像我死去的爹？”

沈万才挨打，心知有罪，扭项低头，默不作声。当家的喝令他从头细讲，他认真地把始末情由又交代了一番。关于枪和马的来历，万才请当家的不要多疑，那是郭军沙团长驻屯虎石台的时候，为了报答恶霸孙扒皮，帮着他巧设毒计，勒索乡民，临行时送给他的一份人情。万才叹了一口气，自己表白：“姓沈的并不是下流坯，祖宗三代都是本本分分的庄稼人。从小儿跟着爹爹、哥哥种大地，十四岁以后又跟舅舅学会了成套的木匠手艺。”

当家的听罢了他最后说的这几句话，芳容惨淡，神色有异。临出门，命令头目把这个人卸下来，不要再难为他了，送他到罗汉堂，交给赵大吃，让大吃给他包扎伤口，将养几日，伤好再议。

夜静更深，当家的走后，众匪徒随即散去了。墙壁上火把已经点燃殆尽，夜风吹来，摇晃着就要熄灭。万才疲劳至极，刚要合眼，殿堂的门口，来了个丈二的金刚。沈万才刚才面对众匪徒和那个威风凛凛的当家的，并不害怕，这一回，可真是有点毛骨悚然。来者，确确实实是如来殿前那个护法的金刚。高大无匹，面如满月，眉毛能有二指宽、眼睛足有铜铃大，迈步进殿，呵呵地发笑，声如洪钟。他身上穿的不是铠甲，而是一套土布的衣裳，足蹬芒鞋，两只脚最少也够二尺长。

四目相对，那巨人摸摸万才的脸，像大人稀罕小孩儿那样笑道：“听说你小子掐死了财主，掰枪夺马，上山来要加帮入伙。你牵着马爬上了咱山寨的‘鬼见愁’，真够个壮士。你不晓得咱万宝山有八大险，空行人也很少能爬上鬼见愁，你牵马上去了，人和马还都平安无事，好壮的胆气。”

万才无话，心里乐开了花，面对这个已经被证实了的活人，比乍见那个当家的更觉惊奇。任凭他解开绳索给松了绑，未待落地，又被他挟起来驮在背上。万才手攀着他那宽厚的肩膀，着急地说：“你把我放下，我自己能走。”巨人没言语，背着他吹灭殿中所有的灯光，出离了殿堂。走在路上，万才问明了这个人就是赵大吃，他在山寨负责看守罗汉堂。这里是大柜拘留“肉票”的地方。

黑压压一片高大的建筑，不知道多少间，这就是所说的罗汉堂。赵大吃背万才走进去，把他放在一张木床上，温水洗脚，又打开药包替他扎裹了伤口。万才连说自己来，大吃不容他动手。包扎完毕，大吃出屋给万才揣来了菜和饭。沈万才只顾笑盈盈地欣赏坐在他对面的这位巨人，盘子碗里面盛放的东西，虽然被他吃了个精光，但却不知吃了啥。

天快亮了，万才毫无倦意，试想和这赵大吃谈唠谈唠，可那巨人伸出大手替他放开了行李，吹灭了灯火。

第九章

沈万才投身千佛寺，夜宿罗汉堂，一觉醒来，已经到了第二天的上半晌，自觉双足疼痛，四肢酸懒。睁开了眼睛没起身，看自己躺卧的床前，有几个小孩子在嬉笑着捉迷藏。这几个娃娃最大的不过十来岁，一个个全都是绸缎裹到底，白白胖胖，像一群肥羊羔子。

万才正在观看那几个小孩儿，赵大吃端来了一盆洗脸水，洗过了没擦，趁着湿乎劲儿给他剃头刮了脸。第二次洗净又擦干，递过来一个包裹，让他换衣裳。万才打开那个包袱，翻检了一番，不禁犯了难。这里边全是时新样儿的服装，青蓝白灰，颜色并不特别，但质料不称心，全是叫不出名的软缎、绛纱、宁绸、串绸、九苏罗等贵重料子，都是万才从未穿过的东西。

赵大吃站在一旁，看万才为难的样子，解释说："这是当家的差人送来的，你不往身上穿，辜负了人家的心意。"

万才把那包袱原样儿包好，求大吃找来针线，他要动手缝补自己身上的破衣裳。

赵大吃口头答应着，出去到对面的厨房给他取来了菜和饭。这顿是鸡鸭鱼肉俱全，杂样包子外加一壶烧酒，万才坐定了吃喝。赵大吃和昨晚一样，规规矩矩地坐在他的对面伺候着。沈万才要和他同桌吃喝，大吃称谢，顺口说："桌子上这点东西，不够我半顿用的，我不因为吃得多，也没人跟我叫大吃，更不能来到这里当胡子。"

一句话说得万才撂下筷子，重新打量对面的这个人。昨晚，灯光之下，眼目不清，白日里再看上去格外分明，这是个放大了的漂亮小伙，论年岁最多也就在二十七八。什么样的爹娘生下了这样的孩子，哪方的水土养大了他，过去干过什么营生，啥时候加帮为匪，前来看守罗汉堂？稀奇古怪的念头全上来了，万才不问个明白，心里犯糊涂。

沈万才请大吃讲讲他的身世，赵大吃让万才快进饮食。最后双方商量好，万才喝酒吃饭，大吃讲论家常。

千佛寺正面，出山大约三百里，是他的家乡，小地名叫“柳条沟”。大吃出生的时候，长得并不大，年长五岁，可就乐坏了他的爹和娘。论身量，比普通十岁的孩子全都高出一头，话还都没说全呢，就能跟着那些半大小子摸鱼、打雀、上山去摘果子。八岁那年，身高够七尺，十二岁上他就长得比成年人高和壮了。

爹妈看他已经成了丁，家境贫寒，索性就让他顶大人。爹先是扛活，这回租地种，没牲口就让这孩子拉犁杖。拉犁他确实是不费劲，完全能顶一头小牤牛。家里使用的水桶、筐篓，全都得定做，因为他十三岁肩上就能挑四百斤重。

十五岁那年，秋收以后，有一天他和堡子里的一群年轻人开玩笑，竟把人家正在忙着轧场的三百多斤的石磙子，趁着别人歇晌，给轻轻地抓起来，举放在树杈上。那群人歇晌起来，七八个人弄不下那个物件，谁也拿不动，捅下来，就得把磙框摔碎。无奈之际，有人去找他爹。爹把大吃揪来，立逼他取下那物件，又当着众人，命他蹲下，在他的头顶上，打了几巴掌。

父子租种四垧地，历年间到秋收的时候，颗粒归仓，还颇有盈余，并能经常地帮助困苦的乡亲们做些个活计。家里原有三间茅屋，一明两暗，大吃长大了以后，自己独占一间房。在东屋搭了一铺顺山炕，大吃独自一人睡在这铺炕上，头顶脚蹬着南北墙。

身长力猛，本来是好事，可他的饭量太大，就让家人为难了。吃稀的，一升能对付；吃干的，需得二升粮。这一年家里宰年猪，他吃了七瓢白片肉，半副血肠子。开头家里吃过几回黏豆包，为吃一顿豆包，娘就得一宿不睡觉，因为他每次都得吃三四屉，干脆查不过个数来。无奈何，想吃黏东西，只好撒切糕了。至于穿的，寻常人讲的是七尺裤子八尺袄，给他做套衣裳，两丈多布还得紧贴身。这年冬天，要换季，娘拆了三床破被，给他缝制了一套棉衣。

赵大吃肩挑背扛有力气，拉犁扶犁也硬棒，点种滤粪可就没了优势。轧地，他不能赶磙子，两只大脚垄沟里装不下；踩格子，一脚下去，那就别想出苗了。铲地也不比别人快。秋收时，他最拿手的活，是掐高粱头。谷草、豆秸要上垛，大吃可不用使垛叉。赶上推米磨面，就让他为难了，碾道里转不开身，跟牲口走几圈，浑身冒汗。扬场簸簸箕他是无能为力。到开春，他最怕刨茬子。爷儿俩种地，重活都是大吃干，爹光是摸摸零活儿，也累个腰酸腿疼。

年景歉收，租金重，三口之家缺了口粮。虽说是半年瓜菜半年粮，吃糠咽菜却格外地长饭量。家雀儿虽小可不挨饿，这个比它们大得多的人，一副肠子经常空着半副，苦着哪。

大吃长到二十岁，连续遇见好几个荒年，老爹身染重病，与世长辞了。大吃发送了爹爹，退还了租赁的土地，自想出去扛活，财主家一定能抢着收留他，可没想到，走遍了十里山乡，没有人雇他。人家爱他的长处，嫌他的短处，干活挺中用，可谁也供不起他的吃喝。

春半天，娘儿俩已然断炊多日。大吃在村西的大道上，碰见一辆四套马的大车，满装重载，在稀泥洼里打了误。赶车的、跟车的、掌包的全都急得团团转。大吃一时高兴，走过去伸手擎起了一头轴，老板子晃晃鞭子，车辆赶出了洼塘。那个掌包的，正好是财主家的少东家，和大吃叙谈几句后，便决定雇他到家里去扛活。大吃丑话说在前，他的活儿干得猛，饭量也是格外大，少东家言说无碍。大吃从此到财主家去扛活。东家指派他跟大车，这活不含糊，装车卸车，他真是一个顶仨。

一晃儿，扛活到了半年头上，东家派车进城去拉脚。大吃进城门，虽然不用弯腰，但推不开、搡不开的大人孩子，跟在身后不断条。巡警告诉掌包的："别弄这么个怪物上城里来，妨碍交通。"晚上住店，大吃不能躺下睡，他想顺炕儿住，店东朝他要十个人的店钱。赶车的也有点厌烦他，重载车他可以跟着走，空车上路得请他大模大样地坐在车中央，因为他坐在前边辕沉，坐在后面辕轻。秋风凉的时候，大吃被财主辞退了。

家里有八分房场，三间房子，娘把它们都换了粮食，母子住进了一个空废的祠堂。春天，大吃舍不得吃粮食，满山遍野去寻找干果野菜吃，通常是劳碌一天，也填不饱自己的肚子。

青苗盖地时，村子里来了一伙乘车骑马的东洋人。他们不知从哪听说的，高高兴兴地从很远的城市赶到这里来，瞻仰这个大人。为首的日本人，身量儿不高，留着两撇黑胡子，会说一口中国话。他和大吃坐在石凳上交谈，自称他是马戏团的大班，要聘请大吃到他的团里去当个演员，不但能保证大吃不饿肚子，而且按月发给他几十元的金票，供养老母。大吃把妈妈请出来，老太太擦干眼泪，斩钉截铁地告诉日本人："我儿子长得高大不假，但是个堂堂正正的中国人。没有吃的，我们娘儿两个喝凉水，没有房子，就住露天地，就是饿死了，也不去给你们东洋人当玩物。”

寒风凛冽，大雪封山，这娘儿两个依旧还住在祠堂里，已经断炊多日了。这日大吃身披麻袋片，上山去打柴，半路上遇见了个大财主。财主说，随行骑马挎枪的都是他家护院的，他要雇大吃到他家去当长工，吃穿在外每季还给他十石粮。大吃绝处逢生，心里高兴，但是财主的庄院离他的家乡有三百里之遥，老娘不能一个人留在这里。这个财主好说话，让大吃背着他妈，一路前往。大吃回家，背起娘亲，顶风冒雪随财主来到万宝山。财主住在山顶上，九转七旋才进入他的庄院。这庄院原来只是一座残破的庙宇，大吃不知上当，娘立刻就看穿了，母子被囚禁在一间石屋里。

进山约在十天头上，老娘被一小匪唤出去，待了一过晌，回来告诉大吃，咱娘儿俩认命吧。这里虽然是胡匪的巢穴，可这些胡匪当中多是好人。她今天在后山石楼上，见到了一个年轻的女子，名叫夏大丫，是匪首震西天的干闺女，也是刚刚上山来加帮为匪。她为了申冤雪恨替父报仇，身受严重的鞭伤，正在调养。娘被这闺女悲惨的身世感动了，决心带大吃在山上定居下来。

沈万才像嚼蜡似的吃完了一顿饭，看大吃捡了下去，一会儿又拎回一壶茶水来。万才只觉心绪烦乱，满腹的疑团解不开。酷热炎天，正当晌午，那几个孩子吃了午饭都上炕去睡觉了，大吃精心地替他们放下蚊帐，折回来有闲和万才攀谈。

万才劈头先问他：“你能不能告诉我，咱这大柜有几个当家的？”大吃一笑，回答说：“咱大柜有两个当家的，大当家的名叫张二德，报号‘震西天’，此人新近出门去了，没在山寨。二当家的，就是我才说的那个夏大丫，她自己没报过字号，江湖人称‘一条龙’。因着大当家的久不在山寨，所以由二当家的统领全军，加上这位女子人才出众，武艺高强，被绺子上奉若神明，所以往来称呼中，就在她的头上免去了那个‘二’字。昨天夜晚你见到的是‘一条龙’，你错把她当成‘震西天’了。”

沈万才这才豁然，急催大吃接讲他们母子进山以后的故事。大长的天，两个人随意地坐卧，听大吃慢慢地讲了起来。

刚强烈性的老妈妈，从打和儿子一起被匪首“震西天”诓上山来，切齿愤恨，誓不屈服。母子二人被拘留十天，怎么被小匪叫出去，和那女子夏大丫盘旋半晌，返回来就同意带着儿子在山寨定居，加帮为匪了呢？这里边有说道。

这桩事儿，出在铁岭县。有一个村庄叫夏家楼，夏木匠祖居在这里，娶妻王氏很贤惠，这女人爱洁有癖，又是玉貌花容，婚后生下一双儿女，女唤大丫、儿叫双牛。双牛这名字起得有来历，因他娘在屋里占房，牛棚里的牝牛也正下犊。四口之家，和和乐乐过生活。这一天，正当晌午，家里来了一个人，这个人年纪在三十岁左右，身穿纱衫，手摇团扇，没打招呼就走进了夏家的院子。此人是堡中的财主夏秧子，今天来找木匠去给他家盖新房。夏秧子在院子里停留片刻，看木匠家的三间房子门窗全都大敞着，便信步进了屋。

秧子进屋吓了一跳，心想，没见过小户人家这么亮堂。摆放的箱子柜儿，擦抹得锃光瓦亮，外屋地的锅台，也能照见人，炕上地下屋里屋外打扫得连根草刺儿都没有。光看表面他还有点不服劲儿，又把人家的炕席掀起来，看看那炕面子上头有没有灰尘。观瞧一回，没挑拣，到外屋地又把人家的碗架子拉开了，秧子没吱声，悄悄竖起了大拇指。一碟咸菜切得有头发丝儿那么细，半盆秫米饭，不知使啥搓的，雪花一样白。看了半天，这才坐在西屋的炕沿上等人。木匠媳妇过了好一会儿才领着一儿一女，从房后的园子里返回来。娘儿三个用罢了午饭，到园子地里去摘豆角，不知家里来了客人。

秧子见王氏叫声老婶，堡子里论大论小，都有称呼。王氏说，她丈夫到外堡子去做活儿，三天两日回不来。秧子说，他要马上打发人去把他请回来，到他院里去帮他张罗张罗。话已说完，本应该就走，可那秧子的屁股牢牢地长在炕沿上，腿已经拿不动了。心想，夏木匠娶媳妇的时候，派人来上礼，光听说新娘子长得挺漂亮，万万没想到，她竟是如此的美貌出众，这是他有生见到最标致的女人。一个木匠能娶这样的好女子，可叹我万贯家私，家里头养着个黄脸婆。那秧子坐在炕沿上，如醉如痴地发了愣。人家王氏看他神气不对，领着孩子避进了东屋。

夏秧子丧胆游魂地回了家。第二天派人骑快马，从外堡子把夏木匠找了回来，把建造新房的任务全都交到他的手上，让他有权指挥所有的木匠、瓦匠、长工和短工。大兴土木，一晃就是三个月，夏木匠俨然成了院里的大管家。

木匠给秧子做活很得信任，当然东伙之间就增加了往来。那秧子昼夜思念人家王氏女，遇有机会就拐弯抹角地用言语进行撩拨。殊不知，三番五次总碰硬钉子，终于证实了这个被他瞩目的美人儿，真正是艳如桃李，冷若冰霜。夏秧子恨得咬牙，急得跺脚。财主阔佬们，有句常说的话叫妻不如妾，妾不如嫖，嫖不如偷，偷不如摸不着。夏秧子发誓：有生之日，总得把这个女人弄到手，如果不能完遂这个志愿，九泉之下无颜面见他的祖辈前人。可那个堂堂正正的夏木匠，不是王八货，耳闻目睹觉出点景儿来，隐含着嗔怒，到院里去辞活儿。秧子恳求他再帮跑趟腿，跟车到县里去，把新到的木料拉回来。

木匠跟车进县一去不返，半道上碰见了胡子，挨了一枪。

夏木匠为东家办事丧了命，秧子出钱大办丧事。不但烦亲友出面慰问木匠的家属，还经中人说妥，慨解义囊，抚恤遗孤，给款三千五百元，但是用土地折价，一时没拨现钱。七垧岗子地，每年净得租粮二十余石，足够王氏母子三人宽宽绰绰地过日子。

夏木匠倒头在地，刚刚发送出去没有几天，远远地赶来了一辆牛车。车停在木匠家东的大树下，一个硬硬实实的老太太从车上下来，由两个壮汉搀扶着，一路上呼天抢地哭进院来。老太太来到堂屋，见箱盖上空设灵牌，陡然震怒，问她的姑娘：“你女婿身遭横死，死因还没有查明，为什么就接受财主的施舍，让他来给我的姑爷发丧？”

王氏手拉着一儿一女，不理解老妈妈远道而来，为啥一进屋就这么劈头盖脸地埋怨人。“你姑爷是让胡子打死的，人所共知。我求人去给您老报丧，到如今已经十天了。我和你姑爷有夫妻的名分，有权发送他。”姑娘和妈妈的脾气差不多，娘儿两个一照面，就动了口舌。

扶老太太进屋来的那两个壮汉是王氏娘家的二哥和三哥，她的大哥今天也到了，这工夫正在院里卸车。

王氏的娘家，住在龙首山下，柴河岸边，小地名“王三家子”。父亲早丧，母亲带她三个哥哥依靠那条柴河过生活。家里有两条摆渡船，哥儿仨就在离家不远的渡口上，摆渡过往的客商。江河封冻，就靠打鱼、砍柴度日。一个贫穷之家，有老太太掌舵，哥儿几个齐下火龙关，把个日子过得很齐全，并都娶妻生了子。八年前，王氏这个老姑娘出阁，穷娘家也拿出了很像样的陪送。

王氏和夏木匠成婚，当然是老太太做的主。这是那年春天的事情，王家的摆渡船刚刚下水，雇夏木匠给他家去修船。老太太看这小木匠老实厚道、心灵手巧，就把宝贝姑娘许配给他了，也没有索取什么彩礼。秋后完婚，哥哥嫂子乘坐车辆，把姑娘送到了夏家楼。

婚后八年，王氏给木匠生儿育女，夫妻俩恩恩爱爱，小日子过得很和美。春秋二季，老太太总打发儿子们前来接取王氏去娘家。外孙子、外孙女，姥姥对他们是格外的疼爱，胜过自家的孙子、孙女。皆因老太太青年守孀，儿子一帮，身边就落下这一枝花，娘儿两个脾气秉性、爱好和一切的生活习惯样样相同，娘儿俩万分贴心。女儿出嫁，当娘的便是格外地惦记。数年之间，两家人虽然相隔百里，但逢年过节，夏木匠必定是备办礼品，去看望老人。王氏夫妻也曾多次试想把老太太接到他们家里来住上几天，老太太跟姑爷几次说出体己话："姑爷啊，你这几个大舅子，都是摆船的，俗话说，车船店脚衙，无罪也该杀，这几个小子全是乍杂子，你那几个大舅嫂也都挺咬牙。这个家没有我镇着，三天过不去就得散盘子。咱们这叫'大家'，一朝闹散了，个顶个儿都得拄棍要着吃。我寡妇失业半辈子，指望在我临死以前，乐乐呵呵地让别人看我儿孙满堂。你们两口子夫唱妇随，用不着我看顾，能常来常往也就是了。"八年如一日，两家子就是这么走的亲戚。

今天，老太太和她的老闺女一见面，为了报丧和发丧当面口角，这里头肯定是有事情。

王氏家摊横事，六神无主，闻讯后不过几个钟头，便烦人给她娘家报丧去了。可万万没有料到，那个替她报丧的人，不到一百里地，竟耗费了八天的时间。报丧人见着老太太，着急忙慌把事情说个大概。意思是你家姑爷子，给财主进县去办事，路遇土匪丧了命，财主出钱发送他，又拨出一笔巨款来抚恤遗孤。最后告诉老太太，夏秧子是夏家楼的头号财主，济老怜贫，办事仗义。报丧的把话说完，倒茶没喝、备饭未用，声称要到城里去办急事，抬身便走了。

来人去后，老王家全家大小哀声一片。老太太东屋走到西屋，前厅又转到后院，劝慰家里人。夜深了，老太太坐在炕上，不停地抽烟，一整夜，没脱衣裳没合眼。知子莫如父，知女莫如娘，我那老闺女，好比七仙女下嫁了凡夫，过门以后，小日子过得火盆一样，我这都是看在眼里的，可为什么我那姑爷死后八天了，才打发人来报丧呢？老人家一生孤贫，有点心思重，她设想的事情，也就不一般了。她想到古书上写的林冲，那有多威武啊，八十万禁军大教头，夫妻降香，遇见了高衙内，白虎堂前招是非。我王家来到关外已经三四代，对东三省的马胡子不陌生，他们见着财主倒是不客气，可绺子上最忌讳的是随便杀人。我姑爷给财主家进城去办事，一无冤、二无仇，那胡匪怎么能随意杀人呢？

天一亮，老太太就打发儿子出去借车，傍黑儿才把车借来。趁着月光上路，三个儿子都随行而来。老人家听见凶信，精神恍惚，不跟来，谁也放心不下。道路崎岖，牛车走得慢，第二天头晌，才算来到了夏家楼。

老太太晚来一步扑了个空，一时焦躁埋怨了几句，露出了老人此时的心情。王氏身穿重孝，拖儿带女，一肚子委屈正无处发泄，这才和老妈妈纷争了几句。事情没等闹僵，老老少少、男男女女，堡子里数不过来的乡亲，全都围望上来了，请老太太坐在炕头上，赶忙地装烟倒水。不这样，老人的疑心还小，这么一来，越发地使她老人家心事重重。

能说会道的，向老人述说夏木匠怎样去给秧子做活，在院中又是如何的得宠，数月之间东与伙之间怎么亲密无间。跟车进县去取木料，半道上遇见了红胡子。一个老板子，三个跟车的，亲眼看见胡匪把木匠错当了掌包的，让木匠把拉车的牲口卸下来，交给他们牵走。木匠不干，胡匪这才给他一枪。老太太不听则已，听了这番话，愈发地增加了心中的疑团。

夏秧子亲自前来向老太太赔话，意思是，夏木匠为给他家办事，舍命丧生，算得是忠臣义仆，他为了报答木匠这节情义，重重地抚恤了遗孤。老太太没听他那些废话，彬彬有礼地和他议论了一些家常。

闲人散后，天色已晚。老人家看西箱盖上的灵牌，覆盖着青纱，灵牌前的条案上，五供俱全，下地来拈起了三炷香。铜炉里香烟袅袅，老太太端坐在供桌旁的椅子上。夏木匠的三个大舅子态度严肃，整顿衣襟，依次到妹夫的灵位前顶礼参拜，先死为大，这就叫依礼吊唁。

王氏领着一双儿女，跪在一旁，面向外还礼。木匠的三个大舅子全都要哭，被老太太制止了，亡人已经入了土，在家里举哀四邻不安。

老太太和女儿带两个孩子住在西屋，王氏的三个哥哥在东屋歇息。

夜静了，妈妈和女儿脸对脸躺在炕上，论说应该打开话匣子了，可现在娘儿两个居然眼睁睁地默默无言。娘怪闺女给她送信送得太晚了，闺女却怪娘接着信，为什么十天头上这才过来。俗话说，人在人情在，嫁出门的女，泼出门的水，对姑爷的生死存亡，总不能像对待儿子那么关心。老妈妈进门来，没赶上亡人出殡，大发雷霆。放着孤儿寡妇不管，单单说她姑爷死得屈，这不叫强词夺理吗？木匠被胡匪枪杀，见证人说得一清二楚。王氏是在寡妇妈妈跟前长大的，她应该知道她的女儿是什么样的品性。夏秧子对我有意不假，可是我二人半点儿瓜葛都没有。我为姑娘的时候，妈就不停地教育我，女孩儿嫁人如白染皂，一生一世得跟人家过到老。我活是夏家人，死是夏家鬼。既然和那秧子毫无牵连，他怎么能够买通土匪，打死我的丈夫，折回来再在我的身上打算盘？还有一说，这夏秧子虽然是堡中唯一的大户，父一辈、子一辈对待穷人并不刻薄。自从我家中出事，左邻右舍，同姓的乡亲没有一个在我面前说过秧子的坏话。人死不能复生，夏秧子所做所为，够东伙的义气。看妈妈进得门来，那一番的气派，很像是得理不让人，要重重地讹人家一下子。母女不隔心，我得用什么话语，劝妈妈改变这个念头呢？

老太太几次动念，要问问闺女，为什么你女婿倒头七八天，才打发人去给我送信？处理这样的飞灾横祸，没有娘家人在场怎么能行？我那苦命的姑爷，幼失双亲，又没有什么兄弟姐妹，一朝身死，有谁是他的亲近人！你和他是夫妻，当然是像你说的，有权发送他，可为娘的愁肠万转，对这件事难解疑团。为给东家办事，死一个长工在财主家里不足为奇。怎么这个夏秧子给你丈夫买柏木的棺材成殓，停放一七，鼓乐喇叭在外，还念了两台经。坟地一亩三分，给款三千五百元，这也显得忒大方了吧。这个夏秧子妈早先没见过，今日相见更使我不能坦然。此人言谈流畅，动作轻浮，与人交谈两只眼闪烁不定。闺女呀，你不知道，逢是财主家在外边的名声越好，他的心越黑、手越辣。

娘儿俩各怀心腹事，尽在不言中。

天亮了，鸡一张嘴，老太太就起了身，一顿早饭没让她闺女动手。饭后打发她的大儿子到街上去，买来了香蜡纸钱，老人要带亡人的三个大舅子，到他的坟前去祭奠祭奠，然后让他们回家去做营生。牛车是借来的，此刻正是大秋时节，得及早还给人家。

老太太让女儿带孩子看家，她领着三个儿子，顺着乡亲们所指的方向，前去祭奠她的姑爷。新坟埋在大路旁，现成的杨树林，宽广何止一亩三分，下葬的时候，是把树林硬砍伐出一条甬路来。十丈方圆的空地，正中央高高隆起一座砖砌的大坟。坟前有墓志、石桌，那通三尺多高的青石碑，雕刻黑字。右一行刻着小字："河北抚宁"，中间一行大字："先父夏清池之墓"，左下角两行小字："孤儿夏双牛、孤女夏大丫树立"。

老太太进前去，摸摸那通石碑，她的三个儿子在石桌上陈放供品，动手焚化纸钱。老人围绕着新坟，转了一周，撩衣襟坐在坟旁，大放悲声。这老人膛音洪亮，数数答答，哭她那去世的姑爷，十分悲切。返回来，老太太让她的三个儿子赶着牛车回家去了，言定，一个月以后叫他们再借辆车，前来接她。

夏木匠的丈母娘，在夏家楼住了整整一个月，她的大儿子又赶着那辆牛车来到了。老太太要走，问她的闺女："是不是可以带着两个孩子跟妈和你哥回娘家去住几天？”姑娘摇头。老太太面沉似水，终于和她的女儿摊开了牌。

实话实说，老人在这里居住一月，什么事情也没看出来，这只能怪自己耳聋眼瞎。关于清池的死，她一直对夏秧子有怀疑，对于亲生的闺女并不是信不着，但老人一语道破：“你这是受了蒙蔽。”如想解开老人心里的疙瘩，只有一个办法，让她闺女做决定，娘儿三个变产搬出夏家楼。

王氏沉着冷静地听完了妈妈说的话，用好言好语作了回答。一个月的时间不算短，她已看透了老人家住下来的用意。亲闺女和亲妈有啥话不能讲，可她有千言万语，全都叫它烂在肚子里。啥叫怀疑夏秧子？明明是你身上掉下来的肉，你也没瞧起。世界上倒是有水性杨花的人，你没想一想，你闺女是不是那种人？你年纪轻轻的时候，领着四个孩子吃糠咽菜，能守寡。你闺女年近三十，领着两个孩子，有吃有穿为什么不能孀居？父子母女都一样，谁若是瞧不起谁，莫如当初不生他，不养他。

娘儿两个临别时又顶了嘴。王老大口拙，坐在一旁，说不能说劝不好劝，只好出屋去，套上了牛车。

事隔一年，娘家来过三回车，王氏的三个哥哥全都来过，要接老妹妹回去住几天。哥哥到家，王氏盛情款待，然后请哥哥空车回去，并奉告老妈，她在这里带着一儿一女，生活得很好，比妈妈守节立志的时候，日子过得周全得多。

娘家来人看得明白，妹夫的灵牌供在西箱盖上，纹丝未动。初一、十五烧香上供，按节令儿祭奠不断。老妹子从男人死后，就把所有彩色的衣服都收起来了，头上的首饰也只限于银簪铁棒，脸上再也不见了胭脂粉儿。

三个哥哥看在眼里，记在心上，回家去一五一十地向老太太述说，老人家付之一笑。

夏王氏要做节烈女，远近闻名，仅是本堡子，就有长者张罗着要在适当的时候，给她立贤孝牌。

这信息传遍四方，夏秧子怎能不知道。自从王氏母女犯争执，老太太一怒而去，他就认为时机来到了。一年当中，托亲靠友，把王氏围困起来，今天送柴、明天送米，过年过节，送成车的东西。但王氏并未过目，便立逼来人拿回去，并且话讲当面；自家男人为他家办事身死，人情、礼法俱都了结了，王氏孤寡之家，不接受别人的馈赠。

其后，王氏觉察到常来常往的姐姐妹妹、婶子大娘，说话唠嗑儿都意在言外，总是给那夏秧子评功摆好。真正是聪明不误，就在她丈夫办周年那一天，当着人客百众，断然下了逐客令。说的是：“我王氏一心守节立志，抚养孤儿孤女长大成人，从此要深居独处，谢绝宾客，寡妇门前是非多，求乡亲们少来打扰，彼此清静。”就这样，王氏母子三人，关门过日子，转眼间又过去多半年。其间，远隔百里的娘家妈又打发她的哥哥们前来探望数次，不过，都是空行来，住一二日便归。

夏秧子消息灵通，他既有誓言在先，不达到目的怎么能罢休。此时和王氏唯一还没有断绝联系的，是她的隔壁同姓的老大妈。这大妈七旬开外，儿女成群，是堡中出名的子孙娘娘，饱经世故，说出话来令人折服。

秋凉时节，这日大妈和王氏闲谈。她凭着满头的白发和长者的善良的心情，当面数说王氏的不是：“你和你亲娘为了一点儿误会，几句话语，这样地攻心斗智，到头来怕你有后悔那一天。夏秧子惦算你非止一日，堡中尽人皆知。我看那夏秧子财大势大，你和一双儿女就这样住在他的眼皮底下，终究是叫人担心。有人说，夏秧子已经扬出风来，如果你要能下嫁与他，到他的家里就能当一品夫人。”

王氏顺口说：“冲他说的这句话，外边盛传的名声就是假的，停妻再娶，那是负心的人。”

这句偶然的闲话，过去还没有十天，夏家楼出了血案。清早起，夏秧子坐在被窝里，摆弄他的撸子枪，枪走火，一颗子弹射进了他老婆的太阳穴。夏大奶奶身穿睡衣，盖着红绫被，一动不动地死在绣着鸳鸯戏水的二人枕上了。

秧子的老丈人，是开原县著名的士绅，为女儿的死和姑爷打起了官司。夏秧子无故杀妻，险些被判徒刑，一场官司整整地打了一年。

夏寡妇王氏女，刚刚给丈夫办罢了三周年。这日黄昏，夏秧子幽灵似的出现在她的面前。两个孩子睡在炕上，王氏坐在灯下，秧子进屋来先告诉她，院门和房门都已经关好了。他很镇静地坐在王氏的对面，慢条斯理地说出一番话来。

三年前，偶然相遇，不晓得王氏对他怎样，他可是一见钟情。繁文缛节姑且不论，他为了发誓要娶王氏为妻，花钱买通土匪，半路上刺杀了夏清池。王氏烦人到娘家去报丧，是他买嘱那人，放缓了脚步。清池死后，村中凡是和王氏打交道的男男女女，都直接间接地花了他的钱。王三家子老太太有见识，从中作梗，这在他意料之中。母女反目，更增添了他志在必得的信心。去年秋天，王氏和隔壁大妈随意说出的那句话，成全他枪崩了那个挡道的人。现在是种因得果的时候了，冒昧前来，问王氏有什么主意。

王氏女比他更沉着，撩起眼皮来，目光一闪，秧子打个冷战。“你自己做的事情，找我来问什么主意？”王氏轻启朱唇，反问一句。

夏秧子遍体生津，从怀里掏出一个信封来，从里面抽出两张写满字迹的纸张，捧送到王氏面前，颤声说：“我认定你是个节烈女，自觉三年来的所做所为，该受天谴。男子汉敢做敢当，没来以前，我已经写下了这封遗书，它是给官府过目的。我做了伤天害理之事，没有脸面去接受官刑，因此私下决定，今晚在你丈夫夏清池的灵牌前自裁。我死后，请你拿这遗书，首告到官府，衙门依照我的遗书，将要拨给你一部分家资，拿这笔钱，再给你立一座贞节牌坊。”秧子说得很认真，顺手儿从衣袋里摸出一年前他动手杀妻的凶器，拨开枪身上的保险，把枪嘴子对准了自己的前额。

就在此时，他见那王氏不慌不忙地从桌子上拿起他那两页写好的所谓遗书，就着灯火焚化了。绝命书变成了一纸祭文，夏秧子喜出望外，撸子枪又回到他的口袋里。耳听王氏说：“你回去吧，明天叫个做媒的来。”

保媒的进门，王氏提出条件：在秧子的院子里，给亡人夏清池修祠堂，成年享祭；女儿夏大丫，王氏不带她过门，三间房屋，七垧土地，给丫头做嫁妆；王氏带双牛下嫁秧子是招夫养子，日后，双牛要承受养父的全部家产。三个条件，夏秧子全部接受，准定这年十月十五日大拜花堂，王氏女就要当上夏秧子的夫人了。

十月初十，鬼节，是上坟填土的日子。清晨早起，一辆牛车停在夏家楼村东的大路旁，已故夏木匠的岳母和他的两个大舅子，正在木匠的坟前焚钱化纸。老太太和两个大舅哥，又面对亡人的坟墓，哭奠了一番。牛车赶进村，村头上的男男女女远远地全都回避了。牛车赶进院子，大丫和双牛跑出去，迎接姥姥和舅舅。王氏女直挺挺地跪在堂屋地上。老太太没进房门，解开蒙头的大手巾，把身上脚上的尘土打扫干净，只一步跨进屋来，在她女儿的右脸上，重重地击了一掌。转身出屋，叫她的儿子，把两个孩子抱上车，老太太要带着外孙子和外孙女立即离开夏家楼。

这叫一掌打断母女情。老人家决定替她的姑爷抚养遗孤，声言等这两个孩子长大以后，替父报仇。

村子里的头面人物，都来全了，说合了一整天，又接着说合了半宿，天亮以前老王太太这才吐口，允许把双牛暂且留下。

牛车载着夏大丫跟着姥姥、舅舅离开了她出生的土地。好心的乡亲们流着眼泪把车辆送到村头。

喜期来到，夏秧子的大院子高搭彩棚，鼓乐喧天，他虽然是续弦再娶，操办得却非凡地热闹。成婚之后，夫妻和谐，如鱼得水，两情相悦，自不待说。

夏木匠的祠堂昼夜施工，不足一个月，就供上了灵牌。王氏初一、十五烧香，三六九日化纸。第二年清明祭祖，听说夏秧子夫妇先给木匠上的坟。秋后，秧子两口子又给木匠操办了四周年，请几台经不知道，但把夏家楼弄了一个和尚、老道、姑子、喇嘛满街走。三里五村一时传遍，夏秧子娶了个寡妇，奉若女皇，那个带户乳子夏双牛，是他家的皇太子。婚后三年，王氏连生二子。来时六岁的双牛，如今已然九岁了。这一天，他在后院的养鱼池畔采摘莲藕，他的后老子走过来，让他加点小心，双牛冲他瞪眼，后老子看左右无人，一脚把他踢到池子里去。双牛养鱼池里丧生，震动了这座巨大宅院。孩子丧命和他亲爹不一样，木匠死，有很多的见证，孩子亡，身旁没有人。谁也不知道他是啥时候掉进去的，捞出来时肚子里已经灌满了水。

夏大奶奶王氏女，死了心爱的双牛，无疑是剜去了心头肉。往墙壁上撞头，自抽了好几十个嘴巴子，一天一夜没奶孩子，七八天水米没打牙。

把双牛埋到夏木匠坟旁去的那一天，秧子下令，辞退了那个负责看管双牛的老妈子。

夏大奶奶连生贵子，给秧子养活第五个儿子的时候，才知道夏木匠的唯一儿子双牛，也死在这个狠心人的手里。

夏大丫跟她的姥姥、舅舅去后，一晃儿八年了，十六岁的孩子，长得出水芙蓉一般。姥姥当家主事，王家的日子越过越好。大丫的表哥、表姐，有几个全都成了丁，男婚女嫁各有营生，老王太太都见到第四辈人了。家里的人口众多，过得可还像一盆火。老太太分外压茬，四五十岁的儿子、儿媳妇，遇有不周全，还是难免受老人的训教。半大小子、半大丫头不听说，最怕奶奶那杆乌木翠嘴儿的大烟袋，犯了错儿，就得挨几烟袋锅子。尽管这样，大大小小对老人家心服。

夏大丫住在王三家子，可不像林黛玉住进那大观园，没人侍候她，也没有她独自居住的屋子。八年如一日，就生活在姥姥的身旁，姥姥疼爱她无微不至，大丫对姥姥也是恪尽孝心。

青草发芽的时候，七十二岁的姥姥忽然得病，这病症跟她的脾气一样不容人，发两天高烧，请来的大夫就推手不给下药了。西医管这个病叫“急性脑膜炎”。舅舅、表哥往来奔跑，紧张地给姥姥操办后事，家里四代人全都衣不解带，在病榻前围望着。几个昼夜，全都熬红了眼睛。老人病危，只能这样默守着，哭不敢哭，问不敢问，屏息静气，连话儿都不能高声地说。古稀之年，家里“老人”，这叫喜丧。亲友们前来看望，都不那么过分地忧伤。这当中只有夏大丫关心姥姥的生死，超过所有的人。

姥姥病后第四天上，下半夜，大丫同情舅母上了年纪，表嫂身边有吃奶的孩子，请她们回房去歇息。她说：“这会儿老人睡得挺安稳，我一个人看守她，天亮你们再过来。”舅母和嫂子向姑娘道劳。夜风吹得窗棂子哗哗地响，大丫挑亮了油灯，姥姥睁开眼，恶狠狠地骂刚走的人两句，拉住了丫头的手。祖孙俩又脸对脸躺在一个枕头上，清清楚楚地谈了一个时辰。

姥姥对她的死并无遗憾。老人家怀着忐忑的心情，一遍又一遍地嘱咐大丫：“姥姥记得素常日你跟我说的那些话，你得在姥姥咽气以前答应我，不能再想着给你爹爹和弟弟报仇。你今年刚刚十六岁，真正的黄花幼女，怎么能够做得出惊天动地的事情来。”大丫告诉姥姥，她已经望空起过誓，决不能让她家的冤情深沉海底，今生今世，不报父仇誓不为人，“有什么姥姥，就有什么外孙女，我不把心愿了结了，对不起你老的在天之灵。”

天亮了，众人又过来伺候，大家看老人的脸面，娇艳如少女。大舅妈哭着说：“老太太回光返照了，大伙儿动手给她穿衣裳吧。”老太太穿好寿衣，停放在灵床上，家人到齐。老人家含笑而逝。临终，右手拉着她的大儿子，左手拉着她的外孙女儿。舅舅流着泪说：“妈妈放心，我们不能错待她。”

老人去世，依礼成服，停灵开吊，七天发引，进入了王家的祖坟。

姥姥出殡以后，夏大丫独占了那间房、那铺炕，白天晚上见物思人，不免地哀痛万状。家里人不断地过来慰问她，直到烧过五七，这才略减哀思。

春暖花开，老王家大小人等各安生理。夏大丫和没出嫁的表姐表妹处在一起，非常融洽，因为她在这里一住八年，跟在自己家里没有区别。

转眼一年，夏大丫长到十七岁。三个舅母的屋里头，往来亲友走动，对这位姑娘，当前背后都是赞不绝口。皆因这孩子，出落得天仙般模样，做一手巧夺天工的女红，人情世故，样样精通，刚强火爆的性格，像她的姥姥。就这样逐渐地，从夸奖她、赞美她，发展到试图要给她提媒。可是这种事，把那三个舅母吓得摇头摆手。老太太过世这么几天，咱就张罗着给姑娘找婆家，这是多余人家咋的？大舅听说了，不像妇女的见识，姑娘十七八，应当择配，耽误了孩子的青春，对不起老太太。

大舅妈慎重，赶机会试探姑娘的口气，姑娘大大方方地同意舅舅和舅母的主张，“姥姥已经去世了，我住在王家形同客旅，迟早也得有个归宿。但有一件，舅舅、舅母要给我找婆家，我可得对相对看。”从此，老王家前来保媒的不断，一春一夏直到深秋，夏大丫相看了十几个男人。内中有少财东、阔秧子，有在奉天省政府当差的文官、督军衙门里的武将，最终都是一个结果，不行。媒婆儿暗地里传说，这姑娘择配，有个条件，她的未婚夫，需得帮助她申雪一项不白之冤，然后才能成礼。求婚的知难而退。

上大冻以后，刚下过头场雪，这天傍晚，柴河下游赶来两辆四套马的大车。车辆全都搭着挎，上面高高地圈着粪簾子，里面装着冻结的青鱼。头辆车赶进老王家的院子，大家一愣，二辆车没等进院，早被当家的王老大迎头截住。正当此时，跟车的从车上扶下一个人来，这个人身材高大，皮衣皮帽穿戴阔气，一下车就躺在雪地上，哼咳不止。跟车的说，这是“永兴堡”富户老段家当家的，往城里拉送青鱼，走在道上一时困倦，从车上栽下来，两条腿全都轧折了。现在就要关城门，车辆不能再往前走，左近没有店房，想把车辆、牲口在王家寄存一宿，明日早行。几个跟车的得把当家的抬进城去，赶快扎咕。

王老大稍一迟疑，旋听那个跟车的说：“我们院里的大车，常坐你家的摆渡船，人不认识这几匹牲口你准也眼熟。”这时节，王二、王三也从屋里出来了，哥儿三个商量一回，感觉“永兴堡”这门大户，还算交得，拒不收留，让人家看咱摆船的太嘎咕，要落个见死不救的名声。

掌鞭的院里卸车，五个跟车的把王家仓房的一扇门板卸下来，车上有现成的棉被，把他们当家的围裹起来，放在门板上，又从车上解下两条绳子，抽出两根木杠，着急忙慌，四个人把当家的抬起来，一个人跟在身后，急匆匆地够奔铁岭县城。

两个赶车的，从车上取下木槽子，支起来喂牲口，嘴里不停地说些个客气话。在院中找了一个大簸箕，“哗啦哗啦”，往老王家的堂屋，倒了五六簸箕四五斤重的大青鱼。

王家备饭，两个老板子盛夸王氏三兄弟够外场，是交友的人。

一夜之间，两个赶车的睡在王家专门待客的那间屋子里，起来添草拌料，没住消停。天亮以后，王老大又请那两个赶车的用早饭，但他们在院里磨磨蹭蹭地不肯进屋。

忽听远处几声枪响，昨晚那个被轧折双腿的当家的，箭打一般冲进院来，身后紧紧跟定那五个随从。他们手提短枪，脊背上都缠着包裹，进院来打了一个旋儿，那两个在这里侍弄牲口的伙计，比他们来得快，早已动手敞开了车上的粪帘子，“哗啦啦”，冻鱼散落满地，两辆车厢里露出八付鲜艳夺目的鞍韂来。呼吸之间，八匹马全都备好，八条汉子在院子里就全都蹿上了马背，呼哨一声，蜂拥飞出了院门。

城里的巡警和保安队，徒步赶来，搜索到王家的院子里。发现异状，盘问一回，才知道拂晓在县城里抢劫“永恒官银号”的胡匪，从这里骑上快马，此刻已经远扬百里之外了。

王老大当场上绑，被带到县里去，从此身陷囹圄。

哥哥抓进衙门摊官司，两兄弟急得团团转。贫穷人家没门子没窗户，又拿不出钱财来去打点官差。真是闷在家中坐，祸从天上来。“我王家受这样的不白之冤，有谁来替咱们开脱？”想到难心处，王二、王三兄弟俩抱头痛哭，接着又互相埋怨起来。怨那天晚上，天格外地黑，怨一家大小爱小便宜，怨睡觉的时候，没偷偷听那两个赶车的都唠些什么，怨哥儿仨全都瞎了眼，庄稼院儿哪有用八匹马拉两辆大车出门的。埋怨到最后一家子都哭起来了，老太太不死，出不了这桩事。

事过三天，夏大丫正睡在正房西屋，姥姥活着住的那铺南炕上。大半夜的，咔吧一声，北窗户被人拉开，一只包裹直丢到炕上来。大丫被那响声惊醒，刚想呼叫，窗户又照原样关闭了。丫头从小胆就大，她点着了油灯，打开那个包裹，惊呆了。里面是成沓的钞票，一张小小的纸条儿，上面寥寥地写着几个字，大意是，请王二、王三动用这笔现款，给他哥了结官司。大丫不识字，可马上就意识到，这是胡匪送来的钱。第二天早晨，她不动声色地把这个包袱偷偷地交到他二舅的手中，大丫知道，二舅比三舅精细。

一个月之后，家中在半夜里又跳墙进来三个人，轻车熟路地到王二住屋的窗前，唤醒了他。来者正是那个作案的当家的，他来问问老大的官司打得怎么样了，临走，又扔下一笔钱。王老大的官司打了八个月，才获得释放。全家人除了孩子都知道，两次到他家来送款的胡子头儿，名唤张二德，这个人十分义气，恩怨分明。

这一天格外地炎热，头半夜大人孩子在前庭后院纳凉，全无睡意，后半夜才见凉爽，大伙儿拖儿带女进屋去，很快地都坠入梦乡。

匪首张二德，拨开他家的院门，第三次来到老王家。

这一回，大丫的三个舅舅，在他家接待客人的那间屋子里，悄悄地和来人会面，王氏三兄弟说了无数的外场话。张二德只是淡淡地表示，事情已经过去，这是他最后一次前来表示歉意，从此天各一方，张二德不能再拖累老王家重遭不幸。

匪首起身告辞，被夏大丫堵着门拦住。张二德愕然止步，灯光下重新审视这个想见而不得再见的妙龄少女。他第一次到王家来送钱，地理不熟，误认为正房西侧居住的定是他家的主事人。打开窗户，屋子里昏暗，盲目地投进了那个包裹，关上窗户，再透过窗棂的缝隙，所见就是眼前的这个闺女，正在灯下从容地检查包中的物品，她不惊不怕，把那包袱收起来熄灯就寝。二德狐疑不定，离开了王宅。第二次，命小匪提前踩探，标明四至，这才又来与王二深夜交谈。先查问上次送款，王二收到的数额与包内放置的分厘不差。顺便地打听一下，那女孩儿是何人，弄清之后，也就罢了。今晚，她又忽然在这不应该出现的地方露了面，张二德一时费解。“姑娘，你拦住我的去路，所为何故？”二德倒退半步，惊异地问道。

“我是个无父无母的孤儿，要跟着你们去当胡子。”夏大丫挺着胸脯说。

“奇了，绿林道有的是好汉英雄，容不得像你这样的小女子。”二德躬着身子，耐心解释。

“我有血海深仇，等着我亲身去报。”夏大丫厉声言道。

二德一怔，回身坐在椅子上，咔吧一声那把椅子折断了一条腿。匪首落座，夏大丫逼上来两步，焦急地说：“请你答应，马上就带着我走，到你的绺子上去。”

“姑娘，打家劫舍、杀人越货，不是女孩子干的事情。”二德正容道。

“穆桂英、樊梨花、梁红玉、花木兰，不是男人胜似男人，你怎么能断定，在她们以外，没有后来的人。”大丫慷慨地说。

张二德默然无话，半晌言道：“张二德轰轰烈烈闯荡江湖，我与你非亲非故，今晚，仅凭你几句言辞，便接引你落草为寇，久后，会让绿林道耻笑于我。”夏大丫扑地跪倒，朗言道：“我认你干爹，从现在起，你是大贼，我是小盗，我随你去当胡子，砍头流血，碎骨粉身，死无怨言，但有一件，我加帮之后，得让我手报亲仇。”张二德欠身离座，仰面大笑：“罢了，罢了，我收下你这个干闺女，赶快起来，跟老子上路。”

三个舅舅急泪交流，慌忙地过来拦阻，这丫头说出一片话来，使她的三个舅舅张口结舌。

回溯老王太太死后，孤女夏大丫悲伤哀痛自不必说。反想自己，来到王三家子八年之久，虽然说在姥姥面前疼爱得如掌上明珠，要星星不给月亮，可是王家的表姊妹、表兄弟成群，吃喝穿戴总是胜人一筹，姥姥、舅舅都以为这是理所当然，别人可就不认同了。三个舅母在老人面前全会卖糖，背地里溜鼻子扯眼儿，嘀嘀咕咕。年幼的孩子看在眼里记在心上，但自己无法摆脱那样的处境。十岁头上，身量和智慧同样地增长，便主动和舅母、表姐、表妹们亲近。学针线、下厨房，炕上一把剪子，地下一把刀，也都学会了使用。十二三岁，屋里屋外做家务活，差不多就能顶个成人了。白天晚上抢活做，和一家大小个个都合得来。特别是在姥姥面前，好话多说，闲言不讲，成年累月总是息事宁人。这样子，才在老人身故前，在王家落一个好待承。

想当初，丧父离母，那悲惨的分别之日，世界上谁见过。两对母女，同时断舍亲情。姥姥当众说得对，我大丫不要他夏秧子的一针一线，孤女不花血腥钱。双牛只是暂时寄放在那个财主家，过三过五，我就要派人接回去。回到王三家子五年整，七八次派三个舅舅先后到夏家楼去接双牛。可叹那几个舅舅，临走的时候，全都是怒气冲冲，回来的时候，态度一变，替妹子说话，向老人讨饶。双牛在那里生活得很好，老人家何必太认真，虎毒不吃子，老妹妹一步走错，也得允许她改过自新。老太太高声大骂："我把你们这群柴河沿儿上的鱼鳖虾蟹，一碗凉水早就让我看到了底。我让你们去接孩子，空车回来，又向我花言巧语。这是拿你妹夫一家的仇恨换钱花了。"

舅舅们当场叫屈。过几天发现他们屋里的孩子，戴上了手镯儿，穿上了花衣裳。说是孩子姥姥家给的，可孩子姥姥家的孩子全都光着腚，哪来的闲钱儿补笊篱。姥姥查问一番，又是一顿大骂。最使姥姥忍无可忍，同时也让大丫伤透了心的，是弟弟双牛死后三年，姥姥才在外边听说。家里的舅舅舅母，牙丝口缝儿也没提过。这回可大发了，老人回来大闹一场。三个舅舅都被打得胖头肿脸，三个舅母像朝山似的一步一跪跟着老人，哀声叩求。老人砸锅又摔了碗，抓把明火就要点房子，最终气得她一病半年。

姥姥病愈，试想带着大丫到衙门去喊冤告状。可这件事耳闻未曾目睹，望风捕影，苦的是毫无见证。丫头劝姥姥，冤各有头，债各有主，替父亲和弟弟报仇，责任应当落在我的身上，姥姥点头。这才在临终的时候，祖孙两个面对面说出那么一番话来。

老人下世，夏大丫虽然是愁肠万转，可她早已横下了一条心。舅舅、舅母张罗给她提媒，正对了她的心思。择配经年，引起大丫一阵冷笑，这条道看来是行不通的。

张二德子夜送款，偏巧投掷在大丫的房中。丫头虽然是熄灯就寝，可天亮前没合眼睛，她敬佩这种江湖人，什么叫风尘侠女呀，那就是当胡子。今夜，匪首张二德三顾老王家，听他和三个舅舅谈话，表明今日一去不能再来。夏大丫这才不得已抛头露面，把心里话言讲在匪首的跟前。

三个舅舅要劝阻，丫头没客气，当着匪首张二德的面，数说了舅舅们对她的亏情。

匪首听个大概，义愤填膺，手指眼前这三个摆船的，轻鄙地言道："你们是一群乌鸦，今日彩凤要伴随大鹏展翅高飞，我看你们也无颜拦挡。"言下，站起身来，拉起他干闺女的手迈步出屋。

村子里一阵狗咬，张二德已领着夏大丫进入了村外的松林，二小匪在这里牵着马匹，已经候等多时了。匪首张二德和他新收下的义女夏大丫，一马双跨，回转山寨。

第十章

夏大丫初到万宝山，匪首张二德把她安置在背靠石窟的一座新建的楼房里。当时，千佛寺满目疮痍，殿堂廊厦坍塌殆尽，人马进山，走的是在悬崖上新修的栈道。二德把他的义女托付给守山的头目们，就带领着他的四梁八柱，下山去做买卖。这时光正是胡匪“砸孤丁”“抠响窑儿”“绑架肉票”的好季节。

大丫独住在一座空旷的石楼里，床帐俱全，还有几件简陋的陈设。二德临行，指派一名老匪服侍她。饮食上应有尽有，讲穿戴，箱子、柜子里有的是软稍儿衣裳，不愿意穿现成的，有成匹的绸子、缎子可以拿来自己裁做。

万宝山是一处风景胜地，山光水色妖娆无比，烦闷时推开窗户便是漫山百鸟的鸣唱。一方清水池塘，莲叶田田，僻静的好地方。闺女沐浴更衣，好不心旷神怡。高山大川，飞泉瀑布，巨石生险，猛兽徘徊，真是一步一胜景，一步一层天。

两个守山头目，监督喽啰们在兴修寨栅，一早一晚过来给少当家的请安。躬身施礼，问暖问寒，又严厉地吆喝那伺候少当家的老匪，小心谨慎，不许有半点不周全。

夏大丫来到山寨半个月，养尊处优，不同她在王三家子寄人篱下的生活。服侍她的老匪名叫刘二，加帮为匪已经多年了，皆因年老力衰，不能再驰骋沙场，当家的这才让他看守山寨。夏大丫管他叫大伯，吓得那老匪抖衣而战。“震西天”大柜帮规紧，尊卑上下最分明，小弟兄如果不听头目的调遣，要受到最严厉的处罚。他请少当家的念他年岁大，有吩咐的时候，喊他一声“老刘”就行了。

大丫看这座石楼里，枪刀器械挂了一满墙，问刘二会不会用，刘二点头。于是她就求刘二在楼前的空地上教她放枪，练习射击。她又问刘二会不会骑马，刘二说，他半辈子身未离鞍。大丫又叫他牵来一匹马，跟着他习练乘骑。

老匪刘二武艺高超，骑术精湛，少当家的又是习学刻苦，一时间打枪骑马全都学得差不多，这时当家的返回山寨来了。

灯下父女说闲话，二德只是问闺女，饮食起居呀，在山寨里习惯不习惯啊，老刘二服侍得周全不周全等一些家常话。

姑娘半天没回答，但止不住的泪水却像那断线的珍珠掉了下来。大丫亲爹死得早，干爹到底不知道女儿的心。"我不顾清白，跟你上山当胡匪，牙对牙、口对口有话在先，你把我撂在山寨，几个月的工夫不闻也不问，不晓得您是咋想的？"

干爹也是半晌没言语，心想我张二德终究没有错看了人，这丫头到底是有骨气，我认可担点风险，也得保全江湖上的信义二字，必须成全她去手报亲仇。二德返回山寨，守山的头目和他一见面，就把姑娘数月间在山上的表现，原原本本向当家的报告了。她和刘二习练枪马，学习帮规，极其刻苦，并且大有长进。别看这闺女容貌姣好，体态窈窕，但性情暴烈，悟性极强，是绿林道里的虫儿。二德听罢，非常高兴。

天高气爽，阵阵西风。没过几天，当家的就在议事厅上大摆宴筵，召集大柜上的炮头、水箱、先生，到席的头目，也够二三十名。

席上，当家的首先言明，咱大柜夏季的买卖，做得还算顺手，这顿便宴大家喝的是庆功酒。目下秋成，大显神通的时候到了。他起身给弟兄们斟上了一巡酒，恳切地说："今日，二德有一事和众家兄弟相商，秋后出师，我打算到铁岭县夏家楼，去做第一趟买卖。这可是个响窑儿，不能好抠。然而，不入虎穴，焉得虎子，舍不出孩子套不住狼，打下夏家楼，那是一笔饱财。这里头，我不说大家也明白，命中的冤孽，是在王三家子收下了这么一个干闺女，她和夏秧子有灭门的仇恨。丫头一个头给我磕在地下，我这个当干老子的，也不能在孩子面前言而无信。"

"当家的令出如山，何用和我们商议，你老说哪天下山，啥时候动手，我们就是舍弃了这把生灵骨，也准定能抠开他这座夏家楼。"炮头率先说。

众人一致赞成，别无二话。

席散，张二德回转后山的石楼，看大丫正在门前张望，见二德回转来，见面就问："爹，商量得怎么样了？"

"你先去照照镜子，瞧瞧你那副小模样儿都急成了什么样子。"二德笑呵呵地说。大丫拽住干爹的一只大手，贴在自己的脸颊上，眼里流出了感激的泪水。

仲秋时节，“震西天”大柜全班人马下了万宝山。临行，张二德命令守山的头目拆除栈道，封冻之前，大队不能回山。往来联系，走山中的暗道。狡兔三窟，大股的帮匪，不会只有一个落脚之处。

张二德匪帮奔袭夏家楼，时间定在八月十五当夜。

秋风送爽，皓月当空，大地上的庄稼已经全都割倒了，人们都在村子里欢庆团圆，大家小户还全都敞开门窗，赏月闲谈。

人马先是隐蔽在远离夏家楼十里之遥的密松林里。黄昏过后，第三批派出去的探子，返回来报告，夏秧子的宅院，现下就已全都关门上了锁。开镰前后，他院子里增雇了十名炮手，当下这个窑儿里光炮手就有二十多名，长短枪三十余支，另外，还有两门老母猪炮。

匪徒听见报告，都有些震惊，但匪首张二德心中有数，他在这次回山之前，早知道夏秧子有准备。因为他在王三家子居住的那三个大舅子，在大丫和他们决裂之后，不可能不到夏家楼来送这份人情。大丈夫立身行事，讲的是无所畏惧。事到临头，大丫偎依在义父的身边，却也是忐忑不安。

张二德目光炯炯，环视了一下周围，沉着地下达了强攻夏家楼的命令。

成百匹的坐骑，山崩海啸般冲出松林，踏上了直扑夏家楼的路径。夏大丫骑的是她干爹给她精选的那匹又稳又快的马，十里途程，这孩子竟从马背上跌下来六次。当家的断后，每次都是他跳下马来，扶他的义女再跨上征鞍。大当家的少当家的来到夏家楼的村边，前方已经打响了。

今晚发生的是一场惨烈的大搏斗。夏秧子家里新来旧有的共二十余名炮手，都是久经阵仗、看家护院的老内行。人马来得再快，也没有他们的眼睛快、枪子儿快。石头垒砌的大炮台，西南西北各一座，月光之下，瞬息之间吐出了吃人的火舌。两座炮台交叉火力还不算，老母猪炮也“呼咚咚”地助威，冲在队伍最前面的匪徒，纷纷落马。

炮头和几个得力的头目，早已经纵马靠近了他家的围墙。胡匪训练出来的坐马，有独特的技能，它在行近围墙的时候，立即把身子横过来，贴着墙壁站定，马上人脚踏鞍桥，纵身之间，可就翻到墙里去了。

“震西天”大柜，无愧于他的威名，几个先锋官都没栽在夏秧子的院门外。他们进了院子，用短枪、匕首和护院的展开了白刃战，干掉了几个炮手之后，迫使剩余的缴械投降，从门里头砍开了巨锁，让大队人马一拥而入。

当家的进院来，命喽啰把院里的男女老幼通通地上绑，查点人数，共计三十二口。

雪亮的月光，照耀得如同白昼。匪徒从车棚里拖出两辆大车，摘去了长短套和辕马家什，两扇磨盘分别压住了两辆大车的后辕子，这两辆光秃秃的空车，并排着像是四门高射炮。夏秧子和他的老婆被拖过来解开绳索，分左右高吊在冲天的车辕子上。

当家的微笑着，看看他的干闺女。大丫正愣呵呵地瞧看那个一言不发的夏秧子和那个三魂出窍、七魄犹存的亲娘。

二匪徒一个提来半桶洋油、一个挟来两捆秫秸，放在车前。

“闺女，你的两个仇人都在眼前，进前去问明他们的口供，方好处置。”张二德和蔼地对大丫说。“爹，你去问问他们吧。”夏大丫抖着嘴唇说。

张二德轻步来到夏秧子的切近，一点儿也不横，用商量的口吻对他说：“夏秧子，年齐月尽了，知道你也是个称爷报号的，把你以往对夏木匠一家的所做所为，述说一遍吧。”秧子沉着一张脸，紧咬着牙关不允也不哼。

当家的一挥手，二匪徒把洋油泼在一捆秫秸上，划火点着了。像往灶坑里填柴火那样，把那捆从头上点着的秫秸送到秧子的脚下。烈火熊熊，秧子的鞋和袜首先燃着了，当火焰引着他长衫的时候，一匪徒手拿着柳条子，替他打火，让那火势平和，慢慢地烧烤。眼看秧子的两条小腿和大腿全都烧焦了，他居然经住了这一场真正的“烤问”。

“启禀当家的，这小子断气了。”动刑的匪徒打着千儿说。

张二德掏手巾擦擦额上的汗，看看另一捆浇了油还没点火的秫秸，从牙缝里迸出几个字来：“点着它。再烤问那个娘儿们。”

明火刚放在王氏的足下，就听她震天动地地呼喊起来了：“大丫，大丫，大丫……”此时，她就是一迭连声地呼叫女儿。看她的鞋帮刚刚起火，夏大丫一个箭步窜过去，踢开了那捆秫秸。

说时迟，那时快，月光下、院子里，所有伫立观望的人都惊愕地看到了，一个长大的身影，来到夏大丫的跟前，粗壮的马鞭子搂头盖脑抽了下来。少当家的就被这根马鞭子，横三竖四打了个就地十八滚。当家的手里的这根鞭子，匪徒们全都知道，这是一把特别的凶器，牛皮条缠裹着钢筋，制成以后像一条双尾蛇，打人的时候，钢筋从鞭梢上吐出来，就能伤筋断骨，这叫二龙吐须的马鞭子，霸道得很。

当家的鞭挞义女，众匪徒一旁观望，无人敢拦。忽然门外飞身走来一个放哨的，他擅离职守，冲开行列，挺身进前。这个人身材魁伟，破衣烂衫，胡须满面，丧失了一只左眼，猛抬手擎住了当家的腕子，两个较劲的工夫，听他说："当家的，杀人杀个死，救人救个活，你一顿鞭子把她打死，日后绿林道有人要笑话你，做事情虎头蛇尾，有始无终。"

二德挥泪说："为她报私仇，今日一战，战死了我的炮头、三个头目和好几个弟兄。事到临头，这该死的丫头要打退堂鼓，这不是要活活气死我吗？我今天打死她，回报弟兄们的亡灵，她的仇我替她报。"

张二德推开那个独眼大盗，扬鞭又要打，高吊着的王氏尖声呼喊："住手！"

二德停下鞭子，走过去。那王氏说，别难为她闺女，她把夏秧子害死夏木匠父子的始末情由，如实地供出来。

当家的回身，把大丫从地上拽起来，这时车前已经围满了人。

众匪徒很有次序地站在外圈，当家的父女二人和王氏面对面，听她一字一句地述说了以往的实情。王氏把话说完，闭上了眼睛。夏大丫略退半步，抽出了短枪。义父拦住她，命匪徒把夏秧子和王氏卸下来。

在深宅内院，早有几个弟兄遵照当家的命令，在正房门前的院子里，埋好了八根一人多高的桩橛。这桩橛一字形等距离排开，上面已经提前绑好了六个人。左侧一个是个穿戴华丽的瘦小的老太婆，她是秧子的母亲，右侧五人是挨肩儿的五个胖娃娃，空闲的两根桩子是给夏秧子和王氏预备的。匪徒们把秧子和王氏从外院拖进来，登时绑在那两根桩子上。此时夏秧子已然苏醒，看见眼前的场面，照旧是未发一言。

匪徒东西两侧，站在厢房的台阶上。夏大丫就在那正房的房门外，跪在尘埃，望空一拜，口中念道："我那苦命的爹呀，屈死的兄弟双牛儿，今天大丫给你们报仇了。"

夏大丫起立，脚底下没根，一匪徒慌忙过来搀扶，被她甩开了。她大踏步来到夏秧子的面前，抬起持枪的右手，叭叭两响，击碎了仇人的头颅，旋见那王氏满面乌黑，闪烁着一对亮晶晶的眼睛，露出口中雪白的牙齿，鬼怪般嘻嘻地傻笑。

夏大丫怒上心头，骂一声："贱货！"枪声连响，三发匣枪子弹，穿透了王氏的胸膛。

大丫连毙二命，精神大振，侧身观看那个老太婆，一喽啰脱口说："这个老东西已死多时了。”“怎么死的？”少当家的厉声问道。“大概是吓死的。”匪徒回话。

大丫转向右侧，刚想拔步，那个适才在外院出现的独目大盗，迎面而来，他单手打千儿，乞求的口吻说：“少当家的，把那几个娃娃赏给我们配付壮胆药吧。”

少当家的不懂，茫然点头。

大盗说声“谢”，两名喽啰端来了一盆清水、一只木盘，盘子里盛放着牛耳尖刀。

至于那几个娃娃，死前如何的号叫，没人细听。张二德领着他的义女，走进了背后宽敞的上房屋。明灯高挑，南北炕陈列着奇形怪状、血肉模糊的八具匪尸。这里包括大柜上的一名炮头、三个头目、四个弟兄。受伤的十来个同伴，战斗结束的时候，当家的就命人把他们抬走，找适当的地方医治去了。

桌案上放着一只斗，里面装的是高粱。当家的点燃了一封香，插在斗内，推金山、倒玉柱，率带着他的闺女夏大丫，顶礼参拜。当家的声如巨雷，对死者哭奠了一番，其动作非常迅速。起身出屋，命匪徒清点西厢房里的俘虏。做活的、长短工一律释放，单把那被俘的十四名炮手，拉到院子里来，当场枪决。

响窑抠开以后，当家的对众匪早有严密的分工。这时辰，夏秧子宅院里头所有的贵重物品都已经搜刮殆尽，打上了箱笼包裹。猪群、羊群、牛群第一批被赶走，大骡子、大马集中起来拴在外院，背上绑好了驮架，就等着往上装东西了。

张二德监督喽啰，把战利品通通上了驮子，前厅后院又转了一周，折回来，随随便便地在口中发出了两个字的命令：“点火。”

胡匪帮离开夏家楼，已达四十余里。这时，天将破晓，呼呼地刮起了西南风。遥见那一带，熊熊的大火，还在继续燃烧，半边天全都染红了。后来听说，这把火把夏家楼几乎烧成了一片白地，一场恶斗死伤人命达四十余口。

“震西天”匪帮在攻打夏家楼以前把大柜安置在远离夏家楼八十里的黑山屯，凡是不宜于参加战斗的人员，都停留在这里。出击队伍返回来，绺子上的留守人员迎接到村头上，随即摆宴祝捷。先生就是匪帮的军师，和几个留守的头目，陪得胜归来的当家的和弟兄们吃酒。水箱也就是后勤兼军需官了，正在一个大院里摊开账簿，登记抢劫来的物资。按帮规，凡抢来的物品都要登记造册，以便来日分红。登记完毕，立即交由得力的头目，率带一部分弟兄，用罢酒饭立刻动身，押送几十匹骡驮垛子返回山寨。一路回山的有十几副担架，抬的是在这次攻打夏家楼的战斗中负伤的勇士。走在最前面的一副担架，上面躺卧着少当家的夏大丫，她伤势很重，已经走不了路了。

夏大丫回归山寨调治鞭伤。时近深秋，她周身的创伤溃烂，流脓淌血，痛苦异常。昼夜服侍她的还是那个老匪刘二。

不知何种原因，“震西天”率带他的绺子，上冻以后，从万宝山的东南，划到万宝山的西北。在柳条沟附近的荒山里碰见了赵大吃。绺子上的先生都会推八门、算灵卦，悄悄地告诉当家的，咱万宝山，地脉灵奇，就是缺一个镇山的神物，把此人弄上山去，大吉大利。当家的点头，这才施展手段，把他们母子诓上山来。

送大吃母子上山的头目，到病榻前给少当家的请安，特意告诉她，大当家的给您从山下弄来一个老婆子，把刘二替换下去，让她伺候您。

几天以后，少当家的才把大吃的母亲叫去问话。

夏大丫身在难中好像遇见了亲人，赵妈妈瞧见这个闺女，也觉得投缘。为此，决定和儿子留在山寨，不走了。大丫认二德义父，那是情逼无奈。这回，要认赵妈妈做她的干娘，可是出于至诚，老太太推辞再三，最后点头。从此二人母女相称，老太太服侍她十分尽心。

阴历年底，“震西天”回山歇马，又是满载而归。一个冬天，源源不断地往山上输送利物，眼瞧着这座山寨兴隆起来了。

二德回山，见义女身体渐渐复原，也是欣喜万分，特别对赵妈妈尊敬如长。山寨上上下下也都对大吃另眼看待，他那高大的身躯，由于饮食不缺，更加肥壮起来了。

屈指算来，总有半年之久，大吃住在山寨，无事可做，只是到处游逛。他把这座万宝山，全都逛遍了，有不明白的地方，就向熟悉本山历史的人打听打听，逐渐地，他也就成了此处的山神爷、地理仙。

这座万宝山、千佛寺，很有来历。远在盛唐时节，薛礼征东平复了辽东的地面，朝廷依照当年秦始皇划定的版图，在现今的东北建立了行政区。当时，佛教盛行，有一位得道的高僧云游至此，看这万宝山十分壮丽、气象万千，遂呈报地方官批准，用一笔募化来的巨款，在山顶上开凿了一座石窟。这座石窟内里能容纳五百人，老禅师雇佣能工巧匠，在石壁上雕刻了数百尊佛像。工成之后，又在山顶建造一座寺院，取名“千佛寺”。大雄宝殿的右侧，还修了一座藏经的宝塔。寺院建成之后，香火旺盛，香客们朝山来的路径，四通八达。朝代更迭，庙上的香火未绝。

明朝初年，这一方发生了一次强烈地震，地裂山崩，又引起了一场巨大的洪水。从此，山川改貌，有人想进山来，全无路径了。殿宇坍塌，不在话下，单说那一座玲珑宝塔，竟齐根儿栽进了深谷。浩劫过后，万宝山周围数百里不见人烟，千佛寺的僧众，也就全都星散了。

清王朝历经二百余载，开初不准汉族人向关外迁移。这一带始终是蛮荒一片，近百年才在离山很远的地方，有开荒动土的农民，逐渐地形成了一些村落。

从前朝到民国，官府多次变动行政区划，因为万宝山地处三个县的交界点，且因此处人口稀少，三个县都不承认这是他们的管辖区，于是人们就称这里是“三不管”。东来的大道，被这片乱山拦阻，须得打这里折向正南和正北。早年，远行的客商行经此处，就认为已经到了天涯地极，由此山下那一座小小的村落，外地人给它起了个名字，叫“西天边”。

国之将兴，常见祯祥；国之将亡，必出妖孽。清王朝接近覆灭的时候，就在爱新觉罗氏发迹的地方东北三省，兴起了红胡子，又叫马匪，一时成风，朝廷束手无策。

民国以来，军阀割据，混战了多年。东三省兵匪不分，越发助长了这个风气。先当胡子，后当兵，胡子头儿摇身一变，就是将军、元帅、督军、司令，弄好了就能当皇上。

匪首张二德原本是膏粱子弟，民国初年还做过一任县长，皆因他的脾气暴躁，得罪了上司衙门，一显要的官员与他作对，使他罢职丢了官。二德一怒，杀掉了那仇人的满门老小，当然二德的家也让人家给灭了。他孑然一身，落草为寇，拉起帮儿来。

二德的绺子逐年扩大，偶然地流窜到“西天边”，看万宝山地势险要，动议要抢占这座高山，做他的巢穴。这时，在这座山顶上，正居住着一伙贼和尚。不知哪一年，千佛寺苦修的一群僧人，被几个云游至此硬要在庙上挂单的出家人给杀害了。这几个野和尚霸占了寺院以后，又从山南海北网罗了一些同道，扩大了势力范围。这群贼秃豪横得很，声称万宝山百里方圆，都是千佛寺的庙产。山林果木，可耕耘的土地，都归他们管辖。乡民进山去采樵、行猎，都要给他们拿孝敬。春天卖木料，秋天卖果木，要向在四周开荒种地的农民征收租粮。这群假和尚就这样在这里坐享清福。

若仅如此，倒也罢了。近年来，眼见这群和尚，静极思动，渐渐地胆大妄为起来。先在山顶、山凹几处平坦的地方，开荒数十垧，种上了鸦片。又因收入日丰，怕胡匪抢劫，从山下买来了枪支弹药装备起来，守护这座高山。出家人拿起武器来，三规五戒可就抛在了脑后。先是下山来欺压百姓，勒索乡民，紧接着就干起抢男霸女的勾当来了。强迫男人上山去跟着他们当和尚，霸占民女，他们管那叫“栽菩提”。新栽的“菩提树”居然还结了几颗“菩提子”——白白胖胖的“小秃驴”。和尚在供佛的石窟里面堆粮草，山前山后修炮台，又凭着山上的八大险，开凿了几条暗道相互通连，抽冷子下山就干坏事，跑回山去，就没人敢去追赶。

山下的百姓，也曾经联名去告过状，三个县的衙门全不管。

张二德来到“西天边”，决定要跟这群和尚处邻居。他先把大队人马全遣散了，只留下少数的老弱残兵、破车瘦马，在山下砍伐树木，拉运砂石，动手修建寨栅。这边操持修营垒，暗地里派出个头目，率带喽啰在山场周围打转转。未出三日，收到效果，抓来了一个贼头贼脑的秃和尚。当家的把他翻来覆去盘问了一下晌，到夜晚关在一间空屋里，两个看守在半夜到隔壁去耍钱，把这个俘虏故意放跑了。

第二天，山上的和尚公开下山来打胡匪，这就叫调虎离高山。

一时间，当家的预先布置的四面埋伏全部出动，刀锋枪口指向一颗颗秃头，真正是砍瓜切菜一般。死的丢下不管，立逼抓住那些活的头前带路，冲上高山。张二德匪帮一举攻破了千佛寺，绺子从此有了营盘。这一回，庙上的贼秃可全都杀净了，但知道根底的人报告说，有几个腿快的，终究还是跑掉了。经过一番搜查，发现石窟里有一条隧道直通后山，几个和尚就是从这里逃跑的。

二德占定了千佛寺，做出长远的规划。指挥喽啰，紧靠石窟修建了一座坚固的楼房。这座楼，通体是用石块垒成的，上八间、下八间，门窗都打造了铁穿条。石窟里那原有的隧道全部堵死，另挖了一条通后山，这叫螳螂捕蝉预防黄雀在后。

新建的这座石楼，门窗上锁后，就是一座炮台。背后的石窟又宽又大，里面能容纳数百之众，加上山势险、兵力强，如此摆布，山寨的防务就是固若金汤了。尽管如此，张二德还是把前山原有的三条暗道完全毁掉了。利用山上的八大险，另修了一条狭窄的密径。绺子要上山下山，大队人马不能通行。当家的手画蓝图，沿着悬崖峭壁，修造了一条活动的栈道，这栈道，钢钩挂定、铁索围栏，人马过后立即拆除。

山上的八大险各有其名：

一叫“挡风墙”，陡峭得如同镜面，长宽数里；二叫“绝命涧”，水流湍急像放箭一般，深不见底；三叫“螃蟹沟”，石笋纵横有如剑林；四叫“老虎嘴”，突出处像个老虎头，攀着下巴能爬上去，但够不着上嘴唇，人站在虎口内，上下不够天；五叫“毒龙洞”，进去宽敞无比，有路逐渐下行，越走脚下越滑，最后跌进万丈深渊；六叫“来世见”，一山劈作两半，下面是万丈深渊；七叫“上天梯”，循阶登攀，数到四十九磴时，一磴一空，恃强往上走，会摔个粉身碎骨；八叫“鬼见愁”，就是那座石楼，此处峰峦重叠，鸟兽不能靠前。

张二德自比作鲲游沧海，得山寨恰似那展翅的大鹏。他自从劫了“官银号”，志得意满，福至心灵，战无不胜，攻无不取，财运亨通。大丈夫恩怨分明，到王三家子两次送款，第三次表达了江湖义气，报罢了欠下的亏情。英雄收义女，火烧夏家楼，在江湖上传得沸沸扬扬，“震西天”的名号愈发地响亮了。

夏大丫报了杀父之仇、灭门之恨，但落了个体无完肤。回山调治，哭坏了老匪刘二。姑娘跟我习枪练马，为的是亲报父仇，所以才咬定了牙根。可未承想，行军的路上连番落马，她这是把马上的功夫看轻了。怪我当初没告诉她要当胡子心就得狠，这一行讲的就是人吃人。你要报仇就得把生死置之度外才行，亘古以来要报仇都得记住四个字，就是“血债血还”。如今，这丫头挨了一顿鞭子，没想到伤得这样重，都怨刘二没把绺子当中的一些事情、规矩跟孩子说清楚。

这老刘二也是穷苦人出身，今年都快六十岁了，早年当过前清的马兵，又当了民国的大兵，一辈子行武，没有个结果，最后加帮为匪，上了万宝山。刘二一辈子无儿无女，所以格外地怜惜这个女徒弟夏大丫。

春风送暖，万物复苏，一片欣欣向荣之景。刘二的精心照护，让夏大丫伤势逐渐痊愈了。这孩子刚刚能支撑着在山前山后走动，便立逼着刘二给她牵出马来。打这以后，无论刮风下雨，清晨早起，大家伙儿总见她站在石楼前，先练拳脚跳跃，接着就纫镫上马，顺着盘山道，驰骋一个时辰。白天打靶，虽然已经练得百发百中了，但到夜晚，她还要在山冈上横插一排香头，演练夜战的本事。

老刘二陪着姑娘练习本领。赵大吃此时正好有事干，山寨上正在大兴土木，修建营盘。上梁时，不论人多人少，赵大吃站在梁柁底下，双手一擎，房架子就全都进了铆。裂石开山，得动用钢钎子，工地上所有的锤头，大吃拎起来，都嫌它们的分量轻。千斤巨石好几个人搬不动，赵大吃一根撬杠，就把它拨弄到指定的地方。四个人扛抬的圆木，一时供不上了，巨人夹起一根来，行走如风。就这样，很快地把一座山寨，修建得铁打一般。

夏天，大当家的下山去做了几趟买卖，秋成返回来，看山上人欢马壮，又张罗着带绺子下山了。

十六间石楼，到夜晚门窗上锁，里面只住着三口人，大当家的住楼下，少当家的和那位伴随她的干妈住在楼上。这天掌灯以后，张二德在房中看书，定更后，招呼他的义女夏大丫下楼来，这是火烧夏家楼回山以后，第一次父女二人在灯下叙话。

大丫给义父请安、落座，屏息静气地候等良久，才听二德说："闺女呀，你的仇也报了，伤也好了，咱父女的一番因果也该当完结了。为替你报仇，折耗了我的四梁八柱，可我也让你皮肉受了苦。当时打你，显得心肠是狠了点，可咱父女在江湖上落下个好名声。你在西，我在东，咱爷俩凭的就是这个义字，做了这一番的举动。现在，恩怨可以抵销了，我给你预备一笔钱，送你下山去，远走他乡。孩子你要是运气好，年纪轻轻，不愁荣华富贵，他年咱父女也许还有相见的那一天。"

夏大丫低头垂泪，缓缓地说："爹，你识文断字，当过县长，大丫可是屯堡人。我为报父仇曾经打算找婆家，让个男人帮我洗冤。好不错的和我面对面相看有十来个，可他们都不犯担风险，还是你这个义父，帮女儿申冤雪了恨。王三家子动身以前，我把话说得明白，先报父仇，而后我要当个真正的胡匪。如今，我报了父仇，抽身就走，人们会说我没良心。你要顾全咱父女之义，带我下趟山，我要给咱山寨立下点汗马功劳。"

张二德一阵呵呵地笑，笑罢说道："孩子，你的志气可嘉，怕的是心有余而力不足，弱不禁风的小身板，当不了真正的胡子。"

夏大丫勃然变色，起身说："你不带我出寨，我也照旧能下山，明日我就匹马出去闯一闯。"张二德知道这孩子的脾气秉性，只得答应带她下山去。

少当家的随绺子下高山，选乘了一匹白龙马。从此，在松辽平原上，就出现了这个穿青衣、骑白马的女强盗。打家劫舍，砸孤丁，抠响窑，一应战事她总是抢在队伍的最前面，匪徒们都佩服她高超的骑术和弹不虚发的好枪法。胡匪出行，白马大盗总是走在最前面，后面跟着众马匪，行经山僻小路，远看就像一条长龙。当家的因事不在绺子内，这少当家的便是群龙之首。夏大丫下山不满三个月，江湖上就给她喝号叫"一条龙"。

"一条龙"勇冠三军，遇事沉着机智，应变有方，多次让"震西天"大柜自愧不如，经常把队伍交给她带，而每一回都能旗开得胜，马到功成。

夏大丫纵横江湖，没多久便远近闻名了。土豪劣绅听见她的名字就吓得亡魂丧胆。穷苦的老百姓管她叫“白马将军”“活菩萨”“救命星”。夏大丫的买卖遵循一条死令，就叫“杀富济贫”。

“一条龙”出马在三年头上，“震西天”大柜宣布她为山寨的二大王，内部称呼叫二当家的，也就是当了张二德的副手。“一条龙”带绺子下山，所向无敌。张二德为了不丢他“震西天”的名气，常率带少数的悍匪潜入城镇，做大泡的买卖，抓横财，绑架肉票。

“震西天”大柜无比兴通，竟至惊动了奉天城的元帅府，张大帅几次打算派兵剿灭这支匪帮，但一时抽不出兵力来，要扫平万宝山、千佛寺，一旅之师怕也难以成功。于是便派员和大柜取得联系，前来招安。

二德心动，“一条龙”谢绝了来使。当官差不如当胡匪，胡匪能给穷苦人撑腰，官差是穷人的对头，既然为匪就是一命货了，活着痛快，死也洒脱。透过这桩事，山寨的匪徒们逐渐地看出来，两位当家的，见识不一样。

刘二曾对她说，大当家的出身富贵，又做过朝廷的命官，行出事来和咱们穷人不一样。强攻夏家楼，他只要能有父女的情义，不致使你受这样的重伤，他对你下毒手，为的是沽名钓誉。夏家楼一战，这里边有文章，他是有意要重新换一茬四梁八柱，才驱使炮头和那几个头目去猛打猛冲。他为你报仇是正经，但看他所用的手段，未免太残忍了。以后要做什么事情，可得有主张啊。

刘二不说这番话，大丫心里也明白，张二德是个文武双全的奇男子，胆略过人，豪气凌空，但他言行狡诈，确实是意狠心毒，从上山没跟他说过几回话，可听得出他是个独夫。夏大丫躺在床上心里想，我为报冤仇，甘心情愿来爬刀山、下火海，不是人家把我诓来的、逼来的。现在我已然雪了灭门的恨，还管什么人家是啥样的人。乍下高山她就骑白马，心里想的是，白马目标大，冲锋陷阵容易透骨穿胸，早点死在战场上，也算我大丫知恩不忘报，光明磊落地了此一生。这姑娘心情矛盾，只求快死，不知道，古往今来的战场上，不死大英雄。可半年以后，她可就打消这个念头了。夏大丫出身贫寒，从心底里怜惜穷苦人。此刻她身为匪首，大权在握，所以绺子一进了山沟子，她就把抢来的资财随意地分散给穷人。

这里实在是太穷了，偶然遇见个老头儿，听他说一岁离娘就吃马奶，到老没出过山沟子，当地没有的东西，他是啥也没见过、没吃过。身上有一件穿了二十多年的破棉袄，一条单裤补了十三层，他四十岁娶妻没生子，过彩礼管财主借的钱六十岁上没还完。

当初穷苦人携家带眷进了山沟，挥镢头、淌汗水，开出山荒，原想亘古荒山没有主，在这儿种地，一准不拿租粮。哪承想，新粮刚上场，就来了当差的。按你所开的熟荒地来收花销，这笔钱有名目，叫“开垦捐”。连种上二年，心想捐钱比地租子少，倒能活命，谁知土豪又派人来收地租子，同时拿出了凭证，叫“地文书”，至于地文书怎么来的，那就不是你管的事了。

穷人在山沟里要是生了病，这地方可是从来就没有医生大夫，腰铃裙子、太平鼓，除了大神还有二神。杀猪上供、宰公鸡，香蜡纸锞在外，还得扯几丈红布，遮上房舍。一番折腾，病好没好不管，一年辛苦一场空。请来的大神、二神，城里人管他叫巫医，这种人专门在老百姓生重病的时候，才能显出威风来。因为穷人得病轻的时候，绝对不肯治，病势危笃才去请大神。大神来了先要有个排场，大酒大肉先坐上席再说。村里人像看大戏一样，等着巫医“排神”。“排神”又叫“扳竿子”，黑夜闹到天明。如此这般，病人要是活了，他说你有阳寿，要是死了，他说是命该归阴。

光腚穷，穷死人，大人孩子都没衣服，光着身子，老太太坐在炕上，围块破布，十七八的闺女没裤子穿。“一条龙”率部进了山村，有时候就夹着包袱串门，挨家送些青蓝布，为的是让乡亲们能穿上衣裳。还见着这么一户，老少七八口人，家中穷得没饭碗，用葫芦瓢舀粥喝，当家的看着心酸，马上送去了锅碗瓢盆。

沃土之乡多有富户，可贫瘠的山沟里却净住着穷人。“一条龙”看在眼里记在心里，这红胡子倒也不白当，不是可以借此救全穷苦的乡亲们吗，想到这，心胸倒坦然起来。

这一年，冬天算总账，二当家的收入除了施舍和分红以外，还余下数万元之多。义父义女，再一次在灯下叙话。张二德很有礼貌地说：“闺女，你走马出山，已经三年了，作为一个女人，名满江湖，让人服气。当爹的不说亏心的话，现在，你‘一条龙’的名声，超过了‘震西天’，我看你人小心大，够得上巾帼英雄。张作霖打发人来招降，我不知道你为什么不同意，事情过去了，我也没责备你。可我不知道你是怎么想的，是不是想当一辈子的胡匪？你现在年岁还小，对将来是个什么打算？”

大丫微笑着没言语。二德接着说：“贵人语话迟。三年来，我倒从你身上，学到些人情世故。为人都是父母所生，张二德也不是木雕泥塑，古人说，兵不厌诈，明哲保身，我知道你怨我心太狠、手太辣。可你也许还不知道，干咱们这个没本的生意，要想讲仁义礼智信，一分钟都不能活。”

大丫还是没言语。接听张二德说：“你刚过二十岁，谁给你的黑主意？我和你终究是义父和义女，今天我跟你把话挑明白，你欠张二德的人情，到现在就算是彻底还清，到急流勇退的时候了。我劝你马上离开山寨，别再跟我干这舍命的营生，在关外你要觉得不好混，进了关，就没人认识你‘一条龙’了。”

夏大丫听到这里，才不慌不忙地启齿言道：“当真人不说假话，我尽管憋着一肚子怨气，可我打牙往肚里咽。一个穷人家的闺女能懂得什么？多少知道点事情，那也是姥姥教给我的。我姥爷是个石匠，我跟你说过，只因这个石匠心灵手巧，十五岁就能刻碑文。他没读过书，却识得几个字，列国志、东西汉、说唐、水浒、红楼、西游……全都能通本。姥姥听他讲今比古，学了见识，也就说古论今地教育了我。”

夏大丫口气平和，神情庄重接着说：“大丫年岁小，但懂得人不能忘恩负义，在我伤好之后，只想随帮为匪，报了你的恩情之后，便了却此生。没承想，出马三年整，让山里那些穷苦人拴住了我的心，我觉得能为大家伙做些个事情，就不算白活，当初想快死，现在倒不忍心去死了。

“你今天这一军，将得好，到底是个爽直的硬汉。我不是给你难堪，有一件事情我不明白。咱二人义父义女，本是正当的名分，子承父业，你是大当家的，我是少当家的。可你硬让我坐了山寨的第二把交椅，给我和你平起平坐的权力，既然是平打江山，如今为何又要挤我出山寨？江湖人义气为重，最后我只想说一句话，你别拿大丫当小孩子，我知道，老虎嘴里吐不出脆骨来，你想什么就直说，还非得要我小女子开口不成？”

张二德面红过耳。这件事过去没几天，二德求赵妈妈做了媒人。大丫提出来三个条件：婚姻之事不能公开，她不上头、不祭祖、不拜天地，永远也不宣布她是压寨的夫人；夏大丫这个名字叫到底，因为这是姥姥给她起的；大丫和二德，平打江山平掌权，不许张二德独断专行。重订帮规，要加上几条：加帮自愿，来去听便，论功行赏，按例分赃，绝不准任意杀人。

张二德一概应允下来。

二匪首就这样在万宝山结成百年之好。全山的喽啰嘴里不说，心中钦佩，“一条龙”是个英雄。

成亲之后，夏大丫有个奇妙的想法，她把自己的生命规定在三十岁上。在这短短的时间里，她要多杀像夏秧子一样的富豪强梁，广济贫苦，干出点惊天动地的事情来。

张二德的想法和夏大丫不一样。他一比张作霖，二比吴佩孚，三比张宗昌，四比汤玉麟。又说孙传芳，又说韩复榘，又说石友三，又说蒋介石。讲罢了金田起义，又叙说闯王进京。总之，他要平地登云，做个大人物指点江山。

婚后一年，二德要领大丫出去见见世面，春三月，夫妻下了山。两口子游历了大连、奉天、营口、安东、宽城子、哈尔滨，都是些繁华之地。两口子逛够了东北的城市，搭车入关，来到北京城。此时这里正是东北军的势力范围，只要是东北人就吃得开。这一对贵人，腰缠巨金，住进了豪华饭店。先是游玩名胜古迹，接着进了商店和市场，张二德一走一过，夏大丫可是留上了心。此处藏珍聚宝，多有价值连城的东西，一串珍珠价值万金，古董玩器更是价格惊人，帝王身佩的一块玉，盛在木匣里的几本旧书，居然都索价数千元。夏大丫想到家乡那些土财主，倾家荡产到这里，买不起一张象牙床。她决定弄点值钱的东西变卖了，拿回山里，周济那些穷掉了底的乡亲们。

在北京城作案，比在关外当胡匪省事，只用枪，不用马。北京城的巨绅富贾，不认识这两位不速之客，就是听说了也未免糊涂，什么叫“震西天”？“一条龙”怎么讲？可他们认识枪嘴子，准知道撞上就没命。关东城的两个胡子头，就这样突如其来地在北京作开了案。他们抢劫了多次，得到了诸多的金银珍宝之后，并没有返回关外，而是又到天津，又去青岛。张二德为匪以前，走南闯北，各地的情形了然于胸。

夏大丫虽是贫家女，但聪明绝顶，在大都市作案显露出她还是一个天资聪颖的好演员。早晨是一位摩登妙龄的娇小姐，晚上又成了一位雍容华贵的少夫人。到了南京是东北军的阔太太，移到上海，又变成了西北军某要人的小星。张二德有时是老爷，有时是听差，有时是随从办事的亲友。一两个月的时间，夫妻羁留在上海滩，出入十里洋场，没有暴露形藏。在此处不但销赃，并且还作了几回大案，一切顺风。未求进，先思退，两个人离开上海，到了广州，又去趟香港，把一笔巨款，存入了瑞士银行。

回来的路上，夫妻俩畅游长江三峡。至此，夏大丫一洗小儿女情态，胸怀开阔，意气风发。经过几个月的耳闻目睹，增长了许多的见识。此时，南方正处在国共合作大举北伐之际。夏大丫听说了湖南、江西的穷苦人兴起了打土豪分田地，便无数次地向张二德打听共产党的事情，非常感兴趣，但张二德对共产党这套不以为然。大丫不识字不能读书、看报，只能听他说了。

在南方，尚是草木葱茏，到河北，看到却是秋季的风光，及到回归了山寨，这里已经下了头场雪。二寨主离山数月，手下人并没闲着，多次下山做买卖，也总是大开利市。四梁八柱大摆宴席，给二位当家的洗尘接风，山寨上热闹了好几天。

一条龙回山之后，不像从前那样郁郁寡欢了。带绺子下山，剪除恶霸，周济贫寒，比先前更加的有手段、有作为，行事上也更加的磊落大方。

张二德为匪多年，总结出一条经验，关外的财主动产不多，抢劫他的浮物，收益有限，最实在的办法就是绑架肉票儿。由此，几年来已经在绺子上培养了一批精明强干的伙计，跟着他专干这个营生。

山上的罗汉堂，传说是在明朝修建的，里面曾供奉木雕的佛像五百零八尊。匪帮进山的时候，这座建筑已然倒坍朽坏，当家的命令把那些断臂残肢的木罗汉全都烧了火，重修房舍，在这里招待“财神”，就是那些绑来的肉票儿。

近几年，赵大吃负责看守罗汉堂，因为这是个十分重要的职守。在他接管罗汉堂之前，发生过被关押的肉票儿串通看守，许以重金，然后一起逃走的事情。再有遇见咬牙的土财主，舍命不舍财，千方百计地行凶闹事，有的还会自杀寻短见。大吃接手以后，他人大心细，真就没再发生过什么意外的事情。

看管肉票儿，确实不是个轻闲的活计。这里面小孩子居多，有的格外调皮，从早到晚，总得哄着抱着，吃东西挑肥拣瘦，咸淡硬烂差一点也不行。有的孩子被绑来以后，隔些日子还得照个相片，给他家里邮去，孩子瘦了不行。赶上肉票儿生病，那得尽心地照料，因为他一命呜呼，大柜就得折耗一笔巨款。

罗汉堂宽绰，专有小财神玩耍的地场，并且还预备了各样的玩具。赵大吃高大粗笨的形体，特别招孩子们的好奇和喜爱，而大吃也是格外地稀罕小孩子。有的孩子来山寨一住几个月，家里拿钱把他赎回去的时候，常常哭着闹着，舍不得离开大吃和罗汉堂，赵大吃也为此淌过莫名其妙的眼泪。

赵大吃讲说“一条龙”，费了好长的时间。说到这儿的时候，几个在炕上午睡的孩子，先后爬起来，围绕在大吃的身旁，这个要吃的，那个要喝的。一时间巨人的腿上、肩上、背上，坐着爬着一大群花团锦簇的胖娃娃。

孩子们打断了赵大吃的话，沈万才感觉他的话还没有说完。大吃匆忙中讲了几句，大意是，“一条龙”近年来已经被张二德软化了，她已同意和二德走招安这条路了。

东北军势派虽大，但和其他的军阀一样，还是不放女官。设若招安，显然没有“一条龙”的位置。但她有个设想，二德当个堂堂正正的武官，她要帮助他扩大权势。张作霖算狗屁，一朝权在手，便把令来行，张二德如能统领雄兵，建功立业，焉知道就不能坐天下？真有那么一天，“一条龙”就能救助更多的贫苦乡亲了。

赵大吃说的是真情，在沈万才来到万宝山之前，张二德就下山去了，到奉天城元帅府去接洽招安。眼下，不独本寨的人马，山下还有十几个绺子，要随同“震西天”和“一条龙”接受招安。这里面包括了奉界出名的大帮头:“江北”“青山”“元字”“大龙”“李平推”“王金甲”“邹三关”等等。

赵大吃说到这里，面露戚容，深憾他的老娘命薄福浅，在她的干闺女就要走旺运的时候，今年春天染病去世了，遗骨埋葬在万宝山。

第十一章

沈万才住在罗汉堂养伤，一晃半个月。这天，赵大吃又提来一个包裹，打开来，里面是新鞋新袜、粗布和细布的衣裳，这是他特意为万才寻来的，万才这才随意挑选了几件穿戴起来。不一会儿，来个白须白发、身板硬朗的老头儿，经大吃介绍，知道他就是那个当马兵出身的刘二，目前，已经是山寨叫得响的大总管了。

刘二带领沈万才走进后山的石楼，跨进门槛，耳目一新。刷金描银的棚顶，提花镶边的地毯，座钟、挂表、古玩、字画，各式各样的摆设琳瑯满目、闪闪放光，真真称得起是金碧辉煌。

透过一人多高的玻璃砖大镜子，见门外一匪徒挑起了珠帘，口唱道："当家的下楼来了。"

香风袭处，来了那位天上人。"一条龙"坐在靠椅上，沈万才向她施礼，她似乎没看见，只是很亲切地从头到脚审视这个青年。她让万才落座，刘二一旁相陪，小匪端着托盘，送进三碗茶来。那茶盅是墨绿色的，微微荡动的水波下，可见碗底的潜龙。

"我给你送去的衣裳，为什么没穿？"当家的冷然问道。

"我从来没穿过绸缎，那玩意儿穿在身上不好受。"万才回答说。

"你今年多大了？"

"二十。"

"我弟弟双牛要是活着，年岁跟他差不多。"当家的自言自语地说。

"你家里的事，赵大吃跟我讲过，我佩服你，阔了还没忘了穷人。"万才顺口说。刘二白他一眼，怪他有点不懂礼貌。当家的没介意，低头沉思了半晌，抬头问道:“你年纪轻轻，为什么要来当胡子?”

“杀了人，惹了祸，不当胡子没路走。”

“你可以远避他乡，一走了事嘛。”

“在远处无亲无故，没有投奔。”

“要什么投奔，自己干点啥营生不能活下去。”

“我除了种庄稼、耍手艺，别的不会。”

“做个小本生意，现学也来得及。”

“打耗子还得个油脂捻儿呢，我身上一个钱没有，来山寨的路上，白吃人家几个烧饼子。”

当家的一笑，郑重地说:“我给你拿笔钱，再派人把你送到远处去，到那里开个小买卖，娶媳妇成家，别当胡子了。”

“你的钱是哪来的?我拿胡匪的钱去做生意，那不是跟当胡子一样吗?”

当家的一震，接着说:“捡来黄金随市卖，钱是我抢的，给了你，你不能受连累。”“这叫贼吃贼更肥。”一言出口，沈万才忍俊不禁。“你为什么总是要笑?”当家的厉声问道。

“我看你到底是个女人，有点见识浅。”万才不慌不忙地说。当家的显然被他激怒了，习惯地探手入怀，“这你得给我说明白，我咋叫见识浅，你说得有理，还罢了，说得无理，我叫你出不了这间屋子。”

沈万才并没怕她，回答道:“说一千，道一万，染缸房倒不出白布来。既要卖，头朝外，胡子也是人当的，沈万才是条汉子，不能向别人求施舍、告哀怜。”

当家的听了他这片话，桃花粉面飞起了一片红霞，半嗔半喜地说:“看起来，你这颗生杏子还真不好摘。”当场命令刘二:“你再给我收个大徒弟，百日之内，得把他教出手，到时候不见高低上下，拿你是问。”老刘二站起身来，躬身回说:“小的遵命。”

刘二这回收徒弟，不敢马虎了。眼看着身旁的这个俊小伙子心里格外地喜欢，下决心把自己平生的本领认真地教给他。

学骑马，先得选良驹，师徒进了山寨的大马棚，刘二牵出了一匹烈性的鞑子马，降得烈马，才能成为好骑手。骑马也得苦练硬功夫，快和慢往往决定着生死和胜负，临敌应战，先到一刻，那叫打了头阵，晚行一步，往往就丧了性命。骑快马的一个重要要领是，未曾上马，先抽它一鞭子，让空驹冲出去几步远，然后，蹿上马背，再加上一鞭，这样烈马才能抢在前面。大队行进的时候，遇见埋伏的敌兵就得下马作战，由此，神速的滚鞍就必须过得硬。冲越封锁线，就需要在马上作战了，这又得学会镫里藏身。同时还要练就左右撇都能自如放枪的射击本领。当骑兵离不开马刀，使马刀的招数也要掌握得纯熟。

学使枪，先练步枪，步枪威力大，射程远。二点成一线，讲的是稳、准、狠。

刘二领万才走进枪房子，让他认识了林林总总的枪械：哪是步枪，哪是马枪，啥叫大盖子，啥叫套筒子，哪个是奉天造的，哪种是太原造的，哪种是汉阳造的。撸子、匣子、水连珠、七星子、六轮子、张嘴等、腰别子。什么枪使什么子弹，各种枪使法不同，脾气也各不一样。是枪都能打死人，但使唤不好不顶烧火棍。使步枪要上线，使手枪得练巧劲，凭着臂力和眼力，要做到得心应手，枪响见物。使短枪关键是速度，有时胜败只差半秒。

使用枪支得会保养，能拆能卸，必要的时候还得会配件，当胡子和当兵一样，枪就是命。坐下马，更得格外爱护它，马通人性，好马能救主，它和人不同的只是不会说话。

会放枪，会骑马，不等于就会作战。战场上相遇，片刻之间就得明了敌情。投入战斗之前，要选择地形，地形确定了，地物更要紧。临战时，得沉着冷静，注意掩体和射击目标。当胡子的，不必懂得“操典”，但必须讲实战。通常说，人家官兵是狸猫，咱们胡匪是耗子，但耗子能耐大，也能制服猫。当年五鼠闹东京，曾经把御猫囚禁在悬空岛、通天窟。民国以来，大耗子都变猫了。张作霖这只猫，现在硬是制服不了张二德这只鼠，一早一晚，这只鼠也许要领着咱们去大闹奉天城。

师父要教好徒弟，桩桩件件都不能含糊。沈万才白天习枪马，夜晚听刘二给他讲帮规。所谓绿林好汉，必须遵守七不抢、八不夺的帮规，但这也得分遇见什么茬口。比如咱们大柜侵占千佛寺，杀了那群贼和尚，不但不算违反帮规，相反的倒在江湖上大显了威名。

当胡子的得学说黑话，这也是前辈人吃亏上当，总结出来的办法。拿吃饭来说，刁恶的财主，听说胡子要吃什么饭，就会偷偷地往食物里下毒，或制作同样的食品，搁上毒药，以假乱真。死了人学了乖，所以，咱们管包饺子叫“漂瓤子”，吃烙饼叫“翻张子”，吃面条叫“挑龙儿”。

绺子派人出动打探，返回来有黑话，为的是保守机密。比如前方有军队，叫“列子”，有巡警叫“狗子”，有民团叫“苞米花子”，有外国兵叫“浑跳儿”。述说敌人的装备，汽车队叫“洋房子”，铁甲车叫“滚笼儿”，机关枪叫“碎嘴子”，各种炮通称“大嗓儿”。派人出动哨探一个村庄，见此处外表不错，内里没有多少钱财，折回来说上一句：“一片好水无鱼。”

匪帮多忌讳，打死了叫“仰壳儿”，受伤叫“挂彩”，伤害人命叫“摊横梁子”，逃跑撤退都叫“划”，这个词当然是从水盗那里移植过来的。

沈万才学艺眨眼三个月，离出徒的日期近了。这一天，绺子上的炮头上山来，当家的命他考考这个新手。演武场上，经刘二介绍，万才认识了这个早已闻名但尚未会面的英雄。此人就是数年前绺子奇袭夏家楼，那个生吃人心的独目大盗，号称单眼炮赵二愣。他在年幼时与人角斗，扎瞎了左眼。这只眼成全他，加帮以来，一直是出名的神枪手。又因秉性忠直，经当家的考验多年，并在战场上屡建奇功，这才提拔他担任了这个重要的职务。

炮头回山以前，早已听说当家的新近又认下了一个干兄弟，山寨上流言不少。今日相见，单从仪表上看，就使他大吃一惊，这真是个魁伟英俊的小伙儿，不怨二当家的把他相中了。

炮头为了执行匪首的命令，却也敷衍了事地比划比划，让万才压了一趟马，使了一回长枪和短枪。考试当中，有一个小项目使炮头大为震惊，就是绺子上近年来刚刚学会的玩意儿，投掷手榴弹。这个新手把它使用得十分到家，他连撇了三颗，又远又准，颗颗命中目标。炮头夸奖不已，万才笑道：“没啥可夸的，这不过是我小时候淘气，总好‘打拍’‘扔坑儿’，手眼上有点锻炼。”

“二愣子，你可不能小瞧这个年轻人，他适才骑马打枪，都没使真功夫，我亲自教习他三个月，敢说他身上现有的能耐，咱山寨的几个大头目不一定比他高到哪去。”老刘二一旁言道。炮头这才认真起来，顺手从腰里扯出一把长瞄匣子，交到万才手中，沈万才接枪在手，平伸臂膀开了三枪，全都击中了靶心。

炮头叫好，手拉着沈万才去见当家的。老刘二心满意足地舒了一口气，心里却说，我刘二又亲手培养了一个杀人的魔君。

入秋，“一条龙”要率部下山，照例杀猪宰羊，吃喝三天。只是这位当家的最近几年把绺子上的老规矩改了不少，动身以前，不烧香、不祭神、不推八门、不爻卦。原来的“先生”，现在变成真正的管账先生了。

当家的调兵遣将，安排就绪，百忙中，身后总跟着那个老刘二，破裤子缠腿，请求当家的把他那新教的徒弟沈万才带下山去历练历练，因为那个小伙子磨得他实在没办法。

出发的前一天晚上，"一条龙"把沈万才第二次叫进石楼，很苦恼地对他说："我知道你是一条血性汉子，说出话来也肝胆照人。我心里的话本不想跟你说，怪我也是爽直脾气，就直说了罢。自从你来到山寨，我见你的长相极像我那已故的父亲，又听说你是个木匠，就更贴谱了，我爹就是木匠。由此让我想起我那苦命的兄弟来了，他要活着应该就是你这个样子——模样、年岁，我看你就像见到了双牛。你伤好之后，我劝你不要为匪，那是出于至诚，可你的几句回话使我觉得，你这个人不好说服。我限刘二百日之内教你出手，并不是要带你下山，我另有主意，现在也一并告诉你。我男人下山去联络招降的事情，早晚回来就有定论。你年纪轻轻，家世清白，当胡子没有好下场，我打算在二德回来以后，招安事成，提拔你跟着他去当一名军官。"

沈万才听罢了她的话，回言道："你这么一说，总算是打开了我心里的闷葫芦，对我的关照，万才感谢了。不过，我还要向你请求，这回下山一定要带着我。请原谅，我说几句直肠子话，你好心好意替我摆出来的道儿，姓沈的不能走。提起奉军军官来，那是我的杀兄仇人，兄仇未报，我绝不能去干那个行当。在山寨坐吃享受，那就跟骂我一样，听大吃说，当初你出手的时候，张二德也不带你下山，你是怎么说的？"沈万才最后这句话，问得"一条龙"无言对答。她沉吟良久，眼角上微露泪痕，终于应允带万才下山。

寨外，又搭上了行军的栈道，队伍鱼贯向山下移动，拖拖拉拉行进了好几个时辰。

当家的最后动身，由炮头赵二愣陪同，踏上了栈道。沈万才手牵着还是他骑来的那匹黄骠马，肋插双枪，也都是自家之物。这不是山寨小气，而是他自己要这样做。启程之前，老刘二早已给他选好了枪和马，但万才不用，他要拿自己的本钱去做买卖。

队伍在"西天边"集合，阵势非常雄壮，匪帮列队在大路旁，接受当家的检阅。他们和正规军不同的仅仅是没有旗号。绺子浩浩荡荡地出发了，头一天在一个山村里歇马，次日拂晓，便马不停蹄地赶起路来。

炮头赵二愣带一支人马率先行进，先和大队保持一定的距离，半个时辰之后，就把大队甩在后边了。沈万才随帮行动，行经几股岔道，发现这个队伍逐渐地缩小，正午时分，看看身前身后，已然不超过三五十乘骑。

他和"一条龙"有时一先一后，有时并马而行。当家的告诉他，咱们胡匪和官兵不同，大股行动，容易暴露目标，遭到围剿。万才点头，心想，这件事老刘头可没教给我。

前面闪出一个村落，展望间来到近前，参差的房舍，柴门全部大敞着，眼见一群穿戴破烂的老老少少，都恭候在路边，来迎接这位白马将军。当家的端坐马上，一群穷苦乡民围过来，有的鞠躬、有的作揖，还有的就跪在马前，七嘴八舌，说的全是感恩戴德的话。内中有个老太太，牵着“一条龙”的衣襟，泪流满面：“活菩萨，一年多没到我们这里来了，快下马进屋歇歇吧。”另一少妇，口中恩人长恩人短地叫个不停，也是哭着请“一条龙”下马。

当家的说：“谢谢你们的好意，我着急赶路，要到前边镇甸上去打尖，不能停留了。”她顺手从马身上的钱褡子里，掏出一把现大洋，递给一个老者，让他分给全村人，然后扬鞭上路。

人马加快速度往前赶，眼瞧着前面便是一个大镇甸。蜿蜒起伏的围子墙，碉堡、炮台看得很清楚，周围都圈着铁丝网，出入口挖了断绝沟，沟上有吊桥，平平地搭在沟沿上。坚固的栅栏门大敞着，有几个保甲队坐在门旁，悠闲地抽烟、喝茶、下棋。

队伍里冲出去一匹快马，越过吊桥，来到那几个保甲队的跟前，暴喝一声：“我们当家的到了，你们咋不摆队迎接？”下棋的保甲队推开棋盘懒懒地说：“你们人过去三伙了，迎接当家的是头头脑脑的事情，姑奶奶‘一条龙’不怪罪我们穷小子。”那个人的话音未落，“一条龙”已经策马来到他的面前，那人慌忙请安，当家的白他一眼，骂声：“兵痞。”说着率带从人进了镇。

这个镇甸不算小，好几条街道四通八达，买卖铺商也有几百家。正阳街上，商家们远远地望见当家的乘骑的那匹白龙马，便把预备好的鞭炮放响了。街道两旁，站立着迎候多时的商民，长长的铺着台布的桌案上，摆放着点心、水果、茶水和香烟。

商会门前，站着一群阔绅士，其中有镇长、会长、联保主任、保甲队长、财东老板等等镇里的头面人物。秋老虎，晌午头子也挺热，人群里有的擦汗，有的也不知是渴还是饿的，直劲舔嘴唇儿。

当家的下马，众人都过来见礼。镇长恭恭敬敬地笑着说：“当家的下山，怎么没早点给我们知会，匆匆忙忙一时实在是备办不齐，‘得意楼’草草地备了点便饭，求当家的赏光。”

“一条龙”沉着脸儿，在头前走，问那个联保主任：“这一气儿，你们镇上还有没有仗势欺人、压榨穷人的事情？”

联保主任满嘴说些个拜年话，和众人陪当家的走进“得意楼”。

几个头目跟进来了，喽啰们自动自觉地在门前停下步，留两个站岗，其余的都到路边的长桌上去吃点心。进门时，沈万才也不知道该进不该进，“一条龙”拉他一把，这才跟进去。丰盛的宴席预备了七八桌，进来吃饭的胡匪只有十来个。镇长、会长陪当家的吃饭，嘴丫子流油，心里打哆嗦，耳中听教训：“你们终朝每日，脑满肠肥地只顾大吃二喝，方才我在大路上看这里要饭的还是不少，往后，心里得有点数，有钱的享福，也别让穷人活活饿死。”众豪绅有的刚把一只鸡腿拿起来，慌忙放下，有的一个丸子刚填到嘴里，又吐出来了，一齐站起来诺诺连声。

沈万才第一个吃完饭，站在窗前向街上望一望，看见一群保甲正和红胡子坐在一起，吃喝谈唠呢。

此地为什么对胡匪帮这样恭敬？保甲队和红胡子本来是冤家对头，可在一起吃喝谈唠就像亲弟兄呢？因着这儿离山寨不很远，最近几年，早已让大柜给征平复了。当地的绅商已然和大柜立下协约，定期给山寨拿孝敬，但这有别于给国家纳钱粮，大小户一齐摊。给山寨送的孝敬，专门就找几大户。万宝山周围，有这样的镇甸数十处。几年来，有的被征服，有的被镇服，全都和山寨建立了这种特殊的关系。

财主商人不瞎眼，他们结伙巴结“震西天”大柜，内里有原因。这叫有四个眼睛的不交两个眼睛的。俗话说，能填城门、不填水洞，背靠大树得阴凉。万宝山这两位当家的，威震绿林道，山寨地势险要，人马上千，左右几股小绺子全都仰他们的鼻息，由此和万宝山有联系的村镇，一律都沾光。豪绅、巨贾，一只手结交官差，一只手联络胡匪，只有这样，他们的身家性命才能得以保全。

“一条龙”大柜，饭后走出“得意楼”，众绅商又来相送，她头也不回地攀鞍上马，率领从人出离了这个镇甸。

出镇不到二十里，来到一个小小的村庄，这里的农家也是大敞柴门，老老少少都出来迎接。“一条龙”进农舍跟到家一样，找一个干净的房间，走了进去。少时传出宿营的命令来，胡匪和官兵确实不一样，大天白日在这里宿营。天傍晚，起来吃顿饭，此时马也喂饱了，于是勒紧肚带，跨上征鞍，一口气就跑到了下半夜。

一座秃山离远看像个马鞍子，来到这里，人马全都聚齐了。黑暗中，万才看见了炮头赵二愣。当家的在马上发令，拂晓以前，马摘铃、人噤声，今夜得偷越昌图县境，这里，有一个奉军骑兵旅，惊动了它，麻烦可就大了。

“一条龙”率带部属，静悄悄涉越了险境。

午后，来到一个山沟子，当家的命令驻马，把几家贫户的粮食全都买了来，在山坡上埋锅造饭。喽啰在树林里休息，战马在山坡上牧放。当家的召集头目们讲了一番话。大意是：目前，吉林境内没有大帮，几十个小绺子活动在梅河、柳河、通化、磐石、龙井一带。在几个富足的地区，土豪恶霸手眼通天，他们配合官兵围剿胡匪，无数的绿林好汉栽在他们手里，几支大帮全都给打花了。那里的保甲和民团比奉界势派大，清理地面，手段狠毒，许多无辜的乡民也都被他们抓了去，屈打成招，问成死罪。残存下来的绺子，恨得咬牙，但没有力量报复。

万宝山大柜威名远播，几个月以前，吉林界的绺子联合起来，派代表来拜山。他们手捧着地图和人员花名册，甘愿投靠咱们大柜，给牵马坠镫当随从。只求一件事，搬请大柜进一趟吉林界，由他们拉线、卧底，攻破它几处响窑，替他们出口气。同时让大柜得一大泡枪马，发一笔横财，这也算是他们投靠大柜的贡献。他们来时的愿望达到了，临回去又听说咱大柜不久要招安，乐得他们嘴都合不上，回去以后血奔心把事由儿安排得扎扎实实，最近，才又上山来请我。当家的说到这里，郑重地告诉大伙儿：“如今咱们已经进了吉林界，会感到有点人生地不熟。当地的绺子，若是口是心非，小瞧咱们大柜，那可是要自找倒霉。但数月之中，我已经派过来不少人，重要的地方，全都安了桩。自信能够马到成功，这要依靠大家同心努力了。”随后，当家的发令：“从现在起，大家要打起精神来，准备作战。不得到允许，到任何地方都不得行抢，违令者斩！”

众好汉同声称“是”，起身行事去了。

奉界的胡匪远征军入境，受到当地几个绺子的热烈欢迎。早已准备好前来为客军拉道做向导的匪徒，纷纷赶来报到。但是，这些人没被留用，而是把他们都派了回去，当了联络员。惊得那些绺子上的首领们目瞪口呆，这柜头从来没进过吉林界，莫非他们长了千里眼、顺风耳？

万宝山的炮头，大大小小的头目，偶然还能见一面，可不知当家的在哪里。奉界过来多少人，当地的绺子也摸不透，人家聚散无常，行无定所，来如疾风，去如雾散。有一回发现，他们摸黑行动，缕缕行行过了一夜，估量人数不够万，也有几千。山沟里的老百姓也摸迷糊，不知从哪窜过来的绺子，忒仁义。住在什么地方，穷富都不抢。遇见穷人家，吃饭喂马都给钱，不晓得是要干啥。要干啥？此时只有当家的自己知道。

绺子越界第二天，她率领着一伙亲随，盘山走小路，午后行经一片山洼，忽然下了马，招呼沈万才跟着她徒步走向一片密松林。来到林边，万才闻声回顾，见那帮同伴，挂带着腾下来的两匹空马，“呼啦啦”地循着山道往正北跑下去了。

入林不久，见树后闪出一个陌生人，口称给当家的请安，抬手指指停放在林荫深处的一辆毛驴车。“你可以走了。”当家的说，那人随即消逝。当家的打开车上的一个包裹，从里面拣出几件衣裳来，二人变成了乡民的打扮。

夏大丫坐在车上，绕动红绒绳儿，扎她的辫根儿，沈万才操起插在车辕上的小鞭子，把那辆毛驴车引出松林，骨碌碌赶下了漫山坡。驴车上道往东走，大丫仰面观飞雁，轻声儿问：“啥事儿耽搁了？你们去得这样晚。”壮实的灰毛驴长个白鼻尖，脖子上还挂着响串儿，“喤喤喤”清脆可人。

走了一段山路，眼看着红日要落山，只见眼前闪出一片农舍，家家的院子里，都竖着高杆。驴车进了村儿直奔南河那座小石桥，一个老太太正站在桥头上往她的家里赶鸭子，忽发现远来的那辆小车子进了她家院。这老太太也顾不得赶鸭子，三脚两步回到家，欢欢喜喜地喊了一声“大丫来了”，过来扶她下车，不往嘴地夸她有信用，“走的时候说，不出一月就能来，现今真没到三十天呢。”

上房屋，姑娘媳妇跑出一大群，亲亲热热地把大丫拥进了门。大丫见家人瞅着万才发愣，慌忙介绍说：“这是我亲兄弟，没有大名，小名儿叫双牛。李大伯救我一条命，爹让他跟我来，叩谢你老夫妻对我的救命之恩。”

大丫在屋里和老老少少说话儿，她兄弟“双牛”从车上搬进来四包礼。一袋洋白面、两捆马莲粉、五斤柞木耳、十斤榛树蘑，外带一筐山里红。

那还是一个月前八月二十几的事呢，那天早晨下了一阵开门雨，雨过天晴，天上出现了一道彩虹，远远一个大姑娘，骑条长着白鼻尖的灰毛驴，从东往西来。那姑娘浑身都浇透了，只见她停在路上，东西张望，然后骑驴上了小石桥，未料一趾一滑，“稀里哗啦”人和驴双双掉进了小河沟。毛驴会浮水，姑娘可不行，眼看她鬓角上插的那朵小黄花顺着流水漂走了。这一家的李大伯，听那姑娘喊救命，连衣裳都没脱，就跳下河心，把她救了上来。

李大伯救活了那个姑娘，把她让进屋，这姑娘哭了一回，施礼答话。才知道她姓王，家住靠山屯，爹是个打围的，前几天骑驴来到了正东的榆林堡，去看望她舅舅。舅舅任老万在那街上开皮铺。今天姑娘要往回走，出来不远，遇见了雷阵雨。走到南河边，心想进村来烤烤湿衣裳，骑驴过小桥，差一点儿丢了这条小命儿。这姑娘名叫王大丫，长得挺怜人儿，和大伯、大娘唠嗑儿，一时间红红绿绿挤满了一屋子人。李家人口多，大娘有三个儿媳妇，两个大闺女。嫂子、妹子，一见着大丫就投缘，赶忙给她换下湿衣裳，嘻嘻哈哈地围望她。王大丫先哭后笑，身上穿着人家的衣裳，离家还有八十里地。大娘说，就是晾干了衣裳，也不能让她走了。年景不太平，一个姑娘骑驴走山道，可不能贪黑起早。

李家的两个大妹子，陪大丫坐炕上，越唠越近便。二姑娘打开炕琴柜，拿出一堆新描的花样子，问大丫："哪个样子好？"大丫笑着翻了翻，直爽地说："我看这些花样子都不太好。"二姑娘把小嘴一噘，左手从柜里抽出一块白缎子，右手托起丝绒盒儿，"我劳烦你给我绣个枕头顶儿，独出心裁儿，绣个什么全都中，说大话的人必有真能耐。"王大丫抿着嘴儿乐，没羞也没恼，从大姑娘手里接过了花绷子。王大丫为了置口气，一对枕头顶儿绣到了第二天的下半晌，果真是巧手娥皇，嫂子、妹子全都心悦诚服了。

大嫂在厨房贴饼子，王大丫做完了针线活儿，下地去洗手，看二盆里和的是稗子米面，惊讶地说："大嫂，这么白净的稗子米面，你拿它贴饼子，不是白糟蹋了。"

"你说咋吃好？""摊煎饼呗。"大嫂笑得弯下了腰，抬起身来说："没有煎饼鏊子，怎么摊煎饼？"

丫头从大嫂身上把围裙解下来，扎在自己的腰上，找来竹片，做个拉子，就利用那口尖底的大锅，摊起煎饼来。这煎饼摊到十张上，外屋地站满了人，摊够五十张，东邻西舍前后院，嫂子、妹子、三姑、四姨全来了。谁见过用尖底大锅摊煎饼？只有一个老太太知道，南城人有这个手艺。

王大丫在老李家绣了一对枕头顶儿，又帮大嫂做了一顿饭，说起来很简单，可这家老老少少都拿她不当外人了。

上房屋刚吃罢了晚饭，广梁大门开而复合，进来三匹走马。一位挎洋刀的老爷，带两个马弁，把坐骑交给院里的伙计，进了屋。王大丫吓得躲在李大娘的身背后。大娘叫她别害怕，说："这是我家你三哥，搁榆林堡保甲大队上当队长。"

李老三落座，要和爹娘说上几句话，斜眼儿瞧瞧坐在炕里头这个大姑娘，耳听他的妈像开机关枪似的，把这姑娘的来历述说一遍。老太太一边谈唠，一边吧嗒吧嗒地抽烟，噗叽噗叽地往炕席底下吐唾沫。老太太话音刚落，李老三的嫂子、妹子，加上他老婆，又围上来兴致勃勃地说起这王大丫的好处来了。李老三一时听不出个数来，紧拧着眉毛微微地有点疑心。他二妹子一挪灯台，这小子酥了半截，拍心窝子说，他长这么大，没见过这么俊的闺女，顿时，疑虑全消。

和姑娘说上几句话，那姑娘羞答答地回答，抹着眼泪儿求这位初见面的三哥，明天回到街里去，一定要到“德记皮铺”给她的舅舅任老万捎个信，就说大丫在“火烧李”骑驴落水，遇难呈祥，李大伯是我的救命恩人。明儿个早起，我从这儿回转靠山屯，跟爹娘说明白，还要再来一趟，叩谢大伯大娘的活命之恩。

翌晨，王大丫牵着毛驴，李老三牵着战马，二人在河岸上分手。大丫千叮万嘱：“三哥你到了街上，别忘了到‘德记’去一趟。”李三应诺。

李家的老老少少，把大丫送到村头上。今天，为期不过一个月，王大丫和她的兄弟“双牛”，就用她上回骑乘的那条毛驴，拉着车来到了。

四样礼品，没打动李大娘的心。夜间，大丫挨着老太太躺下说话。大娘告诉她：“你走以后第三天，你舅舅任掌柜的就来了，这个老手艺人别提多实惠了。两家子来往了一个来月，你舅舅和我家你三哥已然是无话不说。他求你三哥给你找个阔主儿，嫁给街上保甲队的于司令，虽说是做二房，也还是有福享。丫头你这叫平地上青云，大娘我跟你有光借。”

丫头对大娘和三哥为她的终身大事操心，感激不尽。顺便地问老人：“咱村的院子里为啥都竖起了长杆子？”老太太告诉她：“这是榆林堡保甲队的命令，听说奉天界有绺子窜过来了。离镇较近的各村屯，都让竖立灯笼杆子，发现匪情，把灯笼系上去，保甲队看见信号，就出来打胡子。”大丫没再言语，两个妹子也和她一个炕上睡，见她翻来覆去地仿佛一夜没合眼。天傍亮，这姑娘可就起来了，她兄弟“双牛”早已把车套好，姐儿俩要赶到街里舅舅家去吃早饭。二位老人没挽留，嫂子、妹子抿嘴乐，终身大事到底要紧，看把她给急的。

老李家全家把王大丫姐儿俩送到大门外。

毛驴车出了火烧李，正东十里地便是榆林堡。“双牛”赶车走错了道，多绕了一个时辰。僻道上碰上个生人要搭脚，“双牛”让他坐在外首车辕上。来者是传令的大头目，坐在车上若无其事，耳中可正谛听当家的下命令：原有的计划没有改动，队伍还是主攻西门，要注意西门外是一片开阔地。我命令大队人马天黑以前占领火烧李。战马留在这个村子里，派一部分人在这里留守，负责喂马。千万要控制住，不能让村子里挂起信号灯，今天是九月二十九，正好摸黑打夜战。大部队快速前进，定更前务必接近西门，城上举火为号。进攻以前，要把任务分派好，确定的目标是东大营、西大营和西门外的三座门。要火速向当地各帮头传达我的命令，叫他们傍晚时分，向榆林堡周围集结，静候四门火起，便可以大举进街。当地的绺子没有战斗任务，这是第一次交锋，先让他们坐享其成。当家的命令至此，语气加重："火烧李留守处，见到榆林堡火光，立刻拔寨向西门疾进，晚到一步，军法从事。"传令的头目走后不久，炮头赵二愣出现在车前，他按命令准时来到，当家的夸他办事精明。

毛驴车赶到了西门口，一大群持枪的保甲队蜂拥围上来，嘻皮笑脸地看那车上坐着的大闺女。李队长清早起就来命令了，于司令的新夫人将要在今天午前到堡中来，在她舅舅家"德记皮铺"和大队长对相对看。一群保甲队尽顾着看姑娘，车后两三伙儿进城的，都没有盘查。内中有一个一只眼的庄稼汉，长相凶恶，小队长有心拦住他盘问盘问，被赶驴车的拉住，说那是他们一个堡子的。

驴车进街，直奔堡子里的中街，远远望见五间青砖的门市房，那儿就是"德记皮铺"。这所买卖在道南，斜对面儿就是保甲队的司令部。德记财东任老万，原是吉林"泰和皮毛庄"的买办，三个月以前到榆林堡来收皮张，在德记皮铺做客。赶上德记股东不和，准备出兑，任老万掏一千大洋，把这号买卖兑下来了。粉刷门面，重新开张，那时节香瓜还没熟呢。德记重新开张，买卖做得比从前兴旺。掌柜的搁吉林请来了一帮手艺人，前屋柜房做生意，后院开了大作坊，熟皮子，擀毡子，铸铜活儿，做鞭子，能承制全副的鞍鞴，还营销各式的辕马家什、靰鞡毡袜、各种皮张，有批发，有零售，当前正在旺季，生意日见抬头。

这买卖和保甲队正合拍，各级官长都到德记来走动，大队长以下，全都认识任掌柜。德记迎官接皂很大方，买鞍鞴，捡样挑，马鞭子算白饶。有钱没钱可以先拿去，啥时候方便，啥时候给送过来。

榆林堡的保甲队，大队长就是司令官。一个大队分三个中队，一个中队五百人。各中队都配备着新式武器，机关枪、迫击炮全都装备齐全。这里的步兵个顶个都能征惯战，骑兵要是出动，那势派真是海啸山摇一般。百里方圆的地面，这是最叫得响的保甲队，围剿胡匪屡建奇功，多次受到吉林督军的表彰。

德记的任财东，家住靠山屯，在榆林堡正西九十里。秋凉以后有几个乡亲来投奔他，内中有两三个是打围的，在柜上不好安置，财东把他们推荐到保甲队，在司令部里当上了卫兵。保甲大队上的官兵，对任老万开的这号买卖，没有怀疑。唯有一个中队长人称李老三，奉天讲武堂毕业，能文能武，遇事精细，他对这个任财东有怀疑。是个皮货商人不假，开这么大的买卖，不带家眷，从吉林弄来一伙人，打发了原来的柜伙。素常日待人行事，过分地大方。由此，德记请客他不去，几次送礼全拒收，并且在司令部周围，向好几位官长提醒这件事情。

任老万为这件事情正在烦恼，靠山屯来了他的外甥女王大丫。大丫在这里住了三天，把那个李队长的情况问了个详细。知道他家住火烧李，紧靠南河沿，门前有一座小桥。李老三不出几日总要回家去看看。关于他家里的人丁多少，都干什么营生，姑娘也全都了然在胸。王大丫回转靠山屯，她是顶着雨，出离了榆林堡的西门，盘算着要到这户人家去晾衣裳，骑驴过桥的故事是临时想出来的。

一个月前，王大丫在火烧李落水遇难得救，临走，和李三哥在河沿上分手。李老三回到街上，果然到德记去了。任老万听说此事，不住嘴地念佛。第二天，就逼着李老三带他到火烧李串门，光是滩羊皮筒子就拿了五件，毡鞋毡袜装一箱，老李家人口多，孩子大人挑着穿。

老李家热情接待，酒饭用罢，唠闲嗑儿。任老万说起他这个外甥女，女孩儿长个男孩儿样儿，打围的爹造就的孩子也有野性，村里人喊她杨八姐，又叫十三妹。九十里路山道，一个人骑驴敢来往，够得上天不怕、地不怕了。她爹妈简直是管不了她，今年都二十四岁了，一直还没有婆家。她本人有打算，一定要当个官太太，平常人不肯嫁。李老三福至心灵，要给王大丫保个媒，说出这个主儿来，任掌柜的当即应允。大队长于司令官，此人是督军署熙长官的内亲，联号买卖一大片，四处窝棚，有好地百垧。任掌柜说："我把外甥女儿找来说一说，我料她一定能够同意。但定亲以前，可得对相对看，那丫头要是不同意，当舅舅的可强迫不了。"

事情就这样定下来了。

昨天晚上，王大丫和她的兄弟"双牛"到了火烧李。在这以前，她舅舅就得到消息了，先通知李队长，又在柜上做好了准备，定亲就在今天，让大丫和于司令见面。驴车赶进德记皮铺后院，大作坊已经停了工。猪羊开膛正卸肉呢，鸡鸭煺净挂满了绳子。秋后的鲤鱼肥得很，每条都在五六斤重。海参、燕窝、鲨鱼翅早已经发好了，盛在大盆里备用。任财东考虑最近几天外边风声紧，决定就近就便，不上馆子去包席了，干脆就在柜上请客。德记午后两点钟就关了铺板，李队长先来看了看，十分满意。五间门市的柜房屋，栏柜、货架子全都搬出去了，接连设摆六张大圆桌，一桌能坐十个人。

任掌柜和李队长商量着发请帖。榆林堡上万户，单请乡绅和几家知名的富户，保甲队一千五百人，当然是只能请小队长以上的官员，约有三十人。

四点钟开席，三点多钟客人就到齐了，谁都想早点来见识见识这个耳闻未得目睹的美人儿。这姑娘落落大方，神采照人，所来的客人同声夸奖，于司令可真是有福分，能娶上这样的一位如夫人，前辈子修来的。

德记请客，这不是头一回，可这回和过去不同，司令部的大厨房今晚没生火，瓷器家伙也都让德记给借了来。院里的卫队由这边给预备饭。四点钟，这边开席那边也开席。天傍黑，德记皮铺和司令部开辟了一条通道，端盘子送酒送菜的川流不息。

起更的时候，老百姓全都关门闭了户，静悄悄的大街，只有这一个地方热热闹闹。德记柜房屋正在划拳行令，司令部的卫队也在高高兴兴地喝酒。任掌柜举荐的那几个保甲队员，替别人站上了岗。

德记后院封锁着的库房，轻轻地敞开了，炮头赵二愣来到了大灶房，一时间大家忙碌起来。熟皮子的开地窖往外取枪，擀毡子的从墙上抠下两块砖来，从里边拿子弹。铜匠爬到棚顶上去，递下一挺机关枪。皮匠端过一只木箱子，里边装的是手榴弹。厨子一面忙着炒菜，动手从空灶膛里抽枪揣进怀。打更的查了查屋里屋外的人数，着急地说："糟了，武器不够分。"不要紧，沈万才在院子里摸黑儿撬开了那辆驴车的车铺板，这里有短枪二十支，子弹两千粒。

装备齐整，炮头赵二愣率带三十人冲出德记后门，直扑司令部。老铜匠手端着机关枪，是这里的总指挥。现在，柜房屋的前门已经上锁，这挺机枪堵后门，四扇窗户里面的划棍儿早就拿掉了，五个人一伙，踹开窗户往里进。于司令的小舅子"双牛"先进屋，发出号令来再行动。

屋里于司令坐在上首，由镇长、商务会长、三个中队长、一个参谋长等人陪同，这是第一席，任老万坐下首，王大丫侧身低头坐在她舅舅身旁。屋子里明灯高挑，从开席又左一盏右一盏多添了几盏灯，灯光之下，众多的高明宾客，看那姑娘，越发地美貌无比。至于那位于司令，魂灵儿早就出窍了。

任财东的庄稼外甥，感觉自已粗笨，一开始就不肯入席。李队长亲自到后院去找他，回来说："这小子已经在厨房里把饭吃饱了。"

后门一开一闭，他这是第二次在前屋露面，忽然屋里响起了一声霹雷："不许动，举起手来！"沈万才站在凳子上，虎目圆睁，手里紧握着一颗手榴弹。一挺机关枪平端着堵住门，四扇窗户大开，跳进来一群人，枪嘴子对准了军官和绅士们的前后心。任老万和王大丫没掏枪，顺手取下周围几位宾客的武器，屋里所有的客人全都当了俘虏。

王大丫喝声："快走！"此时前门已经敞开，好汉们押着俘虏走进了保甲队司令部。门前四个站岗的发口令，立正、敬礼。

德记带过来的俘虏押进东厢房，炮头赵二愣正在西厢房立逼已经缴了枪的卫队和他的人互换衣裳。四十名身穿保甲制服的胡匪让中队长李三带路，够奔西门，因为李队长是负责看守西门的指挥官。最近几天，街上一到夜晚，就宣布戒严。李队长走在前面，身后跟着整齐的队列，通过几道卡哨，都由李队长答口令。有个放哨的保甲队，黑暗中挑灯问话，李队长回话，他这是带人到西门去加岗。

眼前就是西门值班室，李队长堵着门发命令，叫屋里的保甲队拿钥匙出来，随他去打开西门，他要领这伙人出城去执行任务。不知他是过度紧张，还是有意要露出破绽，声音态度都异乎寻常。屋子里的正目是个老兵，见队长神气不对，所带的人在门前露头，看上去眼生，立即伸手摸枪，弟兄们跟着行动。就在这紧急的关头，挨着队长的沈万才抛出的一颗手榴弹在屋里开了花。李三乘乱想反把，死在炮头的枪口下。战斗打响眼睛红，众好汉瞬息消灭了值班室里的保甲兵。

城门左右是两个碉堡，分别有保甲队驻守。右撇碉堡听见动静敞开了门，一名保甲队刚一探头，沈万才抛出的第二颗手榴弹从他的头顶飞进去，闷声闷气地爆炸开来。左撇的碉堡没上当，把铁门牢牢地关闭了，但碉堡对着街里没有射击孔。沈万才倒退十步，抛出了第三个手榴弹，炸开了两扇包着铁皮的西大门。

此时，赵二愣早已带着人顺马道上了城墙，立刻点起了一堆火。大队胡匪拥进西门，先打哑了左撇那个疯狂射击的碉堡。城墙上战斗正激，赵二愣率队向南，沈万才带人向北和城墙上的保甲队展开了激战。保甲大队似一群狗，一犬吠影，百犬吠声。听说发生情况，不管身边有无官长，只顾盲目射击，三座门、四面墙、四座炮台、两处营房，手枪、步枪、机关枪对着黑影打，迫击炮“呼咚呼咚”到处爆炸，立时轰倒了好几所民宅。

此时，当家的坐镇保甲队的司令部，命人关闭了临街的两扇大铁门。西厢房囚禁着徒手的多数是穿着衬衣衬裤的一大群保甲队官兵，只用两个人看管他们。东厢房关押着那些豪绅富户和地方上的几个文官，派四个人负责看管。正厅里，坐着司令官、参谋长和两个中队长。任老万让他们抽烟喝水，不要慌张，兵家胜败，好比是下盘棋，一步走错，全盘都得输。

王大丫到院子里去巡视。保甲队的参谋长和任老万交谈，他判断这个王大丫一准是那位久已闻名的奉界巨盗“一条龙”，而对面坐着的这位任财东，定是那位“震西天”大柜了。任掌柜的微微冷笑，说道：“是杀鸡焉用牛刀，在下不过是万宝山上的一名老马夫，要问我的名字，很好记‘别小瞧’。”

大街上杀声震耳，队伍已经来到了司令部，当家的叫左右亲随去敞开大门，也就在门前高声传达了命令：进城的队伍，按原有的部署进入阵地，停止进攻，待敌人停火后，打开四门。此刻，沈万才和赵二愣分南北扫清了城墙上的顽敌，并且已经占领了西南角和西北角的两座炮台。事后有人说，这个冒名顶替的“双牛”，激战中勇不可当。他手里两把短枪，毙敌无数。

保甲队的司令官和参谋长，连同两名中队长，分别给两座营房、两座炮台、三座门户驻守着的兵丁打去电话，命令他们停止射击，缴械投降。

二更天，榆林堡街上已经被拥进来的胡匪塞了个水泄不通。

远征军把守四门和所有的碉堡炮台。传当家的命令，进街的绺子负责接收敌人的枪械，任何人不准擅入民宅。当家的“一条龙”坐在会议厅的金交椅上，左有赵二愣，右有沈万才。

吉林界的十六名匪首，奉命来到，高矮不齐，报门而入。他们扇面形排开，翻身跪倒，口称：“给二当家的磕头，“震西天”是玉皇大帝，您老人家是三霄娘娘。”

喽啰搬过椅子来，请他们起身落座。众首领恭恭敬敬地听当家的吩咐：“我带队远征，和敌人第一次交手，幸得成功，可已经深入重地了，现在请你们把埋伏在街里的暗桩给我叫来。”少时，一群各种打扮不同的人走进来，给当家的请安，站成一列，总数一十二名。

当家的面向众匪首厉声言道：“现在你们可以利用这一批坐探，由他们带路，有目标地破门开抢。要着重拿取现款、金银、首饰和珍贵物品，笨重的不要携带，一不准枉杀一人，二不准抢劫贫户，违令者斩。”众匪首起身称“是”。

“且慢。”当家的打手势让他们坐下。任老万出现在门前，身后跟着几个头目。当家的晓喻众匪首：“我派他和几个头目，率带几百人分别插进你们的绺子，随伙行动，这不是要监视你们，而是让你们得机会学习我万宝山的帮规。”众匪首又一次起身称“是”。

当家的二番让他们照旧坐下，忽然问道：“你们为了给咱绿林道报仇雪恨，才到万宝山去请救兵，如今打开了榆林堡，你们怎么把报仇这件大事忘记了？”

众匪首从椅子上滑下来，磕响头：“当家的虎威，把小的们吓得不敢开口了。”

榆林堡西门外，人声嘈杂，战马嘶鸣，火烧李留守处的头目，前来交令。

当家的离座，一行举步，对那个一直垂手站立的任老万随随便便地说：“这儿的事情都交给你了，要注意争取时间。”“一条龙”率带赵二愣、沈万才连同一帮身穿保甲队制服的胡匪，离开敌人的司令部，乘马来到西门外。

在这里第一个迎接她的，是榆林堡保甲大队长于司令官。此人全副武装站在当家的面前，哭丧着一张脸，因为他身上佩带的“自来得”盒子炮里头没有子弹，雪亮的东洋指挥刀也抽不出来。

从人高擎马灯，当家的环视了周围的队列。二百名化装成保甲队的胡匪，雄赳赳、气昂昂，每人全都带着双家伙，二十挺轻机枪、十五门迫击炮，这支队伍的装备远远超过正规军的两个加强连。当家的命令出发。

万宝山的健儿，今晚变成了保甲队，指挥官是个农家的少妇，不是那个已经当了俘虏的于大队长。队伍出发奔正北，三五里一转折，最后从西北转到了东南。于司令官出身于日本士官学堂，他和“一条龙”并马前进，明白这个举动是对榆林堡进行武装巡逻。

财东任老万，正在堡中指挥着两千多名胡匪，迅速地成立了建制。会使炮的编入炮队，会使机枪的编入机枪连。把牲口都集中起来，扛驮枪炮子弹，所有徒步的胡匪都必须取得乘骑。首先把全镇的武器搜刮干净，然后在街头和营房里传话，有愿意加帮的立即收留入伙。

十六名吉林界匪首在保甲司令部点起香烛，举行公祭，当场处决了二十几名土豪劣绅和堡中的首恶。这边杀人，那边行抢，不消一个时辰，大伙匪帮有秩序地撤出了榆林堡。胡匪临行，把榆林堡的门户用石头堵死了，两三天里，这里是里不敢出，外不敢入。

离此地二百里，有个兴隆镇，此处保甲队凶恶无比，胜过榆林堡。这里的保甲大队，人员装备和榆林堡仿佛。兴隆镇街还设有土围子，按说是应该好打，实际上可比榆林堡难抠。这个镇子周围几十个村屯，都有保甲房。一千多名保甲队经常分驻在四乡，遇有情况，守望相助，四面合围，具有极大的灵活性。

离镇较近的村子，保甲队昼夜巡逻，并且设有警备电话，较远的地方，全备有烽火台，发现匪情后，举火为号，四面响应。保甲大队的司令部，虽然设在镇街上，但到处都有它的指挥所。几年来，这个镇上的武装，先是民团，后变保甲，和许多个绺子都做过战，但没吃过大亏。

保甲大队长人称“总霸天”，是周围几县全都知名的土豪。自从奉天张大帅下令在东三省普遍建立保甲制度，充分利用民间武装，剿匪清乡，巩固奉军的后方，总霸天就成了吉林省的模范人物。兴隆镇管辖范围方圆近百里，户口制度十分严格，外乡来人都要登记入册。当地的百姓，十家连坐，互相监督，知情不举的不肖分子，一律同罪。

十月初五，是上坟祭祖的日子，兴隆镇保甲大队的官员们只顾去祭奠自家的祖坟，司令部里一时没有主事的人。

午前九点，警备电话铃声震耳，值勤的一个小队长刚接到镇东五里四合屯保甲房的电话，言说榆林堡保甲大队出来剿匪，路经此地，二百名保甲队员，押解着五六十俘虏，行经四合屯，奔镇上来了，带队的是榆林堡的保甲大队长于司令。小队长听完了电话，刚挂上耳机子，电话铃又响了，镇外卡子上打来电话，问司令部允不允许这伙人进街。小队长不敢做主，满屋子满院子找上司，可此时，一个大官也没有。

兴隆镇有六个出入口，全设有卡哨。东面上三号卡子，这时只有一个正目带班，但见大道上尘土飞扬，上来一伙保甲队，惊愕间已经来到了跟前。这支队伍着实地齐整，马上人全带双家伙，行进的队伍中间夹着抓来的几十个胡子，一个个五花大绑，前后全都有绳索串联。在胡子堆里，还有一个年轻的妇女。

保甲队的带队官，骑在马上昂然往里走，正目带几个弟兄端着枪过去挡驾。一个一只眼的人骑匹黑马，长相很凶，向那正目摆摆手，意思是让他躲开，正目没动，耳听那人说："榆林堡的于司令你不认识吗？跟你们镇长是把兄弟，你小子持枪拦挡，真是狗眼不识金镶玉。"正目看他太横，没敢招惹，赶忙跑去打电话，他的电话刚打完，这伙剿匪路过此地的保甲队，已经进抵镇中央。一声令下，这伙人迅速地占领了半趟街。那些绳索捆着的胡匪，自动挣脱绑绳，扯枪在手。保甲司令部、镇公会、商会等几处地方衙门，全都落入了人家手中。

一场市街战很快就打响了。当地保甲队的官员们紧急行动，仓惶应战。同时，兴隆镇周围所有的村屯也全都接上了火。由任老万指挥的大股的胡匪帮，兵分十六路，在同一个时间端开了二十几处保甲房。

镇街上的指挥官们还指望镇外的保甲队闻讯赶回来增援，殊不知，战斗打响以后，镇外的队伍，一个也没返回来，但只见周围四乡，无数处硝烟腾空而起。

在兴隆镇指挥战斗的"一条龙"，命部属沉着应战，坚守阵地，静候总攻的时辰。很快，大帮的胡匪便肃清了兴隆镇周围的据点，迅速向镇街进逼。中午，这座长宽三四里的镇甸，已经被胡匪团团围住了。保甲队腹背受敌，伤亡惨重，大队长总霸天开枪自尽，余众俱降。

这一场快速的攻坚战，打得十分漂亮，真正是速战速决。"一条龙"匪帮攻下了兴隆镇，在这里整编了一下队伍，总人数接近四千。大柜在兴隆镇停留一下午，傍晚就转移了。有探马回报，吉林督军署已经派出了正规军。

夕阳西下，“一条龙”匪帮趁着晚霞的余晖，分批撤出镇街。当家的站在十字路口，由左右的四梁八柱陪同，正想动身，忽然有人惊叫：那个俘获的于司令盗取了一匹乘马逃走了。“一条龙”此时正站在一所民房的前面，听见喊声抬起双手攀住了房檐儿珍珠倒卷帘翻到房上去。只见她站在那瓦房的前坡上，风吹衣襟，飘飘洒洒。她手搭凉棚，向正前方望了望，从容地开了一枪。然后，纵身下房，脚落平地，轻如柳絮。

一小匪乘马来到：“禀报当家的，那位于司令官已经报销了，子弹是从耳台子打进去的。”

大街上欢声一片。

第十二章

“一条龙”匪帮巧取兴隆镇，胜利收兵，旋以得胜之师，向山区转移。一路上，打破了四座县城和几十处村庄、镇甸，战无不胜，攻无不取，大军到处，所向披靡。吉林督军署派出的剿匪部队，尾随匪帮之后，一直把人家护送进了深山，连一次正面冲突也没发生。为此，好几个带兵官受到了处分。

十月下旬，胡匪开进了长白山，剿匪的正规军面对苍莽的原始森林，望洋兴叹，向上峰虚报了一些战功，撤回原来的防地。“一条龙”率部进入长白山，整军歇马，接着向东边道转移，按她原定的计划，封山以前，要离开吉林界。

这一天，新雪初晴。五千马匪以迅雷不及掩耳之势，包围了一处地面。此处山环水绕，地势十分险恶，这就是东边道出名的牛角沟。

牛角沟的业主，是吉林头号财主韩边外的门婿，名叫牛子扬。此人霸占五处沟塘，以放牧和行围起家，有成千的猎户接受他的指挥。无数的大小匪帮，都试图抠这个响窑儿，但谁也没得逞。一因地势险要，二因这里的武装是由猎户组成的民团，个个都是神枪手。牛子扬坐镇牛角沟，是这一方的霸主，他垄断全山的木帮，兼营夹皮沟金矿，数万山民都是他变相的奴隶。“一条龙”要在离开吉林以前，消灭这个恶霸。

此人轻易不出沟，据说他的家宅修造得有如金銮殿。牛角沟依靠天险，形同一只牛角，这个主儿，就安居在牛角尖里。

“一条龙”指挥帮匪把牛角沟团团围住。俗话说，一夫当关，万夫莫开，属下人尽管英勇善战，但在天险面前，一时怕也难操胜券。“一条龙”志得意满，这就叫艺高人胆大。然而，她心里明白，此番的举动，未免有点冒失。内中无坐探，外界有天险，牛子扬是这里多年的土皇上，人称“天外天”。吉林当地的绺子，自从开抵牛角沟，都有点谈虎色变，皆因牛角沟又叫竹节川，纵深三十里，到处都是险。牛子扬坐守这个沟塘，日进斗金，尽人皆知，此处是一块宝地。多年来，攻打牛角沟的大小匪帮，都在这里栽了跟头。

此处地势险要异常，进口处好像一个喇叭筒，宽阔约有二里之遥。炮台碉堡、断绝沟、散兵壕、鹿角、蒺藜纵横交错，层层障碍。看样子很凶，突破它却很容易，因为这里是钓鱼的香饵。只要你打开正面大举进攻，正好中了他的牢笼计，沟里人管这叫装匣子。几百人马，甚至一两千都行，冲进去再也出不来。两山夹一沟的地势，在你进入匣箱以后，滚木擂石从山上放下来，先堵死了出入口。紧接着成千的猎手出现在两旁的山岗上，肆意地发挥他们的射击本领，有多少匪徒，都得像野狼山兔那样，死在沟塘里。

匪徒身入绝境，谁肯等死？当然得拼命地往里冲，但沟塘越来越窄，到最后只能通过一人一骑。来者若十分英勇，能冲开这头道难关，那眼前又是一片开阔的沟塘，大队人马向前挺进，前方又出现了类似的天险。如此这般，牛角沟全长三十里，像竹竿子一样，分这么七八节，更何况“天外天”手下的成千炮手，居高临下，以逸待劳，试问谁人能够打得下竹节川？如今，“一条龙”大柜要在这里创造奇迹，吉林界搭帮的匪徒，嘴里不说，心中可是犯了嘀咕。当家的神通广大，这一回要是能打下竹节川，可真是能威震天下了。当家的令出如山，五千人马，封锁了牛角沟所有的出入口，机关枪首先进入阵地。炮队的头目前来向当家的请战，他愿用人头作保，准定在半个小时之内，动用他指挥的七十门迫击炮，把牛角沟的前沿阵地完全轰平。

“一条龙”进入吉林界以来，从县城、集镇、村庄的牢房里解救出来的绿林好汉，共五百余人，这伙人自动组成的独立支队，向当家的屡次请战，要在牛角沟打头阵。这帮人一路上已立下了战功，当家的十分器重。

入夜，“一条龙”独坐中军帐，差小匪招来了她的亲信。她很坦率地向手下人说出了个人的忧虑，无非是此番进攻牛角沟，她没有必胜的把握，请大家出谋献策。

赵二愣力主强攻。任老万深谋远虑，没动声色。众多的头目一时拿不出主意来。沈万才现在不过是个随从的身份，他提出个办法来，“天外天”不是住在牛角尖儿里吗，那就要钻开这个牛角尖。众人摇头，这办法若是行得通，牛角沟不能以天险闻名。

当家的当即决定，第一步就按沈万才说的办。

过夜三点钟，“一条龙”率领赵二愣、任老万、沈万才，在住所的门前上马，后跟五十名精壮的喽啰，沿着山路向牛角尖方向巡哨。天亮来到一个地方，此处名唤“卧虎塘”，向导说，这地方没有居民住户，孤零零一座大烧锅，字号“涌泉”。涌泉烧锅地处三岔路口，南行不够百里便是奉界。这座烧锅是山西人开设的，财东老板都是广交游，它有四座炮台，二十多名炮手，也是个响窑儿。

当家的察看了周围的地势，命令赵二愣：“你去打个前站，就说我要在他这里歇马打尖。”赵二愣刚要拨马，被沈万才拦住，说声“我去”，一骑马如弩箭离弦。沈万才来到烧锅的柜房，交代了江湖话，财东老板听说“一条龙”驾到，表示欢迎。早晨八点钟，一条龙率从人进入涌泉烧锅大院。众匪徒刚刚下马，烧锅院里东南角上的炮台跑下一个人来。来者是炮手丁三，上气不接下气地说：“从奉天界开来一伙骑兵，势派很大，人数不知多少。”

“一条龙”左足攀镫，右足踏上马鞍桥，一瞥间芳容失色。行家看门道，力巴看热闹。来者是奉军东边道镇守使衙门，接到了“天外天”牛子扬的告急文书，派出来的骑兵搜索营。

赵二愣见当家的神色有变，扯出了双枪。任老万旋风般刮出去几丈远，“咣当”，关上了大门。沈万才没掏枪，没离位，沉着地面对财东和掌柜的说：“院子里有没有菜窖？”财东和掌柜的都傻呵呵地点头。沈万才厉声言道：“把院子里的伙计和炮手都给我叫来。”

说这话也就在两分钟，五十名胡匪手中的枪支都转移到烧锅伙计们的肩上。当家的由财东和老板陪同，携带众胡匪，进入了后院的菜窖，因他们的穿戴瞒不了人。

任老万敞开大门，骑兵搜索营的第一匹快马已经冲进院子来。烧锅大院顷刻挤满了凶神恶煞般的骑兵部队，中校军衔的骑兵营长，最后在门前下马。

营长来到，先查问院里的武装是哪里来的，单眼炮赵二愣过去回话：“报告营长，在下是牛角沟民团的小队长赵二愣，率部出来巡逻，刚要在这里歇马打尖，赶上贵军来到了，你们远来是客，我们还是回沟里吃饭去吧。”

营长歪着脖子看看他，又观察了一下他身后的行列，一个个都有点惊慌失措的样子。转而问道：“你们牛角沟不是让胡匪给包围了吗？你带人怎么能出得来？”

“大人圣明，牛角沟依凭天险，进可以攻，退可以守，挡不住民团出入。”

“照你说，牛角沟被围是真是假？”

“说真就真，说假就假，听说奉界的“一条龙”匪帮指挥股匪有数千之众，正向牛角沟方向移动，情况还没有判明，因此小的才带人出来巡逻。”

“牛子扬真是个鳖犊子，水没来先垒坝，早早地向镇守使衙门告急，累老子星夜出动，睡不好觉，吃不上饭。”营长发了火。

烧锅的院子再大，也容不下五百人马，营长在院子里和民团上的人对答，院外和街上，驻马的连排长早已经等急了。牛角沟既然没有匪情，咱们就算白跑了半夜的瞎道儿，老营长真有耐心烦儿，还不赶快下命令，说明到哪里去吃早饭。

营长牵马往外走，面对烧锅掌柜的任老万，送个人情：“掌柜的，牛子扬和我们镇守使有交情，打狗看主人，让他们在你这打了尖再走吧，我带队到镇上去休息用饭。”一营骑兵吹了一阵洋号，编成整齐的队伍，开回奉界去了。

涌泉烧锅的财东老板，陪众人从菜窖里走出来。为什么要演这出戏？皆因当家的左右这一伙亲随，穿戴打扮格外地阔气。

开上早饭来，宾主在桌面上叙谈，烧锅的财东老板也是不住口地怨恨那个“天外天”。他牛家霸占沟塘历经百年，仗势欺人，无恶不作，涌泉烧锅也在他的势力范围之内，照例也总受牛角沟的勒索。

任老万、赵二愣陪当家的在客房屋里吃饭，沈万才盯住了那个炮手丁三，两个人在下房里随众就餐，唠得挺近便。

丁三就是牛角沟里边的猎户，父一辈子一辈都是打围的。自从牛子扬吃木帮饭在周围砍伐森林，破坏了围场，所有的猎户都不能指靠打猎为生了。种山荒是牛家的地，砍柴火是牛家的林，行围的季节，猎户们不得远出，得给他牛家轮流护院。这里的民团从来就不发薪饷，谁感觉这样不合适，一条路，就像丁三这样离开牛角沟。

沈万才来到柜房，和财东老板接头，丁三在炮台上就认识他了。院子里一个照面，他眼见沈万才小小年纪，那么有主张，以为他准是绺子上的大头目。话中才知道，人家当胡子刚刚四个月，“一条龙”大柜的绺子，藏龙卧虎，真是名不虚传。

万才问丁三，家里都有什么人。丁三苦笑着伸出一个指头来，感伤地说：“三年前，我家里还算是有两口人，自从那个远房的叔叔去世，就剩下我孤身一人了。”饭桌上二人唠得对劲儿，饭后休息，又坐在一起，谈了半晌。万才向丁三探询钻牛角尖儿的途径，丁三说，沟里的猎户，只有他和极少数的几个人在年轻的时候钻过这个牛角尖儿，但这得着实犯险。

沈万才到客屋去面见“一条龙”，当家的从臂上摘下一只赤金的单挎来，重够三两，交万才去赏给那个丁三。丁三随万才前来谢赏，当家的让他坐下，说说那牛角尖的地形。卧虎塘偏东向北，进山不远便是直取牛角尖的蛮荒捷径，爬越几道山梁，便可见那“天外天”居住的塞外王宫。事不宜迟，当家的决定请炮手丁三带路，她要亲自去钻这个牛角尖儿，左右苦口劝说，“一条龙”执意要去。

一时间，烧锅大院里忙碌起来了，沈万才和丁三指挥喽啰急备钩、挠、斧、锯、绳索、软梯等一应爬山涉险的工具。所去的人都穿上皮靰鞡，扎好了皮护腿，先检查枪支弹药，又备办水壶干粮袋，诸事完毕，正当午时。

当家的下令，她本人率领沈万才和余众五十人，组成突击队，立刻向牛角尖进发。任老万坐镇卧虎塘往来接应。赵二愣返回后方，指挥全局。层层围困牛角沟，要加强巡逻，防范突围，杜绝他向外界通风求助。大队人马单见牛角尖三处烟火，便是总攻的信号，届时四面合围，发起总攻。如若突击队进山陷入重围，或因其他原因发生不测，那么二十四小时为限，限满不见总攻信号，全军照旧发动总攻，不打开牛角沟，不能回山。

当家的言出法随，率领五十名亲随进入深山，个中难坏了任老万和赵二愣。都说佘太君百岁挂帅，但不知她年轻的时候干没干过让人不理解的事情。赵二愣心直口快，眼含着急泪慨叹连声：“老万哪，我姓赵的跟从他们夫妻多年，这是头一次看见夏大丫这么恃强任性，轻举妄动。这件事倒叫我想起了古人的一句话，英雄气短，儿女情长。沈万才不过是初生的牛犊不怕虎，他的主意，当家的咋就件件依从？帅不离位，这谁都懂，眼下看，咱万宝山大柜要在牛角沟丧失威名。”

任老万面沉似水，拦住了他的话：“你这番话，小看了‘一条龙’。你是炮头，我不过是个小头目，可进山寨先后也都有十来年了。二当家的虽然是女流辈，但她心细如发，胆大包天。你看她举手拿下榆林堡，抬脚踏平兴隆镇，这女人不是恃强任性，轻举妄动那种霸道主儿。运筹帷幄之中，决胜千里之外，知此知彼，百战不殆，她懂得这个法门。出离万宝山，咱只带了五百人，可现如今已足数五千。”

任老万说到这里，看赵二愣无言对答，便接着讲下去：“愚者千虑常有一得，智者千虑难免一失。当家的以得胜之师，攻打牛角沟，这算是初次犯险。卧虎塘演出了一场凶险的闹剧，强龙压不住地头蛇啊，声名赫赫的‘一条龙’，躲到菜窖里去避难，虽然是几分钟，但对她来说，也算是奇耻大辱。知耻近乎勇，二十四岁的人，你怎么能责难她。”两个人谈话时间不长，但此刻连一秒钟都是紧要的。赵二愣理亏词穷，可是压不住心头火："五千人马就这样候等十二个时辰，不管怎么说，我认为不妥。"

任老万笑道："你说出这句话才够个炮头，将在外君命有所不受，依在下愚见，大队行动不能等候牛角尖发出来的进攻信号。"

"咱们俩活是山寨的人，死是山寨的鬼，有主意你拿出来让我听听。"赵二愣慷慨地说。任老万不慌不忙，说出他的主意来。这时，离当家的进山还不够半个小时。

赵二愣出离卧虎塘，回到指挥所也就在午后三点钟，立即把所辖十个支队的首领，召聚在一起，下达当家的命令：一至五支队，二千五百人，立即投入战斗，强攻牛角沟。按牛角沟的地形，五个支队分头攻取它的一个环节。循山路行进，完全是步战。敌人使用装箱的战术，我们不能进他的箱子底，只攻其一翼，抢夺阵地，步步为营。不许贪功，要广造声势，呼喊口号："'一条龙'进川，只为消灭'天外天'，不抢劫贫户，不妄杀好人，民团炮手缴枪留命。"

独立支队火速奔赴卧虎塘，随任老万进山，支援攻取牛角尖的那批头行队伍。

正规军作战，专讲拂晓攻击，胡匪行动可没有什么清规戒律。夕阳西下，牛角沟右侧的高山峻岭，黑压压地一片沉寂。鸟兽回归窝巢，还没等睡觉，山鸣谷应，突然爆发了枪炮声。两千多名胡匪，猛如虎豹，捷似猿猱，在全长三十里的地段上，分五路扑进了牛角沟。枪炮轰鸣，火光闪闪，石破天惊，杀声震地。沉睡了多年的荒山绝岭，像是一朝苏醒了，高兴地狂笑起来。

一支队打开了号称天险的石匣，冲进了匣箱，可没占它的箱子底儿，带队的头目一边战斗，一边小心地告诫弟兄们，严格遵守当家的命令，步步为营，稳扎稳打，不许贪功。二支队在同一时间，破开竹节，也攻进了沟塘，他们也是不肯冒进，率先占据了可攻可守的大片民宅。三支队进川，拿下了紧靠西坡的鹿圈。四支队得胜，集中兵力构筑工事，保护沟里的马群。这时候，沟塘里的百姓，都躲在自己的家里不露面。满川的牛羊没人管了，乱乱轰轰闹翻了天。五支队装备精良，人手也硬棒，负责攻打竹节中最紧要的一节，就是牛角尖——"天外天"的大本营。

说"天外天"住的是金銮殿，果真不假，居高临下看得准，这里有一座石头城，城里边琉璃瓦的建筑，五光十色，楼台殿阁，高耸入云。指挥官一声号令，五百勇士很迅速地拥进了石头楼。不晓得为什么四门大开，内里毫无准备，这里已经是龙离沧海，虎不在深山。大帮胡匪冲进了石头城，发现城里头没一个喘气儿的东西。

“天外天”行事最阴险，自从“一条龙”匪帮围困了牛角沟，他就预感到来者不善，星夜派人出去请救兵，废寝忘食做好了紧急部署。把家中的金珠宝贝，装满了八十箱，一只箱笼一袋石沙捆绑在一起，通通投进了护城河。然后率领全家老幼随身的护从数百人，走密径上后山，全部隐蔽起来。

今晚，沟里终于打响了，“天外天”入了中军大帐，召聚从沟里紧急撤退出来的民团，也就是那些猎户和炮手，从容不迫地发号施令：“小子们沉着点儿，咱吉林沟塘里的猎户，不是好惹的。甲午年中日宣战，兵败辽阳，大将军全都蒙了圈，朝廷下圣旨，宣召我岳父韩边外出兵接应。是我岳父大人，统率三千猎手，奔上前线，把日本鬼子打了个屁滚尿流。”“天外天”说到此处，踌躇满志，越发地大言不惭：“‘一条龙’眼中没有我牛子扬，我叫她来时容易去时难。眼前这群胡匪，别看他人数很多，分明是乌合之众。咱们天亮动手，各自为战，用不着什么指挥官。只规定一条，不管谁，打死一名胡匪，我赏他一百元。全军得胜，姓牛的说话算数，我赏给你们半条川。”他站起身来，兴致勃勃地作了一番手势：“这回胡匪在明处，咱们在暗处，你们就把打猎的本事给我施展开来，就像扦蛤蟆那样，一要准、二要狠。我让他五千人马，不出两个时辰，都葬身在牛角沟。”

牛子扬在牛皮帐篷里夸海口，怎知道，此时“一条龙”正站在他的帐篷外边。

沈万才进帐，活捉了“天外天”。任老万指挥勇士，在另外几座帐篷里，拿住了牛子扬的一家满门。成千的民团分散在帐外，黑暗中人群里多出来五百亡命之徒。内外喊话，民团很少有人和胡匪交手，交代了一番江湖话，轰然四散了。

原来这是“一条龙”先行，任老万后到，但在同一个时间，来到了牛角沟的后山。众盗匪押着俘虏，进入石头城，天光已然大亮了。“一条龙”坐上了“天外天”的金銮宝殿，她的部署有条不紊地分区占领了牛角沟。这时候，大柜还有一半人马由炮头率领固守在前川。天亮以前，前川阵地里的民团怕当炮灰，早已归顺了。炮台、碉堡、散兵线、众多的掩体，都原封不动地进行了接收。

任老万献策有功，使这次战役大获全胜。

竹节川很富有，鹿圈里赶出三千梅花鹿，骡马牛羊数不清。人参、鹿茸、灵芝草、虎骨、貂皮不可计数。护城河里捞出金珠八十箱。

大柜离山四十天，乘着西风去，倒跨北风回，真正是：鞭敲金镫响，人奏凯歌还。队伍回山势派大，张二德率带守山的喽啰，迎候在“西天边”。礼炮齐鸣加之喽啰对空鸣放的排枪，山口一片欢腾。胡匪帮自己的乐队，也热烈地吹奏起来。

“震西天”为了欢庆胜利，在“一条龙”回山之前，毁弃了栈道，督率喽啰开通了盘山上下的明路。这么做，张二德心有把握。因为他用三个月时间，旅居奉天城，进了五次大帅府，通过权贵贿赂张大帅周围的文武公卿。在奉天走动，还觉不落底，又专程去了两趟北京。第一次见大帅，第二次见少帅，把事情办了个踏踏实实。现在回山，怀揣着大元帅府的“收编执照”。东北军参谋本部，已正式通知“震西天”匪帮克日兴师，向八面城一带集结，听候点编。

张二德胸有成竹，说小了，给他编个混成旅，说大了，就是一个整编军。收编训练，用不了多久，睛等着任官加委，指日高升了。“一条龙”下山四十天，带回来这么多的队伍，张二德谢天谢地。真天子百灵相助，这女子有命当娘娘。

“震西天”登上高坡，展望一条龙带回来的队伍，真是人马层层，枪刀掩映，军容严整。

“一条龙”指点着方位介绍，让二德认识一下在她身旁的各位首领，都姓甚名谁，哪支队伍归谁指挥。如今，得胜归来的匪帮已编成了十一个支队，兵员五千、战马三千匹、轻重机枪二百挺、平射炮、迫击炮一百零八门。咱大柜这次出省没撇本儿，所获的利物，全部人马关上寨门，也够坐吃三年。

“震西天”不言不语，就算是把这支队伍检阅完毕了。“一条龙”下令，让弟兄们择地安营。炮头赵二愣，指挥全军开进万宝山周围的十几个村镇，因为山寨里的房舍，实在容不下这数千之众。

二位寨主并驾上山，身背后跟从着众多的绿林好汉。本山的头目不上数，人群里单是新加入的大小匪首就有三十多名，水箱炮头总共是七十五位，内中可没有各绺子上的先生，这因着“一条龙”出世以来不算卦，要给她起个外号，就得叫“气死孔明”。

罗汉堂里摆酒宴，因为这个地方宽绰，超过大殿议事厅。罗汉堂的头领赵大吃，现在正无事可做，“震西天”十日以前回大寨，已经命人把那些小财神送下了山。

筹备酒宴，最忙碌的是刘二大总管。“一条龙”回归山寨，来到罗汉堂瞧见刘二，先给他施礼，从头到脚看看他，惊异地说：“大伯，你的须发眼看要白净了。”刘二苦笑着点点头。“一条龙”回身又瞧见了赵大吃，高兴地拍他一掌，笑道：“你的秋膘儿可是抢得肥。”。

罗汉堂里的庆功酒，一直喝到黄昏日落。席面上论功行赏，互说长短。红胡子征战获胜，可不像官兵，给一枚铜的铁的勋章，或者是开个双饷就算完事，到这里讲的是“照例分赃”。万宝山大柜所以兴旺，就因着帮规严谨，赏罚分明。喂马的有功，就赏他一匹马，养枪的出力，就赏他一条枪，小喽啰随帮行动，只要干得好，腰包里不缺钞票和现洋。

“一条龙”在筵前历数外省来人的功劳和好处，喧宾夺主，引起了争执。近百名胡匪帮的头领人物，内中有火暴性子的，几杯酒下肚，吵吵嚷嚷敞开了话匣子。“咱绿林道靠义字吃饭，今天在万宝山，二当家的说话叫我们外来的同道，自觉汗颜。兵熊熊一个，将熊熊一窝，吉林界三十多个绺子的头行人，坐在这里吃喝，心里未免有点过不去。我们知道，大柜上的头目，责任重大，所以在这个庆功会上，谁也没到席，此时正替我们在各支队执行勤务。论功行赏，万宝山的人个个都比我们强，打仗在前，邀功在后，全够得上好汉英雄。”说话的人嗓音洪亮。“此番大柜越界做买卖，是我们吉林同道给请去的。要讲在战场上立功，二当家的不算，任老万那就是头一功，炮头赵二愣当然得拿第二功，还有那名叫“双牛”的年轻人，三颗手榴弹炸开了榆林堡，夺炮台时把枪嘴子都打红了，冲锋陷阵总能看见他骑的那匹黄骠马，活捉“天外天”，应拿第三功。”

张二德微微带醉，听说“双牛”这名字，侧目瞧瞧二寨主，她像玉雕的神像一般，脸上没有表情。好汉吃酒，尽醉方休，老刘二指挥喽啰扶客安歇。有的送进大雄宝殿，有的搀上藏经楼，有的让到八仙阁，有的抬进了鲁班宫。

客人安歇，刘二没完事，命令喽啰备足热水，为众英雄净面洗脚。公事完毕定更之后，老刘二才来到后山的石楼，请示当家的，还有没有让他去办的事情。刘二来得巧，正赶上大炮头在书房里向二位当家的汇报军情呢，刘二抽身要走，被二当家的留住了。刘二听了几句，暗自神伤。

原来，日间二当家的下令安营，任老万交给赵二愣一张安营下寨的地理图，并告诉他，在哪些地方下寨进可以攻，退可以守。大当家的总说兵不厌诈，此番看他有点志得意满。他嘱咐赵二愣，安下营寨迅速回山，禀报二位寨主，未从要去招安，千万要闭守山寨，然后再进兵八面城，未求进先思退。吉林带回来的独立支队，二当家的对他们有救命之恩，应把他们调上来，扼守山寨。“震西天”当年打下千佛寺，靠的是施巧计，调虎离山。安排好以后，任老万单人单骑下山去了。

任老万急流勇退，飘然自去。赵二愣胸无点墨，不知他所为何故，因此也没拦挡他。

张二德一声冷笑，毫不在意地说："走就走了吧，不足为惜，此人我早就看出他是个蠢财，庸夫愚妇，干不出大事情来。"言罢，瞅瞅"一条龙"，她和白天在宴会上一样，脸面上还是毫无表情。大当家的命令赵二愣，立刻下山去，明晨把他指定的四十名亲信带上山来，"震西天"要发请帖，遍请绿林客，商议招安事宜。张作霖是项羽，张二德要做刘邦。

赵二愣得令离山寨，总管刘二把沈万才送到石楼来。

刘二奉命去叫沈万才，万才正和赵大吃帮着喽啰在罗汉堂里忙活。万才捡拾家什碗，大吃正在往外搬桌椅，他一只手拿一个圆桌面，就像常人拿个盖帘儿。今晚山寨客人多，守山的喽啰要到罗汉堂里来过夜。

二更天，沈万才走进石楼，刘二年老力衰，把万才送到门口，踉踉跄跄地回去安歇了。

沈万才进入书房，张二德正在烟榻上吸鸦片。屋子里烟雾弥漫，灯光昏暗，冷气森森。万才给当家的请安，落座，门开处来了"一条龙"，张二德熄灭烟灯，起身下地。楠木的桌椅，早已摆放停当，二位当家的请沈万才入席。小喽啰安置下一桌酒菜。

万才入座，定睛端详那位张二德。此人高矮像孙八，瘦削的脸膛儿像吴六，隆起的前额像芦二，两只眼睛像金三，神气像刘大，态度像王四，体格像邓五，说话的声口儿很像那个马贩子张老七。一时间眼前竟闪过了虎石台的一个个乡绅。

二德擎杯敬酒，说了一套外场话。无非是他夫妻暌隔百日，未得亲自接收这位大贤。古人说，三军容易得，一将最难求。老弟你新进绿林，就能够这样地大显身手，张二德三生有幸。埋没高人有罪，我决定破格地提拔你。说到这里，二德看看他的夫人，加重了语气："拙荆慧眼识英雄，万宝山有你这样的忠良将，我大柜合当兴盛。"

万才心绪烦乱，无暇与他对话，冷冷地述说了个人的遭遇，并表明投身绿林，初见天日，未承想来山寨刚刚几个月，就赶上大柜要归顺招安。他在两位当家的面前讲明，不准备随伙去投降。

张二德连饮了三杯酒，一阵狂笑，道出来一段话语。这真叫无巧不成书，他此番下山去联络招安，到奉天第一步走了孙占一的门径。此人是奉天商务总会的会长，也就是虎石台的财主孙老八的胞兄孙老七。转经孙七结识了元帅府的副官长沙仲先，又经沙副官长介绍，才和参谋长、秘书长及元帅府的幕僚群拉上了关系。五进帅府，打通了招安之路，特别是沙副官长还带领张二德两次进京，晋谒了老帅和少帅。

张二德兴奋地给万才满酒，溢出来全都洒在桌子上。他团着舌头告诉万才，他和孙占一交情甚厚，无话不说。万才兄弟和孙占一的胞弟孙占元打冤家，西岭底下掐死孙老八，这些事情都有耳闻。可庆幸的是，万才走后这个孙八又缓醒过来了，万才并没摊上这条人命。今夜，二德看万才无意随他去招安，就表示他要拿出一笔巨款来，赠送给沈万才，让他回家去当员外，并要给孙老八写封信，让他看交情给面子，和姓沈的弃嫌修好。

沈万才敞敞亮亮地说："谢谢当家的好意，我既然落草为寇，今生今世难还清白之身。现在我已然当了四个月的强盗，自觉干这个勾当，还够得上男子汉，世界上只要还有财主、恶霸，我就一辈子当胡子。"

张二德还想继续劝说他，沈万才起身告辞了。

"一条龙"坐在一旁听他们两个叙话，默默无言。张二德见万才去后强睁两只醉眼，硬压着满腔的怒火，和蔼地说："为夫到底是年纪大了，贤妻鞍马劳顿刚刚转来，我不该惹你不快活。""一条龙"站起来出离书房。"一条龙"去后，张二德一阵狂饮，烂醉如泥，二小匪把他抬上了烟榻。

冷月清光，寒气逼人，山场上静荡荡地鸦雀无声，远方灯光闪烁，梆锣齐响，已经夜半了，清澈的潭水，像一面镜子映照着满天的星斗。一条细长的身影出现在镜面上。她体态窈窕，衣着单薄，看这个人影，还以为这是初秋，或者是盛夏呢。实际上，如果不是今年节气来得晚，此时就该封冻了。

"一条龙"围绕着一汪潭水，孤魂似的走了半周，在一座坟墓前边，停下了脚步。她坐在一张石凳上，凝视着眼前的墓碑。

发丧下葬那一次不算，她这是第三次来凭吊赵妈妈。烧五七、祭百日，再加上这一回，前两次来时，埋怨妈妈寿命短，这一番坐在她的墓前，却是喜庆妈妈早日归了天。

她想到，自从张二德诓人家母子上山来，赵妈妈宁死不给匪徒当佣人，是我夏大丫身在难中，向老人哀求救应，又用一片言辞暖住了她的心。数年间，妈妈待大丫有如亲生女，高山上只有她和我是女人。老人家服侍我把鞭伤治愈之后，曾劝我带他们母子下山去，找个清静的地方，务本为民。是我恃强任性，为争一口气，执意做强人。闯荡江湖，声名显赫，在我趾高气扬的时候，赵妈妈又曾劝我悬崖勒马。她老人家说：“男子汉大丈夫行事为人，尚须懂得进退，何况咱们是个女儿身，救苦救难有菩萨，凭你一个女强盗，解救不了众多的穷人。”大丫独断专行，要一笔勾销和二德父女的名分，吓得老人家浑身战栗，泪如泉涌。说道：“大丫糊涂，这样做无疑是自卖自身，老夫少妻倒是处处有，可那叫财主买娼妓。世界上无分男女，就怕眼皮子浅，女孩儿打错主意，就要一失足成千古恨。你为匪三年，给山寨建功立了业，也算报了二德的恩，乘此时机，抽身一走，恩怨从此了结，何必还要和他纠缠不清。你要想为匪，大可另起炉灶，丫头啊，用你的屈辱换不来尊荣。”

夏大丫没听干娘的话，到今日青春年少付东流。原想随夫招安能成大业，但细想，张二德性情偏激，嫉贤妒能，鼠肚鸡肠，见识短浅，他自比刘邦，那谁又是韩信、萧何、张子房?

任老万离山是张二德的活报应。这个人多年来妄杀了多少条好汉，埋没了多少个英雄。

夏大丫自从见到沈万才这个庄稼汉，好像是漂洋过海遇见了亲人。天底下穷人富人两重天，财主和穷人虽然长的都是一样的骨头肉，可心里想的、嘴里说的，却相差着十万八千里。

人言可畏，夏大丫也懂。可我“一条龙”心里坦荡，张二德以小人之心度君子之腹，事到如今，我与他也许应了那句俗话，不是冤家不聚头。

“一条龙”回转石楼，鸡声喔喔，天光已然大亮了。

炮头赵二愣，率大小头目四十名，来到议事厅，“震西天”手写请帖，分派他们立刻下山去，遍请奉界的绿林英雄，约定三日内，请他们到万宝山来相会，不日兵发八面城。

张二德在议事厅上正在忙碌，来了入帮还不到五个月的沈万才。他依礼给当家的请安，坐下说明来意。张二德和颜悦色地跟他说：“咱万宝山帮规上有这么一条，入帮志愿，来去听便。我这里山不高、水不深，养不住猛虎蛟龙，但有一件，你进山是二当家的接纳的，盐搁哪里咸，醋搁哪里酸，这件事还得溯本求源。”

沈万才退出议事厅，够奔石楼。总管刘二额头上拔了一圈罐子印，白煞煞的一张脸，见到万才才显露出一丝儿笑容。赵大吃坐在矮凳上，两只阔目流淌着一颗颗苞米粒大小的泪珠。

万才进石楼，也是百感交集。一小匪从楼上下来告诉他："二当家的有话，让你在山上再住几天，等她病好了，打发你离山。"

沈万才随赵大吃回到罗汉堂，见寨外开来一伙队伍，任老万离山以前的嘱咐，"震西天"采纳了。把"一条龙"从吉林带回来的独立支队，就是那伙从监狱里解救出来的亡命之徒，安排在山寨里，任命他们为飞虎军，并由沈万才统带，暂时不去归降。张二德身为一寨之主，纵横绿林，当然不是等闲之辈。他决定，把所有不赞成归顺招安的人，都留在万宝山，单等他大功成就之后，再返回来招抚他们。

近午，沈万才被招进石楼，这回他有幸能到楼上去，在"一条龙"的金屋内、卧榻前和二德夫妻谈话。总管刘二在座，赵大吃也在一旁相陪。

"一条龙"云髻半偏，簪环错乱，面颊绯红，长长的睫毛上珠泪晶莹。她蜷曲在拢起的绒帐里，红绫被掩盖着下半身，檀木茶几上，吃剩下的半碗姜汤，在嘘嘘地冒着热气。张二德坐在榻前的瓷墩上，"咕噜咕噜"抽了一袋水烟，启齿言道："咱们大事未成，不能先起内讧。当着你们几个知近的人，张二德话讲当面，招安的举动也是大丫同意的。现在元帅府已经派人下来点编，咱怎好打退堂鼓，这叫箭在弦上不得不发。你们这么一闹，弄得我骑虎难下，进退维谷。为今之计，我只好委曲求全，让你们四个人留在山寨，任老万留下的嘱咐，我也句句照办。苍天不负苦心人，张二德一片肝胆，自信此一番不致一败涂地。"

他说到这里，面对沈万才，恳切地言道："老兄弟，从你进山，寨子里流言四起，我回山之后灌满了两耳朵，可是我没有介意，我信不过你沈万才，信得过我的妻子。大家都是沦落江湖的苦命人，讲的是光明正大。今天，我任命你为镇守山寨的大头目，统领飞虎军，以防不测。待等我下山去把招安的事情料理停当，折回来再看你的意愿。丈夫行事要讲有始有终，我二德当了官差，发誓不捉拿你这个胡匪。"他爽朗地接着说："拙荆拿你当她的亲兄弟，张二德看你也就是我的骨肉至亲，口不应心，三天之内就让我做枪下鬼。"

老刘二重重地打个"唉"声，赵大吃像小孩子似的那样抹着眼泪，夏大丫把脸儿转到里厢去了。

张二德发帖邀请绿林道，未足三天，奉界的大小绺子，选派代表奔赴万宝山，在议事厅设立登记处，前来报到的已有几十股胡匪帮。

按说英雄聚义得等候各路到齐，但此刻，时间已经来不及了。奉天大元帅府陆军上将沙仲先，为收编事宜，早已抵达八面城，坐等数日了。因此，来万宝山登记注册的胡匪，不管是匪首还是炮头，来过之后，立刻被“震西天”发遣回去，让他们带绺子星夜向八面城集结。这是一番壮举，事成之后，东北军要增加一支劲旅，而奉、吉两省地面上从此就该太平了。

胡匪帮拖拖拉拉向八面城方向集结，急坏了在这里等候点编的官员。大帅府已发来数封十万火急的电报，内称：大元帅正在对此行动表示关切。

冬至月初十日，万宝山的匪首“震西天”决定在这一天，督率部众拔寨起程。忽然有远方的哨马奔回来报告，距此百里方圆，见到了黑龙江督军署派来的骑兵部队。准备祭旗的三牲已然捆绑起来，就要开刀，当家的下令，暂缓行动。张二德闻悉这意外的警报，回到后楼，夫妻计议。大丫力主按兵不动，多派密探下山去，观察动静。

这天夜晚，东三省的兵马大元帅张作霖，子夜时分由一伙高级幕僚陪同，正在北京饭店一间豪华的地下室里，观看俄罗斯女人表演的西班牙草裙舞。爵士乐在亮着霓虹灯的暗室里回响，灯红酒绿，脂粉飘香。

大元帅微睁着醉眼，瞪视着那个半裸体的领衔演员。一名高参坐在大帅的肩下，悄悄地说：“吴督军来电，他的骑兵师遵照大帅的命令，已向万宝山方向迂回挺进，少帅留在奉天的卫队旅也已经奉令出动了。”大元帅立刻兴奋起来，眉飞色舞地说：“他妈个巴子，你再给我加一道命令，告诉大舌头和小六子，把万宝山这群兔羔子，务必给我一网打尽。”

那高参起身立正，口中称“是”向后转，往外走，又被大帅叫了回来，加重语气嘱咐道：“山上那条龙儿，必须把她拿住，给我送到北京来，交活的给赏一万元，谁打死她，叫谁偿命。”

天亮以前，黑龙江的督军吴大舌头，正拥着他那外号叫“花母狗”的小妾在帐中熟睡，随从副官把张大帅的命令送到床前。吴督军光着膀子看电报，伸腿踹醒了他的如夫人，吐字不清地说：“唔——我说你醒醒，唔——张大帅要——要打万宝山，唔——他要活捉——一条龙，唔——我看他连根毛也抓不着……”

清晨，万宝山山顶上执勤的喽啰正在放哨，忽然发现蓝天上从正南方飞来一群铁鸟，这群鸟三只一伙，形成队列，飞临头顶，“嗡嗡嗡”地吼叫着，震耳欲聋。眨眼之时，这群怪物下了蛋，这种鸟蛋状如角锥，还全都带着耳朵。“噼哩啪啦”落在山头上，轰轰地爆炸，瞬息间土崩石裂，墙倒屋塌。

匪首“震西天”出现在议事厅前，召集他的四梁八柱，立刻派多人去传令：追回各路人马，回军营救万宝山。张作霖背信弃义，前来围攻山寨，恨得张二德咬牙切齿，发重誓要和他破釜沉舟地干到底。

几十架飞机丢下了上百颗的炸弹，刚刚离去，奉天卫队旅的炮团进入阵地。数十门山炮、野炮，向万宝山猛烈地轰击。山场上霎时就被炸得人仰马翻，弹坑累累，烈焰腾空，硝烟蔽日，炮火连天。张二德眼望着熊熊的大火，发布命令，各支队迅速回师向山前靠拢，扼守险要，堵塞通道和敌人决一死战。事到如今，“震西天”并没有认败服输，心想，凭我万宝山八大天险，也能对付他十万精兵。

午前十点，山下的绺子鱼贯退入山区，进入阵地。奉军的装甲部队迅速进占了“西天边”。飞机轰炸的时候，二当家的“一条龙”已然扎束利落，走下石楼，敌人的炮弹在门外开花，她的嘴角上挂着满意的微笑。旋即兴高采烈地告诉左右：“招安的事儿这就算是吹了，把这一仗打下来，我领你们还喝旧锅粥。”

四处火起，她命刘二率带护山的喽啰，保住枪械库和山中的给养，准备充足的饮食，做好后方勤务。然后，大踏步来到山腰上，与张二德紧急地布置战场。

八条战线所占的位置正好是山中的八大险。

挡风墙一线，靠近“西天边”，敌人上百辆的装甲车，经过一番战斗，刚开进这个地区，站脚未稳，便受到了埋伏在有利地形的胡匪帮炮队的猛烈轰击。平射炮、迫击炮同时开火，不消几分钟，成群成列的铁甲车就变成了废铁。

沈万才率带飞虎队，恰似飞将军从天而降，旋风般冲向“西天边”，一场白刃战，只杀得尸骸遍野，血肉横飞，盏茶工夫，打散了奉军一个整营。飞虎队大获全胜，并未贪功，携带缴获的枪支弹药，迅速返回。

正午，阵地上欢声雷动，总管刘二指挥喽啰把丰肥的饮食送到了前沿阵地。弟兄们得意洋洋地用餐，敌人又拿成百发炮弹赶来助兴，其用意是想消灭绺子上的炮群，但此时匪帮的炮队早已经变换了阵地。木石飞迸，野火烛天。勇士们左手拿着喷香的鸡腿，右手开枪，儿戏般地消灭那些可见的官兵。

当家的命令：一定要节省子弹，未发现敌人的密集队形，机关枪不许开火。

“震西天”站在制高点毒龙洞口，用望远镜察看地形，见满山遍野全是持械前进的官兵，判断敌人就要发动总攻了。“一条龙”站在“震西天”身旁，捋一捋被山风吹乱了的鬓发，兴致勃勃地说：“我在前线督战，你回去坐镇山寨，指挥全局。”二德依允，带领飞虎队返回山寨。

“震西天”刚离开战场，半山腰炽烈的攻防战就打响了。无数的官兵都穿着灰棉袄，在督战队的威逼之下，像成群的老鼠，钻进了万宝山。战斗整整进行了一下午，可悲的士兵和为数众多的下级军官，有的死在胡匪的枪口、炮口之下，有的身临绝境，命丧在天险。“挡风墙”“绝命涧”“螃蟹沟”“老虎嘴”“毒龙洞”“来世见”“上天梯”“鬼见愁”，默默无言地伸出魔掌，张开巨口，吞掉了无数的官兵。

傍晚休战。卫队旅的指挥所，设在“西天边”。攻山的部队退下来之后，参谋长命令工兵在山下构筑工事。威名赫赫的卫队旅，攻打万宝山连番失利。作战参谋在灯下审视由空军拍摄的地理图。他们无法设想，这座山的结构竟然如此险恶。一整天用立体战，动用这么多的兵力，居然还吃了一张卷沿饼。清查战果，整整死伤了一团人。

参谋长全副武装，懊恼地在一栋石砌的民房里，会见了黑龙江骑兵师派来的联络副官。来人向参谋长报告，骑兵师在白天四面迂回，已经荡平了万宝山周围的贼寇，现在正从左右两翼向山区包围。师部已下了命令，在拂晓以前一定要踏平万宝山，活捉“一条龙”。

参谋长点头，他知道黑龙江骑兵师是海内闻名的一支劲旅，正可以利用他们去打场硬仗，我给它来个坐山观虎斗，白手拿糖瓜儿。联络官员去后，参谋长命令手下仅有的两个团，让开万宝山的正面，缓慢地向左右两翼推进，单等黑龙江骑兵师上山打响之后，做他们的后续部队。这个阴险的指挥官企图掩盖败迹，让黑龙江的骑兵再去吃个苦头。

黄昏过后，张二德稳坐议事厅，和一群头目夸海口，“张小个子、吴大舌头，也不过是两个蠢才。我万宝山八大险要，兵精粮足，名传四海，猪狗们竟然不知厉害，胆敢来擅捋虎须。张作霖的禁卫军，不过是一群脓包、粪蛋。明天，我要领你们给他来个大反攻，杀他个片甲无存。我“震西天”若是高了兴，兴许一举拿下他的奉天城……”

张二德说到得意处，总管刘二奉二当家的命令来请他回趟石楼。

夫妻灯下对面坐，二德看大丫面现忧容。“打了一场漂亮仗，除净了你胸中的闷气，怎么反倒忧虑起来了呢？”二德笑道。

“胜不骄，败不馁。敌人的卫队旅是张作霖的眼珠子、命根子，这个主儿不能和咱们善罢甘休。倒不是埋怨你，咱这叫没打住狐狸惹了一身臊。情势危急，得想个近招。”“一条龙”目视刘二，让他关上门，压低了声音说：“黑龙江骑兵师，日间已经扫平了大约十几个绺子。咱现下的处境是，内有粮草，外无救兵，万宝山纵然是险要重重，怕也是难挡重兵。”

张二德倒抽了一口凉气：“惭愧，惭愧，若非贤妻提起，我几乎贻误了大局，你我都是山寨之主，有主意快拿出来吧。”二德抹着额上的冷汗，哭丧着一张脸。

“日里，卫队旅损兵折将在八大险，判断他进攻失利正在胆战心寒。乘此时，敌人惊魂未定，咱们弃下山寨，突破重围，打他个冷不防，避开锋芒，再作去处。”

张二德肃然起敬。

正当此时，屋门被一个头目撞开，紧张地向二位当家的报告，黑龙江骑兵师在山下舍弃了坐骑，兵分两路，从左右摸上山来了。张二德举止失措，面色苍白，扑到烟榻上去，哆哆嗦嗦操起了大烟枪。

“一条龙”紧紧腰带，检查了一下自己的武器，动身来到议事厅，召集全山的头领，前来听令：调吉林带回来的十个支队，变换阵地，守护高山的左右两翼，寨中原有的人马，开赴八大险，飞虎队守护中军。命令下达，山中有条不紊地调动部队。

赵大吃负责看守火药库，向前来找他的头目们分发枪支弹药。他一面紧张地忙碌着，烦恼地看视自己那两只大手，在库的武器，不知使用哪一件最为合手。

沈万才这时无事做，飞虎队的战斗岗位他只用几分钟就安排就绪了。遍山枪响，这一次敌我双方一样，全不用炮火支援。

总管刘二在大当家的离开石楼出动巡视阵地的时候，率百名喽啰蜂拥闯进这素日谁也不得擅入的禁地。十六间宽阔的房舍，里边所有的木箱、铁柜全都打开、撬开，凡是能够搬运的，都拿出去堆放楼前。也不分什么古董玩器、绸缎布匹、金银器皿、衣服被褥、唐人的书画、宋版的藏书，搬到最后，连大当家的使用的景泰蓝烟具、象牙烟枪，什么瓷器、玉器、翠器、玩具、痰盂，也全都拿出去，丢在大堆里。二更天，十六间石楼完全倒空，总管正指挥喽啰从楼后的石窟里往外搬取沉重的箱笼、包裹和整袋整袋的粮食。

箱子敞开盖，包袱打开结，灯光和火光中，只见这座用物品堆积起来的小山，五光十色，令人目眩。这里有成百件的直毛皮袄、细软的衣裳、英国的呢绒、日本的丝绸、瑞士钟表、俄国毯子、成匹成捆的绸缎、数不清的奢华物品。几十只包铁皮的箱子，里面除了少数的首饰，余者全是金条、元宝、银大洋。

“一条龙”站在山头，询问巡哨的喽啰，得悉两翼攻山的官兵推进到半山腰，停止了前进，前山卫队旅阵地也鸦雀无声，不知要做何举动。

二当家的下令，指派数十人环山呼叫领队的头目，不分大小，回寨到楼前聚齐。

现在，守山的弟兄，总数约有八千五百人，二百多个头领先后奉命来到。“一条龙”命左右掌起火把，照亮了这座金山，随即一声令下：“众家兄弟，随我夫妻来到万宝山，今夜，我亮出这万宝。现在你们动手先拿取箱子里的首饰和现钱，再挑选其他的物品。回到阵地上，要立即分散给弟兄们。”

二当家的话音刚落，大当家的敞开喉咙，发布命令：“你们立刻回到阵地上去，按帮规惯例分赃。单见山头上火起，迅速突围，大敌当前，可以自寻出路。只要突出重围，脱离险境，就是好汉英雄。大家记住，离开万宝山，还想跟随我“震西天”的就到奉吉交界的马鞍山，咱们再图相见。”

众头领面面相觑，默默无言。人群里先是长吁短叹，继而，“呜呜咽咽”地哭声一片。有慷慨激昂之士，抽刀砍石，“二位当家的，自古道，‘百足之虫，死而不僵’，又说是困兽犹斗。咱们万宝山，勇将如云，谋士如雨，上万名的兄弟，披肝沥胆，誓与山寨共存亡。如今，首战告捷，军心振奋，看此举，有点虎头蛇尾。”

“一条龙”答话：“人无远虑，必有近忧。张作霖有四十万正规军，咱万宝山手大遮不过天。众兄弟对山寨的赤胆忠心，我夫妻报答，须待来日。俗话说，‘当断不断，必受其乱’，请弟兄们遵令行动吧。”

众首领还在犹豫不定，大炮头赵二愣霹雳般一声断喝：“这些物品，就要化成灰烬了，便宜不过当家，弟兄们赶快动手拿取，咱们后会有期呀。”

他醉酒般闯到一个箱子面前，“稀里哗啦”往怀里揣大洋钱。

眼见总管刘二，指挥喽啰手拿着铁桶正往那锦缎堆中浇油。人群里顿时骚动起来，一部分人去拿取金珠财宝，一部分人呆若木鸡，还有人跺脚捶胸，仰面呼天，俯身唤地，世上怎么就这样不容人。

“一条龙”见状旋即大声地训斥道：“你们这群男子汉，事到临头，怎么还不抵个女人，我万宝山大柜令出如山，我看看谁敢违抗！”她匣枪出壳，叫起了狗头。

众头领正在分取赃物，沈万才从前山转来，向二位当家的报告：飞虎队已经打开了前山的三条通道，先锋接近“西天边”，做好了掩护大部队突围的准备。

“一条龙”通告周围匪首：“我万宝山原班人马，从正面突围，对付张作霖的精锐卫队旅。你们随我远道而来的终究还站在客位，左右两翼，天险阻隔，敌人一时不能得手。咱们绿林好汉，个个都是爬山涉险的英雄，不去和敌人硬打硬碰，只求各自脱身，量你们绝大多数人都可以脱离险境。”

沈万才报告完结，抽身要走，被大当家的留下了。派传令的喽啰通知飞虎队，由前独立支队的头目，回去负责指挥作战。

数百名头领，取净了楼前陈放的金银财宝，满怀着忧伤痛悔的心情，离开大寨，回转阵地。二位当家的命令左右跟随他们多年的近百名亲丁，在全山点火。

众亲丁执行了这最后的一道命令之后，按当家的嘱咐，离开大寨加入前山突围的队伍。

俗话说："水火不留情。"顿时间万宝山大寨数里方圆，变成了一片火海，"噼噼啪啪"地燃烧着，火借风势，越着越猛。但烈火燃烧中的声浪，被周围迸发出来的枪炮声、喊杀声湮没了。

"震西天"和"一条龙"站在楼前，只有赵大吃和沈万才陪同，四个人相视无言，忽发现总管刘二已不在他们身边。沈万才和赵大吃未及听令，冒烟突火去寻找刘二。少时，赵大吃手里托抱着刘二的尸体，沈万才后面相随，来到二位当家的面前。老匪刘二，趁乱离开现场在老君亭里自缢了。这一只默默的老山羊，惨死在宰杀之地。

火光中，"一条龙"命令大吃把刘二的遗体投进楼前的火堆，四个人退入石楼。赵大吃关闭了石楼的铁门，扣上巨锁，随众进入石窟。宽阔的石窟里点起火把，张二德动身寻找那准备多年的隧道的入口，三旋两转，迷失了方向。赵大吃在一处地方掀起了两块青石板。"震西天"领先循阶往下走，身后跟着"一条龙"，沈万才下到石阶的底层，回身观看，赵大吃没有下来。

他手擎着火把，映红了那宽大的脸庞儿，微笑着对万才说："老兄弟，咱们永别了，我是万宝山的地理仙，这条隧道经我检查过三次，内中的地段有好几处容不下我的身量。我赵大吃不来到万宝山早就饿死了，如今追随我老娘同归地府，死也瞑目。"

"一条龙"站在万才的身后，听得真切，忽觉天旋地转，就要栽倒，被万才拦腰扶住。远方，张二德一迭连声地催促他们快走。眼见赵大吃熄灭火把，用原有的石板盖上了洞口。

三个人鱼贯地钻进隧道，加快脚步。起初，还能够低头前进，稍后，便需要弯下腰，途程不过半里，就得开始爬行了。张二德亲自督率喽啰开辟的这条隧道，有意留下几段窄径，便于行进中动手堵塞，阻挡前来追赶的人。

二德夫妻头前走，沈万才负责堵塞这几段狭窄的地段。他们是且行且走，浪费了不少的时间。隧道里与外界隔绝，也不知突围的众家兄弟怎么样了。

此刻，数千胡匪奉当家的命令，四面突围，进行得十分顺利。黑龙江骑兵师有言在先，兵分两路，包抄万宝山，英雄好汉山头上见。然而，两翼的带兵官还同时接到命令，山头上会师的时间必须要等到黎明，黑夜难分男女，无法生俘“一条龙”。因此队伍推进到半山腰，便停止前进了。卫队旅比骑兵师更聪明。参谋长把两团步兵暗暗地遣离防区以后，率领指挥所的官员，撤离阵地，回归距万宝山五十里的司令部。“西天边”由工兵营忙碌半日修筑起来的工事里，只留下一个步兵连。这位参谋长一朝被蛇咬，十年怕井绳。他为了保全实力，回去好交差，给胡匪让开了突围之路。乌纱帽重要，大元帅的命令和区区万元的赏金就不在话下了。

四更天，万宝山股匪，从正面突围的弟兄，轻而易举地摧毁了敌人设在“西天边”的防御阵地，像台风似的掠过平原、跨越山川，向马鞍山方向疾奔。此时，勇士们已经失掉了马匹，但他们沿途之上又分别地装备齐全。

十个支队两翼突围，因为这里处处都是蛮荒天险，当家的失计，本心让他们能够各自逃走，不打硬仗，结果是适得其反。可怜这些武勇的健儿，陷入深山绝岭，摸着黑和攻山的敌人，逐处交锋，形成了一片散沙。有的跌进了悬崖深谷，有的冲进敌人的包围圈，死亡和失踪的不计其数。

黑龙江骑兵师的士兵，刀锋上沾满了血迹，一个个拖着笨重的两条腿，拂晓时摸上了万宝山头。

左右两翼在山顶上胜利会师，清查战果，这一师骑兵，也折耗了一千余人。总算是得胜了，师长下令，遍山搜寻一条龙。

全山的建筑已经被烈火烧成了白地。柴草粮担，喘气儿的牲畜，荡然无存。傍山修建的那座石楼，十分显眼。成群的官兵在楼前蜂屯蚁集。这座楼坚固得很，门窗都是铁穿条，官兵们趴着窗户向里张望，看见空屋内端坐着赵大吃。有的吓得脸白，有的不会动弹了。一名连长胆子大，居然还能喊出一句话来：“山神爷显圣，赶快跪下磕头。”当兵的“呼啦”跪倒了一大片，一位团长过来察看。他手扳着铁打的窗棂，仗着胆子问：“本团长也是黑虎星下界，你这个怪物是人是鬼？”

赵大吃呵呵地一阵冷笑，吓得那团长也是手脚冰凉。“我看你倒像个什么星辰下界，你多叫几个军官来，把楼门打开，我让你们活捉‘一条龙’。”团长回身叫过来一群军官，准备打开楼门。赵大吃突然扔出来一颗手榴弹，也没分他们官大官小，就在他们当中炸开了，那位黑虎星登时归了天。

手榴弹爆炸之后，有胆大的士兵向室内射击。巨人含笑躺卧在血泊里。

带兵官率众打开石楼，又在石窟里发现了隧道的入口。有心想得赏金的士兵率先进入了隧道。

此刻，“震西天”“一条龙”和沈万才已然走行到隧道的出口处，三个人合力把那个出口推开，一线天光从石缝透进来。张二德进前去听听动静，回身说：“糟了，敌人正在搜山。”卫队旅的两团步兵，听说骑兵师在山顶上扑了空，参谋长下令：“穷搜万宝山，捉拿‘一条龙’。”

若想脱离险境，看情势得等到天黑，三个人蹲在隧道里忐忑不安。洞外一批批搜索的兵丁接连不断，隧道里远远传来追兵的呐喊声。一拨队伍刚刚过去，张二德推开封闭洞口的石块，挺身而出。眼看他蜷曲着腰身，冲出不过一箭地，就被一排枪射倒在山坡上。沈万才跃身出洞穴，被二当家的一把拖回来，因为她已经看见了，大当家的已向敌人缴械投降了。张二德负伤后当了俘虏，被官兵随即押走。

漫山遍野，传来一片呼喊声：“活捉‘一条龙’，赏金一万元。打死‘一条龙’，得用命来还。”

卫队旅的参谋长和骑兵师长在山头上会面，他没说在山前放跑了星夜突围的大批匪帮，只强调抓住了张二德，那女匪“一条龙”肯定没离开万宝山。百里方圆的山场，被上万的官兵团团围住，要全力捉拿“一条龙”。

傍晌，沈万才和二当家的在隧道里隐藏不住了，因为身后从隧道里追袭来的官兵，离他们只有几步远。两人一先一后，出离隧道，对面就碰见了堵截他们的官兵。这两个人可不是好惹的，但闻枪声响，必见血花红。追赶他们的兵丁喝喊连声，枪口可全都冲上，漫山遍地地围了上来。

眼前白浪滔滔，流水湍急。龙腾虎跃三五步，万才和大丫双双投进了无名河。沈万才游出两丈地，回看“一条龙”，这个柴河沿上长大的姑娘，真是一身的好水性。河宽就在半里，追兵赶到岸边，敌连长下达了瞄准那个男人开枪的命令。沈万才沉浮不定，沉下去潜行数丈，浮上来又立即被弹雨包围，身边水花滚滚像开锅了一样。二当家的飞快地向前靠拢，伸左臂挽住了沈万才，两个人并肩仰泳宛如一对神龙，他二人缓缓地在水上行进，手中枪抽空向岸上点射。敌连长高呼：“卧倒。”

眼瞧着他二人平安脱险，从容登陆。河对面就是欢喜岭，林中树木繁茂，眼看着捉拿无望。灌木一阵骚动，敌人的机关枪开了火。二当家的平地跌跤，沈万才赶上来发现“一条龙”的双腿被子弹掐折了。沈万才背着二当家的进入丛林，对岸的官兵急得跺脚。俗话说，重赏之下，必有勇夫，有道是捷足者先登。泅水追来一批官兵，已经到达岸边，接近密林，但他们不敢贸然前进。

黑龙江骑兵师的师长，伴随卫队旅的参谋长，站在高阜上发号施令：“弟兄们，卫队旅、骑兵师，今天在万宝山打了大胜仗。现已荡平了山寨，活捉了匪首‘震西天’，可咱们还没有完成上峰交给我们的战斗任务，个中跑了女盗‘一条龙’，没法子回去交差。张大帅相中了这个奇女子，谁捉住她，谁立大功，还能得到万元赏金。”接着说：“弟兄们，当大兵披个血布衫子，干到老，也不过就是挣命，现如今发福生财就在眼前，你们恃勇冲进这片松林内，捉住这个美人儿，便有万里的前程。”

众官兵面面相觑，举足不前，他们已经亲眼见到众多的弟兄为贪功求赏死于非命。

林中困住“一条龙”，她命万才把她放下，沈万才眼含痛泪，动手要给她包扎，被当家的拒绝了，让万才也和她一样的席地而坐。她检点兜囊，还有子弹二十发，她把枪支弹药一并递了过去，说道：“万才，适才交锋你心情急躁，过河以前，我看你就丢弃了空枪。出发时你满腰的手榴弹，现在也全都抛净了，赤手空拳，怎么过关？我如今年齐月尽，该当死了。可叹，你这块美玉要埋在土里无出头之日了，夏大丫身为女流，一辈子不亏负人。”她说着探手入怀，取出一件东西，那是个萝卜大小的鹿皮口袋，接说：“你把它带在身上突围出去，这里有明珠钻石近百颗，可以买一千垧的好地，你要拉帮拿它换枪马，你要洗手把它散给穷人。”

当家的言说口渴，让万才去打水，返回来，她已经背靠青松自尽身亡，手中还握着那把闪闪的钢刀。沈万才咬紧牙关，强忍悲痛，试想在原地把她埋掉，怎奈林深处地面湿滑，泥土坚硬，无从下手，耳边又传来了一片抓捕的声音。沈万才无奈跪拜了“一条龙”，从地上拾起她赠予的遗物，枪支弹药和那只小小的皮囊。

贪功求赏的官兵，恶兽般袭进松林。第一批发现“一条龙”尸体的三个兵丁，眨眼的工夫，死在万才的枪口下，其后他与追捕他的官兵捉开了迷藏，左旋右转，约有半个时辰。这一回，是沉着镇定，弹不虚发，没浪费一颗子弹。

斜阳一抹。沈万才打出枪膛里最后一发子弹，从容出离欢喜岭。他循着山间小路，甩开大步直奔正东，够奔马鞍山，去会合绿林弟兄。行来不过三五里，正遇见在山洼里集合的大队骑兵。马上的官兵齐声断喝，叫他站住，沈万才翻转身闯进了荒山。众官兵纷纷下马，蜂拥赶来，一面追一面呼喊："这小子枪里头没有子弹，抓活的。"

万才进山，不辨南北，手足并用，专捡那险要处攀登，爬到山头叫声苦，面前是一道万丈的悬崖。脚踩落叶，头顶繁星，这真是断肠人来到绝户地。沈万才面前没有生路了，他毫不迟疑地纵身跳下了悬崖。身后的官兵见状都狼哭鬼嚎地闭上了眼。

两天后，聚集在马鞍山的胡匪，听到了"震西天"被俘，"一条"龙丧命的消息，哭声一片。大炮头赵二愣拔枪自尽了。

第十三章

张二德说的不错。夏天，被沈万才在西岭下掐死的孙老八，果然是没死。在万才掰枪夺马、丢下贼尸扬长而去后，天时变化，下了一场急雨。这场雨救活了孙八，他慢悠悠地苏醒过来，四肢瘫软，躺在树林里，连呼救的力气也没有。雨过路滑，大道上断绝了行人，就这样熬到了天黑。乌云密布，又一场雨过来了，他在迷惘中意识到，若这样躺下去，难保残生。于是便使出吃奶的力气来，往家里爬行。爬到门口，已经是小半夜，可是他大张着嘴，竟无力叫门。看家狗听见门洞里有动静，围拢来汪汪地狂吠，打更的透过门缝儿，才发现了他。

这一天，从过午到天黑，公义堂上上下下，都没得消停，计算时间他应该很早就返回来了。晌午歪，主妇黄氏就打发女仆石妈到门房询问情况。听管事的说，八爷骑马出去散闷散闷，量他走也不远，该当回来了，然而，天黑下来还不见当家的转来。上房屋二次下来动问，李秃子着了急。听做活的说，东家骑马奔清水镇方向下去了。管事的慌忙备马，赶到清水镇又折回来，一直没见到东家的踪影。从掌灯忙乱到二更天，闹得堡中全都听说孙八失踪了，没料想此人在半夜悄悄地爬回了家。

垂死的孙八被人抬进上房屋，李秃子赶忙接来了白二先生。

孙八自称，他乘马闲游，半路上遇见了胡匪，夺去了他的枪和马并把他打伤在地，但不知道这匪徒是哪路的英雄。从此，孙八在家调养二茬伤，闭口不提沈万才。因为他心如明镜，知道这小子得了枪马，准是当胡子去了。还有一层，他死中得活，爬回来以后，曾经检点身边物。单挎镯子、亮蒙儿表、百元金票、八块银元……原封未动，不由得从心里敬服人家小万才。

孙八吃亏不张扬，心想，这个小暴徒，迟早得回村来和他的家里人通消息，听说我没有丧命，必然胆壮。单等我把他的把柄拿到手，再给他来个剪草除根不留后患。

恶霸摊了事以后，没过几天，在县城里打官司的刘铁柱回乡来了。店东刘老全照管他把病治好，声言不收他的房饭钱，让铁柱不要念记他这一点点的恩情，特别托付铁柱，给王老好捎个好儿。开店的老人饱经世故，在铁柱与他分手的当儿，老伯伯判断，万才那孩子准是在回乡的路上出了什么差错，或者堡子里的亲亲友友又出了什么飞灾横祸，使得他实在抽不出身子来。为此，又告诉铁柱，早晚乡里有什么人进城，让他到来升店投宿，容他打听打听万才的情况也好放心。

刘铁柱回到家，又将养了多日。堡中人窃窃私语，许多人猜测孙老八丢失枪马，险些丧命，沈万才在回家的路上突然失踪，这两档子事纠结在一起，必有隐情。当中最有定见的还是王老好父子和万才的嫂子，可他们都没动声色。

这一年，中华民国的政局发生了激烈的动荡。蒋介石、汪精卫联合各派军阀在南方大举屠杀共产党，腥风血雨飘到了北方。张作霖在北方称霸，绞死了共产党的领袖李大钊，企图镇压北方的左派势力。大元帅坐镇北京，雄心不可一世，但他的老家东三省并不太平。奉天的学生示威，哈尔滨的工人暴动，商界抵制日货成潮，人民革命的气势日益高涨。

秋八月，虎石台的豪绅孙八、芦二，辞去了身兼各职。庙西刘元甲创办了“一贯道”，宣传浩劫当头，发放护身灵符，供奉无太佛弥勒。庙东王雅轩，参加了“道德会”，树孔孟之道、讲三纲五常，导人行善。这二人沽名钓誉，愚弄乡民，当上了正副村长。吴六吴殿臣独掌保甲房，配合他岳丈刘紫玉，把持全地区的自卫武装。

腊月初七，庙后老沈家院子里搭起席棚，张灯结彩，办了一桩喜事。王三叔做媒，老杨大舅主婚，死鬼顾天成的媳妇顾沈氏改嫁给柳天祥。沈氏招夫养子，并接去天祥前妻阮桂香的老祖父来家供养，一时传为佳话。

过后不久，庙后又有喜庆，种地户董四喜和老车把式刘老疙瘩“换盅”。四喜不收彩礼，把他家的大姑娘许配给铁柱子，定在明年秋后完婚。加之二人青梅竹马，有情有义，大家就更是称赞不已。

腊月十五，又逢清水镇大集。今年收成不比往年差。镇街上从东头的土地祠到西头龙王庙，商家铺户粉刷门面，焕然一新，幌杆上高挑着各式各样的鲜艳夺目的新幌儿。龙王庙前的集市热闹胜过往年，三教九流、五行八作汇成了一片人海。

虎石台的财主孙老八，牵着一匹枣红马步入集市，懒洋洋地睁开两只困倦的眼睛，东瞧西望。心想，我孙八两世为人好不容易，一年当中连遭不幸，险些再也看不见这花花世界，一路行来，百感交集。

忽然瞧见不远的地方，站着两个熟人，那是本堡子的财主金三和新发户袁连喜。这一对拜把子的弟兄许久不见，看起来他们真是阔了，浑身上下新鞋新帽，皮袍皮褂，绸缎裹到底。

这二人率领着车辆、人夫，正在那里忙忙碌碌地做交易。孙八影在他们身后，想观察一下。只见他们倒买倒卖，一笔交易就是几十石杂粮，几分钟的工夫，便动摇了集上的行市。由此想，不怨堡子里盛传金三和连喜发财了，他二人居然能垄断这里的杂粮行市，操纵市场价格，看起来确实是别拿武大郎不当神仙。

“八爷，他们俩近年来投机倒把致富，越来越神气了，在集上不光是买卖粮食，还兼营牲畜、土地。虽说是后起之秀，可财发万金，眼看就要超过咱区的一些老牌财主了。”李秃子站在孙八的身后，低声说。孙八一笑，牵马磨身走，只见今年的大集，柴草粮石，骡马牲畜，浩如烟海，山货云集，百宝俱全。

主仆二人在集上购买了一些零星物品，转向市场的北门。离开以前，碰见虎石台的一伙穷人，肩挑背扛，来销售他们生产的粮食、物品和采集的山货。

两个人来到“鸿记饭庄”的门前，拴上了枣红马和秃尾巴驴，进屋去吃顿饭。饭后往回走，行经清水镇正街，孙八左顾右盼，见镇长刘紫玉开设的“永”字号生意，依然是火龙一般地兴旺无比。出离镇街，首先见到的是一片巨大的果木园。

李秃子催驴紧行几步，靠近了他的东家，仰着脸儿说：“八爷，您瞧刘镇长这片果木树，每年都有上万元的进项。俗话说一亩园十亩田，头年跟七爷来咱家过年的那位秧子，不就是指靠果木树发财的嘛。”

孙八没吱声，管事的自觉多言，因为他从集上到饭庄，直顶现在，已经发现他的东家有点心事重重。

李秃子猜得对，孙八今天赶集所看到的，对他是个不小的刺激。见景生情，使他想到自从爹爹下世，哥哥留洋，丢下他执掌家业，到如今虽然是年有盈余，月无亏损，可终究是老守田园。当这么一份土财主，争名夺利，为的也仅是能当个村长，和人家比起来，这土财主实在是不上数。孙占元但凡是个英雄好汉，也不至于正月十五在平康里挨打，六月十五在岭底下被掐，受当兵的和穷庄稼人的气。我刚刚年过四旬，正应该大大地创一番事业，才不负我这将门之后。金广梁、袁连喜何许人也，一夜之间他们也冠袍履带地打扮起来，刚刚地出露头角，就在集市上趾高气扬，见着孙八爷都不过来打个招呼。看起来，真是英雄骑上马，各自奔前程了。姓孙的若有一天落了套，怕得是要饭都找不着大门。

日影西斜，一马一驴走下了西岭，李秃子再一次和东家攀谈。他手指着苍莽的北大山，感慨地说:“咱堡子这座祖传的官山，是个聚宝盆，可惜的是穷的富的，千门万户都上去挖宝，挖得它走了元气，出产逐年减少。这山场若归一人所有，投点资把它经营起来，那就能成百万富翁。”

孙八驻马，沉思半晌。

辽西一带，年底下了一场大雪。瑞雪兆丰年。正在结伙拜年的，趟着没膝深的积雪全都是笑逐颜开。老农们判断，今年必定大丰收。

时光荏苒，眼望着春风送暖，杨柳抽丝，又到了清明时节种麦忙。

清明这一天，按乡俗，大家小户都要去上坟填土，焚钱化纸，祭奠先人。庙后沈大嫂，早饭后，把两个孩子送到东屋老柳家，求姑姑照看他们。她今年要去给万洪上坟，给亡人填把土，人死三年了，皆因两个孩子小，一直没到坟上去。

朝日东升，沈大嫂青衣素服，肋下夹着一刀烧纸，手里拿把铁锹，来到北山脚下。走进义地，找到了丈夫的坟茔，但发现万洪的坟墓已被人填了一层厚厚的新土。惊愕间，听有人在坟后边啼哭。大嫂倾听了一会儿，忍不住泪流满面，哭坟的是万才的好友刘铁柱。

铁柱子天傍亮就动身来到义地，四周还是一片静寂。他把一刀烧纸放在石头上，分成了四份。一份烧给死去的娘，一份烧给万洪大哥，一份烧给天成大哥，一份烧给姜大妞子。铁柱心想，孝敬娘亲那是应该应分的，敬万洪这算是替了不知去向的万才，顾天成老婆已经改了嫁，孩子太小又不能来，姜大妞孤魂冤鬼没人管，我这也算替金榜尽尽心意吧。

刘铁柱烧罢了纸钱，拿起铁锹在这四座坟上都添了新土。他站起身，抹抹额上的汗，不小心跌进了万洪坟旁的一个土坑。柱子起身不由得思念起这个老邻居。沈大哥你一个人埋在这一晃儿都快三年了，可知道老婆孩子的日子是怎么过的？何况万才又是不知去向。铁柱子想到伤心处，是哭了万洪又哭万才。

沈大嫂转到坟后头，一把拉住铁柱子，姐弟俩谁也说不出一句话，默默地对哭了起来。柱子看看天时不早，慌忙捡起铁锹，连跑带颠地回永吉堂干活去了。

刘铁柱去后，大嫂围坟绕了一周。先在坟头上压上一张纸，把手中的那刀烧纸也是分了四份。一份烧给公公和婆婆，一份烧给娘家妈，一份烧给顾大爷和顾大娘。她在顾家坟前跪着烧纸，口中叨念着："大伯，大娘，我妹夫横死已经不能在你二老跟前行孝了，侄女儿我给你们烧上几张纸，求你们多保佑你们的大孙子长祥子吧，让孩子平平安安长大成人。"

沈大嫂焚化了四份纸钱，折回来迈进适才铁柱子跌进去的那个土坑，她发现那个坑帮上有块脱落的泥土很松软，想扒开看看丈夫的棺材。扒下几层泥土，隐隐地瞧见了棺材帮。俗话说，不见棺材不掉泪，可沈大嫂并没有哭，只是深情地抚摸着那块棺材板，像是触到了自己丈夫的头和脸。大嫂委着身子紧贴着棺材板，这回可见到了久别的亲人。她慢条斯理地一行询问，款款地和万洪唠起了家常，"万洪，你一走三年，那边好吗？一准是见到了咱爹咱妈了，他们也好吧？阴曹地府和咱人世间一样吗？你走后三年，为什么能忍心一次也不托梦给我呢？真想你呀。再有你知道万才在哪吗？怎么一点音讯都没有呢？可让我惦记死了！天成在那边怎么样了？对了，不久前，陈大叔到外堡子去耍手艺，小半夜往回走，路遇一间房舍，见一群人在屋里耍钱。陈大叔说他在这个局场上见到了咱小成子。天成赢钱过了万，交给厨子，求他捎到家里，赎回他典出去的房产，并重新购买一份田园。陈厨子接受他的委托，回到家一进屋，就吵吵嚷嚷述说这桩事情。可是，他把那大挎兜子翻个底朝上，内中也没有一文钱。你和天成能常见面，一定劝劝他，思前想后，可千万别再耍钱了。

"咱俩儿子你打算让他们干点啥？一年小，二年大，眼瞅着他们就要成人，要学买卖没门径，三家铺保没人给咱打。要读书，咱家拿不起那五斗米，再者说，怕咱那孩子也不是那里的虫。阮先生苦读诗书十余载，一辈子还不是落个孤苦伶仃。我琢磨，孩子长大了只有这么两条路可走，一种庄稼，二去当兵。

"我还想问问，人和鬼之间能通个信吗？庙上的黄道士让我读经，说读懂了就能见到死去的亲人，可我一天翻它七八遍，也照样是和你说不上话。

"万洪啊，去年春天万才去打官司，吉庆帮我种园栏。今年我想领着孩子自己种了，你说，咱的园子种点什么呢？豆角、黄瓜重茬能种不？"

大嫂抬头望了望，只见刮起了一阵春风，顿时天昏地暗，最后她担心地问道："万洪啊，刮这么大的风，你看是不是村里又要有灾有难了？"

飞尘蔽日，沈王氏思前想后好不凄然。未料想，风沙过处，见他爹王老好怀抱二秃、手领大秃也来到了坟旁。老好说，都三年了，让孩子也来祭奠祭奠父亲。沈大嫂和老爹说话儿，俩孩子跳来跳去在坟前玩耍起来。

黄昏日落，狂风渐渐地平息下来。晚饭后，两个孩子都已经睡熟了，王老好父女在灯下叙话，只听王氏说：“爹呀，我妈去世你不到四十岁，只因着我和吉庆，到如今也没再续弦。我妈出殡你送到坟前，没解下那条白腰带。你出去扛活把我寄放在邻舍家，终朝每日背着我兄弟下地，干活的时候把他放在地头上，拦腰拴条麻绳，怕他爬到河里去。你老人家能负得辛苦把我姐弟抚养成人，女儿我怎么不能把俩孩子拉扯大了。我不信什么三从四德，这里面主要是看你摊上了什么人。天成一死，我也劝姑奶奶改嫁，因着天成不务正，够不上个男人，犯不上为他守节立志。可万洪不一样，他待我太好了，天底下难寻这样的好爷们儿。我和他可以说是情深似海，心里再也装不进别的男人了。我今天当老爹的面发个誓，我守万洪一辈子。”

父女房中的这番叙话，未料都被候在北窗户外头的陈寡妇听了个一清二楚。这寡妇本来是受白二先生之托，来打听信儿的，未料听到了这么一番话，不能再进屋，就心焦意乱地原路返了回去。

白二先生坐在炕沿上，等得是焦急万分，见寡妇进屋，高兴地迎了过去，但却惊奇地见她不知为何泪流满面。寡妇落座，从袖筒里掏出大花手帕，又呜呜地哭了半晌，这才说话：“我说二先生，你就死了这条心吧。陈寡妇对不起你，亏负了你的委托。一样是寡妇，比一比我只剩个吊死的份儿了。当初，人家做姑娘的时候，金荣海就是癞蛤蟆想吃天鹅肉，李春山那秃子也是乌鸦拍膀儿想啄星星，可到最后嫁的是堡子里的头排小伙儿沈万洪，就万洪那小伙儿和他过一天也知足了。你白二对人家也是一往情深，万洪离世你就逼我去做媒，三番两次地让我碰硬钉子。”陈寡妇说到这心里动怒，手指着白二先生瞪起了眼睛：“没见过你这样的书呆子，现成的参汤不享受，一个心眼儿要喝涮锅水。”

二先生不敢回声，和寡妇默默地对坐了好一会儿，三更天，才惆怅地离开这儿，丧荡游魂似的往家走。来到街口，正遇见庙上的黄老道给财主金三家里捉妖。

金三乘人之危，施展阴谋诡计，害死了老尤家的小接媳妇姜大妞，又装神弄鬼逼迫病中的尤老四变产还乡，巧取了人家的房产。这个贼自以为得计，产权到手立即将这所房子拨归他的大儿子金荣海名下为业，并立逼金荣海带着他的孩子老婆搬过去，独立门户。皆因金三的两个儿子荣海和荣山弟兄不和，妯娌反目，总是鸡争鹅斗地打架，竟至操刀动剪子，互相骂祖宗。金三老夫妻不仅弹压不住，还经常在里头搓球儿。俩儿子打仗，把金三推倒磕掉了门牙，俩媳妇抓挠起来，老婆婆进前去劝，被拥进了灶火坑，烧着了裤脚和鞋。金三虽然是忍无可忍，但自己的刀又削不了自己的把，只好下决心分出一支子去，图个家宅平安。

金荣海两口子巴不得一步就迈出这个乱窝窝，早点得自由，头年中秋节前，就迁进了新居。谁想，住了还不够半个月，就闹起鬼来。每到夜间，屋子里、院子里总有动静。逢初一、十五就能听得见冤魂姜大妞回家，“嚓嚓”地在院中行走，又是咳嗽，又是打唉声。黄狗总是夹着尾巴，天一黑就不敢动弹。公鸡前半夜就打鸣。孩子睡半夜起来发毛愣，媳妇摸尿盆子撒尿，让蝎子给蜇了一口。金荣海本人从搬进这所新宅子，三天两头伤风感冒，病病恹恹，进局场儿总是输钱。

庙上黄老道说，尤老四修造的这所阳宅，向口儿不对，这宅子接连横死了两个年轻的妇女，已明显地是一所凶宅。没办法，金荣海和他的孩子老婆只得搬回家。这以后，于二大神求袁连喜和金三说项儿，他要买这所凶宅做胡仙堂，金三同意了。但论价的时候，引起了争执，于二出的价钱，金三一算计，还不如拆房卖瓦。秋后，这所空闲的房屋，变成了老金家的库房，里面装些个家具什物，钉上了门窗，空闲一冬。

春起，金家兄弟争闹愈甚，金三忙于和连喜做投机生意无暇过问。他的二小子金荣山和他哥金荣海动起手来，用利斧砍伤了金荣海。事情闹大了，两兄弟未经老人同意，就到村上去找新任的正副村长，要分家。金三到村上去，跟村正、村副哭求办法。村长刘元甲劝他入“一贯道”，村副王雅轩劝他入“道德会”，然后定能替他解决家庭纠纷。金三执意不肯入这些个会道门，因为参加哪个都得花钱。如此这般，金家的困难无法解决。

清早，金三情逼无奈，到庙上去了。十天以前，黄老道曾经和他说，你出五十元现洋，赶清明节那天，我去给你净宅，有可能让那座房屋不再闹邪。金三来到道士的静室，黄老道笑脸相迎。看他坐在椅子上，痛苦地从怀里掏出钱来，一块一块地堆放在桌面上，然后眼泪汪汪地说：“黄真人，我带来三十块，今天就请你去给我净宅，行法以后，半年之内不闹鬼，我再将余数奉上。”

老道一笑，当面应允。

金三回家，照老道的吩咐，指挥做活的把那三间房子完全倒空，打扫干净，单等黄昏日落，黄老道前来净宅除妖。

当晚，金家备办了一桌酒席，款待了黄真人。二更天，道士才不慌不忙地步入这所凶宅。命一群做活的掌起灯笼火把，在房舍的周围，遍插旗幡，中堂上设摆神案。黄老道燃起蜡烛，净手焚香，在砚台里研好了朱砂，用一支新笔画了几道灵符，窗棂、门框、柱脚、围墙到处焚化，然后，退到院心，披发仗剑、踏罡步斗，行起法来。此时，金三请黄老道净宅除妖的消息，早已传遍了全村。前来看热闹的人山人海。

黄老道在院中比划了一阵，大踏步走进凶宅，用剑尖儿挑起一道据说是五雷神符，在烛火上焚化了。众人没听见响动，但有人看见在这道神符火化的当儿，角落里起了一阵旋风，卷动着离开了凶宅。

三更过后，法场上人已散尽，白延龄回家仅仅是看了个末尾。二先生进屋，睡前出去解手，看见他的东邻于二大神正坐在凶宅门前的石墩上，他长大的身子坐着和普通人站着差不多。

“二哥，你坐在这里有啥勾当？”二先生问道。

“我看黄老道施展这个法术，怕是不能管用。宅子里闹鬼，那是胡三太爷选定了这个地方，这里除了做胡仙堂，凡人不能再住。”二大神慢吞吞地说。

白二先生回屋上炕，躺在被窝里自言自语地说：“看来，世界上没有什么鬼神，神和鬼都是活人装扮的。”

白延龄世传的医生，祖居虎石台。他本人幼读医书也掌握点医道，可在他“悬壶”之后，认定了乡愚可欺，养成了一身江湖气。他晓得给农民治病越是狠敲他的竹杠，越能得到患者的信任。丸散膏丹成本低廉，可你索价太低，他会说你这不是好药。逢病人病势很轻，你得把它说重了，病人才满意，如若病轻让他花钱抓药必然心疼。由此，对患者一不能说实话，二不能用良药，反倒能讨得他们的欢心。真遇见病势沉重的患者，那才是医生发财的机会，好药给他用上，好钱揣在腰里。青黄不接的时候，乡农家中没有现款，此时，医生就盼着财主家有人得病，把药品赊给他，到老秋那是一大泡大钱。穷人有病，必须得“止赈不赊”，因为他好了、死了，都一样地还不起药钱。

二先生在堡子里就是这样的行医、求财。多年来除了祖传的房屋和土地，又添置了好地七八垧，历年出租。因着家资略显殷实，这才当上了村公会的会董。素日为人，不爱管闲事。拿左右这两家邻居说，尤家童养媳自缢，半夜闹鬼，他就影绰地觉得是金三作祟。如今，那所房子已经姓金，可二反脚又闹起鬼来，长人于二出现在凶宅的门前，当然不是偶然的。

事不关己，高高挂起吧。二先生躺在炕上心想入睡，但思绪起伏，无法成眠。想到王老好的这个闺女，幼年间，和他嫁出去的妹子要好，两人常在一起玩耍，年长十五六，小姊妹还是很亲热。那个时候，老王家的这个大姑娘就被多少人都相中了。向王家求婚的有金荣海、李春山，甚至外堡子也求媒人上门来向王家求婚。白延龄那时，业已成室，只好望洋兴叹。未料想，数年之后，姓白的死了老婆，同一年，那沈王氏也没了男人，白延龄为这件事冥思苦想，烦恼了多日，最后决定拜求陈寡妇前去说媒。几次碰钉子，到底不死心，都说事不过三，可他想望着这件事已近三年……鸡叫三遍，二先生才勉强睡着了。

隔天傍晌，清水镇邮局的信差，到虎石台来送信。内中有一封醒目的邮件，收信人标明的是本村的豪绅孙占元。

公义堂管事的李秃子，从张小铺把这封书信拿回院里去。孙老八看过信后，心花怒放。这是他七哥的亲笔信，说新近晓得他的伤势已经完全好转，邀请他带着女仆石妈和金锁子进省城去逛荡逛荡。

八爷是一家之主，说要出门去游逛，就得立即成行。他的发妻黄氏终日沉浸在香烟缭绕的佛堂，丈夫前来辞行，她才合上经卷。

孙老八临走，把家中事托付给一名管事的和两个打头的。李秃子专管外乡的钱粮账目，院子里的大事小情，由王吉庆和柳天祥当家，他知道这两个穷人老实忠厚，有办事的才能。

孙八进省城，得从县里搭乘火车。这日清晨，他带石妈和金锁子到车站购买车票，要搭乘北京直达奉天的大快车。售票员问他买几张票，孙八说："给我来个头等包房。"小车站本来没有包房的票，售票员看他是个阔茬儿，去请示站长，特地给他开了一张。

孙八手拿着车票上火车，石妈抱着孩子跟在身后。大快车在这里只停留三分钟，列车开动许久，这乡绅还在车厢里窜来窜去寻找包房。有位旅客欺他蠢，指一指那单开门的便所，揶揄地说："那不是包房吗。"孙八听话，带领着石妈走了进去。抽水马桶上面有个油漆的盖儿，看上去很像个端端正正的座位。孙老八把臂上挟着的俄国毯子铺上去，稳稳当当地坐下了。列车颠簸前进，石妈口说头昏，孙八骂道："铁路都是外国人经营，中国人搞不好。这条奉山铁路就是中国人修的，头等包房只设置一个座位，二三百里地花五十块大洋，真敲竹杠啊。"他让石妈坐在他的怀里，孩子坐在石妈的怀里，包袱抱在孩子的怀里，就这样，像马戏团叠罗汉一般，三个人乘坐了火车的头等包房。

车厢里有一群老总和旅客一起笑够了。一位军官打发个马弁，在那便所的门前站岗，有人来入厕，不许他进去，怕惊动了这伙坐包房的旅客。傍黑，列车开进了奉天车站。到站下车，孙老八一家抢先扑奔出口，身后的众多旅客还是哂笑不止。

出离收票口，便是站前的空场，旅店接站的茶房、洋车夫、马车夫围上前来，抢包袱、抱孩子，来势凶猛。孙八怕他的石妈和金锁子被这些歹徒给抢去，掏出家伙气急败坏地对空中鸣放了几枪。为此，被带到了军警稽查处，挨了两个嘴巴，被没收了枪支。那年月携械乘车违犯条令，石妈也被那些当差的调戏了一番。别看孙八在县城里挨打没办法，到了省城他可不是好惹的。顿时拉下大长脸，瞪起了牛眼睛，手指着稽查处的那个官员，怒冲冲地说："大帅府的副官长沙仲先是我的老友，奉天城商务会长那是家兄，你替我打个电话，叫他们派车来接我。"那军官立即服从。

孙老八带着石妈和金锁，在站前上汽车，连火车站的站长都跑来向他赔礼道歉。

当晚，孙八宿在沙公馆。沙仲先热情地接待他们，特别是见到了石妈，更是喜出望外。次日，孙氏兄弟相逢，合宅一片欢腾。因为孙老七三妻四妾，包括那个日本小星，可至今谁也没开怀，金锁子来了给宅中平添了浓浓春意。石妈能说会道，几位太太和姨太太一见面就和她合得来。

看那豪门的陈设，金玉满堂，胜似王宫。孙八心想，"一品官、二品客，至理名言，我此番进省，须得巴结个前程。"

孙七既然写信邀兄弟进省城来逛荡逛荡，不用说那总得让他尽情地玩乐几天，可是，他本人身居高位，实在是抽不出时间来陪兄弟上街，便打电话找来个替身。这个人孙八认识，他就是前番随孙七一起回虎石台去过新年的那位杨先生。

杨先生家资豪富，不肯居官，也懒做生意，东三省逛够了就到关内去游玩，真正是闲云野鹤，逍遥自在的散仙。他与沙仲先和孙占一从日本留学回国，一直是交情甚厚，奉天城出名的三兄弟。张大帅在一次盛大的宴会上，夸奖过他们仨。

近日，杨先生领着他的太太住在南满铁道经营的宾馆里，正闲暇无事。接到电话，立刻就领着他的太太，开着自己的小汽车，驰赴孙公馆。一见面就说定了，杨先生领着孙八出去逛，杨太太和孙七的小星"影儿"陪着石妈去游玩。杨太太是北京人，女师大国语文学系毕业后，又到日本去留的学。她和杨先生是在东京结的婚。

影儿，是孙占一从窑子里头买出来的日本姑娘，据说，她爹是日本的一个渔民。

三只蝴蝶儿带着一个娃娃飞到花丛里去了。此时，春光明媚，百鸟齐喧。

白天，杨先生陪孙八在公馆里品茶、饮酒、吸鸦片，黄昏过后，他们才衣冠楚楚地上了街。奉天城八门八关，十分热闹，可杨先生请孙八坐上汽车，便风驰电掣地开到了西车站周围，新开辟的商埠地。这是租借给日本国的商业区。华灯初上，杨先生领着孙八没走上几步，便把这个乡绅闹了个眼花缭乱、目迷五色。成排成列的洋楼，四通八达的街道，熙熙攘攘，车水马龙，繁华热闹的景象不亚于日本的东京城。霓虹灯下纸醉金迷，达官贵人们在这里享受着异国光怪陆离的夜生活。

杨先生领孙八进了一处跳舞场，里面装潢得金碧辉煌，宫殿一般。两人面对面坐在一张台子上。短衣襟小打扮，过来个日本娘儿们。杨先生满口日本话，叫来了一桌丰盛的菜肴。孙老八瞪眼看着不会用，老杨耐心地教授了一番。二人刚喝下一杯酒，眼瞧那大理石修砌的舞池子，脚踏着乐曲和鼓点，上来了几个半裸体的男人和女人。那音乐先时嘈杂，渐渐地趋向平稳，呼吸之间转成了日本本土特有的靡靡之音。巨大的射灯忽明忽暗，变幻不定的光彩，紫绿青黄。再看那几个跳舞的，都像是没穿任何衣裳。

孙老八分明是看呆了，耳听老杨断断续续地告诉他：这一出是菩萨卸甲，那一出是美人脱衣，方才演奏的曲子叫《满洲的春天》，尖声尖气的那只歌儿，那叫《水兵出海》…… 孙八茫然地点头。出离这所舞场，老杨说："在日本商埠地溜达，别提东三省这个字眼儿。"

"那得咋说呢？"孙八问道。

"满洲，这是日本内阁规定的。"

从这晚起，老杨和孙八没离开商埠地，花天酒地玩乐了一个星期，玩到高兴的时候，孙八想给家里打个电话的工夫都没有。八天头上，孙八给家里通电话，接电话的正好是那位杨太太。听她说："请你和仲和马上回家来，小河沿牡丹盛开，我已经在龙海楼饭庄订下了座位，咱们一起去赏花。"

日丽风和，这几个兄弟姊妹搭伴儿游览小河沿。奉天小河沿风景区，据说是张大帅为置东北没有好山水这口气，拨巨款建造的一处人文景观。模仿苏州园林，遍选南北方名贵花木，造假山，引碧水，却也是楼台亭阁，珍草奇石，一派江南的风光。

一行人把汽车撂在停车场，高高兴兴地走进了园门。这时辰也就在十点钟。老杨说："八弟，咱们是先游览游览再去龙海楼？还是照直的就去赏牡丹？"孙八目不暇给，居然没听见老杨的问话。老杨一笑，就径直领一行人奔了龙海楼。

百花深处的龙海楼，是一所仿古宫殿式的建筑，雕梁画栋，飞檐入云。朱红的匾额，出自名家的手笔，"龙海楼"三个弥金大字闪闪发光。内里的陈设雅致得很，瓶镜钟鼎，水墨丹青，全是传世的珍品。鲁湘川粤四大菜系外加上生猛海鲜，是当时美食家的绝佳去处。这就是旧民国奉天城给仕宦绅商预备的享乐之地，其豪华奢糜的程度实在是无与伦比。

杨仲和夫妻今天请客，吃的不是满汉全席，提前订下一桌广东席。先上的是鲜货、糖果、杂样点心。开过了点心才上菜，大圆桌上盘儿碗儿叠起来，剔透玲珑。这一茬刚吃了个半拉架儿，整个的桌面撤下去，再重来一茬，这种酒席有名目，叫"翻桌席"。时间耗费半头晌，一桌席这才上了半桌。广东的厨师亲自来敬菜，杨太太打开皮包，赏他十块大洋。

石妈连着到阳台上去转了好几遍，杨太太会意，张罗着要到楼下去赏牡丹。杨先生刚开了一瓶法国白兰地，拉孙八继续喝酒，没有陪她们出去。

石妈兴高采烈地步入花园，杨太太跟在她的身后。园子里排列好几行汉白玉的花池子，池子里盛开的牡丹千红万紫、争奇斗艳，最出色的当数那几朵绿牡丹。石妈赏花，喜得她流下了泪，杨太太见她如此多情，微笑着说："你这个人虽然出身卑微，但多愁善感，怨不得迷住了那个土财主。但我看这盛开的牡丹虽然朵朵艳丽夺目，花大如盘，可根基却浅得很，色香俱佳，寿命不长。但愿你别像这牡丹花一样，盛开时供人欣赏，一朝凋谢，萎地枯黄。"

石妈敛容言道："杨太太，花草本来和人是一样的，它的性格决定它的寿命，您看那呆头呆脸的'青石山'，还有那让人看了就害怕的'仙人掌'，长命倒是长命，可并不招看。每种花草都有它的特点和长处，所以才有了'百花争艳'这个词。"石妈敞开了话匣子，自觉得有点失礼，慌忙换了话题，说："杨太太，您看这处处的花卉盆景虽然美，可都着人工的痕迹，只能养在园子里，还得专人侍养，就像那缸中五彩的龙睛鱼，放回江河就活不了啦。"

杨太太如有所悟，款款地问道："这些花草你都这么熟悉，是不是专门养过花？"石妈点点头低声说："不瞒你，我爹爹是个种花的。"

……

两个人只顾谈唠，忽发现身边的影儿不见了。

这个日本女人笨笨磕磕不会说几句中国话，见杨太太和石妈谈论花卉，实在是听不懂，无聊地手拉着金锁子到左近的樱花园里去了。来迟了，但见那满园的樱花，落英缤纷，一片狼藉，甬路上也是寂寥无人。她怀抱着金锁，坐在一个石墩上，眼望那败残的樱林，思绪万千。

她想起家乡的海岸，樱花盛开的时候，她陪伴着父母坐在岩石上，织补鱼网。凶恶的船主走来，向她爹讨取船租。爹指着晾晒在茅屋顶上的小小海鱼儿，抖动着嘴唇哀告说："老板请你看一看，打鱼的，连几寸长的鱼儿都舍不得吃了，一家七口度日艰难，一条咸黄瓜，我们全家得吃三天，船租一时交不上，求您再宽宽期限吧。""那么我就只有撤销你我的租赁契约了。"老板不快地说。

……

对日本的女孩儿来说，爸爸是决定她命运的阎王，就这样十六岁的影儿被卖给了人贩子，漂洋过海来到了满洲。她刚刚梳起蓬头，还没学会弹拨那"三位线"，便被孙占一买到家中。屈指算来五年整，孙七爷对她还算是很有点恩情。中国的官宦人家，正室、侧室都称太太，妻以下的妾称呼姨奶奶，影儿进府这些个称呼都挨不上。府中的男仆、女仆也都管她叫小星。在妓院鸨儿给她取的名字叫菊子，进孙府老爷给她另取个名字就是影儿。

影儿进府，首要的任务是学中国话，可谁知道中国话有多么难学。赶上老爷喝醉酒，偏在太太、姨太太面前考她，许多次都张冠李戴、词不达意，惹得众人喧笑，常把她羞得无地自容。箱子柜子里连一件日本衣服也不许她有，刚开始，她穿上中国的旗袍走不好路，经常要跌跤。有几次，影儿得病，好几天吃不到可心的东西。梦中喝碗家乡的小豆汤，醒转来，一气儿哭到亮。近年来，府中雇用了一个日本浪人做司机，影儿仅是在乘车的时候能和他谈上个三言两语，通过他了解了一些日本国的情况。遗憾的是两个人并不是同乡，那个人生在北海道，影儿的父母住在长崎。这个汽车司机倒是中国通，他是杨先生推荐的。有一次，悄悄地告诉影儿："咱们大日本帝国要在亚洲称霸，时辰一到，你就不会这么孤独了。"到如今，影儿也不明白他说的话。面对着樱花，思念起远隔重洋的父母亲，那影儿哭得泪人儿一般，小金锁跑到一旁去玩耍。

杨太太和石妈转了几处地方，好容易算把她们找到了。杨太太操起熟练的日本话，冷冰冰地对影儿说："小嫂子，你土生土长在日本，看见谁面对着樱花掉眼泪？此时此刻日本国正逢樱花会，樱花盛开，人们都是欢欢喜喜，花儿败落，再盼来年嘛。你面对着樱花啜泣，是不是忘记了日本的臣民，都必须得效忠天皇？”影儿慌忙收泪，引逗着金锁，随她们出离樱花园，走进船坞，登上了画舫。

孙八和老杨已经先来到船上了。这只船载着他们游逛了一周，观看了就要动工修建的西湖八景。他们在船中品够了香茗，孙八吞吃了两三遍大烟药，游山玩水间不觉日落，河面上一片光华，水榭凉亭都打开了电灯。丝竹悦耳，鼓板清脆，歌声悠悠，人语喧哗。说书的、唱曲儿的、演双簧的、变戏法儿的，纷纷登场。

弃舟登岸，孙老八急着要回去抽大烟，这才结束了畅游。

再过数日便是端午节，汽车进院子看公馆的门房高悬着明灯，还在接待前来送礼的人。

今晚很凑巧，孙八和老杨来到客厅门首，沙仲先的马弁向他们行个军礼，并为他们敞开了那扇玻璃门。沙副官长正和孙会长在那里谈唠，见孙八和老杨走进来，离座相迎。

孙八躺在烟榻上过烟瘾，听坐在沙发上的三个人大声地交谈，孙八虽然只是出耳朵，听得他也是目瞪口呆。孙占一向沙仲先忽然提起了张二德。老沙无限感慨地说：“去年秋天，张大帅下令剿灭万宝山贼寇，给咱们造成了不可弥补的损失。‘震西天’招安如若成功，咱哥们儿就可以凭空得到数万武装，不说和那些老古董势均力敌，起码要有一个军听我姓沙的指挥。”老沙言下手指孙占一：“自从你把二德引荐给我，他三顾帅府，两次进京，我和他已经有了协定，我们俩一正一副。如编个混成旅，我们有能力立刻就扩充到一个军，如给个军的番号，我们很快就能形成个集团军。此番举动威慑东三省的绿林道，不出几个星期便可以四海来归。万宝山有的是金银财宝，大帅不给我们装备，完全可以从日本人手里自己买。张景惠、万福麟、张作相、汤玉麟这些个老王八蛋，把持军权束缚我们的手脚，咱们若是有这一支独立的劲旅，岂不称心如意！”老沙说到此处，眉飞色舞。停一会儿，脸儿撂了下来说：“大帅远在旧京，不晓得听谁的谗言，忽然变了卦。动用黑龙江的骑兵师，奉天的卫队旅一举踏平了万宝山，把姓沙的撂在空地上。当时我在八面城胸有成竹地等候点编呢，听到这个消息，真真得叫凉水浇头。”他把手中的雪茄烟折成两段丢在痰盂里，站起来踱着步儿说：“嗣后听说，张大帅剿灭万宝山有两个理由。其一，说姓沙的参加了郭军反奉，可以提拔我进大帅府，但永远不能给我军权。其二，张大帅听说那个‘一条龙’是个巾帼英雄，还是个绝色美人，他要把她收来做第十号的太太。”接着说：“姓沙的前功尽弃不在话下，他张小个子也没有如愿，女盗‘一条龙’在欢喜岭自尽了。此战非同小可，卫队旅和骑兵师死伤了上千人。”

说到这里，他又回到座位上，“震西天大柜船破有底，底破有帮。匪首张二德被俘，报告打到北京，大帅当即批了个‘斩决’。我到军法处把二德提出来告诉他这个消息，这老兄当场和我摊了牌。他在东三省有十处埋金，在香港瑞士银行还存放着一笔巨款。求我设法留下他这条活命，他可以把这批财宝陆续地交出来。当我答应了他的请求之后，他又向我说出了一件天大的事情。二当家的‘一条龙’随身带着一只百宝囊，此物是用鹿皮缝制的椭园形小口袋，里边盛放的物品价值连城。”言此，他从左手上取下一只白金镶的钻戒，在灯下晃动着，接着说：“这只戒指是我新近从佳良洋行买到的，七千块现洋，可‘一条龙’的那只鹿皮口袋里面盛放的钻石有一百多颗，哪颗都比这颗大，还有十几粒明珠，全是稀世之宝。”

孙八不顾抽烟，欠起身来，听老沙接着往下讲：“这只百宝囊在‘一条龙’的尸体上没有发现，判断是她在临死之前，把这件物品交给了随从沈万才。这个姓沈的幼名双牛，是山寨后起之秀，‘一条龙’把她看成亲兄弟，当然有理由把这个财宝赠送给他。可恨的是，沈万才这小子逃出欢喜岭行经四家子附近，碰见了大队的骑兵，四面被围，跳崖身死了。”沙仲先长出了一口气，无可奈何地说，“可惜张二德同我讲这话的时候，已经一个多月以后了，我派干员到出事地点去访察多日，这个沈万才是活不见人，死不见尸，去向杳然。”

家人进来，请几位老爷用膳。饮酒当中，孙八向老沙打听沈万才的情况，可惜他也只知道这么一点点。

开过了晚饭，转入书房。闲谈的时候，孙八向杨仲和透问他经营果木园子多年收益的情况。老杨说：“我在金州、复县、熊岳、盖平都有园子，最小的一座年产水果三千吨。”

孙八问道：“你到过虎石台，并且还着实地考察了一番，你看虎石台家北那一片官山，栽种果木能有多大的出产？”

老杨说：“何止万吨了。我几次想在州内创办农场，苦的是那里的土地过于贫瘠，比不得你们富足的辽西啊。”

孙老八沉吟无语，沙仲先脱口道：“老八，虎石台村北的那一片官山，不是没有主儿吗？我把它替你谋算到手，你给我什么好处？”

孙老八站起身来，一揖到地，诚惶诚恐地说：“当然是利益均沾，可不知此话是否当真？”

老沙认真地说：“不开玩笑，张大帅又修铁路，又建军港，买飞机买兵舰，扩充兵工厂，桩桩件件都得用钱。东三省遍地宝藏，大帅府正忙着要在东北全境开山挖宝。咱把那片山场呈报个矿山，产权立刻就可以到手了。”

孙八说：“那北大山并没有什么矿藏，咱为了一片山荒，可别落个欺君之罪呀。”

老沙笑道：“朝里有人好做官，我既然答应替你办理，一切包在我的身上。”沙仲先起身告辞，约定次日清晨，让杨仲和陪同孙八到大帅府回事房去找他。这一宿乐得孙八目未交睫，早饭后，便与杨仲和到帅府去了。

沙仲先经办，以孙占元的名义把虎石台北大山报了个银矿。从此，孙老八再也没心思吃喝玩乐，只是一门心思焦急地等候有关部门批回来的公事。孙老七为此节也忙碌起来，因为开银矿，可以套用国家银行的游资，借此机会又可以做几笔大生意。

男人们都在忙着正经事，杨太太和石妈住在孙公馆的内宅，每天陪着太太和姨太太逛商场、串金店，听戏看影儿、打牙牌。

这晚，闲暇无事，又拉开了麻将桌儿，一面玩牌，一面闲聊。大太太忽对石妈说：“一晃儿你来省城已经多日，咱姐妹相处得很要好。你看我们宅上姊妹七个，外加小星影儿，全是废物，不能给七爷生儿育女。还不如你这个上炕的小老妈儿，倒给老八养活了个大胖小子。我们孙家有了金锁子，这才不绝户。可是老八一直不肯把你正式收房，是什么缘故呢？”

石妈垂泪道：“太太圣明，我进公义堂都七年了，可一直讨不着八奶奶的欢心，生金锁以后，她对我比从前管束得更严厉了。孩子刚冒话，八奶奶就叫他喊我石妈。我生的孩子是少爷，我本人永远得是个女仆。”

大太太气愤地说：“这个老妖怪，她比我八弟大四岁，依仗着娘家有点陪送，过了门就把老八管了个伏伏在地，多年来一直放不下她们大八旗的那一副臭架子。老太爷作古时，没等起灵，我就和她吵了一架，从那以后没再见面。”

石妈说：“咱们这位八奶奶快成神了，一年到头很少走出佛堂。总说她出身高贵，嫁给老孙家算是受了屈辱。她从心眼儿里瞧不起咱们汉人，跟我说，她要诵念一百万遍《金刚经》，为了恢复她们旗人对中国的统治。”

石妈的言语引起杨太太的注意，她要仔细根究这位八奶奶的来龙去脉，可惜在座的因为年深日久都说不明白。话题转来转去，又转到杨太太的身上。大太太问她，和仲和结婚也有好几年了，为什么身边还没有子嗣。

杨太太一阵狂笑，让大家莫名其妙。据她说，在日本和仲和成婚的时候，便做了绝育手术。这位新女性，当场还发出了一大篇议论，说欧洲各国的上流妇女，近百年来最流行的就是绝育，生儿养女重担都落在女性的身上，那是便宜了男人。

过了端午节，孙老八报矿的手续迟迟地没有办理妥当。管事的李秃子来信，说今年发生了旱情，景况十分严重。孙八有意要回去看看，但沙仲先和杨仲和苦苦地挽留他，使他不能成行。

第十四章

这一年辽西大旱，春夏之交接近三个月无雨，刚刚出土的禾苗，旱得一片枯黄。虎石台村民眼望着波涛滚滚的南大河，先是变成了涓涓的细流，端午节过后，河底全都朝了天。路边上最扛旱的马莲棵子，也给旱得打了卷儿，榆树、柳树、大杨树也全都遮不住阴凉儿了。

清水镇龙王庙香火旺盛。虎石台的村长刘元甲又带着乡民在老爷庙跪起香来了。

兵祸连年，盗贼蜂起，紧接着又来了旱灾。“一贯道”道徒们宣传三期末劫来到了。“道德会”日夜地宣讲要乡民赶快来信奉孔孟之教，灾难重重的因由是人们丧失了伦理纲常。

庄稼人扛着锄头下了地，看那可怜的秧苗儿，已经是铲不能铲、趟不能趟了。芝麻开花不长节，黄豆出土不扎根，就连最扛旱的玉米，也蔫蔫巴巴地又枯又黄。穷人种地怕旱又怕涝，财主家遇见天灾，那就又来了发财的好机会。仓有余粮能够提高售价，家有余财能发放借贷，利息从二分五一下能涨到八分。

五月节以后，仁慈堂的芦秧子没离开陈寡妇的耍钱场，他婶子打发做活的一天来找他好几趟。因为他叔叔芦启良辞掉了村长的职务之后，多半年也没着家，听说在省城搞什么“居士林”，创办佛教会呢。芦秧子贪图玩耍，总在大半夜的时候回家。院子里上百的雇工没人看管，全都成了一片散沙。芦秧子夜半回家，有两次发现身后有动静。今夜是旋风，明夜就是鬼影儿，冷气森森，咄咄逼人。芦茂财亏心活见鬼，很快地传遍了全村。逢有天灾就引出鬼怪，在那个年头认为是当然的事情。遇灾情庄稼人不必起早贪黑，堡子里又发生了怪异的事情，于是天一黑，大家小户就全都关门睡觉了。

天旱无雨，格外闷热，庙上黄半仙手提着灯笼，按惯例在殿前殿后巡查了一遍，然后回转静室。只见他整顿衣冠净面洗手，在玉炉内点燃了檀香，漱口之后上了云床。因道家打坐不必五心朝天，他眼观鼻、鼻观口，欲要屏息入定，但心烦意乱，无法平静下来，只觉耳面发烧，口干舌燥。这道士忙念起了“安神咒”，以图消解。

我本堂堂一少卿，
只缘放荡悟丹经，
清静无为真快乐，
不羡朝郎驸马公。

欲水滔滔往下流，
皆因妄念失丹头，
情枷爱锁都抛尽，
养就玄珠得自由。
……

叹只叹，安神咒连念七八遍，却还是神不守舍，杂念丛生。黄半仙踏着脚凳下云床，紧皱双眉，点起了一盏小马灯。出离静室，把这盏马灯挂在庙后的角门上，灯亮便透过门缝，向庙后射出了微光。一线亮光，引来了知情人。陈寡妇的家里今晚正好清静，她隔着窗户瞧见了夜色中的这盏马灯，赶忙梳头洗脸换衣裳，扣襻儿还都没系好，就倒挂上房门和院门，扑奔老爷庙。

她一进门便扭动腰肢嗔怪半仙，挂上马灯，也不出来迎迎她，这几天庙前庙后都吵吵闹鬼，她一个人上这来，阴森森地吓得她心里怦怦跳。黄半仙没向她赔礼道歉，默默地关闭了静室，熄灭了灯烛。

……

屋子里重新点燃了灯火，陈寡妇乌丝散乱，半遮半盖着一条猩红的兜肚，赤裸着身子，脚上却穿着那双雪白缎子的绣花鞋。

黄半仙好像适才什么事情也没做，穿好了衣裳，板起了面孔，正襟危坐，只等候陈寡妇快快地离开他的静室。

今夜寡妇可是赖住不走了。她倚在枕头上，手托着香腮，颇有感触地说：“我说相好的，你为啥偏偏的要姓黄，不姓吕呢？你要是吕洞宾，我就是白牡丹，咱们俩其实都是苦命的江湖人。我恨你又要做人，又想当神仙。你拿我当干粮和茶水了，吃饱喝得就往门外推。陈寡妇不是什么金枝玉叶，可你总这样对待我，不是伤我的心吗？都说痴心女子负心汉，陈寡妇在你的面前，就这样半文钱不值？”寡妇说着流下了眼泪，手捋着半仙的长须，接着说：“你今年刚过四十岁，识文断字，满腹的文章，为啥就放弃了自己一生的前程？凭你的才气，是做官不行，还是做买卖不行？可你放着阳关大道不肯走，偏要钻这个牛角尖。杂毛老道算个啥行当啊？你这个人简直是个活妖精。”寡妇凑到他的身边，郑重其事地说：“你不嫌弃我，咱们俩就一块儿离开这是非地远走高飞，人挪活，树挪死，迁地为良。我手中还有点积蓄，带上我那小玲子，咱们三口人到外省去，另找生路。虎石台这个地方，庙小妖风大，池浅王八多，你和我在这里混下去，没啥好果子吃。”

寡妇的一片言语，触动了半仙的痛处。他认真地回答说：“看不透你这个狐狸精，居然还给黄真人来说法。姓黄的不是庸庸碌碌的人，我自幼生长在八旗，祖祖辈辈都位列公卿，自从我们满洲全族遭涂炭，我这才看破红尘出了家。提别人你也许不太知道，吉林大将军依克唐阿那是咱的骨肉至亲。”

陈寡妇瞪着水汪汪的两只大眼睛，听半仙说罢，竟笑出眼泪来。她忍笑拉住黄半仙说：“你提的这个名字，我可听我男人讲过。甲午年打鬼子，他是个大将军，可是他白拿朝廷的俸禄，不会打仗。没看见敌人就胡乱地开炮，望风扑影地放枪，老百姓给他起个外号叫依瞎打，还有个大将军叫长顺，他也有个外号叫长坐坡。这号人在民间早已经成了笑料，亏你还有脸提他们。”

黄半仙羞惭满面，可是心里不服。争辩说：“我们大清王朝固然是腐败，可成立了民国又怎么样，我看是每况愈下，还不如当初。军阀割据连年混战，洋奴汉奸肆意横行。前些年我带着家眷住在上海，认识道上胡混的蒋介石，我们也是称兄道过弟，眼下他在国民政府中成了个出类拔萃的英雄。恨那时我在上海只爱瞎胡闹，一天到晚和遗老遗少们花天酒地地混日子。一笔投机生意没做成，竟耗尽了全部家资，老婆跑了，家也散了，在南方无地自容这才看破红尘身入道教。当初，我姐姐下嫁给孙八，是我父亲的主意，我不同意。命里该当，又让我辗转前来投奔他们。这座老爷庙，怕就是我的葬身之地了。”

寡妇起身，修整了头面，坐在椅子上，大模大样地对半仙说：“相好的，陈寡妇是个破烂货，可你也别太拿我不当回事。别人说你道行高深能呼风唤雨，画符

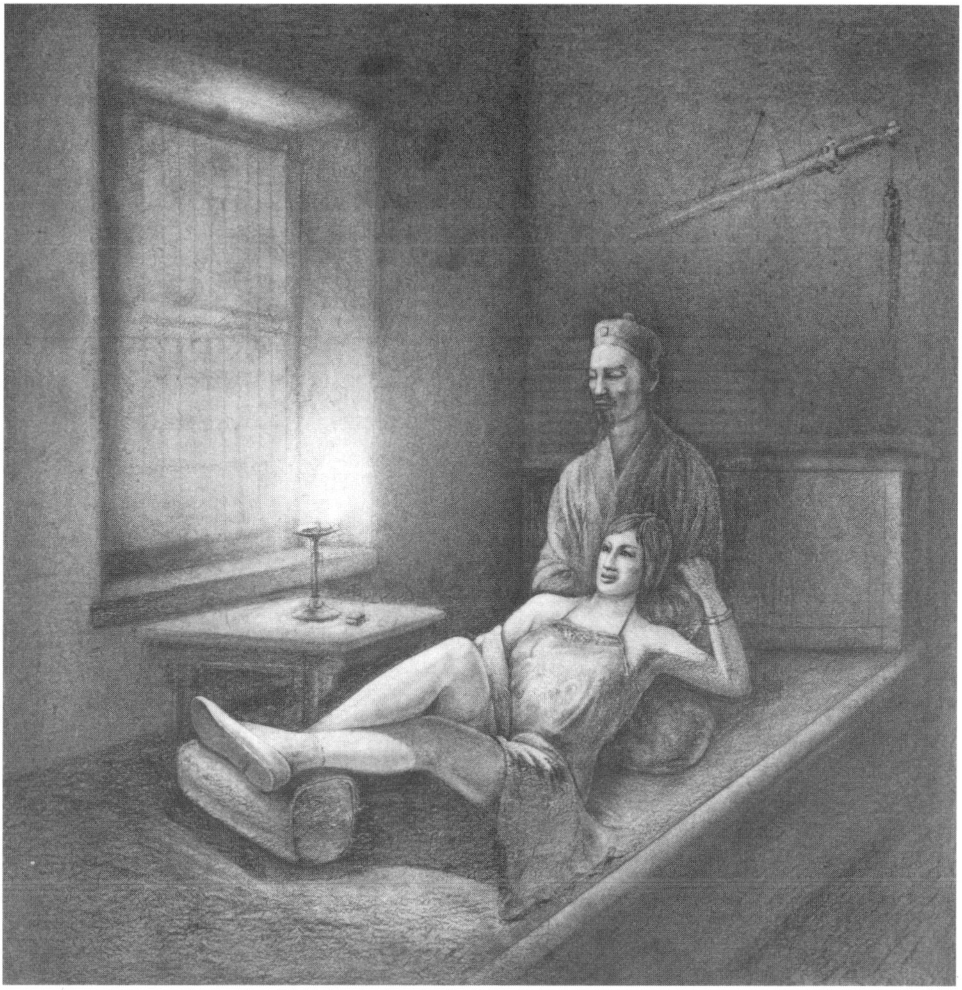

◎陈寡妇：我恨你又要做人，又要当神仙，你拿我当干粮和茶水了。我在你面前，就真这样半文钱不值？

念咒推演八门，又说你悟透了奇门遁甲能骑着板凳上天，反正是把你说神了。可这些话，我陈寡妇可不信。”她从怀里掏出了一支洋烟卷儿，就着蜡烛点燃了，又坐回原位，绷着脸儿说：“前两天，我见金荣海找你来要输赢账，白二先生也催你还钱，你不但欠张小铺香蜡款，还不上陈厨子的酒饭账，你答应给我买的东西，买来一样了吗？你呀你，浑身上下和普通人没有什么两样。”

黄半仙半晌没言语，寡妇又说：“咱俩相好，不能白好，我看你还得想主意弄笔钱花。”

“我倒是想出个办法来，这得求你帮忙。”半仙认真地说。

“快讲吧，我不管有啥样的难处也得成全你不是。”寡妇说。

……

次日，从陈寡妇的耍钱场里传出了让人听着害怕的新故事。三年前在前街老尤家东屋悬梁自缢的小媳妇阮桂香，临死的时候是双身子了。她丈夫柳天祥当时没听别人的劝说，没把她火炼了，但也没有入土安葬，灵柩囚在北山脚下，直到如今。发丧的时候庙上黄老道就曾说过，怕这小媳妇揣的是个男孩子，因为亘古以来母子不能合葬，进了棺材死者腹中的婴孩终究还得生下来。逢有这种事那可就大发了，妈妈孩子就要兴妖作怪。老妖精披头散发，行走如风，小妖怪赤身露体，双睛如火，浑身都长着绿毛，到半夜你能瞧见他从棺材里走出来参星拜斗。这般如此一千天以后，天时就要起变化，白天黑夜总是晴晴朗朗，偶然地有几片云彩，立刻被罡风吹了个无影无踪，烈日当头，旱风肆虐。出这种妖怪，黄半仙案头上的经书写得明白，这叫“旱魃”，民间叫“旱包”。这东西一出现，方圆百里的荒旱就愈演愈烈了。

庙前张小铺的掌柜张老六发现了怪异的事情，隐瞒了多日未肯出口。这天晚上，在陈寡妇家中饮酒，酒后失言，这才泄露了机关。

事情拖拖拉拉已经一个多月了，深更半夜，总有个女人叫开小铺售货的窗口，购买光头饼。天亮以后，检点钱柜，在里边发现有送葬丢在路上的那种纸钱。关于这个夜间来买光头饼的顾客，张老六也注意她了，遗憾的是这女人来去飘忽，看不准她的模样，影影绰绰，仿佛是身穿红裤子红袄儿。

这消息一传十，十传百，越传越奇。上年岁的人有的说，这可是真的，某年某月某地，出过这种事。年轻人不信，问道：“那妖精深更半夜买光头饼干啥？”老人回答：“妖精没有奶，还要喂活她的儿子，不买光头饼，孩子吃什么。”就这样，活灵活现，虎石台钉绑铁牢是出了旱包。消息传到清水镇，刘镇长带三十名保甲队，驰骋而来。

刘镇长踹开村公会的房门，一屁股坐在太师椅子上，大发雷霆："为求雨，咱们全镇花了多少钱款了。求雨的龙亭子已然磨坏了几百根麻绳。成千上万的农夫全都不下地，披发跣足，头顶柳条，手擎着高香，在荒旱的大地上求告神灵。龙王庙前铺设了一大片方砖，都被磕头的磕碎了，大殿前香亭子里的香灰，全都堆成了山。本镇长爱民如子，愁得我多少日子没正经吃饭。你们堡子出旱魃，居然就默不作声！"

镇长在村公会大声地吼叫："你们堡子的乡绅都是干啥的？眼看着百姓受灾，漠不关心。"

正副村长慌忙过来赔话。保长吴六乘机进行挑拨，大村董孙八、芦二进省去另谋高就，堡子里没有人主持大事。出旱包应该剪灭，但轮到花钱，就不知道人家仁慈堂和公义堂肯不肯摊？镇长当着众乡绅，把孙、芦两家臭骂一顿。

当日刘镇长主持，召开了村公大会。全体会董列席，其他较为殷实的农户也都请来参加。仁慈堂来了芦茂财，公义堂来了李春山。为慎重起见，刘镇长当众根究开小铺的张茂森，是否有冤鬼夜间到他店中买饽饽这件事。张茂森点头说有。进而镇长又问芦茂财："听说你走黑道经常遇鬼，有无其事？"芦秧子神色突变，慌忙说："没有，没有。"引来在座的一阵冷笑。

刘镇长胸有成竹，于是开口："此种怪异之事，本镇没有经着过，为了把它证实下来，我建议把关帝庙的黄老道找来，据说他生有一双慧眼，无分日夜能洞察鬼神。不知众位乡绅以为如何？"当然是全体赞成。

杂役王老好去不多时，把黄老道请来了。老道进屋口诵咒语，在门旁落座。

镇长说："请黄真人屈驾，本镇长代表全镇的乡民，求道爷指点迷津，据说本村的北山脚下出了旱包，不知是真是假？"

黄老道起身答话："回镇长，贫道末学后进，法力微薄，但念一方生灵涂炭，不敢隐瞒。虎石台人妖作祟，引起了荒旱，情况属实。贫道夜观天象，亲见那成妖的女子在庙前往来行动已经多日了。这女子生下胎儿参星拜斗，依贫道算来还不够千日，日期一满，便无法制服了，到时辰妖魔出棺，贻祸千里，何止百里方圆！"道士言罢，抽身而去。

黄老道去后，镇长和众人商量除妖的事宜。会董邓五说："黄老道说得明白，阮桂香成气候，还不够一千天，现在正好可以动手除掉她。咱们集合几十人，拿着干柴到她的坟上去架起火来，把她给炼了，那不就结了吗。我不信这妖精比土匪还厉害。‘盖东边’进村，我邓老五没枪没炮，用铁锹镰刀也把他打败了。妖魔鬼怪到啥时候它也怕人。”

马贩子张七摇头说：“五哥，你说的不对，这妖精若是没有点法力，不能让咱们这一方三个月干旱无雨。照你说用笨法子除妖，弄不好把妖精放跑了，它给你来个大旱三年，你姓邓的就是有再多的存粮，也看不透到时候不挨饿。妖精这东西跟土匪不一样，疾如闪电，快似流星，不等你到她跟前，早已经逃之夭夭了。”

正副村长相视无话。镇长说：“我有的是保甲队，来胡子咱们动枪动炮打，闹妖精，可不敢说这个大话。”他手指邓五沉着脸儿说：“你姓邓的是条英雄好汉，本镇长知情，现在请你当众说一句，你若能亲手除妖，咱们全镇的百姓给你拿孝敬。”邓老五低头无话。

刘镇长压服了乡绅，在会上提出要立刻动手除妖，但还是征询在座的意见，请哪一位高僧高道来剪除这一方的祸害。

张小铺第一个说：“张六是个贩夫走卒，今天被找来参加村公会，颇感荣幸。我一年到头背枪打围，山猫野兽，狐狸黄鼠狼子，在我的手下也不知被消灭了多少。于二大神的胡仙堂一提我张茂森的名字，就吓得胡黄仙不敢附体。这次，女妖到我店里去买饽饽，姓张的亲眼得见，这才相信。老爷庙的黄老道法力无边，依我看，咱们请黄真人除灭这个旱包，最为合适。”

刻薄财主金老三站起来说：“启禀镇长，事关重大，金广梁有话不敢不说。我家宅不安，今年春季请黄老道去净宅，花了大洋三十块，可到现在那三间房子里边还是闹鬼。我倒不是花了三十元钱感到心疼，实因为这件事情证明黄老道法力有限。”

袁连喜接着说：“三哥，咱俩磕头拜把子，交情靠，你说黄老道法力有限，我不同意。前年腊月，在清水镇集上，黄老道散发灵符，张天师附体，怒发冲冠，这是我亲眼得见，当场把龙王庙的小老道全都吓哭了。第二天我也去了，黄老道在集上行法，雪地上跪倒了乡亲一大片。张天师二次施放灵符，一元钱一副，袁连喜也跪领了一张。”说着，他解开纽襻从胸前亮出那道用黄布缝裹挂在脖子上的灵符，说：“这道符带在我的身上不打紧，两年来，连喜我身轻体健，百病不生，夜晚我路过坟圈子，成堆的鬼火离老远就全都吓跑了。”

二先生白延龄摇头晃脑地接着说：“黄老道不愧称为黄半仙。我到西岭去治病，亲耳听到一件事。这半仙前年七月傍晌时路过西岭，行经一片瓜园，一时口渴，要买个瓜儿尝一尝。种瓜的老头言说瓜没开园，不能摘取，黄老道连求三次，种瓜的一口回绝。道士无奈，奔清水镇走下去了。去后不久，瓜地里跑进个白兔来，一条黄狗在它身后紧紧地追赶，一狗一兔在瓜田里兜圈子，无数的瓜儿、秧儿全都被践踏得破破纷纷。种瓜的拿条扁担，气急败坏地要打杀这两个动物，可在他的脚下又踏烂了无数的香瓜。过路的看到这桩怪事，警告那个种瓜的老人，快去把黄真人请回来，这是他施行的法术。老人奔跑二里地把黄老道请回来，这道士用手一指，白兔、黄狗随即不见了。”列座骇然。

大家伙儿当场决定，再次把黄老道请过来，求他在北山脚下设立道场，剪除旱包。黄真人为一方除害，索取的价钱不高，银洋一千元整。

原来今年的旱情是从旱包身上引起的，虎石台设道场，轰动四乡，连县衙门都派下人来，亲临现场。

黄真人斋戒沐浴，七天没离开静室，磨光了他的七星宝剑，晾晒那八卦仙衣。正副村长变成了他的随从，这几天黄老道成了虎石台的太上皇，一呼百应，指挥自如。八个属龙的、八个属虎的，分左右排列在庙台阶上，身披着画有符咒的鹤氅，手执着旗幡，在半仙的号令下进退如仪，左旋右转，习练捉妖除怪的混龙八卦阵。一面绣制着阴阳鱼的太极幡，高高飘扬在庙旗杆上。

旧历六月乙酉日，卯时。镇长刘紫玉率领三百名保甲队，弓上弦，刀出鞘，在北山脚下开始戒严。实因为这一天来观看黄半仙捉拿旱包的黎民百姓，总有数万之众。天傍亮就都漫山遍野地拥来了。黄半仙有话，怕的是这一天要有歹人搅闹道场。

时辰已到，先有几个农夫肋下夹着三尺长的桃木桩，在坟丘子的周围指定的地点钉上了七七四十九根，黄真人披发仗剑，用红绒绳儿把那个坟丘子圈拦起来，这就变成了行法的禁地，前后左右约够十丈方圆。

卖呆的被保甲队驱赶到很远的地方去站立，候等捉妖。黄半仙把现场封锁起来，又回村去了。

清早起，忙坏了开饭馆子的陈厨子。村公会交给他任务，宰一头驴，杀一条狗。黄半仙行法时，需要四个驴蹄子、一盆黑狗血。这是预防到时辰五雷神符不管用，妖精破棺而出，到时只有这两宗避邪的物品能够制服它。

说起这混元八卦阵，是当年元始天尊传下来的阵法。姜子牙用它困住了闻太师。这座阵，名曰八卦内藏五行，有旋乾转坤的妙用。妖魔出棺，逃走不迭，左青龙，右白虎，使令它立迷四象。这时节，黄真人焚化灵符，剑尖儿一指，便有五丁六甲动手擒妖。因此说，一盆黑狗血、四个驴蹄子，不过是备用之物。擒妖捉怪担着风险，一击不成，那可就惹下了大祸。妖魔闯出八卦阵，卷起一股冲天的黑风，行法者首当其冲，登时得七窍流血，气绝身亡。旋风经过的地方，三年之内连草都不长。依据这个说法，前来看热闹的就得十分注意了，看京腔大戏只是花钱买张票，看抓妖精，弄不好得丢了性命。

道场铺设停当，看热闹的加保甲队在内，都自动地站到远处去了。

黄半仙率领十六名护法，旗幡招展，进入道场。天不怕、地不怕的大头鬼刘紫玉，把马肚带紧一紧，端坐在鞍桥上，远远地静观。

坏了，村子里旋风般来了一群人，手拿着锹镐，为首的是公义堂二打头的柳天祥。他双睛冒火，手拎着一把雪亮的鹰嘴儿镐，照直闯进了道场，被黄半仙迎头拦住。

柳天祥说这里囚的是他已故的妻子，他不信温柔典雅的阮桂香死后能成妖，当面指责黄老道:“这是你黄老道闹的鬼，我现在领人来，咱们当场开棺检验，死者果然成了精，由姓柳的亲手除灭。如果尸骨毫无变化，你黄老道得打个欺诈乡民的罪名。”黄老道焉能服他，三言两语和柳天祥争吵起来，天祥扬手把他头上的道士冠打落在地。这时，道场周围一片骚动。刘镇长、吴保长马上指挥保甲队，将天祥带来的这伙人，团团围住，没容分说，把他们手中的锹和镐抢夺下来，两三个人掐一个，押解他们回转村公会。柳天祥骂不绝口。

排除干扰还得继续捉妖，黄老道差一点又来个怒发冲冠。看他像凶神恶煞一般，手执七星宝剑指挥十六名护法，步入红绳圈拦的禁地，片时间，布成了阵势。黄半仙口中念念有词，左手擎着那盆黑狗血，兜囊里放着那四个驴蹄子，大踏步向坟丘子走去。

他和那个用土坯垒起来的坟丘子面对面，朗朗地唱出了几句咒语。四个庄稼汉奔跑过来，挥动锹镐把土坯扒开，露出里边浮搁在平地上的棺木。黄老道退后半步，咔嚓把手中那盆狗血连盆子砸在棺材头上，紧接着，一道灵符贴了上去。扒坟的四名壮汉，抱过来早已预备好的，浇了油的干柴火，堆放在棺木周围，立刻点火。

烈火燃烧着尚未腐朽的棺木，噼噼啪啪地山响，前朱雀、后玄武、左青龙、右白虎十六名护法围绕着道场不停地变换队形。黄半仙口唱的咒语清脆有力，很有节奏地十分动听。

举火之后，不断地往火堆上加柴火，熊熊的烈火燃烧了有半个时辰，直至把棺木烧尽。卖呆的额手称庆，黄老道的法力果真不小，旱包真就没闯出他的混元八卦阵。

阮桂香的老祖父阮敬贤，有人搀扶着他也出村来观看。老先生遥望着炼化他孙女尸骨的那堆火，泪流满面，悲哀地吟咏道："天地之大也，鬼神其盛乎。"

古人说，国之将兴，必见祯祥；国之将亡，必出妖孽。虎石台出旱包的一前一后，东三省出了一件大事情。统治这个地区的兵马大元帅张作霖，乘坐火车从北京返回奉天，行经皇姑屯两孔桥附近，被安放在那里的一颗炸弹炸死了。

当时，事件没有公布，消息传到百姓耳中，离事件发生已经多日了。

村长刘元甲说，他多日以前半夜里出去小解，见东南方有两颗将星坠地，光景像是两盏火红的小灯笼，缓缓地从高空坠落下来。副村长王雅轩为村长的说法张目，两盏灯笼一点不假，因为和张大帅同时归天的还有黑龙江省的督军吴大帅。庙上的黄老道跟上来说，辽西大旱，为什么剪除了旱包还没下雨，实因为这两位大帅殡天，焉能不给黎民带来灾难。

张大帅一死，东三省好像抽去了主心骨，民心惶惶，军心惶惶，但听说老帅死后，少帅当了权，东三省还有人管。

七月十五定旱涝，八月十五定收成。七月十五这天叫鬼节，是上坟祭祖的日子。虎石台北山脚下的公众义地，烧纸的黑烟遮蔽了半边天。男女老幼都到坟地上来号啕痛哭，遇上大荒旱，百姓就难活了。

过了鬼节，虎石台的八大户，关上大门，结算账目，开始打发长工。按月按日地掐算，该得多少，从仓子里头拨粮。放在往年东伙一回，不讲什么四出五入，该得八斗的给你一石，该拿七升的给你一斗。今年是东家的都食亲财黑，皆因为碰见荒年了，连老爷庙都断了香火。长工们卷起铺盖往家走，东家都送到大门外，说明来年春起再到院里来做活。

灾情小，粮食涨价，灾情重，粮食不值钱，因为所有的灾民穷得不称一个铜子。所以古人把饿死人的日月，叫作"过贱年"。清水镇的粮行，米价一天就跌落数次，一斗高粱落到两角钱。

虎石台抬粮放账的大户是吴老六，每天找他借钱的在门前排成了行，竟然高达八分、十分的利息。吴老六诚恳地说，他家中也是没有钱，有钱春天已经放出来了，青黄不接的时候，还没收回来，只把借贷放给老实人。

粮食贱，其他的物品也都跟着贱，张小铺的五金杂货，绸缎布匹降低价格出售，无人购买。

天旱无雨，秋头子更是格外地炎热。这一天保长吴六，正当晌午从家里出来，要到“保甲房”去看一看。行经庙后，见两只公鸡在路旁斗架，停下脚步来，两只鸡一胜一负，胜者昂首阔步走进一座土墙圈拦的院落，吴六信着步子跟它走了进去。这是佃农董四喜的宅院，他租种明德堂四垧地，年年如期缴纳租粮，从来没向地东借过债。

吴老六进院，先看看他的牲口圈。两头黄牛、一条毛驴，石槽里放的是青草，没有个粮食粒儿。三间草房一明两暗，吴六走进堂屋，看东屋里没人，西屋南炕上坐着个大姑娘，这姑娘在玻璃窗底下，聚精会神地绣花呢。吴六进西屋坐在北炕沿上，大姑娘停下针线说：“东家来了，我爹和我妈都下地去了。”吴六笑道：“从你家门口路过，顺便进来看看，今年的庄稼全都旱完了，一对老夫妻还下地去干什么？”姑娘说：“我家的庄稼还没算扔，一春一夏爹领着弟弟妹妹挑水浇苗，眼下苞米全都灌浆了。”吴六说：“人定胜天，看样子你们家今年还能有点儿收成，怪不得姑娘你还有闲心坐在炕上描龙绣凤。”

姑娘说：“手上的活计是给正心堂刘大奶奶做的手工，这是给她大姑娘预备陪嫁的枕头顶儿。”吴六问道：“她家的姑娘多大了？”“三岁。”大姑娘淡淡地回答说。“三岁的闺女就给准备嫁妆，简直是笑话。”吴六说。

“听说江南的人家，姑娘生下来就给孩子酿酒，等到她出嫁的时候，拿出来招待亲友。”姑娘说。吴六拍一下手掌，迎合道：“对，对，那叫女儿红。大姑娘你真是博学多才，是咱村少见的人物。”

姑娘听他口气里隐含着轻佻，不再理会，埋头动起针线来。吴六大瞪着眼睛盯住了人家大姑娘。这个姑娘就是当年郭军进村那个险遭郭军排长祸害的老董家大闺女。当时在庙头上指认凶犯，吴六见过她，当时就被这孩子的容貌所震惊。今天得见，果然是艳丽无比，吴六一时心猿意马。

正当此时，老董家的大傻子回家来取东西，吴六搭讪着站起身来，离开他家到保甲房去了。

就在这一天，虎石台的村民还在旱灾面前奔走呼号的时候，凶恶的瘟神又把它的黑手伸进村来。黄昏时候有人得病，天傍亮，前街后街都传出了悲惨的哭声。这种病得上以后，头迷眼黑，上吐下泻，用不上半个时辰人就气绝。中医管它叫“霍乱”，外国人管它叫“虎列拉”，老百姓说得实惠，这叫“瘟大灾”。天旱无雨，紧接着又闹瘟疫，虎石台这个几百户的村屯，眼看着就要变成一座地狱，沉重的灾难压得人们喘不过气来。

霍乱风行，遍及四乡。清水镇的棺材铺存货无多，很快就被抢购一空。有的人家死了人，只能用木箱板柜做棺材，紧张的时候，芦席、大缸也都成了殡殓之物。

白二先生被请去给人治病，回家来看见他妈死在了炕上。吹鼓手在办丧事人家的鼓乐棚子里吹得正欢，撂下喇叭，躺地下一打磨磨，呜呼哀哉。送葬的走到半路上撂下绳杠就死了，哭丧的没脱孝服，便跟死人一路去了。

老爷庙黑天白日大敞着庙门，报庙的络绎不绝。

于二大神胡仙附体，言说孤坟上的草用无根水煎熬能治瘟疫，一时间，所有的孤坟都被剃个光秃，可遭瘟灾的人还是照样地死。前街的老木匠杨福田，六个孩子，一天一夜死了五个。

庙后的种地户董四喜，五十多岁，三棒子都打不倒，过晌儿还领着孩子老婆挑水浇地，傍黑儿得病，半夜咽气。天亮，左邻右舍还有他的亲家刘老疙瘩父子都赶了来，张罗发送这个老人。四喜的老伴儿和他家大姑娘痛哭失声，不忍心用木柜把老人装出去，苦熬苦累一辈子，又有一帮的儿女，怎能让他临终连口棺材都捞不着。

这当口来了地东吴六，他说，东伙多年，这事他不能坐视不管，一定要帮老董家这个忙。吴六没等董家求他，主动的飞马前往清水镇。不多时，村头上尘土飞扬，四套马的大车拉着一口黄花松的花头大棺材，赶进了后街老董家的院子，吴六乘马跟了回来。车辆上除了那口棺材，香蜡纸锞俱全。扯开封皮，取出一匹白花旗布，这是给家里人缝制孝衫用的。

前院的陈寡妇赶来落忙，这女人真是能文能武、手脚利落，片刻之间，把董家一门老小的孝服裁制完毕。傍晌儿，棚铺来人搭上了灵棚，鼓乐房子来了一帮吹鼓手。

吴老六宣布，他要尽东伙之谊，把老四喜好好地发送发送。四喜的老伴儿带领着五个孩子，白羊似的跪在东家的面前，叩谢大恩。

穷亲戚、穷朋友多有散去的。旁观者清，吸血鬼吴老六今天这一番举动，显然是黄鼠狼子给鸡拜年——没安好心。

四喜的亲家刘老疙瘩，掀开兄弟的蒙脸纸，泪如雨下，强忍着心中的剧痛，蹒跚地回家去了。老人家有意劝阻四弟妹不要接受财主这种无因由的帮助，可是他话到唇边留半句，说出来也是迟了。董家的门婿刘铁柱，淌着眼泪忙里忙外，心乱如麻。三个小舅子没有一个中用的，老太太和她媳妇又不忍草草地把他岳父发送出去，这时辰，不求财主还能求谁。

董四喜起灵的日子，明德堂又来了大车。老董家大傻子身穿重孝手擎着灵头幡，在车前行走，一边走着，一边回身问那个赶车的：“老板子，你家这匹大辕马多钱买的？”

出殡的路上，有一只野兔蹲在路边，老董家的二愣子，身穿孝服，从灵车上操把铁锹去捕杀那只野兔。有人高喊：“孝子不许杀生。”二愣子没管没顾。

董四喜入土安葬，一晃三天。清早，刘铁柱扛着铁锹来会他的两个小舅子给老人去圆坟。回来时坐在炕边上，岳母对他说：“铁柱啊，你四叔一死，我家里失去了主心骨。咱们贫穷人家讲不起什么礼仪，回去跟你爹商量商量，咱们两家归伙吧，顶秋后，给你媳妇上头。”

铁柱子面红过耳，答应着出了屋。当晚又来，言说他爹这两天病势加重，让铁柱告诉他岳母，过几天再作商量。

七月底，虎石台一带下了一场透雨，农民站在雨地里质问那苍天：为什么和我们庄稼人这么过不去呀？降雨之后，旱情解除，瘟疫也自消自灭了。北山脚下的乱坟圈子，平添了无数座新坟。一大群野狗每日嚼吃死孩子，把眼睛全都吃红了。

吴保长自从帮助老董家发了丧，一次也没到董家去。这一天傍晌，陈寡妇忽然来了，她的大襟上别着针和线，头顶上包条白手巾，一进门着急忙慌地找大姑娘，言说明德堂吴六奶奶求她去给拆洗几床被，已然浆洗完毕，轮到做，她有点忙不过来了，求大姑娘去帮她忙活忙活，最多一时辰，便能做完。

大姑娘迟疑之间，已被那寡妇拉下炕来。董四婶站在堂屋，试想拦挡，未待张口，寡妇牵着姑娘的手走出院门。老董家离明德堂不远，老太太望着她们的背影，心神不安。转念一想，大天白日可也出不了啥事情。

陈寡妇领着大姑娘快步行进，眨眼来到明德堂，推开大门奔二门，照直来到上房里间屋。炕上确实堆着几床褥套和被套，陈寡妇展开一床浆洗平整的被里，铺在炕上，让大姑娘上炕，两个人动手缝活儿。

姑娘进院就感到诧异，空旷的院落静悄悄的鸦雀无声，到上房，也没见吴六奶奶的影儿。就在这转念的一瞬间，陈寡妇抽身出去了。

片刻之中，吴六可闯进屋来了。

房中发生一阵摔砸厮打的声音。一个小时之后，吴老六脸上带伤，在姑娘面前长跪。陈寡妇坐在一旁，左一句、右一句地说和。照吴老六的请求，他甘愿拨给董家五垧好地，外带一千元现款，给姑娘办嫁妆。陈寡妇出面，替董家找刘老疙瘩父子退婚，过一段时间再由她正式做媒，让吴六把大姑娘娶到家来，做二房妻。有言在先，大姑娘来家之后，要和吴六的原配刘氏夫人平分疆土。因为刘氏过得门来生下了一儿一女，女名丽娟却还聪明伶俐，男名广泰却是个混沌颟顸的东西，不能继承父业，因此指望大姑娘过门之后，生儿育女，给他家挺门户、续香烟。

陈寡妇语气至诚，流着眼泪劝说："大妹子，嫂子插手这件事，虽然觉得亏心，可我也不是安心把你往火坑里推。我四叔一死，丢下你们一帮，大傻子、二愣子不是中用的人，小三黄毛子年纪又小，你们姐儿俩，又都是女流之辈，往远看，六口之家生活不好混。刘铁柱不过是个粗手笨脚的庄稼汉，家里还养个成年下不来炕的病爹，千斤重担就落到妹妹你的身上了。你只要进明德堂，当上二奶奶，我四婶能跟你享福，兄弟妹妹也都沾光，一人得道，九族升天，老董家在虎石台就不是穷人了。"

大姑娘痴呆呆地坐在炕沿上，一声不响。寡妇接着说："大妹妹，现在木已成舟，你已经是吴六爷的人了，我看就不要犹疑了。"

大姑娘恨恨地说："你们做的这个圈套，实在是太阴损了。老董家丫头上当受骗，不怨你们，只怨我一个心眼儿要好好地发送发送我那苦命的爹。可是我一错不能再错，你们这些花言巧语，别想打动我的心。"大姑娘声色俱厉，手指着寡妇说："你这个养汉老婆，别指望在我身上再找什么好处，姓董的丫头有这条命，够你们的了。"

大姑娘抬身往外走，吴六跪在地上还想拦挡，姑娘抡圆胳膊又抽了他好几个嘴巴子。

大姑娘出离明德堂，回到家中，前后也不过一个时辰。她在老妈妈和兄弟姊妹面前，态度十分镇静，谁也没看出什么异状来。

这天董家老小身穿重孝到北山脚下给已故的董四叔去烧了五七，大姑娘趴在爹爹的坟头上哭了个死去活来。从坟地上回来又让铁柱子领她去看望看望她的公爹刘老疙瘩。

刘老叔躺在炕上，见没过门的媳妇来看望她，激动得流出了眼泪。他从被窝里伸出双腿，对姑娘说："媳妇啊，男怕穿靴，女怕戴帽，你看老叔这两条腿，肿得跟吊桶一般，估量着我也要和你爹一路去了。你爹死后，你妈让铁柱回来和我合计，两家子归伙。老叔心想，等我死后让铁柱一个人搬过去吧，我怎么好意思死到你们家里去呀。"

老人家见两个年轻人坐在他的身旁掉泪，他先把自己的眼泪擦干了，倚着枕头强打着精神说：“你们等我死后，把我草草地一发送。顶来年，年景若是好，热热闹闹地办个喜事，别让堡中老老少少笑话咱们。铁柱子身大力不亏，领他两个小舅子能侍弄几垧地，咱家有牛具，苦累几年能把日子过齐全了。”

大姑娘听公公的嘱咐，心情越发悲痛，刘老叔摆手让铁柱送她回家。

当天晚上，大姑娘让二愣子去找他姐夫刘铁柱，定更以后铁柱子到了董家，小两口避开家里人，到房后去了。今晚月光皎洁，二人双双坐在一块青石上，姑娘忽然说：“铁柱哥，你和我由老人做主，订下了婚事，去年腊月换盅，定规在今年秋后成亲。可是半年的荒旱，一茬瘟疫，把咱俩的好事搅散了。最近几天，我觉着心神不安，像要有什么灾祸临头，我把话说出来，你别慌，我这个人也许不能给刘家做媳妇了。老叔和我爹轧一回亲家，我想在我死后，老叔不管病势好坏，你们爷儿俩还要搬到我家来。我妹妹比我小四岁今年十六了，我嘱咐我妈把她许配给你，反正咱们两家终究要合成一家人。”

刘铁柱确实没慌，因为大姑娘所说的这一番话，是他无法理解的。思索半晌，实打实凿地说：“大妹妹，我四叔一死家里就剩下你这么一个中用的人了，年纪轻轻你怎么能死呢？铁柱没啥能为，我领着两个兄弟下地，还能养活咱们一家。你真要有个三长两短，那把咱们两家可就都坑了。”

姑娘说：“我爹也是死不得的，可他死了咱们还得照样过。家里再少我这么一个人，也不要紧。”铁柱子还想说话，姑娘拦住他，站起来说：“铁柱哥，咱们就这样一言为定了，我跟你说的这片话，已经嘱咐了我的妈。”刘铁柱愣愣怔怔地回家去了。

大姑娘进屋，老妈妈坐在炕沿上抽烟还没有躺下，娘儿俩睡在炕上继昨天夜间的话茬接着唠。老妈妈认定那天陈寡妇找大姑娘到明德堂去帮着她给吴六奶奶做被，这里头发生了什么事情。多日以来，老人家已经看出女儿有些个心事重重。直到昨夜听闺女跟她说些不吉利的话语，便越发促使妈妈刨根问底，可是姑娘硬是不肯吐露实情。娘儿俩急一阵、恼一阵地唠到半夜。姑娘一瞒到底，她只是一再地对妈妈说，这几天仿佛是中了什么魔，总是梦着有人告诉她，得去修仙成道，感觉自己一阵一阵的精神恍惚。妈妈要带她到黄半仙或者是于二大神那去看一看，她又是坚决不肯。只是说，在她走后让妈妈不要和刘家断了亲，铁柱子是个老实忠厚的庄稼人，把二妹妹许给他，这是个最靠得住的养老女婿。

今晚，她接着和妈妈说：“刘老叔的病势沉重，老人家死前不肯到咱家来归伙，就随他罢。等他过世以后，铁柱把行李搬来，也就算咱家的人啦。”另外嘱咐老妈妈，“为发送爹爹欠明德堂的债，度过了荒年一定要还给他，从今往后少和财主家来往。”老妈妈还有话说，看姑娘已经睡熟了，只好作罢。

天亮以前，董四婶刚眨个眼儿，就发现大姑娘不在她的身边了，赶紧招呼起全家人出去寻找，房前房后，不见个人影儿。

虎石台的北大山，顺着盘山道走上去，攀登到绝顶，那里有一条深谷，山路旁经年钉着一块醒目的标牌，写的是："此处危险，游人止步"。凌晨，老董家大姑娘就从这里跳下去啦。

庙后老董家大姑娘好端端的忽告失踪，堡子里一片惶恐，天灾人祸怎么是一桩接着一桩?

左邻右舍到董家来看视，那姑娘真的不见了。董四婶向那些好心人如实地说出了经过，很快就有人去找黄半仙和于二大神打听。半仙说："这姑娘生有异秉，生辰八字、骨骼相貌都不是短命的人，但小小的农家养不住这个奇女子，百日之后，必有消息。"

乡农们根据半仙的说法，偷偷地议论：女大不由娘，老四喜把这姑娘许配给铁柱子，办了一件错事。半仙说她一不能丧命、二不能久落贫家，意在言外。这个水葱似的大妞儿，兴许是和什么人自由恋爱，离家出走了。一年半载之后，准要有个大马金刀的女婿领着她坐车乘轿，前来归宁。还有一说，姑娘走前给她娘家妈留下话语，让她妈把二闺女许配铁柱，李代桃僵，这情节明明是说她自己不愿意嫁到刘家去。前街于二大神胡三太爷附体，没说姑娘跟人跑了，而是说这姑娘没离开这个村子。于是有人又猜测，这姑娘是被谁给藏起来了。

庙后住家的老车把式刘老疙瘩，在他家没过门的儿媳妇失踪之后，这老头真的死了。临死嘱咐他儿子，就用家里的破木柜把他装出去。铁柱子正在为难，庙前庙后穷苦的乡亲们送钱来了，瘟疫已经过去，可以买得到棺材，不能让刘老叔土压脸。

刘铁柱发送了老人，后院董四婶就打发大傻子、二愣子来帮铁柱子搬家。刘铁柱遵老人的遗命，从此和董家归了伙。单说董四喜和刘老疙瘩这一对亲家，头年腊月，轧亲换盅，今年秋头便先后离开了人世，老亲少友提起来，无不慨叹。

刘铁柱到董家归伙，马上就和他家的大傻子、二愣子下地去侍弄租种明德堂的那四垧庄稼。补苗追肥都不赶趟了，但经过人力扶持，看光景还能保住三四成的收成。此时刘铁柱已经一心无挂，因为在他岳父董四喜故去前，他就被永吉堂辞退了，如今爹爹入土安葬，他孑然一身，想起董家老少对他的好处，为他家出力已无话可说。

董四婶自从刘铁柱来到她家，感到自己又添个中用的儿子，千言万语都说给了那个十六岁的二姑娘，嘱咐她眼前先把铁柱当亲哥看，下一步度过荒年，日子过得稍稍地齐全一点，不管身旁还有没有我，来年或者是后年和柱子成亲。

董四婶自从大姑娘失踪，表面上很镇静，但这位老人家，心明眼亮，知道自己的女儿吃的什么亏，上的什么当，走的是哪步棋。自从大闺女突然失踪，亲友来访，老太太总是如实地叙说姑娘生前对她所说的一切话，然而她自己可不是那么想的。大丫头从小儿啥秉性啥脾气，老人明白，这一回她自走绝路，不怨孩子怨老人。恨只恨，就在老头子倒头那一瞬间，让财主吴六来钻了空子。孩子年轻，一时转不过弯来，为娘的也错了主意。事情一往回想，老董家接受明德堂的恩德，穷苦的乡亲们看了着急，老太太心里不糊涂。当时想，为了发送老头子，也是万不得已，欠财主的情慢慢地可以报偿。绝没想到，狗财主能在她的大姑娘身上打算盘。

陈寡妇来找大丫头帮她到明德堂去做被，这突然的举动，谁摊上也一时招架不了。姑娘只去了一个时辰，当日什么破绽也没有看出来。但后来她向妈妈所说的一切话，使老人逐步地觉察了这一段隐情。刚烈的女儿至死也没说她那日到明德堂去受了屈辱，费尽心机，为的就是解脱老人的责任。因为这桩事情是她的糊涂妈领着她陷进了财主的圈套。

老头子死时，四婶仿佛把所有的眼泪都流净了，大闺女失踪，她连一滴眼泪也没淌。只是用好几天的时间在村前村后到处察看，井边上、河沿上、坟圈子、树林子都没有发现她女儿的尸体。老人家认定自己的闺女是自寻短见了。因为她知道她的女儿若是没有必死的勇气，大前年冬月不能在她家的小仓房里手执剪刀和那个郭军排长对命。遗憾的是，董四婶只有两只小小的民装脚，她到过北山，可没有能力攀登上去，不知在那山巅上，还有一处致人死命的地方。

俗话道，有话烂到肚子里也不能说，四婶儿就碰到这种情况了。虎石台五百六十多户人家，乡里乡亲差不多都来过问，她家大姑娘失踪，到底是怎么一回事，老太太不能明说。亲生的女儿是自己五个孩子当中最疼爱的，可是她刚刚活到二十岁，就这样委委屈屈地完结了生命。老太太自己认为，这孩子是替她死的，因为她五十多岁居然就这样没有见识。丫头一朵花还没开，就先谢了。剩下个老婆子做错了事情还怎么能觍着脸活下去?

打发大傻子和二愣子把铁柱子接来家，老太太横下一条心，跟闺女一路去。她偷偷到四叔的坟上去把这些话都和老头子说定了，就准备着一早一晚办她要做的事情。

就在这个当儿，村公会的杂役王老好到庙后来看他的闺女。父女二人在灯前叙话，爹问道："从后院你董四叔去世，到他家大闺女失踪，你去过没有？"

"没有。"女儿回答说。"多年的乡亲，前后院住着，你咋没去看看？"老爹抽着了一袋烟缓缓地问道。

"你闺女寡妇失业的，从你姑爷死后，万才离家，素常日不论大事小情我是谁家也不去。"王氏说。老爹爹半晌无话，抽罢了一袋烟，这才接着问："你看老董家出的逆事，咱们该管不该管？"女儿说："人家的事情咱们管不了，一家子出横事，常在主事的人儿身上。老董家四婶是个糊涂人，出这桩事情穷乡亲们谁能管得了？"

爹爹说："不管也得管，看死的看活的都得管。明天你到董家去，跟你四婶唠一唠，我在庙上耳目灵通，知道老董家旧事没了，还要发生新事。老董太太把铁柱子接到家，她自己也要寻短见。"

"不能吧。"女儿说，"我看董四婶儿不能那么做，像我似的有两个孩子绊腿儿，多少回想死硬是死不起。"

爹爹说："她和你不一样，她家大姑娘一死，老太太没脸活了。最近几天她到你四叔的坟上去，有人偷偷地听见她和死鬼唠嗑，她是一定要和她的大姑娘一路去。"

门开处，隔壁王长江进屋来了。坐炕沿上开口道："大嫂啊，老董家四婶要寻短见，是李二虎亲耳听到的。大虎哥找我好几趟，让我叫你家弟妹去劝劝董四婶儿，可是她拙嘴笨腮的说出话来怕打动不了老人的心。话是开心的钥匙，咱们为了救全老董家，这件事大嫂你得出出面。"长江言下很抱歉地说："你们爷儿俩在屋中说话，我偷听了几句，实在感觉不对劲儿。"

沈大嫂点头无话。

第二天，庙后沈寡妇在她男人故世之后，差不多是第一次走出了她家的院门，到后院老董家去待了一头晌。午后，又把董四婶拉到她家住了一晚上。一拨拨的乡亲好心地照看着董四婶，使董家的悲剧没有继续演下去。

中秋节以前，卸了任的村长芦启良，离家数月还乡来了。半年多不见，他的颌下留起了长髯，肥胖如故，神气儿显得非常的谦虚。手里捏着菩提子的念珠儿，一摇三摆地来到村公会，飘飘然有出世之感。面见正副村长和保甲长，为今年的荒旱和瘟疫涕泗横流。当场宣布，他此番进省创办“居士林”“佛教会”，参悟了上乘的佛法，看破红尘，在家修行。要舍弃一切身外之物，广行善举，度化生灵，使他家悬挂的仁慈堂的匾额发扬光大。

八月初十，老爷庙上钟鸣鼓响。村长刘元甲站在庙头上向应召前来的乡民公布：虎石台仁慈堂开仓放赈，断顿的人家可以背着口袋去领粮。东西南北百里之内，不论村庄镇甸，穷苦的乡亲都能接受仁慈堂的施舍。但有一件，仁慈堂芦二善人有言在先，前来领取施舍的农家，不论人丁多少，按户分配。满族一斗，汉族八升。

虎石台老爷庙的黄半仙，是众所周知的旗人。开始放粮的这一天，黄老道拿条口袋也到仁慈堂去了，面见芦二善人，口称“无量佛”，接着说：“二善人开仓放赈，贫道一人一口，也来求施主的布施。”

芦二笑道：“释道原来一家，仙长来求布施，捎个口信来也就是了，毋庸亲劳尊驾。”

半仙说：“岂敢，岂敢，贫道夜观天象，悉知二善人此一番开仓救赈，和东三省的政局有关。”芦启良板起面孔请黄老道进入密室。

黄老道就座，一本正经地说：“贫道世外的散人，本不该在尊驾面前多言多语，皆念你我都是八旗的后裔，义不容辞，特来奉劝几句。据说去年六月，日本国的田中首相，向天皇呈递了一份奏折，进而制定了一项所谓的满蒙政策。这项政策确定了日本国的外交方向，就是说要把满洲和蒙古从中华民国的版图上分离出去，变成日本的领土。咱们大清国从强到弱，迭经二百余载，不因着崇洋媚外，不至于沦亡。贫道才疏学浅，眼看着的国家局势，惴惴不安。恕黄某冒昧直言，家住奉天小西边门外的令亲克甲山与贫道有一面之识，听说这个人接受日本海外的津贴，在东三省创办慈善事业，盖有年矣。专司网罗八旗的遗老遗少，搞东三省的独立运动。像此等通敌卖国的举动，有识之士早有耳闻，阁下与他是儿女宗亲，离乡外出半年之久，折回来这般地广行慈善，不令人费解吗？”

芦二嘿嘿地一阵冷笑，正容道：“当真人不说假话，开门见山，证明你够一条好汉。令姐黄氏从打咱们满族退出了政治舞台，为了不甘心种族的沦殁，日夜守护着青灯古佛，诵念《金刚经》十万余遍，盼的就是再把咱们大八旗重新树立起来。兄弟你年富力强，加入道教，从南方到北地，我看你也是意有所为。唐朝的徐茂公是老道，明代的刘伯温也是出家人，朱元璋举义之前是和尚，洪秀全当过耶稣教徒。”

道士说：“人各有志，家姐愚昧无知，对国家民族的看法，我与她冰火不同炉。在下见识浅薄，但看你们的举措实在是太危险，怕只怕你们这样做，落下那万劫难复的罪名。古人说忠言逆耳，似你等已经是箭在弦上不得不发，但贫道终究还是希望你们悬崖勒马，消患于未然。”

黄老道离座，芦启良送到大门外。分手时，听道士说：“公义堂的主人也该回来了，小小的山村，人物不多，透一孔可见全貌。”

数日后，孙八果真回到了虎石台，随同他一路前来的有杨仲和夫妻。

孙占元还乡，大会宾客。酒席宴前，向乡绅们畅谈了省城里的光景。张大帅被刺，这是头一条新闻。张少帅子承父业，奋发图强，扩充陆海空军，抵制日本国的侵略，相机要替父报仇，并且已经动手干掉了几个大汉奸，这是第二条。奉系军政府与南方国民党政权信使往来和平谈判，就要易帜，这是第三条。张少帅为了救国救民，要大量地开发东北的土地和矿产，兴办实业富国强兵，这是第四条。大举清乡弹压地面，务期在几个月内能使东三省贫富相安，路不拾遗，夜不闭户，这是第五条。从意大利国买来三百架飞机，从英国买来二十艘兵舰，几十万东北军已经是一支强大的武装力量，完全有能力对付日本的侵略，这是第六条……

孙老八在席上慷慨陈词，说出张少帅励精图治、安邦定国的条款，有十余项之多。在座的绅士都听得眉飞色舞。

仁慈堂放粮，公义堂发布振奋人心的消息，使虎石台这个山村，空气显得活跃起来。

这里今年虽然遭受严重的旱灾，但靠着土地肥沃、傍山近水，八月节以后照旧地动了刀镰，赖赖巴巴还算落个三四成年景。

最使人敬佩的是公义堂的当家的孙占元，旱情最严重的时候，从省里写信回来，命李秃子不要辞退长工。大打头的王吉庆、二打头的柳天祥率领院里几十名长工和短工，挑水浇地，追肥补苗，获得了很好的收成。

春夏干旱，秋头子雨水不缺，霜降前后，虎石台的北大山成了贫寒人家的宝库。干果、药材、各种土产品收取到家，拿集上去换来了粮食和现款。

人得瘟疫，六畜却还兴旺，家畜家禽也帮着人们渡过了一些难关。

随孙八到虎石台来串门的那对姓杨的夫妻，在这里住了一个多月，好几次由孙八和李秃子陪伴，去游逛北大山。这一天又从山上回来，顺路儿走进了老爷庙。

一行人在庙里转了转，黄老道请他们到静室看茶。闲谈当中老道竟和那个杨先生认真地争辩起来了，孙八从中溜缝儿，也被他的小舅子着实地抢白奚落了一番。

这件事除了李秃子还有村公会的杂役王老好在场，听他们争论的内容很蹊跷。那个杨先生说，万里长城以外不是中国的疆土，东三省的地面是满洲人的故居，有它独立的地位。黄老道当面驳他，指出他蒙昧无知。并引经据典说明东北地区远在秦始皇统一国土的时候，就曾在这里设立过郡县，号称“辽东”，多少个世纪以来，这里便是中国不可分割的领土，只有汉奸卖国贼才能说出这种无稽的话来。孙八替那个杨先生帮腔，黄老道勃然大怒，指鼻子数落孙八，揭露他这次从省城回来，几次到北山去察看，肯定心怀鬼胎。小舅子正告他姐夫，你若想霸占官山，小心激起民愤。就这样，孙八和他的朋友杨先生，让黄老道卷出了庙堂。等他们去后，老道激动地告诉王老好，他怀疑那个杨先生是日本的奸细。但老道消了气之后，又嘱咐老好，让他不要把这些事情向外说。

不久，公义堂的那两个客人离开了虎石台。

这一年冬天，虎石台的两个巨绅孙八和芦二过从甚密，而公义堂和仁慈堂成了这堡子的慈善机构。豁免佃户的租粮，不收债户的利息，众多的贫户接受了他们的小恩小惠。

芦启良的侄子芦茂财带他的老婆孩子，到奉天岳父家中去串门，过新年也没有回来。

第十五章

虎石台经过巨大的灾荒，人丁减少，总户数仅剩下了五百家，这是正月里村公会按县里的指示，呈报备耕文书的时候，敞开台账才发现的。

正副村长又召集了一次村董会，研究富足人家如何帮助佃农耕种土地，使村中的熟地不撂荒。到会的村董面面相觑，默不作声。保长吴六声言他家中还有余粮余款，可以放贷。在会上，他又是大发牢骚，指出公义堂和仁慈堂两家假仁假义。孙八和芦二开正月以来没在村公会露面，并先后离家出走，不知又到外地搞什么鬼名堂去了。

村子里冷冷清清度过了一个寒冷的正月。二月，县里派下人来查问备耕的情况，会首们受到了申斥。因为张少帅体恤民情，责成地方官督促乡绅恢复灾区的生产。有说元帅府还拨了一笔款子来救灾，但虎石台一文钱也没捞到。

去年干旱，秋雨未缺，春耕时节，却还是好土头。清明前后，大家小户陆陆续续地都把犁杖赶了出来。

公义堂的当家的孙八从省城来信，把大打头的王吉庆叫去了，又过几天，管事的李春山也奉命进省。李秃子到省城才知道，他的东家孙占元经过千辛万苦，到底把虎石台的北大山据为己有。东家在这以前，已经把王吉庆从省城打发到州内去，习学经营果木园子的全套本领。

孙占元霸占官山，手段很高明。主要是通过元帅府的沙副官长和他哥孙会长，从东三省矿务总局，报准了一项开采银矿的执照。开矿的范围，包括整个的那座官山。另外由张少帅亲自批准，由国家银行贷款十五万元，拨给矿主孙占元，充作开发的经费。因为这座银矿在东三省是罕见的，矿石的含银量达到百分之七十。虎石台银矿所出的矿产将供给奉天造币厂，开工铸造银圆。

张少帅发奋图强，没停留在口头上，此人子承父业，二十四岁佩戴陆军中将的军衔，果然是有气魄，他立志要把日本帝国主义在中国的侵略势力统统地赶出去。

元帅府的副官长沙仲先，老帅在时不得烟儿抽，少帅当令，对此人言听计从。实因为沙仲先是郭松龄的好友，而反对老帅的郭鬼子，是张少帅的盟兄弟。所以沙仲先在少帅面前，推荐虎石台的土乡绅孙占元开发银矿，张少帅立即应允。当然，少帅批准在辽西开发这座银矿，也是很慎重的。他从矿务总局要去了这座银矿的开发计划，矿区的平面图，特别是从这里所采集的矿样和化验单，经过反复研究，这才在批件上签了字。

此节，矿长孙占元清楚，经他手交到矿务总局去的那一小口袋矿石的样品，是杨仲和先生从大连弄来的，矿石的出产地不是中国的东三省，而是南美洲的墨西哥。这群坏蛋狼狈为奸，为了谋算一座官山，撒这样的弥天大谎，是不是也担着风险呢？沙仲先、杨仲和、孙占一、孙占元聚在一起的时候，也充分地考虑过。少年得志的张学良，此时此刻早已经陷入了五里雾中，东三省不是马匪张作霖的天下了。

三月下旬，奉天元帅府秘书处配合东三省矿务总局，派人来到县署。县衙门遵省里的指示，派一名巡官、三十名骑警，护送这一批人到虎石台，勘察丈量北大山。

穿洋服的、戴眼镜的进了公义堂，就由孙老八陪同吃喝宴乐。管事的李秃子带着一伙巡警，在北山脚下比比画画地沿着山根钉上了一排白木的桩橛。当日晚间，孙老八又陪着这伙人回省城去了。

七天之后，公义堂的四辆大车到县里去，从石匠铺拉来几十根半尺见方、三尺多长的青石桩子。李秃子指挥伙计，把那些木桩子拔下来换上了石头的，石桩子上头都刻有一行字："东三省矿务总局地界"。

四月十八，老爷庙开庙门，上庙烧香的都被村丁拉进了村公会。村公会连同保甲房十五间房子都摆上了席面儿，所有的乡绅和一些种地户早已经先到了。会董兼保长吴殿臣，杀三口肥猪，今天在庙上请客。村丁站在门口，大声地叫嚷："凡是有嘴的都可以进来吃，明德堂今天请客，酒席宴前有天大的事情和乡亲们商量。"胆大的男人陆续往里走。

孙占元要霸占官山，到如今已经是家喻户晓。吴六要和孙八打冤家，大伙儿也知道原因。明德堂的后大墙，全都划入了矿务总局的地界，他家的祖坟也全都给圈到里头去了。

吴六从公义堂埋桩子那一天起，到现在连口凉水都没打牙。事发之后，他便气急败坏地到清水镇找他的岳父刘镇长，爷儿俩又马不停蹄地飞奔进县，可是县衙门谈虎色变，言说管不了。孙占元要给张少帅开矿，谁敢拦挡。

吴六回村，在他的祖先堂上点起了香蜡，发誓要和孙八血战到底，今天在庙上请客，必有举动。二虎相斗，必有一伤。当年公义堂和仁慈堂打冤家，一方的百姓深受其害。如今，明德堂又要和公义堂作对，有见识的人懂得，其结果还得是城门失火，殃及池鱼。但是，孙芦两家结怨，那叫私仇，吴老六对孙扒皮开火，这里头可是有公愤。虎石台祖传的北大山亘古以来是公有的财产，贫苦人家的生命线。十里八村的乡亲们，也都指靠这架大山谋求生活。如今，由公义堂一家独占，怎能不引起民怨?

酒席宴前，吴六给所有前来坐席的人斟上了一巡酒，未从说话，先“哇哇”地哭了一通，众乡绅也有陪他下泪的。他当众揭露，孙占元从去年春起，进省城一去半年，为的就是要霸占这座官山。他所走的门径咱也打听明白了，就是勒索乡民、火烧老沈家房屋、杀死沈万洪的那个沙团长。此人现在是元帅府的副官长，孙老七的把兄弟。孙扒皮这一次独占北大山，并不是要开什么矿。北山上什么矿都没有，看样子他是要在北山的阳坡上栽种果木，公义堂的大打头的王吉庆已经到南城学艺去了。管事的李春山在西岭窑地上购买了砖瓦，眼下就要在北山脚下大兴土木。

吴六声色俱厉地说:“我明德堂田园庐舍，祖宗的坟墓都在北山脚下，如果容忍孙扒皮占去这座官山，吴老六就得带着老婆孩子扫地出门。推情度理，姓吴的受不得这样的屈辱。”他把嗓门儿亮得高高的，接着说:“去年两茬天灾，咱堡子没有冻死的、饿死的，靠的就是这架北大山，如今被姓孙的一人独占，再有荒年老百姓拿什么活命？”吴六力竭声嘶，坐下来喘口气。

村长刘元甲从旁说:“这桩事关系重大，吴保长也不可过分地激动，趁今天乡亲们来得齐全，就请你在席面上把办法说出来吧。”

吴六二番起立向众人提出个办法来：第一，凡是今天来参加宴会的都在一张毛头纸上签名画押，表明坚决反对孙占元霸占官山。第二，明天正午，每户出一名青壮年，听庙上钟响，到村公会聚齐，然后由保长吴殿臣和会董们率领，到北山底下去，把公义堂埋设的石头桩子，统统拔掉，就地销毁，如有什么人敢来拦挡，打死勿论。第三，拔桩子或者是出人命，一概由村公会集体负责，打官司告状，拼命流血，所需用的一切开销都由明德堂垫付。吴老六为这桩事甘心情愿当逼事头。酒饭用罢，村民散去以前俱都签名画了押，总数二百余名。

庙上这么一闹腾，公义堂能听不到消息吗？管事的李春山慌里慌张闯进上房屋，向东家奶奶报告这个情况。正在品茶闲坐的黄氏女，十分镇静，毫不在意地说：“他们这样做，那就是造反。别看那几根石头桩子不起眼儿，谁动手把它拔掉了，那便是目中没有张少帅，让他们吃不了兜着走。明儿个清早，你到庙上去，跟那些乡愚们把话说明白，谁胆敢以身试法，让他们别忘了头顶上还有天，脚底下还有地。”李春山诺诺连声，退了下来。

清晨，李秃子在门房里和二打头的柳天祥对面喝酒，忐忑不安地说：“柳兄弟，八奶奶让我今天到庙头上去，震唬那些准备闹事的人。哥哥自觉心里害怕，我担心一到庙头就让众人打杀了，甚至落不下全尸。可若是不去，八奶奶的吩咐我怎敢违抗。俗话说，穿青衣抱乌柱，吃谁向着谁，养兵千日用在一时，今天我装熊种八爷回来没有交代，硬着头皮去，分明是凶多吉少。”秃子言罢，头上冒汗，两只手也有点打颤。

柳天祥笑道：“堡子里反对的是咱们的东家，和你管事的有什么相干。”李春山慌说：“不对，乡亲们恨我比恨八爷还厉害。”“那是怎么说呢？”天祥问道。“我不是村里出名的狗使奴才吗？”秃子认真地说。柳天祥笑得喷出饭来。

李春山找天祥喝酒，是想求此人陪他一起到庙头去一趟，但人家吃喝完毕，声称地里没人照看，扛锄头下地去了。李秃子想求个人帮他壮壮胆，都没办到。十点来钟他把那颗经常在肩上挂带的匣子枪擦了个锃明瓦亮，到上房屋拉条门缝儿对石妈说：“请你告诉八奶奶，李春山到庙上去了。如有不测，念我在公义堂报效多年，请八爷八奶奶照看我的老婆孩子。”李秃子晃悠悠出离公义堂，一路行来，迎风洒泪，光景也透着很是悲壮。

李春山绕过公义堂的东墙角，一眼便瞧见老爷庙头上人山人海，聚集着一大帮青少年。明晃晃的锄头、镰刀、铁锹、小镐子紧紧地握在他们的手中。秃子自觉筛糠，张开嘴那颗心就能蹦出来，两只脚走在平地上，顿时就像爬山那么艰难，可是他咬定牙关指挥那两条腿，向前迈去。这小子终于是来到了庙台阶上，大家轻鄙地看他做何举动。只见他高挽着两只袖口，袒露着前胸，右手紧握着枪把子，左手把毡帽往脑后一推，露出半个闪亮的秃脑袋，扬脸朝天地吼叫着说：“众位乡亲们听真，李秃子可不是正当香主，今天到庙上来奉劝几句。后山的石柱子那可拔不得，那是张少帅派人来立上的，谁把它拔掉了，谁就是造反。”

众人见他这般可笑，忍不住地哄然一阵。李秃子拔步就跑，年轻的从地上捡起小石块，向他的背后掷去。吓得他没命地狂奔，在拐角的地方被什么东西绊了一跤，闹了个狗抢屎。

大家判断，公义堂打发李秃子出来丢丑，证明孙扒皮已经技穷力竭了。少时庙上钟响，乡亲们动起手来，虎石台的北大山终究还得成为共有的财产。

都十一点钟了，庙上的人越聚越多，单等会董们从村公会走出来，发布命令。该来的早都来了，用不着再等到正午敲钟。几家会董坐在村公会的屋子里，焦急地等待着，一壶茶续来续去，已经变成了白水，昨晚到镇上去的吴六还没有回来。村民当中有性急的几次进屋去催促，但会董们坐在房中，纹丝不动。

农忙时节，几百人没下地，在庙头上蹲着、站着，头顶着烈日白白地耗去了几个时辰。晌午，肚子饿的陆续回家去吃饭，不饿的也蹲烦、站乏了。心眼儿快的开始嘀咕，这里边怕又出鬼了。直到午后两点钟，逼事头吴六才陪着他的岳父刘镇长在村公会门口下马。此时，屋子里的那群乡绅，也全都回家吃饭去了。

傍晚，明德堂打发伙计把村董们请了去，又是吃喝一顿。言说，他岳父认定，挑动乡农对抗张少帅，这个罪名谁也担当不了。

有知情的说，孙占元随元帅府和矿务局的公差回省之后，就和镇长刘紫玉在省城做官的至亲好友拉上了关系。就在虎石台准备闹事的前一天，刘镇长的一个儿子、一个女婿从省城回到清水镇。这两个人都是留洋回来的，一个在省署里当专员，一个是报馆的主笔。席面上，吴六没说孙八给他什么好处，但声言不再阻碍公义堂在北山开矿了。刘紫玉告诉众乡绅，他已经打听明白，孙占元霸占这片官山手眼通天，绝对制服不了。他要在北山的前坡上栽种果木，在后坡挖掘矿藏，这项计划是张少帅亲自签批的。

那年月，村子里有什么大事小情，乡绅们不肯出面，穷苦人无能为力。

进五月，虎石台的北大山热闹起来了，人夫车辆，从北山直达县城，川流不息。先是从县城里来了一批建筑工人，按规定的界标，圈拦铁丝网，拉进来砖瓦木料，砂石生灰，建筑房屋。同时，孙占元的那位朋友杨先生，从南城带来几十名专门栽种果木的园丁。十几辆大车日夜不停地从县城里往回拉运果木栽子。这些果木栽子，都是在南城打好包装，经过南满铁路和奉山铁路，用火车运来的。数万株果木在北山坡上栽种了，单是用通椽搭起来的葡萄架，一溜儿就有二里地长短。南城来的几十个园丁，动起手来，还觉得人力不够用，李秃子到庙头招募短工，但没有一个应招的。秃子无奈，只得到外堡子去找。前前后后，不过一个月的时间，孙占元创建的果木园子，已经是略具规模。

六月上旬，在村公会的大墙上贴出了东三省矿务总局的通令。同时，虎石台村公会也接到了县署的指示，矿区以内，凡未经国家许可，擅自建造的地上设施，限十日内一律迁出。

村中最守法的是保长吴殿臣。明德堂在通令张贴出来那一天，请来了龙王庙的道士，在他家祖茔举行迁坟仪式。吴老六把他家的祖坟，从北山脚下挪到西岭上去了。跟脚儿，公义堂的车辆从清水镇“永祥木铺”拉来几百具骨尸匣子，堆放在北山义地的旁边。皆因这片义地，未经国家许可，是村民擅自占用的地皮。李秃子在庙前宣布，乡亲们迁坟有指定的地场，那是岭边上公义堂撂荒多年的那片涝洼地，离村并不远，上坟填土也方便。还有一件，挪移坟墓，那叫翻尸动骨，需得找出家人给捡骨殖。庙上的黄老道不干，公义堂的孙八奶奶亲自到红石岭子，在她成年布施的“苦竹庵”请来了两个老尼姑，给乡亲们捡骨殖。北山义地有些无主的孤坟，也将由“苦竹庵”的尼姑，给他们超度超度，然后进行深葬。孙八爷有好生之德，绝不能把已故的乡亲们化骨扬尘。

自从村公会贴出通令，庄农人家，又是哭声一片。谁都是父母爹娘所生，怎忍得让老人死后翻尸动骨。可是，国法无私，在通令和指示面前，乡绅们都怕得像避猫鼠，穷苦人谁敢违抗。有胆小怕事的，继明德堂迁坟之后，动手把亡人的尸骨挪走，怕只怕限期一满，让人家给扬了。这时，正好是刚刚挂了锄，农家略有空闲。七八天的工夫，北山义地上迁走了数百座坟墓，但很少有人把迁出来的尸骨送到公义堂的那片涝洼地上去的。因为那里是一片泥潭，把亡人埋在那里，还不如索性扔到河里去呢。镇长刘紫玉舍出一片义地，紧挨着山东坟。多数人家把骨殖匣子和尚未朽坏的棺木，移葬到那里去了。

公义堂的二打头的柳天祥，在这几天当中挪移了四家的坟墓。本家除外，还有老顾家、老沈家、老阮家。后街刘铁柱挪了两家坟，刘家和董家，外带一座孤坟，就是老尤家的小接媳妇姜大妞的。铁柱把她的骨尸埋在西岭，着意加大了坟头，为的是等来日尤金榜有回村那一天，也好去祭奠。

虎石台的坐地户阮老先生阮敬贤，除了他的孙女儿阮桂香无坟可迁，无骨可捡，其他已故同辈、长辈和晚辈人，有九口之多。迁坟之日，老先生身穿重孝，由人搀扶着往来于新旧义地之间，陪送亡人的尸骨，哭得他好几次昏厥在地。回得家去，呜呼哀哉。

阮老先生咽气，震动了全村。关帝庙的黄老道眼含痛泪，手托着木鱼子，来给他诵念倒头经。屋子里、院子里哀声恸地。都说天灾可怕，可眼看人祸逾天灾。

北山脚下迁坟，村落里哭声阵阵，恶霸孙老八照旧督率园丁、工匠和伙计们，昼夜不停地营造他的果木园。

这天，公义堂的李秃子第三次到庙头上去招短工。站在那里的一群闲散人，见他来到纷纷散去，李秃子落个无趣，骂了一通街。骂过之后余怒不息，气愤地够奔北山。在果木园子新修的房舍里歇一歇，倒背着手儿走进了新房斜对面的种地户老侯家。

侯德盛从清水镇迁到虎石台，投奔他师兄杨福田，在北山脚下安家落户已经多年。此一番孙扒皮霸占官山，按指定的界标圈拦铁丝网，老侯家的园栏房舍，全都在矿务局规定的范围以内。村公会的大墙上贴出通令，李秃子便来找侯德盛，撵他搬家。可叹这一家子人，从清水镇搬出来，起因是他家的肥猪侵犯了财主的果木园，这一次又要撵他搬走，为的还是财主的果木园。

德盛是个老实人，自从来到虎石台，埋头苦干，与人无争，四口之家却也没有冻饿之危。实指望在这里安居乐业，怎料想太平日子又来了飞灾横祸。李秃子找他动交涉，立逼他在十日内迁出公义堂所辖地界，因为他所占的是官地皮。至于地上的设施，孙八爷与人为善，答应给他补贴一部分损失。老侯说，搬家不同挪坟，十天八日怎么能办得到。加上侯德盛不是本乡本土的人，当初来到虎石台，再凡有办法，也不能在这北山脚下孤零零地独自生活。李秃子给他出主意：前街杨福田有三间草房，八口人如今只剩下三口了。你套上大车把箱箱柜柜、衣裳、行李、锅碗瓢盆往他家一拉，不就结了吗。鸡鸭猪狗，跟着车尾巴，也就全都过去了。你和杨福田有交情，穷轧穷再合伙种块地。人挪活，树挪死，过个三年五载说不定还能混发了财呢。老侯摇头，认为这桩事不能那么草率，但他向李秃子表示，不敢违抗王法，迟早也要把他的家从这里搬走。自从公义堂圈上了铁丝网，他的一门老小都好像住进了监牢狱，出来进去，随身携带点什么东西，都要受盘问。

李秃子去后，德盛到清水镇去找他的师兄杨福田商量这件事。福田还是那个宁折不弯的老脾气，让德盛顶住公义堂的威胁，如果要搬家，一定让孙扒皮在村里拨一片房场，照原样，再给盖上三间房子。搬家的一切损失费用，都得让这个恶霸负担。咱们不打官司也不告状，给他来个赖定了不走。事急了，孙占元一定能多出代价。德盛最听师兄的话，返回来，也就和公义堂放挺了。

今天李秃子又来找侯德盛，这已经是第六次了。一进门就怒气冲冲地说：“老侯，矿务局通令十天，今儿个已经十二天了，看样子你要和公义堂较量较量，李管事的不给你点儿颜色看看，你小子也不知道马王爷三只眼。”

侯德盛慢声慢语地问道：“大管事的，你想咋办呢？”李秃子恶狠狠地说：“我给你扔出去，今天日落以前，我让你这个狗窝变成平地。”秃子言下，手按着匣子枪。德盛脸也气白了，脱口道：“我看不透你这个走狗有那么大的权势，侯德盛是个安善的乡民，不是胡匪。”

李秃子圆睁二目，破口大骂，把侯德盛从屋中揪到院子里，拳脚交加，一顿暴打。周围做活的人围拢过来刚想拉劝，杨福田出现在李秃子的背后。李秃子殴打侯德盛，众人后悔晚到了一步。杨木匠把李秃子撂倒，围过来的人唰地散开，袖手旁观。南城请来的园丁不明真相，试想进前去劝阻，但都被公义堂的伙计挡了驾。侯德盛被李秃子打了几下，并不太重，李秃子被杨福田按倒，可是吃了大亏。别看老杨头岁数大，他那两条推刨子拉大锯的臂膀，跟铁杆一般，两只拳头铜锤一样，把秃子打得怪声号叫，满地翻滚。杨福田打够了，这才歇手。周围的人像集上看卖艺的走了一趟把式，只是未便叫好儿。

李秃子老半天才从地上爬起来，鼻青眼肿模样很难看。杨福田和他面对面站着，见他把匣枪拔出来了，毫不在意地说：“你小子有种，今儿个给姓杨的放上，公义堂舍了几百个骨殖匣子，还缺口花头棺材。”李春山低垂着拿枪那只手，灰溜溜地离开了老侯家。此时他连骂一句的勇气都没有，他知道，再挨一顿拳头，非报庙不可。

杨福田从镇上赶回来，正碰上这桩事。侯德盛把师哥让到屋子里，让他的女人烧水，杀鸡。公义堂设在园子里的大厨房，送来一瓶子烧酒。老杨头拳打李秃子，不独给乡亲们出了口气，其中也包括公义堂那些做活的。

福田在德盛家里吃喝完毕，日已平西。饮酒当中，师哥告诉师弟，他给出的主意，后经明白人指点，已经回过味儿来了。孙扒皮财大势大，和他硬碰归终还是要吃亏。福田这次回村，决定让德盛全家搬到他的家里去。财主家赔补多少就算多少吧。虎石台几百户人家，都甘受这恶霸欺压，咱们一个外来户拔不了横儿。侯德盛全听师哥的，弟兄俩商定，明天带他的兄弟小德发，到前街去，把福田的东屋收拾收拾然后就搬家。

杨福田吃酒带醉，离开北山往村儿里走。暑热炎天，他把褂子脱下来，搭在肩上，只露内里那件白布的汗褟儿。行经一片小树林，该死的李秃子闯出树林，从身背后猛扎了一刀，看样子他是怕福田还手，一刀捅过去，接二连三又是好几刀。身材魁梧的杨木匠一声未吭，躺卧在血泊中。李秃子扔刀就跑。

说李秃子上回手拎着匣枪没敢放，这回怎么又有胆量来刺杀老杨头呢。他在老侯家挨打以后，回村儿照直进了陈家馆子，吃上喝上越想越窝气。李春山在虎石台闯荡了半辈子，一直还是个熊种。受别人欺负还可以，杨木匠何许人也，把我打成了这个熊样！姓李的自出娘胎，这是头一回。可气的是公义堂的那些伙计，吃里扒外，看姓李的笑话。冤有头债有主，毛病出在王吉庆和柳天祥身上，由打王吉庆进公义堂，就压姓李的三分点儿，东家面前，李春山说话不算数了。数年之间，我和那个黑小子结下了深仇大恨，但在表面上互不侵犯。近年，柳天祥又和他扯上了圈儿亲戚，他俩一唱一和，拿李秃子不当个打屌棍儿。可恼的是老东家，偏偏还宠着他们压服着我。今天，杨木匠敢动手打我，指靠的就是我这两个对头冤家。李秃子想到这里，恨得咬牙，更进一步怨恨起他的东家来了。我李春山父一辈子一辈给你姓孙的出力报效，公义堂的每块砖、每块瓦，都有姓李的劳绩。我爹死那咱，孙虎堂还哭了一鼻子。轮到我，孙老八总是掐着半拉眼珠瞧不起。信奸不信忠，当皇上也免不了丢天下。李春山一片肝胆，换不出孙老八的人心。往前看，李春山的路是越走越窄了。他一面想，一面吃喝，酒杯里有他的眼泪，菜盘里有他的鼻涕。恨急了先是咬牙，怒不可遏的时候，把自己的嘴唇子全都咬破了。

他是啥时候离开的陈家馆子，怎么样地走进了那片小树林，全都忘了。从树林里冲出来，拔出腿插子攮倒了杨福田，这时候，才略微有点清醒，扔刀飞跑时，差不多已经完全醒了酒。

李秃子酒后行凶，扔刀逃走。刚跑出几步去，就听北山和庙后同时有人呼喊："李秃子杀人啦，追上他，截住他！"

李秃子在北山挨打，堡子里头并不知道，待他到陈家馆子去喝酒，才有人发现他那副狼狈相，像是和什么人发生了斗殴。陈厨子给他端酒上菜，这才听后进来的人说，秃子让杨木匠揍了一顿。他在陈家馆子喝酒，足有两个时辰，喝完以后出离陈家馆子。陈厨子向熟人们说，李秃子喝酒的时候，出尽了洋相，醉酒之后，一脸的煞气，奔北山下去了。这小子兴许又到老侯家去找麻烦。杨福田在老侯家喝酒，离开北山往回走，侯德盛和其他几个人把他送到铁丝网以外。内中有两个人送走了老杨头没立刻转回去，眼见他拖拖拉拉地往前走，显然也是喝多了。得亏那件白汗褟儿显眼，夕照日头看得清楚，远见他行经那片小树林，李秃子从林中闯出来，用凶器刺倒了杨福田。

李春山慌不择路，拼命地狂奔，他绕过庙后的大道，从小路上跑向公义堂。在他身后追赶的青壮年有数十人之多，呼喊声、怒骂声汇成一片。李秃子在前边跑，愤怒的乡民在身后追，眼瞧着再有五十步他就要躲进公义堂。

就在这个时候，公义堂的东家孙占元，刚刚从清水镇回来，在门前下马。听说李秃子杀了人，又见他身后追来那么多激愤的庄稼汉，孙老八不含糊，牵马进院，“咣当”关上了两扇大门。李秃子跑着，看东家在门前下马，心里念佛，准知道这回算是得救了，怎料想，他那救命的恩主，忍心地把他关在门外。暴怒的人群，齐声喝喊：“打死他，打死他！”先有人抬腿把他踢倒了，无数只拳脚落在他的身上，接着又有人喝道：“大伙儿都闪开，用石头砸死他！”夕阳西下，李秃子血肉模糊躺在公义堂的门前。

孙八透过门缝儿看乡民已然散去，这才敞开大门，打发伙计用一块门板把断了气的大管事的抬送到他自己的家里去。

管事的在门前被打的时候，上房屋里的八奶奶正和那位杨太太谈唠家常。石妈跑进来禀报，被八奶奶恶狠狠地白了一眼，意思是，不该打断他们的谈话。那位杨先生，操起他那总不离身的照相匣子，飞奔公义堂东南角上的大炮台，透过炮台上的射击孔把群众打砸李春山的场面全部拍摄下来。

李秃子的遗体由公义堂干活的送到家。他家住东泡沿儿上，是租赁的房屋，就是顾天成典给芦茂财的那三间草房。来人七手八脚把秃子放在炕上，携带着门板绳扣，回转公义堂去了。李秃子的老婆抚尸大哭，脸贴脸地号叫，忽发现他还有口游气儿。这女人也算能干，让四岁的儿子看家，旋风般跑到前街去，把白二先生请来了。经过一番急救，李秃子缓缓地苏醒过来了。红伤已经包扎好，黑伤须待明日仔细地检查。

天光大亮，李秃子有气无力地告诉他老婆，到公义堂把东家请来，因为他自觉神志不清，有些重要的事情需要向东家作个交代。

早饭后，孙老八不慌不忙地来到了老李家，一屁股坐在炕沿上，忽觉血腥气冲鼻子，便连忙起身，拉条凳子坐在门边上。

李春山先是委委屈屈地哭了一回，接着声嘶力竭地、断断续续地向东家交代后事。外堡子的佃户、债户还欠租、欠款的共有多少，哪一家无力偿还，哪一家故意拖延还没给。抬粮的账目他记的都是密码，嘱咐东家，查账的时候千万别看错了。院子里做活的，长支短欠绝大多数都已经落账，最近有几笔没写，让东家把它补上。张小铺取货的折子，记得不准确，应当核实。陈家馆子新近从院里赶去一口肥猪，毛重三百二十斤还没给钱……后仓房鼠患猖獗，他经手刚配好了两瓶耗子药，放在门房的板柜里，这领柜素常日总装面碱，告诉小厨房的厨子，别把它拿错了，毒死东家。

李秃子滔滔不绝地向东家交代后事，孙八早已听得不耐烦。站起身来说："你昨天被打，让我非常生气。东伙一回，咱们话讲当面，公义堂正在多事之秋，你倚仗我的权势杀人惹祸，这叫火上浇油。"东家拂袖而去，李秃子一气昏厥。

孙扒皮离开东泡沿儿，奔前街走下去了，好事的乡亲们在他的背后远远跟随。村子里出命案，是从公义堂霸占官山引起的，大家伙儿要看看这个逼事头做何举动。他来到了杨福田的家，进屋才知道，老杨头被刺以后，有人出主意，从肇事地点直接抬到清水镇治疗去了。那里的"济人堂"医治黑红伤，比白二先生高明。孙老八和杨福田的老伴儿谈唠一回，把责任完全推在李秃子身上，当场从怀里摸出五十元金票，放在老杨家的桌子上，安慰了一番，这才动身往外走。

他离开杨家，忽然发现前后街老老少少有上百口子，怒气冲冲地在身后跟着他。孙扒皮没回公义堂，照直走进了村公会。四个村丁全员出动，把会董们都请了来。村里的头头脑脑齐聚村公会，院子里站满了众乡亲。

孙老八在公众面前告了饶，主动提出了解决争端的优惠条件。首先宣布，李春山和杨福田斗殴，酿成了流血事件，公义堂负全部责任。老杨头负伤，公义堂出钱医治，不幸身死，孙占元拨给他银子。李春山死活，姑且莫论。至于侯德盛，公义堂向他保证仨条件：其一，公义堂在庙后老董家东院有片空闲的房场，附带园田二亩有余，划归侯德盛名下为业；其二，效保险公司章法，照侯德盛旧房模样，由公义堂派人在新房场上修建土平房三间，粮食仓子、猪圈、马棚、狗窝、鸡架一包在内，这叫以新换旧；其三，竣工之后，新房舍、新设施由侯德盛逐项验收。同意之后，公义堂出车马人夫，帮助他迁人新居。

乡亲们听到这，多有散去的。绅士们也都说，罢了、罢了。中国人从孔老夫子那里学来了忠恕之道，都懂得赶人不上百步，得饶人处且饶人。

正副村长打发村丁到后山去请侯德盛，村丁回来说，昨日傍黑，德盛抬杨福田到镇上去医治红伤未在家。诸事急迫，孙扒皮放下了臭架子，拜烦保长吴殿臣，伴随他到清水镇去，探望探望杨福田，顺便在那里与侯德盛商谈商谈。

昨天，杨福田在林旁被李秃子刺倒后，绝大多数的人都吼叫着追赶凶手去了。侯德盛也操起一条扁担去追，刚刚越过那片小树林，便被王老好挡住了。这时老王头身后跟来了庙后住家的刘铁柱、李大虎、王长江等人。老好进前观看福田的伤势，立命左右的青壮年，即刻回村儿，取来门板和绳杠，将福田抬起来直奔清水镇。因为他知道，清水镇的“济人堂”老先生是内科、少先生是外科，新从南满医科人学毕业回来的，尚有可能把福田抢救过来。

一行人疾如闪电，来到“济人堂”，少先生让把福田抬放在手术台上，先是打了药针，然后结扎伤口，一两个时辰这才手术完毕。七处刀伤，经过缝合停止了流血，身受重伤的杨福田，早已是奄奄一息了。王三叔和德盛在医院照看福田，让其他的人连夜回村，告诉福田老伴和其他的乡亲，老杨头的伤势虽然沉重，但医生说，没有生命危险，皮肉筋骨带伤，内脏完好。

孙八和吴六来到“济人堂”，德盛正给福田喂粥喝呢。因为他伤在后背，俯卧着不能转动身子。二豪绅走进接待重病人的观察室，王老好搬条板凳放在福田的床前。二人落座，吴六先说了几句暖抚的话，孙八向福田和德盛连连赔礼道歉，最后向德盛提出了公义堂让他搬家的三个条件。

侯德盛哭着说：“这会子我心乱如麻，你们愿意咋办就咋办吧。为我家的事，让我师哥受这么重的伤，侯德盛一辈子也补报不了。”接着便呜呜咽咽说不出话来。杨福田没掉泪，面对着孙八、吴六说：“你们财主家就有两手，硬的不行来软的，软的不行再来硬的，我们穷人在你们眼睛里，不跟猪狗。”

二豪绅的脸上一阵红一阵白，但还是强忍着性子，向福田求告。三项条件已经优惠无比，侯德盛只要点头，他们回去立刻就可以操办。福田不吱声，德盛只是哭。医生进来赶他们出去，言说杨福田伤势很重，不能让他说话。可他们赖着不走，最后还是杨福田犟不过他们，告诉德盛说：“就依着他们所提的条件办吧。”侯德盛点了头，二人立刻起身。

侯德盛在镇上看顾杨福田七八天，王老好又领人来把脱离了危险的老杨头抬回家去。其间，公义堂在庙后给侯德盛新建的住宅已经完工了。十几天头上，孙老八通知侯德盛请他到庙后去验收那座新房舍，屋中的炕面子已经烧干了。

后山老侯家乔迁之喜，乡邻都来祝贺，但侯德盛泪眼不干。一早一晚把家里安置安置，就到前街去看望他的师哥。

“济人堂”的少先生，是个好医生，他每日往来走行四十余里，给福田来换药、打针。半月时光，伤口完全愈合，已能够侧身躺卧了。这天，德盛又来看他，福田才有精神询问了师弟搬家以后各方面的情形，德盛一一作答。哥儿两个谈唠半晌，临行，福田嘱咐他：“不要再每天都来看望了，领兄弟德发常下地去看看。你租种正心堂那片地东西垅，地势洼，去年旱，今年雨水勤，你们哥两个得在地头上挑沟。”

德盛答应着离开杨家，随即到村东自家耕种的那块地里去了。四垧庄稼长势很好，苞米已经出了绒儿，间作的黄豆，挂荚儿累累。他在地里转了一圈儿，返回家来，到槽头看了看那匹从师哥手里接管过来的白色瞎马，正在那里啃青草。他看得见这匹马，这马可是瞧不见他。自从那年春起，王吉庆垫款，福田经手把它买了来，几门穷亲戚都在这匹马的身上做过打算。福田哥打官司那咱，万才找天成去合计，准备和他舅三家子指望这匹瞎马合伙种地。可这三个人不几天的工夫便相继遭遇了奇祸。小成子含冤身死，沈万才亡命他乡。师哥身旁没帮手，这才又到镇上去耍手艺，这匹马移让给德盛。几年来，它为德盛出了不少力。秃驴瞎马只能落在穷苦的人家，一年到头吃不着甘草细料，默不作声就是一个劲儿干活，跟侯德盛一样。他想到这里百感交集，磨身往屋里走。他的小儿子长贵蹦蹦跶跶欢天喜地地迎出来，德盛愁眉苦脸地没有理他。德盛坐在外屋地，擦拭铁锹，吃过了晌饭，就带着德发下地挑沟去了。青黄不接的时候，多数人家都喝“粕垃子”，就是野菜加少许米粒煮的稀饭。哥儿两个一气活儿干到天黑，德发说他饿得很厉害，德盛说他不觉得饿。

三间房子，一家四口都住在西屋的南炕上。德发今年十六岁，和他那两周岁的小侄儿最要好，长贵不跟爹妈，总在老叔的被窝里睡。夜很静，吹灯以后，俩孩子先睡着了，两口子说了几句话儿便也睡了。睡醒一觉，德盛起来要去喂牲口，没提上鞋，忽觉天旋地转，像是来了病，强挺着出去给牲口添把草，回来躺下就再也爬不起来了。

德盛来急病，发高烧说胡话，“咯吱吱”地咬牙，四肢也一阵阵地抽搐。第二天，侯大嫂打发德发把白二先生请了来。二先生给他诊罢了脉，说他得的是紧时令，动手给他在头上、肩上扎了几针，又把德发带去，取来几粒丸药。德盛针灸之后，忽然清醒，埋怨家里的不该去请医生，穷人吃药那得病势垂危。话是这么说，他吃了三丸药，前后又熬了四五天，但是高烧不退，又说开胡话了。前胸后背像是小儿出疹子那样。发现异状，这回又把白二先生请来，可叹这“紧时令”在二先生口中又变成了“斑疹伤寒”。

侯德盛得了伤寒病，白二先生又按着他的老规矩，想推手又不给他治了。侯大嫂哀哀地求告，他给出个主意，吃安宫丸。那年月安宫丸几十块大洋一丸，财主家吃它都得犯合计。西隔壁老董家四婶过来探望，打发刘铁柱赶车到清水镇

“济人堂”，把甄老先生请来了。

诊断已毕，老先生说，这场病有点治晚了。铁柱把医生送回去，拿回三副汤药来。德盛吃药见汗，自觉病势减轻了许多。汤药吃到第三副，德盛躺在炕上心里着急。外面大大下雨，地里的排水沟还没有挖好。新房盖抹的碱土，没等干透就搬进来了，多日连雨房笆上湿了好几片，嘀嘀嗒嗒往下漏水。今夜吃的是最后这副药，侯德盛恨自己身上的疾病，喝罢了汤药，把碗里剩下的药渣子也全都嚼了。

这一夜没晴天，雨稀稀拉拉地一直下到天亮。早晨开了晴，隔壁刘铁柱领着他的两个小舅子拿几领破席，蹬着梯子给老侯家来苫房顶。老侯大嫂很不过意。铁柱说：“你家的堂屋地上都成河了，不等晴天不能抹房子。德盛大叔病得起不来炕，远亲不跟近邻，大婶你别不过意。”

侯许氏说：“大兄弟咱们俩应该算是平辈，你大哥今年才三十岁，皆因和老杨头是师兄弟，这才攀个大辈，咱姊妹应该兄弟相称。”铁柱没言语。

早饭后，天空的乌云散而复聚，连绵的秋雨又哗哗地下起来。

傍黑儿，王老好公事完毕，顺便来到庙后老沈家，听他女儿述说了最近几天老侯家的苦况，老人家顺着敞开的北窗户往后街望一望，抬身出屋。王老好头顶着濛濛雨，来到老侯家，进门就说：“这三间平房头重脚轻，基础不牢，亘古以来，咱农村没有在雨季盖房子的。这几天雨水忒大，我看这所房子要倒，得赶快迁出去，别让它把孩子大人砸到里头。”说话当中，老董家四婶也过来了，对德盛的媳妇许氏说：“你们先搬到我家去，等开了晴，把房顶抹好再回来。”侯德盛躺在炕上，连连摆手，千恩万谢地说：“乡亲们对德盛一家这样地照看，我怎么能再去给你们添麻烦。等我病好，把房顶抹一抹，就没事啦，新盖的房子塌不了。”

入夜，雨越下越大，风越刮越紧。半夜里，侯许氏听屋里咔吧咔吧有响动，推醒男人、叫醒了兄弟。还没等人起炕，这房子就从东房山子往西倒，三间土平房齐排排地塌了下来。

雨照旧地下，霹雳闪电全来助威，乡亲们冒雨向出事的地点奔跑。来到老侯家的院子里，只见那倒塌的房屋黑黢黢的，里边连个响动都没有。此时，大雨滂沱，伸手不见五指。凡是赶来的都为了救人，大家不约而同地围住那座倒塌的房屋，抽椽子，拔檩子，一面动手，一面呼喊。“侯大哥、侯大嫂、德发呀、长贵呀，你们快吱一声，我们好把你们救出来。”

风雨中德发先回话，他怀抱他的侄儿小长贵，首先被乡亲们扒了出来。长贵脱险，立刻就能站起来，小德发从泥地上站起来三回、跌倒三回。侯大嫂是自己爬出来的，她的右腿已被砸断了。天蒙蒙亮的时候，人们扒出了侯德盛，他的脸完全被泥土盖住，可能在房屋倒塌的同时，就丧了命。

雨还是下，风还没息，左邻右舍面对眼前这一家苦人儿，商量怎么办。董四婶站在泥地里，头上脸上淌着雨水，大声说："把他们都抬到我家里去。"有人问："死的怎么办？"董四婶敞开喉咙喊："死的也给我抬去，放在我的炕头上。"

天光大亮，风雨稍停，庙后侯德盛一家，房倒屋塌，又出了人命，消息传遍全村。这一次赶来看望的比四月十九庙前聚集的人多。乡亲们不顾水湿泥泞，成群结伙地跋涉而来。老侯家、老董家的院子里站满了人，七嘴八舌愤愤吵吵。有说，这是财主家安心祸害穷人，得找公义堂去算账。有说孙占元霸占官山，已然逼出好几条人命来了。侯德盛家破人亡，乡里乡亲不能坐视，咱得联起名来进县进省告他一状，虎石台不铲除这个恶霸，穷苦人都得死在他的手里。

说话间，公义堂的当家的孙八撑伞来到，分开众人走进了老董家。进了门先看看躺卧在炕上的老侯家死活那四口人。这时候，孙占元除了他自己的站脚之地外其他的地方挤挤压压，站满了众乡邻。他很镇静，从怀里掏出一张用毛头纸写的字据来。当众宣读：

契　　结

具结人侯德盛，因占用官地，违章建筑，蒙矿主孙占元恩典，在虎石台庙后无偿赠与房场一处，园田二亩有零，外带平房三间，其他土木结构无算。具结之日由侯德盛逐项验收，从此上列财产即归侯德盛永远为业，典卖听便。侯德盛原有旧居，同意由矿主派工拆除，一应建筑材料归矿主所有。上记协约，一言出口永无更改。接交之后，各行己事，两无瓜葛。吉凶祸福，悉听天命。恐口无凭，特立契结为证。

侯德盛签押

中华民国十八年七月初八日

孙扒皮念完了这张字据，众乡亲哑口无言。俗话说，八个人抬不动个理字。孙侯两家并没有不解的冤仇，孙老八虽说歹毒，也不至于故意地这样祸害老侯家。这可是大伙儿在心里想的，谁也没说出口来。

忽然，院子里人声鼎沸，又出了一桩新奇事。孙扒皮带来的那个南城的朋友杨先生，拖泥带水赶来照相，被李大虎把他那个照像匣子夺下来，在门墩上摔碎了。大虎为首的一群庄稼汉，气愤愤把那个人围住，齐声怒吼：“你是个什么东西，前前后后到俺堡子搅和，你像个寻食母狗似的到处察看，动不动就照相，我们看你像个外国的奸细。今儿个你也别走了，进屋去和孙老八站在一起，咱们跟你也算算总账。”杨仲和拔步就跑，跑得比兔子快。大家伙儿看他磕磕绊绊在泥水里跌了好几跤，嗤之以鼻。

院子里的争端平息了。屋子里的孙八把字据揣起来，顺手儿掏出一百元金票，躬身施礼，双手递给董四婶，赔着小心说：“董四嫂，拜求您替侯家收下我这一点心意。这笔钱除了发送德盛，余下的给侯家叔嫂二人治伤。再过几日我还要来，与侯家商谈抚恤和善后事宜。孙占元现在也很后悔，不该接受张少帅的命令，当这份矿长。我现在实在是撤不出身子来，村子里连番出事，孙某人对不起众乡亲。”

董四婶没接他手里的钱，孙扒皮把那叠钞票掖在侯许氏的枕头底下，迈步出屋。保长吴老六率领三十名全副武装的保甲队远远地瞭望，见孙八平安无事，走出了董家的院门，这才收兵。

事过之后，董四婶主持把侯德盛发送出去了。侯许氏的右腿折断，由白二先生给她接起来，打上帘子，配来了接骨散。难办的是小德发，头面四肢并无伤害，就是仰卧炕上起不来。经二先生诊断，他的脊椎骨砸断了。这个地方不能打帘子，只能把双肩垫平了，吃药静养。德发自己说，出事那晚上，他约觉不好，把长贵搂在怀里压在身底下，有一根房椽正好横砸在他的背上了。

侯家叔嫂自从发送了德盛，躺在老董家的炕上养伤，一晃儿已经七天。这当中侯许氏虽然不能下炕，但神志清醒。头件事，她便是拜托众乡亲，她家出的这桩惨事，千万别让师哥杨福田知道，老人家听见凶信，不免地要急怒攻心。杨大哥为老侯家险些丧命，不能让他伤势刚刚见好，再弄个金疮迸裂；第二件，求刘铁柱到正心堂，跟地东刘元甲商量，让他把侯家租种他那四垧地，连同青苗一起收回去。秋成以后，扣除他的地租和一切人工垫补，给侯家剩下多少，便是多少；第三件，求柳天祥抽个工夫，到烟筒山给她的娘家送个信，许氏父母双亡，在那里还有个本家的叔父；第四件，她和德发不能躺在董四婶的炕上养伤，求乡亲们把她家那尚未倒塌的空粮食仓子，收拾收拾，他们三口人要搬到那里去，养伤治病。

到今天，侯许氏拜托乡亲的四件事已经都有了结果。头一件，杨福田至今还不知道侯家摊横事；第二件，地东刘元甲同意接管老侯家那四垧庄稼，但到地里去察看，青苞米穗子、毛豆荚子已经丢了一多半。有知情的透露，前街的财主金三在侯德盛惨遭不幸的那天晚上，便动手偷他的庄稼。金三领着两个儿子是赶着大车去的，满载的车辆在清水镇集上出售，也被人看见了；第三件，柳天祥骑孙老八那匹走马到烟筒山去了。回来说，许氏的叔父在去年闹瘟疫的时候就去世了，她的婶母领着两个孩子搬到她的娘家法库县去了；第四件，董四婶说啥也不让许氏和她的小叔子躺到仓子里去养伤，老人家提出个办法来，咱两家无亲无故不要紧，我收你许氏做我的干女儿，因为我老董婆子被事实教育过来了，穷苦人有难处必须得相互帮忙、相互照应。

至于过去的七天，侯家叔嫂躺在炕上没受艰难，老董家二姑娘给他们煎汤熬药，端水送饭，服侍得十分周全。稍有碍难的是他们叔嫂的大小便，二姑娘没法照管。德发要方便的时候，有时四婶亲自来，有时只好烦劳他家的二愣子。叔嫂二人为这件事情很觉不安，心痛胜过伤痛。侯许氏说些个不过意的话，董四婶总是拦她。侯家的小长贵，对他家所发生的一切事还都不太理解，每天和董家的黄毛子在一起玩耍，仍旧还是那么活泼天真。

出事第八天的一清早，长贵和他老叔躺在一个被窝里，睡醒以后，忘乎所以，和过去一样习惯地骑在老叔的身上了，磨着叔叔带他去掏家雀儿。德发仰卧着，双臂按着他的小侄儿，苍白的脸上露出了一丝儿笑容。妈妈着急地说："你叔叔身上有伤，赶快下去。"但已经迟了，小德发自觉前胸火热，嗓子眼里发腥，一大口鲜血从口中喷出来，喷了长贵满脸满身。孩子下了他的怀，德发又是接连地吐血。董四婶和她全家的人，都围过来想要抢救，转瞬间德发已经断了气。

董四婶做主，又把德发备棺成殓发送了出去。

老侯家弟兄俩先后丧命，剩下个侯许氏和三岁的孩儿，董四婶越发尽心尽力地照管他们。她劝说侯许氏："为了护住侯家这条根，不要过分地哀痛，咬紧牙关把千斤担子担起来，等伤势痊愈，娘儿两个还得好好地活下去。世界上孤儿寡母相依为命的有的是。你把长贵拉扯大，让孩子不改姓儿，那就够得上贞节烈女，也对得起亡人了。"许氏听劝，不再哀哭。可她白天不哭，夜晚偷偷地哭。因为住在人家老董家，每天号大丧，那就太不懂人情了。

伤后半月，侯许氏趁董家屋里没人，拄根棍儿自己去茅房。四婶发现了又来埋怨她，许氏笑道："老妈妈，你女儿的腿能吃点劲儿了，不让我练习练习，啥时候才能下地。"董四婶坚决反对她自己上茅房，越是逞强好得越慢，侯许氏不敢再去了。

事隔三天，许氏躺在炕上，自觉伤腿剧烈地疼痛。掀开被子看一看，那条腿从折断的地方往下，变得青紫，慌忙把被盖上，未肯明说。夜晚，侯许氏睡梦中发出痛苦的呻吟。天亮，董四婶发现了许氏腿伤危急的情况，立命刘铁柱套车到清水镇去，请来了外科医生。济人堂的少先生甄济仁看视了许氏的右腿，惋惜地说："这条腿保不住了，需要立刻截肢。"

董四婶举止失措，全家人都跟着惶恐起来。但许氏很沉着，跟医生说："大夫啊，您修好积德好好地给我动这一次手术，留下我这条命，老侯家还不至于断后绝根。我家的事情您也许听说了，四口人砸死两口，我剩下一条腿，也得咬牙活下去。"大夫点头，流下了眼泪。

依着医生马上要把她带回清水镇去动手术，许氏说："容我一晚上，把家里的事情安置安置，明儿个清早，让老董家大兄弟套车把我送到镇上去。"

医生去后天已过午，董四婶和二姑娘都没下地。娘儿俩双双围望着许氏，问她家里还有什么事情需要安置的。许氏惨然一笑，款款地说："娘啊，好心肠的二妹妹，说实话，我家里有啥可安置的，如今最难以安置的是德盛留下的这条根。三岁的孩子自已活不了啊，我心里惦记他，就是这么一点事情。"许氏一只手拉着董四婶，一只手拉着二妹妹，接着说："截胳膊锯腿，弄不好有生命的危险，今天我没随医生去，为的是跟你们娘儿俩说几句心里话。明天我到济人堂，手术以后若是能得活命，还能领着长贵苦度光阴，若是不幸丧了命，那就得拜求你们娘儿俩，照看这个苦命的孤儿了。侯家的一点点浮物，不够这孩子两年的伙食。老妈妈既然已经成全了我们一家，我只求在我死后，让长贵在你们家能待上三年五载，等孩子能够放猪放羊，他就不吃闲饭了。侯德盛忠厚老实一辈子，也就算是没绝后。"

董家母女泣不成声，侯许氏没掉眼泪，反过来劝她们："你们娘儿俩为老侯家淌的眼泪不少了。明天我去清水镇，听说甄少先生医道很高明，不至于把我给割死，临走我这么托付你们娘儿俩不过是以防万一。"

那娘儿俩还是止不住悲哀，哭够了这才分别向侯许氏做出保证。明天上镇，二姑娘跟去护理，关于小长贵，只请侯许氏放心，老董家只要还有一口人，也要照看这孩子，直到他长大成人。

秋收季节，家家忙。老董家打点好送许氏明日上镇去的一切。黄昏日落，掌着油灯吃罢了晚饭，屋里屋外收拾完毕，随即安歇。二更天了，董家一门老少全都沉沉地睡去。侯许氏大瞪着两眼，听了听东屋西屋全无动静，摸摸身旁的孩子，悄悄地下了地。趴在地上欠着身子轻轻地拨开又合上两重门，咬紧牙关爬出老董家的院子。越过了那条东西的横街，一口气儿又爬到了庙前。四邻狗咬，她把身体紧贴着墙根，慢慢地爬行。三更过后，侯许氏投进了庙东财主王雅轩自家使用的那口井。

第十六章

庙东的财主家永吉堂，天蒙蒙亮打发半拉子到井台打水，发现了侯许氏的尸体。消息迅速传开，庙后董四婶带领全家老少首先赶来，乡亲们一阵忙乱，把亡人打捞上来。这当中气坏了副村长王老四，皆因这口井是他永吉堂独家使用，已经多年了。

为此，王雅轩来到后街明德堂，面见保长吴六。两个人密谈了半晌，吴六随王四来到了村公会。一面打发村丁去请来各家会董，一面派保甲队到庙东井台上，通知打捞侯许氏尸体的群众，保留现场，村公会、保甲房要来验尸。地面上要察验死者的尸体，不足为奇，因为这得向镇和县行文备案。奇怪的是王四、吴六偕一干会董，验看了现场之后，返回村公会。当即有四个保甲队到井台上来，把董四婶传去了。

董四婶来到村公会，坐在靠门的一条板凳上，见屋中除了孙八、芦二没在场，其余的乡绅全都到齐了。保长吴六嘴叼着洋烟卷儿，侧歪着坐在一张高桌上，大模大样地问道："老董太太，请你说一说，侯许氏自尽以前，都有过什么举动。"

董四婶哭着把最近几天侯许氏腿伤恶化，如何不肯明说，怎样被四婶发现，到清水镇请来外科医生，怎么做出决定，侯许氏咋样回答的。四婶说到她推迟一天到镇上去做手术，后来和她们娘儿俩所唠的那片嗑儿。老人家自怨自恨，如果不粗心大意，德盛媳妇不至于这般地惨死。这和她家大姑娘死前的光景一样，明明向活人流露出她要死的话音，可活人跟死人一样，出事的时候偏偏就睡得像死狗。四婶说："我老婆子八辈子没捞着觉睡，闭上眼睛坑杀了两个年轻人。"言罢，她动手打她自己的脸，当着众乡绅号啕痛哭。

吴六龇牙一乐，撇着嘴儿说："老董太太我来问你，那侯许氏右腿带伤，从你家的炕上爬到地下，敞开两道门，从院子里再爬到街上，越过几户人家来到庙前，从庙前又转向庙东。这中间你家里五六个人睡觉，连一点动静也没听见？"四婶回说："没听见。"

吴六接着问："听说老侯家房倒屋塌以后，你把他们全家都收留过去了，连当时砸死的侯德盛，你也叫人抬到你的家里去。有这桩事情吗？"四婶说："有。"

吴六又问："老侯家死活四口，都让你收到家。她家的家畜家禽，一应物品，都由你替他们照看，有这桩事情吗？"四婶说："有。"

吴六又问："老侯家出事以后，孙八爷给侯家一百元金票，这笔钱由你做主，发送了侯德盛和侯德发，并给侯许氏请医生，扎咕伤害，有这桩事情吗？"四婶说："有。"

吴六喜形于色，拍下手掌，扬声道："老董太太，你这叫不打自招。虎石台公推吴六当这份保甲长，他不是懵懂。针对此番侯许氏自尽，你老董太太在这里有阴谋。老侯家园栏房场、牲口牛具、猪鸡鹅犬，连同发丧剩下的那笔钱，按侯许氏生前所讲，一概都要送给你老董家。其中只拜求你一件事，求你家把那个孤儿抚养到能够放猪牧羊，就算告一段落。会说的不跟会听的，今天，当着众位会董的面，保长我要断这个案子。认定说，侯许氏夤夜投井，这是你老董家图财害命。为谋算她家的财产，你一门老小是瞪着眼睛看着她到庙东来投井的。根据这个情节，本保长准备在村董会上宣布，首先，侯许氏不能入棺成殓，需等到上峰衙门派人来调查清楚，再作处置。其次，老侯家现在由董家经管的一应财产，开列清单，暂且送归村公会封存，孤儿侯长贵，姑且在董家寄养，老董家不准虐待。"

董四婶侧耳细听，缓缓地站起来，前进两步，伸左手揪住了吴六的脖领子，右臂连挥，扇他好几个嘴巴子。吴六试想还手，王长江、李大虎一左一右早已掐住了他的两条臂膀。屋子里、院子里，义愤填膺的乡亲们犹如山崩海啸，齐声喊打。在座的众乡绅乘乱全溜了。单说那三十名保甲队，一见大势不好，也全跑个鸡飞狗跳墙。愤怒的乡亲们，有的进前踢打吴六，有的动手把村公会和保甲房，砸了个稀巴烂。几名保甲队和村丁，内中有吴六的亲信，拼死拼活拉劝众乡亲，又冒着雨点般的拳头，保着吴六冲出重围，向后街逃命。

这时，虎石台凡是有腿的差不多都赶到庙前来了。有的乡亲在人群里说："吴老六是咱们村的罪魁祸首。四月十八吃会，是他鼓动咱们到北山去拔桩子，齐心合力对付孙扒皮，可是这小子接受公义堂五垧地的贿赂，出卖了咱们大家。他家挪坟占用了公义堂的好地，让咱们把已故的祖辈前人埋进涝洼塘，这个吸血鬼是咱们穷人的对头冤家。”

九点多钟，众乡亲把后街的明德堂团团围住，堵着门高声喝喊：“吴六你赶快乖乖地滚出来，等我们打进门去，那可就晚了。”明德堂的两扇大门“吱呀”敞开了，是他家的长工干的。明德堂的里外院站满了愤怒的乡亲，狼狈不堪的吴六直挺挺地跪在他家房门前的台阶上。保长吴殿臣给大伙磕头，说今天的事情是王四挑起的，因为侯许氏自尽祸害了他家的吃水井，在村公会他所说的那番话也都是王四教给他的。但吴六自作自受，得罪老董太太，他甘愿负荆请罪，并且自己提出来，从即日起，他要辞去保长的职务，闭门思过，永不在村里出露头脸了。他怕乡亲们不信，发下了重誓。

众人刚从明德堂陆续地散去，镇长刘紫玉率二百名保甲队，从清水镇赶来，但这场骚乱已经平息了。刘镇长坐镇村公会，命村丁去邀请众乡绅。几家财主都没敢来，只有村长刘元甲陪镇长说话儿，吴六由人搀扶着来到了村公会。村公会的大院子里，只有镇长的保甲队，适才闹事的那些乡民已经回了家。庙东井台上平放着侯许氏的尸体，四周围也是空荡荡的不见一人。

吴保长向他岳父哭述经过，刘镇长也觉得无可奈何。此刻他心里明白，最近张少帅针对东三省接连发生乡民闹事，殴辱士绅的情节，曾有命令，内称这是土豪劣绅，把持村政过于刻毒。因此责成各省、县体恤民情，惩办豪绅，推行民主。今天发生的这桩事，若是报到县里去，也许要受申斥，找倒霉。

过午，保长吴六回家去调养伤害，镇长由刘村长陪同，来到庙后老董家。刘镇长拜会董四婶，没有一点官架子，客客气气地和老太太商量。一场风波已经过去，侯氏一门的遭遇，实在是悲惨。老人家为照顾乡邻，有这般的义行，做镇长的衷心敬佩。俗话说，救人救到底，他恳请老太太和先前一样，再做主把侯许氏发送出去。孤儿侯长贵，按侯许氏临终的嘱托，准由董家收养。

四婶说，镇长、村长来得正好，她已经烦人开好了侯家的财产清单，连同眼前这个孤儿，一并交给二位带走，老董家洗脱了图财害命的罪名，也就罢了。二位相视无话。

那孤儿长贵，听董四奶要把他交给那两个人带走，痛哭失声。左邻右舍前来观望，俱都惨然，老董家全家人也都陪那孩子落泪。可是老太太咬定牙关，一定要把老侯家的事情推出手去。僵持的当儿，堡中的乡绅听说街上已经无事，有几个先后也来到了老董家。董四婶一再地推脱，群绅无奈，村长刘元甲恳切地提出一项方案来。已故侯许氏，他以村长的名义把她发送出去，侯家的一应财产交由村公会封存，孤儿侯长贵由他收为养子，长大以后继承他的产业。前两项董四婶同意，侯长贵到刘家去做养子，老太太不同意，她要单收长贵这一个孤儿，由她来抚养。但侯家的一草一木都要交由村公会经管，等长贵长大了，再还给他本人。老董太太人穷志不短，这样做，对得起死的、对得起活的。

村长刘元甲摇头，他手拉着那个孤儿侯长贵，如获至宝。村里人知道，他只有一个女儿名唤月娇，老刘家大奶奶过门十二年才生下这么一个闺女来，再让她生养，怕是不行了。今天，眼前这个娃娃简直是给他刘家预备的，怎么能轻易撒手。

村长当众提说，他晓得老董太太的心，无非是要这个孩子不更名改性，长大了能够接续侯氏的香烟。元甲是“一贯道”的坛主，最明白因果报应，他决定成全老侯家，收孤儿做他的螟蛉义子，他要供这孩子上学读书，长大了光宗耀祖。董四婶无话。众乡绅顺水推舟，赞同刘元甲的主张。大事既定，刘镇长离村。

村长主持发送了侯许氏，当天，孤儿侯长贵便也进了正心堂。

小长贵，三岁的娃娃，家遭不幸，父母和叔叔先后丧命，发生一系列的事情，他都不十分理解。爸爸临终像睡着那样由人抬着进了棺木，他不懂那是咋回事，反正大人哭他就跟着哭。清晨早起和叔叔正说着话儿，老叔口吐鲜血，和爸爸一样也被人装殓起来抬走了。叔叔生前死后的惨状，在孩子幼小的心灵上留下了深深的创伤。妈妈投井，孩子虽然也不知道是怎么回事，老董家二姑哄着他，没带他去看。可是孩子知道，妈妈和爸爸、叔叔一样，也是死了。董四奶不肯收留他，孩子听得懂，所以又哭又闹，不愿意跟着财主走。但四奶把他交给刘村长，在门前分手的时候，老董家一门老小哭哭啼啼的情景，这孩子久久地不能忘怀。

孤儿进了正心堂，老刘家宴请宾客。前来吃酒的，全都是衣冠楚楚长袍短褂儿的乡绅，没有孩子认识的。刘大奶奶把长贵打扮得花簇锦团一般，在中堂和前来坐席的男男女女往来应酬。小长贵不时地挣脱她的手，往下屋跑，去寻找在他家佣工的那几个叔叔伯伯。气得他的干娘刘大奶奶满面通红，几次打发女仆去把他哄回来。

群绅大吃大嚼，兴高采烈地讲论起来，盛赞这个孩子方面大耳，聪明伶俐，天生的福相，胎里带的机缘。侯德盛是苦命人，担不住这样的好儿郎。刘大爷口说收个螟蛉义子，实际上也是权宜之计，过三过五，给孩子更了名改了姓，也就变成刘家的养子了。民国以来，修改了大清律，养子养女可以承受遗产，传宗接代。

刘元甲夫妻听在耳里，喜在心上，不停地给客人斟酒布菜。

席散，刘大奶奶领着长贵送走了宾客，回转内室。见他家的小月娇气呼呼地站在堂屋，正动手毁坏玩具。大奶奶过去就是两巴掌，小月娇挨打不哭，大骂小长贵，怪她妈妈让她把玩耍的东西分给这个新来的小弟弟。

晚上睡觉，大奶奶搂着月娇，大爷要搂着长贵，可长贵连晚饭都没吃，坐在炕上哭，不肯躺下。他不要在这里住，要回到老董家去，找四奶、二姑、黄毛子小叔。大奶奶躺下了又爬起来，掌着灯儿，两口子哄那新来的孩子，一直闹到半夜。就这样，小长贵来到正心堂一住半个月，始终是别别扭扭不开晴。刘氏夫妻总是千方百计地哄着他，让孩子跟他们呼爹叫娘，这孩子偏偏嘴硬，不独对他们不叫父母，跟那个小月娇也不唤姐姐。

小长贵很好的饮食吃不下去，绸子缎子穿在身上，也感到不舒服。孩子经常在睡梦中哭醒，呼喊的除了他家已故的亲人，再就是四奶、二姑和小叔。仆人一时没注意，他就抽空跑进伙房屋，愿意和那些做活的在一起吃饭，帮半拉子喂猪。有一天实在把刘大奶奶惹火了，骂孩子一句“下流坯”。为此老两口子争吵起来。刘元甲说，这孩子性子倔强，需得慢慢地感化他，操之过急，不利于建立感情。

秋凉了，严霜过后引来了新雪。封冻以前，听说村长刘元甲收养的那个孤儿侯长贵，身染疾病，午前，派他家打头的赶车到清水镇济人堂，请来了先生。近来，堡子里有人生病，轻微的去请白二先生，沉重的都到镇上去接大夫。后街董四婶听说长贵病了，到镇上接先生，老人家十分挂念。烦劳几个人，通过他家做活的打听，知道那孩子病得十来天没起炕了。

清早起，四婶穿着齐整，带着她家二姑娘，到庙前张小铺买了两包点心，娘儿俩顺路来到了庙西正心堂。刘元甲夫妻接待了董家母女，又领着她们去看望长贵。死冷寒天，孩子从被窝里爬出来，蹦下了炕，一只手拉住四奶，一只手扯住二姑，让她们立刻把他带回去。

孩子的小脸儿瘦成了一条条。他家的女仆说，这孩子吃东西太挑剔，大爷大奶奶让我们调样儿给他做吃喝，可他啥也不爱吃，哄着他吃药，抽冷子就给泼在地上。姑姑扶长贵上炕，四奶哭得说不出什么话来。老人家哭够多时，这才向刘元甲夫妻恳求说："村长啊，你们夫妻是俺堡子出名的道德人。我看这孩子病得挺重，他在我家待得惯，我就把他领去吧，等孩子病好了，再把他送回来。"刘大夫妇半晌无话，董四婶一再求说。病孩子没用什么人帮助，自己把衣裳穿好，趴在董二姑的背上，二姑娘背起孩子往外便走，刘元甲两口子没好意思阻拦。

小长贵回到老董家，从心眼儿里高兴，头顿饭就喝了两碗小米粥。当晚，刘元甲亲自来看视，给孩子带来了药品食物和几件换洗的衣裳。千叮万嘱求董家，把他的孩儿将养好，啥时候捎信去，他啥时候来接。

小长贵在董家养病半月有余，有人瞧见那孩子和董家的黄毛子在场院里玩耍，脸面上不带病容了。村长刘元甲几次来到董家要把孩子领回去，但那长贵哭着闹着不肯回去。

这天，刘元甲又到董家来试图往回领孩子。庙上的黄老道从门前路过，被村长叫到屋里去，想求道士给他和他这养子算算命。黄老道首先问明了刘元甲的生辰八字，掐算了一回，转而又问孩子的，但孩子的生辰八字无人知道。老道把长贵搂在怀里，从头到脚摸了摸，大家知道，黄半仙的揣骨神相，百灵百验。旋听道士说："恕贫道直言，这孩子天生的一副贱骨头，命薄福浅，难以承受正心堂那一片家业。"转而面向刘大："老村长命中无子，此乃八字造定不可强求。收养孤儿倒是一番义举，怕的是这孩子在您正心堂住久了，两败俱伤，俗语道君子不和命争。"黄老道欠身离座，刘元甲呆若木鸡。

隔天，刘村长又到董家来，坐稳之后就和四婶说："昨天回来和拙荆商量一回，她也感到这孩子与我刘家无缘，既然如此，我想小长贵索性还由你董家抚养吧。"他从怀里掏出个折子来，接言道："这是前几天我为侯家结算资产，内中包括园田房舍、家畜家禽和本年四垧土地所获的余粮，变价之后共得大洋五百四十元整。已经把它存放在清水镇'永记钱庄'，月息八厘。这就是那笔款的存折。"说完他又从腰里摸出个纸包儿来。"这是孙占元给侯家发丧、治病花剩下的那笔余款，连存折一并请你收下吧。"

董四婶摆手，郑重地说："刘村长，您别看我董家穷，我抚养小长贵不能动用他父母留下的这点钱。存折现款，您若是不肯保管，就求您把它交到村公会，长期存放。等孩子长大了，有自立门户那一天，再让他自己去领取。"老太太态度坚决，刘元甲无奈，只好按照董四婶的决定行事去了。

这下不走了，乐得小长贵搂着四奶的脖子亲热了老半天。这孩子自从回到董家，便不肯再穿正心堂给他做的裤子袄，他和黄毛子一般高，抢穿小叔的旧衣裳。小长贵在这里安顿下来，董氏一家全都高兴。

今年收成好，老董家首先还清了明德堂的债务，送齐了租粮，又退还了租种他家的土地。老太太主张，挑车马还外债，退了租种的地不再和财主打交道。穷苦人单凭力气吃饭，来年春起，让刘铁柱带着他两个小舅子出去扛活，乡邻们过来劝说，老太太主意已定。

孤儿侯长贵由老董家二次收养，消息传遍全村。前街住家的杨木匠由他仅剩下的那一个儿子三宝领到后街老董家。秋天，老侯家房倒屋塌出人命，老杨头蒙在鼓里。侯许氏投井身亡、董四婶怒打豪绅、乡民暴动逼吴六下野，声势浩大，杨木匠不可能不知道了。许氏生前的判断不错，老杨头闻讯之后，虽然没有急火攻心，金疮迸裂，但在一个时辰里五内俱焚，瞳仁反背，双目失明了。他的外甥姑爷柳天祥领他到镇上去诊治多日，全无效果。瞎了眼的杨木匠支撑着衰弱的身子，多次要到正心堂把小长贵领到他家抚养，都被亲友们劝下了。实因为顾念他刀伤初愈，紧接着又坏了眼睛，三口之家来日也难免受艰难。哪有能力再替朋友拉扯孩子。老杨头只落个干着急。

如今听说那孩子又正式地交给老董家长期照看，老头子让他那五岁的儿子领他到董家来，表示感谢。老杨头坐在董家唠嗑的时候，前院王长江过来串门。他和李大虎哥两个分种土地已经多年，听说四婶来年让铁柱和他的两个小舅子出去扛活，长江以为不可。刘铁柱搁哪都中用，可大傻子、二愣子从小跟着四叔自耕自作，冷丁出去当长工，怕有难处。长江说，他晓得四婶的心意，挑车马还饥荒，为的是和财主家一刀两断。可是当今的世界，穷苦人和有钱人终究是脱不了干系。他主张让铁柱和他一起去找李大虎，商量商量三家子合伙种地，比进财主的院里去扛活要好一些。四婶沉吟。老杨大叔支持他的意见，劝弟妹听长江的主意，让铁柱随他去找李大虎，好好商量商量。那年月，三家子、四个姓种土地的不多，庙后这几个庄稼人，在虎石台就算开创了先例。

进腊月，牲畜粮草，房屋土地，买卖成交正在繁忙。庙头上聚集着一群人，蹲在庙台阶上晒太阳、唠闲嗑，你一言我一语地议论起来。明德堂当家的吴老六，自从辞官下野，连村董的头衔都辞退了。新粮归仓，先打发了做活的，接着把圈里牲口都牵到马市上去，求西街张七给他出了手。前后还不到半月，他又卖出了土地二十余垧，得款累万，都拨到镇上去，在他岳父开设的永吉丝房入了股份。吴殿臣从今往后不再是庄稼院当家的，而是大丝房的财东老板了。

庙后老董家破产还债，退还了租种明德堂的土地，董、王、李三家来年要合伙种土地，已经租妥侯德盛租种正心堂的那块地。与原有的合起来，三家子六个成年庄稼人，要侍弄十垧地。三匹大牲口又新添了一条毛驴，看起来穷轧穷混生活倒是正理。

俗话说，背靠大树得阴凉，前街的袁连喜，多年来趋炎附势瞧不起穷亲戚穷朋友，和财主金三拜把子磕头，小鱼硬往大串上穿，人家可是扶摇直上了。今年家里添了两座新仓子，又购买了三垧土地，眼看着虎石台又要添一家大财主。听说老袁家也要挂匾，还不知道起的是啥堂名儿。

前街杨木匠这回算是玩完了，身受七处刀伤，已然伤了元气，瞳仁反背双眼瞎，一直没治好。公义堂的大管事的李春山，前些日子拄着双拐出现在东泡沿上，据说他已经残废就成了。

公义堂在后山开的果木园子，入冬以后也没有停工，山坡上盖了一片玻璃房子，由南城请来的园丁，在里边栽培幼苗。玻璃房子有名堂，那叫苗圃。葡萄秧子当年没上架，都用很厚的草帘子盖起来了。一春一夏栽植的果木树，每一棵都用绳索围栏保护起来，经营果木园子耗费的人工垫补却也惊人。大打头的王吉庆，出堡子到南城去习学栽培果木，腊月初几才返回来。听说孙扒皮来年也要少种地，倒出人手来着重经营这座果木园。柳天祥打头种地，王吉庆将要成为果木园子的大把头。

还有一桩新奇的事儿，从打堡子里头剪除旱魃，紧接着闹瘟疫，一年多的时间谁也没看见仁慈堂的少东家、秧子芦茂财。前几天这小子回来了，身穿洋服，戴一副金丝腿儿的眼镜儿。言说他住在省城他老丈人家，考进了外国语学校，专门学习日本话，三十多岁的人又读起书来了。回村儿以后有节目，他说沈阳城男女老少都在学日语，东三省将来要和日本国合并。芦秧子在堡中大摇大摆向乡亲们炫耀，他从头到脚这一套穿戴都是日本货。头顶上的发蜡油、脸上的眼镜、口中的金牙、腕上的手表、衬衣、领带、纽扣、别针、一套三件的洋服、漆皮鞋、长筒袜全都是日本国出品。中国人口唱抵制日货，实际上老火车头牌的牙粉，双妹牌的雪花膏也都是日本造的。他还说，中国人要想文明进步，必须得做日本附属国。

既然是闲唠，话题儿越放越宽。有人说，前街的药方先生白延龄，从打闹瘟疫老母亲去世，至今还没张罗成家。这个人硬是相中庙后沈寡妇了，听说他已经对天发誓，得不到这个女人，他就终身不娶。

还有一说，前街的于二大神，要单修一座胡仙堂，左次三番要买尤老四卖给金三的那所房子，但金三讨价太高，大神不买，那三间房子一直空闲到如今。金三要出租，堡子里没房子住的很多，但那是虎石台的第一号凶宅，无人敢去住。

闲暇无事，谈论起来没完。有说堡子里家喻户晓的大孝子张七张茂隆，侍奉继母孝顺无比。他的继母吴氏过门三个月便守节立志直到如今。正副村长前些日子召开了一次村公会，准备给他家立一座贤孝牌。

众人闲扯，看时辰也就在正当晌午，忽然有人发现，正东大路上远远地有两座柴火山向庙前移动，来到切近，这才分明，在福善堂佣工的马夫焦大海挑着一担麦滑秸，轻轻地放在旗杆底下。只见他头上挽着小辫子，穿着紧身利落的衣裳，抬手抹抹额上的汗，向众人打个招呼，磨身走进了陈家馆子。

大家伙儿凑过来，看他挑来的那担麦滑秸，有人说能有三百斤，有人说能有五百斤，有人说麦滑秸不同谷草，顶少也够八百斤。光说不算数，年青力壮的凑过去试试。庙头上最壮实的过来七八个，有的晃不起来，有的担起来不能抬腿，出名的大力士只走上三步就放下了。大家都说这副担子重逾千斤。

焦大海来到陈家馆子，陈厨子笑脸相迎。因为大海是这里的老主顾。大海落座，厨子问他：“兄弟，今儿个怎么晌午来喝酒啊？”大海扬声道：“张小七哪样都好，父一辈子一辈贩马发家，可就是不爱惜牲口，马棚露天，他也不管。今年腊月格外冷，冻死好几个马驹子啦。我打东街挑来一担麦滑秸，把马棚苫一苫，干这桩事儿为的是对得起哑巴畜生，报答我的老东家。”陈厨子极口称赞，到厨下去给大海备办饮食。大海的食量大，酒量也不小，四两一壶的老白干，瞬息喝了三壶。两盘菜已经吃光，陈厨子给他捡来一大盘肉包子。

焦大海吃喝完毕，动身要走，陈厨子笑着说：“大兄弟，今天是腊月十九，大买卖家早打发外柜拉棍下街了。哥哥我这是家眷铺，自己出去抽不出工夫来，打发孩子出去又感觉不成敬意。”大海走出几步去，转身返回来坐下问道：“从八月节清账，结算到今天我总共欠你多少？”

陈厨子招呼他的大小子，年轻的从后屋抱着账本走出来。三个多月的时间，马夫焦大海拖欠陈家馆子五十多元的酒饭账。陈厨子很觉抱歉，言说：“如果能混过这个残年，绝不能跟大兄弟张嘴，咱哥儿俩脾气秉性一个样，都是红脸汉。老哥哥开这个饭馆子，年吃年用维持生活，有点盈余都填肚皮了，好吃好喝的人攒不下钱。年关切近，我不找别人要账，账主儿可是天天来找我。兄弟你是明白人，三天以后就过小年，你过年也让哥哥把这个年过去，咱哥儿俩也不枉相好一回。”焦大海敞快地说：“接灶以前，我给你送钱来。”

大海出离陈家馆子，把那担麦滑秸挑回了福善堂。用一下午的时间苫好了马棚，晚饭以后来到上房屋，找东家支使钱财。

张七从木柜里取出账本子，翻开来给大海观看，指指点点地说："焦大叔，你老是我福善堂有功之臣，甭说我爹在世就器重你。老人作古，侄儿我当家，成年贩马为业，没有你老叔帮助我，福善堂到不了今天。从边外买来的鞑子马，何止上千匹，全都是经过焦大叔你老人家把这些牲口驯服了，才拉到市上去卖。也不知道多少匹病马，眼看着就得送进汤锅，也是你老把它们治好了，才能去换钱。可以说，我张七的这片家产有你老人家的份。最使张七没齿难忘的是那年闹胡匪，没有你焦大叔舍身为主，力敌群寇，我张家就得家破人亡。"东家歇口气，合上账本说："从那年开始，我给您老拨月薪，每个月大洋二十五元。说实在的，虎石台所有的长工每年的待遇没有超过百元的。您老人家所得的月工资已经相当于军队上的一个排长了。"他顿了顿，又说："今年春起，你老已经在账上长支了四五十元，后来我大婶治病、生孩子，你老又不断地从院里支取现款。现在账面上结算到腊月底，已经倒欠我一百来元了。"大海无话，抬身出屋。

定更以后，焦大海从福善堂走出来，像有什么亏心的事儿，躲躲闪闪地来到了庙后陈寡妇家。寡妇瞥见老焦头进院儿，立刻央请正准备在她家里成局的几个耍钱鬼，暂且离开，躲避躲避。焦大海进屋，看碗里的残茶没凉，丢在地上的烟屁股还没灭，可是已经没人了。大海落座，劈面就说："小寡妇，你活该得笔外财，难为你背着人儿和我商量了七八遍，今晚决定，把俺那新生的小娃娃卖给正心堂。"

陈寡妇故作惊讶，假惺惺地说："唉哟，我说老爷子，孩子全都过了百日了，您老人家还能舍得吗。刚一落草儿，我就找老爷子你商量，人家正心堂宁肯雇奶妈，将养孩子，为的是求个原铺原盖，长大了不致和父母离心离德。如今孩子三个多月了，怕人家刘大爷、刘大奶奶改主意呀。"

大海说："你这就去给我问问，他要买，今儿个就把钱给我拿来，他不买，我永远不卖了。"陈寡妇片刻没停留，把她的孩子小玲子拉过来，轻声儿嘱咐："你跟焦爷爷看家，妈出去一会儿就回来。"

陈寡妇出去，最多也就一个小时，返回来怀里抱个沉甸甸的红缎子小包儿，放在炕上哗啦那个包儿散开了。寡妇说："焦大叔，咱们敞亮人办敞亮事。刘大爷刘大奶奶为了接续他家的香烟，出钱二百元整，一次交足也不跟你老焦头要什么字据。因为你老爷子是血性人，虎石台头号的汉子，话说一句，不能反悔。"

焦大海眼望着那堆白花花的银元，问寡妇："这桩事不能让你白跑腿，你要多少酬劳，自己拿吧。"寡妇侧身拭泪，哽咽着说："焦大叔，陈寡妇见过一些个英雄好汉，没有比过你老爷子的，我给你两家奔走这件事，正心堂有我的好处。侄女这辈子守寡，指望着下辈子活个齐全，怎么能够忍心再花这卖儿卖女的钱。"

焦大海一声不响地动手把那包银钱提起来，抬身往外走。陈寡妇追到外屋地，听老人在黑暗中大声说："明儿个二更天，你让正心堂到我家去抱孩子。"寡妇明白，老头子行走匆忙，为的是不在一个妇人女子面前把眼泪掉下来。

老焦头离开寡妇家到庙头陈家馆子还清了酒账，又到前街白二先生家里叫门。二先生正在灯下看书，开门揖客，把大海让到里间屋。

他翻开了账本子，也和陈厨子一样，对账户儿表示歉意："焦大叔，咱们前后院住着，逼你老深更半夜到我家里来还账，实在抱歉。愚侄在堡内行医，多年来有一条规矩，说的是穷人吃药财主花钱。困苦的乡亲们有灾有病，找到白延龄的头上，我都是肯出血本，不取利益。你家大婶有远年的肺痨症，又加上严重的妇女病。半年多来，我是尽量地给她使用良药，人参、鹿茸、何首乌诸多贵重的药材全都成两地用上了，这才使她转危为安，恢复了健康。妊娠期吃了七副保胎药，分娩以后又用了几副催乳剂。前后算来，根据账面上记载，你老该付给我大洋一百二十余元。今天如果一次结清，延龄在老人家面前再送个人情，您给我一百元钱，就算清账吧。"大海称谢，付清了赊欠白二先生的药钱。

从老白家走出来，没几步便是他自己的家，大海站在自家门口，踌躇了半晌，长叹一口气，回转福善堂去了。

腊月二十，乌云密布，北风怒吼，黄昏过后，雪住风停。马夫焦大海到上房屋跟东家请个假，定更以前，回到了自己的家。他居住的两间茅屋和他的邻居王老好一样，都是租赁仁慈堂的产业。小院子不大，院子里鸡鸭鹅狗全没有。进门是外屋地，里间屋一铺南炕，住着他的四口人，老伴于氏是前年冬天才娶过来的。大海的原配过世，丢下一儿一女无人照看。这于氏也是经庙后陈寡妇给保的媒，三十八岁的寡妇给五十岁的焦大海来填房。过门三年，刚见个头生的孩子。这孩子呱呱坠地，收生婆陈寡妇向于氏道喜。产妇流着眼泪说："在那家没生养，自从来到老焦家，成年有病，心里头不盼孩子，倒来个孩子。前一窝后一块地怕往后我这个继母不太好当。"

寡妇笑道："隔层肚皮隔层山，先头的两个孩子虽说听话，和你这个后娘合得来，可终究不如亲生自养，死活不分心。"寡妇口中这样说，眼珠儿一转心里掉个个儿。皆因前两天她到正心堂去串门，刘大奶奶跟她提起了自家收养的孤儿小长贵。言说这孩子人小心大，不肯在她的家里享福，和他们孩子大人全都合不来。为此事，大爷大奶奶多次地争吵，深感到这个苦命的孩子和他家没缘。当场大奶奶拜托陈寡妇，留心打听，有谁家初生的婴儿养活不起，她准备出钱把那孩子从襁褓中买了去，雇奶妈把他将养大，让那孩子从牙牙学语，就向他夫妻呼爹叫娘，成丁之后和他这养父养母便无隔阂了，寡妇应承。老焦家新捡个胖小子，透过于氏和她所谈的话语，认为在这里有机可乘，但当时心中盘算并未出口。

孩子洗三，收生婆陈寡妇又到焦家去，赶上焦大海来家。看老头兴高采烈地正在家中喝酒，把寡妇也让到桌子上，陈寡妇陪着老焦头推杯换盏吃喝起来。她发现，老焦家大婶生了孩子刚刚三天，已经下地做活了。他家先头的两个孩子，丫头六岁，小子四岁，都不能帮继母做什么。老焦头一辈子只会吃不会做，回家来对老婆子啥忙也不能帮。这明明是有难处。吃着喝着，寡妇透问老焦头："大叔你成年不在家，我大婶体格不好，又新添个娃娃，两个大孩子又都没到中用的时候，我看你家这个日子过起来可真是艰难。"

大海笑道："新来的这个小东西，对我家实在是个累赘，生下来又没有奶，依着我就把他给人。"大海撂下酒盅接着说："可是，这老婆子信你的话了，她说你告诉她，得有个亲生自养的孩子，长大了和她不分心。"陈寡妇后悔不迭，她本想张口劝说焦大海，基于家庭的困难，把这新生的娃娃卖给正心堂，但此刻若是说出口来，那就显得前后不合牙。

寡妇机灵，在焦家盘旋一回，起身告辞，焦大海送她到门外。走出几步去，回身再和老焦头叙谈。她明说，接生那天和大婶说的不过是几句人情话。拍心窝子说，她认为老焦家再拉扯这个新生的孩子挺困难，大婶是多病之身，先头那俩孩子，已经够她忙活的了。屋里屋外，炕上地下，拉扯三个孩子，不是当耍的，铁打的人，也得累得掉分量。大叔你原本命硬，再把这口子克没了，再续一个怕你就无能为力了。

大海动容，陈寡妇单刀直入，说破正心堂收养孤儿不可心，烦求她从穷苦人家选个命相好的娃娃，让他进正心堂去享福，长大了继承那片家业。至于正心堂要收养子，不是没有条件的。父精母血十月怀胎并非容易，刘大爷刘大奶奶都是吃斋行善的人，从两家有这段缘分，也能拨给几百块大洋。大海说容他想一想。

事过之后，至今已经三月有余。陈寡妇好几次抽空儿向焦大海游说，大海犹豫不定。碍难的是他觉得本人在虎石台虽然够不上个体面人物，但一般的穷苦人，人口比他多，挣钱比他少的比比皆是。焦大海经常坐在饭馆子里头大吃二喝，到归终来个卖儿卖女，实在是有点丢人。这件事一直挨到昨天，他自感山穷水尽了，这才决定去找陈寡妇。

在这以前，焦大海一直没吐口，当然也没法讲价钱，可这老头子一见着寡妇，就说出那么几句话。陈寡妇燕儿飞似的跑到正心堂和刘氏夫妻会面，这时才犯了难。三个人坐下商量，在集上买一只小鸡小鸭，都要论论价目。大奶奶埋怨陈寡妇："你素常精细，办事情周全，怎么今天这般地草率。"寡妇说："大奶奶，你只知其一，不知其二。焦大海和那杨福田都是一套号的人，出马一条枪，撞到南墙上也不回头。他让我立刻就把钱给他拿去，咱若是迟缓一步，这桩事就算砸了。离家我在路上想，咱们只要给他掂对个不多不少的数目，量他就不能争讲。老头子如果还有所求，日后咱们再给他补上一笔也就是了，事有当时，机会不能错过。"

刘元甲夫妻点头。大奶奶打开皮箱，取出二百块银元，用一块红缎子包裹起来，推给陈寡妇，寡妇没拿。抬头看明柱上的挂钟，意似很着急。刘元甲心领神会，从腰里摸出二十元金票来。寡妇把纸币揣在怀里，把银洋夹在腋下，这才动身出屋。大奶奶送寡妇到房门口，大爷送到二门外。忽然问道："你看咱和焦大海办这桩事情，用不用写张字据？"寡妇爽快地回答道："和这种人办事，钉帮铁牢。"

昨夜，大海得款还账，最后来到自家的门首，但他没忍得进去，怕把这桩事情说出来，惊动全家。老头子回归福善堂心情痛苦，也是整夜没睡。一夜之间，几次到马棚里去添草拌料，见那几匹下了驹的骒马，黑暗中两眼放出喜乐的光芒。马棚经过维修暖和多了，马驹子也不像昨天晚上那么哆哆嗦嗦地紧偎在它母亲的身旁。马儿母子喜得温饱，可叹我老焦头，忍心把新生的儿子卖掉了。焦大海一生恨的就是流泪，特别是男人，有谁摊点事儿，就哭哭啼啼，碰见他定遭白眼。他家中已故的李氏、续娶的于氏都知道老头子这个脾气。他的小姑娘、小儿子不管受什么委屈也不敢当着爹爹的面儿哭。大海爱听别人讲《三国》，最欣赏的段子是关云长刮骨疗毒。

今晚，大海来家，先拿起扫帚扫净了院中的积雪，又挑了一缸水，这才进屋。三个孩子都在炕上睡着了，于氏蹲在炕墙底下洗裤子，屋子里冷得伸不出手来。大海站在灯下，把家里的破木柜拉开，从怀里取出个红缎子包儿丢进去。于氏听那响动像是一包银洋，仰面再看看老头儿的气色，吓得她打起颤来，赶忙收拾，霎时间有点儿手足失措。焦大海坐在炕边上说："从今往后我不再喝酒了，也永不到饭馆子吃饭。我只顾在外边吃吃喝喝，累你带孩子在家里受苦。三个多月的工夫，我就欠陈家馆子好几十元的账，照这么下去，我就养不起家了。"

于氏慌忙说："你吃喝一辈子，一个人在外边苦熬苦累，还得养活我们娘儿几个。吃点喝点，是你自个儿挣的，不吃不喝你哪来这么壮实的身板儿。都怨我命不好，自从来到你家就病病恹恹的，为给我治病，花钱没数了。前几天，白二先生来讨药账吓死人了，光我吃的小锅儿就欠人家一百二十多元。老头子你浑身都是铁，能打几根钉，我这个薄命人累苦了你。"

于氏声随泪下，大海的眼角上也湿了。

外面很静，估量时间早在定更以后，大海冲着正给孩子吃奶的老伴儿说："我把这孩子卖了，让他到正心堂去享福，得价二百元，已经还清了我的酒账和你的药账。几个月的娃娃，咱就权当他出天花扔了吧。"爹说话一向是嗓门高，睡在炕上的两个孩子醒了，丫头首先哭出声来，小子也跟着呜咽，那于氏把奶头从孩子的口中撤出来，泪如泉涌。

焦大海倒背着双手在房中走来走去。这时，一辆轿式的骡车从后街绕过来，停在他的家门口。刘大奶奶掀起车帘儿，足蹬板凳下了车，脚踩着地上的积雪，咯吱咯吱地进院来了。她身披红缎的大斗篷，手里提一只花布的包裹，拉开风门子，招呼焦大海给她照个亮儿。大海端灯把来人让进屋去，大奶奶坐下说："好个乖巧的陈寡妇，今天装病不肯来，既已约定，我只好亲自来抱儿子。初次登门不能空手，我给你家大嫂带来几件衣服首饰，做我们姐儿俩的见面之礼，别嫌菲薄。这孩子虽是你们身上的一块肉，我把他抱去也算是得了好。听说大嫂没有奶，孩子留在你们家也怕难以成活。今儿个午前我就打发人把奶妈雇来了，孩子到了我家立刻就是另一个光景。"她一面说话儿，一面打开了手中的包袱，上边是四件布衣，一套银质的簪环，下边是一床小被，一条绒毯。

于氏和两个孩子号啕大哭，老焦头一声断喝："不许哭。"看他的双眼像要迸出火来，俩孩子不敢再出声，于氏为了抑制悲痛，把右手的小拇指放在口中，用力地咬着。

刘大奶奶也像是害起怕来了，哆哆嗦嗦地动手把孩子放在她拿来的被子里，又用绒毯包裹起来，战战兢兢地抱起那孩子，走出房去。

小车子吱吱扭扭地赶走了。焦大海关闭了门户进屋来，灯光下看于氏已经昏死过去，在那母子分离的一瞬间，她竟用牙齿咬断了放在口中的那只小拇指头。

马夫焦大海卖儿子还欠账，在堡子里并未引起乡亲们的同情，都说他这叫自作自受，老焦头一身的本领，每年的收入足够养家，可他偏是胡打海摔，不认真地过日子，这才有今天的后果。这老头当初要去吃江湖饭就好了，没家没业自由自在地也能度过一生。为男子的到什么时候，也摆脱不了家室之累。大吃二喝都说是小事情，庄农人家若是都这么干，家家户户都得光腚穷。

人们议论一番，也就把这篇儿掀过去了。直到开年出了正月，才有人又提起了他。先是他的邻居王老好在庙上闲谈，说焦大海把喝了一辈子的辣烧酒硬是给戒了。头初五，家里又包饺子又炖肉，大海是连一滴酒都没喝。陈厨子也来做证，老焦头灯节以前没来光顾，眼瞧着来到二月十五了，他还没登过陈家馆子的门。乡亲们赞不绝口，焦大海不愧是个英雄。

春三月农家耕种忙，风闻关内又打了大仗。有说是冯玉祥、阎锡山、汪精卫联合起来打蒋介石，张少帅正向关内增兵，要帮着蒋介石。老农们说，逢是打仗的年头，庄稼长得好，能获大丰收。

赶集的时候到清水镇去看一看，买卖铺商分外地兴隆，永字号买卖更是格外火爆。虎石台吴六入股经营的永吉丝房，摆满了各式各样的东洋货。日本的人造丝，买一尺送一尺，也就是减价一半。日本的化妆用品牙粉、香皂、生发油，小盒的、小块的、小瓶的干脆白送，这叫创牌子。县城里新开的一家火柴厂，听说一个晚上就被洋行给顶黄了。洋行的外柜把这个厂所有的产品都收了去，尔后在市场上抛售新牌子的洋火。十盒日本洋火，收两盒国货的价钱。

吴六在丝房里当上了二掌柜的。看他身穿长衫，头上戴一顶红帽疙瘩的青缎子帽头儿，瘦削的长脸儿上两腮见肉，比先前发福了。手掌心托着两个天津卫的铁球，哗啦哗啦地滚动着。有人说，七厘核桃八厘球，十厘份子玩车轴，吴六真正地变成个财东大老板了。东三省自从张大帅去世、少帅当权，却也是百业兴隆。

这一天，虎石台的暴发户袁连喜到永吉丝房来购买物资。二老板把他让进了客房屋，年轻的伙计点烟倒茶，然后把要买的东西成堆地取来，放在桌子上，请主顾任意挑选。选定之后，一样一样地包装完毕，最后开来一张发票。二老板说："乡里乡亲，连喜哥你这是头一次到我柜上来买东西，我告诉柜房一律都给你打了八折，日后请你多来光顾。"

袁连喜付了款，动身要走，吴六说："来到晌午了，吃了便饭再走吧。"连喜谦谢，言说不便讨扰。但眼瞧着伙计从门外的拴马桩上解下他那条备着软鞍儿的黑毛驴，牵到后院槽头上去了。

开饭以前，吴六说："连喜哥，我看你做生意很得要领，这几年倒买倒卖，转手渔利已经发了财，大可以动动脑筋弃农经商，别再搬那土坷垃。"

连喜笑道："庄稼钱万万年，土里求财还是咱庄稼人的本分，哥哥我大字不识，不像你能写会算，做正经生意能力达不到。"老连喜嘴里说话，两只眼直勾勾地瞅着客房外面，那通连五间房子的大柜台，不停地进行交易，购买商品的顾客川流不息。原来这座丝房兼营山海杂货，五金、家具、干鲜果品、药材、皮张各类，也全都经营。买卖应声客点头，噼里啪啦算盘子响，此起彼伏地应酬主顾的声浪，把个老连喜闹呆了。心想，好大的势派呀。脱口问道："六兄弟，宝号上上下下总共用了多少人？"

"五六十号吧，今年买卖好，还嫌人手儿有点不太够用呢。"吴六答道，起身请连喜到后屋去用饭。两个人行经后院，见一排高大的库房都敞着门，里面的货物堆积如山，老连喜心中羡慕。

一顿商家的便饭，差点儿把袁连喜吃冒了眼珠子。二位老板陪着他单开一席，说这是便饭，可是比农村娶媳妇、聘姑娘那种席面丰盛得多。吴六告诉他，买卖家开饭，根据身份，分三六九等。赶车的、打更的吃下等饭，但每顿也都见肉，并且不吃粗粮。袁连喜赞叹不已。

临行，吴六送他到门口，连喜顺便地问一句："宝号经营这许多的货物，能看几分利皮。"吴六回答道："永字号买卖都是出名的半分利，可是颇有盈余。这叫薄利多销，商家买卖也讲自由竞争。"连喜点头，眼见一个年轻的牵着他那头驴恭恭敬敬地在路边上候等。他适才购买的物品平平整整搭绑在驴身上，使他格外地满意。

老连喜跨上毛驴，高高兴兴地回到家。看他的儿子袁百家坐在家门前的石磩上，叼着洋烟卷儿和金荣山闲扯呢。连喜下驴，大声喝道："你们两个不跟做活的下地，在这儿又胡扯些个什么。"牵驴进院，到屋里气哼哼把买来的东西扔在炕上，从头到脚换好了衣裳，操起锄头下地去了。袁百家看他爹生了气，也慌忙跟去了。近年来，老袁家已拥有土地十五垧，雇了好几个做活的了。

连喜父子下了地，百家他娘和媳妇检点老爷子从镇上买回来的东西。花洋布、化妆品、洋袜子、洋火、洋灯芯，还有两块软料子叫不出名儿来。赶上老金家大媳妇过来串门，认出来那是东洋织的花什葛。不用问，这是给家里孩子大人换季预备的。

老连喜晚上来家余怒不息。晚饭后，儿媳妇擦亮了洋油灯，要把公公新买来的灯芯换上。公公说:“先别换了，洋灯、洋油都给我收起来，等过年的时候再点。我看咱们的日子越来越阔气，刚混到有口饱饭吃，就要忘本了。”他手指着儿子恶声地骂道:“小喜子，我把你个鳖羔子×的，从今往后每天不兴你睡懒觉，起五更跟做活的下地，晚上一块回来。是我儿子不兴再抽洋烟卷儿，不愿意拿烟袋，你给我卷旱烟抽。”

小喜子一乐，满不在乎地说:“洋烟卷稀烂贱，连扛活的都不抽旱烟了，你看堡子里年轻人，谁抽那撅嘴儿损。”爹爹大怒，从桌上操起个饭碗来，要砸过去，忽发现那是一只细瓷碗，慌忙放下，张牙舞爪地扑过去了。连喜瘦小枯干，没他儿子粗壮。袁百家抓住他爹的两只手腕子，让他爹打不着也踢不着，连喜气得吐儿子一脸唾沫。

袁氏婆媳拉劝不开，几个做活的也从下屋过来帮忙，父子二人这才休战。

连喜坐在炕上，颠着屁股大骂，骂来骂去，骂到他的亲家陈厨子那里去了。“我看你嘴馋手懒，越来越坏，都是跟你那肥猪老丈人学的。年轻人总在庙头上闲逛，学不出好来。他老陈家大吃二喝穷讲究，把我的孩子也带拉坏了。往后不许你再上庙头去，他给你白吃白喝不要紧，惯得你小子家里的伙食全都吃不进去了。”

老公公在西屋骂，儿媳妇在东屋哭，八个月的孩子躺在炕上叫唤，五岁的毛驴子站在槽头也跟着叫唤起来。一阵狗咬，隔壁金三过来看望，袁连喜起身接待。金三坐下说:“兄弟，大忙的季节，不早早地睡觉，爷儿俩吵啥呀？”

连喜又当着金三把他儿子的不是数落一遍。金三劝道:“咱哥儿俩得的是一样的病，你那两个侄子，最近几年不也都学坏了吗。大小子成年耍钱不务正业，二小子凭他的脸子长得好，在堡子里偷香窃玉，已经变成个采花淫贼了。游手好闲还则罢了，俩东西又总是鸡争鹅斗像一对仇人。哥俩打冤家，妯娌也不合。我常说，这就是我金三有孽，前儿辈子杀人放火来着。妻不贤子不孝，气得我一脑袋头发不到二年全白了。我看你家小喜子，比我那两个杂种强得多，做父母的对待儿女不可以太暴烈，顺着好吃、横着难咽，大儿大女要慢慢地调教。”连喜无话，老哥儿俩又唠了几句闲嗑儿，金三回家了。

起五更，老连喜全套庄农打扮，把儿子叫起来，吃罢了早饭随做活的下地去了。如此三天，老东家、少东家跟长工们一起铲完了头遍地。上二遍的时候，老连喜躺炕上了，他积累多年的腰腿疼病症，每年秋天才犯，今年春天便发作了。

发病的时候，浑身的骨头节儿都红肿粗大，上茅房都得有人搀着。

老连喜躺在炕上嘱咐儿子：认真照管地里的伙计，因为他家雇佣长工还不过三年，不能像其他的堂口儿那样的店大压客，把伙计撒出去，就可以不去过问。儿子满口答应，可是每天早起，他扛起锄头就到庙前陈家馆子去了，招呼两个小舅子给他打开门，进屋去睡回笼觉。他岳父陈厨子不在柜上睡，每天小傍晌儿才从家里到铺面上来。百家的两个小舅子，已经都很中用，一个十七，一个十五，都学会本行的手艺了。这家饭馆，三间门市，除了应时小吃，包办酒席还兼营肉铺，猪牛羊、骡马驴，无所不宰。百家每到这里来都是尽情地吃喝。不过吃喝完毕不敢往家里带，因为他爹和他岳父为死鬼顾天成那一年发生口角，到如今不相往来。他本人到这里来，回家也不敢明说。有时翁婿闲谈，老丈人是火性人，闹过之后也觉得后悔。但是，老哥儿两个在原则的问题上有分歧。他老丈人总认为，袁连喜家资不多，抱财主们的粗腿，出息好了，也不过能当个挨骂的刻薄财主。陈厨子要想攒钱，也能买房子置地，然而，他说有了房子地，那就是要当土鳖。大人要变成心狠意毒的吸血鬼，子孙后代也不能成器。有钱就是有孽，老厨子愿意当一辈子穷人。

挂锄以后，袁连喜还没有起炕。白二先生打从给侯许氏治坏了腿，在堡中丢了名声，好像他配的药谁吃了都不管用。这一天，袁百家套上大车拉他爹到镇上去诊治疾病，他老妈也跟去了。

正当晌午，伙计们在下屋歇息，老袁家鸡没叫、狗没咬进来了隔壁的老金三。走院里，他看车辆没在家，进堂屋没听见动静。西屋敞着门，里面没人，东屋低垂着蓝布的门帘儿。

老家伙明知道那是人家少辈人的卧室，可他悄悄地来到门边上，透过一线的缝隙往里观看，忽然却步，心里说，好一幅美人春睡图！他自觉耳面发烧，心跳气促，但久久地未肯离开。

百家的媳妇艳香子，并不是什么俊美的人儿，但她素日爱惜整洁，和一般的小媳妇一样，每日里却也是光梳油头，薄施胭脂。此刻，外边暑热蒸人，屋子里也很闷，看家里没人，放下门帘，脱掉了大布衫，上炕奶孩子，裸露着前胸，蒙眬睡去。怎知道，老金家三大爷来窥视她的香闺。金三坏五十多岁的人，居然被这熟睡中半裸体的少妇引动了春情，他壮着胆子，掀动门帘看了三四遍。那陈氏虽然睡着，陡然惊醒，忽见老金家三大爷惊恐不安地站在她的面前。陈氏愣呵呵地问道："三大爷，你是多咱来的？我爹到镇上看病去了。"

金三木然无话。又听陈氏说："三大爷，方才我在睡梦中觉得像有什么猫儿狗儿在我周身闻了一遍，你老进来看没看见，到底是什么东西？""没看见，没看见。"说第二句的时候，那位三大爷已经跑到院心里去了。

袁百家赶着大车从镇上回来，已经是黄昏时候了，因为他爹浑身疼痛，车辆不能快走。济人堂的少先生给他诊断，说是慢性关节炎，这种病时好时犯，最忌讳的有一条，就是不能干重活。上年岁的人还得加强营养，吃些个好东西，不起早不贪黑，避免潮湿。必得常年用药，才能慢慢好转。

车辆从永吉丝房经过，老连喜心潮起伏。吴六年轻力壮过那样舒适的生活，我袁连喜年过半百，苦累了多年，到如今燕子垒窝一样，算是刚刚齐整一点，可现在，疾病缠身，口眼一闭可就啥都完了。小喜子不要强，过家之道心里全没有，百样的事情都得我老头子眼到手到。而今刚见隔辈的人，指望翻土坷垃，我袁家就能在虎石台出人头地，看来难啊。小喜子自幼我把他惯坏了。俗话说，穷人养娇子，这孩子已经不是庄稼地里的虫儿。我现在就算是略略地有点家业了，若是改了行，开不起像永吉丝房那样的大买卖，创一处像张小铺那样的小生意，也还来得。张老六不过是个倮子匠出身，先在庙头上床子，紧接着就有三间门市的杂货铺了。购买了阮家店的房产、地号儿，又接上两间。他只为了少拿捐税，应名儿还叫小铺，实际上铺面已经很有规模，劳金、伙计雇了两三个。他本人栽花玩鸟儿，春秋四季背着个猎枪打围消遣，老婆孩子坐享清福。俗话说，吃不穷，穿不穷，算计不到才受穷。我连喜若没有几分的算计，到不了今天。三穷三富过到老嘛，西隔壁关庆余和我一样都是白手起家，他专凭口挪肚攒，苦熬苦累，三十年才自己有了房子、地，头顶脚踩，没有别家的了。我和金三学艺，这个朋友没白交，发财好比滚雪团，越滚越大，若是捏在手里，只能落个两手空空。一升谷种下地，到老秋打十石。一块银洋拿来做生意，说不定就能财发万金。一路行来，老连喜心事重重，车辆进家，这才打断了他的心事。

晚间，连喜躺在炕上又继续地发寻思，睡梦中说胡话，高喊："我得改行，改行。"

秋八月，老袁家颗粒还家。谁说老农没经验，这一年中原大战，血肉横飞，虎石台获得了丰收。新粮登市，袁连喜病势好转，亲自押车到清水镇永成粮栈去卖粮。碰见永吉丝房的二老板吴六了，两个人又亲亲热热地叙谈了一回。这一次连喜要请客，车辆在栈里卸粮，他把吴六拉到"鸿记饭庄"去喝酒。在雅座里，连喜叫了八盘菜，还直劲儿道过，怕二老板不对口味。老袁头半辈子没端过酒盅儿，今天陪吴六喝了好几杯，不过饭馆子的女招待进来打磨磨，都被老头撵出去了。

吃着喝着，他跟吴六兄弟说出了心里话，试想弃农经商，求内行人给他指条明路。吴老六未加思索直截了当地告诉他，“仅凭你的财力，自立门户做生意那干脆办不到。经营商业这是一门学问，冷手抓热馒头，非连本儿丧尽不可。你要做买卖，这有现成的机会，永字号的企业新近习学外国的科学方法，这个名儿叫‘公司’，正大力地吸收游资，扩充势力。”进而，吴老六给他解说了拿股本做买卖，抽红利得好处一切的手续章程和最后应得的诸般实惠。钱有钱股、人有人股，年齐月尽结算的时候，全都照例分红。他本人在永吉丝房股本全得一分红利，身为二老板，结算的时候还要拿八厘的份子。做生意比种庄稼来得快，赶上财运亨通，一年之内就能翻几番。袁连喜把经商的门道问了个底儿掉，直等伙计们卸下了粮车，到饭馆子来找他去结算账目，这才作罢。老连喜和吴六分手的时候，并未做任何决定。

回到家，连喜几次找拜把子的金三哥叙谈，微微地透露出他要变产改行的意图，金三坏拍手赞成。

冬至月，袁连喜接连到镇上去了好几趟。听说吴六来家，他便立刻前往明德堂。进腊月，虎石台的头号新闻，就是袁连喜要变产改行。

有说他的家里人完全同意，就是他的亲家陈厨子两三年没登门，针对这件事情，又到老袁家去了，劝他的亲家，万万地不能改行，黑土地的蝲蝲蛄到黄土地拱不动，你半辈子负苦劳累，置下这点儿家业，别把它迎风扬喽。连喜说厨子多管闲事，厨子说连喜财迷心窍，亲家俩又争吵起来。

年根儿底下，风传的消息都落实了。老袁家的骡子马牵进了西街福善堂。房子、房场儿，四亩地的园栏，都卖给金三了。老连喜苦心营谋的十余垧好地，先后出手，为抢购他家的土地，好几个乡绅互相反目。

闲散人议论说：老连喜是虎石台的人精子，他要干的事情，没有舛错。

第十七章

腊月二十几，堡子里又盛传一条特号新闻，庙后老董太太要办喜事娶姑爷，并且是文明结婚，创村中少有的先例。为筹备这桩喜事，王长江、李大虎忙活多日，其中陈厨子是操办此事的主要人物。准定腊月二十七典礼，二十四、二十五，陈家馆子就动手杀猪宰羊，干鲜蔬菜也全都备办停当。老董家二姑娘和刘铁柱结婚，在陈家馆子接待宾客，布置礼堂，势派儿不小。但可不是陈家馆子包办的酒席，陈厨子把三间门面、两间耳房，全套的家具设备，都借给老董家办喜事，他本人和两个儿子，出力落忙不要报酬。

正日子这一天，陈家馆子照旧挂起了鲜艳夺目的双幌儿，正门上悬挂着红绿彩绸，门芯子上、窗棂上都贴着双喜字。清早起，庙后先来了一群落忙的，跟着董四婶带领着新郎新娘也到馆子里来了。老太太穿戴齐整，高挽着疙瘩鬏儿，红光满面，喜气洋洋。一进门，先向几位帮忙的致谢，铁柱两口子也向几位至近的乡亲们道劳。看结婚的礼堂已经布置好，西山墙交叉着两面国旗，高悬着总理孙文的遗像。宽敞的营业室雅座儿已然拆除，八仙桌、肉案子一应笨重的陈设，都临时搬到后院去了。屋中整整齐齐地摆放着几十张椅子和凳子。进门的地方设个账桌儿，用红绒毡铺陈，笔墨砚池放在右角，用双红纸折叠裁制的一本喜账，平放在桌面上。

旭日东升，晴空万里。午前九点钟，到董家来贺喜的便陆续来到，进门先道喜，然后到账桌前掏腰上礼。

写礼账有规矩，顶头写上姓名，下标喜仪若干。头一名王长江，第二名李大虎，第三名柳天祥，第四、第五两个名字生疏，开列的是沈明义、顾慎宗。有知道的说，这两个名字一个是沈万洪的儿子大秃子，一个是顾天成的儿子长祥子。

沈大嫂和她的妹妹没有亲自来，这两笔喜仪是天祥带来的。王玺山站在账桌旁边，刚刚上了礼，他的儿子王吉庆又夹个红纸包儿走进来放在账桌上，但不知赠送的是什么礼品。

庙前庙后、前街后街、东街西街的乡亲们络绎前来上礼。喜账写满了一篇儿、又是一篇儿，翻过七八篇儿去，还是没断条。连堡子里的几家财主，有的亲来，有的没到，也都在礼账上落笔。

写礼账的先生是到本村来串门的一位小学教师，经王长江拜烦来帮忙，他谁也不认识，由王长江陪着他在一旁收礼。门开处，明德堂打发一个人来上礼，长江示意那位先生不要落笔，慌忙过去低声问问董四婶，老太太摆手不收，那个人灰溜溜地回去了。今天老董家办喜事，热闹场面，但不见庙后陈寡妇的踪影。关帝庙的黄老道掏十元钱上礼，请先生给他写上俗家的名字“黄福臻”。

十点多钟，聚集在屋里屋外的人群，微微地骚动，账桌前来了瞎眼的杨木匠。他的双眼经过长期的治疗未见好转，还是求人把他领来的。董四婶急忙过去打招呼，老福田先给四妹妹道了喜，他手扶着账桌儿，从怀里取出五十块银洋。先生要落笔，被董四婶拦住了，老太太说啥也忍不住夺眶而出的热泪，哽咽着说：“老杨大哥，咱两家情谊深厚，听说你前几天把使用一辈子的木匠家什全都卖了，今天，你拿这笔钱来上礼，我不能收。”

杨福田爽朗笑道：“好妹妹，你知道了更好，我那套家什，留在手里已经没用，变卖了，拿来给你贺喜正相当。”

董四婶连说不行，老杨头笑着又说：“四妹妹，你能把小长贵收下，就能把我这点贺仪收下，那孩子不是应该由我抚养吗，请你让我表表心意吧。”这时候，穿戴新鲜的侯长贵和老董家黄毛子跑过来，一左一右抱住了老杨头的大腿。众亲朋一阵鼻酸，但个个强装笑脸，劝四婶把这笔钱收下。随后，大家把杨福田拥坐在一张靠椅上。

马夫焦大海进门道贺，声如洪钟，盛赞董家的喜事是虎石台平安吉庆的象征。大海落座，跟脚儿来了前街的殷实户关庆余。他细瘦身材，面似姜黄，穿一件青布长袍儿，前襟和肘部都打着补丁。进门来照例先贺喜，手拿着五角钱纸币，够奔账桌。忐忑地问那写礼账的先生，“乡亲们都上多少钱的礼？”“最少的一元。”先生回答道。

关庆余痛苦地皱皱眉头，又从怀里掏出五角钱来。

原定十一点钟典礼，司仪人就是那位写账的先生。董四婶听说时辰快到，忙不迭地让她女儿搀着她到庙后老沈家去，请万洪媳妇和天祥媳妇来参加婚礼。

董四婶和新娘子百忙中离开众亲友，亲自来请，难坏了大嫂王氏。心想，自从万洪去世，我足不出户，已经几年。再者说，一个寡妇怎么能去参加人家的婚礼。正在为难，她兄弟王吉庆从后面跟来了，言说老爹爹有话，董家文明结婚，没有忌讳，可以跟四婶去热闹热闹。天祥媳妇也在一旁劝说，让她嫂子去帮四婶忙活忙活。

大嫂这才急忙地换件衣裳，随四婶母女来到庙头。一路行来心神不定，怕乡亲们笑话她守寡的人在人多的地方抛头露面。王氏进礼堂，和她设想的正相反，男男女女都和她热情地打招呼，有些人甚至可说是肃然起敬。只是人群里偷偷地溜走了药方先生白延龄。

结婚典礼准时举行。事先已经商量好，福田大叔代替刘老疙瘩做铁柱的主婚人。正副村长都没到场，司仪先生说，可以让参加婚礼的亲朋集体证婚。

正点，司仪唱礼，主婚人入席，董四婶和杨大叔就座。介绍人入席，过来了半截黑塔，原来是李大虎。新郎新娘入席，二姑娘和铁柱子胸戴红花并肩站立。全体起立，先向国旗和总理遗像三鞠躬，而后新郎新娘向主婚、证婚以及介绍人鞠躬，夫妻对面一鞠躬。接着是主婚、证婚和介绍人致辞，他们都没有当众说话。轮到来宾致贺词，倒有几个敢说话的道出了几句喜庆吉祥嗑儿。至此礼成。

典礼完毕，随即开席，落忙的比束手等候喝酒的多。十张大圆桌顷刻摆设停当，往来添酒上菜的总有十几个人。刘铁柱的两个小舅子今天格外文明，一点懵愣的动作都没有，接待宾客十分地热切。从正午到天黑，吃喜酒的坐了好几悠儿。单说马夫焦大海，在这样欢乐的场面上也是滴酒未入口。董四婶亲自过来劝酒，老焦头深觉抱歉，但终究酒未沾唇。前街关庆余喝了几杯，酩酊大醉，着人搀扶着回了家。

今天的主婚人杨福田，率先入席，他与王老好、黄半仙坐在一张桌，酒没少喝，饭没少吃。老人家今天是分外地高兴，盛赞四姓人伙种土地，患难相助，把日子过得兴旺起来。进一步地提起杨、沈、顾、侯四家，若是早有这样的举动，闹不出那么多的祸事来。

半仙说道，他出家多年信服命相，来到虎石台这几年，诸般的事儿也使他动摇了信念。今天给董家贺喜，他在礼账上第一次写上了俗家的名字。黄老道感慨地对左右两位老人说，他打算脱掉这身道装，剪去长发，在村子里做一个诚朴的乡民。二人谈话，王老好默默地听着，未置可否，多年来，他总是这么沉默。

董家办喜事，热闹了一整天。掌灯以后，董四婶领着新婚的夫妇拜谢厨师陈大叔。王长江和那位写礼账的先生，已然结算清楚，董家这一番喜事办下来，颇有盈余。

董氏全家，千恩万谢地送走了那位先生，这才离开了陈家馆子。董四婶领四个小子在西屋居住，新房安设在她家的东屋。当晚，兄弟姐妹们闹罢了洞房，一家人这才安歇。

老沈家大嫂，日间典礼完毕乘乱逃了席，赶到家中见西院陈寡妇正和她的妹妹谈唠呢。这寡妇一把鼻涕一把泪，像是正在哭诉什么事情。大嫂进屋，沉着脸没理她，那人讪讪地出去了。妹妹说，这个人看样子要改邪归正，大嫂摇头。

开年，消息传来振奋人心。去年中原大战，张少帅出兵兜了阎锡山、冯玉祥的后路，把国民政府的军事统帅蒋介石救下来了，这回是郑重其事地唱了一出南北合。三十六万东北军，从今不再闹独立，也归蒋介石指挥调遣。国家统一，军队统一，混乱多年的政治局面已然明朗起来。中华大国有雄兵百万，说日本鬼子要动手侵略东三省，那不简直是痴人说梦？又说日本鬼子向张少帅让步，信使往来，把老帅和他们签订的不平等条约废除了好几条。日本内阁多次宣布，没有入侵东三省的企图。在这里的租界，也要逐步退还，并声言要撤销治外法权。这些消息看来是可信的，区区的日本岛国无非是要向中国销售它的工业产品。地少人多，它只能和外国做买卖，才不至于把它的百姓都活活地饿死。日本的兵工厂造枪炮，多年来卖给中国的军阀，那也只是为了赚钱。日本货在中国倾销，繁荣了中国的经济，物美价廉，对老百姓没有害处。不少人开始往好里想。

清水镇永吉丝房，从打袁连喜拿八千元入了股，春夏之交，买卖做得兴隆无比。这丝房在国内经营范围远达广州、上海、两江、两湖。在国外，可以从日本的东京、大阪直接订货。袁连喜父子二人都在柜上有身份，连喜当了三老板，少东家袁百家当了库房里的保管员。连喜回村，到宝庆堂串门，他的盟兄金三称羡不已。

起先，袁连喜到永吉丝房和二老板初打交道，吴六告诉他，永字号买卖都是半分利。而今，他身临其境，在内中干了几个月，这才明白，叫个生意就没有半分利的。一应商品，不管是批发零售，看利最少都在三分以上，碰巧了那就无可限量，一本万利这句话，也并不夸张。

永吉丝房的大老板，并没有钱股。山东黄县人，是财东刘紫玉经奉天城四平街吉顺丝房的东家引荐来的。这种做法，行话叫领东。大老板一个人来了还不算，伙计劳金，年轻的还跟来了一大帮。头年分红，大老板十厘的份子，净赚大洋五千元整，论他全年的收益，差不多都赶上一个省长了。连喜刚到柜上，不晓得这个人凭什么肥头大耳的，吃饱喝足在柜房里一坐，历年就分那么多的红利。

还没出正月，连喜入股就当了院心掌柜的，主管杂货批发那一摊。外柜从关内发来一火车花生、核桃、栗子数万斤。货物进库，大老板就告诉，倒袋子，把货物通通地堆起来。上板以后，吃罢了晚饭，库房里明灯高挑，动用几十号人再重新把这些物品装进麻袋，当时就把连喜惊呆了。三十多人装袋子，有十几个年轻的手掐着铁锹，把事前准备好的白色的大粒沙子往货堆上猛扬。到半夜，花生、核桃、栗子全都装进了麻袋，登时缝口，上万斤的沙子就这样全都变成了货物。第二天，杂货批发部的门口，挤满了小商小贩。连皮滚整袋子过秤，七八天销售一空。

永吉丝房批发和零售的青蓝线在大老板安排下，都是经过二次加工方才脱手。顾客们说，这里卖出去的洋线，比从别处购买的光泽好、分量大。原来，打包以后把商标拿下去，在每一支线里头都要搓进去适量的豆油。油比线贱得多，就这样成百斤成千斤的豆油都卖了洋线的价钱。

连喜告诉金三，咱哥儿俩近几年来在经济场中使用的那些权术，在人家面前真是不值得一提。做大生意得懂得收纳吞吐。该囤积的放手收购，该脱手的时候片刻不能停留。大老板曾经告诉他，“奇货可居”这四个字，怎么讲，怎么用。

袁连喜是精细人，别看他目不识丁，自从进了永吉丝房，除了大开眼界，白天晚上他也是心领神会地刻苦学习。他有决心，念念生意经，有生之年，总有一天，他要把做买卖的全套本领学到手。他弃农经商，决心大，干劲足，变产以后，全家移居清水镇。吴六让他匀出一笔款子在镇上买所房子，连喜不肯。他把手中所有的资金都做了股本，租了三间房暂且居住，只等来日发了大财，盖新宅子。

半年的时光，永吉丝房从打袁连喜入股，买卖兴隆。估量着年底分红，新东家袁连喜就可能买地皮盖房子，成为清水镇街上一个说得出的人物了。

虎石台的乡亲们茶余饭后多有议论，袁连喜改行，这就叫时来运转，福至心灵，继明德堂弃行之后，星星跟着月亮走，得了大实惠。

今年庄稼长得好，地面上也挺太平。自从吴六辞去了保长的职务，一直空着这个缺。正副村长指挥保甲队，站岗放哨日夜巡逻，来到秋后还兼带着护青。对一些游手好闲的二流子，监督得也很严紧。近年来，虎石台没有蹲监坐狱、以身试法的人。

仁慈堂自从芦启良大开善门、芦二奶奶当家，毫无选择地大批雇用长短工。堡子里和周围三里五村的嘴馋手懒的庄稼汉，都争着抢着到仁慈堂来佣工。四个打头的，领上百号的长短工侍弄二百多垧土地。农忙时节，不起早，不贪黑，东家奶奶也不管。伙房屋里开饭，用大木槽子盛装，操碗就吃不管人数多少，从早到晚，总有吃饭的。二奶奶下来察看，也认不出张三李四来，反正进来吃饭的，都是他家的伙计。经常有些个乞丐也混进来吃饭，二奶奶认不出来。因此堡子里给仁慈堂起个外号儿叫“大猪圈”。

仁慈堂自从变成“大猪圈”，有便宜，门户整天大敞着，院里院外不丢东西。仁慈堂的田里，秋收季节也很少有人去偷庄稼，打“莲花落”的大花子，成为这里变相的卫士。

这就叫争之不足，让之有余。俗话说，但行好事，莫问前程。当年的恶霸芦启良，自从钱串儿冲下拎着，每每从省城和县城回家来，走在路上碰见相识的穷苦人，大家伙儿都躬身却步，满脸赔笑地口称“二善人”。仁慈堂芦二善人从一个土豪恶霸变成了开明士绅。

清水镇的刘镇长横行霸道业已多年，最近步芦启良后尘也干起慈善事业来了。芦启良搞的是“居士林”佛教会，刘紫玉成为新兴的“万国道德会”大善东，在清水镇街上舍出十间门市房，做道德会的讲堂。刘紫玉五次进省城，拜会过东三省道德总会的创办人王凤仪王老善人。据说这位王老善人是个扛活的出身，静中参悟、梦中得道，把中国流传数千年的儒教学说，发扬光大，教化愚民，提倡国粹。清水镇“道德会”聘来的讲师，把孝、悌、忠、信、礼、义、廉、耻八个字，连续宣讲三个月之久，听讲的人成千累万,四乡的绅士多有捐助钱款的。

虎石台的副村长王雅轩，自从信奉了“道德会”，在家中每当遇见什么生气惹恼的事情，就听他一迭连声地唱起来:“善人叫我柔和，善人叫我柔和……”唱罢之后便动身找那个惹他生气的人，扑地跪倒，梆、梆、梆直磕响头，接着又是一顿大哭，述说自已的不是。“道德会”的行话，这叫“道过儿”。听说外堡子有个绅士，参加“道德会”以后，这般如此去向他的仇人“道过儿”，那个人深受感动，从炕席底下抽出一把磨得雪亮的牛角尖刀，说道:“你若是晚来一步，我就要拿这把刀子去捅了你的全家。”

虎石台天益堂的邓老五,四个大儿子早都娶妻生子，两房孙子媳妇也都娶到了家。四辈同堂人口众多。老当家的性情暴躁，管教很严，但儿孙翅膀硬了，多有忤逆的地方。邓老五发脾气没有用，暗气暗憋，得了臌症，俗称大肚子病，西医管那叫腹膜炎。从清水镇请来先生给他从大肚子里头往外放水，一次就能放出两二盆，但是放过之后，照旧又鼓起来。一晃数月，邓老五已然病入膏肓。

王雅轩前来看视，言说“道德会”的讲师不光能导人行善，还会治病。邓五不信。第二天，王四把“道德会”的讲师请来一位，给邓五滔滔不绝地讲论了好几个时辰，谓之“讲性”。邓五拜服。

又一日，邓老五让他的老伴儿下达命令，一门老少今天谁也不许出离宅院。早饭后，邓五开始了非凡的举动，从长门大儿夫妻开始，分批一伙儿一伙儿地被召集到他的卧室里来。老人病重不能下炕，半跪在一个棉垫子上，磕头作揖，向晚辈人“道过儿”，着重检查自己的不是，在哪些方面做得不对，当长辈没干出长辈的事情来，对不起孔孟二圣和王老善人。从今往后，百样的事情都要返求诸己，处处自责。啥不是都是邓老五的，儿孙们不听话，兄弟反目，妯娌不和，一切的责任都在老头子一个人的身上。

就这样，老当家的向全家几十口子分别“道过儿”，道得男男女女泣不成声，反过来也向老人说出了自己诸般的不是。

正午开饭，午后连续进行。天黑以前，最后来到的孙子媳妇，听爷爷公公向她“道过儿”，小媳妇也是珠泪双抛。她怀抱的小娃娃，出生刚刚两个月，还不会笑呢，听他的太爷向他妈“道过儿”，这孩子居然咧着小嘴笑出声来。邓老五一阵大笑，一门男女喜气洋洋，只见那重病的老人哇哇地口吐黄水，足有一大盆。

第二天，堡子里盛传邓老五的疾病硬让“道德会”给讲好了。

那位“道德会”的讲师，心想要走走不成了。村董会出面挽留，在这里继续宣讲，由此村公会的宽房大屋成了讲堂。与此同时，堡中的“一贯道”，也兴通起来。

“道德会”专讲三纲五常、忠孝节义。西街福善堂的当家的张七张茂隆，在堡子享有至孝的名声，可贵的是他对待他的继母王氏，恪尽孝道，晨昏定省，亲奉饮食。老太太身罹重病，张七煎汤熬药不离左右。最可钦佩的是他亲尝过老太太的粪便，因为医生说，用药之后，病人的粪便发甜，那就危笃了。张七为了孝母，有这种举动，实堪敬佩。从那以后，便得了大孝子的名声，感人之处还在于那是他的继母娘。也有人觉得他的行动有点蠢，所以给他送个外号儿，叫张傻子。张傻子孝感动天，治好了母亲的疾病，老夫人在佛堂里许下了愿心，长年吃素，不动五荤，又在周围的庵观寺院里做了布施。老太太年轻守寡，把先房的儿子抚养成人，也够得上是个贞节烈女。春三月，村董会上商议已定，今年秋后在福善堂门前，动用堡子里的公积金，给他家修建一座“贤孝牌”，这也是虎石台全村的光荣。

近来，“道德会”在庙上开讲，张七母子先是旁听，接着便做了善东，捐款二百元。

五教兴隆，清水镇街上不但设有佛教会、道德会，又新建了一座耶稣教堂，从省里来个姓吕的牧师，开门布道。有去赶集的回来说，那教堂子修得很豪华，礼拜日有一群穿戴奇巧的男男女女，在会堂门口打洋鼓吹洋号，唱赞美诗歌，把围观和路过的人，让进听道。这些人说他们是“救世军”。从服装上看，他们也像国家逢喜庆大典的时候那样的军乐队。有进去听听的，说他们管弥勒佛叫偶像，是假神，耶稣又称上帝，是活神。可人们要看一看，穿洋服的牧师说，信了以后才能看见。总而言之，今年不同往年，从集镇到村屯，新鲜事儿太多，出奇的勾当不少。

张少帅当令，严禁广大城乡设立赌局。但从沈阳城开始，有绝顶聪明的人，发明个新式赌博的办法，名叫“押会”。这项赌场的局东、会头，需得是财力雄厚的绅士。在僻静的地方，占用房屋开设“会局”，形式和押宝一样。宝局是四门，幺二三四，会局是三十七门，又称花会。例如“红春”“永生”“根玉”……每门都是一副形象，红春是姑娘，永生是老太太，根玉是男人。会局和宝局不一样，宝局一天要把那宝盒连揭无数遍，会局一天只揭晓一次，名叫出会。每日正当午时，会局里明烛高烧、香烟缭绕，中堂上供奉着五尊神位，胡、黄、白、柳、灰，也就是成仙得道的狐狸、黄鼠狼、刺猬、长虫、老鼠。这五位尊神，是会局的后台老板，他们能保佑会头有盈无输。

出会以前，众多“跑封儿”的来到会局，大排二排坐在条凳上，每个人的怀里都抱着一个布包。包袱里全是缄口的信封，信封里头有一张纸片和押会的赌本。比如说，纸片上写的是“红春”，下标钱数若干，另一个封筒里写的是“永生”，下标钱数若干，如此这般，“跑封儿”的手中拿来五十个信封，三十七门花会，诸如“天龙”“河海”“尚招”……押什么的都有。在那张密封的纸片上，有不会写字的也可以画图。比如说要押“天龙”，几片云朵，蜿蜒着一条长龙，也就是了。

会局的堂屋设摆着一条桌案，案上铺陈着一张黄表纸，上面用朱砂笔标列着花会的名称。正午十二点，局东来到桌案前，先向神位顶礼，转过身来从怀中取出会局的大印，这颗印也有督军衙门使用的那么大小，宽边篆字，刻的是“某某会局印章”。会头先抄起朱砂笔，像法场上的监斩官勾决那样，口唱一声，今天要出啥，便在那门花会的名下勾上一笔，紧接着“咣当”一声，把大印盖在竖写的中华民国年月日当中。然后把这张黄表纸张贴在墙壁上，这就叫出会了，跟衙门贴布告一样。

“跑封儿”的坐在原地不动，等候会局的先生抱着钱匣子、算盘子来到那张出会的桌案前边。这时，“跑封儿”的擎着手中的包袱，依次走过去，把包里的信封一个一个地当众拆开，输的由会局把名单和现款统统收了去，押中的不论赌本多少，一律按赌资的三十倍付款。就是说，拿一元钱可以赢三十元。“跑封儿”的给赢钱的去送款，扣十分之一的报酬。这个赌博的办法十分高明，乡亲们坐在家里，特别是妇女们，不必抛头露面，就能赢钱。可以说是最合乎理想了，手续简便，梦中发财。

清水镇的会局，很快就设立起来了，局东是永字号买卖的大财东刘紫玉，另有几家著名的绅士也在会局里入了股。镇上的大会局，兴通无比。

虎石台是个大堡子，百样的事情都不落趟儿。从打清水镇设立会局，堡中出了十几个“跑封儿”的，内中最出色的是金三的儿子金荣山。别人“跑封儿”全凭两条腿，他“跑封儿”往来清水镇骑他爹买杨福田的那条大叫驴。这条“墨黑特”夜行八百、日走一千，金荣山骑着他，每日“跑封儿”，迅速得很。为什么说是“跑封儿”呢，因为出会有准时辰，去晚了就要失掉机会。

会局出会，全凭供奉的那堂仙家保佑，它们能感应局东，专出冷门。有说每天夜晚，开会局的给仙家烧香上供，然后把这三十七门花会写在竹签子上，放签筒子里头摇晃，蹦出来哪门，第二天就出哪门，但这是在秘密中进行的，走露消息，会局就得赔黄。

开会局的凭仙家保佑发财，押会的也不例外。前街关庆余，傍晚手托着一封香、一包蜡到东头于二大神家里去给胡三太爷烧香，叩头参拜，心中默默地祷告：求三太爷恩典，老关家祖宗三代信奉胡仙，近年来，稍稍地把日子过齐全。看一条街上，金广梁、袁连喜财运亨通，感到信士弟子关庆余也应当发点儿外财。胡仙爷子若是有灵验，今天半夜给弟子托个梦。明早押会，不论赢钱多少，我要把三太爷的神位，供奉在家中的西箱盖上。当晚，关庆余独宿在空屋，夜梦一个狰狞的鬼怪，张牙舞爪地要捉扑他，猛醒过来，吓出一身冷汗。

天亮，“跑封儿”的金荣山从他门前路过，关庆余叫他留步，向他说出梦中的光景。金荣山言说：“这明明是胡仙爷子点化，夜梦鬼怪，你押‘阴会’这一门，一定赢钱。”关庆余狠下一条心，从怀里掏出十元钱，两个人就在他家门旁的石墩上写好了封儿。

午后，金荣山从镇上会局飞驴回村，把赢来的三百元扣除费用，交到关庆余的手里。老关赢的钱足够买半垧好地。从此，赶到于二大神家去给胡仙爷烧香的人络绎不绝。圆光、圆梦、扶鸾，诸般举动遍及全村。

人们押会已经押得疯魔一般，有说把三十七门花会分别写在小纸片上，卷个筒儿放在寡妇的裤裆里，三更过后伸手往里掏，掏出哪门，次日便能出哪门。庙后陈寡妇做了一番试验，一把掏出一门“曰宝”来，这一门的图像乃是男孩儿。这一天，清水镇会局果然出的是“曰宝”。在那以后，陈寡妇每到夜晚，便提不上裤子了。乡民们为了押会，日夜不得消停。每到半夜，鸡叫狗咬闹闹吵吵，这一家在掏灶坑，那一家去扒坟头，都为的是要神鬼显灵验，帮助他们赢钱。

挂锄以后，农家闲暇无事，把所有的注意力都集中到押会上边来了。每天夜晚，街头巷尾都有烧香的、化纸的，把村子弄得乌烟瘴气。堡子里迷信盛行，“跑封儿”的金荣山原是色中恶鬼，借此机会骗奸了许多的妇女。有的少女偷偷地变卖簪环首饰，拿钱押了会；有即将出嫁的姑娘，把父母给她积攒多年的陪嫁衣裳都卖掉输光了。

前街押会赢钱的关庆余，七月十五晚上跳进了家南的大河，被护青的保甲队救了上来。据说这个素日连块豆腐都舍不得吃的老关头，单是押会，不仅把赢来的钱统统地倒了回去，另外又输了一百多元的血汗钱。

庙后住家的李大虎和刘铁柱、王长江、老董家兄弟俩伙种土地，今年的庄稼侍弄得又是格外好。四姓人挂锄以后并没消闲，起圈、沤粪、套车拉土，修理三家的房屋墙框儿。大虎、二虎哥儿俩扒了三铺炕，把起出来的炕洞土拿去积肥。

扒炕的当儿，孩子大人睡板铺，开门打户，把个刚刚出生三个月的孩子折腾病了。这孩子是李家的宝贝疙瘩。大虎今年三十二岁，结婚七年才见这头生的儿子。二虎二十五岁尚未成家。这娃娃娇贵无比，整日地不下怀。孩子长得也好，浑圆的胖脸，毛茸茸的两只大眼睛，哭声洪亮非常地壮实。孩子偶感风寒，淌清鼻涕，不爱吃奶，一阵一阵地啼哭，身上滚烫火热的。大虎着了急，让家里的赶快抱到前街老白家去，请二先生诊治。

孩子一病三天，吃了十多包红色的药粉，还是咳嗽气喘，高烧不退。陈寡妇过来说，前街老于家胡仙爷子神通广大，十分灵验，这几天正在舍药。老李家大妹子瞒着家里的男人，抱着孩子跟寡妇跑到前街去，烧香求药。

于二大神哆哆嗦嗦坐在马杌子上，胡三太爷附体。老胡仙手里拿把空酒壶，晃荡晃荡，烧酒就从壶里漾出来，酒气喷鼻。箱盖上，神位前排列着几只细瓷的茶盅，里面都盛着半碗清水。于二的老婆拿一条红布，当众把那些碗轻轻地盖上。这时求药的，有的抱着孩子，有的手擎着一炷香，跪在大神的周围。胡三太爷微睁着两只眼，口中嘟嘟囔囔念念有词，只见他用手一指，大神奶奶过去把红布掀开，看那碗中全都浸泡着几粒灰色的药丸。三太爷亲手分发，求药的叩头接取。胡仙说，每日服一丸，三天之内必见功效，病人痊愈再把药碗送回来，随碗将供品一并带来。求药的手托着药碗退出胡仙堂。

李大虎来家看见那只茶盅和里边的药丸，把媳妇埋怨了一顿。家里的流着眼泪说，已经讨来了，就给孩子吃上吧，吃罢了不见好，咱再抱儿子到镇上去治。大虎没再过问。

从胡仙堂讨来的药丸，经过三天刚刚吃净，睡半夜，庙后老李家隐隐地传出哭声。

天亮，李大虎来到前街胡仙堂，请于二大神把胡三太爷请下来，言说他要向三太爷许愿心。大神见他气色不正，当场没敢拒绝。点香以后，三太爷附体。李大虎跪下磕头，仰着脸儿问道：“我成家七年，刚来个头生的儿子，你老看我有命没命。”三太爷连说：“有，有。”大虎又问：“前天我家里的从这儿领去几粒仙丹，孩子吃了不见好，你老看这娃娃有没有生命危险？”三太爷又连说：“没有，没有。”并且进一步地保证说：“你家顽童，福大命大造化大，几粒仙丹一定能治好他的疾病。”

李大虎起身，把死孩子从怀里掏出来，手攥着孩子的两条小腿，就劈头盖脸狠揍那个胡三太爷。一面打，一面跺脚大骂，把三太爷揍得全都改了嘴：“我说老李家大兄弟，三太爷已经回山了，你就消消气儿，饶了你老哥哥吧。”大神于二给李大虎跪下了。

这会儿，二虎、长江、铁柱从门外冲进来，愤怒地砸烂了这座胡仙堂。老董家大傻子和二愣子是后到的，哥儿俩把那些神仙牌位捡拾起来，都给它丢到茅厕里去了。

李大虎带几个穷哥们儿怒砸胡仙堂，赶来看热闹的，人数众多。乡亲们有的从旁赞助，有的假意劝说，有的替他们捏着一把冷汗，今天得罪了胡三太爷，说不定就有灭门之祸。但来者不善，善者不来，李大虎砸烂了胡仙堂，临行的时候还警告于二：“从今往后，不许你再装神弄鬼，诈骗钱财，那些个畜类的牌位也不许你再供。”于二大神没敢反驳。

由打关庆余押会投河、李大虎怒砸胡仙堂，堡子里大家小户都不那么疯魔一般地作闹了。三里五村总是不断地有消息传来，为押会发生的人命案子和各种古怪离奇的事件，层出不穷。

正副村长召集村公会，指出最近以来乡风不正，邪气上升，正气失调，还得动手扭转这种不当的现状。会上决定，立即着手给西街福善堂修建贤孝牌。村公会和保甲房占用的十五间房屋，拨出五间来，专做“道德会”的讲堂。

秋八月，眼看着福善堂的贤孝牌就要动工，这一天夜晚就在福善堂院里发生一件耸人听闻的事情。马夫焦大海深更半夜在马棚里发现一匹牲口得了“结症”，老头子急如星火到上房屋里去取药。他手提着一盏风灯，扑奔上房屋，抬手推开了过道门，转向内室，意外地发现里撇的门也没上闩。大海一步闯进去，灯光照射，看那孝子张老七和他那节烈的继母赤条条地躺卧在一个被窝里，交颈而眠。

老头子眼目不花，只听他暴喝一声，把手中的风灯在屋中的方砖地上摔了个粉碎，大踏步出离上房，到伙房屋卷起自己的铺盖，连夜离开了福善堂。这件事，焦大海到死也没说。可就在他到上房去取药的时候，院里的更夫从他身后也瞧见了这一副人间的奇景。

虎石台的贤孝牌吹灯拔蜡了。

诸多的怪异使村长刘元甲十分痛心。这一天，信步来到了关帝庙，看那黄老道正独自坐在静室里饮酒吟歌，两个人叙谈叙谈，都觉得心情沉闷。

虎石台的乡绅们，近来最高兴的还是公义堂孙老八。他哥哥从省城来信，让他放胆经营果木园。张少帅贵人多忘事，早把在辽西开发银矿这档子事情扔到脖子后头去了。少帅在北平长住，沙仲先坐镇元帅府，正是东三省头号的风云人物。杨仲和夫妻在省城运谋大事，不久之后，东三省也许要发生急剧的变革。

阳历九月十八日，在中国东北南满铁道上，发生了一件小小的冲突。然而，这桩小冲突变成了大事件，震动华夏，举世皆知。

九月十八日夜晚，沈阳西站以北，文官屯火车站以南，一声爆炸破坏了一段路基，日本铁道守备队扬言这是中国的士兵干的。拂晓以前，日军进攻东北军设立在沈阳境内的北大营。枪炮轰鸣，刺刀见红。驻守在这里的步兵第七旅，在睡梦中受到了敌人的袭击。指挥官向大帅府请示报告，大帅府这夜没有值勤的官员。战斗从北大营扩展到沈阳全城。天亮以后，飞机场、弹药库、兵工厂，最后大帅府也都被日本关东军占领。东大营、南大营，凡是中国军队的驻地，都受到了日军的攻击。

说这是闪电战，名副其实。多半日的时间，沈阳城全都落在日本关东军的手中。帅府以下的文武衙门，都被日军查封，文官武将全都退入了私宅。有消息说，出事以后，大帅府立刻向住在北平的少帅请示，张少帅当即向国民政府蒋介石报告。蒋主席连发十万火急、万万火急的电报三封，严令张学良晓谕东三省驻军，对日本的突然袭击，采取不抵抗主义，容忍退让，避免流血。国际纠纷将由政府出面交涉，有什么人借口自卫向日军开火，由该指挥官个人负责。

就这样，单在沈阳就有上万的中国军队被击溃，或者是解除了武装。够装备几个师的军火仓库，由日本接管，成千辆的坦克和装甲车，还有三百架从英国和意大利买来的飞机，都原封不动落入日军的手里。

同时，沿南满铁路，从南到北连续发生类似的事件。先是日军在南满和北满铁路的交接地点公主岭一带集结。九月十九日拂晓进攻长春的南岭兵营，吉林督军署长官熙洽下令不准抵抗。日军攻占了长春，挥戈东向，随即占领了吉林。熙洽作为投降派的代表，和日本秘密地媾和了。十月上旬，关东军席卷了东三省，只有少数的抵抗部队同日军作战。黑龙江和热河，名义上还没被日军占领。

老百姓惊慌失措。有见识的说，不要紧，在南京咱们有国民政府，在北平还有张少帅。世界大战以后，包括东西方列强，有维护世界和平的机构，名叫“国际联盟”。中华大国四万万同胞，不能像朝鲜国那样，全当亡国奴。

庄稼落场，有人从县里回来说，奉山铁路一度中断，现在已经开通。西行的列车日夜不停地向关内输送难民。有不甘心当汉奸做亡国奴的，正大批地向关内逃窜，日本不加阻拦。县衙门、巡警局、官银号、税捐局全都自动地摘了牌子。县城里一片混乱。清水镇也不例外，镇公所、保甲队部也都摘了牌子，锁上了大门。保甲队又都变成大户人家护院的了。

虎石台是个偏僻的地方，可是耳目灵通，事变之后，村公会和保甲房早些时候就散了摊子。以孙八为首的乡绅，平分了保甲队，几大户督催着伙计们整修家中的炮台。风传有好几个县城都被胡匪攻陷了。东北军的官兵多数都是胡匪出身，溃散之后，有的没脱军衣就当了胡匪。

阳历年前后，谣传已久的事情被证实下来。当年的宣统皇帝爱新觉罗·溥仪，由日本军方把他从天津日本租界偷运到东北。在长春设立了执政府，由他来执政。东北宣布独立，名叫“满洲国”，并且另起了年号，把中华民国二十年改称大同元年。执政府统一颁布全国的政令，凡日军的占领区暂时成立“维持会”，由各界代表推选大小头目，安民自治，稳定大局。

这天，公义堂的孙老八正在家中闲坐，镇长刘紫玉派人来把他请到镇上去了。抽烟喝茶又用罢了晚饭，二更天，两个人偷偷摸摸地来到了镇上新建的那所耶稣教堂。

教堂的牧师吕耀祖把他们两个领进密室，沙发上站起了一位不速之客。孙八一眼便把他认出来，这个人乃是六年前到过虎石台的那位郭军前进指挥所的黑脸副官吕耀庭，就是这个人亲手枪杀了沈万洪。在这以前，孙八数次进省并未和他见过面，但不知此人今夜在这里出现，意欲何为。

吕副官掏出几封信件，孙占元当场拆看。有他哥孙占一写的，有好友沙仲先的手笔，还有两位他在省里结识的官员捎来的书信。大意是：东北政局急转直下，自从九一八事变，已然定局。有识之士，俱都深明大义，挺身而出，为东三省的独立运动贡献力量。来信指出，清水镇地区，是关内关外一往一来的交通要冲。在这里建立强大的维持会和保安团、自卫团等民间武装，对维护新秩序将起到决定性的作用，事成之后，论功行赏。别看尔等是一介土乡绅，也能成为新帝国的开国元勋。事关重大，好自为之。沙仲先率先投靠新政权，现在是奉天省的保安司令，戴陆军上将军衔，孙占一是奉天省维持总会的会长。

吕耀庭随身带来了省维持总会给刘紫玉、孙占元的任命状，任命他们为清水镇区维持会的正副会长，可以便宜行事，不受县维持会的管辖。宾主密谈，天亮分手。来人随即悄悄地离开了清水镇。

孙八回村不动声色，为了防备匪患，大肆招募乡勇。数日之间，公义堂花钱雇来护院的，竟达五六十名之多，附带着给全堡子巡逻放哨。只是感到现有的枪支、弹药不够用。

腊月初十，午后两三点钟，庙东大道上尘土飞扬，一队士兵荷枪实弹，匆匆地进了村。随行有五副担架，上面躺着伤号。七八匹军队上拉炮车的那种大骡子，背上绑着驮架子，成箱成捆的军火压得那几匹牲口浑身见汗。

这拨队伍总共是二十七个人，为首的是个连长，可队伍里戴排长肩章的就有五六名。

来到庙前队伍扎住，那位连长走进了陈家馆子，陈厨子“哇”地哭出声来。

这位连长不是别人，正是尤老四的儿子尤金榜。

金榜看见陈大叔，也是止不住眼泪，爷儿俩“呜呜咽咽”地哭了半晌，可他们的心境并不相同。厨子哭，哭的是尤老四、姜大妞；金榜哭，哭的是他刚刚吃了败仗。一个整团的兵力在山区和鬼子转战多日，全团的将士俱都壮烈地为国捐躯，如今只剩下这二十七个人。在火线上他从排长被提升为连长，还不够十天，佩戴的肩章是从死尸身上取下来的。金榜回到虎石台，为的不是探家省亲，而是从这里路过。他要和弟兄们循着这条公路够奔热河，去投靠抗日将领汤玉麟。

金榜掏出几块银洋递给厨师，请老人替他们赶快备办饮食，弟兄们吃喝完毕，立刻动身。国难当头，道路艰险，不能在途中随意逗留。陈厨子老于世故，不等金榜动问，先说：“金榜啊，你爹你妈带着你媳妇大妞儿，在你走后不久全家都回关里去了。到家以后有信来，说你媳妇不再受婆婆的气。”老厨师声随泪下，金榜并未介意，反而很高兴地说：“我爹有先见之明，全家回关里，免得在这儿当亡国奴。”

一群当兵的抬着担架进了屋，骡驮垛子拴在幌杆和小树上。饭馆子门前布置了岗哨。

陈厨子打发他两个儿子也在门前站岗，严厉地拒绝乡亲们到馆子里来和金榜会面，怕的是说破了老尤家的真情实况。

尤金榜领弟兄们在陈家馆子打尖，不敢拖延。一边吃饭，一边和厨子交谈，扼要地叙述了他当兵去这几年的经过。入伍以后，经过短期的训练，便开到关内去参加了多次战斗。他在战场上表现骁勇，又有小学毕业的文化，很快就被提升当了班长，戴士官军衔，拨进了教导队。从教导队毕业，当排长，拨入陆军第七旅，在奉天北大营驻防。赶上了九一八事变，命令是不准抵抗，许多中下级军官还是指挥队伍进行了自卫还击。他所在的七旅八团，同鬼子且战且走，退入山区，转战到今天，就落下这样的一个结果。听说东三省的官僚绝大多数都当了汉奸，南京的蒋介石，力行不抵抗主义，把中国的大好河山奉送给日本人，真是令人切齿痛恨。这位热血沸腾的青年军官，只有满腔的义愤和浓烈的爱国热忱，无暇谈唠自家的事情，陈厨子如释重负。

这天，清水镇永吉丝房的二老板吴六回村。过午，明德堂设便宴请客，孙八、芦二、刘大和王四应邀前往。黄昏时候，七个盘子八个碗已经上齐，酒也喝到八成了。热气腾腾的火锅子刚刚端到桌上，外屋地来了一个人，吴老六把他让上末席。来者是永吉丝房财东、院心掌柜的袁连喜的儿子袁百家，现在的身份也算是永字号买卖的少东家。二老板让他上桌子陪客，小喜子真是受宠若惊，长这么大，他这是第一次和几家会董坐在一起吃喝。

宴上，袁百家说，适才他从镇上回堡子，要到老丈人家去串门，让他的两个小舅子给挡驾了。皆因尤金榜今日还乡，在陈家馆子吃饭。他岳父不让乡亲们和金榜会面，怕说出他家的一切，引动这个人伤心。尤金榜当了连长，打鬼子吃败仗，一个团只剩下二十多人，内中还有五个挂彩的伤号，用担架抬着。八匹大骡子满驮的是枪炮子弹。这伙人要上热河去，投奔汤二虎，他们打了尖就走，不在这里停留。

众人吃喝谈唠，孙老八悄悄地离开席面，穿衣戴帽，到院中马棚里亲自动手，备上吴六乘骑的那匹走马，牵马离开明德堂，走小路出了村，上马以后，拼命地狂奔，少时抵达清水镇。

掌灯以后，尤连长一行人抬着担架、牵着牲口从庙前动身。冰天雪地之中，乡亲们早在门外候等多时，围过来夹道相送。尤金榜挥泪同他们拥抱，握手，只是一迭连声地说："我要去打鬼子，什么时候收复失地，什么时候我再回来看望乡亲们。"刘铁柱和尤金榜手拉着手，送他到村头上。金榜询问天成死后家中怎么样，沈万才是种庄稼还是跟他舅舅去做工。刘铁柱一路啼哭，均未作答。

悲风怒号，星月无光。刘铁柱和尤金榜在岭下分手，眼望着他们上岭以后，越走越远，人马隐没在夜色中。

列兵头前带路，尤连长断后跟随，行经一片桦树林，尤连长忽有警觉，他刚刚匣枪出壳，就被人捆上了双臂。在他以外那二十多名弟兄，谁也没来得及开枪，经过短促的肉搏，就都被捆绑起来了。活阎王和大头鬼，率五十名彪悍的亲信，埋伏在桦树林中，以迅雷不及掩耳之势，生俘了这伙官兵。

八匹骡子登时就派人牵走了，五副担架换人抬起来，二十二名上绑的官军，被短枪和匕首逼着，扑奔虎石台的南大河。来到一片开阔地，尤金榜站下不走，队伍也全都停下了。刘紫玉和孙占元并肩站立，耳听金榜说："你们两个袭击抗日的队伍，是不是已经当了汉奸？看方才的举动，像是为我们手中的武器来的。现在枪支弹药都落入你们手中，我想求你们保留一点民族良心，给我们放条活路，我们要去打鬼子，收复失地。"

刘紫玉哂笑道："尤金榜，你爹帮我创立过永新窑，是我永字号买卖的有功之臣，老子不能亏待你，再往前走半里地，我就下令释放你们。"

孙八也说："金榜，你尤家在虎石台居住二十年，咱们也算是老乡亲，我们不

◎战士：尤连长，咱们这叫阴沟里翻船啊！

能加害你。”

金榜无话，领先走在前面，绕过一个小村屯，向前疾进，看不远处展现出一条蜿蜒的白龙，那便是虎石台所说的南大河，它是辽河的支流旁汊。“到地方了。”刘紫玉摇晃着大头说。他和孙扒皮走到河面上去，察看白日打鱼凿开的冰窟窿。

尤金榜一声暴喝，率领全体弟兄用他们的头和脚与人搏斗，担架上的五名重伤号，也都像猛虎般扑向狼群。但敌人早有准备，虽然被他们踢倒撞倒了几个，但这群被绑的官兵有的被枪托击倒，有的被短刀刺穿。二十二个人被一个一个地拖到河面上，塞进了冰窟窿，五个伤号也无一幸免。有位排长就义以前高声喊道："尤连长，咱们这叫在阴沟里翻船，真是强龙斗不过地头蛇。”一壮士身受刀伤，被拖上河面，临终叹口气，自言自语："中国完了。”几位弟兄破口大骂，声称他们就是做鬼也要找这些土鳖来报仇。

今晚，孙扒皮大显身手，他用手中的短刀捅死了好几个人。

这件事情做得很精细，大头鬼和孙扒皮带人回去以前，消灭了一切痕迹。为慎重起见，八副骡驮垛子照直赶到刘紫玉设在山沟里头的一处窝棚，隐藏起来。五十名亲信全都得了重赏，金钱封住了他们的嘴。

孙扒皮若无其事地回了村，这当中只有通风报信的袁百家和在明德堂赴宴的几位乡绅感觉有点突兀。但不知孙扒皮当夜逃席溜走，所为何故。

腊月十五，愁云密布，雪花飘舞，风很静，天气格外地冷。午前，孙老八头顶着大雪到后山果木园子去转了一趟，折回来顺路走进了村公会。只有看院子的杂役王老好出来接待他。孙八走进正房，屋子里空荡荡、冷冰冰。东厢保甲房，门户上锁，西厢“道德会”，从沈阳事变也已经停了开讲。孙扒皮触目伤怀，慨然长叹，让王老好把炉子生起来，然后命他下街去，请正副村长和几家主要的会董，前来商议商议村公大事。

孙占元许久不出头，今日露面遍请几位乡绅，连芦二都到了。围炉取暖，吃茶叙话。孙八提出了个人的见解。事变以来，城乡混乱，盗贼蜂起，打家劫舍，民不聊生。南京国民政府向国际联盟控告日本，至今数月信息杳然。东三省各大城市，都成立了维持会，长春设立了执政府。咱堡子虽然是个小村屯，终究也得有个管理地面的机构。几个月来，自从保甲房解散，可以说全凭我公义堂那几个护院的维护堡中的安全，终非长久之计。

芦二慌忙说："八弟所言极是，堡子里总是一盘散沙，迟早要闹出事情来，依我看，省里县里都先后成立了维持会，俺堡子也挂起那么一块牌子来，由村董们出面，把这个维持会组织起来，公私两便。”

正副村长同声称赞。

正当此时，公义堂有一个护院的踢开房门闯进屋来，喘吁吁地说：“西岭下来一伙便衣马队，看样子像是胡匪。”来人话没说完，呼啦，房门大开，冲进来几个健儿，为首的身高膀阔，目若朗星，摘下帽子来，头顶上热气蒸腾。

孙八瘫在椅子上了，四肢麻木，动弹不得。

这位爷，众乡绅全都认识，他便是虎石台土生土长的，在庙后住家的沈老二——沈万才。

第十八章

三年前“震西天”大柜惨遭覆灭，大炮头赵二愣自刎在马鞍山。只因绿林道义气为重，万宝山原班人马连同吉林界投靠入伙的一些个英雄好汉，没立即作鸟兽散，他们自动地汇合起来，分成若干小股，在官军撤离之后，又返回了老巢。

山寨已经变成了一片白地，官军的尸体在战后全都被收殓了。冰天雪地，山前山后还躺卧着同伴们的尸骸，众好汉挥泪掩埋了他们。寻遍欢喜岭，不见二当家的遗体，据说让官军给弄到奉天去了。众人就在她牺牲的地方，祭奠了她。

听说双牛沈万才孤身奋战，离开欢喜岭，行经四家子附近，身陷重围，子弹打净了，手拎着空枪，宁死不降，攀登悬崖，跳进山谷。大家也去找寻过，谷内树木丛杂，怪石嵯峨，踪迹杳然。众好汉凭吊一回，也就罢了，皆因为群龙无首，只好在阳关道上洒泪分别。

沈万才跳崖之时自度必死，偏偏五行有救，身落谷底时，被树毛子刮来荡去，头部、臂膀都受了重伤，有两根肋骨也折断了。第一次苏醒，天还没亮，再次昏厥，睁开眼已经到了第二天的晌午。迷惘中意识到自己身负重伤，要想活下去，就得挣扎着出离这条深谷。因失血过多，四肢无力，加上天气寒冷，两只手伸缩之间，阵阵地麻木。此时，甭说攀山越岭，连包扎伤口的力气都没有了。

等死还是求生，只在一念之间。沈万才紧错钢牙，攀藤附木，走了几步，眼黑耳鸣，又昏死过去。如此拼命地挣扎，每前进一步都要付出很大的代价。几个时辰过去了，天黑以后，奇迹般地听到这条深谷的尽头声声狗咬。死亡线上，忽闻鸡鸣犬吠之音，真是又惊又喜！他像一只负了伤的猛虎，直奔那个方向扑过去。但是，空谷传音，他动身的地方离狗咬的那个村落，何止十里之遥。沈万才拼命地狂奔，行程不过二三里，栽倒在一条小溪旁，失去了知觉。

又一次苏醒过来，天已放亮。张目平视，见眼前一块青石上坐着一个人，那个人脸冲外，脊背正好对着他，从服装上看，是个穷苦的农民。沈万才当即有气无力地说："敢问这位乡亲，尊姓大名，家住何处？在下是万宝山绺子上的人，被官兵追赶跳崖受伤，已经两宿一天。我身上带有无价之宝，能值万两黄金，你要能救我一命，可以倾囊奉赠。"

那个人缓缓地磨过身来，和万才四目相对，沈万才悲从中来，泪如泉涌。

原来面前人便是数月前指点他投靠万宝山"震西天"大柜的那个卖烧饼的，这人细腰阔背，净面无须，态度和善，河北口音。"沈兄弟，夏天咱们俩在路途上匆匆分手，我没告诉你我的姓名、住所，今天二次相遇，承你动问，只好实说。小地名两家子，离万宝山很近。自从你到'震西天'大柜加帮入伙，为兄通过线上的朋友，就听说了关于你的一切。官兵围剿万宝山，两位当家的一个被俘，一个自尽，你前天晚上在四家子跳崖丧命，为兄也有耳闻。昨日一白天，骑兵师派人进谷来搜寻你的尸体，言说你手中还有一只短枪，腰中定有财宝。可他们在谷中搜索了一天，一无所获，傍晚，经由两家子出离谷口。官兵去后，为兄可就摸进来了，我判断你这个人没死但也必负重伤。找寻了半夜，才在这里见到了你，摸了摸，已经断气了。适才，我坐在石头上，正然惋惜，准备回家去取来锹镐，埋葬你这个草莽英雄，没想你还能苏醒过来。"他把话顿了顿，接着说："你今天没死，为兄我搭救你义不容辞，只是曹荣从此要蹚这浑水，这也叫'命里该当'。"

沈万才没搭言，爬行半步喝几口清凉的泉水。探手入怀，试想取出那支内藏异宝的鹿皮囊，发现那个东西已然丢失了。谷中的乱石荆棘，不独刮伤、划破了他的四肢，浑身的衣服也是一丝一缕，扎腰的板带早在跳崖当时就断落了。

曹荣见万才神色不安，微微地笑道："沈兄弟，你丢失了怀中物，不足为惜，留得这条性命还可以大有作为。"沈万才面有难色，听他说："你身边别无长物，不要紧，为兄我有钱给你治伤。"说着把万才从地上搀扶起来，背在身上，抬腿便走。

两家子是一个小小的山村，粗陋的农舍，错落在山坡密林之间。曹荣的住所是三间茅屋，柳条编的篱笆障子，虚掩着柴门。曹荣背万才来家，曹大嫂接到房门外，两个孩子经他爹嘱咐几句，打发走了。夫妻俩把万才藏进了宽敞的夹壁墙。这面墙里边宽够三尺，长有二丈，铺陈用具样样齐全。曹大哥给万才包扎伤口，曹大嫂忙办饮食，把万才安置就绪。傍晌，曹荣挑起他的货担，到镇甸上去了，返回来已经半夜，从镇上买来了医治黑红伤的药品。

从此，沈万才隐遁在此调治伤病，达一个月之久。这晚，曹大哥与万才叙谈起来，沈万才深表歉意。因为养伤期间，他委托曹大哥入谷数次，受了不少的辛苦，始终没找到那只丢失的鹿皮囊。难中人调伤养病，日用精细的饮食，凭大哥贩卖而食得来的那一点利润，咋能够用。曹荣笑道："我敬你是个英雄，两次相遇也算是天意如此。为兄我十几岁闯荡江湖，先在关里家落草为寇。昌黎、滦县、乐亭、唐山、丰润，直到关外的锦西、绥中都有过为兄的踪迹。报号杨香武，也在十八条好汉之内。都因为在绿林道结怨忒深，拆帮儿不干了。三十岁上退隐到黑龙江，在黑河、呼玛、海拉尔、哈尔滨等处作案，当了独脚的强盗。皆因作案太多，官府密探步步紧逼，我这才摇身一变来到了辽西。山沟里娶个村姑安家落户，洗手为民，算来已经七年了。张二德在万宝山落脚，光棍眼里不揉沙子，他两次路过两家子，看我像个线儿上的人，恳切地邀我上山去入伙，我没答应。实指望今生今世不再干冒险的事，念妻儿缠累，盼临死能落下个全尸。未料想冤孽重叠，此番又伸手解救了你。"他手指这处夹壁墙告诉万才："这里边有直通村外的通道，是我准备着一旦旧案复发，官差来抓捕，以便逃走用的，不承想这地方给你用上了。"

曹大哥顺手打开一只靠墙的箱子，灯光之下，万才看那里边满是黄白之物，枪支弹药和银元、金锭放在一起。曹荣说："外财不富命穷人。张作霖不仁不义，阴狠地捣毁了千佛寺，使无数的英雄好汉血染荒山。就冲这件事，你伤好之后，哥哥随你出马，咱们再干他一番事业。'一条龙'女流之辈，尚且死后留名，你我堂堂的男子汉，不能总在洞穴里猫着。"

万才激动万分，因为这正是他心里想的。

开春，曹大哥早出晚归，照旧做他的小生意，不停地把外面的消息带给万才。村后那条深谷，官家密探数次来搜寻。曹大哥和他们接触，知道是奉天大帅府沙副官长派来的，一要在谷内找到沈万才的尸体，二要把谷底都翻个遍，穷搜那只鹿皮口袋。左近的山村，有好些无辜的农民被捉去受了拷问。"震西天"大柜拆帮之后，张二德手下几个得力的头目，又都拉起帮来了。他们各有枪马若干，在何处设立柜头，曹大哥都调查得一清二楚。眼下江湖上知道沈万才这个名字的不多，提起双牛这个别号，已经是尽人皆知了。奉、吉两省，通过万宝山事件，绿林英雄结下了生死之缘。兄弟俩若是出马，打起万宝山的旗帜，必能够四方响应，沈万才听到了这些，心里头真有点跃跃欲试。

草长莺飞，来到了阳春时节。万才在夹壁墙里养伤，渐渐痊愈，身板儿康复，顿觉在这里如蹲牢狱。曹大哥闲暇无事，便与他谈论古今。万才求知心切，洗耳恭听，但心里有话不便启齿，怕提出来受哥哥的申斥。因为他知道，在这夹壁墙外有大哥的妻儿三口，一旦走漏风声，人家有灭门之祸。

这日，曹大哥循例出去做生意。沈万才在夹壁墙里挪动一口米缸走进地道。这条准备逃生的地道，比万宝山那一条宽阔得多，猫着腰便可以行进。万才摸索着往前走，盏茶时光来到了尽头，推开几块巨石，长身站在地面上。但他站立未稳，忽觉眼花头晕，树后转出一个泥孩子，跑过来把他扶住。

万才坐在地上，惊愕地面对这个孩童，听他说："你别害怕，我姓吴小名叫山丁子，我爹吴长青与曹荣相好，也是你们万宝山的人。你藏在老曹家夹壁墙里，屯子里的乡亲们全知道。方才我听见地道里头有动静，躲在这里等候半天了。"万才看那孩子，年约十四五，穿戴破烂，小脸儿乌黑，转动着两只大眼，只有满口的牙齿是白的，腰带上掖着一把斧头，身旁放着柴担。

青山林木景色新鲜，望着远方的田垄，身旁的小溪，沈万才心旷神怡，坐下来和这个采樵的孩子叙谈起来了。

这孩子聪明伶俐，对万宝山"震西天"大柜的情况知道得清楚。他爹吴长青是赵二愣的好朋友，两个人发小在一起给财主放猪，情谊笃厚。二愣性格粗暴，总好惹是生非。长青因为与他友好，样样顺从他。有一次，二愣把财主的猪崽儿涂上黄泥架火烧。俩孩子吃得正香，被财主撞见了，同时挨顿打，还包赔了人家的损失。后来，长青随二愣另投新主，这一家打头的刁恶，虐待这两个苦孩子，二愣和长青忍无可忍，睡半夜把那个打头的从被窝里拖出来，抽了一顿树条子，打得那人三天没起炕，东家把他们两个给解雇了。

从那以后，长青继续佣工。二愣流落江湖，在一个镇甸上与人斗殴，被对手刺伤了左眼，孤苦伶仃的倔强汉子，加帮儿当了胡匪。吴长青双亲过世，发妻病故，带山丁子过生活。年头荒乱，度日艰难，赶上万宝山的绺子行经他们所住的那个村落，暌别多年的难兄难弟喜得重逢。二愣任性，把长青父子差不多是劫持到万宝山上来了，安排他们在两家子落户，给大柜做耳目。山丁子嘻嘻哈哈地告诉万才，他十一岁就当胡子啦。去年"震西天"大柜势败，绺子撤退时，他爹随炮头前往马鞍山，留山丁子看守家园。爹爹回来时，背着一条麻袋，里面装的是赵二愣的尸体，父子二人把他埋葬在两家子的山坡上。万才拉着山丁子的手，要去凭吊那个刚强不阿的同路人，被一个虬髯大汉挡住了，山丁子说："这就是我爸。”

万才很抱歉，人家认识他，他不认识人家，皆因为沈万才六月上山，随帮行动，在寨子里没接触更多的人。长青告诉他：“你住在罗汉堂和刘总管学艺的时候，我见过你。你加帮以后，赵大吃有一次正给你受伤的脚掌上药，我在窗户外头还偷看过一回。你双牛二反出世，准能壮大咱万宝山的声威。”沈万才惨然一笑。

吴长青从头到脚把万才察看一遍，告诉他：“赶快从来路回去，你的伤势还没全好，暂时还见不得世面。”

当晚曹荣回家，把万才着实地埋怨了一顿，“我没让你老死在山林，今天偷偷地出离地道，遇见长青父子还算罢了，若是撞见官兵或密探那还了得。”

夹壁墙里弟兄俩叙谈起来。曹荣说，他知道万才兄弟苦恼的心情，多日来，他正在外面寻风，谋求出山之计。但他有些个举棋不定。山海关以里都在打内战，烽烟遍地，民不聊生。南方的绿林好汉，有的投奔共产党，有的参加国民党，纷纷扰扰，莫衷一是。他想，弟兄们再次举义，准得有个方向，当胡匪不是百年大计。几年前他在黑龙江耍单帮的时候，涉案被捕，在哈尔滨蹲过三年大狱。在一个监号里结识了白俄的流亡分子阿拉哈斯基，这个人是沙俄邓尼金将军的部下，戴过上校军衔。亡命来到中国，在哈尔滨“勒死狗”图财害命，犯案遭擒。两个人在监号里互学对方的语言，曹荣出狱时他还关在那里。

阿拉哈斯基曾经向他叙述俄国革命的情况。那里在一个叫列宁的领导下于1917年发动了一场革命，穷苦的工人、农民和当兵的，拿起武器推翻了沙皇的朝廷。在红军的队伍里，也有两个出色的草莽英雄，一个叫夏伯扬，一个叫卡道夫斯基。阿拉哈斯基讲述了很多关于这两个人的事迹，使曹荣十分钦敬。然而，时至今日，和苏联接壤的东三省，还没见到这共产党的踪迹。

沈万才微微地笑了，说他在家乡听老好王三叔讲论过共产党。头年当了一回罢工犯，打半年苦力，巡警说他就是共产党。押解进县的途中，曾经自称是革命党，被保长打了一马棒。“一条龙”那样的英雄，临死的时候，也没闹清中国的共产党是咋回事呢。

弟兄俩相对无言，许久曹荣才说：“等你伤好了，咱们先拉起帮来再说，乱世出英雄，一句话，咱们不再困守林泉了。”万才点头。

五月，夹壁墙里实在闷热，曹大哥让万才出来风凉风凉，再一次和长青碰头。三个人商量不日出山，小山丁子乐得都蹦起来了。小东西总张罗要给二当家的报仇，恨不得立刻就提枪上马。

刚过端阳，曹大哥弄来一辆骡车，把老婆孩子送到岳丈家去了。他的岳丈家在何处，曹荣没说，万才也没问。又过几天，这个屯子搬走了两家人，曹荣和吴长青，二人把他们所住的房舍，都白白地送给乡亲们了。

四匹走马，从两家子动身踏上了征途，小山丁子策马跑在最前面。

行程一昼夜，来到一个村落，堡子里杀猪宰羊，大摆酒宴，给新入伙的四位老少接风。匪首马步云，报号“拐子马”，原来也是“震西天”大柜的头目，今天在赵大吃的家乡“柳条沟”会见老伙伴双牛。

远征吉林的时候，老马与“一条龙”和万才一直在一起，也是个出奇的人物。一打榆林堡，二端兴隆镇，三破牛角沟，二人都在战场上显过身手，可以说是惺惺惜惺惺。至于吴长青，早就是熟人，这一次商谈入伙，就是此人的引荐。独有小贩曹荣，老马虽然认识他，但对此人并不十分地尊重。说他当过独脚强盗，在万宝山附近“趴风”多年，不知他有什么真能耐，前来加帮，好像是星星跟着月亮走。

酒宴排开，“拐子马”请万才上座，万才不肯。老马说：“你们远来是客，权请落座，你我弟兄按年庚叙班次，这并非谦逊，在你们没来以前，我已经和长青说定了。”沈万才终不肯坐首席，长青和曹荣更是不肯，大家谦让再三，马步云只好坐在首位。

当家的宽宏大度，列座动容。酒过三巡，曹荣起身让酒，干杯之后，从容言道：“在下倚靠万宝山安居了多年，由打和万才兄弟两次相逢，静极思动。看天下纷争，豪杰并起，我又想起了要喝旧锅粥，初次加帮寸功未立，给当家的带点孝敬来，给柜上添枪买马。”他从腰带上解下一个白布包，打开后双手奉献，众盗骇然。原来他手擎的物品，乃是十条黄金。当家的不接，曹荣说：“区区一点见面礼，也是曹荣白手拿来的，交到柜上，这叫物尽其用。”

万才和长青左右劝说，当家的这才笑纳。

万才和长青并不知曹荣在宴前能有这番举动，场面过去，只在心里说：“姜是老的辣。”

柳条沟地处偏僻，贫户居多，“拐子马”大柜经常在这里落脚，万才等一行长幼四个人，就在这里加了帮。

青纱帐起，不便于结队行动，当家的分遣几个头目，出去做买卖。万才、长青和曹荣请求出去闯闯，老马摇头，把他们安置在一个舒适的地方，让他们少安毋躁，待到秋后庄稼割倒，再出去见阵仗。他同意万才等三人的主张，扩大队伍，重建万宝山的基业。然而，百两黄金到手，未见他置办家当。

长青出去闲逛，听来点闲话。有道是，双牛其人倒是个英雄好汉，去年六月加帮，十月才出手，一个照面儿，显出点能耐来。可是论资排辈他不过是个小小的后生，“一条龙”拔苗助长，有意地让这块顽石像美玉那样放光。说实话，这个人得算是万宝山的私生子。曹荣，说他是个独脚大盗，隐居两家子多年，甘当贩夫走卒，没见有什么雄才大略。“震西天”请他出山，他摆头不干，这回居然跟随沈万才出来了，不知道有什么诡计阴谋。吴长青不过是赵二愣夹带到万宝山的庄稼汉，站岗放哨来得，驰骋疆场怕也要唱“落马湖”。十五岁的娃娃山丁子，随父加帮，这简直创了胡匪帮的先例。万宝山大势已去，还谈得上什么恢复不恢复。沈万才不过是想给他相好的报仇，吴长青要为朋友雪恨，曹荣仅是个帮闲的。

值得一提的是，马步云自称当年他在万宝山，在女流“一条龙”的手下为匪，一直感到不光彩。如今，“一条龙”已死，赵二愣归西，万宝山的弟兄们纷纷前来投靠“拐子马”，这叫自寻明主。当前，他的柜头上，已经啸聚了五六百人马，大鱼吃小鱼，不愁发展壮大。总数过千，便好考虑归降。姓马的没有张二德胃口大，能当个骑兵团长也就知足了。长青说到这里，三个人哑然无话，原因是和他接头的时候所谈的与现在所讲的，完全两样了。

长幼四人居住的地方，离一个镇甸不远。这一天，曹荣打扮个绅士模样，到那里去逛了一天，过晌回来，暗暗地做个决定。夜里，四个人带领服侍他们的几个喽啰，悄悄地到那个镇上去了。天亮返回，每人扛来两支枪。夜袭保甲房，只伤了对方一条人命，取来长短枪三十余支。

枪械到手，再次向当家的要求出去行动。拐子马只好拨给他们二十人，指派他们到七十里以外的村庄去抠一处“响窑儿”。

这个地方也是个河套上的庄子，群山环抱，当中有一片沃野，地名“钱家窝棚”。庄主钱阎王，比虎石台的孙扒皮可是横得多。占山为王，财大势大，堡子里几百户人家全都姓钱。村外有一个方方正正的土围子，斜三吊角，彼此对称。围子外头还挖有断绝沟，筑有分散的碉堡。堡子里有几百条枪，遇有匪情全村出动，穷富都是一家人，妇女和儿童全会打枪放炮。多年来，匪帮上给这个村子起个外号“抠不开”。

明着来抠不开，暗着来有提防。每年新粮归仓，粮栈要买粮，得派车来取，同时把村里需用的百货送上门。年底，村子里要组织巨大的车队进县里去打“年纸”。去的时候跟着无数的炮手，回来的时候还伴随着县城里的保安队。钱阎王文武双全，提笔成章，枪响见物。因此这个庄子是名副其实的抠不开。

这回，拐子马把袭击这个村子的任务交给了沈万才等几十个人，分明是难为他们，但箭在弦上不能不发，哥儿三个带领喽啰出发了。

离目标还有五十里，人马扎住，做了两三天的调查。这天清早继续前进，傍晌，来到一个小小的山村，叫吴三家子。几十户人家，可不是全都姓吴，但他们除了扛活的就是租地种的，胡匪进村，每户全都住进去人。贫瘠的村落，不管来官兵来土匪都是一样的接待，见胡匪比见官差亲切得多。曹荣主持分派了任务。

正是三伏天，钱家窝棚有几百垧土地种的全是麦子。拔麦忙，拔麦忙，来片云彩就有雨，拔麦子比收割大田更紧张。财主钱阎王站在地头上，眼看几十个长工在田间劳动，效率不高，转身告诉左右的侍从，到外堡子去叫短工，完成这项紧急的活计。

吴三家子来个穷苦的老头，带来一个虬髯壮汉，还有一个十四五的孩子。说这汉子名唤吴长青，是他远方的侄儿，在县城里打短工，听说庄上拔麦子工价很高，他带着儿子前来卖工夫。庄主收留。爷儿俩卖工很出力，特别是那小孩子，活泼天真，众人喜爱。听他说，县城里打短工每天只挣两角钱，来这里拔麦子一天就挣八角钱，他若回城里去振臂一呼，为贪图这三倍的工价必能大有人来。

管事的，打头的，把情况报告东家，并力主让这个小孩子回到县里去，再招一伙人来，迅速地抢下这片庄稼。东家首肯，但又提高警惕，不管招来多少人，命令炮手，所来的人一律要加细盘查，不得疏漏。

沈万才带着十名伙伴随小孩子前来了，询问之后又搜检了全身，被炮手带领进院，吃喝完毕下地干活。几十长工外加新招来的短工，忙活三天麦子拔完，老东家下令杀猪吃“犒劳”。

粳米干饭，大炖老虎肉，八个熘炒，血肠子汆汤。喝酒全用大碗装。五间房子通连摆设的高桌，团团围住，大吃二喝。这时庄门外只落下几个放哨的，众多的炮手正当晌午也全都赴席来了。

酒后兴豪，大打头的寻找那个为今番拔麦子攻难关有贡献的小孩儿山丁子，可谁也没看见他上哪去了。此时山丁子已登上了敞口的北炮台，正把架设在那里的枪支一个一个地卸下了大栓。北门枪响，失职的炮手们比兔子还快，立刻返回哨位，但是拿起枪来打不响。

曹荣率带着十几个喽啰闯进来了，这伙人进村不抢不杀，专门在四处放火，齐声地高喊：“‘拐子马’大柜进村儿了，穷苦人不要乱动，今天专抢钱阎王。”

阎王手下有四个主将，人称四大金刚，今天有三个坐在席上。但他们眼瞧着吴长青父子和后来的沈万才等人闯进上房屋，赤手空拳拿获了阎王的一家。

钱家窝棚就这样陷落了。

“拐子马”闻讯之后率带大批人马前来接应，只不过是落了个坐享其成。抠这个响窑儿，得金数万，骡马成群，枪支弹药无计。

匪首马步云这才心悦诚服。

秋后，“拐子马”大柜招聚江湖好汉，在辽西某地誓师祭旗，定在秧棵儿割倒之后来一番壮举。宴上，“拐子马”与新入伙的三条好汉，重叙年庚，沈万才二十一，马步云三十四，吴长青三十五，曹荣四十一。话附前言，马步云当着众头领，公推曹荣坐第一把交椅。曹荣笑道：

“当家的何必过谦，‘拐子马’大队四梁八柱早已经安排就绪，后来者居上，不是江湖的礼法。”

他手指万才和长青，当众说：“我们弟兄三个，前来投靠大柜，这叫择主而事，从今往后永远听当家的调遣，绝不食言。”列座佩服。

此时，奉天张大帅新近被害，政局动荡，人心惶惶。张少帅回到奉天正忙于追查内奸给他爹报仇，无暇顾及境内的治安，胡匪帮气焰嚣张。“拐子马”新得万才等生力军，买卖兴隆，势派越来越大，纵横辽西六县。

可老百姓不知道“拐子马”，只晓得“震西天”。风传此人尚在，已经重新回到了万宝山。二当家的“一条龙”虽说丧了命，那叫天缘巧报，神女归天。这位巾帼英雄留下一位亲兄弟，乳名双牛，此人杀伐骁勇，盖世无双，真能够横推八马倒、倒拽九牛回。除霸安良，挥金似土，是个不恋酒色的奇男子、大英雄。在他左右，有一位军师名唤曹荣，这位爷胜似梁山吴用，袖吞乾坤知成败，枪马娴熟还有无敌的武功。另一位好汉吴长青，是当初“震西天”大柜通风报信的头领，在两家子落户，千般的机智，对付过无数的密探和官差。新出马的还有个小将，相传姓山，十四五的年纪，冲锋陷阵，有万夫不当之勇。

刚刚下过了头场雪，离大柜三百里以外的“西天边”来人了，邀请当家的回师东向，收复失地。“拐子马”有言在先，当即许诺。队伍在柳条沟集合，点验人马总在两千以上，大马队浩浩荡荡地向万宝山进发。第二天，就顺利地来到了万宝山地界，人马扎住，等候探子的回报。

夜晚，探子来到老营，叙说万宝山的情况。自从“震西天”大柜势败，官兵踏平了山寨，怕匪徒卷土重来，就在“西天边”建立了永久性的营盘。先是黑龙江骑兵师留下一个团，今年夏季，和友军换防，目下在那里驻防的保安大队，是由三个县联合组成的。保安大队长是个勇猛的将军，打起仗来，大杀大砍，专讲白刃战。近来正在加紧操练人马，准备迎敌。

当家的“拐子马”，临战不慌，连夜做好了部署。

黎明，匪帮架设在“西天边”正南方的小钢炮，对准保安队的营房开火，立即听见敌人的军号吹响了。马步云皮衣皮帽，雄赳赳骑在一匹火龙驹的背上，从容不迫地指挥战斗。

军号声中眼看保安队一个个飞身上马，冲出营门。匪帮的左翼骑兵首先迎战，宽阔的山场展开了激烈的冲杀。兵多匪少，激战中敌强我弱，一时间，匪帮的右翼队伍，也开上战场。

刀光剑影，听不见枪声，只闻金铁交鸣，但见血肉横飞，骑士冲杀，从战士口中发出的呐喊，震动山谷。

沈万才立马在当家的身旁，轻声向首领言道:“是时候了，我看主力部队可以出击了。”

当家的喝道:“退后，我和你在一起打过几回仗，你这个人仅有血气之勇不是将才。”

沈万才见官兵已明显占了上风，再不出击就要失掉战机，没理会“拐子马”，拍马抽刀投入战斗，曹荣和长青父子紧紧跟随。这时战场上官兵和胡匪已经绞杀在一起，难分难解。约有半个时辰战斗结束，当然是杀败了官兵。有说是双牛纵马冲进敌群，力劈了那个保安队长，使战斗转败为胜。别瞧不起吴长青，这个虬髯大汉，冲进敌群，把一挺机关枪夺到手，像猎户打围那样，干掉了几十个敌人。曹荣带着山丁子像上回巧夺钱家窝堡一样，火攻了这所营房。

官兵四散逃命，营房在呼呼地燃烧。“拐子马”指挥喽啰打扫战场，笑呵呵环视他左右的亲随，这群人刀没出鞘，枪没出壳。

收复万宝山，损失了几百个弟兄。万才和曹荣等一行，跟随当家的并马进山，查看了“震西天”大柜的遗址。只见一片瓦砾，弹坑累累，事隔一年多，还依然保留着战斗的痕迹。后山的十六间石楼，已经被官兵用炸药崩毁了，楼后的石窟断裂通天，山场周围的树木荡然无存。当家的说:“看光景重建山寨怕是难能了，我马步云真是心有余而力不足啊，弟兄们随我再到山下叙话吧。”北风阵阵，彻骨生寒，斜阳暗淡，荒漠的山场上，飘洒着粒状的清雪，勇士们愁眉苦脸地走下高山。

这一仗打过之后，匪帮里吐露怨言，马步云的亲信们更是嘴快舌尖。为三个半人要恢复万宝山的基业，折耗了数百弟兄，真是得不偿失。如今仇也算替他们报了，看他们还有什么脸面在大柜上站脚。喧嚷最凶的还有一节，有说曹荣加帮时那一点见面礼，无非是借花献佛，卖烧饼的小贩，哪来的银钱，那不过是“一条龙”留给双牛的那个鹿皮囊中的千分之一。

事过不久，大家议论的那三个半人，面见当家的要求退伙。马步云假意挽留，怎奈几人辞意甚坚，马步云顺水推舟，摆上一席饯行宴。

那四个人走后，没有消息。但老马发现，柜上的伙计累累见少，有说是都跟随双牛去了。“震西天”、“一条龙”的部下，看透了马步云和沈万才的脾气，他们一个像前者，一个像后者，特别是“一条龙”教练的喽啰，觉得跟从沈万才和跟从二当家的一样。

第二年春起，有一股独立的匪帮在万宝山周围活动，半年左右声势壮大，首领沈万才在线儿上得号，被称作“穷人福”。“穷人福”大柜的名声，很快就盖过了“拐子马”。一时间，在辽西、辽北家喻户晓，名满江湖。

冬天，张少帅为了稳定大局，下令剿匪，动用正规军十个师，弹压地面。“穷人福”大柜屡次和官兵交锋，伤亡甚重，第二年才又缓过一口气来。据说汪精卫、阎锡山、冯玉祥联合反蒋，发动了中原大战，张学良率带重兵挥戈入关，前去救援，东三省的胡匪帮减轻了压力。

“穷人福”大柜虽然没有重建万宝山，帮规礼法一概沿袭旧制，许多故人依傍在他的麾下，大家团结得铁桶一般。官府没有招降的举动，帮上也没有一个人想走这条路。数百健儿就在这松辽大地杀富济贫，替天行道。

九一八事变，日本军阀用阴险的手段发动了侵华战争。极少数的官兵抗战，绝大多数都缴械投降了。可怜偌大的中国，国土沦陷后，办不出个像样的交涉。

鬼子占领城市，控制交通线，汉奸、财主联合维持地方的治安，没有能力和胡匪打硬仗。几个月的工夫，“穷人福”大柜又达到五百多人。就在这个当口，有两位大柜头的首领，一名金三好，一名赵亚洲，向省内大小胡匪发出请柬，邀请他们到沈阳以北的重镇“莲花寺”聚齐，言明要商谈国家大事。信使去后，当家的征求大家意见，从四梁八柱到看马的喽啰，俱都欢欣鼓舞。原因是金三好和赵亚洲聚合绿林好汉，准备要揭竿起义，抗日救国。

十月初十，沈万才和他的大哥曹荣、二哥长青，携带小侄山丁子来到莲花寺。东道主赵、金二位首领摆队相迎。金三好闻名未曾见面，赵亚洲和沈万才却立刻紧紧地拥抱在一起，原来这位赵亚洲，便是当年在万宝山急流勇退的任老万。

老万长眉大眼，团脸黑须，看上去还像开皮铺的那个掌柜的。但势派可不同，如今他手下有一万轻骑兵，仅是从军队上转移过来的兵士便有数千人。金三好大柜足数五千，他是新近从黑龙江省运动回来的。

“穷人福”来到，这里已聚合了上百的首领，好汉们效当年青牛白马故事，焚香结拜，誓同生死。在祝告天地的时候，银盆洗手，宣誓永不做强盗了。

在棋盘山下，召开了誓师会，拿捉来的汉奸祭旗，“东三省抗日救国军”宣告成立，并且立刻出击。第一步是有计划、有步骤地攻打远近上百的响窑儿，充实枪马，汇合有志之士，壮大队伍。此一番壮举，共计是大小头领二百余人，前敌后卫分拨停当。第二步，便要和日本鬼子正面交锋。

进腊月，战机成熟。众头领再一次齐聚莲花寺，临时组成了参谋团，根据确切的情报，制定可行的作战计划。事变以来，鬼子的势力野火般地向广大地区蔓延，由于手伸得太长，就有点尾大不掉。收编的伪军还不能作战。沈阳市驻扎的日本守备部队，兵力薄弱。以迅雷不及掩耳之势收复这座城市，被认定是有把握的。日寇入侵，标志性的事件就是攻占了东三省的首府沈阳。抗日救国是民心所向，只要把沈阳拿回来，降敌的官兵必能够倒戈回归。爱国志士遍及广大城乡，义军获胜不愁有千百万青壮年参加进来，驱赶贼寇。热河尚有抗日的队伍，山海关以里还有几十万东北军，吉林、黑龙江还没全落在敌人的手里。拿回沈阳，切断南满铁路，那就把敌人赶回了关东州。到那时，局势迫令国民政府向日本进行强硬交涉，小鬼子也就让步了。

商量既定，开始调兵遣将，决定兵分两路攻打沈阳，西路和北路分设司令部，赵亚洲、金三好分掌两路兵权。

百忙中，老万和万才在私下里交谈，彼此叙述了几年来的经历。老万自从脱离万宝山，独树一帜，改名赵亚洲，数年间，活动在安东一带。万才一直没得消息。沈万才二次从两家子出山，任老万也不知道，只听说万宝山旧部分化成几个绺子，不知道“穷人福”大柜当家的便是这个老兄弟。一个多月的接触，老万摸清了万才的实底，让他随金三好参加西路军，并且从参谋团里把曹荣抽出来，让他去辅佐金三好，指挥作战。军事要紧，二人无暇论及私交，老万仅是很坦率地告诉万才："金三好是条硬汉，宽宏大量，只是略少智谋。你跟他作战，更多的事情要求计于曹荣。这个肩挑小贩，我在万宝山的时候就看他不是凡人。"

万才哂笑道："五年前，我见识过金三好，你说他有勇无谋，这话不假。除夕之夜绑架芦启良，他在小小的虎石台吃了大败仗。临战时刻，曹荣的话他也许不听，你可得好好嘱咐嘱咐他。"老万点头。

腊月初八，抗日救国军的队伍纷纷出动。万才督率人马，向西路进发，半道上意外地碰见了"拐子马"。三年不见，他已经大大地发福了，威风凛凛，胯下还是那匹火龙驹。二人在马上匆匆地叙话，老马说他如今参加北路军，左右率八百健儿。英雄结拜，他没能参加，一步来迟，力争在战场上建奇功。

两个人打了招呼，随即分手。沈万才心情沉重，他觉察适才马步云的态度很冷峻，再加上那大言不惭的样子，怕他是前来浑水摸鱼的。转念又想，任老万精细无比，量也无妨。当日宿营，这才见着了金司令。酒饭用罢，开了一回会议。灯下，司令打发勤务兵把曹荣和万才请到他的寝室。金三好敞快地告诉他们："你们是我赵大哥派来的文武二将，一个参谋长，一个督队官。我决定就用你们带来的儿郎，做司令部的卫队，你们这帮人若是折耗多了，战斗结束后我没法交代。"

万才和曹荣好生感慨，这种事，只见于胆肝照人的绿林道。闲谈几句，草定了明日的行军计划。参谋长决定，分路行进。腊月十五兵屯清水镇，卡住沈阳通向辽西的交通要冲。司令官微笑着说："把咱们西路军的司令部安在虎石台吧，那里是我吃过苦头的地方，我还想再去看看。"沈万才欲言又止，司令官和参谋长相视一笑。队伍出发以前，督队官和参谋长左右少了两个人，那便是吴长青父子，爷儿两个乔装打扮，率领几名侦察兵到沈阳去了。

大队人马冒雪前进。午前，先头部队占领了红石岭子和烟筒山，主力部队驻扎在清水镇。金司令率带本部的官员和五百名卫队，从清水镇动身，够奔虎石台。人马上岭，耗费了顿饭时光。督队官沈万才乘骑的虽然已不是当年那匹黄骠马，坐下的这匹乌云盖雪也为他的主人着急，紧勒丝缰，它还是步步加紧。参谋长侧脸笑道："万才，你带几个人去打前站吧。"眼看那匹乌龙驹如箭脱弦。

沈万才闯进村公会，还没等说话，五百人马"呼啦啦"拥进了这个山村。金司令和曹参谋长在院子里下马进屋。只见一群乡绅，全成了泥像。司令和参谋长落座，众乡绅还是一言不发。参谋长笑道："你们这几家财主，我们要邀请还没来得及呢，都聚在这儿十分凑巧。"紧接着他把东三省抗日救国军的成立，扼要地向他们讲解一番，只提西路军司令部要设在这里，当然不能讲此番行军的目的。

他当众宣布，义军决不扰民，乡绅们有愿意参加抗日的，救国军乐意接纳，不愿意参加义举，可以稳坐家中，静观成败。

参谋长话音未落，司令开言，先对芦二说："芦启良，咱俩是熟人，姓金的这回举义旗打鬼子，又来到了虎石台。上次我来，你们是民我是匪，这回我来，我是军官，你们是乡绅。"说到这里他转脸看孙八："我猜你是公义堂当家的孙老八，过去的事情咱们一笔勾销，不独是我，沈万才也不能找你的麻烦。因为我们是抗日救国军，打鬼子收复失地要紧，个人恩怨那就得等日后再说。"他忽然发怒，拍了一下桌子，继续说："咱们暂且互不相扰，看你们尿裤子的丑态，让人恶心。赶快都给我滚回家去，牢牢地关上大门，我的队伍不离村，不许你们出来走动，发现有哪个敢给鬼子通风报信，我可要灭他满门。"

金三坏第一个扑地跪倒，梆梆地磕头，和当年除夕夜面对金三好的时候一模一样。正副村长也给金司令磕头。只有孙八和邓五坐在椅子上没动，其实这两个家伙，真材实料地吓傻了。众乡绅滚滚爬爬地离开了村公会。这时，沈万才早已伴随着副官，下街去给勇士们安顿住所。

虎石台安排五百人住宿，本来没问题，但因八大户房屋最多，但没人愿意去住，一般贫户差不多每家就都住进了救国军。住在谁家在谁家吃饭，这拨队伍每个人的腰里都有钱。路口俱都设岗，就地就近换班休息。村公会十五间房屋住着司令部的军官和警卫班。炊事员刚要生火做饭，被饭馆子的陈厨子给踩灭了，"沈万才是你们救国军上的人，你们来到虎石台，全都是客，司令部的官兵请到我的馆子里去吃喝，老陈头不取分文。"参谋长命令军需处，答应厨师的请求，派弟兄去买来猪羊，交到他的饭馆子，让他备办吃喝。

过午，救国军司令部十分热闹，督队官沈万才被无数的乡亲缠裹起来，畅叙别离情。特别是庙后的铁柱、长江、大虎、二虎听沈万才还乡，全乐得蹦起来。铁柱见万才和不久前见到金榜一样，一直哭了半个时辰。

这当中有一件怪事，村公会的杂役王老好，从打救国军进村，回到家去没出来，他的儿子王吉庆也没走下北山。沈万才至近的人，嫂子、侄儿、姐姐、外甥、舅舅、舅妈、表弟、表姐，连同那个老表叔，谁也没来与他会面，乡亲们不知内情，觉得奇怪。

傍晚，司令部的官员们在陈家馆子用饭，沈万才没吃没喝。黄昏过后，雪住风息，只见他从身上摘下马刀挂在墙上，整一整衣帽，离开司令部，走向自己的家门。

天是奇黑暴冷，沈万才来到自家门首，轻轻推开两扇门。东西屋都有微弱的灯光，迈步往里走，迎门被他姐姐紧紧地抱住，姐弟哭成了一团。小外甥搂着舅舅的腰，也是呜呜地痛哭，长祥子长得老高了。姐姐哭着哭着撒了手，黑暗中往西屋指了指，万才拉门进屋，看嫂子正坐在灯下弄针线，两个孩子挤在墙角里，站着不动。万才迈过门槛儿，撩衣跪倒，哭着叫了一声“嫂子”。他嫂子牵针引线继续做活儿，万才连叫三声，大嫂这才说话：“你杀人惹祸，远走他乡当胡子，已经不是我沈家的人，好儿女不能当胡子，你不应该再登我家的门。沈万洪一死，寡妇拉扯这两个孩子不容易，大小子刚能放猪糊口，二小子还在吃闲饭。这些年，单凭我这两只手纺线，这算没饿死我们三口人。你既然无情无义，远走高飞，大不该今天又大马金刀地回村里来夸官。”大嫂说到这里声色俱厉，高声道：“我不认你这个兄弟，我看你们打不过日本鬼子，今天我若是认下你，来日你们失败了，仇人要灭净这两条根。”两个孩子走出墙角，给万才跪下，齐声哭着说：“二叔，你就别认我们了，我们两个快该长大了，让我们好好地养活妈妈。”

窗外，风声夹带着哭声，有几十个乡亲，从万才离开司令部，就都悄悄地跟来了。

万才无奈，战战兢兢抬头看看他嫂子，但看她容颜惨淡，紧咬着牙关，嘴角儿见血。万才说声“罪过”，踉踉跄跄出了家门，只有他的小外甥，哭着跑着把他送到路口。

沈寡妇不认亲兄弟，言词痛切，大义凛然，立时传遍了全村。

万才走进司令部，命令卫士长，任何人前来探望他，一律挡驾。他走进值班室，听说参谋长已经带人出去查夜了。金司令不在他的卧室，有几个参谋副官已然脱衣就寝。万才在灯下独自一人枯坐着闭目沉思，无法抑制内心的悲痛。泪水冲开眼帘，亚赛江河出堤，汹涌地流淌。他后悔救国军的司令部不该设在虎石台，司令官和参谋长这不是成全他，而是把他推进痛苦的深渊。自从和铁柱含冤被害进县城打官司，数载光阴一言难尽，沈万才够个硬汉，没淌过眼泪。今天作为抗日救国军的督队官，出征未捷，仿古人举动，衣锦还乡。一没能光宗耀祖，二没得到亲人理解。重任在身不去执行勤务，一个人坐在房里头淌尿水子，真是可耻可恨。

听门外大吵大嚷，一群人和四个站岗的兵士打起来了。督队官起身推开房门，向院中观看，见他的舅舅杨福田带领着一群汉子冲了进来。老福田大张着两条臂膀，一路呼喊着闯进院来，万才脱口叫声“舅舅”，被老人搂抱在怀中。爷儿两个谁也顾不得这是威武的衙门，放声大哭。沈万才意识到这样不妥，扶舅舅走进房中。屋里睡觉的俱都披衣坐起来，福田身后的那帮汉子，也都跟进来了。万才把瞎眼的舅舅扶到炕上去，老福田双手捧着他外甥的头，流着眼泪说："你嫂子不能认你，为的是怕毁了你沈家的两条根。舅舅不认你怎么行呢？我七个孩子杀了一个，病死五个，现在还剩下你的表弟三宝，为了认你，舅舅我全家死绝连根烂也不后悔。"刘铁柱、王长江、李氏兄弟，外带众多的青壮年纷纷地说："万才，我们甘心情愿来参加救国军，咱们一块去打鬼子，等把鬼子打灭了，再折回来消灭恶霸汉奸。"沈万才没有回话。

门开处，参谋长带人回来了，招呼众人落座，让兵士给乡亲们点烟倒茶。他坐在老福田的身边，亲亲热热地手拉着手，和大家叙谈起来。

夜深了，金司令还没回转司令部，有说他在天黑以后，倒背着手进了关帝庙。

今晚金司令坐在黄半仙的静室里，硬是不忍离开。他在司令部把公事处理完毕，忽想起当年夜袭虎石台，在旁边这座庙宇里结识过一个仙风道骨的出家人，求他"推八门"指方向。带队出村，在西岭上和民团遭遇，打得他丢盔卸甲。后来知道，这个人是孙扒皮的内弟。当时处死了内线儿崔歪嘴子，对这个老道还有积恨在心。我去看看他，看这个江湖人见了我，有何言答对。

金司令进庙，黄老道把他接进静室，两个卫士侍立在房门外。司令沉着脸坐在椅子上，斜眼看那个道士，见他不慌不忙地毫无惧色。司令说："老道，我找你算账来了，五年前除夕之夜，我求你算卦，你把我送进了虎口，你的卦到底灵不灵？"

老道沉着地说："回司令，贫道的神课一方知名，尊驾从生门出师，遭受挫折，谓之命由天定。"金司令哈哈大笑："你够个老江湖。是亲三分向，你和孙老八骨肉至亲，加害于我那也是理所当然。今天我还想来问问你，我这抗日救国的西路军，就要进行一次较大的战役，你替我再算一算，未来的祸福成败。"

出家人笑道："回司令，义军抗日救国，乃是惊天地、泣鬼神之壮举，此番出师必有神佛保佑。讨签摇卦是乡愚的行为，大将军气吞山河，不必求告鬼神。"金司令肃然无话。

两个人进一步地交谈，越谈越近便。原来金司令也是大八旗的后裔，满名那吉安，汉名李国良，金三好乃是匪号。他和黄福臻一样，都是前朝的遗老遗少，毋庸说也是被逼为匪，投身绿林。然而，他们两个更一样的是，都恨民国、恨汉人，有意恢复旧王朝，但是力不从心。双方都认识到，那个腐败的清政府合当覆灭，而满族统一中国称霸亚洲，譬如说康乾盛世，都早已是历史的陈迹了。满洲人作为中国的一个民族，关外不说，只在关内的南七北六十三省，民国以来并不受歧视。中华大国不容分割，满族人也不能独立于中华民族之外。有什么人通敌卖国搞东三省独立的勾当，势必成为千古的罪人。李国良参加抗日救国军，就是这个主意。

金司令感到彼此志同道合，敞快地请福臻出山。老道沉吟半晌，委决不下。司令说："大丈夫生在天地间，讲的是生有命、死有地。国家兴亡，匹夫有责，英雄好汉为国捐躯，可谓死得其所，请兄三思。"黄老道依然无话。两卫士动手煮茶，听二人谈论古今，也从旁劝说这位道爷参加救国军，怎奈那道士始终是迟疑不定。子夜，金司令离开关帝庙，用常人的礼节与老道握别，黄福臻泫然流涕。

金三好回到司令部，见会议大厅里灯火通明，参谋长和所有的军官整装冠带，站列在房中，手中拿一张北路军司令官赵亚洲的手令。司令接过那道命令，脸上显露出笑容。手令的大意是：命西路军接到命令后，立即向沈阳推进，三更造饭，五鼓出发，不得有误。北路军准在腊月十六日向沈阳守敌发起总攻。

时间紧迫。司令官、参谋长即刻派出传令副官，召集防区十个团的负责头领，限在天亮以前，赶到司令部来开会。卫兵进来报告，情报参谋吴长青回来了。老吴进屋，满面的胡须凝结着冰霜，左一把，右一把，半晌才擦抹干净。四张方桌摆列在一起，司令让大家落座，听吴参谋汇报敌情。作战参谋在桌面上展开了沈阳市区的地图，吴参谋不识字，由通达的指点着，每一条街道和广场的名称。长青和他儿子山丁子，父子俩轮番说明，某处有日本兵营，某处有维持会组织的武装，城市的西半部，充其量只有三五千拿枪的敌人，城郊一带，根本没有设防，看样子市内的敌人完全没有戒备。此时，也就在过夜两点钟。

此时，虎石台这几家财主惊魂不定，金三、王四、张七、刘大回到家去闭门不出。孙八午前回家，让伙计大敞一门，召聚几十名护院的，把枪膛里的子弹全都退出来，所有的武器集中起来捆放在门房里。又告诉厨房，杀猪宰羊备用，有救国军进院，先向他们奉献武器，如无敌对举动，一律开席款待。他本人进到上房屋，吩咐石妈，专职看护他的儿子金锁，又命黄氏指挥其他的女仆，把所有的箱子、柜子，层层上锁的门户，全都打开。孙八夫妻都换上一套崭新的衣裳，让黄氏在佛堂里静坐。他一个人进入待客厅，先躺在烟榻上抽足了鸦片，动手擦拭他的撸子枪。石妈拉金锁走进来，孙八垂泪言道："我和你不是夫妻，却也恩爱备至。少时沈老二前来寻仇，我准备和他同归于尽，我的发妻黄氏，怕也难逃活命。你是外姓人，姓沈的也许不能伤害你。设若能活，求你把这个娃娃保全下来，凭你这张嘴，对付一条莽汉准有富余。况且说，我与沈家的冤仇没达到灭门的程度。”

孙八认定，这拨救国军口头上说得响，实质上个个都是滚马的强盗。沈万才敢于还乡，那正是要大报冤仇，今天他不杀我，也得顾虑日后我要杀他的满门。孙扒皮就这样地拉足了架子从午前等到午后，从黄昏又等到了黎明。

邓老五回到家去把大门顶上了。告诉全家几十口子，把冻肉搬出来，剁馅子包饺子，老少五辈子人聚在一起吃顿团圆饭。桌面上告诉大家，五年前攻打虎石台的金三好来了。说是不记前仇，我不相信。他手下好几个弟兄，死在咱家的铁锹、镰刀底下，死人生前的伙伴，必来替他们报仇。这次前来，万万不能抵抗，进村的胡匪比咱们民人多得多。说到这里，他指派儿孙，胡匪一来叫门，马上把他这个当家的捆绑起来，任凭他们刀砍斧剁，万剐凌迟。你们要异口同音地说，年三十晚上动手杀害你们的人，都是我老头子一个人干的。动硬的不行，全凭你们跪成一片，苦苦地哀求，力争拿我这条老命还账，别让胡匪伤害你们。邓五说罢，全家老少哭声震天。

然而，天益堂的准备和公义堂一样，全都是一场虚惊。得亏后街吴老六不在家下，他若是在家，更是得吓一个魂不附体。

最风凉惬意的是仁慈堂当家的芦二爷，五年前遭受胡匪的绑架，家中的物品还被洗劫一空。匪首“盖东边”为了保护这个“财神爷”脱离险地，率先离村，留下二当家的金三好收拾残局。金三好贪功心切，自以为公义堂的孙八引贼入境，借道行抢，发生老爷庙前的一场争端。公义堂开枪，挡住胡匪的去路，永吉堂和正心堂交叉火力，使匪帮陷于被动。明德堂的举动没在计划之内，但盖东边的绺子上在这里伤亡惨重。匪首金三好找黄半仙去推八门，问祸福，那不过是一段闲文，关键在孙扒皮背信弃义，欺骗了胡匪帮。

当夜芦二被绑架到青鱼沟，匪首盖东边心安理得，自以为此一番旗开得胜，马到成功。怎知道金三好领着残兵败将，回来向首领道过，不是报功。盖东边并没有发怒，对这个先是炮头，刚提升为二当家的金三好微笑着说：“兄弟你刚刚出马，没有经验，不经一事不长一智，你没有错处，一切的闪失都记在哥哥的账上。”

肉票儿芦启良，在青鱼沟囚禁多日，被匪帮待如上宾，转移多处，吃穿不缺。这当中他知道盖东边和金三好全都够得上江湖好汉，盖世的英雄。特别是对他这个肉票儿，索价不高，赎还的时候，立刻就放他回家了。分手时，盖东边与他谈话，干脆说："你不和孙老八结仇，没有这段故事，你两家的冤仇如若不解，日后有求我的时候，把信息捎到青鱼沟。"

芦茂财打发顾大成到青鱼沟送信，赶上盖东边势败，已经在铁岭县伏法，金三好时至今日，还不明所以。东三省的大财主勾结官差串通胡匪，这件事，可能有些人还不明白。今天，金三好又来了，在村公会只不过是官样的文章。芦二判断，他一定是在公事完毕后，来拜访我芦启良。仁慈堂要摆势派，教那些江湖好汉认识认识乡绅。午前十点钟，仁慈堂就忙活起来了，杀牛宰羊，准备宴席，单单地等候号称救国军西路军司令官的金三好前来做客。但是，指望落空了，不独金三好没来，连一个喽啰都没见着。

虎石台的几个乡绅全都大失所望。

天亮，救国军十个团的带兵官在司令部门前飞身上马，庙前吹起了集合号。督队官沈万才刚刚跨上战马，刘铁柱过来勒住了他的马嚼环，手指着身后的一群人，大声说："万才，你当个督队官有啥了不起，硬是不让我们参加救国军，三里五村不少的青壮年都加入了你们的队伍了。你不让我们参加是不是让我们和你嫂子学，亲骨肉不能相认。"

万才无话，参谋长策马向前，当众说："在这个村儿里，谁参加救国军我们也不收，皆因为沈万才是我们队伍上的督队官，谁跟他去了，大小都得闹个官儿当。救国军不是军阀，不徇私情。"铁柱这才撒手。

队伍出发的时候，乡亲们扶老携幼都到庙前来了。杨福田趺趺碰碰由他儿子三宝拉着领着，也来到庙前。老人手摸着万才的马镫，轻声说："外甥，舅舅祝你一路顺风，打败了小鬼子高高兴兴地回来。"万才手扶着舅舅的肩膀，也是小声说："舅舅，救国军就是失败了，我这一辈子也不再当胡子了，求你老告诉我嫂子。"

沈万才在庙前别亲，朋友牵缠，老亲话别，乡民落泪。关帝庙的道士站在旗杆底下，打揖首送行。金司令端坐马上，泪下沾襟。

救国军的勇士在虎石台留驻了一昼夜，和众多的贫户全都混熟了。军号一响轻装上阵，包裹，铺盖，连同多余的衣裳，全都赠送给他们了。十几个小时的聚会，虎石台的百姓从救国军的口中洞悉沈万才几年来的英雄事迹。许多人也向救国军讲述了虎石台这个堡子贫富相争，不少骇人听闻的故事。勇士们义愤填膺，但不敢肇事，军法森严，怎敢违抗。

抗日救国西路军的部队，从打来这一地区驻扎，所有的咽喉要道全被封锁。买卖客商，过路的行人只许西去，不准东来。现在，部队开拔了。乡亲们结队相送，国难当头，大敌当前，同仇敌忾，阵阵地伤情。他们来时如潮涌，去时像卷席，纪律严明，官兵一体，这是一群被日本鬼子逼出来的英雄。来也匆匆，去也匆匆，让人们难舍难割。看他们军容整肃，枪刀晃眼，人欢马壮，旌旗蔽空，声势浩大，定是一支无敌的劲旅。

队伍走后，乡亲们祝告天地，求神佛保佑，让他们打败日本鬼子，收复失地。中国的国土一寸也不让给日寇。

第十九章

辛未年腊月二十六，东三省抗日救国西路军，从辽西交通要道清水镇一带出发，奔向被日本兵占领的沈阳城。

傍晚，各路纵队来到沈阳市西郊。探子回报，北路军也已开进战区，参谋长下令，在指定的山区歇马。救国西路军十个团的建制，实际上只有八千人马，迅速地开进山区隐蔽起来，勇士们摩拳擦掌准备厮杀。

司令部设在一座土山顶上。入夜，从这里遥望沈阳市，灯火连绵，建筑错落，车辆梭行，一片繁荣景象。但看不清哪是阔人的宅第，哪是穷人的板房。新年将近，有小儿在玩弄花火，“钻天猴儿”一闪一闪地冲入夜空。主要的带兵官站在司令和参谋长左右，听情报参谋吴长青指点着日本兵营、保安队和警察局的准确位置及八趟大街的横竖走向，和要引起注意的铁西区的五条死胡同。指出队伍通过洋行、油库时要注意烟火，并言明目前大河已经结冰，人马不用走桥。官长们听他介绍，与昨夜开会时汇报的内容毫无二致。

山丁子昨夜随他父亲回司令部汇报军情，紧急会议召开之前，参谋长立即派他返回这个山区，通知早些时候派出来的侦察连，准备大部队来到的宿营事宜。部队进山，人马安顿就绪，侦察连的连长向司令荐举山丁子当副连长，他说：“这孩子勇敢机灵，胆大心细，几天来派他执行勤务，样样都干得十分出色。”司令同意。

此时，众位官长站在山顶上研究敌情。侦察连全体官兵又奉令进入了市区。

面对强敌，救国军向全体将士发布了八条命令：一不准处死俘虏；二不准放火烧房；三不准临阵畏缩；四不准违令争功；五不准丢失同伴；六不准动用民物；七不准杀害侨民；八不准自由行事。督队官沈万才率五百卫队阵中稽查，违犯者军法论处。

拂晓，沈阳市东北方炮响，这是总攻的信号，霎时，救国西路军兵分几路，狂风呼啸般冲进铁西工业区。一团长白福祥，率队伍首先进入战斗，在广场附近和仓惶出击的日本骑兵遭遇了。日光之下好一场生杀硬砍，真正是刀过如风冷，立见血花红。这场肉搏非同小可，“民族仇恨”这四个字显现在刀锋、枪口和战士们的脸上。“打家劫舍”和“抗日救国”是两个截然不同的概念，小鬼子跑到中国的地面上杀人放火、横行无忌，每一个中国人都不能容忍，何况这些早已置生死于度外的胡匪。日本兵马大人小，战刀窄细，救国军人强马壮，刀长背厚，挥舞得力。剁砍鬼子的钢盔就像劈一个葫芦瓢。鬼子上阵，口中“嘶嘶”地怪叫不止，而救国军的勇士却沉着应对，砍翻了几个的时候才暴喝一声。救国军奋勇杀敌，争先恐后，迫使日本骑兵渐渐地败下阵来。救国军刀锋闪处，日本兵人头滚落。大洋马拖着敌人指挥官的尸体，拼命地奔跑，污血染红了长街。日本骑兵自踏上中国的土地，还没见过如此阵势，一个照面，便惶惶地败下阵来。

白团长在马上挺起身形，扬起了雪亮的指挥刀:“弟兄们往前冲啊，咱们蒙骑一团该露脸，进了街先开利市。”躲在墙垛后面观战的市民，眉飞色舞，拍手称快。这一团蒙古族的救国军，顿饭时光，干掉了上百个鬼子。这支队伍是金三好从黑龙江带过来的劲旅，首领白福祥，在内蒙草原上拉帮，曾经捣毁过王爷府。

二团刘团长，带队奔袭鬼子的西大营。团长领先，纵马越过了敌人匆忙架设的街垒路障，砍杀一阵，顺利地冲进营门。但进院之后，发现是中了埋伏，营房里一个鬼子都没有，瞬间周围的建筑物上纷纷升起了太阳旗。团长立命战士们下马，迅速进入营内的炮楼。可怜那些丢在院中的战马，嘶鸣着，被呼啸而来的迫击炮弹眨眼之间炸成肉泥。先锋中计，后续部队滚鞍下马，立刻和隐蔽在房舍、院套里的日军展开了激战。

绿林出身的救国军，打这种市街巷战，可谓轻车熟路。“砸孤丁”“抠响窑儿”的特殊本领是日军从未见识过的。一通惨烈的街垒战，日本兵死伤惨重。救国军硬打硬冲，凭实力打散了驻守西大营的几百日军，转败为胜，迅速扭转了战局。敌维持会所属的保安大队，占据了十字街，和聚合过来的警察紧急设防。数九隆冬，挖战壕已经不可能。官长下令，拆民房设路障，并命令部下把粮栈和米店里成袋的粮食和白面搬出来，堆砌街垒。

巷战打响，救国军改为步战。敌人阵地上的机关枪狂风暴雨般向空荡荡的三条大街上扫射。勇士们怀抱着马枪，坐在房子里抽烟喝水，等候炮兵摧毁敌人的这些工事。炮队指挥官准确地测量了距离后，下令开炮。一阵惊天动地的爆炸，硝烟滚滚，烈火熊熊。观战的百姓和前线的勇士全都笑破了肚皮。炸开的面粉，让趴伏在街垒附近的保安队和警察都唱了“打面缸”，像北极熊似的四下乱窜，可笑得很。救国军冲锋号响，那些守在前沿阵地的保安队和警察立刻举手投降。这群俘虏，此时全成了磨坊的伙计，浑身上下全是白面，耳朵眼里灌满了米粒子，只有眼珠是黑的。

西路军奋勇当先，在指定的时间占领了铁西工业区。司令官和参谋长并马站在街心，看军民合力打扫战场。有几处高大的建筑物上，升起了青天白日满地红的中华民国国旗，街头巷尾欢声雷动。

“司令，按计划我们该向日本商埠地推进了。”参谋长说。“听听北路的消息。”司令言罢取看怀中表，刚好是午前十点钟。“兵贵神速，拖延不得。”参谋长正容道。恰在此时，一团的传令副官飞马来到跟前，报告该团已经冲杀到西车站，但敌强我弱，急待救援。“白大哥违令争功，该当担军法。”司令说。“有言在先，白团不算冒进。”参谋长斩钉截铁地立刻命令六团、七团火速增援。

一辆黑色的小轿车插着救国军的军旗，破路扬尘开到脚下，侦察连的副连长山丁子冲出车门。“报告司令，我们在商埠地已经和北路的弟兄接上了头，八点钟，他们就占领了北关和东关，学生、工人都参加了进攻的部队。但据守内城的汉奸警察大队，正在拼死抵抗。”他转动着两只大眼，焦急地说：“老百姓管我们侦察兵要枪打鬼子，把我的嗓子全都急肿了。”

金司令这才豁然，命令全军向西车站挺进，但被小连长拦住了。他说鬼子在那里设有坚固的防御工事，火力很强。一团伤亡惨重，白团长已经阵亡了。参谋长下令，命一、六、七团撤出西站，先保留这个死角，大部队越过铁道，包抄日本商埠地。

此时，战区上空出现了日本飞机，对着救国军的马队人群低空扫射，同时向百姓集聚区投掷炸弹。工业区顿时成为一片火海。

西路军推进到商埠地，所有的骑士全部变了步兵。参谋长拨出一个整团的兵力，携带军车和战马，到城市西北角待命，构筑牢固的防御工事，把马匹严密地保护起来。

午后两点钟，惨烈的巷战在商埠地展开了。先见勇士们口嚼备用的干粮，隐蔽身形，对洋房和洋楼开枪，立见成群的鬼子兵端着明晃晃的刺刀冲了出来，大家伙儿吐出口中的食物，抽刀迎敌。骑兵步战，马刀也好使，他们并不按鬼子结队刺杀的规矩办事，雄赳赳好比虎入狼群，闪展腾挪，显露出中华武功的优势。鬼子兵打冲锋还有个怪习惯，临战从枪膛里退净子弹，但救国军也不含糊，一律是马刀伺候，浑身的短兵相接武功派上了用场。飞机不炸商埠地，然而此处战场也并不安静，一片杀声震天。

西路军同时出击，商埠地有五个广场，辐射出来的几十条街道都在激战。敌人摆布的街垒路障及常设的炮台碉堡甚多，就是临时搭起来的掩体，也比保安队的手艺高明。因此，这场巷战十分惨烈。

督队官沈万才，一年前闲得手痒，如今强攻敌人的心脏，他把稽查队改成了突击营，何处难抠，指向何处。万宝山上的双牛，今天在战场上，他的马枪、马刀、短枪、匕首，百发百中的手榴弹，都发挥了巨大的威力。真是仇人见面分外眼红，救国军勇士满怀着中国百姓自甲午年以来对日本鬼子的仇恨，拼出了满腔的热血，为的是报仇雪恨。傍晚，方圆数十里的日本商埠地，被救国西路军完全占领。西关、南关、马路湾、北市场的日军守敌，通通撤到内城，负隅顽抗。

街上奇静，参谋长躺在担架上，指挥队伍占据有利地形。市里还有战斗，战士们抓紧吃喝准备应战。适才他巡视机枪阵地时，腿部负了伤。司令官命令卫生兵，把参谋长和其他彩号抬送到中国居民区，安顿治疗。参谋长摆手，但没等说出话来，就休克了。电线全都打断，周围一片漆黑，日本侨民关门闭户，鸦雀无声。

西路军司令部设在商埠地黑帽子巡捕房，现在的日本警察署。金司令从街上返回来，刚刚落座，情报参谋吴长青走进来，报告战局：飞机场和火车站没打下来，给了敌人回旋的余地，特别是放开南路不攻不守坏了大事，日本在辽阳驻屯的重兵开出来了。事变后收降在东北嘴子整训的汉奸部队，大约三个旅，也已经奉令向市内袭来。日军的坦克和装甲车已抵苏家屯。北路军进展迅速，但被敌人咬住，胶着在内城一线。这所城池是当年清兵的老巢，建造得坚固无比，救国军奋力强攻，但伤亡很重。赵司令千虑一失，只顾督军前进，没留下足够的后卫部队。万宝山的败类“拐子马”，勾结城内守敌总指挥警察大队长张二德，先在大北关下令行抢，火烧民宅，接着率部倒戈，抄了救国军后路。目前，叛乱虽然已经平息，首恶“拐子马”也在阵前被斩决，但经此一番骚动，军心已经涣散了。

吴参谋取出赵司令手谕，命西路军全部撤退，在沈北“大洼街”会合。

功败垂成，金司令好不懊恼，立命麾下各部，向城市西北角驻防的八团靠拢，自认马匹，列队撤退。又严令各部，必须把阵亡的弟兄携带到城外去埋葬，敌人的尸体也给他垛起来。全体医官和卫生兵此时已随彩号离开商埠地。司令叫军需官把手头的现款全部交给吴参谋，派他带侦察连负责照管挂彩的弟兄，务求妥善安置。金司令做好了一切部署，这才整装出离司令部，此刻约在入夜九点钟，八团已将总部需用的马匹送过来了。

寒星闪烁，月色皎洁，金司令来到街心飞身上马。一声枪响，只见他扑地摔下马来，一颗子弹击穿了他的太阳穴。变起仓促，督队官命令卫队把刚刚离开的那栋洋楼团团围住。

自从西路军进入战区，沈万才率部首先拿下了这所建筑，因为这是民人切齿痛恨的“租界大衙门”。衙门里的人素日横行无忌，欺压百姓，为两国商民的财产纠纷，经常拘押、拷打中国人。黑帽子先叫巡捕后称警察，随意抓捕闲人、诬良为盗。这个大衙门，还纵容中国的财主、恶棍、人贩子在租界开设赌场、会局、烟馆、妓院、酒吧间、枪房子。在大衙门庇护下，租界可以公开买卖人口，制造海洛因。杀人犯能在这里容身、避难，图财害命的可以拿百元金票在这里销毁尸体。胡匪只要言明是去中国地行抢就能在大衙门里租借到手枪。由此，救国军一进商埠地，先把枪口指向这个大衙门。不过，驻守这所堂皇威武大衙门的日本警察，全都训练有素，凶残无比。救国军发起攻击后，经过短暂的交锋，随即占领了这个衙门，杀净残敌，开监释放了被押的人犯。内存的文书档案，大簿子、大册子，统统地付之一炬。这是一座墨绿色的法国式的八角圆顶建筑，上下三层，内里门户甚多。一二楼有接待室、会议厅、分类的办公地点，三楼是礼堂和宿舍，地下室是监牢。卫队把各处搜检完毕，卫士长这才把司令和其他官长请进来。

十来个小时战斗中，救国军的司令部也就是指挥所，没发现里面还藏躲着敌人，谁想到刹那间楼台上一声枪响，推倒了我们这面抗日救国的大旗。卫士们心如刀割，两眼冒火。几十盏马灯拥进洋楼，抓出三个黑帽子来，他们都是老巡捕、中国通，先趴在会议室的棚顶，窃听军事秘密，最后蹲在二楼平台上，残忍地刺杀了金司令官。

杀不解恨，嚼怕沾牙，督队官命令司令的随从副官把司令的遗体连同这三个孽畜，护送押解到大洼街，交赵司令发落。督队官本人要率部巡逻，留下来监护撤退。

半夜，沈阳市民远远地望见，日本商埠地大衙门烈焰腾空，不多时化为灰烬。沈万才率部属最后来到大洼街，天已放亮。留守人员告诉他说，赵总司令命晚到的各部兼程前进，到棋盘山聚齐。

此时，日本关东军的坦克车横排在大北边门外，盲目地向正前方开炮，像是用应有的礼节欢送救国军离开沈阳城。

抗日救国军撤离后，日本关东军在奉天守备部队的司令官木村中将，奉天省维持总会会长孙占一，东三省保安司令部司令长官、陆军上将沙仲先，伪奉天省警察厅副厅长兼警察大队大队长、奉天市卫戍司令部总指挥张二德，在南满铁道株式会社总裁的官邸里召开紧急会议。

张二德抢先说话："鄙人出身微贱，多年为匪，因受大盗张作霖欺骗，山寨覆灭，含冤被俘。承蒙孙总会长、沙长官司令施恩拯救，得保活命。九一八事变把我从陆军监狱放出来。大日本是二德的重生父母再造爹娘。经孙、沙二位大人引荐，任命我为奉天市警察大队长，招募流民，训练乡勇，二德奋发图强，夙夜匪懈。内城一战小建微功。旧部马步云，如不轻举妄动，贻误军机，匪首赵亚洲插翅也飞不出奉天市。目今，战端平息，安民要紧。卑职命令所部，清扫战场，先把活捉和战死的匪徒，取下首级穿连成串，分挂在四周城墙上，一慑贼胆，二壮军威，三慰亡灵，四彰武功。俾令愚民宵小望而生畏，不敢乱说乱动。"

三位大人微微地点头，听他接着说："匪首赵亚洲，原名任老万，也是卑职旧部，更名改姓流窜到安东。此人文不通经史，武不谙兵书，有小智而无大勇。一击不中，军心涣散，判断他绝不敢连番走险，卷土重来。然而，贼走关门，终非上策。虽云穷寇勿追，也当消除隐患，姑息养奸更是军家大忌。由此，卑职已经选拔骨干，在市内遍置招安处，残留未走的匪徒，主动来降，给与犒赏，顽固不化，格杀毋论。尤其是万宝山故人，随'拐子马'投诚来归者甚多，我准备把他们派回去，充任内奸，乘匪众败阵脱逃，立足未稳，诱而歼之，聚而毁之。"

三位大人面有喜色。又听他说："奉天市，五族杂居，人口百万，不独八门八关，何止千家万户。抗日救国军进街，军令严谨，旗号鲜明。高呼反满抗日，立见民众协从，工商学子热切响应。判断，内中必有中国共产党人。根据可靠的情报，救国西路军的参谋长曹荣，以及一大批伤号，留下没走，救护队侦察连也没出街。情报参谋吴长青，腰缠几十万金票，在这里安下了根基。"言语中断，只见他微微冷笑，目射凶焰："在表面招安的同时，卑职已经把密探派下去了，我命令他们温存培养，不许打草惊蛇。招安处的措置，不容延缓，十日为限，期满关门。单等时机成熟了，我将要动用全市的军警，届时得请几位大人帮忙。"二德谦恭地拱拱手，咬牙切齿地说："时机来到，咱们给他来个全市戒严，以卷席之势，广搜民宅。不管他什么汉满蒙回藏，用警界的行话说，先拉大网，后拣臭鱼，不怕那些个潜伏下来的救国军飞上天去。”

“张厅长，您果然够一员上将，深谋远虑，料敌如神。”木村中将用熟练的中国话说，继而问道：“我想带兵去讨伐这一帮马匪，您看行不行？”“兵力雄厚，应当速行，勿待他们羽翼丰满，振翅高飞。”“阁下有什么建议？”木村求贤若渴。

“匪徒为筹集枪马，在奉天周围捣毁了数以百计的民间武装‘自卫团’，财主粮户是胡匪的死敌，大人不可轻视。据说赵亚洲率其残部正在奉天界东山里集结，大军前去围剿，必然收功。但待匪帮溃散，化整为零，俗话说，拿拳头打蚊子，就难以奏效了。这时就得倚重为数众多的民间武装，使星散的匪徒没有藏身之地，那才能彻底地消灭他们。清王朝利用湖南人曾国藩，训练湘勇，剿灭太平军，可做借鉴。”

体胖年迈的木村，笑开了脸上的皱纹，他的双眼拉成一条缝，缓缓地言道：“一语值千金。老夫参加过日俄、日清两次战争，在关东州定居多年，对满洲实况，如掌上观文，片言可见肺腑，阁下后来者居上，是大日本帝国的亲信。”

这句话说重了，张二德左顾右盼，惶恐不安。旋听所谓的先来者沙仲先不客气地说：“九一八事变，满足了日本的欲望，但损害了中国的尊严。东三省的文官武将逃跑的居多，出降的有限，至今一大批人还隐遁在家中，徘徊观望，威逼利诱全无效果。姓沙的单枪匹马杀出来，成立了保安机关，收降了几支部队，任命几个司令官。怎晓得，这些人高官得做，骏马得骑，胃口可还是大得很。要枪、要马、要粮饷、要金票。沈阳吃紧，四外整训的部队甚多，我这个司令长官把命令传下去，还不如放个狗屁。不仅如此，有几伙保安团队，打死带兵官，携械参加了抗日救国军。沙某无能，看来难当重任，南宋未亡，先杀秦桧，却也是令人胆寒。”

老木村赧然无话。

孙占一从镀金的烟盒里取出一支埃及雪茄，剪开封口，慢悠悠地点燃了，面对木村冷冰冰地说：“你们日本军人真是可敬，东乡元帅，乃木大将，儿玉司令官。请问，一群马匪践踏城市，你木村中将有何建树？守备队全军覆没，尊驾就应当切腹尽忠，相反地坐在这里大言不惭，旁若无人。好像你便是皇室的代表，内阁首相，好不可笑。你既对满洲实况了如指掌，就请谈一谈，这里有多少不动产金融财贸，什么人能左右全局，哪个和日本亲善？孰是你们的对手？”

木村红涨着老脸，低垂着秃头，恨不得把耳朵揣起来。

“日本的军刀锋利，斩不断东三省民众和全国百姓的同胞之情。田中奏折，满蒙政策，初步地实现了，然而是谁在甘冒通敌卖国的大不韪，为实现这项计划，处心积虑，惨淡经营。不惜身家性命，无视祖宗荣辱，为大日本帝国扩张版图，苦心孤诣，肝脑涂地？现在过河拆桥，为时尚早。”

白须白发、体态硬朗、穿戴楚楚、文质彬彬的满铁总裁拉开天鹅绒的紫色帷幕，忽然出场，讲的是东京口白：“我不会说中国话，怕打扰你们的会议，悄悄地坐在幔子后头旁听。我的太太给我当翻译，可惜她白白在奉天同泽女子中学校毕业，有的句子还是翻不到好处，把她全给急哭了，中国的官话真是费解得很。”总裁把一只沉重的手提包放在脚下，坐稳了说：“鄙人做事讲求实效，适才听张厅长介绍，抗日救国军的一个参谋，拥有几十万金票的活动费，在这个城市潜伏下来。这件事叫鄙人深感不安，内阁三番五次通知本人，为堵塞漏洞，在满洲可以随意用款。我经手已将数百万金票，拨到中国人的户头上，结果还是出现了今天的局面，深感遗憾。”他打开皮包，把几大捆钞票堆在桌面上，诚恳地说：“这是日本‘正金银行’发行的现钞，二百万元整，这笔钱暂且用作稳定此地治安的经费，请三位先生便宜行事。”

木村气愤地走了。总裁谦恭和蔼地说：“木村愚昧，但终究是皇上倚重的老臣，胡萝卜和大棒，都是必不可少的。”沙仲先拍着他的肩膀笑道：“你这个老日本，办事倒像个英国人。”

孙占一余怒不息，连喝了几大杯法国白兰地，恶言恶语地说：“宫田说木村老儿是个废物，果然不假。”

张二德不懂日语，呆坐一旁。

总裁已经在他的饭厅里摆下了丰盛的午宴，但这三个中国人没在这里就餐，声称公事紧急，当即告辞。三个人坐在汽车里，孙占一眼瞧着那只盛装金票的皮包，得意洋洋地说：“今天这笔生意做得很顺利。”沙仲先和张二德相视一笑。分手后，孙占一到维持会，沙仲先回司令部，张二德来到警察厅。

孙占一进入维持会的大厅，工商代表迎接到门外。这里原本是东三省工商会的会址，产经界的绅士们已经在这里候等多时了。孙占一进入大厅从容落座，扬声说：“我在满铁总裁公馆开了一次紧急会议。日本警备司令木村中将明确表示，关东军几十万部队，扼守山海关、旅顺口、锦州、热河、公主岭、昌图、梅河口、柳河一带，兵力分散，没有能力保卫沈阳。目下城防空虚，刚刚改编的部队不能作战。新近编练的警察大队伤亡惨重，一蹶不振。”他摆出无可奈何的神情，继续说：“本人作为奉天省维持总会会长，真是五内如焚。为了保全这座城市，不再重新陷入胡匪的手里，必须采取紧急措置。匆忙成立的保安军和警察大队，一缺装备，二无粮饷，急待经济救援。”

众绅商纷纷请求说：“孙会长，您是我们各界的代表，为了沈阳城的治安，花多少钱大家都认可，秉公摊派我们乐意捐献。”孙占一说出一笔钱数来，众人立即分头筹款。

沙仲先进入保安司令部，聚会在参谋处的一群保安司令，也是迎接到房门口。司令长官落座，怒冲冲地说：“关东军木村中将，在这次会上大发雷霆，责骂我们这些人，吃‘满洲国’的俸禄，不给日本效忠。大家已经接受了委令，但不认真地保卫这个城池，抗日救国军进街，徘徊观望，贻误战机。木村大人说，要严肃追查责任。”在座的司令官们，面面相觑，只有一人放胆言道：“报告长官，抗日救国军进街出乎意料，连日军也陷入了重围。蒋介石发布不准抵抗的命令，我们只因图保全身家性命，这才向日本投降，谁没有国家民族观念，谁甘心愿意当亡国奴？”沙仲先大哭，用两手狠拍桌案，震裂了茶盅，跺脚捶胸地说：“姓沙的该死，我若是知道有今天，死活也不能和日本妥协。”众位司令官围过来劝他，沙大人忙收悲泪，请所有在场的官员到他府中去共进晚餐。

张二德回到警察厅，当即传令，把他新近任命的四个警正、八个警佐，统统地叫来，在他的厅长办公室团团围坐。二德说：“我当胡子的时候，就和军队警察打交道，现在我当了警察，明白警察的业务，它的天职就是维护社会治安。奉天让一伙马匪给踹翻了，这叫奇耻大辱。现在看，咱们警界必须得掌握主动权。午前，我参加了一次最高级别的首脑会议，决定大刀阔斧地施行镇压。”他目视负责招安处工作的几个警官，冷冷地问道：“抗日救国军登记自首的现在有多少？”警官慌忙翻阅手中的大册子，挺身回答道：“报告厅长，登记注册的不足五百人，内中多数都是万宝山绺子上的强盗。”

张厅长发令：“把这些人统统地都给我杀头，挂到城墙上去示众。全市的招安处立刻撤销。招安处全体人员连夜出动，给我包围这几个地区。大西关的工夫市，西北市场的贫民窟，南市场、北市场。凡是无业游民，有通匪嫌疑的，一律抓到警察厅取下首级，挂到城墙上以壮声威。”又令其余的警官，率全体警察立即出动，封锁奉天全市的关隘路口，宣布戒严。张二德回衙，改变了原定的计划，他要把半个月的工作，缩短到三天或是五天。

沈阳市此时已改称奉天市，因几度改来改去，人们称呼不一。腊月傍年，城市呈现出一片白色恐怖。市公署发出安民布告：准令商民人等照常营业，各安生理，抗日救国军已然全军覆没，令百姓安居乐业，勿自惊扰。布告说得对，东三省抗日救国军袭击沈阳，功亏一篑，兵屯棋盘山，确实是全军覆没了。

沈万才腊月十七率带队伍离开了大洼街，拖拖拉拉向东北方行进。敌人跟踪的炮弹轰隆轰隆在他的身前身后、一左一右炸开了。万才骑马前进，无暇回顾，一路上亲随们在他的耳畔说东道西，他似乎连一句也没听见。说什么心潮起伏，此时此刻，他简直是形同枯木。有人告诉他，已经到地方了，他这才如梦初醒。

此地名唤棋盘山，又叫悔山，俗称灰山。相传清太祖当年行经浑河岸旁，错杀了一位王子，来到此处后悔了。当地百姓把浑河叫“红河”，意即那王子的血染红了河流，而这座棋盘山也就被称作“悔山”。棋盘山还有一个有趣的传说，有一年，上八仙韩湘子和中八仙吕洞宾在这里弈棋，韩湘子错走一着，碰洒了脚下的花篮，一片深谷，十冬腊月盛开了鲜花。那棋盘，至今犹在。东三省抗日救国军总司令部，就在棋盘山脚下的一个土围子里。

沈万才来到，总司令请他上座，从头至尾把西路军的战斗始末询问了一遍。沈万才叙述完毕后，言道：“赵司令，万宝山的经验是可取的。兵败如山倒，大部队在这里集结，很不安全，这儿离沈阳很近，敌伪军有可能不给咱们喘息的时间。”

“依你之见呢？”赵司令缓缓地问道。“热河、吉林、黑龙江都有抗日的队伍，我们应该迅速向他们靠拢。”

司令摸抚着他的短髭，沉吟良久，才慢慢地说：“老弟，梅河口驻有日本的重兵，堵塞了我们向北的通道。为今之计，我们只能向西，越过南满铁道，开到热河去，投靠汤二虎。但此人也和张作霖一样，毫无信义，不晓得他肯不肯收留。咱们二百多位弟兄，在莲花寺焚香结义，银盆洗手，曾几何时，已然走死逃亡，所剩无几了。”接着感慨地说：“现在，败残人马还足有万人左右，枪支弹药也还能打几回硬仗。我自想，有我赵亚洲三寸气在，不能撂倒这面抗日救国的大旗。”

沈万才起身告退，到伙房去吃东西。听说总司令已命人把西路军司令官金三好埋葬在悔山脚下，把杀害他的“黑帽子”拉去祭灵了。沈万才草草地吃了饭，刚撂下饭碗，就听远方打响了。

南满铁道沿线，日本守备队供应民间自卫团的军火，这些个地头蛇联合起来打进了东山里。为了效忠日寇，抢建头功。战斗进行了一昼夜，自卫团有几股被击退，有几股还在奋力强攻。仗打得不顺利，实因救国军从沈阳败退之后，又形成了若干的小绺子，各自为战了。

战端启始，赵亚洲不让沈万才离开他的左右，带兵官、幕僚群紧张地研究对策。

腊月十八午后，前敌的传令官来到司令部，他由于过度紧张，说起红胡子的黑话来：“给‘总瓢把子’请安。正西、正南发现了‘洋跳儿’，正和‘苞米花子’换防。‘洋房子’无数，还有几十门‘大嗓儿’，‘碎嘴子’封锁山口，打得弟兄们抬不起头来。”

赵亚洲手擎着茶杯，啪啦落在砖地上。幕僚长张景恒，长袍子、短褂子，细高的身材，十分文弱，坐在一旁很冷静地说：“赵司令，张某是棋盘山的首户，为了抗日救国参加义军，早把生死置之度外，大敌当前，司令官可不能胆怯。”

赵司令面红过耳，坦率地说：“愚兄方寸已乱，愿听贤弟高见。”张景恒厉声说：“全军出动，和敌寇血战到底。”司令称是。

战斗又进行了一整夜，天亮的时候，赵司令官和他的幕僚长张景恒在火线上被日军生俘。日本关东军木村中将指挥一个师团击溃了抗日救国军。

棋盘山周围，弹痕累累，血迹斑斑。勇士们的尸体都被敌人垛起来炼化了。日军获胜之后，立即撤出战区。凶恶的武装自卫团，在广大的乡村挨门逐户搜杀救国军。

南满线上的火车站龙家堡，有一处巨大的日本守备队兵营，这里的带兵官清水部队长，少佐军衔，是个中国通，木村中将责成他查办善后。这个人很有手段，几十伙民团让他们互相竞争。每逮住一个救国军送到守备队，奖给十元金票外带三八式步枪一支，子弹五百发。超过十名，给金牌一面，机关枪一挺，弹药一箱。为此，往守备队抓送救国军的民团，堵塞了道路。

龙家堡日本兵营，有专设的杀人场、埋人坑、狼狗圈，上电刑的房子和用亚麻布缝制的专门用来摔人的麻袋。为了扩大效果，把抓来的救国军绑在树林里，日军怪叫着，把这些人用刺刀活活地挑死，并驱赶成百上千的中国人前来观看。

救国军的司令官赵亚洲和幕僚长张景恒，被关押在一个牢房里。清水队长喝醉了以后，把他们带到狼狗圈，让他们来看日本守备队把中国救国军剥光了之后投在狗圈里，让狼狗撕裂的情景。这样做就是想迫使赵亚洲和张景恒两个人投降，让他们召集残部，为“满洲国”效忠。赵、张二位脸上神色镇静，闭目不视。

腊月底，赵总司令坐在牢房里，很惋惜地说："景恒弟，我当了半辈子的胡匪，第一次碰见你这么一个爱国的财主，可叹你，就这样无声无息地为国尽忠了。"景恒笑道："我打了半辈子的胡匪，也很少见到像你这样爱国的绿林英雄，你是有大智大勇的豪杰。""贤弟夸奖，这句话愚兄实不敢当。"亚洲谦虚地说。"你作为一介草莽英雄，敢翻天覆地，此谓大智；能从容就死，堪称大勇。"景恒说。

两个人，就在这天夜里，被鬼子扔进了狼狗圈。

天罗地网，挡不住孤胆英雄。沈万才和一伙弟兄，杀透重围，转移到安全地带。这儿山环水绕，林木阴森，苍松翠柏环抱着一座古香古色的建筑。围墙、房舍、蜿蜒的回廊，花岗岩铺设的甬路，直达青铜和大理石建筑的正厅。巨大的灵寝，看上去像座小山，不过里面空荡荡，并没有灵柩。这就是众人皆知的坐落在沈阳东北角的"元帅林"。大军阀张作霖，拟用巨款，为他自己在这里修建了一座备用的陵墓，但死后他的尸骨并没有安放在这里。

沈万才率队进驻元帅林，点视人马，不足一个排。这时节，大家伙儿并不是什么痛定思痛，而是有一个共同信念，只要救国军还有一个人在，就得和鬼子拼到底。

各路英雄向元帅林汇集，一二日的工夫，又达到了几百人马。弟兄们异口同声地劝他："万才，救国军的旗帜倒了，你再把'穷人福'大柜的牌子挂上吧。咱们不能抗日救国，照旧还能杀富济贫，替天行道。"万才摇头："大丈夫一言出口，驷马难追，莲花寺聚义，银盆洗手，我沈万才有生之日，不能再走回头路。"众兄弟哑然无话。

清晨万才率亲随出去察看周围的情况，三里五村的农家，都正在准备送旧迎新，张贴对联。有百姓站在路旁躬身施礼，口称"当家的万福"。行遍几个村落，耳边没听什么人再提抗日救国军。沈万才心如刀绞，行走在旷野荒郊，忍不住悲从中来，伏鞍痛哭赵大哥。

自从来到元帅林，打发几批人出去哨探，全无回响。切盼羁留在城中的曹荣大哥来信，又想念长青父子，但是，望眼欲穿，信息杳然。听说赵亚洲和张景恒在龙家堡日本守备队兵营里殉国，又风传，汉奸张二德正在翻检沈阳城，掘地三尺，救国军无一幸免。

真金不怕火炼。沈万才横下了一条心，几百兄弟同心同德打日本，照旧还可以发展壮大，越战越强。找弟兄们来合计，大家并无二心，都愿意反满抗日，血

◎奉天城四周的垛口上，挂满了用铁线串联的人头。高高的城墙，远远望去，就像一个结实累累的葡萄架。

战到底。

腊月二十七，寒风凛冽，乌云密合。入夜，飘起了鹅毛大雪。弟兄们正在屋子里议论军情，未料被日本军团团地围住了。又是一场壮烈的厮杀，这一次比不得当年官军围剿万宝山，更和历次的战斗不同。那几次，战场上比的是你强我弱，这一次，拼得是你死我活。我杀你给兄弟雪恨，报的是国仇，你杀我，算咱投师未到，学艺不高，该当就义。惨绝人寰的肉搏，在陵墓周围展开。战场上听不见枪声，也没有人声喊叫，清一色的白刃战进行了一个多时辰，终因敌众我寡，救国军败下阵来。

沈万才看看力不能胜，真正是弹尽粮绝了，这才下令突围。身后敌骑兵追踪赶来。万才且战且走，手中枪发射出的子弹准确无误，鬼子兵“哇哇”地怪叫，依次落马。风驰电掣，已将追击的敌兵远远地甩在身后，勒住坐骑，看左右空无一人。下了马扶正雕鞍，紧紧肚带，忽觉小腿麻木，血已灌满了脚蹬的靰鞡。重新上马，追兵临近。

不远是一处镇甸，黑压压地展现在眼前。火光闪闪，锤砧“叮当”。一处“掌炉”还正在打夜炉。来到切近，正在忙活的铁匠扔下钳子冲到门外，夺下万才的马匹，骑上就走，他老婆端盆水，扑地声沏灭了炉火，拉万才进屋。蹄声嘚嘚，那铁匠把先到的敌人引向了远方，后来的鬼子兵纷纷下马，闯进掌炉。

铁匠的老婆扶着万才上炕，急快地把他的上衣扒光，拉被子把两个人盖在一起，尖声号叫，噼里啪啦打他的头和脸，又哭，又喊，又骂。

一群鬼子端着枪气势汹汹地闯进来，见此光景莫名其妙。曹长问翻译，翻译说：“她是南方人，说的话我不太懂，大致是，怪他男人胆子忒小，不顾一切跑进屋先钻被窝。日本兵不是红胡子，不能抢劫咱们穷苦的铁匠炉。”鬼子兵一阵哄笑，嘻嘻哈哈地走了。

天亮，铁匠回家，见万才说声好险。从此，沈万才就躲在这个铁匠家里，调治腿部的枪伤。

自从敌寇汉奸召开紧急的五巨头会议，警察厅长张二德提前撤销了市内的招安处，责令四大警正、八大警佐，大开杀戒，施行惨绝人寰的白色恐怖。不仅背信弃义消灭了登记自首的救国军，更是抓捕闲人、杀戮无辜。奉天城四周的垛口上，挂满了用铁线串联的人头。高高的城墙，远远望去，一似结实累累的葡萄架。据知情者传说，此一番悬挂示众的首级，六千挂零。

在奉天全市戒严的当口，大搜查、大逮捕，约有一万名工商业者、游民和学生被投入牢狱。有趣的是，这一天警察厅下令抓捕大胡子，据说有一个虬髯大汉，是救国军的参谋，名唤吴长青。警察署和保安队一时之间抓来了几百个满面胡须的人，内中有八旬老者，也有三十岁、四十岁的青壮年。经过缜密的审查，内中并没有吴长青。张厅长闻讯，跺脚大骂："鳖羔子 × 的，世界上没有刮脸刀，还有剪子呢，吴长青是个头号大傻瓜，也不能把胡子留到现在。"

还有笑话，据说救国军撤退时，把一批重伤号留在市内了。这次大搜查，执勤人员每进入一家民户，遇有躺卧在炕上不能行动的，一律用担架抬到警察署，检验内中有没有负伤的抗日救国军。这当中，把卧床不起的老头，得腰痛、骨结核、伤寒病之类的青少年全都弄了去，正值腊月天，给折腾死不少。

全市戒严，搜查逮捕，共进行了三天。张二德在会议大厅暴跳如雷，救国军的参谋长曹荣，情报参谋吴长青，救护队、侦察连加上那些重伤号，一个也没抓来。年关将近，为了照顾影响，准令商民人等欢度新年，警察厅和保安队不得不草草地收了兵。张二德为了掩盖他的败绩，又贴出了布告，声言抗日救国军在市内的潜伏分子，已然全部肃清，首恶分子曹荣、吴长青等已被抓捕到案，就地正法了。

傍年，挂在城墙上示众的首级也都取下来掩埋了。鸣放鞭炮，大开八门，通令商民人等做买做卖，欢度春节。

经此一番白色恐怖，老百姓心有余悸。阴森森的八座城门，大天白日，胆小的也不敢进出。又有一说，三更半夜，在大西城门附近，有卖夜宵的挑担路过，见一群无头鬼，手提灯笼，喧喧嚷嚷地在那里寻找他们自己的首级。保安司令部下令，动用民夫拆毁了这座大西门。

年前救国西路军奉令撤退，参谋长曹荣留下没走。他被卫生兵抬入一家民户，刚刚苏醒，睁眼瞧见情报参谋吴长青，才知道大势去了。他经过医官的急救，自觉可以乘马行动，要起身去追赶队伍，但被长青留住了。吴参谋说："金司令派我留下，照管这些重伤的弟兄，手头的钱是不少，我不知怎么个用法。还有一层，救护队、侦察连再加上这些伤号，总共一二百口子，凭我一个人怕是调配不开。你的伤势很重，跟上队伍也不能作战。我想，咱们暂且就在市内潜伏下来，队伍如有反攻那一天，可为内应，金司令这样的安排，可能也有这个打算。"曹荣未置可否。侦察连的连长童大鹏匆匆地赶了来，向曹、吴二位报告了金司令被刺的消息，言说他在西下洼子和督队官沈万才刚刚分手，督队官嘱咐留在城里的人，一定要完成司令的遗愿，把负伤的弟兄将养好，然后归队。

曹参谋长这才决定留下不走了，天亮以前，他就做出了决定，所有的伤号要离开中国居民区，首要就是预防敌人搜查。他知道侦察连长童天鹏是个日本通，铁路工人的儿子，南满中学堂毕业，立命此人进入商埠地，配合吴长青父子，动用这几十万金票，和外国商人打交道，寻找安身之地。很快，参谋长连同其他的重伤号，更换了衣装，乘坐马车、汽车、玻璃车进入了外国居民区。

参谋长本人阔绅士打扮，被仆人搀进了犹太医院。其他的重伤号大部分都是变成了王孙公子的模样，有的住进了英国医院，有的住进了日本医院。童大鹏手眼通天，把为数更多的弟兄，穿上保安队的服装，送进了保安司令部新近成立的野战医院。

参谋长住在犹太医院的特等病房里，结识了一个俄国人，此人是“露西亚食品公司”经理，是流亡国外的白俄。曹荣和他讲一口俄国官话，自称在哈尔滨经商多年，两个人一拍即合。曹先生要在这个食品公司里入股，很快便和这个俄国人建立了笃厚的私交。此人在病院里休养肺结核，原本不重，几日的工夫，曹先生通过他办了不少的事情。包括在二经路西洋人的居住区租赁了一处豪华的房舍，连汽车也是经他给买的。曹先生很快就带着一群仆从，住到这所宅子里去了，因为他大片的家业，包括本人的住宅都在哈尔滨。

吴长青是这位阔佬曹先生的管事。张二德说得对，撤退那天夜晚，他就把满面的虬髯刮净，换上了洋服大氅。这回他在沈阳活动，比童大鹏和山丁子要方便得多了。这个人净面之后，甭说是官差，连他自己照照镜子也觉得陌生。

抗日救国军羁留在沈阳市的人员，就这样妥善地安置了下来。

救护队很快地倒出手来，在沈阳市戒严以前，返回了部队。侦察连的勇士也经过挑选，遣走一大批，留下一小批在活动据点周围执行勤务。

年底，听到了总司令率部在棋盘山与敌军会战失利的消息，赵亚洲、张景恒以下，数千名弟兄壮烈殉难。曹荣、童大鹏、长青父子万分悲痛，雁群消散了，剩下这几只孤雁，该往何处飞？消息完全中断，旗倒兵散了，下步怎么走？此时，青年英武的童大鹏才向他们暴露自己的身份，他受中国共产党满州省委的派遣，参加赵亚洲的队伍已经三个月，想把这支队伍充实发展起来团结抗日。童先生向这三位爱国者详细地介绍了中国共产党关于抗日救亡的主张，并向他们宣讲了几份文件，内中包括中共中央的《告全国工人与劳动民众书》等。

三志士聆听童先生的介绍，又惊又喜。曹荣道：“听君一席话，胜读十年书。我们这些江湖人对于中国共产党渴慕已久，但到现在才了解你们，真是令人悔恨。抗日救国军一开始就接受贵党的领导，不至于一败涂地。”童先生说：“我党在北方还没有深厚的社会基础，组织民众团结抗战这还是新的课题。千里之行，始于足下。三位若有抗日救国的决心，拥护我们共产党的主张，我们可以紧密地团结起来，一致对敌。”

谈话结束时，大鹏才坦率提出他个人的看法。他认为抗日救国军在沈阳市设立的这个变相的留守处怕是难以持久，汉奸张二德和沙仲先之流，听说已经发下重誓，不寝不食，也要把埋伏下来的这伙人剜出来斩尽杀绝。他提出一个思路，对于眼下这批重伤号，要不断地流动转移，不能让敌人顺蔓摸瓜，一网打尽。另外，他征求三位的意见，是不是可以立刻就放弃这个掩护地点，还是到可靠的平民阶层中去潜伏，一能联系群众，二也便于转移。曹荣和二吴表示同意。

大鹏的判断很正确。过了春节，没有几天，先是住在保安队陆军医院里的伤号暴露形藏，先后有人被捕。正月十五，警察厅的刑警大队在张二德亲自率领下，包围了二经路这处外国洋房。敌人满有信心地破门而人，未料这里已经人去楼空。敌人拼命地搜寻，一直追查到阴历三月，不独几个救国军的首脑杳如黄鹤，就连大部分的伤号也都养好了伤，走得不知去向了。

沈万才在铁匠家里养伤，渐渐来到了阳春时节。这个镇甸，地名叫“岔路河”，抗日救国军组成前后，曾经在这里驻扎。这个铁匠名唤刘金贵，他的老婆叫王阿香，夫妻都是南方人，但不晓得因何流落到东北的农村。这一次，蒙这对贤夫妇搭救，得保残生，就是救命恩人。春节以前，金贵夫妻就把实话对他讲了，他二人都是中国共产党党员，接受组织的派遣从上海到东北来开展工作的。一个到奉天兵工厂当钳工，一个到奉天纱厂做挡车工。一年以前，组织遭受破坏，一批同志被捕，军阀张学良过问此事，搜捕甚急。金贵夫妻接受党的命令，转移到农村来暂避锋芒。不久前抗日救国军在东山里集结，金贵没接受什么任务。作为一个共产党员，当然积极支持抗日救国军的行动。特别对这个沈万才，匪号“穷人福”，率队两次驻扎在岔路河，金贵从他手下的弟兄那里了解关于他的出身历史。因此，沈万才蒙难，金贵夫妻慨然相助。几个月的时间过去了，彼此已无话不谈，万才和金贵夫妻处得一家人一样。其间，鬼子和汉奸数次搜查过岔路河没有结果，一因铁匠的群众关系好，二因这里的乡民和其他地方一样，都在心眼里尊重这些抗日救国的英雄。

这一天，沈万才精神焕发，兴冲冲地说：“刘大哥，我的身体已经完全复原，又能打仗了，你派我去个地场吧！”金贵回答说：“你一是到吉林去，投奔由我党领导的东北抗日联军；二是到江西去，投奔工农红军。”

“你看我投奔哪最好？”

“自己决定。”金贵笑道。“我想到江西去，看看咱们穷人的政府是个啥样。”万才恳切地说。

金贵夫妻立即与地下党组织联系，打发他起程。

去江西途程万里，第一站，得先到奉天。沈万才来到奉天市，下了火车，百感交集。在这座西车站，牺牲了那么多的弟兄，但此刻繁荣热闹，已见不到半点战争的痕迹了。

他一套工人的打扮，乘车携带着行李直接到了“东关造兵所”也就是正在扩建的事变前的“奉天兵工厂”。在工房子里，见到了他所要找的人。此人名唤程阿庆，秃头麻面、膀大腰圆，五十多岁年纪，江苏口音。万才见他只是小声说一句：“程师傅，是刘金贵让我来的。”

老程头拍拍他的肩膀，然后就安排了他的食宿。

第二天，沈万才化名沈万洪，就在造兵所的木型车间上班了。造机械木型万才很不通路，他那拿枪动炮的两只手，冷丁抄起木匠家什来，也觉得异常的生疏。但同伴们告诉他，十个和尚夹个秃子，你有程师傅这个介绍人，一点儿活不干，到月照样拿劳金。

干了两三天，万才才知道，这位程师傅在兵工厂里是个赫赫有名的工匠。他是南通人氏，自幼学艺在上海滩，出徒就是造枪炮。第一次世界大战，法国人在广州、上海、武昌等地招募三万华工，添补国内劳动力的不足。有手艺的到了巴黎，分配到工厂里去干活，不习技术的，都去充当普通的战勤。程阿庆在巴黎也是制造军火，他车、钳、铣、刨样样精通，特别有一手出色的技术，是校正枪管儿。这门技术，单凭眼力手劲儿，任何机器都代替不了。老程在法国居住五年。把所挣的法郎都兑换成金币，乘船归国。那时战争已经结束，老程归国时，与他同去的三万华工，得以生还的寥寥无几。

程阿庆外号“程咬金”，脾气暴躁，嗜酒成性，总喜路见不平，拔刀相助。英武好斗，疏财仗义，不近女色，至今还是孑然一身。单说在法国劳动五年，积攒的一袋金币，都在回国途中周济印度国的穷人了。脚踏祖国的土地，老师傅扬声大笑：“我阿庆闯了一趟西洋，照旧还是身上衣裳，肚里干粮。”

三年前奉天兵工厂把他从上海聘请来，一手活儿就是校正步枪的枪管。老师傅来到奉天兵工厂，十分高兴，因为这里的英国工程师、法国顾问和他都是熟人。老头子会讲几种外国话，他身高力猛，背刺花纹，干活的时候经常光着膀子，很像个斗牛的武士。有说他在少年时坐在家乡的茶肆里，一时高兴与人打赌，肋夹一条小牛，足够三百斤，健步如飞从街头走到街尾。

九一八事变，日本鬼子血洗沈阳城，把奉令不许抵抗的中国士兵用刺刀成群地挑死在街心。当时有无数的军官和士兵，脱下身上的军衣在路口焚烧，忍气吞声地进入私宅。惨遭杀害的中国军民，被日军搭成马莲垛子，堆放在街头巷尾。老程头红了眼，召集兵工厂的工人，把机关枪支在厂门口，阻止日本鬼子来接收。如果没有英国的工程技术人员出面调停，程咬金就要把兵工厂变成瓦岗寨了。安定下来以后，接收工厂的日本人恨这程阿庆入骨，但又奈何他不得。一因他身怀绝技，是个有用的人才，二因他在兵工厂师兄、师弟、徒子徒孙成群，碰倒他立刻就得翻天。

鬼子强压怒火，维持到如今，但厂子里的事故却是连绵不断。事变前库存的大量半成品，总是组装不上，缺少部件，缺少原料。枪炮弹药，全都散放着不能包装出厂。刚刚的条件成熟了，今日天车不能运转，明日电动机冒火扫膛。若干辆坦克车，安不上主轴，因为几台精密的丈二车床全都坏了。润滑油里边发现有石灰，凡士林桶里拌上了沙子，生铁料里有杂铅，散碎的紫铜块里面有锌末。黄色炸药是非常干净的东西，经化验掺杂着马粪渣子。

日本监工，三天一小宴，五天一大宴，请厂里主要的工匠们吃喝，吃喝完毕就在工房子里头耍钱，耍够了再出去看戏、逛窑子。然而，工厂里还是一片混乱。工人们知道，迟早要受到日本鬼子的镇压，但工人们对日本帝国主义的抗议活动始终不断。

沈万才上工七天，与好些同伴都混熟了，但他很少能见到那位程师傅，因为他每天都和厂里的上层人物打交道。

傍晚时分，万才下工以后，在院子里溜达，耳边回响着刘金贵与他分别时的嘱咐。言说你到了奉天兵工厂，最多待上十天半月，就有人领你去江西。沈阳市五方杂地，你只要不离开兵工厂的大院子，出了什么事情都有人保护你。如今，快到期限了，不晓得哪一天能起程。这几日手拿木匠家什，总是心潮起伏，真让我在工厂里干久了，那非得活活地闷死啊。

忽然，车间转角处有一个身穿工装、面生可疑的人向他招手。万才走过去，那人一把拉住他，紧张地说：“快跟我来，张厅长请你。”万才随他来到厂部办公大楼，张二德正影在一棵明柱后面候等他。抓住沈万才，亲亲热热地叫声兄弟，继而言道:“看在亡人大丫的面上,你别和我发火,二德怀着敬重你的心情咱们略谈几句。”沈万才随他进屋。这是一间密室,门窗严紧,密不通风。二德请万才落座,亲手递给他一杯水,故作镇定地说:“你不要紧张,你我会面的这个时间,厂里共产党的嫌疑分子都正有公干。你我密谈,不会有任何人注意。”

万才饮尽了桌上的那杯水,坐在沙发上定睛看他。二德笑道:“万才,我敬你是个英雄,过去的事情就不必再提了。关于你的一切,我虽然不全知道,但也了解个大概。救国军势败,你胆敢回到奉天城,跑到我的眼皮子底下,尤其是上兵工厂来,判断不错你是参加共产党了。你自从投身绿林是条硬汉子,请你告诉我,参没参加共产党?”沈万才摇摇头说:“我倒是想参加,可人家不一定要我。”

二德松口气,“你既然没参加共产党,上兵工厂来干什么?你自从离开万宝山就不是穷人了,大丫给你的那只鹿皮囊,够你当个千万富翁。你告诉我,为什么还要继续为匪,投靠‘拐子马’,重回万宝山。当然我理解你的心情。报号‘穷人福’,在绿林道闯出了名气,我判断你指靠的还是那只鹿皮囊。你贫家出身,一定不晓得那些东西价值多少。我估量,在销售那些珍宝的过程中,小贩曹荣一定是装满了私囊。现在我告诉你,我和夏大丫积攒的那一点财物,够得上抵国之富,让你这个小木匠给白白地糟蹋了。”

沈万才没收笑脸,缓缓地言道:“你还是那个老派头,动不动就拿大屁股坐人。当日我在四家子跳崖得救,那只鹿皮囊从我怀里掉出去,可能落在崇山峻岭的石夹缝里了。我身负重伤无力去寻找。但听说,大帅府沙副官长派人没遍数地进谷去搜寻。救我活命的曹大哥也去查看多次,但谁也没找到这个东西。至于我报号‘穷人福’闯荡江湖,那确实是和‘一条龙’学的,把抢来的东西散给穷人,我没拿别人赠给我的东西换取名誉。”

张二德故作惊骇,亲切地说:“好兄弟,看在死者的面上,你跟我说实话,上兵工厂来干什么?”万才漫不经心地说:“走投无路,经一个铁匠介绍,到这里来当木工,也是走一步看一步吧。”

张二德焦灼万状,在地上往来地踱步子,扑到万才身边坐下,四目相对,郑重其事地说:“沈万才,你不欠我的命,我也不欠你的命。人是挤着露脸,找着现眼,当年你和财主置气,被逼为匪才有今天。但我知道你家还有个寡妇嫂子和两个受穷受苦的侄儿。你参加抗日救国军,已经惹下了灭门之祸,你还想不想悬崖勒马,想不想让你老沈家不绝后?”

张二德面色铁青,看万才不肯回答,接着说:“我现在是奉天省警察厅厅长,掌生杀予夺大权，一句话，我可以让你灭门；一句话，我可以让你飞黄腾达，光宗耀祖。你是万宝山上的一个小小喽啰，量你不敢小瞧‘震西天’。”张二德还是那么紧张，沈万才还是那么轻松，相形之下，可就分出高下来了。他无法理解眼前这个青年，为什么由打和他认识那天起，就硬是不能合拍。他恨不得两分钟就把对方谈服，但他不明白，想动摇一个爱国者谈何容易。

张二德似乎不明白一点，他吸了半支纸烟，这才继续说话：“你一个庄稼人，可能不知道共产党是怎么一回事。俄国和中国南方都闹共产党，你晓得他们都搞些个什么勾当？共产共妻，杀人放火，没完没了的斗争，斗得所有的人都变成叫花子，缺吃少穿，喝大锅粥。你若是上了他们的贼船，非后悔不可。共产党的大官都是南方蛮子，东北人跟他们混在一起只能牵马坠镫。”对于他的一番话，万才付之一笑。张二德更是火冒三丈，他有心掏出手枪立即消灭这个对手，最低是呼喊他的卫士，进屋来抓走这个在案脱逃的要犯。

但沈万才忽然说话了：“二德，看在‘一条龙’的面上，我和你谈谈条件，我可以向你自首，承认我的失败，但你要给我在警察厅安置一个重要的职务，让我能够衣锦还乡，回到我的老家去光宗耀祖。我现在手头空虚，你还得给我一笔钱作活动经费，允许我得有半月的时间和共产党人继续接触，时机成熟，我把这批共产党交给你处置。”

张二德喜出望外，心知这小子终究只是个穷庄稼汉，以前依着夏大丫的关系，把他看高了。当即应允。第一条，任命沈万才为警察厅的高级顾问，带警正职衔。第二条，今天手头不便，明日黄昏还是这个时间，在这工厂办公大楼的东北角，杨树底下，先给款一万元整，并安排他下步行动。第三，请沈万才放心，他从即日起，动用侦探秘密封锁兵工厂，乃凡厂内的共产党嫌疑分子，一律都给他们坠上尾巴。

沈万才起身告退。二人交谈，前后不过一个小时。

万才自从来到兵工厂，遵刘大哥的嘱咐，没上过街。此番回到工房子，会合好几个同伴上街去了。打扫腰包，还有几十元钱，半夜的工夫全都花尽了。又下馆子又听戏，最后到南市场去游览花街。万才到这里真是门外汉，由别人领着串了几条胡同儿。有一家明灯高挑，院子里的花姐儿成群，沈万才硬着头皮可就进去了。有伙计高喊：“见客。”沈万才照直走进了一间屋子，这屋子华丽无比，隐隐地散发着幽香。一个窑姐儿，身穿细软，满头的珠翠，进屋来招呼列位落座。随万才同来的一位工匠说：“沈师傅，这里是阔人游玩的场所，咱们工人只配去逛那下等窑子。”万才一怔，心里说，想花几个钱还走错门儿了。

窑姐儿年可十八九，大模大样地坐在万才的身旁，有老妈子过来给客人点烟倒茶。四盘鲜货，高级糖果，桌上成筒的纸烟，万才在最大的财主家曾经见过这般排场。姑娘有一搭没一搭地和万才谈话。方始晓得她是苏州人，年幼时被父母卖掉，落水为娼。万才没问她的名字，仅是把她从上到下打量一番，感慨地说：“贫家女儿长好了，只能像骡马那样被卖掉。”

女孩儿眼圈儿一红，万才问道：“在你们这里吃杯香茶，要收多少钱？”女孩儿嫣然一笑。那个点烟倒茶的婆子，撇撇嘴说：“少则五元，多则十元，三十元、四十元也有给的。你们工人逛窑子，不好到这里来上盘儿。”

万才没理她，继续问那个姑娘：“若是在你这里住一宿，要收多少钱？”那姑娘害羞地把头低下了。那婆子又说：“住局官定二十元，五十元、六十元也有给的。”

万才照旧没理她，不厌其烦地又问那姑娘：“若是拿钱把你从这个院子里头赎出去，得花多少钱？”姑娘从大襟上摘下花手绢，捂着眼睛哭了。那婆子倚着门框，再一次地搭腔儿：“我们这位秀花姑娘，身价一千元，在院里院外没有饥荒。”

沈万才探手入怀，掏出一包东西来，放在桌子上，笑呵呵地说：“我给你赎身，把掌班的找来。”这一下震惊了这所妓院，万才掏出来的这包东西，里面是黄澄澄八副金镯子。半个小时的时间，沈万才给那秀花姑娘办完了赎身的手续。招呼同伴抬身就走，窑东和掌班儿的把他追送到大门外，这才问明了他是兵工厂的工人沈万洪。

仅仅一天的时间，这件事在花界还没传开，新闻记者也没来得及采访，那几个陪万才游逛的工匠，回厂去也没大惊小怪地宣讲。单单是跟踪沈万才的密探，把这段情节原原本本地报告了张二德。二德一笑，判定沈万才再也逃不出他的魔掌，这个人买妾要安家了。

黄昏时候，张二德在约定的地点会见沈万才，那万才缓步来到，未及搭话，从袖筒里抽出一把钳工的手锤，咔嚓敲碎了张二德的天灵盖。

这件事麻利洒脱，从开始到结束也就在一瞬间。二德的尸身要倒还没倒，呼啦围过来一群人，把张厅长的卫士隔在圈儿外头。沈万才抽出身来，拔步便走，直奔火药库。来到近前，把他早已准备好的一捆油布，划火点着了，投进库中。紧跑几步，飞身越过了兵工厂的北大墙。耳听轰的一声巨响，那一面长达二三里的围墙，通体倾倒，附近居民的墙框，无一留存。民家的瓦垅，也全都从房上串下来了。跟踪而来的两个熟人，架着沈万才向前飞跑，厂内爆炸的声浪，此起彼伏，连续不断，烈火照红了半边天。

夜半，沈万才由几个工人护卫着，来到一个隐蔽的地方，在这里见到了刘金贵夫妻和兵工厂的老程师傅。金贵说："阿庆大哥和你一样，也不能在这里待下去了。事变时，他发动群众抗拒日军接收兵工厂，那还是小事。抗日救国军进街，他率领工人，配合救国军攻打内城。这件事敌人没有查明，但最终还得暴露。党组织决定，包括你们两个在内的一批同志，今天夜晚就动身去江西。"

别人喝茶，阿庆手中端的是酒碗，笑呵呵地对万才说："老弟，昨天晚上你和张二德相会，早在我们预料当中。你和几位兄弟上街去游玩，在密探身后还有咱们的弟兄，为的是保护你不遭敌人的暗算。回厂以后，半宿一天看你不言不语，一个人偷偷地到北大墙剪断了电网，又在火药库近旁备办了一捆油布，最后又见你挑拿了一把钳工手锤。傍晚的行动，我们已预测了八九分，等你动手之后，我们就掩护你脱离了险地。小老弟年岁不大，智勇双全，不愧是一个出类拔萃的草莽英雄。"众人一阵哄笑。

数日之后，兵工厂余烟未息。数千工人都被召集在院子里，造兵所的所长向大家宣布说："厂内这一次大暴动，已被我们平息了，这是以程阿庆为首的一伙共产党干的。日本宪兵队已经把他们逮捕归案，并执行了死刑，给已故的警察厅长张二德报了仇。工厂从今日起复工，你们要各安职守。厂部决定，不再让军警当局追查责任。"众多的职工，哑然失笑。

一九三二年三月九日，宣统皇帝爱新觉罗·溥仪把东北的长春改称"新京"，借用那里民国年间的道台府，挂牌执政，正式宣布成立"满洲帝国"。当年的近臣郑孝胥出任国务总理大臣。汉奸张二德死得其所，死得其时。经"新京执政府"批准，给予国葬。这当中痛坏了日本关东军的台柱、陆军中将宫田良相。他作为日本皇族的代表，左右满洲的政局，溥仪见他也得躬身。这个人就是孙占一、沙仲先的把兄弟，当年出入大帅府人称奉天三兄弟之一、州内的财主杨仲和。

宫田下令，责成奉天省军政机关，一定要把张二德的葬礼操办得冠冕堂皇，为的是让拥护"满洲帝国"的文武官员，知道大日本帝国不亏待奴才。

孙占一和沙仲先得令，怎敢怠慢。孙占一此时在维持会撤销之后，身担奉天省工商联合会会长，满洲兴业银行董事长兼奉天省公署特别顾问。沙仲先免去保安司令部司令长官职衔，转任"满洲国"第一军管区司令官，行将出任"国务院军事部"大臣。张二德的治丧委员会，以这几个人为首，其规模势派可想而知。

讣告发出，忙坏了文官武将，急煞了财主士绅，难苦了文人墨客。用什么礼仪，摆什么排场，奠祭之物、棺椁、仪仗，这些都好办。可吊唁大人物，最最要紧的是赠送挽联，勒诸金石，铭诸声诗。怎么写，就大大地为难了。书写挽联不拘字数，通常的七字、八字、九字、十三字，甚至更多些也行，上下句对仗，这才成联。中国的文字大约有五万多个，读书人可以随意动用，但用在大汉奸、刽子手的身上，大人先生们提起笔来，微微地打颤。时间紧迫，张厅长开吊的日子必须得送去，有学问的人冥思苦想，找出一条路数来，首先得命题，题目是个纲，纲举目张。题目终于出来了，先写在纸上：

“建国元勋”“开疆元老”

“封疆大臣”“保国大员”

“卫国英雄”“护境豪杰”

“满洲先烈”“中华明哲”

……最后还有个新颖的题目叫作“奉天屏障”，又称“古城之父”。众文豪拍手称快。

开吊之日，百副挽联悬挂在张厅长的丧棚里。公馆门前，陈放着仪仗，无非是木制的金瓜、玉斧、朝天凳。男女执事，但听门旁鼓响，接待前来吊唁的宾客。

张二德出任以来，数月之间，在奉天市设立三处公馆，都是白白得来的。这三处房舍，全都是东北军高级将领携带家眷逃跑入关遗留下来的府第，通称逆产。这里边家具、什物、汽车、马匹，连锅碗瓢盆都是现成的。厅长移入新居，只缺房瓤子。由此，半年左右，霸占了几个女学生、小家碧玉、大户的千金、名妓、舞女，凑够三妻四妾之数，充实了他的公馆。

因而，厅长倒头不缺眷属，穿孝的成群，守灵的无数，可惜就是没有他的骨血。

天时渐暖。原定五七发引，经治丧的文武官僚共同商议，决定三七出灵。

古历四月下旬，奉天省警察厅长张二德出大殡，轰动了全城。灵柩停放在二号公馆，地点在南门里原大帅府附近。辰时发引，提前就净了街。先是一拨马队在街面上清除了闲杂人等，鼓乐声中，全副的仪仗出动了。旗幡交错，映日生辉，走在执事后面的是一伙一伙的僧侣。和尚、道士、尼姑、喇嘛，铙钹喧天，管弦悠扬，花花绿绿，灿如云锦。因为送经的忒多，几伙同类都聚在一处，这里包括数百座庵、观、寺院的出家人，数量之多几乎超过一个步兵团。

僧侣之后，排列的是成对的挽联。这里挑选的都是十几岁的花郎乞丐，让他们洗净头脸，穿上白色的罩衫，每个人手擎一根竹竿，分二路纵队行进。左面的挑上联，右面的挑下联。挽联的衬里，都是丈二的深色丝织品，有绸子，有缎子。张厅长的挽联，大约能有一千五百副，光是这拨队伍，足数三千。说哪里有这么许多的要饭孩子？原来有些贫家的儿童，也来打执事，为的是往返一趟，挣他一元钱。挽联行进的大队发生了笑话，因为数量太多，管事人虽然识字，挑联的全是文盲。孩子们依次进行，彼此要靠近熟人，互相交替，那上千副的挽联可就念不成句儿来了，错落参差，读起来十分可笑。一路上市民们指点着笑骂不停。挽联的队伍过去了，呼扇呼扇，这才来了张厅长的灵柩。六十四人杠抬的棺木，罩在大红刺绣的棺材罩子里，伞沿的棺罩顶端，安一颗鎏金顶。杠子房的领队，箭袍短褂，高挽着马蹄袖儿，足蹬朝靴，头戴缨帽，完全是前清的打扮，手敲“云板”指挥六十四个杠力工齐步前进。要行便行，要止立止。

这时节，街头巷口，有绅商的代表铺陈五供，鸣放鞭炮，名香高烧，举行路祭。在他们身后有无数的百姓，各据一方，身穿重孝化钱烧纸，哭声震天。他们祭奠的不是张二德，而是被张二德杀害的无辜者，哭声中诉说哀曲，感谢那位无名英雄，手刃了这个杀人如麻的刽子手，为他们报了血仇。

送葬的队伍，拖拖拉拉足有三华里。张厅长的灵柩正然缓缓地行进，咔巴一声，托棺主要的大杠折断了，那口金丝楠木的棺材滑落在地面上，咔叭张开，尸体暴露在光天化日之下。

送灵的队伍经军警弹压，才没有散帮，张厅长在马路上得来个二番盛殓。

杠子房差人回去取大杠，往来耗费了许多的时间。打仪仗的、挑挽联的坐在马路边上休息。和尚、道士、尼姑、喇嘛搅作一团。烈日当空，和尚和尼姑夹杂着坐在路旁，秃头上滴下了汗水。一群妇女，带领着儿童凑过来了。带孩子的妈妈问那大和尚：“你们出家人慈悲为本，为啥还来给这个杀人的魔王念经？他死后不下十八层地狱，那不是天理难容吗？”大和尚双手合十，默不作声。小和尚扮个鬼脸，悄悄地说：“出家人念经和俗人一样，也为的是吃穿，有钱的升天堂，没钱的下地狱。”那妇女重重地吐了一口。孩子问妈妈：“你看那个和尚，怎么长了两个咂咂儿？”孩子指的是尼姑。众妇女一阵喧笑，带孩子走了。

过午，张二德二次起灵，仪仗人夫早已乱了队伍，马马虎虎地把他送到了奉天东郭的“竹林寺”寄存起来，等候下葬。因为他的坟茔地尚未选好。

第二十章

“满洲国”大局初定，只差傀儡皇帝还没有登基。春暖花开，清水镇镇公所门垛上挂着的“维持会”的牌子摘掉了。镇长刘紫玉受伪县公署任命，任清水镇区区长兼自卫团团长。副团长孙占元，长驻清水镇，操练人马，日夜出击，绥靖地面。这支自卫团装备精良，人欢马壮，足数一千。队伍里的枪支弹药，大部分是从尤金榜一伙爱国士兵手里夺来的。

自从听说抗日救国军攻打奉天全军覆没，孙扒皮松了一口气，率队伍纵横百里，搜捕四散的爱国者，无数的乡民以反满抗日的罪名杀头坐牢。

五月里，刘紫玉经营的永新窑，停工数月又大兴土木，在那窑业的旧址上，重建了几十间青砖瓦房，四周围又修上了碉堡、炮楼。石砌的围墙外面，圈拦铁丝网，又挖断绝沟。乡民以为修的是自卫团的营所，哪晓得在一个晚上，开来了数百鬼子骑兵。听说这伙鬼子是从龙家堡迁来的日本守备队。部队长清水少佐，守罢了南满铁道，又来镇守辽西地带的交通要冲。西岭上设立日本兵营，虎石台堡子里人心惶惶。皆因日本守备队配合自卫团，残酷地镇压爱国民众，早已传遍了东三省。凶神恶煞蹲坐在家门口，哪还有好日子可过。

未出几日，仁慈堂的少东家芦茂财带着岭上的日本军进村来了，正副村长摆宴接待。送走以后宣布，芦秧子在西岭兵营当上了翻译，事变前他到奉天去学了几年日本话，这回终于用上了。

日本守备队配合清水镇区自卫团，在周围几县剿匪清乡，西大岭阴森可怖，日见鬼子在那里处决抓来的爱国民众，夜听鬼子审问嫌疑犯发出来的悲惨的叫声。活埋、枪毙、用刺刀挑死，把人装在麻袋里摔死，扔到狗圈里让狼狗咬死。动手以前总是把成批的村民赶了去，让大家旁观。看过之后，有的当场昏厥，走不回家，有的回到家卧病不起。妇女们被吓得精神失常，一惊一乍地半夜爬起来，惊恐地呼号。虎石台周围的几个大村子，例如红石岭子、烟筒山都有许多的农民被抓到西大营，说他们勾串过抗日救国军，有的被处死，有的受酷刑，没有口供的，在那里坐牢房。

抗日救国西路军司令部在虎石台停留一昼夜，日本鬼子怎能饶过这个村庄！日本守备队在外堡子抓拿人犯经常有自卫团配合，这一天在虎石台进行大逮捕，据说连孙老八都不知道，芦茂财也没露面。是另外的一个翻译跟随一小队日本骑兵，把老爷庙的黄半仙，陈家馆子的大厨子，庙后住家的刘铁柱、王长江、李大虎，全都绳捆二臂，拴在马鞍上，拖拖拉拉地抓走了。

这件事虽然震惊了全村，但大家心里有数，准知道这是必然的结果。自卫团搜杀抗日救国军，没在堡子里下把，一因沈万才还乡，没动公义堂的一草一木；二因通连救国军的黄半仙，是孙扒皮的小舅子，网开一面，敷衍到如今。日本守备队进驻西岭，早有人劝告铁柱、长江、大虎等，三十六计走为上，日本鬼子杀人如麻，别吃这眼前亏。可那三人摆头不干，言说跑了和尚跑不了庙，并且埋怨万才没带他们一起走，人生一世长短不过百年，串通救国军并不是勾结胡匪，死也无怨。至于黄半仙，手指着那座老爷庙起誓，鬼子若是把他抓去，他一定要对抗到底，出家人不懂得忠义二字，对不起古圣神灵。陈厨子拍着他的大肚子，笑呵呵地告诉他两个儿子，鬼子若是把我抓去砍头，你们不要去收尸，将来有一天，后人会把我和那些抗日的英雄并列在一起，供奉在忠臣庙。

这僧俗五人，被捕之后，果真是不含糊。听说在西岭兵营都遭受了严刑拷打，谁也没否认勾串抗日救国军。可敬的是这些人的家属，亲人被捕受刑，下步还要丧命，以董四婶为首的这群妇女，并没有哭天抹泪地求亲戚告朋友，去设法搭求他们的亲人。

据讲公义堂的孙八奶奶吃不住劲了，催促孙老八几次上西岭，向翻译芦茂财告饶，烦劳他向清水队长说项儿，肯花银钱把黄老道赎回来。但孙八奔走多日，一是芦茂财心怀旧恨，不肯认真帮忙；二是那清水队长铁面无私，不受贿赂，眼看这几个人要进鬼门关。

这一天，风和日丽，大地上一片葱茏，西岭日本兵营门前的卫兵站在岗楼里，手扶着步枪昏昏欲睡。猛睁眼，瞧见不远的腰道上，有一个农家打扮的妇女，体态苗条，头上蒙块花洋布，臂上挽只细竹筐，婀婀娜娜地穿花拂柳而来。

左面的卫兵惊呼道：“花姑娘！”右边那个懒洋洋地说：“是个小媳妇。”

那女子姗姗地来到他们面前，娇滴滴地说：“烦劳二位把芦翻译请出来。”俩鬼子哇哇乱叫，因为他们不懂中国话。卫兵长官是个伍长，从卫兵室走出来，用生硬的中国话盘问一番，带那女人走进兵营。

芦茂财正在部队的办公室和清水队长交谈，远远望见堡子里的陈寡妇来了，慌忙告诉队长：“我没向您请示，擅自允许她来探监，请您原谅，她是道士黄福臻的情妇。”清水一笑，那伍长带领寡妇推门进屋。芦茂财让她落座，陈寡妇向他们深深地道个万福，把筐儿轻轻地放在地上，这才侧着身子坐在一张木凳上。芦翻译笑道：“你的胆子真不小，说来就来了。你不怕守备队把你当作黄老道的家属扣留在这里，不放你回去吗？”

“我和黄老道有过场，不来看看觉得心里难受，他对我并没有什么感情，我这样做也许还要引起他的不高兴。可我终究要来探望探望他，不负我和他相好一回。”陈寡妇悲悲切切地拭泪说。

芦茂财端坐无话，看那清水队长匆忙地从抽屉里取出一本上海出版的电影画报，指点着中国电影明星胡蝶的剧照，给芦茂财观看。芦用日语说：“这个女人的模样儿确实很像这个电影明星，不同的她是个村姑，人家是个摩登女郎。”清水一阵狂笑，贪婪地盯寡妇一眼，起身回避了。

芦茂财领寡妇前往拘留所，路上埋怨她：“你这个娘儿们，实在任性，开玩笑的话就当真，日本守备队从来不准百姓探监，我没料到你居然敢来。”寡妇回答说：“被捕的人死都不怕，陈寡妇来看看他们还有什么可怕的，留下我更好，和黄老道死在一起，寡妇甘心。”她从打进入兵营，眼泪没干。

黄老道衣衫褴褛，披发跣足，须眉纠结在一起，只有两只眼还闪闪地放光。他戴着刑具坐在牢房里，见陈寡妇猫腰走进来，未待说话，她已经扑在他的怀里，大放悲声。老道也不禁地泪如泉涌，他抚摸着她的头和脸，特别是那两道又弯又长又细的眉毛，哽咽着说：“贫道心如死灰，你又来撩拨我干什么？”寡妇抓住他面上的胡须，仰着脸哭道：“死到临头，你别装相了，你是我的丈夫，我就是你的老婆。既然来了，我就不走了，咱们俩死在一起。”

老道推开她，口中念佛。不管寡妇如何哭闹，黄福臻有如一尊神像，巍然不动。

寡妇又哭泣多时，打开拿来的细竹筐，取出内中的食品。黄老道称谢，受领之后，催她快走，陈寡妇赖着不动。最后起身，在巨大的牢房里，寻找铁柱、长江、大虎等人，向他们转达了家中带来的口信。寡妇说，全村的乡亲们都向他们问好。

陈寡妇在监牢中逗留的时间太长，守候在监门口的日本兵等得不耐烦了，进来打她几个嘴巴子，薅头发把她揪了出去。陈寡妇连哭带骂，离开了牢房。回到守备队的办公室，芦茂财笑嘻嘻地坐在那里候等她。寡妇要走，芦茂财指指面前铺陈就绪的一桌酒席，言说清水队长要留她在这里吃饭，还有公事要求她，寡妇惶恐起来。

以清水少佐为首的一群日本军官，依次就席，请陈寡妇坐上座。中国仆役拿酒、送菜，立刻就开了席。寡妇局促不安地陪同他们吃喝，含着眼泪往下咽。

芦茂财对寡妇说："部队长清水少佐，当年是日本陆军大学的高才生，目下是日本大本营少壮派军官的表率，关东军首脑木村中将最赏识的人。年前在龙家堡驻防，镇压抗日救国军卓建功勋，帝国授予他一级武功勋章。这一次调转到辽西，是这一带的父母官。他看你聪明伶俐，有要事相托，请你不要失掉这个机会。"清水告诉列座的军官，讲的当然是日本话："芦翻译介绍，这个女人是这一带最活跃的人，我准备利用她给咱们当密探，肃清这里的反满抗日分子。"

席散吃茶，清水和其他的军官纷纷告退。陈寡妇一番的悲痛又被迫喝了很多的烈酒，自觉头目眩昏，支持不住。芦茂财扶她到一个雅静的房间里去休息，一觉醒来，天已向暮。寡妇惊慌失措地寻找门户，但门窗都已经上了锁。是夜，堂堂的日本守备队队长清水少佐强奸了这个女人。

第二天，陈寡妇回转虎石台。未过几日，黄半仙、陈厨子、铁柱、长江、大虎先后获得了释放。

傍晚，陈寡妇在后院老董家，正然慰问几位刚刚回家来的老邻居，在清水镇济人堂医院佣工的焦大海推门进屋，面对寡妇冷冷地言道："听说你陪日本鬼子睡了一宿觉，救全了几位乡亲，告诉你，堡子里没人领你这份情。"陈寡妇神色一变，起身告辞。她直奔关帝庙，拼命拍打那两扇后角门，老道在庙堂里朗朗地念经，顿饭时光，也没来给她开门。

陈寡妇回到家，紧紧搂着她亲生的女儿，抖动着嘴唇说一声："好腌心。"脱鞋上炕，拉被子蒙在头上，哇哇地哭了半宿。

这件事情过去不久，西岭日本守备队在全区戒严。一日傍晌，从正东的大路上开来了日本的军车队，包括十几辆轿车、二十辆载重汽车，头尾还有几辆装甲车。车队开进日本营房，把守备队的大院子塞得满满的。翻译芦茂财知道，来者是日本关东军参谋团，视察辽西行经此地。让他做梦也没有想到，这个参谋团的团长，陆军中将宫田良相，是九一八事变前来过虎石台村那个帮助孙八建立果木园子的州内的财主杨仲和。

宫田下车，首先见到这个虎石台的芦秧子，十分高兴，还是操着他那一口熟练的北京腔，让他快去把孙八请来。孙占元骑快马赶到守备队，参谋团正准备出发。宫田抱住孙扒皮的双肩，流下了热泪。他埋怨孙八迷恋乡土，事变后一次也没到省里去，“我和你七哥会面几次，他说你先搞维持会，又组织自卫团，如今，咱弟兄全说了算了，我不能再让你当土乡绅。”

孙八和宫田在车前分手，守备队长清水和他的翻译芦茂财长长了眼睛。

半月之后，关东军参谋团在辽西地区视察完毕，回省途中又路过此地，车队在西岭兵营过夜。宫田中将到虎石台的公义堂做客，孙八夫妻自是一番盛情款待。饭后闲谈，宫田告诉孙八：“日本帝国不久前占领上海，量你也知道了。今后，不仅要在这里正式建立‘满洲帝国’，我们还要向华北、华中、华南以及整个的中国进军。军界已经向内阁做出保证，三个月之内席卷中华大地。关东军参谋团这次视察辽西，感到当前最大的问题是，这里没有足够使用的公路，大举进军，交通是第一要素。”说到这，他放慢了口气，亲切地说：“八弟，你不是早就厌烦当一个土乡绅了吗？几年前你到省城我记得你向我说过这番话，那时我还没有什么权柄。为了转移张氏对我的注意力，多年来蒙你弟兄掩护我的活动。这次宫田在关东军中掌握了权柄，我初步给你考虑个实缺，让满洲国政府任命你担任辽西地区的国道局局长，不独官阶很高，还能大发横财。”孙占元起身称谢。

参谋团动身，把这个土乡绅带到省里去了。

秋天，听说他当上了特任职的官员——辽西地区国道局局长，办事的衙门设在沟帮子，从此穿上官服，摘掉了土乡绅的帽子。这就叫马粪蛋子发烧，平步青云。国道局负责在广大的辽西地区修筑多条宽阔坚固的公路，以方便日本向关内进军。

“新国”初成，币制稳定，“满洲国”新发行的钞票，时称国币，和日本金票汇差很小。政府在日本的旨意下，允许国道局调拨巨款修建公路。这当中，需用的人工、器材数量惊人。尤其是修建公路，需得占用大片的农田，国道局讲理，一律作价购买。孙八从中渔利，财运亨通，据讲单是桥梁这一项工程费，便是几百万元。

公义堂的东家孙占元升官发财名闻乡里，仁慈堂的东家芦启良也很够说。据讲，芦茂财的岳父，也就是芦二的亲家，奉天城北的大财主，旗人克甲山，由大汉奸熙洽提携，即将出任“满洲帝国”的宫内府大臣。芦启良本人，九一八事变以前，便在奉天、长春、哈尔滨、大连港搞宗教活动。他所创办的事业，先称“居士林”，事变后改叫“大同佛教会”。大同二字不简单，那是“满洲立国”，开创纪元的年号。由此，芦启良其人，也是一位赫赫有名的人物了。

两个土乡绅抱住日本帝国主义的粗腿，进入了极乐世界，其他的那些土财主望洋兴叹，自愧不如。刘元甲和王雅轩这一对事变前选出的正副村长，终日里迎官接皂，还总是受白眼。

清水镇的自卫团，由刘紫玉一个人统带，不断地向四乡摊派粮饷，民人负担忒重。几十个村落联合进县，请求县公署精简自卫团。先从一千减到五百，再从五百减到二百，年底的时候，县公署忽然下令，解散了自卫团。无代价地收缴了全部的枪支马匹，交拨给县警察大队。刘紫玉好不懊丧，早知道有今天，提前把枪马卖掉，岂不能发个小财。“满洲国”和旧民国一样，也是翻云覆雨，变化万千。用人朝前，不用人朝后，让你杀人空落下两把血。整个一个冬天，县警察大队分驻在四乡，对民间的武器实行登记注册，开了年一律没收了。张贴布告通令乡民：任何人再不许私藏武器，买卖军火，有违犯者，按反满抗日治罪。

第二年开春，三月二日这一天，“满洲国”的皇帝在长春移入他新建的宫室，举行了登基大典。颁发诏书，晓喻天下，把长春改称“新京”，定为首都，冠冕堂皇地建立了“满洲帝国”。

“建国”以后，西岭上的日本守备队全部撤走了，清水镇的警察队也回转县城。在区公所的隔壁，原保甲队和自卫团旧址挂上了警察署的牌子。新到任的警察署长，虎石台的百姓对他很熟悉，此人就是郭军反奉随沙团长来过此地，杀过人放过火的那一位黑脸副官吕耀庭，现在他的老长官更阔了，他也跟着捞到一个美缺。此人到清水镇来做官，有社会基础，他哥哥吕耀祖在此地居住多年，是耶稣教礼拜堂里的牧师。刘紫玉和孙占元在清水镇区率先成立维持会，是此人从省里给送来的消息。警察署建立的时候，地方上已经是很太平了。

“满洲帝国”成立以后，收缴枪支，城乡稳定。警察署在较大的村落里设立“分驻所”，清查户口，发放良民证，所有的青壮年一律登记注册。区公所设立专门场所，宣传“满洲帝国”的德政，教育青壮年拥护新“国家”，不允许为非作歹。这个训教青壮年的场所，名叫“青年训练塾”。据讲，新国家要在满洲全境广设学堂，普及文化。日本的新式农业技术，也要在满洲农村推广使用。日本是个工业发达的国家，即将要帮助满洲国修建千百座工厂，让满洲国民广泛就业。

新国家撤销了旧民国一切的关税制度，和日本进行贸易，进出口一概不必纳税。日本商界库存商品多如泥沙，任何人想要贩运，添一张卡片就可以从海上、从陆地给你转发来。

虎石台庙前的张小铺看准发财的机会到了。张六张茂森怂恿他的堂弟张七张茂隆，放弃贩马的生涯，又卖掉几大片土地，弟兄合股开了个洋行。经过紧张的筹备，多年来没有牌匾的张小铺，挂上了金字的匾额，字号叫“森隆洋行”。有不知底细的还以为这是一所日本买卖呢。

阴历四月十八，虎石台的“森隆洋行”开张，在陈家馆子包了几桌上等酒席，遍请官绅。新张志喜，同行的业主，有赠送对联的，有赠送摆设的，有赠送家伙器皿的，有赠送杯盘陈设的。清水镇永吉丝房送一面丈二的彩幛，红缎子上绣四个金光闪闪的大字“大展宏图”。三老板袁连喜是坐车来的，扬手高的大青骡子，拉着长辕子的花轱辘小车子，凉篷下面，端坐着三老板“袁连大”。来到洋行门口，停下车辆，老板脚踩着车夫给他摆好的脚凳，大模大样地下了车，张六、张七迎接到门外。

袁老板被让到客屋，和众官绅坐在一起。您看他穿戴华贵，谈吐风雅，浑身上下没有一点乡土的气味了，但却隐隐地散发着一股钱臭。

席面上袁老板当然也还是上宾，他专拣一把大椅子坐在正中。冷眼瞧他的亲家陈厨子，带全家老少，在前屋后屋油渍麻花地忙活。从开席到席散，有人注意到这一对亲家形同路人。厨子的两个儿子曾经有意要给袁老板施礼，被他爹喝住了。有人还看见厨子的老伴儿在厨房里看守肉锅，擦汗的时候，悄悄地抹掉了腮边泪。

同袁老板一桌吃酒的，是本村的几位绅士。老金三当然是紧挨着他的把兄弟连喜，其次是王四、邓五、元甲刘大爷，明德堂的东家吴六也就是永吉丝房的二老板今天没来，他家中已经结了婚的十五岁的儿子吴广泰，也被让在下首，和这些长辈同席。在他身旁坐的是药方先生白延龄。豪绅孙八和芦二不在家，森隆洋行开张没来祝贺，张六、张七深感遗憾。

酒过三巡，菜过五味。老金三手捋着断梁的胡须，红光满面，张开嘴露出脱落不全的牙齿，吹起江东来。自夸他和连喜的交情，比得上伯牙、子期，管仲、鲍叔，柳伯桃、羊角哀。连喜发迹，有他金老三的功劳，邓五一旁帮腔，列座俱都点头。袁连喜也是兴高采烈地说他弃农经商，堡子里只有他金三哥赞成，连喜有今天，忘不了他这位盟兄的大恩大德。

桌面上划拳行令，热闹得很。刘大和王四强装笑脸，心绪不宁，皆因为他们二人已经被“满洲国”的县公署作为前朝的遗老，罢免了正副村长的职务。新村长是前日本守备队的翻译芦茂财。张六懂事，没让他们同席。今天这场宴请，全村的官私两项、头面人物，全都到了。

张六、张七分别起身到各桌上去敬酒，声称小号局面忒小，请求众官绅多多地关照。一席酒吃落了太阳。

第二天，又接连宴请，到的还都是男宾。第三日，专门请堂客。宴请堂客有分晓，其声势超过前两天。

清晨，森隆洋行新近雇用的柜伙和学徒，由经理监督着，拉开五间门市的铺板，里里外外进行了清扫，又在营业室里细心地布置百货。院心、仓库都重新地检查一遍。

陈家馆子，室内室外早已粉刷一新。旭日初升，陈厨子把四个崭新的红幌儿高挂在幌杆上，背衬着蓝天，迎风飘摆，十分壮观。洋行张经理过来关照，今天款待堂客，席面要格外地丰盛，陈厨子连连称是。

傍晌，接受邀请的堂客们陆续来到。接待贵客的是福善堂的老东家奶奶、洋行财东张老七的继母，也就是众人皆知的差一点给她立了贤孝牌的那个女人。时至今日，她还不满五十岁，和张七站在一起，堪称是一对中年夫妇。这女子今天在堡子里出面，从心眼里感谢“满洲国”，因为立国以来，提出打倒封建、反对旧礼法，有道是“大同元年，男女平权”，她已经敢于在乡亲们面前承认，当初是张七的继母，现在是福善堂掌印的夫人。这女子识文断字，足智多谋，事变以来，怀着轻松喜悦的心情，执掌福善堂的家业。张七敢学袁连喜，弃农经商，便是她的主意。张七的父亲也行七，老七奶、少七奶只差一个字。

今天张七奶奶出头请客，虎石台财主家所有的奶奶，还有少数的太太全都在被请之例。包括孙八奶奶、芦二奶奶、金三奶奶、王四奶奶、邓五奶奶、刘大奶奶。吴六奶奶住在清水镇，发帖邀请他家的少奶奶前来赴席。白二先生续娶的老婆，不够奶奶权称太太。邓五的外甥孙大陆，金三的表侄李昆，也是堡中的财主，邀请他们的夫人也都只能叫太太。前街的殷实户关庆余，近年来混得不错，前两日发帖恭请，老关没肯前来。这回也想请他的太太，可是没敢发帖，实因为怕这个母老虎来到之后，喝醉了酒，大家陪她吃翻桌席。

村中的几大户，离这庙头上的森隆洋行都不过一泡尿远，但应邀前来的堂客，俱都乘坐车辆。有带篷的，有敞篷的，有四套马的大车，有双套的骡车，最次的也是整整齐齐的刷洗见新的毛驴车。刘大奶奶和王四奶奶，庙西、庙东住家率先来到，金三奶奶，邓五奶奶次后光临。堂客们坐在洋行的客屋里，由张七奶奶陪伴着品茶抽烟，等候主角。

年轻的伙计慌里慌张跑进来，言说孙八奶奶到了。一辆七套马的大车，停在洋行门前，众人的眼目为之一新。孙八奶奶携带四个女仆，都像是从坟墓里刚刚爬出来的僵尸，清一色的清朝贵族的打扮，就是《四郎探母》里铁镜公主的那个模样。头梳大京棒儿，簪花缭绕，五光十色，足蹬高底儿绣鞋，身穿罗纱绸缎，全是套裁可体、式样古老的旗装。

八奶奶下车，二女仆左右搀扶，另外那两个手捧着赠送给洋行的礼品。托盘蒙着红绸子，进了屋放在桌案上，这才掀开。那是一套景泰蓝的酒具，一套官窑烧制的青瓷茶具。七奶奶招呼她的一子一侄，过来给八奶奶请安道谢。八奶奶落座，四女仆两旁侍立，其他的奶奶太太，笑脸相陪。八奶奶说："今天'满洲国'，明天'满洲国'，我们满洲人到底是扬眉吐气了。袁天罡的'推背图'上就说，有前清必有后清，我们的小皇上终究来个二次登基。大八旗能有今天，内中也有我黄氏女的功劳。十几年来，我烧香礼佛，诵念十万遍金刚经，神佛保佑，又让我们满族人在祖宗开创的疆土上掌权。"她手指着张六、张七说："你们汉人托我们旗人的洪福，升官发财，从今往后要对八旗的主顾格外优待。"张氏兄弟垂手站立诺诺连声。

门外有人呼喊："芦二奶奶到了。"车辆停下，妙的是这芦二奶奶和他家的少奶奶，也就是芦村长的太太克氏，穿戴打扮与孙八奶奶一行人毫无二致。

今天，在洋行的宴会上，这几位旗装妇女，成为最高贵的客人。

张七奶奶极尽应酬之能事，但终究有点忙不过来，情急生智，打发人把庙后的陈寡妇叫来，帮助她招待宾客。

陈寡妇来到了，满室生春。只见她妖里妖气地花枝儿乱颤，给这些奶奶太太们斟酒布菜，口中的奉承话儿、吉祥词儿、俏皮嗑儿，像黄莺那样婉转地唱出来，逗得大家伙儿格外高兴。不用张七奶奶开口，寡妇早就替她说了。森隆洋行开市，靠的是这些个奶奶太太。洋行百货俱全，主道们不来光顾，陈放日久，当不了褪色、长毛、生虫子。雪花膏、花露水摆长了跑味儿。槽子糕、大八件儿打出来没人买，十天就浸油硌牙。寡妇的话语，一阵一阵地引起哄笑。

孙八奶奶、芦二奶奶并肩吃喝，本来坐得有点呆呆板板，经寡妇这么一闹腾，也都雀跃起来，姊妹俩互相敬酒，似乎是冰释了前嫌。

芦家的克氏少奶奶，十分喜爱吴六的儿媳妇郝氏。这个小媳妇模样儿出众，口齿伶俐，很善于应对。克氏觉得，这孩子跟她年幼时的风流姿态差不多。问过知道，她芳名梦梅，今年只有一十八岁。过了门婆媳不和，与她的丈夫广泰，小两口儿单独住在堡子里。偌大的房舍，单凭两个孩子，居然能够挑门户过日子，说起来也是龙生龙，凤生凤。梦梅的爹郝兴，是县城里大耍人儿的，在站前开设“迎宾旅馆”，还是热闹街“会仙楼”饭庄的财东。

午后席散，陈寡妇帮助张七奶奶把全体女宾高高兴兴地送走了，临行时千叮万嘱，请几大户随时打发人拿折子到柜上来取货，三节算账。保证物美价廉，样样商品都比镇上的永吉丝房便宜。送走了客人，陈寡妇又在洋行里逗留一番，前屋后院，仔细地参观一遍。看那新近添设的玻璃砖大柜子，明光耀眼的洋式柜台，挤挤挨挨的五花八门的东洋货，穿的、戴的、吃的、喝的、玩的、用的，样样俱全。东洋的呢绒毛线、人造的丝绸，种类繁多，花样翻新。堆积在货架一角的中国产的绸缎布，相形之下黯然失色。张经理让柜伙给她拿取了几件东西，用一条印花的大手巾包起来，赠送给她。陈寡妇这才回家。

森隆洋行开张志喜，在庙前热闹三天。有人注意到，庙上黄半仙紧闭山门，足未出户。十八那一天，应当有庙会，但他只说身体欠安，无精打采地躺卧在云床上。有上庙烧香的，他让那些香客们从便门出入，自理佛事。黄老道打从日本守备队回来，日暮封经，三更打坐，看他万念俱灰，心目中只剩下青灯古佛了。最近一些日子，也不再到陈家馆子去吃饭，沙锅泥灶，清茶淡饭，过起俭朴的日子来。庙后陈寡妇总在庙堂周围打转转，但不敢走进去。好事的说，黄老道这一着，可能是因为陈寡妇到西岭去探监，触犯了他的尊严。出家人和一个孀居有染，是不光彩的勾当。有人为此问过陈寡妇，寡妇流泪说：“人家要做神仙，咱们高攀不上，为了成全他，寡妇愿意打牙往肚里咽，痴心女子薄情汉，自古就这样。”众乡邻感叹不已。

永吉丝房的三老板袁连喜前天到森隆洋行赴罢了酒宴，返回去路过西岭，到永新窑下车。这里自从日本守备队撤走，早已经开了工。砖瓦窑在原有的基础上又新建了几孔，日军的营房住进了工人。连喜到柜房，订购了一批砖和瓦，他要在清水镇街上修建住宅，原先租用人家的三间房屋，虽然独门独院很整齐，但已经显得不够款式了。

三老板回到清水镇，到柜上去转了一遭，进家已经二更天。乘着酒气未消，又把他的儿子袁百家训了一顿。因为有年轻的告诉他，这个管院子的少掌柜，经常到私烟馆里去吸食鸦片，又偷偷地耍钱。百家不承认，又惹动了老爹的肝火，劈面打儿子一巴掌，跳着脚大骂。儿媳妇抱孩子过来劝说，公公怒不可遏，指着儿媳妇，骂她的娘家爹。“嘴说断亲真就断亲了，亲家到门连理都不理，吓唬孩子不准给他大叔请安。杀猪的屠户，侍候人的油工，没有好饼。小喜子嘴馋手懒，喝酒耍钱外带抽大烟，都是他老丈人给惯的。”

儿媳妇不敢分辩，仅能劝说：“爹，您就别生气了，从打咱们搬出堡子，我连一趟也没去看我那穷娘家，从今往后，咱们井水不犯河水，各过各的日子也就是了。”她怀抱的娃娃小冬子，张手奔爷爷，老连喜转怒为乐，接过孙子来逗弄了一番，小小的家庭风波这才算平息。

陈厨子给森隆洋行包办酒席，忙忙碌碌不止三天。这日傍晚，屋子里没有饭客，自己个儿弄了两碟小菜，在灯下喝闷酒，和坐在一旁的两个儿子谈起他的亲家来。“日前来洋行做客，大马金刀地十分可恶。穷人乍富，眼眶子格外地高。你总不登我家的门也就罢了，既然来到我陈家馆子，没到前屋后院看一眼，大摇大摆地就坐席，摆的这是哪家阔？装的是什么洋葱、蒜头？没有这一水，姓陈的还兴许有个回心转意，这回呀，我和他的亲可就断定了。”厨子喝叫他的两个儿子听真，“今后不许说你们有姐姐，小喜子再登门，也给我撵出去。”

陈厨子大发雷霆，洋行经理张六过来了。厨子停住嘴，忙招呼儿子添酒添菜，二人推杯换盏地喝起来。张六看厨子的两个儿子，神色很不自然，偷偷问那跑堂的二小子：“你爹又骂你们了？”二小子眨眨眼，悄声说：“他又叨咕我姐夫呢。”

张老六没来以前，已经在家喝了酒，再一重茬，微微带醉，不由和厨子提起尤金榜来了。按说年深日久，不该再提他，话音是从张六随身携带的那支围枪引起来的。他说这只围枪在他手中已经使用多年，打来的狐狸已够缝制多件的轻裘。狐狸是很狡猾的，那年腊月他在北山义地，一只黑狐戏耍过他。那时顾天成死后刚刚埋葬在那里，冰天雪地，尤金榜去凭吊那一座新坟。小金榜流着眼泪，为了照顾他打狐狸，没哭出声来。黑狐逃跑了，尤金榜还呆呆地站在坟前。怎料那小子连家都没回，就从那乱坟圈子动身，当兵去了。当年腊月，带着队伍回到家乡，哪知道这孩子和他那几十位弟兄，都惨死在辽河的冰窟窿里。张六酒多话多眼泪多，把个陈厨子吓得醒了酒，但还能强自镇定，问张六这段事的始末根由。

张茂森吞吞吐吐地，但还是原原本本地把他从一个自卫团丁口里听来的一切，讲给厨子听。说到袁百家从陈家馆子得信，到后街明德堂把消息报告了孙扒皮一节，只见大厨子气得浑身乱颤，脸面发青。张六忽觉失言，又慌忙劝说了一场，嘱咐厨子，把这片话埋在心里，不可乱讲。尔后，一溜歪斜地回家去了。

张六今天喝重茬酒，心里也有窝囊事。起因是茂隆埋怨他开张请客，有点过分地铺张浪费，张六把这番情节向他的婶子同时也是七弟妹说了。老太太又是当家奶奶，把茂隆大骂一顿。张六心不顺喝点酒，抓个茬儿又把他的老婆打了一顿。吵闹已毕，想起有人告诉他，西岭乱坟圈子里，夜间发现有狐狸在那里炼丹，张六手提围枪要去打狐狸发泄心中的郁闷，出门看陈家馆子天黑还没落幌儿，信步进来瞧瞧，酒后失言，说破了尤金榜一事的隐情。事过之后，听说陈厨子病了，张六到他的家里去，又探望一回，千叮咛万嘱咐，怕厨子发作起来，自惹杀身之祸。刘紫玉、孙占元都是头号大汉奸，阴谋败露，必然恼羞成怒，加害于人。

阴历四月底，清晨早起，陈家馆子刚拉开铺板，袁百家推门走进来。他的大小舅子刚刚透开封闭的炉火，正在灶上忙活，看他姐夫进屋，奇怪地问道："你来干什么？"百家懒洋洋地说："来到节了，外柜忙不开，老头子让我上烟筒山去结算几笔账目。几个掌柜的出门，骑马坐轿，我想骑骑那匹拉磨的毛驴全都不让。往返一趟，一百多里，大热的天真是苦差事。"

"你不会骑自行车去吗？"他的大小舅子说，没撂下手中的活计。"柜上有十多辆备用的自行车，摔得我鼻青脸肿，到如今也没学会。"百家苦笑道。他的二小舅子正在营业室刷洗桌椅，凑过来打断了他们的谈话，告诉他哥："他爱吃过油的菜，你给他整一盘子，让他喝壶酒赶快滚吧，老爷子心里正压着火，别让他上柜来碰上。"

陈厨子病了几天，在家中歇着。今天早晨觉得好一些了，溜达着到柜上来看看，隔着窗户，瞧见百家正在屋里吃喝。老厨师动手上铺板，跑堂的小二飞快地捡拾桌子上的酒和菜，惊惶失措地告诉他姐夫："坏了，你快点从后门跑。"袁百家怔呵呵地站起身来，看他岳父在肉案上操起大砍刀，虎似的奔他来了。百家一歪脑袋，大砍刀顺他耳丫子滑过去，砍在他的肩膀上。厨子的大小子抱住了他爹的腰，二小子把凶器夺了下去。老厨师徒手追赶门婿，直奔正西。袁百家跑到岭底下，胖厨子这才赶到西村头。因为他几十年也没和什么人赛过跑，冷不丁地紧跑几百步，可就不行了，两眼发黑，心跳气促，摔倒在大路上。

袁百家跑在前头，只听身后脚步响，拼命地跑，实不知他岳父手里没拿刀。

适才还为了出门没骑毛驴发牢骚，这回一口气从虎石台跑回清水镇，比骑毛驴快得多。飞行迅速，两耳生风，路上不管听见什么响动，都好像是脚步声。小喜子跑回清水镇，上岭下岭二十余里，也耗费了不少的时光，单裤单褂浅色的衣裳，看上去可就成了血人了。踹门进家，一头攮在房门外，他妈和他媳妇从屋里跑出来，只听他声嘶力竭地说：“我老丈人把我砍了。”老太太摸摸他儿子的鼻子和嘴，跌坐在地上叫道：“他……断气了。”

陈艳香没顾上丈夫，也未暇照管屋子里的儿子，动身飞奔虎石台。路上跑散了疙瘩鬏儿，丢了袜卡子，划破了鞋帮子，披头散发疯魔一般地来到陈家馆子。进门直瞪着两眼问小二：“你爹呢？”小二吓傻了，顺嘴说：“他背过气去，大伙儿把他抬回家去了。”

艳香出离馆子，飞跑到她的娘家，看她爹仰面躺在里屋炕上。她从灶王爷板上抓起那个楠泥制的香炉，准确地打在她爹的脸上。香炉在厨子的脸上开了花，鲜血迸流，香灰扩散。厨子的老伴儿尖叫道：“艳香，你咋动手打你爹？”陈艳香手扶着门框，大声地骂道：“老骚 ×，他把我的人全都砍死了，你还向着他说话，我得给我的男人报仇。”这丫头不含糊，搁锅台上摸起一盒“取灯儿”，划火要点她妈家的房子。西院的沈大嫂和她家大姐，左右抓住了她的手腕子，后院董四婶硬拉艳香去了她家。

众人苦劝一回，内中有几个男人，陪同陈艳香返回清水镇。大家知道，这件事只能私了，不能经官，闹大了不定得出几条人命。几个人陪艳香来到镇上老袁家，天已经不早了。看袁百家光膀子坐在屋里，肩头上缠着白药布，正在吃凉糕。原来他受伤并不重，到济人堂去包扎，又打了一针，不要紧了。进家时摔倒断气，那是跑急了累的。堡子里的乡亲在袁家又劝说一回，起身告辞。

白天袁百家受伤流血，跑回家断了气。他媳妇回娘家去拼命，他爹袁连喜可就到警察署报了案。陈艳香前脚回到虎石台，后脚跟来两个刑事警察，他们先到陈家馆子查问经过。跑堂的陈小二认识他们，未曾答话先是张老爷、李老爷称呼一回，而后才款款地说：“我姐夫喝酒、耍钱、抽大烟，我爹劝他不听，两个人吵起来了。老头气粗，砍他一刀，伤势不重，若是砍重了，他就跑不回清水镇。我姐姐回家来打爹骂娘，用香炉把老人的鼻子全都打塌了，如有三长两短我们还得告他老袁家呢。我两家已经断亲多年，打人没好手，骂人没好口，袁家也许说我们的坏话，请老爷们别听他一面之词。”陈小二不愧是个跑堂的，一片言辞说得二警官无可奈何，决定先回去，看看原告的伤害再作处理。这一桩斗殴的案件，当日就算了结了。

过了端阳节，袁百家的臂伤初愈，但是借由子不上柜。白天晚上在赌局、烟馆里打混。他爹心里不整装，因为近年来他的能耐渐长，研究柜事，常和大老板、二老板顶牛，对百家在外边游荡无暇管教。

这天，打发到关里去的外柜，从山海关发回一封电报，言说从南京发来的绸缎被海关扣留，请柜上派人去帮他处理这件麻烦事。三位老板在桌上吃酒，研究谁去为好。老连喜一时不慎，脱口说："我去吧。"但说完可就后悔了，苦的是有身份的人说句话，磨不开面儿再反悔。

当晚连喜回家，看儿子未在家下，从老伴儿的手里抱过小孙孙，不由得老泪滂沱，伤心地说："我要出一趟远门，你领艳香在家好好地过日子。小喜子近来不着调，在柜上我已经下了话，他支不出钱来，在家你也不准给他钱花。"他摸着小孙子的头顶，嘱咐老伴："这是咱们第三号的孙子啦，前两个都没站住。你可得精心照看这孩子，他爹我看是没有指望了。一个人养活儿孙好比种庄稼，一茬不收再盼下茬。孙子长大了，我可得供他念书，进商业学堂，从小就学会买卖经。做官担险，不如买卖人源远流长。"

老婆子听不进他说的这些话，一迭连声埋怨他，不该一个人去出远门，"大连、营口、奉天你倒是都去过，那还得有人领着你。"

连喜不耐烦，把孩子交给儿媳妇，催他老伴在灯下与他打点出门的衣裳。几件丝绸罗纱缝制的袍和褂，放在一只帆布的手提箱里，连喜动手翻弄一回，满意地说："我当了半辈子庄稼汉，到底能穿上软梢子啦，往后还得多添置几件。俗话说，人是衣裳马是鞍。"老伴张罗给他煮几个鸡蛋拿着，把连喜逗笑了："看你还是庄稼院儿的那一套，忘了你男人已经是大柜头上的三老板，明天清早在柜上喝罢了饯行酒，骑马进县。吃晚饭的地方当然是热闹街'会仙楼'。赶到上了火车，车里头有饭堂，珍馐美味随便叫。你不知道，外柜出门吃喝存栈以外，还定期拨给嫖银呢。"这话说得老伴不爱听。

半夜，小喜子回家，爹妈已然睡下了，听他媳妇说，老头要出门，喜子心里高兴。

袁连喜起早上柜，用罢早饭就动身，大老板、二老板送到路口上。袁百家慌里慌张地赶了去，只瞧见了他爹的背影儿。一名柜伙送三老板骑马进县，侍候老板登上火车，再骑马返回来。

当天夜晚，永吉丝房的三老板搭上了西行的列车，奉山铁路没有一等包房，他买的是二等客票。饭后登车，找好了座位，迷迷糊糊困了一个盹儿。醒来张目四顾，见这二等车厢里坐的可全是阔主儿。有穿军装的，有穿洋服的，眼镜、手表、金镯子、翠镏子闪闪放光。看那些穿长衫短褂的都把衣服脱下来，挂在衣挂上，穿着内衣坐在那里。连喜也把他的纱褂儿、罗衫儿脱下，挂起来，穿着灰色的纺绸的裤褂儿，重新落座。从上衣的小兜里取出亮蒙儿怀表，看看时间。又从大兜里掏出临行前备办的亮银的烟盒，按弹簧，"啪"地张开，取一只"绿炮台"牌的香烟，叼在嘴唇上，又从另一个大兜里拿出一支小巧精致的打火机，啪的一声点燃了香烟。这口洋烟抽得猛了点，引起一阵咳嗽来，喷对面那位一脸唾沫星子。

那个人十分不悦，像是没敢吱声，掏手绢擦脸。连喜看他生得很胖大，也是身穿便服，兜里没有怀表，手上没戴镏子，便微笑着问那个胖子："敢问这位经理，宝号何处？""我不是买卖人。"胖子沉着脸说。"那你一定是位绅士，敢问府上住在哪里？""我也不是绅士。"他上下打量连喜。"那您一定是位官员喽，不知这次出门有何贵干？"连喜又问。

"我也不是当差的。"胖子忍着笑说。因为人家已经瞧料，对面的这位旅伴是个屯老二。列车轰隆轰隆地行进，旅途寂寞，那个胖子可就拿连喜开起玩笑来了。老连喜不知端的，吞云吐雾地三吹六哨，引动好几位旅客凑过来旁听，前后左右座无空席。

老连喜先吹他的永吉丝房柜头大。那胖子问他，比奉天中街的吉顺丝房如何。连喜笑道："吉顺丝房不在话下。"胖子又问，"吉顺昌""吉顺洪""吉顺隆""裕泰东"比这几家如何。连喜撇嘴说："这几家规模比小号差得多。"

袁连喜又吹他的股本多。胖子问，能不能超过奉天"老天合"。连喜回答说，"老天合"的股本比小号只多三千圆。众人哄堂大笑，连喜还能扛得住。本不该接着还吹，可他为了赚面子，又吹他永吉家百货俱全。胖子问他："老板，请问贵宝号有没有派力斯、法兰绒？"

连喜不知何物，涨红了脸，嘟嘟囔囔地说："小号不经营这些乇古东西。"又引起一阵哄笑。

吹牛碰壁本来就应当住嘴，但连喜心里不服，紧接着可又开哨了。一夸他倒腾骡马牲畜，过眼就知道它几岁口；二夸他贩卖土产杂粮最能够掌住盘子；三夸他白手成家，百行百业一学就会；四夸他抬粮放账，能准确地计算利息；五夸他生辰八字占得好，算卦先生判定他三星照命；六夸他一天书没念过，可也能把柜上的流水账从头至尾看明白。老连喜今晚有贡献，给旅伴们解了困闷。

夜深了，人们笑疼了牙巴骨，缓过来全都昏昏欲睡。连喜抽了一卷洋烟，呛得咳嗽不敢再抽了，倚在柔软的靠背上，便也打起盹来。忽然被一个人大声说话惊醒了，那是个佩戴枪支的乘警。他手指着行李架，问放在架上的皮包是谁的，周围的旅客没人吱声，多数连眼都没睁。老连喜可是大瞪双睛，看那乘警连问三遍，无人回话，失望地走了。灯光明亮，看得清楚，这分明是一只头号的大皮包，电镀的什件儿、西洋锁，两条绑带把那个皮包绷得牢牢的，重量不知道有多少，反正是鼓鼓囊囊地里边装满了好东西。连喜又点一支洋烟卷儿，没敢狠吸，目不转睛地打量那只皮包。这家伙要是装金银，一定上千两，装钞票，那就够万元，装绸缎几十匹，装罗纱更加倍。狐貉貂裘，直毛皮袄，倘若是装着海龙、水獭、西口紫羔儿，那就更值钱。皮包里绝对不能装水果，天气炎热搁里头就得烂掉。

火车开过兴城，窗户外头已经麻麻亮。乘警又来查问那只皮包是谁的，袁连喜一阵紧张，看看自身的打扮，握起双拳，强装镇静，大模大样地说："是我的。"乘警把那只皮包取下来，招呼他一起来到乘警室。人家问他内装何物，请他拿钥匙把皮包打开，当面检查。连喜吓哭了。

火车开到山海关车站，乘警提着那只皮包，押连喜走进铁道警护队"检查所"。一番地盘问，一顿暴打，把这位永吉丝房的三老板推进了黑屋子。因为他冒认的那只皮包，里边盛放的是大烟土。

当时的山海关，是中华民国和"满洲帝国"的关口，这儿军警林立，护卫森严。山海关这座城池是在日军的占领之下，相离不远便有中国兵的大营盘，弓上弦、刀出鞘，双方经常发生武装冲突。有知道的，从虎石台西岭上撤走的那一拨日本守备队，就移驻在这里。在某次冲突中，部队长清水少佐被中国二十九路军的战士用明晃晃的大砍刀削掉了右手。日本的势力范围正在向华北延伸，中国的冀东道尹偷偷地和日本媾和，阴谋把日寇引进华北平原。

山海关是咽喉要地，关内关外往来的客商把此处称作鬼门关，真正是雁过拔毛。敌伪的铁道警护队、海关、税关、日满宪兵、特务机关、警察署、保安队、威武的衙门比比皆是。

袁连喜被押进警护队拘留所，不久又被移交给警察署，在那里关押几天，又被送到满洲宪兵团，最后又引渡到日本宪兵队。原因是最初破获此案的警护队，贪污了几百两大烟土以及老连喜随身携带的财物，给他编造了一套罪名，甚至连名字都给他改了。经过几处性质不同的机关，推过来搡过去，最后把他当作一名来历不明、企图偷越国境的政治犯送交日本宪兵队，连喜被送进去以后，可就摊上打不完的黑官司了。

永吉丝房那位外柜，在山海关的店房里候等多日，不见柜上来人，顿起歹心。通过贿赂，把被扣留的一大批绸缎起出来发到天津，在那里把它卖掉，携带这笔巨款逃之夭夭。

袁连喜从柜上动身后不久，袁百家见爹爹不在家，也就上柜去理事。这一天，大老板、二老板把他请到柜房屋，商量柜事。言说日本封锁关里关外的通道，目今山东、河北特别是河南、山西，盐价暴涨。二位老板合计，打算做一笔投机生意。从营口雇用海船，贩盐万吨，绕过关卡发送到山东沿海的口岸威海卫，在那里脱手，可以获得巨额的利润。为筹集这笔资金，需向满洲兴业银行抵押贷款，月息七厘。这一次，大老板要亲自出马，前去做这笔生意，必能够旗开得胜，马到成功。袁百家稀里糊涂地点头说："知道了。"

事过几日，小喜子在家搪不住他母亲的哭闹，又一次到柜房去打听他爹的消息。此时大老板已经动身去营口，二老板言说柜上的人手不够，如果他实在地放心不下，可以自己去看看。小喜子回家，和他母亲商议一回，老太太决定，让儿子去趟山海关。她判断，老头子出去一个多月，一定发生了什么意外。为一批被扣留的货物，不能在那里羁留这么些日子。书不捎，信不带，更叫人担心。袁百家决定去山海关，探听三老板和外柜的虚实，二老板让他随身携带五百元钱，当日动身。

小喜子抵达山海关，住在客栈里，问遍了所有的衙门，交结了许多的官项儿，请客送礼，吃了不少亏，上了几回当，最后才从日本宪兵队把他爹营救出来。爷儿两个在客栈里会面，抱头痛哭。片刻不能停留，登时起程回家。

从县城回家的路上，得遇清水镇的乡亲，告诉他们说，永吉丝房摊事了，铺面已经被法院查封，据说那叫破产还债。老连喜登时吓得手足失措，让赶车的多挥几鞭。

爷儿俩乘坐车辆，首先来到柜头上，看那火龙似的永吉丝房紧紧地上着铺板，门窗都贴着白底黑字、盖着朱红印章的封条。从便门走进院，有两名法警出来接待他们。听说袁连喜是本号的三老板，通知他立刻到县法院去报到。连喜脸白了、气短了，动转之间两条腿也全都拌了蒜。眼见客房、仓库、营业室，家具、货物全都搬运一空。有个柜伙走过来，变颜变色地告诉三老板："袁连大，你们爷儿俩快回家去看看吧，家也出事了。"

袁连喜父子着急忙慌地回到家，儿媳陈艳香青衣素服，戴着白包头，抱孩子从屋里迎出来，四口人“哇哇”地哭成一团。大丝房在一个晚上宣布倒闭，内掌柜的一股急火，得了紧时令，中午来病，黄昏可就报了庙。天气炎热，丧事办得很潦草，倒头后的第三天就埋葬了。二老板被法院传去了，这样做是永吉丝房旧财东区长刘紫玉的主意。一家人哭够多时，老头子向儿媳询问柜上倒闭的经过，艳香说不出子午卯酉来。

事关重大，形势紧迫，连喜让他儿子百家扶他到刘区长的家里去打听端底。刘区长请他们父子落座，痛惜地说：“老连喜，这真是天上掉下来的事情。丝房这个大老板虽然是我从奉天请来的，经营这爿铺面也曾经给我挣过一点钱。可我发现这个人心术不正，做买卖不讲商业道德。所以事变以后，我把股份抽出来，让你们自行营业。我的门婿殿臣，没学过生意经，你老哥又是个搬土坷垃的庄稼汉。二老板、三老板名声好听，较起真儿来终究都是外行人。”他又品茶，又抽烟，摇晃着大脑袋，沉吟半晌才接着往下讲：“这回黄买卖，殿臣来找我合计过。贩运私盐，借钱倒把，这都是非常冒险的事情，我立即表示反对。怎奈这小子财迷心窍，你又不在柜上，你儿子袁百家以股东代表的身份居然也同意做这笔生意。结果是他们拿‘永吉丝房’的营业执照，在满洲兴业银行抵押贷款五万元。这批私盐在营口装上商船，向山东转运，海上遇见了十级大风，船队全都翻进了海底，那位大老板也喂了王八。短期信贷，银行催讨甚急，无力偿还只好依法破产。殿臣被县法院扣押，你已经回来了，也得到法院去投案。”刘区长从抽屉里拿出一份公事来，解释说：“这是县法院批发到区公所的公文，随带有拘捕你的传票。”

老连喜“咕咚”给区长跪下了，抱住人家的大腿，恳求救全救全他。区长把他扶起来，安慰他说：“在法律上这叫民事案件，属债权、债务的问题。你到了县法院也住优待号，不能像在山海关打官司那么遭罪。”

老连喜由他儿子搀扶着回了家。

晚上，丝房的伙计、劳金、年轻的陆续来看望三老板，个个都是愁眉苦脸，哭天抹泪地叫撞天的苦。因为商号倒闭，买卖查封，柜上不能再给他们拨劳金。多数人都有家有口，一遭竟断绝了衣食之路。正经的黄买卖，那叫“吃大片肉”，大家伙儿还可以分拿柜上的货底子、家具、什物，用来顶替劳金。买卖被查封，只准柜伙把他们的行李经过检查从院子里搬出去。有几名柜伙哭求三老板，东伙一回，帮他们点路费，回得家去另寻生路。老连喜呆呵呵地发怔，形同木鸡。

众人去后，百家夫妻到西屋去安歇，老头儿自己在房中枯坐到天亮。伸出手刚能辨出五指，老连喜偷偷地出离家门，肋下夹着一刀烧纸，直奔镇西义地。

眼见旭日东升，他认准一座新坟，跪在坟前，把那刀烧纸焚化了。磕个头站起来，在坟旁那一棵歪脖子树上吊死了。连喜死后，立刻被人发现，区公所、警察署全都来了人。苦主袁百家把他爹从树上摘下来，雇人抬回家去，操办丧事。

赶到义地上来看热闹的人们，根据坟前那堆纸灰判断，老连喜这是错认了坟头。他哭奠的那座坟，里边埋的是一个新死的妓女，至于他老伴儿那座新坟，离这儿还有五十步远呢。

老袁头故世，发送得比他老伴冠冕，停放了一七。看起来，为人终究还得有后代，袁百家夫妇依礼成服，把爹爹送到坟地和他娘并了骨，老袁头若是没有儿子，可就难得这个享受了。连喜口眼一闭，逃脱了一场官司，县法院没再向他的儿子施加压力。

又过了一些日子，永吉丝房的二老板吴殿臣办清了破产还债的法律手续，回归清水镇。袁百家前去看望他，吴六深表歉意，声言本人已然破产，要回转虎石台明德堂，再去种庄稼。弃农经商一晃多年，分明是做了一场繁华梦。同时也劝袁百家，不要在镇上住下去了，你身无一技之长，又有嗜好缠身，租人家的院套，三口人吃穿，没有进项，是很难维持的。

吴六说的对，袁百家回到家，房东就找他来要房钱，逼得他包了几件衣裳送当铺去了。旧社会讲的是三穷三富过到老，当日穷，当日富总是有的。可叹连喜这一家，也摊上了这种不幸的事情。夫妻对坐，怀抱着刚满周岁的娃娃，两个年轻人默默无言，实因为家摊横事，他二人把眼泪全都哭干了。百家拿支烟卷儿在桌上顿了顿，打开纸包，在烟头上装上一点“海洛因”俗称“白面儿”，划火儿抽了两口，精神倍增。这才和媳妇说：“艳香啊，我看六叔说的对，咱们不能在镇上待下去了，这几天我走在街上总碰见人们交头接耳地议论，好像是笑话我。人有脸，树有皮，从今往后我得学好。堡子里老金家三大爷，来祭奠咱爹，临走的时候说，咱俩在镇上混不下去，可以去投奔他。我想，回堡子去也是一条出路，种庄稼咱不外行。”

艳香哭着说：“自从和老陈家断亲，在堡中我落下个打爹骂娘的名誉，这回灰溜溜地返回去，我怕乡亲们耻笑咱们。”百家说：“堡子里的乡亲和咱们血肉相连，比不得街头上这帮人，绸缎眼、狠毒心，挤对人不留情面。”艳香没再言语。

第二天，袁百家回趟虎石台，在宝庆堂住了一宿，清早，带金家的两挂大车来到清水镇。镇街上传说，永吉丝房三老板袁连喜死后，他那个抽大烟的儿子袁百家，带着老婆孩子又搬回老家虎石台去了。

狡猾的人类做什么瞒心昧己的事情，因为绝对地保守秘密，所以说只有天知道。可叹这苍茫茫天、灰蒙蒙地，虽然骗不过它，可它也无能为力，任凭多少含冤抱屈、死不瞑目的人，默默地埋在黄土里。永吉丝房倒闭，便是一桩骇人听闻的大阴谋。那一位诡诈透顶的大老板，乘袁连喜离号，和吴殿臣商定了一条毒计，那时管这种行为叫作“坑东灭伙”。关内各省的盐价暴涨，确乎属实。他本人有意要借着贩盐的机会返回山东老家，因为有人要聘请他到青岛重新领东，开创更大的企业。但他在离号之前，要从这里捞一笔巨款。目下，柜上的存货不多，但账面上的资金不少。满洲兴业银行薄利贷款，完全可以坑它一家伙。他和吴殿臣商定，向银行贷款五万，他只动用二万去贩盐，余剩的交给吴六保管起来，这叫对面分赃。他本人当然是一去不归，留下二老板在这里破产还债。首先，银行要第一个吃亏，其次，袁连喜等几个小股东也得白瞪眼。至于柜上的伙计、劳金，遭受失业的痛苦，那就不在话下了。二老板私得现款三万元，理清债务之后，完全还可以重整旗鼓，独资经营这所丝房。吴殿臣点头同意了。

因为是走私的行动，不沾官府的一根毫毛。从营口到威海卫，这条船线上，只有日本的军舰在这里游弋，没有中国的兵船。中国的商船通过这一带海域，经常遇险，日本鬼子见死不救。加上民间的机帆船并没有什么严密的组织，又常常是走私贩运，有时候就偏离航道，事故层出不穷。大老板贩运私盐起程之后，从山东威海卫发来一封电报，不具姓名，仅是把货船遇险的消息通知了永吉丝房。山东和东北当时算是两个国家，惊官动府，官方也无法代为查证。

灭绝人性的毒计，就这样得了逞。大老板发财还家，二老板也得了实惠，其结果是坑害了一大群人。吴殿臣在镇上张罗回转虎石台，但没有动身。半年之后永吉丝房又重新开业了，这一番，一切更新，是全套的东洋式的百货商场。

第二十一章

袁百家三口人从清水镇搬回虎石台，上岭偏东行经永新窑。窑业的经理正在柜房里，听伙计言讲这段新闻。经理见左右无人，展开往来账，把袁连喜订购砖瓦那项记载，一笔勾销。他清楚地记得，四月十八日，袁连喜订购砖瓦，所交的定金没打收条，如今连喜作古，他儿子袁百家无法来清算这笔账目了，其实老连喜也根本没把这件事告诉他儿子。

两辆大车赶进虎石台。车上装载着箱箱柜柜、锅碗瓢盆、日用的器皿，基本上还都是陈旧的物品，实因老连喜到镇上安家以后，一意扩充资本，没有添置浮物。

车辆越过袁连喜的故居，那里的主人已经是金三的长子金荣海。在宝庆堂门前站一站，赶到东院那所空闲的宅子里卸车。这儿便是尤家卖给金三的那三间砖瓦房，多次闹鬼，已成一处凶宅。日前小喜子回村，金三与他讲定了，你夫妻若是胆大，我把这三间房子借给你们住，不要租金。你本人可以到我院里来做活，一年拨给你十五石高粱。百家同意，心中感激他的三大爷，雪里送炭，救全了难中人。

今天搬回来，小两口儿带孩子全都挺高兴。三大爷打发打头的带着七八个伙计过来帮助小喜子安家。当晚，袁氏夫妻打酒买肉招待他们，屋子里欢天喜地，热气腾腾。打头的喝上几盅酒，劝喜子从今往后可得改邪归正，“你老爹一辈子恃强任性，弃农经商，落了一个家破人亡。你小子应当要志气，先戒大烟，不再酗酒、耍钱，想想卖儿子的焦大海，也别忘了死鬼顾天成。”袁百家含着眼泪说：“大叔，你劝我的话我是样样照办，我若是再不要强，对不起我的老爹老妈。”艳香过来给大伙儿斟酒，也是眼泪汪汪，她看桌上列坐的独独缺了她的娘家人。

小喜子当日把家眷安顿就绪。他的新东家三大爷又打发伙计给他送来了柴米。百家夫妻感激涕零。

今年节气晚，过了中秋佳节这才开镰。年成不错，宝庆堂耕种的几十垧庄稼颗粒饱满，急待收割。小喜子自选了一把快镰刀，跟帮儿下地，大显身手。割完了高粱割谷子，割罢了豆子再掐糜子，不知不觉忙活了半个月。堡子里众多的乡亲都竖起了大拇指。龙王爷的儿子会行雨，这小子凭这手庄稼活儿，干上三年五载，照旧还能买房子置地，重整家业。

过去这半月期间，小喜子下地干活，回家睡觉，在院子里吃喝。艳香领着孩子在家中立伙，娘儿俩粗茶淡饭过起艰苦的日子来。陈艳香虽然不是什么金枝玉叶，但搁娘家时吃穿不缺，到婆家先是小康之家，后是袁老板的少奶奶，不说穷奢极欲，却也不乏温饱。冷不丁过这穷苦的生活，虽然刚刚半个月，她的面庞儿显得有些消瘦了，牙牙学语刚会走路的娃娃小东子抱在怀里也不那么沉实了。

苦恼的事情不止这一端，想当初住在堡子里，从娘家到婆家总有一群婶子大娘、姐姐妹妹常来常往，彼此探望，热热闹闹地唠嗑儿。这一回，父母双亡破产还乡，不晓得人们咋就这样的势利眼，居然没有一个人前来看视她。每日饭罢也没有心思做针线，带着小东子在屋里屋外玩耍。娘儿俩不敢走进尘封的东屋，房门总是倒扣着。赶上黄昏日落，喜子回家稍晚艳香就关闭了西屋的两扇门，和孩子坐在炕上等候。艳香胆壮，不那么疑神疑鬼的，然而人静以后，总听那东屋里像是有响动。

傍黑，母子二人正坐在炕上，两扇门呀地推开了，老金家三大爷笑嘻嘻地走进来，坐在炕边上，亲亲热热地问长问短。艳香不免地说了几句感激的话，当面告求三大爷，让百家收工以后快些吃饭，早点回家。三大爷坐够多时，一摇三摆地走了。

从那以后，老金三每天来看望他这个侄媳妇，风雨无阻。来时还全都不空手，袖筒里给那小东子带来点吃食物，饽饽、麻花、糖葫芦样样不等。每次见到艳香都是规规矩矩地坐着，喋喋不休地谈唠他和老连喜怎样地有交情，如何的发财致富，哥儿俩是生死之交，小东子算袁家的长孙，将来长大了，他要拿钱供孩子念书。艳香顺口儿答应，发现这位三大爷每回和她唠嗑儿两只三角眼都直勾勾地望着她，从头到脚地打量她，像是要看到肉里去。

艳香自想，这几年住在镇上，随溜儿剪了短发，并且还烫上几剪子，描眉打鬓当然是日常功课，擦胭抹粉已经习惯了。自从搬回堡子来，洗脸之后，口红、腮黄、画眉的笔已然弃置不用，但是“三塔”牌的雪花膏还是天天要抹，忘了搽，觉得面皮发紧，很不自在。至于身上穿的，人造丝、花洋布格外地便宜，粗布烂衫早已经压了箱子底。花衣裳穿在身上又剪裁得可体，难怪惹人注意。说到下身，在镇上早不穿长裤子了，过膝的袜子，绣花鞋，大褂儿里面套上衬裙。回堡子改成小打扮，散脚儿的夹裤可还镶着花边儿，肉色的丝线袜子配的还是一双皮底的青缎鞋，难怪三大爷看起来没完，这套打扮不像个扛大活的屋里人。

因着这，陈艳香可就把衣裳全换了，完全变成农妇的打扮。可那三大爷还用旧眼光看她，艳香又想他老人家神态不变，可能因为我新改了样式，觉得奇怪了。

七八天的光景，陈艳香心地坦然，没想到老金家三大爷经常来走动有啥歹意，只觉得老人家能来看望他们母子是份人情。略有奇异的感觉，那就是三大爷总问她住在这所房子里怕不怕鬼，到夜间屋里屋外有没有动静。每逢他问到这艳香总是回答说，我不信鬼神儿，有点动静也不觉得害怕。三大爷给她壮胆，言说一福压百祸，你家小东子看上去有福相，长大了给你家改换门庭。艳香高兴。

三大爷一来一往，连续不断，约有十天。有两次艳香微微地察觉三大爷在她的怀里逗弄小东子，像是无心中碰着了她的手和脸甚至乳房。艳香有些警觉了，有心和喜子说说，看他回到家筋疲力尽倒头便睡，好几回把嘴边上的话又咽了下去。

十天开外了，老金三还是每日必来。艳香忽然觉察，自己的穿戴越来越土，三大爷的打扮是越来越洋。昨天来，穿的是线儿绨夹袍，毛呢坎肩儿。今天来，穿的是夹袍，鸭绒的马褂。手上的镏子天天变样，悬挂在胸前的怀表链子亮银的、包金的，也是连番地更换。七长八短的花白胡须，修剪得齐齐整整，只是那一口参差不齐的黄牙，有点影响观瞻。

陈艳香不再像往日那样地表示欢迎了，这让她想起一件事情来。有一回，百家赶车拉公公到镇上去瞧看风湿病，婆婆也跟去了。艳香搂着孩子在炕上睡晌觉，蒙眬中觉得像是有什么东西在她周身嗅了一遍，睁开眼，看这三大爷站在屋子里。艳香问他，吓得他慌里慌张地逃跑了。陈艳香回忆起此事，这才警惕起来。金三看她态度冷淡了，便没有再走动。

秋收季节，格外地繁忙。袁百家下地干活，半月左右，宝庆堂的大片庄稼就全都割倒了。边割边拉，抢运完毕，前后不到二十天。庆丰收，宝庆堂杀猪，给做活的吃犒劳。百家在院里多喝了几杯酒，掌灯大以后才晃晃荡荡地回家来。艳香埋怨了几句，两口子顶了嘴。媳妇赌气搂孩子睡下了。百家坐在灯下，取一支烟卷儿又想循例吸食“海洛因”，但自己搜遍了全身，找遍了全屋，发现搬家以前家中存放的“海洛因”已经全部抽光了。

艳香躺在枕头上，看她女婿没有毒品可吸，在房中团团地打转，不禁一乐，说道：“你总抽白面儿还不跟抽大烟呢，听说用这个东西，上瘾越来越重。你看堡子里的庄稼人，有几个抽白面的？我看你还是赶快戒了吧。”

百家凑过来坐在炕边上，头上淌着冷汗。央告说：“艳香，烟瘾不是好戒的，可我一定要戒。这些日子在院里干活大家伙儿全都夸奖，若是没有那几包海洛因，我挣不来这个名誉。求求你，看在夫妻份上，再给我买上两包，我抽到铺场以后，猫冬的时候，定准戒除烟瘾。”

艳香认真地说：“家里没有钱了，明儿个你再拿几件衣裳到镇上去当吧。”百家等不及，言说森隆洋行私卖鸦片，马上他就要去买几个烟泡，拿回来过瘾。艳香披衣裳起来，寻找一回，家中连两角钱都凑不够，分明连一个烟泡儿也买不来。吸食毒品的人若是犯了瘾，真是了不得，百家磨他媳妇把手上的金戒指褪下来，让他拿去换鸦片烟。

小两口子吵起来了，因为这只戒指是她娘家陪送的，多年来一直戴在指头上。自从两家断亲，艳香更是格外爱重这件物品，每每地看着它，便想起了双亲，怎么能够舍得给她女婿拿去换烟泡儿。正然吵闹，金荣海来了，他也是喝得醉醺醺的。看这小两口儿在灯下吵嘴，把百家拉走了。两个人先到森隆商行小后屋，抽了一顿大烟，然后又到陈寡妇家去耍钱。

艳香坐在炕上哭了半晌，熄灭油灯也就睡下了，未料那狠心的百家，不独一夜没回来，第二天，也没见他个影儿。天气渐凉，小东子可能是夜晚凉着了，有点伤风流鼻涕，刚刚断奶不久的孩子，半碗小米粥只喝了一口就推开了，吓得妈妈又给他做碗面汤，孩子还是没有吃进去。晚上，艳香把炕烧得很热，心想给孩子发点汗也就好了。照顾孩子发汗，油灯一夜也没吹，傍天亮，还没见百家回来。院里做活的从门前经过，艳香打听打听，那人笑道：“你女婿和我们少东家，搁陈寡妇那儿耍上了，听说耍输了，正往回捞本儿呢。”

陈艳香磨身进屋，搂着孩子大放悲声。哭够多时，摸摸孩子的头和脸滚烫火热，孩子喘气很急，“呼噜呼噜”的嗓子里像是有痰，并不咳嗽。隔道墙就是老白家，她把孩子用条毯子裹起来，抱过去了。二先生给小儿诊过了脉，判定这孩子得的是急性肺炎，吃中药来得慢，建议艳香把孩子抱到镇上去请西医甄大夫去瞧看瞧看。

艳香怎能怠慢，回到家锁上房门，背孩子直奔清水镇。她有心到庙后赌局去找她女婿，两口子一起去给孩子看病，可那得路过庙头。陈艳香打爹骂娘堵了这条道，有什么脸面还从那里走过！背孩子来到清水镇，也是低头疾走，直投那济人诊疗所。

一进门碰见了焦大海，艳香喊声大叔，人家没理她。进入诊室，见里面等候看病的人甚多，晌午错，才轮到小东子。甄大夫给这孩子详细地检查了一回。白二先生说的对，孩子得的是肺炎，需要连续地打针吃药，这种病耽误不得。注射、拿药并嘱咐她明天还一定得抱来，诊费连同药款总共一元二角，陈艳香把手上的金戒指摘下来了。她家中若是有钱，前天晚上两口子不至于吵闹。护士去问过医生，把她摘下的金戒指又还给她了，并告诉她："大夫让你每天抱孩子来一趟，没有钱不要紧，别把孩子的病耽误了。"

陈艳香抹着眼泪背孩子回家，因为接近两天也没正经吃饭，一路上累得她上气不接下气，回到堡中已经日落。进院子发现她女婿到现在还没回家。开门进屋撂下孩子，掌上灯，抓把柴火燎锅底，给孩子烧水吃药。可那小东子手脚乱蹬，大声地啼哭，不肯服药。一个人忙活，让孩子把在羹匙里和好的药面儿碰洒了，急得艳香跺脚。重新再来，费力地把药给孩子灌了下去，又用很长的时间才把他哄睡。心里头又急又恼，百转柔肠，无意吃喝，拉被子可就躺下了。心想狠心的百家，听说孩子有病，说啥也不能在外头耍了，今天夜晚一定能回来看看。可是天交二鼓，还不见他回来。

陈艳香又气又恼，躺炕上不能入睡，两行热泪又滚下来了。想到自己的命运也真够苦，自从嫁到老袁家，心里头一直不整装。老公公和娘家爹处不来，女婿不成器，三番五次惹动口舌。最后闹到亲家变脸，翁婿反目，以至于动了刀。艳香年幼，爹爹妈妈也是爱抚备至，视同掌珠。袁家娶我过的那一点花红彩礼，不够我在娘家十六年的饭钱、店钱。自个儿爹妈是啥脾气还不知道吗？我那爹爹年轻时节便是堡中出名的红脸汉，品格端正，见义勇为，只是来了脾气不容人。百家在财主面前告发顾天成，把他抓到巡警局去打官司，我爹爹打过他一次。二反脚，他又去陷害尤金榜，让人家和几十名爱国的官兵淹死在冰窟窿里头，实在是灭净了良心，爹爹砍他一刀有什么不是？我艳香不该不问青红皂白，跑回娘家跟爹妈豁命，到归宗，落了个人人唾骂。说来罪过也都在我的身上，多年来只顾夫妻的感情，迷住心窍地向着他。百家不着调，公爹管不了，婆婆又是溺爱不明，我这个做妻子的也没尽到责任。俗语说，家有唠叨虫，一辈子不受穷。百家耍钱、喝酒、抽大烟，我虽也规劝过他，但并不认真，要是撒泼打滚地叫他务正，这几年他不能总是游手好闲。

艳香想到这里，有点自怨自艾，盼望着今夜百家回来，好好地和他唠唠。老人故世，你我这就没有靠山了，年纪轻轻，干点啥还都来得及。我俩生了三个孩子就落下这一个，说啥也不能让小东子没等长大，就缺爹少娘。等到孩子病好，两口子抱孩子到我妈家去，给我那热心肠的老爹爹磕头赔罪，老人家不可能不认下我们。艳香思念至此，心里头倒像是敞开了两扇窗户。摸摸身旁的孩子，高烧渐退，睡得很安稳。看看柜盖上的油灯，摇摇晃晃，耳听外面呼呼地刮起了大风，阵阵的狂风卷动着落叶，响动很是惊人。搬家时节，洋式门窗上面都钉着木板，把木板起掉，只上了几块玻璃，剩余的全糊的毛头纸，狂风一吹，有的脱落下来，呼啦呼啦往屋里灌冷风。艳香有心起身，把漏洞堵上，可是她忽然害起怕来了。屋子里孤灯一盏，半明不暗，特别是听那东屋里“轰隆啪啦”地一片巨响，实在是吓死了人。艳香用大被把孩子蒙上，自己也蜷缩在被窝里，不由得打起战来。夜渐深，风不息，愈刮愈烈，像是要变天。艳香想睡睡不着，想起不敢起，嗖的一声灯灭了。

这时，已经是后半夜两三点钟，风沙扑打着窗棂，屋子里黑洞洞的阴森可怖，耳畔清清楚楚地听见鬼哭。这声音分明是已死的姜大妞在窗前往来走动，艳香顿时紧张起来了。我和百家住在这座房子里，破坏了人家老尤家的合家团圆。大妞死后，听说尤四叔回到关里家，吐血身亡，尤老娘不知生死，可那尤金榜明明是被孙扒皮害死在辽河上。尤氏一家冤魂不散，定准回到这里来过生活。尤四叔回来，照旧还住在西屋里，金榜夫妻住在东屋。现在我和百家占据了西屋，逼得人家公公没处待。尤家走后，这所房子没人住，从我们搬来，就搅得尤家不得安生。何况说金榜已经当上了连长，成了抗日的英雄。都怨百家舌尖嘴快，害金榜年纪轻轻就断送了性命，冤有头，债有主，我百家做事损阴败德该遭报应。陈艳香想到此处，愈发地害怕，窗外的飞沙走石，声浪儿一阵比一阵凶猛，她的神经已经错乱了。听外面有人咳嗽，判定那是尤老四，噼里啪啦，好像是尤连长穿着大皮靴从院内向屋中走来了。

艳香的手足麻木，缩成了一团，骇汗如雨。

呼啦两扇北窗户左右分开，一个身披白袍的厉鬼从黑暗中向她扑来。财主金三坏装扮恶鬼，跳进屋来。关上窗户，口中念道：“小艳香，冶容晦淫，慢藏晦盗，谁让你坦胸露怀搂着孩子睡觉不关门，引动我金三欣赏那美人春睡图。谁让你家败人亡，破产还乡，还不肯改动你那少奶奶的模样。是你逼得我情不自禁，是你让我丧尽天良，既来之则安之了，今天你不让我得到满足，金三死不瞑目。”

他来到炕边上，脱去伪装，摸摸那吓昏了的陈氏，欲火中烧。孩子“哇哇”地哭叫起来，恶贼扯弄被角，揪一块棉花塞在孩子的嘴里。大亮以前，老金三满足了兽欲，从陈氏手上取下那只金戒指，心说：“我把这玩意儿拿去，一旦案发我就说这是你给我的信物。”

天亮，艳香从昏迷中醒来，慌忙穿好了衣裳，迷迷糊糊地把被子也都叠起来，看看孩子……已经挺了尸。陈艳香抱起孩子来，走到外屋地，一头扎进了水缸。两三天没做饭，这还是满满的一缸水，陈氏抱着孩子一头栽进去，焉有活命。

日出，小喜子回家来了，赌场上一番较量，他到底是赢了钱。检点腰包，三口人足够花用一年的。百家笑容满面进得屋来，看水缸里竖着大人孩子四只脚。

消息迅速地传遍全村。早饭后村公所、区公所、警察署全都来了人。凶宅闹鬼出人命，大天白日全武装的警察不敢往屋里走，由长官督催着进去几个，也是毛发直立，战战兢兢。

凶宅，听说古书上便有记载，传奇野史、笔记小说更是屡见不鲜。有两个老司法警察言说他们经办过无数的离奇案件，但没有经历过这种案情。

村长芦茂财站在门前不敢往里走，他看水缸里倒竖着的那两只花鞋，像是当年阮桂香之物。区长刘紫玉号称大头鬼，今天鬼也怕鬼，紧随在吕署长身后，一阵一阵地头皮发奓。不知是由于好奇，还是为了传教，清水镇礼拜堂的吕牧师也跟随警察来到现场。他身穿笔挺的黑色洋服，高戴着礼帽，手擎着一本厚厚的圣经。当众说：“凶宅闹事在全世界都有传闻，这是魔鬼撒旦占据了房舍，什么人住进去都要丧命。袁百家一门三口住进凶宅，如果早一些信仰基督教，上帝就会派天使来保护他们，不会有今天的下场。”

“一贯道”的坛主刘元甲，指手画脚地也来插嘴，说北京有八大凶宅，奉天有四大凶宅，这是尽人皆知的。冤魂怨鬼死后不肯离去，肆虐害人，并不奇怪。唯一的办法是把这种宅院夷为平地，或者改为寺院，方能太平。

于二大神从人群里钻出来，手指金三的鼻子，理直气壮地说：“我让你把这三间砖瓦房卖给我作胡仙堂，你硬是不肯，这回摊了人命，看你怎么收拾？”

“道德会”的善东王四、邓五发表宏论，认定陈氏母子死于非命，一曰因果报应，二曰天理循环，鬼神有知，报应不爽。袁连喜一家罪孽深重，善恶昭彰，醒世谕人。

进屋的警察不敢把尸身从缸里拖出来进行检验，站在门前的警察署长，命金三做这件事情。老金三抖衣而战，寸步难移。哀求他院里的伙计，把那两具尸体从缸里取出来，伙计们磨身走散。袁百家哭昏醒来，自己把他的老婆孩子拖抱到西屋炕上去，警察这才凑近前验看尸身。草草地验了一遍，声言并无异状，二人都是浸死的。

吕署长命警士把屋中的桌椅搬到院心，请随行的几个头头脑脑全都落座，然后当着众多的村民审问袁百家。小喜子一五一十地把他为了吸食海洛因，夫妻吵嘴，如何跟从金荣海出去抽大烟，又在后街耍钱，几昼夜没有来家。他本人认为，艳香母子自尽，确乎是由他引起的。在耍钱场上听说艳香抱孩子到镇上去治病，他的赌兴正浓，也没回家。艳香暴躁脾气，准是一时想不开，抱孩子寻了短见。

署长听他说得有理，忽然震怒，站起来抽出佩带的指挥刀，用刀背子在他的肩上背上抽打了几下，袁百家只顾呜咽没有讨饶。贼金三过来擎住署长的手腕子来个羊羔跪乳，求署长手下留情，这孩子是他的盟侄，他看在盟弟袁连喜的面上，愿意为他家处理善后。

吕署长借坡下驴，收刀入鞘，又责难金三："你既与袁家世交，不该让这三口人住进凶宅。如此怪异案情，本署长无法向上峰报告，这需得停尸待验，经地方法院派法医法警到现场来，调查清楚方能结案。"金三吓得叩头。区长刘紫玉向村长芦茂财示意，两个人从中圆场，劝署长不要把事态扩大了，劳民伤财。吕署长这才叫金三站起来，责令他把陈氏母子好好地发送出去，这所凶宅如不拆除也不准再住人，并让司法人员当场做了笔录，询问完毕，率随员回转清水镇去了。

过午，金三把他自己备用的一口大棺材，命院里的伙计停放在凶宅的堂屋地上，并恳求他们帮助袁百家，把艳香母子入棺成殓。又在棺前设立了供桌，铺陈五供，香炉、蜡台、香筒、花瓶，全套的祭器，也摆设齐全。这是金家祭祖之物，看来老金三对袁家遭横事也尽到了友谊之情。

一整天的工夫，前街这个肇事地点，官府的公差出出进进，众乡邻没人靠前。傍黑，偶然有几个小孩子站在凶宅的门前张望，但很快地都被大人叫回去了。艳香母子暴死，居然没有一个人前来吊唁。

艳香的父亲陈厨子，远在永吉丝房倒闭、袁连喜夫妻一死，就十分关切他的女儿和女婿，但这位老人的倔强脾气，使他横下心来不搭理他们。小喜子携带家眷搬回虎石台，老厨师也是忧心忡忡。宝庆堂金三坏品行不端人所共知。当初怂恿连喜弃农经商，无非是想谋算他的房地产。如今袁家势败，他把小喜子招进凶宅，下一步定然没有好结果。俗话说虎独不食子，自从那三口人搬回村来，他是天天盼想着小艳香能和她的女婿来给他赔个不是，只要他们一个头磕在地上，老人家马上就让他们搬到家来。老妻、二子多次地请求，要主动去看看，都被老头喝止了。

古道热肠的王老好，就在出事的前几天还来找厨师商量，让他把那三口人收留回来。怎奈厨师一口咬定已经和他们断了亲，特别是小喜子陷害尤金榜那段公案，至今还使他恨气难消。老好劝说无效，只好告退。实因为贼金三有意勾引陈艳香一节，虽然在堡子里已经传开，但当着她爹碍难言讲。

今日出了天大的横事，陈厨子听信便急昏了，躺炕上人事不省。老妻、二子只顾护理他，没到前街去。看样子，陈厨子这条老命也危在旦夕。黄昏过后，愁云笼罩着山村，三街六巷全都断了路行人。

宝庆堂的雇工们帮助袁家操持丧事，忙活了一天，此刻都回院里吃饭去了。凶宅内、灵堂里，只留下百家一个人。棺前的两支白蜡，高插在蜡台上，没有点燃。百家拨亮了棺盖上面的照尸灯，叨叨念念地说："艳香啊，你和东子死得好苦。请你告诉我，是不是老尤家大妞逼你死的？"他拍打着棺木，听了听，里边没有回应。回转身来，摘开东屋倒扣着的房门，迈步走进去，面对当初姜大妞和阮桂香上吊的房梁，认真地说："姜大妞，你活着那么良善，死后变得泼辣起来了。你丈夫尤金榜是我害死的不假，可我仅仅是给财主们通风报个信，怎知道大头鬼和孙扒皮敢对一大群官兵下毒手。我要知道能有这个后果，宁肯用针线把嘴缝住。我袁家和你尤家好歹是二十多年的老邻居，你家里摊横事，我们同情，我家摊横事，你怎么能够忍着心落井投石？祸是小喜子惹的，艳香和我那东子无罪，你实实在在是不应该逼死他们母子。"百家说到此处，长叹了一声，心想，这也不一定是大妞把他们活捉去了，判官不查生死簿，阎王老爷不点头，鬼卒不拿着勾魂牌，谁也进不去枉死城。

百家回转灵堂，昏暗的灯光下看那对开的门，被人轻轻地拉条缝，老金家三大爷哭丧着脸，紧张地丢给他一个油纸包，关门走了。

宝庆堂的大院子里，定更以后，老东家、少东家已然安歇。睡前给打头的留下话，告诉明天起早套车，给老袁家送灵。谁的胆子大，可以到东院去，陪小喜子守夜。伙房屋缺少胆大的人。打头的吃罢了晚饭，没有脱衣就寝，头朝里躺在炕上抽烟，心绪不宁。他想到袁氏一家，也是堡子里开荒动土的老户，老连喜劳累半生，积攒点家业，财迷心窍变产改行，一家老少落得这般下场，实在是悲惨。乡里乡亲看袁家摊事心里着急，可是没法过问，小喜子又不是个争气的人。常言说，红白事情不是一家办的，今晚，只留百家一个人在凶宅守夜，万一再出点什么差池，老袁家可就连根儿烂了。他想到这里，叫醒了四个精壮的伙计，说明原委，大家义不容辞。

五个人走出宝庆堂，前往东院，临行每人手里拎一根镐把，身后又带上三条狗。就这样走进凶宅的院落，还觉得毛发直立，心里紧张。来到房门口，忽发现这三间房屋，静悄悄黑洞洞的灯火全无。打头的心想，小喜子给老婆孩子守灵不能害怕，不拿蜡烛还罢了，照尸灯咋也熄灭了？他自恃人多，拉开了一扇洋门，清清楚楚听那棺材里头咕咚一声。打头的说声："要诈尸！"磨身就跑，四个伙计紧紧跟随。他们慌不择路，本来闯出凶宅向右拐可以回转宝庆堂，但打头的机灵，他怕门户上锁推碰不开，被身后的僵尸捉住。而且从凶宅起步之后，那凶恶的僵尸就已经追上来了。由此五大汉出离凶宅急奔了大路，拼命地飞跑，扯开喉咙大声喊叫："诈尸啦！僵尸撵人啦！救命啊！"

其实他们不喊还许有人出来救他们，可这一喊糟糕了，吓得村民只剩下缩在被窝里打哆嗦的份儿，小媳妇尿炕，老太太筛糠，半大孩子就往炕柜底下钻。夜静传音，五个人相率跑来，势如奔马，加上怪声地号叫，着实地把个村子搅了个鸡飞狗跳墙。

王老好自从村公会改成村公所被免去了杂役的职务，转任村公所的更夫，此时正在灯下抽烟。听街上喧闹，出来察看，正赶上这五条大汉向村公所跑来。王老好张开臂膀试想把他们拦住，问问究竟，可他们大声喝喊："三叔快躲，僵尸就在我们身后追上来了！"五个人从他的身旁擦过去，冲进村公会。王老好站着没动，他已经判断明了，五条汉子所说的僵尸乃是他们随身带去的三条大狗。几分钟以后，五壮汉掉转身，来到老好跟前，揩着汗全都笑了。真乃是人慌无智，逃跑时把这三个家伙给忘了。疑团顿解，五壮汉言说还有哑谜，十只耳朵听的不会错，确确实实棺材里头有响动。三叔问他们："屋子里黑暗，又听棺材里有响动，小喜子哪里去了？"

"看样子他没在屋，也许出去抽大烟了。"打头的嘟囔着说。想起方才走进凶宅，也没招呼人家一声，很觉抱歉。王三叔放心不下，老人家求个人为他看门，他要去看一看。这时，庙前庙后已聚来几十个手持器械的青壮年，听说三叔要去，大家结队跟随。王三叔带着一伙乡亲从庙前出发，雄赳赳气昂昂地扑奔凶宅，胆大的乡民也有随后跟去的。途程不远，迅即来到，王三叔走进院门大声呼喊：“袁百家！袁百家！小喜子！……”

老人家呼唤几声，听屋里没有回应，紧走两步拉开了房门。这时天空的乌云消散，洒下微弱的月光，依稀可见灵前摆设的锡器和供品。三叔又呼唤一声，听那棺材里“咕咚咕咚”地有响动。“嘎吱”“咣当”，只见棺材盖升起半尺高，又落下去了。有人喊声“不好！”反身逃跑，刘铁柱和王长江一左一右架起三叔，拔步便走，众好汉败下阵来。有两三个壮汉当场吓昏，摔倒在门前。这伙人证实了僵尸就要出棺，逃跑的声势比先前那一伙大得多，照旧是飞奔狂喊，又回到庙前。

王老好坐在黄半仙的静室里，喘息未定，左右已将凶宅诈尸的情况向老道说清。黄真人很镇静，告诉大家不要惊慌，他有降妖的法术。眼看他动手从经匣里取出四个用黄钱纸糊的驴蹄子，大家认识此物，那是真人当年除灭旱魃时准备的法宝。老道把宝贝放在兜囊里，很快地更换衣装。这一套服饰很出色，头戴束发紫金冠，短小的道袍，腰系板带，高腰的白布袜子，扎束利落，足蹬一双粉底的云鞋。有一条黄绒的丝绦，十字花绑在身上，倒拧麻花扣儿，把那支开了刃的七星宝剑，斜插在背后。最后，才带上那只盛宝的兜囊。

黄真人装扮已毕，王三叔这才在一旁讲出话来，他老人家抖动唇边的胡须吃力地说道：“福臻，今天晚上可得看你的啦，到了凶宅，首先得把小喜子救出来，僵尸就要出棺，千万别让它伤人。”“三哥放心，我有能力把这妖尸除灭了，不让它伤人害物。”道士慷慨激昂地回答说。王三叔这才手扶着桌椅，移到老道的云床上，有气无力地嘱咐一句：“请多加小心。”

黄真人点头说是，只见他二目炯炯有神，五绺长髯飘洒在胸前，很有如临大敌的架势。

半仙要到凶宅去降妖，需得携带几名护法。王三叔躺在云床上，嘱咐说：“多带人去，万一你的法术失灵，大家动手也能剪灭这具僵尸。”

李大虎站在房门外，挥舞着手中的柞木扁担，高声喝喊：“有种的全都跟去保护黄真人，脓包尿货赶快回家去睡觉。”大虎一呼百应，在场的全都声明要去，众星捧月，随道士拥出庙门。

今夜，堡子里真正是开了锅。财主、粮户，手提着器械在院中巡逻。门窗上锁，还指挥伙计们趴墙头上瞭望，用碾盘、木杠顶上大门。一防僵尸进院，二防趁火打劫。贫穷户不怕偷也不怕抢，单是怕僵尸闯进来祸害人，钉窗户堵门，也全都忙得不可开交。有的人一时找不到粗杠子来顶门，情急生智，把炕沿踹下来暂且使用。因为僵尸出棺，两眼发直，逢门便入，谁知道它闯进哪一家？

听说庙上黄半仙带人去降妖，大家伙儿这才松口气。有特别胆大的，把家里安置好，远远地眺望、跟随。远年除旱魃，没看见真热闹，今夜凶宅诈尸，活灵活现就在眼前，不去看一看，怕这辈子就没机会了。

黄半仙今夜降妖未免也有点胆怯。一路行来心中暗想，往昔除妖净宅，首先是骗人，其次是依仗手画那些刻板式的符咒。多年试验，确实不晓得灵不灵。今夜凶宅诈尸，分明是没有虚谎。乡亲们前去请我，设若不来，那就声名扫地。况且，堡子里真出了祸害，我不能见死不救。可是，诈尸这种事情我没经着过，佛家、道家的经典也未见说明。妖尸出棺如何对待，并没有充分的准备，真要败在它的手下，岂不丢人现眼？忽又转念，福臻自幼习学八仙剑、太极拳，体力功夫却还来得，单凭这把七星剑，力劈妖尸，为民除害，定也能操胜券。

来到凶宅，过夜时分，星月无光，又呼呼地刮起了西北风。半仙偕众人闯进凶宅，看那灵堂双门大开，里边厢噼里啪啦发出阵阵的巨响。老道眼力不错，看那灵前的供桌已被妖尸弄翻，棺材盖斜搭在棺材帮上。半仙故作镇定地说："妖尸已经出棺，闯出来以后它要先拜灶王，后拜门神，大家不要害怕，由贫道除灭它。"

身后的李大虎霹雳般又是一顿喝喊："大家保护黄真人，谁要逃跑是他舅舅作的。"

这时，黄老道的七星剑已经出鞘，用剑尖挑起一道五雷神符，刘铁柱划火替他点燃了，众人没听见雷声，可是胆气大壮。真人锄妖，看样子已经来不及踏罡步斗，只见他直奔灵堂走去好生威武。

啪嗒，灵堂的一扇门被风给合上，但立被妖尸从里面推开，黑暗中，那妖精冲了出来。黄半仙不含糊，叉双腿站立了门户，剑交左手，伸右手探入兜囊，"嗖、嗖、嗖、嗖"四个驴蹄子连番脱手向妖精打去，可惜全都没有命中它的要害，眼看那妖怪向真人直扑过来。

道法无边，通天彻地的黄半仙，丢开七星剑败下阵来，跑掉了足蹬的粉底云鞋。

那妖尸可能是惧怕老道，没有立即追赶。出离灵堂像是在仰观天象，准备着参星拜斗，然后才能大逞凶威。

众人随黄老道东西逃散，怪叫连天。这当儿来了恶霸孙扒皮，他自从在外府居官久不在家，今夜突然出现，大伙儿却也愕然。有晓得内情的，说他是掌灯以后，骑着大洋马，率带护从打县里回来的，听说凶宅诈尸，也来开眼。众乡民正然溃逃，孙老八迎头来到，有意抹身逃跑，又怕丢了脸面，站定了踌躇片刻，从衣袋里拔出手枪，大踏步向凶宅走去。胆大的看孙八敢冒险，也跟着返回来。

孙八进凶宅，看那僵尸还站在房门口，没容分说，“啪啪啪”就是三枪。那僵尸身中三枪，箭一般向孙八袭来，这老小子“妈呀”一声，慌忙逃走。孙老八跑出去五十步，一头扎在壕沟里，身后的僵尸已经追到大门口。李大虎站在惊慌失措的人群里，又是一声断喝，震动屋瓦，抡起手中的柞木扁担冲上去，照准僵尸的脑袋立劈下来。说时疾那时快，一个孩子跑在大虎的前面，扬起两只小手擎住了他的肘关节，尖声叫道：“李大伯，这妖精是我袁大叔。”孩子一言出口，那僵尸立即栽倒了。

这孩子大家认识，是王老好的孙子斗儿，今年已经八岁了，不知他是啥时候来的。小孩子眼尖，首先看清了究竟。

那僵尸咋在一瞬间变成了袁百家?

金三坏丧尽天良，装神弄鬼，未意就这么害得艳香母子惨死。白日经官，吓得他魂不附体。都是神佛保佑，小喜子在受审的时候，认定母子二人投水自尽是由他自己造成的。在百家挨打的时候，他进前解围。而那个混蛋的警察署长，本欲向他发难，却又被村长和区长拦住了。人命关天，居然责成他把死者发送出去了事，老金三真是喜出望外。他不独舍出了自己备用的红松的大棺材，又急命厨房准备五供。特别是把金家祖先堂上的锡器也给那陈氏母子摆设在灵前，又让猪倌到森隆洋行去取来十刀烧纸在丧盆里火化。亡人入殓之后，灵堂里香烟不绝。恶贼心想，这真是大事化小，小事化无，我宝庆堂一福压百祸，逢凶化吉，遇难呈祥。待到明日，把灵柩移入义地，这件事就只有天知道了。

傍黑，金三在上房吃了几杯酒，到下屋瞅瞅。伙计们正在用饭，查明袁百家一个人在凶宅守灵，老金三可就悄悄地去了。把从森隆洋行购买的准备安抚袁百家的半斤大烟土随身带去，可他不敢进屋，把门拉条缝，丢给了小喜子。

这时，袁百家刚在东屋和姜大妞说完了话，回转灵堂。金三丢给他一个油纸包，打开一看，原来是这东西。灯光之下，小喜子“嘿嘿”地笑了，他手捧着这块毒品，敞开嘶哑的喉咙，说道：“三大爷真够意思，我爹一辈子没白交这个好朋友。”说到此处，他皱起双眉，眼盯着那块大烟土，又是一阵冷笑。用上牙咬下嘴唇，发狠地说：“是你把我坑了，不因为你我和艳香不能吵架，也没有人敢当面管我叫大烟鬼，也不可能携家带眷住这凶宅。不住这凶宅艳香和东子不能死。看起来，你是我袁百家的大仇敌，是你让我袁家断子绝孙。”

他站起来在房中打个旋儿，听听屋内屋外都没有动静，捧起那块大烟土，像吃切糕那样，大口大口地吞进肚去。

袁百家精神陡振，找来劈柴的斧头，把棺材盖撬开，放在上面的照尸灯掉在地上熄灭了。他摸黑儿把棺盖错条缝儿，爬了进去。委曲着身子摸摸艳香又摸摸孩子，将他们母子往一边挪了挪，给他倒出个地方来。像往常夫妻唠嗑那样，小声说：“艳香啊，明儿个一早让他们把咱三口人一块抬出去吧。咱爹贪图做买卖发财，弃农经商的时候，连祖坟都随着土地卖了，你我带孩子只好到乱坟岗子去安家了。不过咱们在那里落户以后，我要领你和东子到镇上去，找咱的爹妈。咱爹勤学苦练，有一整套生意经，到阴间，咱们老袁家还是不能受穷。”艳香没吱声，百家叹口气，坐起来把棺材盖拨正关严。

开始，只觉得里面憋闷，喘息出汗，很快就有点经受不住了。毒品入腹，使他顿觉前胸麻痒，动手撕裂了衣裳。这当儿，便是打头的领着四个伙计先头来到的时候。五大汉怪声呼叫，翻身逃跑，袁百家继续在棺材里折腾。王老好率带乡亲二番来到现场，那百家已经神智昏迷，除了在棺内翻身打滚，求生的本能，使他坐起身来，伸双臂推起了棺材盖，但因浑身乏力，那棺盖张而复合。王老好一行去后，他终于把那棺材盖掀开了，并从棺内爬了出来，迷惘中还意识到自己干渴，摸索到水缸旁边。那缸中余水不多，寻找水瓢，碰翻了供桌，踩碎了丧盆子和陈放供品的盘子、碗。这时节，黄半仙刚刚来到，百家寻瓢，在屋中乱撞，最后，胡乱地把水缸搬倒，到底也没有解除他的干渴。闯出灵堂，与黄半仙相遇，劈面挨了一顿驴蹄子。此刻，他的瞳孔放大，眼目昏黑，辨不出周围的一切了。黄半仙败阵，百家并不知情。孙扒皮赶来，对准他连开三枪，百家忽然清醒，向恶霸冲了过去，这算是小鬼儿战胜了阎王。他追赶恶贼来到大门口，李大虎的扁担抡起来的时候，他已经站立着停止了呼吸。

恶霸汉奸孙扒皮开枪打死袁百家，自知这是误伤人命。依仗他财大势大，天亮以后，照旧带着侍从，骑着大洋马，够奔县城。半路上遇见了警察署长吕耀庭，两个人就在马上叙谈几句。孙八告诉他，袁百家装神弄鬼，影响堡子里的治安，他已经把姓袁的枪毙了。叫署长行文上报，说袁百家精神失常，假扮僵尸吓唬百姓，孙占元为了惩处刁民，把他打死了。上峰如要追究，让他直接去找我。吕署长在马上欠身称是。

孙八去后，署长率领随员来到虎石台，会同村长到前街肇事地点检验尸身，查看现场。这回把袁百家的尸体陈放在院子里，光天化日之下验尸的司法警察没觉害怕，经过详细检验，把笔录递到署长的手里。来人验明死者袁百家，主要的死亡原因是曾经服用了大量的毒品。四个驴蹄子打在他的身上，并未造成伤害，三发手枪子弹，有的透穿左臂，有的射入腹腔，有的仅仅是擦伤了皮肉，判断死者不中这三枪，也是难逃活命。

死亡原因既经判明，灵堂现场那就一看便知。苦主袁百家，服毒之后自己爬进了棺木，试想与妻和子同死同埋。但入棺之后毒性发作，昏迷中不能自已，垂死挣扎磕碰棺木，最后又推开棺盖，跳了出来，神志不清碰翻了屋中的什物，这才引起先后三次的误会。至此，案情真相大白，署长命人把尸体再放到屋里去，听候处理。

半路上有孙占元已经打过招呼，身旁同来的区长刘紫玉和昨天一样还主张草草了事，不要过分地追究。他当然清楚今日袁氏灭门，查其远因，有吴六的责任。

吕署长偕一干人来到村公所，吃罢了早饭，稍事休息。隔着玻璃窗，看外面大街小巷人来人往像赶集的一般，如此离奇的命案，怕已惊动了全区。一警士进来报告，死者袁百家的小舅子陈小二前来求见，并要求署长大人和他单独谈话，署长点头。

吕署长走进一间静室，陈小二把门关严，恭恭敬敬地施个礼，泪如雨下，哽咽着叫声“吕老爷”，随即泣不成声。署长让他坐下，小二不肯，一把鼻涕一把眼泪地述说他姐夫家的冤情。他首先控告孙八误伤人命，说百家虽然服毒，但还有救，恶贼三枪断送了他的残生。财主金广梁，人称金三坏，阴险毒辣，残暴不仁。袁连喜和金三交好，陈家父子一向是反对。怎奈老连喜财迷心窍，认贼作父，这才在金三怂恿下变产改行。做买卖发财，那仅是昙花一现，上当受骗，老夫妻惨死在清水镇。村中人有目者共睹，金三支持袁连喜变产离村，无非是要谋算他的房子地。金三两个大儿子，视同仇敌，不能同居。老金三为了巧夺左邻右舍的房场，挤走袁连喜之后，又用阴险的手段祸害了尤老四。他为谋夺尤家的房屋，装神弄鬼，逼尤氏搬回关里家，这是众人皆知的。金三的长子金荣海移住西院。次子荣山一度住进东院的小瓦房，但迁入之后，那房子照旧闹鬼。虽经黄半仙施法净宅，还是未得平静。原因是一条街上的大神于二，看金三为了谋夺房产装神弄鬼，气他不公。又在那宅院周围巧弄机关，让金三把那凶宅转卖给他，充作胡仙堂。金三不肯，金荣山又不敢继续居住，这房子才空闲下来。陈小二说到这里，鞠躬言道："大人不信，请传讯凶宅的东隔壁白二先生，这个人能做证明。"

署长点头听他继续往下讲，小二判定，他姐姐和外甥双双自尽，这里边必有隐情。绝不是什么妖魔鬼怪生抓活拿，定然是横遭谋害。听说他姐姐回村之后，贼金三到她家常来常往，大伙儿都说，金三坏有意于陈艳香，蛛丝马迹可以根寻。说到他姐夫吞吃大量毒品，陈小二已经做了调查。百家死前，金三从森隆洋行买了半斤大烟土，他本人并不吸食，判断金三把此物交给了袁百家。灵堂里丢弃着一张油纸，洋行经理张茂森认出此物。百家吞服大烟土，是金三逼的还是哄的，一时闹不清。但百家确实是为它丧了命。陈小二最后说："请大人明鉴，我姐姐和外甥惨死，老金三若不亏心，凭他一个天生的吝啬鬼，舍得出自己备用的花头棺材？他金家祭祖的锡器能往我姐的灵前摆吗？备办五供，又杀猪宰羊。"

吕署长沉吟半晌，冷冰冰地说："知道了，人命关天非同小可，案情复杂，容我派人调查调查。"

陈小二抹着眼泪出离村公所，叹坏了蹲在庙台阶上的一群乡亲，交头接耳，纷纷议论。骨肉至亲到底是藕断丝连，今天陈小二不出面，袁家的冤案怕就难以昭雪了。但他状告孙八误伤人命，大概白费劲。孙扒皮财大势大警察署绝不敢惹他。官向官、吏向吏，必得徇情包庇。何况袁百家已经服毒，即令不受枪伤，也难免一死。穷追细考，黄半仙、王老好和宝庆堂那五个伙计，都有责任。他们把服毒的人当鬼打，耽搁了时辰，断送了人命。当夜，倘若是听见动静便开棺查看，袁百家能得活命。因为隔道墙就住着白二先生，立刻抢救还来得及，不至于让烈毒行遍全身，不堪救药。

后街李大虎，一时莽撞险些铸成大错。当场，他手中的柞木扁担若是劈下去，袁百家的脑袋定准得开瓢，血肉模糊，警察来到那就无法检验了。孙八打百家三枪可以没事，大虎这一扁担，就得摊人命官司，虽然不至偿命，也得坐牢。

说到老金三，大家是切齿痛恨。他才真真是个活妖精，多年来所作所行，阴毒损坏，天人共怨，苍天有眼，但不知何时才能叫他遭报应。针对此案，他就是得脱法网，也难逃天打雷劈。众乡亲正然议论，忽发现前街杨福田的儿子三宝，手拉着棍头儿领他那瞎眼的爹爹走进村公所。

老木匠来到村公所，声言要找吕署长，单独地谈一谈。这时，正好吕署长还没有离开那间静室。老杨进屋落座，他的小儿子侍立在一旁。署长问他的来意，福田缓缓地说出一番话来。他先说早年就认识这位吕署长，因为这位老爷，郭军反奉那一年，在庙头上打死了他的大外甥。事后听人说，他的外甥犯了死罪，因为殴官就是造反，造反就应当枪毙。至于吕大人用燃烧弹打着了他外甥的三间草房，那也是上支下派。所以说，老杨头遵章守法，心里不怀恨吕大人。提到福田自己，当初行凶杀子，也受过官刑。说起他的二外甥沈万才，老杨头也是很觉抱歉，这孩子杀人惹祸，逃跑在外当了胡匪。九一八事变后参加抗日救国军，听说在沈阳吃了败仗，至今下落不明。老杨向署长表示，他的两个外甥以及他自己，都是违犯过王法的人，但他求署长相信，杨福田品格端正，不能妄口八舌。只因生性耿直，路见不平就要拔刀相助，交友处事，信义当先。这才有怒打公义堂管事的李春山那桩举动。师弟侯德盛被公义堂逼迫得家破人亡，老杨急怒攻心，瞳仁反背，成了盲人。瞎眼之后，体废肢残，本应当足不出户，苟活天年，可是，良心催促他，为袁家的命案，摸索着也得前来告发。

老杨头向署长说的，大致和陈小二所讲的雷同，只有补充没有删削。特别对金三坏这个人，在堡中多年来的恶迹，讲述得十分翔实，他请求署长，严查究竟，替袁氏申冤。吕署长好言安慰他，答应一定严办，并亲自把福田送到村公所的大门口，然后又回到静室，陷入了沉思。这位吕署长，毋庸说，他也是父母所生。老木匠适才说的那片话，引动他想起往事来。当年枪崩沈万洪，杀人放火，也就是官兵当了强盗。为自己升官发财，祸害百姓很是亏心。老杨头不念旧恶，够个良民。我自从来到清水镇，对这个老人就有耳闻，听说这个木匠，一身残废，都为的是朋友。当初和仁慈堂闹东伙纷争，手刃了亲生的儿子，说他凶狠，却也英雄。作为一介庶民，侠肝义胆，乡里流传。老人提起沈万才，这个人姓吕的对他不生疏，远在本人在大帅府当差的时候，就听见关于他的传说了。自从惹祸逃离家乡，投靠万宝山，加帮为匪，随大柜远征吉林，此人化名叫双牛，随帮行动，杀伐骁勇，威震绿林。卫队旅奉命进攻万宝山，此人率带飞虎队，在“西天边”粉碎了装备精良的装甲营。官兵打破山寨他随“一条龙”进入欢喜岭，女盗自尽，把一只百宝囊赠送给他。我吕耀庭受副官长沙大人之命，五次前去万宝山，追寻此人和那个鹿皮囊的下落，可是掘地三尺，也没找到这个人和那个东西。在四家子、两家子一带，拘捕刑讯，处死了不少的人，但这个谜一直也没解开。大同元年，抗日救国军攻打沈阳，姓沈的才有了下落，是通缉在案的要犯。可怎么能设想，他又敢混进兵工厂。张二德发现以后，和沙仲先谈起来，老沙也竖起了大拇指。当时二德说，有把握收买他给满洲国出力报效。可是第二天，那个威武的张厅长就像条癞狗似的死在他的手里了。此人作案以后，又不知隐藏在哪里。杨福田忽然提到他，叫姓吕的有点心惊胆战。不说姓沈的，单讲老杨头，他若不是双目失明，吕某也得多加小心，这种人刚烈无比，什么事情都做得出来。听说维持会没撤销之前，自卫团和日本守备队清洗地面，搜杀抗日救国军，在虎石台捕获多人，但没有追究这个瞎老头子。他外甥是救国军的督队官，爷儿俩在西路军的司令部里会面，舅舅外甥抱头痛哭，感动了所有在场的人。内中有一段故事，救国军的参谋长曹荣，准备给老头一笔钱，杨福田拒不接受。他外甥沈万才拿出八副金镯子献上，老人问他外甥这是哪来的，把那沈万才问得张口结舌。就是这个瞎舅舅，把他接在手里的物品，又还了回去，并告诉他外甥，你舅舅虽然穷困，但不取不义之财，等你们救国军开兵饷，你再拿你的俸禄回乡来孝敬老人。这件事一直被乡民传为佳话。

今日，刚直不阿的杨福田替袁氏来陈冤辩屈，检举揭发金三坏，却也够得上是一番壮举。姓吕的身为地方官吏，有责任明察暗访，澄清事实，方对得起身穿这套警服。何况说，金广梁谋算尤老四和袁连喜的房地产，本官到任之后早就听说了。查清此案，有助于教育乡民破除迷信，并能够彰显吕某的声望。但署长吕耀庭转念又想，来时路上孙占元曾经打过招呼，区长刘紫玉和村长芦茂财对详查此案像是都有顾虑。案情本身，光怪陆离，办起来怕不那么顺当。这里边原告、被告关系不清。老尤家听说搬回关里家以后，只剩下那么一个母老虎了。袁连喜已然是断子绝孙。姓吕的有心替他们申冤雪恨，到归宗，怕还是没人领情。常言说，千里居官，为的吃穿，烦恼皆因强出头。这件事最后还应当是顺水行舟，平安稳妥，手抓住金三的把柄，大大地发笔外财才是正经。

吕署长决定之后，命警士把金三传来。金三坏也在那间静室里会见了吕署长，他甘心情愿孝敬吕大人“满洲国”国币三千元。

过午，警察署、区公所和村公所，召开了一次联席会议，决定立刻了结此案。理由是袁百家一门三口先后自尽，皆由神经错乱引起，并无其他怪异事情。迷信传说，蛊惑乡民，影响秋收。责令房东金广梁将死者三口同棺成殓，即日丧葬，该凶宅不得再行招户，或者量力拆除。这一桩骇人听闻的命案，就这样宣布了结了。

从此，这座远近驰名的凶宅，就空闲起来了。房中袁家的遗物由村公所拍卖，拨作公积金，用来扩充义地。因为陈厨子早已声明和袁家断亲，依理不能接受袁家的财产。

老金三事过之后病了一场，拄棍儿刚能行动，便去拜望于二大神，自愿把那三间小瓦房卖给他改作胡仙堂。大神于二贵贱不买，并且厉言厉色地告诉金三，胡三太爷有话，那栋房子有尤家和袁家分住东西屋，永远为业了。你若是把它拆除，两家子的冤魂怨鬼无处栖身，可要搬到你的上房屋里去。贼金三明知大神这是吓唬他，但又觉得他说的近乎情理，打那以后，拆不敢拆，卖不敢卖，重新地封闭起来了。

虎石台凶宅闹鬼传遍四方，差不多一个冬天，没断了前来参观的人。

阳历新年，老金三到清水镇备办了两份厚礼，一份送给区长刘紫玉，一份送给署长吕耀庭。给署长送礼的时候，因为馈赠礼品的人很多，门房让他留下名片代收，金三不肯，要求亲自面见署长把礼品呈上。候等多时，上面传下话来，署长召见金三。简单叙谈叙谈，屋中的客人很多，金三起身告退，署长送他到房门口，听金三小声说:“国币三千元放在点心匣子里。”署长微笑着点点头，并告诉他:“日后有什么事情，尽管前来。”

金广梁骑乘他的大叫驴“墨黑特”从镇上回转虎石台。一路行来心中暗想，适才和吕署长分手时，他所说的那句话很有分量，看起来我这笔钱算没白花。从今往后，三里五村有什么人摊官司，我给他们在衙门里走动走动，还可以捞点油水。他骑在驴背上，顿觉风光。

金三进堡子，行经村公所，正碰见芦茂财迎面走来，慌忙下驴，二人站在路旁谈唠几句。村长打着水声儿说:“听说你给区长和署长送礼去了？这笔钱怕是白花了。前几天我出张到县公署，新任的清水副县长过问咱堡子凶宅闹鬼、酿成人命这码事。友邦人不相信中国的鬼神，他说这个案子不算了结，要亲自下来查一查。这位副县长你不知道是谁吧？他就是西岭日本守备队长清水少佐。在国境线上作战，残废了一只手，现在派到本县来当文官。这位爷杀人不眨眼，你是知道的。据他判断陈艳香母子在水缸里自尽，绝不能只是因为夫妻吵嘴，准是那女人先是被人奸污，自觉没有脸面活在人世，才自寻短见。”他说到这里眼珠儿一转，向金三扮个鬼脸，脱口道:“对于这种事情，我有经验。”老金三只顾打哆嗦，没发现芦茂财说走了嘴。

当晚，芦茂财从村公所回家，见金三已经在客厅里候等多时了。金三坏不惜任何代价，哭求芦茂财立刻到县里去一趟，千千万万别让那清水县长下乡来，凶宅案件不重翻，他宁肯再花上几千元。芦茂财故作为难之状。次日果然进县，用从老金三手中敲来的现款，在城中玩乐几天，当然也去拜望了清水县长，因为那是他的老上司。至于凶宅闹鬼一节，清水不知道，他也压根儿没提。

金三坏视财如命，一下子损失了这么多的钱款，等于是抽了他的筋，扒了他的皮，进腊月就病倒了。事情还没算完，他绝对没有想到，躺卧在病榻上还有人来敲诈他。这个人没出宝庆堂，竟是他的亲儿子金荣山。采花盗柳的金荣山，天生的色中恶鬼，袁百家夫妻携带孩儿从镇上搬回来不久，他也就相中了陈艳香，看那是现成的便宜，动念去捡，走动两次和他爹磕头碰脸，这个贼可就忍痛割爱，悄悄地回避了。他省下两条腿，眼睛和耳朵可忙碌了起来，白天晚上紧盯着他爹，一直盯到老头子装扮鬼怪，闯进袁家去行凶，连他爹行事完毕，把那块棉花从人家孩子的嘴里掏出来离开现场，他全都看在眼里。

龙生龙、凤生凤，王八蛋生杂种。金荣山比他爹更阴险，隐忍着直到今天。如果不看那老头子病势沉重，怕他呜呼哀哉死无对证，时至今日他还不想下手。

金荣海、金荣山，兄弟不和，拿刀动杖，由来已久。老金三无力管教他们，这才图谋房产，不惜丧尽天良，准备着给他们另设新居，有分家那一天，各自独立门户。所以，西院的产权到手，立刻让荣海搬进去。未料，东院的产权在握，荣山搬进去，没住上几天，就因故闹鬼又迁回了老宅。最近两年，他正动脑筋要谋算前院、后院的产权，还准备给荣山另谋新居，至于老宅子，他打定主意，得给他的老儿子荣焕留着。

长子、次子，兄弟成仇，妯娌反目，老金三无能为力，只好另作主张。老两口偷偷地商定，看这两个畜生，游手好闲不务正业，鸡争鹅斗，一心就是纷争老人的财产。你和我年事老大，幼子无知，恒产不能移动，须得多攒点浮财，留下棺材本儿，修短有数，知道还能活几年。主意即定，老两口子可就攒起体己钱来了。九一八事变前后，金广梁财发万金，众人皆知，可他究竟赚取了多少浮财，神鬼不知。荣海、荣山心中也只有个荒数儿，大约足有万元之谱。这笔钱拿来买地，总能置办二十垧。渺渺茫茫地有线索，老头子的体己钱都在外堡子放出去吃利息，在哪堡子有款多少、吃几分利息、债户是谁？更是一概不知。

今天，荣山来到老爹的身旁，看视他的疾病，摸了摸还在发高烧，仅仅是不说胡话了。他点起一支洋烟卷儿，狠吸一口，把浓烟喷在他爹的脸面上。金三一阵咳嗽，这才睁开眼，从被窝里伸出一条膀臂，手拉着他的儿子断断续续地说："荣山，爹怕是不行了……可叹我这一辈子惨淡经营，给你们留下这一片家业，要好好地保全它……创业难守业更难。我死以后，你们没靠了，自己都要骨立起来，和你哥也要和好，打仗亲兄弟，上阵父子兵，别忘了……弟兄不和，亲友无义。”

他又是一阵咳嗽，他儿子还是照旧抽他的洋烟卷儿，很不耐烦地听他爹继续往下说：“爹临死给你们留一句话，见风使舵，胆大心细……老爹这一辈子就是凭着这句话发福生财。”

金荣山扔掉了烟屁股，俯下身来趴在他爹耳朵旁边嘀咕了半天。大意是说，你现在病重，我必须得趁你没咽这口气把话说明白。你让我和我哥和好，那得日头搁西边出来。咱们话讲当面，不管你是死是活，开年正月我得和金荣海分家。你是我亲爹不假，可你一辈子阴险毒辣，坑害了无数的人家，我作为你的儿子，已经良心发现了。关于你装神弄鬼逼死姜大妞，赶走尤老四，奸污陈艳香，用棉花堵死人家的病孩子，这些个罪行，我要到官府去告发。警察署被你买通，它上边还有法院和县衙门，我这么干乡亲们不能笑话我，这有个现成的名堂，叫“大义灭亲”。

老金三额头上淌出了冷汗，可他儿子的话还没说完。逼他爹把积攒多年的浮财偷偷地移交给他，并且绝对不许泄露。在这唯一的条件之下，才允许他爹不去吃官司，临死的时候，落下个全尸。

金广梁躺在炕上，件件应诺。

第二十二章

“满洲国”为了推行奴化教育，广设学堂。三月一日“建国节”，也就是皇帝登基的日子，虎石台的村立小学要正式开办。校舍便是当年保甲房占用的那五间瓦房。村长芦茂财兼任小学校的校长，正等候县公署教育科把教员派下来，届时开学。

清早，庙后老沈家大秃子从永吉堂跑回家来，告诉妈妈，今天小学校的两位先生要到咱们堡子来。庙头上聚着一群人，正商量欢迎他们呢。沈氏姑嫂笑容满面，二秃子、长祥子乐得蹦起来。

众乡亲奔走相告，消息传遍全村。多数的农家，几辈子没有读书人，听说村里新设学堂，大伙儿全都准备把子弟送去念书。午后，西村头汇集着无数的乡民，内中还有预备上学的孩子，跟随大人一起来迎接先生。

一辆大车在岭上出现，众人抑制不住欢喜和急切的心情，恨不得立刻就看见这两位先生的模样。鄙陋的山村，这算是来了圣人。二位先生很有礼貌，远远地全都下了车，步行着和大家在村头上会面。芦茂财迎候在前，看了他们带来的“派令”，向大家介绍说：“这位是金先生、这位是王先生。”众人拍手欢迎。

那位金先生，中等身材，宽额头，四方脸，浓眉大眼，满面的笑容，穿一套学生装，年在二十左右。那位王先生，高高的身形，瘦削的脸膛儿，长眉细目，年近三十，穿的是西装。两个人经村长介绍，未及说话就被一群孩子围住了，七嘴八舌，问东问西，二位先生应接不暇。这当中包括后街董四婶领来的老儿子家兴和侯德盛的遗孤小长贵，沈大嫂带来的是她家二秃子和她的外甥长祥子，王长江媳妇领的是她的小叔子王长吉，前街福田大舅母带的是她那个三宝，焦大婶领的是先房留下的小成龙。王老好的孙子斗儿没人领，这孩子实在太闯愣，拨开众人，首先给二位先生施个礼，一左一右拉住他们，响亮地说："老师啊，别看俺堡子小，可有几十个孩子都要上学，我们个个都能听你们的话，谁调皮我们揍他。"斗儿说出这番话，大家伙儿全都乐了。

接先生的大车停在村公所的院子里，因为校舍就是这里的东厢房。孩子大人帮着卸车，发现王老师身上穿得阔，行李很简单，金老师穿着朴素，几件箱笼包裹，却很是沉重。

五间砖瓦房，南撇四间分割成两个教室，剩余那间，是老师的宿舍。二位先生把行李安顿就绪，村公所指派的堂役王老好过来和二位先生见礼。他已经在校长的授意下，给先生备办了接风的饭食，大人孩子这才纷纷离去。

校长陪二位先生在他们的宿舍里吃了一顿饭，一瓶烧酒差不多都让那位王老师喝了。堂役在桌旁侍候着，王先生不断向他询问，此地干鲜果品和肉食的价钱。王先生对于来到乡村教书，能饱口福却也满意。那位金先生和校长谈唠，问的是堡子里有多少户人家，预备上学的孩子有多少，学校是否容得下，教室的桌椅齐全不齐全，学生们的作息时间应当怎么安排等等。

夜晚，老师的宿舍里掌上了煤油灯，一群孩子聚拢来，趴着窗户往屋内张望。老师招呼他们进来，孩子们又都跑了。因为大人已经嘱咐他们，夜间不许到学堂打扰老师休息。

三月一日，小学校正式开学。

村公所的大门也就是校门，右侧门垛上挂了一块木牌，写的是"虎石台村立国民学校"，校门上交叉着日本国和"满洲国"两面国旗。围墙两侧，书写着巨大的醒目标语，一侧是"日满亲善，一德一心"，一侧是"精诚团结，和平建国"。学校的两个教室，打开隔板变成了礼堂。山墙上悬挂着皇帝陛下的御影，御影之下，供奉着皇帝的登基诏书。

男男女女携带自家的孩子，走进礼堂参加开学典礼，把四间屋子挤得满满的。村里有名的乡绅都是学堂的校董，坐在最前列。众乡民挨不上座位的只好站着。孩子大人不停地说话儿，屋子里十分热闹。午前十点，校长宣布典礼开始。首先是唱国歌，由王先生领唱，其实唱歌的只有王老师一个人。孩子大人听罢了国歌，又照旧说话儿。

第二个程序是宣读诏书，校长把个纸卷儿高举过顶，然后才放下来，展开宣读。内容是："奉天承运，皇帝诏曰：我国奠基，国号满洲……"实因为屋子里说话的声音太高，听不清诏书里面说的都是什么了。

校长致辞，下边还是那么喧闹，轮到两位老师讲话，这才肃静了下来。

王老师站在前边说："鄙人王育才，旅顺口公学堂毕业，曾经在大连教过几天书，后来考进了奉天师资养成所。现在日语吃香，好些地方都请我去当翻译，我没去干。没想到卒业以后，分配我到这个穷山沟子里来了。没来以前我就向县教育科声明，只教日语，别的我不教。到来这几天，看此地的吃喝儿还便宜，可发现这里的小孩子不太规矩。教几天看看，若是太操心，我就卷铺盖走。特别是睡火炕，我有点不习惯，总之，我不想在这儿长待。"

王老师稀松平常的讲话，引起了一阵喧笑。有位老人说："再听听那位小先生的吧。"金老师讲话了："我叫金石开，在沈阳师范学校肄业。因为最近学校改为日语学院，我只好不等到毕业就出来教书了。因为是在城市长大的，对于农村很生疏，可一来到这里，就爱上这个地方了。这里的人和事使我感到十分亲切，有决心在这儿待下去。我喜欢这群天真无邪的孩子，能尽力把我所学到的知识教给他们。本人很年轻，开学以后，不知道教好教不好，请父老兄弟们随时指教。我知道，在乡村，人们送子弟念书是很困难的。我向各位家长保证，让你们的孩子入学以后，多增长知识，长大了都能成为有用的人才。"

金老师的讲话，博得了热烈的掌声，有几个孩子挣脱大人的手，跑到前面来扯着他的衣裳，蹦着跳着说："你是个好老师。"开学典礼就这么结束了。

准备上学的孩子早在开学以前就缴纳了学费、书费和杂费。三月一日开学，三月二日随即上课。校长原定分甲乙两班教习功课，但因王先生只教日语，不包别的学科，只好把两班合成一班，两个教室变成一个教室。国文、算术、地理、历史、自然、体操、音乐，还有一门手工，都落到金老师的头上。

开课第一堂，安排上日语。王老师进讲堂，手提着一捆新书，预备给学生发放。登上讲台，发现教室里的学生，七长八短相差悬殊。八十多个座位全都坐满了，年岁大的约在十八九，年岁小的只有六七岁，男女夹杂，服饰混乱。一个个笔直地坐在座位上，直瞪着两只眼，够得上是奇形怪态了。王老师忍耐不住，扬声大笑，把学生们也笑得莫名其妙。有个大学生站起来问他："老师，你笑什么？"

王老师看看他，这小子膀大腰粗，皮衣皮帽，穿戴很是整齐。学生发问，只好回答："我看你们不像学生。"未想，那个学生咧嘴一乐，伸出手来说："你看我们不像学生，把学费退给我们吧，我还正不想念呢。"座位上站起来一个小学生，手指着那个大学生说："他是吴六的儿子吴广泰，在镇上已经念了几年书了，上这来就是想跟你学日语，你让他多交点学费，上他家教他去吧。”众学生一阵哄笑，那个说话的小学生拍下桌子喝道：“你们笑什么？谁再笑让我爹把你们全都撵出去，不兴你们再来念书。”王老师走下讲台，摸摸那孩子的头顶问道：“你叫什么名字？”“我叫孙思奇，小名金锁，孙八爷是我爸爸。”另一个孩子接言道：“他爹孙老八，外号孙扒皮，是俺堡子的大恶霸。”王老师又问这个学生：“你叫什么名字？”“我叫芦再新，校长是我爸爸。”

王老师刚一转身，俩孩子打起来了，整个教室开了锅。金老师过来，把两个小学生拉开，并让全体学生到门外去站队，指挥他们走进教室。男生坐在一边，女生坐在一边，小个的坐在前排，大个的坐在后排。

金老师退出教室，王老师拿起了点名簿，教导学生说：“我现在点名，叫到谁的头上谁站起来说声‘到’，让咱们师生互相认识认识。”然后开始点名，听他点的是王小斗、孙思奇、焦成龙、芦再新、沈明礼、邓富才、侯长贵、吴广泰、董家兴、金荣焕、杨德山、王超、王长吉、刘月娇、李承业、吴丽娟，以上这十几名学生全都站起来依次答“到”。王老师继续往下点：顾真宗、关东虾，这两个名字王老师连念三遍没人答应，他觉得奇怪，手按着名册往下问：“没有叫顾真宗的吗？”学生没吱声，老师又问一遍，吴广泰站起来回答：“我们这里没有顾真宗，只有个顾慎宗，他是顾天成的儿子，小名‘长祥子’。

王老师看看名册，哂笑说：“我看马虎了。”扬起头来说：“谁叫顾慎宗？”那学生起身说声“到”。王老师接着往下问：“关东虾是谁呀？”有个较大的学生站起来说：“王老师，我姓关，名叫关秉椴。”老师又仔细地看看名册，面红过耳，不知道哪个调皮的学生在角落里打起一声呼哨。王老师有点难为情了，心想，山沟子里的孩子净起些生古名字。再往下点，害怕丢丑，急中生智想出个解救的办法来。让那些个还没有点到名的学生，一个一个地站起来自报姓名，和名册相对照，这回可就捷便了。每点到一个，他就在册子上划上一笔，最后还剩下一个学生没有起来自报姓名。老师问：“还有一个学生没起来报名，怎么回事？”

一个女孩子羞答答地站起来说：“老师，我的小名儿叫玲子，还没起学名呢。”王老师看那孩子，穿戴华丽，十分俊美。适才打架的那个孙思奇说：“她是陈寡妇的闺女小玲子，她妈是个狐狸精。”孙思奇话音刚落，脊背上重重地挨了一拳。大家看那打他的孩子，是后街老董家抚养的孤儿侯长贵。孙思奇又想和侯长贵开打，被老师喝止了。

发完了新书，老堂役摇起了下课的铃铛。

王老师回到教员室，怒气冲冲地说："这个地方我真待不了，一班的学生长幼不匀，高矮不齐，这可怎么个教法？小孩子比红胡子都野蛮，在课堂就打起来了。没别的，三天以内，我就得给他卷行李呀。"老堂役一旁劝他。

这时候，金老师正站在课堂东撇的操场上，堵截学生们不准到村公所的院子里游戏，以免影响办公。但有一群孩子不服约束，飞也似的跑到村公所的院子里去，观看拴在那里的几匹大洋马。村公所的办事员金荣海告诉他们说："咱堡子要设立种马场了，往后家家户户都养这种大洋马。"又手指孙思奇称羡地说："金锁子他爹官运亨通，又当上马政局局长了，张七是咱区种马场的场长。"金荣海话没说完，以王小斗为首的另一群孩子跑过来，把先前那群不守规矩的孩子拖到学校操场里去，两伙孩子扭打在一起。金老师连拉带劝忙活半天，这才平息，并且让所有的学生都回到教室里去，宣布提前上课。有几个孩子坐在课堂里仍旧还是气忿忿的。

金老师正要和大家讲话，王老师拎着教鞭走进来，在讲桌上"啪"地抽打一下，恶狠狠地说："谁再打架骂人，我就用教鞭抽他，乡村小孩儿忒野了。"

金老师请他息怒，回去休息，王老师不肯，气得脸面发白。这时候校长进来了，抢行两步，把他儿子芦再新薅耳朵揪到前面，打了七八个嘴巴子，并且不许他哭，然后登上讲台给全体学生训话。大意是，旧民国乡村的孩子没有机会读书，因为私塾已经废弃，国家和地方又没有能力兴办洋学堂，"满洲国"成立，你们才能有这个福分。远的不说，就讲咱村的孙八爷，他若是没念过书，能做大官吗？我本人也念了十年书，才有资格当村长和校长。圣人说，学而优则仕，万般皆下品，唯有读书高。你们的家长把你们送到学堂来，指望你们学而有成，光宗耀祖改换门庭。尤其是一些穷学生，父兄供你们念书要花很多的钱，学费、杂费、书费，过几天还得做操衣。你们上学以后不听老师的训教，不遵守校规，总这样的吵吵闹闹，能把书念好吗？

王小斗从座位上站起来，规规矩矩地说："校长，你说得对，方才我们不是瞎胡闹。有几个同学不听老师的话，我们管他们，他们不服这才打起来了。"

校长让他坐下，告诉大家，从今往后不论在课堂还是在操场，谁也不许打架骂人。谁有不是，可以告诉老师。今天起在黑板旁边要准备一条教鞭，一块竹板，教鞭是打屁股的，竹板打手心。有调皮的学生，教鞭竹板不管用，那就记过。记上三大过，就要开除，被开除的学生当然是不退学费，并且，永远不准他重新上学。

校长一顿响亮的嘴巴子和这番训教，学生们立刻老实了。时间一到，校长和王老师退出课堂，金老师开始给学生上课。老堂役从教员室搬过几大捆新书来，金老师打开一捆，开始发放。原来那些书本上都用毛笔工楷写好了学生的名字。国文、算术、历史、地理、自然五本新书同时发放。老师叫到谁，谁到讲桌前面来领取。有的学生小声说，金老师为把大家的名字都写到新发的书本上，昨天忙了大半宿。

八十多个学生依次把新书领到手，并和老师在讲桌前边见上一面。小学生见大学生给老师鞠躬，彼此效仿，老师的脸上浮着微笑。发放到最后，金老师的手中还剩下两套新书。王小斗站起来说："金老师，我还没有领到。"老师手拿着书本，没有递给他，亲切地问道："你这个名字是谁给起的？""是爷爷，因为妈妈生我的时候，是在冬天，屋子里很冷，外面又在刮风，妈妈怕把我冻死，就把我放在一只斗里了，爷爷给我起名字就叫斗儿。"学生回答说。"既叫斗儿，怎又改成了小斗两个字呢？""有人说斗儿不像大名，报名的时候，爷爷就让我改名叫小斗了"小斗这两个字不好，我听说乡村有些财主用小斗放粮、用大斗收租，我给你另起个名字吧。"老师庄重地说。孩子回答："那得问问我爷爷。"

"这是我孙子，请老师给他取个新名字吧。"老堂役站在门口，推开门笑呵呵地说。金老师从讲桌上提起墨笔，在几本新书上添写了小斗的新名字："王北辰。"

另一套未发放的新书，是寡妇的女儿小玲子应得之份。老师知道她没有学名，也想给她新取一个，问孩子是否要经过她母亲的同意。玲子从座位上站起来，畅快地说："给我自己取名字，不必和我妈合计，您就费心替我取一个吧。"老师问她家中有没有弟兄姊妹，他们的名字都犯什么字。学生眼泪汪汪地说："我连爸爸都没有，哪来的兄弟姊妹，到如今我还不知道姥姥家姓啥呢。"同学们一阵哄笑，那姑娘面红过耳。金老师沉默片刻，说道："你就叫陈帼英吧，我在一本书上看到有个女孩儿叫这个名字，她的身世也很苦。"小玲子无比高兴地说："谢谢老师。"

老师提笔把她的新名字依次写在她应领的书本上。课本发放完毕，金老师指点贴在墙上的课程表，把每天、每周的课程安排，解释清楚，并告诉学生们遵守学校的规定，按时到校上课。

这一堂上国文，金老师让学生把国文课本放在书桌上翻开，开始讲授第一课。

第一课的课文是配图的五个字：人、手、足、刀、尺。有几个大学生登时就笑了，告诉老师说：这几个字我们全都认识，请你讲下一课吧。有的小学生也提出来，他们看图也认识了那五个字。金老师微笑着用粉笔在黑板上大大地写个人字，然后开讲了。这一个人字，老师讲述了多半堂，说的是人从哪里来的。老堂役摇起下课的铃铛，学生们端然静坐，像是没有听见。

学校规定每天是六堂课，星期六只上半天。内中每周上十五堂日语，剩余的时间教习别的科目。开学半个月，孩子们上学很热心，只对上日语课有点头疼。因为王老师教书不管年龄大小，智商高低，一律像填鸭似的教授。学生记不住，背不下来，默写不出，经常地挨手板儿、挨教鞭。王老师常在课堂上训教学生："咱们'满洲国'将来要像台湾和朝鲜那样，纳入日本国的版图。我生在关东州，自幼就学说日语，单凭说日本话，走到哪都吃得开。你们这群粗野的孩子，不赶快学会日本话，长大了都得苦力干活。"

他用强制教学的手段迫令学生认真学习日语，却也颇有成效。

二位老师逐渐地和孩子们建立了感情，但孩子们对老师有自己的看法，不久，学校里的童谣唱出来了：

金老师教得好，
肚里学问用不了。
王老师净瞎扒，
关秉哏念个关东虾。
中国人不说中国话，
洋鬼子是他亲爸爸。

校长过问此事，体罚了好几个学生。但学校这位教日语的先生王育才从此得了个"关东虾"的绰号。

孩子们的学习渐渐地上了轨道，这一天老师主持在班里选出两个"级长"。人里拔人，最后确定让王北辰和孙思奇二人担当，俩孩子品学兼优，只是一穷一富，全班同学都很佩服他们。

级长也就是学生代表，可以参加校长召开的校务会议。一日在会上，王北辰向学校提出来，应当把操场布置布置，操场的四周必须得圈起来，因为有些同学在下课的时候，经常跑到庙头上去买零食吃。操场里边空空的啥也没有，上体操课除了做规定的"建国"体操，再就是跑跑步了。清水镇的小学校，操场里有很多体育器械，供学生们使用。这些日子我们在下课以后，虽然不打架了，但仍是乱跑乱跳的不规矩。校长感到孩子提的很有理，但他为难，村立小学没有置办教具的经费。金老师提出来，只要搞到一点木材，他领着学生可以自己动手制做。芦村长感慨地说："北山上树木成林，只是，当年的公物现在已经归一个人所有了。"

"我爸爸不在家，放了学我和妈妈说一说，给学校几根木头做器械。"孙思奇说。校长表扬了他。

很快，公义堂派车给学校送来一批木料。金老师领着学生自己动手。二秃子沈明礼从家里取来几件生了锈的木匠工具，那是他二叔当年用过的。老木匠杨福田的儿子杨德山，也是半拉木匠，其他几个较大的学生拉锯、推刨子也都来得。干起活来大家才知道，金老师的木匠活儿干得很出色。篮球架子、排球网杆、单杠、双杠、滑梯都首先绘出图来，然后下料，这样才合乎规定的标准。利用课余时间，金老师又带着学生把操场四周方方正正地栽上了榆树墙，学校的操场变了样，好些家长都来参观。

先听说"满洲国"的大皇帝要到日本去拜访友邦的皇室，到五月份就颁发了"皇帝陛下访日回銮诏书"。校长从村公所把诏书捧过来，又供奉在御影之下。告诉二位先生，停止全部课程，让学生整日学习这道"诏书"，要求会讲会背，最好是能够默写。副县长清水四郎，兼县里的教育科长，不久要下来视察。二位老师只好遵令实行。

这道"诏书"，字句通顺，但全是文言。数百字的东西让孩子们生吞硬咽，十分吃力。然而，几天的工夫，孩子们到终归把它背下来了。小学生齐声背诵这道"回銮诏书"，其词曰："朕自登基以来，亟思躬访日本皇室，修睦联欢，以申积慕。今次东渡，宿愿克遂。日本皇室恳切相待，备极优隆。其臣民热诚迎送，亦无不殚竭礼敬。衷怀铭刻，殊不能忘。朕与日本天皇陛下，精神如一体，尔众庶等，更当仰体此意，与友邦一德一心。以奠定两国永久之基础。发扬东方道德之真谛……"

此种鬼画符的文章，一般农民谁能听得懂、解得透？但还有人听得懂。这日黄老道听到学生们读"诏书"，急转身退入庙堂，重重地关上了庙门，气忿忿地说："傀儡把戏，令人作呕。"

村长说，副县长来视察学堂，要有所准备。除了要求小学生在县长来时，会讲几句日语，能背"回銮诏书"，还得全穿上统一的操衣，也就是学生制服。

这天傍晚，王老师躺在宿舍里，发起牢骚来："我说老金，前些日子我要打退堂鼓，你拦着我，这回我是非走不可了。庄稼人送孩子念书，那是鸭子上锅台——一猛之劲儿，交完了学杂费，就舍不得再花钱了。白天我调查一下，男学生只有五六个有制服，其他人回家去问，大人都不肯花这笔钱。尤其是女学生，连她们本人也不同意做制服，说穿上衬衣短裙，没法在堡子里走动。你看看，有些个孩子到现在还没买书包，铅笔使净了也不再买，在课堂上跟别人借。大户的孩子干净漂亮，穷人家的孩子又脏又破。县长下来视察，实在是有碍观瞻。"

金老师说："关于学生做制服，我有个想法，让男学生都穿上黑色的裤褂，即使是打了补丁，也要洗得干净，这就可以。女学生不愿意穿短裙，让她们都穿蓝色的大褂儿，式样相同浆洗干净，我看就行。这个季节，正是农家青黄不接的时候，给孩子们花钱，确实有困难。校长倒是一片好心，鼓励咱们把这个新开创的学校搞得好一点，力争能成为全县的模范小学，我看这种虚名，不争也罢。"

王老师很不耐烦地起身溜达去了，他自从来村，和张茂森、金荣海等人相交甚好。

王老师走后，金老师趁着晚霞的余晖在屋里看书。老堂役从他居住的耳房走过来，给先生点起油灯，这时房中已很幽暗了。金老师合上书本和堂役叙谈起来。他自从来到虎石台，从这位老人口中得悉了很多闻所未闻的新鲜事，遇有机会就向他问长问短，老堂役也是不厌其烦。今晚，他又向老人问起，班上有几个较大的孩子，上学很热心，为什么忽然旷起课来了？老堂役告诉他，现在正是忙铲忙趟的时候，这些孩子都帮助家长下地忙活去了。庄稼人送子弟念书，多数不求他们学而有成，当官为宦，发福生财，而只求孩子们念了几天书能懂得些个人情世故，不再那么浑拙猛愣。最高的要求是让他们会写两笔豆腐账，认识几个字，能看懂租契、典契、房文书、地文书、婚姻帖、当票子也就是了。以免和别人办事的时候受欺骗。半大孩子念书，最多也就是一年半载，往多说也不能超过二三年。因为只顾念书，不下地去干活，到来日怕是娶不上媳妇。年龄一到，需得烦媒定亲，花红彩礼，百样的开销。

庄稼院儿办场喜事，大人孩子就得忙碌不知多少年。这是说较大的孩子。至于年岁小的，春种夏锄没有大用，待到秋收季节，怕也不能天天来上学了。开镰以后，他们要下地去捡拾庄稼，接着还得到山上去随大人采集干果药材，贴补家中的日用。到冬季，大孩子、小孩子也还是闲不住，捡粪积肥，帮着家里干些个零活儿。屯堡人念书和城圈儿的孩子截然不同，他们只求够用，不求富裕。念大书，做大官，那是财主家的事情。一个人博古通今，学富五车，须得是文曲星照命。

这真是一处不到一处迷。从此以后，金老师和王老师对学生们的课业讲授认真，督催得更紧，孩子们也是刻苦学习，积极努力。老师不断地教育同学，守时惜阴，古人说“一寸光阴一寸金，寸金难买寸光阴”，必得争分夺秒，增长学识。

进六月，农家刚刚挂锄，上学的学生便多起来了，但很快又要放暑假了。金老师请求校长开一次家长会。家长来校表示十分感谢这二位先生，送孩子来上学还不到四个月，孩子们写写算算大见成效。问老师把大家请来有什么要求。王老师说，金老师一心要把你们的孩子教好，他提出来这一学期不放暑假了，趁农闲时节，让孩子们多学点知识。我本人心有余而力不足，离家日久，假期得回旅顺去省亲。金老师是个单身汉，没有家室之累，他要一个人承担起全部的教学任务。尤其是日语，请家长放心，金老师教得一定比我强，日本话他是自修的，全凭一本字典，背诵单词，现在有能力考三等翻译了。

学生家长欢喜和感激不尽。暑期，王老师回南城探亲了。金老师独自教授这一班学生，整日开课不算，一早一晚，还给学生们进行辅导。他鼓励孩子们，趁着夏季天长，充分利用时间，课程重一点要急起直追。古人说：“学如逆水行舟，不进则退。”

伏假只放四十天，王老师回校，考问学生，个个都有长足的进步。王育才扪心自问，十分惭愧，开学后主动从金老师的手中抢过几门课程来，替他分挑重担。他见金石开热心教学，累得比春季消瘦了许多。二位老师用这个态度教学生，感动了村里人，特别是孩子们，风雨无阻，按时到校。

七月雨水勤，每日里阴晴不定。这天早晨，细雨蒙蒙，孩子们老早就到校来了。级长孙思奇来得稍晚，背着书包夹把雨伞走进教室，给老师鞠一躬，又问声同学们好，坐在自己的座位上，开卷阅读。同学们顺他的来路往外看，见公义堂的女仆石妈，呆呆地站在校门口向内张望。大家知道，每逢刮风下雨，她总是亲自把思奇送到学校来，但从没有走进过学校。较大的学生也都知道，这个公义堂的女仆，是孙思奇的妈妈，但孩子们不太明白，这里边有什么故事。

石妈只顾向院中呆望，未计较天空聚拢着乌云，霹雳一声，降下了倾盆大雨。她是宅门里的女仆，很懂得自己的身份，既不能走进学校和村公所，又不能到庙前饭馆子和洋行里去避雨。设若在这些地方抛头露面逗留了，回府去准要受八奶奶的责怪。势逼无奈，走向关帝庙的门楼。

关帝庙的门楼子，是个飞檐起脊的建筑，与院内的钟、鼓二楼和供奉武圣的大殿四角对称，十分壮观。两扇朱漆的山门，可以通过车辆，石妈到这个门楼底下避雨，宽敞得很。她站立未稳，从森隆洋行跑出个女人来，顶着大雨，踏上庙台阶，高高兴兴地叫声："大妹妹。"石妈看她，身上的绸衫几乎湿透，插在头上的花朵，扑簌簌地滴落着水珠儿。她手里拿着一包点心，含笑说："你又送金锁上学来了？这回我看你怎么回去。昨晚儿我家里有伙打牌的，天亮来困，没给孩子做早饭，小玲子饿着肚子上学来了。我追出来给她买包点心，正预备送去，又来了这么一阵急雨。"陈寡妇手拉着石妈，掏手绢儿把庙上的门槛子擦一擦，两个人并肩坐下来。

石妈一直没讲话，定睛观看眼前的风雨。寡妇来时高兴，此时忽觉无趣，撒开拉人家的那只手，放下托着的那包点心，无聊地回转身，透过门缝儿观察庙里的动静。石妈一乐，这才开口："我说老陈哪，你和我家舅老爷的事情，八奶奶都查问好几回了，我看你就死了这条心吧。你可别看他是个江湖人，可出身显赫，当年在北京、上海都是达官贵人。你对他一片真情，量他也知道，可是他顾全身份，决不能娶你。风火道人有娶妻生子的，可是他不能成家了，因为他的妻子在上海与他活离活散，福臻发誓终身不再娶妻。即使你们两个都同意，我家八爷和八奶奶也得给你们搅黄，主要是怕丢他们的脸。八爷和八奶奶都说过，他若肯脱下这身道袍，立刻便引荐他出去做官，要想做买卖，可以从公义堂拿资本。可恨这个穷老道，与孙家虽是至亲，却是那么疏远，自从来到虎石台，没借重过他姐姐的财和势。"

"大妹妹你还提他干什么？我陈寡妇虽然是个下流坯，在正经事上也知道有脸有皮。"寡妇流下眼泪，"你和我在这个堡子可以说是最被人瞧不起的两个人了。我知道你不为了儿子，我不为了女儿，咱俩可以找棵歪脖子树上耷拉吊儿。你在公义堂的地位比我难，上炕的老妈子给人家生了孩子，孩子生下来还不许认娘。多年来你的苦楚，只有我能同情。"

"别说这些了。"说着石妈也止不住眼泪，这回她拉过寡妇的双手在疾风暴雨中说起她的苦恼来。金锁降世，那刁恶的八奶奶黄氏便叫这孩子的亲妈做乳娘，牙牙学语，教给孩子跟他的乳娘叫石妈。就这样，瞪着眼睛做戏，直到孩子会蹦会跳。出旱魃那一年，八爷领她带孩子去沈阳，他家的七奶奶也为此事气愤不平。但这位八奶奶来头大，本事高，谁也惹不起，声称有她这口气在，决不允许八爷把石妈收房。可怜她忍着耐着直到如今。送金锁子上学那天，发生了一件让她伤心的事。她给孩子新衣新帽打扮齐全，嘱咐他到了学堂好好听老师话。看孩子学生装束，心里高兴，情不自禁就在他小脸上亲了一口。那金锁神气一变，劈面打她两巴掌，气哼哼地说："我是少爷，你是女仆，往后不许再亲我了。"她把孩子送到学校，往回走，一路上泪流不止。晚上金锁偷偷地告诉她，是妈妈让他那样做的。阴险的黄氏，对于府中的佣人，从来是不打不骂，单凭一篇一篇的大道理，讲得人们不敢不服，连八爷都在内。石妈最后说："我现在总是怕，怕那黄氏有一天会让我们母子分离。"

陈寡妇牵着石妈的两只手，认真地说："八爷已经当了大官，你就不会施展点手段，让他把你领出公义堂，在外面安家吗？""那还得了，我这条命怕就保不住了。"石妈苦笑道。

雨过天晴，二女子在庙前分手。山门里面，出现了黄老道的形影，他用道袍擦擦眼泪，说声"罪过"，因为他偷听了人家的谈话。

午前这阵暴雨下得南流北淌，道路十分泥泞。孩子们放晌学，推推搡搡挑道儿走。财主王四的儿子王超刚出校门就跌在泥水里，抬头看见他爸爸从不远处走来，这小子趴在水坑子里耍起赖来。王雅轩转身，让正在赶牛的他院中的半拉子老沈家大秃子，把那少东家背回院去。大秃子赤着两只脚走到近前，想要背他，但被一群孩子拦住了。大家逼着王超站起来，不许叫人背。王四发怒了，厉声说："大秃子，我叫你背你就背，你不背，我就辞了你。"大秃子进退两难，他弟弟沈明礼拉着哥哥说："他这是欺负人，要辞就让他辞，咱们再到别人家去干活。"另外几个孩子吵着骂着，说王四父子的不是。王老四转怒为乐，满脸的奸笑，对这群孩子说："你们上了几个月的学，翅膀儿就硬了，看起来年头儿要变了。"言毕，手拉着儿子回家去了。

住在前街的一群孩子一块走，有王北辰、孙思奇、焦成龙、杨德山、关秉琚、金荣焕等。

焦成龙走在最前面，发现一个大马蹄坑，里面汪着满满的清水，回头说："你们看，这里边的水能喝不能喝？"

"不能喝，老师说井水也得澄好了才行，河沟里的水有病菌，喝了要生病。"北辰接言道。"老师说的话你是句句听，怪不得当级长，我看这个水比井水都干净，能喝。"金三的老儿子金荣焕调皮地说。"车道沟里的水喝不得，里边有马尿。"孙思奇推小金一把催他快走，金荣焕偏不迈步，小孙来气了，"你要喝快喝，别耽误别人走道。"小金三比老金三还要赖皮，挡住几个同学的去路，蹲下来面对那个马蹄坑，问大家："你们说我敢喝不敢喝？我喝咋的，不喝咋的？"小孙看他这个赖皮样子，忍不住气，信口说："你喝一口我给你一角钱。"

金荣焕把两只手插在泥地里，连喝了好几口，爬起来向孙思奇要钱。小孙从口袋里取出一枚五角的铸币，托在掌心上给大家看了看，然后用力把它抛得老远。大家看那金荣焕飞跑追钱，一阵哄笑。这群学生在家里吃过了午饭，返回来又去上学，见那金荣焕还在拖泥带水地寻找那五角钱。为这桩事，金老师批评了两个级长，并且告诉孩子们，要团结友爱，无论在校在家，都要尽量避免开过头的玩笑，搞恶作剧。

连日阴雨，为了保持操场平整，老师不准学生在地面没干以前到那里游戏，课余时间都坐在课堂里温习功课。两个级长以身作则，聚精会神地看书习字，可有的同学做起小动作来了。大同学吴广泰从怀里取出天九牌，和几个年纪相仿的学生打天九。先是随意地玩耍，逐渐真的动起输赢来。邓五的儿子邓富才把口袋里的现钱输光了，试想借几个钱捞回赌本，金三的儿子金荣焕把钱借给他，但要利息。

家长的作风反映在学生的身上，十分明显。金老师发现以后又费了许多的唇舌，进行教育。王老师看金老师对学生循循善诱，总是不同意，他认为教育学生必须用教鞭和竹板。

两天没下雨，教室东侧的一段平坦地面能站住人了。下课以后，女学生能在那里跳绳、拍球。男学生不做这种游戏，他们拿削铅笔的小刀，掼在土地上，划线圈拦，比拼的是谁把谁的多边形线条圈起来，算是胜利。这种游戏名叫"掼刀"，孩子们争相效尤，一时成风。下课时做这种游戏，上课时有的学生就用手里的小刀偷偷摸摸地在桌椅上刻字。王老师发现了，申斥学生们损坏公物的行为，检查了学生的书包，把所有的小刀全都没收了。

两天以后，学校正在午休，来了一个生相凶恶的中年妇女。走进教员室问谁是关老师，把二位先生问愣了。堂役王老好认识这位妇道，她是前街关庆余的老婆，学生关秉踙的母亲。

这女人一屁股坐在椅子上，气哼哼观看这二位先生，见那王老师面目可憎，大声说："我认出你来了，你不用不理我，今天我来找你商量一件事情。咱们一笔写不出两个关字来，五百年前都是一家子，我求求你高抬贵手，别总是跟我过不去。"

金老师慌忙说："关大婶，这位是王老师，他姓王，我姓金。"关大婶迷惑不解地回言道："他不是关东虾，关老师吗？怎么又变姓王了呢？"屋子里的大人、门外的孩子笑不可抑。

王老师红涨着脸，很不好意思地问道："家长到学校来有什么事情，请您说一说吧。"

关大婶气呼呼地说明了来意。头一件是，她的老儿子秉嘏小时候得过抽风病，念过的书总是记不住，上日语课经常挨手板。孩子的左手心，回到家去什么时候查看都是肿的，像个小馒头。老关家几辈子没有念书的，这回送这小六子来念书，指望着老师能够耐心地把他教好。没承想，花钱把孩子送到学校来，就落个天天挨手板。第二件，秉嘏是个要强的孩子，回家去帮大人干活儿，书本不离手，可是越念越记不住。为了怕到学堂里来挨打，睡半夜坐起来哭。他爹恨铁不成钢，心疼供他念书花的那些钱，也时常动手打他。昨天晚上，他爹要修脚，找不着修脚刀，小六子说那把修脚刀在学堂被关东虾给没收了。他爹打孩子，我揍他爹，把我们家弄个窝里反。今儿个，孩子不能上学，大人也没下地，这不是倒了霉了吗。关大婶说到这里，当着两位先生声明，她家的小六子不念了，让学堂把所有的费用全都退给她。她从腰里取出学生的书包，啪嗒摔在桌子上，力逼学堂照办。

听见这边吵闹，校长从村公所过来查看，问明了所以，对那女人说："学校有规定，孩子们中途退学那叫弃权，收缴的学杂费不能往回退。"校长一言出口，脸上挨了一巴掌，紧跟着胸部、腹部又被那女子打了几拳头。连哭带喊，破口大骂。她骂这眼前的芦茂财，自出娘胎在堡子里没干过好事，当村长，办学堂，这是老虎戴念珠——假充善人。谁不知道你芦秧子抢男霸女逼死人命，仁慈堂又叫大猪圈又叫泔水缸。你这个二鬼子给守备队当翻译，祸害了多少父老乡亲，用百姓的血，洗不净你的手。别人怕你，我这个老娘儿们硬是不怕你，今儿个不把学费退给我，老太太跟你见个死活。

母夜叉大闹学堂，屋里屋外聚满了看热闹的人。王老师见势不妙，乘机溜走。芦校长气得脸面铁青，说不出话来。金石开从他的箱子里取出五元钱，递给那个女人说："关大婶，孩子上学时缴纳的费用共四元八角，退给您五元钱，请您消消气回家去吧，学校就要上课了。"

母夜叉接过那张国币，揣在怀里离开学校。她走出学堂的院子，听一群孩子在身后说，金老师一个月只挣十八元钱，不够退四份学费的。这老关太太反转身又闯进了教员室，把那五元钱丢在桌子上，骂金老师："你这个小兔崽子，拿你自己的钱给孩子退学费，我不要。"

大伙儿看她二次出屋离校是抹着眼泪走的。

当晚，金老师安顿一群学生在灯下上晚自习，他抽身出来，拿着学生关秉腶的书包到前街去了。走在路上责怪自己，自从来到这个堡子教书，没拜望过学生家长，一个教师要把学生教好，不了解孩子的家庭情况，是不行的。关秉腶这个孩子比较愚笨，他赶不上课程，主要是教学安排上不得当，使学生负担太重。这就叫欲速则不达，这个毛病需得改正。

金老师来到关秉腶的家，看他家有整洁的房舍、肥壮的牲畜、成排的粮仓，但屋子里可只有一领破柜和粗陋的桌椅。被垛很小，炕席也是缺边少角。家长关庆余揖让老师落座，把家中的六个孩子都叫过来给老师见礼。四男二女，只有关秉腶一个人穿戴整齐。

这位骨瘦如柴、精神硬朗的当家的，文质彬彬地和老师叙谈起来。说他家小六子脑筋不好，看样子不能读书，决定不让他念了。交到学堂的费用，既然不能退回，我家虽然很穷，但也决定不要了。让老师给学生退学费，怪不好意思的，何况学堂又不是老师开的。

金老师说，他不是为给孩子退学费来的。先是检讨了因学校的课程太紧，很多的孩子都感到吃力，特别是体罚学生，并不是良好的教育方法。接着说到关秉腶，说这孩子完全有能力读书，要求家长让他继续上学，学校保证，让他把书念好。关大叔迟疑不决，关大婶立即同意，只提出一个条件，往后老师别再总打他这个老儿子就行了。金老师离开关家，孩子大人送出老远。

这以后，学堂的教学方法有了改变，王老师不再体罚学生，金老师教授功课也开始根据学生们的智力循序渐进。学生和家长都很满意。

秋收，学校允许一部分学生暂时休假，帮助父兄下地去干活，待到粮食还家，再来上课。这期间，金老师抽出时间来，常帮助学生家长干活，看到了他们虽在劳碌中，但也充满了生活的乐趣。当然，他也了解到，农户收了粮，交租还债后，一年的辛苦也换不回什么了。

入冬，课堂里座无空席，早晚自习，老师给参加忙秋的学生补课。多半年下来，孩子们的知识和身量同时增长。

这日天阴，过午，北风呼啸，雪花飞舞。金老师领着学生站在操场上做体操，身后来了一群人，芦校长、刘区长、吕署长，还有副县长清水四郎。师生做完了“建国”体操，副县长站在风雪中当面表扬。很多孩子都认识这位副县长，在他们刚刚懂事的时候，这个日本人常到堡中来，打骂百姓、拘捕爱国者。现在，却变成了一个衣冠楚楚的文官，一条右臂插在上衣的口袋里，态度很和蔼。

下了课，孩子们没到教室里去躲避风雪，多数还都在操场上结伙游戏，副县长兴致勃发，在操场上继续观看孩子们玩耍。一群孩子在铺好的沙地上摔跤，身量差不多的捉对儿比拼。副县长过去摊开双臂给孩子们看看，表明他已经失掉了一只右手。他的身量不高，选一个较大的孩子和他较量，那孩子不敢动手。校长说，这是咱们的副县长，你和他摔一跤，没关系。

副县长连续摔倒了两个学生，骄傲地哈哈大笑。金老师告诉学生们，你们不要怕他，日本军人都会柔道，用我教给你们的招数，可以战胜他。

九岁的学生焦成龙，拨开身旁同伴，挺身而出，三招两式，摔倒了那位副县长。清水县长爬起来，很不好意思地从地上拾起了掉在地上原本安装在右臂上的假手，脸上现出痛苦的表情。

雪越下越大，来校视察的官长以及在校的师生全都走进教室，老堂役摇起了上课的铃铛。

学生依次坐好，级长招呼，“立、礼、坐。”同学们看前面站立着一群人，不晓得这一堂老师能不能讲课。忽见那位副县长神气特别，向坐在前排的董家兴走去了，用绊绊磕磕的中国话问他：“你的哪国人？”“中国人。”家兴爽朗地回答道。这孩子小时候得病，长一脑袋黄头发，加上他的皮肤细白，很像是外国孩子，小名叫黄毛子。

清水听他的回答很生气，转脸问他身旁的孙思奇：“你的哪国人？”“我是满洲国人。”孙思奇响亮地回答道。县长笑逐颜开，从上衣的口袋里拔下一支自动铅笔，赠送给他。接着又问另一个学生侯长贵：“你的哪国人？”“我是中国人。”孩子回答说。“你的中国人不是。”县长说。“我是中国人。”这孩子斩钉截铁地二次回答。

“你的说，我是满洲国人，金笔的给。”清水手拿着自来水笔，引逗着说。“我是中国人。”孩子语气照旧那么坚决。“你的说，我是满洲国人，手表的给。”县长晃动着左腕上的手表。孩子掉过脸去，不再理他。县长满面不悦，虎视眈眈地看着那个学生。级长王北辰站起来，手指着孙思奇和侯长贵说：“孙思奇的妈妈是满洲人，侯长贵的妈妈、爸爸不是满洲人，我们全班只有两个满洲人，孙思奇和芦再新。”

县长没理会王北辰的讲话，继续问那侯长贵：“你的爸爸妈妈什么的干活？”未待孩子回答，金老师一旁说：“他是个孤儿，父亲、母亲、叔叔全都死了，现在寄养在邻居家里，是个苦孩子。”县长回身看那金老师，面沉似水。

副县长这番突如其来的举动，不独金老师生气，连那同行的几位地方官也觉得很不自在。王老师见势头不妙，慌忙解围，用熟练的日本话向县长请求说：“这一堂是日语，您让我给学生上课吧。”清水讪讪地偕众人退出教室。

隔壁王老师哇啦哇啦地教习学生念日语。教员室里，清水副县长在检查悬挂在墙上的“皇帝”御影和供奉着的两道“诏书”。看上边灰尘密布，并没有经常地打扫。贴墙停放的一排简易的书架子，摆列群书。县长细心地检查，从里边抽出几本来。这里有英文、俄文、日文的原版书，汉文书里包括鲁迅文集和几本杂志，内中有上海的一些左翼作家的散文、诗歌和短篇小说。特别引人注意的是俄国人高尔基写的《母亲》，青年作家法捷耶夫写的《毁灭》，这是两部查禁的作品。副县长把这些书籍摊放在桌子上，操日语询问这个小学老师，包括他的出身历史，以及来乡村教书的全部经过。金石开也用日语回答。

区长、署长、村长都替这个青年捏起了一把冷汗。内中顶数校长的心里最明白，这个老师来到虎石台虽然只有多半年，教学认真，品行端正，刻苦好学。来村时携带的箱笼包裹非常的沉重，没想到就是架子上陈放的这几百本书。姓芦的身为校长也了解过这个人，勤勉好学，孜孜不倦，十几岁就失掉了双亲，一个妹妹还进了修道院。他今年只有二十一岁，为了自身的前途，刻苦读书，他依靠自修，初步会讲日语，在很熟练的英文基础上正在攻读俄文，古汉语造诣也很高。芦茂财不是糊涂人，经过长期接触，发现这个青年有点左倾，但不能判断他是个共产党。今天清水来视察学堂，经过短暂交锋，产生了疑窦，并从教员室里搜查出“禁书”，看样子事态要扩大。真把这个青年问出罪名来，我这个当校长的怕也要受牵连。看清水气哼哼的样子，谁也没敢吱声。

五行有救，大汉奸孙扒皮顶雪来到了村公所，照直走进了学校的教员室。一进门就大声地吵嚷：“听说清水上俺堡子来了，拿问教书的小金子，这是何苦的。”

孙占元气汹汹坐在椅子上，也就是芦茂财让给他的座位。副县长立刻改变了神气，请芦茂财翻译，和孙八叙谈起来。他不讲刁难金石开这件事，只说他来县公署到任之后，没得机会拜望这位孙先生。作为一个退伍的少佐军官，对于行政工作很生疏，但县里让他兼管教育，应当说还很外行。虎石台这个小学校听说办得很好，校长芦茂财每次进县都邀请他来视察视察。今天来了，使他很扫兴。这个教师金石开，在很多方面证明思想不良。孙先生是“大满洲帝国”的开国元勋，来了正好，看这件事情怎么处理得当。

孙占元淡然一笑，接着就把这个清水训教了一番。大意是，今天你却还识相，我先不责怪你无理取闹。你作为一个日本的残废军人，“满洲国”任命你当副县长，这算是很高的待遇。可是你当武将做文官，还都有个毛病，不懂得依靠中国人办中国的事。先说当初在守备队当队长，没瞧起我们民间的自卫团，硬是人刀阔斧地残酷镇压，把些个亲日的也挤到反满抗日的路上去了。今天你到一个乡村小学里来，横挑鼻子竖挑眼，看来你的作风还没变。你要责难这个小小的金石开，应当先问问区长、署长、村长和校长，尔后再行使你的权威。查拿反满抗日分子，有宪兵、特务，你一个行政官员，这叫多此一举。我孙占元是怎么回事你知道，在我的村子里不允许有为非作歹的人。今天你这个举动，说明你不配做这个文官，我要通知省公署，罢免你的职务。

副县长清水四郎承认自己的不是。孙八接着说，我今天卷贬你得让你心服口服。大日本帝国为了扩张版图，苦心孤诣，依凭的不仅仅是武力征服。拿我来说，从九一八事变以来，对于建立“满洲国”比你清水的功劳大。他拍拍清水的肩膀，让他看村公所门外那条平坦的公路，“我当辽西国道局局长，近年来经手修通了七条战略公路。这些道路都是指向哪里的？山海关、北平、南京、上海、广州。再说我兼管的马政局，正开始源源不断地向日本的华北驻屯军提供马匹。日本军人夸下海口，言说要在三个月内灭亡中国，现在已经超过三年了，还没打进山海关，你失掉这只右手，便是明证。只凭武力征服、血腥镇压，是达不到你们预期的目的。中国的人口众多，亲日分子只占极少数，要想达到目的，必得施行怀柔政策。”孙八说到这里，问清水服不服。那暴徒心里头默念一声“天皇万岁”，含着眼泪向孙八深鞠躬。

孙占元训斥清水，芦茂财忐忑不安。他晓得今天这个场面不是突如其来的，孙八的举动无非是要在众人面前向清水施行报复。因为这个人在守备队长任上，凭着权势欺侮过孙八。

孙扒皮官高爵显，气势凌人，但又很懂得适可而止。看清水折服随即改变了态度，邀请这一群地方官到他家里去吃晚饭。

眼见众官员随孙八向公义堂走去，王老师提前让学生们放了学。急匆匆地来到教员室，看那金老师默默地坐在椅子上，才说：“石开，我见势不妙打发孙思奇回家去把他爹找来了，你脱了一场灾难。”王老师高高兴兴地拉金老师要到陈家馆子去喝酒。这时，屋中来了一大群打听消息的人，七嘴八舌询问经过。金石开一言未发，走出屋子到操场去散步。他一个人在雪地上行走，尝试驱遣苦恼和愤恨的心情，可是，严酷的现实，使他根本无法抚平精神上所受的创伤。

草草地吃罢了晚饭，金老师被几个孩子缠裹起来。孩子们不懂得咋样劝慰老师，在他们幼小的心灵中只觉得金老师今天是受了屈辱，又不知用什么方法和语言来表达他们对老师的同情。老师也是无奈，强装笑脸，在灯下组织他们演习算术题。孩子们围望金老师，冲淡了屋中郁闷的气氛。王老师躺在床上已经进入梦乡。

外面的风雪不停，金老师看天已不早，动身送孩子们回家。返回来在校门外碰见堂役王老好。老人家浑身积雪，呆呆地站在那里，石开搀扶他走进耳房，两个人坐在土炕上谈唠起来。

一灯如豆，屋子里一阵一阵地飞着清雪。老堂役问那金老师："石开，今天的事情已经过去了，我看你脸上一直不开晴，能不能告诉我，你现在心里想些个什么？"

"三叔，今天这件事情促使我得尽快地改变主意，在敌占区不能再待下去了。最近有同学给我来信，要同我一起到关里去，参军扛枪，投身抗日救国的热流。日本帝国主义是下决心要灭亡中国，今天，清水和孙八的较量，给我上了一课。"

"石开，我一个穷苦的老头子，没有多大的见识，可我能代表俺堡子多数的父老乡亲和跟你念书的孩子们向你请求。虎石台开办洋学堂，这是亘古未有的新事，特别是你这位教书先生，给这个山沟子带来了希望，让村子里的孩子学习知识文化。现在还不到一年，你就要离开他们，让这群孩子们多失望。我求你把这茬孩子教到小学毕业，让我们这个闭塞的村子变变样儿。"堂役诚恳地说。金老师没有立刻回答，默默地回房去睡下了。

他躺在床上毫无倦意，老堂役的那些话语，一直回响在耳边，在眼前映出了一幕一幕的往事。他看见了已故的父亲，他是一位基督教长老会的牧师，教会学校毕业的学生。三十岁开始传教，是奉天基督教青年会的创始人。他出身贫寒，是依靠半工半读念的书。自从当了教会的牧师，开始接受"差会"的待遇，生活一度很富裕。对慈善事业感兴趣，又对欧洲和美洲的进步思想、物质文明十分崇拜。但逐步地被他的民族观念和爱国主义思想所替代。九一八事变以前，他从一个受人称道的牧师，变成了一个左倾的危险分子。军阀张学良在搜捕共产党人的时候，把他也投入了牢狱。父亲坐监的时候，胸怀坦白，告诉那些审问他的官吏，他并不是共产党，但支持共产党的主张，尽管和他的宗教信仰有冲突。共产党是救赎穷人的，而中国的穷人确实是太苦太苦了。

爸爸不幸被监毙了，母亲也因病长眠地下。石开那时只有十七岁，可怕的命运，无情的打击，几乎使他陷入绝境。因为十五岁的妹妹在父母去世之后，百倍地坚定了宗教信仰。自幼聪明无比、活泼天真的女孩子，向哥哥请求，允许她开倒车，从进步的基督教会，再回到古老的天主教堂去，为信仰献身，进修道院。那时，石开刚刚进入九年级学习，自己掌握的知识学问，说服不了那个倔强的妹妹，眼巴巴地看着她走进了古老阴森的教堂。兄妹分手的时候，石开彷徨无措，一度承想跳进沈阳城郊的大河。不是上帝，而是良师益友给了他新的生命，事变前，提携他考进了师范学院。“九一八”一声炮响，师友们各奔前程，到南方去，到华北去，自寻出路，有故土难离的还在徘徊观望。知识界、思想界在急剧地分化，但抗日救国的观念深入人心，甘心当亡国奴的寥寥无几。

金石开在校，指靠校方的助学金维持清苦的生活。他要向父亲学习的，就是刻苦学习，寻求真理。数年之间，他从书本里获得了很多的知识，思想深处发生了巨大的变化。狄德罗、拉美特利、费尔巴哈这些人的著作，使他逐步认清了宗教的虚伪本质。马克思、恩格斯和列宁的著作，使他彻底跳出宗教的泥潭，面对现实走上了进步的道路。他在学校参加了几位要好的同学组织的读书会，看到了俄国无产阶级革命和中国共产党发生和发展的有关资料、文献，尤其是在“九一八”以后，居住在上海、广州等地的左翼文人发表的文章、言论，使他清清楚楚地看见了中国的未来。然而，他仅是中国共产党的拥护者，因为在他接触的人当中，从来也没有发现谁是共产党。今天在小学校里发生的这一幕丑剧，活现了日本军阀和卖国汉奸的嘴脸。他们狼狈为奸，贼心不死，确实应当有所觉悟，已到了踏上征途的时候了。

一群可爱的孩子的面孔浮现在他的眼前，几个月来师生的情感，亲密无间，这些孩子都是未经雕琢的美玉。还有他们的父兄，对我这个乡村老师寄以殷切的希望，我这样撂下一走，却也是于心不忍。金石开差不多一夜也没有合眼，思前想后，左右为难。

虎 石 台

（下）

张治贤 张釜/著

時代文藝出版社

目　录

下　册

第二十三章

腊月，小学校放了寒假。王老师照例回家去探亲，金老师留校未动。春节以前，学生停课多日，老师放心不下。这天清早，出去家访。先来到了就近的老董家，董家兴和侯长贵欢蹦乱跳地迎到院外，董四婶和刘铁柱夫妻也都迎候在房门口。金老师进屋和家长叙谈几句，开始认真地检查两个学生的寒假作业。起身要走，被铁柱拦住了。董四婶堵着房门笑道:“王老师一走，听说你和老堂役天天喝粥，今儿个来到我家，得吃顿干饭。”

金石开说，今天他要到几十个学生的家里去拜望家长，只好改日再来讨扰。怎奈老人拽住他不放。她家二姑娘刷锅点火，铁柱从仓房里取来了冻肉，俩孩子拿瓶子到洋行打酒去了。金老师被迫坐在炕上，董家的大傻子摆上桌子，二愣子铺陈碟子碗。盛情难却，金老师只好就席。董四婶坐在正面，刘铁柱在下首相陪，小长贵认认真真地给长亲和老师斟上了一巡酒。四婶劝酒布菜招待这位老师，老人家无因由地眼圈儿一红，恳切地说:“金老师，从打你来到虎石台还不到一整年，孩子们跟你学能耐，大人也跟着长了见识。像我这样的穷老婆子。听见你说的那些话，心里敞亮。你没来以前，我们也听说咱们中国有了共产党，可共产党是咋回事，一点儿不明白。现在明白了，这是个能救咱穷人、让穷苦人过好日子的党。”

四婶话没说完，被他的门婿打断了，“妈，这些话你搁在肚里就行了，前几天学校里闹的事你没听说吗，鬼子县长难为金老师，好悬没给他治罪。”“咱们这不是在家里说吗。”四婶笑道。“在家里也得小心，警察署里有特务，别忘了隔墙有耳。”二姑娘插话。老太太这才转了话题。

金老师在董家吃喝完毕，要去看望别的家长。俩学生要陪他同去，老师没让。因这几天格外地寒冷，嘱咐孩子们好好地在家中温习功课。

他出了董家来到前院的王家，家长王长江不在，和王大嫂叙谈一番。王大嫂指着长吉说："你这个学生是我的小叔子，我婆婆死得早，这孩子是吃我的奶长大的。跟金老师念书，求您多多地管教他。我家虽然穷，但为对得起死去的老人，要供他念几年书。"王大嫂和金老师正在谈话，东院的沈明礼和顾慎宗跑了来，身后还跟着女同学陈帼英。帼英性急，拉老师立刻到她家去，老师稍一迟疑，孩子急哭了。王大嫂一旁说："金老师，陈寡妇也是学生家长，孩子特来请你，就过去坐坐吧。"老师点头。

王长吉、沈明礼、顾慎宗陪同老师来到陈家门首，随即告退。陈帼英拉着老师欢天喜地走进屋来。陈寡妇隔着玻璃窗看得真切，一阵紧张，额角上见汗。手脚齐忙，叠被褥、擦桌子、扫地、倒痰桶、收拾炕上的天九牌，诸般的行动都在一瞬间，忙得她张口儿娇喘。

帼英领老师进屋，寡妇迎面向老师道个万福，口说让帼英点烟、沏茶，她在外屋地扯手巾要洗脸，抓木梳要拢头。她女儿手提着开水壶，满面不悦地说："你这是干什么？不陪老师进屋去说话儿，先着急洗脸梳头，人家不是来逛你的。"陈寡妇窘迫万状，满脸通红，放下手拿的物品，走进屋来。金老师也很局促，镇静一下，庄重地对给他献茶的学生说："帼英，你是个读书的学生，对母亲讲话怎能那样没有分寸。"陈帼英淌着眼泪说："我妈不正经，您从打教我念书，这是第一次到我的家里来。她这样，我看不上。"

金老师默然，听那寡妇说："金老师啊，我陈寡妇是个破鞋，在堡中保媒拉纤、放赌抽头，大人孩子瞧不起。可我有条命根子，就是眼前这个丫头。她从生下来就跟我这个当娘的受牵连，到处挨人的白眼。从打到学校去念书，我不知道已经问过她多少次，老师对你咋样？孩子总是说，王老师有时瞧不起她，金老师待她和别的孩子一样。陈寡妇是个下贱人，可对您这样的正人君子也是打心里敬服。今天能到我的家里来，我实在是感谢。"寡妇垂泪。她看金老师不抽烟，不喝水，便要起身去备饭。金老师慌忙拦挡，和她又坐下来谈一谈。他对陈寡妇说，既然母女二人生计艰难，你一个三十多岁的人，可以考虑改嫁。知耻近乎勇，为什么不能改变一下自己的生活呢？我看你应该给帼英找个继父。

金老师的劝说，触动了陈寡妇母女的情怀，娘儿俩全都哭成了泪人。寡妇见石开对她们母女真诚相待，说出多年来她一心倾慕黄半仙的话语。金石开也很坦率地告诉她，自从他来村里教书，经堂役王老好介绍，已经和这位黄真人多有交往。这位福臻大哥很有学识，也有一定的政治见解。他出身于封建贵族家庭，爱他的民族，当然也爱他的国家。但他思想深处，还留着狭隘的民族观念和顽固的宗教迷信，这些都使他不能正视生活。关于福臻和寡妇的一段情缘，堡子里尽人皆知。金石开也试想从中玉成此事，怎奈那黄福臻顾虑重重，对眼前的许多事情都是举棋不定。金石开的话，寡妇完全听得懂，除了感谢金老师的帮助，只是不停地哭泣。

金老师离开寡妇家，看那沈明礼和顾慎宗两个学生还在他们的家门口迎着北风候等，老师随他们走进去，孩子们的母亲接到房门口。沈大嫂和柳大嫂与金老师说话，门开处来了沈家的大秃子明义，请求金老师过新年的时候到他家里来做客。明义说他在永吉堂放了三年牛，今年已从大半拉子提升当做活的了，每年挣八石粮食。自从他父亲去世以后，家里今年第一次杀了年猪。金老师高兴地接受了他的邀请。

离开沈家和柳家，金老师来到庙西的正心堂。青砖围墙，高大的门楼，金字牌匾悬挂在门楣上，双门紧闭。动手去叩打门环，院中狗咬，长工打开重门，揖客进院。当家的刘元甲在书房里接待这位小学老师，一个胖娃娃偎依在刘元甲的身旁。老师先问学生刘月娇，家长说，她到明德堂和吴六的女儿吴丽娟做功课去了。老师审视面前那个男孩儿，听家长说："这是犬子玉宝，出生以后，贱内把他娇养惯了，舍不得送他去上学。鄙人在家塾里教习此子，靠他聪颖，已经初通文墨。"家长为了显示孩子的才智，让他当面背诵文章。那孩子一口气背下了《大学》和《中庸》。金老师夸奖一回，吃杯茶，随即告辞。

走在路上，金石开心情沉重，他知道方才见到的这个孩子是刘家花钱买的，应该是焦成龙的弟弟。刘元甲不让这孩子上学念书，为的是把他禁锢在家中，避免和他的亲人相会。

从庙西来到庙东，广亮大门，高挂永吉堂的匾额。王超的父亲王雅轩正站在大门口，说他儿子王超和芦校长的儿子芦再新一起到明德堂温习功课去了。王雅轩请老师到屋里喝茶，石开称谢，说要到明德堂去看看，今天有好几个学生都聚在那里。

金老师来到明德堂，从他家的东辕门走进去，穿行三道门户，进入正厅。见一群孩子正在一张方桌上打"天九"，老师突然进屋，收拾已经来不及。看那桌上的"筹码"，证明他们是在正式地赌博。金老师沉着脸坐在椅子上，吴广泰的媳妇郝梦梅花枝招展地走出来，招呼老妈子给这位贵客端点心，上水果。吴广泰在一旁没敢落座，几个小学生排成一行，贴墙站立，都是几大户的子弟——芦再新、王超、邓富才、刘月娇还有广泰的妹妹丽娟。

老师压着怒火，申斥吴广泰："你是班里的大学长，不应该把他们召集在一起耍钱。在学校的时候，老师已经多次告诫你们，放假以后在一起温习功课，不许胡闹。下一个学年，课程还要加重，不认真读书怎么行呢？"吴广泰红涨着面皮，无言对答。他媳妇一边开了腔："金老师，听说您是在城里长大的，也许不懂我们这里的乡习。庄稼院一进腊月就猫冬，闲暇无事，大人孩子都愿意耍个钱儿。打麻将、看马掌儿、掷骰子、推牌九，像他们打天九游戏，这不算正式的赌博。从打学堂放假，今天还是第一遭儿，下不为例也就是了。"她急快地收起桌上的天九牌，冲金老师抛个眼风儿。告诉几个学生给老师鞠躬，赔个不是。又走过来，扶着金老师的肩膀，亲昵地说："学生淘气是免不了的，一点小事儿，看看把你气的。"

金老师为了不违背来意，让学生们围坐在那张耍钱的方桌前，要检查他们的作业。几个学生不含糊，手边都带着书包。老师一份一份地验看他们的作业本，让他们把落下的立刻补上。孩子们埋头写字，老师无意中打开芦再新的书包，从里边取出两件奇怪的东西来。一个烫金的红本子，标定的是《金兰谱》，一本厚厚的精装画册——春宫图。他简单地翻阅了一下，气得浑身发抖，手拉芦再新走进隔壁，询问他这两件东西是从哪里来的！小芦不怯阵，把事实经过一五一十地告诉了老师。

先说《金兰谱》，这东西是吴广泰从"森隆洋行"买来的，他们几个每人一份，据说这叫换帖，把个人姓名、祖宗三代都写上，也就是从此成了把兄弟。吴广泰为首，大伙儿成为异姓兄弟，有福同享，有难同当，不能同生但愿同死。再说那本春宫图，乃是他们吴大嫂陪嫁之物。最近，大嫂做主，把她家的妹妹小丽娟许配给芦再新，把正心堂的小姐刘月娇许配给王超了。邓富才一人向隅，正与再新和王超争夺女伴。话说到最后，把老师几乎气昏。因为这群可爱的孩子，参照那本工笔画的春宫图，已经正式演练多次了。

金老师无法再抑制他的愤怒，把那两件肮脏淫秽的物品投进火炉焚烧，把吴广泰从座位上揪起来，打了几巴掌，大步走出明德堂。

心绪烦乱，不能再继续去家访。金石开回到学校，一个人在屋里闷坐着，约有两三个时辰。想起教书，在这样的社会怎么能把孩子教好！孔夫子一生教授三千弟子，出了七十二贤人，我金石开从事教育工作，怕是要白费心机。子游、颜回一穷一富，老夫子能同时地教育他们，金石开眼下只教八十个学生，就使我感到万分地为难了。看来古人的说教不一定真实，在贫富分野的阶级社会，小学教育真是令人头疼。

老堂役端过来晚饭，两个人坐在一起吃，老好见石开气色不正，问起原因，金石开没说细情。掌灯以后，吴广泰悄悄地走进来，把一个木板放在桌子上，哭丧着脸说："金老师，请你狠狠地打我一顿，打完以后我有话说。"老师把那木板拿起来看了看，苦笑道："我从来不体罚学生，今天打了你，我很后悔，你有什么话尽管说吧。"

吴广泰抹着眼泪说："白天你走以后，我媳妇又把我打了，她说这种事情传扬出去，要败坏几家的名声。现在让我来，请你别把这件事情说出去。""我说给谁呢？"金老师苦恼地咬咬下嘴唇，接着说："你不让我说出去，得答应我一个条件，从今天起，你的家里不许再招同学们去玩。日后，我发现任何一个学生到你的家里去玩耍，我就把这件丢脸的事公之于众。"吴广泰发誓，今后再不招同学到他家去，并且还要把他的妹妹丽娟送到镇上去交给父母。他本人今后一定规规矩矩地念书，不再胡作乱闹了。

吴广泰去后，从前街来了一群学生，是王北辰、焦成龙、杨德山。三个孩子很兴奋地告诉老师，昨天晚上，几个人探了一次险。天黑以后，到前街宝庆堂的东院那所空废的凶宅里去了一回。发现那栋房子的西屋里，有一套被褥，正在疑惑，听见外边有动静。三个人藏到东屋里，发现了天益堂的东家邓老五领着他的孙子媳妇走进了西屋。仨孩子看准以后，高声喧嚷，邓老五和那小媳妇夹着铺盖逃跑了。小学生夜探凶宅，搞恶作剧，受到了老师的批评。但三个孩子感到很满意，因为此举澄清了凶宅闹鬼的秘密。老师说的话，千真万确，世界上没有鬼。

老师把孩子们打发走，自觉假期以来个人的责任重大，决定次日清晨继续出去家访。小孩子们像野马一般，离开眼珠就要闹事。先到前街老杨家，体弱瞎眼的杨福田，让老师坐在炕头上，亲亲热热地和他叙谈起来。说起他的三间房屋，已租出去一半，一门三口全年的生活，就指靠这有限的一点房租和园田地里很少的出产了。掉顿揭锅的时候，总要亲友们帮助。老人说，他家三宝德山已经十岁了，开了年准备让他出去放猪，不念书了。

金老师坐在炕上，只觉身下一小块地方热乎，屋子里的门窗四壁，冰霜凝结。一只泥制的火盒，摸了摸微微地有点暖和气。一门三口虽然都身着棉衣，但都破烂不堪。石开未加思索，从怀里取出十元钱，掖在老人的手里，安慰他说：

“这一点钱给您老人家添补日用吧。杨德山书念得很好，正月开学他的费用都由我负担。听说你老有一帮孩子，只剩下这么一个，让他念几年书再去佣工吧。”老福田把那钱塞进老师的衣袋里，感激不尽地说：“金老师，你的为人，王老好都跟我讲了，你把每月的劳金差不多都给一些穷孩子花了，孤身一人跑腿子，也得有点积蓄，我不能收你的钱。”

金老师又把那点钱拿出来，放在炕上抬身要走，学生侯长贵闯进屋来，他把那钱给老师带上，拉着老师的手，离开了杨家。路上跟老师说，他听大同学说，他父母去世的时候留下一笔钱，存放在村公会。他求老师替他问问校长，如有此事，想把那钱领出来，添补杨家的生活。另外，他和董家非亲非故，几年来董四奶抚养他长大还不算，还供他念书，年幼的侯长贵心想补报人家。小孩子有此心胸，金老师只好应允。

长贵回到杨家去，金老师去看学生关秉嘏，夏季来过一趟，这算是二次走访老关家。关氏夫妻热情地接待老师，关秉嘏很骄傲地把作业本交给老师验看，表明他的学习很有成绩。可他爹眼皮没撩，寒暄过后向金老师提出，来年不让这个孩子念书了。小孩子读了一年书，学得格外懒，净惦着淘气，不愿意干活儿。同时又埋怨金老师，上次没让孩子退学，半年的工夫又花了许多钱。

老头子话说出口，老婆子紧皱双眉，看样子很想抬手打他一个耳光，但碍于眼前这个文明人，没好那么做。但无论如何，她压不住心头火，狠狠地拍一下自己的大腿，唾沫飞溅，说起自家的光景来。她让金老师看看自家的房舍，富厚的粮仓，院子里新拴的胶皮车，圈中膘满肉肥的牲口。然后，把家里四男二女六个孩子全都叫到跟前来，让老师看一看，他们都瘦成了什么样子，身上穿的都是些个破破烂烂。老太太告诉金石开，我家的孩子大人不如牲口。大小子二十二岁，到如今还没议论婚姻，大闺女十八岁，穿着男人的衣服，一年四季在地里干活。大人孩子谈不上有什么换洗的衣裳，五月节还都脱不下破棉袄。炕上的笸箩里，缺针少线。俩丫头长这么大，也没买过头发绳，袜子穿破了不能补，一只鞋帮得拼三截。说我家里没钱吗？有钱，但一个大子儿也得攒起来买地。现在，虎石台老关家的产业已经不薄了，一家八口人有十垧好地。可这个缺德的老头子，发誓要在他活着的时候，让我们家赶不上公义堂、仁慈堂，也得盖过天益堂、宝庆堂。老太太从被垛里抽出个破枕头来，啪哒摔在炕上，指着那玩意儿往下说。这是关庆余他爹留下的，老头子出殡，他儿子没舍得烧。我家这个看财奴，一年到头枕着它，可他的脑袋，一天只有一两个时辰能落到枕头上。老太太气愤不过，告诉金老师，这几天腊月傍年，多数人家都抱着火盆不出屋，就等过年了。可我家这个老不死的，还像农忙的时候一样，夜晚喂第三遍牲口的时候，他就把衣裳穿好了，头朝下躺着等候天亮。鸡一张嘴，就把全家人都轰起来，出去捡粪，村子里的头茬粪，让我家给包了。老关家的粪堆大，粮食打得多，大人孩子的肚子里，可一滴油水也没有。说到此处，她指指院中的猪圈说："金老师，你看看我家的猪圈，够得上是肥猪拱门了吧。不怕你笑话，我们已经十二年没宰过年猪了。堡子里都跟我老婆子叫母老虎、母夜叉，我自己也承认，又刁又泼。可我摊上的这个男人，任凭你打他骂他，总是三杠子压不出个屁来，认准一门，攒钱买地。他到底是一家之主，我们孩子大人扳不过他的桩儿来。"

老太太吵闹一回，话音缓和下来，看她男人坐在炕沿上，低着头一声不吱。她只好让金老师劝劝她男人，学堂开学，再让秉暇去念书。老关太太给金石开上了一课，让他明白了，金钱在个别庄稼人手里胜过生命。金老师感到这桩事难以奉劝，只能大大方方地说："关大叔，新学年开始，我替秉暇交学费。您家里六个孩子，有一个识字的，对过家不是很有用处吗？"

老关头这才说话："金老师，念书和学手艺一样，要念就得成个大念的，不念，最好就一天也别念。念上几天书，好比打了半瓶醋，一瓶不满半瓶晃。堡子里有几个二流子，就是念书把他们念坏了。我家小六子决计不念了，我怕花钱供他念书，还把他的几个哥哥也拐带得不成器。庄稼人吃饭，凭的就是两只手，念书识字没有用。"金石开无力劝说，但又不忍得起身告退。忽见那关大婶满脸的煞气，从灶上取来烧火棍，怒骂着来劈打她的男人。关庆余双手抓住棍头儿，哀告说："你……先别动手，我……看金老师的面子，再让小六儿念上几天，不就结了。"金老师见事情有结论，这才离开了老关家。

不远便是宝庆堂，这里有他的学生金荣焕。财主金三和其他的家长一样，盛情接待了这位热心教学的金老师。彼此同姓，金三套近乎，口称一家子，问老师，他家荣焕在学堂够不够个优等的学生。老师说实话，讲出金荣焕在校学习成绩低劣，在班级里不遵守课堂纪律，好看小人书，挑拨同学们打架。抻皮糖，抠大眼儿，从中渔利，并经常把零钱借给同学讨要利息。这些行为经过多次教育，一直不能改。特别是他的性格怯懦，挑起事情来，自己不能承担责任，哭着喊着去告老师。老金三一团高兴顿然消失，恨恨地说："养儿不如父，没承想这孩子是个狗屎货，金老师不来说明还一直蒙在鼓里。没别的，从今天起我让他把行李搬到伙房屋，书也别念了，来年给我去放猪。"

老师看这位家长气急败坏的样子，劝他息怒，耐心地请求家长和学校配合，把孩子教育好。小孩子受家庭和社会的影响，难免有这样那样的错误，帮助他改正过来也就是了。老金三转怒为乐，从孩子的身上，又提到了他本人，吹嘘他的宝庆堂偌大家业都是他一手创下的。谈唠中替他的老儿子荣焕辩解，说他这老儿子有内秀，做出什么事情，外表显得愚笨，内里可是精明无比。宝庆堂有一句治家的格言——“胆大心细”。几句话听得金石开哭笑不得。

金老师离开宝庆堂，越过那座凶宅，去看视女学生白爱莲。正赶上家长白二先生染病在床，已然是奄奄一息。爱莲向老师哭诉，她爹在堡子里行医多年，净给别人扎咕病，现在自己病入膏肓，连个来看望的人都没有。老师知道，爱莲这孩子是二先生的养女，两年前随她母亲嫁过来的。她妈妈不久前去世，养父养女相依为命，现在她父亲病重，让一个女孩子实在为难。义不容辞，金老师主动提出来，到镇上去替他家请医生。爱莲称谢。金石开去了趟清水镇，请来了医生甄济仁。给患者打针、用药，前后忙活了好几个时辰，回到学校已经半夜了。假期的老师比开学时还要劳碌，石开回转学校，老堂役还在灯下坐等，见他进屋，忙去打点饮食。

天明，金老师又到白二先生的家里去看视他的病情，西医来得快，已然好转。离开白家，顺路又看了几个学生，会见了几位家长，傍晌的时候来到了孙八的宅院公义堂。学堂的金老师谁都认识，管院子的没用禀报，便请先生进入大厅。石妈出来招待，言说八奶奶少时就来。

孙八奶奶会见金石开，摆出一副尊卑有别的架势，很不客气地对这位老师说，她的孩子在学堂里念了一年书，丢掉了少爷公子的风度。上学时，要求穿布衣，并且经常和那些穷孩子在一起玩耍。她提请学堂的老师注意，教授儿童要区别他们的出身，她家金锁是名门世家的子弟，穷孩子只配陪着他念书，不能一律看待。听说学堂有一个怪现象，穷孩子居多，富家子有限，课余时间受欺负。听孩子说，死鬼侯德盛的儿子侯长贵，在校胆敢打骂他家的金锁，这简直是造反。还有庙后老沈家二秃子、马夫焦大海的儿子焦成龙，在班级里逞英雄。孙八奶奶认为，这和老师的教导有关。平等是外国人的主张，什么人若是敢以身试法，孙八奶奶可不能轻饶了他。

金老师心气跳了，脸气白了，强自镇定，郑重地对那黄氏说：“我作为一个学校的老师，今天是来看视学生，访问家长，以期学校和家长配合，督促孩子的学业，让学生能够在假期不致荒废，并不是出来听家长训教的。我是公立学堂的职员，不是你家的长工，你与我谈话的口气未免有点妄自尊大，很不礼貌。你要求学校对你家的学生另眼看待，这件事并没有明文规定。如觉得你家的孩子在这个乡村的小学校里不适应，可以转学，让他进入贵族学校。”金石开起身要走，石妈眼含急泪拦住了他。那位孙八奶奶见风使舵，也悄悄地回避了。因为在她的心目中，金石开还是个有为的青年，一个回合碰了钉子，也很觉无趣。特别是想到她家的金锁，跟人家读了一年书，大有长进，豪横根儿，乖张性儿，诸多的毛病全都有所改变。

金老师仍执意要走，还是被那石妈的眼泪留住了，她一定要拉着老师去看看他的学生。金老师又是难违来意，随那石妈穿过正厅，走进内院。在一间宽大的房子里看见了孙思奇，他正和两个同学金荣焕和李承业在一起玩耍。石妈头前带路，伸手想拉开那扇玻璃门，被金老师拦住，因为他看这三个孩子玩得挺奇怪。

这个房间什么陈设都没有，里面满是儿童玩具，显然是他家给孩子专设的游艺室。这当儿，只见那孙思奇坐在一辆四轮的小车里，李承业拉着，金荣焕赶着，在房中轰隆轰隆地狂跑。荣焕手中的小鞭子还不停地抽在承业的脊背上。老师拉门进屋，三个孩子停车施礼。金老师的脸色比适才和黄氏斗口时还要难看，他问那抹着汗的孩子李承业：“你假装牲口拉车飞跑，孙思奇拉不拉？”承业摇摇头。老师又问金荣焕：“你光是赶车，坐没坐过这辆车？”荣焕也是摇摇头。“一样的同学，三个人在一起玩，为什么总是一个人坐车呢？”老师问道。孙思奇眨巴眨巴两只大眼睛，不安地说：“我妈妈给他们每人五元钱，让他们每天陪着我在家游戏，怕我跑到街上去和野孩子玩。”金老师木然无话。

石妈带这三个孩子送老师往外走，李承业的爸爸李春山拄着双拐从门房赶出来，和金老师交谈。金石开心如刀割。

当日，他又访问了几位家长，看视了几个学生，直到天晚。三天的工夫，仅仅是走访了二三十户，八十多个学生，还有一大半和老师没有见面。但先生未再出房，他感染风寒病倒了。金石开在病中还挣扎着到后街老董家去一趟，面见四婶，动问侯长贵委托他的那件事，因为连日来那孩子已经催促了数次。四婶说，有这桩事情，那是长贵从正心堂跑出来，老人家经手面见村中的头头脑脑，当众商定的。即侯家仅有的一点儿家业，包括房场、园田、倒塌的房屋、粮食仓、牲口圈、一匹瞎马、两口肥猪、一部分家禽和农具，通通折价变款，约在五百元左右。言明存放在村公会，待到孩子长大了，还给他拿来自立门户。我董家收养这孩子出于自愿，不取任何报酬。小长贵现在还没有成丁，这笔钱决不能动。杨木匠对他侯家有恩，我们也替这孩子尽一份情意，历年间，福田家里缺柴少米，我们也没断了接济。老师和四奶谈话，侯长贵立在一旁，哭求四奶让他把这笔钱领出来，给杨家和董家使用。四奶坚决不同意，孩子拗不过大人，只好作罢。

年底，金石开终于拜访了全部的学生家长，对每个学生都进行了照料。这当中仅仅落下了一家，那是天益堂。

一天过晌，天益堂当家的邓老五摆动着硕大的身躯来到学校。这个人年事老大，须发全白了，精神头却还蛮足。进了门和老师叙谈，见左右无人，撩袍跪倒叩求金老师答应他一件事。石开愕然，伸手搀扶他，邓老五赖住不肯起来。原来不久以前，王北辰、焦成龙、杨德山三个孩子夜入凶宅，碰见他那件事，邓老五耿耿于怀。听说金老师遍访家长，偏偏没到他的府中去，推情度理，认为金老师一定对那件事情耿耿于怀。虽然是一件小事，传扬出去，那就要败坏他的名声。他家五辈同堂，人丁数十口，大人孩子全都在“道德会”，讲的是“孝悌忠信，礼义廉耻”，揭破隐情，邓全义可就没脸活在人世了。今天来叩求金老师，高抬贵手，给他留条活路。

邓五的举动使金老师窘迫万分，忙请邓五赶快站起来，说明自己对这件事情早已经作了安排。三个孩子淘气，他已经给予批评教育，并且严厉地告诉他们，对于夜间所见的情节不许往外讲。对于一个人来说，名誉是第二生命。小孩子说闲话，也是不道德的行为。

邓五起身，对金石开的话语还是将信将疑，但见那金老师义正词严不像撒谎，遂从怀里掏出一百元钱要送给金老师。石开拒绝，进而正告他说：“我有一言奉劝这位家长，听说您是‘万国道德会’的善东，家资豪富，在乡里很有威望，今后应当多注意自己的言行。五辈同堂，几代同居，在中国的封建社会受称道，算是美德。但往往是徒有其表，所谓大家庭多数都是污水缸。你作为一家之主不能洁身自爱，最好是考虑分居。虚伪的大家庭，弄不好要横生枝节，招致是非。”邓全义诚惶诚恐不住口地答应，千恩万谢地离开了学堂。

转天便是除夕了。金石开送走了邓老五，到耳房去看视王三叔，三叔和他的儿子吉庆已在那里候等多时了。石开慌忙说：“吉庆哥，快领三叔回家过年去吧，我这里啥也不缺。你们看，学生家长给我送来多少年嚼裹儿。”他拉开碗架柜门，手指着堆放在里面的食物。吉庆站起来笑容可掬地说：“累你自己在学校待上一天，过年初一，我就来请你到我的家里去。”石开点头。金老师站在校门口，目送王老好父子远去。返转身回到那个耳房，把众多家长赠送给他的新年礼品，统统装在两只大篮子里，坐待到天黑。

天上飘下来阵阵清雪。掌灯以后，他挎着那两只竹篮子顶风冒雪出去约有一个多时辰，把那些物品分赠给村里最穷困的几户乡亲了。返回来也没进教员室，就在老堂役睡觉的那铺土炕上，仰歪着看书。

夜深了，外面的风雪很大，房中奇冷，金石开放下书本，有意安歇，但自觉心烦意乱，这就应了古人留下的那句话“每逢佳节倍思亲”。石开孑然一身，在这个乡村的小学校里孤独自处，可怜的妹妹深锁在修道院，不知她的近况如何。自从来到虎石台，兄妹二人虽有书信往来，怎奈那孩子怪癖天生，对哥哥放弃宗教信仰痛心疾首，字里行间总是忧心忡忡，劝哥哥不要相信时兴的马克思主义。信仰虔诚的妹妹，屡次劝他既不能回归正教，但也不能放弃主内的平安。人生在世，不过是客旅，不能忘记天家。她向哥哥提出保证，总是在乞求圣母玛利亚，打发圣灵，软化石开这一颗刚硬的心。仁慈的天主，盼望着浪子回头，然而，这一双至亲骨肉已经没有共同的语言。金石开自从跳出宗教的泥潭，面对现实已选择了一条新的道路，一个人的政治信仰比生命要紧。但目前环境所迫，还无力救拔那个可怜的妹妹。

由此想到自身的前途，国难当头，必须得咬紧牙关离开敌占区，到关内去寻找共产党，参加到抗战救亡的洪流中去。接许多同学的来信，他们都已经启程了。刚刚地蒙眬入睡，又被窗外的风声唤醒，灯焰摇晃，遍体生寒。依着他的老习惯，在房中运动运动，但没有驱散寒冷。索性推开门走出去，打算到操场玩上一回双杠，累乏了回来睡觉。

雪大风狂。金石开在操场上运动了半晌，周身见汗，自觉心里比适才也敞亮多了。往回走，在墙角处小解，翻转身同一个人撞了个满怀。这个人身躯瘦弱，肩上扛个大口袋。他慌里慌张地来势很急，二人冲撞在一起。金石开推他一把，只见他踉踉跄跄地跌在雪地上。石开急忙过去搀扶，两个人打一个照面，只听他惊叫一声，爬起来逃走了，丢下了那条鼓鼓蓬蓬的大口袋。石开打开口袋嘴儿，摸了摸，里面是冻鱼冻肉、粉条子、干菜叶之类。他把口袋嘴儿重新扎好，站在风雪中思考一下，一时心血来潮，把那件物品挟在肋下，甩开大步向前街走去。

脚踏积雪没有响动，一路上只听北风在树木的干枝上呼啸。此刻全村的灯火早已经熄灭了，高高矮矮的房屋都披上了银装。一路走来心想，雪天行窃，这准是头一回。到了，这里的院墙很高，他在那宅前宅后转了一周，找一个适当的地方脚蹬着一块石头，把那条口袋先撂到院里去，然后，纵身越过墙头。正房、厢房都没有灯光，奇怪的是院子里没有看家狗。石开挟着那条口袋四处察看，见他家的碾房两扇板门大敞着，照直走进去，惊得他毛骨悚然，这里的当家的关庆余正吊在房梁上。

石开一个箭步窜过去，轻轻把他卸下来，平放在地上。摸了摸口中已经气绝，立刻敞开他的前胸，脱掉自己的上衣，拉起他的两只胳膊，施行人工呼吸。这一回，石开比适才玩双杠的时候出的汗多，头上流下的汗水，全都迷住了他的眼睛。一死一活，两个人在碾房里动作，并无声息。只等死者喉咙里发出“咯咯”的响声，逐渐地能够正常呼吸，并且“呜呜”地哭出声来，上房屋才有动静。关大婶手端着油灯，出离上房，立即被风吹灭了。赶到碾房，重新点燃。石开让她把那两扇门关严，让跟来的两个孩子回去睡觉。关庆余坐在地上，石开和那关大婶坐在碾盘上，三个人低声谈唠。

关老汉不敢撒谎，面对他的老伴和这位金先生，叙述了他今夜行窃的经过。每逢年节，家里的孩子大人总是愁眉苦脸，今年的光景胜过往年，使他的心里特别难过。他每日起大早出去捡粪，发现后街明德堂的大门彻夜不关，存放吃喝的仓房也不上锁。想到老吴家儿媳妇不正道，公婆又不在家，院子里总不断有闲杂人等进进出出，一名老更夫耳聋眼花并不中用，这才起了邪恶的念头。今夜雪大风狂，冒着危险前去行窃，心想拿他点吃食物，他家里不能发现，即便败露也不至于吃官司。没承想，东西已经拿到手，行经学堂的操场撞见了金石开。碰见了别人还可以，碰见这个人，愧得他实在没脸活。一口气跑回家来，闯进这碾房，抓一根麻绳可就吊上了。未料想，金先生挟着他丢掉的口袋，跟踪送来，又救下了他一条老命。关大婶没哭没喊，狠狠地自己抽自己一顿嘴巴子。先逼她男人给金老师磕头，拜谢救命之恩，接着命令他把偷来的东西给失主送回去。

关庆余从地上站起来，晃了两晃又栽倒了。石开对大婶说：“我看就不要送回去了，大叔已经后悔，下次不要再干也就是了。明德堂丢失这一点东西算不了损失，给他送回去，还要担二次风险。”关大婶这才捂着脸痛哭起来。

天亮以前，金石开像个贼似的回到学堂。打开屋门，说了一声“遗憾”，坐在椅子上，休息了老半天，心还在突突地乱跳。生起火来，烤干了自己身上的衣裳。天刚蒙蒙亮，他把那间耳房上了锁，冒着风雪离开了村庄。

来到清水镇，街上还没有路行人，他蹚着半尺多深的积雪，走进济人医院。弹净身上的雪花，拉门进屋，医院的甄大夫正在窗前候等呢。金石开在这里吃过了早饭，催促医院的勤杂工焦大海，赶快动身回家去过年。这桩事情是在前几天谈定的，大海回家去团圆半月，石开替他在这里守门。因为这位甄大夫当初在南满医科大学读书时，认识石开的父亲金牧师。大海临行，问石开在村里还有没有什么事情。石开一再地叮嘱，让他千万别泄露这个秘密，因为他要在这里休息几天，逃避那些学生家长正月里的宴请。

焦大海回到虎石台，已经是午正时分，大家小户都在鸣放鞭炮，供上了“大纸”。他把手中的物品撂下，还没等坐稳，成龙跑进来，焦急地说：“杨德山的爸爸病了，说是心疼，在炕上打滚。白二先生看不出是啥病症来，斗儿爹骑牲口到镇上去请那甄大夫了。”焦大海抬身往外走。来到老杨家，看屋里聚满了人，老好手拉着木匠正在说话儿。杨木匠脸面铁青，疼得他满头大汗，但硬是要和老好说话儿，看样子痛苦万分。大海坐在炕边上着急了，“我说福田，你有什么话要说等缓缓劲不行吗？”杨福田锉齿有声，回答道：“我不把话说完没法咽气。”这时，福田的外甥女，外甥媳妇连同他两家的孩子全都在侧，但老人又问董家的四妹子来没来。

刘铁柱一手扶着妈妈，一手拉着长贵，跌跌撞撞地进屋来。董四婶被众人扶上了炕，福田一把拉住她，泪眼模糊，挣扎着抖着嘴唇说：“四妹妹，你救全侯家，收养小长贵，已经是我的恩人了。可这些年，我这个残疾人还没断烧你的柴，吃你的米，大恩大德今生难报，只好等到来生。”

董四婶流泪说：“福田哥，大年下的别说丧气话，你的身板儿硬实，得点病能治好，吉庆已经到镇上去请医生，打药针来得快，不至于……”

杨福田喘着粗气说：“弟妹呀，我确实是不行了，临死我有话说。侯家在村上存放的那点钱，长贵要领出来，你就让他领出来吧，给你家添补日用。这孩子心思重，你若是执意不肯，怕这孩子在你家待不长啊。”

董四婶抹抹眼泪，斩钉截铁地说：“那笔钱一定留给长贵娶媳妇，独立门户的时候，拿它安家，我老董婆子花侯家的一分半文，对不起死的活的。”

杨福田撒开扯住她的那只手，大瞪着两只眼，去世了。

老杨大舅妈找出一套旧衣裳，大家动手给亡人装裹完毕，停放在灵床上。家人和至亲好友焚化纸钱开始举哀。这时，清水镇济人医院的甄大夫才骑着骡子赶到。二人一骑在没膝深的大雪里跋涉，全都累得通身是汗，吉庆的棉袄都被汗水湿透了。路上，甄大夫骑在骡背上，吉庆在地上跟随，恨不得一步来到，但终究还是来迟了。医生在杨家略事休息，提起药箱张罗回去，因为医院里还有好几个病人等候治疗呢。王吉庆只得再赶着那匹骡子送医生回去。甄大夫临行，从怀里取出十元钱，交给老杨大舅母，说这是教员金石开带给福田在病中花用的，人已经故去了，那就权当奠仪吧。

大年初一，王吉庆和柳天祥从公义堂的账房里支取了一笔钱，发送老杨大舅。亡人三天入殓，随即开吊，村子里的老亲故友都来吊唁了一番。初五这一天，公义堂当年的大管事的李春山，也来吊孝、上香、磕头并且还哭了半天。有的人莫名其妙，其中只有王老好知道内情。李春山残废了之后，公义堂的孙八奶奶当家，没再管顾这个无用的奴才。是吉庆、天祥从中替他求情，八奶奶才给他安排了一个看守北山果园的职务。春山到王家去致谢，接受老好的劝说，到杨家看望福田，从那以后，两个人捐弃了前嫌。实因这茬老一辈的人也都是从光腚的娃娃开始在一起长大的，若是没有贫富之争，福田和春山怎能打冤家。

正月初七，杨福田出殡，众亲友全来送灵，折回来吃上一顿回灵饭。刚端起酒盅，来了仁慈堂的芦二善人。福田丧葬正逢节令，几大户全都没来吊丧。仁慈堂当家的在这个时候突然出现，并且上了炕，坐在里首，亲亲热热地和大家在一起吃喝，真是奇怪。大家不约而同地停杯落盏，等他说话。

芦二喝上几杯酒，满面红光地开了腔。说他在九一八事变以前，离开村子到省城去，和他的亲家克甲山创办“居士林”，事变后，改称“大同佛教会”。他的亲家在“新京”当了大臣，他本人现在是“大同佛教会”的会长。这个佛教会，已经拥有上万名的会员，多数都是在家修行的绅士，政界和军界的要人也有参加的。他这个会长，最近被任命为“满洲帝国”“国务院的参事官”，很少回家来探望乡亲们，今天借着这个机会和大家聚一聚。宣传了一通“大同佛教会”的宗旨，无非是笃信神圣，沐浴皇恩，上体天心，下合民意，使这个国家能够繁荣昌盛。在友邦大日本帝国的援助之下，成为世界上一个进步的国家。“建国”以来，大皇帝广施德政，端赖神佛保佑，这才风调雨顺、国泰民安。渴望不久，城乡的民众都能成为这个佛教会的会员，安居乐业，吃饭靠天。要达到贫富有礼，长幼有序，使古圣先贤留下的纲常礼法，大大地得以伸张。

大伙儿听他说，过耳不留，最后终于弄清了他的来意。原来他在外地搞活动当汉奸，留下他的侄儿在堡子执掌家务，老东西有后顾之忧，怕穷苦的乡亲们做出对他家不利的事情。最近几年，家乡一带早有人送给他个外号，叫“假善人”。假善人芦启良今天没白吃杨福田的回灵饭，当众宣布，他这个佛门弟子，为了彰显门第，扩大仁慈堂的威望，要洗刷过去的污点。芦茂财年幼无知，为催讨租粮逼迫杨福田情急杀子，多年来他总是感到内疚。按佛家的解释，冤仇宜解不宜结，如今福田故世，仁慈堂很表同情。他已然与他的侄儿说定了，雇用福田的遗孤三宝到他府中去放羊，并拨给他正式长工的劳金。福田发丧，听说都是亲友帮凑的，他随身带来一百元国币，算是送给老木匠的奠仪。

众亲朋面面相觑，看那老杨大舅妈流着眼泪从芦二的手中把钱接了过去，并且答应正月十五让他三宝进府去放羊。老人家这般的行动，还有补充的话语，说福田临死的时候嘱咐她，不许三宝再去念书，进大户去佣工，带出一张嘴。孩子的劳金拿家来，老婆子吃不上干的就喝稀的，只是不要再累苦亲戚朋友了。屋中人好不惨然。

芦二去后，丢下一片哭声。首先是外甥女扯着舅妈的袄袖子，说道："大舅母，你有多糊涂，哪能让孩子进仁慈堂，那地方人称大猪圈，又叫泔水缸，孩子进那院子学不出好来。芦二给咱钱，那叫花钱买名誉，我舅舅活着不能要他的。"她声泪俱下，断断续续地说："从舅舅倒头，天祥、吉庆、三叔和我嫂子，大伙已经商量好了，舅舅出去以后，接你和三宝到我们那里去，让我表弟跟慎宗和明礼一起照旧去念书。咱们穷怕啥呀，鱼帮鱼，水帮水，不能让你们娘儿俩挨饿受冻。这一来，你老太太醃了我们大家的一片心。"

大舅母有话说："你舅舅的脾气你不知道吗？他活着百样事都得依着他，他死后我得照着他的话办。一辈子夫妻，我不能让他做了鬼，心里委屈。"三宝也接着说："我爹没得病以前，说过多少遍了，不让我再念书，我看念书也没用，死啃书本不当饭吃。两个老人我养活不起，一个老人我不能让她挨饿。放猪、放羊一年都挣几石粮，砍柴火、采干菜、打鱼、打雀都能拿到集上去换钱。一天总是念书念书，还得吃别人家的饭，谁爱念谁念，我是不能再念了。"众人无话，李大虎憋不住了，"我说大舅母，说一千道一万还是人穷志短，你认可领财主的情，不领穷亲戚、穷朋友的情。大舅的杂合菜我们已经吃完了，往后看你们娘儿两个把日子过起来吧。"大虎欠身离座，随带着几位乡亲也告辞回家。

天祥、吉庆和其他几位至亲继续劝说大舅母，把那钱给仁慈堂退回去，也不让三宝到他家去放羊。怎奈那母子苦劝不听。王三叔从打房中发生了这件事，一句话也没说，仅在最后告诉他的女儿，在这里多住几天。庙后老沈家，从打万洪下世、万才离家，今年这是头一回宰了年猪，正好拿来发送了大舅。外甥媳妇住在舅妈家，从初七到十五不停地劝说，老太太不改主意。

正月十五，小学校开了学，孩子们陆续到校，内中没有杨德山。金石开从镇上回到学校，避开了预料中的学生家长对他的宴请。正式开课之前，校长和两位老师开了一次教员会议，决定再开一个新班，因为堡中又有几十个孩子到学堂来要求念书。

四间房子的大教室，从中间隔开，又收下了五十名新学生。可敬的是那位王老师在虎石台教了一年书，一改来时的模样，和那金老师感情融洽，亲如手足。他本人也向乡亲们说，他这是受石开影响的结果，这个青年热心于教育事业，达到废寝忘食的程度，表现了高贵的品格，同样的教员，他也要奋起直追，在村民的心目中挽回名誉。

村立小学开新班，受到了县公署教育科的重视。副县长清水四郎给芦茂财写来亲笔信，鼓励他把这所首创的乡村小学办成个模范学校。把虎石台这个堡子办成模范村，在全县乃及全省起示范的作用。学校定期开课了，全村的适龄儿童差不多全都进校来读书。校长备文呈请县公署，批准了一批免费入学的学生，像侯长贵、沈明礼等穷孩子都不必缴纳学费了。杨德山不退学，也可享免费的待遇。

因为学堂办得好，有些家长即便是自费，也踊跃送子女来读书。王吉庆的女儿金凤不够学龄，焦成龙的姐姐艳霞已经超过学龄，但家长也把孩子送来了。乡亲们认为，学堂有这样的好老师，不把孩子送来受教育，简直是血蒙心。

春回大地，小学校里窗明几净，书声琅琅。堡子里一片兴旺的景象。“兴农合作社”先发放了春耕的贷款，只索取薄利六厘。新式的马拉农具，包括犁铧、播种机、插秧机、收割机、脱谷机，赊给农户，分期偿付。改良的种子、化学肥料，取价低廉，劝农家推广使用。果树和庄稼的杀虫药品免费供应。兴农合作社的指导员，手拿着喷雾器，在田间和果树林里示范，看到有效，才动员大家小量地购买。新修的国道、县道，四通八达，但铁轮车不许上路。兴农合作社也用贷款的方式，动员大家小户置办轻便实用、载重量大、消耗畜力小的胶皮车。马政局设在虎石台的种马场，给农家配马，也是不要报酬。只有一条规定，生下来的洋马驹子需经马政局鉴定，从中抽出一部分来，卖给军方。四月下旬，堡子里头已经安上了电灯，村公所附设的碾房、粉坊、糖坊，都用电力生产了。日本的“电器株式会社”有计划，在数年之间，使满洲全境都有电力供应。森隆洋行和省里的日本商场挂钩，三菱、三井和满蒙毛织商店，把货物赊销到这个鄙陋的山村里来。穿的、用的物美价廉。一套混纺线的男式服装，比土布缝制的裤褂还要便宜。日用百货、化妆用品精美耐用。一只长方形的木匣，里面装的是锤子、钳子、刀子、剪子，全是精钢打造的，这一套器具才要五角钱。

孙八偶然回村，站在庙头上宣讲：让那些反满抗日的看看吧，东三省独立以后，和日本亲善，吃了什么亏？喝水别忘打井的人。骂我孙老八是汉奸的，请拍良心想一想，是不是错怪了好人？

堡子里大变样，财主家又来个锦上添花。五月里，前街天益堂扎起了转角子席棚，悬灯结彩，鼓乐喧天，邓全义老儿子邓富才结婚，娶的是永吉堂的小姐王莉荣。这姑娘比她女婿大四岁，年方二九。婚前从清水镇“万国道德会”主办的女学堂毕业，才貌双全，聪明过人，《烈女传》《女四书》倒背如流。远在九一八事变前，王四和邓五在堡子里操办“道德会”，他二人便说妥了这桩婚事。因为两个孩子年岁太小，时至今日才正式成婚。

五月初三，新姑爷儿邓富才呢帽蓝衫、十字披红，骑一匹骏马，偕一顶四人抬的金顶小轿，吹吹打打走出天益堂，到他岳父家里去迎亲。新娘子上了轿，沿着村子绕了一周，这才来到婆婆家。但看这番举动那就是旧式的婚礼。新娘子下轿，由伴娘搀扶着与新郎官大拜花堂。两口子身量差不多，只是年龄不很相称。亲友们议论说，邓老五娶的这个儿媳妇，是村中的才女，在“道德会”读了几年书，贤淑无比。老邓家五辈同堂，新媳妇到家，必能给这个宅门平添春色。天益堂办喜事，永吉堂也打动人客儿，两家子连喝了好几天的喜酒。

三天回门，新媳妇坐在车里头，新郎跨在车辕上，携带四色礼物到永吉堂。夫妻进房，拜见了父母，家中随即摆开了丰盛的宴席。邓富才在席上由他岳父和内弟陪伴着吃喝，新娘莉荣和母亲在里屋说话儿。

莉荣适才进门却还欢喜，母女二人唠起嗑儿来，却忍不住悲从中来。她的女婿虽已年长十四岁，但流里流气没有大家子弟的风度，私房中诸多的举动使姑娘很不开心。公公婆婆表面和善，说话满嘴的仁义道德，但经过三天就露了相，对晚辈十分歹毒。家里有五个嫂子，大嫂、二嫂已近中年，婆婆妈妈的到处都是规矩礼法。三个侄媳妇年龄全都比她大，十八岁的姑娘刚过门，家里就有一群孩子跟她叫奶奶。最可怕的是那位老祖母，年逾八旬，坐在炕头上像是坟墓里的僵尸。五辈人三十多口子，让莉荣心里害怕。妈妈劝道：“你公公和你爸爸都在“道德会”，两家轧亲已经多年。只因把你许配给一个这样的人家，才送你上‘道德会’去念书。现在学而有成，讲性、讲命、讲病，你全都来得。在公婆妯娌和晚辈面前，都有成套的章法，孩子你怕从何来？”莉荣抹着眼泪说：“没嫁过去以前，我也很有信心，真的过了门儿，心里头没有把握了，怕的是难以应付。”王四打发他的儿子王超，进屋催促她们母女入席，这才打断了谈话。

新夫妇在岳家、娘家盘桓一日，傍晚回程。

新郎邓富才在学堂请了三天的婚假，一晃儿半月还没来上学。金老师让他的小舅子王超催他到校，以免耽误功课。王超回来说，他的邓五叔有话，他姐夫新婚燕尔，须得休假一个月。

邓富才度过了蜜月，来校上课，家中遗下了他的妻子。就在他上学的那一天，婆婆向她的六儿媳妇莉荣发话了。首先是要参加轮班做饭，从长房开始，每天是一个儿媳妇，一个孙媳妇，两个人值班。往上数是老祖宗的小锅饭，往下数是公公婆婆的小锅饭，再其次是下地男人们的大锅饭，最后还有家中妇女和孩子们的大锅饭。除此以外，还得经管院子里的猪狗食。三十多口人，吃的分四等，猪食和狗食也有区别。二十多口猪、十余条看家狗，到钟点都得开饭。家畜不算，还有成群的家禽也要照管。天益堂单有三间房屋是厨房和饭厅，当班的两个媳妇，天没亮就得起来在这操持，掌灯以后才能完活。

莉荣轮上头一个饭班，把她累得头迷眼黑，有点儿上不去炕。但那个轻狂的女婿，不但未表同情，还直缠磨她。轮罢了一次饭班，空闲下来，大嫂受婆婆的指令，把炕上的活计又分下来了。全家几十口子的鞋和袜，都要屋里的自做。剪鞋帮、纳鞋底，新媳妇干了一天，把她的手就磨出血泡来。三天做了两双鞋，大嫂、二嫂过来检验，嘴咧得像个瓢。跟着又把缝补浆洗的任务分给她。王莉荣在娘家没做过这种炕上活，累得她腰酸腿疼，饭也吃不下，觉又睡不好，十天光景人就瘦了。

早晨，轮饭班的下厨房，妯娌们、少媳妇也全都跟着起床，梳头、洗脸，要求紧张麻利。先到后屋去给老祖宗问安，折回来定省公婆，早饭后，立刻动手做活。莉荣坚持了一个月，轮了五回饭班，做了许多炕上的活儿。这一天婆婆问她："感觉累不累？"把媳妇问哭了。

这一下子惹了大祸，家里的老老少少议论纷纷，甚至惊动了公爹邓老五。老两口子把这个新媳妇叫到上房屋，训斥了一顿。大意是：经过一个多月的观察，看莉荣这孩子很不习惯天益堂的家风，二老指望她过得门来，一定能够奴打奴做，任劳任怨，在妯娌当中起模范作用，使下一辈的媳妇们有所效仿。殊不知，炕上地下的活计跟不上大溜儿，在家中五辈人中没树立良好的形象。"道德会"出来的姑娘，到这个人家来使他们很失望。公公严肃地对她说："六媳妇，我和你爹交好多年，成亲之后，我这算是第一次教训你。一个堡子里住着，对你婆婆家的景况你是知道的，咱们家不像仁慈堂世代书香，过的是祖宗的遗产。也不像公义堂，父子居官，家大业大。更不似宝庆堂，投机取巧，图财害命。咱们家在堡中拔豪横，靠的是我这群人。庄稼院土里求财，就得拿人身子当地种。我六个儿子，十一个孙子，就供你女婿一个人去上学。我有一个主张，庄稼人绝不能有学问，书本和种地是犯相的东西。老金三的两个儿子都念过几年书，全成了‘花屎蛋’。再说咱家这群屋里的，老媳妇、少媳妇，只有你是个读书的人，但看你进家以后干啥都没章程。从今往后，要多听你婆婆的话，跟你几个嫂子学，别埋没了咱们两家的好名誉。”

莉荣站着听训，心里头莫名其妙。自想，他家是娶媳妇，还是雇老妈子呢？一个堡子住着，我还真没听说他家里有这一套规矩，嫁到这个大户来，我就算跳进火坑了。进而埋怨自己的爹娘，大不该把女儿许配给这样的人家。儿媳妇呆呆地站立，不言不语，公公婆婆脸面上都很不悦。大嫂过来解围，嘻嘻哈哈地说：“六妹子，老人说的话都为咱们好，不是哪家人不进哪家门，天益堂的规矩严、礼法重，这是咱公爹从道‘德会学’来的。你也是那里的虫儿，从今往后，把学来的能耐施展施展，老人也就高兴了。”莉荣这才下了台阶，回自己的房里去做活。

六婶子受训教，长房的侄媳妇溜过来安慰她。两个人坐在炕上一面做活，一面唠嗑。随身抱来的孩子爬在六奶的怀里摸咂咂，莉荣一阵心酸落下泪来。这位侄媳妇很会说话，低声款款地向这位新婶子介绍家中的境况。先说她的爷爷公公邓老五，远年脾气暴躁，凶狠无比。郭军反奉那一年，不拿枪不动炮，消灭了好几个土匪，人送外号“快镰刀”。对家中的子弟管教得忒严，动不动就是一顿棒子。什么人受了责打，一不准哭，二不准说。晚辈人不论男女，被他管得是全像避猫鼠。后来大家实在受不了啦，有人豁命起来反抗，张罗要分家，把老爷子气出了大肚子病。还是莉荣的父亲请来了“道德会”的讲师给他讲病、讲性又讲命，老爷子给全家老少道过儿，吐净了腹中的怨气，疾病这才好。从打他加入“道德会”，对晚辈不打不骂了，新添了绝招儿。首先是三纲五常，孝悌忠信一套大道理，不好使就给晚辈人跪下磕头，经常是来云彩就有雨，刷刷地淌眼泪。这把软刀子比当初更厉害。说的是家有家法，铺有铺规，他这样对待晚辈人，不仅是图他自己的享受，而是让大伙儿给金钱做奴隶。要创建百万家私就得豁出一把生灵骨，话说得好听，事办得也顺当，可咱们家的男男女女最近几年已经累死好几口子了。老当家的夫妇吃小锅饭，煎炒烹炸，在他们以下，下地的吃干饭，在家的喝稀粥，一个人分半块豆腐，吃大酱也不随便。再说咱家那个老祖宗，应名是由她的儿媳妇亲自侍奉，可我那奶奶婆婆，表面上孝敬，心里把她当条狗。糕干奶酪、西湖藕粉、肉松、油茶总是在屋子里摆放着，可是老太太吃不着。老祖宗的屋子谁也不许进去，轮饭班的给祖宗熬好了稀粥，煮好了挂面，端上去放在指定的地方，十回有九回全都是奶奶婆婆享受，老祖宗吃不着。去年冬天，老祖宗半夜口渴，呼喊多次，儿媳妇也不应声。咱家的这位老祖宗，耳聋眼花，把灯碗子摸过来，喝干了里面那半下灯油。她嘴里一颗牙齿都没有，只能吃些软东西，她的儿媳妇，总是给她米汤喝。这个活祖宗一阵明白，一阵糊涂，有一回把自己屙的干屎蛋，在被窝里摸到手，当蜜枣儿吃了。

侄媳妇的话越说越多，六婶子听得津津有味。那个小媳妇说来说去把话题又翻转回来，提到她的爷爷公公是个“掏灰耙”，先跟他大儿媳妇私通，近两年又相中了二孙子媳妇，在草栏子里头有人碰见，在园田地里有人发现。色胆包天，去年冬天，一老一小夹套铺盖到闹鬼的凶宅里去干好事，让几个孩子堵住了。小媳妇越说胆越大：“我说六婶，我看‘道德会’这个玩意儿入不得，好人参进去也要变坏。”

六婶回答道：“我刚到咱们家来这么几天，你别把什么话都对我讲。不是‘道德会’好坏，该不该加入，而是现在的年头不对。世风不古，良心沦丧，慢慢地劝化，是可以改变过来的。隐恶扬善是大家的通例，不光咱们家里有。你当我说老人的坏话，不该是做晚辈应有的行为，我看你嘴尖舌快，聪明外露，不懂得伦理纲常。往后你常到我的屋里来，我给你讲讲‘女四书’。”侄媳妇抱起孩子，抓起活计，一阵风似的走了。

在那以后，大侄媳妇不再来，二侄媳妇表现跟她挺近便，特别是那位大嫂，对这个六妹妹体贴入微。王莉荣依凭她从“道德会”所学来的本事，向她们开了讲。尽管都是大道理，但意在言外，规劝她们恪守妇道，不要乱了伦理纲常。两个人也总是表示接受她的劝说，但很快地院中两辈的妯娌间盛传，这位新六婶进家以来要力挽狂澜，煞住不正之风。

莉荣偶然归宁，按家规不许在外留宿。不知是哪一次，把她公爹的隐私跟她爸爸讲了。王雅轩聪明一世、糊涂一时，自以为王、邓两家交情笃厚，又是儿女宗亲，过访天益堂，直言不讳地进行了规劝。邓老五没有反驳，可是心里头恼恨了他的老儿媳妇和这个不知进退的亲家。俗话说家丑不可外扬，这个媳妇嘴大舌长，不像老邓家的人。邓五心里不痛快，他的老婆子又到耳畔来吹风。言说大儿媳妇听说，她新到家的六妹子联合老少妯娌，说她和少媳妇与公爹和爷公通奸，并向宅里的大孙子媳妇多次探问过这件事。

邓老五怒从心头起，恶向胆边生。照他的老习惯，起坐动转之间高唱："善人教我柔和，善人叫我柔和，善人教我柔和……"邓老五高唱数百遍"善人教我柔和"，接着又唱："和为贵，忍为高！和为贵，忍为高！和为贵，忍为高……"又这样高唱数百遍，意有未足，接着又唱："忍片时，风平浪静，退半步，海阔天空。忍片时，风平浪静，退半步，海阔天空。忍片时，风平浪静，退半步，海阔天空……"一直唱到心平气和，稳稳当当地躺在炕上睡着了。

事过不久，新过门的王莉荣得机会到奶奶婆婆房里去送水，第一次单独和老祖宗会面。老人家拉住孩子的手，向外屋指一指，意思是看你公婆在不在房中。莉荣摇摇头，老太太打开了话匣子。

她的声音暗哑，痛苦地颤动着脸上的皱纹，不安地说："媳妇啊，有人告诉我，你也在'道德会'，过了门来一定是个贤妻良母。老奶奶跟你说几句实话，你的公婆是一对儿畜生，不孝敬父母，给我老婆子气受。搁外表看，我是天益堂的老祖宗，内里情由可就一言难尽了。我耳聋眼花下不来炕，这窝吃窝拉，知道烦人，愿意早死，可是阎王老爷偏让我赖赖巴巴地受折磨。我心想吃块肉，肉端上来嚼不动，我心想喝口汤，那碗汤不是咸就是淡。小米粥一粒跟着一粒跑，一顿只给我喝半碗，饿得我整日价头迷眼黑。你婆婆劝我说，少吃少屙能够保养身板儿。你公公劝我说，减衣增福，减食增寿。我知道他们盼我快点死，又不愿意我立刻就死，这两个丧良心的东西，正拿我当招牌换名誉。"

老太太指指箱盖上陈列的食品和自己身穿的绸缎衣裳："这些吃食物，是给外来客人看的，我身穿的绸缎衣裳，外表华美，里边的衬衣衬裤，几个月也不给我换洗一次，虱子全都长尾巴了。你婆婆每次给我倒便盆，都要恶狠狠地瞪上几眼。我真想爬到庙头上去，跟堡子里的乡亲们说一说，'道德会'不可信，谁入了'道德会'，谁要变成活畜生。"

莉荣慌忙说："奶奶，这不是'道德会'的不是，是我的公婆还没有贯通老善人创办'道德会'的宗旨。媳妇我已经进了咱的家，我要规劝他们孝敬父母。王老善人常说：万恶淫为首，百善孝当先，我不能让咱天益堂丢了名誉。"

祖孙谈话自以为左右无人，不晓得莉荣的大嫂已经在窗外窃听半晌。

邓全义的六个儿子，取名都范才字，金才、银才、珠才、宝才、巨才、富才。金才性情愚懦，银才彪悍粗鲁，珠才青年丧命，吐血身亡，宝才浑拙猛愣，不修边幅，巨才刁滑阴险，秉性轻浮，邓富才年轻幼小，还没有定性。

邓珠才去年病故，遗孀在家中受不住孤苦，夹包儿回娘家去了，至今未归。

丢下个儿子名唤邓仁，在长房中抚养。邓五的十一个孙子都是一个字的名字：礼、义、廉、洁、忠、孝、仁、爱、智、仁、勇。四个孙女儿：桃、李、杏、梅。

家大业大，人口众多，难免摩擦。八月间，巨才的孩子和宝才的孩子争吵厮打，引起妯娌间的纠纷。巨才在家中得宠，老人逼宝才责打他的妻子，宝才不服。邓老五为了伸张家法，声言晚上下工之后，要处分宝才，并已备好了皮鞭、木棍。邓宝才正准备身受家刑，他的六弟妹多说一句："四哥，我看你不能挺着挨打，关于这件事，孔圣人早有明训：大杖必逃。"

一句话勾起老四的新仇旧恨，领着老婆带着孩子逃跑了。临行留下话，天益堂不分家，他们再也不回到这个鳖窝里来了。

老当家的气急了，怒冲冲去质问那个六儿媳妇王莉荣，莉荣自恃才高，反口相讥，说的是："君不正，臣投外国；父不正，子奔他乡。"老当家的登时气绝昏倒。

一场风波，莉荣磕头赔罪，这才平息。

九月初三是老祖宗的寿诞之日。初二这一天，已经动手铺陈寿堂，两辈的妯娌们，黄昏时候都聚在厨房里，拉开好几张面板，赶制寿桃和寿面。灯光下，一群娃娃也在房中玩耍。

老当家的过来察看，见几个孩子在玩弄面团，一时来气，申斥媳妇们未加管束。老儿媳妇王莉荣，一时没管住自己的嘴，信口说："老祖宗过生日是吉庆的日子，吆吆喝喝的透着对老人没有孝心。"她的话是对左右妯娌们说的，但老公公并不耳聋，虎似的闯过来，从面板上操起擀面杖，击倒了他的老儿媳妇。房中一阵慌乱，小老五邓巨才率先跑到院子里插上了大门，折回来，验看莉荣的伤势，她的头骨碎裂，已然不能抢救了。

全家老幼聚集在寿堂里，老当家的跪在供桌前痛哭流涕，问全家老少要不要他给那王莉荣偿命。邓巨才站出来说："六弟妹以下犯上，对老人忤逆，应当把她打死。我有个主张，能够大事化小，小事化无。"小五爷说出办法来，大家同意。尔后，弟兄妯娌，几辈子人统统跪下来，发了重誓。

男人们动手把死者的伤害擦洗干净，弄掉她手上的面粉，解下她腰系的围裙，七手八脚把这尸体丢在院中自用的那口水井里。最庆幸的是近年来天益堂农忙时节只用短工，今夜院子里没有外姓人。会说话的孩子也都嘱咐遍了，不管有什么人询问，给他来个一问三不知。

天亮以后，永吉堂的东家王雅轩备齐了礼品，正准备带着他儿子王超到天益堂去给邓家的老祖宗祝寿，门婿邓富才前来报丧。

王雅轩是堡子里的谋士，对女儿投井自尽心如明镜。详细地检验了姑娘的尸体，摸她的头部引起怀疑，声言不准邓家殡殓。天益堂新娶的儿媳妇，刚过百日，跳井自杀，两亲家为此反目，就要涉讼。这消息立时又传遍了全村，虎石台是个倒霉的地方，命案不断。

清水镇警察署派下人来验尸，院子里搭起席棚来。就在那口井的旁边，邓家的大人孩子不举哀，不挂孝，等候官府的判决。司法警察询问经过的时候，邓家的妯娌们提供了线索。言说：死者自从结婚和她的女婿貌合心不合，总叨咕嫁到天益堂算是跳进了火坑。在妈家晃瓢的水不拿，出嫁后奴打奴做，对于这桩婚姻，悔青了肚肠。自己是“道德会”毕业的女学生，瞧不起家中的老少，对公公婆婆没有孝心。妯娌们贪黑起早，弟兄们实打实凿。她从中挑拨离间，污蔑儿媳妇跟着老公公，孙子媳妇跟着爷爷公公，侄媳妇跟着叔公公。老四宝才夫妻弃家出走，便是这个六弟妹挑唆的。九月初二,一家人给老祖宗筹备庆寿，王莉荣没参加任何活动。大家小半夜的时候先后安歇，她自己早已经蒙头大睡。天亮的时候，她女婿发现莉荣不见了，大伙儿一阵搜寻，才发现她是投了井。

司法警察在天益堂询问案由，检验尸体，后街明德堂又出了流血事件。王雅轩的儿子王超联合他的把兄弟吴广泰、芦再新，私立公堂拷问同盟的弟兄邓富才。小舅子问姐夫:“我姐姐是不是你家里给害死的？你爹是个掏灰耙，啥屎儿都屙。我爸爸判断，你们先把我姐打死，又丢到井里去的。”

邓富才瞪着眼睛不服，被他小舅子攮了好几刀。受伤的邓富才抬到镇上去医治，司法警察逮捕了行凶的王超，同时，也抓走了邓老五。到警署，没用动刑，邓老五便一五一十地招认了全部罪行。审问终结，刚准备要把他解送到县法院，这老头便发了急病死在拘留所。

虎石台的大户天益堂，从此可就败了家。把王莉荣发送出去以后，接着又发送老当家的。到年底分家的时候，大人孩子闹闹哄哄乱了章法，把个老祖宗活活地饿死了，因为七八天没有人给她送饭。

第二十四章

开春，恶霸汉奸孙占元，从锦州任所路经县城，回到虎石台。先去看视村里的种马场。场长张茂隆也就是森隆洋行的财东张七，通过向孙八行贿，取得了这个职务。他手下的管理员是金三的二小子金荣山，也是向孙八送了重礼，才谋上了这个差事，在种马场的工作人员，也算是官吏。近年来，仅在辽西地区使用洋马耕田的，已经有很多的村屯了。

场长和管理员陪同孙八走进村公所，村长芦茂财迎接到房门外。孙八落座吃茶，村公所的办事员金荣海过来给孙八爷点烟。孙八笑道："你们哥儿两个都当了官项了，今后言归于好吧，兄弟成仇，让人笑话。看看天益堂像个气球似的破灭了，家门不幸都是自找的。要讲干坏事、心狠意毒，老金三超过邓五，可邓五先败了家，原因是他假充善人，报应更快。"孙老八财大势大，动不动就拿大话压人，金氏兄弟敢怒不敢言。

孙八接着说："堡子里自从设立种马场，老金三心里一定不痛快，听说他从杨福田手里巧买的那条大叫驴，没有主道了。配个骡子跟人家要十元钱，简直是暴利。国立种马场不取分文，顶黄了他的买卖。"屋子里一阵喧笑，荣山、荣海十分地尴尬。

孙八说够了闲话，面对村长芦茂财谈起正事。他说最近宫田中将从"新京"来信，言说不久日本内阁会合产经界巨头，组织一个友好代表团，要来访问满洲。"国务院"先定奉天为模范省，本县为模范县，清水镇为模范区，虎石台为模范村。代表团的团长是日本内阁的官房长官。宫田大人到过虎石台，嘱托我回村来把这个好消息告诉你们。

芦茂财受宠若惊，手舞足蹈，遂问孙八："为迎接这个高贵的代表团，堡子里得做什么样的准备？”孙八说：“宫田在信中提到了，代表团要考察满洲的风土人情，民众的思想状况，产业开发的状况，工业、农业的现状，文化教育的面貌。目的是考虑如何向满洲输出资本，创办企业。特别是要向这里的乡村开始移民，逐步地把这里纳入日本国版图。”孙八说到这里，指了指芦茂财：“你的日本话没白学，不久就可以把你自己原本的名字改掉，用四个字或五个字重新组织你的姓名了。到那时，取得日本国籍的满洲人，就像当年随旗当差的汉人一样，同样是贵族。”

芦茂财好不快活。孙八又说：“满洲事变，已有六年之久，日本大本营运筹帷幄，养精蓄锐，不久便要向华北、华中、华南广大地区伸张势力。自从冀东道宣布独立，华北平原已经控制在日军的手里。南京政府和日本军界已经秘密地媾和，全中国都将和满洲一样，受日本的管辖。这叫时代潮流，天意如此。日本列岛人口和土地面积都超过大英吉利，但英国统治了半个地球。当前，强盛的德意志和意大利就要在欧洲、非洲和美、英两国比拼高下，要重新分割领土。巴尔干半岛剑拔弩张，已进入战争的前夜。”芦茂财目瞪口呆，听孙八继续演讲：“这次友邦的代表团来到虎石台，对你来说是个升官发财的机会。日本国要向满洲移民，第一批拨到咱们清水镇区，那可是莫大的光荣，请你好好地筹备筹备吧。”

芦茂财站起来，毕恭毕敬地说：“八叔，关于这件事，我还没接到县里和区里的通知，你老看得从哪些方面动手筹备？”孙八教给他一套法门，他当了这几年的局长，确乎是大有进步，给芦茂财出的主意实在高明。

其一，满洲建“国”后，在农村提出了打倒劣绅的口号，解散村公会设立村公所，当年的乡绅得让他们变变模样。长袍子、短褂子得取消，那是旧民国的服装。迎接友邦代表团得让他们穿上协和服、洋服、制服，以示进步，小帽头是不能再戴了。清水镇的永吉商场、堡子里的森隆洋行已经把应时的商品备办齐全，可以让村民到那里去选购。小学校里的学生都要穿上操衣，穷苦人家一时买不起，让洋行赊给他们。大家小户必须备好日满两国的国旗，代表团来村，要悬挂起来，村里必须有热烈欢迎的气氛。

其二，堡中的房屋、墙框、街道、园栏，一定都要粉刷修饰一新。有坍塌破露之处，都要修补好，即便是车棚、马棚、鸡架、狗窝也都要整整齐齐。尤其是粮仓、草垛，要显得格外地丰满。小户人家仓廪空虚，由大户拨粮食给他们装满，等代表团走了以后，再拉回去。每家每户，都让他有足够的吃米烧柴，家畜、家禽也要显得特别的繁盛。穷人身上的服装要注意检查。届时，大人孩子不许穿上补丁的衣服，破鞋烂袜子都让他们换下来。无力换新怎么办？也让森隆洋行赊给他们，年底算账。

其三，代表团到来时，正是春耕大忙季节。为了显示模范村的势派，一律要使用新式农具。有用毛驴、老牛、肩膀拉犁的，几大户临时借给他们骡子马，千万不能让友邦看见那种寒酸相。改良种子、化学肥料，让兴农合作社立刻发放，到时候普遍使用。

其四，“满洲国”乃是礼仪之邦，代表团没到以前，要在堡子里来一次礼貌教育。老年人、残疾人在家里外头要受尊重，证明村民对他们有良好的照顾。到日期妇女们得有贤妻良母的风度，不许打公骂婆，不许和男人争吵，不许像平常那样拿巴掌管孩子。打猪骂狗，行为粗野都不行。男女老少见着友邦人士，都要鞠躬施礼表示尊敬。最好都让他们学会几句简单的日本话，像“欢迎”“您好”“谢谢”一类的。

其五，小学校是个要紧的地方，一定要把它弄得像个样子。学生的教科书、作业本都要严格检查。成绩优秀的学生，要能够对答如流，别让人家给问短喽。像上回清水县长来村那样，念书的孩子还不知道有“满洲国”，那怎么行？尤其是小金子这个教师，思想不良，这回再惹出什么祸来，可要重重地办他。

孙八信口胡说，芦茂财一个字没落，都认真地记在本子上了。待孙八走后，便立刻召集村公所的助理员、协理员开会。声言孙局长提前把消息告诉咱们，这是咱村露脸的机会。从现在开始，村公所废除了上下班的制度，不分昼夜动手操办迎接友邦代表团的事宜。村民会议分三次召开。首先召集的是头等户，村长把大话说在前边，意思是咱堡子要成为模范村，几大户必须得起模范的作用，谁轻视此番迎接代表团的举动，谁就是思想不良的反满抗日分子。要求整修宅院，变换服装，美化环境。柴草粮仓、家畜家禽、车辆农具，都要求格外地丰满、齐全。新农具、改良种子、化学肥料必须使用。村子里的贫穷户，也就是三等以下的，要由你们几大户分担，把粮食、柴草、牲口、农具甚至一部分家禽，借给他们使用几天，代表团走后再还给你们。谁若是泄露了这个秘密，那就是堡子里的罪人。

其次召集的是二等户，除交给他们主要的任务之外，不挪用他们家中的物品。

最后召集三等以下的民户，这一伙人数众多，包括自种地的、租种地的，当长工、打短工，没房子没地的。村长向这些人讲话，比前两次会议严厉得多。不光是让他们老老实实地按村公所的布置行动，还特别嘱咐他们，代表团来村决不准愁眉苦脸，要认真地诚诚实实地撒谎，一定要说日子过得很富裕。仓里的粮食、干柴细米、牲畜牛具决不许说是借来的。等友邦人走后，如数归还本主，如有丢失损坏，必须赔偿。

会上，众多的农户向村长恳求，弄虚作假他们可以遵命。对于整修宅院、添置服装、美化环境实在是没有能力。森隆洋行能赊账，但等到秋后怕也无力偿还。村长看他们说得有理，决定让他们再占大户一点便宜。让一等户和二等户派工拨料，帮他们垫修房舍，缓期偿还。衣裳被褥，也可从大户借用，但用过之后，要浆洗干净归还原主，如有损坏，也要赔偿。村长把条件降到最低限度，即便是赤贫户，也必须在三天以内，换上一领新炕席。缸、瓮、葫芦瓢、盘子碗，绝对不许用破的，家里没有也到大户去借，用罢了归还。

逢场作戏，穷苦人却也高兴。因为兴农合作社发放的新式农具、改良种子、化学肥料，破天荒也有他们的份儿了。使用大户的牛具，村长没说要租金，如果从大户家里借来鸡鸭，还可以白吃它几个蛋。

宁静的村落登时就热闹了起来，比过年过节、办红白事情规模大得多。全村总动员，忙活了半个多月。

这日庙上敲钟，村上要检查服装。小学校临时停课，先在操场上站队的是男女学生。男学生青裤子青袄儿，女学生一律蓝布大褂儿，十分整齐。学生退下，乡民陆续向操场聚拢。第一批来到的是头等户、二等户的老老少少。十余名富家子弟，洋服大氅、皮鞋礼帽、眼镜金牙，十分摩登气派。有身穿协和服、头戴协和帽，迈方步走进操场的，很像官差的模样。几位老财主随在他们的身后也走进操场。这时，节气更新，但寒威尚在。庙东王雅轩，下身穿条洋服裤，上身穿件新式样的对襟袄，头戴一顶协和帽，足蹬两只老板鞋。前街老金三，皮紧身外罩一件协和服，鼓鼓蓬蓬像个发面包子。扎腿儿的棉裤套条协和裤，像两个立起来的辊子。身上变样，头和脚还照旧，黄毡帽、白毡鞋。两个人走到村长面前请他验看，奇形怪态，笑得芦村长半晌没说出话来。庙西的刘元甲来了，穿套崭新的协和服，头戴协和帽，脚踏亮皮鞋。来到村长面前，哭丧着脸说："茂财呀，大叔我自幼儿没穿过两截的衣裳，今天如此打扮，表明我拥护这个新国家，代表团来时，求您千万别让我到街上去，出这份洋相。"芦村长登时不悦，回答说："不行，你是堡子里主要的乡绅，到时候一定要出来招待友邦人，今天你这个态度不对头。"刘元甲满口称是，惶恐不安地退站在一边。

药方先生白延龄，洋服大氅、皮鞋礼帽，全套的时髦打扮。走过来对村长说：“鄙人是个中医，按传统习惯不着短装，为了表示对友邦的拥护，也换上了洋式的服装。但要请求村长，代表团走了以后，还得允许我穿长衫出去看病，怕改了装束，病人信不过我。”芦茂财不耐烦地说：“你们这些死脑瓜骨，必须得施行法西斯教育，等事情过去再说。我倒看看你穿洋服能不能看病！”众乡绅全都倒抽了一口凉气。

轮到检验一般的贫户了，村长在数百人当中梭行，服装上还都整洁。问过几个才知道，他们的服饰并没有借来的，原因是最贫苦的人家，也全有一件出门瞭户的衣裳。实在没有也只好置办一套，谁好意思借人家的衣裳穿。前街关庆余在森隆洋行买了一匹布，借此机会全家老少都换了一茬新。堡子里不分穷富，都为他家的这次重大变革表示庆贺。

有几户揭不开锅和住露天房子的人家，心里头确也高兴，因为总算是解决了一步难处。

欢迎日本国友好代表团，虎石台筹备在先，清水镇接令在后。清水副县长下来住在区公所，指挥全区各村屯都效法虎石台进行准备，全区的百姓都紧张地行动起来，但还不知道代表团何时光临。

为了显示“满洲帝国”成立以来，经济繁荣、人民富厚，代表团来到时，清水镇要在逢五的日子赶大集，其规模要求比旧民国腊月十五大集还要兴盛。因为时间不对，也只得弄虚作假。区公所派下人来，命令在赶集的日子，组织农户携带粮食、柴草、家畜、家禽、土产、药材等一应物品到集上去出售。一等户和二等户，要多带现款在集上假装交易，买到手的东西不可心，可以在代表团走后退还原主。镇上永字号买卖要把库存商品大量挪到集市上去，当场出售，以壮声势。

参加迎接代表团的老百姓，在代表团走了之后，要由区上、村上和屯里提名，选拔优秀，授予“模范国民”的称号，并且还要发给奖状和丰厚奖品。

赶大集，镇上的龙王庙同时要举办庙会，不能管龙王那愿意不愿意了，因为友邦人最信奉神佛。满洲人进庙烧香和友邦人给神社鞠躬一样，能表明两个民族有共同的精神思想。清水镇的礼拜堂和“万国道德会”到时候要昼夜开讲，以证明“大满洲帝国”皇恩浩荡，五教兴隆。

芦村长看镇上有这番的准备，也急忙嘱咐黄老道，代表团进村的时候，大开山门，保持庙堂里香火不断，关圣帝君是著名的武神，代表团很可能要参拜。

日期临近了，芦村长检验了一切的部署，最后回到庙前来，看看用电力生产的糖坊、粉坊、豆腐坊、碾房。来到村公所的后院，发现遗忘了一件大事情。这是他从别的地方学来的，其名曰“集谷仓粮”。是在一个固定的地方，修几座巨大的粮仓，这仓子上下通风，坚固无比。然后，命令全村的百姓，每家每户在锅台后边放一个坛子或者是葫芦头。做饭的妇女，不管家里人丁多少，把米打出来在没淘洗之前留出一羹匙，放在那个备用的容器里。葫芦头或是坛子满了之后，送到村公所。就这样积攒起来，每年秋后把这些杂粮换成谷子，把谷子炕干倒进这积谷仓。年复一年，可以把这积谷仓全都装满。在这里保存下来的谷子，可以存放五百年。对于防备战争或者是饥荒，将有很大的用处。

虎石台修了两个仓子，能装二百石粮，但此时里边一粒都没有。村长芦茂财从他家的谷仓里移来五十石，权充门面。又命令几个村丁下街去让大家小户都这样预备停当。他自己也没有想到，为这个举动，骗取了“满洲帝国”兴农部授予他的一面金牌。芦村长沽名钓誉的权术，不止一端。在这以前，堡子里已经修好了洋鸡舍、洋猪圈，但里面还没有洋鸡、洋猪。他开动脑筋，不惜代价，从省里弄来了几百只洋鸡、几十头洋猪，连饲养员也都雇来了。一个主意，就是模仿日本国。

先听说代表团到县了，县里做了什么准备不知道。接着代表团到区，停留了几天。堡子里大家小户正忙于春耕，没人去看。村长芦茂财一直没离开区公所。

这个日本内阁派出来的“访满代表团”，绝不是一帮人来到满洲随便看看游逛游逛。芦茂财精通日语，问明白这里头只是缺少内阁的官房长官。这个代表团的人数，日本人就有百人之多。穿军装的最大的是中将，穿便服的最小的是高等文官。十几辆汽车，上百位贵宾来到清水镇，住满了镇上最大的客栈。照相机不算，仅是电影摄影机就有七八部。芦茂财也问过了，这些个拍电影的，是“满洲映画株式会社”派出来的人。

虎石台是“国务院”提名的模范村，代表团派出重要的官员访问这个村子。

这一天恰好是阴历四月初五。镇上正举办热闹的集市，芦茂财陪同访问虎石台的这部分官员，乘车从镇上出发向东行驶。行经西岭下，头一辆敞篷汽车停下了。车上的电影摄影机“沙沙”地开拍虎石台的外景。

居高临下，看这方圆一里的村落，十分的壮观。杨柳抽丝，一片新绿；桃李争艳，红白相间；整整齐齐的农舍，掩映在林木之中，构成一幅美丽的图画。田野上幼苗刚出土。成帮成伙的农夫正在忙铲忙趟。果然是人欢马壮，一派欣欣向荣的景象。

车辆一面缓缓地前进，一面拍摄周围的景致。进村后，摄影师镜头对准了大家小户悬挂的日满两国的国旗和张贴在砖墙上、土墙上的标语：

热烈欢迎友邦代表团！

日满亲善，一德一心！

大同世界，王道乐土！

大日本天皇万岁！

大满洲帝国万岁！

……

代表团来到庙头上，这里站着一群欢迎的人。他们是村公所、兴农合作社、种马场、青年训练塾的公务人员。张茂森算是商界的代表，几大户的东家算是村民的代表。他们手中都拿着纸糊的日满两国国旗，摇晃着表示欢迎。因为腾不出手来，不能鼓掌。

代表团在村公所的院子里下车，文武夹杂，看不出是以谁为首。高矮不齐，乌泱乌泱的。刨去照电影的、当翻译的和几个仆役打扮的佣人，剩下的就是官员了。来人在村公所的办公室里休息，仆役从车上往下搬运东西。成盒的、成包的、成捆的，堆放在屋子里的办公桌上。助理员进屋来报告村长，请贵客到陈家馆子去进午餐。芦茂财头前带路。

陈家馆子的三间门市房，又一次修整一新。特别的是悬挂在屋檐上的那块横匾，白底红字，斗大的八分书写的是“陈记料理屋”。这块匾是上几天村长精心安排的。接待代表团必须得每日开席，陈家馆子四个字，怕友邦人看不懂，立逼陈厨子换上了这块新匾。这块匾挂上以后，村里人看上去岔眼不在话下，居然有过路的进屋去要理发。厨子满心不愿意，为了做这泡生意，却也无奈。

今天，代表团来到了，陈厨子一家紧张地忙活起来。跑堂的陈小二不含糊，他仅是用了几天的时间，就跟学堂王老师学会了几十句日语，什么请坐下、请喝茶、谢谢、对不起，还有十几样菜名。老厨师受村长的嘱托，要他亲自上灶，大显身手，务求让友邦人心满意足，嘴丫子流油。

盛筵排开，五桌参席。陪客的全是村里的头目，没请那群老乡绅。村长怕他们说话走板儿，得罪贵人。席上，代表团的官员们一面吃喝，一面询问此地的风土人情。芦村长和他的助手们应接不暇。

席散，芦村长请代表团回到村公会，请示他们村里安排一些什么活动。客人们笑而不答，全都动身下街去了。整个一个下午，村外的田间地头、西岭、南大河、北大山、到处都有代表团的踪迹。村子里的洋行、磨坊、粉坊、糖坊、种马场、训练塾、兴农合作社、老爷庙、小学堂、大宅院、小门户，到处都可见友邦人。他们走到哪里，身旁是翻译，身后是仆役，随时向村民馈赠礼品，据说都是从日本国带来的。点心、糖茶、别针、袖扣、日本的风景画片、精美的儿童玩具、家庭实用的药品、自来水笔、自动铅笔、印花的手绢儿、五颜六色的头绳儿，分别不同对象当场赠送。电影摄影机和他们身上的照相机，随时把不同的场面拍摄下来。村长和他的随从们十分担心，因为客人走到哪里不让他们陪同。

傍晚，代表团的成员先后回到村公所，还是在陈记料理屋用餐。这一顿，可就是普通的席面了。因为午餐以后，有一位日本军官告诉芦村长，代表团的伙食不能过分地铺张浪费，他们临走的时候，怕付不起很多的钱。村长说，对于友邦的贵客，我们理应盛情款待，不取分文。那军官立即不悦，当面说："日满亲善，我们来虽然是宾客，可不能让村子里破费太多，如果总是这样的款待，我们就只好快些离开了。"村长应诺。

村公所已经给代表团准备好了住宿的地方，无非是几大户的客屋。意外的是，天黑以前，人家自找宿处。几十位友邦人也有住到大户宅子里去的，但多数住进了中等以下的人家。这样一来，让芦村长愈发地担心，怕他安排的戏法变露。

这日午后，一个矮小的日本老头在小学校听了四堂课。他坐在课堂的最后那排椅子上，默默地听着，把课堂上所见的情况，不停地记录下来，国文、日语、手工、图画。学生放学，他来到教员室，操日语向两位教员自我介绍说："鄙人宫之原笃，随代表团初次来到满洲，请问二位的姓名，大家认识认识。"

王老师和金老师自报姓名，和他握握手，三个人围坐在桌子周围开始交谈。宫之原先生先对王老师说："您的日语讲得流利极了，在您的教育下，三年级的小学生都能进行简单的会话，令人十分钦佩。"王老师回答说："您太夸奖了，我作为一个小学老师自感所学的很不够用。我校不久前经县公署教育科评定为模范国民学校，端赖我校金老师博学多才、热心教学，在各方面做出了优异的成绩。"王育才手指着教员室内墙壁上挂着的锦旗、奖状，桌案上陈放的奖杯、银盾，接着说："鄙校参加过全区和全县的学生会考，各科成绩优秀。尤其是国民学校举办的春季运动大会，我校夺取了四项冠军、三项亚军。”

宫之原先生转脸问那金老师：“金先生，适才我参加了您教授的图画课，看学生们作画各有不同，有的作水彩画、有的作蜡笔画，更多的孩子是作铅笔画，为什么各行其是呢？”

金老师回答说：“这得根据学生的个人爱好和家庭的经济情况而定。多数学生，家长收入微薄，买不起水彩和蜡笔。您也许没有注意到，孩子们使用铅笔作画，也不能人手一支，经常是大家替换使用。上图画课，我侧重教给孩子们练习人物写生，感到古人很少注意这门功课，千百年间，历代的名人很少留下真实形象。即便到了今天，我国的贫苦农民还不习惯照相。孩子们学会了画像，便能给他们的家长画上一张肖像留给子孙，做个纪念。”

宫之原先生点点头随又问道：“金先生，我看您教授国文，三年级的小学生，您给他们开了古文课，是不是有点拔苗助长？”金先生回答说：“‘建国’几年来，全国各地国民学校为数众多，优级学校也就是从前的高级小学，数量不大，特别是国民高等也就是中学，比例更小，至于大学在这个国家那就凤毛麟角了。国民学校四年的毕业生不能普遍地升入优级，优级二年的毕业生，百分之一也升不进国民高等学校，国民高等四年的毕业生，千里抽一才能考入大学。投考大学需得学校推荐，对学生的成绩、思想、家庭背景，甚至祖先的出身都要经过严格地审查。考入大学多数还都是自费生。试想广大农村的孩子们，有什么机会去接受高等教育？所以，我们在国民学校里，提高教学质量，让孩子们虽然只能念几年书，也尽可能地让他们学到一点中华固有的文化。”他讲到这里有些激动，继而言道：“据说日本国对国民教育方针与满洲恰恰相反。从明治维新以来，普及文化，重视教育，学堂遍及全国。已经培训出成千累万的专家和学者。日本的出版事业异常兴旺，已然跃居世界第二位。我作为一个满洲国的小学教师，对这种奇怪的现状深表遗憾。”

宫之原神色陡变，半晌无话。他和上回清水县长来学堂一样，起身去看视身后那一排书架子。从中抽取出十几本英文、俄文和日文的书籍来，内中包括亚里士多德、苏格拉底、孟德斯鸠、柏拉图、黑格尔、康德、卢梭、尼采、哥白尼、达尔文、富兰克林、爱因斯坦、马克思、恩格斯、列宁、小林多喜二、德田球一、志贺义雄、鹤见佑辅等人的著作。

宫之原先生抖动着双手把这些书本放在桌子上，操英语严肃地说：“金先生，您的日语讲得很规则，但并不熟快。根据这些书籍，判断您一定会讲英语，我们就用英语交谈吧。”

“遵命。”金老师用英语回答说。王育才起身告退。

宫之原先生镇静了一下，询问金先生，这些书籍都是从哪里得来的。金先生问答说，有的是他父亲留给他的，有的是他自己购买的。宫之原感到蹊跷，坦率地说：“听说满洲‘建国’后，日本的宪兵特务已经严格地控制了这里的知识界、思想界。当前的日本国，任何人手里拥有这些书籍，也要被逮捕。你真是个大胆的青年，不怕秘密警察把你抓去坐牢吗？”

金老师回答道：“我是个无党无派的人，考虑宪兵特务不至于因着几本书就横加给我什么罪名。不瞒你说，我对于日本军阀侵略中国的野蛮行为，是绝对反抗的。近年来若不是这群孩子挽留，我早已经离开这里，到我应当去的地方去了。”

日本老人表露了极大的不安，感慨地说：“日本内阁经过几次更换已经完全被军国主义者所控制。日本的左翼政治家，像小林、德田、志贺，有的已经被处死，有的被囚禁起来。你这个激进的左倾分子，满洲当局也不会允许你的存在。你我今天可以说是萍水相逢，奉劝先生早做准备。我是一个研究教育的文官，对于政治不感兴趣，但愿和您能够成为朋友。请您帮助我了解一下我所不知道的事情。”金石开点头。

掌灯以前，代表团的佣人来请宫之原过去用饭，可老先生在这里已经吃过了。

黄昏后，金老师和那个日本人继续叙谈。了解到，这位教育学家是个虔诚的佛教徒，涉及玄学，石开有些对答不上。建议老先生和他到关帝庙去，拜望道士黄福臻，宫之原欣然同意。

金石开陪同宫之原前来拜望，道士把他们请进静室。三个人吃茶叙话，宫之原先生惊讶不已，道士讲出的英语，格外流利。老先生叩问这一节，道士回答说：“贫道出家以前，一直打算到英国去自费留学，在家里聘请教师学了几年英语。后因我国暴发了辛亥革命，个人的志愿落空了，从此流落四方，辗转成为一个宗教徒。”

宫之原肃然起敬。在他的请求下，黄福臻滔滔不绝地向他讲述了许多宗教方面的知识。从佛教、道教的起源，流派，信奉的经典，教内的信条，一直说到深奥的《周易》和《黄帝内经》。

谈话一直进行到深夜，这位日本老人留宿在庙中。

第二天，黄福臻陪同宫之原在村外游逛了一天。他从这位日本老人的口中确切获悉，日本军阀即要向中国全面宣战，严重的民族灾难就在眼前了。同时也了解到，日本的朝野之间存在着截然不同的势力。这位宫之原笃先生，是反战派的代表人物。他是怀着极大的矛盾心理，随代表团到满洲来的。回国以后，他将要参加反战的活动，并且预见到了日本军阀的远征计划也要给大和民族带来灭顶之灾。管中窥豹，可见一斑。一个乡村教师和一名道士都具有如此强烈的爱国主义思想，征服中华民族是相当困难的。

第三天，代表团借村公所会议室召开了一整日的秘密会议。参加的只有代表团的正式成员。他们把这个满洲官方选定的模范村考察得一清二楚。军方代表首先认定，富饶的满洲已经从经济上、政治上完全进入了日本的轨道。这里完全有能力从人力、物力上支援皇军远征。负责制定移民计划的文官，在桌子上展开了图表，各种数字表明，可以立即向满洲移民。这里未经开垦的土地，比比皆是。辽河西岸只需修建几项水利工程，便可以大量地开辟水稻田。果树栽培几乎还是空白点，北山上那一片果园，只占用了山场的十分之一，而西岭上的空地，若是栽种果树，当以几百万株来计算。至于畜牧业的发展，也有比较坚实的基础。农家库存的粮食数量是很惊人的，战备粮的问题很容易解决。农民的思想状况不容乐观，绝大多数人对于建立满洲国没有深刻的认识。经过反复测验，男女老幼对于日满亲善这句话不能解答。“建国”六年，对于国民教育进行得如此缓慢，是不行的。专门的科技人员，对这里的地质情况也做了勘察，在村外的山区采集了矿样，了解了地质和水源情况。认定未来可以在这里开辟工业园区。

有一位官员，在会上揭露了本村为迎接代表团弄虚作假的情况，当场受到了很多人的驳斥，认为这样做是友好的态度。村内的状况拍成电影，带回日本去，有利于吸引日本的农民到满洲来开拓。开罢了会议，代表团离开村子。

过几天听说，他们已经回到日本国，并给村公所写来一封感谢信。邀请村长芦茂财加入满洲回访日本的代表团，到他们那里去做客。村长回信，接受了邀请。正当此时，大汉奸孙扒皮回村来，同行的还有他的哥哥孙占一和那个日本小星影儿。

汽车进府，听说日本友好代表团已经离村，很是懊丧。实因那里边有好些军政界的要人，都是占一的老友，一步来迟，未得见面。这个孙占一，远年就勾串日本人出卖国家民族的利益，“满洲国”成立后，当然是一号的开国元勋。由于他手眼通天，财力雄厚，现在已经是兴业、工商、东亚三家银行的董事长，执满洲金融界之牛耳。身兼“国务院经济部”的参事，满洲中央银行的顾问，经常走动在“新京”、奉天之间。有说国务总理、八大朝臣，遇有营谋私利，也都得仰其鼻息。事变前，奉天城出名的三兄弟，当今，一个是日本关东军的高级参谋，一个是满洲产经界的巨头，一个是“满洲帝国军事部”次长，兼第一军管区司令官。三个人叱咤风云，不可一世。孙占一回到家乡，屈指算来，与这里的乡邻们已然阔别十余年了。还是郭军反奉的时候，回堡子来过了一个春节。山河依旧，景物全非。村子里的景况已经变了样，特别是他家公义堂粉刷一新，颇有他幼年间这所巨宅刚刚建成时的模样。值得夸耀的是他的胞弟占元，事变前霸占北山，兴修果木园，便自以为得计了。未料“建国”后，由好友宫田提携，使他能够身兼二职，当上帝国的高等官。只因这两项差使都是肥缺，数载光阴，使他发了横财。不久前曾对他说，咱公义堂的不动产，已为全区之冠。

孙占一怀着喜悦的心情回家，他的弟妹黄氏率带府中的男仆、女仆摆队迎接。石妈手拉着金锁，在车前让他给伯父、伯母鞠躬。那影儿搂住孩子的脖子，稀罕得哭了一场。一行人进入大厅，她还在哭个不停。因为和这小宝宝一晃儿已是八年不见了。想当初兄弟姊妹们畅游小河沿，宛如昨日。如今与那石妈再次相见，不由又想起了宫田夫妻。

胞兄夫妇还乡，黄氏女在府中摆开家宴给他们洗尘接风。席上，金锁紧挨着他的小伯母影儿，左一句、右一句地说他学会的日本话，但他的伯母却不用日语回答。黄氏夸奖道：“我这小嫂子到底会讲中国话了，上次来家还没法和你唠磕呢。”

影儿笑道：“我学了这些年，一直讲得不好，为学讲话不知哭了多少场。恐怕我这一辈子也赶不上人家宫田太太，凭她那一口流利的北京话，谁也别想拿她当日本人。”

孙八咧开大嘴，对黄氏和石妈说：“咱们三个也得下功夫学日本话，下一步我们都要加入日本国籍，穿日本衣裳，吃日本饭，不会说日本话不行。”

金锁的伯父一面吃酒，一面考问孩子的日语成绩，发现这个孩子极聪明，记性也极好。饭后，拉着他的小侄儿到内室去，和他的弟妹黄氏密谈了盏茶时光。当晚宣布，他要把孩子带到省城去，送进日本学校念书。孩子在乡村受教育，目光短浅要影响成长。

孙七爷的一句话，剜去了石妈的心头肉。第二天午前，孙氏弟兄带着石妈、影儿和那个宝贝疙瘩金锁子，到北山去游逛。一路上春光明媚，青苗蔽野，群芳斗艳，百鸟争鸣。走进果园，耳目一新，成排的果树，繁花似锦。海棠、苹果、桃、李、杏、梨的花儿压枝儿开放，真正是万紫千红。巧的是一簇簇的樱花，行将凋谢，一时间又引起了影儿的伤怀。石妈见影儿有感，悲从中来，斜倚着一棵梨树，泪落如雨。

孙氏弟兄行走在前并未介意，小金锁直瞪着两只大眼，猜不透他的小伯母和他的乳娘为何伤感。此时，看守果园的李春山拄着双拐走过来，金锁怒冲冲从他的手里夺过一根拐杖高举过顶，来打那满树的梨花，顿时，阳春飞雪，蔚为奇观。李秃子失拐，坐在一块石头上，奇怪地问道："我的小少爷，你为什么要损坏果木？"

"它惹我伯母和乳娘生气。"金锁鼓着腮帮说。"小少爷，你知道不知道，一朵梨花就是一个梨，栽培一株果树，园丁要花费多大的力气。"李春山从地上拾起他的拐杖，嘟嘟囔囔地说。金锁忽然暴怒，指着他的鼻子骂道："你这个老狗，多嘴多舌真不要脸。我'喏喏'说你是个蠢奴才一点不假，快给我走开，别惹你家少爷生气。"李春山趺趺撞撞地离开了他们。

孙氏兄弟在果树林中行走，迎面来了把头王吉庆，他手里拎一把修剪花木的长柄剪刀，过来和两个东家打招呼。孙七热情地和他握手，对他在公义堂出力报效夸奖了一番。王吉庆去后，孙八说："这个人自从来到咱们公义堂忠心事主，十几年来没发生过半点闪错。南河沿上的几十垧水浇田，是他开下的，眼下这座果园，每一株花木都凝结着他的心血。这个人若不是目不识丁，凭他的才能和魄力，可以率领千军万马。李春山残废以后，我出外去当差，偌大的家业由你弟妇执掌，对这个人十分器重，几次要提升他当管事的。可此人总是拒绝，他有一副天生的硬骨头，从来不懂得阿谀奉承，安贫知命，品格端正。"

孙七沉吟无话，半晌才说："十年前考打头的，这个人就给我留下了深刻的印象，其后，宫田来到咱堡子，回到省城也跟我提过他。他到南城习学果树栽培的技术，宫田又同他在一起接触过一段时间。忘记是哪一次了，宫田说这个人很有思想，在政治上，要注意他的倾向。"

"一个普通的庄稼汉谈得上什么政治倾向，起初我也怀疑他到咱府中来要施展什么伎俩，年深日久反复察验，证明他还是个憨厚老实的人。"孙八说。"不然，不然。"孙七摇头晃脑地说。孙八一笑。

兄弟二人在果园中漫步，说到了那位老友宫田，孙八问及他在州内的大片产业，目下经营得如何。孙七说："宫田在州内的财产，是他在做间谍活动时，从'满铁株式会社'挪用的资金，满洲"建国"后，已经物归原主了。说起日本这一批军阀，却也可怜，为了效忠天皇，扩大版图，不求私利，多数人在‘武士道’精神的鼓舞下，已变成了战争的机器。迷信他们的武神，吹嘘他们的民族，追求征服世界的狂妄理想。怕只怕这批人将要像一堆重磅炸弹，击毁目标之后，自身也化为灰烬了。”

孙八对他哥的谈话似懂非懂，饶有兴致地又说起了园子里苗圃、温室，以及刚刚得利的葡萄园。五口人游逛北山，折回来行经关帝庙，进去歇歇腿。道士黄福臻把他们接进静室，看茶、叙话。孙七先说：“福臻，哥哥十年没还乡，心里也总是惦念你。老八进省，哪次我都动问你的情况。你这个人固执得很，拿你没有办法。说你学富五车，满腹经纶，不是虚话。咱两家轧亲的时候，你正是京都出名的风流才子，看看你现在变成个什么样儿了？自从你来到虎石台，我就劝你脱下道袍，跟我到省城去混点事由儿。一个人受点打击不要紧，怕的是一蹶不振。天行健，君子以自强不息，大可重整旗鼓，再建一番事业。你厌弃旧民国我是知道的，浪迹江湖无非要发遣心中的积郁。九一八事变以来，已经云开雾散，‘满洲国’的独立地位雷打不动，你作为一个旗人，正可以顺天应时，出山去建一番功业。有哥哥荐举，‘国务院’八大部随你挑选，保你做高等官，出头露脸。”

黄福臻淡然一笑，坦率地说：“谢谢你的好意，咱两家虽系骨肉至亲，但我不能接受你的好意。人各有志，福臻早已在神前发誓，青灯古佛，了此一生。恕我直言，远在事变之前，我就反对你们弟兄通敌卖国，尤其是掩护那个日本间谍宫田进行秘密活动。我当时就向你们申明，咱们不是同路人。在国家民族生死存亡之际，福臻还没想参加反满抗日的行列，但我有一个信念，日本帝国主义，想征服中国，鲸吞亚洲，是不会得逞的。但中华民族要遭遇一场空前的劫难。”

孙八听他们话不投机，有点不耐烦，起身到庙堂里去看看。见石妈和那影儿正在神案前烧香礼拜，那石妈直跪在大殿上，泪眼模糊求告神灵。保佑她的孩子金锁进省城去读书，精神旺跳地无灾无病，让他的学问随着他的年龄、身量同时增长。孙老八站在一旁观看，也是惨然。心想，老妻黄氏真是个狠毒虫，今番举动早已料到，但碍于哥哥的情面，无法反驳。母子分离，难怪那石妈泪眼不干。也怨我孙家的坟地没风水，独独地就传下这么一条根。

少时，道士把孙七送出静室，一行人告辞回府。当晚，村长芦茂财前来拜望，兴致勃勃地向孙氏弟兄介绍了友邦代表团在村里所进行的活动。

村公所、小学堂、种马场、村里经营的洋鸡舍、洋猪舍、粮食加工厂、兴农合作社、青年训练塾，先后都拍摄了电影。友邦人对于训练塾举办的扫盲、军训、国情教育等活动十分重视，分别地全都摄入了镜头。有趣的是森隆洋行、陈记料理屋拍了电影，同时把庙后陈寡妇家里打牙牌也照进去了。有位官员说，这个乡村的麻雀俱乐部很有意思，俱乐部的经理陈寡妇，更是个可人儿。村民到老爷庙烧香，在娘娘阁拴娃娃，在吕祖殿讨签，也摄入了镜头。前街于二跳神，友邦人也很重视，逼他把胡仙请下来拍电影儿，吓得胡仙没敢附体，于二大神假装模表演一番。代表团携带电影机来到正心堂，正碰见刘元甲摆香堂，扶鸾。友邦人问清了这桩事，随即净手焚香，请无太佛临坛，说说天下大事。无太佛真的来了，就在镜头底下，唰唰地写出了坛训，其词曰：

龙旗坠毁，
满汉同居，
虎狼当道，
民无所皈，
同室操戈，
分崩离析，
惜哉中国，
水尽鹅飞。

这坛训是元甲的养子玉宝登着板凳扶鸾写出来的，友邦人惊叹不已。无太佛都知道中国必亡，何况人乎。

村里的几大户，前庭后院，居室仓廪，全都摄入镜头，中等人家也不例外。芦茂财说到这里站起来给孙八鞠个躬，诚意地说：“八叔，你老给小侄出的主意实在高明，友邦代表团对于咱们村子里头没有贫户赞扬不已。若没有弄虚作假，我这个模范村的村长露不了这么大的脸。”说到最后，芦茂财向二位长者请教，叩问日本国在什么时候开始向满洲移民。孙七说指日可待。

关于友邦代表团在村子里头拍摄电影，芦茂财说还有美中不足之处，许多的农民不愿意上镜头，使友邦人浪费了许多的胶片。小学教师金石开、道士黄福臻拒绝把他们的形象和动作拍入镜头。有一个日本老头儿，不晓得是什么官员，与金石开和黄福臻盘桓了三天，他们用英语说话，不知嘀咕些什么。孙七、孙八没有理会。芦茂财走后，孙八告诉孙七，小学堂里的教师金石开，是个左倾分子，他已命令警察署特务系严密监视这个人。

两天之后，虎石台显赫的门第公义堂，由孙氏兄弟署名发帖，定于旧历四月十五，宴请本区各村屯的乡绅，前来畅聚。孙占一久不还乡，孙占元又在外府居官，借此机会要和家乡父老联欢，增进感情。席上，官民人等将要畅谈大“满洲帝国”之德政，庆贺几年来繁荣幸福的生活。

这天，西起清水镇，东至烟筒山，南到红石岭子，镇长、署长、村长、屯长、老乡绅、新发户，官私两项，齐聚公义堂，坐满了孙家的大客厅，喷云吐雾，高谈阔论，好不热闹。

午前十点开席，过午尚未拉桌。后街明德堂的东家吴老六来迟了一步。宾客中有人偷偷地议论说，昨天夜晚，他从镇上回村来，走在路上遇见鬼了。适才到老爷庙去找黄半仙，求符问卜。

吴六走进宴会厅，孙八招呼他入座，众人见他青黢黢的一张脸，气色不正。他的岳父刘紫玉当面问过，吴六说，昨夜偶感风寒，身体不适，但孙家的盛会，还是必须得来参加。孙八与他多年交好，话无遮拦，当面揭穿，“我说老六，这几年你发福生财了，怎么还是那样生死不怕胆子小，都说昨天晚上你在道上遇见鬼了，是男鬼还是女鬼呀？你小子一辈子贪花恋色，不免地总要有女鬼缠身。”

吴六听孙八打趣，强装笑脸，抖动着杯中酒，不好意思地说：“八哥，别拿我开玩笑，没有这码事，昨天晚上我什么也没遇见，只是心里有点犯疑。”大家吃酒行令，便也把话岔过去了。只有吴六自己明白，昨天夜里他是真正地遇见鬼了。

永吉丝房吃大片肉，吴六和那大老板通同作弊，坑东灭伙把这片产业据为己有。二次开张，买卖兴隆，潮水般地倾销日货，财运自然亨通。皆因那次骗局使满洲兴业银行蒙受损失，前几日听说孙占一还乡，害怕这位兴业银行的董事长跟他翻旧账，正想要回村来拜望拜望，意外地接到了孙氏弟兄的请帖，他怎能不来巴结。昨日请帖一到，他就赶忙地料理柜事，决定提前一天赶回来，参加这次盛会。忙忙活活操持了一天，夜幕降临了，这才诸事完毕。他素常胆小，从来不敢走黑道儿，有心起早再回来，但又怕误了过场，依仗是月光明朗，换上一套崭新的衣服，溜达着出离了清水镇。

朗月当空，清风习习。他顺着光滑平坦的公路出镇上岭，鼻子里嗅到的是田野上散发出来的幽香。一路行来，暗自嘀咕，这几年地面太平，贫富相安，走黑道儿不必担心了。不过也得快点走，这岭上常有野牲口出没，但愿别碰见劫道的豺狼。脚步加快，眨眼十里，越过岭头来到了岭腰，远远地望见自家的村落了。

他取看怀中表，正好是子夜十二点钟，入夏天长，出镇的时候就已经不早了。

青苗遍野，风过处层层叠浪。忙铲忙趟农事劳碌，此时，远望堡子黑压压一片，灯火全无。前边公路的右侧是公义堂霸占官山舍给村民的那片义地，月光之下，看那无数座荒坟，蒿草丛生，黑影幢幢，风吹磷火，闪闪发光。

忽然，就在那乱坟岗子里传出了一个妇女的哭声，吴六停下脚步，侧耳细听。怎么这声调儿这么耳熟？一时间心头发紧，毛骨悚然，但他忽又转念，自语道：“不要怕，这是人不是鬼。”他拔步便走，试想越过那片坟场赶快回家。行走几步，又忽然停下，行前曾喝了几杯酒，当此时节胆气陡壮。心想，这是谁家的女子有这么大的胆量，深更半夜独自来哭坟。色徒吴六顿起邪念，他指望着这个青年妇女是变化人形的狐狸精，因为宿缘，特地来勾引他。他想起了唐人小说的记载，书生郑六与狐精任氏的一段艳史，便是在坟地里发生的。

色胆包天，吴六离开公路走进坟场，去寻找那个女人。月光明亮，毫发毕现，相离数丈看得清楚，吴六怪叫一声，落荒逃跑，因为此女子正是被他逼迫失踪的老董家大姑娘。那姑娘看见吴六，止住了悲声，先用两只愤怒的眼睛盯住他，猛地站起身来旋风般向恶贼扑来。

吴六在前面飞跑，姑娘赶了一程，直待他跑进村子去。吴六拼命狂奔，慌不择路，撞开家中半掩着的几重门，闯进正房。吴广泰夫妻领着孩子们正在安睡，忽被惊醒，看他爹气急败坏，神色慌张，只说在路上遇鬼。进一步地追问，又不肯明说，无奈吴广泰把他爹爹搀到东屋去，铺被安歇。儿媳郝氏吓得没敢出被窝。广泰有心陪他爹在东屋睡下，那梦梅在西屋尖声地叫他，势逼无奈，只好把他爹一个人留在东屋里。

广泰夫妻安寝，吴六在炕上翻来覆去睡不着。心想，今夜我活见鬼，一定是大限到了。老董家大姑娘冤魂出现，绝非偶然。我吴六贪财好色，罪孽深重，大概是恶贯满盈，该当遭报了。惊魂乍定，蒙眬入睡。梦见那老董家大姑娘满脸的煞气，从门外走进来，身后跟着袁连喜夫妻，袁百家青面黑发，怒气冲冲，那陈艳香七窍流血，怀抱他家的小东子。吴六惊叫一声，睁开双眼，看窗外已经亮了。

起身漱洗，广泰夫妻过来问长问短，吴六信口应着，心不在焉。草草地吃过了早饭，就到关帝庙去了。黄真人善观气色，见吴六走进静室，惊讶地说：“六爷，看您的印堂发暗，凶煞临头，不出三日怕有血光之灾。”老道脱口说。“求真人解救解救！”吴六哀求道。“请焚香看卦。”道士像是命令他，吴六称诺，小心谨慎地捧起了卦盒。三枚金钱落地，立时神课分明。黄半仙手提朱笔批写完毕，郑重其事地说：“施主此卦凶多吉少，逃过血光之灾，也难免身受官刑，灾星照命，恕贫道直言。”吴老六扑地跪倒，求道士救命。黄真人把他搀起来，让他如实地说一说前因后果。吴六神志恍惚，把许多伤天害理的事情都向道士说出来了。黄老道晓喻地说：“冤冤相报，天理循环，你做下这些伤天害理之事，难逃罪责。”

道士在案上摊开一张黄表纸，振笔疾书，代吴六写就了一份表章。带领他来到正殿，焚香顶礼，烧化了表章，在神灵面前许下愿心。吴六应许，在他的家庙里供奉冤魂董氏之灵位，并烦劳黄真人在那里铺陈道场，超度一番，但这件事须待到七月十五，秘密地进行。吴六为了逃灾避祸，从道士手中索取一道护身灵符，当面布施国币五十元整。

吴六在关帝庙打卦、上疏，耽搁了半晌的时光，来到公义堂方交午正。入席吃上几杯酒，自觉心慌意乱，神志不宁，应对之间，语无伦次。刘紫玉关心这个门婿，偷偷地对他说：“殿臣，你身体欠安，早一点回镇上去吧，午后两点有从烟筒山开来的公共汽车。”

吴六起身告退，孙氏弟兄送他到房门口。

永吉丝房的大老板吴殿臣，今天在公义堂的宴会上中途退席。在他走后，宾客中又是一番议论，有人还重提关于他昨夜孤行遇鬼的事情。有人则做出了正确的判断，说他逃席原因在于怕孙占一当众质问他坑骗满洲兴业银行的那段公案。

吴六离开公义堂，照直来到森隆洋行门口的公共汽车站，脚跟脚没搭上那辆两点钟的班车，心焦魔乱，好生懊恼。看天时尚早，决定徒步返回清水镇。踏上公路，心急似火，日光之下，行经岭下那一片坟场，都没敢往那里瞧一瞧。越过义地，神情稍微舒散些，大步流星地上了岭，瞬息间行程二三里。农忙季节，公路上未见行人。前面展现出一片桦树林，这里乃是数年前尤金榜和他的弟兄们被获遭擒的地方，地势险恶，吴六走到这里，不由得害起怕来。战栗间，树林里猛虎般闯出一个黑大汉，吴六刚想呼叫，大汉手中的鱼刀明晃晃对准了他的咽喉。吴六浑身瘫软，被那汉子拖到林中去，从腰上解下一根麻绳，套在他的脖子上，背起来便走。箭步如飞，爬到一座灌木丛生的山包上，把已经勒死的尸体投进了二尺多宽深不见底的山夹空。那汉子动作迅猛，杀人灭迹，前后还不到半个时辰。从岭上转下来，蹲在河边洗手，身后来了李大虎和王长江。二人把锄头交给他，悄悄地说：“铁柱，我俩在周围放哨，旁边一个人影都没有，咱们放心大胆地干活去吧。”

今天，刘铁柱亲手绞杀了吴殿臣，替他的妻子报了仇，事出有因。远在九一八事变前，铁柱子招赘在董家之后，长江、大虎、铁柱和董家弟兄，大伙儿穷轧穷伙种土地，直到如今。俗话说，众人一条心，黄土变成金。近几年来，日子过得挺富裕，几家老小，已经是不愁吃穿，仓有余粮了。可美中不足的是，李大虎从打那年砸了胡仙堂，屋里的没再生养，二虎婚后四年，刚见个小娃娃，王长江一双儿女却还健壮。铁柱妻、老董家二姑娘，连怀两胎，孩子都没站住。去年腊月第三胎生个男孩，姥姥给这孩子取名“铁蛋子”，意思是让他结结实实地能够长命百岁。穷人生子打不起百家锁，也无力到庙上去做功德，起个吉祥的乳名，也算是破解破解。怎料想，这铁蛋子出生五个月，肥肥胖胖，欢蹦乱跳的，全都会哄人儿了，一场水痘，又折杀了这条小小的生命。孩子病故以后，姥姥哭着对铁柱说：“铁蛋他爹，我那孩子长得又胖又大，别把他现天现地地扔去喂狗了。”铁柱在仓库里找个破马槽，把死孩子搁里头，上面钉块木板，也算没让他土压脸。扛到义地，埋个小小坟堆儿，权当把他葬了，说这话还不过十天。

这一程子，日本代表团进村，乱乱嚷嚷，大家小户都耽误了不少的农活儿。春雨过后，正忙上二遍地，铁柱妻一天忙活三顿饭，还得看护哭外孙得了病的老妈妈。自己思念爱子，哀痛难伸，每日里只能蹲在锅台旁边，偷偷地淌眼泪。夜间得闲，想哭又不敢哭，照顾妈妈有病，三个下地的都是乏身子，不好惊动他们。况且这几天，三个舅舅哭他的小外甥，长贵哭他的小弟弟，整日价泪眼不干。昨夜，她实在压抑不住内心的悲痛，人静以后，乘大家熟睡，悄悄地爬起来，跑到义地去哭那铁蛋子，抚摸着那座小小的新坟，放起悲声。

吴六行经义地，二姑娘已然哭过多时，悲声过后，正在嘤嘤地啜泣，未留意大道上过人。这个贼若是大大方方地走过去也就罢了，偏偏地顿生邪念，进入坟场来。二姑娘发现来人却也一惊，但立即认出了这个人，顿时怒火中烧。这正是仇人见面，分外眼红，你放着官道不走，到坟地里来干什么？我坐坟甸子上哭儿子，你姓吴的来哭谁？

四目相对也不过一瞬间，二姑娘抬身而起，冲他走去，打算狠狠地骂他一顿，扇他几巴掌，问问他半夜三更在这荒郊野岭，凑近一个妇女，起什么念头？未意那个贼怪声号叫，杀猪似的逃跑了。追他几步，低头察看，这小子在垄沟里遗落下一只鞋，姑娘气不可遏，把那只鞋拾起来，丢到身旁的小河里去了。二姑娘回到家，正赶上铁柱起来喂牲口，姑娘把适才的经过小声说了一遍。月光下，铁柱端详端详妻子，轻轻说：“二妹，你在半夜一个人去哭坟，他大概拿你当鬼了，一个人做了亏心事，总要疑神疑鬼，你的模样儿和你姐差不多。”

天亮铁柱下地去干活，回家来吃晌饭。路上听见说，明德堂吴老六昨夜遇鬼，今早到关帝庙打卦去了，布施五十块，从黄半仙手里买了一张护身灵符。饭后小歇，王长江走进来，附耳说：“吴六昨夜活见鬼，把实话全都告诉了黄老道。方才我碰见王三叔，他听道士说，吴六确确实实是逼死董家大姑娘的凶手。”铁柱沉下脸来，从炕席底下摸起了那把插套用的鱼刀。

下地干头气活，铁柱和大虎、长江商议，他要干掉吴六。未待二人同意，远远见那该死的吴六出村来了。说什么冤家路窄，这也叫天赐良机。铁柱子撂下锄头，绕行上岭，飞快地隐进那片桦树林，隐没身形，心里头十分平静。皆因这几天为了思念新丧的爱子，正在心烦。原想把他薅进林子里，痛痛快快给他一顿刀，未料这小子是个天生的熊种，一照面儿就吓昏了。铁柱临时改主意，这才给他留个全尸，把原本是决斗的案件，改成了谋杀。王长江和李大虎为铁柱这番举动深表庆幸。

镇长刘紫玉搭乘警察署的大汽车回到镇街，立刻查问他的门婿吴六，家人柜伙都说他没回来。大头鬼老于世故，当即判断这里头肯定有了差错，马上借用警察署的汽车，亲自返回虎石台。汽车开进明德堂的院子，上房屋里灯火辉煌。看他的外孙子吴广泰正和几个闲散人打牙牌，广泰的媳妇擦胭抹粉，在圆镜底下梳头。姥爷来到，局场立散。刘紫玉坐在靠椅上大发雷霆，骂这两口子只顾玩乐，把个爹走丢了还不知道。当夜，刘紫玉坐镇明德堂，指挥多人寻找吴六的踪迹，直到天亮没有结果。决定回镇上去，向警察署报案。

几个便衣警察来到虎石台，到明德堂查询了事情的经过。吴六的儿媳郝氏说，她公公前天夜晚狼狈不堪地跑回家来，言说途中遇鬼，吓得她缩在被窝里没敢出来。看她公公神情惊恐，衣衫不整，左脚光袜底没穿鞋。吴广泰从旁做证，说他爹在那天晚上确实是跑丢了一只鞋，次晨离家，另穿了一双。当场取来他爹遗在家中的那只青缎子双脸儿老板鞋。

刑事警察根据这条线索，很快在村外的小河里发现了吴六遗失的那一只。当即判断，吴六遇鬼是在这小河的附近，但不知他的鞋为什么失落到河里头。正当此时，传来消息了，前街于二大神胡仙爷附体，说吴六半夜回村，路上遇见了淹死鬼，那女鬼拖他下河，吴六不肯，挣扎着逃跑，把一只鞋遗落在河里头。这个抓替身的淹死鬼不是别人，正是当年失踪的那个老董家大姑娘。吴六回家不敢说，第二天从公义堂返回清水镇，行经这条小河，到底被那个姑娘拉进去了。有见识的人认为胡仙爷说的不对，吴六投河可不是因为淹死鬼抓替身，他此番自尽和袁连喜一样是怕到法院去打官司，为诈骗银行，害怕孙占一追究此事，这才畏罪自杀。

午后，小河岸上搭起了高高的木架子，吴广泰出重赏，雇用水性好的人下河去打捞他父亲的尸体。因为此处是西岭和北山汇流下来的滴水漏子，估量能有几房深，平常人不敢下去。

好几个人腰系着长绳潜入河底，打捞半晌，弄出一个硬盖子王八来。潜水者上来说，河底有直通南大河的涵洞，怕是尸身已经顺流儿冲到辽河里去了。

虎石台的财主，永吉商场的经理，半夜遇鬼白日失踪一案，悬而未决。吴广泰拿不定他爹到底是死是活，也无法举办丧事。

公义堂孙氏弟兄一团高兴，宴请乡邻，引出这么一段公案，也觉得很无趣。四月十八赶庙会那一天，离开家乡返回省城，带走了他家的孩儿金锁子。

第二十五章

这日傍晚，喧嚣一时的乡村宁静了下来，庙前的空场，天刚刚黑下来就无人走动了。小学校的王老师，掌灯后到森隆洋行去打牌消遣，金老师独自在房中给学生批改作文。堂役王老好从耳房过来送开水，金老师留下他闲谈。老好坐下说：“石开，从日本代表团走后，我看你总像是多了一层心事，这几天我一直为孩子们担心，怕他们跟你读书到不了小学毕业了。”

金石开合上手中的作文本，把毛笔戴上笔帽、插在笔架上，郑重地说：“三叔，我打算最近就走，日本国新近派来的代表团，实际是一个考察团，预料不久，就要向这里移民了。日本帝国主义侵略气焰越来越嚣张，很快还要爆发新的战争，形势逼迫我不能在这儿待下去了。”

“你打算什么时候动身呢？”

“还没决定。”

老好装上一袋烟，抽了两口，眼角有点湿润，感伤地说：“咱们相处两年多，你没小看我这个穷老头子。不光是我，堡子里好些个穷苦的乡亲，都因为有了你才开了脑筋。多少年来，几辈子人都是糊里糊涂地过生活。多年来，我拖着这两条瘸腿，为受苦受难的亲戚朋友跑来跑去，总是落个白忙活。大家伙儿都想好，难哪。头年腊月三十，杨福田病危，临死拉着我的手只说些个感激的话。当时我跟他说，你年岁不大，再活上几年兴许能看见咱们穷人过好日子，不能总这样。他打断我的话说，三哥，我等不到那一天了，将来真有那一天，求你到我的坟头上烧一面招魂幡，我要回到家乡来看看，做鬼也心满意足了。”

老人家滴下清泪，石开默然。听他接着说：“十年前，我哥哥王玺忠累死在公义堂，事后，我和吉庆想出一个笨主意，让我家这个铁汉子进阎王殿去打头，改改这个大户的规矩。只差一步，孙扒皮又坑害了我的门婿。当时，众亲友为我父子不改变主意都很惊奇，不知道我们要捣什么鬼。”老人说到这里，起身关闭了门窗，回来说：“石开，刘铁柱为他妻子亲手报了仇，你看他能不能败露？”

金石开深锁着双眉叮嘱说：“三叔，他们的经验比咱们丰富，针对这个案件，我认为警察不能罢手，大家要有些准备。告诉铁柱，要有决心豁出一身皮肉来，到什么时候也不能说出真情。没有证据，就定不了罪。”

小学堂里两个人在灯下叙话，清水镇警察署署长吕耀庭也正在他的家里和区长刘紫玉谈唠。大头鬼仰歪在沙发上，苦恼地说：“耀庭兄，回想十年前你随沙大人来到咱们清水镇，彼此便有了一面之识。九一八事变前后到如今，在一起共事，情同手足。此一番殿臣失踪，分明是一桩命案，连日来我看你不着急，不着慌，稳坐钓鱼台，未免有点不够义气了。案情很清楚，其一，外界说他害怕孙老七翻旧账，畏罪自杀，这根本不成立，因为我在公义堂的宴席上已经使眼色告诉殿臣，孙占一财大势大，早已无意追究那件事了。其二，说他从虎石台返回清水镇，中途路上被匪徒绑架，事情绝没有那么巧，况且近几年来，地面平静，天上掉不下歹人来。其三，鬼怪的传说尽管是耸人听闻，但无足凭信。我刘紫玉出世以来，杀人无数，从不信天地间有什么鬼神。因果报应，不过是僧侣对愚民的说教。”

吕耀庭淡然一笑，无可奈何地说：“老区长，鬼怪传说不可强信，也不可不信，圣人云，敬鬼神而远之。在令婿身上发生的这件疑案，使警察署陷于五里雾中。交情大于王法，多日来你看我表面冷静，实际上是不安于枕席，刑事警察正进行严密的调查，不搞个水落石出不能罢手。”

刘紫玉摆弄着手上的纸烟，头不抬眼不睁地慢声儿说：“关于鬼怪作祟，你身为警官比我明白，虎石台凶宅闹事，三条人命三千元。不久前，王雅轩和邓全义涉讼，听说老金三刚想出面调停，邓全义失计说出真相，接着又病死在牢中。不然的话，为这个案子，你也可以大捞他一把。纸里不能包火，没有不透风的墙。”他站起来在房中走动走动，看看吕署长的神情，坐下来摊牌。刘紫玉肯出二千元代价，求吕耀庭为他查清此案。条件很简单，活着要见人，死了要见尸，因为他实在架不住他女儿的哭闹。

次日，清水镇警察署全员出动，配合民伕踏遍了西岭北山，终于寻到了吴殿臣的尸体。紧锣密鼓，虎石台又热闹起来。明德堂操办丧事，便衣警察搁堡子里抓走了十几个闲散杂人，内中包括金三的儿子金荣山，邓五的外甥孙大陆，另外是几个成年耍钱闹鬼儿的生儿虾。

一顿拷问，不见真情。金荣山有供，说他和吴广泰的媳妇小白梨通奸是实，而小白梨曾和她的公公有染。吴家婆媳不和，众所周知，但没有理由杀害她的老公公。要说谋夺家产，小白梨的热人甚多，干这种事情得找交情笃厚的，金荣山挨不上这个美差。孙大陆和袁连喜一样，也曾在永吉丝房插过小股子，丝房倒闭发现受骗，恨吴六恨得要死，但他是个文弱书生，不可能行凶。其他几个嫌疑犯，供词纷纭，驴唇不对马嘴。警察署着急破案，把他们平白拷打个死去活来。一群人受刑胡说，却也得点线索。警察署认定，关帝庙黄半仙和东街于二大神与此案定有关联。署长下令，把这两个人传到了警察署。

在司法系询问，黄老道很镇静，详说那日吴六到关帝庙问卜求签的经过，内情和此前取来的笔录一样。即那日清晨，吴六进庙首先问卜，卦象不吉，接着讨签，抽的又是一支下下签。道士见他神色不对，动问情况，吴六只说夜行遇鬼，没说地点，也没讲鬼怪的形象和性别。其后，吴六到大殿里烧香，礼拜，口中不知喃喃地说些个什么。临走向道士讨取了一道护身符，布施国币五十元，为的是七月十五日求道士替他设道场，超度一个亡灵。这亡灵究竟是已故的什么人，他也没说。

司法警察对黄老道的证词很有疑问，然而不敢碰他，因为他是孙占元的小舅子。

讯问大神于二，先揍一顿嘴巴子权当下马威，问他根据什么说吴六回村遇见了淹死鬼，而那个冤鬼还是后街老董家大姑娘？于二先还推说不知，说那是胡仙爷附体讲的，接着又挨了一顿大板子，这才承认自己是个白脸神。关于老董家大姑娘经陈寡妇牵针引线，在明德堂受屈辱，回家之后半夜失踪，这桩事虽已年深日久，堡中人早有判断，那个烈性的姑娘，失身之后不肯再嫁给刘铁柱，找个隐蔽的地方自尽了。二大神耳目灵通，变换手法欺骗信徒。此番听说吴六夜行遇鬼，白日失踪，并且在小河里找到了他的一只鞋，大神借口传音，编造这么一段神话。

这段话很有用，署长吕耀庭命令司法系立刻把刘铁柱抓来。刘铁柱被抓到警察署已经是小半夜，署长吕耀庭当即审问，地点就在警察署的待客厅。

屋子里很安静，一名警士还给铁柱子倒上了一杯水。坐在他对面的署长微笑着说:“刘铁柱，你干得很隐秘，累我们侦察多日，这才得到了证实。当真人不说假话，我姓吕的喜欢硬汉子，希望你能把谋害吴殿臣的经过，原原本本地说出来。当差的也要养儿生孙，我一定从中开脱你的罪行，不让你给姓吴的偿命。”刘铁柱喝干了手边的那杯水，从容地回答道：“署长，你说的话我不懂，我和吴殿臣没冤没仇，为什么要整死他，你们警察署抓不着凶手拿我来顶数，那可是做梦。”

“我们有根据。其一，你的前妻老董家大姑娘在和你成婚之前失踪了，据说她失踪以前让她母亲把她的妹妹嫁给你，当时去看望过你的父亲并且和你也说过一片知心话。其二，孙占元霸占官山兴修果木园，造成侯德盛一家的死难，你岳母挑动乡民暴动，逼村长吴殿臣下野时，也曾向姓吴的追问她姑娘的下落。其三，不久前吴殿臣回村遇鬼，次日就被人谋害，我们有理由判断，这个凶手就是你刘铁柱。别忘了，你是个有前科的人。“九一八”以前，西岭窑地罢工，你和沈万才在县巡警局被罚过苦力。事变后，为参加抗日救国军，在日本守备队兵营也打过官司。警方一直认为你是个地痞刁民，今天把你捕来，断定你是杀人凶犯。识相的赶快承认，执迷不悟，别怨我姓吕的不讲情面，提醒你不要忘记了人心似铁，官法如炉。”

铁柱回答：“署长大人，我听说‘满洲国’有六法大全，不知道在哪一条上写的可以硬逼着什么人承认他是杀人的凶手。”吕署长胸有成竹地自语道：“看样子他们已经串好供了。”站起来说：“刘铁柱，你敬酒不吃吃罚酒，这可怨不得我姓吕的了。”立命身旁的警士，把刘铁柱送到司法系。此后三天，刘铁柱在警察署受尽了严刑拷打，但一直没有口供。

第四天，警署司法系刚刚上班，推门进来一个彪形大汉，摇动身躯嘎吱坐在椅子上。刑事警察认识他，来者是虎石台的种地户李大虎。司法主任问他的来意，大虎怒冲冲地说：“我和刘铁柱种地有交情，搁西岭守备队一块儿打过官司。听说你们把铁柱子抓来，说他是谋害吴老六的凶手，我心里不服。今天我来问一问，你们根据什么抓他？‘满洲国’大同世界，王道乐土，诬赖好人不行。吴老六死那天，我和刘铁柱在一块地上干活，没看见他行凶害人。你们过堂的时候，为啥不找我来做证？”

司法主任被这突然的举动惊呆了。“建国”以来，威武的警察署从来没碰到过这样大胆的农民，胆敢来咆哮公堂。抓电话向署长请示一下。拍桌子吓耗子，把李大虎打了一顿，命令警士把这个刁民推进拘留所。李大虎被好几个巡警押解着，推推搡搡来到拘留所，走进去便高声喝喊：“铁柱子，我和长江还有咱堡子里的几十个乡亲，都能证明你不是凶手。你可要咬紧牙关，别让他们把你屈打成招，给吴六偿命。”警察踢打李大虎，又唬唬他不准说话，但大虎的话语已经传到了铁柱的耳边。

李大虎怒闯公堂被关押，跟脚儿又来了他的同伴王长江。长江来到警察署，比大虎文静。他只说四家子伙种地，眼下农事正忙，地里缺劳力，耽误农活。吴六被害那一天，他和大虎一样与铁柱寸步没离，能证明铁柱不是杀害吴六的凶手。他和刘铁柱土生土长彼此了解，那铁柱子忠厚老实，素常日连鸡都不敢杀，怎么能敢做这种凶狠的事。

警察署有主见，当场把王长江也扣押起来，然后多派警探前往虎石台，根寻与此案有关的内里情由。七八天以后，司法系的便衣警察带来了一个主要的证人，庙后住家的陈寡妇。

吕署长亲自询问陈寡妇，寡妇说：“吕老爷，你老聪明一世，糊涂一时，把刘铁柱抓来可真是屈枉好人了。要问这件事，早就应当传我，当年吴老六和老董家大姑娘那桩事儿，是我成全的。堡子里闹瘟灾，董四喜暴死，吴六出钱发送，乡亲们谁不知道那是黄鼠狼子给鸡拜年没安好心。老董家大姑娘家，接受了明德堂的好处，那也就是有情有义了。过后，吴老六把他的老婆孩子送到清水镇，打发我去请那大姑娘进院去做活儿，这也不过就像‘挑帘裁衣’那出戏，王婆子只不过是给搭个桥儿。吴六和那姑娘成其美事，新媳妇上床，媒人靠墙了。姑娘回家以后，先去看望了她的老公公刘老疙瘩，又和铁柱子明说不能再嫁给他，两个人绝不能白头到老。明眼人一看便知，那姑娘让她娘把她妹妹续嫁给刘铁柱，她本人是另有安排。”寡妇笑不可抑地说：“吕老爷，没有你老不圣明的，您说那大姑娘哪儿去了？她能是死了吗？那姑娘为了逃避乡亲们的笑话，和吴六找个僻静的地方，伙度去了，文明词儿那叫‘金屋藏娇’。有钱有势的人谁不养下家？谁没有几个姘头？话还要明说吗？老董太太跟吴六要过人，要知道她的姑娘已经丧命，就没有那个举动了。”寡妇说到此处，绷起脸来：“吕老爷，您若把铁柱屈打成招问成死罪，那可就缺了天字第一号的大德了。听说老董太太正会合几十个乡亲，要到警察署来请愿，您可别官逼民反哪。”吕署长沉吟无话，命司法警察取下陈寡妇的笔录。

事过不久，警察署把刘铁柱等三人开释回家。吴殿臣被谋杀这件命案，就不了了之了。署长吕耀庭没能破获此案，当然也无由向区长刘紫玉索要许给他的报酬。这贪官看在金钱的份上，亲自到虎石台做进一步的调查。村长芦茂财说，这命案牵扯的线索甚多，一时之间理不出头绪来，建议署长少安毋躁，容他慢慢地帮助访察。杀人偿命，欠债还钱，迟早能揪出那个凶手来。吕署长不死心，这日登门去看望刘铁柱。铁柱正躺炕上将养伤害，上大挂弄得他两只大拇指筋断骨折，坐老虎凳使他的膝关节红肿不能动转，刮肋条至今还呼吸困难，灌凉水、灌洋油，把他折磨得耳聋眼花。署长与他面对面地讲话，竟认不出这是谁来。一条钢铁汉子体无完肤。

署长假惺惺地安慰铁柱几句，他的两只贼眼注意观察这一家人的表情。见铁柱的妻子低头垂泪，他的岳母恭恭敬敬地站在屋地等候问话。署长说："老太太，你门婿的官司已经打完了，就是说我们警察署已经不怀疑他是杀人犯了。你坐下咱们谈一谈。"

董四婶落座，署长向她详细询问了当年她家大姑娘失踪的经过。老太太一五一十地跟他述说了一回，证明了陈寡妇在警察署所讲的符合事实。老太太到现在也还认为她女儿仍旧活在人世，只是不晓得她是落在什么地方。

署长从董家出来，又去走访明德堂，详细询问吴广泰夫妻知不知道吴殿臣在外头养活下家儿。广泰夫妻回说不知，但不能断定有没有这种事情。吴六的儿媳郝梦梅提出线索，让署长到县城去找她的娘家爹问问，也许能查个水落石出。

吕耀庭根据这些情节，下了决心，一定要把老董家大姑娘找出来，再给刘铁柱定案。

吕耀庭回到警署，正拟议指挥部署继续地追查此案，特务系的主任前来报告，县城日本宪兵队发来了机密文件。特务机关设在省城的邮政检查所，最近截获了三封书信，都是寄给虎石台小学教师金石开的。一封是从日本东京寄来的，发信人宫之原笃，这个日系学者，是日本国家保安局秘密控制的人，他作为日本访满代表团的成员与这个小学教师相识，来信劝他快快地离开"满洲国"。另两封书信是从北平寄来的，口气是金石开的同学，敦促此人立刻启程到关内去。日本宪兵队判断，这个乡村教师很可能是共产党的地下工作者，责成警署特务系对金石开加强监视，必要的时候可以逮捕。署长把那文件阅读了两遍，立即做了紧急的部署。

警察署的便衣特务下到虎石台来了。他们没到村公所，先在森隆洋行逗留，又由洋行经理陪伴着在陈寡妇家里打牌喝酒。经过一昼夜，没露出什么痕迹来，但金石开很快便得到消息。先向他通风报信的是他的同伴王育才，育才和洋行的张经理要好，而张茂森和警察署的特务都在青帮家礼，是同参的弟兄。再一个向他透信的就是堂役王老好了，他是听黄老道从陈寡妇那里得来的消息，最确切的是馆子陈厨子的话，特务喝醉了酒，泄露了要逮捕金石开的实情。

这天夜里，金石开被堂役叫醒，见床前站着王吉庆。王吉庆领他来到北山果园，黑暗中走出在镇上济人医院佣工的焦大海。老焦头拉他一把，拔步便走，进入了身后的荒山。两个人循着山路整整地走行了一夜，这才把石开安顿在一个落脚的地方。从这里，小学教师金石开辗转离开“满洲国”，到北平参加了中共领导的地下武装，投入了抗日救亡的斗争。实因清水镇济人医院的医生甄济仁是中共满洲省委的地区负责人，这所医院也就是满洲省委设在辽西的交通站。甄大夫和金石开的父亲早年相识，今天帮助这个爱国青年走上了革命的道路。

医生甄济仁，南满医科大学毕业，是当然的亲日派。关于警署特务系准备捕办金石开的消息，他还是从一个日系警官的口中听来的。

金石开闻风逃走，这件事比吴六被害还重要。放跑十个杀人凶手不要紧，放跑了一个政治犯，警察署实在吃不消。吕耀庭当日离开任所，越过县警务科，登车进省城，去找他的老上司沙仲先，剜门子替他开脱罪责。沙大人给奉天省日本宪兵队挂了电话，吕耀庭这才保住了那顶乌纱帽。

不久，孙占元回村。这日走进村公所，看那小学堂，门窗紧闭，寂然无声。听芦茂财介绍，这才知道金石开逃走、王育才还乡，学校黄摊了。孙八漠不关心地说：“死了屠户就不吃猪了？我给县公署打个电话，叫他们再派几个教员来。”忽又动怒，指着芦茂财的鼻子说：“小金子逃走你有责任，这小子早在日本宪兵队挂了号，应当把他抓住活埋。”

“八叔，你老也曾经包庇过他。”芦茂财嘻皮笑脸地说。

“去你妈的。”孙八转怒为乐，若无其事地走了。芦茂财送他到大门外，又叮嘱一句：“八叔，可别忘了让县里给我们派教员哪。”

这所村立小学校，那日教员金石开半夜出走人鬼不知，第二天孩子们来上学，发现金老师不见了，便都惶惑起来。摇铃以后，王老师也没来上课，两班的学生趴窗户往外看，见警察署的大汽车从门外开进来了。蹦下来一群警察，蜂拥闯进教员室，把屋子翻了个底儿掉。临走拉去了金老师放在屋里所有的物品。王老师和老堂役合戴一副手铐子被拥上了汽车，校长没戴刑具，也让他随车前往。芦校长站在车顶上，面对眼巴巴的一群孩子说：“你们的金老师逃跑了，我们三个到警察署去吃官司，学堂从今天开始停课，你们啥时候接到通知再来上学。”孩子们闻听号啕大哭。

时隔多日，王老师和老堂役才从警察署释放回来。听说警察署长进了一趟省城，托人情平息了这件事，对于何人通风报信放跑了金石开，不再追究了。

王老师回到学堂，当天卷行李返回他的家乡旅顺去了。芦茂财、张茂森等人在陈家馆子给他摆酒饯行。那王育才喝了几杯酒，淌着眼泪说："金石开虽然是政治犯，可我一辈子也忘不了这个有为的青年，他为了神圣的教育事业，呕心沥血，实在是可敬可佩。王育才此番还乡终身再不做这一行了，因为相形之下，自愧不如，干下去怕也要误人子弟。旅顺有一家日本药房，聘请我去当推销员，从今往后，只做个贩夫走卒也就是了。"芦茂财和张茂森也是唏嘘不已。

秋成，县教育科又派来两名教员和一位校长。堡中的学生家长接到通知，又打发孩子们来继续上学，一百多个学生有三分之一自动退学了。

三年级的大学长吴广泰，家遭横事刚刚平息，提书包又来上学，心情烦躁。新老师讲授语文课，打开课本问学生从何处开讲。吴广泰取出手抄的笔记，要求老师继续给他们讲解金老师给他们留下的尚未正式讲授的《楚辞》。老师推说课本之外的学问他不能讲解。吴广泰往地上重重地吐口唾沫，抓起书包，退出讲堂，有几个年岁较大的学生也随着他声明不念了。

学生们当堂闹事，弄得新来的老师莫名其妙。级长王北辰站起来对同学们说："大家不要乱闹，金老师不走也不能教咱们一辈子，新来的老师照样能够把我们教育成人，小孩子不念书，得不到知识学问。"同学们赞成北辰的意见，请老师给他们继续上课。

天刮起凉风，学堂复课不久就来到了深秋。富足人家的孩子都穿上棉衣了。课余时间，孩子们在操场上游戏，有几个穿戴单薄的站在向阳的地方晒太阳。北辰看看周围的几个人，很有感触地说："咱们这群穷学生，又能一起来念书，这里头缺个杨德山。"这时，李承业恰好走来，接言道："说穷不穷，说富不富的关秉韫，也不在我们当中了，听说他爹说啥也不让他来上学，留他在家顶个半拉子。"

王长吉问北辰："金老师说，将来要有一天堡子里的人不分穷富，所有的孩子都能念书，念完了小学上中学，念完了中学上大学，你说咱们能不能赶上那一天？"北辰苦笑着摇摇头，焦成龙说："我说能，我爹说日本鬼子长不了。"

明礼、慎宗和家兴没言语，他们用忧虑的目光盯视着倚墙站立的侯长贵。看长贵黝黑的小脸挂着一层严霜，紧拧着双眉，长长的睫毛上沾着泪花。大家不约而同把他围起来，听他说："金老师和我一样也是无父无母的孤儿，因为他的年岁大，能够走南闯北，到自己要去的地方去。没走以前我也向他请求过，让他带我一起走，可是他硬是不肯，说他这一次去参加革命，要学习，要打仗，身旁不能带个小孩子。我也听他说了，咱们穷人也有自己的军队，叫红军，可是在南方，金老师一准是去参加了红军。咱们东北，咋就没有红军？”他抹抹眼泪，断然说：“金老师去的地方我也要去，他的同学都在北平，金老师也一定在那里。”

王北辰给大家使个眼神，拉长贵进教室等候上课。

午前，又上了两堂课，侯长贵眼瞧着书本，没听见老师讲的是什么。他回想起从父母过世到如今，作为一个孤儿，所经受的痛苦。先蒙董四奶收留在家，又被刘元甲夺去，进正心堂几经波折才又回到了老董家。董四奶、二姑姑，爱护备至，视同骨肉，小长贵过了几年幸福的童年生活。由打上学来读书，稍稍地明白一点事理，心里开始觉得不能平静。和老董家非亲非故，平白地让人家抚养，觉得不是那么回事。找到唯一的亲人杨大伯，商量把侯家存下的一点家资，从村公会取出来补报董氏的恩德，但又遭到了四奶严厉的拒绝。她老人家非得要全始全终，把长贵抚养成人，并不计较小孩子提出来的主意。我杨大伯临死跟董四奶说的话，体贴长贵的心思，富足人家尚且不能无缘无故地收养一个外姓的孤儿，何况是贫穷户。几年来吃喝穿戴，有病吃药，上学的花费，给董家造成了很大的负担。从表面看，他家不缺温饱，但实际上，依靠的不过是几个劳动力。二姑夫虽说是个铁汉子，出大力也累得只剩个骨头架子了。董大叔傻大黑粗，干活儿不靠谱，二叔年龄不小了，还无力张罗娶亲，三叔黄毛子自幼多病，一阵风就能刮倒。四奶家中没有这个挡硬的门婿，说不定早就掉顿揭锅了。二姑姑连生三胎，没站下孩子，精神也不好，老奶奶入春以来病不离身。最令人焦虑的是二姑父摊嫌疑被抓进警察署，受尽了苦刑，回家来将养数月，这才刚刚能够下地去干活。我在这样的一户人家里吃闲饭，每天还大模大样地背着书包来上学，和那些财主、粮户家的孩子坐在一条板凳上，安享幸福，这样下去比死都难受。听说社会上也有无数的孤儿在流浪，但他们没有投奔的地方。侯长贵今天要一脚迈出虎石台，咬定牙关上北平，去寻找老师金石开。

老堂役摇起下课的铃铛，孩子们排队回家去吃午饭。

午后发现侯长贵没来上学，有个同学说，看见他从家中走出来，在森隆洋行门前，踏上了烟筒山通县城的公共汽车了。同学们一片喧哗，董家兴气急败坏地跑回家去向妈妈报告这个消息。

孤儿侯长贵乘车离村，立刻惊动了东西院、前后街。董四奶眼含急泪，赶忙换上一套整洁的衣服，带上几元钱，奔赴公共汽车站，老人家要乘坐两点钟的班车追到县城去，把孩子找回来。董氏全家都集合在汽车站，街坊邻居来了一大群人，七言八语，各执一词，但有一个统一的意见，就是不能让这个知事的孩子，小小年纪便出门去流浪。把他找回来问一问，不愿意在董家住下去，住在谁家全都行。

不这么说还可以，这么一提，四婶坐在公路旁，拍拍打打地痛哭起来了，她后悔没尊重孩子的意见，也对不起死去的老福田。小长贵多大的孩子，走行在外，分明是得流落街头，变成个花儿乞丐，假若碰见歹人，说不定还要遭什么飞灾横祸。可叹她老董太太，成全人没有成全到底，辜负了侯门许氏对她的嘱托。

午后两点，公共汽车从烟筒山方向开来，到站停住，刘铁柱上了汽车，众乡亲把老董太太劝下了。铁柱到县城，已是傍晚时分，他先到警察署报了案，请求给各分驻所打电话，追查这个孩子的下落，然后到东门里“来升客栈”叩求那当年解救过他的店东刘老全。老人家年逾七旬，动转艰难，让他的儿子小店东和一个管栈的随铁柱上街，四处去寻找。

小店东有主意，先到汽车站找到了侯长贵搭乘的那辆汽车。司机和售票员记得，汽车行经虎石台上来个穿青制服，背蓝书包的小学生，这孩子上车之后声明要去找老师，说他的老师逃跑了。问他到那里去找，他不肯说。可这孩子身上一个钱都没有，坐了一趟车，也没打票，下车之后，照直奔火车站的方向走下去了，看样子他要上火车。

小店东领刘铁柱又来到了火车站。铁路员工也记得，有一个背书包的小孩子进站便闯了检票口，说他要去找老师，检票员以为他的老师是送客的呢。放他跑上月台，又看他上了火车，列车开动了，没看见他下来。那趟三点零五分的大快车，是从北平开来的直达奉天，这工夫那孩子中途不下车，已经到奉天啦。

刘铁柱坐在车站的候车室里，掉下泪来。手底下长大的孩子，冲他这一番举动，那是铁心要离开家乡，到外边去了。奉天城繁华无比，到那里去找一个小孩子，还不是大海捞针吗？

难的是奉天这个地方，铁柱也没去过，冒冒失失去找，怕的是孩子没找着大人也走丢了。小店东拉铁柱回栈房去休息，和他爹共同商议商议。当夜，刘铁柱宿在来升店，老店东给他出主意：明天一早返回虎石台，然后拜烦一个经常去省城的人，在那里张贴寻人启事，或者是登登报纸。孩子见到启事或是看见报纸，回心转意，能够自动还乡最好，蒙头蒙脑找，绝对不行。

第二天，刘铁柱依照老店东的主意，回村来了，向家里说明了经过。老太太一头倒在炕上，生起病来。虎石台走失了一个孤儿，惊动了整个村庄，乡亲们为这件事哀痛多日。

孤儿侯长贵，十一岁的娃娃背井离乡，飘泊在外，真是令人牵挂。从打他搭上了公共汽车够奔县城，心中便盘算好了，到达终点站决不能在县城里逗留，四奶非打发人追来不可。汽车到达终点刚刚停住，小长贵蹦下汽车便直奔了火车站，心想，不管是往西还是往东，不管是客车还是货车，爬上去就行，反正能离开这座县城，越走越远，不被什么人追上就好。

偏巧，赶上了一列开往奉天的大快车，混进检票口，走进车厢，列车开动。长贵站在车门内，向外张望，那座洋式的车站，越退越远，这娃娃一阵心酸，淌下泪来。

火车轰隆轰隆地向前疾驶，看那铁道两侧枯黄的树木，一排一排地向后倾倒。秃山荒野，灰暗的天空，飘动着片片乌云。长贵一直站在车门的里侧，没有进入车厢。到奉天，列车刚刚停下，他便第一个从车上走下来，随着众多的旅客拥出收票口。

巨大的站前广场，华灯初上，人语喧哗，车水马龙，热闹非凡。高大的建筑物，鳞次栉比，四周的街道显得很狭窄。汽车、电车、马车、洋车成排地向前行进。侯长贵走在人行道上，自觉眼花缭乱，目不暇给。明亮的路灯，照耀如同白昼，往来的行人，一个个衣冠楚楚，气势汹汹，使这个村童躲避不迭。

面前闪出一条热闹街，标牌上写着三个字“春日町”，长贵随着人流走进去。这里是日用百货的海洋，街道两侧的摊床，汇成一片，光怪陆离，五光十色。生意人都着短装，像公务员的模样，绝大多数都会讲日本话。顾客差不多都是日本人，穿和服的日本妇女给中国商人鞠躬，规规矩矩地选购商品不讲价钱。威武的日本军官购买商品，态度也很和气。人群里偶然发现有身着长衫的中国绅士，长贵跟在他身后走行几步，发现他也是个纯粹的日本人。这条街长约二三里，来到尽头，绕过一个广场，街道两侧已经不见摊床。酒楼饭庄、茶园、戏院，吆吆喝喝，人来人往。长贵这才体会到，老师说过的大城市里边的夜生活，物质财富在这里发挥着它们的威力。忽又想到，金老师也曾经讲过，社会上的物质财富，都是劳动人民创造的，通过层层剥削，转移到地主财阀手中，这才构成了资本主义世界的物质文明。

远离那片繁华区，仰起头来，隐约地看见了天上的繁星，身上觉得寒冷，肚内也感到饥饿了。摸摸腰际的书包，孩子忽然笑起来了，想起金老师给他们讲的书呆子的故事，说道是：书中自有黄金屋，书中自有千钟粟。可是身边这几本教科书和一张中国地图，当然也是不能当饭吃。孩子心里明白，从县城里出来够奔奉天，与那北平是走了相反的方向。在这里，虽然再也没有什么人跟踪追赶，但用什么办法二次动身？走哪条路径，需要多长的时间？旅途中食宿费用从哪里来？说的是爬也要爬到目的地，但这不是爬去的事情了。

长贵在长街上游荡，辨不出东西南北。信步行来，无意再浏览街头的景致。这时，饭庄已经落了幌儿，舞厅打了烊，戏院散了场，商店的橱窗也关闭了电灯。街心上汽车、马车，疾驶而过，洋车夫将车把夹在腋下，拖着蹒跚的脚步，东瞧西望，在搜寻乘客。长贵站在马路沿上，向那车夫施个礼，问道:“大叔，这叫什么地方？”“这儿是南市场，你这个调皮的孩子，这么晚还背个书包在街上闲逛，准是个逃学的小子。”车夫停步笑道。长贵没再言语，顺着人行道向前走去。

不远有一溜木板房，门窗都已经上锁，昏暗的街灯下，聚集着几个衣衫褴褛的孩子，他们围拢着一个用汽油桶做成的炉灶，利用炉中的余火取暖。长贵凑过去，嗫嚅地问道:“你们在这里干什么？”“暖和暖和回去睡觉。”一个半大孩子看他一眼，指指对面那个漆黑的门洞子。“能不能让我和你们住在一起？”长贵恳求道。

“你是个学生，我们是要饭的，我们收留你不要紧，明天你家大人找上来会打我们的。”一个乞儿说。“你走迷了路，我们可以把你送回家去，让你妈你爸赏给我们几个小钱。”另一个接上说。长贵哭了，众乞儿这才把他围上，认真地问长问短。晓得他是个远离家乡、行走在外的孤儿，亲热地把他拥到门洞里去了。这里有草帘、麻袋，还有一些破烂的棉絮。内中年长的约在十四五岁，问长贵吃没吃饭。长贵说明实情，好几个饭罐子同时摆列在他的面前。俗话说，饥不择食，长贵动手享受那罐中的食品，香甜无比。

伙伴们看他吃饭之后，又与他谈唠一回，一个个倒头便睡。侯长贵躺在冰凉的土地上，身上搭块麻袋片，想睡睡不着，认真地思考着去北平的事。现在已经来到奉天，怎么解决自己的住宿？是像这些人去沿街乞讨，还是依靠自己找一个谋生的办法？在家乡像我这么大的孩子给粮户去放猪放羊可以糊口了。大城市，不晓得有什么出路。记得为这件事也问过金老师，他说城市的工厂里雇用童工，但不是随便能进得去的，需得有接洽的人介绍，并且还得打三家铺保。进厂以后，有合同，中途退厂还得包赔资本家的食宿费。如今即便我能够进厂当童工，那也不行，进了工厂就要误了我的行程，去不了北平。

天刚冒亮，孩子们互相招呼，匆匆忙忙地跑出门洞，长贵问身旁坐着没动的那个孩子：“他们去干什么？”那孩子回答说：“他们去翻垃圾箱，去晚了有些能换钱的东西就让大花子捡去了。”“你为什么不去？”“我给那些掌柜的照看这片木板房。”那孩子手指对面的摊床回答说：“这些做小买卖的，让我们几个替他们打更，遇有阴天下雨，供我们饭吃。”“像咱们这么大的孩子能不能做工？”长贵继续问道。“有卖小工的，那得有大人领着。”那孩子说到这里嘴角挂笑，眼睛也显得格外地明亮起来，兴奋地言道：“你若不想要饭，那得早做决定，凭你身上这套整齐的衣裳，可以到工夫市上做小工，等到衣裳穿破了，那就没人雇你了。”“为什么？”长贵迷惑不解。那孩子解释说：“衣裳穿得破，雇小工的怕你偷他的东西。”

长贵立刻站起来，问他工夫市在什么地方。那孩子指点方向，并向他详细地介绍了工夫市上的情况。临分手嘱咐长贵，到那里去卖工，千万把书包掖在怀里，背着书包卖小工，没人敢雇。

晨光熹微，二人在路口上分手，长贵向那花子大哥深施一礼，感谢他的照护之情。那孩子目送长贵，长贵也是几次地回身看他，心里觉得一阵凄惶。

大西关工夫市离那南市场相距数里，侯长贵来到指定的地方。这里，成排成列的房屋非常低矮，砖房、土房、木板房，都半截深陷在地下，狭窄的街道有的地段已经和房舍的窗台齐平。有人往屋里走，全都猫腰弓背像是钻地洞子。一片空场挤挤压压聚满了人，往来行动磨肩蹭背，乱乱窝窝地一片声浪。

侯长贵走进人群，向一位年长的请教：“大伯，我想卖小工，站在什么地方能找到雇主？”那个人低头看看他，沉着脸问道：“你多大了？”“我十五岁了。”长贵郑重地回答说。“你长的个子不小，可是没有十五岁。”他这才堆下笑来。那人手拉着这个孩子往前走，三言两语问明了长贵的情况。觉得这孩子愿意做工不愿意要饭，还算是有点骨气，决定拉帮他在一起去打短工。这位大伯姓张，是个瓦匠，每天在这工夫市上候等雇主，出去卖工。这几天，事由尚好，眼看来到冬季，住家户儿正张罗修理烟筒、收拾炕。

在一处向阳的地方，张瓦匠领着长贵找到了他的伙伴们。先来到的已经把活儿讲妥，一面火墙两铺炕，需要三个瓦工，四个小工，张瓦匠把他新带来的这个孩子也加进去了。

和泥、搬砖、倒腾土，清晨八点一直干到下晌，这个新来的小工，年岁小，力气薄，但干起活来很卖力。大家在摊床上吃午饭，张瓦匠和另外那几位师傅都夸这苦孩子干活下力，能养活自己。傍晚，承包的活计完成，结算工资，分给长贵三角钱。

侯长贵手托着那三个硬币，眼泪汪汪地望着张瓦匠。老师傅会意，手拉手把这苦孩子又领到了工夫市。两个人走进一个小小的院落，触目的是残垣断壁。角落里堆放着几口白茬的棺木，民间管它叫“四块板儿”，又称“狗碰儿”。在堆放棺木的旁边，是个大猪圈，里面有肥猪、母猪，还有一群猪羔子。一个驼背、须发斑白的老者正在那里调弄饲料喂猪。长贵看那猪食挺新鲜，内中有大米饭、包子、饺子、面条子……正当此时，看见有两个衣衫褴褛的成年的花子，把他们手拿的饭罐子往缸里倒。

张瓦匠领长贵站立良久，看那喂猪的老人忙活完毕，这才开口：“王掌柜，我领来个无家可归的孤儿，求你老收管他几天。白天他跟我出去卖小工，晚上让他到这里来投宿。我有心把他领回家去，但得和老伴商量商量。”

王掌柜撩衣襟擦擦手，摸着孩子的头顶，回答说：“行啊，老张，你把他交给我吧。”

张瓦匠磨身要走，长贵扯住他的袄袖子，轻声问道：“大伯，明天我到什么地方去找你？住在这要不要店钱？”瓦匠也是小声地回答说：“起早我来会你，这儿是花子房，不要店钱。”他俯下身来在长贵耳畔叮嘱一句：“你把这个老头哄乐了，吃饭也不用花钱。”

四四方方的小院子，五间残砖碎瓦修建的房舍。那位王掌柜将长贵领进屋来，拉他坐在一领板柜上，很有兴致地动问这孩儿的身世。小长贵抹着眼泪，如实地述说了一回。那老人深表同情，告诉长贵，这个花子房是奉天最大的慈善机构“同善堂”设立的，你小小年纪流浪在外，迟早要被坏人勾引走下坡路。老人有意将长贵送进“同善堂孤儿院”，说那里供吃供穿还可以念书学手艺。长贵忙说，容他想一想，因为在他与老人对话的周围，站着好几个小花子，向他递眼色，打手势，长贵心知不妥。另有一个大花子，两撇黑胡子红光满面，坐在王掌柜的身后，肩上背个钱褡子，手拿两个哈拉巴呱哒呱哒小声地磕碰着。用轻鄙的眼光斜瞟着那位王掌柜。王掌柜也有点觉警儿，问长贵用没用晚饭。孩子摇摇头，掌柜的立即让他拿碗吃饭。

侯长贵仿效别人，从碗架子里取下一个饭碗、一双筷子，自己到锅里去盛。两口头号的大锅，叽里咕噜冒着热气，盛饭的器皿不是勺子，而是一个木瓢。把饭食扤到碗里，心里要有数。这锅里的食物既是花子们的晚饭，又是圈里的猪食。

在一张长长的条案上，有老少七八个人就餐。长贵一面吃饭，一面查看。口边上的食物大半是两个来路，一是花子房在两口大锅里熬好了的高粱米米汤，二是花子们把讨要来的食物都兑在这两口大锅里，人饿人吃，猪饿猪吃。锅里盛不下，花儿们得把他们的饭罐子倒进院中的缸里去。一顿晚饭长贵吃得十分饱，把饭碗和筷子涮洗干净又放回原处，至于其他的那些同伴，也把碗筷送回去，但未见涮洗。

昏暗的灯光下，长贵见这通连五间的花子房，南北大炕，四个灶火门，都有人往里添柴火。那位王掌柜指挥小花子们做东做西，很有权威。炕上坐着一群大花子，有的在划拳喝酒，有的在玩纸牌，真是其乐融融。适才敲哈拉巴的那个大花子，坐在炕边上把长贵叫过去，乘那王掌柜未在屋中，紧张地告诉他："娃娃，王罗锅子要送你进孤儿院，那地方万万去不得。'同善堂孤儿院'比监狱管得紧。像你这么大的孩子进去以后，黑天白日做苦工，供口饭吃不给工钱。孤儿院的孤儿，大善东经常把他们随意卖掉，拿人命换钱花。那是个吃人肉、喝人血的买卖。"大花子把眼前这个孩子仔细地打量打量，亲切地说："孩子，明天我给你换上一套破衣裳，带你出去做买卖，咱爷们儿全凭手中的两个哈拉巴，张嘴就来钱。"话刚刚地说到这里，那个王罗锅子进屋来了，敞开喉咙喝道："该睡觉了。"

大花子们收起纸牌，小花子们纷纷上炕，看他们从脚底下取过枕头来，有砖头，有草捆，有木块儿，长贵没有可枕的，从腰里解下了书包。众人全都躺好了，炕烧得挺热乎，两铺炕睡下约有五六十人。王掌柜的过来，解开墙边的细绳，耳听滑车响动，花郎们的被窝落下来了。每铺炕上一床大被，是用青布缝制的，尺寸长宽和炕一般大，白天吊上去，晚间落下来，谁也别想把这床被子拿走。

侯长贵一觉睡醒，张瓦匠正好站在炕前。

孤儿随张瓦匠做短工，转眼半月，在花子房里吃和睡，每日净剩二三角钱的工资。张瓦匠让他用所得的工钱给王掌柜买了一条烟、两瓶酒，偷偷地送给他。又领着长贵到估衣街，选购了一套下当的棉衣，把孩子装备齐全，然后问他："冬天到了，你是想在奉天过冬，还是另有打算？"长贵回答说："张大伯救我一回，我还想在奉天再做几个月的活儿，多积攒点路费。"张瓦匠摊开了两条臂膀，告诉孩子："冬天到了，短工已经无人雇用，你若是还想做工挣钱，那就得在花子房里猫一冬。"

北风呼啸，浓云密合，这日黄昏，纷纷扬扬下起了鹅毛大雪。侯长贵在花子房替那王掌柜喂饱了猪群，拿扫帚扫净了院中的积雪，进屋来在灯下就餐。饭后，在灶房刷盆子洗碗，把两口大锅底下的明火抽出来，挪到炕灶里去。烧完了炕，抹桌子扫地。诸事完毕，到南炕梢儿去瞧看躺卧在那里的那位打哈拉巴下街的大花子。这老人姓古名彪，多日来和长贵已经很熟了，他不独无儿无女，并且终身也没娶过妻室。幼年间种过地，当过兵，九一八事变前还在宅门里做过护勇。据他自己说，一辈子只因脾气暴躁，恃强任性，从不服人，当十年兵没熬上个班长。在宅门里护院，来脾气打过人家小少爷。做买卖他没有本钱，做工又没手艺。青年时只会吃喝，不留积蓄，上了年纪，左近又没有高亲贵友，这才落得沿街乞讨，沦落江湖。提起了他的疾病，大花子向这小花子实言相告。数十年间，他因着没有妻室，只在花街柳巷里混生活，年轻的、年老的，随时随地都是他的配偶。当时还想，腰里有了钱，就有老婆，一文不名，有老婆也挡不了归别人。年深日久，习以为常，不拿那有无家眷当回事情。五十岁开外，自觉身世凄凉，有意娶妻，已经是无能为力了。天冷腿疼，不知何故，到医院去检查，大夫说，毒已入骨，无可救药了。古彪得的是花柳症，已然来到末期。从肚脐以下，两腿两脚，火烧针刺全无知觉，近来，大小便也全都失禁了。老人家告诉长贵，你年轻幼小没有什么可夸的，当你懂得了人间事，须发也都全白了。人生在世，只不过几十年，当你认识了这个世界，这个世界就要把你淘汰了。

这时，已经是冬至月，侯长贵住在花子房，有他自己的打算。待到来年春暖花开，再离开此地，十冬腊月，哪也去不了。这日夜晚，降雪以后格外地寒冷，长贵紧挨那大花子古彪睡觉。夜半时分，有人叩打花子房的门户，眼看那王掌柜手拿棍棒，把那投宿的人赶出门去，并且骂骂吵吵地说:“花子房是收留穷苦人的地方，大烟鬼、吗啡客这里从不收留。”

天亮了，有个带洋刀的警察到花子房来找那王掌柜，让他循例再派花子到西顺城街去收尸。王掌柜笑容可掬地把那警察送走，转脸对长贵说:“今天你也去收尸吧，你小子在花子房里有点劳绩，我让你去拿这一笔外财。”花子房的院子里停放着一辆平板车，几个要饭的推着这辆挂铁瓦的木轮车，出离花子房向西顺城街走去。

冰天雪地，寒气袭人。顺城街有几十家吗啡馆，门前躺卧着些死倒。死者大都是吗啡客，是前一天晚上死在街道两旁的。人死后，身上的衣裳立刻就被扒得精光。收尸的来到，把这些赤条条的尸体装在车上送到南大坑，人们管这叫拉白条儿。白条送到南大坑，毫无遮掩，就平平地撂在那光天化日之下，成群的野狗，两眼通红，围过来拿他们当点心。

侯长贵随同众花郎运送死倒儿，忙活了一午前，傍晌到警察分驻所领到了一份报酬，国币四角钱。侯长贵不顾腹中饥饿，跑进市场，就用这所得的工钱，买了包子、馅饼、可口的点心。赶回花子房，给那三个病卧在炕上的老人。

这里有大花子古彪，人称古老绝户，有成年在马路上叫街的瞎眼王，还有那位瘸腿的花子，没名没姓，号称三大人。炕梢上躺卧的这三个年老的花子，多日来，只有长贵照看他们。花子房里有规定，立冬以后，不收病汉，可这三个人都是在天冷以前住进来的。虽然如此，王罗锅还是几次往外赶他们，若没有长贵说情，这三个苦命的老人，在花子房待不到今天。

长贵对于到顺城街去收尸很有兴趣，贪图每天可以挣到那四角钱。挣这笔钱，够给那三个病老人添补伙食。

南大坑每日送去的死倒儿太多，成群的野狗经常把人手人腿叼到附近居民的门前或者是院子里去吞吃，左近的百姓不堪其苦。警察就又雇佣花郎乞丐，去把那些死尸及时地掩埋起来，侯长贵又得到了一份美差。他每日扛着铁锹，在中午的时候到南大坑去掩埋死倒儿，用一个时辰的劳动，大约可以换来二角钱的工钱。

长贵起早收尸，晌午挖土，其余的时间还得在花子房里干活儿。这当中，惊动了小花子头儿，名唤连弟。这小子是赖皮，有名没姓，讨饭弄钱办法多。他看长贵每日的举动，嗤之以鼻，这日对他说："小长贵，咱们俩住在一个花子房，一晃好几个月了。我看你是吃嘛不懂嘛，当花子就是人下人，可你还硬装个大瓣儿蒜。咱们已经要了饭，那就得动脑筋怎么来钱，花花世界，金钱第一。收尸挖土，挣那几个小钱，还都给大花子买吃喝了，简直是混蛋。古老棒子哈拉巴一响，财发万金，没给咱们小花子一分半文。他年轻的时候，打过腰、提过气，不像咱们年纪轻轻，就拿起了讨饭的篮子。"

连弟今年十五岁，在小花子当中最聪明，他也同情长贵家遭不幸，认定这哥们儿很有出息。可他告诉小长贵，你爹是个庄稼汉，我爹还是个做官的呢。捆得倒，挨得打，当花子就得乐和一天是一天。长贵也很喜欢这个小连弟，只是不同意他的主张。连弟为了拉拢长贵走下坡路，抽时间就让长贵跟他下街去，让长贵远远地望着他，是怎么要饭，怎么来钱的。

影戏院还差五分钟就要开场了，那连弟拉住匆忙入场的大人先生，薅住他绝对不放，那先生着急要进场去看戏，只能给他钱。大街上专找那独行的摩登的太太小姐要小钱儿。他领着两三个乞儿，围绕那太太小姐团团转，惹动走路的回头探脑，太太小姐无可奈何，立马掏钱。连弟领着小花子来到菜市场，碰见老爷太太不搭理，就去找那挽筐挎篓儿的老妈儿，进前去争着抢着帮她拿东西，老妈儿笑着骂着也给钱。连弟告诉小长贵，这叫贼吃贼更肥，老妈子下街买菜都赚钱，她赚大钱，咱们赚小钱。碰见轿式的汽车停在僻路上，连弟领着花子群儿跑过去，声言要给那司机看汽车，那司机先掏两角钱。这因坐车的老爷太太前去搞破鞋，几个时辰不回来，司机坐等挺难受，叼着洋烟上酒楼了。

连弟讨钱有窍门，天气越冷他穿得越单薄。站在路边，专等那皮衣皮帽的绅士从这儿过，哆哆嗦嗦地进前去要小钱。看样子他全都要冻死了，殊不知他要下钱来，跑到门洞里就披上了破棉袄。

天傍亮，连弟就领着长贵进了市场。赶上小饭馆里馒头刚出屉，掌柜的把那热气腾腾的馒头倒在秫秸帘子上，连弟过去伸出两只小黑手，舞舞扎扎要拿馒头，掌柜的慌忙丢给他几个小钱，怕他把馒头给弄脏了。

工夫市有半里地长短的三条小街，通连都是低矮的木板房，每一间房屋都有一块木板门，这门儿总是虚掩着。每间房里都有一个花大姐，穿红挂绿，浓妆艳抹，把那板门开条缝儿，挤眉弄眼招呼过往的行人。她们多数都是半老的徐娘，以卖淫为生，俗称“半掩门”。这些人做生意，凭的不是姿色，倚仗的她们还都是女人。无家的男子，每进去一次只需要一角钱。连弟领群儿无聊的时候就来到这条小街上，每见有嫖客进去，就投石块击打那些木板门。很快就有擦胭抹粉的老太太，从角落里走出来，丢给他们几个钱。

连弟告诉小长贵，咱们这行人到上海叫“瘪三”，咱们东北叫“小地赖”，好汉不怕出身低，等咱们长大了，说不定能干啥呢。连弟在花子房里，不去收尸，也不到南大坑去挖土，大大咧咧地硬充爷太，掌柜的王罗锅子还偏偏喜爱他。长贵几次发现，连弟和他周围那几个人，经常把偷来的东西暗中交给王掌柜。掌柜的收下贼赃，立刻放在他身下的板柜里。

侯长贵不肯上贼船，宁肯每日出去收尸、挖土，折回来在花子房里当佣人。那连弟苦劝他多少遍，古彪看不过也骂过那个小赖皮。这天，很暖和，一群小花子在院中游戏，连弟提出来要摔跤，他接连摔倒好几个。侯长贵一时高兴，和那连弟较量较量，三跤三胜，击败了这个小赖皮。连弟恼羞成怒，狂挥老拳，但没有占到什么便宜。长贵口角流血，看那连弟从腰里抽出了小刀，连续三次向长贵刺来。最后短刀被长贵夺在手里，揪住对方的耳朵，刀尖直指连弟的咽喉。那赖皮跪下了，口称大哥。群儿一阵喧笑，侯长贵呜呜地哭起来。他想起金老师教给他这些招数的时候，曾经告诉他，坏人常动武，男孩子得学会自卫。从此，小花子分两派，一派拥护连弟，一派和长贵亲近。侯长贵在花子房里头拔头子，王掌柜挺高兴，对他格外好，遇有大事小情，都找他商议。

进腊月，大花子古彪病势沉重，侯长贵每日给他端屎端尿，照看饮食。这日黄昏，王掌柜看那大花子沉沉入睡，悄悄地委托长贵一件重要的事情。古老棒子已经三天不饮不食了，夜晚长贵挨他睡下，老人家苏醒过来。长贵趴在他的耳边，低声儿揭露了王掌柜的阴谋，他让长贵乘大花子昏迷的时节，搜查他的全身。王掌柜判断，这个大花子的身上，准有积蓄。聪明的侯长贵当场答应了，但是没有动手。隔一天告诉那王掌柜，他已经照他的嘱咐办了，这大花子的身上只有长尾巴的虱子，连一个小钱都没有。长贵第一次看见这个古爷爷流泪，黑暗中他从破棉袄里取出两张“老绵羊”，叮嘱长贵：“把这钱立刻给张瓦匠送去，你要去找金老师，拿它做路费。”小长贵哭了半晌，天亮的时候，发现老人已经咽气了。

大花子古彪死在工夫市花子房，有成群结队的要饭花子前来吊唁。他在奉天城沿街乞讨，已经多年，一朝亡命，穷朋友都很伤心。

停放在院中的白茬棺木这回用上了。清早，一群花子把老古头装在一口棺木里，正要加盖，王掌柜的过来了，手拿四个破碗，一绺青麻，气势汹汹地投在棺木里。侯长贵厉声问道：“这是干啥？”王掌柜恶狠狠地说：“花子房的规矩，大花子死后，得用四个破碗、一绺青麻殉葬，四个碗变四个蹄子，一绺青麻是尾巴，来世让他变报马。”一个大花子说：“王掌柜，如今的邮差都骑自行车送信了，已然没有报马，就别用这个老规矩了。”王掌柜大瞪着两只眼睛说：“古老棒子生前凶恶，没有报马，也不能让他再托生人。”

众花郎把古老棒子送到南大坑，挥动锹镐给他打了一面井子。下葬以前，侯长贵把棺盖掀起来，取出那四个破碗，一绺青麻，把它们扔得远远的。老古头临终还得了一份便宜，王掌柜没让他把浑身的衣裳穿了去，给他另换了一套粗布的新衣，有说这也是同善堂施舍的。至于他身穿的那套破棉衣，掌柜的纸包纸裹，收在板柜里头了。

古彪刚下葬，花子房里又死了那个叫街的瞎眼王。老王头得的是哮喘症，连续多日吃不进去东西，小长贵精心照料他，也使这老王头对他感激涕零。他病中说话费劲，挣扎着对长贵说：“孩子啊，你不为照顾我们几个病老汉，早就离开花子房了。古彪死前，把你的境况跟我说了，可叹我临危的时候，身边一点积蓄也没有。孩子对我的好处，只好待到来生补报了，但愿神佛保佑你这苦命的孩子，前程万里。”王瞎子作古，和老古头一样由众多的花郎把他安葬在南大坑。

这时，院中堆放的由同善堂施舍给花子们的棺木，只剩下一口了。大家判断，那是给躺在炕上那位三大人预备的。一处不到一处迷，住花子房的人物，与众不同。那老古彪有名有姓，瞎眼王有姓没名，小连弟有名没姓，那位病中的三大人，名姓全无。

有说这位三大人，原是八旗的后裔，年轻时也是达官贵人。自从清王朝覆灭，家败人亡，只剩他孤身一人，沿街乞讨。一因他羞于说出自己的家门姓氏，二因街面上有认识他的，不好意思面对他呼名唤姓。当初大家都称他三大人，要了饭，也没改变对他的称呼。三大人在奉天城要饭，屈指算来已经二十来年。他要饭有规矩，不论大家小户，手提着饭罐子，站在门首呼唤三声，当然是求帮的口气，三声没回应，磨身他就走，如此这般，从未更改。八门八关的商家住户，都很同情这个老花子，一时不慎让他走了，得打发孩子拿个小钱或者是盛上一碗米，追他几步，上赶着施舍给他。

三大人要饭有道理。他说这奉天城是他的祖宗开创的，他自出娘胎，就在蜜罐里长大，晃瓢的水不拿，油瓶倒了都不扶，民国夺去了他的幸福，众多的民人有义务养活他。他一不反抗民国；二不偷不抢干违法的勾当；三自幼多病，肩不能担担，手不能提篮，盛京的旺族，人丁百口最后只剩下他孤身自己，他实在是没有必要再去创建新的生活。民人也对得起他，一直没让他饿死在街头。

今冬，赶上三大人落在工夫市花子房，掌柜的王罗锅子恶名远扬，三大人几次挣扎着要挪到别处去。他和古彪、王瞎子一样，被这个小小孩童侯长贵服侍得没好意思走。先是腰腿疼痛，接着就日夜发起高烧来，吃什么东西就呕吐，病势渐渐沉重。瞎眼王懂点医道，说他得的是噎膈。三大人自己也明白，说这是年轻的时候，吃喝过分了，要了这些年的饭，还没补过阎王老爷的亏情来，几时藤蛇纹入口，那就合当归位了。

古彪和王瞎子先后出灵。那时，三大人每天还能喝一碗米汤，最近几天，喝口水全都费劲了。长贵坐在炕边上，看那三大人病中痛苦的模样，不由得淌下泪来。心想，看样子他也活不了几天了，我再把他发送出去，就该走自己的路了。

入冬，王掌柜手边不离那根柞木棒子，每有花郎乞丐前来投宿，他都要察言观色辨认明白。大烟鬼、吗啡客不收，身患重病、动转艰难的那更休想。掌柜的用木棒把他们赶走，折回来还有话说：“警察署不允许花子房里招收吗啡客，市公署卫生局有令，花子得病得隔离治疗，预防传染。”

这一天，同善堂的大汽车又循例到花子房来送柴送米。来人去后，王掌柜紧张起来，从板柜里取出一本台账，摊在账桌上，噼里啪啦地打算盘。侯长贵站在一旁，看他哆哆嗦嗦地动作缓慢，说要帮他打打算盘。出人意料，这孩子拨弄算盘珠熟快得很，分斤拨两、加减乘除全都来得，王掌柜喜出望外。

长贵帮他算了一天的大账，方始明白。一年当中，这个罗锅子喝花子血、抽要饭的筋。那本伪造的账目，从数字上看，他贪污了同善堂拨下来的救济款项和施舍的物资，超过了千元。他把拨来的秫米变成高粱给花子食用，把干柴和煤炭卖掉，让花子们自己捡拾烧柴。每日接待花郎的数目，出入也很大。特别是账上开列的无数笔药款，当然全是编造的。狠心的王罗锅子秋头从同善堂领下几十口棺木，如今院中仅剩下一口，除了古彪和王瞎子占用的之外，也全都换钱了。至于修缮费、设备费，更有虚瞒。罗锅子贪污的钱款，还不包括他收买贼赃和从花子身上敲诈勒索、巧取豪夺的钱。院子里那群肥猪，吃的是花子们的口粮。院中那辆收尸用的平板车，进腊月也给那王掌柜带来很大的收益，收尸的花子每天每人固定得给他一角钱。

算罢了花账，王掌柜又打发长贵去把那张瓦匠请来。腊月天，求张瓦匠替他修理墙框，用热水和泥，连夜忙活起来。天明，王掌柜领一群得用的花子，把猪群赶到市上去卖掉，折回来拆除了院中的猪圈。屋中缸里的高粱换上了秫米，破烂不堪的炕席换上了几领新的，花子们的枕头也全都丢出户外。侯长贵和几个小花子负责打扫室内的卫生，几个大花子用那辆平板车推净了院中的积雪。

傍晌，几辆流线型的小汽车，破天荒地开进了大西关工夫市，出人意料地停在花子房的门口。皮衣皮帽的绅士，从车里拱出来，相率走进花子房。

王罗锅子今天穿得格外破，率带大小花郎二三十名，躬身施礼摆队迎接。走在最前面的大胖子是同善堂的堂长，身后跟随的是“满洲帝国”赫赫有名的人物，大同佛教会的会长，人称二善人的芦启良。侯长贵站在门边上，退后几步藏在柴火堆里。

一群阔人坐在条凳上，花子们垂着双腿坐在南北的炕沿上，听堂长慢条斯理地询问那王掌柜，入冬以来这所花子房的经营状况。收容了多少人次？治好了多少有病的？发送了多少故世的？给花子们食用的粥饭，熬得烂不烂？施舍给他们的棉衣穿身上暖不暖？王掌柜回答得冠冕堂皇。

堂长坐着没动，把屋里外头看视一回，夸奖那王掌柜几句。接着可就沉下脸来指责他，“你这个救济地点收容的人次最多，可是一年来向老人堂、孤儿院输送的数目忒小，慈善事业需要苦口婆心地劝说。咱们‘满洲立国’以来，大皇帝恩泽布四海。咱们同善堂有计划要在五年之内使奉天市见不到要饭的花子。全城几十处收容地点都像你这么干下去，十年怕也达不到目标了。”

王掌柜躬身站立，不敢回话。芦二善人口诵佛号，插言道：“我不久前到‘新京’，查阅‘民生部’的底卷，咱们满洲全境，奉天省的慈善事业办得仍旧还是首屈一指。”他手指列座的群绅，接着说：“本省的几位大善东从居士林到佛教会，捐助的钱款也为全国之冠。只需把这些款子用到当处，奉天市首先能达到贫富相安，各得其所，路不拾遗，夜不闭户，实现大同。上不负皇恩雨露，下不负大日本帝国对我们无私的援助。”

芦启良说到这里，躺在炕梢的那位三大人一骨碌爬起来，晃晃荡荡坐在土炕上，敞开喉咙说：“你这个旗人的败类，闭上你的那张臭嘴。奉天城谁不认识你这个姓芦的，还有你那个亲家大善人克甲山。我自从拉棍儿要饭，就知道你们操办慈善事业，私通日本，把好端端的中国土地卖给了日本鬼子。最后一个当了大臣、一个当了参事，都做了大官。可你们是不折不扣的卖国贼，子孙后代永远要受万人的唾骂。”

那三大人怕这伙绅士听不清楚，他从炕梢爬过来，面对这群大善东，把王罗锅子经营的这座花子房一切的缺德事揭了个底朝天。最后指着那群绅士，破口怒骂，说他们是地地道道的衣冠禽兽。什么叫广行慈善？无非是花钱买名誉，借着慈善二字，升官发财。三大人乃是奉天街的地理通，对于在座的群绅全能念出他们的名和姓，桩桩件件的隐私，都被这个老花子当场揭露出来。王罗锅子急了，扑过去用手掌堵住了他的嘴，三大人乘势咽了气。

当晚，奉天《小实报》披露了这条消息，但未待发行，就被同善堂买去了。

侯长贵在那群大人物走进花子房刚刚落座的时候，就从柴堆里溜出来，一口气跑到了老张家，登时请求张瓦匠帮助他离开奉天。张瓦匠家住南门脸儿，离工夫市不远，一个冬天长贵已经来过多次。那位张大娘也很疼爱他，早有意把他收回家来，怎奈那张家一对夫妻两个孩子，租赁的一间小瓦房，锅台连着炕，实在是太窄小了。前几天古彪病故，长贵曾前来求大伯、大娘替他打点动身的衣服。张大娘已然为他缝制了一套崭新的棉衣，又替他买一个帆布口袋，里面盛装旅行的用具。今日孩子上门，大娘从木柜里取出那套棉衣，大伯低声嘱咐长贵：“现款二百三十二元，我把它换成一元、五元和十元的票子，都让你大娘缝在这条棉裤里了。你今天一走改姓张，到大连住店记准我家的住脚，就说你是我的儿子，回咱们的老家山东蓬莱去，探望你的爷爷、奶奶。路上有什么波折，千万给我来信。”

长贵口中应着，看屋里的弟弟妹妹都没在家，动手扯开棉裤里面的缝线，把一沓钞票拿出来数了数，足数一百元，放在炕上，哭着说：“大伯、大娘，长贵自从到奉天，人生地不熟，没有你们照应我就得冻死、饿死在大街上了。这笔钱是那古爷爷给我的，我留下一半，中途上花用，这一半孝敬你们二位老人了。”

张瓦匠把那钱放回原处，正色道：“你这孩子好不知事，古彪送给你这笔钱，对你来说也算是天赐的。这是老古头从千门万户里哀求来的，死前把它送给你这个孤儿，再合适也没有了。没让它落入恶人手中，反倒给我张瓦匠花了，姓张的还算不算是个人！你孩子孤苦伶仃有志向，大伯我但凡有点能力也应该帮你凑几个钱，顺水行舟给你打点打点也就觉得很不过意了。”张大娘捂着脸哭，她只是担心这孩子一个人走行在外，难处太多，怕他到不了地方，又遇见什么飞灾横祸。

侯长贵在张家吃顿晚饭，张瓦匠亲自把他送到西车站。因为山海关是国境线，长贵没有任何证件是进不了关的，只能从大连走。张木匠打张车票送他到“新京”直达大连的火车上。行前一再地叮嘱，无非是路上处处要多加小心。小孩子出门要记住，逢人便说三分话，留下七分防备人。到大连最好是不要住店，直接到码头上去买船票，够奔山东。从山东再动身奔北平，那就得相机行事了。每走一程路，要随时变换说法，但无论如何不可再向任何人说明，自己是个无家可归的孩子。

张大伯的嘱咐，长贵谨记在心，爷儿两个火车上分手，列车开动前大伯才淌着眼泪走下车去。

火车开抵大连，天还没亮，侯长贵在候车室里问明了码头的方向。清晨，他已经来到了码头上，并到那发售船票的票口去排队购买船票。来麻烦了，购买船票有要求，须向售票员出示由警察署签发的出国证明，长贵当然没有这个手续。

这孩子身背一只帆布兜，在码头上转悠。傍晌的时候，被一个在路边上陈放简易的桌椅为往来客商代写书信的老人发现了。这老者白须白发，慈眉善目，透过那架在鼻梁上的老花镜，点手叫他。长贵走过去，两个人谈唠起来。这也是个孤苦的老人，数九隆冬坐在冰天雪地里替人写信，两只手全都冻僵了。来生意的时候，先搓搓那两只枯干的手，把那毛笔在口中哈了又哈，这才把笔帽拔下来。墨盒也得用嘴哈，探笔疾书，每写两行，笔尖随又冻硬了。写就一封书信，纸张封筒在内，向雇主讨要一角钱。但那雇主信已写好，只肯给他五分，老人很儒气，不争不论。

长贵站在一旁，看那老人写了两封信，那笔锋刚劲有力，措词简洁，判断这老者是个念过大书的。老人看那孩子站住不走，这才接着又与他攀谈，长贵就把张大伯教他的那番话和这老人说全了。老人家让长贵马上打车票回奉天，到家之后拿三张相片去所在的警察署请求办理一份出国证明，时称“旅行证”，折回来再买票登船，赶到关里家还不至于过年。

长贵摇头，他向老人表示，爷爷奶奶在老家盼想甚急，他预备不拿旅行证，混上船去早日回到关里家，现在他腰里只有购买船票的钱，舍不得再拿它买火车票了。老人同情他，特别是这么大的一个孩子，关里关外一个人出门，真够闯愣。老人说他在码头上有熟人，可以替长贵去求求人情，看看能不能帮他成行。侯长贵千恩万谢。

这时，天已向午，那老人收起折叠式的桌椅，存放在附近的一家民户里，手拉长贵到小饭馆里去吃点东西，饭后，长贵抢着付了钱。过午，长贵跟这个新认识的李爷爷来到大连的繁华区西港子，走进一家小小的店房，这位李爷爷就成年住在这所店房里。小店房没有单间，李爷爷自备的行李，铺放在炕头上。他让长贵躺在那套铺盖上休息休息，他到码头上去替孩子托人情。

傍晚，李爷爷回到店房来，高高兴兴地告诉长贵，已经完全说妥。他那个在海关上工作的亲戚，明天负责送长贵上船，船票也不用打。船上有水手，出港入港的时候把他接上船，送下船。爷儿两个出去吃晚饭，这回是李爷爷花的钱。饭后回店，长贵写了店簿，交了宿费，挨着李爷爷睡下了。没忘张伯伯的嘱咐，穿着棉裤钻了被窝。

天快亮了，孩子才睡了一小觉，醒来时看那李爷爷不在身边。他坐起来揉揉眼睛，掀开被子准备下地去小解，发现身穿的棉裤，分左右划开了两条大口子。长贵下炕和店东声明他丢钱了。那个开店的外路人一阵狞笑。你哪来那么多的钱？看哪个正经的孩子携带重款，没有旅行证就想偷越国境？说出话来驴唇不对马嘴的。你的钱丢了不要紧，我先把你领到警察署，查清了你是怎么回事。给奉天通个长途电话，问问你是咋从家里出来的。从奉天到山东，路费五十元都用不了，你一个当瓦匠的爹，搁哪弄来二百多元钱。先把你的事情闹明白，我再帮你找那个老李头子。这个老家伙，前天晚上才住到我的店里来，那套行李是他租赁的。警察署昨天还向我打招呼，让我注意他的行动，这个老杂毛可能是个流窜犯。

侯长贵听他这么一说，又向前一回想，明白这是张大伯跟他讲过的，他住宿的是一座贼店。苦孩子有主张，从炕上操起他的帆布兜，声言要到街上去寻找那位李爷爷，匆匆地出离店房，飞快地向码头上奔去。一路行来心中盘算，决定像第一次坐火车那样，混上轮船，扑奔山东，路上查票，船长不能把他丢到海里。

来到码头上询问，今日并没有起锚的船。

他记得昨日李老头存放桌椅那一家，进前去打听，那家子说得很干脆，他们只是行个方便，替那写信的先生存放桌椅，并不认识他，当然也不知他的家乡住处。

年根底下，孤儿在大连港进退不能。夜晚在码头上过夜，白日在大街上游荡，腰里仅有的一点钱也快花完了。卖掉兜囊里的衣物，还可以打票回奉天，但那奉天市和虎石台村是一样的，既然已经走出来，那就万万地不能回去了。

长贵在大连港游荡，算来已经十日有余。这一天囊空如洗，饥肠辘辘，由于饥饿、寒冷，看那大街上来人往，乱乱腾腾，忽觉头晕。把肩上的兜囊摘下来，放在路边上，坐在上面歇一歇。一辆摩托车迎面开来，轻轻地停住，车上下来一个穿戴阔气的人，长贵惊叫一声："王老师。"便扑到他的怀里哭了。

第二十六章

春天来了。从南方吹来的风，带着温湿的气息拂过辽西这块黑黄的土地。成排冬眠的乔木睁开了惺忪的睡眼。蓝湛湛透明的天空映衬着北山头上那尚未融化的积雪。向阳的山坡上，大片黄褐色的野草在春风中微微摇动，野草的下面已萌生了一层淡淡的新绿。背靠西岭，那泓缓缓流淌的春水，蜿蜒地向东南方伸展着，像一匹抖落在大地上闪光的彩绸。成群的麻雀，在低矮的灌木丛中，叽叽喳喳争食草籽儿。一群羊懒洋洋地停驻在大路旁，寻觅着去年秋收时撒落在地上尚未腐烂的粮食。牧童杨德山"啪啪"甩动手中的放羊鞭，驱赶那只带头停下来的肥壮的头羊。

此处正在西岭下，靠近那座远近驰名的"山东坟"，这里树木丛杂，乱藤野草堵塞了路径。杨德山赶羊向前走，直奔南河套，要去同放牧的小伙伴们会合。就在这个时候，一只饿急了的黑狼从岭上窜下来，扑进了羊群，迅捷地叼跑了一只羊羔。杨德山丢下羊群，去追赶恶狼迤逦上岭，一先一后隐进了松林。

事发就在弹指间，但也被走在公路上的乡亲们发现了。有人远远地呼叫起来："狼来了，狼来了！"

前些年，这里就常有野狼袭击牧群的事情。在山中困顿了一冬的狼，春天下山，结伙觅食。当时的大户人家，为此经常派出炮手，背枪巡逻，以防不测。九一八事变后，官家收缴了民户的枪支，近年来谁也无力再做这样的防备，不过也未曾出现过什么不幸。今天饿狼捕捉羔羊，在场的乡民都意识到了其中的危险性。此时节，狼一般不单独活动，密林深处肯定隐藏着狼群。一个孩子追狼上岭，怕是九死一生。大地上赶车的、挑粪的，河套上放牛的、牧马的，立时间吆吆喝喝，手拿着应手的家什儿，向岭上奔来。然而，人们的脚步越来越慢，互相观望着，竟无人敢率先上岭，铤而走险，就这样耽搁了足有顿饭时光。当人聚得多了，众人才一路高喊，结伙上岭。行至山间，见左近松林里踉踉跄跄地走出两个衣衫褴褛、浑身是血的孩子。杨德山从头到脚一片殷红，手提着一只尚在滴血的羊羔，见到接应的人群，便一头扑倒在地。身后是一虎彪彪的少年，双臂肩头也都伤得很严重，额角上流出的血把整个面颊都染红了。有人认出，这孩子是焦大海的儿子焦成龙。

焦成龙清早要到镇上去给他妈取药，行经西岭，正碰见杨德山追赶恶狼闯入松林，小成龙赶忙奔过去救应。来到近前，见杨德山正与恶狼苦斗，那狼放下嘴里的羊羔，探利爪撕伤了德山的左脸，又张开血口咬住了他的右肩头。焦成龙猛扑过去，双手死命掐住狼脖子，这才放下杨德山。紧接着他又和这只狼滚到了一处。闻到了血腥气的狼似乎倍加凶残，它咻咻地喘息着，拼命地窜动着，撕咬这两个孩子。搏斗到最后，焦成龙骑到狼的身上，运足了力气把狼头掐按在地皮上。他弓着腰，脸和脖子都憋得青紫，两只受伤的手臂筋骨暴露，肌肉僵成一道道硬楞，皮肤几乎都要绽裂开。狼挣扎半晌，动弹不得，杨德山用放羊的鞭杆子剜出了两只狼眼，才算结束了这场搏斗。

其实，在搏斗的现场聚集着七八只狼，但它们和人不一样，并没有上来帮忙，只是把嘴巴子拱在地上，怪声嗥叫。这就难怪适才聚在岭下的人们不敢贸然上岭了。

大家七手八脚抬起德山往岭下走，焦成龙捡起地上的羔羊，蹒跚随行。他脚上的两只布鞋已被鲜血浸透，灰白色的山道上留下了一排殷红的足迹。

一行人相继下岭，这时连村长芦茂财都赶来了，大车拉着两个打狼负伤的孩子进村的时候，全堡子的乡亲都赶来探视。

电话打到清水镇，济人诊疗所的甄大夫骑自行车赶到的时候，种马场的兽医和白二先生已给伤者进行了包扎。甄大夫进屋，急忙给他俩缝合伤口。锋利的狼牙狼爪在两个孩子身上造成十多处伤害，仅是德山左面颊上的伤口就缝了七针。

二少年躺在仁慈堂的伙房屋里，诊治伤情，屋子里、院子里聚满了乡亲。二善人芦启良这几日正在家中，当即告诉芦茂财：“马上召集村民大会，表彰这两个勇敢的孩子。他们为了从狼口夺回一只羊羔，身入险地，蔑视狼群，这是一种无私无畏的尚武精神。这样的小英雄一定是前程万里。”转尔又说：“这只凶恶的豺狼，与二少年定有前生的因果，冤缘相报，奥妙无穷。老狼毙命，二少负伤，也已了却前因，至于后果，仁慈堂广行善举，世代相袭，今日出此义仆，也是吉祥之兆。芦二为此要做功德。二童子各赏给国币一百元，权当抚恤，另外，拨工拨料给杨家重建那就要倒塌的三间房舍，算是对老农杨福田的补报。三宝杨德山是个忠臣义仆，在仁慈堂享有终身的待遇。”

话虽这么说，但看那杨三宝躺在土炕上，奄奄一息，他的老妈妈守在旁边泪眼不干，在场的乡亲们俱都惨然。

过午，老杨太太怀揣那一百元国币，跟着担架，把儿子抬回了家。焦大海从镇上赶回来，背走了自己的儿子，老头子没拿仁慈堂的赏钱。

第二天，村公所在小学校的操场上果真召集了一次村民大会。勇敢的少年杨德山和焦成龙，确也受到了村长的表扬。但这次大会并不是专为这件事情召开的，而是由“满洲帝国国务院”参事官芦启良，向村民做了一个备耕紧急动员的宣传。芦二站在操场的讲台上，对大家说：“我刚从‘新京’回来，兴农部的官员告诉我说，去年到本村来的日本考察团回国以后，内阁便做出了向满洲移民的决定，不过地点先在北满，咱们辽西一带，目下不接待日本开拓团。兴农部内定，要在咱们南满地区实施五年的开发计划，通过兴农合作社扶助广大的农村增加种植面积，推广新农具和改良种子，使用化学肥料。家畜家禽也要大规模改良。不久，兴农部将聘请一批日本指导官，并派来建立新农村的日本专家，以使我们满洲全境尽快地繁荣富强起来。为了改变农村的面貌，我们要打倒劣绅，建立新秩序。本人是家乡一带的土地占有者，在虎石台够得上一等户。为了发展生产，现在我宣布，仁慈堂向劳动者让步，要不断增加做活的劳金，适当地减少佃户的租粮，这就叫顺应国策。兴农部有规划，五年之内要让无地和少地的农民都能获得土地。大粮户们的脑袋要开窍，帝国做出的这一决定，是为了对付目前在全世界猖獗一时的共产党和共产邪说。蒙古王爷通过跑马占荒得来的土地，即将奉献给国家，同时，要把内中的一部分拨给日本开拓团和满洲缺少土地的农民。奉献的土地须由兴农部给价，虽然不多，也不算没收。国务总理大人张景惠说得好，这叫罗锅背兔子——两得劲儿。可以向往，五年之后，满洲国的庄稼人全能过上丰衣足食的好日子。”

芦启良说到此处，紧盯着那几家大粮户，只见金三、王四正在小声嘀咕。他清了清嗓子接着说：“各位土地占有者，心里头决不要害怕，‘满洲帝国’不能共产。当前的国策是为了让有钱的越发富足，让穷人也多少占点便宜。咱们虎石台是驰名国内外的模范村，大同世界，王道乐土，需得在这里首先实现。本人的官阶不高，但也愿意为帝国的伟大宏图贡献力量。“建国”以来，单是操办慈善事业，我已经折变了大片的家产，今后，还要继续施舍，要让我的乡亲们都过上幸福的生活。”芦二站在讲台上，眉飞色舞，兴奋地说：“山海关以里，虽然不是咱‘满洲国’的疆土，但大家知道，冀东地区已然脱离南京的国民政府，宣布独立了。华北也要继咱们满洲之后有新举动。预料不久，华北、华中、华南都要在大日本帝国的保护之下，建立新秩序。德意志帝国要统治欧洲，大日本也即将成为亚洲的盟主，这叫天意，人力不可挽回。”

村长芦茂财和全体公务人员率领参加大会的村民鼓掌，芦二下讲台，走进了村公所。

村民大会开过，几户财主都惶惶不安。老金三最敏感，回家就和两个儿子商量定了，撒出人在堡子里和周围各村屯宣传芦启良的讲话。就说“满洲国”要没收私人的土地，所说的土地占有者也包括一切无力自耕自种的农家。兴农部用官价收买，每垧地最多也就给百八十元。

谣言会跑。开犁动土的时候，虎石台的宝庆堂，人来人往，金三坏做起投机生意来了。皆因他是一方知名的房地产经纪人，借此良机，又发了一笔横财。也有人注意到，从三月到五月，仁慈堂也买进了数十垧好地。戏法灵不灵，全仗毯子蒙。目光短浅的地主老财，听信传言，变卖了田产，醒过腔来的时候，也只落了个哑巴吃黄连。

虎石台仁慈堂增加雇工待遇，削减佃户租粮的举动，在辽西一带引起了强烈反响，连区长刘紫玉也对此举大发雷霆，说这个伪善人只顾自己沽名钓誉，却要使本地区众多土地占有者蒙受损失。由此联想到十年前西岭窑地罢工那场官司，是孙占元和芦启良袒护刁民沈万才、刘铁柱，跟姓刘的过不去。新仇旧恨一时袭上心头，于是利用职权，在他所管辖的范围内，联合财主粮户，刹住了这股风。刘区长的措置，正满足了芦启良的愿望。方圆数百里提起虎石台仁慈堂，老实的农民有口皆碑。

仲夏五月，二善人芦启良再次还乡，一路上喜形于色。到家和他侄儿一见面，就兴高采烈地说：“茂财，你给我写的信收到了。你作为满洲国模范省、模范县、模范村的村长，从现在起，可以大展宏图了。咱爷们儿要在满洲这新兴的国度里，崭露头角，要把虎石台这个村子变成一座现代化的农场。我已和兴农部商定，从德国进口最新的农机具，在这里试办机械化作业的先进农庄。今后，在咱仁慈堂佣工的农民，通称农业工人，按月给他们开工资，和城里工厂的工人一样。”他掩饰不住内心的喜悦，手舞足蹈地展开了那一幅带回来的筹建新农庄的蓝图。

二善人在家休息，第二天清晨，身穿布衣溜达出仁慈堂，破天荒地去拜望乡邻，访贫问苦。虎石台村南北三条通路，东西横陈七道街。从南数，头道街东口上便是仁慈堂。从此往西，通连几十户农家都是姓芦的房户，当然全是雇农和佃农。芦启良出离家门，走行几步便迈进了一家院落。三间低矮的平房，院子里有几只鸡鸭，前庭后院都种满了青菜，有几棵果树枝叶新鲜，刚刚结果。二善人走进屋门，见房户焦大海的老婆于氏正站在锅台前刷碗。芦二满面堆笑，关切地问道："老弟妹，我离家一晃数月，少来问候。成龙那孩子为我仁慈堂护卫羊群，负了重伤，你家大海又不肯接受我的犒赏，不知孩子的伤势怎么样了？"

那于氏低头做活，没有回身，缓缓地答道："孩子的伤不太重，在家将养了两个多月，已经好了，上个月就能和姐姐一块儿上学去了。"

芦二坐在里屋的炕沿上，等候于氏前来与他叙话。但见那瘦弱的女子，把厨房收拾干净后，径直到院子里去侍弄秧棵。芦二自知无趣，从房中踱出来，站在菜畦旁，呆呆地望着她。这女子脸盘很窄，青灰的面容，嘴唇上也没有多少血色。眼珠黯然无光，眉宇间隐含着怅然若失的忧郁。穿着一件显得肥大的蓝布衫子，补丁摞补丁。衣袖挽得很高，两只细瘦的胳膊皮包着骨头，手背上清晰地露着青筋，显眼的是左手那残断的小指。芦二忽有所悟，轻轻地问道："贤弟妹，恕我多嘴，请问你家卖给正心堂的那个胖小子，今年有几岁了？"于氏一震，两行热泪立刻从她的眼角淌下来，她强忍着悲痛回答说："东家，你行你的善，我们受我们的苦，问这些干啥。"

芦二笑道："听说孩子自从进入正心堂，取名叫玉宝，天资颖悟，聪明过人。他的养父刘元甲亲自教育他，几岁的孩童，五经三传全都通本了。芦某多事，据说弟妹你自从把孩子舍出去，几年之间未得一见，思念孩子泪眼不干哪。可那道德人刘元甲夫妻又是铁石的心肠，千方百计不让你们母子见面。我大海兄弟是条刚烈汉子，也不许你靠近正心堂。这人间的悲剧就愈演愈烈了。"芦二说到这里，往前挪了半步，放低嗓音说："弟妹，我有心到正心堂去替你疏通疏通，让刘氏夫妻允许你到那里偷偷地走动走动，给你个看望亲生儿子的机会，好不？"于氏顿时惊恐起来，抖动着双手断然说："不，不，谢谢你的好意，我若是那么做，让大海知道了，这个家就毁了。"芦二摇头叹息，从焦家退出来，回头见那女人扑倒在菜园里。

西隔壁，两间倾斜的老草房，柴门虚掩，这是王老好的住处。这房子每年一石租金，由他租用已经十五年了。芦二进院，招呼看狗，其实他明知道，贫穷人家从来没有看家狗。吉庆媳妇正在炕上做针线，见芦二进来并未起身。此刻，他家的两个孩子北辰和金凤都上学去了，吉庆父子当然是从来就不在家。芦二进屋坐在木凳上，与那妇人唠起家常。他特别关心这两间破旧的草房，对公义堂孙老八这样对待下人忿忿不平。言说："吉庆在孙八那打头，为他家立功报效已有十余年，时至今日，公义堂的水田、旱田连年丰产，后山的果木园子也是日进斗金，可这个忠臣义仆却都还住着租赁的房屋。吉庆若是落在仁慈堂，芦氏叔侄决不能这样亏待他。"吉庆媳妇没和他搭话，收起针线下了地，走出屋门到后院去了。芦二无趣地站起身，讪讪地离开了王家。

他走遍了头道街，来到二道街，首先踱进已故杨福田的宅院。见这里的三间草房已经修整一新，少年杨德山穿一身崭新的蓝布裤褂，正站在房檐底下，手把着鸟笼子逗弄他新近喂养的铜嘴儿。见东家进院，忙打招呼。芦二把新房内外查看一番，含笑落座。德山的母亲和二善人对面叙话，娘儿俩真有说不尽的感激之情。二善人轻轻地抚摸德山的伤疤，亲切地嘱咐他："还得好好将养，痊愈了也不要急着进院去上工，你就是两年不干活，仁慈堂也照样拨劳金。"德山笑着说："老东家，你老对我们娘儿俩天高地厚，杨三宝活是你仁慈堂的人，死是你仁慈堂的鬼。堡子里都管你叫伪善人，今后谁再说这种话，我日他八辈祖宗。眼瞧不如样子比，我表哥王吉庆给公义堂立了多少汗马功劳，可孙扒皮对待他，还不如你老对待我这个放羊的。"

芦二心满意足地离开杨家，在庙前那几道街上整转了一上午，高高兴兴地回家去用午饭。心里想：别看他孙占元官高爵显，"建国"以来还是没干过姓芦的。我要在这里建立新农村，给我们八旗人露大脸。有朝一日，终得把这个狠扒皮从虎石台挤出去。

过午，芦二越过庙头来到后街，第一步走进了老董家。男人们都下地了，董四婶和她家二姑娘接待这位老乡绅。芦二开口便问头年刘铁柱摊官司那桩事，忧心忡忡地哭丧着脸说："据说警察署长吕耀庭始终怀疑你家铁柱是暗杀吴六的凶手。我正想找他谈一谈，铁柱子是俺堡子的老实人，绝不可能干这种事。吴老六人称吸血鬼，依仗他岳父的权势，作恶多端，在家乡的仇人很多，很难说他是死在谁的手里。"董四婶从容地说："二善人，铁柱的嫌疑已经解除了。陈寡妇说，去年秋天吕署长到县城去找吴门的亲家，也就是城里迎宾客栈和会仙楼饭庄的经理郝财东，详细地钉问了一次。那姓郝的说，吴老六在县城、省城、大连、营口都养着下家儿，我大闺女不知被吴六藏在什么地方了。陈寡妇答应替我向那些警察官求情，帮我把孩子找回来。”老太太撂下烟袋，接着极郑重地说：“二善人，你大同佛教会到处都有，我还想求你费心，替我各处打听打听。”

芦二点头，双手合十念了一句佛号，启齿道：“我一定尽力帮忙，但愿你家大姑娘能够早日还乡和亲人团聚。”他欲言又止，沉吟半晌才又说：“老太太，有件事情我感觉对不住你。头年腊月在省城，我随一伙善东跟同善堂的堂长到大西关工夫市去视察花子房，可巧，碰见你家收养的那个孤儿侯长贵。这孩子藏在柴火堆里，当时正赶上花子房出人命，就没立刻把他拉出来。第二天，我特地到花子房去找他，想把这孩子领到身边，给你送回来，遗憾的是他已经从那里逃跑了。后追查到南门脸儿一个姓张的瓦匠家，可恨这个工人把孩子藏起来，硬是不肯往外交。我通知警察署，把那个瓦匠拘留三天，可终究也没找到那个孩子。不过，可以判断，这娃娃肯定还流落在奉天。”

董四婶听到这，十分激动，她强自镇定，用恳切的口吻，求二善人多多劳神，在省城如能再碰见长贵，千千万万要把他带回来。老人家好思念这个孩子，一病半年，眼泪全都淌干了。四婶送走了二善人，返回屋来。她家二姑娘撇嘴一乐，说道：“说他是伪善人名符其实，好话说尽，坏事办绝，专在乡亲们面前送空头人情。长贵在省城，真要落入他的手中，不一定就能让那孩子回转虎石台。”其实，这年正月，小学校的老师王育才已从大连给他的好友张茂森来信，拜烦他悄悄地告诉老董家，孤儿侯长贵在他的帮助下，已经搭乘海船远走高飞了。

芦启良走到庙后，心血来潮，见左右无人，溜进了陈寡妇家。院子里花木葱茏，静悄悄无一点声息。他脚踏青砖的甬路，掀起竹帘走进堂屋，还未见寡妇迎出来。西屋的房门大敞着，芦二进房落座，看视这间摆设齐整的卧室，意识到陈寡妇确实变了。这三间瓦房已经重新间壁，一明两暗像个正经的人家，已不似多年前开设赌场、经营暗娼那种样式了。疑惑之间，东屋的房门轻轻地被人拉开，一个丰姿绰约的妙龄少女走了进来，惊得老芦二险些栽倒。辨认模样儿认得出，这正是陈寡妇的女儿小玲子。看样子她正在午睡，听见外厢有响动起来查看。二善人口诵佛号，伸手拉住那姑娘，无限感慨地说：“小玲子，几年不见，没承想你已经长成了。”玲子挣脱被他拉住的那只手，脱口道：“我今年十五岁，还没成年呢。”

“你的个子长得高，看上去像个十七八的大闺女啦。”芦二再次抬手，把她拉到西屋去，嘴里不停地说些亲近话。玲子从案上拿起暖水瓶，给芦二沏上扣碗茶，站在门旁回答他的问话。

芦二知道这孩子在小学校里读了三年书，从春起已经辍学了。她的性格和她娘简直是一模一样。说到中途退学的原因，她大大方方地讲，学校有个老师调戏她，她骂了他一顿就再也不去上学了。她待在家没有事情可做，整日就是亲手栽培、侍弄房前屋后的花草。妈妈有时不在家，剩下她一个人，感到十分孤单。几年不见了，她根据童年的记忆，对面前这位长者很尊敬。当面说，她知道这位善人当年任村长的时候，包揽过她的妈妈。这些年不到这个地方来，证明已经身入佛门、改邪归正了。孩子委托这位善人，得闲时劝劝她妈妈，最好也能让她信佛，洗心革面做正经营生，不要再走下坡路了。孩子态度很诚恳，特别是磊落大方的风度，使二善人表示钦佩。于是，在姑娘面前，滔滔不绝地把他那一手传教的本领施展开来。什么八仙过海、观音成圣、嫦娥奔月，一系列神奇的神话故事，深深地打动了小姑娘的心弦。她给二善人不断地续水，还取来一把团扇给这位须发斑白的老人扇风。

一个多时辰很快就过去了，姑娘坐在二善人身旁，细心地聆听他的说教。此刻，二善人兴致很高，他从下乘佛法讲起，不停地升级，内中还多次引用了深奥的梵语。玲子姑娘很受感动，忽然想起了那本她看不懂的、妈妈早年从庙堂里拿回来的《金刚经》。翻箱倒柜，姑娘把那本发黄的经文找出来，摊放在桌案上，求善人讲给她听。适才，二善人讲的那些动人的故事，已经几次把玲子感动得流出了眼泪。在这本真经面前，孩子更是虔诚恭谨了。在讲解到一个适当的时候，芦善人手指经上那段用珠笔圈点的金句，朗声念道：“一切有为法，如梦幻泡影；如露亦如电，应作如是观。”可未待开讲，房中发生了一件天大的事情。女孩陈帼英突然暴怒，“噼嚓啪嚓”抽了二善人一顿嘴巴子，推推搡搡把他赶出了房门。

傍晚，陈寡妇才从前屯返回来，这天，她又给乡亲保媒去了。妈妈进家见女儿没做晚饭，气哼哼坐在海棠树下，招呼几遍也不肯回屋。妈妈哄啊劝啊，直到掌灯以后，娘儿俩才用晚饭。安歇以前，妈妈又费了很多唇舌，才问清了白天发生的事情。年迈苍苍的芦二善人，给帼英讲解《金刚经》的时候，顺手牵羊，把她揽在怀里，先用胡须触动孩子的脸，接着就把她紧紧搂住，竟然地亲吻起来。帼英打他一顿，把他撵走，随后砸了那只给他沏茶的扣碗，扯碎了那把与他扇风的团扇。

寡妇听罢原因，吓得她抖衣而战。她晓得，今天的芦二早已不再是个土乡绅了，那是“国务院”的参事官，掌管生杀大权。孩子羞辱了他，怕要招来灭门之祸。她舍不得打骂心爱的女儿，自己咬着牙，流着泪，往墙壁上狠撞。簪子、环子、头上插的花朵儿，全都碎碎纷纷地掉在砖地上。她想大声喊，她想跳着脚哭，可是不敢，怕邻居听见了过来询问。然而，她的宝贝女儿小玲子却任凭她这样地发疯，不拦也不劝，抬身回到东屋，划上门睡下了。

天空的明月被一片乌云遮蔽了，晚风透过纱窗吹进屋来，方丈之地集聚着浓烈的花香。陈寡妇坐在地上，摸摸头上脸上磕碰的伤痕，正在忍气吞声。村长芦茂财悄悄地走进来，他把寡妇抱到炕上去，放下了粉红色的幔帐。看样子此时他比陈寡妇紧张，一照面就想从寡妇口里问清今天在这里发生的事情都有什么人看见、什么人听见，她们母女把没把这件事告诉什么人。陈寡妇见风使舵，反过来问芦茂财，若是今天的丑事有人看见了、有人听见了，她母女也把这件事情张扬出去了，那该怎么收场？芦茂财把一沓钞票在灯光下晃了晃，塞在枕头底下。光着屁股在炕上磕头，恳求寡妇高抬贵手。当真人不能说假话，这件事情若是传扬出去，芦二善人的名声在家乡一带，可就算败坏了。

黎明前芦村长离了陈家。寡妇掌着灯在厨房升火，做好了女儿爱吃的饭菜。旭日东升，她高高兴兴地招呼玲子起来吃早饭。连叫几声，屋里没人答应，敲了几下房门，耳听那孩子在房后叫了一声妈。寡妇一乐，这才想起女儿每天都起大早，到房前屋后去侍弄她心爱的花草。

东北的五月，花木方隆。迎春花刚刚凋谢，牡丹、芍药正然怒放，玫瑰、蔷薇、芙蓉、洋绣球也都在繁盛的时期。小玲子陈帼英爱花成癖，从懂事的时候起，就十分地喜爱它们。

娘儿俩吃了一顿丰盛的早餐。妈妈今日的神情格外好，张罗要带女儿到前街公义堂去看一看那里的女仆石妈手栽的奇花异卉。十余年来，公义堂自从石妈进府，那座巨大的宅院，早已变成了一方驰名的花园。孙八的发妻黄氏，原本是虔诚的佛教徒。她支持石妈靠她家传的本领，栽种花草，为的是无分四季在佛前供奉，让她投胎转世能成为一个美人儿。贼孙八嫌她容貌丑陋，成年累月夫妻不同床，使得她过门二十余载，迄今未开怀。今日，陈寡妇母女到公义堂去赏花，实在是福分不浅。

自从去年四月孙老七和他的小星影儿回乡探亲，临别带走了他家的金锁子，算来对头一年有余了。金锁子一走，那黄氏倒是称心如愿了，只可叹孩子的生身母石妈，失魂落魄，不饮不食。黄氏心黑手辣可也略尽人情，指派她身边的四个老妈子围望石妈，轮番地苦劝。说是，少爷金锁本是你亲生自养，八奶奶尽管把持着，可羊肉不能往狗肉上贴。七大人把孩子带到省城去，是要把他送进贵族学堂。孩子学而有成，必能光宗耀祖，也不会忘了你这生身母。孙八爷暂时不能把你收房，那仅是碍于尊卑礼法。谁知道哪一天，八爷和八奶奶回心转意，承认你是府中的如夫人呢！金锁走前，你和那小星影儿在老爷庙降香，求告神灵，那真是舍近求远。咱府中有现成的佛堂，八奶奶昼夜在里边焚香礼拜，诵念经文，才使咱公义堂三星高照、龙凤呈祥。八爷天官赐福，一日三迁，八奶奶福寿绵长。你只要皈依佛门，必能一切如意。

石妈听劝，在黄氏做完功课的时候，她就在玉炉里加添檀香，虔诚地礼佛，并请求黄氏教给她念经。可叹这苦命的石妈，顶礼参拜，睁开她那两只模糊的泪眼，常常见那喜笑颜开的弥勒佛向她发怒，大慈大悲的观世音菩萨居然扭过脸去，不肯看她。凶恶的金盔金甲的韦驮，粗暴地阻拦她进入佛门。石妈无法抑制她的愤怒，夺过韦驮掌上那三尖两刃的降魔杵，击碎了那一尊泥塑的神像。府中盛传，石妈疯了。

八奶奶不是好惹的，她身边的四名女仆全是精选出来的心腹人，多年来对石妈进行监视。此番发生这样的变化，当然更不能放松警觉。阴毒的黄氏，自从石妈进府，虽然总能有效地控制她，但总担心这个女子谋害她，特别在金锁子降生以后。发现石妈精神失常，她表面上不动声色，暗中考察。数月间，证明这女子对待她还是那么毕恭毕敬，服服帖帖，这才释然。

黄氏开恩，允许石妈停止操持家务活。既不能诵经礼佛了，便支持她依照多年的爱好，专心一意地侍弄花草。深秋以后，扩建了府中的花房，把这个女子困在无情的草木之中。开春，百花出房，黄氏又恩准石妈的请求，重建了内庭的几座花坛。应时的盆景，也都一律更新，乐得这个爱花如命的人，仿佛完全忘记了思子之痛。公义堂的前庭后院百花争艳，乡里知名，经常有远近富豪的眷属前来赏花。

今天，庙后陈寡妇一时高兴，携带女儿帼英也来开眼，娘儿俩走在路上满心欢喜。来到公义堂的府门前，孩子拉妈妈一把，不安地说：“妈，这所宅院我没来过，听说她家八奶奶架子大，咱们回去吧。”妈妈一笑，牵着女儿的衣袖进前叩门。管院子的听见门环响动，拉开镶在门芯里的小便门，探头察看。陈寡妇说明来意，被让进了门房。寡妇笑逐颜开，先向院公问好，又给那个管账的先生请安，手拉着女儿向房中的听差小厮、更夫、马夫依次见视。满面春风地说了许多外场话，这才有人懒洋洋地上去通禀。

陈帼英局促不安地站在母亲身旁，深悔今日不该跟她出来串这个大宅门，为正经事还罢了，仅仅是为了能逛逛花园，费这么大的周折。少时，上面传下话来，允许陈寡妇进宅。母女二人低头往里走，拉开大厅的重门，寡妇开口："庙后老陈带着女儿小玲子给八奶奶请安来了。"这叫报门而入。

一女仆旗人装扮，迎候在门旁，见她们走进来，打手势往里让，寡妇停步。

高大的厅堂，迎面悬挂着一幅绣像。这幅像高够五尺，与生人无异。红缨帽、马蹄袖，穿的是一副清代的戎装，粗眉大眼、两撇黑胡，相貌十分凶恶。寡妇牵定帼英弯身一拜，口中高声念道："民女冒昧进府，领女儿给统领大人请安了。"旋身往左拐，这才带着她的闺女走进孙宅的主客厅。黄氏坐在靠椅上，手擎着茶盅，石妈站在她的身旁伺候着。见寡妇母女进屋，一主一仆全都笑脸相待。陈寡妇和她女儿先给黄氏请安，又向石妈施礼。黄氏赐坐，寡妇慌忙说："谢谢八奶奶恩典，今天进府实为赏花来的，不敢打搅八奶奶的清净。"言下手指石妈，含笑说："烦劳石贵人领我们到园里去开开眼，那就感谢不尽了。"黄氏点头。石妈粉面飞红，白寡妇一眼。带她们母女，退出客厅，走进内院，行来埋怨："该死的老陈，谁让你这么称呼我？小心我摘掉你的伶牙俐齿。"

她与寡妇亲亲热热地并肩走，信手拉过帼英的花腕，认真地说："孩子，姨娘我在这府中是个佣人，你妈妈适才对我那么称呼真让我生气。作为一只笼中的鸟、盆里的花，没有什么可夸的。我真羡慕你们母女俩，总能够自由自在地过生活。"陈帼英轻声回答道："石姨娘，你的苦楚我知道，可我们母女比你更苦。虽然是不愁吃穿，可我妈妈在堡子里是个最下贱的人。"陈寡妇突然变色，严厉地说："小玲子，你絮絮叨叨说些个啥？再要多嘴，我可就领你回去了。"

帼英无话，她已被这周围的景色迷住了。方圆数十丈的庭院，构成一座美丽的花园。盆栽的地柳桃、石榴，摆列两行，高高的玉兰花，正吐着芬芳，藤萝已然上架，海棠正在盛开。花园的正中央，有一座巨大的石砌的花坛，高够二尺，形成梅花的图案。绿植花卉分门别类，交织成一幅百花图。牡丹、芍药、凤仙、石竹，帼英认识，有几种杜鹃，她可叫不出名儿来。石姨娘领着她们围绕着花坛缓步行进，见帼英如痴如醉的样子，猜中了她的心事。爽朗地说："小姑娘，我听说你也爱花成癖，这里的花草你大概是认不太全，我告诉你。"陈帼英含笑点头。

眼前是针形小叶开放美丽的白花，异香扑鼻，另一株，花儿凋谢已经结实，所结的果儿颗粒太大，红得爱人。孩子不认识，姨娘告诉她，这叫南天竹。另一株长梗小叶，单开线花，闻不到什么香气的，孩子也不认识，姨娘告诉她，那是灯芯草。那边枝叶繁茂，花大如盘，开放后是深紫色的，未待孩子说话，姨娘就知道她不认识，骄傲地笑道："孩子啊，这几株玉蝉，难住了不少的行家。"接着又指点几株紫色的奇花，"这几株名唤紫萼，它们和玉蝉 样都是从南地移植过来的。"

陈帼英目不暇给，眼睛和耳朵都感觉不够用，可她的妈妈偏来打岔，自吹她认识百合、山丹，还有那一片在瓷盘里开放的水仙。陈寡妇虽然是花界人物，天晓得她可是并不爱花。寡妇站在游廊里，逗弄那几只悬挂在檐下的画眉和百灵子的时候，天已近午。妈妈几次催促帼英收拾清兴，怎奈那孩子流连忘返，好心的石姨娘也还在不厌其烦地陪伴着她。老妈子过来传话，言说八奶奶要留她们母女在这里共进午餐。小帼英这才如梦初醒，着急忙慌地跟随她母亲去向那个孙八奶奶道谢、辞行。

然而已经迟了，公义堂的大饭厅早已安排就绪。孙八奶奶的胸前挂着雪白的膳单，坐在一张圆桌的正位上等候她们了。宽敞明亮的饭厅陈列着十余张圆桌，可以接待上百位的客人，但今天只用这一张圆桌，接待两位客人，寡妇母女真是受宠若惊。八个冷荤压桌，接连上了几道菜，年幼的陈帼英可全都能叫上名儿来。只因为她的母亲多年前便在陈厨子那里学艺，早已经会做三套碗的"参席"或者是"翅子席"。别看寒家门户小，讲吃喝不外行。丰盛的午餐没打动陈氏母女的心，匆匆用罢，随黄氏转入她家的内书房。

孙八奶奶今天殷勤待客，原有她的意图。饭后用茶，八奶奶忽然开口，言说今日老陈领着闺女来公义堂赏花，引起她的一桩心事来。她记得公爹在世时，曾经嘱咐过占元，说马兵老陈来虎石台落户投靠公义堂，不幸死在外乡，应该照看好他的遗孀。可是，多年来府中对于陈寡妇母女不闻不问，深表歉意。今日，遗孤小玲子即将长大成人，八奶奶看这孩子出落得水葱儿一般，不忍心眼瞧着她顺水飘流。当场征求她们母女的意见，她要把玲子收进府中来，做她贴身的使唤丫头。俗语道：宁娶大家奴，不娶小家女。过个三年五载，在孙八爷的衙门里给她寻个年貌相当、称心如意的女婿。进而忠告陈寡妇，玲子进府让她也早作主张。八奶奶知道她爱慕黄福臻，两个人也有了一定的感情，但那是痴心妄想。福臻即便有还俗那一天，他的姐姐和姐夫，也绝不能允许他娶陈寡妇为妻。然而，有财有势的人不能光是说大话，待到小玲子离家之后，八奶奶将要拨给寡妇一笔钱，允许她自选一个可心的男人，嫁过去以后，过一个幸福的晚年。

八奶奶这么安排，自以为得计，未料被寡妇婉言谢绝了。她不急又没恼，平静地捧起茶盅，呷了一口香茗，慢慢地说道：“八奶奶，您吃斋念佛，果然生就一副菩萨心肠，为我们母女这么费心，可真是天高地厚，只是寡妇还有下情回禀。先说，小玲子是我梦生的孩子，有三寸气在，我不能让她离开我。让她进府来伺候八奶奶，这孩子自己也不能同意。穷人养娇子，我这么一个心肝宝贝，绝不能让她出去当佣人。说到我本人，水性杨花是个破烂货，和谁都有过一点感情。和黄老道有过来往确实也想嫁给他，可从他在日本守备队打官司回来，和我已经一刀两断，我这个癞蛤蟆也不想吃天鹅肉了。至于贫家母女的生活，现在孩子渐渐长大了，我已经决定不再做过去那种下贱的营生，凭着我们母女的四只手，做活儿吃饭，估量着也不至于饿死。反正一句话，我们娘儿两个相依为命，永不分离。”

黄氏淡然一笑，缓缓地说：“老陈哪，古人说红颜多薄命，我看你这个女儿容颜俊美，丽质天生，忽有所感。想到你的丈夫陈把总，驰骋疆场，杀孽很重，你本人在堡子里早已经坏了名声，这孩子跟着你，怕要难讨公道。”

寡妇赔笑说：“八奶奶，十年前，堡子里的乡亲们经常议论，说俺堡子有八大美人，这桩事儿不晓得您有没有耳闻？”“听说过，都是谁我可是不全知道。”黄氏回答道。

“您不嫌烦絮，听我回禀。这里有福善堂张七的继母王氏夫人，仁慈堂的克氏少奶奶，堡中坐地户老饱学阮敬贤的孙女阮桂香，正心堂的佃户沈万洪屋里的、王老好的女儿王淑云，明德堂的佃户董四喜的大闺女，外路人大窑头尤老四家里的小接媳妇姜大妞，末了是公义堂里边也就是我女儿的石姨娘和我这个不上数的陈寡妇。”

陈寡妇把虎石台的八大美女述说完毕，惨然一笑：“我的八奶奶，您说红颜薄命一点也不假，可是我心里糊涂，那几个短命的姑娘媳妇，加上活着受罪的人，不知道是谁给她们造的孽。”机灵透顶的石妈见寡妇回话已经引起黄氏的不悦，慌忙解围，轻快地笑道：“我说老陈，堡子里这些个大美女死的死了，亡的亡了，活着的也都是残花败柳、人老珠黄了。听没听说乡亲们议论，还有没有后来的人？”

寡妇迟疑片刻，认真地回答说：“闲散人早有论定，堡子里的美人有一堂后起的。这里有明德堂的少奶奶郝梦梅和她的小姑子吴丽娟，永吉堂的小姐王莉荣，正心堂的千金刘月娇，二先生的养女白爱莲，焦大海的闺女艳霞，王吉庆的女儿金凤，还有我家帼英，算来也是八个。”

石妈透过玻璃窗，向院中望了望，拍下手掌，兴高采烈地说："说曹操曹操就到，一长一幼两代的美人过府来了。"寡妇母女随着石妈站在过厅的台阶上相迎。仁慈堂的少奶奶那克氏带着她的干女儿郝梦梅姗姗地走了进来。这娘儿两个穿戴华丽，着实地摩登，翠耳环、金项链、珊瑚镯子、钻石镏子，肩上挂着手提包，腋下夹着小洋伞，嘻嘻哈哈地进入内书房。没请安没施礼，那克氏坐下先说："八婶，我领梦梅来和你打八圈，大长的天真是没法打发。我二婶那个老妖婆就知道抽大烟，从来也不晓得带着晚辈人消遣消遣。"

黄氏称谢，眼瞧女仆把她们带来的西瓜陈放在案上的冰盘里，石妈取刀，立即剖开。陈寡妇母女起身告辞，黄氏笑道："老陈哪，适才我跟你讲的一番话，权当没说。你们娘儿两个不能走，吃了西瓜还要替我陪客人打上几圈牌。这几天我的腰疼，实在是坐不起。"

那克氏手扶着她八婶的肩膀，鬼鬼祟祟地说："陈寡妇这闺女果然长得俊，不怨茂财相中了。我看有那么一天她要夺我的窝儿。"她们声音虽然很小，陈帼英也听得清楚，不由得气满胸膛，对她妈大声说："我回去了。"未待她的母亲回话，便飞也似的离开了公义堂。寡妇追赶她的女儿被石妈拉住。

陈帼英今天自感受到了奇耻大辱，走在路上心慌意乱，真有心放声大哭。可是，瞧瞧自己的身量，已经像个大人了，在道上哭号实在是不成体统。帼英到家掏钥匙打开内外的门户，坐在屋子里又想哭，但还没等哭出声来，一个动意，就把自己内心的悲痛硬是赶散了。

午后的阳光格外地炎热，她换一套粗布衣裳，到西院老王家借来一把大镢头，动手铲除院子里的花草。不知过了多长的时间，反正念书的学生全都放学了。他们从陈家的门前经过，见帼英披头散发满脸淌汗，一个人在院子里忙活。叩问内情，才知道她要把院里的花草铲平喽，改种秧棵儿。一时东院的沈明礼、顾慎宗，西院的王长吉，后院的董家兴以及左右的好几个同学全都赶来帮忙。傍黑，陈家的前庭后院，只剩下几棵果树。房门到院门之间，留个很窄的过道，其余的地面，已经规规矩矩地备起垄来。薅下来铲下来的花和草，堆放在角落里。

陈寡妇在公义堂替那孙八奶奶打了八圈麻将，小半夜才回家。左邻右舍听那一对母女大声地争吵了一回。第二天，寡妇起早又到外堡子去了。她女儿拜烦那几个同学帮她弄来了两筐秧苗，自己挑水，栽植起来。

庙后陈寡妇家这一番小小的变化，震动了全村。古人说，近朱者赤，近墨者黑，想当初孟母择邻，这才有了亚圣。但也未必尽然，陈寡妇卖淫放赌臭不可闻，可她生下的这个女儿，却和她娘一点也不一样。自从这孩子上学，便提出来和她母亲隔房居住。陈寡妇舐犊情深，依着女儿重新间壁了她的房屋，一明两暗让孩子住在东屋。这小玲子，每日里上学读书，回到家就把自己深锁在那间东屋里。她母亲在西屋不管接待什么宾客，孩子从不过去瞧一眼。只待家里清静的时候，母女二人这才乐乐呵呵地过生活。

三年过去了，自从学校走了那个教书先生金石开，陈帼英想学那拨大学生辍学不念。她妈妈急一阵恼一阵地鼓励这孩子继续上学，她这才没有离开学校。今年春起，来到第四个学季。学堂的老师、校长全都换了。两个班级一百多个学生，教日语的老师偏要着重培养陈帼英这个学生。课堂上不算，他还赶到家里去给帼英补习功课。不久以前，听说是在学生放晌学的时候，帼英返校去得早，那位老师在讲堂单独与她会面，动作轻浮，触怒了这个女学生，把那位老师痛骂了一顿，夹起书包，声明退学。最近又发生了一件事，可谁也没见实。据说是辽西驰名的芦千顷，也就是大同佛教会的创办人、“满洲帝国国务院”的参事官兼宗教事务局的高级顾问芦启良，悄悄地走进了陈寡妇家，不知何故，被这个女孩子赶出了院门。那一天，陈寡妇未在家中。

眼前这件事更奇怪，午前有人看见陈寡妇领她闺女到公义堂去赏花，午后有一群男孩儿帮着小玲子把她家的花园改成了菜园。几天来虽然谁也没查明这究竟是怎么一回事，但可以判断，这孩子和她的母亲要各走各的路。话得说回来。陈寡妇的左邻右舍，还有她的后院老董家，都是堡子里的忠臣义士，贤妻良母，节烈之人。看样子陈帼英这个孩子要改换她家的门风。

好人说正气话，乖僻的人可是好找邪茬儿。说寡妇家这一番的变化，却还是另有隐情。这个人尽可夫的下贱货，远在十年前便已经身败名裂，利欲熏心，保媒拉纤，设赌抽头，给财主秧子当走狗，干尽了坏事。对于她这个梦生的孩子，当然是爱如掌珠，不愿意让她长大了也变成坏人。然而，这孩子自出娘胎就在脏水里泡着，耳闻目睹，日夜的熏陶，怎么能指望在她成年的时候出淤泥而不染。有人知道，这孩子自幼聪明伶俐，百精百诈。四五岁的时候，就能学着她的妈妈对镜梳妆，擦胭抹粉儿，七八岁上便能陪着成年人打牙牌。上学以前，从买来的字块上看图识字，就会写好几百个汉字了。由打进学堂念书，倒也很知自爱，和她妈妈隔房隔屋，自己个儿洁身自爱。但应该说这也是陈寡妇巧设的机关，试图通过这个举动让人们知道，她这个独生的女儿有志气，不想再跟着她的娘蹚浑水。也就是这么一来，提高了这孩子的身价。

大家都知道，事变以前，芦二善人包揽陈寡妇，这女人已经由村里的暗娼，变成财主的姘头了。从那以后，三里五村的小人物，包括本堡子的乇儿虾，谁也休想在寡妇家过夜。偷偷摸摸还能尝点甜头的，数得出来的只有开小铺的张茂森、宝庆堂的秧子金荣海，再就是庙上的黄老道。而黄老道顾全颜面，还从来不到寡妇家里去走动。事变后，情形转化，二善人不再登寡妇的门，他的侄子芦茂财接了叔叔的缺。陈寡妇钟爱黄半仙，那道士不肯要她，芦茂财想独占陈寡妇，可寡妇又不肯嫁给他。金荣海无权纳妾，张茂森对寡妇却是钟情无比。多年来，不知道多少次向寡妇求婚，都被拒绝了。这叫一赶三不卖，一赶三不买。在这个节骨眼儿上，可就看出陈寡妇的手段来了。这好比一个混事的妓女，从三四等的下处上升到了头二等的班子。这般擒拿的法术，毋宁说是她多年习练出来的本领。

关于她家小玲子，依着寡妇，要让她好好地读书，小学毕业上中学，中学毕业上大学，其目的无非是要培养这孩子长成之后变个花国里的状元。容颜出众，再加上学业有成，一准能配上个王孙公子，到那时，老寡妇也就身价百倍了。然而，幻想不能变成现实。不久以前这孩子辍学不念了，对陈寡妇来说当然是个打击。但这女人早已经是堡中的人妖，她不能甘心失败，要极力保全这孩子的清名。让孩子和左邻右舍的婶子大娘时常来往，表明这女儿有志向、有心胸，不肯随着她的妈妈走下道。近日，母女犯争，孩子毁了自家的花园，甚至连穿戴打扮都变了样子，可以判断，这里头埋伏着巧妙的机关。如花似玉的大闺女，即将长成，通过这番部署，便不愁正经的人家前来求婚了。但怕只怕寡妇要枉费心机。村长芦茂财有回喝醉了酒，向左右泄露了他的心意。言说他与他的老婆从结婚以后脾气就不合，前些年他要把陈寡妇纳为侧室，为的是与那克氏赌气。这回他可是另有了新的想法。看那小玲子，渐渐长大，出落得天仙一般。他决定放长线钓大鱼，下点儿苦功夫，等那孩子年近十七八，收她进府。大家认为，二鬼子芦茂财既然有这个打算，那陈帼英肋生双翅怕也飞不出他的魔掌。在这一方，没有什么人比他的势力大，除非那孙扒皮要和他相争。

当乡亲们背地议论的时候，陈寡妇在家里和她的女儿又起了纷争。前一次毁了花圃改成菜园，寡妇并没有意见。半夜里母女犯争，起因是她在灯下瞧见了女儿两只手上打出来的血泡。这一次是因为那孩子从东院老沈家搬过来一台纺车子，学沈家大婶和她小姑子，给镇上的机房纺起线来。纺棉线手工是个又苦又累的活儿，寡妇知道明礼的娘因为成年累月地纺线，三十多岁的人头发白了，眼睛也花了。她先是哀求她女儿，不要做这个苦营生，要想做活儿，学着刺绣也比纺线强。帼英不听，反过来劝她的妈妈，你若是真心疼爱你的女儿，就让我纺线挣钱，换柴换米。从今往后咱们把院门插上，娘儿两个自食其力有什么不好。沈家大婶还有她家大姑，靠着纺线过日子，已经十多年了。妈妈不听劝，和女儿二次争辩起来，娘儿两个谁也没有说服谁。

一段时间，堡子里平安无事，可这几天，庄稼人的脸上又全都阴郁起来。消息是从村公所和几家大户传出来的，阳历七月七日，日本鬼子在关里发动了七七事变，侵略军占领了北平。村公所门前在平日张贴通令布告的橱窗里，粘上了《满洲日报》《盛京时报》和日文的《朝日新闻》。村长以下的公务人员，出出进进似乎是很紧张。清水镇警察署的特务又骑着自行车下来了，走家串户，问长问短，逼得乡亲们闭口无言。

听说县城和清水镇都有庆贺活动，为日本帝国向中国伸张势力表示支持。

芦茂财带几个特务醉醺醺地来到寡妇家，拉桌子打麻将。帼英划上房门早早地躺下了，听那西屋里喧闹了半宿。妈妈告诉她，听这伙人说，中国这回可要彻底亡了。帼英沉着脸，重重地向地上吐了一口。想起了老师金石开在堡中教学三载，早就告诉孩子们，日本军阀有征服中国的野心，但那是痴心妄想。

森隆洋行的经理张茂森到关里去办货，满载而归。返回来之后把柜事料理完毕，傍晚夹着个包袱，到寡妇家来了。进了屋把包袱放在桌案上，兴高采烈地谈论起来。他是八月末到关里去的，先到北平后到天津，在那里逗留了将近一个月。他说自从七七事变，华北地区的独立政府，叫作“政务委员会”，开办了一座“联合储备银行”，发行的钞票与冀东银行的等价流通。这种货币一元钱可兑换十个一角的硬币，一角硬币能兑换十枚一分的铜钱，一分新币可以兑换两个大枚，也就是市场流通的大铜子儿。一个大枚，买一只鲜蛋，两个大枚吃一碗汤面。张经理手舞足蹈，简直是唱着说：“大妹子，你家中如果没有小玲子赘脚，我一定领你一起去逛逛。那儿的风景名胜，实在迷人，逛一回金銮殿就得三天的时间。买卖得做，货物成山，银钱流水。呢绒绸缎各色的布匹，买一尺送一尺，比事变前减价一半。日本货进入市场，事变前的国货真如粪土一般。做小生意的投河上吊，有的在一个晚上就宣布倒闭了。”

张茂森唠到这儿，忽然压低了嗓音，告诉寡妇：“日本把北平又改称北京了，关里的买卖人偷偷议论，说咱们这个康德皇帝可能要迁都。也许有那么一天，民人还要回到大清国，不过这个国家得受日本的管辖。”他眨巴眨巴眼睛，望望门窗，最后说："我在火车上听人讲，南京政府就要向日本投降了。蒋介石要和日本鬼子联合起来，消灭中国的共产党。还听说共产党设在延安的司令部，已经把大兵发到北方来了。"

张经理喝了几碗浓茶，稍稍地有点醒了酒，意识到说这些话有点违背来意。他从桌案上取下那个布包儿，放在炕边上，轻轻地打开。寡妇一惊。这里面包的是一块呢子、一块料子、一块绸子、一块缎子。从薄厚上推断，全都不少。在这些折叠着的物品上面，还有用匣儿盛装的物件，玉簪子、翠坠子、红宝石的别针、紫变石的戒指。寡妇识货，那些散放着的物品，是北京拢子、杭州篦子、胭黄、唇膏、画眉笔。

棚顶上点的是瓦亮的灯泡，更显得这些东西耀眼生辉。陈寡妇抿嘴一乐，脱口说："六哥，不愧你是买卖人，真会买东西，你妹妹穿过戴过，懂得你这片心意。"

张六笑道："大妹子，多年来哥哥对你的一片痴情，量你也晓得。人前背后我姓张的受过多少奚落，堡子里都说，张六一辈子好强百事，贼里不让，可就是要喝刷锅的水。你六哥不反驳，我知道，人活百岁终有一死，真正的英雄好汉听不进别人的闲言碎语。我知道你对我没有好感，早就看中了那个老道。可我为了帮助你和黄半仙除旱魃挣大钱，编排了骇人听闻的故事，让一千块银大洋装进他的腰包。尽管在事过之后，没给我半点好处，可张六也没在你老陈面前讨要人情。我知道，你和姓黄的形影相吊，不过是儿戏，你们两个不可能有情人终成眷属的。"他把那个布包儿重新包好，拉开炕柜的柜门放在里头，回来又说："我常年拿着围枪猎取山猫野兽，走进前街于二的家，胡三太爷不敢附体。可我知道你是个狐狸精，因为你千变万化，弄得我张茂森神魂颠倒。"

他一口气喝尽了杯中茶，忽然落泪，哽咽着说："大妹子，自从你跟陈把总来虎石台落户，我就认识你，算来已经二十来年了。今天我跟你说句实话，咱俩的姻缘是前生注定的。不管你多么败坏，在我的心目中却还是白璧无瑕，求你可怜我对你这一片痴情。当然我也不能撒谎，我家的塌鼻梁比我大七岁，尽管她给我生儿育女，可看上去像我的妈。张老六不图什么荣华富贵，我只求在我身边有一个可心的人。"

寡妇抿嘴儿乐，又给他点烟续茶，亲亲热热地说："六哥，十年前芦二要我做小，镇长刘紫玉也到过我家，俺堡子的道德人刘元甲有多么正派，他也向我表示过爱情。阮敬贤别名崇圣，有一天当着大伙儿说我是个尤物，我想他是夸奖我，后来听别人说这是骂人。像他这样的人都能骂我，你想我够多下贱了。自从到日本守备队去探望黄老道，和日本鬼子清水睡觉，搁堡子里我再也抬不起头来了。凭你这森隆洋行的大经理，把我娶了去不觉得丢人吗？”

张经理郑重地说：“大妹子，别人说你的坏话，我可是从心里佩服你。你看重的人黄福臻若是卖国求荣能当大官。王长江、李大虎、刘铁柱还有那大厨子陈龙，是堡中公认的英雄好汉。你为了救全他们和鬼子睡觉，乡亲们原谅你。至于你帮助财主家做了一些坏事，后来也用你的行动补报过来了。俗话说，家鸡打得团团转，野鸡不打满山飞。张茂森虽然是一双势利眼，可我也救全过那个爱国的志士金石开。”他说到兴奋处，睫毛上挂着泪花，哀声说：“妹妹，今天你不答应张六的请求，搁这个堡子里你再也找不到知心的人啦。”

陈寡妇低头不语，把座位向他移进些，亲切地言道：“六哥，你好傻呀，总恋着我这个破烂货有什么便宜。我这个人嘴又馋，手又懒，不懂得过家之道。真要把我娶到家中，你这个搂钱耙子，屋里头缺个装钱的匣子，不愁几年，就给你败了家。我这个无拘无束的骚娘儿们，看见漂亮小伙儿心里就刺痒，你把钱柜的钥匙交给我，我就要把那钱串儿倒拎着，给你戴绿帽子。你张六挑挑担担，苦心经营起来的大洋行，用不了三年两载，我就给你当个精光。请问你这个创业治家的人，有什么脸面还在街面上见人？”寡妇看张六很不高兴，再挨近一步，伸手搭住他的肩头，哄着说：“我的好六哥，往后咱俩和从前一样，还做一对儿露水夫妻，得机会见面，总是那么快活。我别看我的热人多，这些年来，你每次和我幽会，多咱碰见过坎儿？寡妇不夸口，从打我出卖皮肉，从来没有人在我这为争风吃醋起过风波。三里五村给我起外号叫‘野妓司令’，调兵遣将没吃过败仗。在我的怀里头，也有一颗关防大印，只是这颗印是爹妈传给我的，我凭着它吃香的、喝辣的，粗布烂衫不上身。”她站起来亲亲热热搂着张六的脖子，狎昵地说：“这叫活着不交人儿，死就烂扔了。”陈寡妇道出的一席话，终于把张六逗笑了。

张茂森走后，寡妇闩好院门，折回来高高兴兴地把那包袱打开，一迭声地呼唤帼英过来看看。但她的女儿没有回应，隐隐地听见东屋里那孩子正在抽泣。夜深了，陈寡妇隔着房门说过来道过去，可她的女儿一直也没有打开这道门。

天快亮了，寡妇还站在门外，听她女儿的哭声不止，无可奈何地说：“帼英啊，你把妈的心哭碎了，我求求你把门敞开，你要打骂全都行，提什么条件妈妈都应。”帼英下地敞开房门，被她的妈妈紧紧抱住，泪如泉涌。她像是把一个心爱的女儿走失了一宿，天亮这才找回来。女儿把妈妈拉到炕上去，娘儿俩面对面地坐着，女儿说：“妈呀，我不是愿意伤你的心，咱娘儿俩的日子实在不能再这样过下去了。”孩子劝妈妈几句，寡妇一迭声地答应。

早晨，娘儿两个简单地用点饮食。妈妈沏上一壶茶，给女儿先斟上一盅，让她坐在炕里，为娘的打开了话匣子。未曾说话，先嘱咐自己，要办正经事，哭没有用，今天我把烂在肚子里的话跟丫头说出来。这片话将要决定我们娘儿两个命运。孩子也觉察到了，今天妈妈的神情异乎寻常，预感到她要有特别的举动。陈寡妇把两条腿抹上炕来，隔窗户瞧瞧封闭着的两扇院门，启齿言道：“帼英，你今年已经十五岁，就要长成了。可你长得这么大，没见过你父亲那不奇怪，但不晓得你姥姥家姓啥，不知道你的妈妈叫什么名字，是不是很奇怪？告诉妈，你想不想知道？”

帼英回答说：“你要想告诉我，就说出来，不想告诉我，我也不向你请求。从打我记事、上学，为这个不知受人家多少奚落。堡子里的老年人都说，你是我爸爸从外地拐出来的跑头子，不敢吐露名姓，怕人家把你逮回去。”

妈妈含泪说：“他们猜错了，妈妈我失身以前是个真正的名门闺秀。你姥爷是前朝的两榜进士，十七岁中举，在家乡是一名才子，日清大战以后，在黑龙江畔呼玛县做县令。那一年，皇上下野，你外公面对着京城号哭三日，把顶戴花翎连同身穿的官服还有衙门里的印信，陈放在大堂上。家人仆妇全没带，领着我的母亲和我，青衣小帽随身的行李，雇了一辆骡车，半夜离开呼玛县街，够奔百里之外的驿站。要从那里再转向铁路线，回转原籍。那一年我刚刚十三岁。从县城里走出来，遇见了胡匪，把我们随身携带的衣裳首饰、准备的盘缠，统统拿去，最后又开枪打死了我的爹妈。因为匪徒中有人认出来这是呼玛县的县长，自觉惹下大祸，不得不杀人灭口了。我跑到父亲身旁，向匪徒哀求活命，匪首命他的底下人把我带走。临行，我扑在爹的身上大哭，老人家临终嘱咐我几句话：咱们是江南的世家，族中人多是头面人物，你此番落入胡匪手中，永永远远不要说出真名实姓，给祖宗丢脸。我答应一声就被胡匪拉走了。从那以后，我在小兴安岭的深山密林里做了匪徒寻欢取乐的用具。民国年间赶上官兵剿匪，把我和匪徒一起俘虏到哈尔滨巡阅使衙门。巡阅使大人开恩没把我当女盗问罪，留在府中做了丫鬟。右路巡防马三营的营长王大麻子进府饮宴，相中了我这个使唤丫头。巡阅使大人慷慨地把我赠送给他，做了这位营长的三房妾。王大麻子凶恶无比，把我折磨得九死一生。这时候，我认识了你爹，当时他在中俄边界上当个哨长，隶属于马三营。就在营长的公馆里，他把我偷偷地领出来，跑到了奉天。我俩搁奉天站不住，你爹想起带我到虎石台来，投奔他的老长官孙虎堂。在庙后盖这所房子安上家，全靠的是公义堂。坐吃山空，我二人手中的一点积蓄渐渐用尽，你爹又不肯种庄稼，这才出外去另谋营生。怎料到那马三营的营长王大麻子时来运转，步步高升，先在黑龙江督军署挨上了美差，接着荣升到奉天大帅府当了第一混成旅的旅长。你爹蒙头转向地来到奉天，不久就被这个人抓住杀掉了。事过半年，你爹的一个朋友悄悄来到虎石台，告诉了我这个不幸的消息。特别告诉我，你爹被仇人抓去以后，严刑拷问，但他一直也没说出我的下落。那人去后，妈妈才生下你。”

妈妈一口气说到这里，才引起帼英的注意，聚精会神地听下去。“你生下来还没满月，公义堂的老太爷去世了。在这个堡子里除了老孙家咱们是举目无亲，娘儿两个怎么活下去。开始是求人当东西，接着就变卖屋里屋外的东西，你还不满一周岁，咱母女就完全陷入了绝境。那时，咱们后院住着一户老王家，他儿子是个卖瓦盆的，老王太太是俺堡子的接生婆，忽发善心，要教给我接生的手艺。现在清水镇有助产士，十几年前，那叫老娘婆，没有青年妇女干的。老王太太跟我一说，妈可就答应了。因为我在那以前所干的事情，已经比老娘婆下贱多了。妈认那老王太太干娘，一心一意跟她学习捡拾孩子。看他们娘儿两个租人家一铺炕住，很是艰难，我便让干娘领着那个干兄弟搬到咱们家。干娘倒是认真地教我接生，我那干兄弟可是人面兽心，趁老太太不在的时候奸污了我。又把他在外面认识的狐朋狗友领到家里来耍钱，妈就这样随波逐流地走了下坡路。当我和许多人全都混熟了的时候，他又争风吃醋出来干涉。明德堂当家的吴老六派来几个护院的把卖瓦盆的王三暴打一顿，将他们娘儿两个逐出了虎石台。我那干娘不久作古，那位干兄弟听说是当了胡子，也被官兵给砍了。”

妈妈喝干了手边那半碗凉茶，继续说：“自从你初通人事，为娘我在堡子里就已经是臭不可闻了。但妈也有一把辛酸泪，为了咱们母女能够活下去，像是一对瞎老鼠在黑暗里找食吃。开始有人在咱们家里耍钱，妈不懂抽红儿，点烟、倒茶伺候着，输的赢的站起来拍拍屁股就走。油头粉面的小财主，局散以后，磨磨蹭蹭不肯走，花言巧语递哀怜，一时心顺留他住下。天亮以前，在你熟睡的时候他走了，临走偷去了我脚上穿的那双洋袜子，箱盖上的一瓶雪花膏也不见了，再来时问他，起誓发愿不承认。都说经营暗娼，那得一手钱一手货，为娘我从来没干过，不免吃亏上当。可是，很快我就学乖了，放赌抽头，咱们现打现算；在我家里过夜，那得先拿出夜资来，抛头露面大舍身，宗宗都得有代价。”

寡妇把话越说越露骨，窘得她女儿满面通红，有意拦挡，见她的妈妈热泪两行。“好孩子，求你耐住性儿，听妈妈把话说完。妈这半辈子甘当下贱，只因为我的身上没长硬骨头。妈手捂着你长大，看你从小儿就有个倔脾气，妈相信你一辈子能当个正人。”

寡妇把眼泪擦干，发狠地说：“乡亲们对咱们娘儿俩有评论，上梁不正下梁歪，鸡窝里抱不出凤凰来。何况你生下来就带着灵透气，近年来简直是一朵刚刚出水的芙蓉花。不知有多少人背地里说，陈寡妇要拿她闺女换上一笔大钱，跑不了不是填房就是做妾。特别是芦茂财把这孩子相中了，那就一定是稳拿糖瓜儿。”寡妇几声冷笑，压着气儿说：“他们这可是错翻眼皮了，陈寡妇已经是老江湖了。他姓芦的父一辈子一辈拿这老寡妇当球踢，却还使得，想算计到我孩子的头上来，那我可要与他见个高下了。有什么人动我女儿一根毫毛，我和他誓不两立。”

帼英递个枕头给她娘，让她侧着躺一会儿。坐在一旁说：“妈，适才你跟我说的这一片话，有的我确实一点儿都不知道，可我也猜透了八九分。生活中只言片语，拼凑起来却也能做个判断。过去的事情就算过去了，你说的这些话，我认为有一句是真的，那就是在你身上太没有骨气了。其实在我上学的时候，你若是顾念你的女儿，就应该放弃旧营生，娘儿俩关起门来过日子。话不用等我说，十几年来你在屈辱当中也有点积蓄，够咱们吃几年，等我长大了，咱们自然也就有新的出路了。我不想拿我的模样找婆家，我只要和一个正经的庄稼人结婚，咱们从此也就算清白了。你光是嘴上发狠，看见我做点活手上打泡就心疼得不得了。我借纺车子学纺线，你也前遮后挡，就是说你还是不愿意你的女儿自食其力，过艰苦的生活。那么终究你想怎么打发我呢？”

小帼英面沉似水，和她的母亲动起交涉来：“公义堂孙八奶奶要收我进府当丫头，你跟人家是怎么说的，不是要凭着咱们娘儿俩的四只手做活儿吃饭吗，回到家来你又打耙了。自个儿不想干活，还不让你的女儿干，归根结底，还是要维持旧营生。你口里说出的硬气话，我实在是不敢相信。仁慈堂的那叔侄两个是披人皮的畜生，堡子里谁都清楚。芦茂财这个二鬼子阴险毒辣你也知道，我不相信你有什么本领能够保护女儿不进他的圈套！”帼英用严厉的目光盯视着她的妈妈。

“昨晚上，你和张小铺谈话，证明你一点儿都没有改错的决心。我认定你这辈子不能再务正了，所以我决定和你明说明讲。从今往后我要自己养活自己，不再跟你吃那口下贱饭。今天做晚饭咱们娘儿俩就分开，你吃细粮，我吃粗粮，做什么菜随你的便，反正我从今天起吃素了。你说的，我提出的条件你件件依从，这一点小小的条件，我想你能答应的。”妈妈倚在枕头上，半晌回答说：“玲子，妈这会儿心乱，我要睡一会儿。”

帼英把纺车子挪到外屋地，“呼噜呼噜”地纺起线来。

第二十七章

春天，陈帼英撂下她的纺车子，在她家的前庭后院动手播种蔬菜。这日头晌，家中来了不速之客。他身穿笔挺的西装，皮鞋、礼帽，把自行车停放在院子里，笑嘻嘻地说："小姑娘，你认识我吗？"陈帼英直起身来轻鄙地说："你是清水镇礼拜堂的牧师，常到俺堡子来，谁不认识你。""感谢上帝，请问你母亲在家吗？"帼英猫腰干活，往屋里指一指。

这时，陈寡妇正站在房檐下向门外闲眺，忽见耶稣教的牧师前来光顾，着实地惊讶。她镇定心神不敢把这位贵客往屋里让，忐忑不安地问道："吕牧师，您到我家来有何贵干？像您这样高尚的人素常日走在路上，看见陈寡妇连句话都不肯说，今天怎么大驾光临了？"吕牧师站住脚步，谦恭和蔼地说："你这位姊妹把话说到哪去了？我们传道士不小看任何人。记得几年以前，我正在会堂里布道，看见你也走进去，听了一会儿。在祈祷的时候，不知为什么你走了？"

寡妇涨红着脸很痛苦地说："牧师，您真是好记性。我那次走进礼拜堂，本想要坐下来听听福音，可还没等我坐下，周围的几个妇女就像躲瘟疫似的挪开了。我只得退出会堂，这件事情已经六年了。"吕牧师动身往屋里走，寡妇没拦他，听那牧师自言自语："仁慈的天父，感谢你赐给我这个机会，凭着你的宝血，用你的救恩来帮助这个撒加利亚的妇人。"

牧师落座，寡妇倒过来一杯水，急不可待地问道："吕牧师，你方才说撒加利亚的妇人，她是谁？"吕牧师打开手提包，取出本厚厚的《圣经》，捧在手上并没有翻开，还是那么和和气气地说："我的姊妹，救主耶稣在世时，有一次在加利列海边传道并给人治病，当时让瞎子看见、哑巴说话、瘫痪的人站起来行走。基督的神迹感动了一个撒加利亚的妇人。这个女人犯奸淫，用咱们的土话说不走正道，当时在她的身上得了不可告人的脏症。她趁着耶稣身边的人很多，怀着一颗相信的心，偷偷去摸耶稣的衣裳穗子。主说：‘有能力从我的身上出去了，因着这个女子的痛悔行为，我让她的病好了，并且赦免了她的罪。’”

陈寡妇横草儿不过，听牧师说出这片话语，洞悉来意。她往院子里瞧一瞧，帼英不在。不料那孩子这时正站在外屋地听她母亲和牧师谈话呢。

清水镇礼拜堂是在事变前修建的，这个教会已有十余年的历史。春季秋季都开布道大会，已经在清水镇区拥有教徒数百人。一次布道大会，历经半年之久。先听道，后查经。前去听讲的那叫慕道友。半年后，经过考察，认为哪个慕道友已经接受了耶稣的救恩，这才允许他受洗礼，正式地归入基督教，成为基督徒。教会管他叫教友。成为教友后，每天要读圣经，做祷告，宣传神道并且得把家庭收入的十分之一捐给教会，名曰奉献。教会对教友的监督是严厉的。抽烟、喝酒、打仗、骂人、偷东西、抢东西、不敬长辈、背离亲友、诬谄好人，一律不行。牧师、教师还有传道士，给犯了错误的教友上功课。先讲经上的教训，又做诚恳的祷告，流着眼泪劝他，非把他劝过来不可。设若苦劝不听，那个人就是离经叛道，教会要开一次长老会，慎重地做出决定，把他开除。一个教友被开除之后，身上什么记号也没有，只是在教会内部，再也不管他叫弟兄或者是姊妹了。背后议论起来，管他叫外邦人。因为信仰基督的，是上帝的子民，不信的，有的被叫作异教徒，客气一点称作外邦人。

一个人信仰了基督教，就得有一个新的品格，教内行话管那叫新生的样子。遵照经上的教训，让这信主的人爱邻居。爱邻居不吃亏，当你不在家的时候，能帮你照看门户，有个大事小情前来帮忙，当然不信的人也能遵守这条教训。可是经上的教训又说，让你爱仇敌。爱还不算，当你的仇敌欺压你的时候，你的态度应该是，打左脸给右脸，也就是管他的够。因为救主基督在世时留下了榜样，他被钉在十字架上的时候，还为那些加害他的人祈祷呢。中国有几千年的忠恕之道，要和基督教比起来，那是望尘莫及。陈帼英站在堂屋，听她母亲和牧师谈话，一时好奇，进屋来坐在炕边上，盯视吕牧师手捧的那本《圣经》。

牧师郑重地说：“小姊妹，这是圣灵引导你进屋来观看这本圣书。”

帼英笑道：“你这本圣书叫《圣经》也叫《新旧约全书》，我们金老师手里有中文的还有英文的。金老师说，他爸爸也是牧师，他本人是个当然的基督徒。他妹妹不光是基督徒，后来又进了修道院。金老师拿着那本《圣经》说，那是帝国主义侵略中国的白皮书。自从这个宗教传入中国，没给中国人民带来任何好处。原始的宗教迷信，就要被进步人类抛弃了。但并不是一个早晨就能够消灭基督教的。几十年前中国人就想把这个宗教赶出去，但经过流血牺牲，最终还是失败了。白莲教、红灯照、义和团，杀洋人，灭洋教，给国家招来了新的灾难。八国联军进北京，庚子赔款，让我们中国陷入了更深的灾难。金老师给我们讲了很多，都怨我们年纪小，听得还不太明白。”

吕牧师听罢了她的话，微笑着说出一番话来。他说那个小学教员金石开，也有信仰，他信仰马克思列宁主义。因着反满抗日，去投奔共产党。这个人父一辈子一辈原本是上帝的选民，因为上了魔鬼撒旦的圈套，是不会有好下场的。

牧师滔滔不绝地向陈寡妇母女宣传神道，从上帝创造天地万物，人类的起源，始祖犯罪，洪水灭世，诺亚得救，新生的人类建造巴别塔，变乱口音，世界演变，基督降世。一直到耶稣被钉十字架，用他和宝血拯救世人以及救主为世人的罪孽流尽了最后的一滴血。死后归入坟墓，第三日从死里复活，复活后升天，坐在上帝的右边。基督升天以前，告诉人们说:“看哪，我必再来。”

牧师从旧约的创世纪，翻到新约的启示录，向陈寡妇母女传播了末世的福音。

吕牧师作为一个上帝的仆人，有如那辛勤的园丁，为了使葡萄园结实累累，尽心地劳作，忘乎所以。从陈家走出来的时候，天已经黑了。陈寡妇母女午饭和晚饭没做也没吃，肚子也不饿。牧师被圣灵充满，连口水都没喝。

这以后，牧师又来了几次传经布道，某日黄昏时候，牧师领着她们母女跪在地上做祷告，三个人全都大哭。

这件事情也不算大，但在堡子里却传扬开来。基督教的吕牧师能去引领陈寡妇母女入道，不是说圣洁的基督教改变了宗旨，而是说这一对母女改弦易辙，用她们的苦行感动了上帝。堡中老少，从去年冬天到今天开春，有目共睹，陈寡妇家大门紧闭，出出入入再没有闲散杂人。有知道底细的说，寡妇把她家里的赌具全都烧了。熟人到她家里去，点烟倒茶，热情地接待。若是提出来要在她的家里聚众饮酒，或者是要求留宿，一律拒绝。陈寡妇照旧上街，有时候是出去接生，有时还给乡亲们去保媒，但不像从前那么风骚了。

陈寡妇的转变可以说也合乎国策。九一八事变以后，“满洲国”刚刚宣布成立，曾一度种地不拿花销，做买卖不上捐税。“大同元年，男女平权。”财主张七和他的继母公然结成夫妻，官家也没有限制。其后，日本人在“满洲国”建立模范省、模范县、模范村。于二大神胡仙附体，陈寡妇在家里放赌抽头儿，正心堂扶乩，全都拍入了电影镜头。友邦代表团当时说，这都大大地好。

七七事变以后，大“满洲帝国”的国策变了。一切更新，好些个旧规章、旧礼法、旧风俗、旧习惯，全部要加以改革。

区公所接奉县公署命令，管内的农村不准跳神弄鬼，圆光扶乩，甚至连黄雀抽帖、瞎子算卦，也明令禁止。耍钱聚赌是传统的陋习，一并取缔。如有设赌抽头、聚众赌博者依刑法判罪。娼窑乐户，须取得官方发给的营业执照，按章纳税。非法的游娼如经发现按通奸罪论处。

虎石台的国民小学已经改称“国民优级学校”，也就是当年的两级小学，六年毕业。在校学生必须接受相应的军事训练。几岁至十几岁的儿童，穿规定的制服，都得打上绑腿，像日本兵那样。见着老师同学包括家长，立正敬礼，不再鞠躬。小学生站操场跟军队一样，用日语口令指挥队形。当初的级长，现在叫队长，用臂章显示他们的身份。小学生也就是童子军。学校的教鞭、手板儿已经不见了。取而代之的是老师打队长、队长打队员，一律是扇嘴巴子。挨打的学生立正站好，把牙咬住，单等对方打够了，敬个礼向后转走。

村公所的助理员现在也变成了军事教官。原来的青年训练塾，现在改成了青年训练所。一个村包括六个屯，十八岁至二十五岁的男性公民，定期到虎石台来接受军事训练。手里拿一根三尺的棍棒，权当枪支，动作齐整，样样都得合乎步兵操典的规定。有不听指挥的，登时就是一顿嘴巴子，当时的话叫“三宾的给”。有口吐怨言的，被教官听见，立即绑送到警察署特务科，罪名叫思想不良。陈寡妇怕“三宾的给”，也只得规规矩矩地过生活。陈寡妇真够聪明。

有人说当初日本守备队队长清水，一个残废了的退伍军官，派到地方上来当副县长，兼任教育科的科长，很不合适。现在才明白，“满洲国”所有的中学堂都叫“国民高等学校”，在这些学校里供职的军事教官多是日本的在乡军人。他们训练学生生活军事化，行动军事化，阶级服从、命令服从，这就叫军国主义教育。层层辖制，尊卑有别，要求人们在等级制度面前全当奴隶。

涉及宗教信仰，“满洲国”的官吏开始训教国民，要敬拜天照大神和日本设在满洲的神社。因为日本的每一届天皇，活着的时候是人君，死后是神圣。

清水镇礼拜堂修建得很有气派。里边有五百个座位。七七事变以前，每逢星期礼拜，座无虚席。事变后，情形不同了，好些个信徒到那里去做礼拜，有点麻烦。因为在礼拜堂里经常碰到警察和特务，有时公开地告诫信徒，耶稣是犹太人，犹太是个可憎的民族。德国的元首希特勒正在动手消灭他们。胆小怕事的基督徒退避了。

虎石台陈寡妇母女，自从信仰基督教，每个星期天都会同堡子里的教友和慕道友成群结伙地到清水镇去做礼拜。村公所、区公所一时传开，也引起了警察署特务系的注意。这一天陈寡妇带着女儿又到镇上去做礼拜，被一个便衣特务带到了警察署。特务系的主任是个日系警官，用生硬的中国话问她：“你为什么要信仰基督教？”

寡妇回答说：“基督教引领我走正道，洗心革面，重新做人。我的肉身已经污秽无比，耶稣基督用他的宝血洗刷了我的罪恶，拯救了我的灵魂。经上记着说，当世人蒙昧无知的时候，上帝并不鉴察，忧伤痛悔的心，能得到天父的宽恕。”

那警官又问帼英：“小姑娘，你为什么信仰基督教？”“世界上充满了邪恶，罪人只有依靠基督的宝血才能够得到救赎。经上记着说，上帝爱世人，甚至将他的独生子赐给他们，教一切信他的不至灭亡，反得永生。”那个日本警官张口结舌，客客气气地把她们送出了警察署，实因为“满洲国”的法律明文规定，宗教信仰自由。

陈寡妇母女由打成为基督徒，真是与世隔绝了。乡亲们听说她们信了洋教，从一个极端走向另一个极端，感到这娘儿俩简直是一对怪物。一早一晚，邻居们经常听到，母女俩敞开清脆的喉咙，高唱赞美诗。其词曰：

感谢上帝万福之根，
地上都该赞美主恩。
万万天使赞美主名，
赞美圣父圣子圣灵。
……
早起虔心祈求主名。
……

唱罢了诗歌，有时还听见她们喃喃地祈祷，经常地痛哭流涕。左邻右舍看她们母女归入圣教却也欢喜，因为庙后这趟街，十几年来第一次落得这般清静。妇女们偶然和她们娘儿两个会面，登时便要听她们宣传福音。说道是上帝第一次用洪水毁灭世人，只有一个义人诺亚相信，他奔走呼号，不信的都无动于衷。到后来诺亚造方舟，只有他一家八口得救。现在基督要二次复临，也还是没人相信。

一双母女劝邻居，快快地相信吧，耶稣就要降临了。经上记着说，我必再来，我来的时候有两个推磨的，我要取去一个，留下一个。我来的时候要像贼一样，你们必须昼夜警醒，小心被关在门外。

盛夏时节，听说陈寡妇母女就要在清水镇礼拜堂接受洗礼，变成教友了。牧师吕耀祖每天骑自行车到虎石台来，给这两位虔诚的慕道友查阅《圣经》。据说这本经书新旧约总共是六十六卷，需要半年才能把它通读一遍。

就在这个紧要的关头，魔鬼撒旦设下了圈套，使寡妇终究没能够受洗礼归入基督。

那一天，星明月朗，晚风习习。因为天气炎热，吕牧师在灯下给她们母女查经讲道，诸事完毕，三个人跪在她家的庭院里做祷告。按规定，基督徒做祷告，必须低头紧闭双睛，才能和救主基督心息相通。如醉如痴的当儿，方能被圣灵充满，魂灵甚至可以飞到天上去和上帝见面。今晚，一只小小的蚊虫忽然落在帼英的眼皮上，这孩子被那毒虫叮咬得疼痛难忍，微睁二目，看见了吕牧师的一只右手探向她母亲的胸怀。帼英看得真切，直蹦起来。

三天以后，赶上星期天，寡妇母女没再去做礼拜。有细心的人看她们母女眼泡儿红肿，气色不正，她家的烟筒也不按时冒烟。后来才恢复正常，奇怪的是吕牧师再不到寡妇家来了。

帼英已经年长十六岁，近年来几次和母亲犯纷争，心里头很后悔。古人说，儿不拿母奸，何况我那苦命的妈妈，半辈子甘当下贱，却也是命运使然。人往高处走，水往低处流，一个无依无靠的弱女子，但凡再有一条出路，也不至于自暴自弃。未成年身陷匪窟，求生不得，求死不能，后来落入官府，又受尽了欺凌。随我爹爹逃离官府，隐遁在辽西，也想要脱离苦海过上安定的日子。然而，我爹爹被仇家杀害了。生下我以后，她为了活下去，这才又陷入了别人给她摆设的牢笼。妈妈若不是为了我，单是想到她自己，那时节可以把这个孩子送给人。她配不上什么阔主儿，找一个能够养活她的人家总是可以的。若是愿意给人做小，张茂森就巴不得要她。这是有一颗要强的心，立志要把我拉扯大，母女二人自立门户，并且还要过上不缺衣食的生活。她这才放赌、卖淫，忍辱偷生。我从出生到记事，没穿过破衣，没吃过粗粮。近年来，妈妈见我对镜梳妆的时候，总是乐得合不上嘴，多少次欢天喜地地说，我的女儿孔雀开屏了。虽然说鹅毛不能飞上天，我要给我闺女选一个称心如意的女婿。也不枉我陈寡妇跑破了几十双绣花鞋，给乡亲们成就了无数对的美满姻缘。

自从我上学，妈和我隔房居住，每当有不三不四人进家，她总是及时向我打招呼，让我回避，偶然有轻佻的人看我两眼，都要遭到妈妈的呵斥。她和那些人明说明讲，陈寡妇前生有孽，走上了歧途，我女儿黑籽红瓤，干板夺字，谁触犯她谁就是我陈寡妇的对头冤家。几年来，我住的那间东屋，没有男人进去过。退学回家，前后发生的事，使帼英羞愧恼怒，几次和妈妈闹翻。还是我那善良的妈妈，当面受女儿的羞辱不介意，并且对于我提出来的条件，样样依从。过去这多半年，她已经不再设赌，家中也没留什么人住过宿，甚至也开始动手和我一起编筐织篓儿、打麻绳、纺棉线，诚心要用我们母女的四只手劳动生活。

千不该，万不该，娘儿两个一时不慎，信奉了基督教。哪知所有的教门儿全都是骗人的把戏。可是不经一事，不长一智，谁料那上帝的仆人吕牧师与那二善人芦启良竟是一路货色。妈妈受我的埋怨大哭了好几天，她总是怕伤我的心，不晓得我实实在在也怕伤她的心。妈妈的年岁大，吃喝穿戴几十年了。有句话说，由俭入奢易，由奢返俭难。拿换洗衣裳来说，一套单衣我可以穿上三五日，妈妈她每天都要换洗。有时看她出门去，慌里慌张地返转来，站在镜子底下描描眉、打打鬓，这才又二次离家。从打去年秋天，我开始吃粗粮，不用肉食，不觉苦恼。看妈妈端起饭碗来扒上三五口，伸筷子在菜碗里拨弄拨弄，然后就轻轻撂下了。她不是故作姿态，确实是吃不下粗糙的东西。陈帼英想到这些，对妈妈寄予无限的同情，同时也考虑到庙上黄真人是妈妈钟情已久的老相识，假若可行，他们结合了也能很圆满。可惜我一个女孩子怎好意思去找那黄老道替我妈妈向他求婚。

小帼英愁肠万转，无力解脱母女二人当前的困境，每日里只是贪黑起早，甚至不眠不休地纺线。她纺出来的成品，拿到机房去被评为一等货，给价甚丰。算来经年，帼英操持家庭副业所得的报酬，基本上够娘儿两个过简朴的生活。陈寡妇有时见女儿过度劳累，也抢着帮她干活，但却是没有常性。坐在纺车子旁边，摇着摇着就要打瞌睡，又因质量不好，常遭抢白。她待在家里，很像淘气的小孩子被大人关在屋子里不许出去玩耍一样。严厉的女儿，管着淘气的妈妈。

秋凉的时候，有一天警察署的吕署长来虎石台公干，村长芦茂财陪着他在陈家馆子吃喝完毕，来到寡妇家，说是要借这个地方打上几圈麻将牌消遣消遣，陈寡妇婉言拒绝。吕署长当面夸奖了她，说她能奉公守法，改过自新，这也是模范国民的品德。署长和村长在这里喝茶闲唠，所说的内容很新鲜。署长说，从去年七七事变，战火已燃遍了大江南北、黄河两岸。蒋介石的国民政府联合共产党发动全面抗战。日本军的精锐自从占领了北平、天津，长驱直入，势在必得，力争速战速决。去年冬天，南京城陷落，一气杀了几十万中国军民。这一场屠杀让所谓抗战的国民政府，文官武将狐遁兔奔，惶惶然如丧家之犬，漏网之鱼，不停地败退。日本军穷追猛打，并不给他们喘息的时机。今年三月，李宗仁在台儿庄曾一度挫败了日军的进攻。在徐州附近，部署了十个师准备与日军决战，可后路被皇军切断了，战端一起全线溃退。为阻挡日军的进攻，蒋介石炸开花园口大堤，黄河改道，水淹了二十多个县几百万老百姓，可并未能有效阻止日军的进逼。眼下广州和武汉三镇不保。据吕署长判断，中日战争很快就要决定胜负，中华民国作为一个朝代将要成为历史的陈迹了。他对于自己不会说日本话深表遗憾，鼓励芦茂财应该有所准备，到关内日本新近接管的地方去，凭着这口日本话，可以做个大官。

村长芦茂财对吕署长的议论深有同感。自称他不久前到“新京”去，听他岳父说，“满洲帝国”的八大朝臣，为当前的政局变化十分雀跃，有许多在野的文官已经纷纷到北京和南京去活动。听说汪精卫即将从蒋介石政府分化出来，在南京建立新的中华民国，和日本谈判正在秘密进行。

说到这里吕署长转了话题，他说最近参加了一次辽西地区的警备会议，上峰部署，在新形势面前满洲的军警二界要采取坚决的反共防共的措施。共产党在敌后作战的游击队已然遍布山西、山东、绥远、河北一带。华北平原已聚集多股共产党指挥的八路军。据可靠情报，在咱“满洲国”的热河、赤峰，也出现了共产党的游击队。辽西走廊是沟通关内外的通道。“国务院”警备司责令我们在这里要组织严密的警戒线，彻底清查共产党的活动。

两个汉奸在屋子里谈话毫无顾忌，没提防在对面屋纺线的女孩陈帼英已经停下纺车，听在耳里，记在心上。

二官员吃茶叙话，芦茂财让寡妇出去买一包香烟。这当儿吕署长无意中跟芦茂财说：“陈寡妇那个相好的黄老道，最近的思想有变化。事变后，他几次向关内通信，都被我们特务系扣留了。字里行间看他有意出山，去参加爱国的活动。另外，他已经三次到警察署，申请起一张出国旅行证，到关内去云游。我们没有发给他，并且把他的行动上报到县警务科，已把他列入了要监视人名单。”姓吕的见芦茂财面露喜色，又是当头一棒，“这事你不要高兴得太早，我知道你们芦孙两家有旧仇。黄福臻虽然列入黑名单，我们警察可不敢碰他。据我掌握，从满洲“建国”，孙占元就是日本特务机关的嘱托，不经他的同意，谁敢动他的小舅子。”

寡妇返回来，二人住口。

当晚，人静以后，陈寡妇青衣素服影在门垛里边，轻轻地叩打关帝庙的后角门。敲打了顿饭的时光，也不见老道开门来。正在焦急，女儿来了，机灵的小帼英脚搭着砖缝，翻进庙墙，敞开了一扇门。寡妇走进去，帼英退出来，又把那门儿关上。黄老道须发纠结，面色苍白，正在灯下看书。听见响动见那寡妇像鬼似的溜进来，不安地望着她，两个人同时都像小孩子那样，掩面痛哭。道士没有动身，寡妇在房中巡视一遍，哽咽着说："看你把自己折磨成什么样子了，衣裳铺盖也不知道洗一洗，吃完了饭你倒是顺手把碗刷出来呀。"她猫腰起身拿起笤帚扫扫地，拿抹布抹净了经匣、书架上的灰尘。看老道木然静坐，凑过去哭着说："今天晚上是帼英让我来的。白天吕署长和芦村长到我家去串门，趁我不在谈论你的事情。你往关里写的几封信，都被特务扣留了，他们已经把你写进了监视名单。孩子让我过来嘱咐你，千万别往关里写信了，你要去他们也决不能发给你出国证明。请你千万要保重，别忘了金石开老师就是从通信上犯的事。"

福臻惨然一笑，正容道："谢谢你们母女对我的照应，我知道怎么做，请你们不要惦记我。"展袍袖擦擦眼睛，接着说："国难当头，我已经管不了自己，深悔福臻优柔寡断，做事情没有决心。但我毕竟是个中国人，在国家民族存亡的关头，不能再当怕死鬼。"他站起来在房中往来走了几步，诚意地说："老陈，小玲子是个好孩子，她要引导你务正。今次你就下定决心吧，苦海无边，回头是岸。搁堡子里你再豁上他十年时间，总能够挽回你的名声。你和我命里无缘，对福臻的好处，我是衷心地感激，今生无望，待到来世吧。"寡妇坐在床边上，泣不成声。墙上的挂钟滴答滴答地走着，忽然打点。钟声停息，老道抱歉地说："老陈哪，你可以回去了，我……该做功课了。"陈寡妇像醉酒那样，走出了关帝庙的后角门儿，一阵风来险些把她刮倒。云床合欢，探监送饭，疑似春梦。

寡妇进家看她女儿还摸黑坐在西屋里，见妈妈进房，起身捻开了电灯，轻轻地问道："妈，你怎么没在那儿多待一会儿？""他要打坐了，硬把我撵出来的。"妈妈哭着说。帼英把头埋在臂弯里，伏在案上，泪湿双袖。

过了几天，堡子里传出来一条新闻。说关帝庙的黄老道在山海关被日本宪兵逮捕，因为他没有旅行证件，要从那里偷越国境。宪兵扣留他几天，最后把他引渡到清水镇警察署。警察署经过审问，证实他已构成反满抗日的罪名，但念其初犯，正式宣布他为警察机关控制下的要监视人。释放他回转关帝庙，但在行动上要接受警察的监督。从今往后要出远门必须向警察署特务系请假，获得允许才能成行。平时在庙里头只许他烧香礼佛，不得发表政论。如果联系什么人，聚在一起谈论国事，便要以秘密结社的罪名法办。

黄老道在此后一年多的时间里，先后逃走过五次，但都被逮捕以后解送回来。端赖他的姐夫孙占元财大势大，始终没让他受刑罚，仅仅是把他困在那座庙堂里，不让他自由行动。至于清水镇区几十个村屯，好些个有爱国思想的文人墨客，有的作为政治犯被抓去坐牢，有的被宪兵特务逮去，秘密地处死。任何人只要有只言片语涉及政治，立刻就要被抓去法办。

一九四一年冬至月，“满洲帝国”为支援友邦大日本征服中国，在全国范围实行一次思想整肃。据说许多在职的文官武将经过这番整肃，全被清洗。

这天，虎石台的大汉奸孙扒皮借清水镇鸿记饭庄发帖请客，把全区的地方乡绅，包括七个村子三十多个屯子居住的土地占有者，也就是自已有房子有地的，全都请了去。东道主除了孙占元，还有警察署长吕耀庭、区长刘紫玉。

酒宴排开，孙占元当众宣布：召集这次恳谈会，为的是顺应国策。自从汪精卫先生在南京成立“新中华民国政府”，蒋介石已经逃进了峨眉山。大日本的神鹰千百次地轰炸重庆，老蒋的流亡政府就要举手投降了。但是，“新中华民国”在那青天白日满地红的旗帜上佩戴着一幅黄布条，上面标明了“建国”的宗旨，六个字，“反共建国和平”。眼下，南京的国民政府、北京的华北政务委员会，正与日本皇军联合行动，务期用最短时限肃清华南、华中和华北的共产党势力。咱们“满洲帝国”也要派出部队去参加这次绥靖活动。预料不久便能四海清平。

孙占元接着毫无顾忌地说：“今天孙某在这里向全区的士绅们宣布，最近我已加入日本国籍了，复姓石松名字不变。咱们满洲的大绅士已经纷纷地放弃满洲国籍，率先变成了日本人。知名的人士例如大连的张本正，奉天的董六和家兄孙七，“新京”的王荆山、展子祥，哈尔滨的李九鹏、姚锡九这些产经界的巨头，都已经取得了日本的国籍。这样做是想影响全国的士绅，早一些采取行动。大和民族是东亚的盟主，它和日尔曼民族一样是最优秀的民族。日德意三国是当今世界上的枢轴，业已形成鼎足之势，三分天下。中国完了，法国完了，英国正在苟延残喘。也许用不了多久，德国人就要进攻苏俄，再把俄国打败了，世界就要和平了。美国人如果自不量力，也难逃灭顶之灾。”

众乡绅听他讲话，停止吃喝，连口大气都不敢出。那孙八一阵狂笑，又说出一番奇妙的话来：“你们看我不会说日本话，可是当了日本人，这里边有个大道理，这叫慢慢地同化。十年来就是在满洲的农村，也开始说起发中国音的日本话来了。比如将出差叫‘出张’、管休息叫‘公休’、管开工资叫‘关饷’、管小铁桶叫‘巴盖子’、管草垫子叫‘榻榻米’……久而久之，当初的汉语不就‘阿里玛甚’了吗？成人一边改一边学，小孩子全都会说日本话，大概用不了十年，全中国就都被日本同化了。”孙占元指挥下人给列座几十位乡绅斟上一盅酒。兴奋地说：“‘建国’初期咱们讲日满亲善，一德一心。现在的口号有变化，称作东亚一心，共存共荣。‘南京政府’的口号是‘中日提携，反共建国’。预料重庆政府投降以后，就要实现东亚的持久和平了。”

石松占元先生喝了一大盅酒，粗声粗气地往下讲：“大家知道，现在躲在四川山洞里的那个蒋介石，自从得地就动手收拾共产党，可是共党分子越杀越多。七七事变以前又把他们从南方挤到北方来了。现在，华北和东北到处都有共产党人的行迹，已成大日本皇军的心腹之患。不久前热河、赤峰、锦西、兴城都被共产党闹得够呛。”老奸贼用凶恶的目光横扫在座的绅士，气冲冲地说：“在这辽西地带，共产党已经渗进来了。听说有些地方士绅吃不住烙铁，要和他们偷偷联络，为的是要保全身家性命。奉劝各位不要以身试法。共产党搞地下活动，我们有足够的宪兵警察。八路军只凭着土枪、土炮作战，我们有飞机、大炮、坦克。“满洲帝国军事部”和‘南京政府’的治安总署，已经派出强大部队，配合皇军消灭八路。数月之内，就能彻底地肃请他们。”

大家伙儿心神不宁地吃喝，看那孙扒皮坐立不安的样子，判断他还有话说。他果然是有话语：“本人今天请客，还有一个原因。最近，我已经辞去了国道局和马政局的职务，接受日本关东军的委任，到奉天去担任思想矫正院的院长。这是个有权威的衙门，咱们管它叫思想矫正院，德国人管它叫集中营。今天我把你们请来，拜托一件事。地方上发现了有思想不良分子，你们要协助警察署把他抓起来给我送去，咱们这个模范区要做出榜样来。至于你们自己，也要多加小心。我的小舅子黄福臻思想不良，好几次要偷越国境，我也没包庇他，让警察署把他牢牢实实地管制起来了。”

孙扒皮讲话完毕，区长刘紫玉也做了一篇官样的文章，大意是说，咱们满洲绅士自从“建国”以来，身在福中安享太平。目前要消灭共产党，一切有产者都应该衷心地拥护。增产报国，勤劳奉公，有钱出钱，有力出力。众乡绅也都依次发言，表示一定要奉公守法，努力增产，发现有共产党立刻报官。

虎石台的绅士王雅轩，在席上说了一大片言语，也是悦耳中听。但最后那几句话是这么说的：“我们‘满洲国’溥仪大皇帝，登基以来，上顺天心，下合民意，爱新觉罗氏的江山必能万古长青。”

“时局恳谈会”整整进行了多半天，席罢吃茶。众乡绅刚想散去的时候，门开处进来两名武装警察，“哗啦”一声取出一副镀镍的手铐子，给王四爷王雅轩戴上了。这突如其来的举动，连石松院长都感到惊愕。被捕的王雅轩和满屋子的官吏以及士绅，不约而同地把目光投向警察署长吕耀庭。

吕署长站起身来，左手按着洋刀把，抬右手摸摸他鼻子底下的那一撮小胡子，当众说：“士绅王雅轩触犯了大‘满洲帝国’的刑法第一章、第一条，即大皇帝陛下之尊严，神圣不可侵犯。”众官吏、众乡绅这才豁然，只因适才王雅轩最后唱出的吉祥歌儿提到了大皇帝的名和姓。时局恳谈会以乡绅王雅轩被捕告终。前来赴宴的不论是官差还是庶民，为这次时局恳谈会，全都战战兢兢，脊背发凉。

有说那日孙扒皮在清水镇鸿记饭庄请客，全地区占有五垧土地以上的全都在邀请之列。而虎石台的绅士王雅轩当场被捕，孙老八袖手不管，这叫国法无私。其实，这里边另有文章。久混官场的吕耀庭知道孙扒皮转任思想矫正院院长，邀请乡绅的用意。他在席上逮捕王雅轩，这叫为虎作伥、杀鸡给猴看，显示出“满洲帝国”的怀柔政策已经宣告结束了。所谓思想是个虚无缥缈、捉摸不定的东西。思想矫正院的成立，意味着法西斯统治要涉及每一个人。众乡绅宴罢还家，忧心忡忡。因为他们早就听说了，日本特务机关以及宪兵队，远在九一八事变以后，就经常地公开或者是秘密地把人逮捕起来。被捕的人受尽酷刑，甚至悄悄地被处死，都不晓得自己身犯何罪。这所新成立的思想矫正院，分明是杀人工厂。

进腊月，虎石台的豪门公义堂，无分日夜接待那些前来为孙八爷高升贺喜的人。送来的礼品包括金银首饰、古董玩器、成匹的绸缎、成车的米面、成群的鸡鸭。永吉堂的王四爷被关押在警察署，风闻要移交到地方法院开庭审理，宣布判决。多亏清水镇“万国道德会”出面调停，而区长刘紫玉又是道德会的会长。腊月初五，永吉堂把圈养的十头肥牛赶进了公义堂，这才大事化小，小事化无。年根儿底下，王雅轩被释放回家，脱离囹圄。

开春，副县长清水四郎到清水镇视察设在那里的国民高等学校，又到虎石台检验几经扩充的两级小学。这位县长挥动着一只左手，站在学堂的操场上给村民讲话，盛赞“满洲帝国”对青少年进行军事训练以来所取得的伟大成果，晓谕到场的村民为即将发动的大东亚圣战做好精神准备。最后告诉这些庄稼人，要在最近向国家提供车辆到关内去，支援日本皇军在华北平原消灭八路军。县长走后，区公所和村公所联合通知，限村中的民户按规定的时日准备车辆去支援战争。

那年月，管这叫出官车。年长的记得张大帅带兵到关里去打仗，曾经无数次地派过官车。但车辆马匹，还有赶车跟去的农民多数是一去不返。当兵的不管打胜还是打败，经常把民间的车马随意毁坏，或者是拿来换钱，以致出官车有去无回。这一次是“满洲国”建国以后第一次派官车。青年农民不知道利害，听老人一说，这才全都吓傻了。

清水镇区由县里指定出一百五十辆官车。摊派的名单是由区公所的警察署内定的，限期到达，谁敢违抗。虎石台村公所，本堡子以外还管辖六个屯，应出官车二十五辆，带队的指定是村公所的办事员金荣海。应出的官车由屯长领着送到村公所，在村公所聚齐，动身再到区公所，由区到县交给军方。插上旗帜拨入部队，以后就全凭军方调遣了。这一批官车走后，杳无音信。返回来的时候，正好是七个月零四天。出发的时候二十五辆，待回来，只剩下七辆。带队的金荣海回村来，衣衫褴褛，面黄肌瘦，到村公所交拨了公事，回得家去一头扎在炕上，呜呜地哭了两三个时辰。从那以后，害起重病来。

要问这批官车离村以后，七个多月的时间共走行了多少路程。没人能说得上来，反正马蹄子全都磨薄了。沟帮子、葫芦岛、山海关、北戴河、芦台、古冶、乐亭、唐山、天津卫、北京城、门头沟、张家口……临回来的时候，在承德吃了一顿饱饭。晓行夜住，人和马差不多是一直饿到了新民屯。说起打仗来，上年岁的人都是见过的。中日战争、日俄战争、奉直战争、直鲁战争、中原大战……可是哪一次也赶不上这一次惨绝人寰。八路军在华北平原上和日军作战，坚壁清野，寸土必争。日本鬼子颁布了三光政策，发明多少样的战术对付八路军，人可就死海了。可是日本军队终究是失败了，又重新龟缩到几个城市里去。

虎石台后街住家的刘铁柱和王长江、李大虎以及他的小舅子董氏弟兄，四家子伙种土地，区公所和警察署派令他们出一辆官车。春天，铁柱子把双马的胶皮车赶出去了，幸亏他福大命大造化大，半年以后随带队的金荣海返回家来，人马平安。刘铁柱赶着车辆进入家门，满脸的笑容。他先给岳母施礼，返转身和长江、大虎、二虎、傻子、愣子、黄毛子拥抱。当那二姑娘抱着孩子从屋里走出来的时候，铁柱看见亲近的人全都来全了，这才兴奋地对他们说：“我可见着八路军啦。”

铁柱子这回出官车，先归伪军后归日军调遣。在华北战区，有时拉给养，有时运弹药，有时在火线上输送伤兵。八路军的游击队旋风般来无踪去无影，随时打击日伪军。作为插着敌伪军标记的车辆，先后被八路军俘虏数次，但每一次都被释放回来了。八路说："老乡，你们的车和马是被敌人征来的，放你们回去，快快离开战区。"有的赶车的说："长官，我赶的这辆车，车马都是财主的，我不回去了，参加你们队伍，打鬼子吧。"

八路军摇头不允，解释道："你带着车马参加八路军，鬼子和汉奸听说了，要祸害你们的家属。按政策放你们回去，等啥时候你们的家乡开展抗日活动，你们就在当地参加革命。"虽然这么说，有些个赶官车的还是毅然地参加了八路军。因为他们亲眼看见了日本鬼子不仅是和中国的军人作战，而且在昼夜不停地屠杀中国的百姓。刘铁柱一度住在八路军的兵营里，如实地说明虎石台这个堡子里的人，包括他自己的诸般经历。八路军认为他有革命的品格，但劝他赶车回去，晚一步再参加革命。铁柱听劝，最后这才随同金荣海返回家乡。他告诉家里人，八路军为了帮助他返回家乡，在枪林弹雨中带着他穿越几条封锁线，最后才把他连同他的车和马交给了带队的金荣海。金荣海在战场上，作为"满洲国"的官吏，几次被八路军捉住，十分害怕。可是八路军每次都把他收容起来好言相劝，让他不要为鬼子效力，回家去做一个安分的人。

现今，金荣海、刘铁柱还有其他几家车户，已经平安地回转来，但那些一去未返的人家，老的少的拖儿带女哭天抹泪地来到村公所，向村长芦茂财查问亲人的下落。村长对他们说："没回来的听说都已经参加八路军了，人犯家不犯，政府不追究你们的刑事责任也就罢了。哭闹不停，小心把你们送进思想矫正院。"家属无奈，忍气吞声地返回去。天知道，全村二十五辆官车，内中有一小半赶车的死在战场上了，因为枪炮没眼睛。

这次带队出官车的金荣海，回到家来病了。父亲、母亲、亲戚、朋友都来探望。特别是他兄弟荣山，哥儿俩已经多年不过话，见面像仇敌。此一番拿着水果点心，特地来探视他的胞兄。金荣海躺在炕上，流出了眼泪。心说，到底是一奶同胞，弟兄俩失和多年，从今往后应当言归于好，不再犯争了。荣山没来以前，荣海也听屋里的孩子们说，爸爸不在家六七个月，二叔没断到家来打听。在街面上也是到处托人查询官车的下落，苦的是一直也没有准确的消息。现在神佛保佑，阖家团圆，这叫大难不死必有后福，兄弟和好对宝庆堂这一家人来说真是一件喜事。

父母兄弟见面，道不尽别离之情。那荣海心里敞亮，把这次出官车在外边的见闻，滔滔不绝地叙说起来。这当中从官车行经的路线，抵达某处的时间、地点，在后方和前线耳闻目睹的人和事，乃及在炮火纷飞的战场上，八路军和敌伪军怎样浴血大战，敌伪军在某时某地受八路军的围歼，官车队伍怎样的离散。荣海本人数次被牛俘，八路军对待俘虏，从敌伪的官兵乃至率带官车的领队，也就是他们这群官吏，如何的给予宽大待遇，教育和引导他们，明辨是非，并向他们宣传中国共产党的抗日民族统一阵线主张。特别提到八路军把被俘的伪军和官吏教育后，也立即释放，绝不为难，仅是告诉他们，要有一颗民族良心，不要死心塌地当卖国贼，在国难面前权衡轻重，好自为之。至于被俘的日军官兵，一律转移到后方去，另作处置。听八路军说，这些被俘的日本人，放他们回去，他们就难得活命。当俘虏就是做了叛徒，有的人甚至要等到战争结束以后，才能把他们打发回去。

当着家里人荣海说实话。他说，那些被俘虏的中国人有的当场就要求参加八路，有的说回去以后也要和八路军暗通消息，总之，谁也不愿意做亡国奴。就是他本人也向八路军做了这种保证，返回家乡以后遇有机会便要参加反满抗日的正义行动。共产党、八路军实际上都是些个穿军衣的老百姓，为了抗日救国从天涯海角聚到一起来的。谁都有父母兄弟，一家老小，为了抗战大业，不惜牺牲个人的生命。

荣海从怀里掏出一份早年参加青帮家礼教的时候领取的“海底”，晃动着说：“我凭着在家礼教的身份，在外边走南闯北占了很多的便宜，八路军里边也有我们同参的弟兄。现在，满洲的警界和军界里头，也盛行家礼教。不久前我路过山海关，听说有成百的八路军过关的时候，单凭身上的‘海底’，警宪特就偷偷地放他们出关。至于华北的那些城镇，也有通过这个关系办大事情的。”金荣海嘴大舌长越说越多，公开告诉家里人：日本鬼子这一次对八路军施行的大扫荡，算是彻底失败了。八路军越战越强，已经把他们的势力扩展到关外来了，所有的中国人都应当脑筋开窍，不要再给日本鬼子干事情了。

姜还是老的辣。老金三坐在炕里头，听他的大儿子信口开河，见他的二儿子目光闪烁，忽有察觉。慌忙警告荣海：“这些无稽之谈决不要再说下去了。你离家半年多，‘满洲国’的变化很大。公义堂的孙八爷已经入了日本国籍，出任奉天思想矫正院院长。清水镇警察署又新添了一群特务。王老四在鸿记饭庄吃酒说错了一句话，被抓去差一点判了徒刑。七月二十五日，国家颁布了新的法令。固定物产价格，施行经济统制。老百姓的衣食住行都受到了严格的限制，你病好以后上街去看看就明白了。”

金荣海病愈，到村公所去上班。正碰见村长芦茂财从县里回来，愁眉苦脸地说：“农村的捐税从今往后一律豁免。由今年开始，经济部和兴农部通令全国由土地占有者向国家缴纳‘出荷粮’，财主、粮户怕是没有好日子过了。”

金荣海在村公所办公室停留了几个小时，看见这个他曾经很熟悉的衙门，已经完全变成了战时体制。指导员、辅导员、助理员以下，全都身穿协和服，头顶战斗帽，足蹬高腰皮靴或者是毡靴，没有靴子的全打着绑腿。步兵操典用大纸誊写张贴在墙壁上，墙角摆设着十余支步枪，枪里头可是没有子弹。协理员告诉金荣海，最近，全满洲的青壮年都已经进入战斗准备状态。年满十九岁的入营当兵，检查不上的称为国兵漏儿。这种国兵漏儿要在各地区组成“勤劳奉仕队”，无报酬地服役一至二年，担任各种的后方勤务。少数的枪支是训练用的，勤劳奉仕队平时配备三尺棍子，权当武器。因此，这一支庞大的队伍又叫作“棒子队”。有紧急动员的时候，棒子队拿起枪支，便可以参加战斗。金荣海这才有点紧张起来。午休的时候，他出离村公所到森隆洋行去了。见那洋行的牌匾已经不太新鲜，陈列百货的橱窗居然堆放着一些破纸盒子，右撇门框上挂着一块白底黑字的牌子，写的是“配给店”。

荣海进洋行，被经理张茂森一把拉住，随即泣不成声。两个人来到柜房，家具摆设全都变了样子，张经理递给荣海一支商神牌的香烟，又给他倒了一碗清茶。坐下哭着说：“荣海呀，从今往后再也抽不着锡纸的香烟，喝那西湖龙井、竹岭大方、毛峰香片、小叶加花了。我听说你已经回来好几天，可就是没有心情去看望你。可叹我张茂森惨淡经营，千辛万苦积累的这片家业，一个‘七二五价格’弄得我当日穷。”他领着金荣海到营业室走了一遭，看那栏柜里装的、货架子上摆的已经没有像样的商品了。原来的呢绒绸缎、各式的成衣、皮毛皮革、靴鞋杂货、布匹、绒毯、棉线、毛线，宗宗样样一句话——影儿不见。只剩下礼帽、通帽、鸭舌帽，挤放在一起。张经理指着说：“就是这些帽子剩下了，因为自从战争动员以来，咱们‘满洲国’民从国务总理以下，全都戴起日本皇军那种战斗帽来了。”

屋子里并不是空的，五间营业室也摆着好些个新进的商品。除了号头齐全的战斗帽，还有质量粗劣的协和服、劳工服、人造革的皮带、胶皮水袜子、猪皮的勾子鞋、日本趿拉板儿、黄布的绑腿、兔子皮缝制的防寒帽。包装很粗糙的化妆品、黑色的肥皂、像冷布那样的羊肚毛巾、粗线的颜色很暗淡的袜子。当初陈放日用品的柜台里面，连蜡烛、线香、烧纸都看不见了。洋行从不经营柴米油盐，这回新添了这个项目。红红的高粱米囤子，前边放着磅秤，靠窗户有一排豆油桶，里边吊着油提溜。盐囤不比粮囤小，盐堆上扔着一杆盘子秤。

张经理带着荣海回到柜房，回身瞧见庙后陈寡妇。她左手拿个破皮的小账本儿，右手拎个空瓶子，声言要打豆油。柜伙在她那小本上写了一笔，然后替她打油。一提溜豆油装在那瓶子里，寡妇付了钱，这才一眼瞧见柜房里这两个人，燕飞似的可就冲过来了。一只手拉住一个，坐在他们中间气忿地说："这种日子过得没劲头了。拿着'通账'领吃喝，我们娘儿俩一个月的配给量，粮食只够吃十天，豆油还不够五天用的，这怎么能行。"她气恼地问荣海："你跟八路军打了半年多的交道，看他们啥时候能杀到关外来？"荣海没答，动手翻阅她丢在桌子上的那本通账。这个小本本是区公所统一发放的，上面盖有非农业户的戳记。寡妇说："施行配给制，苦了我们不会种地的了，这么几天把我就给饿瘦了。"陈寡妇唠叨半晌，这才提着瓶子回家去。

金荣海没吃午饭，拉张茂森去下馆子。火爆一时的陈记料理屋，四个红幌儿已然减掉了两个。跑堂的陈小二把他们让进雅座，抱歉地说："警察署经济保安系昨天下来检查，一不准我们再包办酒席，二不准出卖肉食，第三件，大米、白面规定一律军用，违反的按国事犯论处。二位要用饭只有现成的小菜，坛子里还有点酒底子，喝完了只能对付吃两碗饸饹了，蘑菇木耳打卤，吃起来还算爽口。"

酒浑菜冷，两个人对面吃喝，张经理还是老毛病，杯酒入腹打开话匣子。他说这回"满洲国"颁布经济统制大法，坑害的可不是一家一户了。所有的工商业者都被这"七二五价格"规定在框框里。库存商品定价之后，全要贴上标签，由经济警察监督，登记注册。有的商店几乎没用上十天，就把货物完全卖完了。再往里进货，到批发商店去一看，空空如也。商品流通好比是江河流水，如今把源头掐断了，自然就点滴无有了。说市面上的商品都哪里去了？已经转移到大财阀秘密设置的仓库里去了。有势力的官员开始做起投机生意来。如今，商店里啥也没有，黑市上百货不缺。用不了多久，这一茬囤积居奇的商品在黑市上卖光，那就得活活地把百姓们困死、冻死、饿死了。重要商品的原材料已经统统转入军用，民用的物资将要完全断货。

张茂森妒忌清水镇街上的大财主刘紫玉。他仗着有在"新京"做官的子侄亲友，事前听到了消息。永字号买卖在七月二十五日以前，销放了大批商品和库存物资，蒙受的损失微乎其微。酒入愁肠，张茂森又谈起他的堂弟张茂隆，在施行经济统制以前从洋行里退了股，这是他的老婆、继母新张七奶奶的主意，证明那小女子有先见之明。张茂隆父子两辈贩马发家，时至今日，他在种马场场长的任上，又是财发万金。君子人不和命争。张老六说到伤心处，只是痛哭流涕，自叹出身微贱，没有学问，在经营事业方面，到底是不如人。

陈厨子掀帘进来了，一只手端着两盘菜，炒鸡蛋、葱爆肉，撂在桌上陪他们吃喝。只因为警察署经济保安系的命令一下，他的饭馆子已经冷冷清清。现在，单间雅座和外厢散放的桌椅上，空荡荡的没有客人。老厨师喝上几盅酒感慨地说："金石开走后三年，'满洲国'发生的事情都从他的话上来了。日本军阀侵略中国，有它的手段，它让中国的百姓先甜后苦，最后才能看透它的骗局。庙上的黄老道论学问比得过金石开，可是没有人家姓金的见识远，到现在弄了一个死路绝方。"他指着金荣海的鼻子公然说："你出官车多半年，看见人家小金子的能耐了吧！一句话，咱们中国要想独立富强，必须得指靠共产党。"张茂森和金荣海吓得连大气都不敢出，四只眼睛往门外观望，生怕厨子所说的这些话，被外人听见。

到了新粮登市的时候，清水镇街上和往年不同。永字号粮行变成了收纳"出荷粮"的衙门。逢五的集市早就取消了，四乡的粮车按指定的日期前来送粮。验收出荷粮的，是挎洋刀的经济警察。土地占有者，按"七二五价格"送交出荷粮。把粮钱拿在手里，心里难过，所得的官价比黑市上的价格相差悬殊。但在粮价之外，发给他们一些领取配给品的凭证，如棉布、手巾、鞋袜，乃至肥皂、火柴等日用物品。这些东西凭证购买，还可以在黑市上出售，但不管怎样，财主们的实际收入减少了。佃户向地东纳完租粮，仓里结存的粮食，也要由经济警察登记注册。刨去口粮也定有出荷的数额，地户比地东更苦。

省、县、区三级行政机构，依次成立各种各样的消费组合。纺织、化工、服装、鞋帽、医药、食品，分门别类地全都统制起来。虎石台村立的粮食加工厂，包括榨油、碾米、粉坊、糖坊，秋风凉的时候，就全都停业了。村里兴办的家畜家禽饲养场，因为没有饲料，也只好关闭。农民送完出荷粮，人心惶惶，不晓得来年拿什么去增产报国。

村公所开大会，告诉大家，这叫"战时体制"。开了春，兴农合作社要发放薄利贷款，种子、肥料、新式农具，将要由国家负责供给。兴农部和经济部有联合通知，对来年的大生产已做好了全面的安排。统制经济是最好的制度，日本的做法是从德国学来的。

第二十八章

一九四一年十二月八日，所说的“大东亚圣战”终于爆发了。

这年冬季，天格外地寒冷。这天，孙老八傍黑回家，命下人点亮了全宅所有的电灯。他静静地守候在收音机旁，盼望着期待已久的好消息。德国人打到莫斯科，新疆的霸王盛世才，亲苏多年宣布反共了。东北抗日联军一部分向“满洲国”投降，一部分跑进了苏联西伯利亚。这叫大势所趋，用不多久，潜伏下来的国民党、共产党的要员，都得到我思想矫正院来登记自首。孙八得意扬扬地对妻子说。黄氏念佛。

门倌儿回禀，芦二善人和他家大官人进府拜望。孙八关闭收音机，迎到房门口，黄氏回避了。芦二落座后便说：“听说德国钢铁部队已经占领了莫斯科，不知是真是假，带茂财过来，向权威人士讨个准信儿。”“大慈善家要到苏联去施舍了？”孙八取笑道。“共产党是家教的死敌，无法无天的妖孽，我判断，神圣的罗马教皇此刻也正在梵蒂岗为德军的胜利祈祷。”芦二合掌说。

芦茂财拧开收音机，把它放到最小的声音，侧耳细听东京电台的广播。孙八、芦二品茶说话。

芦二手拈着念珠，缓言道：“八弟，上星期在‘新京’和你家七大人见面，他正要去香港，果真是赫赫的风云人物了。作为满洲财团的代表，为开发东南亚和南太平洋群岛，去打前站。亲邦发动太平洋战争，使所有的亚洲人都欢欣鼓舞，轴心国胜局已定。”

孙八落盏说：“我们特务机关对当前战争的形势并没有这样乐观，闪电战有长处也有短处。德国八月对苏宣战，至今也未攻下莫斯科，怕已是强弩之末了。美英在远东和太平洋广大地区做战略退却，不一定是彻底认输。可怕的消耗战，很有可能拖垮日本。”他忧心忡忡地从抽屉里取出几本油印和手抄的刊物来。芦二看那封面的标题，神色骤变。《抗日民族统一战线》《共赴国难宣言》《抗日救国十大纲领》《论持久战》《新民主主义论》……

孙八说：“蒋介石的国民政府远在南方，目前对我们威胁最大是在敌后的共产党、八路军。这是在我管辖的思想矫正院里边到处可见的东西，请问，社会上能不能妇孺皆知？世界上最蠢的是欺人自欺，德国人攻下莫斯科，也不等于从根本上掘净共产党。咱俩都算满洲土著，事到如今该有所觉醒了，如何不给日本军阀殉葬，得拿出办法来。”

芦二微微地笑道：“亲兄弟，我听听你的。”

孙八说：“蒋介石、汪精卫、殷汝耕、王揖堂、王克敏，韩则信……先后和日本公开或秘密地讲和，为的是中国不共产。”

“对啦。”芦二拍手说：“用马克思列宁主义的话讲，阶级斗争不以人们的意志为转移。为兄自从担任“国务院”参事官，除了研究佛经、道经、基督教的圣经、回教的古兰经，还研究了共产党所谓的经典著作，太高明了。咱们要追求世界大同，他要解放全人类，咱们讲平等、自由、博爱，都离不开私有，他讲一切归公。先是各尽所能按劳分配，后是各尽所能，各取所需，兄弟，你看哪个对？”

孙八起身，在屋里来回踱步，院内的灯光全都熄灭了。芦二说：“最近我看了一组照片，是德国消灭犹太人的图景，未免有点太残忍了。今年，日本北支派遣军对付八路军，采用德国在巴尔干的野蛮战术，收效甚微。大量的屠杀只能引起强烈的反抗。古人说，攻心为上，攻城为下。希特勒一介武夫，不过是个战争狂人，但却迎合了日本军界的心理要求。目前，日本军刀正在凶狠地砍杀美国人的头颅，劈开他们娇嫩的身子，吃他们的心。皇军的海军陆战队，被称为马来亚之虎。然而，这将产生火辣辣的民族仇恨，美国人反扑过来，必踢翻天皇的宝座。”

孙八没答言，听他继续往下说，“我和几位同道，经多年探索，闯出一条新路，业经‘国务院宗教管理局’正式批准。从康德五年开始，改组大同佛教会，撤销了居士林。在满洲全境，用琉璃瓦等上等材料，盖起几十座宫殿式建筑，名曰‘道院’，又称‘红万字会’。用万字做标记，立意是源远流长永无止境。正位神龛里是五教之主‘先天至圣老祖’。这位尊神囊括宇宙，普度列邦，和日本的天照大神平起平坐，是开天辟地的神主。有了他，这才解开了五教分立的谜局。”孙八插言道：“这叫宗教托拉斯，你不搞这个名堂，当不了‘国务院’的参事，可惜反满抗日的危险分子，不上这个贼船。”

芦二缄口，再听孙八高论，“日本宪兵队，满洲宪兵团，警察、警署的特务科、特务系，说是衙门，实际都是屠宰场。‘建国’八年，刀没入鞘。说杀人管不管用？不管用，‘满洲国’一天也不能存在。杀还得杀，劝也得劝，你管劝，我管杀，那样也少不了。不过，我的思想矫正院设立得迟了一点，先前认为劳工、苦力没有思想，因此不抓他们思想犯。现在才明白，这些人，比知识界更有思想，更顽固不化。最近宫田给我寄来一批资料，内中介绍德国人设在欧洲集中营的实况，我正在考虑学习学习。”

夜深了，芦茂财失望地关闭收音机，搀扶着他的叔叔，离开公义堂。

一九四一年的冬天过去了，德国人没打进莫斯科，日本人也没像说的那样，进攻美国本土。

春暖。清水镇礼拜堂的吕牧师与到虎石台来访问的几家教友，顺便到老爷庙看视看视他的慕道友黄真人。黄老道擦抹桌椅请他落座。牧师说：“老兄啊，咱俩争论多年，你总不折服，这回该舍弃偶像，信从真道啦。请问你道家的经书，讲世界大战吗？我们《圣经》上的旧约‘但以理’，新约‘启世录’可写得明明白白，耶稣升天的时候说，我必再来。现在，到时辰了。你黄福臻名誉再高、学问再大，能超过发现三大定律的地球物理学家牛顿先生吗？俄国的进步作家果戈理，因着归降了救主基督，没续写第二部《死魂灵》。到欧洲、美洲，不管身价高低，不信耶稣便是行尸走肉。”

老道给他斟上茶，诚恳地说：“我知道耶稣快来了，因为世界上正实现他死前的预言，饥荒、地震、瘟疫、战争……特别在他降临的时候，用他自己的话说，像贼一样，因此叫信徒们警醒。《圣经》上居然还有这样的话语，说怀孕的和奶孩子的有祸了，是啊，打起仗来，她们非倒霉不可！”

老道面对面地看看牧师：“您说，耶稣何时降临？”牧师苦笑着没有回答。老道说：“我考察了一番，说出来不知尊驾有无反感。佛教、道教、基督教都有末世的说法，为什么这样巧合？因为这是咱们宗教的根本。不提这个，无人肯信。我道家讲三期末劫，不比贵教晚，一发生战争，你我就有市场，可喜可贺的是，人类总有战争。”

吕牧师被他说得莫名其妙，看他蓬首垢面，忽然想到，这个人可能是疯了。黄老道也仔细地端详一回牧师，脱口说：“您的袍衣很脏了，领带也没有扎正。我听说，欧洲、美洲派到中国来的‘差会’都断绝外援了。您指靠当地教友的捐献能维持下去吗？”牧师说：“圣使徒保罗会织帐篷，我幼年在教会附近卖过糖葫芦。外国传教士把我收进教会，供我读书，最后在美国神学院毕业。势逼无奈，我还可以脱掉这身穿戴，蘸糖葫芦，养家糊口。”

黄老道从怀中掏出一把钞票，递过去说：“这点钱你拿去过日子。‘九一八’以前，你包庇过你的堂兄弟，现在他包庇不了你啦。说话要谨慎，小心特务把你抓进去。”

吕牧师出离关帝庙，心中默祷：“仁慈的天父啊，你要来就来吧。我是你的奴仆，不要多高的冠冕，也不想站在你的身旁唱赞歌，我要快点看见你从天上降临，把那些罪人投进硫黄火湖。”

不干活的人总也不想干活，干活的一天也不能闲着。后街刘铁柱从出官车回到家，格外地辛勤劳动，因为一年多出门在外，家里的活计，别人都替他干了。春耕时节，他扶犁、点种，样样抢先，顶开铲，起早贪黑。岳母直劝他。铁柱说：“干吧，干吧，秋天多打粮，我背上几斗米送进山海关，让那些抗日的英雄们，别饿着肚子打仗。”

铁柱出了七个月的官车，被八路军俘虏十一次。山海关往里，孩子大人都是八路军。关外的财主许多人都入了日本籍，关里的粮户也多数离家去当汉奸，有些不肯外出做孽的和八路军一起打游击。这些话，他回家之后一直都没讲，皆因他最后和八路军分手时，人家嘱咐过他。那个年近四十的连指导员，先把“行车执照”发给他，亲自送到大道上，紧紧握住他的手，亲切地说：“铁柱子啊，你是咱贫下中农的好儿子，要参加革命队伍，我们应当留下你。但是经过党组织讨论，决定让你回到家乡去，开展抗日斗争。你在堡子里，宣传咱共产党的抗日民族统一战线，把群众组织起来，消灭日本法西斯。你亲眼看见敌人残杀咱们同胞、火焚咱的村庄、把所有的粮食都集中起来烧掉了吧。敌人要考验我们，在焦土上能不能和他作战。八路军的回答是，黄河的水能倒流，中国人民也绝不会屈服做奴隶。”

刘铁柱赶车往前走，半路上和金荣海率领的几辆车会合。大家重新聚在一起不以为奇，因为进关之后，八路军抓住官车，从不留难，问明白了立即放行。金荣海凭他身上的证件，有一次还和八路军的一位师首长同桌吃过饭呢。上万辆的官车，进了关便分散开来，听日军和伪军的调遣。虎石台这一伙，曾经几次离散。多亏八路军，在血肉横飞的战场上，千方百计地让他们最终还能相聚。有位首长向大家说：“东三省的老百姓不是不抗日，是因为敌人捆住了他们的手脚，责任在我们共产党八路军，还没有在那里更广泛地开辟抗日根据地。”

铁柱子心中有数，出官车的几十位乡亲，有的是死在战场上了，有的是献上车马，当了八路军。国民党是先入党后革命，共产党是先革命后入党。八路军有位战士说，无产阶级革命靠自觉，革命的行动就是党证。敌人的阴谋诡计、笑里藏刀、恶声恶语、拳打脚踢，手铐子、脚镣子，皮鞭子、木棍子、上大挂、灌凉水、跪砖头、刮肋条，姓刘的全都领教过了。要和敌人拼，得豁出这把生灵骨。怎么干，八路军可没说。回来好几个月了，铁柱子毫无作为，只想使劲种地，到秋后给他们送点粮食去。

回村来这几个出官车的以铁柱为首，日夜宣传八路军同鬼子英勇作战的事情。华北战场，一草一木都使敌人胆寒，这是亲眼看见的，跟谁说都问心无愧。村公所的办事员金荣海更是说得欢，坐在陈家馆子喝上两壶酒，吹嘘青帮家理教的神通。亮出三老四少，敢问老大贵姓，原来许多的八路军也是同袍弟兄。八路说得好，给鬼子当差也没关系，但要看民族良心，不能祸害抗日的军民。警察署的特务常来虎石台，但也置若罔闻。有人的地方就有八路军，还是明哲保身要紧。

村长芦茂财忙着变卖田产，一笔成交数十垧，带青苗脱手。声言芦二善人要把此款捐赠给道院，还要再卖一百垧，拿去接管同善堂，真够厉害。县里的日本宪兵队有一天把镇上的吕牧师抓去了，他弟弟署长吕耀庭吓得没敢出屋。

大日本皇军不断地发布赫赫战果，太平洋沿岸多数的国家，成千累万的岛屿都被皇军占领，“大东亚共荣圈”是真的建立起来了。

“大满洲帝国”为了紧跟亲邦日本完遂圣战，颁布战时体制。举国的青壮年一律接受军事训练，并组织强大的战斗预备队，名叫“勤劳奉仕”。先是所有的日本人，清晨早起都面向东方背诵辞义悲壮的《国民训》。相继全体满洲人也和天皇的臣民一起，在每日中午汽笛一响，为完遂大东亚圣战，向天照大神默祷五分钟。不管你是吃饭还是屙屎，必须立即停止，恭恭敬敬站起来，低头闭目，故作情态。居然有不法之徒胆敢在这个时候乘便行窃。在车站和码头上，个别坏蛋动手摸弄日本娘儿们的屁股。

军国主义者的战时动员令，绝对不是开玩笑，因为著名的夏威夷大战把美国打熊了。

一九四三年七月二十五日，“满洲国”向全境九个省颁布了经济统制的法令。第一条，冻结商品价格，就是说，在这一天卖出买入的市场价格定下来了，从此不许涨落。这就是让人胆战心寒的“七二五”价格。村长芦茂财在小学校礼堂召开村民大会，说明这道法令的内容，他说：“亲邦大日本帝国，为了让咱亚洲各国民众都过上和平幸福的日子，发动了这一场神圣正义的战争，为我们子孙万代奠定永久之基础。当前大东亚共荣圈斗志昂扬，气象一新，几十个国家精诚团结，一定能很快地打败美英。我满洲帝国颁布经济统制条令，顺应战时需要，东西不许涨价，让满洲国民生活有保证。咱们庄稼入秋后要向国家送出荷，用满洲话讲，就是缴纳征购的农产品，按公价收你的粮食，按公价配给你生活用品。森隆洋行改为配给店，不久村公所发给你们配给通账。”

民众是不好欺哄的。春天仁慈堂甩卖田产，公义堂在北山园子里修建巨大的储粮仓。早有人注意到了，森隆洋行的库存商品，差不多是在一个晚上，全都不翼而飞。有人从镇上回来说：刘区长开设的永字号买卖，关门点货，停止了营业。

警察署增添了一个经济保安系，成群的经济警官下到四乡，粮米注册，家畜、家禽登记，大牲口在脖子或屁股上打火印。日系警官说：“买卖的通通三宾的给！”

清水镇区的千家万户，忙忙碌碌送了一冬的“出荷”粮，换回一些配给品，包括没纸结实的更生布，像箩底样的羊肚手巾，比软木耐磨些的胶皮鞋，不下沫的肥皂，划不着火的取灯儿。

庙前陈家馆子，挑起了用一块更生布做的煎饼幌儿。卖高粱面的煎饼，也得有官方的营业执照。

春寒料峭。这天清早，黄老道抱着膀儿过来买煎饼，陈厨子扯着他的袍袖，关切地说：“我的道爷，你越来越瘦啦。”看看屋里没外人，返身走进厨房，端出来一碗肉、一壶酒、两个大馒头。道士哈哈手指，刚刚落座，门开处，进来一个散披着皮大氅、头顶防寒帽、穿一双高靿儿黄呢毡靴的警官。厨子和老道哆哆嗦嗦，垂手站立，耳听一声断喝，“把牙咬住！”继之而来的，是他们每人最少三十个嘴巴子。厨子的双眼啥也看不见了，老道满脸是血，溅在桌面上，染红了放在那里的白馒头。煎饼铺门前聚着一堆人，在窥视议论。

陈寡妇来了，看她披头散发，敞胸露怀飞临切近，分开众人，把门开条缝儿，扁着身子进屋去。她热泪喷涌却还能强装嬉笑，娇滴滴地说：“我的老祖宗，您不看僧面看佛面，不看鱼情看水情，鱼情水情都不看，还得看寡妇新近和您的一点交情。怎就忍心，大清早起，动手打我的……两家老邻居。”她把警官按在凳子上。先推老道一把：“还不快到后屋洗脸去。”又慌忙去照看一下倒在地上的陈厨子。很有礼貌地介绍说：“这位是咱们新来的署长李老爷，这是我的同姓哥哥。”说到这，她实在抑不住内心的悲痛，大大方方地趴伏在署长的肩上哭起来。“你回家去吧。”署长摸摸她那细嫩冰凉的手，郑重地说。“你不完，我不走。”寡妇理理鬓角，系上纽扣，认真地说。

村长芦茂财此刻才赶到。昨夜，他把李署长寄放在寡妇家，言定今早来接他过去吃饭，未意这位爷，不睡早觉到煎饼铺来过巴掌瘾。

李署长，到任才五天，是个朝鲜族的日本人，毋须说是很有来头的。起因还在吕署长的堂兄吕牧师被逮捕，这件事影响不小。据说这位牧师是中国国民党的地下工作者，日本宪兵队很早就知道，但不抓他，行话叫温存培养。因为以汪精卫为首的一批国民党已然屈服，以蒋介石为首的另一批，正在劝降。太平洋战争爆发后，形势有变，不把美英打败，老蒋那一批要处于观望态度。所以只得把他们先收起来，留作人质，吕署长由此涉嫌。县警备科新派来的这位署长，当过日本宪兵补，他仅是个监督警尉，但担任警佐的吕署长，可得听人家的。此人来到就兼任了经济保安系的主任。

新官到任三把火，李署长先处罚了永记买卖，涉及本区各大户的财产、物资登记，“出荷”、“捐献”等等情况，都有私弊。芦村长是全区最活跃的人物，他怎敢不打溜须。昨天，他陪李署长回到虎石台，一头扎进陈寡妇家。前半夜四个人打麻将，后半夜要把署长托给寡妇，寡妇坚决不留他。芦村长把她拉到外屋地，摸黑儿给她叩了一顿头，并且许给她一副金镯子。此时，由于饥饿难耐，为了生存，陈寡妇又偷偷摸摸操起了旧业。

吕署长起早出去小便，多溜达几步，竟出了这么大的事情。陈厨子跌倒在地上，像是中风不语了，李署长允许他的家里人把他抬去就医。但是，绝对不许任何人动桌上那一碗肉、一壶酒和两个馒头。他让芦村长把村公所的职员、雇员、佣员、村丁，小学校的校长、教员、堂役，种马场的场长、兽医、马伕，兴农合作社的董事、指导员、管事的、打头的，全都叫来。

陈家馆子门户洞开。迎门的桌子上摆设着酒、肉、馒头，并掺着斑斑的血迹。署长此时已命人从寡妇家取来了他的洋刀、匣枪和纸烟盒。屋里屋外挤挤挨挨总有二百人。李署长让芦村长说话。

天挺冷的，但村长头上见汗。开口说：“李署长教训黄老道和陈厨子，符合国策。大日耳曼的民族英雄、德意志的元首，轴心国的盟主希特勒，为了建立欧洲新秩序，在战争年代，一汤一菜，以身作则。法西斯的父亲墨索里尼，不近肉食。亲邦首相东条，廉洁奉公，不设官邸。我等为完遂圣战，怎可以铺张浪费。大和民族，为东亚共荣，披坚执锐血战沙场，挂甲之士达数百万众。我等身受重恩，坐享其成，怎能不节衣缩食，增产报国。白米、细面、酒、肉、鱼、虾，自从颁布经济统制大法，都不准民间食用。”他指指桌上的东西，继续说：“这是两个馒头，若是一碗大米饭，黄老道和陈厨子今天就是国事犯。”

李署长听他这片言词讲得都还中肯，稍有笑容。习惯地把两手叉在裤腰沿子上，开始用日语训教村民，芦茂财一旁翻译。大意是：他到任以前就听说，虎石台这个模范村不好摆弄。圣战开始后，出荷捐献、勤劳奉仕、防空训练，特别是遵守经济管制条令，阳奉阴违，很不认真。县城里最大的会仙楼饭庄，早就卖秫米饭了，一个小堡子的煎饼铺，竟还有酒有肉。他环视到场所有的人，最后说，这里很少有人穿更生布的衣裳，胖子也居多，今后我要常到这个村子来。散会了，署长走进村公所，村丁奉上一盘混合面的点心，一壶白开水。待他吃喝完毕，村长把他送上烧木炭的公共汽车，回镇去了。

李署长这套下马威，震动全村。芦茂财赶忙召集几大户研究对策，这比当初郭军沙团长借题勒索乡民厉害得多。经济犯、思想犯、国事犯……找上谁，都得家破人亡。苦的是，在这个时候，向官吏行贿，弄不好也犯死罪。老财主金三叉首先吓哭了，刘大、王四对面念佛，张六、张七也拿不出主意。最后茂财决定，大家做好准备，容他想想办法。

跑到公义堂，门房说，院长多日没回村，求见八奶奶，遭到了拒绝。芦茂财诚惶诚恐地只好到陈寡妇那儿去刨根。黄昏时候，寡妇家的烟筒没冒烟，东屋锁着门，她自己痴呆呆地坐在西屋南炕上。“官打民不羞，父打子不羞，黄老道受点委屈，看把你心疼的。”芦茂财坐下说。见她不搭腔，接着又问道：“昨晚儿，姓李的说啥来着？怎么扒开眼睛就发邪火，打一个和尚满寺羞。我孙八叔今天在家，出不了这件事。”他还想往下说，陈寡妇笑了，笑得热泪横流：“得了吧，我的秧子，到我说话的时候了。你们叔侄轮着拿我当玩物，还当作礼品逼我跟鬼子和高丽睡。可你们忘了，我也是人啊。可这不能全埋怨你们，谁叫我生下来就卑贱，嘴馋、手懒、爱色、贪财。你们有钱有势，说这是祖上的荫功、父母的德行、坟地风水、星辰照命、脑袋好使、满腹经纶、五官可贵、时运亨通。我看，这都是放屁。你们发迹的本领，是损人利己，出卖良心。”寡妇一阵狂笑，冲地上狠狠地吐了一口唾沫。

“你看我，吃的穿的不次于你家少奶奶，堡子里的大美人儿。为这个，我时常夸口，认为我身上的这块扁扁货，比仁慈堂的金字牌匾都值钱。你们家大业大，啥也不缺，我一无所有，又样样都有。财主享受靠产业，僧道享受靠神佛，神父享受靠天主，牧师享受靠耶稣，我陈寡妇享受，靠的就是这么一块肉。”她怒目咬牙，忿忿地说：“我真想把它剜下来喂狗，怕的是又脏又臭狗也不吃！”芦茂财见她越说越不像话，气哼哼地走了。

秧子走后，寡妇下地，到院门口，焦急地张望。良久，关帝庙的后角门轻轻敞开，女儿帼英双手捧着一个精致的食盒，慢步走出来。寡妇心跳神慌，抢前两步，把盒盖掀开，止不住的热泪夺眶而出。狠心的黄老道，果真特绝情，把她亲手烹调打发孩子送去的食品，原封璧回。帼英进家，沉着脸一言不发，放下手里的东西，回房去纺更生线。清水镇机房从去年就不织棉线了。

晚上，人们络绎到关帝庙和煎饼铺来，看望道士和厨师，二人的伤势都不轻。有知道底细的说，这个李警尉，外号“大巴掌”，在城里当宪兵补的时候，就是个凶神恶煞。

庙前正人来人往地探望受害者，一时传来消息说，警察署下来特务了。张茂森和金荣海正陪着在“配给店”喝酒呢。众人像躲瘟疫似的回避了。

公义堂孙八奶奶，晚膳用罢，端坐吃茶，女仆石妈照例侍候着。“那会子，村长求见，奶奶没理他，是不是怀疑我家舅爷受屈，是这小子出的坏？”她试探着说，又歉然一笑，“前半晌儿出事以后，下头传进话来，我真不知当禀不当禀。惹奶奶生气、伤心，饭都没吃好。”言下眼圈儿一红。奶奶瞟他一眼，自语道：“可叹我拜佛烧香，常年吃素，口诵十万遍真经，给他们念出个‘满洲国’来。忘恩负义的猴儿崽子，公然打到老娘头上来了，别看我任凭福臻受磨难，那是恨铁不成钢。他先是浪迹上海滩，把家业全败了。后是有官不做，有差不当，和寒贱人打诨，变成个江湖骗子，所以我和他疏远。”黄氏说到此处，目射凶光，“大家都是旗人，相安无事已经多年，今天又向我突然发难，真是该死！”石妈小声说，“这桩事儿，也许是偶然发生的。”“打狗还得看主人啊！”黄氏侧着脸落下泪来。

第二天早晨，村公所才上班，警察署的大汽车开到院子里。李署长率带十几名警官依次下车，今天是分头执行勤务。特务系、经济保安系检查民户，署长要亲自检阅勤劳奉仕队，即接受军训的青壮年。

庙上的大铁钟当当地敲响了。村公所的协理员全装冠带，在小学校的操场上用日语口令指挥队伍。成百的队员，个个头戴战斗帽，身穿劳工服，打腿绑，足登水袜子，手持和步枪尺寸一样的木棒子。但这家伙当枪用，动转之间，全得附合步兵操典。虎石台的棒子队演习，使李署长十分满意。但他故意挑刺儿，抽空踢打好几个行动迟缓的队员。

午前是棒子队表演，午后是全村的防空演习。当初的张小铺、次后的森隆洋行、现在的配给店，可倒了霉。先说敌机在它门前投下炸弹，即将引起大火，由棒子队组成的阵前敢死队冲上来了。踹开窗户、砸开门，见东西就往外抢。账簿、金库、卡片、图表当先，豆油、白面、大米在后，因为这是高等官的配给品。胶皮鞋、趿拉板、更生布、混纺线怕烧先往外搬。高粱米、苞米面，乃及刚刚开始配给的“橡子面”装袋子往外扛。大缸一碰就碎了，货架一拉四分五裂，坛坛罐罐盆盆碗碗稀里哗啦乒乒乓乓，坏的不管，好的往外搬。因为干得猛，也有受伤的。

东西抢净，火烧圆盒。这时虎石台村的“国防妇人会”又上来了。无数的妇女，不分年龄，包头，扎腿小打扮。平分几排，站成一线，线头在火场，线尾在井边。几十只铁桶，在排行里往来传递，真能代替消防队的水龙。另一伙，如此这般地往火上扬沙子。火灭了吗？没人知道，反正配给店早就一塌糊涂了。

“空袭警报”解除以后，署长表彰了国防妇人会的会长郝梦梅。她就是明德堂的少奶奶、破门扇吴广泰的媳妇小白梨。

战时总动员，绝不是一句空话。在棒子队接受检阅、全村防空演习这一天，李署长的随员搜查翻检了几百家农户，猪圈、马棚、仓房、菜窖、木箱、板柜、碗橱、炕琴，到处看遍。个别人家动锹动镐，掘地三尺。在几家大户发现了粳米、白面、黄豆、花生、芝麻、苏子、豆油、糖稀、粉条子、豆腐干，这些违犯统制条款的粮食、油料和加工成品，特别是猪、牛、羊、鸡、鸭、鹅许多家畜和家禽，一律不对数，以多报少，欺骗国家。土财主家储存的棉线、棉布、药材、皮革、金银首饰也多得惊人。最让李署长恼怒的是，这个村子七百多户人家，几乎每户都有铜器。脸盆、墨盒、香炉、蜡台、柜子角、烟袋锅、帐钩子、鞍鞊配件、辕马家什，全是铜的。

听下边人把情况说明，李署长把钉着国徽的防寒帽往脑后一推，招手呼唤芦茂财。村长懂规矩，咬紧牙根，笔挺地立正。第一个嘴巴，把他打出去一米多远，村长跨步回到原处。第二个嘴巴，把他打出去不到两米，村长向后转走，再次复位。第三个嘴巴猛了点，把他打出去三米开外，村长一去没回来，因为他的脑袋撞在门框上，前额流血晕倒在地。种马场的兽医跑步来到村公所，给村长包扎完毕，又打了一针清血针。

昨天，黄老道和陈厨子打了没罚。今晚，芦村长挨揍，官司没完。警署经济保安系带来的一百多张封条，都贴在村里啦。仓门、圈门、窖门、柜门、缸口，到处查封，仁慈堂贴得最多。芦茂财身为官吏，知法犯法，单冲他玩忽战时总动员令之规定，违反金属奉献条款，纵容乡民大量使用铜器，和日本天皇对着干，这就罪该万死。谁管他老丈人当过大臣，也没人在乎他叔叔是“国务院”的参事官，王子犯法与民同罪，李署长铁面无私。芦村长头上缠着绷带，垂头丧气地上了警察署的大汽车，村民称快。

仁慈堂芦二奶奶晚饭之后躺炕上闭目养神，有老妈子给她捶腿。她的孙子小再新，慌慌张张从镇上赶回来，推她一掌。“奶奶，我阿玛让警察署逮去了。”

“找你啫啫。”他奶奶没睁眼睛说：“‘满洲国’是咱旗人的天下，哪个不要脑袋的敢逮咱们。”“日本鬼子把咱们骗了，满蒙政策，放狗屁。咱的皇上成了囚犯，蒙古王子全都要饭啦。”孙子跳脚说。二奶奶迷迷糊糊地睡着了。

芦再新已经是清水镇国民高等学校的高年级学生，离开奶奶的房间，奔他母亲的卧室。爸和妈，自从结婚就不对脾气，夫妻日夜争吵，经年不同床。爸说妈不是处女，妈说爸生理不健全，我是谁做的，内中有问题。九一八事变以前，爸爸到奉天去学日语，爷爷和姥爷有了来往。姥爷当大臣，爷爷创办佛教会，两亲家这才和美。我爸当翻译、当村长自以为得志，妈说他这是沾了老丈人的光。自从姥爷前年病死，爸对妈态度反常。他要讨个小，生儿养女，怕的是，芦家两枝一条根，经不住风吹雨打。爸爸今天摊事，正对妈的心思。她知道，爸要娶陈寡妇的女儿小玲子。最好让他住几年监牢狱，时过境迁，事情也就罢了。

芦再新来到他妈卧房，看那克氏少奶奶正和几个女仆斗纸牌呢，嘻嘻哈哈十分快活。老妈子说：“少奶奶，今天经济警察进府来翻东西，赶上红楼梦抄检大观园啦，亏咱们房里没有违禁的东西。”“这比盖东边、金三好强得多，没把咱们眼睛蒙上，口鼻堵上，头上、项上、腕上、手上的东西都拿去。”少奶奶心满意足地说。

“我的奶奶，仁慈堂贴了十五张封条，罪过可不小啦。”老妈子进一步地说。“倾家荡产，我回娘家去，你唠叨什么？”少奶奶像要生气。“我打八万。”老妈子手中出牌，无话可说。

小芦抽身离开仁慈堂，去找他的岳父刘元甲。芦刘两家正月做亲，还是陈寡妇为媒。实因芦再新和刘月娇远在小学读书时，就木已成舟了。应该说是小白梨郝梦梅给他们主的婚。刘元甲老道学，女儿小学毕业没考中学，深锁闺中。小芦假装加入一贯道，坛主教他扶乩，二人在佛堂里眉来眼去，坛主觉景儿，下了逐客令。未料这小子，明修栈道，暗度陈仓，把正心堂的大小姐火辣辣地弄凸肚儿了。为了保全颜面，刘元甲许婚、换盅儿、过彩礼。可没过十天，他的女儿月娇和他的养子玉宝因故争吵，兄弟把姐姐踢掉了崽子。

今夜门婿恳求岳父到镇上去打点打点官项儿，营救他的爸爸。刘大为难，如有门路，茂财召集会议时，就提出来了。爱婿登门求助，怎好推辞，这只得死马当活马医，事情闹大了却也不好收拾。何况，日里大搜查，正心堂也贴了几张封条。

刘元甲连夜出动，拜烦了两三位点传师和可靠的道徒。天亮有信，村长芦茂财对于“建国”有功，警署从轻发落，给予拘留二十四小时的处分，准其官职不变，以观后效。至于村里被查封的违禁物资，依法没收，但不再追究法律责任。

李署长一榔头敲在点子上，不愧是皇帝陛下任命的警察官吏，杀一儆百，一区的日满官员、土豪劣绅都折服。

芦茂财获释回村，病了几天。躺炕上对他的太太说：“这回我明白了，李大巴掌收拾虎石台，准是孙扒皮出的坏。开始就有人告诉我，李某当宪兵补的时候，认识孙老八。”“他不忘旧仇，咱们也难消新怨。我看你索性掖把刀子找他去，给他来个白刀子进去，红刀子出来。”太太笑道。秧子气得把药碗摔了。其实公义堂和仁慈堂互相猜疑，纯属误会。李署长奉调前来清水镇，孙老八并不知情。事实也难怪芦茂财多心，这次堡中大搜查，没动孙家一草一木。

回想此次大战全面爆发之后，芦启良变卖恒产，名义是创办道院，接管同善堂，醉心于慈善事业，实则是见风使舵另有图谋。他看准了日本军阀闯下大祸，就要引火烧身。殖民地乃至日本本土的有产者，都将株连受害。有见识的实业家，已经动手把资金转移或隐藏起来。

孙占元并不比芦启良傻，特别是他哥哥孙占一，太平洋战争一开始，就到南洋扎根去了。孙老八用重金在北山园子里修建巨大的粮仓，随后便挂上了日本关东军粮秣重地的牌子。自从施行出荷，公义堂一粒粮食也没出库。所产的水稻何止上百万斤，统统装箱装篓，直接送给关东军。

孙占一在奉天组织的企业，时称株式会社，和大连的正记公司、“新京”的大兴公司、哈尔滨的同记商场等产经界巨头，一律为日本军方生产战时物资。呢绒、布匹、药品、纸张，金属冶炼、机械加工、电气配件，全是军用。满洲数千处厂矿都负有军方使命。日本列岛、朝鲜、满洲，做东亚圣战的后盾，有何惧哉。日本关东军的库存物资，可供百万军队消费十年。枪炮、弹药、被服、毛毯、草包大米、洋酒罐头，无分日夜地往关内输送。大连港只吐不吞，兵舰、货轮排成队。广大的太平洋地区，各个战场都等待从满洲运去的物资，战争已成了无底的深坑。

孙氏兄弟在奉天的权威声势有增无减。孙八执掌的思想矫正院实际上和德国在欧洲设立的死亡集中营并无二样。孙扒皮实实在在地当了活阎王。思想犯、国事犯、经济犯，违犯刑法、戒严法、警察法的不良分子以及无业游民，时称浮浪者，源源不断地通过宪兵队、警察厅引渡到思想矫正院。有的被公开杀掉，有的被秘密处死，更多的青壮年，经过挑选，分期分批送交关东军所属的各个部队。这些部队的番号繁多，都是干啥的，没人晓得，总之遍布满洲全境。它们接收劳工，不打收条，领去多少一律不必归还。

有些家庭，为了把亲人从矫正院里营救出来而宣布破产，那叫花钱买命。院长石松占元居无定所，要向他行贿，须得通过他手下的狗腿子，名曰“纳孝敬”。据知情者说，院长两年来所得的孝敬，在奉天铁西工业区已经购买了五处洋楼。

土包子孙老八已成为一个赫赫有名的洋大人了。在家乡的资产由日本关东军替他保管起来，因而经久不回虎石台。

芦茂财被打，怀恨孙扒皮，急切间无计报仇。思前想后，把一肚子怨气憋足了，要在陈寡妇身上发泄。这天清早，自觉病体痊愈，上班视事。旋即整理几份文件，到区公所去呈批，在镇上一住数日。这期间，通过刘区长、吕署长从中调停，软化了那位凶神恶煞李警尉。大巴掌酒后吐实言，自叹来此地做官为时太晚，别人牵走驴，他来拔橛子，不使点下马威，榨不出油水来。立竿见影，芦茂财用二十张绵羊票子，终于驯服了这只野兽。分手时相约，星期六午后，二人在虎石台陈寡妇家中会晤，饮酒取乐，打牌消遣。

星期五傍晌，芦茂财悠闲地从村公所里出来，到庙后去看望陈寡妇。推开角门，看她家小玲子身穿一套肥大的更生布的裤子袄儿，头上系条羊肚手巾，正在那里弯腰撒种。“小妹妹，今年院子里种点啥呀？”恶贼手摸着海棠树的粗枝，笑嘻嘻地问道。姑娘没理他。恶贼倒背手踱到屋里去。寡妇在炕上头朝里躺着，看他进来并没起身。恶贼从衣袋里取出一副金镯子，丢过去，笑道：“答应给你的东西拿来了，姓芦的不失信用。”

寡妇把那副镯子拿起来，看看成色，顺手放在柜子里。欠身从幔杆上扯下一条毛巾，捂住脸，委委屈屈地哭了。她抽抽搭搭数落他们叔侄两个粗心的人，先后包揽她二十来年，把她家门槛子全踢平了，这是第一次给她一点值钱的东西。“说姓芦的守信用，放的是没味的屁。你叔叔有一千次答应娶我，亏心的老鬼，拿唱秧歌头面上的东西骗过我。最初你和我近便，为的是阮桂香。”寡妇说到此处，被芦茂财捂住嘴。陈帼英进屋来准备午饭，看这光景退出房去。

午后，姑娘继续在院中种菜，看那芦茂财村长两三次往她家里送东西。晚上，孩子和她娘一言没发，关门睡觉。

星期六，机关团体都是半日办公，那李警尉过午就身穿便服乘公共汽车到虎石台赴约来了。陈帼英这时正在后院种菜，大巴掌走进寡妇卧室，芦茂财正在这里等候。李警尉坐在椅子上，兴奋地手指着窗外的蓝天，大声说：“鞍山干上啦，美国飞机首次来轰炸满洲。”芦茂财拧开收音机，听播音员在尖声呼叫：“空袭警报发令，空袭警报发令，敌机进入鞍山地区，向制铁所投弹。我矫健神鹰和高炮部队，沉着应战，七架敌机在炮声中坠毁。敌机群互相冲撞，队形混乱，向西南方向逃窜。”“天塌了有地接着，咱们给他来个今朝有酒今朝醉。”芦茂财操日语说。

一席酒，吃到黄昏日落。陈寡妇在灯下，拉开麻将桌。“三缺一不能成局。”芦茂财把牙牌摊在毡垫上，撩起眼皮说。“听说你家姑娘七八岁就会打牌，今天我特地赶来会会这位能手，快把她请过来见见输赢。”李警尉接言道。寡妇大惊，掀门帘往东屋一望，松口气说：“这丫头又锁门出去了。”“请你把她找回来。”警尉像是下命令。寡妇满口答应，转身出屋，良久才回来，絮絮叨叨说小玲子如何不听话，总是和她闹别扭，满街串门子，不知又跑到谁家去了。“她就在隔壁。”芦茂财挑拨地指指东邻。“你去把她找回来吧。”寡妇撇撇嘴说。

芦茂财气哼哼地来到老沈家门口，月光下看那门框上挂块木牌子，拳头大四个黑字：“国兵之家”。忽想起她家大秃子年满十九，不久前入营去当兵，在军国主义体制下，这种家庭受法律保护。特别使他顿觉不安的是，阮桂香的丈夫柳天祥、顾天成的儿子顾慎宗，就住在这个院子里。恶贼回到寡妇家，言说小玲子没在那里。寡妇明知他未敢去叩门询问，但没有当面揭穿。李署长扫兴地打开收音机，听东京电台的播音。大日本帝国在南太平洋群岛继续取得赫赫战果。

半夜，芦茂财回转仁慈堂，走在路上心中烦恼。凭我姓芦的，多少年来苦费劳思，追求寡妇的女儿，硬是不能到手。她若是个名门闺秀却也罢了，只不过是块小家碧玉。毛病不在她的娘，可恨是她家前后左右那几户邻居。我得设法儿处置他们。小玲子孤立无援，方能就范。今晚，我把大巴掌弄来，定好的连环计。喝酒、打牌、强逼她过来凑手，我让那魔鬼灯下观美人。李某不知内情，必然引起风波，我或是调解，或是怂恿，总之今夜让她家出事。这叫一计害三贤，未料还是打错了如意算盘。芦村长回归仁慈堂，在书房里睡下。

孙八今晚回村探家来了，一家人坐在一起吃个团圆饭。黄氏从不饮酒，此番陪丈夫喝上几盅，孙八坠入雾中。看发妻垂泪，石妈呆立一旁，欲言又止，勃然大怒："家里出啥事情啦，这么吞吞吐吐的？"他撂下筷子，碰洒了菜汤。石妈这才一五一十地把一个月以前发生的事情说了。时至今日，她和她的主母，还只知黄福臻在陈家馆子受辱，没听说芦茂财挨打、被押。孙八沉吟半晌，未待开口，恰值厨房里的一个小厮动手捡拾桌子上的家什，顺便地说："打黄老道和陈厨子的那个署长，今晚和芦村长在陈寡妇家喝酒，没回镇上去。"孙八命小厮叫个伙计来，打发他到庙后，把情况弄明白。

天刚亮，李署长正在酣睡，寡妇家的院门被人踹翻。陈寡妇掀窗帘张望，吓得缩成了一团。署长赤身戴块兜裆布，正想穿裤子，两道房门先后被人砸开。李署长打着牙巴骨，立正，日本柞制造的剑型木棍，泰山压顶，直劈下来。石松院长有身份，只一棍把他劈倒，旋即命令随行的两个人，把他拖到院子里去，狠狠地收拾。那二人跟孙八当差已经多年，从保甲队、自卫团直到如今。当初在辽河沿上处置尤金榜一行，就有他俩。近年在矫正院效力，更练得武艺超群。眼下这个李署长，即便是生铁铸的，他们也能把他砸个稀巴烂。署长在院里挨打，寡妇直挺挺跪在堂屋。孙八踢她一脚，话随人走："今后你再卖淫、设赌，我把你撵出堡子去。"寡妇磕头。

清早。吕署长、刘区长闻讯，率有关人员乘大汽车赶来。先把半死不活的李警尉弄走，又诚惶诚恐地去拜望孙八。警察官吏在大东亚圣战的成败关头宿娼、聚赌、饮酒作乐，按战时法令，当处绞刑，念其残废，削职为民。芦茂财引诱官吏犯罪，命警署特务系立刻逮捕，解送矫正院。芦茂财早就吓跑了。

芦村长弄巧成拙，逃之夭夭，误了他儿子的吉期。芦、刘两家原定古历四月十五，给再新和月娇完婚，这一来，喜事办不成了。

正心堂刘氏夫妇万分钟爱独生的女儿月娇。当初，在她刚刚舍奶的时候，父母就开始给她准备嫁妆了。已故老董家大姑娘一手好绣工，生前给她家绣过八床被面，一幅幔帐，整用了半年的时间。侯长贵被她家收养那会儿，小姑娘的陪嫁衣裳就已然装满了七只皮箱。后来，她家买进焦大海的儿子，取名玉宝，很得二老欢心，但那毕竟是养子。因此月娇出阁，大爷和大奶奶，还是决定陪送她一百抬物品，好些东西都是早年置办的。

爹和妈给姐姐大张旗鼓地准备陪送，气坏了玉宝，十多岁的孩子已经懂事了。在他的记忆中，自幼只吃乳娘的奶，牙牙学语就受这个姐姐的气。好吃的她霸着，好玩的她收起来，偷偷地自己玩。稍有触犯便是又撕又打，别看她是女孩子，五六岁就会骂人啦。开始和她能对打对骂，爹妈觉得有趣，后来闹凶了，大人不让啦。使玉宝不能遗忘的是，姐姐年幼时，每每说他是抱来的时候，她就一定挨打。有一次，妈妈把她遍身都掐得青紫，全家长幼四口都哭了。

姐姐在村立小学读了六年书，可玉宝至今没进学堂。从三周岁开始，爸爸教他识字。《三字经》《百家姓》《千字文》《大学》《中庸》《论语》《孟子》《庄农杂字》《幼学琼林》《千家诗》《骈体文》《古文释义》《古文观止》《孝经》《书经》《诗经》《易经》《道德经》……全都学过了。玉宝可说满腹经纶，早能提笔成章。遗憾的是他爸爸讲授经典，有些敷衍了事。一次，庙上黄真人过来谈道，论起《易经》，爸被人家问得瞠目结舌。家里的客屋也是书房，两排书架子，满是线装本，近年来，添了一些平装铅印的书，玉宝埋在书本里。《彭公案》《施公案》《大八义》《小八义》《三侠五义》《江湖奇侠传》《蜀山飞侠传》《三侠剑》《童林传》《十二金钱镖》《红杏出墙记》……孩子爱看这些书，爹妈不禁止，为的是把他拴在家中，足不出户。

刘月娇上小学的时候，学堂金老师曾过问她："你弟弟也到上学的年龄了，为啥不来念书？"回答说："我爸爸不让他接受奴化教育，怕他长大了去当汉奸。"为此金老师去拜望过这位隐退的乡绅。他原来说的不是真心话，强迫玉宝在家中自学，只为不让他和骨肉亲人接触。现在，孩子长大了，逢人便公开谈，他怀恨生身父母不该拿他换酒喝、换药吃。老父毅然戒酒，亲娘断指痛心，比不上他在正心堂住了十余年的大狱。当然，养育之恩是忘不得的，刘玉宝读圣贤书，信一贯道有责延续刘氏宗室。

玉宝最恨他的姐夫芦再新。这个下流坯，据说很早以前就把他姐姐给玷污了。后来又施展诡计假装入道，到家中来和他姐私通。被逐之后，竟效那鸡鸣狗盗之徒跳墙钻洞前来幽会，多次被玉宝撞见，险些让他爹捉住。这小子色胆包天，有一回半夜进屋，走错了门径，冒冒失失地抱住他的丈母娘亲嘴儿。玉宝的姐姐病了，白二先生的医道胜似从前，一摸就做出诊断来。爹爹气昏了，娘的眼睛哭成烂桃。陈寡妇受芦家重托出面说媒，爹娘只得许婚。狗日的小杂种，说刘家敬酒不吃吃罚酒。皆因名分已定，上门来，当着老丈人，侮弄他的女儿。玉宝气不过，和他打起来，不是他的对手。这小子，在国高学校受军事教练，很有武力。小玉宝新仇旧恨积压在心头，偶然又和姐姐争吵，一脚踢在她要紧的地方。姐夫让内弟包赔他的孩子，内弟表示抱歉，实因为他碍难替他姐夫再做一个。这场风波多日才告平息，姐夫郎舅从此形同路人。前几天，玉宝看爹娘给他姐张罗陪送，气满胸膛，准备大闹一番。无太佛保佑，老芦家摊官司，喜事吹了。

芦茂财一溜烟跑到奉天，先在岳父家中住了几日，随后到同善堂去找他的叔叔芦启良。芦二立即到矫正院去拜会孙八，开诚布公地说明原委。“真是误会。”孙八付之一笑。

芦茂财跑趟奉天，误了家中办喜事，被他二叔埋怨一回。在省城过了端午节，准备在六七月间大大方方地操办操办，借此显示仁慈堂的声威。怎料想，二善人让他的侄儿从县城回家，行经清水镇，被警察署留下了。起因是他家独一无二的那个大长孙芦再新，昨天离开学校，不知和谁在野外斗殴，被打碎头骨，尸体抛在辽河沿上。

司法系初步调查，死者在国高学校念书，不守校规，经常旷课。因追逐、调戏妇女，记大过一次。另有在宿舍里赌博，在街上结伙打架等不良行为。平日，爱看怪异小说和《性史》《性典》等淫秽读物。入学四年，留级两次。警署判断，芦再新死亡原因，一是他多次挑动和参与群殴事件，此节系被仇家所杀，狭路相逢对他下了毒手；二是他在清水镇和虎石台等处，除未婚妻刘月娇之外，结识青年妇女若干，此节系被情敌所害，奸情出人命，自古是有的。署长吕警佐，当面送人情，言说他已派出刑事警探多名，连夜进行侦访，并向县警务科呈报立案，务期在几天之内捉到凶手。芦茂财立时呆若木鸡。

仁慈堂的小东人，活蹦乱跳地突然毙命，惊动了一方的村民。辽河沿上像赶集、像唱戏，男女老幼成群成伙地去看死倒。芦二奶奶和她的侄媳妇，三门不出四户，这回抛头露面，披发跣足地跑出来，哭她们的心肝宝贝亲乖乖。二奶奶哭够之后，大骂赶到现场来验尸的警察，说他们白吃八旗的饭，没保护好她孙子。警察很恼火，把死尸踢来踢去照了相，随即回归警署，带来的警犬都没撒开。傍黑，区公所指示村公所，把死尸送回他家去，声言附近有关东军的粮库，看热闹的人山人海，容易招引敌机来空袭。

当夜仁慈堂在外院搭起一座灵棚，把小东人安顿在里边。四名女仆连夜赶制装裹衣裳，二奶奶这才想起来，还没通知二爷。电报和长途电话今早才通向省城。二善人有神佛护佑，未卜先知，及时地赶回来了。仁慈堂喜事误了，可丧事定期不误。

善人到家，看到他的孙子已然装裹一新，安安稳稳地躺在灵床上。掀开蒙脸纸，相貌挺吓人，他的额骨破裂、眼珠突出、颜面青紫、口张目瞪、十分凶恶，酆都城的鬼怪见了他，怕也要自愧不如。芦二爷口诵佛号，挥泪言道："小死鬼，你可把爷爷坑了，咱家几辈子吃斋行善，功德无量，如今却落了个断子绝孙。"他眼望门洞里高悬的金字牌匾，歇斯底里地大喊："谁让你大开善门，今后我要在佛头上屙屎，往香炉里撒尿，谁再管我叫善人，我操他祖宗。"芦二爷急疯气昏了，露出本相来。

天黑，芦茂财回到家。他在警察署待了半日，目的是尽快查明谁是打杀他儿子的凶手，遗憾得很，这凶手杳如黄鹤。芦村长进灵棚，抚尸痛哭。他自恨当爹的没给儿子做出样儿来，爹酒、色、财、气无一不爱，未意这可爱的东西是祸害。儿啊，儿啊，你死后阴魂不能散，托个梦告诉爹爹，谁是追取你性命的对头人。尸体不吱声，臭气熏得爹爹直恶心。

书房里静悄悄的，二善人手捧着经卷睡熟了。茂财轻手轻脚地挨近他，小声说："二叔，打杀咱孩子的凶手还没找到，警察署对咱家摊上的事情，漠不关心。"芦二微睁双眼，缓缓地说："势在人情在嘛！你岳父不死，我还是'国务院'的参事，没有今天的局面。可恨日本人，卸磨杀驴，我为他们扩张版图侵略中国绞尽脑汁，没承想，杀人落下两把血。"

茂财哭着说："二叔，你看再新被害，就这么罢了不成？""这可不行。"芦二圆睁三角眼，直立两道眉，拍下桌子说："我不手刃杀我孙子的仇人，死不瞑目。"茂财惨然一笑，泪落如雨。听他二叔说："我和你岳父，还有你，为了把满洲从中国分离出来，搞咱们旗人的独立运动，跟日本人叫爹。没承想咱们这个爹，翻脸无情，对所有的孝子贤孙都采取一个手段，那叫过河拆桥。先说你老丈人，当几年大臣就被免了职，一气之下命归黄泉。为叔舍弃全部家私，创办宗教事业。原想日满亲善缘于同文同种，焉知日本军阀与禽兽无殊，时过境迁，不念旧情。从大同佛教会、红万字会到接收同善堂，日本津贴只占我出资的十分之一，而最后却把我从'国务院参事室'一脚踢出来。你在九一八事变以前，用几年时间学习日语，事变后又在守备队当差，恪尽职守，当村长树模范，东亚知名。怎知年齐月尽，咱叔侄闹了个家破人亡。"

芦启良起身在房中打转，外边灵棚里传来阵阵哭声。那位克氏少奶奶一面哭她的儿子，一面数骂孩儿的爹："伤天害理坏事做尽，总惦着停妻再娶丧良心。今儿个说再新根儿轻苗重，明儿个说单丝不成线，孤木不成林。想望着满堂儿女双双对对，没掂一掂，你爷们儿有没有那份儿德行。老兔羔子不念丧门咒，我孩子不能短命赴幽冥。"

芦茂财听她媳妇这般哭骂，怒火中烧，踢开屋门，扑向灵棚。他二叔看势不妙，从后赶来，被他侄儿挥拳打倒。偏巧二奶奶正从上房闯出来，未容分说，揪住她的侄儿撞羊头。克氏止泪，拾起床前的丧盆子，掼在她男人的天灵盖上。仁慈堂半夜乱了营，死活五口人在灵棚里开打。家丁、院工、仆妇、丫鬟蜂拥赶来，解劝到天亮，这才罢休。可怜他们全是脆弱的身子骨儿，一场激战，都躺倒了。

芦姓一家，分五下仰着卧着，破天荒地出现这么一番惨状。芦二爷歪在靠枕上，抚摸着被他侄儿击伤的肋巴骨，心中悲痛。茂财这小子，昨夜打我一拳，表明对我这个叔叔怀恨已久，情急之际爆发出来。我老伴和他撞头，也非偶然。特别是侄媳妇在灵棚里哭骂，反映我仁慈堂人口不多，事情不少。十余年来，芦启良只一味地追求名利，为的是能够做高官享厚禄，光宗耀祖，然而一切都落空了。为创办慈善事业，耗费了大量的家资，侄儿埋怨我，是理所当然的。目下，我的承重孙夭逝，茂财小我十岁，我和他百年之后，家业留给谁？先人的坟墓，孰人来祭扫？可叹我芦家在虎石台落户二百余年，摊上横事，无人来分忧。恰在这个当儿家院来报："庙西刘大爷，领公子玉宝，前来吊孝。"

芦二由院公搀扶着来到灵棚。看他孙子的小舅子穿青挂皂，腰间扎条孝带儿，正在向死者跪拜，还哭了几声。床前新换的丧盆子，一叠纸钱刚刚燃烧。少亲家刘元甲热泪盈眶，过来见礼。"老世叔，犬女命薄福浅，不配当你家少奶奶。望门妨，祸延贤侄的爱婿横死夭亡。"刘大滴泪说。"祖上的阴功，父母的德行，再新之死与令媛无关。"芦二谦虚地答道。

"请到屋里叙话吧。"芦茂财头顶个血疙瘩走出来，把刘氏父子让进客厅。说唠当中，家人连番禀报，前来吊唁的人陆续让到厅上来，金三、王四当首的一群老乡绅，也赶来慰问。

这时，院子里已然搭起高大的席棚，把那小灵棚罩在里边，进出口用青布和白布装饰起来。大门外，紧贴影壁墙，是一溜儿鼓乐棚子，吹鼓手早就嘀嘀哒哒地干上了。十余辆大车到庵、观、寺院去接姑子、和尚、道士加喇嘛。为发送小东家，院里要念八台经。定规今日点灯戌时入殓，用的是香柏木的棺材，这本来是给二奶奶预备的。第一批纸扎活儿也取来了，午后去“送三”要在庙前烧。气候炎热，尸臭熏天，决定明天就“开吊”，停一七就“发引”。杠子房已经把执事运来，金瓜、钺斧、朝天凳……即将在门旁陈放。已从黄老道那儿取来殃榜，明日午时出殃。属猪的、属羊的届时躲殃。定准陈厨子和他的两个儿子来上灶。警察署开面儿，仁慈堂办丧事，允许备酒席，但绝对不准吃白米饭。

伙计们在院中忙碌，老东家和少东家在屋里接待宾客。一时之间，闹不清办的是丧事还是喜事了，因为里里外外没见个穿孝的，也不闻哭声。

近年来，财主金三在堡子里不常露面了，今日在座提出个新鲜的意见来。他说：“仁慈堂的小官人被害，这简直是修桥补路双瞎眼。芦二爷、刘大爷二位都是佛门弟子，恕金三冒犯，你们为啥不去问问神佛，这究竟是怎么档子事儿？”

“诚然不假，说不定佛祖能替你们把凶手揪出来。”王四帮腔。

芦二、刘大如梦初醒。主人前驱，众乡绅腚后跟随，依次出离大厅转入佛堂。毋庸说，地球上信奉的神仙这里俱全，实因为红万字会又称百佛公司。

胡仙要和人说话，得附着人体，也就是借一张嘴才行。神佛要和人说话，在外国由先知来传达，在中国有最便捷的办法，名曰扶乩。一条横木，中间竖插一根小木棍，由二人一左一右擎着在沙盘上写字。这东西名曰乩架，其内容就是神佛的话语。中国使用这个法门，有好多年了。

芦家的佛堂，当然早有这种设备。芦二净手、焚香。在先天至圣老祖的神位前，顶礼参拜，心中默祷：“信士弟子芦启良，请老祖临坛，指点迷津。”祷罢起立，旋听刘元甲喝道：“老祖临坛啦。”大家不约而同地恭恭敬敬把扶鸾的桌案围起来。扶鸾的是临时指派的两个小青年。一个是元甲的儿子玉宝，一个是雅轩的儿子王超。芦茂财执笔，在一张黄表纸上抄写坛训。老祖这回写的是行书，字迹很清楚，先后总共八行五十六个字。

紫竹林畔起波澜，
妖风吹动并蒂莲。
圣母擒妖离南海，
金童玉女私下凡。
玉女转世结良缘，
金童无意恋尘寰。

刘氏命中有一女，
芦门该当断香烟。

芦秧子用他手中的那支新笔，在黄表纸上录下他儿子的判决。芦启良面似姜黄，昏倒在佛堂里。群绅告辞。

第二十九章

仁慈堂的丧事操办七天，把死者送到祖坟安葬了。芦二大病一场。康复以后，宴请乡邻，当众宣读他和他侄子的分家单。家乡现有的动产和不动产，一律拨给茂财永远为业，他要净身出户，带着老妻到奉天去，老死在同善堂。芦二老夫妻动身之日，众亲友前来相送，也都是感伤不已。二老离家，少奶奶也回娘家去了，带走陪嫁来的丫鬟，老妈子一概辞退。家中细软让克氏拿取一空。

芦茂财在村公所说，他和他老婆要打离婚。令人震惊的是，芦家叔侄正式分居之后，秧子把悬挂在门楼和中堂上的金匾摘掉了。中堂上那块匾，还是乾隆皇帝的御笔呢。乡亲们议论说，真是创业难，守业更难。受皇封的世家，历经百年，从此衰落了。

秋成，人们刚刚送齐了出荷粮，贫苦的农家就又是啼饥号寒了。冬至月，庙东永吉堂、庙西正心堂，张灯结彩，鼓乐喧天，办起喜事来。刘元甲的女儿月娇和王雅轩的儿子王超大拜花堂。事变前的正副村长，结成了儿女亲家。

这番事令人深思。妙的是门当户对，郎才女貌，巧的是刘大和王四交情深厚，玉宝和王超早是一对结拜的弟兄。起先，月娇许配芦再新，只因木已成舟，刘家并非所愿。次后，岳丈寒心，郎舅反目，单是碍于礼法，无计可施。婚期向近，天不作美，公爹逃难，误了吉时。谁料想，仁慈堂刚刚摘罗了官司，晴空又打个霹雷。叔侄兴冲冲还乡之日，恰是再新毙命之时。芦二奶奶在辽河沿上辱骂警察，实在混账。她忘了今日的警察官吏已不是当年的巡警狗子了，何况在场的还有日系警官。八旗算个屁，真是糊涂心，一下子得罪了官项儿，凶手至今没找着。还有一层，芦二和他的亲家，若是不丢官，这个案子也能破。

王、刘两家今天成礼，倒让大伙儿想起一件耐人寻味的事情。在芦家佛堂，玉宝和王超扶乩，竟写出那样的坛训来。芦再新和刘月娇是金童、玉女，金童厌世归神，玉女有缘再嫁，什么人和玉女匹配，当然是无上荣光。毋宁说，王超这个名字起得好，与仙女成婚，自能超凡入圣。就眼前看，单是刘月娇这份陪送，就很够王家受用了。成衣四百件，绸缎几十匹，座钟、挂表、朱砂瓶、穿衣镜、梳妆台、玻璃柜，十二对牛皮箱，八个首饰匣，高桌靠椅全是楠木的。分明是娶来一棵摇钱树，管她名誉不名誉。

王超和芦再新自幼同学，在清水镇一个学校里读书。两人都是正心堂的门上客。谣传，发小在明德堂一起打诨时，月娇和这两个男孩子就搞过三角恋爱。这话出自吴六儿子破门扇的媳妇小白梨。

王超不像他父亲那么儒雅，在明德堂，刀劈过他的姐夫邓富才。刘玉宝和他第一任的姐夫打架，这个出缺候补的姐夫，心怀不平，在学校打过小芦。多事的如此议论，不影响人家成婚。但是，永吉堂的少东家王超，就在这花烛之夜被便衣警官抓去了。新郎官在洞房里遭逮捕，堪称天字第一号新闻。传言会飞，瞬息间，全区数十个村屯都知道了。

王超被抓到警署，不吐口供，自称当年和目下与刘月娇有染是实，但没有谋害芦再新。刘氏父子有悔婚之意，无杀人动机。在仁慈堂扶乩，玉宝手书坛训，一为出口怒气，二为挽回他姐的名声。虽然如此，回到家还让他爹申斥几句，说他年轻幼小，行事歹毒。永吉堂家资雄厚，刘月娇区区一点陪送，王某没看在眼里。若说图财害命，很不近人情。警察有经验，刑事罪犯，不打不说，王超被关押七天，刑讯五次。

这日傍晚，芦茂财在吕署长家中做客。酒饭用罢，女仆献茶，二人对面坐在沙发上。署长说："王超一直不肯招认，王、刘两家已将申辩的呈子递到县警务科。你又不能以原告的身份公开出面，老朋友，咱们夹脚啦。"芦茂财低头无话，半晌言道："我二叔来信，说警察厅于厅长答应，一定要责成部下限期破案。"

吕署长淡然一笑："于厅长在东北军当宪兵司令的时候，张大帅被炸，少帅要枪毙他，是我的老上司沙副官长把他保下来的。事变后，我到警界来当差，便是此人的荐举。他和我一样，时过境迁，也是失宠的人物了。"署长说到这里，感慨倍增："我这一任署长都长白毛啦，即便如此，还是有点风雨飘摇。家兄摊官司我险些受株连，若不是沙大人从军管区司令升任"军事部"次长，老人家还在台上，我早回家抱孩子去了。"他的神情一变，埋怨芦茂财："你们这些土乡绅，光知道金钱万能，不晓得宦途上的难处。若是在旧民国，冲你我的交情，我一定下令，把王超屈打成招，给你儿子偿命，可现在，警察署的大权，都由日系人掌握，我也不过是个牌位。”

芦茂财在灯下凝眸观看，十八年前初到虎石台的那位黑脸副官，事变以后还坐食此地的民脂民膏，已经胖得与向日判若两人，只是双鬓垂雪，行近晚年。

署长见他沉默不语，接着说：“大头鬼刘紫玉、小丧门吕耀庭、活阎王孙扒皮，还有你二鬼子芦茂财，被统称为清水镇区的四大害。吴殿臣被害一案，至今悬而未决，令郎惨死，迟迟地捉不到凶手。设若王超并非主犯，我怀疑这里边有政治问题。”

外面风雪正急，吕耀庭起身把房门关严，回来坐下低声说：“最近我参加一次辽西地区的警备会议。八路军大股出关，渗透到满洲来，铁路和公路沿线都设有联络站。拆毁桥梁、颠覆列车、袭击车站，关东军的七个粮库遭破坏。不久前，炮轰了葫芦岛日本海军陆战队的营房。有可靠的情报说，就在咱们境内，潜伏着共产党的地下组织。”

“有线索了吗？”茂财紧张地问道。“线索是有，怕的是啃不动这块硬骨头。”“可以告诉我吗？”吕耀庭苦笑着摇摇头。“我愿意为你效劳。”芦茂财诚恳地说。“说给你，怕你害怕。”吕耀庭认真地说。“我不怕。”回答挺硬气。署长用手指蘸着茶水在圆桌面上写出三个字，把芦茂财果真吓出了一身冷汗，那三个字明明白白写的是“公义堂”。

“你们两家仇深似海，你愿意为我效劳，我就把实话告诉你。还记得那个小学教师金石开吗？在华北闹得很凶喽，他是政委，外加一个游击队的队长沈万才，可以说是威震冀东道。我们有理由判断，他俩已经把信使派到家乡来了。”吕耀庭打着寒战说。

“沈万才的大侄子当兵去了，二侄子现在公义堂当园丁。据特务系侦访，虎石台一带，沈明礼是个很活跃的人物。他的表弟王北辰，号称神童，八岁的时候，从李大虎的扁担底下救过袁百家，后在学堂里当级长，是金石开的得意门生，这孩子现在已经成丁了。他在公义堂放猪的时候，有段故事，你听说过吗？”芦茂财瞪眼，摇头。

“天降暴雨，做活的都在下屋休息。二打头的柳天祥，看院子里成河，命猪倌斗儿去捅捅水洞，斗儿不去，说他没有蓑衣。偏巧东家孙八站在门口，取笑说：‘你这个小子，不懂得阶级服从，命令服从。’斗儿回答说：‘我懂，那是军人的信条，不能约束一个放猪的。’孙八又说：‘我下命令，你去不去？’斗儿笑道：

‘我没挣那份钱。’孙八从怀里抽出一张十元钞票，扬手说：‘你去通水洞，这个归你。’斗儿冒雨出屋，回来时浑身浇得水淋淋。孙八把钞票交给他，得意地当众说：‘看起来，有钱能使鬼推磨。’斗儿笑嘻嘻地把那张票子撕碎丢开。孙八气青了牛脸，怒冲冲地问他：‘娃娃，你敢和我开玩笑？’斗儿说：‘只许你和我开玩笑，不许我和你开玩笑？’孙八黯然无语。”

吕耀庭接着说：“就是这个孩子，领头儿戏耍黄老道，夜探凶宅。在金石开的教育下，反封建礼法，反宗教迷信，宣传共产党的学说，成为一伙青年的表率。在他周围，有沈明礼、焦成龙、王长吉、董家兴，好些幼年的同学，都听他指挥。”

署长逼视芦茂财：“你身为村长，对重大的事情没有研究。想当年郭军反奉，我在孙八的授意下，庙头上枪毙沈万洪。可他的小舅子王吉庆，不念旧恶，考进公义堂，算来已经十七个年头了。你我只知道吴越春秋，卧薪尝胆，不晓得王、孙两家一个认贼作父，一个引狼入室，所为何故。现在，这件疑案被我查明了。王吉庆为孙家勤勤恳恳出力报效，一百多垧旱涝保收的水浇田、北山上巨大的果木园子，都是他一手营造的。表面上是个忠仆，殊不知他另有计谋。李秃子被他挤掉了，他本人又不肯当管事的，多年来一直空着这个缺。孙八出任在外，家乡的财产就算交给此人执掌啦。账房先生、跑腿的伙计全都听他的。清水镇区，提起公义堂大打头的，妇幼皆知。这个人博闻强记，有胆有识，随机应变，先发制人。什么调皮捣蛋的到他手边就老实，多难办的事情，他伸手便登时了结。因而，十余年来总处于不败之地。”吕耀庭喝了半盏温茶，镇静镇静，“再说孙老八，收王吉庆进院，原有戒心，怕像牛魔王那样，把孙悟空咽进肚内。但经过几次交锋，连番地查验，证明卖金的碰见了买金的。文王访贤，正缺姜尚，公义堂要想兴旺发达，非重用此人不可。想是不假，十几年间，孙氏的恒产倍增，房连椽，地连片，河南河北、岭东岭西，比比皆是。后山果园历年来进款累万。孙八不是糊涂虫，看吉庆租赁仁慈堂的两间破草房，早已不堪居住，一门五口还是吃糠咽菜，衣不蔽体，十分见怜。多次提出要帮他盖新居、买穿戴、添口粮，吉庆谢绝。理由是：生死有命，富贵在天，我的劳金不少了，只因成年接济贫穷的亲友，日子过得苦了一点。王吉庆人穷志不穷，孙八肃然起敬，对此人越发地言听计从。”

吕耀庭滔滔地往下讲，烟屁股烧疼手指，这才丢开。“一主一仆，和睦相处，并无疑意。孙八经常离家，吉庆沉默寡言，这里显得非凡的平静。然而，旁观者清，王吉庆这个庄稼人，是在无声无息地开展活动。公义堂成百的长工、短工，虎石台乃及周围几个村屯，所有的穷苦人，对他都是有口皆碑。原因是他待人宽厚，办事认真，既照顾东家的利益，又体恤穷哥们的有无。长支、短欠、索债、收租、容期宽限高抬手。春天，小家小户缺种子、少牛具，有他来帮忙。秋季，公义堂的车马一动，穷苦人挽筐背篓，随后去捡庄稼。入冬没烧的不要紧，公义堂有几片荒地，任凭你去打柴火。北山果园刚刚创办，他就把树苗子分给众多的贫户了，有不会栽培的，他来指导。阳春季节，堡子里花开似锦，夏秋之交，结实累累，家家都有水果吃。为此孙八也曾问过他，他说："这是给公义堂挣名誉，好人护三村，好狗护三邻嘛，我替你这样做，气死仁慈堂。"

吕耀庭恶狠狠地说："好一个舌辩之士，瞒天过海，蒙蔽了孙八。但他的劣迹已经掌控在我的手里了。他为周济穷人，多年来底漏公义堂的粮食款项甚多，特别从经济统制以来，他把关东军设在北山上的粮库，变成了替穷人藏匿违禁物资的地方。李署长率经济保安系暗查虎石台，二百张封条，都给几大户贴上了。"他很苦恼地放慢了话音，"日本鬼子看来也不鬼，我派日系警官到粮库去查问，那个守库的中尉军官，回说并无此事。他对王吉庆为首的园丁、包括公义堂所有的伙计都很相信，说他们通通是关东军的苦力，警官不许过问。"

芦茂财插话："这个中尉我认识，他名唤新居犹夫，日本仕族，但却有强烈的反战思想。"

"先不管他。单说金石开在虎石台教了不少的学生，用思想感染了众多的乡亲，连张茂森、金荣海都包庇他逃走，这不是小事情。王老好、王吉庆、柳天祥、王长江、李大虎、刘铁柱……都和这个共产党分子结下了生死缘。其中有的串通抗日救国军，经日本守备队拘押审查在案，有的虽未经公开审查，但已列入警署的视察人名单。早在吴六失踪，我下令关押刘铁柱他们几人的时候，便假定王老好父子可能和此案有关。现在，你儿子突然被害，凶手如果不是王超，我怀疑还是这伙人干的。"吕耀庭很有信心地说。

芦茂财乐了，轻松地说："照你说，以王老好祖孙三代为核心的共产党地下组织已经成立，中坚人物也摆列得一清二楚，那就马上逮捕他们吧。""证据呢？"吕警佐伸开手掌问道："凭空把他们抓来，动刑拷问，白搭工。最让人头疼的是王吉庆，这个人是孙扒皮的命根子。"

"怎么办呢？"芦茂财焦急地问道。"这就用着你啦。这群人经常聚会的地点有两处，其一是你的西隔壁王家，其二是陈寡妇的东隔壁沈家。"

署长郑重地说："听说你多年来要追求陈寡妇的女儿陈帼英给你做妾不成，是因邻居从中搅和。眼下你再使使劲，也许能把这个碉堡攻下来。陈氏母女能出力，那就大功告成。另外，已故杨福田的儿子杨德山，在你院子里扛活。据讲，你们叔侄对他有恩，这个人可以利用。"芦茂财欣然受教。

年根底下，王雅轩和刘元甲到警察署，把他们的儿子、门婿王超领回来了。芦茂财也去慰问，大家言归于好。至于打杀芦再新的凶手是谁，没人再提了。

庙后陈寡妇，自从身受那次严重的教训，不再卖淫、设赌，大有改悔的意思。腊月二十几配给店的经理张茂森忽然来到，进门就和寡妇说："大妹子，芦茂财在奉天高等法院和他夫人克氏办完了离婚手续，托我来向你家大侄女求婚。这回明媒正娶，玲子过门去便是一品夫人，你这个老岳母也跟去当家主事。马粪蛋有发烧的时候，这叫南风常向北，北风也有转南时。"

"请你回复芦秧子，别再白日做梦啦，他们叔侄分家，两口子打离婚，仁慈堂摘牌子，这叫撤身计。姓芦的千变万化，瞒不了陈寡妇，因为我总和他们睡觉，在被窝里早就套问明白了。"寡妇信口说。

张六碰壁，原在意料之中。听寡妇谈吐蹊跷，引动他的兴趣。不提婚事，倒问起"撤身计"的渊源来了。寡妇追悔不及，只得告诉他说："六哥，这码事，我不说大伙儿也都知道。芦启良为啥叫假善人，你不明白吗？早年吃素行善到处化缘，为的是奔走成立'满洲国'。大同佛教会、红万字会是官办的，芦二花上血本，弄个官儿当，没承想好景不长。可他自己有句话，说是百足之虫死而不僵。最近二年，他甩卖房地产，把钱财挪到奉天，口头说是办慈善，其实都在奉天城里置了不动产。同善堂的财产不拿捐税。同善堂里的施医院、老人堂、孤儿院、救残院、济良所日常收入的捐款和救济物品很多，他这个堂长，可以拿去在黑市上投机倒把得暴利。"寡妇真的把话说重了，但她管不住自己，"姓芦的家里不出人命，他们爷儿俩也要分家了。用他们的话说，这叫狡兔三窟。看着吧，芦茂财和他媳妇闹离婚，这里头也有花样儿。仁慈堂不但摘牌子，跟着还要卖房子卖地。八路军在关里收拾大地主，有耳朵的谁没听说？"张六面见芦茂财，把寡妇所说的原话转述一遍，恶贼险些气破了肚皮。

正月，不管生活咋苦，时局咋紧，闲散人若是不耍钱，抓耳挠腮心难受。陈寡妇不放局，后街明德堂放上了。这个新出现的局场有分晓。一方知名的大财主，镇长刘紫玉的三姑老爷，虎石台早年的秧子、村长、保长、镇街永吉丝房的老板吴殿臣、吸血鬼吴老六，在康德三年被害，至今八年没有破案。他的家属有变化，女儿吴丽娟，由舅舅做主许配一个军官，嫁到“新京”，母亲也跟去了。实因婆媳不和已经多年，老太太席卷老头子在镇上的一片产业，填乎了门婿。堡中的房子地早就由儿子广泰经营，实际上是小白梨郝梦梅执掌。小白梨不守妇道，众所周知。近年变本加厉，从当上国防妇人会的会长，她的女婿破门扇，更是挡不住往来行人。警察署、区公所、村公所、小学校、种马场、配给店、兴农合作社里都有和小白梨相好的。

小白梨生了一帮儿女，弄不清都是谁的。孩子们破水出世，便由乳娘喂养。长大了交给奶妈子，她本人落得轻闲自在。日常功课，除了吃喝穿戴、擦胭抹粉、描眉打鬓、耍弄风情，正经事还有玩麻将、看纸牌，好赌成性。近年，她当上了国防妇人会的会长，经常在外边走动。吴广泰待着没事，把狐朋狗友召到家来，推牌九，掷骰子，押宝，宽房大屋，逐渐地形成了明局。明德堂放赌，没人敢抓，皆因局东是区长的外孙子。他的岳父郝兴在县城里，开设会仙楼饭庄和迎宾客栈也是一个大耍人儿的。

今年新春，明德堂的赌局兴旺，其规模虽比不上旧民国，却也达到上万元的输赢。经济统制促使黑市交易盛行，坐商变成行商，大搞投机倒把活动。若干农户也通过走私、贩运牟利。“满洲国”的货币贬值了。

村长芦茂财，年前又卖了几十垧好地，院里的车马也挑啦，长工、短工都辞退了。这些日子在明德堂住下不走，喝酒，耍钱。有说小白梨要给他撮合撮合她表姐张寡妇，那个娘儿们是县城里出名的风流人物，人称万人迷。

初五下晚儿，芦茂财从明德堂出来，顺路到院中新辞退的伙计杨德山的家里去看看。老太太正坐炕上哭呢，说三宝这二年不着调，要学死鬼小城子，迷住一窍耍钱，非把她气死不可。芦茂财解劝几句，动身离开，在于二大神私放的赌场上，找到了杨德山。杨德山立即跟他走。

芦家大院空荡荡，静悄悄，一名老更夫提着灯笼把他俩送到房门口，另一名老仆妇迎头埋怨少东家，过年过节，倒把家忘了。

芦茂财仰在躺椅上，听德山说话：“过十五我到公义堂去上工，一定留心察看，有没有打死再新的凶犯。杀人偿命，欠债还钱，不管他是谁。你芦家三辈子人，待我都不错。当初我就说，我爹杀癞七儿，怨他脾气暴，我表哥顾天成自己找死。当乡当土住着，哪有个舌头不碰牙。从我来到这院放羊，亲亲友友全反对，王吉庆能进公义堂，我杨德山咋不能进仁慈堂？波波折折过去就算啦，俗话说，背靠大树好荫凉。”他咽口唾沫，接着说：“说我爹出马一条枪，我更是这个脾气，谁想扳我的脖儿，办不到。念书的时候，我就和小斗儿、二秃子这些人犯相。抱住那个金老师的粗腿不放，忘了念上几年书，照旧还得放猪、放牛。”他直望着芦茂财，“这回，你不死乞白赖地叫我到公义堂去帮你找凶手，我就打算上外堡子讲活去了。凭力气养家，我不愿意像他们那样，打成堆、恋成块。”杨德山说到此处，皱皱眉头，“你答应我给你抓住凶手酬谢我五百元钱，抓住好了，抓不着我可落个白费劲。”

芦茂财起身，打开保险柜取出五张“老绵羊”，攥在手里说：“凶手抓着抓不着没关系，我还有求着你的地方。从今往后，你每隔十天半月到我这来一趟，要严守秘密，和谁也别说。”杨德山拿钱走了。

正月底，杨德山到公义堂去上工，二打头的把他收进伙房屋，登时问他，愿意下大田地还是跟帮去种水稻田。杨德山瞪眼说：“我要到果园去干活。”“后山上不缺人手啦。”柳天祥很冷漠地说，“咱们亲戚里道的，别让我和吉庆为难。”杨德山要发火，被那五百元钱按住了。

公义堂和仁慈堂，简直是两个天地。仁慈堂人称大猪圈，伙房屋里乱乱糟糟，行李卷儿到处扔，有盖棉花套子的，有盖麻袋片子的。炕头热，在板凳、高桌上睡；炕梢凉，身底下垫几捆谷草。电灯一宿也不灭，看牌的、扯淡的、喝酒的、抽烟的，老痰喘整夜咳嗽，腰腿疼哼哼到天亮。睡觉的也不老实，咬牙放屁吧嗒嘴。鸡叫头遍，打头的吆喝，鸡叫二遍，打头的发火，鸡叫三遍，打头的骂街。厨房大师傅有章程，咸菜碟子、大酱碗，往条桌上一摞，高粱米粥倒到大盆里，磨身歇着去了。一顿饭，从闪亮吃到日头红。二师傅过来，把筷子碗一划拉，都塞到柜橱里去了，十分捷便。

公义堂邪性，伙房屋像兵营，通连五间房子，对面炕，行李摆得整整齐齐。天黑熄灯就寝，抽烟、说话不离铺位，每人都有被褥，缝补拆洗得很干净。老更倌在门旁给放只尿桶，条桌上有热水壶预备。起早没人吆喝，伙计们洗完脸才去吃饭。伙食不比仁慈堂好，但一悠就坐下来，饭后跟帮去干活，像工厂的工人似的上下班。

杨德山好不耐烦，说李秃子是奴才，他们也不脸红？把伙计们管得像打苦力的囚犯。仁慈堂是猪圈，这儿就是监牢狱。讲干活，德山不含糊，自信不次于当年的王、柳二人。在仁慈堂没当打头的，起因是不愿意操那份心，姓杨的不巴结当头目，要想干，早上去了。如今落到人家手下来了，有点憋屈。

杨德山上工十多天，才看见王吉庆，再次要求到果园里去。吉庆望着他脸上被抓豁的那块伤疤，两道浓眉，锁在一处，半闭着眼睛说：“从大舅去世，我照顾你们娘儿俩不周全，斗儿、秃子进这院的时候，我上舅妈那强逼你也过来就好了。”德山来气说：“我不是三岁两岁的小孩子，逼着我就来啦？说实在的，我冲焦成龙还能来，冲斗儿和二秃，现在我也不想来。”

“为什么？”吉庆问。“他俩从小就总训我，哈巴狗舔砚台，硬充肚里有墨水。”“你烦他们，正好在院里干活，几次三番要上北山，这是何苦的？”“我上北山有勾当。”德山脱口说。“啥勾当？”吉庆目光如电。“学学侍弄果木树。”德山低下头，心直跳。“搬铺盖跟我去吧。”吉庆和缓地说。

北山果园，高大的门垛上挂块很小的横牌子“720 部队”，吉庆用日语和卫兵打了招呼，领德山跨进园门。走进园丁宿舍，这里和院内的伙房屋又不同，赛过镇上国高学校的学生寝室。吉庆让德山把铺盖放在一张单人床上，打开木柜取出一套更生布的劳工服，一双水袜子，一副绑腿，一顶黄呢子战斗帽，让他穿戴起来。顷刻，他就和其他的伙计一样，成为关东军的苦力了。德山知道，没有这套装备，不得出入这个军事禁区。

王北辰、沈明礼、焦成龙、李承业等好几个青年，闹闹吵吵地跑来欢迎他，德山强装笑脸。门开处，李春山抢进屋来，坐在床上，放下双拐。德山看他，秃头，方脸，还是当年的模样。面部皱纹堆垒，盖没了昔日被打的那几块伤痕，他的左手只剩三个指头，右臂已经畸形。坐在那里喘息半晌，这才说话：“三宝，听说你耍了半个月的钱才来上工，搁哪弄到的赌本？别看你爹没了，我老李头也能管你，可学不得顾天成啊，招灾惹祸，让你妈操心。”德山脸一红，没吱声。

一晃儿，杨德山在园子里干了三个月，但经常向吉庆请假，回家去看望老妈妈。其实，是到明德堂去要钱。北辰、明礼不敢劝他，成龙、承业也得在他高兴的时候规劝几句。北辰不断地提醒大家，千万别把他挤走，并说，侯长贵走时，大伙儿都年幼，没有办法留住他，想起来心里难受。

桃红柳绿，燕语莺声。花鸟虫鱼不知愁闷，又像往年一样，欢欢喜喜地描绘春天。

庙后陈寡妇病了一冬。这日清早，推开院门往街上望望，远远地看见前街的焦大婶又从东头缓缓地走来了。她心想回避，身不由已，身扶着门框，簌簌地热泪涌流。焦大婶看见她，也想回避，一阵狗咬，敦促她快行了几步。

“大婶，十多年啦，你身板不好，还出来干啥？看又不容易看见，看见了也不能说话。”寡妇哽咽着说。大婶含泪一笑，随风过去了。

乡亲们都知道，焦大海自从把儿子卖给正心堂，他的老伴总在春暖花开的时候，趁老头不在家，从前街绕到东街，偷偷地通过庙后这条小街，走到西村头。在那里的一片树林里，张望正心堂的起脊门楼，切盼奶妈子把那玉宝抱出来，让她凑过去看看。年复一年，她虽然一次也没得到这种机会，可是从不灰心。就这样想着盼着，盼得那孩子脱离襁褓，渐渐地长大了。她以为，会走路的孩子，愿意逛青，没有佣人领着，自己也能从大门跑出来风凉风凉。那时节，她就把糖果取出来，喊他唤他，亲亲热热地把他搂在怀里。然而，道德人刘元甲、心慈面软的刘大奶奶，听说天底下还有这么一回事，专派一名干仆，坚守门户。

焦大婶若是没有这番举动，玉宝有可能在适龄的当，上学校去念书。这一来，在家中圈了馆。当然，刘氏昆仲禁锢玉宝多年，缘故不止一端。据闻，焦大海前妻所遗的一双儿女，对他们的继母恪尽孝道，时常说要把弟弟认领回来。闲人议论，焦大海不吃不喝，积攒钱财，也许要用十倍的代价，把儿子赎回来，况且《民法》上有规定不准卖儿卖女。

近几年，焦大婶病势加重，她的女儿艳霞守护她寸步不离，老人家没有循例来望子。今天，忽又从旧路走过。

陈寡妇盯着大婶的背影只管哭，没理会她的女儿帼英，倚在她的身后陪泪。东隔壁沈大婶和她家大姑，西隔壁王大婶外加老李家两个婶子，连厨师的老伴陈奶奶都出来了。为了这么一件小事，哭了半趟街。

前街老焦家大姑娘艳霞，早饭后到井沿上去洗了几件衣裳。回家来把衣裳晾晒起来，搓手进屋，发现病妈妈不在炕上，被褥已经叠好，地上放着她脚穿的那双旧鞋。打开柜子一看，知道了。焦艳霞飞也似的来到西村头，在那固定的地方，找到了妈。娘儿俩的眼泪融合在一起。艳霞背着妈妈，顺着来路往回走，原想照旧不被人们发现，未意去时比来时惊动的人多，连庙上的黄老道也拉开尘封的后角门，打稽首，诵道号。

妇女们站在路旁，不忍用泪眼和老太太打照面，但不约而同地都把目光投向她那只断指，这样便越发地叫人伤心。

焦大婶回到家中，大口吐血，实因她病重落炕已经三年啦。信儿捎往清水镇，西邻王大嫂带着女儿金凤过来，帮艳霞给老人打点寿衣。

焦成龙从北山回家来，见母亲病危，要到镇上去请医生来急救。王北辰随后进屋，摸摸衣袋说："我从账房把钱支来了，咱们到镇上去，给老人把寿材买回来吧。"眼看杨德山、沈明礼、李承业手拿绳杠走进院来。斗儿娘让他们四个去备办棺木，留下成龙守护老母，看大婶呼吸微弱，走出去，怕是不得送终。

北辰等一行离开焦家直扑西岭，这时也就在午后两点钟。刚刚上岭，远远望见老焦头，短衣襟小打扮，肩扛一口黑色的大棺材，健步如飞，冲将下来，四个人慌忙闪躲。

“焦爷爷，有现成的绳杠，让我们把寿材抬回去吧。”北辰在他身后，跑着说。“焦大叔，这口材顶少也有三百斤，你把它撂下，歇歇气儿。”德山跑在前面，迎头喊道。沈明礼打手势，四个小子没容分说，把棺材从老人肩上夺过来，挪到他们的肩膀上。四个人抬棺紧走，把空行的老头落下三箭地。

焦大海进屋，见老妻已然装裹完毕，躺在灵床上，一双儿女左右相陪。“爹呀，俺妈不行啦。”成龙哭道。艳霞又想放声，王大嫂向她摆手。

外人悄悄地退出屋，大叔抚摸大婶的眼帘，看她的瞳孔已经扩散了。甄大夫手提急救包破门而入，路上他的自行车坏了，少打一针强心剂，没能成全死者从容和亲人诀别。

焦家丧事操办七天，很够体面。大婶一生却也算有个收缘结果，一双儿女披麻戴孝把妈妈送到坟地。先死为大，老头还给老伴系条孝带儿。

老妻一死，焦大海把租赁仁慈堂的房子就退了，连房后种好的秧棵儿也兑给新户。他的女儿艳霞搬到吉庆家去和金凤住在一起。有说，老头子已经把她许配斗儿了。这一天，成龙和艳霞到坟地去给妈妈烧五七，顺便也在他们亲娘的坟前焚化几张纸。姐弟俩在这里哭了一大场。他们知道，老爹爹拆家，取消户籍，把女儿寄托给朋友，父子俩都变跑腿子，这里边有缘故。

焦大海佣工的那个济人医院是什么地方？数年前，风雨之夜，通知并帮助金石开逃走，他执行的是什么任务？甄济仁选定他做交通员，十分得力。他心地善良，正直无私，老当益壮，武勇过人。少年时代参加义和团，是一位反帝爱国的英雄，时至今日，他早已是个共产党员了。当前，阶级斗争和民族斗争都很尖锐，老人家这样处理生活有韬略。特别是去年夏天发生的那件事，让他很有必要深谋远虑。

出事那天，清早起，诊所很宁静。他打扫庭院，修剪花木，正在忙活。甄大夫走来说：“焦大哥，你该给嫂子送药去了，告诉艳霞，一定要准时给妈妈服药。外国已有医治结核病的特效药，战后我们也能有啦。”大海应着，继续把活做完。

午前，他带上药品，离开镇街，回到家来。喝了几碗水，抽上两袋烟，艳霞放上桌子，三口人一起吃晌饭。刚撂下饭碗，成龙跑进来，他利用歇晌的空儿，时常回来看看妈。

天热得像下火。晌午，街上断了路行人。成龙脱光膀子到外屋洗把脸，回来坐下说：“爸，你不该把金老师和明礼他二叔在华北打游击的情况告诉我，我怎能瞒得住呢。现在大伙儿都反啦，让我到镇上去找你。两个要求，一个是允许我们到战区去，参加游击队打鬼子，一个是，把我们组织起来，马上就和敌人正面交锋。地下党把我们这批青年隐蔽不动，是不是要等到战争结束后，叫我们坐享胜利果实？”成龙响当当地说，“当国兵，勤劳奉仕，出劳工，有些人已经从我们中间抽出去，帮敌人作战，这样下去，实在叫人受不了。”

老爹在炕墙上搕烟锅，沉着地说：“我把石开和万才的消息告诉你们，这是组织意图，为的就是让你们心情振奋，安心在这里干革命。关东军的粮库不是很重要的设施吗？交给你们把它保护好。敌人的战略物资，有的需要捣毁，有的需要保存，这里要讲灵活性。你回去和大家说，不许急躁，不久，我们这儿就要成立游击区。”老人向窗外、门外望一望，继续说：“当国兵，出战勤，出劳工，这都不要紧，内线作战照样可以打击敌人。老沈家大秃子所在的满军部队，最近在热河，打死日本指挥官，宣布起义啦。”

成龙无言答对，高高兴兴地回北山干活去了。大海和老伴说了一回话，便也动身返回清水镇。姑娘艳霞见妈妈睡了，轻轻从炕上拿起针线来。一声呼哨，引向后窗观看，只见仁慈堂的狗崽子芦再新笑嘻嘻站在那里，扮个鬼脸，招招手儿。

艳霞一阵紧张，四肢麻木，放下针线，挪出屋来。两个人在房后相见。“乖乖，我在这儿偷听一个钟头了，你要死要活，说痛快话。”小贼得意扬扬地说。

“你想咋的？”姑娘咬牙问道。“我想干你。”恶鬼搂住姑娘，喘着说：“你把我哄乐了，一切罢休，敢反抗，我叫你家破人亡。”姑娘滴泪说：“在这儿也不行啊，你把我放开，咱俩上高粱地里去。”恶鬼点头。

艳霞毫不犹豫，快步走在前面，小贼在身后紧紧跟随。没走多远，姑娘就钻进一片青纱帐，恶鬼跟进去，姑娘又奔苞米地。小贼往前赶，姑娘又进了谷子地。恶鬼停步，姑娘叫他。就这样来到辽河沿上。

小贼一行追赶，这好比鹰逐燕雀，美哉，快哉！眼前一片荒林，树木丛杂，蒿草没人，又一次失掉了姑娘的踪迹。他停下脚步，四下观望，艳霞从树后转出来，扬手把一块碗大的青石砸在他的脑袋上。这小子受伤没倒，怪叫着把姑娘捉住。此时，背后又赶来一个人，一拳把他打倒，救出艳霞。未及说话，芦再新已从地上爬起来。

荒林内，草丛中，好一场较量。小芦会拳击，人家不外行，小芦会柔道，人家不含糊，小芦摸刀子，今天没带来。他终于倒下起不来了。艳霞把经过向那人说明了，他眨眨两只乌黑光亮的大眼睛，从草棵里捡起一块尖状的大石块，砸碎了卢再新的额骨。那人把贼尸挟在肋下，走出荒林，原想把它抛到河里去，来到河边，忽又变卦。艳霞动问，听他说："扔到河里去，警察立刻就能判断是谋杀，放在岸上，有好处。"

两人悄悄地往回走，艳霞问他："斗儿，你是咋来的？""这几天我闹痢疾在家歇工，方才在茅房里，看你引小芦进大地，我提上裤子就跟来了。打上一架，倒把痢疾治好啦。"

这件事真是好险！其实，斗儿不来，艳霞是打算和这个无赖同归于尽的。

小芦到焦家来窃听机密，事出偶然。那日，他无故旷课，离校上街，本意是到鸿记饭庄解馋去了。听说那里新宰肥羊，贡献食客，却大失所望，八只绵羊都在屠刀下得救，被警署经济保安系牵去了。一气之下，忿忿地走出镇街，要回家去，叫厨师给他烹制全羊。一路上游山逛景，途中遇见姑娘、媳妇，又多看上几眼，进村来正当晌午。焦成龙走在他的前面，小芦本想两便，但他身不由己，因为他每次回村都到焦家的房前房后转腾转腾，想方设法看看他家艳霞。这姑娘应了一句俗话，女大十八变，越变越好看。

先天至圣老祖保佑，这真是天从人愿。偷听了几句，他的主意就拿定了，只要等那父子离家，大姑娘立即到手，啥时玩够了啥时再揭发此事。未承想，他的脑袋开了天窗，永远也不会说话了。

北辰打死芦再新，差不多过了半年才告诉他爸爸。至于艳霞，和斗儿分手时起誓，她要把这件事烂肚子里。最近，王老好得机和大海叙话，研究芦茂财委派杨德山到公义堂充当密探一节。顺便地说出往事，焦大海默然无话。回到诊所，他向党组织做了检查，并暗自决定，舍弃家室之累。老人行事，没和儿女商量，但孩子们大了，知道爹爹的用心。

艳霞、成龙，在坟地哭奠已毕，并肩回村。走路上看见警察署的大汽车开进堡子。

过午听说，那是去明德堂抓赌。起因是小白梨把她的风流表姐万人迷引荐给芦村长，二人伙度数月。这女人金玉其外，败絮其中，赌钱、饮酒、吸食鸦片，最后，把芦茂财新近变产所得的一大笔钱款卷而逃。警署认为，这桩诈骗案是由明德堂聚赌造成的。今天把局东连同赌场上的不良分子逮了去，进而拷问骗子手的下落。

芦茂财及时行乐，上当受骗，好生懊恼。比较之下，又想起陈寡妇母女来了。闷来时，闲饥难忍，到配给店去找张六吃喝，谈唠之间，吐露心情。张六笑道："我想算那个娘，你想算那个孩儿，已经多年，咱俩同病，单相思。不过，我不指望啦，寡妇近年多病，人老珠黄，不那么可爱了。小玲子一朵花儿盛开，至今无人来采，我看你还有希望。"

"上回求你说项儿，可是碰了硬钉子。"芦茂财沮丧地说。张六停盅不饮，若有所思。"你想啥？"茂财问。"上回寡妇说你和老婆打离婚，内里似乎有机关。""这个她没说对。"芦茂财取出一份盖有奉天地方法院印记的离婚判决书。张六展开细看，又听他说："她不仅和我确实离了婚，而且还改嫁了，娶她的是她堂兄。这个人在汪精卫手下当部长，那贱人已经被他接到南京去啦。其实他俩早就通奸，我姓芦的当了一茬过水王八。"芦茂财红涨着脸。张六没敢笑，看他有点喝喇迷啦。一客不烦二主，张茂森应许替他去透透璜儿。

五月底，芦村长在家里给他儿子办周年，从镇街龙王庙请来一拨道士超度亡魂。因为再新是横死的，怕被打入惩处恶鬼的十八层地狱，永不翻身。

芦茂财给儿子办罢周年，想起自己的事情来。张六满应满许，再无回音。难道说寡妇家挂着杀人刀？三间小瓦房，本是我旧游之地，我为啥不能自己前去。

早饭后，他来到庙后，照直走进寡妇家，娘儿俩都在屋里呢。"村长来啦。"寡妇起身让座，姑娘斟过一碗水来。"芦村长，前几天配给店张经理来给我家丫头提媒，我把过来过去的话都说透了，不知您今儿个过来，有什么事情。"寡妇坐在对面，规矩地说。"随便来看看。"村长大模大样地掏出烟卷儿，姑娘划火给他点着了。

寡妇见村长东张西望、耳面发烧、局促不安的样子，微微一笑，启齿道："村长，自从石松院长孙八爷给我下了命令，陈寡妇不敢违抗，大东亚圣战时期，卖淫、放赌犯罪。我学好以后，和丫头纺更生线，挣钱不多，也够生活。想到过去，我真后悔，自己走下道，还差点把孩子也带累坏了。"她说到此处，暗暗提醒自己不能当他面大哭。

芦村长倒是哭了，抹着眼泪说："你别跟我装腔作势啦，仁慈堂摘了牌子和你一样，也叫改邪归正，假冒伪善，不如个养汉老婆。我的话跟别人说，他兴许不信，跟你说，必能同情。我看是时候了，你就带着玲子搬过去吧，我一定跟你叫妈，当老人看待。姓芦的若是口不应心，五雷轰顶。"

寡妇抿嘴儿乐了，“芦村长，您怎么净说傻话呢？您若是想娶我，还有商量。张经理没告诉您吗？小玲子，自己找主儿了。”二人交谈，玲子坐在一旁静听，这是多年罕见的情况。芦茂财意识到，寡妇说的是真话。他忽然觉得，这母女忘恩负义。这丫头若是没有我保护她，在她成年之前，早是个破烂货了，都因大家碍着我芦某的面子，谁也没有碰她。我好比养活一只小鸽子，在她出飞的时候，不认识我啦。芦村长想到这里，理直气壮。收泪说：“玲子大了，从年幼我就尊重她，这是你们母女全都知道的。现在，我芦家连遭横事，景况凋零，自问还够个富家翁。船破有底，底破有帮嘛。辽河沿儿上，我还有一百垧好地，堡子里还有我十处房产。未料你们母女，眼眶子越来越高。”

寡妇心平气和地说：“芦村长，您说的话叫我不懂，你芦家势胜势败，摊几条人命，倒啥样的霉，末了还剩下多少家当，这和我陈寡妇有啥关联？你尊重小玲子应该，因为她是个正人。说我们娘儿俩眼眶子越来越高，那可错了。我丫头找的人家，房无一间，地无一垄。”

“谁家？”恶贼露相儿。寡妇摇头不语。

姑娘离座出房。芦茂财手扶着桌子角，来个羊羔跪乳，望着门窗，哀声说：“我若撒半句谎，是我舅舅做的。这些日子我夜夜梦见小玲子，我不把她谋到手，活不成了，求你可怜可怜我，让我再活上几年。我死的时候，房产地业连骨头渣子，都留给你们母女。”

寡妇轻轻地问道：“芦村长，你们这号人，除了装哭、下跪，再也没有新花样儿了吗？对我来说，这真是圣人门前卖百家姓。你也许忘了，一年前，你为让我陪李署长睡觉，给我下跪。十五年前，在清水镇东头土地祠给顾天成也下过跪。”寡妇自觉失言，但又不能自已。“耶稣教和道德会专讲装哭下跪。教会的吕牧师会哭、会跪，末了进了监牢狱。道德会的大善东邓老五，一哭、一跪，和孙子媳妇通奸，动手打死了儿媳妇。”说到此，她噗嗤一乐。“你叔叔，二善人，给我陈寡妇也下过跪。”寡妇真是一个爱说话的人，芦茂财是什么时候走的，她居然没瞧见。

事隔几日，天气炎热，晚上十点多钟，芦茂财还在廊子里散步呢。近来，无论城乡，经常实行灯火管制，村子里一片漆黑。钟敲十一下，杨德山来了。芦茂财交给他一个长条的白布包，紧张地说：“这里有两把镘刀，五百元钱。刀锋上已经挂蜡，每人一把，给她们从心窝攮进去，不要拔刀，一不能溅血，二是喊叫不出来。办完此事，我就再没有求你的勾当啦。”说罢，又补充一句：“日后用钱，随时来取。”德山夹包儿跳墙走了。

德山走后，他目未交睫，切望今夜这个愣小子一定能结果陈寡妇母女的性命。一是干得麻利，不留痕迹；二是行凶后被捕，或是杀人未遂，被抓住，但不管怎样，都有万全之计。在这以前，他已经在吕耀庭那里安了根，言说陈寡妇母女谋害了他的儿子芦再新，苦无实据，为报仇，他要打发杨德山去把她们干掉。设若杨德山事败必得经官，吕署长答应，只要此人一被扭送警署，立即用重刑把他整死，不留任何口供。

天亮了，芦茂财正在房中打转，老更倌领着一群人走进来。杨德山把昨夜取去的白布包放在桌子上，打开了，笑眯眯地说：“东家，你这回可上当啦！我进公义堂，没有几天，先跟焦成龙说了，他帮我访查一气，没有找到凶手。你儿子办周年那天，我给你退钱交差，你没收。回去以后斗儿说，他不收钱，还要利用你干事，迟早非把你送棺材坐子里去不可。我不服，斗儿和我打了赌，明礼、承业当见证。末了归宗，我输。”德山绷起脸来，指着芦村长的鼻子说：“我为保你这个坏小子，输了五斤切糕。”众人哄堂大笑，连他家的更倌和老妈子也都笑了。

“笑就从笑上来吧。”王北辰坐在桌子边上，满面堆欢地说：“芦村长，你出五百元钱，两把刀子，叫杨德山去杀陈寡妇娘儿俩，这不过是开玩笑。因为你明知道他不敢去。寡妇和你是老相好，陈帼英就要给你做妾，你能忍心弄死她们吗？”跳下桌案，面对面地说：“村长大人，这虽然是开玩笑，你也得提防。陈寡妇听说了，来讹你或者去告状。”他指指周围同来的几个人，大声说：“咱们话讲当面，日后有人问到头上，大伙要异口同声地证明，芦村长派杨德山出去行凶，那是开玩笑。另外，两把打蜡的镘刀，五百元国币，当众给村长圆回了。”

杨德山取出一沓子钞票，交到村长手，郑重地说：“你点一点，这是一千元钱，我没有大票子还你啦，你要花钱找凶手，另请高明吧。”

一群日本关东军的小苦力，走到芦家的院子里，王北辰发口令，站好队形，面向朝阳，操日语，响亮地齐声背诵《国民训》。

芦村长站在房门口，他自始至终一直在打哆嗦。从那以后，芦村长也算收了心，每天到村公所上班，无非都是些个战时勤务。

阴历六月初六，旧民国村公会总是要杀猪打平和儿，预祝五谷丰登好年成。自从满洲“建国”，废了这个规矩。今年这一天，堡子里又出了一件事情，正当午时，庙上的黄老道死了。

前些日子，他偶感小疾，两三天没到煎饼铺去吃饭。陈厨子以为他和平时一样，又自己点起土灶熬粥喝了。打发孩子去看看，回来说，他的锅头无米，灶内无柴。老厨师急出一身汗来，三脚两步闯进庙堂。见钟楼底下，撂着剃头挑子，手艺人正给道士刮脸呢。刮下来的胡须都有二寸长，但这么一来，他那五绺长髯，又黑亮黑亮地飘洒在胸前了。

当着理发匠，厨子没有造次，站在一旁轻声问："兄弟，你三天没过去，吃啥来着？"

"我的配给粮已经领净了，通账上还有三两豆油，留它在佛前点灯啦。这几天我没动烟火，买现成的东西吃了。"道士回答说。

"除了大煎饼，街面上啥也没有，你骗我。"厨师瞪眼说。

"你是我的老邻居，我怎能骗你呢。出家人知道生死，今天是初一，六月初六吉时，我该当坐化，那一天，是我的生日。多年来没人呼唤我的道号，我黄福臻，道号清风，此番贫道要乘风归去，还我真如。"道士坦然说。

老厨子外加那位理发师，刷地眼泪可就下来了。

"兄弟，你还不到五十岁哪。"厨子哭道。

"天命如此。"道士缓缓地站起身来。

从那天开始，关帝庙的旁门关不住，有乡亲们来探望，送柴送米的络绎不绝，道士一概不收。公义堂孙八奶奶先打发人送来一大车吃喝，又由女仆石妈陪伴，亲自来了三趟，怎奈那黄老道再也不用人间烟火。八奶奶急了，跺脚说："你再不吃不喝，我派人把医生叫来，给你扎扛饿的药针，弄胶皮管子给你插到肚里去，灌米汤。"

有谁能说服、劝动他呢？大家公认，只有堂役王老好。人静后，王老好每夜必来，黄福臻初次和他谈话时就说："三哥，你是活菩萨，但是你从出娘胎就受苦，你的苦是从苦中来。我和你不一样，我未出生就享福，生下来便富贵有余，我的苦是从甜中来。道家讲因果，比释家简捷，种因得果，循环报应。作为满清的遗老遗少，我十几岁就发迹啦，但民国来了，功名利禄全成泡影。浪迹上海滩过几年花天酒地的生活，最后，把结发妻都卖了，这才流落江湖。我恨民国、恨汉人，瞧不起乡绅。在清水镇卖'当'，假装张天师附体，说来像笑话，但却让成百的农民跪在冰天雪地里给我磕头，并且每人拿一份布施。芦茂财逼死阮桂香，我不但袖手，'捉旱魃'还拿她的尸骨骗钱花。不用细讲了，按基督教的话说：种瓜得瓜，种豆得豆。"

老好劝他，福臻又说："从认识金石开，使我顿开茅塞。他有思想有品格，是个有为的青年。从他去后，我有转变，这是有目共睹的。可我不能效法他，因为我们之间的信仰不同，他是无神论，我是宗教徒。我和一切的僧侣犯的是通病，欺人自欺。”叹口气，接言道：“我把吴六的恶行告诉你，刘铁柱把他灭了，我一直很愧心。那就像一个神甫，把信徒‘告解’时倾吐的真情通知警察了。为这些事情，我一直苦恼着。最近，我把手中翻遍了的经卷封闭了，也停止了多年习练的养气之功，越来越觉得自己不过是个普通的人。我这个人很怯懦，没有作为，生在天地间，是个废物。”

老好继续劝他，他又说：“在外国，有用自焚的行动向邪恶势力抗议的，绝食斗争屡见不鲜。我黄福臻空有一片肝胆，对国家、民族没有贡献，只能用我的死来诅咒日本军国主义，无言地控诉它的暴行。它穷兵黩武，嗜杀成性，管制思想，画地为牢，无视人类尊严，灭绝生物天性。”

老好又要劝他，福臻哭道：“三哥呀，你若是有点学识该多好，我的心事，你硬是理解不了。”

老好也哭着说：“好兄弟，我没有学问是国家贫穷落后造成的。现在，中国有学问的人，多数都是顺民，只有那么极少数的，领着穷苦人闹革命。共产党建立的抗日民族统一战线，三教九流五行八作都在内。你的心事我理解，不愿意参加现实斗争，你还是舍不得扔下神佛。”

黄福臻闭目无话。

六月初五，到庙上探望的人累累增加，警察也来了。黄老道行动自若地对他们说：“贫道服食养气已经多年，最近可以‘辟谷’了，至于何时‘坐化’自有天命。”警官无奈。

六月初六，辰时，王吉庆领着几个青年从北山上下来，在小学校的宿舍里见到老好，略谈几句，吉庆发火：“爹，好几天了，这是咋劝的？你老忘了三天不吃阳间饭，七天上了望乡台。”王北辰和焦成龙在学校借了两辆自行车，飞奔清水镇。

巳时向近。清水镇龙王庙的四个小老道，扛抬着一架“木观”走进关帝庙，言说这是黄真人和他们师父订下的，今日午前送来，供他使用。

正当午时，小老道敲响庙堂的钟鼓，神殿上点蜡、升香。黄真人冠、袍、云履，内外更新，很潇洒地从静室走出来，向乡亲们微笑、稽首，从容入观。一群人手拿锹、镐，淌着眼泪等候着。他们受道士重托，待他坐化之后，埋葬他。

但见他端坐在观中，屏息，垂帘，魂灵儿飘荡。

山门外停下三辆自行车，北辰、成龙陪甄大夫来到。管什么禁忌，他们把道士架回静室，急救、检查。证明他在入观之前，吞咽了大量的水银。

日暮。几乎是全村所有的人，把他送到岭下义地安葬了。青松翠柳也随着人们叹息、呜咽。岭西、岭东、村前、村后，从此再没有黄老道往来的踪迹了。

孙八奶奶卧病不起，没给她兄弟送行。可怜庙后陈寡妇，这几天哭出的泪水，足能把她泡起来，她的心碎了。福臻设若是个俗人，她一定身穿重孝，扑到他的灵前，拍棺恸哭。

满洲国民驯服极了，黄福臻死后，人们连半点反应也没有。他这算自愿饿死的。有多少人，在临死的时候，有气无力地说，我想吃点肉，我想吃块糖，我想喝口大米粥。

日本军阀坐在司令部里怒吼："大东亚圣战一定要完遂，消灭中国人口的计划，要快快地执行。"老爷庙让村公所派人来查封了。黄老道没留遗物，死前，他把所有的东西都赠送给僧俗人等。

有说陈寡妇的女儿小玲子，六月初三傍晚，走进黄老道的静室，爷儿俩谈了一回。玲子说："大叔啊，我是个梦生的孩子，没见过爹，可我多么希望有个爹呀。我因为没有爹，受多少痛苦，没爹的才知道。我确信，一个人有妈没爹，或者是有爹没妈，都是很可怜的。看在我的面上，您脱下这套道装，搬到我家去吧。我从小就知道，我妈和你有真感情。她走下坡路，和你一样都是被这个世道逼的。我知道的事情不多，说出来您别生气。"老道诵经。

暑去寒来，阵阵西风又在卷动着纷飞的落叶。人们都在忙秋，今年的"出荷"量比历年都大。非农业户已开始配给"橡子面"了，这东西并不是当地土产，据说是从外国运来的。包饽饽不成个儿，吃起来又苦又涩。

庙后陈寡妇娘俩，一春一夏就吃这种饽饽。女儿吃它，越吃越多，妈妈吃它，越来越少。熬冬瓜，白皮白脸，炖豆角，不见个油珠儿。陈寡妇闷头在房中纺线，总嘱咐帼英不要敞开院门，她怕透过玻璃窗，看见关帝庙的后大墙。可是，在女儿到镇上送线的时候，她却像贼一样，匆忙地打开箱子，把老道赠给她的簪儿、环儿取出来抚摸、观看。就用那条包裹这些物品的绣花手绢儿擦擦眼睛，居然把它擦得能拧出水来，再找一条换上吧，亦复如此。

从老道一死，帼英挪到西屋来住。娘儿俩纷争多次，撵急了，孩子说："昨天夜里，你在鸡叫以前，就哭醒三次。"七情所伤，生活失调，陈寡妇病倒了。帼英去请那白二先生，他不肯来。从那年刘铁柱结婚，先生逃席，至今不到庙后来走动，也算是人有脸，树有皮。

寡妇缠绵病榻，一晃半月。这日，挣扎着爬起来，梳头，洗脸，穿套合体的衣裳，走出门来。她走到后院老董家和四婶、二妹唠唠嗑，回头又到东邻、西舍、沈家、柳家、陈家、王家、李家，分别叙谈叙谈。大伙儿都热诚地接待了她。特别是董四婶，睹面就说："老陈，这一气儿你嫌恶不好，出来串串门子，心里敞亮敞亮，就好啦。"让她坐下，接着又说："你二十来岁，跟陈把总来俺堡子落户，咱们就是邻居。我亲眼看你是咋学坏的。末了，我能看你改邪归正，心里太平，过去的事情，不记恨你啦。"

寡妇哭道："四婶子，杀人偿命，欠债还钱，你不讨不要，我也得说。你家大妹死在我的手里，虽然铁柱子给她报了仇，我到底亏心。黄老道不是我的男人，可他比我那当兵的强多啦，为了我的罪孽，他揭发了吴老六。"

二妹插言道："大姐，你说这些干什么？"寡妇说："我要死了，不把话说明白，闭不上眼睛。"四婶严肃地说："老陈哪，你可别学黄老道，自己造害自己，咱们打败鬼子以后，就有好日子过啦。"

寡妇拭泪说："我知道天快亮了，只怕自己的身子骨等不到太阳出来。我这么个烂桃，死不足惜，惦记的是我那苦命的孩子。她从出生就没得好，懂事就和我闹别扭。她立志不跟我吃那口'脏饭'，自个儿纺线、种菜已经多年了。我一想到她，就害怕，怕我死后，乡亲们说，鸡窝里抱不出凤凰来。"她浑身战栗，抖着嘴唇接着说："一辈子，我做了许多亏心事，最甚的是忍心地欺骗了骨肉亲生。孩子从会走就规劝我务正，我总是花说柳说，不肯放下那埋汰勾当。我好比有瘾的大烟鬼，到钟点儿不抽一口，就要流鼻涕、淌眼泪。这些年，我图自个儿过瘾，误了女儿的终身。"畅快人说话，老太太还能坚持得住。二姑娘抱孩子回东屋去了。

"四婶啊，你老别笑话我。寡妇说话不检点，是因为和那些野汉子混惯了。我若是不能口吐利剑，他们早把我碎尸万段化骨扬灰了。"她擦干眼泪，娓娓而谈："前些日子，芦茂财又向我玲子求婚，我说孩子已经定人了。其实，谁肯和陈寡妇联姻？凡是有嘴的，都没法称呼我亲家母。"她给四婶装袋烟，划火点着了。再往下说："玲子二十多岁了，我死以后，她才能有出路。陈寡妇没有远亲，只有近邻。奶奶、婶子、大娘，能帮她找个主儿。怕只怕，有那么一天，乡亲们说咸道淡，我那倔强的孩子，四邻不靠，自寻短见。抑或是自命清高，不嫁俗人；身受毁谤，百口不能分说。我虽人九泉，罪上加罪。"

四婶说："你好端端的，说什么要死。你名声不好，脚上泡自己走的。小玲子要强百事，不蹚浑水，不愁没有好婆家。别看她待在家里总不出门，常言说：有麝自来香，不必当风扬。”陈寡妇听到这才心满意足地笑了。笑起来，还是那么妩媚，像个天真无邪的少女。此后，她走遍其他几户邻居，唠的就全是家常嗑儿，没说半句丧气、伤心的话。

古历九月底，清早，有人看见寡妇的女儿陈帼英倒锁上她家的房门和院门，往西去了。傍晌，一辆大车停在她家门首，拉来一口红色的棺材、一面灵头幡、一头纸扎的大黄牛。车后还随带四个扛力工。帼英敞开门户，扛力工把棺木抬到她家房门口。姑娘进屋去，穿上孝衫走出来，招呼他们帮她，把她娘的尸体入棺成殓。这当儿，才被四邻发现，大家都赶了来。

“停住，你妈没死在荒郊野外，这么大的堡子，没人烟啦？你这丫头，不懂得人情礼法。”董四奶怒冲冲地说。陈帼英扑地跪倒，挥泪言道：“奶奶，这是我妈嘱咐我这么做的，她说不配像常人那样的殡殓，也没脸在倒头以后，让乡亲们来祭奠。”

东院沈大婶主持，把车辆和雇来的人役打发走，并派人到棚铺和鼓乐房子去找人。陈寡妇一辈子有起有落，得正经地发送发送她。

黄昏时候，院中搭起灵棚，鼓乐班子也在门前吹打起来。寡妇的遗体，已然挪到灵床上，她舒舒展展地仰面躺着。头顶的簪子、腕上的镯子、耳朵上的钳子、项上的链子、身穿的衣裳，帼英说，都是黄老道当初给她买的。只有足蹬的那双寿鞋，是死者生前自己做的。一整套装裹，她早就包好啦，嘱咐女儿，一件也不能给她落下。

昨夜，娘儿俩躺炕上还唠了半天嗑儿。她从那天出去串了一回门子，返来之后，没有再哭。只是告诉帼英，她放心了，她在乡亲面前，认罪悔改刚刚几天，没承想，就得到那么深的谅解。世上没有后悔药，有的话，也不想吃了。她求帼英原谅她，把女儿求哭了。她说：“妈为啥向你赔礼呢？我实实在在是对不起你。你摊上啥样的妈妈，也不能为了要当个好人，费这么大的劲。”帼英问她：“妈呀，你总叨咕死，你真要死了，我怎么办呢？”寡妇说：“你记住咋样发送我就行啦。你怎么办，不必问妈了。凭你自己挣出来的名誉，够你享用的了。”

昨晚，她临睡前，一点征兆也没有。帼英每夜总是睡不实，每遇她梦中哭泣，立即劝她。怎料过夜，忽发现妈妈断气了。帼英把电灯打亮，到外屋去生火，用温水给她擦拭一遍，又拿剪刀，细致地修好她手脚的指甲，抢快穿衣裳，抱脑袋梳头，一切都按妈妈的嘱咐打点完毕，窗外闪亮。

她到镇上去，返回来心中自想：这样妈妈准满意。但是，乡亲们不答应。刘元甲开来殃榜，看了时辰，日出，亡人入殓。左邻右舍全都伸了手。寡妇的灵前白蜡高烧，香烟缭绕。陈厨子打发年青的端来供品。老手艺人别具匠心，鸡和鱼全是假的，但与真的无异。

棺材天底下，须要贴张冥堂。沈明礼写笔好字，裁了一条瓦蓝纸，拿起笔问帼英。她……竟然不知姥姥家姓什么。明礼落笔，写的是——显妣陈门无名氏之灵柩。

观者下泪。

亡人入殓随即“开吊”。出人意料，堡中到陈寡妇灵前来吊唁的大有人在。她这一辈子，劣行不论，好事也做了不少。三十岁、四十岁，甚而五十岁的人，婚后美满、儿女双全，都是这个月下老的功劳。五岁、十岁、二十岁的娃娃、学生和小伙子、大姑娘，也是寡妇给他们剪的脐带。能说会道的可人儿，排难解纷，息事宁人。四十六岁作古，远远未及应分的天年，虽说是修短有数，却也令人为之神伤。

哀乐声中，公义堂孙八奶奶打发女仆石妈前来吊唁。她是乘坐小车子来的，在街口可就下来了。只见她淡妆、素裹，首饰通是亮银的，入门停步，等伙计把五供捧进灵棚。

石妈到灵前，拈香三炷，奠酒三盅，飘飘下拜。陪灵守孝的陈帼英叩头还礼。她自己个儿找条板凳，放在棺旁，从前襟的扣襻上摘下白绢，掸净浮尘，缓缓地落座。少时，迸发出哀婉的哭声。她哭她，有说道。死者是马兵老陈从外地拐来的，活人是孙扒皮在县城里买来的。她们俩有类似的身世，比起来她更可怜。石妈哭灵，无人相劝，只有帼英陪她哭。她的声浪越哭越高，情意着实痛切，到底把旁观的一群人，感动得唏嘘流涕。终于有人进前去拉拉，劝劝，她这才收泪回府。

当日开吊，翌日辞灵，三天发引。乡亲们把灵柩抬到义地，入土安葬。依照亡人遗愿，把她埋在黄老道的墓旁。寡妇生前那些相好的，人芽狗芽都不见。他们不敢前往，因为给她治丧的全是正人君子。妈妈黄金入柜，帼英了却一份心事。众乡邻鉴于不久前发生的那桩凶险，安排两个姑娘来给她做伴。陈寡妇至死还不知道有那么档子事呢。

给陈帼英来做伴的两个姑娘挡硬，她俩是焦大海的女儿艳霞和王吉庆的女儿金凤。

第三十章

村长芦茂财谋害陈氏母女没有得逞，老实了几个月，入冬，又张狂了起来。

“经济统制”“勤劳奉仕”“征召国兵”“战时捐献”，再加之送不完的“出荷”，派不尽的“劳工”，真是雪上加霜，老百姓早已经是怨声载道了。

虎石台已然摊派过几茬劳工，可最近又下达了新任务，限于十一月十五日以前，将七十二名所属各村屯派定的劳工，送区公所查验。这批劳工有归来的日期，是明年春耕时节。

摊派办法是所有二十岁以上四十岁以下的“满洲国”男性公民，一律看待。刨除现役军人、政府官吏、在校学生，剩下的人都在数难逃。村里定规日子，聚齐在村公所抽签表决。

当初“金属奉献”时，庙上黄老道把青铜的供器，殿脊上的铃铛、响铜声、铸铜的鼎等一应金属器物全都“奉献”了，只剩下一只爻卦用的签筒。皆因此物仅是在竹筒外边薄薄地包裹了一层铜皮，没有分量。道士坐化了，这回把它取出来，派上了用场，让出劳工的村民拿它撞大运。

四百五十多根细竹签，满满地插在签筒里，适龄的村民排成长队，依次去抽拿，几个警官莅临现场。当事人抽出竹签，立刻交给村长验看，签头是黑的，登时注册，签头是红的，笑脸回家。

虎石台摊了九支黑签，其余六十三支都被外村屯抽去了。

十一月十三日，七十二名劳工在村公所的院子里站队，门外警察署的大汽车马达已经发动，这辆车要在日暮之前把各村数百名劳工接取到镇上去，然后送到县公署验收。芦村长手掐着花名册一一点名，叫到谁，谁立即上车。

前来送行的家属很多，但都站在庙头上，警察不准他们进院子。十月小阳春，天气尚未冷，可他们一个个都是不寒而栗，战战兢兢地向院中看望自己的亲人，禁不住泪水滂沱。庙后董四婶来了，她分开人群径直往院里走。老太太头前走，众乡亲紧跟其后闯进了院子，吓得几个警察没敢拦挡。

芦茂财握紧那本名册，看着白发苍苍、正气凛然的老人，故作镇静地问："老董太太，你要干什么？"

"问问你，咱们几个堡子摊了多少劳工？"

"七十二名，都在这儿。"

"出劳工分不分穷富？"

"一律看待，谁抽着黑签谁去。"

"俺堡子抽几支黑签？"

"九支。"

"去的全是本人吗？"

"出劳工和当国兵不一样，可以冒名顶替，也可以花钱雇人。"

"刘铁柱摊上黑签，他三个小舅子都要替他去，你为什么不答应？"

芦茂财微微地笑道："老太太，这是你家自己的事，问你的门婿去吧。"刘铁柱此时已经站在车上，只见他手扶高栏笑呵呵地冲董四婶说："妈，我比三个兄弟都硬实，放心，明年开春一定回来。"老人流着眼泪说："你不让他们替你，咱还能卖车卖马雇人去，你不该糊弄我。""妈，咱有车有马能变钱，没车没马的，不也得豁出去吗？"母子俩正然对话，汽车开动了，村公所院里院外落下一片哭声。

"满洲国"出劳工有去无回，这是尽人皆知的事情。

刘铁柱随众到区，次日清晨跟大帮儿步行上县城。数百劳工背着行李在大路上行走，只有两个警察在队后押送，像牧人驱赶着羊群，够奔水草丰美的地方。

警备科验收劳工，态度和蔼。县长、科长都分别讲了一通场面话，之后，将劳工编成临时的建制。刘铁柱身材高大，面无戚容，被任命为中队长，指挥一百个劳工。这期劳工的总数是一千八百名，几乎把县城所有的客栈都占满了。见着饭馆便可以进去吃，统一记账，由县公署付款。铁柱子率领一个中队，住在东门里来升店。他和少掌柜谈唠才知道，老店东刘老全已在秋天故去了。百忙中，少掌柜也未忘记打听那年走失孩子的下落，刘铁柱摇头不语，眼泪早涌了上来。

铁路局奉令调拨专列运送劳工。清早，国防妇人会和国民优级学校的妇女、儿童摇着日满国旗来车站欢送。在车厢里分发给劳工每人一份关东军定食，刨花板做的大米饭盒子。里面有一条干巴鱼，两个酸杏子，几片“狗宝”咸菜。劳工们吃得挺香，只是不饱。

列车疾驶，午前十点开到奉天附近时，听到了空袭警报，火车立即待避。乘客下车趴伏在就近低洼地方，待警报解除后，才能回到车厢里去。爆炸声中，铁柱身旁的几个劳工问他：“队长，咱们怎么办？”“咱们……自讨方便吧。”话出口，他也不怠慢，抬身大踏步向硝烟弥漫的地方跑去。警察对空鸣枪，无人理睬。

碧空万里，大编队的美国飞机，三十架、五十架，都能数算得清清楚楚，因为它们飞得很高，从地面上看，显得十分慢。

刘铁柱顺着大路往前走，沿途看到的事情让他惊奇。刺耳的空袭警报声中，日本人惊惶失措地往防空洞里钻，却有许多中国人从防空洞往外走，好像他们有两条性命，一条随身携带，一条存在家里。

成群的中国人爬上了房顶和树上，大人孩子挥动着帽子，兴奋地高呼，欢迎呼啸而来的轰炸机群。成排的炸弹铺天盖地投下来，整栋楼房通体崩塌，围墙似被暴风推倒。刹那间，马路上被掘出数眼深井，停放在路旁的汽车“呼呼”地燃烧着。只见悬空的、杂乱交错的电线上，挂着一条血淋淋的人腿。铁柱子一路行来，欣喜异常，他也伴着屋顶和树上的人们一起狂呼：“炸吧，猛劲炸吧，把日本鬼子全炸死。”

以往防空演习的时候，警察宪兵穷凶极恶，耀武扬威不可一世，今日炸弹临头，全都先钻进洞里不敢露头。一是怕被炸死，二是怕积恨满腔的民众乘乱把他们捣成肉泥。

刘铁柱从西往东冒烟突火茫然行进，爆炸的声浪和巨大的冲击波，弄得他耳聋眼花，跌跌撞撞，形同一个醉汉。空袭警报解除后，消防车和救护车便相继出现在硝烟弥漫的街头。刘铁柱情绪稍稳，才感到困顿至极，就坐在马路牙子上抱着膝盖睡着了。路人嘈杂，他很快就醒了，只觉得浑身有些发冷，起身见附近有一家小店房，便信步寻了进去。

他把行李卷儿往大炕上一撂，管栈即刻过来写店簿、收宿费。告诉他，自带铺盖，每人每夜五角钱。铁柱抬眼见这管栈的很是面熟，但一时又想不起来。他打点了店钱，想吃点东西，那管栈的告诉他说：“城圈儿和乡下一样，没有吃的，出店门往西拐，就是暴利市场，你逛逛去吧。”

铁柱来到市场时，大约都在午后三点多钟了，听别人打听道，才知道这叫皇

◎老百姓：炸吧，猛劲儿炸吧，把日本鬼子全炸死。

寺大街。此时，这里是人山人海，道路拥塞，万头攒动，热闹喧哗。马路中间站满了手拿物品高声叫卖的商贩，人行道上遍布各式各样的摊床。在这里是大米、白面、猪肉、烧酒、鲜鱼、活虾、砂糖、奶粉，样样俱全。铁柱随着人流边走边看人们的交易。大米两元一斤，猪肉六元一斤，砂糖十元一斤。做买做卖的一个个紧张麻利。

铁柱饥肠辘辘，无心观望，径奔食品摊床。这里的要价也贵得吓人，馅饼每张四角，饺子每盘两元，老豆腐每碗五角。他走看了几处，花三角钱买了个杂合面饼子。正在此时，市场正东正西同时鸣枪，人群顿时骚动起来。有人大声疾呼:“抓劳工的来了。”愣神的工夫，铁柱子居然被狂奔的人流拥倒，若不是鹞子翻身起得快，非被人当场踩死不可。

他听说过城里抓劳工，可不知道怎么个抓法，看看热闹去，他心里一动，咬了口饼子奔街口走去。此时，天色擦黑，街口处乱成了一团，成群的警察正与许多违反战时法令的“浮浪者”交手。警察要把他们塞到带篷布的载重卡车上去，浮浪者们只图挣开魔爪，夺路脱逃，这一抓一挣，拳脚无情，双方都有被撂倒的。铁柱没吱声，来到近前，轻舒虎臂先按倒了一个警察，挥拳出气，急抬腿，又踹翻了一个，他一时打得性起，竟要往人群里冲。这里天已黑下来了，黑忽影里，有人硬把他拉了出来。

“你不要命了！”拉他的那个人问道。“有家难奔，有国难投，我活着还不如死喽。”铁柱气呼呼地说。“大丈夫四海为家，东三省不是中国吗？”那人压低声音反驳道。铁柱这才看清，原来这人是店里那个管栈的。“老弟，方才我伸手打了几个香油肉，还逗来个家伙。”管栈的亮出了一支“自来德”牌手枪。

“你是？”铁柱困惑地问。那人用拇指和食指比量出一个“八”字来。

两人钻进一条黝黑的胡同，叙谈中铁柱才想起来，这个人是随沈万才到过虎石台的那个抗日救国军西路军司令部的参谋长曹荣。其实，方才铁柱一进店曹荣就认出了他，只是不便搭话。后见他去市场良久未归，出去寻他，正遇他与警察搏斗，这才上前搭救，顺手缴来支手枪。二人回店，街上已经戒严了，偌大的城市失去了喧嚣，沉浸在一片难堪的静寂中。

店房的大炕上，挤挤挨挨睡满了单身汉，其中多数是没有户籍的浮浪者。内中连一个租行李的都没有，紧挨紧，扁身子躺着。屋里仅有的亮光，是一对对闪亮的眼睛。有人划火要抽烟，管栈的从暗中走来，附耳说:“快掐灭，灯火管制。”

夜深，铁柱出去解手，回来就上不去炕了。曹荣走过来，双手扳定两个人的肩头，左右各一人，低声喝道："上去。"铁柱像楔子一样，硬被钉进去，立刻就被夹住了。

人们睡得正香，大汽车开到店房门口，警察像小偷一样，悄悄地袭进客房。不知何时，住店的全跑光了，炕上只剩刘铁柱一个人，七八支手电筒照得他睁不开眼睛。

"干什么的？"

"庄稼人。"

"进城来干啥？"

"看我表哥。"

"你表哥住在哪？"

"就搁这个店里管栈。"

警察查看店簿，登记的只有这么一个人，虎石台这个地名，引起警察的注意。"虎石台在哪？""城东。"管栈的代答。辽西一千八百名劳工，在奉天车站附近脱逃，上边已经下了通缉令，可这位混蛋警官，竟然失之交臂。

天亮了，是个阴天。管栈的把铁柱领到后屋吃喝完毕，闭门谈唠。刘铁柱既已成为逃犯，一时不能还乡，求曹荣引荐他参加便衣队，打鬼子，曹荣同意了。铁柱能参加八路军便衣队，了却了多年的心愿，自然十分高兴。不想就在这天夜里，又赶上了大搜查、大逮捕。这一次得信迟了，住店的来不及逃走，几十人全被押送到思想矫正院。铁柱和他那个管栈的表哥也没幸免。

思想矫正院的第三"留置场"离这座店房不远，一帮人在警绳、手铐的束缚下，硬被押了进去。坚固的牢房刚把他们吞进去，昏暗的过道里走过一个日本宪兵，命令警察再把他们一个个地叫出来，搜检腰包。这时铁柱见曹荣探手入怀，只听"啪"的一声，宪兵应声栽倒，随即见他弩箭离弦般冲出牢门，眨眼之间，门外的三个警察同时被他击毙了。他哗啦一声踹开窗户，高声喝喊："杵着干什么？还不快跑！"曹荣在窗口停留只有几秒钟，手中枪又撂倒了几名冲进来的警察。铁柱随众人闯到院子里，见炮台上的机枪交叉火力，正在封锁北面的围墙。皆因曹荣在那里用木棒砸断了墙头的电网，率领动作敏捷的一群人，已经越墙逃跑了。

天光大亮，思想矫正院的院长石松占元带着护从，来到现场。他先验视已死的宪兵、警察，又查看逃跑未遂、惨死在枪弹和刺刀下的浮浪者。见有几个重伤未死的还在呻吟，他从大和服的袖子里取出手枪，若无其事地把他们击毙了。他用中国话，向笔挺地站在身旁的日本宪兵下命令：“死的立即火化，在押的活人，一律解送到西车站，让他们搭十点的劳工专列，直达绥化。”

劳工专列汽笛长鸣，由奉天西站徐徐地启动了，出站不久，美国飞机又来光顾城市上空。刘铁柱坐在平板的闷罐车厢里，心中气恼，他用帽子把脸捂上，簌簌地流眼泪。心想，我这个人可真他娘的笨啊。万才还乡，我要参加救国军，人家不要，出官车，我要当八路，人家也不收。明知道堡子里有共产党的人，可人家只让我带头份种地，说这也是抗日。跑一回劳工，跑出点机会来，认了个表哥，又参加了便衣队。昨夜警察围住店房的时候，匆促间，表哥告诉我，这是有人告密，让我跟他行动，可是我……又没跟上人家。像我这样的窝囊废哪配当便衣队，只配当劳工、干苦力。列车颠簸前进，铁柱越想越气，不由得哭出声来。

“熊货。”身旁的同伴轻蔑地说。“你说的对，我是黑瞎子叫门——熊（屃）到家了。”铁柱用帽子擦擦眼泪，很认真地说。周围的人全都笑了。一位年长的说：“老弟呀，看你傻大黑粗像个硬汉，咋学娘儿们淌尿水子啦。”铁柱这才惊觉，红涨着脸解释说：“我不是害怕当劳工，我是后悔没当上便衣队。”大家笑得比头回更欢，因为不知道他说的是啥便衣队。铁柱生气，不再搭理他们。

上火车的时候，站台上的宪兵、警察比劳工的人数多，四面八方齐聚到一个地点，像搬运工，同时动手往车厢里填塞货物。铁柱被装进的这节车厢人数最少，大约有七十多人。对拉的板门关闭之后，外边上了锁，两个一尺见方的窗口，装有铁栏杆。

刘铁柱哭了一会儿，闷了半晌，看看四周，内中没有一个熟人。耳听适才那个年长的人正和左右谈话。“我算这一回共当三次劳工了，人活在乱世，自己当不了自己的家。头回当劳工，是康德九年，那时日本正指望德国打败俄国。到咱国境线上的劳工，全是招募的，工资多，待遇好，就是挖山洞、修铁路，建营房和机场。关东军的翻译说，这叫以防万一。康德十年，我二次又当劳工，这回是摊派的，因为我是个瓦匠。到那先修伪装的兵营，再造地下仓库。开工资时，领不到几个钱了，二鬼子说，这叫出战勤，那些没手艺的力工，分文不给。我们在小兴安岭给鬼子修了个军火库，几万吨货物、几百辆坦克车都放进去，从外边啥也看不见。鬼子大官来视察，很觉满意，赏所有的劳工吃顿大米饭。饭后让我们在草场上站队，还没等队站好，这四周的机关枪可就响了，狗日的，那叫一千多号劳工啊，跑出来的只有我们七八十个。”

铁柱听他说，便凑近一点，听他接着说，“关东军把这些地下建筑统称‘秘密工程’，参加施工的中国劳工，全给弄死了。鬼子是要在两国搭界的地方，修一条万里长城，提防俄国人进入满洲。”“你去年死里逃生捡条命，今年咋又来当劳工？”铁柱问道。

“这叫命里该然。我从小兴安岭跑回奉天，整用了仨月。关东军出损招，是凡修建地下工程的劳工，统统剃掉眉毛，后方如发现秃眉的人，警、宪、特立即逮捕。秃眉不能出山哪，我和一路逃跑的两个人在老林子里躲了几天，挨不住冻饿，就又到另一处工地去了。”他慢悠悠地讲述，“鬼子看见标记，顺手牵羊把我们收进工棚。一天半夜，工棚子起火，烧死上百人，鬼子忙着处理事件，看管得不严。我摸摸自己的眉毛已经长出来了，这才二反脚逃跑，回到了奉天。”他说着似很漫不经心，可脸色却显得很阴郁。“回到奉天得啥好了？一家八口少吃无穿，连日本建筑公司都停办了，我一个瓦匠靠啥养家？只好到黑市上去混营生。可这年头，卖什么都是经济犯，我终归在八月份被经济保安警察抓住了，拘留到今天。”他长出一口气，缓缓地说：“听天由命吧，但愿这回别去修秘密工程。”

火车不停地朝北开，越过了十多个大小车站。有人扒窗户说，已经过了“新京”。拐弯的时候朝外看，见这趟车总挂有十七八节，前后各有一节客车车厢，扶梯上站着日本兵。这趟劳工专列，相当于一列军车，沿途的特别快车都给它让路。可它的机车已然陈旧不堪，车辆只能缓缓地爬行，车上人摇摇晃晃地好像是坐牛车。

闲极无聊，大家忍不住闲唠嗑。一个瘦骨伶仃的大烟鬼，讲起他七次出劳工的经历，吸引了大家。“当时雇佣劳工的工价已从最初的五百元增至两千元。”这位瘾君子得意扬扬地说，“我现在已净挣满洲国币三千元了。对别人是灾难，可对我是救星。”言下，他从怀里掏出一大把大烟泡儿，吞服了两个，张双手问周围人：“哪位有烟瘾？我请客。”一个面容清癯的老头挨他坐着，很有同感，笑盈盈地说：“算这次我也是四回了。出劳工这里头有奥秘，那就是到工地后随时设法逃跑，虽说是死里逃生，可机灵人冒这种风险是值得的。”

此时大烟鬼已精神起来，接言道：“国境线上驻扎的关东军对劳工的管理是五花八门的，有的部队每天供劳工一个大烟泡，不会抽的能换钱。有的地方劳工和当兵的吃一样的伙食，还有的地方听任劳工逃跑，并不追捕。当然参加修建秘密工程，可就得把命扔那了。”他说话的语气放缓，似乎有些伤感地说，“最近这几茬劳工回来的就不多了，据讲清一色是秘密工程。”

车厢里沉默了下来，在车轮辗轧铁轨的单调声响中，听任时间的流逝。到钟点，日本兵开车门送食物，当然都是日本的盒饭。劳工们大小便都在车厢的一角，铁柱子坐的位置正巧在这个角上。大家没有注意，不知从什么时候他开始注视那有二尺见方，屎尿狼藉的车铺板。

有人看见他趴伏在车铺板上，用手抠铺板上的钉子。车内昏暗，那个瓦匠见他把一排铁钉都已经抠出窝来，然后用牙咬出钉子帽，往出拔。好长一段时间才抬起头来，只见嘴角上流淌着鲜血。瘦老头凑近他轻声问道："你想干啥？"铁柱抹抹嘴角，粗声粗气地说："我想把这块板子掀起来。"一句话引起了大家的注意，都围了过来，见铁柱已拔出了三颗钉子了。这一下便提醒了大伙儿，只要拔掉铁钉，掀开铺板，就可以逃出去了。一时间，车里的劳工都默默动起手来，他们同心协力，果真把车铺板从一角掀开了。

天色微明，东方出现了几道红青色的长线，大家看到外面已是一片冰雪覆盖的大地，高耸的电线杆和孤零零的树木，披着银装，匆匆从窗前闪过。破晓时的寒风像利剑一样从无数条缝隙钻进车厢。此刻，劳工们并不感到寒冷，几块掀开的铺板已点燃了他们死里求生的希望。

晨雾笼罩，朝阳似血。列车停在一个小站上上水，刘铁柱伸手抓住了两条木楞子，高喊道："快动手，逃命。"刹那间，车厢里已有五个人跳了下去。

押车的日本兵正在站台上巡逻，立即发现了劳工逃跑，随着清脆的枪声，有几个劳工已栽倒在路基上。刘铁柱跳下车厢，蹿上了站台，照直扑向一个日本军官，猛一拳把他击倒，动手抽出了他的军刀。这把刀锋利无比，刘铁柱咬牙用它剁开了七节车厢的门上锁。"哗啦啦"，车内的劳工拽开车门，狂呼着拥上站台，和日本兵展开了格斗。日本兵怪叫着用刺刀对付手无寸铁的劳工，劳工们只能以死相拼，顿时站台上血肉横飞，暴动的劳工伤亡惨重。忽然，传来了一阵枪声和喊杀声，一股武装人员从附近的树林里冲了出来，只用十几分钟便消灭了押送这趟劳工专列的全部日本官兵。

刘铁柱浑身多处负伤，倒在血泊里，被这伙前来解救他们的部队用担架抬走了。三天后，在密林深处的一个包扎所里，铁柱子缓缓地苏醒过来。看他十分迷惑的样子，站在床前的一位戴着红十字臂章的卫生员，操着生疏的汉语，亲切地对他说："老乡，安心休息吧，你在这次暴动中表现得非常勇敢，是个英雄。"说着，敬佩地竖起了大拇指。铁柱听完这席话，又昏昏沉沉地睡去了。

春风送暖，虎石台的农家又都开犁动土了。出劳工的农户都急盼着自己的子弟能按时还乡，然而音讯杳然。后街董四婶没遍数地到庙前去打听消息，通过村助理员金荣海得知，头年摊派出去的劳工，在奉天乘空袭之乱，全部逃跑了。县警务科年前就向各村发了通缉令，铁柱子即便回家来，也得摊官司。他诚恳地告诉四婶:“别到处乱打听了，战时体制，这是非常时期，弄不好要全家受害。”四婶默然。

青苗出齐，忙趟忙铲的时候，堡子里传出了一段佳话。董四奶主婚，把死鬼陈寡妇的女儿陈帼英许配给顾天成的儿子长祥子顾慎宗了。

阴历四月，陈寡妇那三间砖瓦房修葺一新。初四日吉时，吹鼓手姚老五的鼓乐班子吹打着从东院把新郎官顾慎宗接送到西院的陈宅。乡亲们说，这叫娶姑爷、倒插门。就好比蹦蹦戏里的双锁山，刘金定招赘高君保。拜堂的时候，盛况空前，堡子里的贫富老少都来贺喜。其间有人留意，那死鬼顾天成的独生子长祥子在和小玲子拜堂时泪流满面。

第二天凌晨，新娘子陈帼英起来，精心梳妆，乘新郎尚在熟睡，堡子里一片宁静，居然一个人走出家门，奔向西岭下的义地。她来到妈妈的墓前，手抚着墓志，哭诉道:“好妈妈，董四奶主婚，把我嫁给长祥子了，我挺高兴的，用你生前常说的那句话，你闺女也没白披这张人皮。”她在坟前转了一圈，擦干眼泪回家去了。

堡子里出了这桩喜庆事，单单气坏了一个人，当然是村长芦茂财。多少年费尽心机，伤财惹气，终究没能达到目的。加之时局动荡，日本人的统治已经岌岌可危，他本人死心塌地当了十几年的汉奸，难免不与鬼子同归于尽。

百无聊赖，这一天他摆脱开繁杂的公事，离村到县城去散心。芦茂财来到县城，也难以排遣他心中的忧闷。县里的商家铺户萎靡不振，市井一片萧条，酒楼客栈无半点生气。他拿着委任官的“通账”到县城最大的饭馆会仙楼，才吃到了两盘炒菜，一碗高粱米饭，喝了两盅“冯了性药酒”。堂倌告诉他:“这药酒是从黑市上买来的，是小号专为官项儿预备的。”

他住在站前的迎宾客栈，此栈经理便是虎石台吴六的亲家、吴广泰的岳父郝兴。二人本是老相识，但此时会面却是相对无言。说日本鬼子要征服大东亚，建立共荣圈，那已成十足的屁话。说日本人大势已去，“满洲国”就要灭亡，又着实有些不敢。这二位不可一世的风云人物，现如今是哑巴吃黄连——有苦难言。

芦村长每次进县城都要去拜见他的老上司清水四郎。县长清水，当年的日本少壮派军官，眼下已经是年近花甲了。自从残废转入地方做文官，早变成了地地道道的中国通。说话办事，甚至生活细节都和中国人一样，与中国人不同的只是坚定地恪守武士道精神。

芦茂财来到县城西门里清水县长的官邸。这是一幢三层小楼，仆役把他领进内室。芦茂财推门却步，只听屋子里稀里轰隆震天价地响。有心向后转走，清水从屋里冲出来把他揪住了。情急无奈，芦茂财抖着嘴唇不知是说中国话，还是说日本话。清水面色阴沉，气咻咻地把他拽进这间摆设八个草垫子的客厅里。进屋后他才看到清水县长的夫人跪在墙角，脸伏在草垫子上，低声啜泣。扬脸转身间，见她头发凌乱、满面青肿。

芦茂财跪在大方桌旁边，操日语轻声劝说："县长，夫人很贤惠，您心里不痛快，何必这样的无情无义呢？"清水低着头，往大杯里斟酒，只见他的眼泪滴滴答答淌下来。

清水夫人温顺地爬起来，到厨房烧菜去了。芦茂财在这里忐忑不安地陪清水又痛饮了一番。日本县长破天荒地留这个满系的村长在他家里过夜，两人推心置腹地叙谈到深夜。清水问芦茂财："我们日本如果战败了，您打算怎么办？"芦茂财慷慨地回答道："我们这有句老话，叫全始全终，日本战败，我芦茂财以身相殉。"接着他又反问清水："那您哪？"清水斩钉截铁地说："切腹尽忠。"

第二天，芦茂财要回转虎石台。清水领他到县公署，让他上了那辆县里仅存的烧木炭的大卡车，要亲自送他回去。清水宿醉未消，用一只手扳动方向盘，向清水镇方向驶去。十点钟，这辆车就开到镇西头了，那里有一条小河，河上横着一架木桥。汽车上桥，正赶上对面过来一辆牛车，清水单手打舵，撞断了木桥的栏杆，翻进小河。闸把子戳进了他的前胸，登时毙命，芦茂财也身负重伤。嗣后，乡民们议论说，清水县长犯地名，这就叫清水命丧清水镇。

清水县长惨死在清水镇，吓坏了地方官。区公所、警察署打电话到县城，县公署又忙乱了好一阵。依日本风俗，清水的尸体用专车运到奉天火化了。按省里命令，清水的夫人应该捧着清水的骨灰盒回国，但这位清水宁子却又捧着丈夫的骨灰盒返回县城，依旧住在原来的官邸里。据他家的仆人说，清水太太要在这里等候远在南太平洋群岛作战的他们的独生子写来回信，再回日本。至于最近清水县长经常发脾气打老婆，就因为他太太想儿子经常啼哭，县长大人充满了内心的矛盾，才态度反常。后来听说，清水死后一个星期，他的太太在官邸里接到儿子阵亡的消息，服毒自尽了。

村长芦茂财伤势很重，在镇上的"济人诊疗所"接受治疗，卧床不起半年有余。

日本发动太平洋战争，为了支撑战局，对殖民地进行更加残酷的掠夺。“满洲国”的人民在这种非常时期，也并非麻木不仁，各地相继发生了规模不等的抗粮抗税的斗争。尤其对战时体制下的经济统制忍无可忍，他们用走私的办法，不断扩展黑市的范围。工人农民做黑市买卖为了糊口，但资本家和地主们也趁机发了横财。

按当时九省建制，奉天是“满洲国”推选的模范省，清水县是模范县，清水镇是模范区，虎石台是模范村。就在这一年，模范村有一项模范的举动，那就是选定四百五十亩上等的好地播种鸦片。日本在危急存亡关头，倒行逆施，已经无所不为。种鸦片叫“种烟组合”，本区“消费组合”的组合长区长刘紫玉又加了一个官衔，名曰“种烟组合长”。仅一个区里种植鸦片竟多达数万亩。警察署特拨一批警官，监督乡民种植此物。一时间，满洲全境又被大烟笼罩起来。当年的隐君子们，又重新操起了大烟枪。走私贩毒，遍布城乡。

六月炎天，虎石台的地主金广梁身穿纱衫，手摇折扇，在庙头上遇见了老乡绅王雅轩，笑容可掬地说：“四兄弟，日本国要完蛋了，咱们可又来发财的机会喽。”王老四摇头不懂，金三言道：“你永吉堂养牛发家，现今奉天的牛肉已经七八元一斤，你为啥不把牛群赶到奉天去？”王四正言答道：“猪、牛、羊是统制商品，私自贩运，违犯国法。”金三睥睨一笑，迈着方步回家去了。

就在这天晚上，地主金三坏带着他二儿子金荣山，后半夜潜入自家的苞米地里隐蔽起来。破晓的时候，听到了动静。金荣山头戴战斗帽，身穿协和服，足蹬马靴，猛然间从地里冲出来，拦住三辆大车。这三辆车满载着走私的货物，内中有猪肉、烧酒、大米、黄豆、粉条子。掌包的慌忙过来搭话，见金荣山这身打扮，心中早有准备，堆着笑脸小声说：“你老是警察署的，区公所的还是宪兵队的？”金荣山未待回话，老金三从后面凑了上来说：“这用不着细打听，你们三辆大车不走正道，压毁了我的庄稼，现在就得给我赔。”掌包的犹豫片刻，递过五百元钱，金家父子不收，最后实敲了一千元。

走私犯们尚能应付这些土财主们的敲诈，因为他们索价较低，但却抵挡不住警察署。警察分驻所和勤劳奉仕队等在走私暗道上设了伏兵，这些人胃口太大，往往勒索得走私商贩连本上仓，人财两空。以眼还眼，以牙还牙，仅在辽西地区就有数十名全副武装的警察被走私犯们击毙。

县警务科和所属各地警察署缉拿不到杀人凶手，统统向上峰报告，说这些警察都是被从华北渗入的八路军打死的。由此，省警察厅下令，指示所辖各行政区，查拿八路军游击队和私通共产党的嫌疑分子。清水镇区警察署当然也四处张贴了通令。谁也不曾料到，虎石台老金三的次子金荣山，第一个到警察署密告他的长兄金荣海私通八路。金氏兄弟冰火不同炉已经多年，淫棍金荣山欺兄霸嫂更是众所周知，此举是他要把胞兄送进虎口，侵吞家资再霸占嫂子。但警察署不管这些，即刻逮捕了金荣海。

金荣山举报的内容是，早些时候，金荣海带队出官车，参加过日本军队在华北地区进行的大扫荡。回村后，思想左倾，宣传八路军打鬼子的种种英勇事迹，并透露过，他带去的人一部分在战场上参加了八路军。

警察署长吕耀庭饱经世故，他要根据自己近年来掌握的情报，从金荣山的揭发入手，弄清本区隐藏很深的政治问题。远在虎石台仁慈堂的少公子芦再新被害的时候，为查拿凶手，他曾与芦茂财雪夜密谈。那时他就断定，最主要的嫌疑就是公义堂的两个雇农头头，王吉庆和柳天祥，只是碍于孙扒皮的势力，无法深究。后来芦茂财巧使连环计，未能得逞，派杨德山刺杀陈寡妇母女又弄巧成拙，这件事情也就撂下了。眼下形势紧急，为保住头上的乌纱帽，他决意通过金荣海一案，挖出共产党在这个地区的地下组织，进而在辽西地区显露头角。

署长吕耀庭把金荣海交由特务系严刑审问。金荣海算不得什么金枝玉叶，但半辈子也没打过官司。在刑讯面前，如实招认了出官车的时候，都有谁参加了八路军，及回村后，他又向什么人透露过内情。根据口供，警署特务系又逮捕了“虎石台消费合作社”的经理张茂森。

审讯是从当年金石开思想左倾、畏罪脱逃开始的，进而严刑逼问，清水镇区这个范围里都有什么人反满抗日，思想不良。涉及的范围很宽，询问的人员也不少。张茂森被毒刑拷打，体无完肤，皆因金荣海声称张茂森比他知道的内情多。特务系花样翻新，不断地对他施用酷刑，小商人张老六，咬紧牙关不吐实情。这夜，张茂森在警察署的拘留所里自尽身亡。他是用一只调匙，从颚下扎进自己的气管，又用手指把气管勒断了。张老六为了袒护乡亲，守口如瓶，死得惨烈。

在金荣海的供词里，关涉金石开从虎石台逃跑，有他和张茂森从警察署特务口中获得信息的情节。警察署据此上报县警务科，竟使特务系的两名特务警察锒铛入狱。不久，警察署特务系进行了大换班，相继清水镇区进驻了日本宪兵队。提起日本宪兵队，平民百姓无不胆寒，背地里称它为阎王殿。这个衙门惩治犯人根本不讲法律，仅用“思想不良”四个字就可以把人随意处死。

设在清水镇的宪兵分驻所由一位宪兵伍长负责，此人复姓石黑，单名一个雄字，当宪兵已经十余年。冷眼看去，他就是一个四十开外、络腮胡子、四方大脸、高个子的中国人。他平素从不穿宪兵制服，来到后，在清水镇街上逛荡了二十多天，谁也没看出他是个日本人，更没人知道他是个宪兵。在他手下只有两名宪兵，还有两名宪兵补，一个是朝鲜人，一个是中国人。

石黑伍长在街上闲逛，他的属下在警察署的特务系、司法系紧张地查看档案。在日本宪兵面前，警察署长吕耀庭和他下属各系的主任们全都成了避猫鼠，当然论官阶，他们当中，最小的也是警尉补。

盛夏时节，清水镇区警察署全员出动，配合日本宪兵在全区清查户口，一次就逮捕了三十多个农民。严刑拷问下，查清了在出官车时参加八路的乡民名单，内中也涉及九一八事变后与抗日救国军有瓜葛的一干人等，同时，还抓获了为数甚多的思想犯、国事犯、经济犯。一时间，血雨腥风，清水镇区的百姓人人自危，惶恐不安。

宪兵队的石黑伍长到任不到一个月，就将清水镇区的有关情况基本调查清楚。因为日本宪兵队有一个制度，在机构设置之后，立即吸收可靠的亲日分子做特务工作，定名为“嘱托”，百姓给起名叫“宪兵腿子”。这种人寡廉鲜耻，在金钱势力面前，不惜出卖良心。石黑到任后迅速地任用了几十名“嘱托”。根据嘱托们提供的情报和警察署多年积累的档案材料，石黑雄撒开大网，要刻不容缓地追查大案。

第三十一章

一九四三年日本本土遭受轰炸，继而美国人把这种空中优势推进到满洲。奉天、抚顺、鞍山、阜新的重工业区，都受到重大打击，电源、水源均遭到破坏。县里的火力发电厂因为缺少煤炭勉强维持县城内供电，清水镇里已经断电半年有余。

这天晚上，石黑伍长在宪兵分驻部与吕耀庭在灯光下叙谈。吕署长战战兢兢、吞吞吐吐地向这位日本宪兵说出了他的一些想法。他认为在虎石台的公义堂里隐藏着以王吉庆、柳天祥为首的一伙反满亲共分子，凭借着孙占元的势力，多年来在那里搞地下活动。通过对一些事件和案例做分析，他怀疑这几个农民有严重的政治问题。但大多都是事出有因，查无实据，使得他进退两难。他向石黑先生表示，他哥哥吕耀祖是本地礼拜堂的牧师，但不知他是国民党的地工，数年前被满洲当局逮捕，已经判处了死刑。他本人事变前后跟从他的上司沙仲先为建立“满洲国”处心积虑，对大日本帝国可谓忠心不二。虎石台村长芦茂才独生子被害，他就怀疑是北山上那伙人干的，但至今没有查到有价值的线索。他对石黑说，经多年考察，他认定本区潜伏有共产党的地下交通站。日本宪兵队进驻清水镇区，他指望着能助一臂之力。

石黑默然静听，并没有打断他，最后跟他说：“吕署长，奉天省日本宪兵司令部，对你是了解的。你我今晚的谈话，我将如实向上峰报告。”

农历八月初五，就在晚上九点多钟，两名全副武装的日本宪兵来到了离警察署不远的济人诊所，医生甄济仁在煤油灯下被戴上了手铐。此时，诊所里还有两个人，一个是院工焦大海，一个是药剂师佟忠烈。这位药剂师是在半年前应聘来到这个诊所的，他是甄大夫南满医科大学时的同班同学，奉天省海城人，年逾四旬，老实忠厚，甄大夫与他交情甚厚。诊所里原有的一名护士三个月前被辞退了。

两宪兵进院以后，焦大海冷静地先关闭了院门。眼看两名宪兵逮捕了甄大夫，焦大海迅雷不及掩耳，一个箭步窜进来，一拳一掌，瞬间击倒了两个宪兵，随即从宪兵身上搜出钥匙，给甄大夫打开了手铐。正然迈步往外走，旁边的那位佟药剂师猛然从怀里掏出了手枪，喝令焦大海和甄济仁举起双手。变起仓促，甄大夫一时无措，面色铁青对视着这个同学。老焦头举着双手笑了笑问道："佟先生，能告诉我，你是什么人吗？"姓佟的冷笑着说："鄙人是日本国家保安局的警官，现在真相大白，跟我走吧。"

焦大海一旋身，只听见"咔吧"一声，那人的手腕子被掰断了，胸前又一拳，这小子口吐鲜血，栽倒在地，立时毙命。躺在地上的两个宪兵像是还有活气，大海过去又给了他们一人一拳。

甄大夫手拎着佟忠烈的手枪，随焦大海来到东墙下，大海蹲下身子，让甄大夫踏着他的肩头越过墙去。甄大夫焦急地说："地下室里有文件。"

"你放心走吧，这里的事情由我解决。"

"老焦保重。"情急中，甄大夫紧紧地和大海握了握手，纵身翻出东墙。

这时，诊所的外面人声嘈杂，警察已经堵在门口了。此时焦大海翻墙逃脱是非常轻松的，但马上意识到，这个党的地下交通站必须毁掉，如果留下了，近期来交换情报的同志都将遇难。焦大海毅然拎起屋内一桶煤油，泼洒在各处，划火点着之后，从容揭开盖板，下到地下室处理交通站的文件。院门被砸开，几十名警察冲进院来，诊所的窗口已喷出了熊熊的烈焰，眨眼间，火光冲天，将夜空烧成一片通红。勇敢的共产党员焦大海牺牲在火海里，还不到六十周岁。

街上警笛长鸣，夹杂着清脆的枪声。警察署长和宪兵伍长，下令区公所勤劳奉仕队，摇起警报器，紧急集合。几十名警察和数百名勤劳奉仕队员，从镇街分头出发，连夜追捕逃犯甄济仁。出发前的部署是，要犯甄济仁孤身逃走，并且是步行，要兵分几路，形成合围之势，务必捉住此人。这时庄稼已没人，到处都是青纱帐，搜寻逃犯非常困难。于是安排一个警察带四个棒子队员，先逐门逐户地搜查了清水镇街，然后再从镇内扩展到镇外，在无边的庄稼地里平推，要求动作迅速。抓住这个要犯的，赏国币一万元。

警察率带棒子队，在镇内镇外足足搜寻了一整夜，直到天亮也未见甄济仁踪影。几百人劳累了一夜，警察署和宪兵队并不让他们休息，下了死命令，要他们搜四乡，周边几十个村屯都在搜寻范围之内。这种大规模的搜寻进行了三天三夜，但重要政治犯甄济仁杳如黄鹤，不见了踪影。

第四天，有宪兵队的嘱托打了报告，说甄大夫隐藏在西岭窑地，此处是区长刘紫玉的辖区。数百武装人员先把窑地团团围住，然后仔细搜查。几十处窑洞全部搜查一遍，可确实没见到这个要犯的踪迹，但在搜查中打伤了不少窑上的山东哥。

宪兵伍长被叫到县城日本宪兵分遣队狠挨了一顿耳光。回来以后，他又迁怒于警察署长，把这顿嘴巴子一点不差地又赏给了吕耀庭。但案情并不能这样了结，那个被打死的佟忠烈，是日本国家保安局派进济人诊疗所的密探，已经掌握了共产党辽西交通站的重要情报。由此，保安局责难宪兵队，说他们逮捕甄济仁操之过急，贻误了大事。此一桩要案，涉及许多重要的官员，都受到了申诫。

宪兵队伍长石黑很有头脑，他和署长吕耀庭认真分析案情，认定了虎石台村和共产党的这个辽西交通站有密切的关系。甄济仁临危脱逃，至今没有下落，一定是隐藏在附近。吕耀庭判断，目前此人唯一避难的地方是虎石台北山的果园。但要到那里去搜捕逃犯，有两道关卡不可逾越。一是公义堂，二是关东军“720部队”在这里设置的粮库，公义堂的果木园是孙占元的领地，“720部队”那是关东军秘密的后勤粮库。哪个人敢往里闯？公义堂的果木园由王吉庆主管，但背后是无人敢惹的孙八。“720粮库”由一个日本的中尉军官新居由夫负责，此人官阶不高，但却是日本士族，在此地已经多年。这位军官和当地的满洲民众相处得很融洽。吕署长说，虎石台的村长芦茂财曾经告诉他，此人受过高等教育，有浓厚的反战情绪。石黑伍长要查办这件事，确实有点心生顾虑，案子要办，但如何下手，两个人一时委决不下。

这日，吕署长和石黑伍长来到虎石台，他们到仁慈堂去探望养伤的村长芦茂财。石黑雄是中国通，芦茂财是日本通，两个人见面交谈，山南海北地胡扯一通，最后才归入正题。芦茂财伤势很重，一时很难康复，他哀切地对石黑说：“粮库的这个新主事和王吉庆这帮人相处甚厚，我认定，政治犯甄济仁被他们庇护起来，现在就藏在果木园子里。”

石黑和吕耀庭回镇，又经过慎重的研究，决定在虎石台打开缺口。警察和宪兵联合行动，在深夜从虎石台抓走了李大虎和王长江，至于焦大海的子女焦成龙和焦艳霞早已在案发就被收监了。焦成龙和焦艳霞对其父焦大海的所作所为并不知情，宪兵队把俩孩子毒打一顿，也没问出个子午卯酉来。

李大虎和王长江被押进宪兵队，只是询问当年抗日救国军来到虎石台的时候，他们曾和刘铁柱等人一起要求加入救国军，从那以后，还有没有反满抗日的思想？刘铁柱出官车，回来以后都跟他们说些什么？他们是怎样看待共产党八路军的？李大虎和王长江挺刑不过，如实供认。他们心里反对日本帝国主义，反对“满洲国”，可作为一介农民，无力进行什么反抗，他们就是种大地混生活，对其他的事情一无所知。审讯人员着重追问他们和王吉庆、柳天祥之间的关系。大虎、长江异口同声地说，王吉庆和柳天祥给恶霸汉奸孙占元当走狗，我们都瞧不起这两个人。其后，将有前科的大厨子陈龙逮捕了，然后又将沈万才的嫂子王淑云和众人尊仰的董四婶也抓起来。可敬的是这两个女人住进日本宪兵队的牢房，竟然也挺住了刑讯。

凉秋九月，日本宪兵队把公义堂的两个打头的王吉庆和柳天祥也捕进去了。省宪兵司令部派来一个中佐到北山“720部队”向那位日本中尉新居由夫进行详细询问，对案情不置可否。收割的时候，入了日本籍的孙八石松占元接到他发妻黄氏的亲笔信，从奉天返回故乡。他先到县城，后来到清水镇，径直去日本宪兵队和警察署，过问济人诊疗所这个案子。展开卷宗，从头至尾细看一遍，把自以为得计又骑虎难下的警察署长和宪兵伍长臭骂一通。当天这两个衙门便把在押的从虎石台捕来的人通通释放了。

数日后，石松占元从虎石台返回奉天，在他的公馆里接待了一个许久未见的老朋友——日本关东军的情报处长宫田良相。老朋友见面，亲热无比，闲话叙罢，说起正事。关东军在满洲的重要军工厂——奉天造兵所目前严重缺员，让孙占元给他找人。孙八瞠目不解。宫田说：“在你思想矫正院里，关押着很多工人，不要把他们一律遣送到国境线上去当劳工，要立即把内中的技术工人挑选出来，分派到造兵所补充生产线上的缺员。”孙八称是。宫田又说：“明天我领你去参观参观，那个地方也要请你帮忙照顾。”

第二天，一辆黄色的军用轿车载着宫田和孙八从市内出发，行经许多崎岖的山道，开行了两个多小时，在一片丛林附近停下了。等在那里的日本士兵服侍他们上马，他们乘马又走行了好长一段路程，才来到目的地。这里表面上看，是一处孤零零的农舍。走进这个农家，转进一处地道，拐弯抹角，沿着阶梯行进，步行大约十分钟，眼前豁然开朗，这是一处警戒森严的峡谷。孙占元随宫田再次进入一个山洞，在这云雾缭绕的山谷中嗅到了一种特殊的化学气味。山洞很深，走到尽头时，灯光明亮，这里原来是一处隐藏在地下的建筑群。宫田告诉他：“此处是关东军‘191 部队’，是我们设在地下的化学武器工厂。”

这是一座现代化的地下兵工厂，过道非常宽敞，左出右进的门户甚多。一些车间里陈放着多种仪器和令人眼花缭乱的器皿，机器轰鸣，正在生产。在一间大厅里，宫田中将把孙八介绍给一位金发碧眼的女人，此人身穿白大褂，看上去像个医生。宫田对她很有礼貌。落座后，宫田和那女人说了几句日语，那个女子站起来和孙八握手，用熟练的中国话说：“石松先生，鄙人是这个特种部队的部队长，贱名北村金黛。我父亲是日本人，母亲是德国人，一年前从柏林来到满洲的。宫田中将请您来，有要事拜托，请二位随我来。”

那位女士领宫田和石松走进一个窄长的用玻璃镶砌的大廊里，请他们坐下。在她面前，有一台寻呼机，她用日语发布命令。在他们的脚下，透过这个厚厚的玻璃孔道，是一个穹形的空荡荡的屋子，面积很大，举架也很高，估量在几百平方米。随着命令，几个穿着白色大衫的人出现在这间房子里，巡视一遍后，随即退出。接着一伙中国人踉踉跄跄地被推了进来，他们一个个蓬头垢面，衣衫褴褛，约有三十人左右。这些人进入这间特别的房间，一时间都惊恐万状。部队长北村金黛用日本话尖叫了一声，那间房子即刻被从墙壁上冒出来的轻烟笼罩起来。屋中人立刻感到窒息，几分钟后有的晕倒在地，有的狂叫着撕开自己的衣裳，有的还互相厮打起来。十分钟过后，室内的烟雾消散了，地上躺卧着那些受难的人。北村对二人说：“这是我们最新研制的毒气弹，这些试验品，我们叫它‘马路大’，将要接受解剖化验，没有死的，要接受治疗。”

孙扒皮杀人不眨眼，眼下亲见日本人用中国人做试验品如此惨无人道，却也骇然。宫田告诉孙八，大日本帝国在满洲的神圣事业，绝不会因为意大利和德国投降而轻易放弃。日本陆军大本营已经制定了决战的计划。新京 100 部队，哈尔滨 731 部队，加上这个 919 部队，是关东军进行决战的撒手锏。必要时，宁愿玉碎，不令瓦全。今天我请你来参观，是要你帮助提供这些特殊的试验品。毒气弹试验要抢进度，这些“马路大”是必不可少的。从现在起，我要求你每天向这支部队提供三十个“马路大”。孙占元点头应是，但在他的额角上也滴下冷汗来。

回到客厅，屋子里已经坐满了人，这些人的打扮和那北村部队长一样，但内中除十几个黄种人外还有七八个白种人。宫田说：“他们都是制造毒气弹的化学专家。”孙八见内中有一个人身量矮小，面容瘦削，一头黑发，但生着两只黄眼珠，薄薄的嘴唇，尖尖的两耳，长相十分特殊。宫田告诉他，此人形容古怪，但很有来历。他是在冲绳岛被日军俘虏的美国海军特混舰队的将军，名叫乔治 · 布朗。

他是个生物学家、化学博士，被俘后，关押在日本本土，不久前我们把他押到满洲来工作。另外那几个是德国人，是在两年前根据秘密协定从德国请来的。孙扒皮耳听宫田说话，心里一直在打鼓。

看样子北村部队长把属下召集在一起，是来听宫田中将训话的。孙八惊愕地发现，宫田良相会讲英语。他讲话的态度很和蔼，在座的那些专家、学者，全都恭恭敬敬地洗耳静听，可孙八却猜不出他说的都是什么，但讲话结束的时候，响起了一阵热烈的掌声。

宫田兴致很好，他领孙八几乎把这所地下兵工厂全都视察了一遍。对于北村部队长详细认真的讲解，由于操的是日语并夹杂着英语，孙八当然更是一句也听不懂。

宫田在奉天停留几天，视察了思想矫正院的四个留置场和一处巨大的集中营，之后便偕孙八一同来到首都“新京”。关东军司令部派执勤军官把孙八安置在国都饭店，住进头等房间。当晚，宫田中将带来一个人，让孙八惊讶的是，此人竟是九年不曾见面的老朋友沙仲先。此时他任“满洲国军事部”的参议，已经没有什么实权了。见面便告诉孙八：“日本人仗义，听说你和令兄都入了日本国籍。我也有此意，只是碍于身份地位，没能如愿。”趁宫田出去如厕，老沙偷偷地告诉孙八：“你晓得宫田把你带到‘新京’来有什么勾当？”孙八摇头。沙仲先说：“日本首相东条英机派来了特使，要会晤‘满洲国’重要文武官员，内中包括亲日的满洲绅士。日本要建立第二条战线，包括日本列岛、朝鲜和“满洲国”，要和美国人血战到底。”

第二天，有专车把孙占元从国都饭店接到地处大同大街南路的“满洲国国务院”。土乡绅出身的孙八，居然能与国务总理张景惠以及各部大臣握手言欢，真是莫大的荣幸了。这当中还认识了一些新朋友。在警戒森严的会议室里聚集着“满洲国”的头面人物。其中有身着军装的，有穿协和服的，有穿洋服的，有穿便服的，但老年人居多，中青年很少。那位东条首相派到满洲来的特使，是一位身着中式马褂长衫的瘦老头儿。此人一口流利的中国话，首先代表东条首相向这些与会者表示感谢。对于大东亚圣战完遂，只做了一些简短的宣传，然后就陪同这些人驱车来到市内著名的中央饭店赴宴。饭店由日本宪兵警戒，联欢进行了三天。“满洲帝国”的各界头面人物俱在被邀请之列。知识界、文化界、产经界、金融界，真正是高朋满座，彻夜狂欢。

孙八坐在席面上，身旁是一位英俊的年轻人，自称姓张，也是从奉天被邀请来的。孙八冒昧地动问他的身份，这人谦虚地说：“在下是《盛京时报》的记者，任报社社论委员会的委员。”另一个挨他坐的人梳着长发，穿一套色彩鲜艳的花格子洋服，孙八又斗胆动问，那人满不在乎地说：“鄙人是‘新京大同剧团’的团长。”

盛会结束的时候，那位特使向贵宾赠送了贵重的礼物。孙占元得到一个很小的锦匣，里面装着一块瑞士的k金怀表，表链子是白金的，两颗表坠儿是贵重的红宝石。日本帝国主义者在危急存亡时期，犒赏汉奸，贿赂公行，和九一八事变前后一样，出手很大方。

首都“新京”，在战时体制下和奉天一样，民生凋敝，市井萧条。孙八住的是一流饭店，吃着特种配给品。但到街上去转了转，景况还不如奉天。摊床上都是些粗粮，饭馆里也不见酒肉。大摇大摆在街上行走的，除了日本人，就是“满洲国”的公差。

他多次打电话和宫田联系，但这位关东军将军十分忙碌。孙八在饭店羁留十多日，心急如焚，因着他请求宫田，允许和他分别多年的儿子金锁子见上一面，他已经很长时间没和儿子通信了。那孩子十岁时被他伯父带到奉天去上学，十三岁又被送往日本读书，至今已经七年整，并不晓得这孩子身在何处。太平洋战争爆发那一年，孙占一离开奉天，到南洋去开辟市场，临行时告诉孙八：“小思奇早已变成了日本人，他在日本陆军大本营设立的间谍学校受训，学成后可能被派回满洲。”还是他随宫田乘坐亚细亚号特别快车从奉天来“新京”的路上，宫田答应他的，到“新京”会让他们父子见上一面。孙老八思子心切，急于要见到他的独生子，但那宫田老儿，像是在故意拖延时间。

这日黄昏，孙八终于和宫田取得了联系。一辆军用轿车把他接到宫田的官邸，这里是“新京”东朝阳路的高级住宅区。宫田住的是一幢蒙古包式的房子。灯光下，见到一位身穿和服的日本贵妇人，二人见面，全都是热泪盈眶。因为这位接待他的妇人，竟是当年在奉天一起厮混过很久的杨仲和先生的夫人刁月娥。从九一八事变，孙八还是头一次见到她。这女子当初在奉天就够得上是一个著名的交际花，言说她是山东原籍，毕业于北京女子师范大学国语文学系，后来嫁给了金州的阔少杨仲和。两个人欢欢喜喜地叙旧，夫人还从壁橱里取出一套精致的鸦片烟具。景泰蓝的烟盒子、烟缸，赤金的烟座，象牙的烟枪。孙八识货，枪上的烟斗是三十年代重金难买的驰名遐迩的王寡妇斗。

宫田夫人操着地道的北京话和孙八交谈。孙八手握着烟枪过足了烟瘾，灯下打量一下跪在他身旁的宫田夫人，颇有感慨地说：“嫂夫人，你是不是吃了长生不老药，多年不见，怎么还是旧时的模样？”夫人向他抛个媚眼，发出银铃般的笑声。

有人按门铃，开门进来一位威武的日本军官，着一身坦克兵的制服，一照面便和孙八紧紧地拥抱在一起。来者正是孙八的独生子金锁子，父子二人哭作一团，宫田夫人回避了。

孙氏父子分别这么长时间，音信不通，要说的话很多，但他二人只是不停地哭泣。半晌，孙思奇才抽抽噎噎地说：“爹呀，只给了我一个小时的假，时间快到了。”孙八哭道：“儿子，咱们父子还能不能再见面了？”孙思奇摇着头，擦干眼泪，急快地说：“爹，我现在是关东军情报处的机要人员，在宫田大人手下当差。首都西大营驻有一个日军坦克团，发现有间谍活动，我正在那里执行任务。你我父子现在都是日本人了，待到大东亚圣战完遂，咱们再团聚吧。”孙思奇抬身便走，头也不回。老孙八伤感至极，跌坐在草垫子上。

宫田夫人从内室走出来，张罗备酒，孙八婉言拜谢了。回到饭店，打点行装，准备第二天返回奉天，临行前给宫田挂电话，但没有挂通。

孙八回到奉天，心绪烦躁。这几年他在市区设有好几处公馆，有两处被炸成了瓦砾。美国大编队的飞机，总是在响晴的天飞临城市上空，时间就在午前九十点钟。日军、满军都有高射炮阵地。可叹的是，美军 B-29 战略轰炸机在一万米高空水平投弹，而日满的高射炮只能打到八千米。无数门高射炮向空中射击，形成白色的云朵，而美军机群稳如泰山，缓慢飞行，准确投弹。奉天飞机场也有成群的战斗机，日本空军在这里派出了“神风特攻队”，唯一的办法不是和敌机作战，而是拼死冲撞，但战果甚微。

城市不停地遭受空袭，民心自然不稳。宪兵、警察除了拘劳工，还得清理地面，在巨大的动乱当中渐渐失去了往日的威风。奉天省思想矫正院已多次发生暴动。日本宪兵司令部前后三次被炸。警察厅一姓纪的厅长在卧室里被人枪毙了。百姓心里很平静，知道日本鬼子的末日快到了。

日文报纸透露一则消息，说德国的元首希特勒已经研制出一种非常的武器，是从前期的死弹发展而来的，称作“远程飞弹”，据说可以从德国境内直接攻击英伦三岛。靠这种新式武器，可以扭转战局。但广大民众对这则消息嗤之以鼻。远在太平洋战争爆发以后，轴心国曾经吹嘘有把握在数月之内击败美英，欧洲的新秩序、亚洲的大东亚共荣圈指日而待。但战争进行到第三个年头，形势便急转直下了，轴心国到目前已经是强弩之末。

孙八回到奉天，扩充了思想矫正院的范围，强化了这个机构的体制，无非是按照日本关东军的旨意行事。当时的奉天，是满洲重工业的中心，原来由张作霖创办的兵工厂，被日本关东军接收后，规模不断扩大。从奉天大东边门外一直扩展到北郊文官屯，承担着重要的军工生产任务。同日本本土生产的军火，保障在太平洋广大地区作战的各军兵种的需求。一九四三年日军又在奉天建造了飞机工厂，简称“满飞”，可以生产日本当时最先进的“零式战斗机”，并有能力装配重型轰炸机。

孙八把经严格挑选的一百五十名熟练的技术工人押送到“满飞”。部队长会见这位院长时毕恭毕敬，因为日本的官阶等级制度非常严格，面前这位石松院长是满洲帝国稀有的特任职官员。部队长引领孙八及随行人员到车间参观。在装配飞机引擎的一个车间里，孙八又意外地看到了近百名白种人，他们都在隆隆轰鸣的机器旁紧张地工作。孙八问部队长：“他们都是什么人？”部队长恭恭敬敬地回答说：“美国战俘。”

孙八走到一个车工的面前，用中国话问他：“你叫什么名字？”那个人停车回话，说的是英语。部队长招手叫来一个翻译，这个白人名叫兰福来，是个挪威人，随父亲加入美国国籍，参军以前，是个教会的牧师。孙八问他：“你是个基督教徒，为什么也要参加战争？”那人爽快地回答说：“我是自愿上前线的，尽一个美国公民的义务。”孙八困惑不解。相继他又和几个美军战俘交谈，发现这些白种人一个个都是态度傲慢，缺乏礼貌。那个部队长指着几个正在忙于生产的美国人说：“前几天他们曾经逃跑过，是从海拉尔抓回来的。他们深夜逃脱，在奉天车站潜入北行的一列货车，如果不是冻饿饥渴把他们困在车上，这几个人就越境跑到俄国去了。”孙八咋舌。

孙八从兵工厂返回市内，发现他的公馆已被烧掉了。警卫对他说：“这是八路军便衣队干的。”孙八站在房架子旁边的瓦砾堆上，见围墙上贴着一张告示，声言八路军便衣队三日内来取这个大汉奸的首级。孙八自当天夜晚便匿迹潜踪，再也不敢公开在市内露面了，一直到日本投降。

所说八路军便衣队，也就是刘铁柱当劳工到奉天接触到的那伙人。其实，那位曹荣并不是便衣队队长。“八路军便衣队”这个称呼是老百姓给起的。这个武装组织实际上是由一九四三年从北满来到南满的一部分抗日联军组成，其领导人是当年进入抗日救国军的那位足智多谋的共产党员童大鹏。

一九四二年严冬，奉天西门和南门的城墙上，有人把成匹的白布从三丈六尺高的城墙上直垂下来，上面用红字书写反满抗日的标语。这件案子轰动了奉天市乃至满洲全境。从标语口号分析，此事是共产党干的。但这个案子侦办多日毫无结果。从那以后，奉天市的街头巷尾便不时出现反满抗日的传单、标语。为此，宪兵、警察花大力气侦破此案，但案件却持续发展。这些宣传品有时竟用邮寄的方式投递到日满高级军事行政机关。为这个案子，日本宪兵队的司令被撤职，奉天警察厅的特务头子也受到了处分。

孙八以思想矫正院院长身份，接受关东军司令部的指令，负责处理此案，也因旷日持久找不到线索，在一九四三年春天受到了申诫。

到了一九四四年的冬天，奉天市内反满抗日的案件层出不穷。官方认定关内八路军已经渗入到满洲。因为国民政府的军队此时都在南洋作战。老百姓也猜测，这伙人一定是八路军，所以，曹荣见到刘铁柱时就告诉他，他是八路军便衣队。此时在华北打游击的八路军，确实已经大批潜入奉天市并建立了组织。他们和抗日联军合在一起，直接接受中共奉天市委的领导。

以石松占元为首的奉天市绥靖委员会成立了。这是个秘密的组织，内中除了他是个中国汉奸，其余全是日本人。但在这个时期，即便是在这个绝密的机构里，日本官员也没有这个大汉奸掌握的情报确切。

这天，委员会的全体成员，包括日本宪兵司令、日本国家保安局的局长、警察机关的特务首脑，认真听取了石松占元先生的报告。这个须发皆白的老头子，没用翻译，只用他本乡本土的中国话说出一番情景来。大意是：意大利已经完蛋了，希特勒德国也坚持不了多久。已建立多年的华北政务委员会在日本皇军对这个地区进行大扫荡失败以后，众多的汉奸已经被共产党八路军卡住了脖子。这些人为顾全自己的身家性命，明和日本亲善，暗中和八路军联络。日本北支派遣军撤出华北之后，留守的伪军和增派过去的“满洲国”军，受八路军统战政策的宣传并不积极作战。而为数众多的华北伪军则是雇佣军，因为华北政务委员会，至今都没有颁布兵役法。混饭吃的士兵，能顶什么用？前不久，得到情报，有大批的八路军便衣部队已经由山海关渗入满洲。山海关是国境线，当然戒备森严。可是有一天，除了日本宪兵的首脑，其他中国籍的、满洲籍的官员都接到了通知。言说，中国第十八集团军要有一批官兵从这里入境，命令他们验证放行。所谓证件，既不是通行证，也不是入境的护照，这批官兵从中国进入满洲，只需在手心上用红笔标明一个“八”字。满系官员为了保命，居然尊令放行。最近北宁路上军用列车多次被颠覆，铁路沿线，关东军的军事仓库和若干处地下设施也连番爆炸起火。事实证明，八路军已经开始成建制地进入了“满洲”。中国人有句俗话，言道是“九反朝阳”，旧民国热河地区就是个干戈不断之所。“满洲国”军队过去两年已经有三支部队在那里哗变，大约最少七千人全都当了八路军。

在场的日本官员都会中国话，他们沉默无言，听这位效忠日本天皇的大汉奸继续演说：“满洲帝国”成立之前，在关外就盛行“家理教会”。这个帮会源远流长，明清两代的王朝都利用过这个东西。南方的“红帮家理”，北方的“青帮家理”势力非常大。“满洲帝国”建国后，青帮家理由我们的特务机关控制使用已经多年，但最近这个帮会，有点要更张易辙了。十四年来，他们从第十八代已经发展到第二十三代，帮会的成员由几万人扩展到几十万人。以大连、奉天、“新京”、哈尔滨等大城市为中心，不断地扩大组织。满洲籍的宪兵警察，绝大多数都参加了这个帮会。值得忧虑的是，共产党、八路军和北满地区的抗日联军，已经有效地动手利用了这个帮会。三老四少一通行话，说过之后，然后亮出“海底”，这东西是家理教会的身份证明。以前我们用这个东西查拿共产党、八路军。可近来，满洲的宪兵、警察已经通过这个门道，开始包庇国事犯、政治犯。要逆转这个形势，得花大力气，运用非常的手段。

在座的日本人听取了孙八的报告，经过慎重的研究，决定在绥靖委员会属下建立一个特别的调查组，由石松占元先生担任组长，日本宪兵司令部的司令任副组长。

日本国家保安局局长是专程从日本赶来的，他掌握了大量确凿的情报之后，准备回国。临行时，亲自拜会了孙八。他把日本宪兵队都不能直接掌握的一大批资料交给这位思想矫正院的院长。一份关于日本共产党在满洲地区潜伏分子的名单，还有最机密的一部分材料，是在日本关东军内部暗藏的秘密组织——“日本反战同盟”的有关材料。孙八受宠若惊，但这位保安局局长告诉他：“你石松先生官高爵显，有资格掌握这批材料。我已正式推举你任日本特务机关和宪兵队的高级顾问。”

进腊月，特务汉奸拉网打鱼，全力维护紊乱不堪的社会秩序。美国的重型轰炸机群几乎每日光顾这个城市的上空。大轰炸过后，铁西工业区、东关造兵所又发生了数次爆炸，这座城市已经无法平静了。

孙八当然是焦急万分，自从充任高级顾问，他率带随员有权巡视所有的机关、团体。这一天，他又到兵工厂去了。这里的部队长是个少将军衔的五十多岁的关东军，也是一位兵器专家，九一八事变，日本接管奉天兵工厂，他便到这里来任职。十三年间，他管理这处工厂可谓功勋卓著。但此刻，他遇到了前所未有的危机。机械破损、电力短缺、生产武器的特种钢材和稀有金属质量低劣，中国工匠消极怠工，而日系工人又多属老弱病残。“满洲飞行机株式会社”原先隶属于日本的祝友工业集团，自从归入部队，资方代表已经撤出，工厂变为国营，在军方的命令下生产，原有的生产秩序乱了套。他向这位石松院长又提起那伙美国战俘来了。石松顾问由此详细地动问关于美国战俘的状况。

部队长报告说:“目下在生产线上工作的美国人，总计四百余名，内中有少数黑人，都是工程师、技术员或多工种的高级工匠。这些人服从命令，干活也很卖力。但要求允许他们建立战俘组织，要住在一起，工作余暇时要在一起生活和娱乐。如果不满足他们的要求，他们就要集体罢工，并且用绝食来表明态度。饿死了几个人之后，我们只得答应他们的请求，这些人非常满足。交换战俘在日本军界是绝无仅有的，因为日本官兵被俘之后，即便是返回部队，也要处决。这些美国战俘都有必死的决心。他们说日本取胜了，他们可以指望回国，日本战败了，他们就是死路一条。特别提到石松院长早些时候到造兵所见到的那个美国人兰福来。他是奉天美国战俘营里唯一的牧师，也是这群俘虏当中的表率，因为所有的战俘都是基督教徒。这个牧师，每天早晚要率领全体教徒做祈祷，战俘用餐的时候还都要按照基督教的礼节“谢饭”，也就是感谢上帝赐给他们所用的饮食。星期天他们叫礼拜，还要在上班以前做礼拜。我们曾多次制止过，但无效。关东军司令部接到过我们上行的公事，但批语也是含糊其词。

这个石松院长孙老八对于美国人毫无了解，只用他习惯的思维方式问那个部队长:“在美国战俘中，有多少飞行员？”对方回答道:“六十余名。”孙八斩钉截铁地命令道:“把他们全部处死。这些王八蛋把奉天全都要炸平了。”部队长立正回话:“这件事情本人不能做主。”

大汉奸怏怏不乐地离开了兵工厂。近几个月，他心绪烦乱，已经变成了疯子，在思想矫正院所辖的范围里大开杀戒。此时，他的胞兄孙占一远离故乡，身在南洋，而他和亲生的儿子离别七年只会见了几十分钟，对他来说，这都是最大的烦恼。

一九四五年的春节，他回老家虎石台过年。他的行踪诡秘，乡亲们好久没有见到这个人了，此番回老家过年，在村里引为奇谈。

腊月二十五，公义堂发出请柬，多达二三百份，内中包括三里五村所有的乡绅。有些拥有房屋地产的土乡绅接受邀请，竟得借了服装鞋帽，才能前来赴约。从经济统制以来，土地占有者交纳出荷粮和各种的苛捐杂税，官差勒索，加之贫雇农抗租怠工，已使这些有钱人招架不住，日渐贫穷了。

公义堂五间大厅摆设盛宴，众乡绅坐在酒席宴前，感慨良多。已从一个土乡绅变成“满洲国”赫赫有名大人物的孙老八，约大家到公义堂来饮宴，多数人是惴惴不安。他们回想，孙氏兄弟在这以前都曾经宴请过他们，最早的时候还似乎在旧民国。内中有些人参加过孙占元在清水镇鸿记饭庄的盛大宴会，那次是他刚刚担任思想矫正院院长。虎石台乡绅王雅轩就是在那次宴会上被警察署逮捕，只因为他说出了爱新觉罗·溥仪这个名字。

今日大家又来赴宴，古人道：宴无好宴，会无好会。思想矫正院院长石松占元已经是个日本人了。中国人赴日本人的宴会，难怪要忐忑不安。

杀猪宰羊，公义堂不乏此物，但席间陈列的山珍海味、大米白饭，却使赴宴的乡绅不敢举箸。孙八笑道：“我是‘满洲帝国’的特任职官员，席上的一应物品都是我从奉天带来的，大家随意吃喝，不必拘束。有一句话，叫‘好人护三村，好狗护三邻’。此次还乡，要和乡亲们交代一件事情。从满洲‘建国’我先当国道局长，后当马政局长，太平洋战争爆发之后才正式加入了日本国籍，当上了思想矫正院院长。咱们‘满洲国’，归属日本十余年，我们为什么不可以参加日本国籍呢？要求只有一个，承认大和民族是人类最优秀的民族。我们是‘满洲国’的国民，最先进的亲日分子应当加入日本国籍。日本人发动九一八事变，成立冀东道，建立华北政务委员会，不是想把中国人都变成日本人，而是支持中国的国民政府改变他的‘建国’方略，修订原先的‘建国’大纲，以反对共产党为宗旨，搞三民主义。这件事情已经实现了，那就是南京的国民政府。我担任思想矫正院院长，就是要矫正满洲人的思想观念，让他们迅速地觉醒，拥护‘满洲国’，和大日本帝国友好亲善。这叫基本国策，什么人胆敢反对，那只有死路一条。”

孙八这番讲话，相当于他当年在鸿记饭庄的那一套训话，众乡绅洗耳恭听，默默无言。

最后，孙八又在席上宣传了一通大东亚圣战的具体内容，无外就是日本国要联合亚洲的有色人种对付白人的侵略。他也谈到了俄国，告诉大家日本国已经和苏联缔结了互不侵犯条约，俄国决不能和日本开战。当前日本国主要的敌人是在太平洋称霸的美利坚合众国。大日本帝国有战胜敌人的把握，用不了多久大家就会看到战争的局势将出现重大的转机。酒过三巡，孙八告诉乡绅们，对于大日本帝国终究要战胜强敌都要抱有充足的信心。这几年，纳出荷、出战勤，民众的负担是重了一些，然而大东亚圣战完遂，满洲民众就将要享受和日本人一样的国民待遇。

孙占元回家过年宴请宾客之际，离乡多年的二善人芦启良也回到了虎石台。和孙八不一样，他是挨家挨户地拜望众乡亲。以奉天同善堂堂长、大同佛教会会长、奉天“红卍字”监院的身份，宣传宗教，内容就是三期末劫。他含糊其辞地对乡亲们说：第二次世界大战行将结束，而第三次世界大战相继就要爆发。日本、德国战败之后立即就要爆发苏联和美国的战争。但他的这些说辞并没有人相信。

孙占元回乡来过春节，从公义堂传出了消息，他要任命王吉庆和柳天祥为公义堂的大管家、二管家，但被这两人拒绝了。另说孙八有一天把庙祝王老好请到他的府上，两人山南海北地谈了一通，最后要给老好一笔钱，叫他重建租赁仁慈堂的那所房屋，但也被王三叔拒绝了。三叔说，村中的关帝庙，自从道士黄福臻去世，村公所就委派他看守这所庙宇。他已丧偶多年，寄身庙堂，每年还有三石粮的津贴，却也是衣食不缺了。

二善人芦启良临行的时候，殷切嘱咐他的侄子要爱护乡亲，广施仁政。

第三十二章

一九四五年，第二次世界大战进入决战，战争风暴席卷全球，但却未波及辽西这个偏僻的山村。清水镇自从头年发生济人诊疗所的大案，被抓捕的人犯众多，被株连的农家无数。但后来被位高权重的大汉奸孙八制止了。先是虎石台村被日本宪兵和警察署逮捕的一干民众被释放了，相继清水镇日本宪兵队分驻所也被撤销了。改组后的区警察署，几乎无人再提及搜寻在逃的共产党要犯甄济仁的事了。

春回大地，虎石台农民和往年一样开始耕种。老百姓亘古以来就是顺风草，村里还是照旧摊派劳工，出勤劳奉仕。防空指挥部、国防妇人会，照例出战勤。只是村长芦茂财情绪低落，已经不再趾高气扬地发号施令了。相当于副村长的助理员金荣海，从宪兵队被释放回来以后，也是不管村里的任何事。老百姓心知肚明，日本鬼子快完蛋了。

村种马场的管理员金荣山，走在街上无人搭理。乡亲们疾恶如仇，都清楚此人欺兄霸嫂，检举胞兄使村中许多人受到牵连，特别是开小铺的张茂森为此事竟惨死在日本宪兵队的拘留所里。一些小孩子经常躲在暗处，扔石头子儿打他。

说谁是共产党，百姓并不知情，但看庙的王老好却心知肚明。猜得出老友焦大海参加共产党已经多年，为营救共产党辽西交通站站长甄济仁，壮烈牺牲。他儿子王吉庆也经甄济仁介绍入了党。村子里地下党的组织不断扩大，已经十分稳固。如果吉庆不是共产党，那甄济仁脱险之后何处藏身呢?

孙八的好友杨仲和，远在“九一八”之前便带王吉庆到他所谓的故乡金州去学习果木栽培技术。吉庆学成之后，为孙八在北山创建果木园。那时目不识丁的雇农王吉庆就开始和日本人打交道了，当然他不可能知道那位阔少杨仲和是个日本间谍。后来马夫焦大海在镇上济人诊疗所佣工，聪明的王吉庆就主动和那位焦大叔靠近了。接着，虎石台来了小学教师金石开，在村中执教三年。这期间，王吉庆通过焦大海结识了甄济仁，那位甄大夫和吉庆思想相通，是他的启蒙老师。甄先生在虎石台发展的第一个共产党员，便是王吉庆。

吉庆以果木园子大把头的身份给孙占元创造财富，当然老奸巨猾的孙八，不能不对他起疑心，当初的东伙斗智已经过去二十余年了。孙八识人，看重他的才能，放松了在政治上的戒心。数年前，孙占一还乡祭祖，曾与孙八探讨过这个人的情况。当时，孙八曾说过，王吉庆如果是有知识、有文化，可以指挥千军万马。这个评价不错，王吉庆参加了共产党以后，几经周折，已经在虎石台建立了党的地下组织，并开展了一系列活动。

小学教师金石开夤夜脱逃，内中虽有张茂森和金荣海的通风报信，最重要的还是王吉庆从北山下来，把他交给焦大海，使这个有抗日救国思想的有志青年，能够摆脱敌人的搜捕，顺利地奔赴抗日前线。

刘铁柱出劳工，一去不返。去年庙后李大虎兄弟、王长江父子和老董家也不再伙种地了。铁柱子虽然离开家乡，但老董家大傻子、二愣子、黄毛子都已中用了，铁柱的二小子钢蛋子都长成了半拉子，这样董家就有四个人可以下地干活。为此大虎、长江决定把最好的牲口、新置的车辆都拨给老董家，让他们一家人独立耕种。

董四婶急公好义，济老怜贫。战时体制下家家户户生计艰难，李大虎、王长江此番的举动，这叫讲义气、够交情，因为他两家劳力少，伙种土地收获平分不算公道。

李大虎、王长江和老董家分开之后，王长江就得了一头毛驴子。大虎兄弟没有车马，从去年在西岭下租种两饷地，只好种瓜。种大田三铲三趟，种香瓜、西瓜全凭人力。那时，交纳出荷粮有规定，种什么交什么。公义堂的果木园子拿收获的水果交出荷。种香瓜、西瓜和栽种果木不一样，得把地里生产的东西卖掉之后买粮食交地租，再由土地占有者用粮食交出荷。

今年春天，李大虎兄弟又在这块土地上种上瓜了。瓜秋，瓜秋，阴历六月底才能成熟。为了看守瓜田，大虎兄弟在瓜田的地头上把去年建造的那处瓜棚又重新修整一遍，兄弟两个轮流在瓜棚里值班。瓜田紧靠公路，没人看着瓜就剩不下了。

这一年雨水特大，香瓜待熟的时候，需要光照，可天不作美，淫雨连绵，很少有放晴的时候。直到阴历六月末，还没有开园。伪满初期修建的国道，原本是用砂石铺就的，但因淫雨霏霏，连月不开，这条公路已被来往的车辆碾轧翻了浆，马车汽车常在路上打误。村公所动用民夫不分昼夜平整道路。因这条路不断有军车经过，由此村长芦茂财经常地受到责难。

这晚雨大风狂。天到三更，李大虎坐在瓜棚里，一袋接着一袋地抽着旱烟。李二虎身披蓑衣站在街道边上，冒雨放哨。过夜一点钟，有几个人陆续地进入瓜棚，内中有王吉庆、柳天祥、王北辰、焦成龙、沈明礼，还有几个外村的人。大家围坐在瓜棚里听王吉庆说："今晚，区委指示我们在这里开一次会议，传达上级指示，布置下一阶段工作。德国法西斯已经在五月份战败投降，日本帝国主义就要覆灭，光复东北就在眼前。反攻在即，我们这个地带是八路军进入东北地区的走廊，所以要做好配合大部队进军的准备。"沈明礼接言道："区委书记指示我们，苏联很快就要对日宣战，苏军进攻需要我东北民众的配合。当前我们的主要任务是保护好北山的粮库，注视敌伪武装的动向，必要时要组织暴动，夺取武器武装自己。"

两点多钟，李二虎水淋淋地领进两个人来。他们一身农民打扮，但身上都背着沉重的包袱。大虎把油灯拨亮，沈明礼跳起来和内中的一个人抱在一起。此人，在座的几乎全都认识，他就是大秃子，沈明礼的亲哥哥沈明义。他入伍当国兵，在热河赤峰随部队起义，参加八路军已经多年了。昔日，焦大海因着向家人偶然提及此事，发生过芦再新逼奸焦艳霞，死在王北辰手下的事情。

沈明义进瓜棚，兄弟相逢，并没说多余的话，仅仅是向大家介绍他身边的那位同志："这是我们部队的报务员，我是向导。我们两个受上级的命令，要到奉天以北的赵家沟和当地的派遣人员会合，用电台和部队联系。我俩昼伏夜行，已经三天没正经吃饭了。"言罢，他和那个人又累又饿，都倒在干草铺成的地铺上。

瓜棚里什么食物都没有，回屯子太远，沈明礼顶着暴雨出去摘回一筐香瓜来，让那两人解饥。沈明义躺着没动，那个同行人吃了几个半生不熟的香瓜，立即爬起来，打开了他身上的包袱。这个包裹，是用油布油纸密封起来的，他把里边的收发报机亮出来，然后又出去架设天线。王吉庆命令大家到瓜棚周围警戒。那位报务员手按着电键，"滴滴答答"地工作起来了。天亮以前，王吉庆和参加会议的人全都疏散了。他把这两个人领上了北山。

八月八日，苏联红军突破日本鬼子在中苏边界所建的防线，向满洲推进，同日，对日本宣战。"满洲国"立即进入战争状态，所有的城镇都发布了紧急动员令。村长芦茂财在直流收音机里听到了日本东京的广播，知道了八月六日美国在日本的广岛丢下了一颗原子弹，八月九日又在长崎投放了一颗。

驻扎在辽西地区的日本关东军，整装待命。虎石台进驻了一个日本联队。日军顶盔贯甲，声言一定能打败苏联的进攻。联队长对芦茂财说：“我们关东军直属部队有几十万人，等候和俄国人作战已经多年了，这一次，我们有把握把他们逐出国境线。”这位联队长把司令部设在了仁慈堂，芦宅的大厅上高悬着太阳旗。进村的部队都住在民房里。此番，那些耀武扬威的日本兵已不那么神气了，有些会说中国话的下级军官，在和百姓接触当中，情绪已十分低落。八月十日，他们从虎石台开拔，可八月十五日，就原封不动地回来了。

就在这一天，村长芦茂财在他家里打开了五个波段的中长短波俱全的德国收音机，听到了日本东京广播电台一字一句地、清清楚楚地播放了日本天皇颁布的“投降诏书”。

凌晨，日本关东军720部队设在虎石台北山上的粮库传来了令人震惊的消息。粮库负责人日本军官新居由夫，下令所属的官兵向中国共产党辽西地区交通站站长甄济仁交出了武器。甄济仁大夫在交通站被破坏之后，只身逃出清水镇，由王吉庆护送到青鱼沟，在那里恢复了交通站。八月十四日从青鱼沟来到北山。

那个被警察署长吕耀庭、村长芦茂财多次提起过的有反战情绪的日本军官新居由夫，原本是反战同盟的重要成员，多年来未暴露，得益于贵族出身。日本士族阶级是军国主义的重要支柱，通晓日本历史的人都清楚，但此人例外，是个离经叛道者。王吉庆先在北山为公义堂开辟果木园，后来关东军才在这里修建粮库。这位军官从到任后就与王吉庆打交道。他们两个，一方是贵族出身的有高级知识分子身份的日本军官，一方只是中国的一介草民，可二人却建立了深厚的友谊。

这个日本人粗通汉语，但却是个研究汉文的专家。中国的经史子集，他能通读，并能用汉文写出像样的诗词歌赋。关东军粮库是个机要部门，为什么要派他来这里呢？因为他的许多至亲好友，特别是宗族里边的长辈在日本陆军界都是的大人物。这种人参加背叛国家和民族利益的反战同盟是让人无法设想的。日本帝国主义一夜之间宣布投降，当然在新居中尉的意料之外，就在他手足无措的时候，甄济仁受命行动了。两个人见面只谈了几十分钟，新居就欣然同意把他手下一百二十名官兵手中的武器移交给这个地区的中国共产党人。

新居下达缴械命令未遭到任何抵抗，因为在这之前，担任粮库警卫的日本官兵，绝大部分思想都已经动摇了。在王吉庆为首的中共地下党员的细心工作下，北山果木园的满系劳工和日本兵相处得十分融洽。有一多半日本兵学会了中国话，而满系劳工也几乎都成了日本通。这个死角如今变成了活角，新居所属的这批日本军人应该是第一批向中共八路军缴械的。随后，甄济仁下令给这一百余名日本军人换上中国便装，分散到几个村屯里去了。

第二天，一伙外蒙的骑兵行经此地，驻扎几日后便向奉天方面开拔了。

中共辽西地区交通站由青鱼沟迁到虎石台，随即区武装部也宣告成立。武装部的负责人是八路军派遣过来的，用收缴的日军武器迅速把当地的青年农民武装起来。八月二十日前后，区武装部相继接管了区公所、警察署、村公所和区内所有的屯公所。警察署长吕耀庭和他的属下向区武装部交了枪。区武装部占领警察署后，立即逮捕并关押了警察署长吕耀庭、区长刘紫玉及一干伪官吏。虎石台村几个徒手的农民把村长芦茂财五花大绑地押送到镇上。全区各村屯也相继成立了武装部。不出几日，恶霸汉奸悉数到案。

不久，共产党八路军的大部队开进清水镇。这支部队军容不整，战士们穿着土黄色的军装缺襟少袖，打着补丁。脚下的鞋子有的前头张了嘴，有的后头破了跟，有的竟是光着脚板行军，但军纪严明。在龙王庙前列队集合，然后分别到指定的民房住宿。战士们住进民宅，操扁担挑水，抱扫帚扫地。当初只听出官车回来的人说过，今天，民众才亲眼看见了这支穷苦人的部队，果然是名不虚传。进镇的官兵，大约是一个团。团长和政委穿着打扮和士兵一样。有人发现了那位团长身上的记号，左腿上的绑腿是黑的，右腿上的绑腿是黄的，身上的军装胳膊肘子、膝盖和双肩都打着补丁。仅三天的工夫，部队在这里略事休整，开拔的时候，都穿上了鞋子，这种鞋子就是消费组合库存里的胶皮水袜子。部队来去匆匆，但让东北民众第一次见到了共产党的队伍。部队留下了一批干部和战士，协助已公开的中共基层组织筹建区人民政府。

八月末，宽有一尺、长够一丈的“清水镇区人民政府”的大牌子就赫然挂在区公所旧址的门前。百姓都熟识的甄济仁大夫当上了区委书记兼区长。

人民武装部改称区公安局。局长由部队留下来的一位营教导员担任，此人名唤钟杰，年近四十，据说是很有资历，毕业于东北大学，“西安事变”后参加了共产党。公安局把区武装部的一百余名战士编为警察，开始弹压地面，恢复地方秩序。

清水镇有三华里长的买卖街，大部分商号在伪满经济统治时期就已全部停业。供应民需的消费系统是消费组合，区长刘紫玉任消费组合长。当年永字号的买卖，将近四年之久，垄断这个区的工商业。分布在多处的消费组合社，有的名叫商店，但都是官办的。仅仅半个月的时间，在区人民政府和公安局挂牌办公的时候，消费组合所有商店、仓库里存放的粮食、布匹、鞋帽、农具、日用百货等等，就被穷困多年的农民抢劫一空。镇上的几户日本居民，在武装部保护下，没有死伤人命，但家中的财物也都遭到洗劫。

区公安局开始恢复镇上的秩序，先是收留了无家可归的日本居民，先让他们换上中国人的衣裳，并派人把他们送到省城，交给日本侨民会。同时也将在北山上缴械的日本官兵转移到奉天。

苏军进驻满洲后，红军司令部曾发布命令，所有投降的日本关东军不得擅自解散。军官的官阶军衔不许拿掉，保持原有的建制。最高统帅部要求把八十万日本关东军全部押送到苏联境内，建立战俘营，让他们为苏联的战后恢复建设服劳役。但统帅部的另外一道命令却和这道命令发生了矛盾。按协议，苏军将要从满洲获得大量物资，以补偿出兵损失。由此，中东铁路超负荷运输，但还是造成了物资的积压，根本没有能力运送关东军。因此关东军放下武器之后，众多的部队都自动解散了，官兵混在日本侨民当中，被遣送回国。

不久，虎石台的村人民政府也建立起来了。大批的八路军和新四军从这个村子经过，其中一股部队在这个村子留下了工作队。队长名唤田丰，只有二十几岁，说话是河北口音，其人很和蔼，带领工作队接管了伪满的村公所，并开展工作。首先是按共产党在关内的老章法，组织成立了贫下中农协会。他讲：日本投降后，我们共产党八路军制定了新政策，但原则不能变，仍是一切权力归农会。农会不搞打土豪、斗恶霸，而是减租减息，照旧实行抗日战争时期的政策。但大恶霸、大汉奸不受保护。

虎石台的农会九月上旬成立，农会建立的同时，区里派来了村武装部。武装部进驻本村之后，便动员群众成立村政府。农会召集全村的村民选出代表，又由村民代表参加选举。王老好即王玺山当选光复后虎石台的首任村长，李大虎当选农协主席，陈帼英当选村妇女会会长。村干部沈明礼、武装部长焦成龙是区上派下来的。村政权刚刚建立，随即行使职权，第一项行动便是查封逆产。孙占元、芦启良和芦茂财的逆产被同日查封。按照区政府的命令，由村武装部把这两家的房屋、仓廪、马圈、车棚等一应动产和不动产整理造册，贴上盖有区人民政府印章的封条，责令两家佣工负责看管。

除孙占元和夫人黄氏，其余的均系仆人，但石妈身份不明，成分不好定。说她是仆人，可少东家金锁子是她生的，说她是主妇，可没有名分。村政府最后决定让她和黄氏住在一间房子里，派人看管，听候发落。

公义堂被查封的当日，石妈随同黄氏来到村政府。黄氏向村长王玺山哀求，说她本人自从嫁给孙八，便受到冷落。女仆石妈是上炕的老妈子，众人皆知。黄氏有个要求，孙占元通敌卖国，充当汉奸，和她本人并无挂连。石妈是孙八用钱买来的，给孙家留条后，那叫有功之臣，但公义堂仍旧把她看成一个女仆。黄氏本人读过圣贤书，晓得周公礼，她自认本身有罪，但要求人民政府对她施行宽大政策。她多年吃斋念佛，请求能允许她离开虎石台到红石岭子尼姑庵去削发修行。

这件事村里不能决定，农民会长李大虎到区上去请示，得到甄区长的批准。

一辆大车把公义堂的主妇黄氏从虎石台送到红石岭子，交给了尼姑庵的住持雷音。临行时，区武装部和农民会搜查了黄氏所带的物品，也就是几件随身的衣服，连铺盖都没带。会长李大虎亲自搜遍了她的全身。黄氏上车时，自己说："罪人此次到庙里去修行，只求个身外清静。和孙占元前生就是冤孽，几十年来夫妻不和，乡亲们都是知道的。"黄氏由两个武装农民押解离开了虎石台。

女仆石妈，就在黄氏走后的当天夜晚忽然失踪了。更夫看她已经安安稳稳地睡了觉才离开，可天亮的时候，却见那炕上已经没了人。石妈深夜失踪引起了轩然大波。村民议论，石妈深夜逃脱，一准是王吉庆和柳天祥把她放走的，此番一定是到奉天去找孙扒皮了。村武装部和农民会当即派人追捕，又赶上天不作美，倾盆大雨整整地下了一天，追捕人员无法上路。石妈逃走之后，武装部对公义堂进行了认真的检查，所有的封条都是原封未动。初步判断，这个女人只是胆小怕事，从宅子里跑掉了。

但实情是，在公义堂被查封以前，那个阴狠毒辣的黄氏夫人，已经把重要的文契，包括房文书、地文书、租赁契约、典当契约、欠据、借据、公司的股票、银行里的存折等等，打成一个小小的包裹，交到石妈手中，告诉她："如果村政府不允许我离开本村，离开宅院，你要拿着这个包袱设法逃走。你是奴才，共产党不会对你严加看管。如果你能离开这里，一直向东走，到奉天，就容易找到孙占元了。"未料村政府居然允许黄氏离开驻地到红石岭子苦竹庵去出家。对黄氏来说，这算是意外的收获。尽管走得匆忙，身前身后都有人看管，可她还是寻空嘱咐石妈，在她走后，立即逃跑。这位忠诚的女仆，遵照黄氏的吩咐，就在当夜冒着大雨从公义堂跑出来，离开了虎石台。

王吉庆和柳天祥多年来在公义堂当打头的，日本投降以前，孙占元还想任命他们两人为管事的，这件事众人皆知。另有一层，王吉庆在北山果木园子当把头，后来又和日本关东军720仓库建立关系。果木园子里头的园工，都变成关东军的苦力。伪满后期，这些劳工不出战勤，不参加勤劳奉仕，享有特权。试问，王吉庆和柳天祥算什么人物？明明白白是恶霸汉奸的狗腿子。村里人选王吉庆的父亲当村长，这里头就有文章。农民会长李大虎和王家、柳家交情深厚，而新当选的妇女会长陈帼英，又是柳天祥的儿媳妇。区上派来的武装部长焦成龙，那叫子承父业，共产党世家，当之无愧。可村干部沈明礼尚不知他是不是个共产党员，也不知道通过什么关系被区上派下来的。他叔叔当年任抗日救国军西路军司令部的督队官，来过本村。不久，又听说他哥沈明义，伪满时期当国兵，在热河起义成为一个八路军，可那仅是听说。而今派这么一个年轻人到村里来执掌村政大权，令人不解。石妈深夜潜逃，谁能料定不是王吉庆和柳天祥救走的？可工作队竟对这件事情不加追究。因着这些，新建立的人民政府，召集百姓开会，可就费劲了。到会的人稀稀拉拉，在征求村民意见时，敢于发言的也寥寥无几。村长王玺山虽然是被村民公认的长老，对他出任村长，也无不拥护，可是，耿耿于怀。

工作队是几个刚刚来到这里的八路军，队长田丰，年纪轻轻，而且是个河北人，群众管他叫田老奋儿。这个老奋儿虽然穿着军装，佩带武器，可是左看右看都像个买卖人。开会的时候，队长告诉大家："咱们共产党抗日救国，浴血奋战八年才取得了最后的胜利。东北的老百姓都知道，八路军、新四军、抗日联军都是抗日的，那都是我们共产党的部队。请问乡亲们，你们知道国民党是谁？蒋介石是谁？可你们没有不知道毛主席和朱总司令的吧。现在日本投降了，我们共产党八路军来收复失地，这是理所当然的。十四年间乡亲们受尽苦难，现在我们要领着你们医治战争的创伤，发展生产，重建家园。我们共产党从一九三七年和国民党第二次合作以来，就一直以民族大义为重，团结各阶级、各阶层一致抗日。现在日本投降了，我们共产党绝对不搞分裂。地主富农和贫下中农也要团结一致。不久国共两党要进行和平谈判，内战是打不起来。当然，汉奸卖国贼人人痛恨，咱们的地方政府惩治他们，这叫上合天心，下合民意。"工作队长的讲话，村民似懂非懂，因为他们在日本鬼子的统治之下，当牛做马已经十四年，多数人是不明白这些道理的。

此时，正值秋收后农闲，许多贫下中农交纳了地租，还完了欠账，仍旧是缺吃少穿。因为这几年，纳出荷、出劳工，地种薄了，人力减少了，畜力也相应不足，打下来的粮食少得可怜。阳历十月，区政府派下人来，在虎石台启开公义堂和仁慈堂的封条，开仓放赈。

开仓放赈，救济的不单是本村的村民，十里八里远达百里的贫苦农民也都闻讯赶来，领取救济粮。尽管区武装部有成百的人持枪弹压，但也无法维持正常的秩序。成千上万的农民在领取救济粮的同时，也把公义堂、仁慈堂上了封条的房屋砸开，一应物品抢掠一空。

公义堂的两个打头的王吉庆和柳天祥，在这个当口，安安稳稳地住在北山果木园子里，静观其变。他们二人正在协助八路军战士接管北山上的日本关东军粮库。粮库修在后山坡上，规模巨大，内中储藏着上万吨的大米、白面、饼干、砂糖，登时全部成了八路军的给养。由此出关的大部队，并未向地方征讨军粮。以王吉庆为首的一伙人，没辜负区委书记甄济仁的嘱托。

阳历十月十五日，清水镇区级所辖的地方政府都召开了群众大会，公布了一个振奋人心的消息：中国共产党主席毛泽东和中国国民党的总裁蒋中正在和平谈判中签署了鼓舞人心、振动全国的“双十协定”。还有一条消息，张大帅张作霖的儿子张学思，在奉天出任了东北人民自治政府主席。东三省这是要在中国共产党领导下宣布自治了！

伪满时遭民众痛恨的清水镇四大害，大头鬼刘紫玉、小丧门吕耀庭、二鬼子芦茂财，三人俱已收监入狱，只缺一害，就是活阎王孙扒皮。区政府发出布告通缉此人。此外，对各村屯罪恶昭彰的汉奸特务，也都通缉搜捕，一律缉拿归案。

虎石台的金荣海到区公安局告发他兄弟金荣山，欺兄霸嫂，陷害乡邻，在伪满时使众多的村民被伪警察署和日本宪兵队逮捕，内中有八路军的亲属、反满抗日的农民，特别是在日本宪兵队逼死了本村消费合作社经理张茂森。

公安局根据金荣海的投诉，逮捕了金荣山。这小子被收拿后，坦白交代了全部罪行，并主动戴罪立功，检举揭发了他的亲爹金广梁，使多年石沉大海的袁百家灭门命案浮出水面。同时，芦茂财被捕之后，也坦白交代了当年虎石台老爷庙开光，用非常的手段奸污逼死柳天祥的妻子阮桂香一事。天知道，如果没有共产党八路军领导人民翻身闹革命，这些陈年的旧案，怎能昭雪？被屈含冤致死的贫苦农民，焉有报仇雪恨的日子！

老金三金广梁被捕时已经是阳历十一月份了，其间，区政府和公安局已经在各村屯捕获了众多对人民欠下血债的汉奸。尤其是大头鬼刘紫玉被捕之后，他家所有的动产均被群众哄抢一空。虎石台的公义堂、仁慈堂，也被抢夺分光。周围各村屯纷纷效仿，恶霸地主的财物全部落入贫雇农手中，真正是大快人心。但是，动手抢夺这些恶霸汉奸、土豪劣绅财物的，很少有安分守己的贫民。尽管有共产党给他们撑腰，但他们本能地就不愿意干这种事情。胆大的人把抢到的财物任意挥霍，因为白白得来也要白白地舍去。狂嫖滥赌一时成风，许多伤风败俗的事情，迅速蔓延开来。

区政府下令，不准设赌，但全区所有的村屯没有一个不设赌场的。区政府还明令戒淫，但暗娼、游娼遍布各处。区里又明令反对封建迷信，可所有的大小庙宇香火不断。跳神弄鬼，原本是东北地区由来已久的陋习，此时，伪满末期曾被取缔的巫婆神汉又重整旗鼓，明目张胆地干了起来。这些人俱都出身低、成分好，捉拿到公安局也拿他没办法。他们理直气壮地说，百姓到他们的胡仙堂里去烧香、礼拜，求福求寿，是求胡仙爷子给他们医治疾病。他们也不知道是什么仙家附体，是什么神灵感召，反正点上三炷香，自己就迷糊了，说些什么，干些什么，清醒后并不知情。公安局为此事做过试验，也点上三炷香，让神仙附体，但神仙不肯光临。乡亲说：“胡黄二仙最怕枪炮，在衙门里请不下来。”

于二大神本在伪满后期服从政令，不敢跳神弄鬼了，现如今气候合适，竟旧业重操，把他的胡仙堂粉刷一新，胡黄二仙的牌位摆列整齐。为了彰显他的神力，竟在阴历十月二十五，开天门，挂铡刀，在村子里游街三趟。这次请下来的是位蟒神，自称是北山上修练千年的怪蟒，号称白大将军。胡黄二仙选定于二为弟子虽已多年，但谁也没有这位白大将军的道行深、神通大。这蟒神要在这一天大显神通，让乡亲们亲眼见见。

清晨，于二大神的住宅被乡民团团围住。辰时，也就是午前九点多钟，神汉于二在他家的胡仙堂里点香请神。胡黄二仙附体需得大神坐在马杌子上，打哈欠、流鼻涕、哆哆嗦嗦老半天，仙家才能来到，说出神仙的话语来。而这位白大将军附体，于二大神刚刚坐稳，随即来到，和普通人一样，慢条斯理地说：“我来了，马上就给我挂铡刀，开天门。”

众目睽睽之下，神汉于二二目放光，看上去像是变了一个人。此刻在他的身旁有人伺候，乡民管他们叫二神，是大神的助手。今天的二神竟有四五人之多，因为开天门、挂铡刀需要一系列的程序。首先，把大神的上衣脱掉，让他光膀子原地不动，然后拿两颗铡刀钉子，一左一右钉透他的锁子骨，而被钉穿的两处地方滴血不见。然后再把铡刀钉子上面分别挂上两把铡刀，铡刀钉二次透过窟窿。在这探出来的铡刀钉上再挂上两把铡刀。然后把销子销上。这样，大神的两个肩膀一共是八把铡刀。这时，二神用崭新的白布把大神的两个肩膀子紧紧地缠住，按规定，最少五十尺，也就是半疋。缠裹牢固，大神起身，操起供案前备好的尖刀，在自己的天灵盖上划个十字，皮开肉绽，并不流血，这就叫开天门。挂好铡刀又开了天门，大神走出胡仙堂。有人递给他一把钢叉，这叉是五股的，抖动起来晃棱晃棱山响。蟒蛇白大将军，大踏步地走出于二大神的家门，直奔关帝庙。在门前，等候多时的吹鼓手姚老五，率带他手下的全部鼓乐班子，鸣锣擂鼓，吹奏着震耳欲聋的唢呐，随后护卫着一路同行。

白大将军手拿着钢叉，舞弄着向前行进，随同观看的乡民何止千人。

今日，虎石台三街六巷全是前来看热闹的人。三里五村的人不算，最远的有从百里之外赶来的。白大将军来到关帝庙前向那关闭着的庙门顶礼参拜，而后，从这里穿街越巷，一路上彰显他的神威。堡子虽然不大，却也有三街六巷，大将军一路行走，晃动他的两肩，把铡刀平平展展地左右甩动，看热闹的人有许多都跪在街道的两旁。东北民众信奉这个道门已经多年了，几乎每一个村屯都有巫婆神汉，可说是深入人心。虎石台的长人于二更是远近驰名，许多人特意赶来，就是观赏这位神人的。

新出马的蟒神白大将军，挂铡刀、开天门横冲直撞走遍了全村，折回来已经是正当午时。看热闹的全始全终，一直又把他陪送到胡仙堂。蟒神进仙堂，由二神给他解开了缠裹在身上的白布，取下铡刀钉，卸下铡刀。白大将军用事先备好的一碗烧酒，用右手在碗里面漱了漱，在左右两肩的伤处一抹，平复如故；二次蘸酒在天门上一抹，那用尖刀划开的皮肉复旧如初，只留下个红色的十字。此情此景，让围观的民众深信不疑，并无半点疑惑。

蟒神白大将军出马，开天门挂铡刀，村政府、武装部、农民会、妇女会还有新近建立起来的儿童团，虽没有人去随同看热闹，但也没有出面制止。这件事使乡民们困惑不解。伪满以前当过村长的刘元甲和他的亲家王雅轩，双双站在庙头上，向民众们演讲。共产党不信神，不信鬼，这回让他们看看，北山的蟒神白大将军，头一次出马就有这么大的神通，往后看还要显出更大的灵验。

这以后，于二家的胡仙堂便香火鼎盛起来了。不出几日，白大将军就开始舍药治病。听说他能让瘫痪多年的人站起来行走，哑巴说出话，瞎子见光明，甚至有个人病重咽气已经三天，大将军竟能让那个死人复活。共产党八路军说这个世界上没有神仙，显然是在胡说八道。

其间，伪满时的村种马场场长，日本投降后住在家中闲散无事的张茂隆，竟明目张胆地开设了一间烟馆。成条的大烟土在他家里批发零售，价格十分低廉。本村的隐君子与日俱增，过去很少有穷人抽大烟。如今，许多贫下中农也操起了大烟枪。

当日虎石台的八大户已是今非昔比。天益堂早期败落，公义堂、仁慈堂已被查封，福善堂变成了大烟馆。后街明德堂，自从早年当家的吴殿臣被害身死，老婆子领女儿吴丽娟远离家乡，留下的儿子吴广泰又是个没有骨气的破门扇。伪满时期，这个堂口就已经堕落了。眼下地方上治安紊乱，这里的少奶奶，也就是当过国防妇人会会长的那位风流人物小白梨郝梦梅，竟把明德堂十五间大瓦房变成了明晃晃的妓院。

于二大神的胡仙堂火爆无比，前来请大仙治病的络绎不绝。这些患者，吃了白大将军舍给他们的灵丹妙药，无不见效。随之送香蜡的、送五供的、送鸡送鱼的、送整猪、整羊的，还有送大洋钱的，就成帮结伙了。于二在蟒神附体的时候，郑重接受乡民的供奉。神仙离体，他还是一再地拒绝，但终究盛情难却。就这样，到了半个月头上，虎石台便是车马行人不断了。左右各县的民众用车拉，用人抬，把患者送到这里来拜神求医。胡仙堂规模不大，大将军附体要一个一个地医治病人，因而求医治病的排成了长队。天寒风冷，有些病人和他们随行的家属，当日得不到医治，就得露宿街头。

这一天，神汉于二在午前蟒神附体，舍药治病。大将军按往日的规矩一次舍给患者十份灵丹。患者们都跪在蟒仙的身后，神案上摆列着十个扣碗，每一个碗里都盛有半碗清水。大将军先把碗盖掀开，让讨药的看个明白，而后扣上碗盖儿，站立起来，伸开双手，在这十个扣碗上面，交叉着轻轻地一挥，身旁的二神，再把这十个碗盖掀开，里面便出现了大大小小的药丸，当即就给病人吞服下去。令人惊奇的是，病人把灵丹妙药吞进腹内，立竿见影。有的患者叩头流血，自称身上的疾病已顿然消失。大多患者都说灵丹入腹，病痛已减轻了一大半。

突然，村干部沈明礼出现在白大将军的面前，猝不及防地抓住了于二的两只手腕，同时，武装部长焦成龙抱住了神汉的后腰。王北辰站在炕沿上，高声喝喊：“谁也不许动，今天村政府要在这里捉拿蟒神。”群众一阵骚动，在场的病人也都吓得面无人色。他们认为，蟒神白大将军一定要发脾气显神威，当场就要出人命。可是，几十个求药的病人想走也走不了啦。宅院已经被李大虎和陈帼英带来的一群人团团地围住了。这当中并未看见公安局的警察。可那蟒神白大将军，高喊一声“吾神去也”，随即听于二惊奇地问道：“二秃子，你抓住我的两只手干什么？”回身又问焦成龙，“你抱住我干什么？”李大虎笑呵呵地走进来，狠抽了神汉两个嘴巴子。

欺骗群众的大神于二当众出丑，王北辰和沈明礼一左一右把他内衣的紧袖拉开，从那两管袖筒里撒落出几百粒大小不等的药丸。这些药丸被放在一个瓷盆里，妇女会长陈帼英走进屋，随她进来的是二先生白延龄。白二先生把那瓷盘里的药丸分别闻了闻，又在口中嚼了嚼，吐在地上，当众说：“这些药丸子，种类繁多，有的是牛黄清心丸、牛黄解毒丸，有的是天王补心丹、理中丸、清肺丸，但是都掺了大烟。”真相大白，于二无话可说，被武装部绳捆二臂，押送公安局。

人民政府揭露了神汉欺骗民众的秘密，紧接着又把贩卖鸦片、开设烟馆的张茂隆和勾引良家妇女卖淫的郝梦梅也抓了起来。

区政府随后在龙王庙前开群众大会，把本区各村屯捉来的于二、张茂隆、郝梦梅一类的不法分子大约三十名集合起来，给他们都戴上了尖尖的高帽。这种帽子是用白纸糊的，帽子上用黑字标明他们所犯的罪行。如于二的帽子上写的是“大骗子于二大神”，张茂隆的帽子上写的是“毒品犯”，郝梦梅的帽子上写的是“暗娼婊子”。区武装部和公安局的干部押解他们到清水镇的长街上示众。出发前，每人给他们一面铜锣，到街头巷尾分散开来，让他们自己鸣锣聚众，然后坦白个人的罪行。连续三天，各村屯赶到镇上来看热闹的人就是成千上万了。三日过后，区政府把他们全部释放回家，让他们改邪归正。对这些人共产党只能施行宽大政策，因为杀了他们，显然量刑过重，判刑劳改又没有什么法律依据。

虎石台被释放回来的三个人，到家之后紧闭门户，再也不敢兴风作浪了。于二大神的胡仙堂已经被李大虎率带的农会会员砸个稀巴烂。张茂隆的宅院，由村武装部破门搜索，没收了所有的毒品、烟具。明德堂大门上被贴上了封条。堡子里一时平静。

事隔不久，旧民国的村长、一贯道的坛主刘元甲又有举动，在他家的佛堂里，摆设香堂，接纳道徒。村武装部又把刘元甲传到村政府，村长王玺山好言劝他：“共产党反对封建迷信，请你把香堂关了吧，别又像于二那样，自找无趣。”刘元甲自称知罪，唯唯诺诺地退出村政府，当日就封闭了香堂。但有一件事让新政府头疼，那就是村子里赌博成风。农闲时期，时局不稳，大家小户都在热炕头上摸纸牌、推牌九，也都动输赢。特别是大家小户非年非节杀猪宰羊大吃二喝。

按常规，秋收冬至，不愁吃喝，头年冬令，农家都要做来年春耕的准备。可今年，堡子里的农民绝大多数都似乎忘记自己该做的事情了。

工作队队长田丰、村长王玺山以及农民会、妇女会的负责人在灯下研究堡子里的现状，决定按照东北人民自治政府的命令，在本村建立村规民约。

这时，堡子里有些人避开那些进步人士，交头接耳地议论起来。有说，奉天来人讲东北人民自治政府站不稳脚跟，因为苏联红军并不承认这个冒牌的政府。有说，国民政府主席蒋中正和共产党主席毛泽东在重庆签署的“双十协定”，已然变成了一张废纸。在关内，国民党的军队和共产党的军队为了争夺地盘，已交了火。蒋介石和日军侵略中国的总司令冈村宁次远在“八·一五”之后便达成了协议，所有的在华日军，不准由共产党的军队受降。驻守在大中城市、铁路沿线和广大地区的日军，需要等候国民党的军队开到之后再缴枪投降。眼下，日本军和数十万伪军，都执行蒋介石的命令，不向共产党投降。八一五光复当日，重庆电台便向全国广播，申明不在日本占领区——也包括“满洲国”——捉拿汉奸，并命令这些人，不准解散，等候国民政府派人接收。什么人如敢违抗命令，接收官员到达时，要严厉追责。听说皇帝溥仪、国务总理大臣张景惠以及他手下的八大朝臣，已经被红军押解到俄国去了。如果这些人原封不动，八路军、新四军进不了满洲。

工作队迅速查明了这些谣言的来源，乡绅王雅轩被传到政府。村长王玺山只能是好言相劝，让他自理门户，安安稳稳地过日子，平民百姓不允许造谣生事。王雅轩给村长三鞠躬，保证今后再也不敢胡言乱语了，事情也就罢了。

冬至月，堡子里又起了谣言，说国民党的军队已经在葫芦岛登陆，向锦州方向开进。美国人占领了北平和天津。蒋介石要用武力收复东三省。

不久，堡子里有从锦州来的乡亲，证明说，国民党的一个军已经占据了锦州城。

第三十三章

八月十五日当晚，日本关东军情报处长宫田良相，在他的官邸里召见了日军中尉石松泉，也就是虎石台孙八的独生子金锁子孙思奇。

石松中尉走进上司的卧室，看那宫田的太太宫田晴柳正坐在梳妆台前。高高挽起的发髻，珠环翠绕，浓妆艳抹，打扮得美不胜收。此刻，她正用粉扑涂抹她那条长长的脖颈，一直涂抹到前胸。对镜梳妆，反复地观察，又拿起唇膏把那殷红的嘴唇重新修饰了一遍。

宫田大人推开拉门缓缓地走出来。石松发现，这是多年来这位大人从来没有过的打扮，他身上穿的也是一整套日本贵族的老式服装。

落座叙话，宫田也审视了这名中尉军官的衣着打扮。他穿的是一件深灰色的宫绸长衫，长筒裤还扎着裤脚，布鞋脱在门外，脚上是双白色的丝袜。油头粉面，高鼻梁，大眼睛，是个纯粹的美貌中国少年。宫田微笑着说："是你大显身手的时候了。"石松中尉用日语说："大人，您召我来有什么吩咐？"宫田哈哈大笑："从今天起，你就别说日本话了。召你来为的是咱们大日本帝国今后的前途和希望。一周前我从苏门答腊回到满洲，在印度加尔各答已经同美国海军情报处达成正式协议。你作为日本关东军的军官，现在听我命令。"

石松站起来，立正听令。宫田摆手势让他坐下，这次会见夫人并未回避。宫田缓慢地用中国话告诉石松："你的日本姓名从今天自动取消，恢复本名孙思奇。在日本关东军的档案里，已经没有石松泉这个名字了。美国海军情报处收买了包括你在内的十三个人。我现在把代号告诉你：雄狮、猛虎、恶鹏、蝴蝶、蜜蜂、老鹰、灰狼、海马、鳄鱼、蜘蛛、松鼠、猫头、扁头蛇。你的代号就是猫头，位列第十二名，按顺序，下级服从上级。"宫田把所在的房屋查看一遍，折回来，附耳告诉了孙思奇接头的暗语，又让他用最低的声音把十三名国际间谍的代号和排列次序复述一遍。

取得了间谍代号的猫头，离开宫田的官邸，正好是午夜零点。天刚亮，他便接受宫田的命令，乘火车从“新京”赶到奉天去执行任务。此时，称雄一时的日本关东军司令部已经被苏联红军接管。

孙思奇到奉天，见这座城市已经乱成了一锅粥。“满洲国”的宪兵警察全然绝迹，数不清的民众车来人往正在忙于搬运物资。苏联红军的大坦克在柏油路上行进，把几条宽敞的大街全都轧翻了浆。城市里的枪声炮声不绝，据说还有负隅顽抗的少量日军。中国民众正在动手抢劫日本的商店，砸开大大小小的库房，从里面搬出各类货物。马路边上有受伤的人在号呼，随处可见横七竖八的死尸。左侧的日本居民区正燃着火，远处的高楼，轰隆轰隆地发出爆炸声。公共汽车和电车完全停运，站前广场上已找不到任何出租的汽车、马车和三轮。他只好徒步奔向大南门里他的伯父家。大伯母见到这个久别重逢的侄子，号啕大哭，言说：“投降的日本人不甘心把这座城市交给俄国人，据说要把这里变成一片焦土。”孙思奇安慰他们说：“天塌不下来，苏联红军已经全面占领了这座城市，能够制止他们的破坏。况且关东军也一定会遵照天皇的旨意，向俄国人投降。”正当他迫不及待地问他父亲下落时，非常意外地孙占元在房中露面。苏联红军的先头部队一开进奉天，他便立即从原住所逃到这里来避难。刚离开不久，他的那处豪华的宅院便被愤怒的市民抢掠后烧掉了。

这一次父子相逢并未如何激动。惊慌之中的老孙八只是向他儿子问主意。儿子说：“你老放心吧，我们会有出路的。”当晚，父子俩相继离开了这里。

八一五光复当日，苏联红军的先遣部队抵达奉天，曾与不肯放下武器的日本关东军发生过短暂的巷战，但几个小时便结束了。因为日本驻军曾经同苏联红军进驻奉天的城防司令部取得了联系。由日军的高级军官下令，按苏军城防司令格里森中将的指令，所有驻地的日军一律放下武器，但建制不变，一律徒手步行到这个城市以外十五公里左近的郊区，驻扎待命。

八月十六日，苏联红军的城防司令部在三经路、二纬路，据说是当年热河督军汤二虎的公馆里挂上了用中俄两种文字书写的“苏军城防司令部”的大牌子。同时，开进沈阳市的苏联红军接管了日本关东军在市内的营舍，但无法容纳众多的苏军官兵。由此因事变停课的几十所大中小学也都改作红军的临时营房。大军入城，市内的治安情况一时平稳。但有众多的苏联红军战士住进营房之后，便随意在大街上闲逛。中国百姓当中有会说俄国话的和那些官兵打招呼，让他们帮忙打开各类存储物资的仓库，包括由日本人经营的商店和工厂，由此在全城引发了抢劫之风。

平民百姓在伪满后期经济统制中早处于饥寒交迫之境，得此机会焉能不伸手。特别是面对着大量吃的、喝的、穿的、用的这些必不可少的生活物资。胆大的参加抢劫，胆小的站在街头巷尾用现钱购买。像布匹，有人刚从仓库里扛出来，十步以外便换了钱。折回去，继续往出扛。红军城防司令部派巡逻队下街，一面查拿不守纪律的红军官兵，一面开枪镇压抢夺物资的中国百姓。

日本关东军缴械投降，伪满军警也已全部溃散。他们换上便衣，混入百姓之中。全市几乎所有的商号都上了铺板，居民也都关门闭户，谁也不知道动乱会发展到什么程度。

奉天北市场，这个繁华热闹的区域里，出现了一个穿洋服戴眼镜、身强体健的漂亮小伙儿，正是猫头孙思奇。连日来，在妓院、饭店、赌场里活动。这天夜晚，他刚从一家赌场出来，背后跟上来一个干瘦的白胡子老头，轻轻地拍拍他的肩膀，小声说:“先生，您喜爱樱花吗？”孙思奇缓缓回话:“喜爱并且喜欢那被暴风雨打过的樱花。”两个人同时低声说:“天皇万岁。”孙思奇回头问话:“请问代号？”回答道:“蜘蛛。”其后，两人悄然消逝在一条黑胡同里。蜘蛛告诉猫头:“我奉灰狼的命令，向你传达指示。”猫头听令，清楚这个蜘蛛和灰狼都是他的上级。灰狼向猫头下达的第一号命令，就是为了保全本市日本侨民的生命财产，要挑动中国人和朝鲜人发生冲突，以转移中国民众向日本人发泄仇恨的视线。分离时，蜘蛛交给猫头一个很沉重的布包。孙思奇回到寓所打开一看，里面是数百张百元面值的钞票。

孙思奇这个在北市场逛荡许久的翩翩少年，腰缠巨金，随之展开活动。他雇用了一帮闲散人，先到西塔地区砸了由朝鲜人经营的吗啡馆、典当铺和几家饭馆、商店。激起事主激烈反抗，从斗殴发展到持刀行凶，有中国人被打伤、刺伤，也有毙命的。一步步演化成中国人和朝鲜人规模巨大的斗殴、凶杀和公开抢劫。西塔地区是朝鲜族聚居的地方，成千上万的朝鲜人不甘心受这样的欺辱，群起反抗，致全市的流血事件不断升级。

中国暴民突然在全市范围内对朝鲜居民打砸抢烧，到处用木棍、长枪、短刀搜杀朝鲜人，喊出的口号叫“打高丽”。暴乱规模巨大，参与人数众多，无法统计在这场民族格斗中，终究死伤了多少条人命，损失了多少财产。暴乱中，苏联红军曾经出面制止，但中国人告诉他们，这些朝鲜人都有日本国籍，老百姓统称他们“二鬼子”，伪满时期欺压中国民众甚于日本鬼子。在民族仇恨面前，苏联红军干涉不力。

像感染了瘟疫一样，几天时间，中国人打高丽便遍及东北全境了。大连、长春、哈尔滨，特别是吉林、延吉，中国和朝鲜人的格斗已经白热化。而在朝鲜半岛的中国侨民也与朝鲜民众发生了流血冲突。一时间，住在沈阳市的朝鲜居民，已面临被全部消灭的危险，而苏联红军又不加制止。这时，在这座城市活动已久的八路军便衣队现身了。他们在广大市民的配合下，公开出面制止中国人对朝鲜人的杀戮和袭击。有人在大街小巷向市民演讲，指出：这种民族格斗是日军极端分子鼓动起来的，历史上已多次发生过。九一八事变前，日本帝国主义者就曾制造过骇人听闻的“万宝山事件”，挑动中国人和朝鲜人之间大规模的民族械斗。其罪魁祸首，是被日本收买的中国人郝鹏举。万宝山事件揭开了“九一八”的序幕，而此人后来成了“满洲国”的元老。

在八路军便衣队和社会各界的直接干预下，苏联红军出动部队，迅速制止了这场流血事件。

这时，八路军的一个骑兵团、一个步兵团已经驻扎在沈阳市的城郊。他们多次要求入城，但均遭到苏联红军城防司令部的拒绝。后来因城市混乱不堪，更因为语言不通，致苏军束手无策，这才允许中国士兵进城。一旅之师进入市区后，配合苏军整肃治安，混乱的局面才逐渐被控制住。

日军宣布投降，中国国民政府主席蒋中正发布命令，光复后的东北三省，依照伪满洲国九省的建制不变，但奉天省恢复叫辽宁省，奉天市改称沈阳特别市。

八路军进驻沈阳市，首先是接管了伪满洲国的警察厅、警察署及遍布全市的警察分驻所。张贴布告，召回伪警务人员，恢复了社会的治安管理。相继接管伪满的省公署、市公署行使行政职能，结束无政府状态。中共任命的辽宁省长、沈阳市长也先后到任了。第一张布告是署名沈阳市长焦若愚签署的，正告全体市民各安生计，停止暴乱。有不法分子胆敢扰乱社会治安，格杀勿论。其后，众多抢劫杀人犯、强奸盗窃犯、纵火行凶犯以及严重危害社会治安的不法分子被捕后，均遭游街示众，当场处决。公开镇压下，市区秩序逐渐平稳。

八路军随即建立了“东北人民自治政府”，主席是张学思，副主席是林枫、高崇民。

东北人民自治政府既经成立，黎民百姓无不欢欣鼓舞。八路军的宣传机构向民众展开宣传，声言只有共产党八路军是真正的抗日救国。由共产党领导的东北抗日联军十四年间与日本帝国主义浴血奋战。蒋介石的国民政府在南京陷落之后便逃到四川去了，头顶着日本的炸弹，苟延残喘地举着青天白日旗。如果日本人不在太平洋上发动战争，蒋介石投靠了美国人，那所谓的中国国民政府早已经被消灭了。一九三〇年中原大战，张学良将军为了拯救蒋介石，兵发中原，使东北空虚，这才有九一八事变的发生。西安事变，蒋介石背信弃义把张将军囚禁起来，令东北民众痛心疾首。如今，由张学良的胞弟张学思出任东北人民自治政府主席，百姓拥护。

东北人民自治政府挂牌办公，爱国的地方士绅、银行家、企业家和各阶层有代表性的人物，都抱以极大的希望，有数百人受自治政府的邀请，参加了辽宁省和沈阳市的参议会。

自治政府主席张学思在参议会上宣称："共产党的主席毛泽东和国民政府的主席蒋中正在十月十日签署的'双十协定'，绝对生效。国共两党即将在国民政府还都南京以后，会同各党派召开政治协商会议，建立光复后的有多党多派参加的民主联合政府。本人是共产党员，我代表中共中央在这里组织地方政府，绝不能失信于民。"在场的参议员有的低头静坐，有的焦躁不安。内中有一名沈阳著名的实业家，伪满十四年，他因反满抗日竟蹲了十二年的大狱。此人白须白发，精神硬朗，站起来质问这位新任的自治政府主席："请问，中国共产党领导下的八路军开进沈阳，多达一个旅，鄙人在街上看见八路军荷枪实弹，列队巡逻，但对苏联红军光天化日之下抢劫民财、奸淫妇女的恶行为什么不加干涉？再有苏联人进入东北，据说是帮助我们驱逐日寇，并在破碎的山河上，重建繁荣幸福的家园。可是我们看到的却是他们已经把东三省搅和得乌七八糟。举凡矿山、工厂，所有的设施都被他们拆卸下来运回了国。南满铁道上，北行的货车全是抢劫我们的物资。据说松花江上的发电设备也被他们拆掉了。辽宁重工业区，包括抚顺的采煤机器、本溪的钢铁冶炼设备、鞍钢的炼钢装置等所有的工业设备全被他们运回了国。请问主席阁下，您作为东三省的地方行政长官，为什么不出面立刻制止苏联人的野蛮行为？"

张学思主席停了停说："这都属于反动分子制造的政治谣言，我们有识之士应该有辨别的能力。不能人云亦云。苏联红军运走的均属于日本关东军的军用设施，这是有协议规定的。"众人还是议论纷纷，会议就这么结束了。

第二次世界大战结束之前，由同盟国签署的两项协约：第一是《开罗宣言》，第二是《波茨坦协定》。代表中国的是蒋介石的国民政府。现在，中国共产党人要在东三省建立自治政府，苏联人是有难处的。苏联红军城防司令部陆军中将格里森，已经多次请示到满洲的红军司令部，但得不到明确的答复。按同盟国的协定，苏联红军进驻满洲之后，应当把这个地区交给中华民国政府。让苏联红军为难的是，他们进驻沈阳之后，这里并没有中国政府的接收官员，只有中国国民党的省、市党部在挂牌办公，可都是匆忙间临时凑起来的机构。

苏联红军开进沈阳市的时候，尽管地方上一片混乱。但他们是正规军，按占领程序，立即占领了火车站、飞机场及市内的重要机关，以及银行、邮电局、广播电台、发电厂、兵工厂、军火仓库等机要部门。铁路、公路、桥梁、码头也被他们保护起来。特别迅速接管了监狱、思想矫正院、美军战俘营、伪满军警机关控制的拘留所，保护了内中关押的人犯，包括被集中关押在奉天监狱的一批政治犯。

美国政府通过外交手段和重庆、莫斯科取得联系，要把在战争时期关押在沈阳的美国战俘尽早地接回国。苏军城防司令部接到最高统帅部的命令，立即整修了沈阳北陵飞机场。阳历八月，便有美国飞机在这里降落。第一批派来的运输机，装载的是大量被服食品，随机前来的有美国高级官员，在与苏军接触之后，便把被关押的美军战俘送进市内的高级宾馆。美国人的这种举动，和日本军方正好相反，他们十分尊重被俘的官兵，这是日本军人所不能理解的。众多的中国居民也是纷纷议论，不理解美国人为什么如此优待被敌方俘虏的战斗人员。其实，这正是东西方文化的差别。

苏军城防司令部根据缴获的档案资料，向美国派来的代表提供了美方战俘名单。双方在核对战俘名单时，出现了问题。在美方提供的战俘名单上，只有一位将军，名字叫乔治·布朗，他在被俘时，身边还有一位夫人，叫亨利·茄茵。因为此人是一位化学博士、专家学者，即便是在战争年代，按美国军界的规定，也允许携带夫人。但苏军掌握的名单中却没有这个女人，苏方对此事表示怀疑。

这个时候，市里被苏军接管的伪警察局正式改称公安局。因为苏军对中国的情况茫然无知，经批准已经允许八路军入城部队协助他们工作。东北人民自治政府成立之后，警察机关便实行八路军和苏军的联合办公。公安局副局长童大鹏会讲多国语言，在他手下有一个治安科长，名唤吴丁，这个人不但会讲俄国话、日本话，还会说朝鲜语。红军城防司令部有一位参谋长叫亚布琴克，一九〇五年日俄战争时期，曾在旅顺口当过下级军官，时隔四十年，此人第二次来到满洲。他既是个中国通，又是个日本通。在他手下有一位机要参谋，叫托诺夫，毕业于苏联军事学院，少校军衔，会说中国话、日本话，还能讲流利的英语。托诺夫少校被城防司令派驻在公安局，与那里的治安科长吴丁一起办公。外国语言在这个特殊的时期和环境下，显得十分重要。

动乱时期，政权机关是没有休息时间的。托诺夫和吴丁昼夜忙碌，经多方调查，就美国战俘问题向上级提供了一份重要的情报资料。美国的海军少将乔治·布朗的夫人亨利·茄茵，是一名国际间谍。这个女子曾经充当德国法西斯的间谍，战争期间，在欧洲和中东活动。太平洋战争爆发后，从德国来到满洲，被日本陆军授予大佐军衔，负责建立一支特种部队也就是研制化学武器的工厂。这支特种部队代号为“919”，是一处绝对秘密的地下工厂，但这个工厂在八月十五日清晨被全部炸毁了。情报资料显示，工厂爆炸的当时，声如巨雷，远隔百里的居民都被这爆炸声惊醒。工厂附近的村落，疑似发生了剧烈的地震，许多民宅倒塌。红军开进沈阳以后，当即派人去调查。爆炸现场十分恐怖，硝烟浓雾笼罩着整个厂区，有许多前行的红军士兵都被毒气熏倒。

沈阳市公安局成立后，又派人到那里进行了调查。在一户中国居民的住宅里曾发现一名被收留的负重伤的日本人。此人年纪不大，名字叫小笠原谷峰，交谈中，这个重伤的日本人向吴丁和托诺夫说明了原委。太平洋战争爆发后，他是从日本东京大学化学系毕业后应征充军，入伍不久便被提升为上等兵，并被派遣到满洲来。因为他有一个特殊的政治身份，是日本忠良臣民协会的会员，出身于军人世家，具有顽强的忠于天皇的武士道精神。来到满洲之后，便被分配到“919部队”，担任这处地下秘密工厂的定性分析室的研究员。根据他的述说，这座地下工厂研制和生产的化学武器，多达数十种。八月十五日夜间，这座工厂突然发生了爆炸，工作人员均不知情，没有接到任何撤出计划。如今他竟神奇地活下来，并且被一位中国农民接到家里善意地救护，对他不存敌意，令他十分感动。

他向调查人员交代，那座化学工厂里面有德国人、日本人，还有美国人。厂长也就是部队长，叫北村金黛，是个金发碧眼的白种人，有说她是日本人和德国人的混血儿。这个女人大佐军衔，行事毒如蛇蝎 。工厂里有一个美国的化学博士，他是被俘的美国军官，名字叫乔治·布朗。这个小笠原谷峰，在与调查人员谈话后不久便死去了。有关中、美、苏情报人员当场做证，参谋长亚布琴克没有理由不相信，尽管也没有现场照相和录音，仅仅是留下的一篇笔录。

参谋长在向城防司令格里森中将报告此事的时候，市公安局又打来了报告。

美国人向俄国人提供的战俘名单里又出现了新的问题。伪满洲国设在北满地区的白俄罗斯反共义勇军的头目阿拉哈斯基，在八一五光复以后从哈尔滨潜入沈阳，这个人就要以美国战俘的身份，随同出境。

亚布琴克十分重视这件事情。托诺夫和吴丁已拿出了令人信服的证据。日本投降后，八路军潜伏在沈阳的便衣队长曹荣向公安局提供了可靠的材料。曹荣此人远在二十年代曾在旧民国的监狱里服刑多年，这个阿拉哈斯基和他关押在一起，两人交情甚厚。在他们蹲监坐牢的时候，互相学会了各自的语言。这个俄国人在一九一七年俄国大革命之后，在西伯利亚参加了反布尔什维克的武装，是个忠于沙皇的步兵营长。他的顶头上司便是俄国著名的将领邓尼金。此人在白匪部队被击溃之后，逃出国境来到哈尔滨，变成了一名盗匪。他是在九一八事变之后，被日本人从监狱里释放的，随即参加了白俄反共义勇军。在日本关东军所属的指挥机关里，担任了重要的职务。这个人在伪满时期，一直率带部队在中俄边境对苏联进行骚扰，并加入了日本特务机关。其人在旧革命前还当过宪兵，在俄国宪兵司令司托雷平设在西伯利亚的情报机关里也建立过功勋。八月十四日，日本天皇突然发布投降诏书，派驻在哈尔滨市的日本特务机关并没有慌乱。因为日本人和德国人一样，对于搞间谍活动，或者叫作无形战线，是十分谙熟的。两次世界大战间谍机关都发挥了重要作用。阿拉哈斯基就在天皇颁布诏书当晚，与日本特务机关长接头，受派遣和一批反共义勇军的白俄军官从哈尔滨动身来到了沈阳。从某种意义上说，一次战争的结束便是另一次战争的开始。

八路军便衣队长曹荣接受中共沈阳市委的命令，就在八月十五日当天执行新任务。这时，他已不是店房里的管栈先生，而是在日本商埠地一家大菜馆担任经理。这家大菜馆就是中共的地下交通站。菜馆的财东是个流亡到满洲多年的斯洛文尼亚人，思想左倾，同情革命。他去世前把这家买卖捐献给中共地下党人。

这座菜馆规模很大，在伪满统治时期，接受日本关东军沈阳驻军的委托，生产高级食品，原材料都是由特种消费组合供给。产品一概定期定量送到指定的地点，供居住在这座城市里的白人食用。这里有与伪满洲国建交的列国的外交官员，并包括美国战俘。这家制作白人食品的买卖，地位特殊。伪满末期，到这里来就餐的也只是极少数有身份的日本人和一些持有证件的其他外国人。菜馆的字号，原来叫“露西亚食品公司”，后改称“奉天市特种食品供销商店”。

光复以后，曹荣把宽敞的营业室里面的柜台撤掉，摆上了洋式的桌椅，并将门面粉刷一新，门前的招牌用俄文和中文书写，全称叫“红军俱乐部”。扩音器里，整天播放着早年的俄国音乐。沈阳市虽在动乱之中，但那些伪满时关闭着的商店、商场却有如雨后春笋，纷纷破土而出。日本投降之后，所有的集存物资的仓库都被暴民打开，哄抢一空，同时在经济界和产业界的一切禁令全部作废，大量的生活物资、生产物资充斥街头。

伪满洲国的国币照旧在市场上流通。苏联红军入境之后，他们手中也持有大量的特殊钞票，被百姓叫作“红军票子”。这种票子印刷粗糙，但与伪满国币等价流通。据传这是中国政府和苏联方面协商的结果。因为几十万苏联官兵进入中国，是不可能用卢布进行交易的。红军票子在市场上出现，有些商民不敢接收，尽管重庆电台已经向东三省民众宣布了此事。后经东北人民自治政府出榜安民，情势才缓和了下来。

红军票子的流通，并没引起通货膨胀，因为此时，市面上有足够的物资供消费。

“红军俱乐部”生意无比兴隆，不但经理曹荣会说流利的俄国话，就连商店的从业人员也多数说俄国话，一时之间，这里招来了大量的红军官兵。

这一天，曹荣正在柜台上忙着整理账目，忽然发现在散座里有一位红军军官。他戴着少校肩章，但须发已经全部脱落了，看年纪已近古稀。几乎同时，那位军官也发现了曹荣。此人便是曹荣十五年前在哈尔滨监狱里结识的难友阿拉哈斯基。曹经理把此人请进内室。老友重逢，又惊又喜。

曹荣对他说：“你我自从哈尔滨监狱分别之后，我是继续为匪。那时你就知道我是个独脚强盗，出狱之后，我还是我行我素，一个人单独作案。感谢你教会了我俄国话。我从哈尔滨到上海滩，和浪迹在上海滩的俄国人打交道，最后又从天津到沈阳，在‘露西亚食品公司’落脚。这个财东看我是个诚实的中国人，与我结为知己。他也算是个流亡海外的俄国浪人，尽管拥有丰厚的资本，但此人是个诚笃的东正教徒。他老婆去世之后，独自生活，得疾病突然去世。谁想，临终时，竟把这处买卖赠送给我了。我现在手中拥有了巨额的资本。但现在，共产党要接管了这个地区，考虑下一步的日子要难过。”

阿拉哈斯基审视良久，才慢慢地向曹荣透露了他本人的一些情况。二人推杯换盏，此人大醉之后，说出了真情实话：日本特务机关已经部署完毕，让他随同美国战俘一块离开满洲，前途命运，不可预测了。此后，这人多次到俱乐部里来看望曹荣。这一天他来向曹荣告别，言称三日内住在沈阳的美国战俘就要乘飞机回国了。

曹荣赶紧到市公安局将情况做了详细汇报。城防司令格里森将军立即召见曹荣，同被召见的还有机要参谋托诺夫和治安科长吴丁。格里森将军认真审视了曹荣，见他体格魁梧，相貌堂堂，特别是他那两只眼睛炯炯发光，看上去老当益壮，十分精悍。

司令官和曹荣直接交谈，认真地把参谋长亚布琴克向他汇报的情况查问一遍，曹荣对答如流。现场不但有录音装置，并且有两名苏联军官进行笔录。

谈过涉及阿拉哈斯基的情况后，曹荣又向格里森中将提出另外的一个重要问题。八一五光复以后，沈阳市动乱不息。据他调查，有外国间谍在暗中活动。最近，频发苏联红军官兵被杀害的案情。其中不独是红军部队里的散兵游勇在市面上为非作歹，被中国民众伤害，主要是已投降的日本关东军中的顽固分子，在动手杀害红军官兵。战前，日本忠良臣民协会的会员和在乡军人会中的极端分子，这些人都已经穿上了老百姓的服装，大部分会说中国话，混杂在中国民众当中，有组织地对红军官兵开展暗杀活动。曹荣在日本人开设的酒馆里得悉，目前沈阳市有一个代号灰狼的日本人，暗中指挥这些歹徒的活动。

托诺夫上校也向司令官报告，目前尚无灰狼的任何线索。

沈阳北陵机场，戒备森严，坦克车、装甲车把这座飞机场团团围住。机场里执勤的任务，由城防司令部、稽查大队的红军官兵担任。大队长是个老年军官伊万上尉。这个人身高两米，膀大腰圆，阔目横眉，面如满月，只是他那一把络腮的大胡子刮饰之后还是一片青黑。虽然看上去有点傻乎乎的样子，但他指挥队伍井然有序，三步一岗，五步一哨，执勤的红军都平端着轮盘枪，如临大敌。

天气晴朗，万里无云。四引擎的美制 B-29 重型轰炸机改装成的运输机，徐徐地降落在跑道上，飞机发出的声响震耳欲聋。从飞机上走下来一位美国军官向移交战俘的苏联将军敬礼。而后便是面容整洁、衣着整齐、容光焕发的美国战俘，排着长队等待登机回国。就在他们准备跨上舷梯的时候，被守卫在机场上的红军战士拦住了。舷梯旁有一张临时摆设的桌案，桌旁稳坐着一位美国战俘，在他肩上戴着下士的军衔，可在他身后却站立着美国将军、俄国将军和他们的随行人员。

这位坐着的美国海军下士，手里紧握着一份战俘名单，他一个一个地询问即将登机的战俘，与名册上书写的内容对照验证。就在乔治 · 布朗少将登机之后，他伸手拦住了随他而行的夫人，对她进行详细的盘查。接收战俘的美方代表上前制止，但遭到了这位下士的断然拒绝。他站起来向这位军官敬个军礼，很有礼貌地说：“报告长官，我看这个女人不是美国人。”那个女人咯咯地笑了，言说：“我是美国人，只是在德国生活多年，对家乡的口语讲起来有些生疏，这没有什么可奇怪的。”那位美军下士歪歪脖子，眨眨眼睛，挥挥手，无可奈何地让她踏上了舷梯。

在众多战俘经过盘问陆续登机的时候，战俘队伍发生骚动，有几个人排到前面又自行窜到后面。接收战俘的美国将军面露窘态，格里森微微地冷笑。可是那几个畏缩不前的美国战俘已是退缩无路，只能低着头站在一边。按指定的人数，飞机装载满员起飞。另一架飞机相继降落。格里森将军让那几个不上飞机的战俘站过来接受盘问，竟然发现他们居然不会说英语。执勤的红军士兵立刻把他们逮捕了，并把他们送进停放在机场附近的装甲车。

这几个身穿美国军装的假战俘，便是以阿拉哈斯基为首的前白俄罗斯反共义勇军的头目，被美国海军情报处收买的间谍特务。未料，行前的盘查让他们现了原形。

在美国战俘分批回国之前，格里森将军已向美国接收战俘的高级军官公开揭露了这件事。但那位美国将军并不承认，而是提出抗议，说苏联人造谣生事，阻碍美国战俘回国。格里森将军碍于外交，并没有与他争执，但这位美国将军料想不到在机场上发生的事情。他没料到苏联人在美国战俘当中选出了一个公正无比的人，担任检查员。此人便是日本投降前在兵工厂里被迫劳动的那位车工，美国籍的挪威人、基督教牧师兰福莱。

此人在日本兵工厂里是个很有影响的人物，尽管军阶很低，但他在美国战俘们最困难的人生时刻已逐渐成为他们的精神领袖，为信仰基督教的美国官兵输送精神食粮。他作为上帝的仆人，勤奋地为耶稣基督放牧羊群。日本投降后，分散在沈阳多处的美国战俘还是唯他马首是瞻，因为他代表了他们这些基督教徒乞求上帝，终于使他们能从死里逃生，离开战俘营，回到家乡去与亲人团聚。

苏军城防司令和参谋长经过缜密的研究，派机要参谋托诺夫和这个美国牧师兰福莱做一次坦率的交谈。兰牧师对美国军方在遣俘过程中夹带俄国的叛国分子离境十分恼火。他秉承上帝的公义、美国公民的良心和维护世界和平的正义感，同意托诺夫上校的建议，出任美方机场检查员。兰福莱牧师的正义行动，得到了美国战俘的支持，只是孤立了那位来接收他们的美国将军。

此后又出现了让苏军城防司令部更加头疼的事情。社会治安在八路军入城之后曾一度平稳，但很快就又骚动起来。苏联红军入城后，打开了所有的日伪监狱和拘留所。在获得释放的人员当中，有一批重要的政治犯。这些人便是太平洋战争爆发后，被日本宪兵和特务机关逮捕的中国国民党的地下人员。他们获救之后，经过短期休整，便迅速地开始活动。九月份，共产党宣布建立了东北人民自治政府，之后省政府、市政府也都相继组成。与此同时，从地下转入地上的中国国民党辽宁省执行委员会用武力占领了交通银行大楼，又从这里迁到伪省公署的所在地，并挂上了大牌子。他们让全市到处都能看到国民党的传单、标语。根据国际协定苏联红军只应允许中国国民政府的官员来接收东北，中国共产党是没有资格在这里建立政府、掌管政权的。这个国民党辽宁省党部，在很短的时间内便具有了一定规模，内设有五个处，十二个科室，招募的办公人员多达数百名。委员会里有个执行委员就是当年清水镇礼拜堂的那位牧师吕耀祖。他被捕后关押在奉天监狱里，据说是已经判了死刑。此番出狱被选为省党部的执行委员，并且兼任警卫处长。他上任之后首要的任务，是迅速建立一支由国民党指挥的武装“光复军”。任何人都不会料到的是，筹建光复军，并被任命为司令的竟是伪满奉天思想矫正院的院长孙占元。皆因吕耀祖在奉天监狱服刑期间，受到孙占元的极力呵护，不但延缓了死刑，还受到诸多优待。当然这分明是孙八给自己留下的一条后路。吕耀祖出狱，马上就和孙占元接上了关系。同时，重庆广播电台也向全国发布了蒋介石的命令。在东北地区赦免汉奸分子的叛国罪，让他们立功报效，原地不动地等候国民政府官员的接收。

吕耀祖依靠孙占元的照护，没在日本投降前上绞架，认定孙八是他的救命恩人。如今让他出任光复军总司令，这叫知恩图报。那些随吕耀祖一同被释放的大批国民党的地下人员，出狱后就陷入了困境。他们的家属都相应地受到了迫害，大部分人妻离子散、家破人亡了。日本法西斯对待政治敌手是毫不留情的。这批政治犯出狱后无家可归，有的竟露宿街头。又是这个孙占元看得清形势，马上利用他在沈阳市原有的社会基础，把这些人安置在妥善的地点，并给他们提供了优厚的生活待遇。由此国民党辽宁省党部的筹备人员都把孙占元看成是救全他们的恩公。从主任委员李光忱、书记长张伟光下至其他的处长、科长们，见着这个人全都是恭而敬之。因为这些人都接受了孙占元的巨额资助，不独有了安身之所，而且还都耀武扬威地阔了起来。这就叫：昔为阶下囚，今为堂上吏。一个晚上，天翻地覆，本末倒置。

孙占元自从获得光复军总司令的空头衔后，便利用他伪满时掌握的社会势力，大张旗鼓地开始了建军活动。李光忱会见孙占元，告诉他：“我党总裁蒋中正亲自批准，以辽宁省党部为基础，要在这个地区建立一支十万人规模的光复军。如今，伪满洲国的重要官员都被苏联红军劫持到俄国去了。我们掌握你在伪满时期加入了日本籍，为日本法西斯效忠，可是你能幡然醒悟，还愿意当个中国人，我们给你戴罪立功的机会。沈阳市目前是共产党和国民党争夺的焦点，你只要效忠党国，改过自新，我决定发给你国民党员的党证。但要改个名字，便于活动，就叫孙芳园吧。”

孙占元当场痛哭，言说：“卑职虽然在伪满时期效忠日寇，那和清朝汉族的生员进京赶考一样，我有举人的身份，到京城去夺魁。根本没想到日本国会像清代皇帝溥仪那样，在一个晚上交出了政权。眼前的变化和那次政变一样，我也要和那时的汉族官员一样拥护民国。”李光忱告诉他：“过去的历史不能重演，我党自从建立之后，推翻清廷，成立民国，有一个不变的原则，那就是一党执政。用总理孙文先生的话说，那叫一党治国，是不能允许共产党染指政权的。”他交给孙八一本小册子，封皮上写的是《中国之命运》。

孙八回去细读，顿开茅塞。了解到，日本投降后，国民党的重要使命仍和战前一样——消灭中国共产党。从此，他便在国民党辽宁省党部的直接指挥下，改了名字，全力以赴组建光复军。此时，国民政府还远在重庆，大部分国军还驻扎在南方。太平洋战争之后精锐部队都到东南亚地区，在印度、缅甸、新加坡、马来西亚配合美英同日军作战。国民政府尽管晓喻东北民众，维持现状，等候接收，但远距离调兵遣将绝不是一朝一夕的事情。

孙占元在沈阳市组建光复军，有诸多的有利条件。他掌控的大批伪满警察、特务、宪兵、狗腿子都是当地的地理通。他们把中国国民党的意图向三亲六故传达之后，立即得到众多人的积极响应。地痞无赖、流浪在市面上的流民，这才算在动乱中寻到了依靠。

光复军总司令部有一颗关防大印，盖在无数张宽有三寸、长够半尺的白绢上，就在这个白绢上，用毛笔填写委任状。军长、师长、团长、营长、连长、排长随意填写。一时之间，沈阳市的光复军到处皆是。但是，有官无兵，这叫先有其头后有其尾。争到委任状的伪满军警宪特们，手持此物招摇撞骗，使众多抱着正统观念的无业游民参加了光复军。

光复军在市区大肆活动，并不是手无寸铁。因为日本投降的当时，没有及时解除军警宪特的武装。日本关东军向苏联投降是在极度混乱中进行的，大批的武器弹药流散在民间。一时间，许多胆大的平民都拥有了武器。光复后，这座城市无分昼夜地枪炮轰鸣，其中大多数打枪放炮的是平民百姓。民间随处可见的武器弹药，变成了百姓和孩子们的玩具。有人将木把的手榴弹当锤子使引起爆炸；有个小孩将手榴弹的后盖拧开，扯动拉线，竟炸死了全家。军火库里的枪炮虽然被红军查封，但看管十分松懈，任凭百姓进去拿取。枪支弹药对于红军来说已无关紧要，因为苏军官兵已经在战场上血战多年，他们早已不把这些东西看在眼里。况且苏军认为日本人使用的武器已然过时了，因而弃之如垃圾。他们并未意识到这些东西照旧是可以杀人的。就这样，新组建的光复军便在没有经费的情况下，轻易地拥有了武器装备。

辽宁省党部让孙占元组建光复军，给他的只是一张委任状。孙总司令要招兵买马，哪来的款项？日伪银行都被苏军接管了，而在市场上流通的红军票子只在苏联人的身上才能见到。总司令事出无奈，命令部下洗劫日本商业区，从日本侨民手中榨取钱财、掠夺物资。并且以光复军的名义，进驻沈阳市的一些早已停工的工厂和各类仓库，因为里面存放的物资已经被暴民抢光了。

光复军手中持有武器，身上带着证件，有会说俄语的“通事”和驻守在那里的红军官兵进行交涉。他们不干涉苏联人把工厂里的设备拆掉运走，只是要把那些工厂仓库作为他们的营房。中国国民政府的武装要在这些地方集结，等候中央政府的接收。苏联红军向上级请示，得到的回答是允许他们进驻，但命令守卫的暂不撤离。这就构成了一幅奇特的景象，苏联红军武装守卫着中国国民党地下部队的营房。

成群结队的光复军进驻之后，他们不独是不穿军装，而且也没有粮饷。伙食被服一切的生活物资都没有来源，只能把放在工厂、仓库内剩余的物资运出去卖掉。苏军城防司令部一方面允许共产党的部队进城并任由他们建立地方政府，一方面承认国民党在这个城市里的存在，并且还要允许国民党领导下的地下军扎营安寨。

一切都在等待统帅部斯大林同志的命令。

第三十四章

这日，光复军总司令孙占元，因为已经取得了国民党辽宁省党部执行委员会候补委员的身份，有资格陪同警卫处长吕耀祖参加一次重要的会议。地点就在辽宁省党部的大会议室里。书记长张伟光要在这次会议上，辅导党部的高级官员，学习国民党总裁蒋中正的震动世界的光辉著作《中国之命运》。

在座的大约能有二百人。张伟光是一个白面无须、四方大脸的中年人。会议开始，他站在主席台的讲桌后面，第一句话说了四个字："我党总裁。"他本人"啪"的一声立正，全体起立，效法他也都做了一个立正的姿势。尔后，张书记长用手势让众人落座。接着，他从头到尾一字一句地朗读了那篇重要的文章。其文甚长，时达几十分钟，其间许多人都昏昏欲睡了。他也知情，内中有些人年老体弱，神志不清，有些人连宿隔夜地打麻将、抽大烟、宿娼、酗酒，平时这个钟点，他们还都在梦乡里。光复后，国民党突然从地下冒出来这么多官员，一时间没有办法查验他们的出身和身份。有的确实是参加过地下党的活动，有些人也真是冒名顶替、鱼目混珠。内中一些人根本就不知道三民主义、五权宪法是个什么东西。

书记长放下手里的书，沉吟片刻，着重提出，今天在座的都是我党的有识之士，大智大勇之人。这座城市在共产党、八路军的占领之下，能有勇气来参加这次会议的都是我党的中坚分子。我们新建的光复军，有能力保卫这座建筑物，也有能力在这所城市里驱逐和消灭异党分子。我党总理在遗嘱中有话：革命尚未成功，同志仍须努力。目前，辽宁省党部是大海里的孤舟，随时都有倾覆的危险。要凭着今天参加会议的同志们力挽狂澜。目前看，"双十协定"是国共两党共同遵守的条例，那就要求两党拥有的部队，要在各自的占领区原地停火。可进入东北的共产党部队已经占领了无数的大小城镇和广大地区。按《波茨坦协定》和《开罗宣言》，苏联红军无权在进入满洲之后，制造两个政府。显然，以张学思为代表的东北人民自治政府是非法的，而八路军、新四军开进东北也是非法的。我们要依靠被压迫十四年的东北民众，建立自己的武装光复军，用以保卫国家政权。蒋总裁命令我们在满洲进行地下活动的国民党人，要不遗余力地保卫这个地区。

书记长就在这次大会上，褒奖了光复军司令孙占元，并且申明："这个人在伪满时当过思想矫正院院长，当然也有难言之隐。可他能够幡然悔悟，戴罪立功，受我党辽宁省党部警卫处的委托，在最短的时间内，使新建的光复军成长壮大，已拥有足够的力量与共产党八路军在这个城市里较量，这就是他最大的功勋。本人以书记长的名义，代表国民政府赦免他过去的叛国罪行。"会场上掌声雷动。参加会议的都知道，孙某人等于是他们的重生父母、再造爹娘。毋庸讳言，孙占元手下的那一干伪满军警宪特，也就立马变成了爱国的英雄。

这一次辽宁省党部的高级官员会议，非同小可，它起到了蛊惑人心的作用。与会的人分散之后，沈阳市的治安局面急剧恶化。八路军的宣传部队有习惯，在建筑物和墙壁上刷写标语。在大南城门外的城墙上，有的八路军战士用白油漆书写了大字标语，"八路军最爱老百姓"，可隔一个晚上在那标语的尾部不知什么人用同样的字体填上"的财产"三个字。从头再读起来，变成了"八路军最爱老百姓的财产"。在"打倒一切反动派"的标语后面也被填上了四个字，"杀朱拔毛"。

东北人民自治政府照例存在，正常办公。公开出现的国民党辽宁省党部在警戒森严的情况下，也是人出人进执行勤务。苏军城防司令部听之任之，因为他们来到满洲，只有击败日寇、摧毁敌伪政权的任务，无权干涉中国内政。

沈阳市公安局依照局党委的布置，由副局长童大鹏主持治安工作。这个人便是十四年前由中共满洲省委派遣，打入抗日救国军西路军的那个侦察连长。救国军袭击日寇，功败垂成，在他的帮助下，参谋长曹荣能在重伤之下死里逃生。他还掩护救助了情报参谋吴长青和他小儿子吴丁。第二年，童大鹏向这三位爱国义士说明了自己的身份之后，便带领他们脱离了险境。此后这三个人跟随童大鹏在辽宁省活动了三年之久。他们一起参加过在辽宁东部进行抗日斗争的邓铁梅部队，也参加过当时震动全国的由一个东北大学的学生苗可秀领导的抗日救国组织"铁血除奸团"，只是这两支部队最后全都失败了。四个人在辽宁地面站不住脚，跟随一部分由共产党组织的武装部队从南满转入北满，加入了"东北抗日联军"。

在抗联他们都是情报部门的骨干，童大鹏几乎始终在敌占区进行地下活动。曹荣有时随他行动，有时独立地活动。吴长青还担任过杨靖宇将军的情报科长。当时，许多战士和百姓都知道杨将军手下有这么一个吴大胡子。杨靖宇将军壮烈殉国后，童大鹏、曹荣、吴长青和吴丁在哈尔滨市活动多年。直到太平洋战争爆发之后，因为暴露了身份，才从哈尔滨转移到沈阳，和八路军派遣在沈阳的地下组织取得了联系，建立了由抗联和八路军共同组建的敌后武工队，传递情报，打击敌人。老百姓给这个组织另起了个名字，叫“八路军便衣队”。

日本投降后，八路军进驻沈阳，东北人民自治政府宣告成立。童大鹏被任命为沈阳市公安局的副局长，曹荣担任了高级顾问。因为他的主要任务是搜集情报，不能有公开的政治身份。精明干练的吴丁被任命为治安科长。因为他在从事地下工作期间，受过中学教育，并且会说俄国话和日本话。顾问曹荣是他的干老子，八年前，吴丁的父亲吴长青就已然去世了。

市公安局挂牌办公后，查明过“919”日本特种部队化学武器工厂的情况，侦破了白俄反共义勇军阿拉哈斯基等人混充美国战俘企图出境的案件，同时掌握了一个国际间谍组织的重要线索。苏军城防司令部对市公安局治安科十分倚重，在托诺夫少校与治安科联合办公之后，又派去了城防司令部的缉查大队长伊万上尉。在这之前，这个稽查大队有独立的办公地点，也有拘留所和几个执行任务的科室。自从伊万上尉来到公安局，便撤销了原有的机构，把缉查队和公安局治安科合并起来，成为一个整体。中国人、俄国人、日本人、朝鲜人违法乱纪，统统逮捕起来，关押在市公安局的拘留所里，统一审讯，依法处置。

在机场被逮捕的阿拉哈斯基，供出了他在八一五光复之后在哈市接受日本特务机关指示的详情。他被告知，日本特务机关并没有解体，而是改头换面，重新开始工作了。哈尔滨地区的新任特务机关长代号恶雕。阿拉哈斯基离开哈尔滨，便是这位新任首脑的命令，至于恶雕的真实情况，他一概不知。

公安局认定，这个白俄的供词是可信的，因为市局建立后，曾逮捕监禁了一批前日本军国主义分子。这些人在市区行凶作恶、纵火投毒、杀伤人命，在僻巷里投掷炸弹，特别是用各种手段杀害苏联红军。内中大多数都在战前参加过日本忠良臣民协会。当问及他们是受何人指使，凑巧的是，这些人的幕后指挥者也有代号，叫“灰狼”。

“恶雕”灰狼”这两个飞禽走兽的名字，无疑是有组织的间谍代号，可是仅凭有限的线索想要查清真想，无异于大海捞针。

苏军城防司令部的同志为此事伤透了脑筋，但他们却有足够的判断能力。因为托诺夫上校和伊万上尉都毕业于苏联的谍报学校，而童大鹏、曹荣、吴丁等人虽没经过专业训练，可他们从事地下工作多年，对于防奸防特都有着丰富的经验。大家判定，这个有代号的间谍组织，绝不可能仅是恶雕和灰狼这两个人。根据美国接收战俘前来执行公务的联军隶属于海军部队，初步认定，在满洲地区当前正进行活动的这伙国际间谍，是被美国海军情报处收买的前日本军国主义的特务分子。第二次世界大战以前，美国人没有海外的特务机关，只是在战争中期，国会拨巨款支付给海军情报处，才使美国的海外情报工作有序地开展起来。这个组织在战争中进行了一系列重要的间谍活动，为赢得战争的胜利建立了功勋。满洲地区新发现的这个带有国际色彩的间谍组织，应该是美国情报机关操纵的。从间谍分子的代号上分析，也具有浓厚的欧美特征。现今局势下日本军方已无能力独立地搞出这种名堂来了。他们的判断和行动都是得力的，但只逮住了阿拉哈斯基。由于美军的不配合，跑掉了有重大嫌疑的亨利·茄茵。

沈阳市实际上处于半无政府状态，任何人也无法让它安定下来。共产党与国民党的公开对峙，又像两支一触即发的火药筒。如何来查办这件国际间谍案，变得十分紧急。因为并不知晓他们下一步的举动会给这座城市带来什么！

托诺夫和伊万，包括城防司令部的参谋长亚布琴克秉苏军意见，同公安局协商，要求市公安局选派干员用非常的手段、最快的速度，捕获在这个城市制造多起事端的间谍分子灰狼。

治安科派出一位最得力的侦查员，他就是新从八路军暂编第一旅抽调过来的情报参谋侯长贵，此人正是虎石台贫农侯德盛的儿子小长贵。这孩子十二岁从虎石台出走，要到北平去找金石开老师，几经转折来到大连，走投无路时，巧遇老师王育才。王老师把他领到自己的寓所，长贵才发现，老师还是个单身汉。他的家住在乡下，也是贫苦的农民。老师把他收留在身边，同吃同住，并且劝说他不要一个人去北平了，困难太多。

一天，王老师告诉他：“你要出离‘满洲’国境，我给你想个办法。我在大连造船厂认识个日本人叫乃木凌桥，他在造船厂是个技艺高超的铆工匠，为人和善，忠厚老实。他同意介绍你到造船厂去当童工，并且能到那里的子弟学校去学习。你一面学徒，还能继续读书。等你长大几岁，有机会再设法离开‘满洲国’，去找你的金老师。再说金老师一定是早就奔赴抗日前线了，你怎么可能轻易找到他？”侯长贵觉得有理，便进大连造船厂当了童工。

日本铆工匠乃木凌桥，年过四旬，膝下无子。不仅出面介绍侯长贵人厂，而且夫妻俩把他视为子嗣。小长贵粗通日语，与这个工人很快便建立了感情。长贵白天上班，夜晚在子弟学校学习，并从工人宿舍迁到乃木凌桥家中居住。时隔三年，侯长贵学徒期满，并且从造船厂的子弟中学毕业。这天，他的义父告诉他："一周以前，王育才先生忽得暴病，猝然去世了。他在临终时告诉我，'长贵这孩子孤苦伶仃，我的死会对他造成心灵上新的创伤。'"因此嘱托乃木，瞒过侯长贵。但乃木夫妻怎能忍心不让这个孩子知道。

福无双至，祸不单行，就在侯长贵十六岁那年，乃木凌桥被大连日本宪兵队逮捕了。因为这个人是日本共产党的地下党员。他是在日本军国主义政权取缔日本共产党的时候，从国内进入满洲的。这个人在日本共产党中的地位不低。被捕之后，便被引渡回国，和日本共产党的领袖德田球一、志鹤义雄关押在一个监狱里。孤儿侯长贵可真是命运多舛，在日本宪兵队就要把他也捉去审问的时候，大连造船厂的中国共产党地下组织营救他脱了险，并把他送到热河地区的八路军部队，成为一名八路军战士。

侯长贵参加了八路军正规部队后，很快就入了党。因为他有中学文化，精通日语，所以便被安排在机要部门，担任审问、管理、教育日本战俘的工作。没有多久，便被调往华北八路军日军战俘营，一直到日本投降。八路军暂编第一旅进驻沈阳，他在旅司令部工作期间，被沈阳市公安局调过来在治安科担任侦查员。主要任务便是在投降后的日本侨民会和流散在市区的前日本关东军的散兵游勇当中搜集情报。通晓日语，又详知日本的风俗，外表看他已是个道地的日本青年。

童大鹏和托诺夫少校在一起，郑重地把捉拿重要国际间谍灰狼的任务交给了他。

侯长贵自从随旅进驻沈阳便在日侨俘当中混迹，有些人早已经认识他。用中国话说，他今天是张三，明天是李四，与他接触过的人，谁也说不出他的真实姓名。可大家都觉得他是个真正的日本人。

在这个基础上，他亮出了自己的想法。一定要找一个与他的身形相貌相似的日本人，他好冒名顶替去执行这个任务。沈阳市公安局在总局以下分管着九个分局，翻阅档案，发现在一分局有一个在押的日本人，名字叫小林三胜，他是黑龙江省齐齐哈尔市宪兵分遣队的宪兵，日本投降后逃跑到沈阳市。

侯长贵把此人从公安分局里提出来，审问了一周。其后，假冒的日本宪兵小林三胜重新在日本侨民的居住区出现了。他和过去不一样，在日本人经营的酒馆、妓院里活动，有意地暴露真实身份。很快，便被灰狼指挥下的日本军国主义分子发现了。他们把这个小林三胜看作目标。

小林三胜从齐齐哈尔逃出来以前，亲手把自己的老婆孩子枪毙了。他原想效仿当时忠于天皇的日本臣民，以死效忠，可转念又想，设若所有的日本战士都在一个晚上殉国尽忠，大和民族将永无翻身之日。由此，他只身从齐市来到沈阳，目的是看一看这里的日侨俘中有没有与他持有相同想法的同道。

小林到沈阳混迹多日，没发现和他思想相通的日本同胞。男人都被中国人、苏联人赶去当苦力了，柔弱的妇女，在动乱中有的自杀，有的变成了乞丐，有的只能靠出卖肉体度日。小林在万念俱灰的情况下，也曾想自杀。但他在一家酒馆里喝醉之后，先是痛打了那个开酒馆的老板，说他没有民族骨气，继而把一个日本女招待头朝下往水泥的地面上用力猛掼，竟使这个女子当场丧命。

公安局把他拘捕，此人道出了他全部的内心活动和犯罪的因由，但他没敢说他是一个日本宪兵。因为当时，在“满洲国”驻在的日本宪兵已成老鼠过街，人人喊打。这些人欠下中国人民的血债，已经无法数计了。无论是共产党、国民党，还是普通百姓，遇见这种人都不能让他安生回国。

侯长贵用七天的时间审问这个犯人，并且晓以大义，终于使这个日本人幡然醒悟，认识到自己思想行为的荒谬，主动交代了他的日本宪兵“手牌”秘藏的地方。“手牌”也就是宪兵身份证明。侯长贵得到这件宝贝，立即重新混入了日本居民区。

这期间，东北人民自治政府、沈阳市政府已经建立了常设机构“日侨俘管理委员会”，居住在沈阳市的日本侨民和放下武器的战俘，都在有组织地进行登记，但其中许多人都用了假名字，且有很大一部分人并不去登记，所以，这个管理委员会并不能向市政府提供准确的相关资料。

“小林三胜”进入日本居民区，凭着他英伟的外貌、青壮的年纪和手中拥有的充足的钞票，很快就被在灰狼指挥下从事罪恶活动的极端分子们发现了，并对他进行了慎重的考察。许多人都知道他从日本投降后便在日侨俘当中活动，但却无人能证明他究竟是干什么的。他身边没有家属随行，判断也是个流亡分子。这个人在酒馆里活动，出手大方，但行事的态度却很严肃。

日本人醉酒之后，有一种不良的习惯，就是挑衅格斗。有人出面，在酒馆里和这个小林三胜发生冲突，以检验他的武功。日本武士最擅长的不是击拳，而是柔道。和围棋一样柔道是分段位的。在格斗中，他们认为此人水平极高，应该在七段上下。他们还发现，此人喜欢唱日本军国主义者侵略满洲、进攻中原，以至发动太平洋战争之后所创作的一系列流行歌曲。他在醉酒之后，凶悍无比，尾随的人在僻巷中看见他独自一人对星月凶吼长哭。

考查证明，他是一名坚定的军国主义分子，这才有人和他面对面地摊了牌。小林三胜当着同类人倾吐了心曲，道出他是黑龙江省流窜到本地的日本宪兵，天皇陛下颁布投降诏书，他亲手杀了妻子和儿女，只身来到奉天，试想找到未屈服的日本同胞一道复仇。但事实上他很失望，日本臣民遵照天皇一纸诏书，便都驯服如羔羊。大和民族的气节、武士道的精神都到哪里去了？他十分苦闷，很想把自己变成一颗炸弹，消灭全人类。九千万民众的日本列岛，就被两颗原子弹征服了，他始终不能信服。与他接触的日本人，向上级报告，决定吸收他入伙。此刻，灰狼的总指挥部正酝酿着在沈阳市发动更大规模的恐怖破坏活动。

此前，灰狼命令猫头挑动中国人和朝鲜人的冲突，已经得逞并造成了严重后果。其后，又分派党羽在这座混乱的城市中制造多起恐怖事件。包括用各种办法杀害苏联红军官兵。目下，灰狼正在策划新的行动，要派敢死队炸毁由中国共产党人组建的东北人民自治政府和沈阳市政府的办公大楼。同时，要逐一杀害在沈阳市公开露面的共产党和国民党的首脑人物。执行这项计划的敢死队员必须是中国通，小林三胜当即被选中了。

国民党辽宁省党部正在组建光复军，党部的警卫处已成了一个威武的衙门。在这个处供职的全部是CC社的特务。这些人不仅是全副武装，而且在沈阳市的小北门里设置了秘密监狱。他们中绝大多数是刚从监狱里获救的，服刑期间受尽了日伪的摧残，为此报仇心切，无分昼夜地在市区搜索、捕捉出卖了他们的党内叛徒和残害过他们的日伪宪兵特务。把这些人关进秘密监狱，施以酷刑，手段极其残忍。因为捕获这些人之后，并不需要取得什么口供，只是以其人之道还治其人之身。照方配药，灌凉水、上大挂、抽鞭子、打板子、上老虎凳，一直把这些人折磨至死，方消心头之恨。

小林三胜在日本居民区暴露宪兵身份，还不过三天，就被国民党的密探秘密逮捕，押进他们的拘留所，严刑拷问。他们最恨日本宪兵，一夜之间，小林就被打得体无完肤，奄奄一息了。但这个日本宪兵咬紧牙关，经受酷刑，并没有半句口供。审问他的人实在太累了，回去休息，决定第二天把他拉出去枪毙。

夜深了，小林在昏迷中醒来，一个拘留所的看守递给他一碗凉水，说："同志，我是市公安局治安科派到这里来的坐探，你随我走。"侯长贵意识到此人是可信的。那人十分为难地问他："你活动活动腿脚，试试还能不能够走动。"侯长贵站起来试了试，尚能走动，便迅速随那人从这个牢房里走了出来。他们很顺利地翻过围墙，从小巷转入大街。当两人奔跑到一个公安派出所时，天已经大亮了。

电话打到治安科，吴丁驾驶一辆苏制吉普车把侯长贵接回市局。童大鹏三言两语问明经过，立即安排人送他去医院。长贵摆手，诚恳地说："局长，我现在身上带伤正好充当坐监密探。"继而说出了个人的设想。局长为难，说："你的建议当然很好，但你伤势很重啊，如果不及时治疗，怕有危险。"侯长贵坦然道："这帮小子下手够狠，但施刑很内行，我感觉没有内伤，能挺住。"吴丁上前详细地检查了他周身的伤势后，童大鹏才勉强同意。接着由两名公安战士把他架起来，就这样血肉模糊地被推进了关押日籍犯人的牢房。

侯长贵一动不动地躺在地上，有些在押的犯人给他送水、给他喂饭，他都摇头拒绝。看样子，此人已经神志不清，奄奄一息。直到夜间，犯人们都已经就寝，黑暗中有人爬到他的身边，轻轻地问他："你是个什么人，被打了这样？"长贵未吱声，那人又问："你犯了什么罪？"长贵还是没回答。那个人把两粒药丸塞进他的口中，长贵顿觉清醒。少时又听那人说："你现在感觉怎么样了？"这时他才低声回答："你真是个好心的人，吃下你的药丸，我觉得好多了。"那个人低声说："为了缓解你的痛苦，我给你吃了两粒鸦片锭，现在你总应该告诉我你是个什么人了吧？"长贵这才慢慢地把伪造的情节向他叙述一遍。

那个人与他对话，声音很小，但听得出，这个人已经很苍老了。他明确地说出他是日本关东洲地区的特务机关长，刚从大连来到沈阳，便被日本侨民认出来，向公安局举报了。他被捕之后，还未承认自己的政治身份，但他清楚公安局会很快把他的身份辨认清楚。他的年纪大了，已无法承受严酷的刑讯。因此，委托难友小林三胜办一件事情，替他去和一个极其重要的人物取得联系。他知道，这个市公安局拘留所的犯人是有限额的，每天都有大批的人被捕进来，大批的人被放出去。他告诉小林："你明天受审，答应替他们工作，请求他们把你放出去，跟他们的便衣警察配合在沈阳市搜捕灰狼。因为他们正急不可待地要捉拿这个人。"

小林应允。那个年老的日本这人才告诉他："我的代号叫海马，和灰狼同时接受命令在满洲地区执行任务，但还没来得及与灰狼会晤，就被捕了。我们两个有极重要的任务，要在最近采取联合行动。现在看，计划要落空了。我被捕入狱灰狼并不知情，怕就怕要贻误大事。”言罢，告诉小林：“你作为一个日本的忠良臣民，如果把我传给灰狼的口信带到，必得重赏。”

牢房里很不安静。犯人们一阵阵地大声谈话，有人吼叫，有人唱歌，有人大声地哭号。在过道里执勤的警士和苏联红军走过来连番地呵斥，无人理会。那个日本老人把身子转过去了。几分钟后，小林碰碰他的肩膀，发现他已经咽气。这个日本特务就在这一瞬间服毒自尽了。牢房里有人暴死，犯人理所当然地要向看守报告。天亮以前，已死的犯人被拖出牢房，那个身带重伤的小林三胜也被看守拖了出去。

清晨，沈阳市公安局把奉天神社包围起来，逮捕了这个神社的大和尚井关靖。这个被逮捕的日本和尚身材高大，肥胖无比，一眼便能看出他脱掉僧袍便是一名武士。这和尚扫帚眉、铃铛眼，肥头大耳自不待说，从他那口细密的牙齿可以判断，正在中年。此人当堂受审，态度坦然，有问必答。言明他是神社里的和尚，虽然为僧，可是带有眷属，父母妻子俱全，现今都住在沈阳市。他要公安人员向他解释明白，为什么要逮捕他。治安科做罢了初审的笔录，便把他单独关押了起来。此刻，逮捕他的证据不足。

当日，曹荣来到治安科，向童大鹏和吴丁详细地汇报了他搜集到的最新情报。中国人和朝鲜人发生流血冲突的案由他已查明。那是由一个在北市场一带游荡多日的中国阔少策划的。此人叫孙思奇，是他用重金收买地痞流氓，在西塔一带打砸朝鲜人的居民区而挑起来的。事件平息之后，这个人并没有更名改姓，又在南市场开设了一处“红军俱乐部”，和曹荣在火车站前开设的买卖唱了对台戏。曹荣开设的只是个俄式大菜馆，而他开设的除餐饮之外，还附设跳舞场。俱乐部里的从业人员大都会讲俄国话。绝大多数的女招待和舞女都是他用重金聘来的白俄、日本和中国的妓女，为此，这家生意兴盛无比。财东兼经理孙思奇在日本东京大学社会经济系学习，战时学校停课，他从日本回到了家乡。此人祖籍山东，祖父孙虎堂随旗当差来到东北，在辽西虎石台落户，拥有大量家财。这个青年，精通日、俄、英三门外语，时逢乱世，正派上了大用场。他开设的这所红军俱乐部，可以说是日进斗金。此人精明无比，交朋友挥金如土。经缜密侦查，发现此人和本市日籍的恐怖分子暗中来往。到这个俱乐部里来吃喝玩乐的红军官兵，有人酗酒丧生，有人醉后格斗伤亡。许多中级军官在离开这个俱乐部以后屡遭歹徒暗杀。

老江湖曹荣不出数日便同这位孙经理套上了交情，知悉了这位青年经理是一个受美国人雇佣的国际间谍。曹荣表明，他和俄国人阿拉哈斯基有几十年的旧交，这个人远在伪满初期就吸收他到白俄反共义勇军里面当过“通事”。后来，二人同在日本特务机关共事多年。光复后，阿拉哈斯基将军在哈尔滨市接受他的新上司恶雕的命令，从北满来到奉天，眼下他已经随美国战俘离开了满洲。

孙思奇没斗过这个老谋深算的共产党地工，竟决定吸收曹荣入伙。其间曹荣已对孙思奇了如指掌，而姓孙的对老曹荣却是一无所知。他只欺他年老，有些经验，便于使用。他直言不讳地表明了自己的身份，并告诉曹荣：“我现在是美国海军情报处雇佣下的国际间谍。八路军和苏联红军很快就要离开这座城市，不久国民政府将来正式接管。我本人代号叫‘猫头’，受上级灰狼指挥。最近，要举行一次城市暴动，迫使苏联红军出兵镇压，形成城市的大混乱。到时，美国人就会出面要求苏联迅速撤军。”

二人会面后，孙思奇被捕到案。孙思奇被捕，心里清清楚楚，是被老曹荣出卖了，自觉懊恼异常，索性全部供认了。但是他在“新京”接受宫田的命令，并不知这个国际间谍团伙究竟有多大的规模，内中有多少成员。他只是把那十三名间谍的代号一一述说一遍。这当中，与他会过面的只有蜘蛛一人。而这个结网的蜘蛛，精通化装术，今天是老头，明天是小伙儿，另一次就变成了一个老太婆。猫头曾与他几次会面，也没弄清此人的国籍、年龄、相貌，更无从知晓他的真名实姓。对于宫田良相是不是这个国际间谍团伙的核心人物，猫头并不知情。

在讨论案情的时候，托诺夫上校说：“红军进入满洲之后就接管了关东军司令部，拘捕了重要的日本将领，其中独独缺少关东军的情报处长宫田良相。经查，这个人是在”八·一五“当夜在东朝阳路官邸和他的老婆宫田晴柳穿着日本贵族服装，在天亮前纵火自焚了。这件事有他们家中的仆役出面做证。证实他们把宅内的男仆女仆都唤进内室，分别给他们一些钱，让他们全部离开这座宅院，远走高飞，免受牵连。内中有一男仆，眷恋故主，没有立刻离开旧地。他亲眼看见宫田夫妻把房屋点燃之后，双双跪在国旗下面，与那所房屋同归于尽了。当然，就在这天晚上，日本军国主义的文武官员，切腹自尽的、开枪自杀的，有数百名之多。

宫田良相离开人世，这一桩国际间谍案，一时之间是无法查究了。所幸的是，在沈阳市潜伏的特务首脑灰狼和猫头已经到案，他们酝酿和布置的恐怖行动当然流产了。困难摆在面前，灰狼和猫头态度不一样，这个顽固的日本人半句口供都没有，没有线索如何肃清他手下的党羽？

童大鹏低头默坐，不停地吸烟，旋听吴丁说：“我们的主要对手还不仅仅是这伙国际间谍，国民党CC社活动也很猖獗。他们已经拥有武装组织，也很庞大，除了设立秘密监狱，草菅人命，也在策划开展恐怖破坏活动。和灰狼的计划不谋而合，要派特务分子暗杀和绑架我们已公开身份的领导人。他们也企图捣毁东北人民自治政府，暗杀市长焦若愚。目前我们在明处，敌人在暗处，形势非常严峻。尽管有苏联红军做后盾，但治安科终究是势单力薄，特别是缺少专业干部。”

童局长沉默了大半响，这才缓缓地说：“最近捕获的国民党军统局派驻沈阳的特务分子吕光地，他的口供是可信的。日本投降后第三天，军统局的局长戴笠就飞到河南三角区，任命界首站的站长陈旭东为军统局东北区区长。此人是东北军的情报官员，‘西安事变’后投靠了蒋介石，是个老资格的特务。他从河南新乡派遣三股特务分子星夜赶赴东北，在哈尔滨、长春、沈阳建立了三个特别组。这三个人的名字是张禹、蔡宁、陈冲。吕光地隶属于沈阳特别组，目前已经开始活动了。吕光地毕业于重庆特别警察训练班，是有少校军衔的情报员，他居然很快就打入我们公安局。军统局非同小可，应当引起我们的重视，这伙敌人才是我们的劲敌，要马上成立专案组，进行查办。”

伊万上尉最后发言，他的中国话说得很不熟练，托诺夫让他用俄语说，因为童局长和吴科长都是俄国通。伊万最头疼的是，最近一个时期，苏联官兵在沈阳街头经常被歹人杀害，巡查队捉到了许多中国人。在他们身上搜出了暗藏的证据，就是臂章、符号，还有用白绸子书写的委任状。在委任状上面，盖有朱红的印章。这颗大印，三寸见方，上面刻的是篆字，“国民政府国防部东北九省大光复军总司令部关防”。司令官名下还盖有小官印上书孙芳园。经过审讯证明，这股地下武装，组织非常庞大，军长、师长、团长、营长、连长不计其数，在街头巷尾持枪行凶的，都是这个团伙里的成员。对于光复军的问题，大家都很清楚，已经积案累累，必须认真查处了。尽管有“双十协定”，但也不能允许国民党胡作非为。

农历十一月上旬，市公安局得到了可靠的情报，伪满洲国盛行一时的红卍字会，要在大南城门里道院邀请会员，摆设香堂。

这一天，道院门前车马盈门。地方绅士、银行家、企业家、房产家、地产家，工商界的代表人物乃及一部分政府官员，络绎不绝进入道院。因为当政的东北人民自治政府明令保护宗教信仰自由。道院摆香堂大聚会，公安局派来一批警察来这里警卫。

这个红卍字会，苏联红军入城时，曾将道院团团包围，误以为镶在闪壁墙上的卍字，是希特勒纳粹党人的标识。后经解释，知道这个卍字，和纳粹那个卐字截然不同，笔画正然相反，由此未被取缔。

午前十点，道院里钟鸣鼓应，监院芦启良长袍短褂，在排列着五教教主的神案前，顶礼焚香。但统领这五教的是先天至圣老祖。这位老祖的神案比五教的神案宽大得多，神龛里没有塑像，只有一面高大的牌位，上写“先天至圣老祖之神位”。

神殿里香烟缭绕，非常肃静。监院芦启良跪在拜垫上三拜九叩。而后，有青衣童子递给他一件东西。这件物品，是用道钱叠成的，到寺院里管它叫“疏”，在道院里管它叫“表”。监院代表、众道徒早已经排列整齐，撩衣跪倒。这份给先天至圣老祖上达的表章，上面并没有文字。芦启良将此物在蜡烛上点燃，默默地祈祷，把那表章高举过顶，直到他焚烧完毕，并把手上的纸灰放在面前的玉鼎里。

礼成，监院率众起立。这时就在那神案的前方，已然摆好了桌案，众道徒围拢过来等候老祖临坛。扶乩的办法是二童子手擎檀木，让那乩笔，在沙盘上写字。此刻，周围观看的人寂静无声，只见那乩笔摇动，在沙盘上写出四个字来，“老祖临坛”。见此，刷的一声，道徒全都跪下了。童子把沙盘抹平，老祖在沙盘上接着运笔。字迹清楚，龙蛇飞舞，案旁有数人跪着抄写。不到十分钟，坛训写成，乩笔停运，众人叩头起立。有一个抄写坛训的人，提高嗓音，大声宣读：

道院焚表问天尊，
何时方能定乾坤。
黄龙俯首归东海，
可叹忠良一片心。
康德秉政十二春，
五教昌隆沐圣恩。
争奈歌舞升平日，
红旗引来八路军。
神仙赴宴在瑶池，
苍生有难岂不知。
只缘蟠桃今未散，

暂许妖人闹一时。
若问何人把政执，
众星捧月莫稍迟。
将军头上长青草，
紫金山下一介石。

坛训念完，人群中一阵骚动。有的人窃窃私语，有的人唏嘘流涕。特别是念到第四句“可叹忠良一片心”的时候，居然有人哭出声来了。这里有芦启良，有紧挨着他的那个牛头绅士、光复军的总司令官孙占元。中午，参加聚会的道徒们离开道院，停放在道院门前的汽车、马车、三轮车逐渐散去了。芦启良、孙占元是最后从道院里走出来的，公安局治安科长吴丁亲自把他们让上一辆专用的轿车，二人并没有反抗的举动。

同日，苏军城防司令部稽查大队、公安局侦缉大队联合行动，在沈阳市里查封了光复军设在多处的集结地点，并逮捕了一些人。查封国民党辽宁省党部和它设在小北门的秘密监狱，警卫处长吕耀祖临难脱逃，其余数十人被捕。

原本，这个国民党省党部的存在是合法的，可是在它被查封之后，市区的大街小巷出现了许多大字的标语。标语是国民党沈阳市党部张贴出来的。他们申明，李光忱组织的国民党辽宁省执行委员会是个冒牌的衙门，其组成人员里并没有真正的国民党员。沈阳市党部在敌伪时期坚持反满抗日，与敌人进行了殊死的斗争。其领袖人物叫罗大愚，他是国民党中央党部派到东北地区的专员。日本投降后，由此人在本地建立的党务专员公署，才是真正的国民党党务机关。那个李光忱是伪国民党。眼下国民党市党部正出面与苏联红军和东北人民自治政府交涉，要以合法的地位在沈阳市挂牌办公。对于苏联红军和沈阳市公安局查封省党部，捣毁其秘密监狱，逮捕其中的首恶分子，当然是正确的行动，市党部表示感谢！

第三十五章

苏军城防司令部对于真假国民党的甄别无能为力，因为这是干涉中国内政的行为。

城防司令格里森向长春的红军司令部请示，回答是，限你部即日取缔国民党在沈阳市区的所有活动，因为中国国民政府并未向苏联方面提及此事。同时，莫斯科最高统帅部向驻扎在中国东三省的部队发出另一道命令，苏联红军要按国际协定，在大中城市不允许中国共产党接管权力。这项命令使格里森将军十分被动。在红军武力无法维持这个城市正常秩序的情势下，才允许八路军进入市区，帮助红军镇压暴乱。其后，又允许中共在这里建立了东北人民自治政府，显然是他让中国共产党实际上接收了这座城市。

最高统帅部的命令既下，格里森马上把参谋长亚布琴克召进办公室，研究如何进行下一步行动。亚布琴克上校——一个正直的俄罗斯人——面对突变的形势，说出自己的观点：在中国政府还没有正式接收这座城市之前，就驱逐中共出城，是十分危险的。日本投降后，这里的社会情况十分复杂。我们的官兵因语言、习俗等诸多原因，难以控制错综复杂的局面。我本人作为一个从一九〇五年就和日军作战过的军官，很不理解斯大林同志在占领满洲之后，为什么疯狂掠夺这里的物资，拆毁几乎所有地面上的工业设施并把这些东西转运回国。战争时期，中国东北的民众受尽了殖民地的苦难，他们最迫切的是医治战争的创伤，重建家园。可现在城市的轻重工业设施已经被破坏殆尽，下一步他们怎么办？

格里森将军大口大口地喝着白兰地，面色铁青。他告诉亚布琴克："你我因为在沈阳市接纳了中国共产党人已犯了严重的错误，最高统帅部命令你我回国述职。"亚布琴克从容言道："你和我回到莫斯科，就要关进契卡的监狱，我是个戴罪立功的起义旧军官，可叹你是一位忠心耿耿的布尔什维克。”

战后的沈阳市下起了头场雪，雪花飞舞，阴云密布。公安局治安科和往常一样正在忙忙碌碌，红军少校托诺夫和伊万上尉推门进来了，童大鹏和吴丁正在执勤。

托诺夫请他们两个把周围的人打发出去，四人要单独谈话。童局长见这两个人神情异常严肃。托诺夫从衣袋里掏出香烟，递给这两个中国同志，点燃之后，欲言又止，而一旁的稽察大队长伊万竟趴在办公桌上“呜呜”地哭起来。他一面哭泣，一面呕吐，看样子已经喝了大量的烈性酒。吴丁把伊万扶在沙发上躺好，并给他倒了杯凉开水。

托诺夫也是在酒后来的，但这位青年军官看上去十分清醒，很有礼貌地对童大鹏和吴丁说：“二位同志，我们在一起工作已经两个多月了，在战斗中建立了深厚的友谊，我们是肤色不同的阶级弟兄，但为了国际信义、世界和平，应当舍弃个人的情感，坚持无产阶级的革命原则。我和伊万就要随格里森将军回国述职，我们也许永无相见之日了。中国政府已经向苏联政府正式提出照会，指责我们进驻满洲的部队，容许中国共产党人接收大城市。目前，美国太平洋舰队正向南中国海逼近，美国陆军已经开进中国的四川、云南，他们的空降部队在青岛、天津、北平着陆，海军陆战队已占领了秦皇岛。中华民国以一个战胜国的身份要求美国政府的保护。苏联红军从八月八日对日宣战，与日本关东军交火，已付出了巨大牺牲，中国政府反过来说我们是白白地捡了大便宜。在这场战争中，同盟国中损失最大的是我们社会主义的苏联。我们从东北地区拆卸、运走一部分工业设备，但那都是日本关东军的军用设施，并不属于中国，这是按雅尔塔协议的规定执行的，本无可厚非。但中国政府把这件事情向全世界大肆宣传，说我们苏联红军是社会帝国主义，并且邀请美国人来给他们撑腰，企图在苏联和美国之间挑起争端。为顾全大局，斯大林同志做出了英明决策，作为红军的军官，当然要绝对服从。”

童局长和吴科长表示理解。童局长用熟练的俄语说：“托诺夫同志，请你不要解释了，我们已经接到上级命令，三天内撤出沈阳。但愿日后我们还有相见的机会。中国的无产阶级革命尽管道路曲折，但前途是光明的。”

托诺夫少校搀扶着醉酒的伊万离开公安局，冒着凛冽的寒风登上吉普车飞驰而去。

电话铃响，童局长接到了市委的命令，让他们抓紧时间清理在押的人犯。此前全市的九个公安分局，经过筛选，已把罪恶昭彰、民愤极大的在押犯人都送到市局拘留所来了，市局拘留所顿时爆满。童局长和吴科长清理档案，最后把内中的首要分子名单编写成册转由公安局党组呈中共市委批准。决定把在册的重要人犯押入囚车，随政府和部队一同撤离沈阳市。在市公安局供职的三千名武装警察，奉令脱下警服，换上八路军的军装，准备撤离。原来留用或在社会上招募的警员，思想动摇，大都自动离职了。各分局到总局报到的地方警察名额骤减，只剩了五百余人。

大雪纷飞，北风呼啸，八路军暂编第一旅在市区驻扎的营房响起了集合的军号，战士们整装待发。同时驻扎在这里的八路军独立骑兵团已经列队出离了沈阳的大西门。东北人民自治政府和市政府的行政人员已经在前一天离开了沈阳市。

脱掉警服改换军装的五百多步兵战士，在市公安局西门前列队开拔。这拨队伍中间，夹杂着五辆蒙着篷布的十轮大卡车，里面捆绑着几百名罪犯。看样子，是要把他们随着部队押解出城。午前九点，五辆大卡车加油加水开动了马达，加上其他机动车辆已形成了一个长长的车队。可就在这个时候，准备撤退的公安部队和车上的人犯，都被苏联红军城防司令部开来的坦克和装甲车包围了起来。

一位陌生的红军军官召见这支部队的首长，声言他奉从莫斯科飞来的新任的沈阳城防司令尤金上将的命令，不允许这一支部队带走任何在押的人犯。这些人要由苏联红军接管，交给中国政府的接收官员。至于前白俄反共义勇军的首脑阿拉哈斯基等在押的俄国人，早已由飞机解送到莫斯科去了。

国际间谍灰狼，猫头，伪满思想矫正院院长、国民党大光复军总司令孙占元，伪满大同佛教会、红卍字会的创始人芦启良等一干要犯，就这样被苏联红军城防司令部截留下来，并且当场释放了。

新接任的沈阳市城防司令尤金上将，是由苏联内政部提名，国防部派遣来到满洲。与他同机到达的还有一批高级军官。下飞机以后就被安置在一流宾馆、由南满铁道株式会社所建的“大和旅馆”里。内中有苏联秘密警察机关的首脑，还有一批新派来的工业专家，这些人在市区立即展开活动。首先，要查明格里森反党集团在此地违背最高统帅部命令所犯的罪行；其次，查明在这座重工业城市里还有什么工业设施没有拆除转运。在这以前，驻扎在沈阳市的苏联红军，因红军稽查大队的约束和中国自治政府公安部队的监视，尚能遵守军纪。特别是红军稽查大队在街巷巡逻，遇有违犯军纪的官兵，当场逮捕，有的就地枪决。百姓传说，红军稽查队把拦路抢劫的、奸污妇女的官兵，都统一押解到沈阳大东城门外刑场分批处决了。有好事百姓到那里去看过热闹，红军稽查队的执法队处死违纪官兵是毫不含糊的。他们把罪犯押解到刑场上，除掉他们的领章和帽徽，用青布勒上双眼，成排地站在一个挖好的坑沿上，执行枪决后，立即埋掉。有的人死前在胸前自己划个十字，据说他们是东正教徒。

中共领导下的东北人民自治政府的宣传机构对此解释说：苏联红军和德国法西斯浴血奋战三年之久，多数官兵是在苏联对日宣战以前从战场上抽调过来的。特别是许多士兵都是从劳改营里释放出来的。这些人没有文化知识，也缺少苏联公民的素质。作战官兵在战争的烈火中受尽了熬炼，而一旦战争平息，这些人便有一种反常的心理反应，医学上管它叫“喜波红区利亚”状态，翻译过来，就是“战后狂”。据野史记载，法国的皇帝拿破仑曾经在一次大规模的战斗胜利之后，就在他的帐篷里强奸过一个又老又丑又脏的妇女。

尤金上将接任沈阳城防司令部之后，放松了对苏联红军官兵的约束。沈阳市顿时沸腾起来。早年的南市场、北市场、小西门外的花园大街、皇姑大街，一时之间被人们改称为“上高”市场。不知是什么人发明，说俄国人管“好”叫“上高”，管妇女叫“玛达姆”，管做买卖的人叫“谷鳖子”，管中国人叫“系袋子”。“系袋子谷鳖子”就是中国商人。这些谷鳖子向苏联红军兜售商品，自然是合法。他们所卖的货物通称“上高”，一时间“上高”市场十分兴旺。谷鳖子们并不清楚，苏联人最欣赏的是手表、怀表、绸缎、布匹，对于其他商品没有兴趣。金戒指、银镯子、古书、古画、珍珠翡翠等很少有人问津。

谷鳖子很快发现，苏联兵买东西不会问价钱。有个卖酒的，用一瓶清酒比比画画地和红军讲价钱，那个红军居然给他一百元红军票子，相当于这瓶酒价的一百倍。谷鳖子们掌握了这个规律后，就向苏联红军漫天要价。几十元一块的手表，他们竟索价数百元，丝绸制品每疋只需几角钱，他们要几十元。由此，沈阳市的“上高”市场混乱不堪。苏联官兵上当之后，有的也采取了报复，和谷鳖子们讲好价钱之后，只付给很少的钞票。谷鳖子与他争执，红军挥拳便打，拿着东西就走。一时之间，老百姓传说，苏联大鼻子买东西不给钱。但“上高”市场还是继续红火，因为抢东西的官兵毕竟是少数。红军官兵可以在市区自由活动以后，伪满的娼窑妓院及一度被取缔的游娼、暗娼又都活跃了起来。

苏联红军像往日那样在市街上游荡，他们酗酒宿娼，横行无忌。偌大城市，到处都有中国的酒馆、饭店和明娼、暗娼。再加上难以计数的日本侨民，由于生计艰难、居无定所，男人都想去出劳工、当苦力，可没有那么多的雇主，女人想要活下去，只有一条路，那就是卖身。

市区原有一个夜市场叫“青日町”，由日本人开设的商店早已经被中国人抢光了。所有的商店都挂上了汉字的牌匾。日本人为了生存，用仅有的一点财力，在青日町夜市场的马路旁边、人行道上支上布篷开设了临时酒馆，使这里变成了酒和女人的世界。这些卖酒的布棚子，从南一条到南十条多达数千家。苏联红军到这些酒棚里来，有钱也喝，没钱也喝。中国的流浪汉也来。一些日本贵族的妇女竟然也蒙上青纱，在这些酒棚里忍辱偷生。有些日本姑娘不愿意受这种屈辱，此时随便有任何一个中国男人要把她领到家中去为妻做妾，她们都是欣然前往。

东北人民自治政府撤离沈阳之后，这座城市几日内便成了人间地狱。国民党省、市党部转入地下继续活动。光复军也越发猖狂起来，打家劫舍、暗杀爆破、绑架人质，几乎是为所欲为。苏联红军只是忙于通过铁路、公路向国内输送物资，任由城市的无政府状态泛滥。

这一年，夏季多雨，江河暴涨，许多地区遭受了洪涝灾害。进入冬天后，持续低温，奇冷无比，沈阳市降雪厚达一米，大街小巷冰雪壅塞，步行都十分困难。最严重的时候，在主要的街道上已没有车来人往。因为停水停电，黎民百姓只能困坐在家中，天刚擦黑就关门闭户，指望天亮了。

夜幕降临之后，这里就成了一座死城。只听得见枪声不绝，看得见有建筑物起火，还夹杂着一声声震耳欲聋的爆炸。有人说，这是日本关东军在投降以前埋设的定时炸弹和地雷发挥着威力。社会秩序混乱，先有国民党光复军趁夜黑打家劫舍，让百姓防不胜防，更严重的是苏联红军的散兵游勇也在夜晚离开营房，跳墙入民宅，抢劫财物，强奸妇女。

事态发展愈演愈烈，中国百姓被迫自卫，纷纷组织起来，像山村百姓防范野兽那样在居民区四周修筑起坚固的栅栏。由专人看守，黄昏之后，闭门上锁。如果发现光复军和苏联红军行经此地，立刻鸣锣聚众，让巷内的男性居民都出来手拿棍棒大声呐喊。这个办法一时间竟十分奏效。

共产党撤出沈阳之后，老百姓急切地盼望国民政府的接收。但此时的国民政府和国民党部队还远在万里之外。苏联红军控制了这座城市，为所欲为，而曾经露过面的国民党又都转入地下。处在这种无政府的状态下，中国老百姓真是胆战心寒。但更苦的还是集中到城里来的日本侨民。中共撤走，日侨俘管理委员会也随之撤销，这些日本人就失去了依靠。中国百姓人数众多，尚有能力自卫。日本侨民可就陷入了水深火热。苏联人、中国人对他们随意地加以侮辱、迫害甚至屠杀。日本侨民会好几任的会长不是自杀就是失踪，或被绑架，下落不明。有的被光复军和苏联人公开杀害了。侨民会的牌子还挂着，但没有会长，日本侨俘好比是没有牧者的羊群，被人们任意宰杀。

日本投降后沈阳市出现过一个日本暴徒组成的秘密团体，受“灰狼”的指挥，以暴制暴。这个人在共产党撤出沈阳后被释放了。当他迷迷糊糊地返回当初供职的神社，进入那座殿堂的时候，大屋顶的殿堂，突然坍塌，把这个“灰狼”也就是大和尚井关靖活活地压死在里边了。

猫头孙思奇被释放之后，要干的第一件事情，便是率带光复军手枪队去寻找出卖他的共产党人曹荣。当他们抵达设在站前的红军俱乐部时，见那里已经成了一片废墟。附近的居民说，共产党撤离的那天夜晚，这里突然起火，直到烧成白地也无人救援。因为沈阳市公安局的消防大队也在那一天宣布解散了。无处寻找曹荣，孙思奇得闲到大南城门里他伯父家，去见他的三位伯母。正赶上他父亲也在这里，告诉他说：俄国人撵走了共产党，又不允许国民党公开活动，不承认光复军的存在，这里面有道理。苏联红军要趁此时机，继续往国内运送东三省的战略物资和工业设备。当前沈阳市发生了真假国民党的政治纠纷，而国民政府对于这件事又做不出最后的决定。咱们父子当了一回日本人，对中国的事情实在是无能为力。他让孙思奇暂时任他的随从副官，在沈阳市待机行动。

他伯父的几个老婆，眼见那个流亡海外的人渺无音信，正在争夺家产。当年孙占一从日本妓院领出来的那个叫影儿的妓女姓氏不详，日本名唤作菊子。这个女人在孙府中曾被称作小星，直到日本投降以前，她整整享受了十四年的荣华富贵。伪满洲国期间，孙占一单设了一处住宅，把这个小星扶正，伴随他在银行界、实业界以正式夫人的身份参加社会活动。孙占一加入日本国籍，这女人便是石松夫人。“满洲国”的八大朝臣，菊子都是见过的，而且有两次还进入皇宫，受到皇帝陛下和皇妃的接见。

这个女人风光的外表后面，是一颗凄楚的心。太平洋战争爆发之后，她接到家乡长崎父母的来信，一封比一封悲切。她的哥哥和弟弟都在战场上牺牲了，姐姐妹妹也都成了寡妇。她的丈夫孙占一到东南亚去做生意，一去未归。八月六日、九日，美国人在她的家乡投下了两颗原子弹。原子弹爆炸在远隔重洋的日本，但却炸碎了菊子的芳心。日本投降后，她仍旧住在那所宅子里，但换上了中国人的服装。至于语言，早已操一口纯正的奉天话了。光复后，孙占一的三个夫人争夺家产，她并不过问，还是依靠丈夫给她留下的资财独立生活。身边也还有男仆和女仆，对她也算尽心。

秋凉的时候，孙氏故乡虎石台的女仆石妈突然来到她这里。八路军工作队查封公义堂逆产，黄氏被允许到红石岭子苦竹庵修行，依照她临行前的嘱咐，石妈盗取文契，深夜逃脱。这女子冒着滂沱大雨，奋力奔波，一路上跌跌撞撞，头脸四肢全都带伤，浑身污泥，天亮的时候，就跑出了数十里路程。行经许多的村镇，都曾被人发现，但没人拦她。路人认定这女人是疯子，也就任凭她去了。

石妈跑到沈阳，用了一天半宿的时间。她进入市区便跌倒在路旁，天一直在下雨，她就在泥水里不知躺卧了几个时辰。其时沈阳城正在动乱，道路两旁陈尸累累。石妈苏醒之后，找到了大南城门里孙占一的故宅。在这里见到了三个大伯嫂，可她们对她都十分冷漠。因为她们几个都能断定，老八占元是伪满著名的大汉奸，绝不会有好下场。不久前，他们父子俩在这见过面，但二人都是身背重案，难以立足，又从这里逃走了。石妈对老孙家一片忠心化为泡影。孙占一的大老婆还想收留这个女人，但二老婆、三老婆坚决反对。她们指给她一个去处，叫她到商埠地去找孙占一宠爱多年的那个日本娘儿们菊子。

石妈穷途末路，只好到商埠地去投奔菊子。那个已近中年的日本女人见到石妈，竟与她抱头痛哭，因为她们两个都是苦命的人。当年，孙占元领着石妈怀抱金锁初来沈阳市探望他的家兄，那时石妈便与菊子姑娘因同病相怜的命运而十分相好。伪满初期，孙占一飞黄腾达，也曾带着这个升格的如夫人返回故乡虎石台。黄氏没瞧起这个小星，石妈对她却是百般殷勤。风和日丽的那一天，菊子和石妈领着金锁子伴随孙氏兄弟畅游北山，返回途中，在关帝庙休息。静室里，道士黄福臻与孙占一展开争论。在那个当儿，石妈怕他的亲生子在老妖婆黄氏的谋划下被孙占一带走，善良的菊子曾随石妈在大殿里给关老爷磕过头。如今石妈来投靠菊子，如夫人对她当然不会慢待。她并不知道孙占元的行踪，于是两人就这样在动乱中相依为命达数月之久。

这天，孙占元带着金锁子忽然来到石松菊子的住所，这对于愁闷中的两个女人来说当然是喜从天降。孙八这才知道了自己在家乡的财产已经被作为逆产查封了，他的发妻黄氏情急生智，已削发为尼。孙八从心里敬佩，看起来有智谋的女子，胜于须眉。石妈把从公义堂带出来的一包文契交给孙八。孙占元苦思良久，果断地说："从今天起，你就是我的妻子了。"石妈扑地跪倒，给这个男人磕了一顿响头。她站起来，试想走过去抱一下分别了十年的亲生子，但却被孙思奇强硬地用手臂挡开了。

孙思奇在这个特殊的场面上不认他的亲生母，使一旁的石松菊子困惑不解。她回忆起当年石妈陪同孙占元到沈阳，那时这孩子还不到三周岁。皆因孙占一有生理缺陷，不能生子，故对这一根孙家的独苗格外钟爱。孩了来到奉天，在日本寻常小学读了三年书，照顾他日常起居的就是菊子婶婶。其后，他被送往日本深造，转眼就是七年，菊子十分想念他。可面前这个长大的金锁子，不仅对生养他的母亲冷漠无情，对这个婶婶也没有任何亲近的表示。刚刚年满廿岁，为何就如此冷酷了?

孙八父子在这里住了三天，便相继离去。临行时菊子扯住金锁的衣襟，哭着问他:“孩子，我始终是六神无主，胆战心惊，告诉我，我应当怎么办? ”孙思奇冷冰冰地回答道:“你是一个日本人，到南洋去找我伯父恐怕是办不到了，继续留在此地也非长久之计。依我看，你到日本侨民会去登记，下一步中国政府要委派官员来接收。作为日本侨民，你可以申请回国。我和我爹虽然都加入了日本国籍，但现在经过批准，已放弃日本国籍，又都是中国人了。”

孙占元父子去后，菊子沉静地打开了自己的箱柜，把里面的金珠细软点检出来，恭恭敬敬地全部交给了石妈，并告诉她:“占元已经把你收了房，你就是正式的夫人了。你我姐妹一场，这一点点积蓄，送给你做个纪念吧。”石妈见状泪流满面，她预感到这个女人死路绝方，要寻短见。事情很清楚，小金锁给她出的主意无疑是逼她寻死。因为此时的菊子已经是有家难奔、有国难投了。她的家乡长崎已经在几个月以前变成了废墟。

石妈本是个十分精明的人，但小金锁不认她这个亲生母亲，对她打击极大，让她立时心力交瘁。当夜，她劝过菊子，便在忧伤痛悔中沉沉入睡了。谁料想，与她同居一室的菊子吞金自尽了。这女人穿一套中式服装，所幸还死在日本炕上。城市动乱，大家小户死了人全都不发丧，石妈指派宅内的男仆去买了一口棺木，把菊子成殓了，然后又到杠子房雇来人夫，把她送到了寄放灵柩的寺院里。

大雪抛天，寒风刺骨。驻沈阳的苏联红军部队戒严了北陵机场，一架重型的美国飞机在机场上降落。这架飞机载来了中国政府的派遣官员——沈阳市长董文琪和他的随行。与此同时，伪满“新京”——此刻称为长春市——也有美国飞机在机场上降落，载来了中国政府派来的东北行营主任熊式晖。出人意料，这座行营在长春市建立不久，蒋委员长的夫人宋美龄也飞到长春给解放东北的苏联红军将士授勋。直到此时，东北全境还未见到国民党的正规部队。

董文琪市长接收奉天的时候，在这座城市里只有没随八路军撤退的、临时打起国民政府旗号的武装警察。国民党的地下光复军当然很想在这个时候公开活动，但董市长在接见党部代表的时候，传达了蒋介石的命令，在东北三省不准建立地方武装。由此，以孙占元为首的光复军遂被解散了。国民政府虽然只派来了这么一位官员，但却给居民百姓带来了新的希望，几个月以来的无政府状态，稍稍地平稳下来。

松江以北的哈尔滨市，国民政府也派去了接收官员，但不久他们就都离开了。中国共产党人李兆麟将军从日本投降后便率部进入这座城市，担任东北人民自治政府委任的松江省主席，兼中苏友好协会会长。然而这位饱受百姓拥戴的抗日将军，却在一个晚上被国民党军统局的派遣特务杀害了。哈尔滨市民为李兆麟将军举哀发丧，拒绝国民党官员入境。形势紧迫，这几个接收官员便在群众的怒吼声中灰溜溜地返程了。

沈阳市长董文琪到任，受到苏联城防司令部的欢迎和保护。市政府挂牌办公，警察局也相应地完善了建制。身着警服头戴青天白日帽徽的武装警察，竟多达五千之众。同时，董文琪从中央党部带来了指令，国民党辽宁省党部、沈阳市党部都被党中央承认，并嘉奖了有功人员。对于光复军，虽然明令取缔，但允许其成员参加警察大队。光复军的总司令孙占元被政府委任为警察大队长。

猫头孙思奇，自从共产党的部队从沈阳撤退之后，名义上给他爹当随从副官，但终日闷闷不乐，深悔灰狼突然身亡，自感已经变成了断线的风筝。这个受日本豢养教育多年的中国人，对日本军国主义者毫无背叛之心，还是要死心塌地地遵照宫田良相的指示，为这个间谍集团尽忠报效。其父在省党部的安排下进入了警界，而他却没有穿上警察的制服。一时之间，又变成一个混迹在城市里的浪荡公子。他日夜进出酒馆、妓院、跳舞场和大大小小的赌局。日本投降后认识他的赌徒、淫棍，又都聚拢到他身边来了。因为此人财大气粗，且英武异常，他在闹市区俨然当上了地痞流氓的头头。有一次他在赌场把身上携带的财物输得精光，先是抽出了一把刀子押上了，输掉了以后，又从口袋里摸出一颗炸弹，押上去，也没赢。最后从腰里抽出一支手枪来，随带二十发子弹，都搁在局面上了。局东走过来，给他下跪磕头，偿还了他输掉的全部赌本。由此，这个人在黑社会声名大振。

这日，他在酒店里痛饮大醉，迷惘中，听身边有人对他讲暗语，孙思奇顿时酒醒。来者正是他盼望已久的同伙蜘蛛。蜘蛛告诉他：灰狼已毙命，从现在起，你要接受蝴蝶的指挥。蝴蝶命令你，去找沈阳市警察局刑警大队长蒋鸿玉，此人自中美合作所重庆特别警察训练班毕业，现在是军统局东北区沈阳特别组的成员。见到他只说你是美国人乔治·布朗的朋友，他便能收留你在他的身边当差，下步行动由蝴蝶亲自部署。

前日本俘虏营里关押的美国战俘乔治·布朗，此时已经由美国政府内定，不久将成为美国外交部派驻中国沈阳的总领事。受美国海军情报处指挥的这个布置在中国东北的间谍集团，将展开新一轮的行动。

猫头与蜘蛛分手后，立即到市警察局刑警大队面见了蒋鸿玉。依计行事，蒋大队长并没有动问他的出身资历，便把他安置在刑警大队的车巡队任领班。这个刑警大队，不仅拥有便衣警探，在市区侦防案情，还专设两个巡逻中队，一个车巡队，一个骑巡队。武装警察乘坐吉普车和三轮摩托车在市区巡逻的是车巡队；武装警察头戴钢盔，手持自动武器，骑高头大马在市区里巡逻的谓之骑巡队。孙思奇姓名不变，虽是领班，但仅仅是一名警长。

孙警长就任，工作十分出色。因为他掌握多国语言，巡逻中遇有苏联红军的散兵游勇，在街上闹事，他就用俄语与他们直接交涉了。遇上抢劫财物、奸淫妇女的红军战士他便当场给予缴械，并把肇事者捆绑起来，递交红军纠察队。特别在日本商埠地，中国暴徒欺压凌辱日本侨民，数月来已经司空见惯。但此番如果遇上孙警长带的巡逻队，就没有好果子吃了。这位下级警官出手不凡，处理此类暴徒，他是先斩后问。有的人当场被他打得骨断筋折，有的人经他用日本柔道在马路上凶猛地摔掼，当场气绝。有一次，他动手惩治一个暴徒，铁拳到处，那个人的一个眼珠子竟从眼眶里迸出来掉在地上，种种残暴的手段令人骇然。有细心的警察经过多日观察，看这位警长对日本人格外地体恤，向上峰报告此事，蒋大队长付之一笑。这位孙警长在沈阳市几个月已经结识了很多人，内中也有人是在八路军撤退前当过警察的。他们掌握这个人曾在南市场开办过红军俱乐部，因为杀害红军官兵被捕，还有人知道他是个国际间谍。对于这些传言，蒋大队长一律是置若罔闻。逐渐地有人弄清了这位孙警长的政治身份，他原来竟是军统局东北区沈阳特别组的通讯员。

孙占元和孙思奇父子，就这样又都变成了国民政府的警官，同时，由他组建的光复军并没有解散。董市长到任后，和此地的省市党部反复研究，认为几千名警察保卫这座城市，只能维系一时的治安。国民政府正通过外交途径和苏联政府办交涉，要求他们尽快从东北地区撤军。设若苏联最高统帅部突然下令撤军，沈阳周围集结的数万共产党军队就有可能立即向沈阳市发动进攻。从“双十协定”

签署到如今，国共双方的摩擦一刻也没有停止。董市长出面与苏联城防司令部协商，要把已经明令解散的光复军重新集结起来编成一支保安部队，协助苏军保卫城市。但这个建议却遭到尤金上将的严厉拒绝。苏联当局一定要等候中国国民政府的正规部队前来接收。市长无奈，只好劝说省市党部，把业经组建成型的光复军埋伏在市内，待机行动。这样一来，受委任、持有臂章符号的光复军又半公开地在市里活动起来。工厂、学校、货场、库房，到处都有这些人的踪迹。他们拆毁所占建筑物里面的备品，拿出去换钱，有时候也去打家劫舍，甚至绑架肉票。被他们绑架的绝大多数都是伪满时期的官员。事主被绑架之后，家属接到的通知很奇妙，向他们索要钱财，为的是给光复军开兵饷。肉票的家属只好变产、负债、凑款赎人。真正是官兵当强盗。一时间沈阳市表面安静，但动乱不断。

编制很大的光复军，成分十分复杂，包括伪满洲国的军警宪特和社会上的浮浪青年，多数都是受过教育的，而且大都会说日本话。这些人渗入商埠地和日本侨俘公开谈判，让他们有组织地集中起来，倒出一部分房屋供光复军使用。而集中起来的日侨俘，则由他们秘密地进行保护。他们把日本侨民会的会长和日本战俘的代表找来训话，公开告诉他们。八一五光复以后，在沈阳羁留的日侨俘没有被中国民众全部消灭，赖中国国民党和我们大光复军保护你们。前日本军国主义者欠下中国人的血债理应偿还，但我们国民党光复军，对日本人格外施恩，没把你们赶尽杀绝，这是你们应该感激不尽的。他们吓唬日本人："告诉你们，吉林省已有数万日本侨民，八一五光复当日，全被中国人干掉了。眼下，苏联人祸害你们，我们不能公开地出面阻止，但会在暗中保护你们。此恩此情你们应当永志不忘。"侨民会长、战俘代表鞠躬致谢。然后主动把商埠地数十万户的日本侨民按光复军的指令进行集中，倒出了近万间民房交给了光复军。

大光复军进驻商埠地，真的不再发生明抢暗夺的事情了，但却公开占据了日本侨民的住宅，任意动用他们家中的财物，并霸占了众多的日本妇女。

孙占元此刻还是这个半公开武装部队的总司令。他的嫂子石松菊子吞金自尽后，在那所宅子里，只剩下了石妈和两个仆人。这晚，孙司令不在宅内，有暴徒袭击了这里，抢去了家中的金珠细软并纵火焚烧了宅院。司令的如夫人幸存活命，多日以来，一直住在她丈夫为她安排的旅馆里。日本投降前，孙占元原有多处公馆，有的被毁，有的为了安全自动放弃了。眼下光复军进驻商埠地，由他的部下在二经路高级住宅区给他选定了一处新公馆。这是一座西洋式建筑，规模不大，但内中的装潢设备十分的考究、豪华。这里原是日本钨金株式会社社长久保先生的住宅。于是孙司令便把刚扶正的如夫人接进了这个新公馆。

光复军在这里表面上是保护日本侨民和战俘不受苏联红军的残害，实际上，他们是对日本侨俘进行了有组织的、敲骨吸髓式的掠夺。日侨俘手中赖以生活的笨重家具、衣服被褥，允许他们自由出售，贵重物品则直接掠夺了。日本妇女屡遭苏联红军强奸之后，还得忍受他们的凌辱。光复军对日本人凶杀绑架，私立公堂，干尽了坏事。但这些日侨俘早没有了任何的反抗能力，所以商埠地显得十分平静。

沈阳市警察局的骑巡队和车巡队日夜执勤，但人数有限。宵禁之后，在市区的大街小巷还时时发生苏联红军的暴行。

苏军城防司令部在市区的主要街口和城市的出入口都设有卡哨。

冬至月，城市的郊区，众多农民要赶着大车进市里来卖粮，不时受到这些红军卡哨的勒索。他们拦住大车，向农民要酒、要钱。不知他们说的是中国话还是俄国话，要酒叫“寒金打歪”，要钱叫“坚金打歪”，打歪就是索要的意思。进城的农民如不交钱和酒，红军卡哨便不许他们通过。

红军战士很聪明，他们摸索到了一条规律。农民进城时粮食还没有卖掉，手中既没有钱也没有酒，所以必须等他们空车返回来出城的时候，才能要来钱和酒。俄国话叫“乌呐乌耶希”。中国人也不傻，拉粮进城的农民通过卡哨，先说“寒金捏杜”“坚金捏杜”，然后指指车上的粮食，比比画画告诉他们。回来的时候，“寒金耶希”“坚金耶希”“乌呐乌耶希”，红军便放行。

沈阳大北边门外设有一处红军卡哨。这天进城时，“寒金捏杜、坚金捏杜”，红军照例放行。空车折回来，红军向掌柜的索要钱和酒，掌柜的回说“捏杜”。红军士兵不由分说扣住扳机，没打死这个掌柜的，而是打死了他那匹驾辕的大红马。掌柜的须发直立，用眼神指挥跟车的伙计，从车厢里抽出锹镐，把两名苏联红军打死在路旁。红军卡哨扣下了这辆大车和随车的中国农民。天光大亮了，四周聚拢过来的百姓达数千之众，怒吼声、谩骂声，响成一片。苏联军官要指挥士兵把这辆大车和随车的那几个中国人带走，但被群众团团围住了。

中国警察局的车巡队到了，苏军城防司令部由一辆吉普车、四辆装甲车组成的车队也开到现场。车巡队队长孙思奇和苏联城防司令部派来的一位中校军官用俄语交谈，双方争执不下。

午前十点钟，大北边门外，红军卡哨附近已集聚了上万的中国民众，双方对峙情势紧张。最后，那位中校军官走上装甲车顶向中国民众喊话，孙思奇做翻译。他讲话的大意是：对今天发生的这件事情，本人深表遗憾。我们苏联红军披坚执锐，血战沙场，有铁的纪律。在和德国人的艰苦战斗中，我们有重大的伤亡。战争后期，最高统帅部从边远的各加盟共和国征集了许多士兵，这些人没有文化，也没经过正规的训练。他们目无法纪，其中很多人对我们布尔什维克怀有仇恨。来到满洲的这支部队，成分复杂，素质比较低，干出一些伤害中国人的事情。城防司令部对违纪违法的官兵一律严加惩处。他们在中国违犯军纪，这是我们坚决不能容忍的。现在本人决定，被中国农民击杀的士兵咎由自取，立即包赔中国农民一匹军马，算作赔偿。这件事情就此罢休。今后，中国民众如果发现红军卡哨的官兵勒索财物、违犯军纪，可以向苏军城防司令部举报，并且可以把他们交给中国的警察机关处理。

沈阳市警察局刑警大队车巡队队长、三等巡官孙思奇，干出来的这件漂亮事，作为头版头条新闻，登载在国民党辽宁省党部刊物《怒潮日报》上。

就在苏联军官讲话之后，人群中有几位年高望重的老人对周围的民众说：这位苏联红军中校先生的讲话，不过是掩人耳目罢了。四十五年前，八国联军进北京，俄国人侵占了咱们东三省，太后和皇上从北京逃到西安，派洋务大臣李鸿章和列国讲和。同一年，八国联军和朝廷达成协议。七国撤兵，独有俄国人霸占东三省不肯撤出。李鸿章在朝廷和俄国人斡旋，俄国沙皇要求清政府把这块土地割让给他们。慈禧太后不肯丢失老家，为这件事，活活急死了李鸿章。后来，清朝政府和日本人单独媾和，最后酿成日俄之战。日本人用十万头颅换取了关东洲和南满铁道。战败的俄国人是在“九一八”以后才全部撤出东三省。俄国兵在东三省驻扎达五年之久。那时候他们就奸淫抢掠，祸害百姓。眼下，有些俄国兵常用的语言，像“寒金打歪”“坚金打歪”“马达姆上高”“呋鲁呋鲁毛斯”就是十五年前通用的话语，只听说俄国革命之后，一切都变了，谁知道，历经半个世纪之久，他们还是这副德行。

百姓闲话是对苏联红军在东北所作所为的愤慨。那位讲话的红军中校军官名字叫戈别乌。这位军官受命于苏联内政部，专程来沈阳城防司令部供职。他原本是俄国秘密警察的官员，事件处理完之后，警察局车巡队长孙思奇立即与他建立了私人的联系。戈别乌中校非常赏识这个年轻的中国警官。

第三十六章

时局动荡，谣言风起，虎石台村刚刚建立起来的村政府却稳如泰山。村长王玺山、村干部沈明礼、武装部长焦成龙，这天召集村里的地主富农座谈形势。前来参加会议的有正心堂的刘元甲、永吉堂的王雅轩、福善堂的张茂隆、明德堂的吴广泰、宝庆堂的金荣海，还有在伪满末期发了财的新财主关庆余。特别是堡子里的药方先生白延龄，最近几年购买土地数十垧，全部用来吃租，也是个地主了。

老好王玺山和缓地说："日本投降以后，咱们东三省成立了自治政府，俺堡子在区政府、县政府领导下也建立了人民政权。俺老汉是经过堡子里大小一千多户人家选出来的村长，为的是让咱村穷富相安，重建家园。日本鬼子侵略咱们十四年，黎民百姓该喘口气了。我本人老朽无用，既然被选出来当村长，沾的是共产党八路军的光。眼下传说国民党搁葫芦岛登陆，大部队已经开进锦州，东北人民自治政府也从沈阳撤退了。如果国民党要来统治东三省，我这个村长也就当不成了。今天把乡绅们请来，听听大家的意见。你们要是说免我这个村长，我就下台；你们说让我干下去，我就继续当。"

金荣海第一个发言，他说："按成分我是个地主，论出身我当过伪满的官吏。讲良心，我拥护共产党、八路军。拿我家宝庆堂来说，我爹人称金三坏，他发财致富，凭的是阴谋诡计、巧取豪夺，宝庆堂的家业，是通过剥削欺诈得来的。共产党斗争地主，合乎天理人情。至于八路军，个个都是抗日的英雄，我带队出官车和他们打过交道。咱们东北人只知道八路军抗日，不晓得什么国民党。我爹和我兄弟犯了罪，被咱们人民政府逮捕关押，我心服口服。王村长是民选的，我拥护他老人家继续担任村长。"

白延龄接着说："王村长不能离任，因为他是俺堡子的忠厚长者，数千群众选出来的村长，不能随便罢免，国民党真要来，我们还是照旧拥护他当村长。"事变前当过村长和村副的刘元甲和王雅轩，这两个儿女亲家随声附和，也都表示不能让王村长离任，并讲了许多冠冕堂皇的话。

沈明礼在桌面上翻阅一叠文件，李大虎、陈帼英坐在一边默默无言。工作队长田丰慢条斯理地说："今儿个开会，征求了堡子里多位财主的意见，看来大家伙儿同意王村长留任。我们工作队要在这里宣布一件事情，咱们村有人已经和国民党反动派秘密建立了联系，并且要推翻咱们的地方人民政府，大伙儿议论议论，对于这号人应当怎么处理。"众人无话。焦成龙大声说："要一个一个地表态。"在座的绅士刘元甲和王雅轩低下头来，屋中的空气顿时紧张起来了。

沈明礼把手里的那摞文件摊在桌案上，手指着一本账簿从容言道："这是王雅轩手写的变天账，这里面从八路军开进本村建立村政府，一直到今天所有的经过都写在上面了。村里拥护共产党和八路军的贫下中农，也都开列了详细的名单，逮捕芦茂财、查封公义堂也都有记录。这本变天账是儿童团从永吉堂的保险柜里偷出来的。"言罢，他又打开一个白布包，继续说："这里有大汉奸孙扒皮暗中打发人给王雅轩送来的三封密信，还有盖着国民政府国防部东北九省大光复军司令部关防的空白委任状二十多张，孙扒皮化名孙芳园，已经在奉天当了这个光复军的总司令。他在信中任命王雅轩为光复军辽西地区司令官，并让王雅轩委任他下属的官员。大家看，这件事情应当怎么办？"

金荣海立刻跳起来吼道："俺堡子出内奸，把他抓起来。"

焦成龙动手把王雅轩捆绑起来。

村政府召集地主富农开会，并没有邀请贫下中农。但此时，农民协会的会员、妇女会会员，早已集聚在院子里。他们见地主王雅轩在会场上被捕，吼声震天。因为在这之前，村里已盛传王雅轩私通孙扒皮建立光复军、图谋变天的内情。

永吉堂的东家王四王雅轩，由村武装部押送到镇公安局。第二天，区长甄济仁、公安局长钟杰，率带一批公安部队来到虎石台，在关帝庙前召开群众大会。这次大会非同小可，押来伪区长刘紫玉、警察署长吕耀庭、虎石台的伪村长芦茂财，还有金三坏父子以及其他在日本投降后被关押候审的一干人犯，当然王雅轩也在其中。午前十点钟，公安部队在庙前摆好了阵势，庙前的台阶上，一字型排列着众罪犯。甄济仁宣布斗争大会开始。允许被召集来的三里五村的群众在这次斗争大会上揭露他们的罪行。一排犯人都是绳捆二臂、低头站立。苦大仇深的贫下中农这是第一次在日本投降后和他们的仇人见面。此刻，如果没有公安部队压住阵脚，愤怒的群众使能够冲上前去撕碎他们。清水镇区四大害，多年来欠下人民多少血债，干出了多少罪恶的勾当，一时之间，如何能揭露清楚。在上万的群众中，有的人双抛珠泪，有的人跺脚捶胸，即使把这些罪犯千刀万剐也难消民众的愤恨之情。

甄济仁站在庙台阶上，高声言道："乡亲们，我作为中国共产党的地下工作者，在本区已经居住了十七年之久。九一八事变前，我便受中国共产党满洲省委的派遣，在此地建立了辽西地区交通站。关于我的情况，日本投降后已经众所周知了。共产党在东三省积极抗日，先有抗日联军，后有八路军、新四军，前仆后继和日本法西斯战斗，这是有目共睹的。日本投降后，祖国被日本侵略者蹂躏多年，破碎的河山亟待重建。但是，凭借峨眉山天险龟缩一隅的国民政府和蒋介石，无视中国共产党人在过去十四年当中，团结群众和日本侵略者浴血奋战的历史事实，要把我们中国共产党从政治舞台上清除出去。并不允许我们共产党拥有武装，这是独夫的行为，违背中国民众的愿望。我党主席毛泽东深明大义，亲自到重庆去和蒋介石谈判，并且签署了'双十协定'。可在东北地区，我们建立的人民自治政府，并不被承认。根据协定，国共双方在各自占有的地区一律停火，不打内战，我们共产党信守不渝。但眼前，国民政府把美国人请到中国来了。美国兵舰装载着国民党部队强攻葫芦岛，并且有一个军已经开进了锦州城。可国民党的《中央日报》至今还在追查谁是放第一枪的人。如今，东北的形势很严峻，中国共产党在辽西地区的地方政权已经受到了武力的威胁。依照人民的意愿，我们决不能轻易放弃这里。今天开这个斗争会，就是要申明中国共产党的主张，清水镇区人民政府一定要为广大人民群众申冤雪恨。"

区长讲话完了，公安局长钟杰做了简短的发言，然后便由各村屯的贫下中农代表到前边去历数这些首恶分子的滔天罪行。

过午，大会原本在有秩序地进行，但当公布了王雅轩勾结孙扒皮暗中书写变天账、企图等国民党反动派来到的时候实行反把倒算、加害广大贫下中农的时候，群情无比激愤。有几位外堡子的群众冲到前面用木棒怒打这个土乡绅，王雅轩当场气绝。

打死这个可恨的地主之后，群众爆发出震天的吼声。不知是什么人领头，首先冲向堡子里的公义堂，并放火把那所宅子点着了。群众火烧公义堂后，又奔向北山，烧毁了山上的建筑物。一些在西岭窑地上干活的山东哥也返回老虎岭，踏平了岭上的窑地。同时，清水镇街上原属伪区长刘紫玉所有的商店、房屋也都被群众点着了。这场大火从公义堂烧到北山，从老虎岭上的窑地烧到清水镇街，烈焰腾空，硝烟蔽日，一直焚烧了半天一夜。

虎石台的群众大会引发了群众的暴动，打死王雅轩，火烧公义堂，险恶的形势依然无法逆转。全区各村屯都有贫下中农不服约束，动手破坏地主、富农的家宅，打伤或杀害他们的仇人。

火灭烟消，地方上又出现暂时的平稳。有消息说国民党进驻锦州的大部队按兵未动，因为他们是从南方乘坐美国兵舰匆匆忙忙赶到东北来的，严冬数九还都身穿着单衣，对东北的地理不熟，也不敢贸然前进。占据东北的苏联红军命令他们在锦州当地整休待命，因为苏联红军最高统帅部还不准他们接收沈阳。

区政府照旧办公，在虎石台群众斗争大会之后，公安局又把一干伤痕累累的人犯如数带走，只留下王雅轩的尸体让家属领回。

隔一天，区上又召开群众大会，公审凶犯。主犯刘紫玉、吕耀庭、芦茂财，判处死刑；恶霸汉奸孙扒皮和在逃的其他人犯执行缺席公审，都被宣判了死刑。

公安局的拘留所里还关押着一批罪犯。这一天虎石台宝庆堂的小东家金荣焕挎个竹篮，里面装着食物，循例到拘留所去探监。看守人员允许他和他的父亲会面。秃发无眉、牙齿掉光的金广梁，乘左右无人和他的老儿子说：“为父我一生做了很多的坏事，天理昭彰，我这是该遭报应了。我死以前，嘱咐你几句话。共产党八路军是咱们的仇人，他们不信鬼神，不讲报应，为父我一世英名将要付诸东流。但你要记住老爹这半辈子的事业，偌大的家资是用我的心血换来的。弱肉强食，本是世上的真理，你不害他，他就害你。为人在世，讲究道德良心，那是欺人自欺。你大哥思想左倾，拥护八路军共产党，到头来也绝没有好下场。你二哥天生的淫棍，欺兄霸嫂，在堡子里奸淫妇女无数，又在紧要关头丧尽天良检举了亲爹。他脱胎转世，不变牛变马，也要当太监。关老爷无常之日，他的赤兔马不食草料殉了主，我骑的那头大叫驴，也必然跟我同去。”老金三喘了口气，接着嘱咐，“它虽然是一头驴，我也不忍让它和我同归于尽。我死后，你到画匠铺去，照它的样式给我扎一头大叫驴，并在它的脖子上标明我的名姓，以免到阴间被别人冒领。另外，你给我多扎几座金银库，让我到阴曹地府也别缺钱花。你小子生来胆子小，胆小怕事也有好处。日后你行事为人，得跟你老爹一样，要懂得外表上装憨，遇见斗不过的人，用阴谋诡计对付他。你老妈跟我一辈子，没享大福也没遭大罪，我死以后，让她喝卤水跟我一路去。”

金荣焕大哭，这时，接见的时间已到，父子分手。

区公安局又在龙王庙前镇压了一批罪犯，内中包括金广梁父子。有人注意到，那个金三坏是狞笑着从容赴刑的，可他的儿子金荣山却是被法警拖到刑场上去的。

区政府在虎石台召开群众大会后，本区数十万群众革命情绪无比高涨。共产党的区委会张贴布告，申明为保卫东三省的人民政权，号召贫下中农参加东北民主联军，用武力保卫家乡。各村屯响应区委的号召，迅速掀起了参军的热潮。

最初，报名参军的立即由区政府送到县里去加入县武装大队；其后则由各村屯的工作队给参军的子弟披红戴花，敲锣打鼓把他们送到区上去。虎石台村人口众多，已有数十人成为东北民主联军的战士。

连日风雪，寒冷难当。这日夜晚，王玺山到区政府去开会，身边随行的是沈明礼和焦成龙。行经西岭的时候，已经是三更过后了，冷风拂面，星月在天。他们正然行走，迎面碰见一个人。老村长高声叫道：“帼英，时局紧张，地面上不太平，深更半夜你一个人要到哪里去？”

帼英笑道：“我在堡子里刚开完了动员妇女支持男人参军的大会。乘下半夜没事，我到农场去看看慎宗。”村长不放心，要派成龙跟她一起去，帼英拒绝。月光下，她展动着手里的那把镰刀，满不在乎地说：“你们回村去吧，陈帼英献身革命，啥也不怕。”老村长只得由她去了。

陈帼英走下老虎岭，不远便是伪满时期的实验农场。她丈夫顾慎宗已经睡醒一觉了。有人告诉他说：“你家里的看你来了。”慎宗慌忙穿衣，走出宿舍。“这个时候，你来干啥？”慎宗奇怪地问道。帼英郑重其事地说：“我来动员你参军。”顾慎宗面有难色，他手扶着帼英的双肩，亲切地说：“我送你到妇女宿舍去暖和暖和吧，有什么话明天再唠。”帼英不干，她要丈夫随她立刻回村去，跟父母商量商量。丈夫拗不过她，只好敲窗户跟正在熟睡的领导请假，随妻子回村。清水镇区的国营农场，伪满时称作实验农场，规模很大，已经建立多年。顾慎宗在农科国高毕业后，是被分派到这里来的。

夫妻俩从农场走出来已经是过夜三点了。雪大风狂，两个人手牵着手，行走在公路上还是不停地跌跤。两个人走得很慢，冰雪塞途，要快快不了。尽管说话挺费劲，帼英还是尖声地问道：“慎宗，你跟我说实话，到底想不想参军？”她丈夫和缓地回答说：“帼英啊，堡子里那么多的青壮年，都撇家舍业报名参军了，你和我在日本投降前就已经是预备党员，我怎么能够退缩不前呢？但我也有一个很现实的想法，我认为共产党和国民党打不起内战来。眼前的变乱是暂时的，下一步国共两党一定会合作起来，重建家园。咱们是个农业国，我要发挥所长，为国家做贡献。至于你独立奋斗，能有今天，我衷心佩服。你我都是无产者，我打算留下来配合你工作，待到时局平稳之后，我们一定会为党做一番事业。”

帼英没吱声，两口子继续往前走，不远来到一片桦树林。帼英问道：“这片树林的故事你还记得吗？”慎宗笑道：“大头鬼和孙扒皮在这里杀害了尤金榜大叔和他同行的十八名勇士。刘铁柱大叔也曾经在这里消灭了他的仇人吸血鬼吴老六。”

夫妻俩再往前走，帼英指着老虎岭东坡上那一带荒坟，轻声问道：“这是哪儿啊？”慎宗回说：“这是山东坟啊，你早就知道，何必问我？”帼英无话。夫妻俩要走下西岭了，在公路的右侧，那就是当年刘紫玉捐给本村的义地。帼英大声问道：“慎宗，你给我说说在这里埋葬的都是些什么人？”

慎宗止步，一一为帼英指点。首先提到的是他的父亲顾天成，还有袁连喜一家、阮敬贤一家。哪座坟埋的是姜大姐，哪座坟埋的是苦命的焦大婶，哪座坟埋的是他岳父、岳母无名氏，哪座坟埋的是关帝庙的道士黄福臻。

陈帼英手拉着丈夫的双手，微笑着说：“现在风停雪住，我跟你说几句心里话吧。你我都是苦命人。你念十年书，受尽寒窗苦，我得到你这个学品兼优的好男人心满意足。自从与你成婚，我算是脱离苦海了，公公婆婆待我如亲生的女儿。你对养父的恩德至今未报，对你那苦命的妈妈也没尽人子的孝道。你和我预备党员的身份在村里并未暴露，咱们俩正好留下来过一段安宁的日子。最近我身体不适，请白二先生诊脉，他说我已经怀孕了，为妻我身怀六甲正需要你照看。”

陈帼英说到此处，忽然间声色俱厉，大声问道：“姓顾的，你看没看见杀身成仁的焦大叔，苦难一生的焦大婶，张小铺的财东张茂森在日本宪兵队的拘留所里裂断自己的气管，不给敌人任何口供。俺堡子在地富面前谁家的冤仇大？谁家的苦难深？你都忘了吗？”顾慎宗没吱声，陈帼英尖声高叫：“我看你像个蔫王八。”上面一拳，下面一脚，把丈夫打翻在地，打倒不算，还骑在他身上，左右开弓抽了一顿嘴巴子。

天亮了，陈帼英筋疲力尽地跌坐在雪地上，看慎宗仰面朝天地像是断了气，她不禁号啕大哭，搂着丈夫的脖子，数数落落地哭道：“慎宗啊，我这不是倒反天干了吗！你一时是想不通，我应当耐心地说服动员，气急动武，我真是疯了。”顾慎宗睁开双眼，从容言道：“帼英，你一点儿也没疯，你打在我的脸上，喜在我的心上。这么一来，我抛下你和老父老母入伍去当兵，就没有牵挂了。”

柳天祥两口子正吃早饭，见儿媳和儿子走进院来。待到他们进屋，二老放下碗筷，大惑不解。慎宗的娘惊讶地问道：“长祥子，这是怎么了？让谁把你打得鼻青脸肿？”老人光袜底跳下炕，手搬着儿子的脖子细看，见他左右两只眼角也都充血了。慎宗笑道：“我和帼英从农场回来，走在岭上碰见孙扒皮手下的几个光复军，和他们交了手。”

老太太气满胸膛，跺脚骂道：“罪该万死的孙扒皮，到如今还在行凶。”柳天祥站在一旁，轻声说：“老婆子，这回你知道敌人的厉害了吧。帼英劝说你让慎宗去参军，掌枪杆子保卫咱们人民的政权，你却是苦劝不听。你看看，你儿子让敌人打成这个模样，等国民党反动派的大部队开进村来，还要杀他的头，灭了咱们全家。”老太太坐在炕沿上，抹干眼泪，打个唉声，缓言道：“咱们一家四口人，只有我反对慎宗去当兵，眼下我也想通了，要去就去吧。”慎宗夫妻双双地跪在地上，给老妈妈磕个响头。

这时，耳听庙头上又敲锣打鼓，由姚老五开设的鼓乐房子，又准备欢送披红戴花的第二批贫下中农的子弟动身去参军。农民会、妇女会欢送新战士入伍，有众多的群众前来参加。堡子里的几家财主却是关门闭户，不见他们的人影。

庙东永吉堂，当家的王雅轩在斗争会上被打死以后，由家属把尸首领回去，备棺成殓。他老妻王四婆子和儿子王超并没有大哭大叫。值得提起的是他家多年以来有一个管事的，名唤于宝珠，此人父子两辈在永吉堂管事。王雅轩的爷爷在变乱中救过于宝珠爷爷的命，传到第三代，两家子还不忘旧交。于宝珠是个养牛的能手，永吉堂养牛发家，这是众所周知的。于氏父子为王家发家致富尽效犬马之劳。这个于宝珠精明强干，王雅轩待他如手足。

王氏家庭突遭横事，王雅轩的老婆儿子一时发蒙，于宝珠挺身而出，交代大事。用一口黄花松的棺木把王雅轩盛殓起来。棺木摆在正厅上，不摆供，不烧纸，王氏母子也不戴孝。但这口棺木并没有抬出门去埋葬。王家的大门上张贴着一张三寸宽一尺长的白条子。上面用墨笔大书四个字“闷灵止吊”。这四个字有分晓，按乡习，谁家死了老人，长子或其他儿女身在远方回来奔丧，须得时日。为了等候死者的亲人回到家来操办丧事，就用这个办法延缓发丧开吊的日期。永吉堂如此举动，村政府、农民会、妇女会无权干涉。一人做事一人当，家属无罪，怎样发送那就没人过问了。

出人意料的是在王家闷灵止吊期间，村子里发生了一桩骇人听闻的大血案。

王雅轩到村政府去参加会议被武装部当场逮捕，消息传到永吉堂。王四的儿子王超火冒三丈，要到村政府去和逮捕他爹的那群人拼命，但被管事的于宝珠制止了。王超的脾气他是知道的。他姐姐当年嫁给天益堂老邓家，被他公公快镰刀邓老五用擀面杖打死，头部重伤，贴上膏药又抛在院中的水井里，假说是情急自杀。为此事，王超曾把他的姐夫邓富才抓到家里，私设公堂进行审问，并让他姐夫身上带伤。仁慈堂的第三辈少东家芦再新被害，惨死在辽河岸边。警察署怀疑王超曾与他殴斗，并且是幼年的情敌。洞房花烛夜，王超被捕，遭受刑讯，后来因没有口供被释放。于管事知道王家的这位少公子是个铁打的汉子，今日要为父报仇，其言可信。

在于大叔主持下，王家把死者抬回家来，装殓完毕，闷灵止吊。性如烈火的王超，焉能容得。此时，他已经年满二十一岁，并且在国民高等学校毕了业，事发仓促，手足无措。经过冷静的思考，就在他父亲成殓之后，他把老婆刘月娇送回娘家去了。王超和死鬼芦再新一样，在国民高等学校受日本军国主义教育，强悍无比，他要为他的父亲大报血仇。

家人不举哀戴孝，他低头默坐在房间里。想到他爹王雅轩，幼读诗书，深通礼义。在堡中创办道德会，讲的是仁义道德、礼义廉耻，智仁勇三个字是他每日乐道的。他姐姐惨死在天益堂只因为他的爹爹太忠厚了。日本投降后，东三省的百姓多数人都有正统思想，对共产党八路军，只有那些穷棒子才衷心地拥护。孙扒皮当了光复军的总司令，派人来委任他爹在辽西举事，书写所谓的变天账，他也知情。等到国民党正规军来到之后，要把这本账簿交给他们，让国军教训教训这些起来胡闹的贫雇农。结果事情败露了，他爸爸竟被这伙穷棒子活活打死在老爷庙前。王超恨得咬牙，他无法抑制自己的情绪，头脑中只是搜寻谁是最主要的仇人。杀父之仇倘若不报，枉活在人世。王超主意已定，磨快了一把短刀。

雪大风狂，黄昏后，村子里就显得格外黑暗。王超怀揣匕首，到管事于宝珠的卧室前窥察动静，听那老头儿已然睡熟了。折回来，走进他妈妈的卧房，王四婆子坐在炕里头还在一袋袋地抽烟。油灯昏暗，看不清儿子脸上的神情。王超坐在炕沿上，装模作样地对他妈说：“娘，我要出趟门，三天五日回不来，家里出啥事情，你让我于大叔做主。”他妈回问道：“儿啊，你要到哪里去？你爸爸倒头在地还没发送，你就别再给我惹祸了。”

王超答道：“我爹惹的祸也就不小了，我怎么能再去惹祸呢？于大叔终究是外姓人，乘此时机，我来向你老告别。我要到锦州去，面见国民党的正规军，让他们快一点往东推进，抓住那些穷小子，依法惩办，给我爹报仇。听说苏联人不让他们进沈阳，我去给他们带路，消灭共产党八路军。”王四婆子抽烟无话，半晌言道：“儿啊，你要去就快去吧，找政府去说理，不能随便杀人的啊。”

王超点头，与他娘分手。这小子从他的家里出走，没开大门越墙而过，雪地里直奔东南街宝庆堂。他心里清楚，这个堡子里和他遭到同等命运的只有他的一个老同学金荣焕，这个人父兄都被共产党处决了，他必能帮助他报仇。王超来到宝庆堂，也是越墙而过。金家的宅院鸡犬无声。他知道，金广梁和他儿子金荣山在清水镇龙王庙前被枪决。金荣海、金荣焕兄弟二人前去收尸，仅仅是把他们装进了两口白茬的棺木里，抬到西岭义地，随即埋葬了。兄弟二人在冰天雪地中手拿锹镐给他们的父亲兄弟打井子，就用了一天一夜的时间。冻土难抠，两口棺木下葬，上面只覆盖着一些冻土块和雪冰。那日，王超也去看过，站得远远的，但分明瞧见那金荣海没哭没喊，而金荣焕却跪在他爹的坟前，磕头流血。

王超早已打好了算盘，第一个仇人是逮捕他爹的铁杆共产党焦成龙，第二个是村干部沈明礼，还有一个最坏的，就是原在北山上当劳工的王北辰。这个人阴毒损坏，指挥儿童团从他家里盗出变天账和光复军的委任状，这才让他爹死于非命。今夜，王超要会同金荣焕，杀死这三个仇人，行凶之后连夜逃走，直奔锦州。待到国民党的大部队推进到清水镇，他们再回来。

事与愿违，王超以极大的勇气、最坚定的决心、百分之百的信心，进入宝庆堂，并且敲窗户叫出来金荣焕，和他说明了行动计划。未料小金三摆头不干，他哭着跟王超说：“你要咋干，我不管，我也决不到村政府去告发。咱俩从小同学，你知道我是个㞞货，仇我也想报，冤我也想申，杀人索命，可我没有这个本事。你也知道，在学校念书的时候，我总挨日本教官的嘴巴子，就因为在上操的时候，立正的姿势总是不正确。在小学读书，这个那个打仗斗殴，你回想一下，有我金荣焕吗？”王超大怒，小金三给他跪下了，流着眼泪小声说：“你快走吧，你我谈话要叫我大哥听见，你的计划就全都完蛋了。”王超踢金荣焕一脚，离开宝庆堂，这时已经是后半夜两点钟了。

天上出现了惨白的月亮，西北风照旧剥人肌骨。王超在没膝深的积雪里缓缓地行进。复仇的烈火在他胸中燃烧，此时并不感到寒冷。他来到关帝庙前，停下了脚步，想一想先去杀谁。稍时便做出决定，到庙后西街老沈家去看看。因为自从八路军进村，沈明礼当上村干部，这里便是共产党的窝。拔腿来到近前，站在高处，看那老沈家的窗户上还透着灯光。他不假思索，立即扑向目标。到这里他还是翻墙而过，趴在他家的后窗台上，透过凝结的冰霜，向屋中窥探，不由得心中高兴。

屋里有工作队长田丰田排长，有老村长王玺山，公义堂两个打头的王吉庆、柳天祥俱都在场。李大虎、陈帼英、焦成龙、沈明礼、王北辰一个不缺。王超心里说，他们正在开会，等会议完了，不可能同时出屋。等他们陆续往回走，我给他来个一刀一个，结果他们的性命。同时，又嘱咐自己，动作要快，下手要狠，不能让他们喊出声来。盘算停当，静静地潜伏。

天快亮了，屋中的会议结束了。此时，王超已经隐身在街口上。田队长和两个工作队员回转村政府。王吉庆、王北辰父子扶着老村长走向南街。李大虎、李二虎、王长江、柳天祥和陈帼英离开沈家，随即进入自己的院门，从这里最后走出来的是武装部长焦成龙。成龙没家，因着在伪满末期，他爹焦大海已经把家庭解散了，光复后，他一直住在村政府。但今天没有工作队同行，一个人离开沈家急往西走。王超不解其意，随后跟踪，意外地发现这个人出离村口转向西向的公路，向清水镇方向去了。看样子他是有什么任务连夜要到区上去汇报，或者到清水镇送什么东西。王超猜对了，焦成龙深夜离开本村要去清水镇，送交村政府写好的本村青壮年准备入伍参军的最后一批名单。

趁着头顶上的星月之光，脚踏着半尺多厚的积雪，王超尾随焦成龙出村。这时北风呼啸，成龙拔步前行，听不见身后的动静。两个人一前一后，走到西岭下，穿过义地，上岭再走。抵达清水镇还有二十里的路程，岭上偏僻，恶人正好行凶，但王超迫不及待，就在这个地方，从焦成龙身后冲上去，没等焦成龙回身，接二连三地猛刺了五刀。焦成龙栽倒了，幸赖他自幼与父亲习练武功，身体健壮。后背重伤，趴伏在雪地上，王超自以为行刺得手，未承想焦成龙从雪地上一跃而起，挥拳打倒了王超，并把他手里的刀子夺过来，准确地刺进了他的胸膛。焦成龙拔出刀来，晃晃悠悠地站起来了，这时东方已经呈现鱼肚白。谁料到，就在这个当口，从荒坟的后面，走出来一个手持猎枪的少年，他是王超的小舅子、正心堂的少东家刘玉宝。

说起此人，今年已经十六岁，跟他爹刘元甲苦读诗书，满腹的文章。多年来，习文并未学武。日本投降后，他从张小铺买来了张茂森使用多年的那支猎枪，经常到北山西岭猎取野物。为时不久，这小子就爱上这个行当了。每逢天降大雪，他都起早出来打围。因为在这个时辰，山猪野兔都在雪地上留有脚踪，寻踪猎取百发百中。今天，他跟踪一只野物来到西岭义地，正赶上王超和焦成龙搏斗。

刘玉宝从坟圈子转出来，焦成龙正在拔刀，这小子端枪可就过来了。一看成龙杀死的是他姐夫王超，怒不可遏，双筒猎枪对准了焦成龙。焦成龙左手抓住对方的枪嘴子，高抬过顶，右手的尖刀就要凌空而下。此时此刻，就听见坟圈子里他那死去的继母尖声地叫道："成龙，玉宝是你的亲兄弟，你不能杀他。"焦成龙松开左手，刘玉宝却扳动了枪机，一颗子弹射进了焦成龙的面门。

天光大亮，有外村人从西岭走下来，行经那片义地发现了两具尸体。路过虎石台顺便告诉了村里人，那两具尸体血肉模糊，内中有一人身上还背着匣子枪。村民传话，沈明礼第一个跑到出事地点，众人也随后赶来。经过抢救，焦成龙缓上一口气来，只说了一句话："我让玉宝打了一枪。"并没说与王超搏斗的经过。众人迷惑不解，成龙已经断了气。这时，堡子里有人跑来送信，说正心堂的少东家刘玉宝跳井自尽了。

焦成龙和刘玉宝兄弟对命，同归于尽，一时轰动全村，乡亲们俱都下泪。有晓得内情的感慨地说，正心堂收养玉宝十有余年，这孩子作为一个秧子，在那深宅大院里享受着荣华富贵，但如坐监牢。别的孩子上小学，上中学，他是一直没进过学堂，满腹经纶都是他爹刘元甲教导的。伪满末期，便有传说，他爹焦大海和哥哥焦成龙曾经有意用当初十倍、百倍的价钱把这孩子买回来认祖归宗，可那刘玉宝声言不肯与父兄相认。一则他认为幼小时被父母出卖，是他爹和他妈拿他换酒喝了、换药吃了。二则他与焦成龙、焦艳霞同父异母，没必要再去和他们叙手足之情。光复后，刘玉宝常在街上出现，与焦成龙和焦艳霞对面相逢不接话语。这小子也是个自以为是、行事果断的人。

乡亲们判断，义地上的惨案，是王超踏雪寻仇，先刺伤了焦成龙，后反被焦成龙刺死，因他根本不是成龙对手。刘玉宝清晨早起出村去行围狩猎，偏巧碰上了。见焦成龙刺死了他的姐夫，情急之际，开枪打死了他的哥哥。这当中还有一个因果，刘玉宝的姐姐小月娇，先嫁给了幼年的情侣芦再新，玉宝与那个姐夫冰火不同炉。后来芦再新被害，死因不明，玉宝很高兴。其后，他姐姐二番出嫁许配给永吉堂的王超，让刘玉宝拍手叫好。因为他与王超气味相投，脾气秉性都一样。由此推定西岭下义地旁的这桩大血案，虽然还有许多的疑团未解，但合乎情理。

武装部长焦成龙被害身死，村里贫下中农莫不悲痛，而那些大大小小的土财主暗自欢喜。成龙尸体被扛抬回村，备棺成殓 。区长甄济仁、公安局长钟杰俱都赶来看视。烈士的遗体成殓之后，停放在关帝庙内。因他光复前独身住在北山公义堂果木园子的宿舍里。光复后，随同地下党在清水镇区政府住过几天，随后以村武装部长的身份回村来住在村政府。如今，人已经死了，在堡子里没有恰当的停灵之处，关帝庙暂时变成了他的灵堂。

焦成龙灵柩寄放在关帝庙，堡子里的乡邻大发感慨。焦大海一生忠义，正气如长虹，焦成龙被阶级敌人杀害，壮烈牺牲。父子俩都和关老爷一样，忠义千秋。

焦成龙停灵待葬，区长甄济仁和区上的一批干部亲自到本村来为他举行了隆重的追悼会。二十八个人扛抬着成龙的灵柩，在义地里安葬。送葬的乡亲多达上千人。

焦成龙结束了他短暂的一生。随灵到义地上去与他送别的，有两个人戴孝。一个是他的胞妹焦艳霞，另一个是王吉庆的女儿王金凤。手足之情艳霞悲痛，自在情理之中，而那王金凤身穿重孝，只哭得死去活来，乡亲们不解。这里只有少数人知道，当日焦大海拆散家庭，能把他的女儿焦艳霞寄托给王家，就因着他已把焦艳霞许给吉庆的儿子王北辰了。至于今日的举动，无人得知。因为谁也不知道，焦成龙和王金凤出于自幼的感情已经密定了终身。今日，王金凤戴孝送灵，众人在慨叹中并不好意思动问，但大家的心中俱都了然。

焦成龙下葬之后，王金凤随众回村，当晚就要自寻短见，又要上吊，又要投井，哭喊着要和成龙一路去。幸赖在她身边，有那位没过门的嫂子焦艳霞，苦拉强劝，并与她寸步不离。加上父亲的劝说、母亲的眼泪，王金凤这才不再寻死。但她和焦艳霞表明，成龙一死，她终身不能再嫁。她要给她的情人报仇，去参加东北民主联军，继承成龙的遗志。

三天过后，虎石台村最后一批贫下中农的子弟要参军起程，区长甄济仁又到村里来了。在锣鼓声中，带走了焦艳霞和王金凤。当晚，陈帼英如释重负地多日以来第一次回家吃顿饭。炕桌上，油灯下，坐着她家的几口人，柳天祥还破例地端起了酒盅。他发现儿媳陈帼英那两只细嫩的、十指尖尖的小手，拿起碗筷很吃力。这才意识到他的养子顾慎宗胖头肿脸的原因。天祥喝下三盅酒，见慎宗和帼英很正常地吃饭，只有他的老妻泪眼婆娑。

天亮以后，堡子里什么举动都没有，有人看见八路军工作队的队长田丰和十余名工作队员，带领着村干部沈明礼、村武装队员王北辰、杨德山、李承业、王长吉、董家兴，最后跟随的是顾慎宗，一行人身带武器，背着行李，奔西岭走下去了。奇怪的是这些人的家属都没来送行。

村子里立刻轰动了，共产党八路军真的撤退了。大家开始猜测下一步财主们的举动。

正心堂把少当家的刘玉宝装入成年人的棺木，没有举哀。永吉堂父子的灵柩双双停在中堂上。两家都派人到棚铺里去要搭灵棚，派人到鼓乐房子去要雇吹鼓手，派人到花匠铺子去要扎纸扎活儿，但都被婉言谢绝了。不是人家不想做生意，而是怕共产党八路军怪罪下来，担当不起。时局动乱，老百姓心中六神无主。

正心堂、永吉堂只好拜求一些至近的人，把这几口棺木都分别送往自家的祖坟埋葬了。

刘元甲一肚子学问。王雅轩的妻子王四婆子秉性刁恶远近驰名，特别是她家的那个大管事的于宝珠，精明强干，料事如神。他们不是不想把老东家、少东家好好地发送发送，而是考虑到国民党中央军离这里还有好几百里，眼下口头上不提报仇，大举发丧也怕招来意外的不幸。

公义堂的两个打头的王吉庆和柳天祥，自从日本投降后，村政府成立，八路军工作队在堡子里主持大事，直到查封公义堂和仁慈堂的逆产，开仓救赈，以及后来在庙头上斗争王雅轩、火烧公义堂、踏平了北山窑地，这两个人均未参加。皆因这两个人有双重的身份，虽然都是雇农，但给恶霸汉奸孙扒皮出力效命十余年之久。伪满末期，日本宪兵队把他们抓去关押，后来被孙扒皮要出来，照旧给公义堂干事。他二人应算是恶霸汉奸手下的两条走狗。正因为这样，王吉庆和柳天祥从公义堂破家荡产直到今天，一直落得个闲暇无事。有人注意到，他们每天在堡子里闲荡，每到夜晚，就坐在炕上摸纸牌，像是有眼不观天下事，有耳不听窗外声。

就在八路军工作队带最后的七个青年离村之后，半夜三更他二人在柳家的热炕上看牌。外屋的风门子“吱”一声敞开了，走进来一个年轻的农民，这个人身高九尺，膀阔三匝，猫腰进屋，坐在炕沿上，低声说：“区委让我留下，暂驻青鱼沟，建立一支游击队，区长派我来问问你们二位，虎石台支部派谁当联络员？”王吉庆回答道：“王长江。”

那人低声又说了几句话，悄然离去了。

第三十七章

虎石台自从八路军工作队率带沈明礼等一干武装队员离村，乡民很快就听说，区长甄济仁、公安局长钟杰也带着大批干部和所属的武装人员撤到县里去了。随后又有消息，东北人民自治政府设立的县政府、共产党的县委会也撤走了。县武装部成立个县大队，拥有多少武装人员，民众并不知情。只见他们浩浩荡荡地离开县城也不知投向了何方。

县大队撤离县城，为时不久，循着北宁路开来一支东北民主联军的骑兵。这路骑兵据说是一个团，进城以后，把团部设立在县政府的办公地点。在这里又驻扎了二十多天。

这时，一九四六年的春节已经临近了，居民百姓都在准备过大年。有些人对于驻扎在这里的骑兵部队热诚接待，有些人则对他们非常冷漠。抗战时期的八路军，如今变成了东北民主联军，百姓不很理解。有些人却在想，国民党、蒋介石是中国的国民政府，正规部队既然已经开进了锦州城，迟早要向东推进。这支部队在这里站脚，无非是歇马打尖。共产党的各级政府已经全部撤退了，怕接待了他们，待到国民党军队开过来，要受到责难。由此，骑兵团上街之后，众多的商家铺户全都关上了门板。地方上，没有政府也没有什么群众组织。骑兵团的干部找到了城里临时组织的商务会。商务会长不是别人，正是在热闹街上开设“会仙楼饭庄”、在站前开设“迎宾客栈”的经理，也就是虎石台财主吴老六的亲家郝兴。

此人出面与骑兵团长沈万才和政委金石开会面，没想到大家都是老熟人了。早在吴郝两家结亲，郝会长多次到过虎石台，早些时候见过沈万才，晚些时候见过在那里当小学教员的金石开。郝会长很大方，他向这支骑兵部队提供了他们所需要的马匹给养。

骑兵团在县城停留期间，没遭受困难，政委金石开对郝会长表示感谢，他说：“我们东北人民自治政府成立之后，已经拥有独立的财政、金融机构。自治政府所属的东北人民银行，也印刷了钞票，可并没有发行。奉上级指示，东北民主联军要撤出辽西走廊，这是我们部队的干部战士和广大的辽西民众所反对的。但为了避免内战，顾全大局，我们只好忍辱负重，在北宁路一线撤出我们的地方政府和武装部队。”

郝会长说了一套奉承话，表示理解，并且自我表白说：“民是顺风草，国民党和共产党是我们中国最大的两个政党，彼此之间有什么矛盾摩擦，未来的时局如何变化，在下作为一介商民，如在雾中。迎官接皂，是我们商民的传统习俗，谁来了，我们都得应酬。鄙人在伪满时期也当过商务会长，也当过协和会长，但那时是违心行事，心里头痛恨日本鬼子、卖国贼、汉奸、特务，可是无力反抗。因为老百姓不是抗日军，大家都有身家性命。光复后，成立东北人民自治政府，鄙人衷心拥护，明知道县政府是在共产党领导下成立的。数月之间，商民们反映，做买卖跟旧民国一样。允许自由贸易，减免苛捐杂税，好像是又回到了张大元帅统治东北的时期。然而，好事无常，共产党领导下的地方政府撤走了，我们实在不知道国民党来了以后百姓会过什么样的日子。”

团长、政委并没向他做什么解释宣传。年根底下这支部队从县城开拔了。

沈万才和金石开率带部队离开县城，向正北行进。三个小时之后，在马上看见了清水镇的老虎岭。顺岭往北，有条小路，越过大岭有大路可通虎石台。金石开勒马问沈万才：“万才同志，这回你该回家看看了吧？”

万才摇头，策马加鞭直向小路上走去，金石开不觉恻然。

团长和政委一前一后策马行进在山间小路上，部队拖拖拉拉地向前推进。一不担心前方有敌人阻击，二不担心后面有敌人追赶。此时在东三省的武装力量只有苏联红军和中共领导下的东北民主联军。团长、政委默不作声，各级干部也都是只顾赶路。战士们间或有人说上几句话，但也没有笑声。因为这个骑兵团数月以来，已经过三次奔波劳碌。第一次从河北昌黎县集结，头顶着瓢泼的大雨，走过泥泞的道路，昼夜兼程出离山海关赶奔沈阳，协助苏联红军维持那里的社会秩序。部队奉令一路上不允许歇马打尖，战马在泥泞的道路上倒毙了上百匹。战士有的中途落马，就死在泥水之中。从山海关到沈阳，他们忍饥挨饿，抵达沈阳市，一团骑兵减员了七十八名。那一次，部队也是从这个地区经过，团长和政委也没注意到这个他们那么熟悉的辽西重镇——清水镇。

第二次是骑兵团从沈阳撤退到抚顺，担任东北民主联军司令部的警卫任务。因为司令员住在这里。巡逻范围远达周围百余里，官兵昼夜执勤，部队得不到休整。

数月以前，骑兵团又奉令从抚顺出发，限他们星夜赶赴葫芦岛增援。全团官兵又是疲于奔命地开赴葫芦岛。但抵达之后，形势发生了变化，上级先是命令步兵撤退，让骑兵断后，而后，又命令骑兵从葫芦岛撤退，在兴城驻扎。在兴城驻扎不久，又命令他们撤往四平。现在全团官兵谁也不知道到四平之后，还要向哪里撤。

团长沈万才一九三一年冬令作为抗日救国军西路军的督队官，返回过一次家乡虎石台。其后从沈阳和刘金贵夫妻、程阿庆大哥受地下党的派遣赶赴江西瑞金。那次是化装后乘坐车船，经过许多的周折才离开东北的，算来已经十四年之久了。日本投降之后，他率带部队三过家门不得入，心情十分沉重。十四年的战斗岁月匆匆地过去了，作为一个革命者，是不应该有什么感伤的情调，但自己终归是一个普通的人。今天，部队并没有战斗任务，也没遇到什么紧急情况，已经走到家门口，实应该按照政委的意图率带部队越过老虎岭，回家去看看老嫂子和离别多年的众乡亲。此刻的沈万才已经是中年人了，回家去看看能满足一己的思乡之情，但身边的战士谁没有家乡，谁没有亲人？特别是在他动念之间，想到了他身边的老战友金石开，两个人在延安抗大同窗受教，毕业后同时被分派到华北抗日战场。平时闲谈金石开多次提到虎石台，他已将那个小山村视为他的第二故乡。这个人父母双亡，一个亲妹妹还进入了天主堂修女院。此时与金石开一同回到虎石台，周围的环境会刺痛他的心。当前的形势很严竣，走在哪里，都不会有什么欢声笑语的。

万才对家乡情况大致有所了解，因为在沈阳执勤时，偶然见到了他的大侄子沈明义。叔侄相逢是在八月下旬，当时八路军独立骑兵团受苏联红军邀请进入沈阳市。金石开到苏联红军的城防司令部去报到，金政委不会讲俄语，通过翻译与格里森中将交谈。将军表示欢迎，他支持这个骑兵团协助红军弹压地面。当时的沈阳城不仅是枪声炮声不绝，到处流血，众多的建筑物都在大火中燃烧，而且暴徒或是暴民之间相互的格斗厮杀也此起彼伏。红军官兵由于语言不通，整肃行动受阻。金政委与格里森将军会面以后，与团长沈万才做出决定，把骑兵团分成八路纵队，在市区维持治安。一个团的官兵，分散在这样大的一个燃烧着的城市里，等于是杯水车薪。好在当时沈阳市还有另一批武装人员，也就是日本投降前潜伏在这里的八路军便衣队。

沈万才亲率一支队伍平息了西塔地区和北市场周围的中国人与朝鲜人的团体斗殴。他使用的战术是命令战士下马后对空鸣枪，然后不伤害正在反抗的朝鲜人，而是把追捕朝鲜人的中国人当场逮捕。被抓获的暴民当然心里不服，但沈团长下令，谁要承认错误，当场释放，谁态度强硬，带回驻地拘押。就这样，暴乱迅速平息了下来。而后又指挥队伍，把死尸运到指定的地点，等候家属来认领，把受伤的送进医院。虽然采取了这样紧急而有效的行动，还是有许多朝鲜人被打死打伤，商家铺户也遭到了巨大的破坏。部队又陆续解决暴民抢劫仓库、破坏工厂和冲入日本侨民区杀害日侨俘等种种暴力事件。忙乱中，骑兵团又接到了紧急命令，让他们立即离开沈阳市，循南满铁路向北，开赴龙家堡火车站，去保护那里的关东军“720部队”的总仓库，那里存放着大量的粮食。东北的农民，自从三年前伪满政府颁布出荷令，大家小户早已是仓廪空空，饥肠辘辘。今逢日本投降，方圆几百里的饥民都奔向这个巨大的粮仓。这里是日本关东军后勤部队的总仓库，仅是营造库房，便用了三年时光，足见规模巨大。

骑兵团受命赶到现场，已经为时太晚了。只见多如蝼蚁的农民正在从这里往外搬运物资，无数的骡马、牛驴，成千辆的大车小辆，都满载着物资向八方流动。

连日阴雨，天气恶劣，部队冒雨把这座巨大的粮仓团团围住。肩扛的、背驮的、挑担的均予放行，使用牲口驮载的东西好言劝说他们放下，而用车辆拉取物资的，便不再客气，车马人夫一概扣留。沈团长心里明白，有车有马的肯定不是穷苦人。大规模抢劫粮食的暴乱终于被制止，那些被扣的车辆，卸下物资后，也都即刻放行。雨中苦战一昼夜，这里才安静了下来。

天明，团长和政委步行巡视现场，不觉骇然。一排排的木结构包着厚厚铁皮的库房，大部分都已空空荡荡。不知有多少辆载重汽车，有的被掀翻，有的深陷在泥水中，但这些车辆的轮子全都被卸下来拿走了。伪满后期，东三省地面已经消灭了铁轱辘的大车，一律都换上了汽车轮子，农民管它叫胶皮车。因为公路上和城市里都不准老式的铁交子大车通行。农家要拴辆胶皮车谈何容易，车轮可以白拿，哪个不眼红。

最令人痛心的是，这座库房有好几条铁路专用线，在长达数千米甚至近万米的铁路支线上，停放着数百节货车的车厢。此刻这些车厢都成了空车皮。铁路的路基很高，加之车体的高度，总在三米以上，有的地方高达十余米。团长和政委站在这个地方茶呆呆地发愣，弄不清在车厢和路基两侧是什么东西堆积在那里，跟小山一般，且全都是绿色的。上前观看，这才清楚了，这是被人们倒在地上的白面。因为近日阴雨连绵，被雨水淋浇之后，又经日晒，表面的部分全都发了霉，从白色变成了绿色。沈团长抽出马刀，挑开了一处，见里面的白面尚都完好。

金政委是很有学问的，他也猜不透农民到这里来拿取粮食，大米是成包的，白面是成袋的，为什么要把成袋的白面倾倒在车旁？几经询问才弄明白。原来有一些地主粮户，赶着三套马、四套马甚至七套马的大车来拉粮食，内中有极聪明的想起这个绝招来。粮食成山，一辆车能拉回去多少？但装白面的袋子是用棉布缝制的，抢回去一车面袋子，价值可超过白面的数倍。就这样才造成了眼前这个绿色的山包。

成袋的饼干、铁筒罐头，遍地都是。被抛弃在泥水中的大木桶封闭牢固，却没有人拿取。原来里面装的是日本人生活中不可缺少的黄酱。这种酱加上大葱，熬汤食用，中国人管它叫大酱汤，日本话管它叫“米绍”。日本人喝起来，津津有味，中国人对它却毫无兴趣。有一座仓库几乎是原封未动，里面装的全是罐头食品。打开一盒看，内中是红色的颗粒不大的东西，尝了尝，很酸很涩。警卫员告诉二位首长，这个东西叫酸杏子，日本人的饭团子、饭盒子里边的大米饭都是凉的，把这东西放在里边起防腐的作用，即使是在三伏天，大米饭也不馊。

又来到一座仓库，内中装的都是成瓶的淡茶色的洋酒。库门外有几箱被打开摔碎，仓库里的都还完好无损。那个警卫员又说，这是日本清酒，是用大米做的，伪满末期，只有拿红本通账才能领到这种东西。咱们中国人喝不惯，因此群众对它没有兴趣。

巡视完毕，天已过午，几日久阴初晴，红日当空。团长下令，留下一个连在仓库周围巡逻，其他部队进入铁道东前关东军守备部队的营房里宿营。营房都是红砖建筑，占地数百亩。此时，原驻扎在这里的日军已经被苏联红军缴械，循当初的南满铁道，被押解到苏联去了。

中午，骑兵团就在这座营房里歇马打尖。傍晚，又利用这里完好无损的锅灶，让全团官兵吃了一顿饱饭。这顿丰盛的晚餐，算是骑兵团从出关以来享受到的最丰富的饮食。日本关东军制作的罐头，每筒重达五百克。牛肉、羊肉、鸡肉、猪肉都是干碗的，质量上乘，味道之鲜美令人垂涎。战士们吃在口中，酸在心里，想起了吃橡子面的东北乡亲。八路军在抗日战争中吃饭睡觉全都是官兵一致，今日这顿晚餐并不例外。战士们嘻嘻哈哈地吃喝，有心人发现，团长和政委都只是简单地用了一点饮食，就回转团部去了。

白天，天气晴朗，是夜明月当空。金石开公事完毕，倒在床上便沉沉地入睡了。团长轻手轻脚地走到他的床前，看了看那瘦削的面容，眼角上的鱼尾纹，和那花白的鬓角，禁不住长吁了一口气。他给政委盖上了一条毛毯，吹灭屋中的蜡烛，悄悄地走出了房间。

连绵的风雨，多日不停，好不容易盼到一个晴朗的夜晚，全团官兵都很高兴。沈万才却心如刀扎，实因来到这里，国仇家恨一齐袭上心头。十四年前，东北抗日救国军曾经在这个地区揭竿起义。辽沈地区的大小匪帮在据此以东三十里的莲花寺银盆洗手，歃血结盟，推举任老万为首领。当时，“穷人福”沈万才也是个小绺子上当家的，只因要率带弟兄们抗日救国，这才在棋盘山下与已改名叫赵亚洲的大哥任老万意外相遇。赵大哥对沈某有知遇之恩，委派他和同伙的曹荣、吴长青父子参加金三好的西路军司令部，并被委派为督队官。路过家乡去打沈阳，终因敌众我寡，叛徒倒戈，功败垂成。棋盘山下一战，救国军溃散，赵大哥被俘。万才率部突围，残兵驻扎在元帅林，孤立无援，全军覆没。后来，才有岔路河与共产党地工刘金贵夫妇相遇的生死之缘。

十四年光阴转瞬过去了。今天，沈万才又来到了赵大哥和他的秘书长张景衡先生以及众多的抗日救国军战士被俘获、被杀害的地方。此情此景，沈万才如何能抑制住自己悲痛的心情。后来听说，赵亚洲和张景衡宁死不屈，最后被日本关东军守备队捆在两棵松树上，用刺刀挑死了，也有说是被狼狗咬死的。

如今营房周围，还是被数百棵黑松围绕着的。沈万才独自在松林里徘徊，很想找到敌人刺杀赵大哥那棵树，但偌大的松树林，如何能够找到？哪棵树是赵大哥的殉难之处呢？沈万才一滴酒都没喝，但他仿佛是一名醉汉，在大片的松林里高声呼喊：“赵大哥，你是死在哪棵树下的？”夜静更深，没有半点回响。警卫员远远地盯着他，见他疯魔般地呼喊，进前来劝说：“团长，你这是咋的了？我跟你已有四年之久，没见你像今晚这样痛苦过。”沈万才用衣袖擦干眼泪，大踏步地返回卧室。

房间里点燃起十几支关东军的蜡烛，这东西点起来非常亮，据说还不怕风吹雨打。团长走进屋，室内烟气腾腾，金政委正坐在床铺上，向列坐在周围的同志们讲说当年抗日救国军的历史。这里有副团长、团参谋长、几位营长和教导员，同志们都聚拢到这里来了。大家在一起浴血奋战多年，情逾骨肉，开晚饭的时候，就都注意到团长、政委神气不对，但谁也猜不透内里情由。

团长带警卫员返回卧室，大家的心里已经了然。沈万才坐在椅子上严肃地说："大家都请回去吧，我为想念故人，一时激动，事情已经过去了。今晚我们要充分休息，拂晓以前又要拔营起寨，到文官屯前日本关东军'919部队'去执行任务。"

天色微明，独立骑兵团飞驰到指定的地点，冲进"919部队"。这里是关东军设在满洲最大的兵工厂，它是事变以后被日本接管的奉天兵工厂的分厂。内中有巨大的军火库房、兵器研究所、战略物资仓库等，其规模之大，超过"720部队"。

骑兵团进入"919部队"，见只有少数的苏联红军在这里驻扎。红军中一位中尉军官，带着翻译和沈团长、金政委交谈。团长、政委首先就质问那位红军军官，这里是关东军的重要军事机构，你们在这里驻防，为什么不制止中国百姓到场内来随意地搬取物资，尤其是枪炮军火。那位苏军中尉耸耸双肩，摊开两手，无可奈何地说："日本人投降，我们没有权力来管束你们中国人。在这里库存的武器都是过时无用的，坦率地讲，都是一堆废铜烂铁，谁拿去也没有用处。"沈团长须发怒张，真想给他几拳头。他和那个苏联军官会面时，那伙官兵正在用早餐，几十名红军战士都喝得东倒西歪地在饭堂里狂呼乱叫，像一群跳马猴子。

政委很冷静，他与那位军官讲了几句话，走出饭堂。刚刚离开那里，战士们就带来了一群百姓。内中有要从这里把炮车拉走的，有把装甲车的车轮卸下来准备运走的。有人拉了一大车家具，有人拉了一大车木柴，还有人把成箱的手榴弹扛在肩上准备拿走。政委经过一一询问，不禁笑出声来。那个拿走手榴弹的农民并不知道这个东西拧开后盖就能爆炸。许多卸下引火的地雷，也被农民装在车上了，据说可以把它卖给铁匠炉。被抓获的无知农民，团长下令全部放行，然后指挥部队清查此处的库囤物资，把所有的库房都贴上了封条，留下一连战士等候步兵前来接管。其他官兵即刻返回沈阳。

骑兵团在龙家堡留下一连人，在文官屯留下一连人，返回城市又分片包干，去维持市内秩序。此时，八路军暂编第一旅的几千名步兵才风尘仆仆地开进沈阳市。步兵旅进驻沈阳，骑兵团才得到了喘息的时间。但歇兵还不足三日，上级又来了命令，党中央派到东北的一号首长，驻扎在抚顺，骑兵团奉令到那里去担任保卫。

首长不认识金石开，但他认识沈万才。这个马匪出身的东北人英勇无敌，在江西瑞金、长征路上，直至到达延安，他几次见过这个人，很有好感。首长把这个独立骑兵团召到身边，有他的目的。此番出关，人生地不熟，这个骑兵团长却是个地地道道的东北通。

沈万才奉命来到抚顺，首长马上就告诉他："你在华北战场打得很漂亮，这次回到家乡，我是要重用你的。这个骑兵团马上就扩建为骑兵旅，你英雄有用武之地了。"沈团长当场问道："首长，咱们中国的内战能不能打起来？听说我们要在沈阳建立东北人民自治政府，可蒋介石的国民政府能不能承认？国际上能不能承认？"首长笑道："不管那些，咱们干咱们的，你只管执行任务。"

骑兵团就这样担任了抚顺到沈阳之间的警戒任务，就在这个地段上接取了一拨又一拨的出关部队，包括延安派来的几十位中央政治局委员和中央委员。不久，东北人民自治政府果然在沈阳成立了。出关的八路军、新四军陆续开进几十座大中城市，这些地方的自治政府也都相继组成。

九月下旬，沈万才和金石开接通知去参加中共满洲省委在沈阳市政厅大礼堂召开的全委扩大会议。意想不到的是万才竟在这里遇见了他思念多年、梦中都不得相见的几位故人，除刘金贵、王阿香、程阿庆之外，竟然还有当年救国军参谋长曹荣、侦察连长童大鹏、副连长吴丁子，独独缺了丁子他爹大胡子吴长青。党中央把东北籍和熟悉东北情况的得力干部都派回来了。

这一次全委扩大会议，可以说是共产党的风云聚会。日本投降后，中国的政局动荡。作为第二次世界大战的战胜国，中华民国政府和蒋介石却处心积虑不允许共产党接管战后的任何城市、港口、铁路和公路。在东北，通过外交途径与苏联红军最高统帅部强力交涉，绝不允许中国共产党的武装接收失地。

多日的暴乱，形势错综复杂，苏联红军实在无力控制东三省的战后局势。东北人民自治政府的成立，使局势迅速稳定下来，但却遭到蒋介石政府和美国方面的极力反对。

沈万才和金石开在散会之后，被曹荣请到站前红军俱乐部去参加了一次在非常时局下暂短的聚会。刘金贵夫妻、程阿庆老大哥、童大鹏、吴丁子等人俱在邀请之列。

大家聚在一处畅所欲言。此时，童大鹏、曹荣都担任中共满洲省委委员。当年，沈万才随刘金贵夫妻和程阿庆受命奔赴江西苏区。万才进入中央党校学习，程阿庆分派到瑞金兵工厂工作。刘金贵夫妻都是一九二五年入党的老党员，在上海工人运动中表现卓著，深受周恩来的赏识。一九二七年蒋介石叛变革命后，金贵夫妻受党的派遣，来到沈阳，在兵工厂、纺织厂做党的地下工作。一九二九年刘少奇同志到沈阳，被张学良逮捕，沈阳地区的党组织遭受了破坏。刘金贵、王阿香也在通缉之列，二人这才转移到岔路河。营救沈万才的时候，刘金贵夫妻便已经是中共沈阳市委的负责人。辗转到江西，刘金贵担任了中华苏维埃共和国总工会的副主席，王阿香就任妇女联合会的总干事。沈万才在党校学习期间入了党，毕业后便被分派到中央直属部队里担任连长。后来红军相继撤离江西，开始了长征，大家便失去了联系。红军到达延安，沈万才进抗日军政大学学习，在那里和金石开相逢。三个月之后，二人便被派往敌后战场。十几年分分合合，能在这里相聚真是百感交集。

骑兵团调赴抚顺，沈万才和金石开在这里负责民主联军总部的保卫。首长把指挥部设在抚顺，为的是遥控沈阳，要等苏联红军撤离之后再把司令部迁进沈阳市。紧接着骑兵团又星夜赶赴锦西和兴城地区，配合步兵部队阻止来接收东北的国民党军队。沈万才和金石开率带骑兵昼夜兼程赶到兴城。全团官兵都是弹上膛、刀出鞘准备厮杀。未料立足未稳，便见到了从前线撤下来的队伍。先头部队已经接到首长的命令，要他们迅速撤出辽西走廊。

今天，骑兵团从前线撤下来，经过清水镇，沈万才这叫三过家门不得入，心情无比沉重。

金石开坐在马上，放缓了缰绳。回想起在延安与沈万才意外相逢，同窗受教，彼此间得益良多。互道身世，才知道了两个人与虎石台这一段割舍不断的渊源。巧的是，二人离开延安竟被派到华北地区的同一支部队里打了三年游击，寸步未离。八一五光复之后，部队奉令出关，头顶着风雷闪电，冒着连绵不断的秋雨，跋涉千里，赶赴沈阳。第一次路过清水镇地区，部队是沿着铁路线行进的，沈万才不能回家，情有可原。第二次部队从沈东驰赴辽西，任务紧急，并且是夜行军，经过这里时，沈万才不能回家也可理解。然而这一次是从容撤退，部队行经此地，完全可以越过老虎岭就进入虎石台了，而沈万才却岔道行军，绕过了回家的路径。真不知这个铁打的汉子，为什么断然放弃了这次难得的回家探望家人和乡亲们的机会。

金石开信马由缰在山路上行进，不由得想起了自己的家事。非常幸运，在部队驻扎沈阳的时候，自己能和妹妹见上一面。小妹亚娜与尼姑道姑一样，遁入空门，算来已经十六载。看上去仿佛和当年一样，情绪稳定，外表如冰。宗教真有

◎金雅娜：但愿圣母玛利亚把基督的救恩、平安和喜乐，赏赐给我们。

使一个人超凡入圣的功能。

那日，金石开率带一个勤务员乘马前往沈阳南关天主堂。堂口的铁门紧闭，看门人拒绝他俩入内。金石开自报名讳，请他把本堂神甫请出来，面对面地说明来意。因为天主堂的主教有命令，不允许身着戎装、携带武器的八路军进教堂，并且这条规定业经苏联城防司令部批准。二人正在进退两难之际，本堂神甫法国人皮石丘缓缓地从堂屋走了出来。这个人明明会说中国话，可他却不说。好在金石开会说几句法语，向神甫说明，参加革命以前做过基督教徒，父亲还是一位牧师。妹妹金亚娜在九一八事变之前从基督教重新返回天主教，在此地进入修女院。恳求那位神甫能允许他们兄妹见上一面。皮石丘当面写张条子，允许他进入修道院。兄妹相逢已经中午时分了，他们在修道院的会客室里见面。可怜的妹妹在和暌隔十余年的哥哥突然相见时，竟面无表情，形同木雕。二人对视坐了良久，才听她口中喃喃地诵念圣母经，一遍，两遍，三遍。她站着，金石开坐着，最后把身旁的警卫员都念哭了。妹妹彬彬有礼地问金石开："哥，你当八路军了？"石开迟疑片刻，这才点点头。静默中，兄妹僵持了几十分钟。最后金石开问妹妹："亚娜，你在修道院做什么工作？"妹妹淡淡地回答道："我从入修女院就一直住在天主教育婴堂，哺育那些被世人遗弃的孤儿。哥，你已经当了共产党、八路军，还能让我说什么呢？但愿圣母玛利亚把基督的救恩、平安和喜乐赏赐给我们。"金石开无话，起身与妹妹告别。

回到部队，金石开把这次与妹妹短暂的会面在团党委会议上做了汇报。事后听说，党内有人把那个随他一起到天主堂去的警卫员暗中盘问了好几次。党内有严肃的纪律，共产党人是不允许信仰任何宗教的。

第三十八章

虎石台自从第五批自愿参军的青壮年离村之后，秩序井然。村长王玺山照旧主持村中大事。众多的乡亲到村政府去打听消息，都问："国民党来了，共产党撤了，百姓要过什么日子啊？"王三叔告诉大家："这我说不好，但共产党和国民党都是中国人，亡国奴的日子是永远回不来了。"村民们有的说："听说国民党和共产党是对头冤家，你老人家可是共产党政府选出来的村长，国民党来了能不能治你的罪？"王三叔摸一摸自己的秃头，捋一捋花白的胡须，从容言道："老夫在本村当村长，是我梦想不到的，国民党真要治罪，那就悉听尊便吧。一句话，我对得起俺堡子里的父老乡亲。"

也有众多的乡亲劝农民会长李大虎外出躲避躲避。有人说，在锦州，国民党部队所到之处，把所有的农民会长都枪毙了。他们管农民会长叫穷人头，列为罪魁祸首。大虎坦然一笑说："农民协会是共产党组织成立的，此话不假。可我本人并不是共产党，没杀人，没放火，国民党凭什么杀我？"

妇女会长陈帼英因为劳累过度流了产，正躺在炕上，将养身子。到她家里去的乡亲，见她面色苍白，无力回话，只能听婆婆的絮叨："我老婆子是个苦命的人，半路来到老柳家，实指望长祥子给我养老送终。可这小玲子就因为当了什么妇女会的会长，就强迫我这独生子革命参军，这一去何年何月才能回来呀？现下，我这要强百事的儿媳妇又小月了，这不是要断我们家的根吗！"

经过此番动荡，虎石台的八大户全都破败了。公义堂片瓦无存，仁慈堂拆毁殆尽，早年的天益堂早已经是飘零四散了。现在，只有福善堂的张老七，经人民政府教育、释放，待在家中。宝庆堂支撑门面的还剩下老金三的两个儿子金荣海和金荣焕。明德堂吴广泰夫妻虽安然无恙，但已经是一户破落地主了。最悲惨的是堡子里的永吉堂，户主王雅轩被活活打死在庙头上，独子王超也死于非命，如今只剩下了一个王四婆子，仗着有管事的于宝珠在，还能守着这处老宅。最幸运的是正心堂，户主刘元甲身为一贯道的坛主，光复后，并未受到人民政府的查封。只命令他关闭香堂，不再欺骗人民群众，可算是八大户当中根基最深、现状最好的人家。

刚刚进入腊月，清水镇地区开来了国民党的正规部队。陆军第五十二军的一个步兵团驻扎在这里，并设立了国军前进指挥所。这支部队装备精良，军纪严整，使当地居民想起了二十年前的郭军反奉。可那次郭军的前进指挥所是设在虎石台的。这虽然是个步兵团，却拥有一个骑兵搜索营，这一营骑兵，派出一个连，进驻虎石台村，担任巡逻和警戒的任务。

开进虎石台的骑兵连，把这个设在原村政府暂时停课的小学校，变成了骑兵连驻防的营地。村长王玺山出面接待这伙部队。戴上尉军衔的骑兵连长是个广西人，讲北方话很吃力，说不通的时候，还得由他的副连长用笔写。困难的是，王村长不识字，交流起来双方都感到十分别扭。多亏村里还有一个中用的人，就是金荣海，他有文化，一直担任村助理员。

如今金荣海协助村长和国民党的骑兵连长打交道，只一个回合，就感到困难重重了。那位连长，名唤孙萌，二十八岁，是黄埔军校毕业不久的学生，出身富豪，有足够的军人气质。他看这个又穷又酸的老村长，穿戴破烂，形容枯槁，加上态度冷淡，真是无法共事。驻军三日，连长便向金荣海打听："伪满的村长听说让共产党给弄死了，那民国时老村长还在不在？"金荣海在孙连长的再三要求下，带他来到了正心堂。

刘元甲受宠若惊，接待了这位连长。二人看茶叙话，谈得十分投机。孙连长称他为老村长，刘元甲称他为孙长官。当日，就请这位长官在他的家中住下了，盛情款待，酒肉丰盈。晚饭后，作陪的金荣海告退了。刘村长和孙长官在灯下叙话，说不通就用笔写，老村长把这个堡子十余年来的沧桑变化，都向孙长官讲述了一番。

此刻，屋子里灯光明亮，老村长见女仆不在房中，便招呼他的女儿月娇出来给连长续茶。里间的隔扇门吱呀一声敞开了，走出一个孝妇来。这女子淡衣素服，体态苗条，白煞煞的一张脸，看上去有如带雨的梨花，着实是千娇百媚。俗话说灯下看美女，要俏三分孝，竟把这个堂堂的武官顿时瘫软在太师椅上。刘月娇给连长倒茶，四目相对，那连长像是触到了电流，这真是一见钟情了。

月娇退下，连长动问刘元甲："令嫒为何身戴重孝？"村长落泪，把他闺女遭遇的不幸原原本本向连长说了个明白。连长动容，他不但十分同情月娇年轻轻地遭此大难，还提出要以国军的身份替那女人报仇。可老村长却说："我门婿王超先动刀杀人，是被人家反击时丧命的，我儿子刘玉宝又用猎枪打死了那个仇人，这桩公案也就算了结了。堡子里穷人多，富人少，村中的八大户俱都衰败破落了。我刘某免于涂炭，也算前生造化了。孙长官暂息雷霆之怒，先在鄙人家中歇息几天，一切缓办。"连长点头。

这位孙萌连长在正心堂下榻之日，堡子里便有消息传出说，这位连长正式向刘元甲求婚，老村长已经把他的女儿刘月娇许配给他了。头号新闻继续进展，有说，刘元甲就在他的家中摆设便宴，新婚的小两口子没拜天地就入了洞房。

事隔七日，正心堂门户洞开，摆设香堂。此前被村政府查禁的一贯道明烛高烧，香烟缭绕。众多的道徒从四面八方赶来，在正心堂的佛堂里挨肩擦背，顶礼拜佛。

村长王三叔称病回家闭门不出。

国民党的骑兵部队，不像当年的东北军那样军纪不整，驻扎在村子里很守纪律，执行巡逻放哨任务。高悬在庙前旗杆上的青天白日旗，在阳光照耀下格外醒目。自从国军进村，农民各安生计，也没发生什么意料之外的事情。年关在近，住家户杀猪宰羊，庙头上商贩云集，呈现出一派热闹的光景。

共产党的区、村政府曾明令禁赌，并取缔地方的贼盗狗偷、巫婆神汉，堡子里的于二大神曾受到过戴高帽游街的处罚。现在国军来了，一切开禁。胡仙堂香火鼎盛，老爷庙变成了赌场。黄老道死后王三叔充当庙祝，后被选为村长，这座庙宇便上了锁。为时不久，也就在国军进驻本村的前后，竟有胆大的赌徒逾墙进庙，开设了赌局。近些天，又有人把老爷庙扒个墙豁子，聚赌之人大摇大摆地出出进进。特别是骑兵连里边的少数官兵，趁连长新婚疏于管束，也到庙里来参加赌博。一时之间，虎石台的关帝庙便成了远近知名的赌场了。

这座关帝庙始建于清朝末年，原先是一座规模不大的财神庙。甲午年步兵统领孙虎堂借坐地户芦家的势力来本村安家落户，孙统领拨巨款，拆毁了旧庙，另建新基，修造了这一座武圣祠。正殿上供奉的是关圣帝君，聘请名匠在正殿上塑造了关老爷的圣像。他身穿弥金袍，端坐在圣位上，左手捋须，右手擎着一本书卷，那便是众所周知的《春秋》。关帝左右，有关平手捧玺印，有周仓擎着大刀。神案前，还塑有那匹追风赶月的赤兔马。正殿之外，左右配殿，东厢房塑的是至圣先师孔老夫子的神像，西厢房住的是子孙娘娘。皆因孙统领是个行伍出身的英雄好汉，修建武圣祠为的是彰显武功。当初，虎石台二霸争雄，孙芦议和。正月里，庙头上表演过“双龙戏水”。新发户袁连喜旱地行船，口唱秧歌调，有道是“来到庙前抬头观，文武二圣在上边”，说的便是这所庙堂里供奉的文武二圣。现在，文圣业已扫地，武圣也不见香火，神庙被一批地痞无赖、贩夫走卒、赌徒强盗们霸占了。

乡民百姓接受共产党的教育，对此事不以为然。多数人都认识到，这种木雕泥塑之物，并不能给人民带来任何的幸福，只有起来斗争，用活人来改造这个社会，才能实现真正的世界大同。

村里幸存下来的地主刘元甲学识渊博，老谋深算，远年和他的亲家王雅轩在堡中兴办万国道德会，当上了正副村长。伪满时期，被芦茂财挤下台，其后，深居简出，安分守己。但在伪满末年，又出面活动，当上了一贯道的坛主。光复后共产党来到辽西，刘元甲知难而退，先是接受政府的警告，封闭了香堂，后发生王雅轩惹是生非，人亡家破。刘元甲对他亲家自作自受并不同情，单是对他钟爱的女儿失去丈夫，对爱如珍宝的养子投井自尽，仇恨满胸。而今，国民党的先遣部队已经抵达本村，他无法抑制燃烧在心中的复仇怒火。经过深思熟虑，把国民党五十二军骑兵搜索连的连长孙萌招入家中，一改他作为一个老饱学、道德人的品性，拿亲闺女做了诱饵，把那个无知的外乡人纳入瓮中。先请他的门婿批准他摆香堂、设道场。口头上提起过亲家一门和他子女死的情由，但又拒绝他的门婿为死难者复仇。直到听说共产党已全部撤出辽西，放弃了占领的城镇，他这才开始了自己的行动。

腊月二十三，灶王爷上天，这是古老的乡习。这天晚上，家家户户都放鞭炮，把灶王的神像从供板上取下来，在灶坑里焚烧。动手之前，还得把灶糖抹在灶王的背上，为的是请求他老人家到天上去面见玉皇大帝，好话多说，坏话少说。有虐待儿媳的婆婆，磕头如捣蒜，有不孝敬公婆的儿媳妇，嘴里不说，心中默祷，叩头跪拜，也是请求他老人家网开一面。只因灶王爷是一家之主，明察秋毫。

今日堡中祭灶，热闹光景胜逾往年，因为这是十四年来乡民们第一次高高兴兴地按乡习送灶王爷上天。未料想，三更过后，关帝庙突然起火，顿时烈焰腾空，天亮之前，那座巨大的庙宇已经化为灰烬。开始还有人登上庙里的钟楼，敲钟示警。并有少数人在大街上狂呼，召唤乡亲们去救火。后来，钟鼓二楼也被烈火吞噬了。黑夜中赶来救火的乡亲束手无策，大庙周围只有两口井，杯水车薪，无济于事。

虎石台大庙起火，惊动了驻扎在清水镇的国军前进指挥所。指挥所的长官柴团长用军用电话和这里联系。虎石台驻军的孙连长搂着他新娶的妻子，还在睡梦之中。孙连长在向团长汇报火情的时候，磕磕巴巴、语无伦次，被上司在电话里痛骂了一顿。天亮，孙连长乘马赶赴指挥所，报告关帝庙失火的经过，团长默然无话。这因孙连长在离开虎石台之前，岳父刘元甲已经把策划好的情由教给他了。

连长见团长，报告昨夜在他驻防地区发生的火情，吞吞吐吐，道不出底里原情，在团长追问之下，这个骑兵上尉才说："卑职率带部署进驻虎石台，经过多日考察，发现这个村子是个八路窝。伪满时期这里便有共产党的活动。胜利之后，这里成立过村政府，设置了武装部，一些公开了身份的，已经随大股共军撤走了。但据卑职调查，这个村子里还有埋伏下来的共产党员，他们表面上不反对国军驻扎，暗中却对我们中央军怀有仇恨。火烧关帝庙乃是群众暴动的信号。有说在清水镇埋伏下来的共产党要利用各种手段对付我们。"

柴团长听了属下的报告，沉吟不语。他非常清楚，五十二军是第一批开到东北来的中央军，行前上级明令国军开进东北，必须争取民众，对伪满汉奸和共产党建立的地方政权不得追究罪责，一切都等到东北地区全面接收之后，再行定夺。团长经过深思熟虑，命令这个连长：烧毁一座庙宇算不得什么，你返回防地，继续执行巡逻警戒的任务。但要记住，共产党占领时期选出来的村政府不许解散，村子里究竟有什么人是共产党的潜伏分子，要缜密地调查清楚，并要取得旁证，然后向政工处提交报告。

孙连长回转虎石台，依令行事。数日之间他就调查清楚了。这个村子有王吉庆、柳天祥，伪满时期就参加了共产党，和撤走的区长甄济仁通过焦大海建立了组织关系。这两个人是虎石台共产党地下组织的负责人。村干部沈明礼、武装部长焦成龙等人，在村政府建立之后，都公开申明他们是中国共产党党员。和焦家、沈家有联系的一些村民，如王北辰、董家兴、王长吉、李承业、顾慎宗这一伙青年人，在共产党撤退之前，披红戴花参加了东北民主联军。他们的亲属和至亲好友，像村长王玺山、农民会长李大虎、妇女会长陈帼英等都是共产党无疑。

孙连长在刘元甲家中整理这一份调查报告。他岳父从头细看，认为这份文件还有不足之处。例如，揭露永吉堂的秘密，并带人前去搜查王雅轩家的是儿童团团长、刘铁柱的儿子刘耕。王雅轩站在庙头上受群众的批斗，第一个动手打他的，是后街老董家大傻子董家琪。而董四喜的老婆子多年在堡中声名赫赫，有的管她叫四婶，有的称呼她四奶。这女人虽然年迈，但与村长王玺山一样是穷人的主心骨。思寻至此，刘元甲切齿痛恨，古人说，冤缘相报，除恶务尽。我要把这两个老东西消灭掉，为我已死的亲家、门婿和儿子大报冤仇。

刘元甲亲自动手，把这些人名都填进了孙连长的那份报告中。这份公文呈交到国军前进指挥所政治部，已经是腊月三十了。

正月初六，国军前进指挥所出动数百名骑兵，在虎石台周围地区几十个村屯，抓去男女老少共一百七十余人。这些人被押解到镇街，关进了原伪警察署的监狱。由指挥所的执行官员审问这些农民，首先查问谁是共产党员，进而追问有关暴动的事情。

一个区几十个村屯，有一百多人被国民党逮捕，人数不算多，但震动不小。被捕的人全是人民政府主政时的群众骨干。各村屯的村长、屯长、农民会长、妇女会长，还有一些未成年的儿童团团长。国民党这次大逮捕，不分男女老少，一律被关押入狱。乡亲们感觉到，这新来的国民党比日本鬼子半点不差。

刘元甲正月十五在他的家里摆设香堂。四方道徒把这个正心堂里里外外围了个水泄不通。坛主刘元甲主持仪式，他长袍短褂，项上还挂着一串琥珀的念珠。正厅的佛堂上明烛高照，坛香浮动，众教徒排成长列，向供奉的弥勒佛分批礼拜。在他的神案右侧，已经摆好了扶乩的器皿了。青衣小帽，两个幼童，手持着那个书写坛训的木棍。当坛主刘元甲跪在拜垫上焚烧了表章之后，乩笔挥动，在沙盘上写出无太佛临坛的训教来。这坛训有人笔录，写的是：

神州大地风雪疾，
真仙下界收妖孽。
施法吓破阎王胆，
丧门变鬼赴黄泉。
火焚神祠惹下祸，
群神齐聚南天门。
瘟神要撒五毒散，
凶神铠甲袭连环。
凌霄殿上告御状，
状告几位得道仙。

白蛟龙女本姓董，
太白金星王玺山。
天祥吉庆双罗汉，
大虎姓李不怠慢。
太白龙女该归位，
罗汉也要返天庭。
采药仙子罪不轻，
亚如燕雀困笼中。
命里注定三更死，
谁能留她到五更。
特来尘寰正因果，
俄乃无太佛弥勒。

坛训录下，随即有人宣读，但那沙盘上的乩笔，更番地移动，又写出四句话来：

太白走火飞升，
龙女入水还形。
罗汉心肝似铁，
仙子玉乳生香。

站在扶乩的桌案旁边，是一群读书识字的绅士。他们把这份无太佛弥勒的坛训反复推敲，认为这内中指点得很明白。前几句话说的是本乡已经发生过的事端。东北人民自治政府成立之后，地方政权吓跑了恶霸汉奸孙扒皮，处决了小丧门吕耀庭、大头鬼刘紫玉、二鬼子芦茂财。清水镇区四大害业已去掉三害，只差一害畏罪脱逃。这本来是好事，大快民心。只因腊月二十三虎石台关帝庙起火，分明是共产党干的。火烧神祠，皇天震怒，坛训上才提到了有众多的神仙到天上去告御状，要惩办这些不信鬼神的共产党。

坛训上说得明白，他们要惩办这些个共产党妖魔，需得玉帝下旨意，这才齐聚南天门等候到凌霄殿上去奏本。神仙告状，不晓得用不用书写成文，但他们要告的却是几位得道的散仙。虎石台的董四婶原来是龙女转世，急公好义、体恤乡亲的瘸老头王玺山心慈面软，广施仁爱，原来他是太白金星下凡。王吉庆、柳天祥身在公义堂效力，多年来体恤众乡亲，铁骨铮铮，心直情耿，谁料想他们原是两位金刚罗汉。李大虎身为农民会会长，也是罗汉投胎。特别是在坛训上最后说出来的那个人，含而不露，明明讲的是妇女会长陈帼英。她原来是天上的采药仙子，难怪它出淤泥而不染，和她的母亲陈寡妇处事为人截然不同。这孩子花容月貌，玉洁冰清，够得上是一位临凡的仙子。但坛训上说得明白，她也要随那太白龙女同遭厄运。看来这几个人被国民党前进指挥所捉去，必然要身受极刑。这叫天命所在，人力无可挽回了。坛训的末后一节，一时解不透。意思可能是要把太白金星王玺山用火烧死，他便能恢复原形，驾返天庭。要把那白蛟龙女董四婶抛到辽河里面去，她必能化为一条游龙奔腾入海。要测定那三位金刚罗汉是真是假，那得把他们捆绑在明柱上，用尖刀剖开肚腹，取出他们的心肝来，看看是否坚如铁石。至于测验那采药仙子，众乡绅摇头兴叹。难的是我们大中国乃是礼仪之邦，在众目睽睽之下，让那陈帼英散开胸怀看看她那两只鸡心乳，再派人进前去闻一闻那两只玉乳香是不香，这桩事未免有点太煞风景了。

众乡绅纷纷议论，众道徒排列两边正要把弥勒佛的坛训向广大站在门外和院外的众乡亲公布，忽然闯进来一伙人，为首的便是本村老实巴交的佃农王长江。身后跟着李大虎的兄弟李二虎、老董家大傻子董家琪、二愣子董家驹，其后便是数十名本村的、外村的群众。他们闯进香堂，一言不发，动手打砸。顷刻间秩序大乱，愤怒的群众把正心堂的香堂砸个稀巴烂，有些乡绅也被打得鼻青脸肿。祸首刘元甲逃之夭夭。无数的农民砸了正心堂，怒气不息，竟像潮水般涌向清水镇。骑兵连长孙萌集合部队鸣枪示警，毫无功效。

正午十二点，国民党第五十二军前进指挥所被万余群众团团包围。有一部分农民冲破指挥所设置的步兵警戒线，砸开了牢狱，把关押在那里的一百余名所谓的囚犯全都释放出来了。而那位前进指挥所的长官柴团长，竟率带他的部队撤出了清水镇。因为在事件暴发之前，国军五十二军军长赵公武已发来急电，指令前进指挥所克日撤回锦州。

中央军前进指挥所奉令撤退，内有隐情。自从美国军队在秦皇岛登陆控制了平津地区，又通过强大的海空军帮助蒋介石向北方运送兵员，在国民政府朝野盛传一条消息：苏联人在战胜德国法西斯之后，已经背叛了《波茨坦协定》和《开罗宣言》。苏联红军在重兵入境之后，东德、捷克、保加利亚、罗马尼亚、匈牙利、波兰乃至南斯拉夫，整个的巴尔干半岛完全社会主义化。在亚洲，苏联支持的朝鲜势力也分割了朝鲜半岛。进军满洲的红军部队占领旅顺口、大连湾。以数十年前所建的中东铁路为干线，企图全面控制满洲，无意把东北三省交还给中国国民政府。尤金上将已严词拒绝了国民政府东北行营向他提出来要求，无限期推迟撤军日期，并不允许国民党部队接收沈阳。美国政府鉴于苏联背信弃义，反复无常，在东欧和满洲地区的所作所为，联邦会议已经做出紧急的决议，美国的太平洋舰队将要在海上消灭苏联的海军。战时服役的十二万五千架飞机，将要用来对付苏联人。

这不是谣言，驻扎在锦州的中央军各部队，此刻已然达到了五万人，按国防部密令编好了战斗序列。单等美国强迫苏联从东北撤军遭到拒绝的时候，武力向沈阳推进。国民党控制的各大媒体也向全国民众透露了这个消息。五十二军撤回前进指挥所，为的就是应付眼前的紧张局势。

传说未成事实，国民党中央军集结在锦州一带，迟迟不向东北推进。共产党建立的东北人民自治政府一时间又不知去向，辽西百姓处于惶恐之中。正月十五，愤怒的群众砸了虎石台的正心堂，打开了清水镇的监狱，少数人认为这是胜利，多数人认为这是惹下了滔天大祸。中央军卷土重来，后果不堪设想。

刘元甲其人，在群众闹事时领着家属躲进了早年为防备匪患修建的暗室地道。有说在他家中还有夹壁墙、双层的木柜、活底的皮箱，为的是秘藏珍宝，以防万一。此番虽然正厅的佛堂全然被毁，但并没受到什么重大的损失。国军从清水镇撤退之后，刘元甲立即派遣亲信道徒到锦州去打探消息，得到的却是令他痛心疾首的凶信。他的门婿骑兵连长孙萌，未经上峰批准，擅自娶驻地民女为妻，身犯军法。又因擅开民间禁令，使地方秩序大乱，火烧庙宇，并纵容愚民摆设香堂，挑动是非，引起民众暴乱。军长赵公武盛怒之下，枪崩了这个连长，并撤销了前进指挥所主任柴团长的职务。

道德人刘元甲为报亲仇，处心积虑违心嫁女，并密令他的道徒火烧关帝庙，最终落一个赔了夫人又折兵。

可叹他的女儿刘月娇，自幼娇惯，少年失足，未待成年便失身于仁慈堂的小少爷芦再新。许嫁之前怀胎有孕，被她的弟弟刘玉宝一脚踢成小产。因木已成舟，只能整妆待嫁，未料那冤家横遭不幸，惨死在辽河岸旁。二番许聘，嫁给王超，陪嫁一百抬，自想到了永吉堂当上少奶奶可享一辈子的荣华富贵。怎知，花烛之夜，祸起萧墙，新郎官被捕，警察署说他是杀害芦再新的凶手。打完官司，郎君回到家下，度罢了蜜月，安享为时不久的幸福生活。又赶上日本投降，地方上混乱。丈夫王超身怀利刃，雪夜寻仇，惨死在焦成龙的刀下。把那个娘家兄弟刘玉宝也混在这一桩血案当中，投井自尽。老婆婆说她是扫帚星，坐门妨，芦、王两家所有的不幸都是由这个女子招来的。月娇受不得婆婆的气，听不进诽谤之词，这才由她的父母把她接回正心堂。她爹爹刘元甲，是姑娘最敬重的人，不念她重孝在身，竟强迫她嫁给了国民党的骑兵连长孙萌。那个二十八岁的青年军官虽然是个南方人，却很是疼爱妻子。小两口儿刚刚建立了一点感情，谁知道大庙起火，骑兵撤退，那个苦命的郎君竟因为临阵娶妻又被枪崩。刘月娇听父亲向她说明经过，痛不欲生，都说命苦，不过如此。这一天，已无活下去勇气的刘月娇决定自尽。但就在这天晚上，她妈妈刘大奶奶来病了，一阵哭、一阵笑，像是被魔鬼缠身。二月天气，赤身裸体在院里狂奔、呼号，骂人、打人、摔东西，砸烂了门窗，又要操刀自刎。月娇无奈，只好放下寻死的念头，全力以赴地去照看母亲。

日本投降后，中国人在欢庆胜利当中只是度过了几个月的时光，地方上竟发生了如此翻天覆地的变化，真叫人感慨万分。

国民党中央军前进指挥所来得凶猛，退得麻利。财主富农刚在恐惧中解脱出来，转眼又陷入了愁云迷雾。被中央军捉去的一干人犯，在牢狱中被群众解救回来。各村屯的村长、屯长、农民会长、妇女会长又重新掌了权。正心堂摆香堂扶乩遭祸，一时传遍四乡。刘元甲绞尽脑汁，企图反把倒算，到头来落一个鸡飞蛋打。老婆疯了，女儿又要自寻短见。这位道德人、老饱学，悔恨满胸，无力自拔，处在求生不得、求死不能的境地。根基雄厚的八大户，人亡家败，风雨飘零，堡子的乡亲们没有人表示同情和怜恤，这叫咎由自取。

自由竞争，优胜劣汰，丛林法则是千古不变的。就在光复前后这一段时间，村子里又冒出了新兴的富足人家。首推前街劳苦度日、刻薄吝啬，为发财致富节衣缩食、辛勤劳作的关庆余。数十年来，把一个个铜钱都穿在肋条上了，苦熬光景，终于成了堡中的富户。伪满时期他豁出命来积攒钱财。政府施行经济统制，众多的富户由于收入减少、课赋增多，纷纷甩卖土地。这当中又赶上堡中的首户仁慈堂家遭不幸，芦启良亲手摘下了乾隆大帝御笔亲书的金匾，和他的侄子芦茂财分了家。老两口子破产离乡，迁往奉天同善堂居住。芦千顷拥有的土地廉价出手，关庆余乘机买得了十余垧好地。光复后，福善堂张老七因贩毒被捕，张七奶奶自觉土地无用，又把五垧“地核儿”卖给了老关头。永吉堂父子双亡，于管事的奉他家主母之命，甩卖牛羊，又被老关头买过来，转手倒卖，得到巨款。宝庆堂金三坏父子摊官司被枪决，金荣山的老婆和他大伯子金荣海哭闹分家。金荣海写完分家单，立马甩卖土地，为的是尽快打发他的兄弟媳妇领孩子回娘家去，从此一刀两断。这当中，老关头又拿出钱来，买得了十余垧土地。宝庆堂分家，兄弟争产，关庆余乘机又买下了当年老金三巧买的袁连喜的那套住宅。这样一来，老关头可就拥有两座宅院，五十多垧土地。牛羊满圈，骡马成群，堪堪成了村中的首富。

财神爷叫门，那叫不发不行。福善堂的张茂隆要离开虎石台，搬到七奶奶娘家大虎山去，剩下的几垧地白给一样地归了关庆余。立契的时候，张七还试探着问过这位关大叔："你不想买我那所宅子吗？给钱就中。"老关头自恨积攒的钱财还是很不够用。若有余富，买下这座宅院，连同他家那块"福善堂"的匾额，我关某就不必另起堂名了。

暴发户关庆余大量地购买房地产，名爆四乡。其间只有他的老儿子关秉龈多次出面劝说。此人从虎石台小学毕业，考进了清水镇农业国民高等学校，在兽医班学习，正好在这一年毕业。关秉龈苦劝他老爹："日本投降后时局动荡，你又买房子又置地，扩充家业，怕只怕将来咱们东三省要实行共产。你老人家一辈子苦巴苦曳，咱们家几十口人，自食其力本来是中农，现在已经越过富农，变成地主啦。听说，共产党八路军对地主富农要进行清算斗争。你老的钱财，本来是勒紧裤带积攒的，到归宗，却挤进了剥削阶级的行列，实在是不识时务。"

老关头把他这个读书识字、苦心劝说的老儿子痛打了一顿，骂他是讨债的冤家。我供你念十年书，花了几百张老绵羊，我现在有供你念书的那笔钱，就能把福善堂买下来了。你小子忘恩负义，分家时，一定扣除你多年来花费我的钱财。

关庆余眼睛瞪溜圆，胡子撅多高："你这书白念。像仁慈堂一样，能当上百年的财主，就是出了一两个败家子，也不要紧，那叫船破有底，底破有帮。子孙后代要老人干什么？为的不就是继承他们的产业吗？你爷爷穷困一生，没给我留下房产地业，老爹我在虎石台当了几十年的人下人。而今，我也要翻翻身，摆摆阔，称爷报号，起个堂名儿。穿袍子穿褂子，走在街上让那些穷人给我躬身施礼。老爹我一辈子凭勤劳致富，对得起祖辈先人。我还要亲眼看一看，当年那些富足人家破败之后，如何赔着笑脸，来找我老关头借钱。金钱万能你小子不懂吗？有了钱就是祖宗，没有钱就是孙子。我买房子买地，心里头也有盘算。咱们家人丁数十口，两处宅院，几十垧土地。共产党的政策俺也明白，按人口计算，平分土地。但即便到了那天，咱们家最多只能定个富裕中农。咱家几辈子土里求财，老爹不想学当年的袁连喜。爹爹给你准备好了一笔钱，在虎石台庙头上开一座兽医店，我再给你娶一房门当户对的媳妇，老爹我苦恼一生，到头来也该享受享受了。”

关秉龈听爹爹所说的这一片话语，句句都是他老人家的肺腑之言。文化有高低，认识有深浅，只能低头无话。

关秉龈洞察时事，对他老爹因循守旧、顽固不化，劝说几句便遭到了一顿痛责是有缘故的。日本战败投降，早在人民意料当中。太平洋战争爆发之时，有识之士都晓得日本帝国主义引火烧身，难逃惨败的下场。清水镇区农业国民高等学校的校长，是伪满教育部任命的高等官。七月份，独出心裁让最后这批毕业的学生提前结业，颁发证书。这正迎合了学校日本教官的心理。伪满征兵法规定，年满十九岁的青年，应征入伍服兵役。而在学校的学生，允许延缓征召，在毕业以后服兵役。校长这番举动，日本教官同意，县公署、省公署马上批准。因为受十年军国主义教育的这批学生，提前入伍有助于大东亚圣战之完遂。与关秉龈同时毕业的本村人，还有顾慎宗、金荣焕、邓富财、芦再新和王超。只是后两个人已死于非命了。

他们几个都应该在这年九月份服兵役，去当国兵，未料八月十五日，日本就投降了。共产党领导下的区人民政府，安抚地面，接管了伪满洲国的地方政权。刚刚从国高毕业的顾慎宗，被委派为实验农场的技术员，实际上就是担任了那个农场的场长。这个实验农场，是伪满兴农部早年建立的，其规模之大，设备之先进，仅次于设立在吉林省公主岭的实验农场，为“满洲国”的实业振兴做出过贡献，曾数次获得过兴农部的大奖。

这个农场的强项是培育良种。日本投降后，日籍的技术人员被解除职务遣送回国了。为此类似关秉龈这样毕业于农业学校兽医科的学生立即有了用场。顾慎宗到农场之后，引荐关秉龈也到这里来工作。未料关庆余坚决反对，并把关秉龈囚禁在家中。直至国民党中央军撤退了，地面上谣言不断。百姓都传说，国民政府可能把东北让给苏联人了。因为苏联人是共产党，必然还要扶持东北人民自治政府。老关头眼观六路，耳听八方，只可惜胸无点墨。万般无奈，把他的老儿子从家里放了出来，打发他到街上去扫听扫听最确切的消息。

关秉龈像名囚犯被赦出牢房，从家里走出来，举步艰难。他不知首先应该去找谁。这条街从西往东数，东隔壁便是宝庆堂。这家人遭遇不幸，父子丧命他是知道的，越过金家往东走，便是药方先生白延龄的住所。他知道，二先生在伪满末期就已经发家了。皆因他累世行医，原本家境就较殷实。伪满末年，堡子里户口增加，人丁近万，可仍然只有他这么一个医生。这位白大夫，晚些时候已不像年轻时那么行医骗人了，但按正常收入也是日进斗金。日本投降后，他手中拥有足够的绵羊票子。第一步在金家急需钱款的时节，用最低的价格买下了当年尤老四卖给宝庆堂的那所凶宅。他要用这三间正房、两间厢房做诊所。原因是在这之前，他信了耶稣教。买房前后乡亲们多有劝阻的。二先生诚恳地说："我们基督教徒不迷信，我买下这处宅子，要设立诊所，为的是治病救人。""延龄诊疗所"在光复后正式成立，虽为时不久，但也在堡子里传为了佳话。到这里来看病的众乡亲，有钱也治病，没钱也治病，确实有点像在大城市里由基督教徒设立的那种施医院。

白二先生身边也有助手，就是他已故老伴带来的女儿白爱莲。这个人和关秉赧同学，当年都在金石开、王育才两位先生教导下，同窗受教。金石开、王育才离开虎石台，爱莲继续在校念书，小学毕业后便在家中跟她爹学习医术了。线装医书、洋装医书，她都学得通了本，数年之间，不独是她爹的助手，而且内外两科的医道，许多方面是青出于蓝而胜于蓝。如今很多的患者来到延龄诊疗所，都找年轻的小白大夫，不找那个头秃发落的老白大夫了。这个女医生内外两科，中西合璧，医术精湛。一传十，十传百，虎石台的延龄诊疗所门庭若市，前来求医问病的络绎不绝。

伪满末期，大地主甩卖土地。白延龄先是买了十几垧好地。光复后，共产党八路军来到关外，地主富农更是胆战心惊。有乖巧的，又一次把土地廉价出卖。白二先生在经纪人怂恿之下，又买了二十多垧。这药方先生一时间居然拥有四十垧土地出租，成了名副其实的地主。

邓五死后，老妻无人供养，凭着分得的一点家业和她的老儿子邓富才苦度光阴。富才在清水镇农业国高读书，二年级的时候，他的母亲也去世了，兄弟们又各不相顾。其间有人说媒，白二先生应允，把邓富才招赘到家，和他的女儿爱莲结亲。爱莲随母改嫁，依礼姓白，如今嫁给邓富才有言在先。我爹爹无有后嗣，你我成亲后，待到生儿育女，需得让那孩子姓白，接续白氏的香烟。富才应允。此事在邓氏宗族中引起反感，富才和他的同胞兄弟走在街上形同路人。因为这种事，在中国可以说是叛逆。邓富才身受中学教育，不以为然。和爱莲成亲一年之后，生个儿子，取名白信生。这时，邓富才本人和白氏全家都是很虔诚的基督教徒了。每逢主日，延龄诊疗所停诊，全家人到清水镇礼拜堂去做礼拜。

村人民政府成立之后，许多同学如沈明礼、焦成龙、顾慎宗、王北辰、王长吉、李承业、董家兴都是进步的青年，大家伙儿感情深厚。都到诊所来劝爱莲和富才不要信洋教，要学习马列主义，别忘了金老师当年的教导。进步人类要摈弃原始的宗教迷信，才能得到精神上的解脱，共产主义是解救人类的真理。可是，白爱莲和邓富才却毫不动摇，他们认为信奉基督教可以使他们活得平安，有喜乐，死后灵魂得救，能进入天堂不下地狱，这已是他们坚定不移的信仰。

今天，从家庭牢狱解脱出来的关秉韫来到白氏家下，富才和爱莲热情地接待了他。三言两语，秉韫落泪。爱莲说："老同学陈帼英昨天来过，她正要到关家去找那老关头办交涉，让他把关秉韫从家里释放出来。她要告诉那位老人，共产党不是吃人的猛兽。好不容易打败了小日本，国民党和共产党都是中国人，还能再打内战吗？东三省的老百姓已在日寇的铁蹄下受尽十四年的苦难，绝不能再受内战之苦了。"

第三十九章

东北人民自治政府从沈阳市撤走之后，苏联红军便允许中国国民政府接收这座城市。沈阳市长董文琪为维持社会秩序，收容和招募了五千警察。除了这个合法武装组织，还有由国民党辽宁省党部组建的光复军，但光复军的处境就十分艰难了。苏军城防司令尤金上将，是个老牌子的俄国军官。此人手段毒辣，反复无常，头一天应允的事情，第二天就打耙了。对于国民党在市区的活动，有时怂恿包庇，有时就进行血腥的镇压。处于地下状态的光复军，吃尽了他们的苦头。大批的官兵被苏联红军捉去，活不见人，死不见尸。而国民党的省、市党部派人到城防司令部去办交涉，尤金上将承认事实，但却说："被我处理的中国武装人员，不是什么武装部队，而是黑帮、土匪。本人为了维持社会治安才不得不剿灭他们。"

百万民众就是在这种非常时局的烟雾笼罩之下，惶惶不可终日。沈阳四周，常有共产党游击部队的行动，他们和国民党的警察经常发生冲突，枪战、炮战不断。苏联红军装甲师团不分青红皂白一律予以镇压。

初春时节，国民党五十二军机械化装备的先头部队，不顾苏联人的阻拦，断然开进了沈阳市的铁西工业区。一时间，风声鹤唳。百姓传说，国民党中央军要以铁路为界与苏联红军开战。

百姓慌乱，也反映在国民党省、市党部和地方政府。就这样两军对垒，剑拔弩张，形势十分险恶。

而坊间却传来神话。有人通过重兵把守的铁路线到国民党中央军的驻地上去查看，发现有大批的猴子兵。据说这种猴子兵，身高五尺，头戴钢盔，满面胡须，人立行走。手中持有美国制造的武器，在教官的统一指挥下，正在演练特种兵的战斗技能。这种猴子兵据说是印缅远征军从南洋带回来的。百姓管它们叫大马猴子，也有叫猩猩、狒狒的。在南洋的丛林中捕获之后，经美国人施以科学训练。他们不会说人话，但比兽通人灵巧得多，冲锋陷阵勇猛无敌。训练他们的部队曾经利用这些猴子兵在印度和缅甸消灭过日本的装甲师团。因为它们四肢灵活，攀山越岭如履平地。对于攻击敌人的装甲部队，有出人意料的战术效果。在枪林弹雨中穿行，无所畏惧。拿着重磅炸弹，平端着机关枪，成排成排地抛出手榴弹，让敌人伤亡惨重。特别是攻击坦克车，这种猴子兵威力极大。它们能跳到坦克车上面去，把炸弹塞进坦克的射击孔，或者是掀开坦克的顶盖，跳进去把里面的坦克手活活掐死。有中央军告诉他们，这种猴子兵乘坐美国的兵舰在东北登陆，有数万之众，俄国人都将要死在它们的手下。

国民党中央军的士气如何，姑且不论，猴子兵的战斗威力却使中国的平民百姓欢欣鼓舞。盼只盼中央军指挥这些猴子兵，越过铁路封锁线，冲进苏联兵营，把那些手持轮盘枪、横行霸道的苏联兵统统消灭掉。这个神话般的传说，曾一度遍及东三省。

猴子兵没越过铁道和苏联人交手，中央军却开始有所行动。他们开着美国制造、车厢上装有篷布的十轮大卡车，经常偷偷越过两孔桥进入市区。遇有单独或结伴闲逛的苏联红军战士，就开枪，然后迅速地跳下车来，把死伤的苏联人扔到车厢里面去。干掉了十个二十个便迅速地回驻地。还有一些中央军，身穿便衣到市里来闲逛，遇有苏联兵奸淫妇女、抢劫民财，他们也立即动手，消灭那些为非作歹的苏联兵。

省、市政府的党部在沈阳市组织成立一个民众组织，名叫“欢迎国军委员会”。聘请地方士绅、各界代表参加，酝酿发动民众示威游行，制造舆论，敦促苏联红军尽快撤军。

阳历三月，苏联城防司令部发出命令，允许国民政府和苏联驻军共同使用沈阳机场。国民政府军事委员会东北行营也在沈阳市正式开展接收工作。行营主任熊式晖和尤金上将多次接触，得到了确切的答复：苏联最高统帅斯大林大元帅，答应苏军在三月末从沈阳撤军。

风和日丽，万人空巷。沈阳市的老百姓，在苏军撤退后，欢迎国民党中央军入城，声势浩大，军民情绪高昂。日本投降七个月之后，苏联才允许中国国民政府来接收沈阳市。

陆军第五十二军举行了隆重的入城式，堂堂的中央军顶盔贯甲，列队入城。

夹道欢迎的百姓欢呼雀跃，热泪盈眶。国民党中央军郑重其事地接收了沈阳市，洗刷了十四年前九一八事变的耻辱。五十二军进驻沈阳，军长赵公武担任警备司令。司令部设在沈阳最雄伟的一座建筑里。这座建筑设有围墙，从四楼顶上直垂下两条巨大的用整匹的白布书写的标语，上联是“顶天立地”，下联是“继往开来”，乌黑的大字非常醒目。另外还有几条横幅，围楼悬挂，写的是“国家至上”“民族至上”“军事第一，政治第一”。老百姓看着这些标语，心里暖融融的。

青年男女身着鲜艳的套装，并肩行走在大街上，迈着轻盈的步履，露出开心的笑脸，不再担心有歹人强盗和大鼻子士兵拦路抢劫、殴打，或者侮辱他们了。但沈阳市多处街道都被苏军破坏了。苏军装甲部队撤离的时候，三十吨、五十吨、七十吨的，甚至是重达一百三十吨的装甲车和坦克车把几十条宽阔的柏油路面都轧翻了浆。市区的十余座桥梁，也都得重新加固。市民不会忘记，苏军撤离沈阳的时候，重型轰炸机竟然低空飞行，巨大的声浪震耳欲聋，吓坏了城里的老百姓。

苏军撤退，行动迅速，有些像海水退潮，在海滩上丢下了一群鱼虾。警备司令部成立后，巡逻队下街，开始捡拾这些遗留的小动物。首先捕获一批在苏联撤退时没来得及跟走的红军官兵。恨极了他们的中国巡逻兵把他们用铁丝串起来，游街示众。那些会说俄国话、曾经给红军当过翻译、祸害同胞百姓的，也都被警备部队抓捕收审，追究他们通敌卖国的罪行，这才叫大快人心。警备司令部建立之后，为了强化社会治安，使社会运转迅速进入正轨，随之建立了一个极有权威的军警督察处。

警备司令部督察处，设在南市场伪国务总理张景惠的宅院里。督察处长名叫荆有章，少将军衔，他是国民党军统局的官员。军警督察处是军统局的派出机构，执行的是特殊任务，这在抗战时期就已知名。

督察处为什么要设在大汉奸张景惠的公馆里？据说是日本投降以前，这个大汉奸曾在他的这处公馆里埋藏了价值连城的金银珠宝和古董玩器，为的是有朝一日要拿出这批财宝来贿赂国民政府的官员，以豁免他卖国的罪行。当时有个瘸腿的李元昶，原是伪满的一个大商人，获得了这份情报后，尚在苏军驻扎沈阳时便通过有效的途径占据了这里，并挂上了“救残院”的牌子，宗旨是救护战后的中国残疾人。他开办的这所救残院，免费收容各类伤残人，无偿地为他们提供食宿，并有外科医生为他们安装假肢。

李元昶先生的这种举动本无可指责，但在他尚未正式开展工作、苏军刚刚撤退之时，隶属于辽宁省党部、沈阳市党部的中统特务就要占领这所宅院，但却被军统特务捷足先登了。军统局沈阳特别组密报东北区，东北行辕旋即命令沈阳警备督察处把这所宅院作为办公地点。当然，他们盯住的也是那里的金银财宝。为争夺这处宅院，军统局和中统局的特务们矛盾激烈。国军进城不到十天，警备部督察处就查抄了省党部的秘密监狱，市党部的别动队竟往督察处的院子里投掷了炸弹。

功勋卓著的沈阳市警察局，在苏军占领期间独当一面，维持了几个月的社会治安，居然没得到国民政府的通令嘉奖。警察机关也有满肚子的怨气，趁军方和党方发生冲突，便乘机兴风作浪，推波助澜。党政军警四方倾轧排斥，祸及百姓。一干市民往往在睡梦之中被警察捕去，有的甚至被抄家灭门。光复后地方大乱，敌伪物资有的被苏军运走，有的被百姓抢光。此时，沈阳市警察局要秋后算账，密令各分局和派出所，动手查拿发“光复财”的人。

由于城市一度处于无政府状态，一些百姓确实是发了财。他们从敌伪的仓库、商店里乃至各大机关、学校把一应物资抢到家中转手倒卖，获得了一笔意外之财。但真正发“光复财”的不是这些暴民，而是从他们手中用低廉价钱买走这些物资的财主们。警察局的举动，目的很清楚，就是让老百姓把抢来的财物奉交给国民党的党政军官僚。沈阳市表面平静，但民心不稳。

不久，国民政府主席蒋介石派墨得惠作为宣抚特使来到东北。此人曾是东北的高官，联合马占山、冯占海抗日救国，嫩江桥一战，震动欧亚。后因寡不敌众，败走苏联，经由新疆转入内地，是闻名海内外的抗日英雄。此君抗战时期住在重庆，深受蒋介石器重。这次派他回东北，是向东三省的百姓宣传国民政府的政策，抚慰受苦受难的国民。

宣抚特使到沈阳，民众夹道欢迎。党政军三方视墨老为钦差大臣。他首先在省政府大礼堂与各界见面，并在盛大的欢迎仪式上代表蒋主席，声泪俱下地表达了慰问之情。其后，又在市政府大礼堂再一次进行宣抚。

市政府大礼堂高悬着孙文总理的巨幅画像，两旁交叉挂着国旗和党旗。礼堂的四壁，书写着巨大的标语：三民主义，五权宪法；忠孝仁爱，信义和平。列席的有党政军三方代表，省、市参议会议员候选人，大资本家、大实业家、大慈善家以及中上级的国民党文武官员。内中包括由小小虎石台走出来的现任沈阳同善堂堂长芦启良，由省党部委任的光复军总司令孙占元。他的儿子孙思奇作为会场的警卫也有幸目睹了这次盛会。

市长董文琪主持会议，省长徐慎并未到场，有说这位省主席和东北行营主任熊式晖还远在锦州，尚未到沈阳就任。

宣抚使墨得惠白发苍苍，满脸的皱纹。他身着中山装，躬身驼背，站在主席台前方的讲桌后面。手抚桌案，慢慢吞吞地、一字一句地，说明了他此次奉命回到东北家乡，是代表蒋主席来慰问乡亲父老的。回想十四年间，东三省的百姓在日本帝国主义的残酷统治下，深受苦难。经八年的浴血奋战，伟大的中华民族终究取得了最后的胜利。他在重庆的时候，经常和蒋主席会面，当听说东北的百姓被抓劳工服苦役，太平洋战争爆发后，日本人又实行经济统制，民众缺衣少食，只能吃配给的橡子面时，蒋主席哭了。讲到这宣抚使掏出一块洁白的手绢儿，抹擦他的眼泪。在座的有一位老绅士，从座位上站起来慷慨激昂地提出建议："请市长大人用举手通过的办法，允许到会者同堂一哭。"

董市长惨然无话，与宣抚使墨老大人商量半天，最后决定，举国上下欢庆胜利的时候，不能够同堂一哭。宣抚使来东北，是来鼓舞士气、振奋人心来的，不能在这样隆重的大会上显露出消极的情调，应当正视孙总理给我们留下的那句遗嘱："革命尚未成功，同志仍须努力。"

大会结束时，应当高唱国歌，但中华民国成立以来并没有国歌。这件事，在世界上是罕见的。从一九一一年清政府退位，成立民国，至今已时达三十五年，但一直处于内忧外患之中，以致偌大中国既无宪法，又无国歌。抗战期间，国民党元老戴季陶写了一首《总理纪念歌》。大战结束之前，重庆电台把这首歌向全国民众播放。据说是大作曲家黎锦晖谱的曲子，词曲委实动人。其词曰：

我们总理，首创革命，
革命血如花。
推翻了专制，建立了共和，
产生了民主中华。
民国新成，国是如麻，
总理详加计划，
重新改革中华。
三民主义，五权宪法，
真理细推求；
一世的辛劳，半生的奔走，

为国家牺牲奋斗。
国父精神，永垂不朽，
如同青天白日，千秋万世长留。
民生凋敝，国步艰难，
祸害犹未已。
莫散了团体，休灰了志气，
大家要互相勉励。
国父遗言，不要忘记，
革命尚未成功，同志仍须努力。

大会结束时，省党部主任委员李光忱提议，全体起立，就唱这首《总理纪念歌》。参加会议的只有少数人会唱，绝大多数人连听都没听说过。歌声在大礼堂里回荡，与会的人都在歌声中流下了热泪。芦启良和孙占元哭得十分凄惨，因为这首歌引动了他俩的情怀。日本投降后他两人的前景灰暗且凶险了。

此情此景，并未感动在礼堂警戒的警官孙思奇。这个身受日本军国主义教育培养的国际间谍，根本没瞧起这个中国政府。他认为设若没有美国投放在广岛和长崎的两颗原子弹，日本是绝不会投降的。散会之后，他把这份高价值的情报立刻转发给美国人和苏联人。此时，他不独有美国海军情报处谍报员的身份，并且是苏联国安部门的一名高级情报人员了。苏军城防司令部戈别乌中校在苏军撤退之前，就吸收入他加入了苏联的特工组织，给他的间谍代号是PA101，并让他在沈阳市和指定的人员联系。在国民党军队开进沈阳之后，如果与当地的关系断了线，可直接向旅顺、大连输送情报。苏联红军扼守旅顺口，占据大连湾，短期内不能撤离。戈别乌与孙思奇分手时，给他一个小小的锦匣，让他回去拆看。小孙拿回去打开，见里面是五两白金页子。这东西薄如蝉翼，像钟条那样，卷放在五个小小的金属盒子里，每盒一两，重量不差分毫。至此，这个代号猫头的国际间谍，开始给美国人效力，给俄国人效力，还给中国国民党的军统局提供情报，真真是一个超级间谍。但他念念不忘的仍然是培养、教育他成人的日本。

阳历四月，国民党中央军分期分批地云集到沈阳，军事委员会东北行营正式办公。据说，国军已有七个军进入东北地区。秦皇岛、葫芦岛昼夜都有国军登陆，因为此时苏联红军占据着旅顺大连。国军开赴东北，只能在营口等几个浅水港登陆了。从印度、缅甸乘兵舰来到东北的远征军、青年军，使几个港口拥挤不堪。据说美国政府还调陈纳德空军运输大队，帮助国民党向东北运送兵员和武器装备。

国民政府印缅远征军的总司令杜聿明奉命来到沈阳，成立一个机构叫“东北长官司令部”，这位杜将军担任了司令长官。顾名思义，来到东北的国民党部队所有的司令，都得听他指挥。蒋介石决心要全部收回东三省这块失地。从官方媒体上看，蒋主席还是要信守“双十协定”，不发动内战，但内战的枪声实际上早就打响了。从抗日战场撤下来的部队挥戈前进，向共产党人控制的解放区发动了全面进攻。内战的烽火已经燃烧起来了。

国共两党争夺东三省的局势非常明显。苏联红军沿中长铁路撤出大中城市，除沈阳之外，四平、长春都已经被东北民主联军占领。东北九省，大部分地区都在共产党的实际控制之下。

五月初，蒋介石亲临沈阳市。他的座机在北陵机场着陆，乘军车抵达寓所。步入大厅竟十分惊愕，因为在正厅的门楣上镶有一个非常醒目的飞鹰的标志。蒋介石厉声问：“这是希特勒德国的军人符号，为什么不除掉？”副官慌忙回答：“此处是伪满时期的德国领事馆。这只飞鹰是用青铜铸造的，深镶在门楣里，一时还没有拿掉。”蒋委员长面带怒气进入内室。委员长沐浴更衣，稍稍地进点饮食，立刻把进驻沈阳的文武官员召集来开会。

蒋介石先生秘密地飞临沈阳，在战前的德国领事馆下榻，这件事只有级别很高的官员和特务组织知道。军统局南满站沈阳特别组的组长陆军中校陈冲，担任此处的卫兵司令。此人身着国军制服，但佩少士军衔。在他以下有三十名卫兵，看上去都是普通的士兵，但内中级别最低的都在中尉以上。

孙思奇通过军统陈冲和刑警大队蒋鸿玉的关系，居然在蒋委员长下榻之处出出进进，不受阻拦，原因很简单——使上了钱。

蒋委员长在沈阳逗留一昼夜，其间的一系列情报均被孙思奇掌握得一清二楚。军统局在中国是个资深的间谍组织，在战争年代与美国合作建立中美合作所，训练出一流的间谍特务。但在这些专业化极强的国际间谍面前，只能说是小巫见大巫了。

四月十四日，东北民主联军攻克北方重镇长春市。五月二十三日，这座城市又被国民党新六军收复。

五月底，沈阳市在伪满时期由日本侨民修建的风景胜地千代田公园里的数百株樱花开放了。就在这樱花盛开的时节，“蝴蝶”飞来了。猫头孙思奇接奉蜘蛛的通知，去同蝴蝶会面。这个代号蝴蝶的间谍分子，就是战前日本关东军毒气工厂的那位厂长，日本人北村金黛。她与美国战俘前海军少将乔治·布朗，以夫妻的名分在苏军占领时期撤离了沈阳。这次随她的丈夫美国驻沈阳总领事乔治先生又回到故地来了。她改换的名姓是亨利·茄茵，并且取得了非常重要的政治身份：美国新闻处长驻中国的特派记者。

孙思奇大摇大摆地到美国驻沈阳总领事馆去和乔治夫人接头，国民党的特务机关并不介意。因为在这之前，陈冲和蒋鸿玉等人就已经知道他是美国雇用的情报人员。猫头接令见他的上司蝴蝶，当然是喜出望外。但间谍组织纪律严明，直接联系不得擅越雷池。猫头本人至今只见过负责联络的蜘蛛，并不知道他的详细情况，灰狼和鳄鱼的丧命已经得到确认。蝴蝶是他掌握的第四个同伙人，按顺序，蝴蝶是他的上司，要接受她下达的命令。乔治夫人爽朗地笑道：“战前的部署要有一定的变动，下一步，你要去国民党占领区。你马上辞去沈阳市警察局的职务，军统局南满站会任命你为直属通讯员，一周之内，你到长春去执行任务。”猫头称是。

离开领事馆，有同事通知他，家里出事了。他父亲孙占元作为光复军总司令，在他的寓所，被沈阳警备司令部督察处逮捕了，并抄家封门。孙思奇赶到现场，见那所洋房已被持枪的士兵占据，两扇铁门全都上了封条。他走到侧门掏出证件与卫兵联系，遭到了痛斥。

孙思奇回到警察局找到刑警大队长蒋鸿玉。蒋大队长冷冰冰地对他说：“你已经被撤职了。你父亲孙占元，伪满时入了日本籍，担当思想矫正院院长，是东三省著名的大汉奸。军统局南满站奉戴老板的急电，指名把他逮捕关押，听候处理。”

孙思奇情急之下，又去找军统局的上司陈冲。陈先生告诉他：“这件事情好险啊。据站里说，这次蒋先生到沈阳，戴老板本来是理当随驾同行的。皆因他在上海、南京处理迁都的事情，才没有来。假如他老人家来到沈阳，你老爹就没命了。因为有要员已把你父亲的履历和省党部包庇他当光复军总司令的内情反映到军统局本部。戴先生十分震怒，亲自下的逮捕令。”言下，陈先生从抽屉里取出一张当日的《新东北时报》，把一条消息指给孙思奇看。这则消息是，“中国国民党辽宁省党部执行委员会主任委员李光忱的声明：本人受中央党部和国防部指令在东北三省建立大光复军。光复军总司令孙芳园是本人的化名，与伪思想矫正院院长孙占元无关。”

孙思奇呆若木鸡，半晌无话。旋听陈先生缓缓地告诉他："对于令尊大人这次摊的官司，我们目前虽然无能为力，但也不是一点办法没有。你是美国海军情报处的谍报，可以通过美国总领事乔治·布朗先生和我们军统局本部疏通。只要戴先生不到沈阳来，我负责和站里联系，暂且能保住你父亲的生命。至于能否无罪释放，那得看下一步事态的发展了。"

孙思奇救父心切，再一次来到美国总领事馆和蝴蝶会面。乔治夫人笑盈盈地告诉他："这是小事情，我已经和军统局南满站办过交涉。他们说你父亲在南八条那所宅子，是伪满洲国日本乌金株式会社社长久保田先生的住宅。你爸爸利欲熏心，把久保田一家拘禁起来，严刑拷打，逼问在日本投降前经过这位社长之手隐藏起来的一万二千箱钨丝。这批制成的产品体积小、重量轻，极其贵重。可以制造几亿只白炽灯泡，其价值可想而知。但久保田全家丧命，你父亲也没有得到口供，当然不会得到这笔物资。警备司令部督察处刑讯了你父亲，记录的口供已经在我这里了。如果案情不能核实，我出面找他们办交涉，可以把你父亲释放出来。"

夫人喝了一杯饮料，神情很振奋。她命令猫头，立即去执行一次紧急的任务。督察处占领的那个建筑群是张景惠的私宅。军统局布守这里，为的是要挖掘一批秘藏的珍宝，这一批金银珠宝价值连城。张景惠与他周围的八大朝臣很早就做了这个准备，为的是把这些稀世的珍宝献给蒋介石，以求豁免他们的卖国罪行。根据情报，这批埋在地下的珍藏，早已经转移了，但事经何人之手，并未查明。我限你在三日之内，把它调查清楚。分手之前，蝴蝶告诉他："你我虽然是美国海军情报处雇用人员，但这不过是权宜之计。我们都是宣过誓的，要为日本战后的复兴肝脑涂地，死而后已。你父亲既然已经是日本人，我不但要保他不死，还要把他营救出来，你放心地去执行任务吧。"

孙思奇到警察局，拿到了免职的通知书，丧荡游魂地到南门里他伯父的宅子里去转转。得悉他的几位伯母正吵闹得不可开交，单等地方法院成立后，争夺他伯父的资产。

小孙对这些事毫无兴趣，甚至连他父亲被捕的消息也没告诉那些大娘们。依照蝴蝶的命令，转赴军统局南满站去报到。南满站站长崔先生热情地接待了他，并说："美国总领事乔治·布朗先生推荐你到我们情报机关里来工作，十分欢迎。据讲你在日本间谍学校受过长期的专业训练，是一个优秀人才。你精通多国语言，并掌握全部的特工技能，在这里会充分展示你的能力和才华。你回去准备一下，下周我要派你到长春去执行一项重要的任务。”

孙思奇离开南满站，时间也就在下午两点钟左右。他数月来居无定所，决定再到南八条他父亲住过的那所宅子附近去看看。因为前一次来到这里的时候，居然没来得及打听被他父亲收了房的那位姨太太石妈，也就是他生身母亲的下落。

步行途中在饭店里吃了点东西，来到南八条的时候，红日西沉，已经是五六点钟了。就在那所宅子不远的街角上，他看见了石妈。此时，那石妈正在人行路上的一张卦桌旁边，偏着身子坐在木凳上。而那个把眼镜架在鼻梁上獐头鼠目两绺黑胡的算卦先生正慢条斯理地用左手紧握着石妈的右手，一面端详，一面嘟嘟囔囔地讲说着骗人的江湖话。那个该死的算卦先生，把那可恶的酒糟鼻子差不多已经紧贴在石妈的手心上了。孙思奇强压着怒气，缓步来到卦桌前边，掏出一沓子新近发行的国民党中央银行东北九省流通券，轻轻地放在桌面上，赔着小心说：“先生，请你到胡同里去回避一下，我要和这个女人说几句话。”那个算卦先生点头就范，把那叠钞票揣在怀里，立即避开。因为这笔钱够他一年挣的了。小孙坐在算卦先生的座位上和他的母亲交谈。石妈泪流满面，又想扑过来和她的儿子抱头痛哭，但这算是第二次，又被她的亲生子推开了，并声色俱厉地问道：“我爹被捕，你为什么还没离开这里？”石妈哭着说：“自从家遭横事，你爸爸被绳拴索捆带走了，当时咱们家虽然被搜查，可来人并没拿走任何贵重的东西。大门上封条，侧门还可以出入，我有心趁机脱逃，但被国民党派来的人禁闭在家中。第二天，封条被他们打开，来一个湖南人，自称是国军第三兵站总监部的总监，戴少将军衔，名字叫桑狄。这人接管了宅院，没收了咱们的全部家私。这还不算，他称我为犯妇，强迫我给他当佣人，换上两截的衣裳，做他的女仆。他威吓我说，你男人是伪满洲国最大的汉奸，你在我这里当女仆，我可以包庇你不受刑罚，你若是离开这里，督察处就要把你收监了，何去何从你自己拿主意。为娘我一辈子没打过官司，在他的威逼之下，我只能在这里受辱。这个湖南人拼命地折磨我，比你爹凶狠多了。他派一个勤务兵专门监视我的行动，不许我走出这扇铁门。适才看这里有一位算卦的先生，就请求那个勤务兵放我出来，给你爹打卜算卦，谁承想这位江湖人也对我动手动脚，这你都看到了。”

孙思奇气得脸色铁青，心律加速，但他还是强自镇定，问了这个桑总监每日的行动规律。石妈告诉他，这个人每天接近十点钟才返回寓所。因为国民党来接收东北的文武官员，黄昏过后都有宴请，晚宴结束，他才能返回官邸。石妈哭求她的儿子设法搭救她脱离苦难。孙思奇点头应允，又问了几句闲话，并和那女人密谈了几句。这时，那个算卦先生看天色已晚，缓缓地迈着方步走过来，低声问道：“先生，你们要说的话说完了没有，我要收摊了。”小孙微笑着言道：“老先生，我帮你收摊，把你送回住所。”先生称谢。

孙思奇把石妈打发走，帮助先生收拾他折叠式的桌凳，并把一应物品都放在他设在卦桌旁边的那辆手推车上。小孙推着车子，先生随车跟随，越过一条街，又转入几条胡同，直奔先生的下榻之处。那先生是住在一家旅馆里，离此地甚远。两个人走在路上，有说有笑。那位算卦先生是个老江湖，他一眼就瞧料算卦的女人与这个青年关系暧昧，并判定，这青年是来勾引那个女人，准备私奔的。江湖人是有了缝儿就下蛆，一语道破了内中的隐情。小孙一阵狂笑，爽快地说：“先生你不愧为江湖术士，心明眼亮，明察秋毫。”二人走到一个僻静的所在，路边上两行树木郁郁葱葱。孙思奇停车问：“先生，你车上有没有绳子？”算卦先生瞠目不解，反问小孙：“你要绳子干什么？”“我有用处。”他未待先生回话，已经从车上把那捆绑物品的一条麻绳解了下来。先生进前来看，但他的脖子已被这条麻绳紧紧勒住，身体随即高悬在一棵树杈上了。

孙思奇勒死了算卦先生，急步行走来到沈阳西车站，径直走进一家旅馆。与沈阳警备司令部督察处的督察员吕光弟见了面。此人作为沈阳军统局特别组的成员，曾一度混入共产党的公安局搜集情报。被获遭擒后，曾与孙思奇在一间牢房里关押，算是有患难之交。这个人获释之后，担任警备部督察处的督察官，与孙思奇还有来往。小孙参加军统局沈阳特别组，便是他介绍的。

吕督察官少校军衔，负责沈阳西车站的警备工作。今晚孙思奇见吕督察通融一件事，求督察官把军服借给他用一下。老吕为难，但又碍于情面，就把一套换洗的军衣从立柜里取出来，借给他穿上了。冒充军警是违法的行为，但那位吕督察官知道，姓孙的是个国际间谍，很有靠山。他父亲被捕，他被警察局免职这些事他也知道，但交情大于王法。

孙思奇穿上这套军官制服，找了一家餐馆痛饮了一顿，晃晃荡荡地在站前广场找到了一辆没上锁的摩托车，骑上去直奔南八条。他把车速减得很慢，因为这时他是赤手空拳，仅仅是穿了一套国民党的少校军服，但仅凭着这个就有了主意。在一家自行车修理铺，借了一把钳子和一把扳子，说他的车坏了，要自己动手修理修理。那家修理铺看他是位军官，并未在意，未料他把这两件东西骗到手后便加大油门，逃之夭夭。他把摩托车停在林荫路旁，缓缓地来到那所他熟悉的住宅前。

这时，正值夜晚十点钟，城市已经戒严。白天他已经问过石妈，知道那位总监大人在戒严以前回府。孙思奇从容地又在那所宅院附近坐等了一个小时。

十一点整，他看那所宅院门旁车库都已经关闭了电灯，正厅上也只剩了一盏供夜间照明的微弱的灯光，这才缓步向前按住那所宅院的门铃。守宅的卫兵刚刚入睡，听见急促的铃响，慌忙穿好衣裳，隔着侧门，见来的是一位少校军官。他问这位官员，戒严以后来此何干。小孙故作紧张地言道："我是沈阳警备部督察处的督察官，我们接到情报，光复军司令的党羽今夜要来袭击这所宅院。请你把门打开，我要亲自向桑总监报告。"

卫兵迷迷糊糊地把那扇侧门打开了，头盖骨上狠狠地挨了一扳子，小孙把那卫兵拖到传达室里去，又在他的头上补了一下。孙思奇打死卫兵，又到车库里去叫门。那个给总监大人开车的司机，也是刚刚蒙胧入睡。披衣裳从车库里走出来，又被那把扳子击中头部，立时毙命。孙思奇收起扳子，又取出适才骗来的那把钳子，把院中的电话线掐断了。因为他和石妈商定的计策，唯恐生变。之后，他又到门房里取来了那已死卫兵的卡宾枪，直奔正厅。此时，他发现那石妈终究也是很有胆识的，从正厅到那位总监的卧室，要经过四道门，但这四道门全都是虚掩着的。孙思奇径直走进总监大人的卧室，见那位将军身披着睡衣，正坐在沙发上悠闲地吸烟呢。卡宾枪对准那人的胸部，小孙命令石妈，把他捆绑起来。在儿子的指导下，她用床单子、被单子把那位将军的手脚缠裹起来，并用一块棉花塞住了那人的嘴。一切停当，小孙把那个人夹起来，走进浴室。偏巧总监大人刚刚地洗过了澡，满满一盆温水还没有放掉，小孙把他平放在浴盆里，直接就把这位将军水葬了。

石妈短衣短裤，已经吓得动弹不得。到底有母子之情，孙思奇把她背到车库里，放到吉普车上，开车驶出了这所宅院。车行十米，他停住车辆，返回来把两扇铁门重新上栓，并把那侧门虚掩着，拉下传达房里的电闸。他知道，这所宅院的周围都住着第三兵站总监部的军官。

石妈在吉普车里神志不清，她只觉得这辆车颠簸前进。车辆停下的时候，孙思奇敞开车门用力地晃动她，这女人才悠悠地醒来。她抓着儿子的手下了车，见此地树木葱茏，十分幽静。开口问道："金锁呀，这来到什么地方了？"小孙把她扶到一块石头上坐下，和蔼地说："你是我的亲妈，这就是你归天的地方了。"石妈摇头不解，反过来问道："孩子，你说的话，妈不明白。"孙思奇回答她说："刚才发生的事情，你不是看见了吗？三条人命，那个陆军少将是中央军的兵站总监。我把他们干掉之后，可以逃脱法网，可无法带走你这个活见证。咱们母子一场，我求你在这儿自寻短见吧，这叫杀人灭口，但我没有办法了。”

石妈坐在那块青石上，活动活动四肢，嘴角上露出微微的冷笑。星月在天，夜风习习，她自觉头脑清醒，开口言道：“儿子，我再叫你一次儿子，因为你确确实实是我生养的。我想你总不至于像小时候那样，因为我叫你一声儿子，就动手打我嘴巴子吧。眼下你身背三条人命，为了解脱困境，杀我灭口理所当然。现在想起来那黄氏夫人经常说的一句话，她说我是个天生的下贱人。七分姿色三分贱，一直不允许你爸爸把我收房，她说我做妾都不配。夫人说的对，我天生就是个命薄福浅的人。今晚你逼我一死，我这叫自作自受。”石妈站起来，直奔那离她不远的一处宽阔的水面。这里便是沈阳市民赖以生存的水源地南湖。她坐在湖边上，眼望着那一片湖水，竟然想入非非。她看那湖水清波荡漾，薄薄地生发起一缕烟雾，透过这层烟雾，在这个可怜女人眼前，浮现出她幼年的情景来了。

她爸爸李老汉和她的母亲王氏三十多岁结亲，生下了她这么个千娇百媚的女孩，取名小玉。爸爸是个种花的，自有土地二亩，几代人在京东通州城以种花为业。父亲技艺超群，每日挑着花担子走行四十余里，到京城去供应花房。他以种植晚香玉得名，外号就叫晚香玉。因为这种名花是专供贵人也就是夫人小姐们在灯下佩戴的。一束晚香玉，价值几块银大洋。这种花小巧玲珑，香气四溢，特别是京都的名妓把这种东西视如珍宝。但此物寿命有限，仅仅开放几个时辰而已，戴过之后，便丢弃无用了。当然，养花人培植此物也不想让它寿命长久，源源不断地栽培、供应，方能赖以养家。

小玉记得，她爹晚香玉养花有道，一家人过得十分殷实。她家住在通州河畔，小玉自幼生长在花丛之中，但并不爱那土生土长的花卉，小姑娘偏偏喜爱荷花。六七月间黄昏过后，她经常坐在河畔欣赏那朵朵莲花。不仅是爱莲如痴，每当莲子成熟的时候，她还要挽起裤脚下河去采莲。采莲的时候，她最喜爱的除了那河里的莲花，还有趴伏在荷叶上的小青蛙。她记得，有一次黄昏过后，她还在荷花池里采摘莲子，她爸爸行经此地放下花担，把她抱回家去，逼她娘在她的屁股上打了几巴掌。小玉被打，当然是放声啼哭，爹和娘全都落了泪，因为她是父母的掌上明珠。

李小玉年方十五岁，老爹染病在床，得的是严重的风湿症。不独是不能再挑担到京城去卖花，而且自有的花圃也无力经营。中用的人身染重病，不能养家，等于是塌了天。小玉的娘求神问卜，遍请名医，诊治老头子的疾病。但越治越重，最后瘫痪在床。拉下一大笔饥荒不算，二亩花田荒芜了一年，蒿草没人。老妈妈只顾服侍病人，无暇顾及此事，李小玉自幼娇养，连烧火做饭都不会，更何谈能继承父业，去侍弄花田。这年冬令，李老汉躺在病榻上，家里已然断炊。有媒婆来到他家，言说，赶驴脚的脚夫石二，大名石守信。在北京西山八大处，凭他父亲留给他的一条毛驴子赶脚为生，侍候那些王孙公子游览名胜。皆因此人十分勤奋，年近三十，在脚行中已经够得上佼佼者。他家里积攒的钱财，没买房子没置地，估摸能有一千块银洋。石守信幼失双亲，至今独身一人。三姑六婆凭嘴皮子吃饭，媒婆花言巧语劝说李小玉的娘，把她那十五岁的闺女许配给石守信。脚夫石二是通州街上尽人皆知的老实人，身体魁伟，相貌堂堂。论年岁尽管比小玉大一倍，但古人说，丈夫年岁大有担待，大个十岁二十岁算不了什么。石守信三十岁成亲，聘礼当然很优厚。如果老李太太答应这门亲事，媒婆儿从中说和，石二肯拿出五百元银洋下聘礼。老李太太和姑娘商量，李小玉慨然应允，对她娘说："这五百块钱能还清咱家的欠账，剩下的还能治好俺爹的病，就算是把我卖了，女儿也甘心。"

李小玉年方十六岁，春三月嫁给了脚夫石守信。所得的这份聘礼，还清了娘家的欠账，本人也过上了新生活。但爹爹却在她婚后不久去世了，她那苦命的娘家妈也没活多久。李小玉反过来倒得到了娘家爹妈遗留的财产，三间房屋，二亩花田。

脚夫石二与新婚的妻子感情融洽，夫妻情浓时，合计未来生计。夫妻俩要在通州城出露头角，集合两家的财产，做一片生意。也许开个绸缎庄，也许开个典当铺。苦的就是小两口全都大字不识，亲友当中也无读书识字、有学问有见识的人。小门小户的人家虽然拥有几千元的资产，但却没有发家的能力。

石守信常日还是循例和他年轻的妻子告别，骑着那条可以跋山涉水的毛驴子离开通州到北京去。在那里住在脚夫店里，给到西山八大处去游乐的阔人们赶脚。多则半月，少则十天，才能回到通州和他的妻子团聚。这石二自感年岁比妻子大得多，一心一意奔求钱财，不晓得留在家中的妻子困守空房的苦恼。当时的通州城有许多赶脚的，多数人都是早出晚归，只有那要强的石守信，一走多日不能回家。李小玉尽管是衣食不缺，但深受独守空房的痛苦。每日在黄昏日落时，经常倚门西望。眼看着推车担担辛苦归来的许多男人穿街越巷，各进各的家，唯有她的男人，总是迟迟不归。偶然听见大路上、山路旁远远传来挂在毛驴脖子上的串铃声，欣喜若狂。但那声音越来越近，到跟前儿，却不是自己的男人。

李小玉寂寞无聊，盼十天，丈夫九日不在家。隔壁邻右的青年妇女十分同情她的处境。俗话说，花开花落年年有，人过青春无少年。居然有些个老大嫂，用同情的口吻劝说小玉：你新婚年少，这叫守活寡。石守信一心要强，只图金钱，不关心妻子，这个人真是个守财奴。待到来日他财发万金，你也就成了白发苍苍的老太婆了。小玉暗中流泪。都怨重阳九月九，街坊邻居有众多的姊妹来会同小玉去登高。她们来到通州的东山上，下临通州河，上有通州的塔，此地是数百年间相袭下来的旅游胜地。小玉随同众姊妹登上了山冈，只见那满山红叶，在阳光照耀下鲜艳夺目。野菊花覆盖在大地上，灿灿金黄，碧蓝的天空一望如洗，煦煦的西风吹人欲醉。不远的凉亭上聚着一伙王孙公子，正在那里饮酒赋诗。

小玉被那伙人吸引住了，同行的姊妹不敢近前，只有她款步走到那凉亭附近，坐在一块青石上，洗耳恭听。她听不清他们念的是什么，但他们发出的声音合辙押韵，竟有金玉之声。小玉像是在欣赏音乐，居然被陶醉了。亭上走出一位西服革履的少年，站在小玉身旁端详了良久，轻声地问她："姑娘，请问你姓字名谁，家住何处？坐在这里听我们吟咏诗句，竟然出神。"小玉撩起眼皮看他一眼，微笑着说："我叫李小玉，家住通州西门里，我丈夫是个赶脚的。我听你们在亭上吟咏诗句，十分有趣。可我一句也听不懂，你能不能给我说一说内里的情节？"那青年与她挨着坐下，斯斯文文地叙谈起来。随李小玉一起登高的姊妹们早已回到家中，而小玉还与那位翩翩少年在通州河畔散步。黄昏过后，脚夫石守信的妻子李小玉，竟随同那位青年乘坐一辆四轮电，也就是汽车，冒着一股白烟，开走了。

一周之后，通州城有在西山八大处赶脚的脚夫回来说，脚夫石二在西山卧佛寺附近不知被什么人给打死了。后来，又从京城里传来消息，石二的女人李小玉嫁给江西督办常大人的侄子——常少爷了。这位常少爷是清华大学的学生，年方二九，尚未婚配，李小玉与他恋爱结婚，被收为正室。

常少爷娶了小玉，受到家长的责难，这位少公子不以为然。他在北京饭店包了一套房间，与小玉同居，并且送她进入一处私立学校念书，希望培养她成为一个有文化有教养的贵族夫人。

理想终究不能代替现实。小玉尽管是妙龄女郎，姿色出众，穿戴起来也酷似贵族的小姐，但她言语粗俗，一身的乡土气，在贵族当中亮相，显得十分尴尬。常少爷给她穿上高跟鞋，她不会走路；给她买来成套的法国化妆品，她不会使用；给她穿上高贵的晚礼服，在大理石打蜡的跳舞场上，她不会迈步，最出丑的还是连连地跌跤。星期天少爷领她到教堂里去做礼拜，她看人家唱诗祈祷，笑得前仰后合。牧师讲道，她连一句也听不懂，呆呆地坐在那里还不算，不停地问她丈夫：“那个外国人说中国话，是不是想让咱们中国人也都变成洋鬼子。”诸多的丑态，不明事理的言行，使那位常少爷啼笑皆非。常少爷送他的妻子到学校去读书，多日未曾过问，偶然得闲，到那所学校去问问。校长和教师深表歉意，言说，尊夫人实在是太笨了，看样子她已年近二十，开始接受教育，未免太晚了。她总在课堂上打瞌睡，向教师发问风马牛不相及的问题，让同学们忍俊不禁。校长和教师劝那常少爷，让她退学，把她带回家去请一位家庭教师单独授教吧。

事隔半年，那位常少爷又在大学里有了新的恋人，决定遗弃这个村姑。始乱终弃，这是王孙公子的通病，这位少爷对心爱的李小玉终于感到厌倦了。但这桩离奇的遇合，出人意料的婚姻，不单是一个爱情的故事，实实在在还伴有一节骇人听闻的案件。那就是通州城的脚夫石守信在卧佛寺附近被害，当时《北京晚报》曾有好管闲事的记者披露过这则消息。而今常少爷要抛弃李小玉，需得避免舆论界的反映。设若李小玉到法庭去披露此事，走法律程序，常少爷的麻烦就大了。

又到阳春三月，常少爷把他的妻子交给一个副官，让那个人带此女返回关外去。理由是，他正在求学深造，携家带眷有误他的前程。表面是让那个副官把他的妻子送回原籍，待到他大学毕业就任官职后，再把她接回北京。那个副官陪同少奶奶在北京车站等车，还有多人相送。北京直达奉天的大快车缓缓地开动了，常少爷与他的娇妻话别时，也掉了几滴清泪。

列车在运行中，小玉不停地哭泣，起初那个大胡子副官不以为然。火车行经天津越过唐山，直到开出了山海关，他看小玉不饮不食，泪流不止，这才把实话告诉她：少爷在北京另有新欢，派我把你送到关外去。不是进入常府去当少奶奶，而是让我把你送到奉天，卖到窑子里去做娼妓，用你这笔卖身钱偿还他在你身上的花费。小玉大哭，当即被那位副官抽了几个嘴巴子，沉着脸喝道：“你现在哭也没有用，谁让你放着好好的日子不过，水性杨花爱上了一个漂亮的小伙儿，又贪图金钱富贵，随人私奔，导致那位少爷出重金雇人杀死了你的丈夫，你已经犯下了谋害亲夫的大罪。”

火车开出山海关，小玉不哭了。她老老实实地跟那位副官商量：“我看你年纪也不大，不知你家中都什么人？”大胡子副官哈哈大笑：“我十六岁当兵，今年三十二，还没娶妻室呢。”李小玉推心置腹地向他表示：“我想嫁给你，你也不要当差了，领我到随便什么地方去，咱们两人过日子。”那位副官又是一阵狂笑。但他告诉李小玉，大快车再往前开三站，那便是我的家乡。我在那座县城里早已是无亲无故了，但还有些熟人。你不愿意下窑子当妓女，我表示同情，但我回去的时候，要把卖你的钱银交给常少爷。像你这样的破烂货，谁娶你，谁得倒霉。”李小玉灵机一动，请求那位副官，就在那座他家乡的县城下车，并在那里把她卖掉。大胡子同意。因为这所县城乃是辽西的重镇，他在那里虽然没有什么至亲骨肉，却还有些个老朋友，思乡之情油然而生。火车进站，那军官带小玉下车，住进了站前的迎宾客栈。

李小玉有手段，与那人开房间厮混了好几天，大胡子有些犹豫不定了。一天夜晚，军官与客栈经理郝兴在账房里闲谈。开店的话引话，问他和那同行的女子是不是夫妻。军官脸红，郝经理领他到饭馆去喝酒，那位副官道出实情。

天公作美，在他们酒后回转客栈的时候，正碰见虎石台的财主孙占元坐在账房里。郝兴就把此事向这位孙老爷透露出来了。偏巧这位土财主最近几天就和他俩在客栈里住隔壁，那个女人早已被他相中。郝经理从中撮合，孙占元出大洋五百元买下了这个美人。副官与李小玉商量，小玉一百个同意。一手钱，一手货，副官回北京交差，李小玉随孙占元返回虎石台。转眼事情已经过去二十年。

孙占元把买到手的女人带回府中，他的发妻黄氏并没有大发雷霆。他用重金买回女人，是他老婆事先同意的。她让丈夫到县城的老妈店里买个小老妈子，带到家中服侍她。又因为她本人没有生育能力，她要借块模子脱坯，弄个上炕的老妈子，替她生儿长女。

李小玉见黄氏，如实述说了自己的身世。黄氏非常欣赏这个女子，这是她最理想的猎物。此女身背命案，公义堂便是她终身的牢狱。利用此女，既可以稳住丈夫的心，又可以满足黄氏的愿望。她让李小玉从此隐瞒姓名在府内当个贴身的老妈子，并通知上下人等称她为石妈。这个小老妈儿对得起黄氏，进府不久，便为孙家生下个胖小子，取名金锁。这当中，黄氏施展了阴谋诡计。发现那石妈有孕后，她便假装怀孕，把那石妈深锁在内室。单等她分娩之日，买通收生婆陈寡妇说此子是黄氏亲生。其后，金锁子便是黄氏的亲生子，而他的亲生母却成了那孩子的乳娘。这件事堡子里尽人皆知。孙八的哥哥孙七，娶三房老婆都不生育，金锁成了老孙家接续香烟的独苗。大户人家掩耳盗铃、移花接木、颠倒是非，靠的是财势做后盾。

石妈生子，在公义堂颇受器重。但最难耐的是她精神上的创伤和内心的痛

◎石妈儿：为了解救亲生儿子得脱法网，小玉今天也算是死得其所了。

苦。那黄氏夫人轻视她、虐待她尚能忍受，最使她伤心的还有那东家孙老八。就在金锁子还不满周岁那一年，竟因郭军前进指挥所的沙团长看上了她，孙占元遣她与那沙某通奸，为的是要借此人之势力与仁慈堂芦启良争权夺势。后来，郭军惨败，孙、芦议和，孙八带她怀抱金锁子到沈阳去看望胞兄孙占一。兄弟团聚，孙占元又利用她和当日沙团长的旧情，取得了开发银矿的许可，霸占了虎石台的北山。

作为一个女人，她为公义堂创家立业、接续后嗣立下功劳。日本投降后，共产党地方政府成立，查封公义堂的财产，迫使黄氏女削发为尼。而这石妈对公义堂的一片忠诚毫不动摇。她接受黄氏的密令，盗取文契，雨夜出走，历尽千辛万苦到达沈阳，为此孙氏满门对她感激不尽。孙占元居然把她纳为侧室，让她正式当了太太。就在孙八把她扶正的日子里，她见到了亲自生养的儿子孙思奇，但那孩子对她冷冷冰冰。石妈清楚，是那孩子用冷漠的态度，促使那位自幼疼爱过他的日本女子石松菊子在走投无路、万念俱灰的情况下吞金自尽了。眼下，孙思奇为他的父亲雪恨，一夜之间害了四条人命，又把她用吉普车拉到此地。李小玉心里明白，即使金锁子不逼我死，我也是死路一条。为了解救儿子得脱法网，绝不能让自己连累了儿子，小玉今天也算得是死得其所了。天亮以前有一片锅底黑。李小玉坐在河岸上，耳畔只听他的儿子坐在那辆车上催促她投湖自尽。此时，她的神志真有些恍惚了。

天空已经出现了黎明前的曙色，湖面涌现出了一层轻雾。她仿佛在那片一望无际的雾气中看见了通州的塔、翠绿的山、山上的杨树林、山下的清水河、河里头那些荷叶上的青蛙。她又像幼年那样脱下了鞋和袜，赤着脚向湖中走去。但再也没有挑着花担从这里经过的父亲，把她从河里拖出来抱回家，并且埋怨她的母亲，照管她不周了。

孙思奇亲眼看着他的生身母溺水而死。沉默良久，弯腰拾起他妈脱下的绣花鞋，揣进口袋里。眼前浮现出儿时与那女人共同生活的情景，心内掠过一丝酸楚。他掉转车头向市内驶去。行进市区，见前方有一座石雕的牌坊，也不晓得是忠义牌坊，还是节烈牌坊了。晨雾中他果断加大油门，向那座牌坊的石柱上冲去。车辆距离目标二十米左右时，他飞身跳出汽车。那辆吉普车冲撞在石柱上，车体破裂，顿时起火。他理理身上的军装，大踏步向市内走去。

清早，他已然来到美国驻沈阳总领事乔治·布朗的寓所，并且悠闲地在那里吃了早点。

警察局刑警大队长蒋鸿玉，可没能吃上早饭。他接到紧急电话，便率部来到南八条肇事地点。他详细查看了第三兵站总监部桑狄少将被害现场，立即判断出这是孙思奇干的。因为作案手段明眼人一看便知。勘查现场，循例有一番程序，例如照相、检查足印、指纹，判定被害人死亡原因和时间等。他都没有参加，而是若无其事地独自驾驶一辆摩托车回家吃饭去了，他坐在饭厅里，吃饱喝足，拿起电话拨到美国总领事馆，第一句话便是用英语询问亨利女士:“孙思奇是不是到您这里来了？”亨利说:“是。”大队长说声“谢谢”便把电话轻轻地放回了原处。

第四十章

当日《沈阳晚报》以大字标题发了一条消息：国民党接收大员、第三兵站总监部总监少将桑狄在官邸里被害。其案情离奇，凶犯作案手段极其残忍。桑公馆的卫兵和司机同时被害，并且距此不远的林荫路上还有一个算卦的先生在那里投缳自尽。消息说，这位算卦先生曾在桑府附近设摆卦摊，与桑司令的太太有染，行凶杀人涉及奸情。又讯，这位算卦先生原是前光复军某要人派到此地的密探，只因这位要人获罪下狱，兵站总监接管了他的官邸，又收纳了他的太太。这女子勾引那个江湖人为其夫报仇雪恨，酿成了这一桩凶杀案。案情曲折，市警察局和警备司令部督察处正在缜密地进行调查。

次日晨报又发布了一则消息，说某要人的太太在沈阳水源地南湖投水自尽，有一辆吉普车在附近的石砌牌坊上撞毁，至此又使本案扑朔迷离，司法机关一时无从结案。

就在这桩杀人命案轰动全市的时候，一架美国飞机从北陵机场起飞，奔向长春。这是一架专用的飞机，机上只有几名乘客，内中包括美国驻沈阳总领事乔治·布朗、美国新闻处的特派记者亨利·茄茵和随行人员孙思奇。到机场送行的有东北行营的秘书、长官司令部参谋处的高参、督察处的副处长及包括陈冲、蒋鸿玉在内的军统局、中统局的要人。

飞机在长春大房身机场降落，一伙人前来迎接。这里有新六军军长廖耀湘派来的参谋主任，国民党吉林省党部的主任委员石坚，军统局北满站站长王力，国防部第二厅的特派员鞠伟布，还有美国驻长春的领事克拉科等人。美国总领事一行的车队直接开赴西朝阳路美国领事馆。外交官的行动与当地党政军机关并无直接的联系，例行的礼节过后，便无人过问了。

就在这一天，长春市政府向日本侨民会开列一份名单，均系伪满洲国大陆科学院的院士和科学院所属的几个研究所的研究员，共六十三人。命令把这些人找到以后，送到市政府。三日后，日侨俘管理委员会接到日本侨民会的报告，名单上开列的这批日本人，绝大多数都被苏联红军押解到苏联去了。有些人没有离境，但一时之间寻找不到他们的下落。美国总领事为此事深表遗憾。同时，总领事先生的夫人亨利女士胸有成竹地向猫头下达了指令。

孙思奇离开美国驻长春领事馆，一路走来，见这座城市街道、房屋都带着明显的战争痕迹。建筑物上弹痕累累，一条街上便有多处被炮弹炸出的深坑。经烈火焚烧的机关和住宅，耸立着乌黑的房框子。但市区人来人往，车水马龙，呈现着一片商业兴隆的景象。走到四马路闹市区，看那里做买做卖的中国人，蜂屯蛾集，挨肩擦背，拥挤得密不透风。这里是长春市的金融贸易中心。倒卖金银的、兑换货币的，贩卖各种生活日用品的，都要在这里成交。孙思奇行经闹市，心潮起伏。他离开这座城市还不到一年，变化竟如此之大了。他非常清楚，八一五光复后苏联红军西路军进入沈阳，九月三日，北路军才开进这座城市。在这之前伪满军官学校的学生和黄石禁卫军中的少数军官出面，打起了青天白日旗，以国民政府广播的通知为依据，逼迫日本关东军向他们投降。但关东军司令部认为这伙伪满部队没有资格代表中国政府与他们办交涉。由此，长春市内发生过起义伪军和日本关东军的巷战，死伤人命甚多，击毁和烧毁的民房无数。直到苏联红军开进市区，关东军正式向红军投降，这才平息了动乱。苏联红军进城后，这里的景况和沈阳市几乎一模一样，一度曾允许国民政府派官员来接收。蒋中正先生的夫人宋美龄到长春来给苏联红军将领们授勋的时候，就在这里建立了国民政府东北行营。蒋夫人还在头道沟的公会堂，向中国的民众代表、地方士绅发表过演说。但她走后，东北行营便撤回锦州，因为这所城市并没有国军驻扎，非常危险。为了应急，国民政府在华北地区收编了一批伪满洲国的陆军，由美国空运大队把他们从天津、北平空运到长春。这支部队约够一个师，长官叫刘德浦，受命保卫这座城市。苏军从长春撤退后，东北民主联军在四月十四日消灭了这股伪军，占领了城市。未料，五月二十三日，国民党新六军沿中长铁路北上，未经交火，东北民主联军便全线撤退了。新六军没放一枪进驻了长春。十日之内，又从民主联军手中拿下了德惠、农安、九台、双阳等县城。随之国民党的吉林省、长春市政府相继成立。

孙思奇在四马路闹市区径直走进一家珠宝店，门前醒目的招牌是一块泥金匾

“大成金珠首饰商店”。孙思奇进店，有柜伙出来接待，但他要请经理。经理从楼上下来了，此人年逾五旬，身材高大，见到年轻的孙思奇显得很不耐烦。从表情上看，不来特殊的顾客他是不亲自接待的。小孙与经理对座，从容地从怀里掏出一包东西，经理先生马上堆起笑脸，请他上楼。只因这个小小的包裹里面装的均是极贵重的珠宝。

在楼上的密室里，那位经理认真鉴别顾客拿来的东西，而那位顾客却小声地跟他说：“我是 PA101，戈别乌中校派我来和你接头。”经理眼睛一亮，开始用俄语和这位顾客交谈。他受到了来者的训斥，因为戈别乌中校布置的任务，这个人没有完成。苏联红军在此地驻扎半年之久，他没能把前日本驻留在这里的科学家按上峰规定找到以后遣送到苏联。当然他也开列了一份名单，但据俄国情报部门掌握的人数，还不到百分之五。俄国的情报工作从沙皇时代开始就一直居世界前列，具有极其严密的组织程序，这个间谍显然失职了。孙思奇怒气冲冲地离开这家珠宝店，临别时轻声地告诉他：“PA90 你被解除职务了。”当夜，这个经理服毒自尽了。他是个中国人，十年前就参加了苏联的特务机关。八一五光复以后，随红军来到满洲执行任务，他是从海参崴被派来的。苏联谍报机关在满洲的负责人就是赏识孙思奇的那位陆军中校戈别乌。

孙思奇离开珠宝店，来到上海路“芷江舞厅”。这个舞厅是原日本宝山洋行的地下室，正好是中午，舞厅里音乐悠扬，舞客云集。走进来，他意外地发现这里的装潢陈设完全是西洋式的。乐池里的乐队组织严谨，是个很像样的交响乐队。乐队的指挥是位年逾花甲的日本人。孙思奇坐在一张圆桌旁边，大理石的桌面照映着他的形象，杂役过来躬身说：“先生，您想用点什么？”小孙漫不经心地答道：“白兰地。”他把送过来的那杯酒品尝了下，轻声问那杂役：“这支乐队是从哪里来的？”杂役回道：“东宝歌舞团。”孙思奇顿觉恻然。他知道，驰名世界的东宝歌舞团在日本投降以前，曾在数十个国家巡回演出，一时轰动海内外。歌舞团从海外归来到了“新京”，正赶上日本宣布投降。歌舞团领衔的舞星是世界知名的舞蹈家、朝鲜裔日本籍的崔承喜。他坐在那里，心绪烦乱，听了两段音乐便招手把杂役叫过来，让他把舞厅的经理请来。

不一会儿，舞厅的经理身着洋装，款款而来。孙思奇立刻起立，双双就座之后，互通暗语，猫头显然是十分紧张。他万万没有料到，蝴蝶让他来接头的这个人是他的另一个上司蜜蜂。使他震惊的是这位女经理竟是他相识多年的宫田良相的夫人宫田晴柳。猫头紧张，蜜蜂却很自然，用中国话告诉他：“我现在使用的还是十四年前的旧名字司月娥，我丈夫宫田也恢复了杨仲和的名字。近日，他要从北平到长春来做古玩生意。我夫妻从九一八事变后，便一直在为军统局工作。中日战争期间，我们已经参加了日本反战同盟，为中国的国民政府效力。军统局北平站站长马汉三是我们的证人。”

猫头心跳急促，从心里敬佩日本军国主义豢养的职业间谍。他向蜜蜂说明蝴蝶派他来接头的任务，并说明俄国间谍PA90并没有掌握这批科学家。蜜蜂咯咯地笑了一回，若无其事地告诉他：“要找的人都在我手里，新六军进驻长春，我把这些人集中起来送进了七马路的前日本领事馆，现在是东北行营战犯拘留所。你回去向蝴蝶报告，可以在沈阳接收这批人。但要告诉乔治先生，要得到这批奇货，需要和军统局北满站长王力进行交易。据我所知，对方开价数额很高。这批科学家是活的，但还有一批死东西，是各种重要的科研资料和图表，都控制在军统局北满站。”

猫头返回美国领事馆，乔治夫妻立即领他来到一间密室里，叮嘱他这个秘密不能让美国驻长春领事克拉科获悉。因为这笔交易，是美国政府单独指令乔治先生做的。随后，用英文写了一张条子，让孙思奇到指定的地点去和军统局北满站的主任秘书李秉一接头。

清早，孙思奇随蝴蝶由那位李先生带路，驱车来到一处西洋式宅院，铁门紧闭，便衣警卫见到车牌号，即刻敞开大门，让车子开进院内。警卫员把来客径直带到花厅里，站长王力身穿睡衣正在那里轻松地手拿着喷壶浇盆景。此人是位瘸腿的中年人，身材魁梧，四方大脸，净面无须。两位客人站在他的身后，他像是没有发觉，一直把数十盆盛开的鲜花浇灌完毕，又放下喷壶，动手整理架子上的紫罗兰。猫头见那蝴蝶已是面带怒容，而那位王先生却是头也不回，慢慢地自言自语：“我在十点钟以前从来不会客，请你们到客厅里等我，容我换换衣裳。”此人说话带着浓重的湖南口音。猫头不知他的来历，蝴蝶心里明白，这个湖南佬是戴笠的亲信，看来这笔交易，将要付出很大的代价。然而势在必行，美国政府做这笔生意，不惜重金。

猫头随蝴蝶在便衣特务引领下离开花厅，经过迂回的走廊，心里暗笑，“拿专家学者当商品买卖，这件事情只能出在美国。”

半个小时之后，蝴蝶、猫头被告知和王力先生在客厅里会面。他们发现这位站长的住宅里戒备森严，到处都有人站岗执勤。王力清楚他们的来意，谈判一开始，便向他们做了简明扼要的交代。这一批科学家，乃及一部分资料图表，特别还有十二箱书稿，可以一并成交。他已经向戴先生请示过了，中方索价一千五百万美元。争争讲讲，耗费了许多的时间，最后以一千二百万美元成交。

蝴蝶和猫头离开王站长的公馆，两个人坐在汽车里，蝴蝶轻舒了一口气，郑重地告诉猫头："今天的交易，我们算是旗开得胜，美国政府是准备用五千万美元做这笔生意的。"

猫头点头会意，并向他的上司说："遵照您的指示，我打着戈别乌的旗号，命令 PA90 服毒自尽，解决了苏联人在长春的这处据点。昨天《松花江晚报》登出消息，披露了这个在日本投降后随苏联红军来到长春的珠宝商人吴大飞的情况。他原籍山东蓬莱，此番是从海参崴受苏联特务机关的派遣来执行任务的，初到长春便被军统局侦察在案。此人死后，这座豪华珠宝店已经被长春警备司令部督察处查封。"蝴蝶和猫头坐在汽车上如此交谈，并不背着陪同他们前来的军统局的主任秘书，因为他俩说的是德语。

第二天，身着国民党陆军制服、佩戴少校军衔的孙思奇来到东北行营战犯拘留所，手持名单，清点在这里关押的五十余名日本战犯。这些人有的已经年近古稀，最年轻的也要在三十几岁。他们在大厅里排列整齐，听那位少校军官训话。"你们这批人，在这场战争中，都直接或间接为日本帝国主义侵略中国、发动太平洋战争服务。只因你们都是科学技术人员，由美国政府和中国政府协商，决定把你们引渡到日本东京战犯管理所，接受审查。设若无罪，可以获得自由。引渡途中，要严格服从命令，不准乱说乱动。"

这位少校说的是一口纯熟的日本话，聆听训教的日本人，有的大声号哭，有的义正词严地质问："我们是专家学者，对战争没有责任。到中国来，是做各项和平开发事业的，我们当中没有一个人穿过军装，没有一个人参加过战斗。"训话的军官从行列里揪出一个老头子来，恶狠狠地抽他两个嘴巴子，高声吼道："你这个细菌专家、生物学博士，不知道你的研究成果已被日本军方运用于制造生物化学武器了吗？"那老者被殴打和斥责之后，低头无话。

中午，一架四引擎的美国飞机把这批人从长春运往青岛。孙思奇亲自押解他们，直待这批人从青岛登上美国的一艘军舰后，他才返回长春。前后不过三天的时间，孙思奇圆满地完成了这项特殊的任务。

被军统局卖掉的那些资料、图表、照片、书稿以及难以计数的图纸和众多的勘查材料要远比这些科学家身价高。设在伪新京市的大陆科学院，是日本在满洲的科研中心。这批不会说话的资料是众多专家、教授、学者依托几十个研究所，用长达十四年时间，动用无数的人力物力，耗费巨额的资金所形成的科研成果。是有关中国东北的经济地理、地下资源开发前景、蕴藏数量等的重要文献。内中绝大部分都是秘密的。但如今为了几个钱，中国的国民政府就把它卖给了美国人。

猫头孙思奇完成任务返回长春，受到上司的嘉奖和表扬，并允许他休息一周。当然，未经批准，他不能再到芷江舞厅，也要与国民党军统局的官员断绝来往。只有那位美国新闻处的特派记者亨利·茄茵与他单线联系。

孙思奇接奉休假的命令，随即在一家高级宾馆订了房间。黄昏日落，他从里面走出来，随意地上街闲逛。他想去赌钱，没有找到赌场，他想去跳舞，身边又没有舞伴。行来荡去，来到了灯火辉煌的头道沟，这是前日本商埠地，繁花似锦。最令他触目伤情的是，从火车站前，长达数华里的那条大亚街。不宽的街道和人行路已经被五颜六色、悬灯结彩的布棚全部占领。数不清有多少处多少家由日本侨民经营的酒馆里，烤肉、烤虾、鸡素烧、生拌鱼，灯光下、道路边，散发着香气。各种酒类摆列成行，擦胭抹粉、身着鲜艳和服的日本妇女正在繁忙地迎宾送客，陪酒嬉笑。来这里的顾客，有军官，有士兵，有警察，有绅士，有商人，更多的是普通的中国百姓。这些小酒馆，有的有半截开关的小门，有的挂着帘笼却也是无遮无掩，因为那些小花布是挡不住游人视线的。有些前来寻醉的顾客，从穿戴上看显然是车夫、脚夫、苦大力，可他们居然坐在那里，肆无忌惮地搂抱着日本的姑娘媳妇，亲嘴摸乳，百般地调弄。一良不昧的孙思奇怒火中烧，咬牙切齿地骂了一声“该死”，从心底反省着自己父子两辈人竟然误入了婊子国。他有些神志恍惚，想起了自己不是日本人石松泉吗？忽然生发了自杀的念头，此时如果身边带着凶器，真会立刻自尽。忽而又嘿嘿地冷笑几声，自言自语地说：“我这不是疯了吗？世界上没有真理。”他口中嘀嘀咕咕地往前走，双眼模糊，已是泪流满面。忽发现路上的行人已经注意到他的狂态了，他这才收敛起情绪，挤进了人群。

差不多已经是十点多钟了，他来到了日本桥 。循着一面山坡往上走，那里是娼窑妓院的汇聚之地，比得上北京城的八大胡同。这里的妓院都是上一等捐的头等乐户。小孙来到一户门前，洋门脸，大招牌，雪亮的灯光下展现出三个大字“满春院”。这所妓馆装修奢华，比得上日前他所见到过的国民党特务头子王力的官邸。从门前到内院都有人站岗执勤，但他知道这是迎宾送客各有职司的娼窑里的伙计。这种伙计有别名，叫“大茶壶”。守门的茶壶，躬身施礼，请客人进院，正厅上站班的茶壶，打帘子请客人升堂入室。小孙走进大厅洋气梆梆地一屁股坐在沙发上，掌班的过来施礼，口称："二爷，您是哪屋里的贵客？"小孙回道："我是头次到你的院中来。"老鸨子向站在门旁的大茶壶一挥手，茶壶听令，刷地掀起了绣花锦缎的门帘子，高声呼喊："见客！"这一嗓子不要紧，室内摆设的花枝儿摇动，高够五尺的落地大钟也跟着"嗡嗡"作响。此人错投了娘胎，假如幼年间进入科班学戏，一准是个驰名的铜锤花脸。

从门外进来一群穿着入时浓妆艳抹的女子。这些妓女鱼贯进入大厅，一个一个地从客人身边走过，从她们身上散发出迷人的香气。有的斜飞媚眼，嫣然一笑，有的却还是绷着脸，但却表露出无限的柔情。摆动柳腰，迈着连环步，真是千姿百态。那个招呼见客的大茶壶，向客人依次介绍她们的花名儿，吐字清楚，声音洪亮。来客眯缝着双眼，盯视这从面前经过的妓女，记下她们的名字：探春、迎春、惜春、元春、桃花、杏花、李花、梨花、榴花、月季、水仙、杜鹃……约计二十余名。妓女见过客，依次退出大厅。掌班的过来，二次向客人施礼，轻声问道："二爷，您挑哪一个？"客人摇头，很不礼貌地问道："你这个院子里共有多少个姑娘？"鸨子回道："二十八人。"客人又问："适才我都见过了吗？"鸨子爽朗地回答道："只差一个姑娘没来见客，她房里正接待一位尊贵的客人。"孙思奇抬身起立，手拉着那个老鸨子向外便走，口中言道："你让我去见见那个不出来见客的姑娘，我还想看看那位尊贵的嫖客。"

小孙拖着那个鸨子往外走，像手提着一只老母鸡。那鸨子一面喊疼一面求饶，但终归领着他从前厅走向后院。在一间灯火辉煌的屋子里见到了那个不出来见客的妓女。那个姑娘名唤丽娟，正然陪伴的客人是个身材高大、满面胡须的白种人。老鸨子差不多是哭着对他说："客官，您这是逼着我惹祸呀。这个外国人，是北平军调部三人小组派到长春来的美国代表的卫士长美军宪兵上尉凯恩先生。"

孙思奇从容地坐在沙发上，首先取出口袋里的护照，然后用英语和那个美国人交谈。竟然把那个美国宪兵吓得从座位上站起来，向他不住地赔礼道歉。美国驻沈阳总领事馆聘用的这位高级职员，运用美国军人条令、外交官在他国应当遵守的法则，把这位美国宪兵制服了。这个凯恩从怀里取出一叠美钞，轻轻地放在茶几上，起身告退。

小孙把那个美国军官从中国的妓院里驱逐出去，可说是一番壮举。老鸨子、大茶壶，众多的嫖客和妓女全都跑来观看。然而，谁也不知道其中的原委，只有本房中的妓女丽娟洞悉始末。因为这个上一等捐的妓女通晓英文。她自从落水为娟，没有改换她原先的名字。嫖客孙思奇也很快就把她认出来了。这女子是他幼年时的同班同学、虎石台后街明德堂的小姐、吸血鬼吴老六的闺女吴丽娟。其实，他也是冲着这个名字而非要见见这个妓女的。

当夜，孙思奇在这里住下了。落灯以后两个人睡在一张床上，都没有轻狂的举动，彼此都觉得这是天缘巧合。想当初，孙思奇十二岁离家出走，不久吴丽娟从村立小学毕业，也因与她的兄嫂感情不和，随母亲迁到清水镇。又因种种原因，母女二人与其兄吴广泰夫妻断然分手。母亲带着她席卷吴老六在永吉商场的全部资金，离开家乡到"新京"，投靠丽娟的舅父，也就是大头鬼刘紫玉的三公子刘作舟。当时此人在"新京国务院"供职，是一位简任官员。刘作舟把她们母女收留在家，又把她们所携带来的钱款在一家银行里投了资。吴丽娟考入"新京"第二女子国民高等学校。毕业那年，由她舅舅和母亲做主，把她嫁给了一个军官学校毕业的在"军事部"供职的上尉文官。这人名唤邓鸿升，是大臣的儿子。在军校读书时，他父亲给他安排了一个业余教师，专攻英语，兼学法文和德文。毕业后，通过关系，把他安置在"军事部外事局"工作。邓鸿升少年英俊，聪明好学。自从与丽娟结为夫妻，除喜欢她美貌文静，富贵出身，还特别欣赏这女子有与他志同道合之处，那就是吴丽娟读小学时就在金石开的教导下，开始学英语，考入中学之后，仍旧孜孜不倦地自学这门外国语。婚后，夫妻俩在家中常常用英语交谈。邓鸿升只在"军事部"供职两年，日本就投降了。这当中只有丽娟知道他在一九四四年初春就秘密地加入了中国国民党的地下组织。日本投降前，他曾一度受到首都宪兵团的审查。日本投降后，吉林地区的国民党地下组织也冒出头来。以石坚为首的吉林省党部和辽宁省党部一样也公开地在地面上耀武扬威，相应地也建立武装组织，并设置秘密监狱。邓鸿升作为国民党的地工，当然也理直气壮地抛头露面开展活动。但因在党内与同僚之间的矛盾，被诬陷为叛徒，并认定他是前日本特务机关派入国民党地下组织的内奸，一个晚上不知去向。

吴丽娟和母亲自从来到"新京"，数年之间住在舅舅的家里，日本投降前后一直安然无事。但就在她丈夫失踪之后，一伙暴徒闯入这座宅院，抄没了家私，绑架了她的舅舅。不久，有消息传来，刘作舟和他的外甥女婿邓鸿升都已经被国民党党部处决了。

吴丽娟为了搭救她的丈夫和舅舅出狱，花重金向国民党官员行贿、送礼，拉下了一大笔饥荒。然而，钱也花了，人也死了。她母亲急怒攻心，病死在一家客栈里。丽娟奔走呼号向亲友们求告。俗话说势在人情在，招来的是一片冷漠。丽娟负了最后一笔债，埋葬了她的老母。随之而来的便是那些找她讨债的账主们。一个年轻寡妇，万般出在无可奈，沦落入娼门。

吴丽娟落入烟花巷，万念俱灰。她所使的押账比同院姐妹哪一个都多。只能是强打精神，决心用自己的花容月貌、文化知识，迎宾陪客，还清债务，要在姐妹中成为一个佼佼者。很快她就声名鹊起，被众多嫖客赏识。有的说她是李香君，有的说她是梁红玉，有的说她是杜十娘。乃凡是中国历史上著名妓女的名字都被嫖客们安在她的名下了。国民党新六军接管长春，这支部队里的中下级军官大多数都会说几句英语，前来嫖娼，争先恐后地招呼这个丽娟。吴丽娟从这些人身上获取了大量的嫖银。甚至有些高级军官偶然前来光顾，为了要纳她为小妾，不惜动武。这个会说外国话的妓女，一时间名满江湖。

六月份，北平军调部的代表来到长春，双方首脑住在站前的铁路宾馆，随从人员住在大同大街北端的一家旅馆里，时称军民联谊社。军调部的主要官员忙于安排到松花江沿岸去视察。此时国共双方的部队正以松花江为界对峙着，都在等待调处。长春地区包括周围各县，已被国民党新六军占领，只有德惠县以北还由东北民主联军驻守着，双方剑拔弩张。

北平军调部派到长春来的代表，在这样紧要的情势下，如何能听任他的卫士长威廉·凯恩闲暇无事在市内嫖妓呢？孙思奇一番话吓跑了这个美国人。他在满春园的妓女丽娟的房中度过了一夜。次日清晨，他便把妓院的窑东找来，当场付清了全部押账，把吴丽娟赎了出来。当日便把她领进他所住的宾馆，二人堂堂正正地成了夫妻。

猫头休假七天，领着新婚的妻子在长春市尽情地欢乐。第六日中午，两人来到一家剧场观看了日本东宝歌舞团的精彩演出。傍晚，在一家西餐馆里吃了西餐，随即到不远的上海舞厅去跳舞。乐队是高档次的，成群的舞女全是日本人。小孙偕夫人走进舞厅，因他们的服饰华贵，舞场里的大班过来亲自接待。跳过几场舞，时间也就在九点多钟，舞厅里出了事端。

冤家路窄，那个美国宪兵威廉·凯恩醉醺醺地领着一群美国兵闯进舞场。正逢舞客休息时间，舞池里的舞星在表演西方的单人舞、双人舞和群舞。凯恩上尉和他的同伙共计五人，恰好坐在孙思奇和吴丽娟的邻座。丽娟显然有些紧张，动手扯动小孙的衣袖，抖动着嘴唇说："这伙人已经喝醉了，咱们回避一下吧。"孙思奇满不在乎地站起来，走过去，拍拍那个美国宪兵上尉的肩膀，用英语说："你们全都喝醉了，不能在这里停留，这儿是贵族绅士消遣的地方。”凯恩发怒，用他的家乡话把对方痛骂了一顿，孙思奇微微冷笑。

五分钟之后，五个美国宪兵伴随着孙思奇夫妻，来到大同广场，此时这里已经改称中山广场。就在“八·一五”之后修建的红军烈士纪念碑前，开始了凶恶的格斗。威廉·凯恩指派他的同伙和对手在这里单抠，当然打的全是西方的拳击。半个小时以后，凯恩手下的四个人全被击倒，他这才亲自上场。这一场格斗，吸引了无数围观的民众。几十名中国警察从离此不远的警察厅里涌出来，但这些警官、警仕，只是在周围维持秩序。五个美国宪兵和一个中国人打斗，并且已经被打倒了四个，他们只剩下看热闹的份儿。

孙思奇和凯恩搏斗，场面十分险恶。因为这个大胡子美国人比小孙高有一头，肩宽背厚，武勇异常。他二人就在雪亮的灯光照射下，斗得难分难解。这时，中国宪兵、美国宪兵都赶来了，制止了斗殴，结果是不分输赢。凯恩说声OK，和他的随行人员离开。孙思奇手牵着丽娟荡开周围的民众也大踏步地走了。回到宾馆，丽娟流着眼泪给他擦洗面上的血迹，爱怜地抚摸着那几处青肿的伤痕。忽听她的丈夫疯狂地喊道：“美国佬打不过我们日本人。”丽娟大惊，实因为她这幼年的同窗学友，慷慨仗义为她赎身，她真心实意嫁与的这位夫君，怎么会说出这样离奇古怪的话来。

孙思奇因格斗负伤，洗过了澡，便上床沉沉地睡去。吴丽娟思绪起伏，她回想在这六天当中，有多次曾经询问他多年的经历，但那姓孙的支支吾吾，不吐实情。只说当年离开故乡，便到日本去留学。从来也没告诉她，他就读的是什么学校，有没有毕业的文凭。学成回国后，都在哪里工作过，担当的是什么职务。日本投降后究竟干些个什么勾当。通过什么关系被美国总领事馆聘用，成为一个高级职员。丽娟是个有心人，但她自惭形秽，作为一个娼妓，不管是什么人为她赎身，都是她救命的恩人，何况人家还把她当成伴侣。隐忍至今，终究还没有勇气，动手把他碰醒，问一问他葫芦里卖的是什么药。

猫头的假期已满，他把丽娟丢在宾馆，径直到美国领事馆去了。面见领事夫人，声言他已经玩够了，前来接受新的任务。亨利微笑着对他说：“你来得正好。”就在二人交谈的时候，从楼上走下一个人来，此人身穿一套中国绅士的服装，目光炯炯，两绺黑胡。孙思奇起身立正，来者是他爸爸的老朋友，培养、教育、提拔、重用他本人的老上司，日本关东军情报处处长宫田良相。

猫头敏锐、聪颖，开口叫道：“杨大伯，您是几时到长春来的？”当年的杨仲和，小孙三岁时就认识他。“八·一五”前夕，在此地分手，迄今不到一年，谁料到这么快又重得相见。

杨仲和落座，总领事夫人回避，容他们两辈旧交单独谈话。杨仲和说：“你见过你的伯母了，关于我的事情不必细说。我只告诉你一件你最关心的事情。你父亲在沈阳警备部督察处扣押，那是军统局戴笠先生亲自下令查办的要犯。我在北平就听说了，并且向军统华北站长马汉三先生多次求情。用中国话说，交情大于王法。你父亲为日本帝国竭力效忠，卓有功勋，我一定负责把他从狱中释放出来。你伯父孙占一眼下栖身在南洋，他也为日本帝国立下了汗马功劳。大日本帝国后继有人，我们不能够忘记同文同种这句格言。你自从接受特殊任务，干得非常出色。作为一个日本人，应该为帝国复兴努力奋斗，我们终究有东山再起的时候。你我肝胆相照，我代表日本投降后新成立的帝国复兴委员会，吸收你为正式会员。你与蝴蝶和蜜蜂接头之后，我们又失去一位同伴，蜘蛛在旅大病死了。我的代号是猛虎，负责通盘的指挥调遣。不久，你要到松花江以北去，执行一项重要的任务。”在谈话即将结束时，猛虎命令猫头：“你在休假期间买的那个中国妓女，把她再卖掉吧。”

午前十点，几辆轿车来到大同大街的中段，在前日本满蒙皮毛商店的门前停下。这是一处很阔气的洋楼，但招牌已经改换了。正门右侧大理石的门框上，钉着一块铜牌子，宋体字写的是“成古斋古玩店”，汉字下面是一行同义的英文。车上下来两个白种人、三个黄种人，但都穿着华贵。这是美国驻沈阳总领事乔治·布朗和他的夫人亨利·茄茵，另外就是杨仲和夫妻和孙思奇。

五个人走进这家古玩店，顿觉吃惊。这个陈列古董玩器的大厅，俨然是一座博物馆。出土的、传世的中国古代文物琳琅满目，熠熠生辉。大家认真看了店中的陈列品，这时才有伙计从后屋请出来这位古董店的经理。此人身材高大，穿一套笔挺的西装，花白头发，两绺短须。向这伙人躬身施礼，自我介绍说：“鄙人名唤韩琦，光复后是从上海到此地来经商的。敢问几位尊贵的客人，想在小店里选购什么东西？”言罢和五位来客一一握手，他讲的是一口流利的英语，但五位顾客谁也没有道出他们的名姓。经理请他们转入店内的客房。

落座看茶，总领事乔治先生轻声问那北平至宝斋古玩店的经理杨仲和：“杨先生，据我夫人说，你是中国考古界的专家，在北平开设古董店已然历经三代。今天咱们到这家长春最大的古董店来参观。请你这位行家在众多的陈列物品中选择选择。华尔街委托我做这件事情，可我本人对中国的古董玩器毫无所知，请您不吝赐教。”古董商人杨仲和捋捋他唇上的两绺黑胡从容言道：“日本投降前，大连、奉天、“新京”、哈尔滨有四处国立博物馆，馆藏珍宝都被暴民抢劫一空。特别是“新京”，伪皇帝协同政府的高等官匆忙离开此地，在通化、沈阳被俄国人劫走。在他离开皇宫动身之后，皇宫珍藏的古董文物，全部荡然无存。据鄙人所知，这些物品，都已经落入平民之手。这些文化遗存有的被随意毁坏了，有的在市场上通过无知无识的商贩随意买卖。论理说，我们今天来到这家古董店，应当看到许多稀世的珍宝。遗憾的是在这里所陈放的绝大多数都是高仿的东西。”总领事耸耸双肩，摊开了两条手臂，沉默无言。

这时，意料之外，从门外走进一位白种人来，看样子也是一名顾客。总领事的夫人亨利 · 茄茵从座位上跳起来与他拥抱、亲吻。来人须发斑白，却很硬朗，与亨利女士按西方人的礼节亲近一番之后，被亨利拉到座位上亲切地交谈起来。

来者是英国肠衣公司远东分公司驻上海经营处的经理鲍得尔先生。他告诉亨利，现在他到长春来，是想在此地建立上海经营处的收购站，从内蒙古地区收购羊肠子。现已经着手在此地建立加工厂，把经过加工的肠衣从中国口岸转运到英国去。因为英国的肠衣公司是世界知名的企业，这个公司经营的产品不独供应欧洲平民的生活需要，这种东西还是制作海底电缆的重要原料。英国人制造海底电缆在世界上保有垄断地位。亨利 · 茄茵作为一个德国籍的日本间谍，曾与此人在战前结识，两人在欧洲各地都打过交道。亨利知道，鲍得尔先生是德国人，加入英国国籍，战前就已经是英国的间谍了。事出偶然，乔治先生以及在座的几个人在亨利与鲍得尔先生叙谈当中，都没有任何警觉，直到亨利女士站起来与那位英国人话别。

在五人回归领事馆的途中，孙思奇小声对亨利说：情报是可靠的，张景惠等人藏匿在沈阳公馆中的古董都在姓韩的这里。亨利笑了笑，并没有说什么。三天之后，中国国民政府国防部所属的京沪警备司令部在上海吴淞口截获了一艘英国商船。这条船装载的是英国肠衣公司上海经营处运往英国的七千桶肠衣。这艘船在海上被扣留，检验船上的货物，竟在密封的肠衣包装桶中搜出一千件中国文物，俱是稀世之宝。英国人走私的这批文物被当场没收，并处以巨额的罚款。但就在吴淞口外的海面上，中国官员竟将这批文物转移到一艘美国的商船上，悄悄地运到美国去了。这笔交易，是尊奉军统局局长戴笠先生的指令进行的。价值多少无人得知，但其数额是相当巨大的。

在上海发生这件小事的同时，北平军调部派驻长春的三人小组来到了德惠县，沿松花江南岸视察了国民党的部队，并跨过松花江，视察了沿江布防的共产党的部队。

这时节，国民政府已经把七个整编军调到东北，包括五十二军、七十一军、七十二军、七十三军、新六军、新一军、青年远征军。特别是六十军这一支云南部队，完全是用美国飞机从昆明运送到长春，并即刻派驻吉林地区接收的。这支部队英勇善战，号称铁甲军，抗战期间是国防部所倚重的边防军。军长曾泽生是一位抗日名将。松花江西线由新六军驻守，东线由六十军驻防。从当时的态势分析，国民党部队是有足够能力渡过松花江向松北地区挺进。但此时他们却按兵不动，严格执行北平军调部三人小组的命令。当然谁也不敢轻举妄动，中共的一批领袖人物和重要干部都已抵达东北，更何况东北民主联军也是兵精将锐，不可小视。

蒋介石不顾念主战将领的意愿，也一定要小心谨慎地在充分把握局势的情况下，才能再向松花江以北进军。借助美国人出面调停，实行缓兵之计，也算是对第三方面调停的一种姿态。蒋既是军事家也是政治家，他知道东北民众对于他并无信仰，关东大汉不是好惹的，这才从万里云南输送部队到东北来，为的是使军队和当地的百姓格格不入，难以融合。而且在日本投降之后，几乎把所有的东北军都遣散了，怕的是远离家乡的那些东北人荷枪实弹，回归原籍，立刻掉转枪口，发生叛乱。

孙思奇一行人回到西朝阳路美国领事馆，休息片刻，进了午餐。他的上司猛虎立刻向他下达了新的指令。大意是：军调部无力和解中国国民党和共产党之间的军事冲突，中国的内战实际已经全面爆发了。这给我们日本人的自救和复兴提供了难得的机遇。我命令你打入国民党军统局，取得正式的特务身份，到松花江以北去执行重要任务。

任务艰巨，时间紧迫。就在接受命令的一个小时后，他独身来到大同公园的东侧，园东路 301 号，军统局北满站的所在地。表面上看这是一座规模不大、结构平常的二层楼房。但在庭院中，架设着三百米的天线。小孙内行，只凭这架天线便可以向中国全境发射无线电讯号。矮墙对开的两扇木制门，全然不像一个特务机关。小孙来到传达室，向警卫人员只说了一句话："鄙人名唤孙思奇，是王先生叫我来的。"戴少校军衔的警卫组长很有礼貌地把他领进待客厅。

少时，不久前小孙见过的那位王先生，身着陆军少将的制服，跛着一条腿，拉门走进来。在他身后，还有那位秘书主任李先生。王先生开门见山，启齿言道："乔治先生和亨利女士推荐你参加我们军统局，你晓不晓得我们这里的信条？"小孙回说不知。王先生还是那么慢慢吞吞一字一句地非常严肃地说："任何人参加我们军统局，都好比婆娘嫁人，认定之后，终身无可更改。你肯不肯遵循这个信条呢？"小孙站立起来，立正宣誓："我作为一个中国人，有幸参加军统局，一定效忠党国，为蒋先生的反共大业万死不辞。"这几句誓言是他信口编出来的。那位王先生十分满意。并且补充说："我们军统局的成员，必须记住，活是蒋家人，死是蒋家鬼。"

当场，王先生和李先生与小孙商谈了即将派他去执行的任务。主任秘书告诉他："我们军统局的重要成员，都是受过特种训练的，绝大多数都出身于特别警察训练班。你毕业于日本间谍学校，素质是可靠的。但你作为一个有双重国籍的人，从今日起再不许脚踏两只船。日本军国主义体制已经全面崩溃了。今后如有三心二意，那将要受到严厉的制裁。"小孙称是。孙思奇被任命为军统局北满站哈尔滨国际情报组组长，并授予他少校军衔，命令他克日启程。当晚，孙思奇在美国领事馆过夜，住在这里的猛虎、蝴蝶两位上司向他交代了新的任务。让他到哈尔滨去和那里的同伙人完成重要任务。至于如何接头，如何开展工作，并没有告诉他。

清晨，孙思奇二次来到北满站，主任秘书在密室里接待他，问小孙有什么要求。小孙爽快地提出来，只身行动感到孤单，请站里给他派一名助手。秘书马上取来一本花名册，供他挑选。名册上的人物有老有少，有男有女，并都粘贴着照片，在说明栏里详细写着该人的出身、籍贯、年龄、姓名。小孙翻阅一遍，看那些人都注有中美合作所重庆训练班、兰州训练班、北平训练班等字样，分明都是一些特种警察。秘书没料到，他竟连一个也没相中。李先生困惑不解，烦躁地问道："这些训练有素的特工人员，你不用他们当助手，你还想找什么样的人呢？"小孙回道："我要一名政治犯或刑事犯做我的助手。"秘书为难。

一个小时之后，李秘书把在长春监狱、警备司令部在押的政治犯和刑事犯名册取来，让小孙过目。孙思奇细心地翻检了半晌，最后从内中挑出一个人来。他把名册递给李先生，李先生面有难色。此人名唤韩琦，因勾结外商，贩卖国宝，被捕入狱，案情正在审理中。立刻把他释放出来，让这个人伴随孙思奇到共区去工作，难度相当大。李秘书不敢答应，孙思奇勃然变色，声言要定了这个人，如果不把这个人交给他，他就拒绝执行任务。

秘书退出密室，向站长去请示，王先生慨然应允。

秘书返回来，不无遗憾地对小孙说：“孙先生，说实话这个人我们真是舍不得给你。现在我告诉你他的底细。此人是山东济南府人，叫韩琦，江湖人称韩七。幼年逃荒到哈尔滨定居，九岁进俄国人经营的印刷厂学徒，十一岁满徒是个手艺精良的印刷匠。十五岁便利用工作之便，伪造奉票，被警察局通缉。他从哈尔滨逃走，在上海滩混迹多年。“二二八”以前，这个浪迹江湖的山东人在上海滩已经是个知名的人物了，号称神偷“野猫”。他一直在外国租界里活动，会说好几国的语言。不仅是个手段高超的盗窃犯，而且能伪造多种证件和列国的钞票。特别拿手的是会刻制多种印章，伪造古董玩器。他所仿造的东西，全能以假乱真。国民政府迁都重庆，他也到了西南地区。这个江湖客在重庆定居时，用重金买了一条法国的金毛哈巴狗，并给这个狗起个名字叫安娜。他把这个小小的动物训练得善晓人意，并抱着这条小狗在上流社会进进出出。就是这条狗让戴先生的姘头蝴蝶相中了，要用重金买了去，供她赏玩。野猫韩七慑于咱们戴老板的势力，竟为了这条狗，逃离重庆回到上海。日本投降后，没用几天，便在上海和他的老主顾、老相识，英国远东情报局常驻上海的特务鲍得尔重新会面了。鲍得尔很快和他达成协议，以英国肠衣公司买卖人的身份，带领他来到长春，经他手给那个英国人购买了流失在街面上的古董文物达数千件。并在此地设立了一个地下工厂，专门仿造出土和传世的各类文物，而且标新立异，还制造了一些古怪离奇的东西。诸如完颜阿骨达、成吉思汗等人的遗物，为的是骗取无知无识的美国人的钱财。在此同时，有一些南方的惯盗惯窃，指望到伪满洲国的国都“新京”市来发横财。在这些人陆续到来之后，立刻被这个名满江湖的偷儿王野猫韩七笼络在手下，大家公推他为这个城市的贼王。目前，长春市警察局、警备部督察处遇有偷盗的大案，都要倚重这个人，方能破案。因他身背重案暂时入狱，待到案情查清后，不免要将此人释放出狱，恢复自由。警察局长、督察处长已经数次到站里来为他开脱，这个人对于警备部门的用处实在是太大了。”

李秘书道出韩七这个人的始末情由，更增添了孙思奇的好奇心。因而更加执着要此人做他的助手，一起到松北去执行任务。

此时，军调部三人调查小组正做着表面的斡旋。美国一方、国民党一方都急待了解松花江以北的实况。乔治总领事推荐孙思奇参加军统局并派他到哈尔滨去，为的是利用这个职业间谍，迅速有效地查明中国共产党在松花江以北的军事部署、政治动态、经济状况。特别是苏联政府和驻扎在松花江以北地区的中国共产党人正在进行什么筹划。日本投降后在沈阳一度成立的东北人民自治政府在哈尔滨市存在有没有真正的政治势力。尽管国民政府已经有七个整编军占领了松花江以南的广大地区，但对共军的实力高深莫测。当然，国民党的情报机关军统局和中统局在敌后也设立了众多的谍报组织，但美国人不放心，必须亲派干员到现区去查明真相再做定夺。对于美国来说，派驻海外的为联邦政府提供可靠情报的特务机构，最得力的就是二战期间由国会拨款组建的海军情报处。其他的特务机关，作用有限。总领事乔治 · 布朗先生最清楚实情。因而，对美国海军情报处在战前收买的这十三名国际间谍十分器重。但乔治先生只知道这十三名间谍是在美元雇佣下为美国政府效力的，不晓得包括他自己的妻子在内，这十三个人，仍旧是效忠于日本天皇的、顽固不化的军国主义分子。

形势险恶，斗争复杂，此时，他也就无暇瞻前顾后了。美国参众两院敦促杜鲁门总统，不惜一切代价援助国民党政府统一中国，彻底消灭共产党。表面上，金砖不厚，玉瓦不薄，实际上美利坚合众国决不允许另一个同盟国也就是中华民国，变成由国共两党组成的国家。派遣猫头打入军统局，乔治先生也是深思熟虑，他十分清楚，蒋介石一手建立的这个特务组织，不那么容易上当。但箭在弦上不得不发，经过推荐，军统局北满站欣然应允，并对他派去的猫头委以重任，乔治当然十分高兴。

一切就绪，乔治先生飞回沈阳，夫人亨利 · 茄茵以美国新闻处特派记者的身份留在长春，在军调部三人小组的活动范围里，进行合法的新闻采访。在三人小组美国代表的心目中，并没有把这个女人看成是一名间谍。

孙思奇索要江湖客野猫韩七做他的助手，既然得到上峰的同意，他便立即与那李秘书设计一个万全的计谋。制服野猫韩七这个老江湖，绝非易事，孙思奇心里非常清楚。

第四十一章

连日风雨，这天夜半，乌云遮天，街道上早已断了路行人。两辆由篷布遮蔽着的军用大卡车，从长春警备司令部督察处院内开出。这个地方也就是前东北行营战犯拘留所，伪满洲国日本领事馆的所在地。

两辆卡车，在漆黑的夜晚向长春南郊驰去。一路上并没有打亮车灯，而是借着街道两旁路灯的光线行进。零点左右到达指定地点，这是个两山夹一沟的极其偏僻的地方。汽车停在草丛里，在离车五十码的地方，已然预先挖好了一个大坑。车上跳下了一个戴少校军衔的督察员，名唤陈牧，随他下车的是身着美式军装的执法队。他们把车上捆绑着双手的一群犯人一个一个地拽下车来，看样子是要把这批人推进那个大坑活埋。犯人们站列两行，听那位督察官讲话："按上峰命令，要把你们都埋在这个坑里，我姓陈的恩施格外，在这里对你们执行枪决。"

几十名犯人，有的默默无言，有的高呼口号。就在这一瞬间，枪声迸发，犯人随即纷纷跌倒。陈牧打亮手中的手电筒，逐一检验倒在泥水中的人犯。有屈身收缩微微蠕动的，他便用手中的左轮手枪对准那人的头颅补上一枪。直待检查完毕，才命执法队上车。五分钟之后，天降大雨，两辆军车已然远离此地。就在此时，从刑场附近的一片密林里走出一个身穿雨衣、身躯高大的人，此人便是孙思奇。他头顶着瓢泼大雨在几十个尸体当中翻检，找到那个长春的贼王野猫韩七。此人反捆双手，面朝下躺卧在那里。翻过来验明正身，从头到脚审视一遍，判明此人未受枪伤。但躺卧在泥水中的这个人不知是吓昏还是摔昏了，仰面朝天，双睛紧闭，鼻息间还有微弱的气息。小孙蹲在地上，摇动他的身躯，但此人形同僵尸，不睁眼、不开口，在那里装死。小孙有经验，他并不发怒，而是把这诈死的犯人从地上扶起来，背在他的身上，并用绳索拢起来，二人合为一体。然后背着他走向离此不远的一条小路，那里停放着他的摩托车。因此人十分沉重，小孙费了很大的力气，才和他共同骑在那辆车上。发动之后，小心翼翼地在山间小路上缓慢前行，直待进入市区，这才加快了速度。这辆车驮载着两个捆绑在一起的人来到西朝阳路韩七的寓所。轻轻停下，小孙背负着韩七按动门铃。

一男仆出来开门，见状大惊。在他身后随来的一个女人迅速地把大门关闭，并且头前带路领来者进入客厅。孙思奇把韩七放在沙发上，等候那女子抖动着双手为他二人解开绑绳。松绑之后，对那女人说："七嫂，我叫孙思奇，也算是个混迹江湖的流浪汉，我与七哥有一面之识，凭着江湖上的义气，把他营救出来了。"那女子面白如纸，浑身战栗，但在明眼人面前，这是个国色天香的美女。

二人叙谈中，韩七睁开了双眼。小孙聪明，他知道这个老家伙适才装死。那韩七躺在沙发上，告诉他的妻子："这位先生是咱们的救命恩人，我倒卖国宝，身犯死罪。他肯定是买通了行刑的官员，把我从刑场上救出来，咱们必须依礼报答。"

小孙和韩七都是满身的泥污，韩太太请他们入浴。半小时之后，都换好了服装。巧的是，孙思奇与那韩七年岁上相差甚多，而身量却是几近相同。两人的身高都在一米七五左右，肩宽背厚，都是极其魁梧的汉子。小孙穿上韩七的衣裳，居然非常合体。江湖人韩七，让他的妻子到厨房去准备菜肴。这女子下厨去为他们烹制饮食，还是止不住地浑身颤抖。她莫名其妙地预感到，这个从刑场上把她丈夫解救出来的恩人，少年英俊，动作豪爽，但在此人的眉宇间隐藏着令人恐惧的煞气。

老韩七的这个妻子是大有来历的。这女子出身梨园世家，二十岁以前从戏班里出科，在东北、华北、青岛、上海，都曾名噪一时，是一个著名的青衣。伪满末期，来"新京"献艺，被一位大臣相中了，纳了小，金屋藏娇达数年之久。日本投降，那位大臣在官邸里服毒自尽了。其后，伪首都大乱，这女子的住宅被一伙暴民占据，她移住在客栈里暂且安身。几个月的动乱之间，便花光了手中的浮钱。六月初，在伪皇宫前面的光复市场出售一张古画，被韩七买去。这桩买卖却使二人一见钟情。韩七凭借英国人鲍德尔的财势，不独开设了一家古董店，还购买了一处私宅。他把这女子接进私宅，二人正式成为夫妇。直到这时女子才向韩七吐露了自己的身世。她名唤邱亭榭，历经坎坷，嫁给这个江湖人，平生之愿足矣。因为她对那些高官显贵早已厌恶痛恨至极，愿意毕生做一个平民。她劝告韩七："你我同病相怜，既生江湖内，都是苦命人。你为了钱财，给外国人效力，终究不是长远之计，应当尽快地收场。你带我离开这个是非之地，去寻个安分守己的生活吧。”韩七听劝，接受了她的金玉良言。

谁承想，英国人事败，韩七锒铛入狱。在韩七发财的时候，警察局督察处许多老爷都已经是他家的座上客。可出事后，邱亭榭奔走求告，却无济于事了。未料，结果竟演出了今夜的这场闹剧。

韩太太在饭厅里摆上了几道菜，启开了一瓶香槟酒，请恩人上座，夫妻俩左右相陪，外面天光已经大亮了。

从楼上哗楞哗楞跑下一条卷毛的金光闪闪的哈巴狗。脖子上戴着一串银铃儿，纵身跳在韩七的怀里，两只形同蓝宝石的又圆又亮的大眼睛滴下泪来。韩七抱狗在怀，如见亲生儿女。但那小狗面向陌生的客人汪汪地怪叫，流露出厌恶的表情。小孙见此狗生相奇特，想起李秘书向他介绍的，韩七因着一条狗从重庆逃往上海那一段故事来了。韩七把小狗放在他妻子的怀中。这时，主客之间，已经满饮了三杯酒。韩七放下酒杯，扑通一声跪倒在地板上，他即便跪在地上，上半身也高够三尺。口中言道：“我韩七谢恩人救命，容我给你磕几个响头。”孙思奇勃然变色，慷慨地说：“孙某凭江湖义气救你生还，何须行此大礼！”言下，伸双手要把那韩七搀扶起来，但他用尽全身之力，那韩七跪在那里纹丝没动。小孙大惊，他晓得，凭他两膀的力气，五百斤的东西可以轻轻地拿起来，而此人竟没被他搀扶离位。心中暗喜：“老家伙的武功根基不浅！”李秘书并没向他介绍韩某人还是个武士。思念至此，他不再动那韩七，回到座位上，领受了他的礼拜。

韩七起身，坐回原位，再斟一杯酒，极其坦率地说：“恩公救我一场，韩某心里明白，你救我一条老命必有所用，我有意与你结为兄弟，不知足下是否同意？”孙思奇大喜，忙说：“这正是小弟的心愿。”韩七家中没有佛堂，也没有摆设任何的神位，二人离座，就在那酒席宴前双双跪倒，口称：“皇天在上，韩琦与孙思奇二人在今日结为兄弟，同生共死，不违誓言。今后，如有背信弃义之举，五雷轰顶，死无葬身之地。”

二番回座，哥儿俩又畅饮了一番。小孙注意到，他那位义嫂邱亭榭坐在一旁，泪眼滂沱。出奇的是那条小狗，趴伏在她的怀里除了随主人流泪，还会在那女人的衣襟上摘下花手帕，给亭榭抹擦眼泪。看来，李秘书所说的关于这条狗的历史是确实的，真真地善晓人意。小孙一时好奇，伸手要把这条狗接在他的怀中，亲近亲近，却被那条狗恶狠狠地咬了一口，虎口上鲜血直流。韩七大怒，把那狗用力地摔在地上，眼看它哭叫着跑到楼上去了。

吃饱喝足有女仆看茶，韩夫人到楼上去了。韩七言道：“恩弟，你我既然结义，该说实话了。我判断你是一个国际间谍。你救我一命，内中定有缘故，如果我判断不错，这件事是军统局干的。尽管是圈套，但事已至此，我韩七死而无怨。兄弟，你把实话告诉我吧。”

孙思奇尽管是训练有素的特务，一时之间也被这位老江湖质问得目瞪口呆。这好像变戏法一下子被人说出了门子。

无奈，他只好现编了一套谎话。说他是美国驻沈阳领事馆的职员，被国民政府转调到军统局，指派他到松花江以北去执行任务。军统局给他搭配了一名助手便是韩七。但老韩七里通英国人盗卖国宝已身犯死罪，由此，才让孙思奇演出了刑场相救一幕。无非是利用江湖人的义气，以救命之恩挟制他跟随孙思奇到敌后去从事特务活动。北平军调部中，国民党和美国的代表急于掌握中国共产党在松花江以北的详实情报。

孙思奇见韩七呆呆地坐在那里默默无言，深怕他反悔，便又编情节感化这个江湖人。心情沉重地说：“义兄，你猜错了，我并不是什么国际间谍，仅仅是美国驻沈阳总领事馆的职员。只因我父亲孙占元在伪满时做官，背上了汉奸的罪名。关押在沈阳警备司令部督察处，行将判处死刑。我拜求总领事乔治先生，为我父亲开脱罪责，尽我人子之孝。军统局北满站答应了乔治先生的请求，但有一个条件。要我参加军统局并派我到松花江以北去当密探，设若有突出的贡献，他们保我父亲出狱。形势紧迫，让我在三个月的时间内，陆续提供出江北可靠的情报。他们任命我为军统局北满站第三组的组长。这个组是国际情报组，派给我的助手，必须是精通外国语的。你会几种外国话，并且会讲中国各地的方言。他们选中了你这个人，欺你没有学历，久占江湖，这才用这种方法，让我把你控制在手中加以利用。你我兄弟如今结拜，大义在天，我不能再向您说谎。根据美国人和国民政府的部署，准备最近就打过松花江，接收哈尔滨以及松北的广大地区。蒋介石已下定决心要在三个月以内收复全东北。你我此去，少则半月、多则一月，便能在哈尔滨市迎接国军。

韩七点头，但却不无遗憾地说：“愚兄浪荡江湖数十年之久，今年四十五岁，刚刚找到了一个合心对意的女人。别看她出身微贱，但通达事理，我真不忍心丢下她去干冒险的生涯。为兄一介匹夫，一生以冒险为能事，青年时代便已然名满江湖。在大上海，提起我的绰号‘神偷野猫’，江湖中无人不晓。国民政府迁都重庆，为兄我在西南地区也混得有名气，只因为一条狗，开罪了你们军统局的大老板，涉重险，又回到了日本占领下的上海。那时我怕的是军统局，没想到经过了这么多变故之后，还是落到了军统局手中。我钦佩这个中外驰名的特务机关，我也拜服了他们的手段。你和我既经结拜，愚兄斗胆直言，军统局这个特务机关，犹如明清两代的东厂西厂，他们杀人不眨眼，翻脸便无情。你我为他们出力报效，到头来是不会有好下场的。他们拿你父亲做人质，逼你去涉险，愚兄奉陪。因为我已经打上了盗卖国宝的官司，也只能听从发落了。你我结拜一场，大丈夫一言既出驷马难追。但话讲当面，第一，愚兄随你去松北公干，决不接受军统局的委任；第二，适才你讲了，去共区工作，为时不超过三个月。愚兄要向你申明，我陪你前去同生共死，竭力效命。然而，三个月期满，不管你是不是还想在那里滞留，为兄我定要返回长春。”

孙思奇慨然应允，并胸有成竹地说：“义兄你饱经宏富，对于天下大势还不能洞若观火。国民党部队装备精良，训练有素，所谓的东北民主联军，无非是由土八路扩充起来的乌合之众，本来就不堪一击。蒋介石不肯向松花江以北进军并在北平成立军调部，向长春派来了三人调停小组，其目的不过是掩人耳目。肯定会在一个晚上，大军横渡松花江，把东三省的共军一举歼灭。然后挥师进关，再扫荡内地的共产党部队。这一项战略部署是总领事乔治先生亲自跟我讲的，哥哥你不必怀疑。”韩七默然。

清晨，桌子上的残羹未撤，女仆进来收拾，随即摆上了早点。韩太太出来请他们进餐。那条卷毛哈巴狗，藏藏躲躲地在女主人的两条腿当中也跟随进来。韩七见狗，晃悠着站起来把它抱在怀中，亲切地说：“安娜，爹爹对不起你。”

二人离开韩七的宅院，韩夫人一直送到大门外，她想把那条狗接过去，但被丈夫拒绝了。只听他说：“亭榭，藕断丝连不如尽快分手。为夫舍得你，舍不得我的小安娜。我要带它离家出趟门，少则二十天，多则三个月。至期不归，你遣散家里的仆人，卖掉这幢房子，回你的老家投亲靠友去吧。”

亭榭掩面痛哭，泪眼目送丈夫与他的义弟孙思奇走出胡同，转入长街。

八点整，孙思奇和韩七乘坐出租轿车，来到园东路301号。主任秘书立即接待他们。他见那韩七怀里抱着一条狗，很是诧异。但他无暇细问，因为他还是首次与韩七会面。客套一番，开门见山地说：“我没想到你们来得这么快，既然二位同路到站里来，想来一切都安排停当了。”转而很客气地对韩七说：“韩先生，据说您在江湖上已经被推为本市的贼王，可此种身份是不能公开的。足下是一位在案的江湖客，拥有不合法的身份，现又盗卖国宝，身犯了死罪。今天你随孙先生到站里来，我向您通报一个好消息。站长王先生已经决定任命您为我站派驻哈尔滨国际情报组的副组长，授予您陆军上尉的军衔，至于您所犯的刑律，全都豁免了。”

韩七拉下脸来，严肃地说：“韩某自从十七岁身犯王法，流落江湖，一直是个罪人。今蒙恩施格外，让我成为一个堂堂正正的军官，真是三生有幸。然而，在下吃惯了江湖饭，实在是没有做官的欲望。我恩弟孙先生，解救我死里逃生，为报答他的恩义，我已与他结为金兰之好。在下不配说士为知己者死，为解救他父亲，也就是我的义伯出监，甘心情愿，随他到松花江以北去干这番冒险的生涯。”

韩七起立躬身，恳切地说道：“请秘书大人，向上峰传达鄙人的心愿。我愿随孙先生前往松北共区，刀山火海决无畏惧。但有一项请求，我随他前往，要求以三个月为期，事成事败，我都得返回长春。因为我在这里有眷属，贱内邱亭榭与我成婚，虽然为时不久，但我与她情意相投，在下有志与她过几年安稳的日子。但命中注定，此番我和她又要分手。我走之后，请秘书大人多多关照我那个苦命的妻子。”

秘书动容，操起电话，把韩七的请求向站长详说一遍，站长应允。李秘书笑笑说：“二位想想，国军收复江北还能再等三个月吗？”韩七谢过秘书，长出了一口气，抚摸他怀中的爱犬，动情地说：“安娜，这回你也该放心吧，咱们一定可以回来和你妈妈团聚了。”秘书和小孙同时注意到那条狗。只见那个小动物，似乎是完全听懂了老韩七的语言，它那两只圆圆的大大的眼睛，在睫毛掩映下，像两颗镶在白玉上的蓝宝石，也闪烁着晶莹的泪花。

三个人，一条狗，就在这阴森的特务机关的办公室里沉默了良久。

李秘书出去十分钟，手中拿着一张刚刚写好的护照，交给孙思奇。孙思奇展开观看，上面写到：“今派本部少校组长孙思奇，偕助手韩琦赴松花江以北公干，希沿途军警卡哨，验证放行，勿得留难。该去员亦不得倡端滋事，政干未便。右给孙思奇收执。国民政府军事委员会东北行营督察处处长文强。中华民国三十六年六月十五日”

这张护照，在年、月、日中间加盖了朱红的关防，文强名下，还有一颗名章。

孙思奇从头至尾把那张护照验看一遍，揣在怀里。那位秘书说：“孙先生，站里对您委以重任，希望好自为之。站长有令，先拨给您现钞五千元，共区通行的钞票允许您随意拿取，至于其他特工用具，可以任意选择。”小孙点头。

三个人离开办公室，转入另一间大厅。经过三道门户，都有人把守。大厅里陈放的物品甚多，各式短枪、弹药、炸弹、种类繁多的化学制品，包括剧毒制剂、燃烧制剂，也有医治跌打损伤的药品、消炎止痛的针剂。一大排未经开封的照相机，有美国造的、日本造的、德国造的，以及胶卷。李秘书交给孙思奇一个帆布的手提兜，让他在这中间挑选。小孙在众多的物品当中拿起了一架德国造的微型照相机，两个胶卷。又信手取过一把式样精美的弹簧刀，密写剂，口服的、针剂的毒药也取了几瓶。走过陈放无线电收发报机的那张案子旁边，小孙连看都没看一眼。秘书问："孙组长，您这次进入共区，不携带通讯器材，与站里如何通报？"小孙冷笑，回说："携带这种物品，等于是插标卖首。关于架设电台，抵达现区，我自有办法。"秘书无话。三个人最后来到一个铁柜面前，秘书打开柜门，里面装的全是共区流通的钞票。孙思奇取过一捆，交给韩七。韩七抽出一张来，用手指弹了弹，朗声说："这是假的。不久前，我见过几张共区流通的红钱，携带伪造的钞票进入共区，这可是最危险的。"孙思奇眼珠一转，立刻向李秘书提出，他要向北满站索取一套印刷红钱的胶版。秘书面红过耳，只因站长指示，让他以假当真，将伪造的红钱交给孙思奇，到共区去花费，未料假钱被韩七当场识破。秘书不敢做主，又操电话请示王先生，站长沉吟半晌才答应下来。

三人离开大厅，返回办公室。秘书郑重地把干特工活动的命根子"密码本"交给孙思奇。小孙翻检一遍，请求李先生领他去看一看站里的通讯设备。

这是一处椭圆形的大厅，几十部收发无线电报话机前面，都坐着戴着耳机正在紧张操作的报务员。戴上校军衔的无线电台台长过来和他们打招呼。经介绍，彼此握手，相率走进台长室。关于这项业务，孙组长是熟而又熟。叙谈之后，当场定下了波长，呼号等哈尔滨第三组与长春电台的联络事宜。分手时台长嘱咐孙思奇："您在现区架设电台，可以随时向长春呼叫，这里有报务员，二十四小时值班。"办完公事，孙思奇和韩七离开北满站。临行时，秘书郑重地说："孙组长，你既经接受了本站的委任派遣，现在我向你传达王先生的命令，限你们在三天之内，做好离境的准备。月底以前，要把电台在现区架通，祝你成功。"孙韩二人离开北满站，头也不回地走了，那位秘书站在大门口目送他们走进对门的公园里。

当日，孙思奇没有回他和吴丽娟居住的宾馆，老韩七也没有返回私宅。

可怜韩七的妻子邱亭榭和孙思奇刚刚搭伴的吴丽娟，这两个命薄福浅的女子，都是终日牵挂，泪眼不干，盼只盼她们的丈夫能回归寓所。三天过去了，吴丽娟不明真相，只是心中悬念，每日还能进些饮食，而那个邱婷榭终日以泪洗面，粒米未进。

第四天清早，吴丽娟在卧室里接到了孙思奇的电话，简单扼要地告诉她：“我有急事要出趟远门。从今日起，你和我这一段露水夫妻就算到头了。我因特殊原因，已经辞去了美国总领事馆的职务。此番出走，急需现款，我已经出具手续，把你转卖给另一个人了，价值不超过赎你的身价。至于我放在那里的衣物用品，随你处置了。”丽娟手拿着听筒，还想问话，但对方已经把电话挂断了。

正当此时，茶房推开房门，走进来一个戴少校军衔的国民党军官。此人年逾四旬，身高体胖，说话是江苏口音。丽娟认识这个人，他是长春警备司令部参谋处第二科的科长，叫张林彬。原是她的嫖客，在这以前曾经几次有意给她赎身，纳为妾小，吴丽娟百般推拒。因为在一等班子里混事，凭着自己的姿色，有权决定个人的去留。开窑子的窑东拿这些人当摇钱树，不敢轻易得罪她们。民间传说的梁红玉、杜十娘、李香君、赛金花、小凤仙之辈，都因姿色出众，色艺双全，才有了决定自己命运的权力。眼前的吴丽娟自从进入满春院，为时不久便给这处娼窑赚取了大量的金钱。孙思奇给她赎身，窑东也凭着丽娟本人的意愿，论经济价值，再多付十倍，他也不肯出手的。然而，开窑子的虽然官私两项全都打得通，但斗不过一个在花界出名的妓女。因为在她的嫖客中，士农工商、党政军各界都有势力。一等班子里的妓女，其眼界比窑东更宽，实在是不敢得罪，只能听凭她依照自己的意愿从良。

吴丽娟离开满春院，这座大娼窑生意便清淡下来了。

吴丽娟请那位少校军官落座。张科长从怀里取出一纸文书，就是孙思奇亲手写出的出兑姘头的字据。内容是他从满春院赎出一妓女，价值若干，今因正用，削价出兑。彼此双方交兑现款若干，孙思奇自愿将此女转送到张林彬名下为妾。空口无凭，立据为证。

一纸文书，托在吴丽娟的手上。张科长看她的双手并没有颤抖，脸上也没有任何表情，她只是冷笑了两三声，抬头言道：“他把我用这几个钱就卖掉了，我不同意。我与他同居六天，宿资超过契据上所写的十倍。你要买我，这个价钱太低了。”来人笑道：“这叫落笔为尊，你只要跟我走，我将以百倍的价钱给你买首饰、做衣裳，任凭你挥霍。”

丽娟咯咯地笑了半晌，但她已无法控制两眼涌出来的痛泪。她慌忙地擦干泪眼，稳定自己的情绪，从容地说：“张科长，你别小瞧我这个下贱人，我早就知道你也是军统局的人。军统局特务娶妻纳妾需经上级批准，这是你们大老板戴先生定下的规矩。今天你买娼妓做妾小，违犯了特务机关的规矩。我跟你走不难，请您给军统局北满站打个电话，让副站长袁先生在电话里给我回答，说明你这番举动，是不是合法的。我不是威胁你，袁先生也是我的熟客。”顿时，张科长像霜打的茄子蔫巴了，低下头来。耳听丽娟说：“孙思奇对我背信弃义，张三的账我不能记在李四的身上，我不能让你人财两空。现在你和我走一趟，我要返回满春院，二次为娼，使押账还你的本钱。”

科长一时无话，丽娟动手整理自己的东西。整理完毕，仅是两只手提箱，然后按动床上的电铃。进来个茶役，丽娟命他算清房账，当场付款，并让那茶役给她提拿随身携带的物品，迈步便要出房。茶役在房中寻看一遍，敞开立柜，见内中有几套男人穿用的价值昂贵的服装，在床底下还有几双男人的皮鞋、便鞋，不解地问道：“孙太太，这些东西，为什么不随身带走，是不是孙先生还要回来？”丽娟爽朗地说：“这些东西都赏给你了。”那茶役深施一礼，口称谢谢。旅店里的茶役也是百精百灵的，只在这几分钟之内，他便判断出原委来了，那位孙先生已经把这个姘头转让出去了。

一辆出租汽车停在宾馆门前，茶役把她携带的东西放在车厢里，其后便是孙太太手携着那位少校军官，坐上汽车。这辆车直达头道沟满春院，早有值班的伙计进前来拉开车门，手提那两只皮箱，请车上下来的二人进入前厅。吴丽娟叫伙计把掌班的和窑东全都请来，满春院的妓女蜂拥来到门前，探头探脑，不敢说话。

窑东进大厅，刚刚落座，丽娟便请那位军官把字据取出来。窑东看过，莫名其妙，迟疑半晌，方才问道：“丽娟小姐，你已经随孙先生从良，如今他又把你转让给别人，这与我满春院毫不相干，不知为什么还到下处来？”丽娟笑道：“孙思奇把我卖给张林彬，我不情愿。我要重回到窑子里来混，这一辈子再也不脱离勾栏院了。因为我尝到了从良的苦痛，明白人不与命争。”

那窑东满心欢喜，只是碍于眼前的这位军官。他认识这个人，是警备部参谋处二科的科长，虽然官阶不高，权限特大，有能力把任何无辜的百姓捉进监牢，生杀予夺。迟疑之间，耳听丽娟说：“我已经和买我的人说妥了，他不再打算领我到他的家里去做妾，同意偿还身价，还我自由。”窑东用问询的眼光看那军官眼，那军官苦笑着默默点头。窑东和站在身旁的掌班喜出望外，立刻打发人到后屋取款。一手钱，一手货，待那张科长垂头丧气地离开了满春院，满院的姐妹这才围拢过来，七嘴八舌地动问吴丽娟：为什么跳出苦海只经六天，又回来重操旧业？丽娟微笑着说：“外面的世界比窑子里更无聊，我从良后悔了。”姐妹们没有一个能理解她此刻的心情。

孙思奇率带韩七出离北满站，两个人坐在林荫树下的长凳上，商定了此番的行动计划。其后他便到美国领事馆去向他的上司蝴蝶报告。乔治已经返回沈阳了，丢下他的妻子以美国驻中国大使馆新闻处特派记者的身份，随同北平军调部派到长春来的三人小组，进行随程采访。蝴蝶聚精会神地听完了猫头的汇报，表示满意。当场指令他照计行事。

长春的贼王野猫韩七与孙思奇分手之后也开始了紧急的行动。这个偷儿王，作为黑社会的首领，随一个军统特务到松北去活动，他手下的四梁八柱都反对。不谈细节，江湖人参与官场的活动，指定是没有好下场。韩七的义弟冯老五哭着劝韩七：“哥哥你既然已经落入特务的圈套，咱们手下的弟兄有能力营救你脱险。里七外八十五省外加满洲，到处都有你的藏身之处。军统局那是个有进无出的衙门，这件事你比我们都明白，此番涉险断然是有去无回呀。”韩七不听，他把同行中的大小头目召聚一堂，亲自下令：“我此次离开长春，由冯五接替我在行会中的位置。冯五是我最信赖的人，今后你们要听他的指挥。韩某闯荡江湖数十年，早已将生死置之度外。三个月之后，我不返回长春，必然是命丧在松北，冯老五便是我的替身。江湖人义字当头，韩七一言出口，绝无反悔。”众兄弟默默无话。

就在吴丽娟返回满春院那天，午前，长春火车站众多的旅客中出现了两个人。一个身高体健，红头发，戴墨镜，左脸上有个指头大的黑痣，镶着二鬼把门的金牙。上身穿红绿相间的花格子衬衣，下身是一件雪白的丝绸灯笼裤，脚上穿一双白色的丝带胶鞋。肩上背着一个枣红色镶着铜面的木箱。另一人胡须满面，宽肩膀，大下巴，是个罗锅子。身穿浅蓝色的土布裤褂，紧扎着两只裤脚，足蹬一双双脸的靸鞋，胸前密排着十三太保的扣襻儿。这人怀里抱着一条狗，这条狗可是出奇，看上去像个西洋的女郎。只是塌鼻孔朝天，嘴巴是黑的，稍微有点煞了风景。

此时的长春火车站旅客云集。一段时间以来，八路打四平、打长春，中长铁路数次中断，关里关外羁留了无数的客商。铁路虽然开通，但长春站发出的列车只能通行到德惠。要到松花江以北的客商需在德惠下车，渡过松花江，行走旱路，到双城堡后，才能有通往哈尔滨方向的火车。国民党的大部队占领了松花江南岸，松江以北东北民主联军在那里列阵，国共双方凭借松花江天险相互对峙。

北平军调部派三人小组来到长春，内中有一项重要任务，就是使中长铁路全线通车。这时在东北三省尚滞留着近百万日本战俘和侨民。这批人，在动乱中出现严重的生存危机。中国国民政府本着人道主义的精神，必须把他们遣送回国。中长铁路一线，大连、沈阳、长春、哈尔滨，是日侨俘的集中地点，这条铁路中断，就把这百万的日侨俘推到了死亡的边缘，美英等国是不能坐视的。

国共双方在美国代表的调停下，已经达成初步协议，就是双方停火，让铁路畅通。力争在两个月内，把滞留在满洲的日侨俘通过大连港遣送回国。协议虽已达成，但并没有落实。集中在长春火车站准备搭车去德惠的客商与日俱增，候车室内人满为患。

那形容古怪、穿戴特别的老少二人，来到车站，就排在长长的行列里。此时距发车时间还有一个小时，旅客对这两个稀奇古怪的人物很感兴趣，因为是排着长队，这才没被众人包围起来。内中有的旅客很聪明，一眼便瞧料这两个家伙是一对江湖人。看那年轻人很像马戏班里的小丑，那个老头子形容相貌也不难判断，他们是父子二人，是打把式卖艺，串江湖、变戏法、卖野药的。至于那条小狗，必定是他们做生意的本钱。这条狗身上的卷毛，那是用化学药水染成的。看这个小动物那英俊的神态，它一定会叼字签、钻火圈、人立行走、表演杂技。

说话间那年轻人往行列的后端瞄一眼，忽然发怒，轻声对那老者说："大哥，后面那两个小子已经跟踪咱们三天了。"大哥笑道："这是军统局惯用的伎俩，他俩是北满站派出来的特务，要押送咱们平安离境。"小伙子断然说："割掉这两条尾巴。"老头会意，抬头把离他们不远的一个手拄双拐、身穿国民党伤病员的服装，胸前钉着红十字的人叫到跟前。此人身量不高，面黄肌瘦，但浓眉阔目，鼻直口方，不像个伤员。来到近前，听那老头说："五弟，把我身后那个穿西装和那个穿中山装的两条尾巴割掉。"那伤员回身便走。眼看他穿过人群，直奔设在旅客候车室东边的军警候车室。但见此人来到门前，侧过脸去，攥紧拳头向自己的鼻子上猛击一拳，立时鲜血迸流，他又展开五指用他的手掌把鼻中流出来的鲜血，抹划在脸上。一个跟头撞跌进去，口中说出南腔北调的方言来，大意是说：他是新六军某师某旅某团的排长，正在陆军医院里养伤。今天他到车站来，送几名弟兄到德惠前线去，却被两个来路不明的当地人打成了这个样子。他请候车室里的长官给他做主。咱们抗战八年，来东北接收，浴血奋战，却遭到了在这里甘当亡国奴的东北人的欺辱。

此人趴在地上，一阵哭闹，候车室里呼啦站起来一群官兵。那伤员从地上跳起来拄着双拐，头前带路。几分钟之后，穿洋服的和穿中山装的两个小子就已经瘫在地上了。站内执勤的军警过来查问，因为话语不通又耽搁了不少的时间。直待问明真相，再找那个挑起事端的伤兵，有人看见他早已经收起双拐，夹在肋下，一溜烟逃跑了。

候车室里发生殴斗事件，火车不能停开。这时，排队等候检票的一老一少两个江湖人已经稳稳当当地坐在车厢里面了。列车正点运行，徐徐地驶出长春车站。那两位江湖客在车上刚刚坐稳，就被众多的旅客包围起来问长问短。因为这是一列超载的火车，多数人都没有座位。就在这节车厢里，忽然挤进来一个老太婆，她鬓发斑白，满面皱纹，是一副农家老人的打扮。左手拄根拐棍，右手挎一支用柳条编成的元宝式的提篮。内中有成捆的大葱、成辫的大蒜，分明是都有些腐烂了。最惹人生厌的是在那些葱蒜的下面，还有几条死鲤鱼，气味熏人，乘客立时四散。这个老太婆从容地紧挨着那两位江湖人落座。

车行迅速，老太婆面对那个年少的展颜一笑，年轻人大惊失色。来者不是别人，竟是他的上司职业间谍蜜蜂。她对那年轻人低声说了几句话，大意是：我随你们结伴渡江，到松花江以北去执行任务。当他们二人小声交谈时，老韩七已经把此女认出来了，她就是不久前在长春见过面的那位古董商人杨仲和的夫人。原来这女子也是个间谍。一小时之后，车行到德惠站，旅客下车，拥拥挤挤从站台上走过天桥。行经收票口时，那个女人已经不见了。

孙思奇与韩七进入候车室。按行前的规定，到这里要给长春站发一份电报。二人坐在候车室的长凳上，小孙这才发现，他的身上没带纸也没带笔，便命韩七到电报所里取来一张发报用纸。他向身边坐着的一位青年借笔，那青年摆头不借。韩七站在他们两个中间，微微地笑道："老兄弟，把您的报纸借我看看，青年把手中一张《中央日报》递给韩七，他胸前佩戴的一支钢笔便随报纸落入孙思奇的手中。小孙拧开笔帽儿，动手在拍发电文的横格上书写，但写在纸上的却不是墨迹，而是淡蓝色的写过之后立即消失了的化学墨水。那青年脸色突变，忙把别在上衣口袋上的另一支钢笔递给孙思奇。小孙写好电文，交韩七去拍发。他手中紧握着那两支笔，却没有还给人家，还敲山震虎地说："我判断你是国民党派往松北去的特务，在你笔中灌的是密写药剂，像你这样粗心大意的人，没资格做特工。"青年求饶，并把他的秘密向小孙做了交代。

此人名唤王大成，是长春大学在校的学生，三青团员。在班级里参加了"反共铁血除奸团"，被CC派吸收。这次随同伙到松花江以北去执行秘密任务。他哀求孙思奇不要泄露他的秘密身份，此事如果被同行的负责人发现，会把他立即处死，或者遣送他回长春，在组织里面除名。他见小孙态度缓和，便认真地告诉对方，他们此行同伙七人，要到哈尔滨去建立地下小组。随行的同伴中，身上携带着成捆的棉线，内中藏有无线电台的零件、传单、标语等物，为的是配合国军渡江推进，十日后接收哈尔滨。小孙随机应变向此人表示，求他提携，如有用人之处，愿效犬马之劳。青年大喜。

韩七发完了对长春站用暗语写就的明码电报返回来，随孙思奇进入德惠县城。他们在县城里并未停留，老少二人急切地赶到了松花江边。

此刻的松花江沿岸，重兵云集，商旅成群。沿江数十里，可见国民党新六军布防的阵地。无数的帐篷、成排成列的简易房屋，一望无边。成千辆的摩托车、吉普车、装甲车、坦克车布列成行。特别是沿江的蜿蜒曲折的工事里面，山炮、野炮、远程狙击炮、加农炮、榴弹炮、火箭炮、自动推进炮，都像高粱茬子似的黑压压遍地皆是，炮口都朝向北方。国民党军队在松花江南岸摆列陈式，耀武扬威，是给军调处看的。北平军调部此时正在松花江沿岸视察。这种阵势一是要让美国人知道，国军有能力克日收复松花江以北的失地；二是让共军的代表掂量一下，他们新近组建的东北民主联军能不能抵挡住国军这样凌厉的攻势；三要让从这里过江的商旅去给国民党做宣传，来东北的这点八路军和新四军要迎战如此装备的国军，那就是以卵击石。黎民百姓都有正统观念，国民政府是中国合法的政府，中央军是国家武装，而所谓的东北人民自治政府并不被国内外所承认，多数人认为东北民主联军也无非是一些乌合之众而已。

韩七随同孙思奇，肩负重任，来到江边，径直够奔江上由国民党部队架设的浮桥，去桥头堡的大帐篷里面领取渡江的签证。领取签证的客商和乘坐火车的一样，也是排着长队。沿江各处，有民间搭设的木板房，供商旅饮食住宿。据说有的客商因为得不到离境签证，已经在这里羁留数日了。韩七毕竟是老江湖，带着他随行的青年，挤进大帐篷，用五块银元买通了一位卫兵，允许他们首先进帐领取签证。但这钱白花了，无意中被一位中尉军官发现，没收了行贿的五块银元，还打了他两个耳光。

老少二位江湖客灰溜溜地退出大帐篷，到附近的一家小饭馆里去用餐。刚喝了三杯酒，一个浓妆艳抹的大姑娘身穿一套花衣裳挑帘儿进屋，一屁股坐在板凳上，开口道：“你们爷儿两个，乘着晴天不走，还等着下连阴雨呀？”韩七和小孙一愣，来者正是蜜蜂。

三个人坐在饭馆里吃喝一顿，充其量也不过二十分钟。那姑娘手挽着布包头前带路，二反脚扑奔那个发放离境签证的大帐篷。这时已经是四点多钟了，有些客旅自感当日离境已不可能，纷纷离去，自找客栈去了，这老少三人进帐，没用排队。韩七身为长者，进前去向那位歪戴帽子斜瞪眼的中尉军官恳求，声言本人是个闯江湖卖野药的，带一儿一女回家。并说："我们在光复前离开哈尔滨到沈阳去混生活，如今，我儿要回哈市成亲，女儿也要回家去和她的丈夫和孩子团聚。兵荒马乱之年，归心似箭，我们想连夜过江，明天晚上就可以回到家中与亲人相见了。"

那军官咧嘴一笑，操着南方口音问道："你卖的是什么野药？"韩七慌忙地把箱盖掀开，回答道："鹿胎膏、地龙骨、人参、鹿茸，都是咱们东三省的名贵药材。"军官又问："你怀中抱着的小狗是干啥的？"韩七回道："为了兜售药品，我们还要演杂技、变戏法。"那军官抬身离座，但他的两只贼眼一直盯着那位大姑娘，嬉皮笑脸地说："你变个戏法给我看看。"韩七称是，从木箱里取出一个竹筒儿来。此物直径二寸，长够两尺，两头都用红布缠裹着。只见他把竹筒托在手上，说一声"变"，竹筒里蹿出一条青蛇来。这条蛇形同闪电，直奔那军官的面门冲去。那小子怪叫一声，慌忙躲闪，额角正碰在窗户框上，顿时血流满面。军官大怒，抬臂要殴打韩七。恰在此时，帐篷门口的卫兵高呼："立正、敬礼。"一位身材高大戴上校军衔的团长大步走了进来。

此人进帐，命那负伤的中尉军官到卫生队去包扎伤口，而后坐在正位上审查这三个江湖人。首先问的是："你们三个人既然是一家子，为什么口音不同？一个山东人，一个东北人，一个北京人。我看你们来历不明。"韩七回答："老朽身边这一双儿女都是被我收养的孤儿，并不是亲生的儿子、女儿。江湖人收留孤儿孤女，抚养他们长大成人，这桩事长官一定是明白的。他们是我的养子和养女，老朽今年五十八岁，一辈子闯荡江湖，并未成亲。"那团长沉下脸来，故作威严，形象十分可怕。他拍了一下桌子，厉声言道："我怀疑你们是共军的奸细。本人出身于黄埔军校，在蒋委员长的麾下效力，和共产党打过多年的交道，深知共产党人善于利用说书的、唱戏的、打把式卖艺的给他们搞军事情报。共产党管你们这号人叫作流氓无产者，是他们倚仗的力量。"

老韩七怒火中烧，使眼神儿和孙思奇对话，意思是告诉他，在这种紧要关头，你还不亮出护照，镇服那军官，乖乖地放行。小孙会意，却假装不懂。韩七即刻如梦初醒，意识到，军统局签发的那张护照，只有孙韩二人，并没有标明同行的女子。目光一闪，这才发现，他的“女儿”已经和那位团长吊上膀子了。

一家三口低着头，出离了那座大帐篷，在附近找了一家木板房的旅店。店房爆满，花了五块银元才租赁了一间客房。三人住进客店，天色已晚，叫店房伙计到饭馆去取来了饮食。这一顿吃喝，有分晓：孙思奇和那女子滴酒未沾唇，老韩七却把那高粱烧足足喝了八大碗。韩七醉卧在床，小孙与那女子窃窃私语。殊不知，那野猫韩七酒量惊人，此刻，他不过是半醉而已。小狗安娜趴伏在他身旁，一动不动。但这个小小的动物并没有闭上眼睛，看样子，它是在替他的主人观察周围的动静。

韩七躺在床上，十分清醒地回想在长春那一段不寻常的经历。眼前这个女子在古玩店与他初次相识的时候，那是个珠环翠绕的贵妇人。记忆犹新，她是北平古董商人杨仲和的老婆，能伴随美国总领事夫妻在那个地方出头露面，而且能操熟练的英语。这个人先是化装为一名农妇，与他们从长春结伴到德惠，而在德惠车站顿失踪迹。其后不久，又在江边突然出现，从小孙对她恭谨的态度上来看，此女定是一个大有来历的间谍。小小孙思奇就能把我韩七纳入掌中，胁迫我身临险地。看来我韩某半辈子混迹江湖，见风使舵，解决难题，还是远远不及这些训练有素的特务。

小孙与那女子轻声谈话，他们也正在为此前韩七的行为举动发生争论。蜜蜂埋怨猫头，不该把一个外行人收为助手，江湖客诡计多端，他们仅仅是为了生计，而我们是在玩政治钢丝。蜜蜂训诫猫头：“凭你的出身及战后的业绩，我们十分器重你，然而在这个行当里你毕竟还是个小孩子。长春车站你利用韩七割掉军统局押送你们离境的尾巴，干得挺漂亮，但与我们的事业无关，这叫意气用事。德惠站拍发电文，你又与不相干的人打交道，显示你锋芒外露。我此番随你前往共区，可谓任重而道远。前途如何，请你三思后行，好自为之，不能出现任何闪失。”

掌灯之后，这家小小的旅店，来了两个荷枪实弹的士兵。叫开三人的客房，声言受团长的命令，把那个女子带走了。天亮以后，韩七的“女儿”回来了，身后还跟着一个少尉军官，此人护送三人越过江上的浮桥，平安离境。

韩七这个养女与那位国民党新六军江上指挥部的司令官刘团长一夜未睡，竟建立了深厚的感情。临分手她向那位团长把自己的身世说明了。作为一个孤女被江湖人韩七收养，自幼闯荡四方，十六岁嫁给一个戏班上的鼓老，这人比她大十八岁。随那人伙度十年，也曾经生儿养女，但老夫少妻终不般配。为报答她的养父抚育之恩，多年来未蒙外心。此番与这位团长相遇，可说是天作之合。她求那团长派人送他们三人离境。她回到哈尔滨家下，把亲人安顿安顿，随即私奔。返回来，便到松江沿岸来寻找团长，甘愿给这个人当小星。团长深信不疑，因为他已是半生的戎马生涯，故乡的老婆怕连模样儿全都忘却了。

天亮以前，这女子告诉团长，国共双方就要开战，我将要冒着枪林弹雨来投奔你这个知情知义的人。回来的时候，必然遭阻挡受盘查，到那时怎么办？团长回答说："我在中国印缅远征军中是有名气的。新编的六个军，包括207、208等几个远征部队，没人不知道我的名字。日本投降前，本人曾到美国西点军校去受过训，在南洋战场屡建奇功。只因资历所限，国防部权叙厅，才只任命我为一个上校团长。我这个团是新六军里的先锋团，不仅地面部队在沿江一线听我指挥，江上的海军巡逻队也听我调遣，只是无权指挥海军作战。"这团长色迷心窍，话赶话，竟把松江沿岸兵员多少，战将若干，防区分几段，各军兵种的番号，带兵官的姓名，如果向松北推进，哪支部队会充当先锋、后方勤务如何配备、补给线有几条等等军事机密，原原本本地都告诉那个女人了。

这女子漫不经心地听他讲。她对那位团长仅有一句嘱咐的话："这次回转哈尔滨，安顿一下，便冒死私奔，前来投靠你。请你逐一通知你所熟悉的并在你指挥下的官长们，就说从松花江以北将要有一个女子只身来投奔我，她的乳名叫小蜜蜂。"团长应允，那小蜜蜂又向他敦嘱了三遍。

这小蜜蜂回转客栈扑在她"义父"的怀中，放声啼哭。气坏了开店的掌柜的、店中的伙计和众多的客商。有的同情落泪，有的顿脚捶胸，但不敢开口痛骂，私下里说："国民党中央军原来是这种货色，贪图女色，鱼肉黎民。看起来，东三省要真归了他们，百姓照旧是身陷水火，比满洲国好不到哪去。"

第四十二章

随韩七“父女”同行的有几位都是住在那家客店里的平民百姓，内中有做生意的，有探亲访友的。他们随着老少三人来到松江的彼岸，如登天堂一般。过了江就是共产党控制的地面了，民众客商来到此地便感到心里踏实。松江南岸国民党中央军雁过拔毛，对渡江的平民百姓百般刁难。过江来，却是轻松自由。此刻在松江北岸，见不到一个东北民主联军，按老百姓的习惯，还是管他们叫八路军。中央军在南岸列阵，气势汹汹，八路军在北岸却毫无防范。这里见不到一辆军车，也没有任何的工事，一望无际的江岸上停放着无数骡马拖拉的胶皮车。这些车辆全都打着挎，可以装载货物，可以乘坐旅客，当时的名字叫生产大车。车辆的主人大多是居住在江北的农民。大车有的两套马，有的三套马，最多有七套马的。旅客从这里乘车沿公路直奔双城。中长铁路德惠至双城一线已经掐断，从这里到双城，还有百里的路程。生产大车为了赚钱，索价昂贵。又因松江南岸花的是国民党中央银行发行的纸币，时称东北九省流通券，而松江以北流通的货币却是东北人民自治政府东北人民银行发行的同等的东北九省流通券。百姓管江南的钱叫白钱，管江北的钱叫红钱，但这两种钞票，民众都不信任。生产大车索要的运输费以银元为标准，来往客商只能用银元交易。但很奇怪，伪满洲国发行的钞票在这里却可以通用。江南的国民党、江北的共产党都早已贴出布告，宣布伪满钱币与他们发行的货币等价流通。特别是光复以后，苏联红军在此地使用的红军票子也与满洲国币等价。一个第二次世界大战的战胜国，国民党和共产党两个政府发行的货币，却没有伪满洲国的货币和苏联红军的钞票更有信用，这真是历史的奇观。

韩七“父子”三人搭上生产大车，给的是银元。与他们同车上路的是和他们在江南住在一个旅店里的那一伙客商。内中有一位到沈阳去探亲的王老太太，家住双城堡站前街，还有一个双城十字街兴隆百货店姓金的经理。

几十辆生产大车装载着数十吨的货物、几百名客人，扬鞭上路。众多的车辆摆队行进，尘土飞扬，骡马狂奔，车轮疾进，一个小时以后，来到一处险要的山口。猫头内行，根据他早已从二十万分之一的地图上查到的，此处是八路军的头道防线。果然车队来到山口附近，从山冈上冲下来一队八路军。这群战士衣衫褴褛，但军容整齐。为首的带队官拦住了头辆大车，几十名八路军的官兵分散拦住车队，声言要进行检查，告诉大家，他们查看的主要是违禁的物品。一位挎匣子枪的八路军，看上去是部队的首长。因为共产党的部队，官兵之间其分明只在于佩戴长枪和短枪。这位首长看不出他的级别，态度很是和蔼，指挥部队从容不迫，但检查是很严格的。车上的旅客纷纷下车受检。

孙思奇见此颜色有变，蜜蜂低声问道："你的箱子里有没有违禁物品？"猫头回答道："在木箱的二层底里面，有照相机、密码剂、枪支匕首，还有两颗炸弹。"蜜蜂顿时大哭，扑倒在她身旁那位王老太太的怀中，只哭得泪人儿一般。王老太太心直口快，摆手把那位八路军首长叫过来，厉声言道："你们八路军是我们人民的子弟兵，请问你保护不保护百姓？"那位首长慌忙答道："老大娘，我们八路军自从建军以来就是保护老百姓的，请问你老有什么意见？当前我们共产党为了避免内战，一忍再忍，一让再让。中央军在江南布防，我们在这里严守阵地，为的是避免内战，国共合作建立民主联合政府啊。"

王老太太没细听对方的回话，流着眼泪亮开嗓门，把同行这三个江湖人在江南的遭遇向那位八路军首长叙说一遍。那首长深表同情，于是乎，这辆车上的行李包裹以及其他的物品没受检查就放行了。

车队越过山口，过午两点，抵达双城堡南郊。远远望去，一面崭新的绘有镰刀斧头的红旗迎风飘扬。就在那面红旗之下，有一排房屋，高挂着一块白底黑字的大牌子，写的是"东北民主联军公安部队双城检查站"。车队在这里二次停下来，接受身穿八路军装、但左臂上佩戴有"公安"二字的盾牌型袖章的公安人员的检查。这个检查站，其阵式比扼守山口那一批八路军的作战部队威武正规。首先让乘客下车来检验他们的身份证件，其次是把装载在车上的货物包裹、行李、箱笼，仔细地加以验看。看来情势很紧急，蜜蜂环顾四周，计上心来。只见离他们不远便是在德惠车站与孙思奇打过交道的那个青年所乘的车辆。蜜蜂不知那人姓名，但在旅途中猫头曾向她汇报了这件事。蜜蜂在猫头的耳边发令，最后的一句话是:“卖掉那个国民党特务。”

猫头急行几步，来到一位公安战士面前，耳语几句。可叹那个三青团员王大成，当场被捕，一群公安战士在他所坐的车辆上搜出了夹带在打包成捆洋线当中的私货。主犯被捕，同车人也全都上了绑绳。公安战士对孙思奇表示了感谢，并允许这三位江湖人和他们所携带的物品优先进入双城火车站。但此时，开往哈尔滨的列车已经出站了，前往哈尔滨需在这里停留一夜。

双城堡是个很大的镇甸，但这老少三人还是费了很多的周折才找到了一处店房，因此地是江南江北客商聚集之地，早已拥挤不堪。

韩七携一儿一女住进店房，心中烦恼。他自以为从幼年闯荡江湖是最了解社会的，自己也是个屡次作奸犯科的不法之徒。但渡江以来，所经历的一切，却使他大开了眼界。间谍之战，虽已载入兵书战策，可他本人并没有实战的经验。今天亲眼见了那女间谍与他的恩弟孙思奇是如何力闯三关的。设想前途如何，凶多吉少了。落店之后，老韩七又喝了个酩酊大醉，这一次可真是醉了，他身旁的那条狗抓他挠他，汪汪地怪叫，他也只是鼾声如雷。

那二人见韩七已然睡熟，便悄悄地离开店房到街上去了。挨着坐在一棵大柳树底下，唧唧哝哝地用日语交谈起来。闯过三关功劳都归于蜜蜂，此番行动如果没有上司相助，猫头很可能已经遇险了。蜜蜂说了几句，便嘤嘤地啜泣起来，泪珠儿顺着她的眼角流到胸前，一字一句地轻声言道:“石松君，你们父子为大日本帝国战前战后都建立了卓越的功勋，此番在执行任务的途中，我不该以长者的身份几次责备你。大日本帝国历经数十年建立的霸业，在一个晚上，有如那过眼的云烟，轻轻地消散了。忠良饮恨，后继无人，这才有你我之辈，忍辱负重，苟且偷安，为的是处心积虑、卧薪尝胆，为大和民族的重新振兴全身效命。特工人员的肉身原本是离弦的箭、出鞘的刀、枪膛里的火药、定时炸弹上的秒表，它有时甜如蜂蜜，有时却苦愈黄连，温柔如处子，阴狠如蛇蝎。通接事变有如疾风暴雨，运筹帷幄又仿佛在演奏迷人的乐曲。我以日本贵族夫人的身份，充当眼下的这种角色，这叫职业特性。我与宫田都是自幼被精心培养训练的职业间谍，当然你也不例外。这次旅途当中，你所表现的言行，确实是让我担忧了。虽然你具有双重国籍，但日本是我的祖国，却不是你的。你随时可以改弦更张，依凭你所受的专业训练，为你自己祖国立功报效。几次行动表明你虽然训练有素，但缺少实战经验，另外，你思想深处有同情中国的倾向。现在我奉劝你，不要脚踩两只船，设若思想动摇，怕是要有悲惨的结局。德国人突破马其诺防线，日本人偷袭珍珠港，作为一个日本的忠良臣民，我们在武士道精神鼓舞下是无所畏惧的。强权就是真理，用中国话讲，胜是王侯败是贼。日本军界从明治维新以来，犯了一个严重的错误，就是好大喜功、急于求成。举世闻名的田中奏折，促使大日本帝国制定了大陆政策。经过长期的谋划，才发动了九一八事变。日本军界野心膨胀，认为只需最短的时间、最小的代价，就能征服中国。但事实是，长达十四年之久的杀人流血，换来的却是把日本九千万民众推到死亡覆灭的边缘。我们特务机关，早在太平洋战争爆发之前便有激烈争论，一派主张进攻苏联，配合德国人在地球上消灭共产主义。可是我们这一派的主张没有被采纳。另一派主张发动对美英的战争，建立大东亚共荣圈，认为是机不可失，失不再来。但他们最终失败了。神光开宇宙，表里山河，天照大神是我们大和民族的上帝。日本从神武天皇开国至今，历经二千六百余年，纯粹的日本人，相信我们是天之骄子。日本列岛虽然幅员不大，人口不多，但我们的祖先所以在东方称霸，立足于列强之中，根本原因凭借的不是什么古老的文化，夸耀于世的文明，而是无敌于天下的武士道精神。太平洋地区应该是大和民族的领地，我们无意征服世界，只想在亚洲称霸，这个愿望，对我们效忠天皇的臣民来说，是矢志不渝的信条。"

猫头低头无话，双眼也流下泪来，极其诚恳地说："伯母，我在孩提时期，你便喂过我，抱过我。我父辈兄弟二人早在十五年前便在精神上、肉体上被日本征服了，这才有后来发生的一切。我十三岁进日本间谍学校接受严格培训，已经八年之久。投降前，我作为一个日本军官，便为帝国忠心效力，信仰从未动摇过。在我的心中，中国人、美国人、俄国人都是猪狗。愚侄有幸，承蒙贤夫妇钟爱，把我列入日本帝国为复兴事业肝脑涂地的十三人名单。在时势演变中，我的中国母亲削发为尼，我父亲在奉天被扣为人质。美国人把我交给军统局，卖身效力，我是绝不会就范的。正如您所言，我虽然受过多年的训练，但缺少实战经验。中国人有句古话，一身不事二主，伯母，对我您尽请放心。"蜜蜂微笑点点头。夜深了，他们两个还没有回到旅店去，只有星星月亮和他们倚靠的那棵大树才知道他俩又干了些什么。

双城直达哈尔滨的客车没有固定的时刻表，铁路中断，电讯不通，客车、货车开行的时间都无法预定。

清晨，集聚在候车室内外的众多旅客才听说，午后两三点钟将有一辆客车开往哈尔滨。站上的铁路员工组织旅客排队，开始售票，但直等到六点钟才开始检票。孙思奇和老韩七排队检票，发现蜜蜂又不见了。就在二人张目四顾的当口儿，一个须发斑白的老人正注视着他俩。这人农民打扮，满脚的污泥，但精神硬朗。他倚在收票口不远的一棵树干上，立命身边跟从他的两个便衣公安低声说："你们立刻盯住那个红头发和抱着狗的老头，不许跟丢。"

这位老者可说是孙思奇的克星，正是老八路曹荣，现在担任双城检查站的站长。今天赶上他便衣巡逻，偶然间发现了化装成江湖人的国际间谍猫头。

韩七"父子"上火车，只能坐在地板上。火车停运后，暴民们把车厢里的座位、行李架、洗脸池等一应设备全部拆掉拿走了，让客车变成了货车。旅客们上车有的蹲着，有的坐着，倒显得十分宽敞。韩七上车盘腿坐在一个角落里，伸手探进兜囊，把备好的一瓶烧酒取出来，嘴对嘴正要喝，被他的恩弟孙思奇恶狠狠地把酒瓶夺过去并在他的肩上击了一拳。身旁的小狗安娜没容分说，上去就是一口，孙思奇又被咬伤。韩七从衣襟上扯下了一条布给他包扎，并把那瓶酒丢出窗外。

火车总比大车快，黄昏时候，已经进入了哈尔滨市区。那江湖人还在车厢里给众多的旅客变戏法，猫头心里惦记蜜蜂，到厕所里去方便，未料那蜜蜂随他走了进来。此刻，那女子已换上了一套日本的标准和服，云髻高挽，打扮艳丽。旋听蜜蜂说："你们两个已经被安上了尾巴，哈市落脚后，立刻割掉它。共区保护日本人，我们只好暂且分手了。"言下，拍拍猫头的肩膀："你到底是个黄瓜纽儿。"说着急忙地从她手中拖着的布包里取出来一件儿童玩具小喇叭，告诉小孙，这是消音手枪。扬起手腕，指着那块方形的手表，又告诉他，这是定时炸弹上的秒表。再从包里掏出一瓶药水，喝一口，说："这瓶药是治咳嗽的，但加上等量的乙醚，把它洒在物品上，便能自动燃烧。"小巫见大巫，猫头自然敬佩。但时间紧迫，形势危急，蜜蜂迅即告诉猫头："蜘蛛在四平被捕，已死在狱中。你抵达哈市，立即去找恶雕，告诉他蜜蜂已经来到哈市，让他给老鹰下通知，我要在明天夜里与雄狮会面。"

蜜蜂退出厕所，前后不到三分钟。猫头回转原地，在车厢里搜寻这条尾巴。此时，老韩七的戏法还没变完呢。车厢里最少有一百余人，韩七每变一样戏法，众旅客都发出阵阵的喝彩声。他随身携带的那条小狗，竟能给周围的旅客分送香烟，并用它那两只小爪子，配合它的口，把那些个香烟逐一地点着。

列车进入哈尔滨站，就在众旅客争相下车的时候，老韩七低声告诉孙思奇："兄弟，有人跟踪。"客车停住，韩七"父子"从容地下车，走出检票口。市内已经灯火辉煌，此刻，哈市的繁华景象不次于沈阳、长春。商店林立，霓虹灯放出耀眼的光彩，马路两侧摆设着各式各样的摊床，商贩的叫卖声不绝于耳。马路上熙熙攘攘，车来人往。两个人背着箱子抱着狗，在人流中穿行。虽然已经入夜，但也挤得汗流浃背。老韩七来到哈尔滨，不由得悲从中来。小孙问他："你怎么了？"韩七回说："我离开这座城市三十来年了，今天是重返故乡啊。"小孙不再追问，挽着他向前疾走。因为他已经发现了身后的尾巴，日本话叫尾行，中国话叫跟踪。

两个人迈步急走，冲开人流，在道外江边上走进一家旅店。客栈经理一眼就瞧料这是一对江湖人，招呼店伙给他们安排房间，同时请他们取出证件登记落簿。韩七从怀里拿出一张路条，那是牡丹江市公安局开出的通行证。上面写的是"艺人韩七偕其子去哈市做生意，准予放行。"

两人住进旅店，洗脸洗脚，有管栈的侍候。两位客人又打发他到附近的饭馆里去叫来了饭菜。吃喝完毕随即安歇，已是入夜十点了。夏日天长，市街上正然喧闹不已，跟踪这两个江湖人的双城检查站的便衣侦查员，也随即进入店房。二人掏出证件，店东一切服从，把韩七"父子"住宿的那间客房指给二人看。两个人要求住在他们的隔壁，店东从命。对于这次跟踪任务，两人信心满满。他们都知道，曹站长是搞地工的老前辈，对于防奸反特，滴水不漏。跟踪这两个嫌疑人，他有周密的安排，必须寸步不离，看住他们。两个人一个吃饭，一个在走廊里巡逻，互相替换，不敢大意。耳听隔壁，两个江湖人吃饭喝酒，谈笑自如。闭灯就寝后，他二人还是轮番地窃听巡视。钟敲十一点，两位侦查员又在房中私语。凭他们的判断，曹站长必定和哈市公安局取得联系，将有人来给他们下达下步行动指示。

夜深了，二人困倦不堪，不由自主地先后睡着了。怎料隔壁的红发少年，从他们住宿的那间客房里跳窗逃了出来。猫头离开旅店快步如飞，直奔道里地段街三号。这一带是日本的住宅区，他看明门牌号，越墙而过，叩打这座洋房的窗户。先是轻轻地敲，后是重重地打。房间里一个人接话，声音很苍老，厉声问："你是谁？"猫头打手势，让他把窗户打开，两个人依着窗台用日本话接通了暗语。恶雕接令。

这个代号恶雕的老者，复姓南原，是前日本国家保安局的特务。曾寄身建筑业，在日本大仓建筑株式会社里充当设计桥梁和堤坝的高级工程师，共经十年之久。此人参加过日本共产党，被捕后叛变，出卖了同志，无法在日本羁留，这才被日本特务机关派到满洲，充当保安局的重要角色。战时他一直没有暴露身份，因此，被宫田纳入了十三人名单。日本投降后，松花江发大水，当地政府聘用他指导加固哈尔滨周围的江堤，于是他成为一个被保护的人物。此刻他正以总工程师的身份，指挥数万民工修筑江堤。他本人向政府建议，允许众多的日侨俘在工地上劳动，这叫以公代赈。为此日本人都很感激他，可以让他们吃上一口饱饭了。

天明，韩七起得早，带着他的小狗出离客栈到街上去散步。那小狗在路边方便完毕，突然对路旁两个陌生人汪汪地怪叫。韩七会意，发现客栈前的人行路上有两个青年人，一个在打拳，一个在做操。韩七微微冷笑，凑近前去，对那个打拳的说："同志，你是搁哪来的？出门在外还忘不了功课。我看你功底不浅。武术讲的是眼观六路、耳听八方，可在练拳的时候要专心一意，不能乱了套数。"打拳人变颜变色，无话回答。那个做体操的停下来怒冲冲地问道："你这个变戏法的，多嘴多舌，有什么资格管别人的事情。"韩七抱拳道歉。

韩七回转店房，告诉孙思奇："跟踪咱们的那两个小子，看样子是把你我看定了，得想办法尽快摆脱他们。"猫头沉着镇定，他往窗外看一眼，天空乌云密布，一场暴雨即将袭来。他手拉韩七到外面的饭馆里去了。二人狼吞虎咽用早餐，韩七悄声问道："兄弟，你我被严密监视，如何脱险？"小孙回道："吃饱之后，再想办法。"

二人回到客栈，迎面扑来了那条小狗，叫声特别，眼泪汪汪，只见它腰部、腹部都带着伤。二人随身携带的那只木箱已经被人打开过，地上血迹斑斑。判断是前来翻检木箱的人被狗咬伤了。青蛇还蜷卧在箱子里，并未受害，韩七把它取出来，装在竹筒里。这时，小孙已经揭开木箱的二层底，见所夹带的东西原封未动，脱口叫道："天皇万岁。"这时，天上浓云滚滚，狂风呼啸。一老一少没容分说，背箱子抱狗来到柜房，结清账后，随即出门。离开客栈，街道上路广人稀，已经闻到了浓烈的雨腥气，两个人直奔松花江边。沿江的柏油路上，阵阵风沙扑面而来，滔滔江水被狂风卷起恶浪，极目望去，远近都不见舟船。只听轰隆一声雷响，暴雨如注，二人快步疾走。回头看，那两个公安相距不过几丈远，还在冒雨跟踪。猫头一声断喝，韩七抢奔在先，只在一瞬间，一个照面，两个侦查员就惨死在江边了。一个死于铁砂掌，一个命丧电光刀。二人把两具尸体捆在一起，并在他们的身上分别坠上两块巨石，然后抛进江中。

这一阵瓢泼大雨给两个特务帮了忙。他们随后钻进了一个在江边的防空洞。韩七从背上取下了那个用胶皮制成的假罗锅，挺起腰身，又变回了彪形大汉。小孙动手摘下他那个二鬼把门的金牙，并把一小瓶药水倒在头发上，揉搓一会儿红发变黑。他命令韩七："你现在去南岗大直街103号，找那里的房主俄国人尼古拉·沙欧尼娜，说明我们是苏联国安部戈别乌中校派到这里来执行任务的，代号是PA101。然后速备一辆自行车和两件雨衣回来接我。"

雨还在下，风还在刮。韩七走后，猫头立即动手，若无其事地把那条小狗抓起来恶狠狠地摔死了。又从箱内抓出那条青蛇，揪成两段。然后，打开木箱的二层底，将里面的物品装入兜囊，前后不到五分钟。他抹抹额头上的汗水，把死狗和死蛇放在箱子里，捡拾洞内的砖石把箱子填满，然后背起那只沉重的木箱跑到江边用大力远远扔进翻滚的江水里。

韩七冒雨来到南岗大直街找到了103号，与房主沙欧尼娜接头。三言两语说明经过，那俄国老妇请他进屋。客厅里走出一个妙龄女郎，是沙欧的女儿莫娃。来者受戈别乌中校的派遣，这母女二人当然是极其热情。沙欧尼娜的丈夫尼古拉·加良采夫是前白俄反共义勇军的头目，曾经受雇于日本的特务机关。红军入城后，他到苏军城防司令部去自首。戈别乌中校给他一个将功补过的机会，让此人和他的家属为特务机关搜集情报。三月，苏联红军从哈市撤离，带走了加良采夫，派他到伯力城去执行任务。沙欧尼娜和女儿莫娃留在哈市，并留给她们一部电台，要求及时把情报用密码向伯力通报。沙欧尼娜母女和加良采夫都做过特工，特别是莫娃，在她九岁的时候便被选入前日本陆军省设在东京的间谍学堂，在那里接受过专门的特工训练。日本投降前夕，才回到哈尔滨。非常凑巧，这个二十岁的白俄女郎在间谍学校受训时，与孙思奇同窗七年，二人感情极好。此番，小孙打发韩七到她们家中来联系，并要在此处落脚，母女俩大喜过望。

两人离开防空洞，穿上雨衣，同乘一辆自行车赶到大直街，暴风雨并未停歇。小孙进屋，与莫娃紧紧地拥抱在一起。沙欧尼娜张罗给他们换装。老韩七没脱雨衣，立刻要返回防空洞去接取他的安娜，被孙思奇一把拉住了，韩七不解。小孙扑地给他跪倒，悲伤地说："大哥，那安娜已经殉主了，那小家伙是留不住的。"韩七勃然大怒，小孙从怀里取出那把电光刀，把在手里说："哥哥，这件事势在必行，你我既已暴露，尚可以化装隐藏，而那条狗，是断然无法隐藏的，你捅我几刀解解气，即或让我给那条小狗偿命，小弟也心甘情愿。"

老韩七一屁股坐在沙发上号啕大哭，震动四壁，屋瓦回声。外面雷雨交加，湮没了他的哭声，否则必然要惊动四邻。小孙自托着那把刀，直挺挺地跪在地毯上，沙欧尼娜母女愣呵呵地站在一旁不知端底。待外面风停雨住，老韩七方止住哭声，瘫倒在沙发上，闭目垂泪。嘴里喃喃地说：“闺女，爹爹不该把你带来呀，是爹爹害了你！”沙欧尼娜见此情此景，忽来灵感，从壁橱里取来了一瓶伏特加，递给韩七。眼看他嘴对嘴咕嘟咕嘟喝干了那一瓶酒，少时便沉沉地睡去。一瓶烈酒解脱了尴尬的局面。莫娃伏在小孙的耳边问主意。孙思奇膝行几步，凑到韩七身边，摇摇他的身子，又叫了几声大哥。见韩七酣睡不醒，这才丢开刀子站起身来，把那醉得死人一般的韩七拖抱到卧室里去，放在床上，又替他脱去湿衣，盖上了毛巾被。退出来，与莫娃母女叙说原委。

孙思奇头年冬季在沈阳正式加入了俄国的情报机关格鲁乌（GRU）。戈别乌中校随苏军从沈阳撤到旅顺后，便在那里坐镇指挥东北全境的情报网。不久前，孙思奇在长春逼死豪华珠宝店的经理PA90。沙欧尼娜的代号是PA99，眼下这母女在地下室设置了大功率的电台，负责向伯力通报，同时接受上级指示开展特务活动。

孙思奇和莫娃此番相遇真是天作之合。巧的是，沙欧尼娜居然也认识韩七。二十年代初，她随丈夫来到哈尔滨。她丈夫原是白党东线部队里的军官，被红军击溃之后逃到哈市。夫妻二人两手空空，没有安身之地。加良采夫一度参与了白俄的黑社会组织，干打家劫舍的勾当。最后终究是在哈市安家落了户，并生下了他们的女儿。孩子两岁的时候，加良采夫被捕入狱，家也被查抄了。沙欧尼娜怀抱着婴儿被人贩子拐骗到上海落水为娼。此时韩七也正在那里浪迹江湖，他到妓院里去游逛，结识了沙欧尼娜。他了解到这个女人原本是贵族出身，只因国破家亡，这才流落到烟花巷。他想把沙欧尼娜从苦井中救出去，但一时无能为力。一年之后，沙欧尼娜得到消息，她的丈夫已经获释，在哈市找到了正当的职业。这女人非常想抱孩子回哈尔滨与她的丈夫团聚，但却拿不出赎身的费用，也没有盘缠。韩七解囊把她们母女成全了。此事过后，韩七便忘记了，但沙欧尼娜却从未忘记这位恩公。此番相遇，真使她心满意足，这叫报恩的时候到了。午前，韩七到她家接头，她便认出了这个人，而韩七却连想也不会想到。一来一往，匆匆忙忙，直至醉卧在沙欧尼娜的床上。那女子流着眼泪，精心地照料他。午后，沙欧从卧室走出来，到她女儿的房间里去，看见莫娃正熟练地给孙思奇化装。一会儿的工夫，她已经把他改变成一个黄头发白皮肤的年轻人，看上去已经完全不是中国人了。

傍晚，酒饭用罢，分别安歇。猫头从此变成了她家的女婿。

当晚，雨后天晴，繁星闪烁。一位穿着华丽和服的日本女人来到太平桥六号。住在这里的绅士名叫焦紫臣，祖籍山东泰安府，自幼随父亲闯崴子，年长来到哈市定居，算来已经三十多年。最初他在建筑业里当过木瓦工，后来成为包工的小头目，逐渐发展成为大把头。二十年代，哈尔滨大兴土木，修建江桥，建筑业买卖兴隆。此人扶摇直上，竟当上了一家建筑公司的经理。其后，此人又从长白山、兴安岭向外地倒运木材，成为一位百万富翁。然而这个人性情古怪，如今年愈花甲，尚未娶妻。在太平桥建筑了这所规模不大的花岗岩结构的住宅。他身边只用一个青年的男仆。此人信奉“金丹道”，不要妻子，平日间不苟言笑，很少交朋友，不做社会上的一般应酬。伪满时期，他只是坐在家里指挥手下人去给他经营财产。自己吃斋念佛，广行善事，在道德会、红卍字会、大同佛教会、居士林都有荣誉头衔。日本投降以前，他便抱病不出了。在他的院子里修建了一座八角的丹亭。铁铸的丹炉，高够八尺，白天晚上就在那丹亭里炼制金丹。有人说，这老者炼丹为的是长生不老。他身边的男仆严守门户，不准闲杂人等进院去观看。加之这老翁性情孤僻，倒也无人去打扰他们。

这女人来到门前，像鬼魂似的推门进院。焦家的男仆老刘只与她低声地说了几句话，便把她让进去了。这女子便是蜜蜂，她走进院中，直奔老焦头的佛堂，焦家的那个仆人依旧坐在门礅上看管门户。

女子头上蒙着青纱，走进焦家的佛堂。见那老翁正坐在蒲团上，敲打着木鱼，诵念佛经。女子随即跪倒，用日语轻轻地问道：“您喜爱樱花吗？”老翁勃然变色，用中国话喝道：“你是哪来的日本娘儿们？到我家来扯淡。”然后大声地招呼老刘，那男仆并未应声。老翁接着说：“我是中国人不懂日本话，是谁把你弄来的，赶快给我滚！”那女子跪在地上，战战兢兢地双抛珠泪，委委屈屈地哭着说：“小女子宫田晴柳，参见皇叔。我丈夫宫田良相为了大日本帝国的复兴事业，与美国海军情报处媾和，拟定了十三人名单，我的代号是蜜蜂，因蜘蛛已然不在人间，小女子只好冒死前来与大人接头了。”老翁手捻着胸前佩挂的佛珠，沉吟半晌，不由得落下泪来。改用日本话说：“老夫离开祖国，日久年深，屈指算来已经四十年没讲过日本话了。离家时我刚刚脱了开裆裤，如今已然是满头白发了。我问你，皇上的玉体康泰否？皇太子今年多大了？东京的皇亲贵戚，还有什么人健在？听说大轰炸毁了我们的二重桥，也不知是真是假。京都的寺院、芷园里的夜樱、奈良的名胜、伊势的风光，但园的白石青松、温泉瀑布……无一不使我深深地怀念。”跪卧在地上的蜜蜂，听老者絮絮叨叨地说起没完，娥眉紧皱，跪爬半步，低声说：“大人，猛虎派我来身入险境，任务紧急，我想向您请求大事。”

老翁发怒，朗声问道：“猛虎是谁？”蜜蜂回答说：“宫田良相。”老翁怒气不息地说：“宫田小子，指定十三人名单，与我命名为雄狮，位列群英之首，可是他执掌满洲的特务机关，多年不与我商量合计，屡次把我当皮球踢。太平洋战争爆发之前，我就曾向他打过招呼，关东军应当在大本营拿出独立的见解，不能向美英宣战。而莫斯科兵临城下的时候，更应该断然进攻苏联。特别是太平洋战争爆发之后，我主张立即进攻美国本土，但也被否定了。旷日持久的战争，终究是毁了我们日本人。你回去告诉宫田，从我这里什么也拿不去。我要与我毕生经营的事业同归于尽。”

小蜜蜂蜷伏在地上，只是哀哭，并且叩头不止。老雄狮终究被她哭得心软了。

室内陈放的落地大钟敲罢了十二响，老人这才开口：“你向我索要什么东西？”蜜蜂精神大振，清脆地说：“我们在苏联间谍的部署及详细名单。”老头子擦擦眼睛，站起来，转入内室，蜜蜂如影随形地跟在他的身后。就在由方砖铺成的地当中，按动电钮，出现了一个地窖，老人进去之后，那窖口又自动关闭了。半个多小时他才拎着一只皮箱从内室走出来，看那蜜蜂还在原地跪着。老人把皮箱放在她的面前，她这才挺直了身子打开观看。只是把内中的物品翻检了一下，又轻轻地合上了箱子盖，抬起头来，不禁愕然。眼瞧那焦紫臣一脸煞气，手握着短枪，高声呼唤老刘，这一次用的可是中国话。那仆人走进来，也跪在地上。焦老头问他：“你跟我三十年，兢兢业业，今晚为什么把这个女子擅自放了进来？”老刘不答，蜜蜂从旁说：“他是老鹰，是我丈夫安排在您身边的卫士。”焦老头白脸变青，把手枪指向了那人。但已经晚了，蜜蜂展动大袖，取出了她随身携带的那个儿童玩具小喇叭——特别的消音手枪，一发子弹击中了老者的面门。

雄狮倒下了，老鹰跪着未动，颤抖着嘴唇对蜜蜂说：“夫人，宫田大人让我伴随此人达三十年之久，安于职守，兢兢业业，请夫人能高抬贵手，饶我一命，允许我继续报效天皇。”蜜蜂抿嘴一乐，另一发枪弹同样击中了老鹰的面门。行凶之后，蜜蜂立即转入焦家的内室，走进了地窖。天亮以前，她把所需的真实资料全部拿在手中，打个包袱，夹在肋旁。从怀里取出了那瓶“咳嗽药”，把瓶中的药水遍洒在易燃之处。破晓时，离开了这所住宅。

几分钟之后，宅内起火，火势凶猛。紧接着这所住宅楼，山崩地裂般发出一声巨响，建筑通体破裂。时间是清晨五点钟。

这场大爆炸不仅毁掉了这所宅院，还波及了四邻，几幢房屋都被震塌。一条街上的屋瓦大部分掉了下来，窗户玻璃全都被震碎了。消防队、公安局迅即来到现场，封锁道路，救人救火。当场验明的就有数十人伤亡。公安局副局长童大鹏、治安科长吴丁、侦查员侯长贵率先来到肇事地点，指挥公安战士迅速控制了这个地区。除了救护人员、医务人员、消防队员外，任何人都不准擅自出入。

火灭烟消之后，局长率带一行人勘查现场。道外分局的治安股长来到现场向局长汇报。早晨，道外一家旅店的经理到分局报案，讲述了两个怪异的江湖人与两名侦查员在旅店中的活动情况，治安股长对此一时摸不清头绪。就在太平桥发生爆炸之后，治安股又接待了两个学生。这两个学生无意中发现了两个江湖人杀人弃江的过程。童局长听罢了治安股长的汇报，立即命令侯长贵协助道外治安股去查办此事。

侯长贵和治安股有关人员回到市区，他们已经把事实真相查明了。根据两位学生辨识的地点，在松花江底打捞出两具尸体，一只木箱。两具男尸身上都佩带着枪支和侦查员的证件，可以认定是双城堡检查站的人，而那只木箱里面有一条死狗和已经裂为两段的青蛇。木箱有二层底，明显是夹带过物品的，但已空空如也。

两案并发，引起关注。局长抓起电话和双城检查站联系，那边的回话很清楚。前天过午，站长曹荣正在便衣巡逻，发现了两个越境的人，立即指派身边的两名侦查员跟踪，当时列车已经开动了。曹站长回到办公室，打电话和哈市公安局联系，交换台回说占线。十几分钟，电话屡叫不通，站长头上冒汗，只听他骂了一声“混蛋”，身体便向后倾倒。站长栽在地上，左右慌忙去请医生，无奈医生赶到时他已经断气了。诊断结果，曹站长是在急怒之下，引发大面积脑出血。检查站是军警联合的单位，站长曹荣隶属于松江军区保卫部。站里给军区打报告，保卫部派人前往双城，现在正在处理他的后事。

童局长搁下电话，呆若木鸡。科长吴丁痛哭失声，因为曹荣是他干老子，爷儿俩多年相依为命，感情深厚。侯长贵也是泪流不止，当场请命，请局长派他到双城去，查明此案。因为吴丁必须去料理老曹荣的后事。

侯长贵急如星火地赶奔双城，事隔一天，就又匆匆地返了回来。摘下挎包，从里面取出了调查此案的卷宗。一日之间，他与多人进行了接触，并取来了详细的笔录。检查站配合他找到了与那两个江湖人从同站区入境，并与他们同行的几个人。内中有关押在拘留所的那个三青团员王大成一干人，有一路上掩护过他们的王老太太，和那位开杂货店的胖经理。这些人把他们随同那两个江湖客从国统区进入解放区的一路经过都叙述得十分清楚。令人不解的是，在松江对岸以及德惠等地一直与他们同行的那个大姑娘，来到双城就不见了踪影。侯长贵根据诸人的口述，绘制了那三个人的图像，认定这次越境的江湖人不是两个而是三个。

侯长贵把手绘的十余张图像摊在桌面上，童局长立刻就辨认出来了。首先是那个红头发镶金牙、面上有颗黑痣的青年人，正是在沈阳已经到案的职业间谍猫头，那个女子也有印象，独独那位老者是陌生的。猫头入境，这是个万分重要的敌情，曹荣的判断是十分准确的。

童局长从座位上站起来，在房中打转，猛然把那个女人想起来了。四月十四日，东北民主联军曾一度解放了长春市，并占领了四十天。在当时承办案件当中，曾有日本侨民向公安局告密，在大亚街南口开设舞场的司月娥，是前日本关东军情报处长宫田良相的妻子。后根据猫头在沈阳的口供，知道宫田良相夫妻是指定十三人国际间谍的主谋，公安局本已立案侦查，但不久就撤出了沈阳市。

就在侯长贵去双城那天，童大鹏在太平桥肇事现场查到一些物证。在检验那两具烧焦的尸体时，在二人面部取出两颗子弹，非常小巧，仿佛两颗钉子尖，经化验，是黑钢制造的。在子弹的尖端，有不知名的巨毒药剂。

焦紫臣的卧室地当间有一处地道，内中有坚固的保险柜和其他已经无法辨认的杂乱物品。地下室距地面深达十五公尺，阶梯是金属打造的，爆炸的地点就在这个地下室里。房屋首先起火，然后爆炸，断定是炸弹被烈火引爆的。焦紫臣作为一个年老的士绅，修建这样隐秘的地窖，显然在其中放置了极其重要的东西。童大鹏命人在太平桥公安派出所请来了焦家的四邻，这些邻居提供了极其重要的线索。

内中有一位青年妇女，婆家姓常，街坊们都唤她常嫂。这女人年近三十，身着花衣，体态苗条，口齿伶俐，能说会道。她住在焦家的斜对门，丈夫在铁工厂里做工，家中有一男孩儿。常嫂对焦家主仆的情况非常熟悉，她叙述了主仆二人超乎常情的生活规律，及焦家发生爆炸的前后经过。她说，出事的前一天晚上，她的丈夫和孩子已经睡下了。常嫂没睡，敞着窗户，闭了灯，拿把扇子在屋里纳凉。约在十点左右，发现一个穿和服的日本娘儿们从东向西走来。路灯昏暗，仿佛那娘儿们头上还蒙块黑布。常嫂十分意外地发现那女子走到焦家门前，和坐在门口石礅上的他家的仆人大老刘说了几句话，推开门就进了屋。

常嫂说到这里，抿嘴一乐，接着讲，大老刘是老焦头的忠仆，一条街上全都晓得，他跟从这老头子已经好几十年了。据说老焦头救过他的命，因而他忠心耿耿在老头子的手下听使唤。几年前，老头子修造那栋丹亭，又在内中摆设丹炉，熬炼金丹。从那时起，焦家就谢绝来客了。大老刘大部分时间都坐在门礅上，紧守门户。他讲，主人炼制金丹得十分清洁肃静，否则熬炼不成。大老刘为了保护他主人的清静，让那金丹早日出炉，真是尽心竭力，四邻都管他叫“看家狗”。常嫂说到这里脸上再次堆笑，言说，那天晚上，这个死守门户的大老刘轻松地把那个日本娘儿们放进去了。我一时心里暗笑，看这样子，老焦头的金丹是炼不成了。这个老道徒一定是动了凡心，招呼一个日本娘儿们来与他过夜。光复以后，城里的日本侨民都断了生路，一些日本娘儿们到处卖身换钱，所以我猜这个日本娘儿们一定是来卖身的。十一点多钟，我把窗户关上躺下了。关窗户的时候，我还看见那老刘呆呵呵地坐在石礅上。天亮以前，我起来生火做饭，看那老刘已经不在了。一小会儿，那个日本娘儿们从他家钻出来，走得很快。越过我家门口的时候，我瞧见她腋窝夹个细长的包袱。当时我想，这娘儿们有福气，陪老焦头睡觉，能得很多钱财和值钱的东西。

常嫂说到此处，把脸绷起来，继续说：“就在那日本娘儿们离开焦家几分钟之后，就看见老焦头的房子冒起了烟，吓得我把正在大勺里的油全都熬着了。浓烟过后，紧接着就蹿起了火苗子，这时我才慌乱招呼我的男人，我俩站在房门口，刚想喊叫，就爆炸了。当时我俩并没有听见响声，像是有人从门外把我们推了一把，我俩就都仰面朝天地跌倒了。爬起来再看，焦家的房子裂成了好几瓣，我家的门窗玻璃全都震碎了。幸好我们三口人都没受重伤。”常嫂说到这，站起身来，撩撩她的鬓角儿，理理她的花上衣，说道：“局长，我的孩子放在家中求人照料，没啥事情，我就回去了。”

常嫂走后，公安人员又请来了老焦家的隔壁袁老太太。老太太头上、手上都裹着纱布，进门就哭。童局长亲切地扶她坐下，请她老人家说说她所知道的情况。老太太抹着眼泪一句一顿地、慢吞吞地把她家受害的经过叙说出来。出事的那天晚上，她正在炕上搂着孙子睡觉。天傍亮儿，媳妇起来做饭，也是首先发现老焦家冒烟起火。随后，也是没听见什么响声，但她家的三间砖瓦房房顶直接塌了下来，山墙也倒了。她躺在炕上，只见屋顶的房椽子冲下来打碎了穿衣镜，她狠命地搂住孙子，祖孙二人被埋在一堆砖瓦木料当中。老伴儿和她同睡在一铺炕上，当时就断了气，儿子和儿媳妇也都被塌下来的屋顶埋了起来。老人说：“我孙子幸好没受伤，儿子和儿媳妇都被抬进了医院。昨天晚上，听说我儿子的大腿被锯掉了，儿媳妇瞎了一只眼。”老太太说到这里捂脸大哭，抽抽咽咽地埋怨面前这几位公安。

所长给老太太倒一杯清水，等她镇静下来便又恳求她向政府详细地介绍焦家的情况。老太太见他态度诚恳，收泪不哭，这才又缓缓地说出了一些情况。她的老伴儿和老焦头自从做邻居就有来往，原因是袁家祖籍是清州府，那焦紫臣是泰安人，说起来也算同乡。她老头子是个卖菜的，通过焦家的大老刘经常给他们送菜，隔三岔五便能和焦老头谈唠谈唠。两个人穷富悬殊，但那焦老头不小看穷人。前二年，有时还到她家里来串个门，家里遇有为难遭灾，老焦头曾多次周济过他们。她知道，那焦紫臣是个吃斋念佛行善的，只因迷信“金丹道”终生没有娶妻。自从他修好那所八角的丹亭，并在里边设炉炼丹，那老头才不到她的家中来走动了。她和常嫂所说的一样，焦家的仆人大老刘曾经告诉他们，他的主人炼丹，需要清静，每日里那老刘严守门户，他主人便不出家门了。老刘说，那老焦头炼制的金丹，吃了就能成仙得道。如今，老焦头丹也没炼成，道也没外传，不知为什么在家里头安放炸弹，害了我们街坊邻居。老太太泪眼不干，再问别的，她就不知道了。

众人起身送走了老太太。返回来童局长讯问汪所长，这位所长身躯高大，腰上别着用红布缠着枪把的撸子枪，说话瓮声瓮气，看上去很是威武。但他对管内发生的凶杀、纵火爆炸一案提供不出任何的线索。局长问他：“在你的管内有几条街，居民总共多少户，几个居民委员会，谁是治保委员？”汪所长回道：“我管内大小十七道街，十条小胡同，管内居民共计是四千五百户，详细的人口还没调查。居民委员会刚刚组建，治保委员还没选出来。”他长长地打了一个“唉”声，向局长诉起苦来，“我这个所长真是不称职，刚搁下大枪，带上小枪，警员也都是从部队里抽出来的战士。我们十几个人才有四个识字的，叫我怎么能完成上级交下来的任务。上级叫禁赌，可是管内差不多家家户户都打麻将，有的还偷偷摸摸放赌抽头。听见屋里牌九响，进去抓不着人，听见屋里掷骰子把房子都给围上了，也是白搭。人家说，没动输赢。上级叫戒淫，可里弄里游娼到处钻，有些贫穷户还卖大炕。上级叫戒烟，抽大烟的人到处都有，开私烟馆的多达几十家，眼下街面上吃喝嫖赌都成灾了。放高利贷的逼死人命。不上户口的闲散居民数也数不清。谣传咱们八路军共产党要在乡下斗争地主富农，那些庄家院当家的都跑到城里来避风。我们检查过户口，上百户人家都有不挂条子的客人。特别是咱们市政府，早就贴出告示，不许私人养枪，可在我的管区，白天晚上总是枪声不断。我们抓来几个，他们有的是国民党地下建军，有的叫光复军、接收军、铁血除奸团、反共义勇军，名目繁多。可这行人跟跳蚤一样，怎么抓也抓不完。”

童局长没打断他的话，听那所长往下说，“到这来工作不久，就在我这管内出现了黑枪会，这些家伙有点像早年的义和团，他们手拿扎枪，吃上符念上咒，深更半夜来冲击我们的派出所，刺伤了我们的战士，还杀害无辜的百姓。”汪所长向局长请求：“你快让我回部队去吧，这个差事我干不了，让我干下去，非误事不可。”

汪所长发了一通牢骚，对案情毫无帮助。最让人烦恼的还是那位从开头就一直坐在角落里，由区里派到太平桥来的街长。那街长瘦削的脸面，年近四旬，自从来到派出所一言未发。童局长问罢了所长，请那位街长发表点意见。街长懒洋洋地手扶着椅背，缓缓地说：“童局长，我也是从部队新近抽来的，在这个岗位上还不足二十天。我听说司令员前几天去视察前线，看到敌人的阵势很凶猛，已经做出决定，我们要撤出哈尔滨。你和我一样，马上就要卷行李了，地方上出个案子就不值得大惊小怪、刨根问底了。”

童局长站起身来，拍拍汪所长的肩膀，严肃地说：“小汪，你能如实地向上级反映真实的情况，在这里工作尽职尽责，当所长很称职，好好干，别听信谣言。”转身告诉那街长：“你立即回到区政府，就说你已经被撤职了。”言罢率带随从人等，出离派出所，返回公安局。

第四十三章

市公安局根据侯长贵从双城调查的材料，对案情进行了审慎的分析和研究。

对于职业间谍猫头到哈市作案，没有疑义，但与他同行的另外两个人的情况并不清楚，而这恰恰成了破案的关键。侯长贵从双城取回来的笔录，有一页上写着，双城站前开饭馆的王老太太提供了一个令人不解的线索。她说那与猫头同行的女子，表面看年轻貌美，但在越境之后，发现那女人眼角上有深深的鱼尾纹。老太太断定，那女子最少能有四十岁了。还有一节，当国民党军官护送那三个江湖人到松花江边时，王老太太曾问过那个军官，“你们团长也太霸道了，强迫民女陪他睡觉。”那军官毫不在意地笑道：“跑江湖的人全是花货，团长跟我说，她还有个风流的外号呢，叫‘小蜜蜂’。”

侯长贵指着这段谈话记录说：“猫头在沈阳供出的十三人名单中，有蜜蜂这个代号，位列第五，可她怎么可能把绝密的间谍代号随意地说出来？”吴丁回说：“间谍特务的言行往往出人意料，以真作假，以假乱真，是他们的惯技。”局长同意吴丁的分析，接言道：“我们不能在这些细节上打转转了。根据掌握的情况，这个女间谍，可以断定就是蜜蜂，在太平桥作案的便是此人。”随即做出决定，把猫头和蜜蜂的画像，分别印制一千张，分发到各区街，包括日侨俘管理委员会。靠我们公安机关的少数干警，不可能迅速地把他们捕获归案，哈市的社会情况非常复杂，必须发动群众参与进来。

老韩七醉卧在沙欧妮娜的床上，酣睡了一宿，天傍亮，被远处的爆炸声惊醒，张目四顾，发现沙欧妮娜竟睡在他身旁。韩七大惊，坐起来便要下床，但被那女人按住了，面对面地问他：“你真认不出我了吗？想想十几年前在上海……”

韩七猛醒，两个人二番躺在床上，款款地叙谈起来。沙欧告诉他，那一年她怀抱莫娃回转哈尔滨，找到了丈夫，未料，他已经被黑龙会利用，做了日本间谍。当时算安家落了户，生活上也很优裕，不久，她本人也被这个秘密组织吸收了。九一八事变后，夫妻俩成为日本特务机关的骨干，丈夫公开参加了由日本关东军管控的白俄反共义勇军，在阿拉哈斯基将军麾下听调。二人的身份地位随即升格，用特务机关拨付的活动经费建造了这所住宅。莫娃九岁的时候，被送进了设在日本东京的间谍学校，十九岁才返回哈尔滨，也在为特务机关效力。日本投降后，丈夫到苏军城防司令部自首，被允许将功折过，戈别乌中校派人保护了他们一家。说到这，沙欧说："我想你一个江湖人，也已陷入了特务机关的罗网。但我不理解，你不过是死了一条小狗，怎么竟能这样的悲痛？"韩七慨然长叹，告诉他说："你不晓得这条狗，是我的女儿啊。为了她，我历尽了千辛万苦，多年来我与她同生死，共命运。可如今，又是我断送了她的性命。"韩七说到此处又流下泪来，听有人在敲打房门，女人下床把门敞开。孙思奇手拉着莫娃走进来，双双跪在床前，他们两个已经在门外窃听良久了。

韩七下床，把他们扶起来，口称："恩弟，这桩事情就算过去了，大丈夫立身处世，讲的是信义二字，你整死安娜，愚兄不再计较。但我要叮嘱你，三个月为期，这是你们亲口答应的。时间一到，我立即离开哈尔滨。"

孙思奇斩钉截铁地说："大哥放心，姓孙的若言而无信，还是那句话，让我死无葬身之地。"

三个人共进早餐。桌面上，孙思奇向韩七下达了指令，老韩七唯命是从。

韩七从大直街103号走出来，已然是全新的装束打扮了。西装革履，手拎着文明棍，头戴巴拿马草帽，金丝腿眼镜，外加两撇黑胡。在街口用手杖招来一辆出租汽车，用一口流利的上海话，与汽车司机谈话。那位司机发现，这个上海人对于北方话很不通达。

汽车开到了道外江沿上，韩七下车，见昨日他与猫头落脚的那一带，聚集着许多民众。他凑近前去，有闲人告诉他，昨天这里发生案子了，据说有两个便衣警探被两个国民党特务整死了。清早，公安局来人，把那两具尸体和一只木箱从江里打捞出来，发现那箱子里头有一只被摔死的小狗和一条被揪断了的青蛇。尸体和木箱已经被公安局拉走了，我们来晚了一步，没有看见。老韩七回身便走，找个没人的地方，蹲在一棵大树下，又流了半晌的眼泪。

韩七在道外正阳街上闲逛，在太谷五道街找到了一家门面陈旧的印刷所，走了进去，向掌柜的打听几个人。那掌柜年近花甲，是个老印刷匠。韩七动问的几个姓名，他全都熟识。告诉来客，某某已经故去了，某某已经离开哈市，还有一两个仍旧健在，并且还都在本行里。来客称谢，径直去寻找他的老相识。在东北时报社印刷厂，见到了一位老朋友，那是他当年的同行。二人见面对方已认不出他来，韩七说起旧话，那人才想起来。但此人仍记得韩七当年在哈市伪造奉票、畏罪潜逃的旧事，算来已经三十来年了。令他惊讶的是，这个山东老哥，怎么说起上海话来了，看他的样子，显然是混阔了。

韩七对那位故人称，当年他畏罪潜逃，到了上海，在那里重操旧业，干了几十年的印刷匠。因他技术熟练，工作勤恳，得到财东老板的重用。前几年，他独资开设了印刷厂，生活也跟着富足起来。可他老婆是东北人，光复后那女人思念家乡心切，他便决定回东北来做生意，好让那女人和娘家人团圆。他把上海的印刷厂卖掉了，准备用那笔钱在哈尔滨再建一处印刷厂。那位同行很不以为然，他劝韩七取消这个计划。东三省眼下兵荒马乱，而上海却是个安稳的城市，你到哈尔滨做生意，时机不对。韩七说，他既然已经来到这里，就不说后悔的话了。看市面上也是繁华兴旺，共产党又是明令保护民族工商业。依他的看法，国共之间决不能打内战，必定是握手谈和。在动乱的局面下，还是有生意可做的。他听说，松花江以北各城市，纸张和印刷材料都非常缺贵。他要出资兑个印刷所，暂且落脚，然后返回上海，贩运纸张和其他原材料，相信一定可以挣到钱。那同行苦劝，韩七不听，并且在当日夜晚，到那人的家中去做客，当然随身携带着贵重的礼物。

未出三日，那位同行给他兑了一处买卖，地点在道外桃花巷九号，字号是“松江印刷所”。韩七在接兑生意的同时，在市面上随意逛逛，饭馆子、百货店、戏院、茶楼，到处都有他的足迹。他身上携带一架微型照相机，验定目标，随时拍照，每天夜晚回到大直街，向猫头汇报。至于那个兑到手的印刷所，很快地办好手续，韩七把行李搬进去了。这里三间门面临街，五间瓦房在后院，是车间。交兑的时候，业主已经把伙计劳金都遣散了。韩七接管之后，未作变动，还挂着原先的牌匾。他把前柜房的门窗封上，走便门从后院出入了。张罗着要雇用账房先生和印刷工人。没开张先请客，倒也结识了几位同行。内中有人保荐他所需要的先生和工人，韩七与他们见面后都相不中，事情也就撂下了。谁也不会料到，这个上海财东，独自住在印刷所里，白天睡觉，夜间工作。人不知鬼不觉地，利用身边的机器设备开始印刷红钱。从长春带来的胶版制作精良，印制出来的钞票具有极高的仿真度。同时，他还印制了大量的反共传单。不多几日，这些伪钞和传单就在市面上出现了。有的小贩在钱匣子里发现卖款增加了，不知何故。路行人有时在街上拾到票面很大的纸币，顺手就花掉了。最严重的是，银行兑换所出纳员结账的时候，竟发现了成捆的现金中也夹有伪钞。

街上发现反动传单，银行查出伪钞，公安局出动警探，明察暗访，找不到任何线索。其间也曾怀疑到一些私营的印刷所搞鬼。一天，桃花巷派出所还会同分局同志到这个没开张的“松江印刷所”去查看。见到了财东韩七，并且盘根问底，韩七对答如流，说得滴水不漏。公安人员又检验了印刷所的设备，见铅字架子、印刷机器上都积着厚厚的尘土。粗心大意的公安没有检验这个机器房里的电表，至于机器上面的尘土，那只是一把扇子便能制造出来的效果。逃避了官方的检查，老韩七在这里继续闭门作案。当然，伪钞和反动传单标语照旧出现在市面上。松江印刷所的财东迟迟地不营业，已达三个月之久。有同行和相识的人也曾去看望他，但此人言说得了肺结核病，已到了晚期，正在犹太医院治疗。

公安局立案侦查，无法破案。捕获了许多撒传单、贴标语、花伪钞的特务。这些人有的是军统局的，有的是中统局的，到案之后，全部坦白交代，定罪下狱。但判断不出还有一个在市内独立作案的韩七。

猫头孙思奇派遣韩七在哈市开展特务活动，行话叫耍单帮，得心应手。他本人也在伺机行动。大爆炸那天，韩七走后，他便由莫娃搀扶着，怀揣户口簿到大直街派出所上了临时户口。所持的证件齐全，这个人是俄国籍，名字叫劳斯科，在齐齐哈尔铁路管理局机务段当火车司机。因患严重的肺心症，机务段批准他来到哈市，到他岳母家养病。他和莫娃是在光复前结的婚，他一直在齐市工作，此番回哈，要申报临时户口。派出所的户籍管理员给他办好完整的手续。当日，他就去了市区，车站、码头都认真巡视了一番。就在那天晚上，他动手拟好了拍往长春的密码电报。午夜零点，他与莫娃走进地下室，利用那台收发报机，向长春呼叫，三十分钟以后，方才接通，电文内容是：

> 卑职已然进入工作现区，并找到了落脚点。哈市现状如下：一、共军正准备全面撤退，机关单位正向松花江以北转运物资；二、共军撤离，必然爆破江桥；三、撤离后，将封锁铁路、公路及水上交通要道；四、哈市及港口城市，民需物资，端赖松江和铁路运输，交通要道被封锁，势必造成严重饥困；五、国军如向哈市推进，后方勤务需充足；六、国军入城，前来接收的文官必将遇到困难，要采取必要措施。

短短的一封电文，拍往长春，军统局北满站站长王力立即命令秘书，把此件转发南京。

第二天早晨，国民政府主席蒋中正先生便在他的办公桌上看到了，十分兴奋。立即对站在身旁的官员喜形于色地说：“这份情报非常有价值，和我料想的一样。通知军统局，明令嘉奖‘长春站’，并且要给这个提供情报的人授勋。”那官员请示道：“先生，发给他几级勋章？”蒋先生回说：“可授予他一级青天白日勋章，借此激励一下在共区的特工。当前复杂的形势，情报已经处在最重要的位置上了。”那官员十分震惊，吞吞吐吐地说：“报告先生，这个提供情报的孙思奇是个职业间谍，具有双重国籍，授予他殊勋怕局里不能同意。”蒋介石犹豫半晌，言说：“那就给他一枚四等云徽勋章吧，总之必须奖赏他。”官员称是。

孙思奇出马立功是他始料不及的。一份简短的情报，竟换取了一枚勋章。但这枚勋章和不菲的奖金由飞机转送到长春站，却被站长王力扣在手中。

哈市公安局把两名要犯的头像，经由区街政府分发到基层，并没有反响。此时哈尔滨居民群众的阶级觉悟、政治觉悟都很低。因为苏联红军撤离哈市之前，国民党的接收官员曾一度在这里建立过行政机构。诸如东北行营，松江省府、哈市市府，以及警察局等等，但这批人随着红军提前撤离了。百姓心目中对于共产党八路军进入这座城市，惶惶不安。怕只怕他们和在沈阳、长春一样，停留不久便要撤退。加上特务的捣乱，国民党地下武装的骚扰，群众大多数对人民政府和东北民主联军保持距离，敬而远之。为此，试图通过百姓配合公安机关捉拿这两名要犯实在是很困难的。这里确实和老区不同，当然，局长童大鹏也有其他部署。

侯长贵同在沈阳一样，又化装成一个日本人，潜进日侨俘中去了。此时，哈尔滨市集合松北各大中城市里的日本侨民和俘虏，已达数十万之多。北平军调部三方达成协议，中长铁路尽快恢复通车，开始遣送日侨俘回国。侯长贵就在这种情况下，混进了日本侨民中。

当时在修筑江堤的工地上集聚着数万男性的日侨俘。这些人以工代赈，养家糊口，这是人民政府给这些日本人的生路。工地上的日本人怀着感激的心情，没日没夜地奋力修筑江堤，工棚子就设在现场。

侯长贵仍用“小林三胜”的名字，去日侨俘管理委员会登记，马上被分派到工地上做工。没出三日，他便掌握了极有价值的情报。这伙劳动大军里领班带岗的多数都是前日本军官，而有权任命这些工头的，是桥梁堤坝专家、前日本大全组的建筑总工程师南原石丰。这些个大小工头，在工地上打骂虐待劳工，无异于伪满洲国时对待中国的劳工。一些年老体弱的日本人，竟有被他们活活打死的。而他们却聚集在工棚里喝酒、唱歌、狂呼乱叫，这里还像是日本军人的天下。究竟是什么人纵容这些坏蛋，投降之后还胆敢在这里为非作歹呢？侯长贵很快查明，幕后人物就是那个南原石丰。

南原其人，会讲流利的汉语，而且通晓俄文。据劳工们反映，这个人在苏军进驻哈尔滨后，经常出入城防司令部，哈尔滨的红军纪念塔就是由他监工建造的。苏军撤退后，哈市成立人民政府，这个人又被日侨俘管理委员会聘用，绘制蓝图，修筑江堤。有些日侨俘对他心怀仇恨，怀疑他既然给共产党的政府效力，很可能是个日本共产党人。此人身高体健，气宇轩昂，看上去不过五十岁，实际上他已经年逾花甲了。工作认真，做事严谨，很受日侨俘管理委员会器重，说他很有觉悟。

几天之间，新来的小林三胜就发现了此人诸多可疑之处。于是通过内线，调到施工现场办公室，当上了一名勤杂工。南原立刻发现了这个新来的年轻人有些来历。先是布置工作十分精细，接着言行举止上变得温顺起来。办公室里的中国工程师都看出来，南原心事重重，像遇到了什么难处。有人问他，南原回说，他的妻子病了，而且病得很重，看样子不能和他一同回国了。这本是一句闲话，但心细如发的小林却重视起来。当天便查明了，家住道里地段街三号的他的妻子南原静，就在当日清晨还帮助邻居搬运过沉重的物品。南原撒谎，这是条重要的线索。发现南原说谎这天，公安人员就把地段街三号监视起来。可就在这天晚上，南原回到家中，竟惨死在地下室里。与他同时被害的，还有一个不知姓名国籍的人。案发后，侯长贵立即被公安局召回，随治安科长吴丁去查看现场。

南原家的地下室里，躺卧着两具尸体，水泥地上有一堆纸灰。桌案上陈放着杯、盘、砚台、墨汁和几支毛笔。南原的老婆南原静已然不知去向。保留现场，检查这间地下室，发现一处墙壁是空的，原来这里还有一条地道，直通街上的下水井。初步判断，南原的妻子或者还有其他的人，是从这条地道逃走的。

吴丁和侯长贵对现场进行勘验之后，童局长赶来了。于是让人关闭了地下室，三个人坐下来分析案情。这两个人是死于中毒，这和桌上喝剩半瓶的酒及盘中的食物有关，死者面部发青，七窍流血，呈中毒状。可以假设，女间谍蜜蜂从太平桥焦老头家取出来的那个包袱，是一批机密的文件，被转移到南原手中，由与他同死的人用毛笔抄录。局长注意到，木桌的抽屉里有一支带针头的注射器。另一个纸盒里有空的药瓶，盒盖上标的是“毛尔西内”，也就是吗啡。看得出来，那个南原的同伙是经过好几个日日夜夜抄录文件，不得休息，面容十分消瘦，一副极度劳累疲惫不堪的样子。

童局长蹲在地上仔细检验两具尸体，忽在那个死者的腰部发现缠裹着一条很长的白绫子，取下来，发现了特别之处。这一条长达七尺的素绢，上面写满了蝇头小楷。三个人都通日文，看上几行，便豁然了。这是一份前日本特务机关历经数十年在苏联部署的间谍名单，内中还有许多特别机密的协议书和生死契约等。

童局长如获至宝，前后对照，太平桥凶杀爆炸案，在这里得到了真凭实据。他脱下上衣，把此物照样子缠在自己的腰上，穿好上衣，走出地下室。命令在上面等候的专职人员到地下室去进行现场拍照，提取指纹，并将内中物品妥善装箱，拿回去化验。查办要案间不容发，南原静的通缉令迅速发出。

那日清晨，女间谍蜜蜂，从太平桥焦紫臣家中出来，即刻到地段街三号把包裹交给了恶雕南原。让他立刻把十三人中代号松鼠的人找来，命他在南原家里把这文件抄录在白绫子上面。南原遵令行事。他虽然在间谍名单上位列第三，但他晓得，蜜蜂到哈市来执行任务是猛虎的命令。未料那位松鼠先生，却在抄录密件过程中包藏了祸心。他把那一丈四尺长的绫子截为两段，竟把贵重的资料抄写了两份。在抄写过程中，南原静紧闭地下室，每日给他送些饮食。当老妇不在的时候，这松鼠可就做了手脚。他知道，他们这行人都是阴险透顶，尔虞我诈，凶狠无比。那密件只抄录一份，万一在传递中有失，他这里保留的一份就大有用处了。

就在他誊写完毕这天晚上，恶雕首先回到家，相继蜜蜂也在地下室露了面。她把松鼠表扬了一番，用放大镜检验了铺在桌子上的成品。那恶雕见大功告成，向蜜蜂请示下一步任务。蜜蜂微笑着说：“国民党和共产党已经达成协议，中长铁路就要开通，开始遣送日侨俘，我们大家准备好回国。”恶雕言道：“我费尽千辛万苦，已经和国民党的地下组织取得联系。借重放下武器的日本军人，配合他们的地下武装，在前线打响的时候，在哈市发动暴动。”蜜蜂说：“用不着了。”她一面与恶雕对话，一面把桌上一尺多高的密件挪到地上去，划火点燃，屋子里一时烟雾弥漫。那南原静不知何时打开地道，把蜜蜂放走了。

老妇南原静从地下室走上去，端来杯盘和一瓶烈酒，乐呵呵地斟满了三杯，庆贺胜利。恶雕和松鼠同时干杯，那老妇酒未沾唇，霎时间，恶雕和松鼠便跌倒在地上。那妇人从容不迫地通过地道，离开了险地。

南原静是十三名间谍中的扁头蛇。主仆、夫妻间各有各的身份，这在间谍机关里司空见惯，今晚扁头蛇用毒酒消灭了恶雕南原和松鼠，当然是执行了蜜蜂的命令。松鼠把那密件多写了一份，让处心积虑的蜜蜂功亏一篑。

公安机关追查南原静的下落，急如星火，但这个妇人却如消失了一般。

太平桥发生爆炸的次日，公安局向市委做了汇报。市委做出决定，由民政局、公安局、房地产局等单位，在哈市彻查焦紫臣拥有的动产和不动产，并将这些财产一律充公，用以赔偿焦家四邻、街坊因爆炸受到的损失。经过紧张的工作，查明焦紫臣在哈市拥有商号五处、当铺两家，出租的房产在千间以上。他有个大型的木材加工厂，货场里堆放的木料达两万多立方米。此外，他还是“哈尔滨银行”的大股东。这家私人银行在东北各地都设有分行和支行。汇总起来，焦紫臣的动产和不动产已超过千万元。

在查封焦紫臣财产的同时，公安局对和他有工作关系的人都进行了调查。内中有一个给他当过翻译、目前仍在他企业里工作的人提供了一条信息。伪满时期，焦紫臣和众多日本商人打交道的时候，有几次，他都发现那个山东老头子是懂得日本话的。有一次，日本商人和焦紫臣做一笔数额很大的交易，欺那老头子不懂日语，当着他的面和这个翻译提出来，让他在老头面前多说几句好话，促成交易，如能办妥，给他提成。这笔生意当即告吹，使这个翻译大为震惊。地段街发生的命案，完全可以证明焦紫臣其人确实是个日本间谍，并在那十三人名单中位居前列。隐藏得这样深的日本间谍，真够得上骇人听闻。

南原石丰被害，各工段一时传为新闻，恰在此时，工程已告收尾。这些以工代赈的日本人分批被送回市内。风闻遣送日侨俘的工作就要开始了，松江省日侨俘管理委员会把哈市拘留的日侨俘分成几十个大队，安排遣送工作。

七月十六日，天气晴朗，哈尔滨车站停靠着一列专车。这列客车多达十五节，可以容纳数千人。首批登车启运的是一批事先挑选出来的妇孺、老人、残疾人和一部分患病的日侨。六点之前，车站就已经戒严。由日侨俘管理委员会的专职人员指挥这批人鱼贯登车。他们所携带的行李包裹十分简单，大多数全都是空着手上车，更多的是随身只携带着白铁锅、搪瓷碗、铁盒子、水瓶之类的东西，身边再无长物了。但在登车之前，也都必须接受公安执勤人员的安检。此时，童大鹏和吴丁、侯长贵等人都身着警服，在站台上往来巡视。他们的注意力主要集中在妇女身上，防备被通缉的两名要犯蜜蜂和南原静趁机逃走。

列车停在第一站台上。少顷，一辆机车发着轰隆的巨响，由远及近，列车震动了一下，挂上了拖钩。童局长三人来到机车的前面，侯长贵跳上驾驶室，问司机：“你们发现没发现有什么特殊的情况？”老司机回答道：“方才我们在上水，有一个身穿黄色学生服、头戴学生帽的中学生，背着书包到里面来过。她说是二中的学生，家就住在附近，上车来玩耍，当场就被我们撵下去了。没有别的情况。”

这时吴丁也跟进来了，两个人把驾驶室认真地检查了一遍。侯长贵跃上煤车，从煤堆里取出了一个黑匣子。此物是长方形的，像一部字典那么厚，宽够三寸、长有半尺。他把此物拿在手中，从煤车上跳下来，直奔空旷的地方跑去。童局长和吴丁后面相随。侯长贵用他随身携带的工具把那黑匣子打开了，从里面取出一块方壳手表，此物便是女间谍蜜蜂随身携带来的那块定时炸弹上的秒表。

日本侨民躲过了一场灾难，列车晚出发半个小时。童局长一行人将此物拿回公安局，经鉴定，是一颗威力极大的定时炸弹，判断列车开出后半个小时启爆。那个穿学生制服的中学生应该就是蜜蜂本人，她身为日本人，却要爆破这列遣送日侨的火车，令人费解。但可以推论，制造这个事件，是要给国民党自江北挺进提供借口。

十月，刮起了秋风，哈市的街道上每天都是一层层厚厚的落叶。全市的治安形势并没有好转。国民党的特务间谍、地下建军，加之迁入市内的胡匪，频频作案，有恃无恐了。此时国民党已经大举向长春以北、吉林以东的解放区推进。西线打到陶赖昭、拉林河，东线攻占了通化，进逼蛟河，东北民主联军显颓败之势。

这晚，孙思奇和老韩七在灯下叙话。老韩七道：“三个月的期限已经超过了，你应该放我回转长春了。”猫头又是跪地求告。言说：“国军已经向江北推进了，共产党已开始全线撤退，也就再坚持十天半月，国军进驻哈尔滨，我就和你一起回去。”韩七沉吟无话。沙欧妮娜母女从旁劝说，极力挽留韩七。

公安局依照韩七的外形和特征追捕此人，当然是徒劳的。他拿掉橡皮罗锅，挺直了腰板，外形特征就完全改变了。一个弯腰驼背的山东老头，立时变成一个身材挺拔、衣冠楚楚的上海商人。韩七的这家印刷所，地处道里道外的交通路口，昼夜车水马龙，往来梭行，噪音不绝于耳。同时又是铁路的交叉地点，干线之外数条专用线，都在运转，机车声轰隆轰隆震耳欲聋，由此，掩护了他夜间的印刷作业。

韩七印刷的伪钞、传单和标语源源地投向市面，严重破坏了哈市正常的政治、经济秩序。通货不能辨别真伪，国民党在社会上进行了各种各样煽动性的宣传。九月初，便有商家把货物隐藏起来，关上了铺板。紧接着，哈市道里道外，中国人、外国人经营的商店货栈纷纷停止营业，拒收红钱，默默地罢了市。商人罢市，随后教师罢教、学生罢课，一时间人心惶惶。哈尔滨的社会秩序愈发混乱起来，所幸还没出现大规模的工人罢工。因为敌伪时期的大工厂已经由人民政府接收，这些大型的企业已经实行了半军事化管理。

形势非常严峻，公安系统动手查拿罢市的奸商。市长署名的大布告张贴在街头巷尾，严厉镇压搅乱经济秩序的奸商。道外十九道街花园变成了临时刑场，数日内便在这里处决了几十名商人和业主。镇压手段即刻见效，众多的临街商店又把货物搬上了柜台。学校里也枪毙了带头罢教的反动教师。政府出面组织学生上街游行，呼喊，“打倒蒋介石！反对发动内战，美帝国主义从中国滚出去！”的口号。

从关内调集出关的八路军、新四军各部，此时已全部编入东北民主联军，统一了建制，并对在东北地区招募的新兵和一批干部进行了整肃，镇压和清除了一批思想动摇的人。民主联军的工兵部队在哈市以北大铁桥的桥墩上凿出深孔，投置了炸药。在东线蛟河以北，拆毁了近百公里的铁路，西线也再一次切断了中长铁路。市内的反动传单上言称：“拉林前线实况，共军全线崩溃，国军正以破竹之势向北推进，十日之内，进驻哈尔滨。”

紧张的形势，并没有影响到公安局的正常工作。道外分局治安科发现了一条有价值的敌情线索。在桃花巷接兑印刷所的上海商人，三个多月不开张。其人独来独往，行踪诡秘，引起了与他相识的那几个同行、朋友的注意。他自称有重病，但表面看上去身体十分强壮。有人注意到，在他住室的桌子上摆放着许多的药瓶，但连去几次还在那里原封未动。负责管理特业的公安干事把这个情况反映到市局，侯长贵受命来到印刷所。交谈中，疑点丛生。但侯长贵未动声色，稳住了韩七。据他本人说身患疾病，在道里犹太医院接受治疗，但派人去那里并没查到此人的病例。到工商管理局翻阅松江印刷所的登记卡，取得韩七的照片，拿照片又到医院里去对证，医生护士都说没见过这个人。

当日韩七便被便衣侦探监视起来了。未出三日，侦查员汇报，这个人曾经在半夜从住所溜出来，直奔道里，跟踪的人赶不上他。看上去像是疾走，可比跑得快，跟了半趟街就见不到他的踪迹了。从那个帮助他接兑买卖的老印刷人口中，知道此人三十年前在哈市私印奉票，畏罪潜逃。为放长线、钓大鱼、温存培养，公安局没有立即惊动他。但强化了对他的昼夜监视，一定要查明他的联络据点。

阴历十月初一，哈尔滨降下了头场雪。韩七一清早脚踏着积雪在道外正阳街上散步，买了两包点心，手拎着到江沿上去了。远远望见，就在数月前出案子的那个地方，他把那两包点心远远地投入江中，口中还念叨些个什么。一个附近的居民和两个密探相遇，顺口说：这个南方人经常到江边上往江里投放食物，神情哀伤像是祭奠什么人。

正阳大街是个热闹的商业区，往来行人摩肩接踵。韩七挤在人群中，走行几步，忽然大旋身往回走，走几步后，又忽然旋身往他前进的方向。几个往来，跟踪的人发现他走进了正阳五道街派出所。

他进门就找所长，所长不在，户籍警察问他："你有什么事？"韩七惊慌失措地说："有两个人紧跟着我，看样子像胡匪，要抢我东西。"那户籍员蒙头蒙脑，拔出手枪，随韩七开门出去。这时那两个便衣侦探恰好来到门前。民警持枪把他们押进屋，从他们身上搜出了武器。那二人吞吞吐吐，实属无奈，说出了自己的身份，但却拿不出证件。因为怀里的通行证不知何时不翼而飞了。这时所长从街上回来，立刻认出那两个侦查员，但眼前的局面很尴尬。他只好告诉韩七："你可以走了……"两个被嘲弄得狼狈不堪的侦查员三言两语说清情况，急匆匆去追赶韩七。但就在不远的马路牙子上，韩七蹲在一棵树下，笑嘻嘻地等候他们呢。手中扬起那两份通行证，并且告诉他们："我不是坏人，你们跟踪我，白费脑筋。"二位侦查员只好红头涨脸地走了。

当晚，雪住风停。韩七又施展夜行术，到大直街与猫头会面，满不在乎地说出了戏弄便衣侦探的经过。猫头大惊，但没有在表情上显露出来。韩七去后，他让莫娃手拟电文：

来电奉悉，国防部授予卑职四等云徽勋章一枚，端赖王先生栽培，蒋先生恩宠。卑职受勋，诚惶诚恐，必定竭力效忠，以身许国。

自抵共区，夙夜匪懈，印制伪钞价值百万美元，投放市场，惑乱金融，导致商民群起罢市，为此有被处决者三十余人。撒放传单，有如芳园飞蝶，市民行经闹市，人手一张。反共标语大量印制，街头巷尾随处可见。近日形势紧迫，传单标语命助手陈放路旁，标明：爱国人士，拾得之后，自行散发。鼓动教师罢教、商人罢市、学生罢课，但尚无力煽动罢工，正然收买工贼。我地下武装，也粗具规模，准备配合国军占领此地。

共党共军，行将撤退，已成定局。国军推进为期在即。沐浴更衣，翘首以待。

万分火急：

助手韩七图谋叛变，电请抄没其家私，关押其眷属，留为人质。

这份电文写得并不夸张，因为老韩七独立活动大显了身手。例如在闹市区撒放传单，那是他多次施展神偷特技，登上高层建筑的屋顶作案。公安人员赶到现场时，韩七早就不见了踪影。特别他一个人在市区活动，神龙见首不见尾。往往在菜馆、饭馆里，出耳朵出眼睛，无须费力便搜集到了多方面的情报。至于处理那些伪钞更是家常便饭，经常在市区转悠几趟，伪钞便进了商家的钱匣子、钱柜子里。数月之间，这个名扬上海滩的大神偷，处处得手，如入无人之境。公安局的密探始终没有发现他的踪迹。然而，老韩七昼夜不停地操劳，忠心耿耿地为猫头效力，只可叹他一念之差，暴露了行迹，招来杀身之祸。

在莫娃手拟这封电文的时候，写到末一段，她执笔的右手便已经颤抖起来，只能强忍着痛泪。当夜，将这封电文发出后，来到母亲的卧室，将此事告诉了沙欧妮娜。那个俄国妇人伏在枕头上一直哭到天亮。但这是行里的规矩，即便她事前知道这件事，也不敢劝说。

清晨，韩七从印刷所走出来，循例到附近的饭馆里去用早餐，却发现餐厅内外已布满了侦探。韩七吃饱喝足，出离饭馆，直奔松花江边走去。来到他祭奠小狗安娜的那个地方，张目四顾，见十几名侦探星罗棋布，已然把他包围起来。韩七忽然跪下了，面向南方，磕了三个响头，珠泪双抛，口中叫道："爹啊、娘啊，生儿四十八年，我没在二老跟前尽孝，别人家养儿防备老，你们却是竹篮打水落场空啊！"

四周的侦探还以为他要施展什么法术呢，正然加强戒备，却见那韩七纵身投入滚滚的松花江，并向江心游去。侦探当中有几个会水的，也顾不得脱衣裳，跳水追赶。来到江心，看那韩七已经沉下去了。几个侦探随即潜水去营救他，在深水里发现此人的水性惊人。他居然荡开搭救他的手，蹬开要捕捉他的人，紧闭双睛，沉入了江底。费了极大的周折，终于把他从江中弄上岸来，但那韩七已然毙命了。

古语说，千虑一失。童大鹏率吴丁、侯长贵驱车来到江边，悔恨不迭。因为昨天老韩七在正阳街戏耍侦查员，二人回局汇报，大家就认真地进行了研究。判明韩七此番举动必有隐情。对侦查员反跟踪，显然是暴露了行迹。此人掩护蜜蜂、猫头入境，隐藏在桃花巷独立作案。从他身怀的绝技分析断定，这是个江湖人。他是在间谍特务收买控制下作案的，其本人必有难言之苦，此番是故意地暴露身份，寻求解脱。此时，如果做细致的工作，用宽大政策感召，促他反水的可能性极大。已确定今天把他请到局里，当面问话，可命令下达晚了，那韩七竟突然自尽了。

童大鹏安排附近的派出所买口棺木，随后带人去查封了他的印刷所。韩七寻死，使公安局又陷入了困境。明知道他总在深更半夜从道外到道里去，但始终也没弄清他在何处落脚。他行走的方向是南岗大直街一带，但那条大街上居住着千家万户，到哪里去找特务据点呢?

天气渐渐凉了。十月下旬，有一个身着棉衣、十分彪悍的人来到了哈市公安局，自称名叫冯五，是从长春来的。童局长立即接见了他。此人的态度很傲慢，言说他与韩七有莫逆之交，那韩七乃是长春的贼王。数月前离开长春的时候，召集手下在饭店聚会，声言他有要事要离开长春，但三个月内一定返回来，同时把大头领的职务移交给冯五本人。三个月过后，不但未见韩七回转，还有人抄没了他的住宅和财产，他的妻子邱亭榭也被长春警备司令部督察处逮捕了。经查询，据说这是军统局北满站干的。韩七临行前曾告诉过冯五，他已被军统局挟制，无力摆脱，只好硬着头皮陪一个姓孙的特务，到哈尔滨去涉一次险。韩七本人并不愿意当特务，此番前往，无非是履行什么协议。冯五说到这里，猛吸了几口纸烟，态度显得很急躁，他说:“我七哥是个江湖人，眼下肯定是背叛了那个特务，为你们共产党做事了。否则军统局也不会对他家属下手。此次我来，是要问问七哥，他要是不愿意给你们当差，能不能跟我回长春，重操旧业，并设法搭救邱亭榭嫂子。”冯五敞亮，他告诉局长:“我们做贼的也是一行人，讲的是江湖义气。我到哈尔滨来并不怕你们把我扣住，因为我在此地并没作过案。事关重大，我只好把来意和我的身份向你们说明了。”

童局长和来人谈话，了解一些情况后，告诉冯五:“您那个朋友已经不在人世了。”冯五厉声问道:“是不是枪毙了？”局长摇头，从容地把韩七生前死后的过程与他讲了一遍。冯五捶胸大哭，咬牙切齿地说:“他是被你们逼死的！”局长严肃地回答:“他不是被我们逼死的，而是被那个与他同来的特务逼死的。你的义兄韩七，投江自尽，我们判断，他此举是为了不泄露机密，够得上是一条硬汉子。”冯五无话，站起来问局长：“你们把我七哥埋在哪儿了？”局长用电话叫来了侯长贵。

侯长贵带冯五乘坐挎斗的三轮摩托，来到韩七的墓前。那冯五趴伏在坟头上，痛哭失声。站起身告诉他：“你回去吧，我要去买祭品，祭奠我七哥。”侯长贵问他：“你身上的路费够不够用？打算在这儿待几天？”冯五探手入怀，掏出一把金镯子。随后言道：“我要在这里住几天，但请放心，姓冯的不会在你们共产党的地界里行窃作案。”

江湖人冯五买了香烛五供和几刀烧纸，在韩七的坟前祭奠。他跪在地上，流着泪说：“七哥，你死得太不值了，我一定要提着姓孙那小子的人头，到你坟前来为你雪恨。”当晚，冯五住进沿江的一家小旅店。登记时，写的是冯五，三十六岁，从长春来探亲访友。一个星期过去了，那冯五仍在哈市游荡，道里道外、大街胡同，甚至于郊区，都留下了他的足迹。每天清早他都到韩七墓旁去哭坟。跟踪他的侦查员怀疑此人神经错乱，并担心他寻短见。但局领导已然做出判断，此人在哈市羁留不走，是要寻找特务猫头，为他的七哥报仇。

侦查员侯长贵这天到旅店去看视冯五，并且告诉他：“你这样单枪匹马，人地两生，想找到那个职业间谍，不是笑话吗？我们公安局通缉他已经好几个月了，连一点踪影都没有。”冯五极不耐烦地说：“你们共产党个顶个都是土包子，懂得抓差办案吗？”侯长贵未加解释，起身告别。临行只是嘱咐他：“特务很凶残，你要保护好自己。”冯五称谢。

第四十四章

这日，上班之后，主管反间谍工作的副局长和治安科的干部，向局长周维斌、市长刘成栋汇报工作。

童大鹏展开桌子上的卷宗，把哈市反间肃反几个月来的工作情况详细地做了说明。其一，国民党军统局远在日本投降之前就潜伏在本市一个特务组织——张伯生组，也就是刺杀李兆麟将军的那伙敌人。经查，首恶张伯生已经被苏联红军城防司令部抓获到案，并把他带到苏联去了。其他从犯，包括副组长林则春、动手杀害李将军的凶手严崇章，还有穿针引线的混血儿——那个在中苏友好协会打字的女人，都在作案之后逃离了哈市。人证物证俱在，只好暂且结案。其二，军统局东北区派遣到本市来的哈尔滨特别组，光复后不久便在哈市开展活动，并与前来接收的国民党官员和警察局长于秀豪等人有过接触。于秀豪等撤走之后，该特别组组长张禹，化名李国良，率带他在这里拼凑起来的一伙伪满的特务宪兵，在哈市潜伏起来，并且频频作案。他们凭借国民党的阶级基础和社会基础，十分猖狂。本市知名的大汉奸姚锡九、李久鹏等人都曾掩护并资助过他们。这伙特务以国民政府军事委员会的名义，刻制印章，颁发委任状，发展地下武装，名称是“松江省反共义勇军”。他们把哈尔滨市划分为十个区，每个区都设有情报小组。从九月份开始，我们陆续捕获了内中的几名骨干分子，据案犯供称，特务们可以随意地在银行里提款，在私营的货栈里取货，并能在私营的火磨拉取大量的面粉。买卖人向特务提供经费，为的是国民党来接收的时候能得到利益。在押人犯所供属实，但调查中始终找不到主线，首恶张禹行踪不定，他和手下都是单线联系，很少有人见过他本人，据说能与他直接见面的不超过十人。活动地点和藏身之处一直没有挖出来。最近又有线索，得悉军统局北满站又给此人派来一名助手，化名张良。此人抵哈之后，充实调整了这个特务组织，并有效地扩大了这个特别组的势力范围。据第二批抓获的罪犯供称，这个组已经向齐齐哈尔、佳木斯、牡丹江、北安派出人员，在那里建立了情报组。齐齐哈尔组已然把电台架设成功，与哈尔滨和长春两地通报。这些新建组织的负责人都使用化名，真实身份并不清楚；至于在各地区设立的活动据点，也都还没有线索。就在十月份，那个叫张良的，胆敢在我们已经捕获的人犯家中作案。通过骨干份子卜左华，敲走了一个木材商人穆久南的二十万元现金。这个穆久南在伪满时期娶了日本老婆，其本人也入了日本国籍。百姓迷信国民党军统局的权势，双方交换的条件是国民党接收哈尔滨之后，保证不把这个向他们提供经费的人遣送回日本国。这件事简直是开玩笑。可那个姓穆的却恭恭敬敬把那一笔巨款奉献给特务了。十月下旬，我们抓到了卜左华。据他供认，他见过张禹和张良，熟识组里的许多人。此人被捕后第十三天，为了立功赎罪，带我们到桃花巷一处据点去捉拿犯人。就在一个姓杨的房主家中，居然与那个张良双双逃走了。这个已具规模的国民党特务组织的破获，已是当务之急。其三，据已掌握的情报，军统局还有两个情报组织在活动，组长叫毛乃昌、赵民强、韩治忠。他们的人员少，活动能量也不大，至今没有下落。 其四，从六月份开始，我们重点查办前日本特务机关勾结美帝国主义在战后组建的间谍网。发现有代号的职业间谍蜜蜂和猫头入境，但至今尚未破案。判断女间谍蜜蜂已经离开哈市，猫头还潜伏在这里。

童局长当场也明确提出了，我方的反间谍工作，还处于初级阶段，战术战略都有待于调整。刘市长、周局长都很清楚，童大鹏自伪满十四年一直在地下与敌特斗争，有丰富的斗争经验和本领，然而让他应付战后哈尔滨这样错综复杂的敌情，实在有些勉为其难。归根结底，不是我们在无形战线上处于守势，而是国内国外的大形势对我们不利。

女间谍蜜蜂携密件离开地段街，与扁头蛇配合，企图爆炸遣送日侨俘的列车，阴谋没有得逞，便混入日本侨民中，乘坐遣侨的列车，回到了长春，把那七尺白绫交到蝴蝶手中，迅速转移到美国去了。扁头蛇是个资深女间谍，她接受日本国家保安局的派遣，与恶雕同居长达十年之久，除严密地监视恶雕外，还掌握了恶雕手下的各路间谍名单。此女随蜜蜂返回长春，猛虎和蝴蝶便立即把她派回了日本国，执行新的任务。

猫头在哈市不能脱身，因为他数月之间的工作既受到了蒋介石的褒奖，同时也接到了苏联保安部的嘉奖令，他与莫娃母女同为苏联特务，不得不在这里继续工作。

野猫韩七在道外投江的次日，沙欧妮娜清晨早起挽着竹篮循例到市场上去买菜，在市民闲谈中了解了昨天发生的事情，并知道了公安局当日查封了桃花巷松江印刷所。沙欧妮娜回到家中，向猫头说清经过，孙思奇如释重负。当即与莫娃母女商定，韩七一死，我们已没有后顾之忧，前线战事紧急，这正是我们立功报效的好时机，必须抓住。

公安局治安科认定已故的韩七在哈市的接头地点在大直街一带，此处居住着众多的外国侨民，初步判断，猫头是隐藏在外国人的家中。但南岗和马家沟一带上万户的外侨，多达几十个不同的国籍。哈尔滨号称东方小巴黎，自从民主联军入城，建立各级政府，明令对外侨加以保护，公安局的触角还没有进入这里。事关重大，经上级批准这才把侦查员派进去执行任务。

这日，天降大雪，道路壅塞。执勤的侦查员发现一个白人女郎冒雪跋涉，行迹比较可疑。跟踪她来到繁华的中央大街，看见她往积雪中投放物品。侦查员取出来，见内中是一个薄薄的胶囊，底部有一石块，石块上面是油印的、淡黄色的卷在一起的反动传单。

午后，治安科派人把大直街 103 号监视了起来。

侯长贵到大直街派出所查阅户口登记簿，户籍员清楚地掌握着这家人的情况。苏联红军驻扎期间，户主尼古拉加良采夫因为是个流亡国外的白俄，被红军抓走，住宅被洗劫多次，妻子和女儿据说也受到凌辱。红军撤走后，这母女二人相依为命，指靠她们拥有的几处房屋出租维持生活。数月前，她家的女孩莫娃领她丈夫到派出所报了临时户口，那个劳斯科在齐齐哈尔铁路管理局机务段当火车司机，因患重病，请假回到哈市疗养，一应证件俱全。派出所好几个干警都见到了此人，那是个身量较高的俄国人，讲中国话很笨，没有妻子流利。侯长贵在分析案情时，大胆提出了那个劳斯科就是化了装的孙思奇的假想。童局长当即做出了决定，给齐齐哈尔铁路局发电，查明此人。

夜幕降临了，白俄的住所已在侦查员的视线中。雪地上出现一个民主联军的干部，他身穿皮领大衣，头戴皮帽。只见他晃晃悠悠地走来，向一个在路口摆设香烟摊子的侦查员打听 100 号的位置，他要去那家找一个俄国人，并且道出一长串俄国人的姓名。侦查员把位置指给他，但没有注意到，他经过 100 号，绕过院子，溜进的是 103 号。

来人进屋，孙思奇和莫娃母女并没有惊讶，因为早就接到长春站指令，让他们全力协助一个名叫李乐的人。此人是个单帮，他掌握着民主联军的重要情报。因此人手中没有电台，指令孙思奇用他的电台，把那人带来的情报星夜译成密码，转报长春站。莫娃多次和他单线联系，并已为他发送了十一份情报。此人进屋，和孙思奇头回见面。这人操江西口音，但其身量高矮、骨骼相貌竟和孙思奇极其相似。

李乐就座，取下肩上的长方形皮包，向孙思奇介绍了自己的情况。他是江西瑞金人，毕业于重庆特别警察训练班。日本投降后，来到东北，一直接受军统局东北区的直线指挥。来哈市之前，在抚顺地区，巧妙地混进了东北民主联军，以一位红军烈士子女的身份在军中出现，并有两个长征干部为他做证。因此，很快地进入了首长的卫队。首长发现了他之后，特别欣赏他，对他的红孩子出身深信不疑。目前，他正担任东北民主联军总司令部参谋总部的一名机要参谋。今天带来的情报有很强的时效性，必须立刻转发到长春，所以只能亲自来了。情急无奈，违反了单线联系的纪律。李乐坐在沙发上，没摘帽子，也没脱大衣，把随身的皮包留下，动身要走。并说，以后遇有极其特殊的情况他还会到这里来与孙思奇直接联系。莫娃把一杯浓咖啡放在茶几上，李乐端起来便喝，他的右手刚放下杯子，就歪着脑袋死去了。

这日，莫娃去中央大街投放传单，暴露了行踪。过午，她家的宅院便被密探监视了起来。宅中的三个人全是行家，但只有孙思奇注意到了这一点。他并没有告诉莫娃母女，而是在静静筹划，如何来对付险情。李乐进屋，与孙思奇叙话，一瞬间，莫娃便接到了猫头用手势向他发出的密令——毒死李乐。莫娃母女摸不着头脑。孙思奇从容地告诉她们:“我预感到敌人已经怀疑到我的身上来了，这个人恰好做我的替死鬼。”

破晓，大直街 103 号传出妇女的哭声，随即在她家的门前挂上了用黑纱编成的大黑花儿。顷刻，便有街坊邻居前去查看。在街上设岗执勤的侦查员当即听说她家的女婿劳斯科死了。派出所所长到死者家中来慰问，看到他家的门婿劳斯科直挺挺地停放在一张单人的铁床上，面色灰白，口角上的血迹还没有擦干。身旁的茶几上杂乱地摆放着药瓶、茶杯、暖瓶等物品。地上有一个很大的白色的痰盂，里面有半下子紫红色的死者临终前呕吐的鲜血。听莫娃的讲述，说她丈夫最近几天突发高烧，昨夜大口大口地吐血，没来得及把他送往医院，这个久病不起的人便故去了。屋子里有浓重的血腥气，而莫娃母女的哭声震天动地，赶来的四邻纷纷劝慰她们，并有人问及准备怎样张罗发送。沙欧妮娜委托一位俄国朋友到喇嘛台去邀请东正教的神甫来给死者念经。

所长回到派出所，向治安科长吴丁说明经过。吴科长不放心，他身穿便服杂在探望的人群中，进入了这所住宅。见那死者已经装裹完毕，脸上盖着蒙脸纸，年老的神甫正站在床前，手托着《圣经》在那里喃喃地念诵。莫娃母女跪在地上祈祷。

吴科长回到派出所，认定那劳斯科已经确死无疑，但却命令监视这所宅院的侦查员不得撤岗。

过午，距离这里不远的俄国东正教会，也就是中国人统称的喇嘛台，用四匹大马拉着灵车送来了一口棺木。莫娃母女由来人帮助，将死者入棺成殓，随即便由那辆灵车拉载着亡人，径直送到近郊的白俄义地。这里有挖好的墓穴，办了手续，便把这口棺木掩埋起来。傍晚，莫娃母女和一群送葬的人才回到家中。

吴丁回转治安科，立即将勘察现场的实况向童局长做了汇报。局长对此事有些疑惑不解，感到来得太突兀。为什么在我们发现莫娃在中央大街作案并派人监视这座住宅之后，立即就有劳斯科病死的情况了呢？但不能做没有根据的设想，只是急切地盼望齐齐哈尔铁路管理局的回电。第二天，公安局接到了齐齐哈尔铁路管理局的回电。电文称：经调查，我管理局机务段没有叫劳斯科的白俄司机，在其他各段也并无此人。

初步判断，这个白俄劳斯科是拿着伪造的证件在公安派出所报了户口，而他在沙欧妮娜家中一住数月，没有行动，很有可能真是个沉疴在身的病人。依照户籍员勾勒出来的形象，此人形象与间谍猫头有些相符。假设是猫头化了装伪装成俄国人，在此处隐居，指挥韩七单帮作案，也是有可能的。但此人明明白白地死去，清清楚楚葬进了白俄义地。大家围绕着案情缜密地进行研究，但得不出任何结论。这时，一位办事员夹着卷宗，放在桌面上展开，报告说：这是桃花巷松江印刷所抄出的韩七印制传单的底稿，共七份，都是用钢笔写的，字迹很工整。又取出几张淡黄色油印的传单，接着说："这是我们在中央大街拾到的由俄国女人莫娃投放的，两相对比，是一个人的笔体。"童局长豁然醒悟，当即言道："这案子终究算是有头绪了。可以判断，猫头伪装劳斯科就藏身在莫娃家中，韩七到大直街去活动，也是到这个接头据点。那么，这个突然死去的真会是猫头吗？"

吴丁接言道："巧设哭丧计，自古是有的，可我们没法断定死者劳斯科是不是那个孙思奇。"侯长贵说："事关重大，我有个立刻能解决问题的设想——开棺验尸。"局长同意。

公安局治安科开出一辆大卡车，来到白俄义地，已经是午后四点多钟了。冬季天短，他们动手扒开那座坟墓，把棺木抬了出来。天已经黑了，几支手电筒照在那个死者的头上、脸上，立即判明，这是个化了装的黄种人，但显然不是孙思奇。

一伙人急如星火直奔大直街。抵达现场，看那103号房子里灯火通明，执勤的侦查员和派出所几名干警正焦急地在这里打转转呢。皆因沙欧妮娜母女在黄昏前都惨死在屋中。

意外的情况，本来是午后就发现了，因为在周围执勤的便衣当中有个细心的人。清早这所宅子大烟筒还在冒烟，中午，便发现烟筒不再冒烟，认为房主是把锅炉压上了。但几个小时之后，仍不见冒烟，这才有所怀疑。傍晚，不仅是烟筒没冒烟，屋子里也不见灯光。异常情况上报到派出所，所长来到这里。她家的院门是虚掩着的，走进院子，见房门也没上锁。他一面招呼主人的名字，一面摸索着打开了过道的电灯。呼叫半晌，无人应声，进屋搜寻，在沙欧妮娜的卧室里看见了两具女尸。

局里那辆大卡车停在门前的时候，这突发的命案已惊动了四邻。屋子里院子里挤满了看热闹的人。童局长立即命令刑警队配合治安科的全班人马，在市内搜捕这个在逃的特务猫头，可是已经晚了。

训练有素的猫头，凶狠狡诈，此番他使用的并不是哭丧计，而是脱身计。在危急的情况下，他让李乐猪替羊死，用以缓冲一段时间而已，但莫娃母女并不知情。在把那人送入坟墓之后，返回来，问猫头："你把这个人弄死，又让我们母女演了一整天的戏，为的是什么呢？"

小孙的态度很从容，指指摆放在书橱上的那个皮包，笑呵呵地说："这里的情报很有价值，消灭李乐，就杜绝了他再到这里来联系，以避免我们受他的牵累。"莫娃母女无话，并做了一顿丰盛的晚餐，以示庆贺。皆因到此时，她们母女也没发现，屋前屋后街头巷尾已经被公安局的侦探紧紧地包围起来了。女人就是女人，人性和亲情是她们的软肋。此时，莫娃身怀六甲，沙欧妮娜就要抱外孙子。两个女人沉浸在对美好生活的憧憬中，特工的神经早就麻木了。

雪过天晴，孙思奇数次拨开落地的窗帘，见住宅已被严密控制了。烟床子、杂货铺都换了人，路口又多了几辆三轮，停在路边并不拉客。他心里清楚，到下决断的时候了。

太阳出来了，屋子里温暖得很，就要当姥姥的沙欧妮娜仰在躺椅上，开心地给她就要出生的外孙打毛衣，嘴角上露出幸福的微笑。她慢慢地觉得困倦，竟睡过去了；醒过来，发觉已被人牢牢地捆在躺椅上了，张嘴要叫喊，无奈嘴已被人用胶带封住，身旁站着他的门婿孙思奇。小孙木然地看着她，手擎着一支注射器。“对不起，岳母，你醒得不是时候，我们已经被包围了，谁也逃不脱了。你老人家先走一步吧。”说着，熟练地把针剂注入了老妇人的静脉，那女人只抽搐了一下，便歪下了脑袋。

忽听地板响，莫娃从地下室走了上来，她浑身上下满是油污，昨夜通宵未眠，修理发报机，一身疲惫。冲孙思奇笑着说：“亲爱的，累死我了，快去放水，我要洗澡。”孙思奇惊慌中快步迎上前，抱住了莫娃，深情地拥吻她，伸出一只手抚摸莫娃的肚子，说：“乖乖在练拳呢。”莫娃幸福地闭上了眼睛。忽然，她的颈部被孙狠狠地扼住了，用力之猛是她无力抗拒的。但终归她也是训练有素的特务，猛烈地挣扎了五分钟。挣扎中见到了死在躺椅上的母亲，最后倒在地板上一动不动了。撕扯开的裙子，露出了隆起的肚皮，清楚地见到不断在动的孩子。孙思奇喘着粗气，蹲下身抚上了莫娃圆睁着的惊恐的双眼，又冲莫娃的肚子猛击一拳，要了孩子的命。他走进卧室，扯下两个大床单，盖住了莫娃母女的尸体。

时间尚早，他从容地毁掉了所有证据，并砸烂了发报机，最后躲在锅炉房内，挨到警察进屋，公安来到。当满院子满街都是看热闹的人时，才从容地脱离险境。他身穿李乐的那一身正宗的东北民主联军的干部装束，皮带上挂着手枪，拿出假证件，轻易地登上了开往牡丹江的列车。列车已经开出十多分钟，车站才接到戒严的通知。

公安局又被耍了，吴丁和侯长贵十分懊恼，张罗着下通缉令。

孙思奇坐在温暖的车厢里，心里美滋滋的，到牡丹江痛痛快快地玩上几天，然后买张路条就可以回长春了。几个月的光景，实在是腻味透了。

列车行进在松嫩平原上，在夜色中喘着粗气，风雪敲打着车窗，旅客昏昏沉睡。

一只大手按在肩头，孙思奇睁开双眼，这人沉静地看着他。小孙猛一怔，认出这是在长春车站帮助他们割尾巴的人，韩七称他冯五，个中高手。“老哥，我知道你是条硬汉，此番寻我是为给韩七报仇，咱俩相遇也是缘分。较量一次，你看如何？也算对七哥有个交代。”小孙探怀取出手抢交给冯五，冯五未接。二人从人堆里挤出来，到了车门口，冯五猛力擎开了一扇车门，和孙思奇纵身跃下。

轰轰隆隆的列车很快就走远了，旷野里万籁俱寂，北风呼啸。二人脱下大衣，开始搏斗。

这可是硬碰硬的一场恶斗，凭的是勇气、实力和体力。论武功猫头不及冯五，如在车上动手，两人都要被公安擒获。战时列车上都配备多名全副武装的乘警，猫头刚出险境，是决不会自投罗网的。这才动意激冯五下车搏斗。虽冒着被冯五打死的危险，但终究留有回旋的余地。几个回合下来，猫头明显感到体力不支，这是几个月来，困在大直街 103 号缺乏锻炼的结果。

苦斗了近一个时辰，猫头终于被重击在雪地上爬不起来了。冯五狠踹了他几脚，嘿嘿冷笑了几声，两颊上滚下热泪来。仰面朝天，大声呼喊："七哥，在天之灵慢走，兄弟给你报仇了。"说完，掏出匕首，俯下身子，心想，把这颗黑心拿到七哥灵前供奉，再扔进松花江祭奠安娜，然后用力把雪亮的匕首插进了孙思奇的左胸。突然，中刀的人猛出一脚，清楚地听见咔嚓一声，冯五的右腿被踹断了。孙思奇翻身跃起，从地上的大衣兜里快速掏出手枪，对准冯五，扣动了扳机。他累坏了，一屁股坐在雪地上，抹了抹脸上的血，抬手揉按巨痛的左胸，一件防弹背心关键时刻救了他的命。休息片刻，他便十分疲惫地向远处的雪原奔去。临行还捡起地上的匕首，狠狠地往冯五的尸体上补了几刀。

列车路过一个小站，才接到了公安局的通缉令，立刻报告了嫌犯跳车的地点。公安局驱车赶到时，天已大亮，现场只留下冯五僵硬的尸体。吴丁长叹一声，和侯长贵动手把他抬进了吉普车。回到哈市，童大鹏命令把冯五埋葬在韩七墓旁，两位江湖客来去匆匆，都死得不明不白。

孙思奇昼夜狂奔，自知若求安全，必须离肇事地远一些才行，一个信念支撑他跑了近五个小时，少说也有四十里旱路。天亮时，越过一片树林闪出一座村庄，他选定一处青砖瓦房的院套，翻墙而进，叩打房门。此时，大规模的土改尚未全面铺开，地主粮户个个如惊弓之鸟，惶惶不可终日。这家主人也是一个粮户，见敲门的是一个满身血污、十分狼狈的民主联军的干部，真是左右两难，开门不敢，不开门也不敢。

孙思奇在门外搭话："老乡，不要害怕，我叫李乐，是八路军的参谋。出来执行任务，遇到了土匪，好不容易逃了出来。连夜奔波，现在又饥又渴，实在走不动了，开门让我歇歇脚，吃点东西好赶部队去。不收留我，我就向农会告发你家，饶不了你们。"见屋内还无声响，又说："我怕土匪追踪，是翻墙进来的，连累不了你们。"

门吱呀一声推开了，孙思奇进屋，转身关上了房门。抬眼见一家老小都穿戴整齐，跪在地上。一个老太太哭着说："同志啊，现在胡子串屯子，都假装八路，我们分辨不清，不敢开门，别怪我们。我家成分高，农会干部盯着呢。这有五百块钱，送给你，你麻溜走吧。"

孙思奇上前扶起了老太太，并让一家人都站起来，语气诚恳地说："大娘，不瞒你，我爸也是大财主，八路容不了我，我是逃出来的。国军就要杀过来了，共产党的好日子不长了。你们收留我几日，日后定有厚报。"言说，从内衣兜里掏出一把金镏子，交给老太太："不多，先添补家用吧。"

这是土财主最看重的物件，老太太喜不自胜，忙让家人给来人备饭，并在粮仓给他安置了住处。孙思奇在这里住了三天，外面毫无动静。心想，若是被出卖，早就有人来捕我了，可哈市公安局为何连个通缉令都没下呢？也许国军推进速度太快，共军忙于从哈尔滨撤出？经和房东商量，这日黎明前，孙思奇起身换装。身穿青布棉袄，腰系蓝腰带，脚蹬皮靰鞡，头戴一顶毡帽头，俨然一个地道的庄稼汉。从圈里牵出一匹大骡子，驮上五斗麦子，给房东扔下一根金条，趁黑上路了。

傍晌来到舒兰地界，掏出路条，顺利进入县城。先到骡马市，言说他是来这里庆贺表哥成亲的，未意表哥已搬了家。有说去了吉林，有说去了蛟河，他要赶到蛟河去找他们。于是就在店里卖了骡子和麦子，之后只身来到火车站。见公安盘查很严，便拿着路条直接找到站长。胡编了一个名字，说是那人和站长是熟人，让他有事找他。他托站长给他买张火车票，要去蛟河。站长说："这不用求人，火车票随便买，掏钱就是。"小孙赔笑说："听说蛟河住了共产党，不知能不能让回来了？"说着把路条递了过去，这张路条是一个香烟盒，上写："我乡孙国民去舒兰送麦子，乡长刘阿男印。"印章是昨夜他用萝卜刻成的，当然是伪造了一张路条。站长签上名，并加盖了一个公章，小孙千恩万谢。有了这个公章，小孙就等于有了护身符，一路畅通无阻。

第二天傍晚，他来到了白雪皑皑的松花江北岸，小地名"缸窑"，商客云集热闹非凡。因为从这里搭乘马爬犁过江，直去哈达湾，就是国军的防地了。马上就将获得安全，孙思奇当然很兴奋，但却更加谨慎了，彻夜警醒未眠，细察旅店里的任何动静。

清早，他第一批赶到江边，乘上了头班的爬犁。这里是两军前线隔离区，老百姓叫它"两不管"，已少见持枪巡逻盘查的民主联军了。爬犁上坐满了客商，有卖皮货、卖参茸的，大部分要过江回沈阳或进关。四匹蒙古马，拉着满载的爬犁，飞也似的在冰面上行走，众商客谈笑风生。谈笑间见不远处一片雪雾，奔驰过一架巡逻爬犁。小孙的心提到嗓子眼儿，但转瞬间他便不自觉地用日语喊了一句“天皇万岁”。因为他清楚地看见了爬犁上飘动的青天白日旗和全副美式装备的国军宪兵。检查行李，客商们赶紧掏钱打点。孙思奇不慌不忙地掏出了那张并未用过的军统局签发的特别通行证，余光却发现了一双熟悉的眼睛。还未待他反应过来，头上便挨了重重的一枪托。

孙思奇醒来，见已换了服装的民主联军战士正在给他松绑，并立即换上了刑具。为首的摘下口罩，原来是老同学侯长贵，就是那双熟悉的眼睛。侯长贵让战士把戴着手铐脚镣的孙思奇又加绑绳捆牢在爬犁上。因为他最清楚孙的实力，一旦反抗，战士必有伤亡。

抵达五常公安局才有电话，侯长贵马上向哈尔滨通报了情况。

几个战士进屋取暖，不一会儿便东倒西歪地在条椅上睡着了，为了抓捕这个训练有素的职业间谍，长贵和这帮战士已经几天几夜未合眼了。

抓猫头不下大范围通缉令，童大鹏局长的判断非常精准。罪犯潜逃不远，他单线行动，并未设其他据点。杀人灭口后，必然毁灭所有证据，已失去了潜伏下来的活动能力。此人年轻傲慢，没把我公安放在眼里，况逃亡心切，必从关卡出境。

李乐被害，民主联军总部震怒，责令军区保卫部督察办案。市公安局将整理出来的有关李乐系国民党军统局特务的证据报了上去，但原封退回了。军区保卫部认为公安局童大鹏搞神秘主义。

因为童大鹏在东北十四年的地下工作经历，保卫部门实际早将他列入重点审查对象。童大鹏在伪满时期的所有掩护身份和职业，都成了他叛变革命充当汉奸的证据。军区保卫部奉令逮捕了童大鹏。

公安局一时群龙无首，况哈尔滨是一座国际都市，战后敌情错综复杂，这个局长不是谁都能当得了的，必须是会外语的知识分子出身的高级干部。中央保卫部推荐了一个人选，就是独立骑兵师政委金石开。金石开遂被任命为哈尔滨市公安局局长，并即刻到任。

金石开走马到任的头一件事，就是查清国际间谍案及重查所谓李乐被害案。

夜深，金石开率带吴丁和侯长贵来到审讯室，提审猫头孙思奇。他拖着沉重的镣子走了进来，和侯长贵打了照面。坐定后，听侯长贵说：“今天是公安局长金石开亲自审问你，你必须端正态度，老实交代。”此时的孙思奇万念俱灰，只待一死了。猛然见到了阔别多年的幼年老师，一时竟百感交集，喊了一声“金老师”，竟哽咽了起来。

金石开对侯长贵说：“把铐子给他卸了，再给他一包烟。”侯长贵说：“我不抽烟。”“我这有。”旁边的吴丁把半盒烟和火柴扔在孙思奇对面的桌子上。他迅速抽出一支，点着，猛劲地吸了起来。一支烟很快吸完了，他方才的激动也逐渐平静了下来。

“还认识他吗？”金石开指了指侯长贵。

“侯德盛的儿子长贵嘛，我俩光复后就打交道了。在沈阳他就抓住过我一次，这是第二次。栽在长贵手里我认，我家欠他家的命啊。说实话，他父母、老叔都得算我爸害死的，不逼他家迁出北山，没有后来的事。”未料，这场审讯竟从虎石台的往事开始了。

他们从无尽的贫富之争，谈到沉重的阶级压迫，谈到阶级斗争，谈到无产阶级革命，讲到虎石台泾渭分明的阶级战线。同学中出身贫苦的都参加了民主联军，老沈家一家三口当八路，焦大海父子牺牲，女儿从军，王北辰、王金凤、董家兴一干人也都在部队上。这些人不怕流血牺牲，就是要推翻这个人剥削人的极不公正的旧社会，创造一个崭新的社会。

一日为师，终身授业，金石开试想让这个学生看清世界大势，在有些许悔悟的情况下，交代重要的情报线索。但此举对这个受过强化军国主义教育的恶霸地主的儿子，却真正是对牛弹琴了。他虽年轻，但军国主义的反共思维已经僵化在脑子里了。此情此景只是显露了此人在老师和同学面前一闪即逝的眷恋故乡之情而已。

接下来的审讯未意十分顺利，可以说是有问必答，对答如流。因为在沈阳他已经和侯长贵有了一次交锋，那次他就将间谍组织的情况都交代了。作为训练有素的职业间谍，非常清楚对于已经发生过的案情，没有隐瞒的必要。况交代之后，会放松敌人对自己的注意，然后寻求逃脱的时机。只有对方认为你已毫无利用价值的情况下，你才能有逃生的机会，但也有另一种可能就是速死。

他竹筒倒豆子一般，将此次和蜜蜂同时入境以来的所有行动都回顾了一遍，当然也印证了吴丁和侯长贵的多项判断。当问到蜜蜂在雄狮那取走的名单下落时，孙思奇很有些得意地说：“早就在美国中情局的桌子上了吧。”金石开慢慢地把扁头蛇抄写了备份，并把它缠在身上的细节告诉了他。

孙思奇头上冒汗，出一口长气，把手掌拍在桌子上。因为他知道，他们十三人的间谍组织彻底失败了，简单点说，早被美国人抛弃了。

让金石开三人万分兴奋的是，李乐是国民党军统特务的证据，都在孙思奇这找到了。他不但交代出在军统北满站王力亲口告诉他的与李乐接头的暗号，而且一字不落地背下了李乐在莫娃那发往长春的十二封情报的内容，及发报的准确时间。在场的三人不由得折服于这个职业间谍的惊人记忆力。让他们高兴的是，童局长有救了！因为情报内容完全可以证明，提供情报者非李乐莫属。更令金石开吃惊的还有，这个孙思奇不但是美国、日本间谍、国民党军统特务，竟还是苏联情报部门有代号的正式情报员。

天亮了，审讯整整进行了一夜。临分手金石开嘱咐侯长贵，要严密封锁孙思奇被捕的消息，若让苏联情报部门知道就麻烦了。如果苏方要人，我们没有任何理由不给。

案犯随身携带的微型胶卷被冲洗放大，里面有他全部的工作日记和收发的电文，当然也包括李乐送来的十二封。他从乔装入境到被获遭擒，总计一百四十天。他在供词上签字画押的时候，对侯长贵说："这回我该痛痛快快地休息几天了，然后就是永远地休息了，你也算给你爹妈报了仇。"

这日，侦查科长吴丁在查阅卷宗的时候，发现了一封字迹歪歪斜斜的电文，电文显然是莫娃在有人口述下记录的，从字迹上看出她的紧张。这封电报就是孙思奇最后发给长春站的电文。时间正是韩七戏耍侦查员的那天晚上。孙思奇对韩七的心狠手辣，令莫娃拿不住笔。为整理李乐案卷，吴丁连轴转了几昼夜，侯长贵看在眼里痛在心上。吴丁年轻时受过日本宪兵队的电刑，患有严重的心脏病，但为救童大鹏，已顾不了许多。军区保卫部正大张旗鼓地筹备李乐的追悼会，接到了这份翔实的材料后，偃旗息鼓了，总算没有再闹出政治丑剧。

为给韩七、冯五建档案，吴丁又一次提审了孙思奇。对于杀人害命，孙思奇不以为然，认为那些人是生不逢时，命中注定。唯独对杀害韩七、冯五感到有些惭愧。按他的理解，这类人和他并不是同类，他们不信武士道，但尊崇武林道，没有大和魂，却有中国魂，在他们身上彰显的是一种东方道德特有的光辉。他们有严格的帮规和纪律。共产党管他们叫"流氓无产者"。政权利用他们，可以维护社会的稳定，而反政权利用他们，则会对社会造成巨大的破坏。现在看是政权把他们推向了无产阶级革命。孙思奇看重他们的"义"字，在和韩七、冯五的交往中，那二人始终遵奉"义"字，他应该言而有信放过韩七，败中取胜不杀冯五，这两个江湖义士不欠他的命，但时过境迁，悔之晚矣。

吴丁在处理这些案件的同时，又得抽出大量时间配合军区保卫部核实童大鹏的历史，因为伪满十四年，吴丁始终在他身边工作，具有绝对的发言权。但保卫部的主要干部却始终抓住不放，一定要查出童大鹏投敌叛变的证据。让吴丁急一阵，恼一阵，无法解脱童大鹏的冤案。

万般无奈，金石开向在东北任要职的老领导做了汇报，以求得他们的支持，救出童大鹏。

这日，首长们在哈尔滨太阳岛召开高干会议，金石开奉命参加。

金石开在休息大厅见到了众多老领导和老上级，有妇联领导人王阿香，只是拄着双拐，一条右腿在长征时因伤锯掉了。她的丈夫刘金贵须发斑白，是现任东北总工会主席。沈万才此时正在野战医院疗伤，也和老院长甄济仁一块来参加会议。门开处四个警卫护着一位白发人，竟是程阿庆，此时他身居要职，主抓军工。

会议开完，这些人都没走，一起向民主联军首长谈起童大鹏的案子。首长显得不太高兴，嘱咐保卫部接待处理，就离开了会场。临行前冲甄济仁冷冷地说了句："小题大做。"原来经多方营救不见效果，甄济仁给中央书记任弼时打了电话，详细汇报了童大鹏的冤案。任弼时找来了李克农，了解了童大鹏在伪满期间的工作业绩和主要履历后，极策略地在和民主联军首长的通话中谈到了童大鹏的问题。

保卫部的几位正副部长和主要办案人员同时接待了几位老领导，检讨了工作中的僵化作风，尤其在李乐案件中判断的失误，并要求处分。同时宣布了关于童大鹏恢复工作的决定。

关押童大鹏的监狱也设在太阳岛，程老提议，大家一起去探望这位被屈含冤的老同志。

军区保卫部监狱壁垒森严，四道围墙，三层电网，是由伪满军官疗养院改建的。大家来到这里的时候，正赶上监狱放风，上百名穿着灰军装的人都戴着沉重的脚镣子，稀里哗啦在院子里走大圈儿。

"用得着都砸镣子吗？"程老问那看守长。

"这些人不守监规，来之前都是各级指挥员，有的资格非常老。"那人回答。

犯人见一群当官的视察，先是安静一会儿，紧接着都炸了营，全都拥到这边来。其中有人认识程老。"程咬金你得替我们申冤哪！放我们出去，我们出去打老蒋。"

“让我们死在战场上！”

……

大家鱼贯走进内院，程老对甄济仁说：“延安整风以后，这种清查还一直不断，咱们内部哪来的这么多叛徒、特务？”“怎么没有，童大鹏不就是一个？”甄济仁话里有话。

因这几个人级别太高，随行的保卫部干部不敢吱声。但一位副部长对甄济仁说：“这里关押了一批东北的老地工，童大鹏进来，引起了一次闹监。因为很多人都见到或听说过这个号称千面人的神奇特工，其中有人就是他从日本宪兵队和思想矫正院救出来的。大家都说：‘童大鹏若是汉奸，地下党没好人了。’”

童大鹏被关在一间单人牢房里，刚刚换上了一套整洁的军装，头上缠着绷带，面容憔悴。从地上堆放的那套残破的沾满血迹的军衣分析，在这里他已受过多次刑讯，见来了这几位老首长，他硬挺着站了几次都没站起来，大家围了上去。童大鹏并不激动，只是指指腿说：“对不起。”

甄济仁伏身看他的腿，说：“怎么打得这么重？”抬眼看，那几个保卫部的干部早躲到门外去了。沈万才、金石开上前架他往外走，因刚刚卸下脚镣，加之腿伤，童大鹏竟迈不开步。“来人背！”程阿庆大喝一声，门外马上进来两个警卫，把童大鹏背了起来，一行人直接去了野战医院。吴丁和侯长贵骑着挎斗摩托赶到医院，见到童大鹏，两个人哭得像个孩子，只待了一会，就急忙回局，并带走了金石开。童大鹏被捕后，哈尔滨市的敌情骤然紧张起来，敌特行动猖獗。

三人径直来到审讯室，提审刚刚捕获的两名军统特务，掩护身份分别是锯木厂和钟表铺的经理。据二人招供，是国民党军统局北满站哈尔滨特别组发给他们的反共证明书，今日反共，国军来时必有重赏。这个组已在哈市发展成员过万人，大多是伪满警察和宪兵。市区安插了十个行动组，每人都有盖着“国民政府军事委员会军事统计调查局东北区哈尔滨特别行动组”关防的委任状。拿着这个关防到银行能提款，到粮栈能取粮。宗教领袖轮番接见。他们迎合了社会上层的正统意识。这些上层人物认定了国民政府一定要来接收哈尔滨。

近期，为部队迅速扩军，民主联军决定收编有反满抗日历史的土匪武装。这些人已分批进入哈市。各绺子的大柜们都在陆续和联军签署协议，等待整编换装。但这批人成分复杂，根本无法审查清楚。土匪头子大多是军阀、恶棍，俱是心狠手辣之徒，匪徒也多是地痞、流氓、伪军警宪特。尤其江北已开展大规模土改，大批的逃亡地主、地富也都混在其中。据侦察，军统特别组已开展了策反工作，有的已经为他们颁发了委任状。这种明归中共暗投国民党的情况，非常普遍。为此公安局派大批警力予以监督、监控，以防突发事件对社会稳定造成重大冲击。据内线举报，这夜就要有重大行动。

情势紧急，当晚金石开就在公安局办公室里给童大鹏设立了特殊病房，请童大鹏带伤坐镇，参与决策。并从独立骑兵师调出三百名战士，佩戴公安袖章，临时编入警察队伍。

极乐寺是哈尔滨规模最大的一处寺庙，方丈海人法师，原是五台山得道高僧，主持这所寺院已经三年，是哈市有影响的宗教上层人物，任哈市参议员。此人博学多才，其父做过晚清的道台，寺内僧众过百。

这晚，寺院大门紧闭，门前行人寥寥，而禅堂内却灯火通明，似有大的仪式。几十位长衫短褂的居士雁翅儿排开，很像是梁山泊英雄排座次，又像似赵家楼聚义的三十六友。这些人可都是大名鼎鼎、威震四方的人物。这里有吉林韩边外的门婿老将牛子杨、嫡孙韩锦堂，宁古塔刘百万的曾孙刘德厚，三姓的地主朱千里，还有黑龙江火磨大王荣彩臣，松北反共义勇军总司令李华堂，蒙古旗王巴旺金措，伪满近卫军的参谋长森志，著名的胡匪头子青山、江北、福字、吉祥、串地龙、占山虎……

这些人乘进城整编之机，要在哈尔滨举行武装暴动，赶走东北民主联军，接收哈市。

海仁法师主持，列座各位大佬争相发言表态，雄心勃勃，志在必得。这些人自觉内外布置严密，计划已万分周全。他们认为江北各地开展土改，进行流血斗争，已致十万流民涌入哈市，人口迅速膨胀。反共武装借整编之机顺利进入城市，举火为号，全城暴动。

暴动计划拟定完毕，众人进了吕祖祠，焚香礼拜，居士讨签。签上词是：

皇天后土恨悠悠
孤臣孽子愁白头
关内反王乱七处
东北群氓斗八牛
日已落
风又紧
杀声疾

云遮月
要问吉时
应在今夜

这是一张下下签。方丈看签勃然变色。

一声清脆的枪声响起，紧接着稀里哗啦门窗玻璃全被击碎，吕祖祠内冷风横灌，数百支黑压压的枪嘴子对准人群。门开处，知客僧安静率众沙弥冲进现场，抖动手中的绳索，口诵佛号："我清静禅林，岂容妖孽横行。"这五十名恶首，茫然中乖乖交出武器，束手被擒。

极乐寺和尚就擒，哈尔滨市全城戒严。公安战士全员出动，按图索骥。天亮前，逮捕暴动匪徒一千余名，交火中双方多有伤亡。

这次大搜捕行动，引起了强烈反响。因为在民主联军动意收编土匪武装之时，党内就产生了严重分歧。童大鹏为首的公安系统持反对意见，侦查工作缜密细致，一直在暗中进行，终于取得了这场战役的胜利。主张收编的一派在事实面前承认了判断失误，东北民主联军由此开始了由收编土匪到强力剿匪的战略转变。

童大鹏被捕期间，是侦查科长吴丁顶着巨大的压力来打这一场攻坚战，困难可想而知，人们听说他也是拼了性命来完成任务的。果然，在传来战斗胜利消息的当儿，他昏死在吉普车旁，铁打的汉子倒下了。

这日侯长贵从机要室得到一份极其重要的消息后，马上骑摩托赶到医院，他要让吴丁最快知悉这一振奋人心的喜讯。侯长贵伏在床前，一字一句地给吴丁念一段国际要闻，是美国旧金山商业广播电台播音记录。

电讯新闻：

本台驻华盛顿记者罗素报道：今日中午在华盛顿近郊詹姆士凶宅，发现一具艳丽的女尸。经联邦调查局认定，她是合众国派驻某国总领事乔治先生的夫人亨利·茄茵。死者是被剧毒化学药物杀死，死后面目如生，娇艳欲滴。

又讯：

据官方透露，她是一位著名的国际间谍，混血儿，二次大战前后，曾在柏林、伦敦、巴黎、维也纳、马德里等地活动，最后跑进满洲。曾任日本关东军毒气弹工厂厂长，取名北村金黛。

又讯：

她是日本投降前潜伏在满洲的十三名职业间谍之一，代号蝴蝶，位居第四。此次为争夺从满洲携来的一幅神秘的白绢而溘然去世。这幅白绢，有用日文片假名书写的资料共十万零八千字。此物从死者身上搜出，目前无法破译。

又讯：美国情报部门为争夺这幅神秘的白绢死伤多人。

加急电讯：此间查明华盛顿近郊詹姆士凶宅已经封闭百年，首次发现这所凶宅的底层是一个研究化学武器的秘密工厂。

吴丁笑了，笑得那样开心，那样从容。

侯长贵哭了，哭得那样肝肠寸断，抢地呼天。

转瞬间，勇敢的侦查科长吴丁的心脏不再跳动了，这个万宝山下的穷孩子，为了无产阶级革命献出了年轻的生命。

市公安局为英雄举办了隆重的追悼会，童大鹏伤未痊愈赶到现场，亲致悼词。各界群众都赶来为这位英勇殉职的侦查科长送行。

在低沉的哀乐声中，童大鹏凝望着吴丁的遗像，眼泪模糊，往事袭上心头。

吴丁，小名山丁子，是个胎里苦的孩子。三岁丧母，父亲吴长青背着他给财主雇工。种地时把孩子拴在大树下，几步一回头，很怕丁子被狼叼了去。为这东家向他使脸色，东家奶奶的话可就不好听了，一个长工两张嘴，到了秋后可怎么算劳金哪？这以后吴长青顿顿吃半饱。父子在难处时，镇西天大柜的炮头赵二愣来探望他。见如此境况，便要带他们父子上山，吴长青万般出在无可奈，领孩子随赵二愣参加了土匪。

父子俩定居在两家子，给万宝山镇西天大柜做交通。在这里结识了独脚盗曹荣，后来又遇到了逃亡的沈万才，这才引出了日后的故事。

三义士投靠共产党是在一九三二年遇到共产党员童大鹏之后。童大鹏为曹荣治好枪伤，便派他去安东，潜入山区建立抗日武装。曹荣啃聚山林，化名赵亚洲，聚集绿林朋友和流散的东北军旧部及一干地方抗日武装，很短的时间内便达到了一个旅的规模。合编到邓铁梅抗日武装，在南满转战两年重创日本侵略者。后由于敌我力量悬殊，邓铁梅被擒，队伍溃散。

吴氏父子随曹荣率部队历经千辛万苦，转战到长白山区，参加了杨靖宇将军领导的东北抗日联军。抗联与日伪的斗争是极其严酷的，真真正正是艰苦卓绝。曹荣当旅长、当团长、当营长、当连长，有一次全军覆没他当过三天班长，最后就剩下他一个人了。

鬼子封山并屯，抗联离开了群众，已是死路绝方。这日大雪纷飞，吴长青躺在担架上随残部在林子里迂回。吴参谋得了伤寒病，几天没有进食了，已然奄奄一息。吴丁抬着担架，在没膝的雪地上跋涉，手脚都冻僵了。他从怀里掏出个馒头，想喂爹爹几口，可冻硬的饽饽咬不下来。入夜，队伍在林中停歇，暂避风雪，吴长青的担架就停在一棵青松下面。吴丁用刺刀把馒头割下几小块，放在嘴里嚼碎，嘴对嘴挤进爸爸的嘴里。未料遭到伪军巡山队夜袭。一仗下来，吴长青躺在担架上不动了。

好汉吴长青生没记年月日，死不知在何时，况不知这里是何地。古人讲，生有处，死有地，他生在逃荒的小路上，死在深山老林里。抗日救国军的情报参谋、东北抗日联军总司令杨靖宇倚重的情报科长吴长青，就这样无声地走了。但四方百姓都记得杨司令身边的这位吴大胡子。

部队撤入苏联远东休整。曹荣奉令带吴丁来到哈尔滨，化名辛东亚，在正阳大街上开设了一间洋货铺“协和洋行”。吴丁改名辛兴，由此“父子”二人开始经营商业。曹荣送吴丁到日本学校学习日语。三年头上，这个年轻英俊的外柜，就能操流利的日语在商场上驰骋了。协和商业势派很大，已能同大名鼎鼎的“发”字买卖一争高低。“父子”二人把这个“抗联”的敌后据点办得红红火火，为抗联的敌后斗争立下了汗马功劳。

太平洋战争爆发，日本强化了对东北的掠夺和控制，社会局势急剧紧张起来。由于叛徒出卖，协和洋行被查封，辛氏父子同时被捕关进了日本宪兵队。宪兵队俗称鬼门关，对待政治犯三种处置方式，一是屈服，悔过；二是处死；三是刑讯致残。父子二人均遭受电刑，严重损伤了心脏，致后来二人均因心脏病而殉职。

这晚，宪兵司令的翻译官进监提审辛东亚父子。天明，监狱里发现两名被剥下制服的日本宪兵的尸体，牢房里少了两个犯人。涉险救他们的这个翻译官，就是传奇英雄童大鹏。

童大鹏是由中共中央保卫部李克农直接指挥的满洲地区直属交通员。九一八事变后，打入抗日救国军任侦察连长，后又随邓铁梅、苗可秀等东北义士坚持斗争到一九三三年。童大鹏浑身是胆，变幻莫测，号称千面人。今天是维持会的秘书，明天又是某保安团的参谋，当过一气儿省政府的咨询，也任过绥靖公署的官员。装狼像狼，装虎像虎，手眼通天，四通八达。日本特务机关搜捕他，关键时刻有大汉奸出面掩护；大汉奸锁住了他，又有日本人保护。 这样的真真假假虚虚实实，五年之后，奇特的是，他的通缉令已在日本特务机关消失了。除在上层游走，他还在奉天西北市场开过煎饼铺，在锦州大马路卖过牛羊肉，在兴城盐滩当过苦力，在山海关“田氏中学”门前开过茶馆，在“新京”铁行街当过经纪人，在哈尔滨当过出租车司机。在开辟东北抗联和关内八路军的联络通道时，他是核心人物。上天入地，独来独往，还受党组织派遣，三次去苏联。当然，这个活跃在东北十四年，有如此经历的独胆英雄，被列为重点对象，受到东北民主联军保卫部的特殊严密的审查，也就在情理之中了。

三人从哈尔滨逃往奉天，参加了八路军便衣队。太平洋战争爆发以后，伪满洲国的整个秩序都发生了变化。为抵制“七二五价格”，大批商民关闭店铺。满洲国币大幅贬值，黑市遍布。全市工人消极怠工，青年学生风行殴斗，到处都能见到打群架的孩子们。文官武将各怀心腹事，明哲保身。军警两界多有借家理教名义，暗中向八路军提供情报和支持。宪兵队、警察署、思想矫正院，虽还在大肆施行白色恐怖，但却处于被孤立的境地了。

曹荣、吴丁父子大显身手，在八路军便衣队里声名鹊起，多次受到上级党委的表彰。随着全世界反法西斯战争的节节胜利，日本军国主义也走到穷途末路。

这天吴丁动问义父，日本人就要投降了。自一九二八年离开万宝山的两家子，已经十七年了，这回您该回去和大娘团聚了。当年大娘待丁子如亲生，她就是我的娘，我也跟你回去，报答娘的恩情。

老曹荣微笑着说：“傻孩子，当年我随长青、万才走时，就已经割断了夫妻父子情。我让你娘招夫养子更名改姓，永生永世不再重逢了。自古英雄豪杰均无身外之物，贪妻恋子能干成什么事情。自从参加革命，更是坚定了这个信念。童大鹏跟我说，未从闹革命，就得先放下自己的事。用共产党的话讲，无产阶级只有解放全人类，才能最后解放自己。”

老曹荣先走了，如今小山丁子也跟了去。革命就要流血牺牲，比起烈士们，童大鹏受些委屈算得了什么呢！

第四十五章

清早，监狱里的气氛紧张起来，突然增加了许多全副武装的民主联军战士，协同公安人员和狱警，在监号外的长廊上巡逻。并拿着名册，一个牢房一个牢房地核对人犯。孙思奇见一些重刑犯已在打理各自的物品。监号里很静，犯人们互相都没有言语，有的换衣服换鞋，有的洗脸梳头。

孙思奇知道大限到了。他砸着镣子、戴着铐子，办不了这些事。再说，他也没有任何行囊和可换洗的衣服和鞋。伸手从桌案上取来分给他的搪瓷缸子，里面还有半下清水，他用这点水洗了几把脸，拢一拢长长的头发，摸摸满脸的胡子。心里想，只能穿着这套老农的棉袄棉裤，带着这一脸的胡茬子上路了。

他坐在床边，闭上眼睛，心绪竟波动起来。我还不到二十二岁呀，就这么没了？似乎心有不甘。但转念想到，父亲说过，村里闹胡匪，曾握着他的手搬动扳机，打死了一个胡子，那年他还不到一岁。这一生中，包括自己的亲生母亲、妻子、岳母和没出生的孩子，也包括韩七、冯五这些个他自认不该杀的人，究竟杀了多少人呢？记不得也数不清了。够本了，时数限人，大日本帝国气数已尽，眼下的大和民族，正遭遇史无前例的全民族涂炭，小小的石松泉合当殉葬。

忽听门外人声嘈杂，开始提犯人了。狱警点名的声音很高，整个牢房都能听得清，一号接一号地提。点到名的，由狱警卸去刑具，上绑绳，插招子，推出牢门，由战士持枪押走。战士们都端着上了刺刀的步枪，刺刀紧抵住犯人的后心。

今天集中处理在极乐寺预谋举行武装暴动的土匪和罪大恶极的凶犯，多是大名鼎鼎的人物。监狱周围直至江边刑场，三步一岗，五步一哨，戒备森严。为防止意外，取消了游街示众。人犯装进带篷布的十轮大卡车，直奔刑场。市公安局全员出动，侦查科长侯长贵担任执行官。点到孙思奇的名字，两个人过去给他卸下了脚镣，在卸手铐的时候，侯长贵命令：“两只手扣到后面去。”见是侯长贵，孙思奇笑道：“没想到你来送我，也算见证一下我的人生。”“恶贯满盈了。”长贵冷冷地说。

“政治斗争，成王败寇，何来恶贯满盈。其实你和金老师是完全可以救下我的，只需给苏联领事馆打个电话。可你们非要杀我。何苦呢，毕竟师生、同学一场。”孙思奇似有怨言。

“杀人偿命，欠债还钱，我不杀你，你就杀我，阶级斗争是没有调和余地的。”侯长贵不再搭理他。

孙思奇上了绑绳和同监号的死囚，一同被押了出去。

松花江边冷得煞实，西北风卷着烟儿雪，抽在人的脸上，让你喘不过来气。孙思奇从车上跳下来，棉袄棉裤瞬间打透，像光着身子站在寒风中，浑身颤抖，打起了牙巴骨。最忍不了的是耳朵，他的棉帽子早在江上被捕时就不见了。此时光着脑瓜，十分钟不到，剧烈的疼痛感就消失了。他知道，这对耳朵已经先死一步了。

开阔的松花江面，白茫茫一片，离江边不远处打出一串串大小不一的冰窟窿。孙思奇见状，心想，这才叫死无葬身之地了，当初跟韩七起的誓，今天应验了。

被点到名的人犯，经侯长贵亲自辨认，推到江边，十人一组执行枪决。执行后，由执法队把人犯尸体扔进冰窟窿。等到第五批时，点到了孙思奇。侯长贵上下打量他一下，几乎冻僵的孙思奇已经无法张嘴说话了。因着刚刚卸去沉重的脚镣，他已不会走路，是由两名法警把他拖到江边的。人犯冲江面跪成一排，等待开枪的命令。这时只见孙思奇浑身猛挣了一下，声嘶力竭地喊出了一句日本话，侯长贵听得清楚，是“天皇万岁”。紧接着枪响了，孙思奇迸出的脑浆在严寒的空气中形成一团粉红色的烟雾，随即消散了。

侯长贵执行完任务，回到公安局，被金石开叫进办公室，非常焦急地对他说：“赶快去准备一台汽车，送我过江。”

“怎么了？”

“沈万才病倒在蛟河，去晚了怕看不见了。”金石开焦急万分，眼睛里盈满了泪水。

“不会的，沈二叔是铁打的汉子。”

半小时后，一辆美式军用吉普，风驰电掣般驶过松花江铁桥，冲向南岸。

金石开调任哈尔滨市公安局长，调令是在新开岭战役的前线接到的，当时他正和沈万才一道指挥一场极其艰苦的战役。东北剿总司令长官杜聿明于十一月份调集八个师十万人，进攻南满，妄图把东北民主联军彻底驱赶到江北。大部队压在安东、凤城、宽甸一带，这已经是东北民主联军在南满唯一能控制的地盘。丢掉南满，中共就失去了迂回的空间，在战略上将变得十分被动。守不守南满这块弹丸之地，意义非常重大。当然也在党内、军内引起重大争议。最终主战派占了上风，陈云同志亲自到前线指挥临江保卫战，这才有了后来的“三下江南，四保临江”，一举扭转了东北民主联军且战且败的颓势，为全面反攻奠定了坚实的基础。

但杜聿明并非等闲之辈，他也看准了这步棋，消灭东北民主联军，第一步就必须把他们彻底赶到北满，为此全部动用了主力部队，志在必得。战斗打得无比惨烈。

沈万才指挥独立骑兵师与国民党五十二军二十五师周旋上了。这是国军劲旅中的劲旅，是唯一在欧洲战场上享有极高声誉的中国军队。参加过著名的诺曼底登陆，勇猛无敌，曾被艾森豪威尔将军称为“绞肉机”，是让德国纳粹军队闻风丧胆之旅。沈万才接到命令，不许与二十五师发生正面交锋。沈万才掩护辽东军区撤退和号称“千里驹”的二十五师兜开了圈子。

此时的沈万才师装备并不比二十五师逊色，但难在冬装上了，战士们着装不整。因民主联军扩军规模大，东北寒潮来得早，加之国民党对江北解放区的经济封锁，后勤部门的工作明显跟不上了。没有冬装的部队匆匆上阵，干部战士里面是单军装，外面套穿什么的都有。一周下来，因冻伤减员剧增。

敌二十五师师长李大麻子在望远镜中见沈万才的部队，放声大笑：“这叫什么部队，胡子兵嘛。”为此紧紧贴上，穷追不舍，使沈万才陷入被动。他清醒地认识到，必须刺刀见红，迅速结束这次战斗。因为我们拖不起，每天都有大批战士冻伤。而二十五师却是全副美式冬装，官兵都穿着皮猴儿，脚蹬高腰棉皮靴。

沈万才借着二十五师的这个黏糊劲，把这个号称“千里驹”的劲敌引进了辽东山区的新开岭。四纵全员出动，三个师团团围住了一个师，刺刀见红，打了个天昏地暗。让这个李大麻子深知了八路军这些“土包子”的厉害。几天下来，二十五师就被打得丢盔卸甲了。援军迟迟不到，又无力突围，竟下了一招险棋，把队伍拉上了老爷山。设想援军一到，内部开花，给民主联军来一个反包围，从而转败为胜。但设若援军未能在民主联军外围形成反包围，那他孤守山头，只能是全军覆没了。

李大麻子是自作孽不可活，他主动给我军设了个围点打援的战局，而围点打援是八路军的拿手好戏。杜长官明知李大麻子弄巧成拙，但又不能把这个师白白送给共产党当了肥肉，只得调集部队增援，力图救出二十五师。

司令员命令沈万才，不惜代价，用最快的速度，把二十五师全歼在老爷山。

这是一场真正意义上的攻坚战，老爷山上布满了日本关东军修筑的战壕、工事和碉堡，一般碉堡都能容纳几十个人。二十五师上了山，凭借这些洋落儿，真是如虎添翼，而老天不开眼，又下起了雨，冷风袭来又变成了雪，陡峭的山路都挂上了冰。联军战士穿着单薄，在冰雪的山路上爬行，面临的是从山上坚固工事中射出的密集的弹雨，困难可想而知。

李大麻子上了山，但重武器扛不上去，丢弃的炮兵阵地都没有乱。沈万才热锅热灶，给他来了个自己配药自己吃。此时沈万才已不缺多种山炮、野炮、迫击炮，况且有足够的炮弹。为此，炮兵打了头阵，三个小时，几千发炮弹落在老爷山头。敌军做梦不会想到，如此穿着破烂、毫无军容可言的土八路，会有如此猛烈的火力。

天擦黑，炮击停下来，步兵呼叫着攻上了山头，但很快被一个巨型碉堡挡住了去路。这个碉堡个头大，位置奇特，从猛烈的火力分析，这显然是二十五师在山上的指挥部。抠这个大碉堡，费了力气。五拨爆破手上去，都没能回来。营长组织了几次硬攻，都被敌人猛烈的火力压了下来，并造成了重大伤亡。

对峙中，沈万才来到前沿，注视着面前这块开阔地，琢磨战机。

“看。”他召唤了一声营长，火光中只见离敌碉堡不远处，在横七竖八栽倒的牺牲战士的尸体中，有一个战士在缓缓地向前爬动，一步一步地接近了碉堡。

大家紧紧注视着这个战士，敌人的火力很强，他爬得很慢，但一直在前行。时间一秒一秒地过去了，几十米的距离，他竟爬行了二十分钟。终于爬到碉堡边上了！只见他靠在碉堡上，坐在那里没动。在敌人射击的间隙，他似乎是点着了一支烟，慢慢地吸着。那一明一暗的烟火，看得十分清楚。阵前注视着他的官兵，心都提到了嗓子眼，沈万才拍了一下身边的营长说：“这小子真是块料，这个节骨眼儿上，必须沉着。”手到处知道营长的棉衣都湿透了，他知道这是紧张所致，此时他的衣服也早被汗水浸透了。

“准备进攻。”沈万才下了命令。

未出所料，这个艺高胆大的战士，趁敌人火力间歇期间，稳稳地把一只冒着烟的苏式爆破筒，狠狠地塞进了碉堡的射击孔。几秒钟后，轰然一声巨响，一团巨大的火光，碉堡炸开了。顿时，冲锋号响起，前敌的战士们杀声一片，大叫着冲上了山顶。四散的敌兵退到山下，拥进了二十五师师部所在地黄家堡子。

又是一场恶战，四纵的三个师阻击了敌人的增援部队，回过头来增援沈万才，干净麻利地吃掉了这块杜聿明的心头肉。战后杜聿明说："二十五师这样好的部队，如此下场真令人痛心之至。如果大家今后都像二十五师这样傲慢轻敌，就会亡党亡国。"

新开岭大捷，打出了民主联军的信心和勇气，奠定了临江保卫战胜利的基础。

沈万才在师部专门召见了那个沉着勇敢的爆破战士，指令为他请功。这才知道此人是从一纵工兵营特意调来的爆破手。"好小子，有你的！"沈万才笑呵呵地用拳头击了一下面前这位高大威猛、英俊魁梧的战士。"叫什么名字？"沈万才问。"王北辰。"小战士回答，笑眯眯地看着这位首长。

"有个老猪腰子，那个节骨眼儿，还能腾出空来抽支烟。"

"太累了，得缓口气，那么沉的爆破筒得一下子捅到里边去，浅了，会被他们推出来。"

"好小子，我已和你们师长商量好了，联名给你报二等功。"万才笑着递给他一支烟。

"谢谢二叔。"那战士"啪"的一声立正，给万才敬了个军礼。

"二叔？"万才疑惑地看着他。"二叔认不出我了？我是王吉庆的儿子，王北辰。"

"斗儿……"沈万才激动地上前搂住了他。连说："这怎么认得出来！三一年我和救国军进堡子，你才这么高，小崽子呢。"万才用手比量一下。真没想到，这个勇敢的战士，会是自己的侄子。

"那年六岁，当年要能拿得动抢，就跟二叔打鬼子去了。"

"哎，巧了。"沈万才突然想起了什么，笑着说："你知道谁在我这儿呢？你妹妹金凤和老焦家艳霞，我听说你跟艳霞相好呢，那可是个好闺女。"

"什么？"王北辰不敢相信自己的耳朵，还有这么巧的事。

"这次打新开岭，联军总医院给我们派来二十名卫生兵，其中就有她俩。"说着打发通讯员去卫生连把那两人叫到师部来。爷儿俩这才坐下来，叙叙往事。

光复后，沈万才驻兵沈阳，其间几次路过家乡都没能抽空回趟家，心里惦记得厉害。真是如饥似渴地听北辰讲述了家乡和父老的境况。王金凤、焦艳霞来到他这儿，正赶上攻坚老爷山，哪还有工夫叙旧。当听到自己的亲侄二秃子也参加了东北民主联军，家中只剩下老嫂子时，万才无比伤感地说："我对不起我那苦命的老嫂子啊。"

"二叔放心，有我爷、我爸在，我大姑掉不地下。等革命胜利了，我们哥儿几个都回去孝敬她。"北辰爽快地说。"我也盼着那一天呢。"万才说。

谈唠间，门外人声嘈杂。门开处，焦艳霞、王金凤身后又跟来一群卫生兵，一起拥到万才面前，七嘴八舌地说："师长，得赶紧想办法啊，伤员等不起了。"焦艳霞打开急救箱，倒在桌子上，里面只有几小卷纱布和酒精棉，她扫了一眼日思夜想的王北辰，急切地说："二百多重伤号正在等死啊，一点药品都没有了，伤员还都挨着冻。"

沈万才看了看这些战士，身上穿啥的都有，非常杂乱，但却都戴着单军帽，进屋后都赶着跺脚搓手，这次战役真是把战士们冻坏了。"大家别急，总医院派来接重伤员的车就要到了，并能带来必要的药品。"他招呼他们上了烧热的火炕。

"棉装怎么办？现在被冻伤的战士越来越多了。"一个人说。万才没回应，他知道，部队无冬装参战的惨烈情景，纵队首长是一清二楚的，但凡有办法，也不能拖到下雪，这可是东北呀。

"师长，请求给我处分，昨天在战地包扎所，我把枪挂在一棵树上，被一名重伤员拽下来，用它自杀了。"半晌焦艳霞哭着说。"重伤号自杀已不是个例了。"又一人说。

"走，看看去。"沈万才起身领大家奔了战地医院。这时王金凤和焦艳霞才得空和王北辰说上话。一路上，王北辰见一个戴眼镜的卫生兵一直在他们左右，王金凤也像有话跟哥哥说。

重伤号已大部分安置在百姓家，呻吟叫喊声不断。战场上有个惯例，战斗进行中，伤员无人喊叫或呻吟，一旦战斗胜利，那便叫声大作了。此时有医无药，伤员痛苦的呻吟声格外刺耳。设想前几天这些忍着剧痛和严寒，躺卧在冰雪地上的重伤号是何等境遇！好在一个小时后，总医院的大卡车来了，把危重伤员全部拉走，并带来了一些急需的药品，但仅仅是杯水车薪。轻伤员包扎处理，随队行动，但每人都配发了一件从战场上缴获的美式皮猴儿。战士们拒绝戴缴获的皮帽子，坚持戴着民主联军的单军帽。所以整个部队还算有统一的标记。这是沈万才一生中遇到的最冷的冬天。

打扫完新开岭战场，国民党四个师又围了上来，四纵全线撤退。原想撤回北满，但行军中传来了八道江会议的决定，坚守南满，与敌人打游击。不但南满的部队不撤回北满，北满的部队还要大批下江南，支援南满，保卫临江。沈万才焦虑的不是打仗，是寒冷的天气。部队已因冻伤造成了大量减员，战斗力明显下降。冬装迟迟配备不上，战士们穿着单薄的衣裳在冰雪里与敌人周旋。

部队转战到蛟河，休整几日。首要的问题是必须解决战士们的棉鞋，脚冻伤了，还打什么游击战！由此动员全县百姓为联军筹措棉衣，制作棉鞋。官兵们自力更生想尽办法解决防寒装备。

这日，王金凤和焦艳霞等一些女兵，聚集在卫生所里，给战士们缝补破旧的军衣和军鞋。王北辰领几个战士，又给她们送来了一些。见北辰来，王金凤和几个女战士都笑嘻嘻地去另一间屋了。临出屋，王金凤红着脸对北辰说："哥，你俩先唠悄悄话，一会儿还得听我的悄悄话呢。"

北辰弯腰往炉子里添了几块柈子，冷不丁地把艳霞拽到身边搂在怀里，悄声说："想没想我？"艳霞惊慌地挣开了他，急切地说："这是卫生所，让人看见。"北辰嘿嘿地傻笑着说："我要归队了，真舍不得离开你。""啥时走？""休整结束，部队来接我。这次打新开岭，立了个二等功，团长老高兴了，说我给工兵团争了光。"说着往门口看看，悄声说："回去就提排长了。"

"一看你就是个官迷，看把你乐的。"艳霞嘴上这么说，心里可比北辰都高兴，自己选的女婿，就是有出息。说着转身从一个包袱里拿出一双黑布棉鞋，说："我贪黑给你做的，快换上，是不是冻坏了？""我早就有冻疮了，每年都犯，这回是狠了点。行军的时候没事，只要停下来，我就坚持跺脚，晚上还用辣椒水烫脚。"北辰说着动手换上了鞋，在屋里跺跺脚，高兴地说："正好，我媳妇就是手巧。"

"臭美，谁是你媳妇了？"艳霞说着蹲下身，用手抚摸北辰的新鞋，看看合不合脚，嘴里说："你都穿我好几双鞋了，告诉你，这辈子不许没良心，不管你当了多大的官。"

"哎，艳霞，你说我能不能当上将军，像沈二叔那样。""能，最好当上大酱，我好用你蘸大葱。"艳霞说着大笑起来。"有完没完啊？"外间屋，王金凤大声说。

"没完。"王北辰回了一句，引来姑娘们的一片笑声。

"这个给你吧。"王北辰从挎包里掏出一条白色的围巾，递给了焦艳霞，说：

“这是我在商会送来的防寒物品里挑出来的。棉衣、棉帽、棉鞋、毯子、坎肩……什么都有，一人只许领一件，我就要了它。”“谢谢北辰哥，这个我喜欢。”艳霞接过围巾系在脖子上。

“金凤要和我说啥？”北辰问。“你猜猜。”艳霞说。“一准是那个小白脸儿的事吧？”北辰说。“真是聪明人，怪不得金老师那么喜欢你。”

“说，怎么回事？”北辰追问，“这些天我就看那小子总在金凤左右转悠。”

“人不错吧？人家可是英国留学回来的，大知识分子呢。我们总医院数一数二的高学历。”

“穷人哪有出国留学的？别是什么恶霸地主的儿子！”

“人家老爹是老革命，在中央直属部门工作，好像是什么政研室主任。他俩相好还是我给说的呢。”艳霞得意地说。“那革命胜利了，你就去当媒婆。”北辰笑道。

“去！”艳霞去把门打开招呼王金凤进来。

“没想到我老妹子稀罕小白脸儿啊。”北辰笑着对妹妹说。

“哥，你咋这没正形，不理你了。”金凤羞红了脸。

“快，把他找来，我们哥儿俩见个面。”北辰说。

“就在这儿呢，金才，快进来见北辰哥。”金凤招呼进来一个小伙子。

这人北辰已注意多时了，个头不小，但长得很文弱，戴一副无框眼镜，皮肤很白，五官清秀，一套棉军装，穿得很整洁，领口露出高领的驼色毛衣。说话声音不高，见北辰有些腼腆。“北辰哥，你好。”他上前几步握住了北辰的手。

王北辰凝视了他一下，心想，这不是个地地道道的少爷公子吗，金凤怎么喜欢这种类型的男人？转念一想，婚姻自主，恋爱自由，妹妹愿意的事，相中的人，当哥哥的参谋一下也就是了。

大家坐下寒暄，言谈中，知道这个年轻的刘军医是总医院技术最好的外科医生，已成了甄济仁院长的左膀右臂。由于他医术高超，医德高尚，已受到过联军总部和医院党委的多次表彰。军内号称“刘一刀”。战士在前线流血，他在手术室流汗，工作强度之大，常人难以承受。新开岭战役，他曾四天四夜没离开手术室，困极了，躺在地上睡一会儿，爬起来接着干。唠到这些，他也只是轻轻地笑一笑，说：“职责所在，职责所在。”

初次见面，王北辰从上衣口袋里取出一支派克金笔，递给了他未来的妹夫，说道：“这是我去军校学爆破，考了第一名，校长送给我的礼物。现在转赠给你，一句话，一定要好好待我妹子，她可是我们家的大宝贝。”

这时一个战士闯进屋来，大家都认识，这是沈师长的警卫员，他焦急地说：“你们快去吧，沈师长病了，发着高烧。他不让我们来找你们，我是偷着跑出来的。”大家伙儿赶紧奔向师部。

入冬以来，对于冬装的问题，沈万才真是急一阵恼一阵，伤透了脑筋。看着日益增多的冻伤的战士们，他心里简直滴着血。办法想尽了，但巧妇难为无米之炊，配齐一个师的冬装，谈何容易。昨夜，他去巡哨，在一户民居内，见到一发高烧的战士，盖着棉被还浑身发抖。万才把自己的大衣脱下来给他盖上了。他就穿着单薄的军装在各个哨位上巡视了两个小时。结果回到师部，半夜就来了病，发起了高烧。

沈万才的病来得急，来得重，刘军医一干人想尽办法，也退不了他的烧。撒下人马，寻遍全县城，淘弄到两丸“牛黄安宫丸”，服下后，消停了几个点。天亮后，高烧再起，竟昏昏沉沉地说起了胡话。敌我交错，大城市都驻着国民党的军队，返回哈尔滨根本不可能。电话打到总医院，甄济仁院长率带急救队星夜出发，赶到蛟河时，已是第三天中午了。

大叶性肺炎加急性肝坏死。

傍晚，金石开和侯长贵赶到了，此刻的沈万才已到了弥留之际。清醒过来见到金石开，告诉他说：“我已报告纵队，你得赶快回来。咱们周围迂回着国民党的四个师，随时要爆发恶战。现在给战士们配不齐冬装，再过些天要冻死人的。药品短缺，伤病员不能及时救治。我能力所限，你来接这个担子吧。我自感病来得不轻，好像过不去这个坎儿。”

“别多想，就凭你沈万才，一场感冒就要了命？鬼都不信。甄院长在这护着你，安心休息，烧退下去就好了。”金石开安慰他说。

沈万才看着聚在床前的侯长贵、王北辰、王金凤、焦艳霞说：“老沈我这辈子没成家呀，没想到临终，能有四个孩子在我身边，我知足啊。”

“二叔……”四个孩子都哭出了声。

沈万才支撑起身子认真地说：“交代给你们几个，万一我不好了，这个消息万万不能传到堡子里去。我那苦命的老嫂子，若知道我走在她前面了，非把眼睛哭瞎不可，一定得给我瞒住。”说完就又昏睡过去了。

大家围在沈万才周围，众多的官兵都聚集在院子里，有人用木板点起了几堆篝火，天上沉云密布，飘起了清雪。

虎石台的穷小子沈万才，迷蒙中走了一遍来时的路。他看见他和哥哥沈万洪正在地里紧忙活，嫂子挎筐给他俩送来水和饭。二秃子摇晃着小膀儿，大秃子前后撒欢，嫂子贴出的大饼子那是真香啊。

他看见他和刘铁柱顶着月光在窑地卖命脱坯，妹夫顾天成特意来看望他，瞬间，土坯就变成他家的砖瓦房。

天真阴哪，是他从马背上薅下恶霸孙扒皮，亲手把他掐死了。骑的是黄骠马，上了万宝山。

用鞭子抽他的是那个冷美人夏大丫，旁边站的是赵大吃和刘二，从楼上走下来的就是那个一脸横肉的张二德。

火光熊熊，枪声阵阵，万宝山头众兄弟分万宝，满山遍野哭声一片。

“兄弟，这个带好，给姐弄碗水来。”满身是血的夏大丫倚在一棵青松下，把一个皮口袋交给了他。没走几步，二当家的自尽了。

他跪在堂屋，给紧紧搂着两个孩子、死不肯认他这个救国军督队官的嫂子，猛地磕了一顿响头，走到屋外，他大声号哭。

他刀劈拐子马，驮着金三好的尸体和任老万大哥策马撤出奉天城，一场抗日大战，功败垂成。

他还看见了那个在窑子街花巨资买来的苏州姑娘叫秀花吧，他这是第一次离一个女人这么近。

一锤子击碎了大汉奸张二德的天灵盖，那小子像一堵墙似的栽倒了，瞪着眼睛。

恶战过后，他撤离湘江的时候，江水是红色的，那是战友们的血。

百团大战，他在马上刀劈了一个日本大佐，那个鬼子的刀法真不错。

他的骑兵团是共产党第一批进入东北的部队，队伍进入沈阳是何等的风光。他看见了，队伍里飘扬着那面鲜红的党旗。

……

昏迷中的沈万才嘴角露出了笑容。

钟敲十二点，只见沈万才“呼”地挺起身来，厉叫一声，大口喷血，吐尽了一腔热血，倒在了金石开的怀里。

甄济仁无力回天，亲眼见沈万才死于急性肝坏死和大叶性肺炎。

屋内哭声震天。院子里、街上的战士们的哭声，汇成了一阵阵的牛鸣，听着让人心碎，勇士们的哭声发自心底。

东北民主联军总部在蛟河县为骑兵师师长沈万才举行了隆重的追悼大会，参谋长刘亚楼率各纵队司令员亲来送行。在将士的呜咽声和清脆的枪声里，英雄的遗骨埋进了拉法山下的黑土地。

刘亚楼将军宣布，任命金石开为独立骑兵师师长兼政治委员。

王北辰归队了，艳霞过来帮他打点。“北辰，这仗越打越大，战场上你可得多加小心，为了我，也得好好的。”艳霞说着竟掉下泪来，“你们一共来了十个，可现在囫囵回去的就你一个了。”“这次特殊，老爷山上那些日本关东军的碉堡太难抠了，那是他们对付苏联红军的钢铁防线，可不也一个都没剩下吗？”王北辰若无其事地回答。

“我可就你一个亲人啦，你要有个三长两短，我也不活了。”艳霞哭得厉害了。“别说丧气话，我命大着呢。胜利了，咱俩就回村儿办喜事，我爷可是做梦都盼着抱重孙子呢。”北辰笑着说：“可不许生女孩儿啊，我爷要重孙子。”“那谁能定得了？”这句话说的艳霞笑了起来。

说着话，王金凤和刘金才推门走了进来，金凤两眼红红的，显然刚刚哭过。

“咋了？两人好好处，别一天鸡争鹅斗的，金凤，我不是说你，你那脾气真得改改。”北辰说了妹妹几句。金凤坐在床上，又呜呜地哭了起来，艳霞过去劝慰：“这到底是怎么了？”

“你问他。”金凤指着刘金才说。

“哥，那我说。”刘金才怯怯地道出了原委。一番话，竟让王北辰和焦艳霞大惊失色。原来刘金才竟是大头鬼刘紫玉的亲孙子。

日前，刘金才接到了父亲亲笔信，经中央组织部调查，终于把他父亲的事情查清了。他十几岁离家赴英留学，就和父亲失去了联系。他父亲在多地有宅子和眷属，究竟几房老婆，多少子女，大概只有他自己清楚。只是听说，父亲常年住在东北某地。他在英国参加中国共产党以后，父亲便和他断绝了书信往来，并停止了资助，还把他母亲撵回了娘家。母亲病故后，他已十几年未和任何亲属联系。一九四二年延安整风，对党的高级干部进行了严格的政治审查。但当时东三省还是满洲国，在日伪统治之下，内查外调极不方便，这事就搁下了。光复后，中共到辽西建立民主政权，镇压罪大恶极的汉奸时，发现了清水镇的刘紫玉就是他改了名的父亲。审讯刘紫玉时，他也说出他有个儿子在延安是共产党的高级干部的情节，后经组织部门查证，终于对上了号。来信说：“你爷爷现名刘紫玉，是汉奸恶霸地主，已在一九四五年秋被人民政府镇压。这个家庭情况，你必须如实向组织汇报。”

赶上甄济仁院长来到这里，刘金才便把父亲来信交给了他。甄济仁得知此事后的惊讶程度并不亚于那两个孩子。党有不唯成分论的政策，此事对刘金才大夫并无任何影响，但难在如何处理正在恋爱中的两个孩子的问题了。

刘紫玉这个人他是太熟悉不过了，清水镇的四大害，号称大头鬼。镇压这四大害，推动整个辽西的民主建政还是他亲自部署的。但他也更了解王北辰和王金凤的爷爷王玺山和父亲王吉庆。这是虎石台最有阶级觉悟的苦大仇深的贫农代表人物，而且王吉庆早已加入了中国共产党。让这样的人和刘紫玉轧亲家，把宝贝闺女嫁给老刘家，有点让人匪夷所思。故去的沈万才那是和刘紫玉有深仇大恨的，俩孩子再般配，感情再好，怕也过不去爷爷和父亲这两道坎儿。甄济仁犯了难，凭他和老王家的交情，别的事都能做主，只是这件事不好说。于理好解释，党的政策在那儿，刘金才的父亲早年就和剥削阶级家庭脱离了关系，并已成为党的高级干部，当然与这个孙子更是联系不上。但于情说不清，刘紫玉独霸一方，坏事做绝，民愤极大，王玺山的孙女给刘紫玉当孙媳妇，咋也说不通，真是好说不好听。无奈，临行时把王金凤找来，把这件事对她说了。并说：“你已成年，并且是东北民主联军的一名战士，婚姻大事，自己做主吧。”

此事对王金凤真如五雷轰顶，大头鬼刘紫玉在家乡作的恶真是太多了，可谓妇孺皆知，真是个万人恨的主。从小到大，耳濡目染，那可是个遭人切齿的魔鬼。镇压四大害的公审大会她去过，刘紫玉在清水镇站木笼子她也是亲眼得见。如今她和刘紫玉的孙子相好，让乡亲们怎么看，怎么说？闺女犯了难，她也清楚，刘金才和他爷爷一点边都不沾，但怎么说，那也是他亲爷爷呀！王金凤哭了一宿，思前想后，这事得跟哥哥说清楚。

王北辰和焦艳霞一时都闹蒙了，半天搭不上话。屋子里静静的，只有王金凤在抽泣。最无辜的是这个文文静静的刘军医。对于包括老院长在内的众多人的过激反应，真是茫然无措。

沉默了半晌，心直口快的焦艳霞先开了口：“金凤啊，我看你和刘大夫是有缘无分，算了吧，日后麻烦事多了。”听她这么说，王金凤哭得更厉害了。

“大姐，您别这么说，我是我，我爷是我爷，再说我根本就不知道他是谁。我离不开金凤，别拆散我俩，求你们了。”这个在英国长大的洋学生，被眼前遇到的事情完完全全弄迷糊了，竟像小孩子一样哭了起来。

王北辰长叹了一口气，无奈地说：“你们两个别太着急，这件事不是一句两句就能说清楚的。金才啊，说来真巧，你爷爷当过我们家乡的镇长，几十年来欺压百姓，无恶不作，我们和他的仇恨太深了。”

“不是已把他处决了吗？”刘金才哭着说。

“杀了他也化解不了我们之间刻骨的阶级仇恨哪！你在国外的时间长，这些事还要有一个慢慢理解的过程。看来你们的爱情是要经受考验了。时间会回答一切。我只奉劝你俩，你们的事不能让我们家知道，不要让我们的乡亲知道。要消灭国民党反动派，还要做艰苦卓绝的奋斗和牺牲。把心思放在工作上，个人的事搁一搁。哥不光说你俩，我和艳霞也一样。革命胜利后，咱们一块儿谈婚论嫁，好不？”

“好。”那三个人异口同声地回答。

葬礼结束，金石开就和侯长贵连夜赶回哈尔滨，金石开要和童大鹏交代工作。沈万才病故，童大鹏早知道了消息，但听到金石开叙述现场的详细情景时，还是忍不住痛哭了半晌，说道：“我和沈万才三一年共同组织抗日救国军西路军，算起来已经十五个年头了，那是个钢铁一样顽强的人啊。可惜呀！正是咱们党用人之际。”

金石开向他介绍了前线缺衣少药的严重情况，并说沈万才也是因为眼见冻伤的士兵与日俱增，伤员因没有医药而不能及时救治，致部队大幅减员而急火攻心，导致肺炎和肝病爆发的。

“冬装和药品的问题必须尽快解决了，否则等到入了九，战士们就不是冻伤的问题了。两军阵前将有大批战士被冻死。”童大鹏激动地说：“我想请命去完成这个艰巨的任务，以告慰万才的在天之灵。我有个办法，你看行不行？”接着就和金石开详叙了他设计的工作方案，金石开完全同意。事不宜迟，二人连夜到双城民主联军司令部，面见了参谋长刘亚楼。

刘亚楼见了他俩，竟哈哈大笑道：“我正要派人找你们来呢，说说什么事！”

童大鹏和金石开认真提出了他们的设想，刘亚楼让他俩说得细致些，并认真记在本子上。听完他们的陈述后，参谋长又是一阵大笑：“好、好、好。这才叫英雄所见略同，咱们完完全全想到一块了。严格说沈万才是让冬装和医药逼死的。责任在我，调度不力。你们想象不到国民党封锁之严密，他们想把咱们活活冻死在江北呀。这几天各纵队报告不断，司令员急得睡不了觉。下午开会做出决定，派童大鹏同志负责筹措物资，并在敌占区设立长期的贸易机构。鉴于运输问题，我们已向苏军远东军分区求援了。共产党到多咱都是一家人嘛，这一点，蒋介石控制不了。”

“现已决定任命公安局副局长陈博为公安局长，石开同志明天就和他交接工作。沈万才走了，骑兵师伤了元气，你得尽快把它恢复起来。”刘亚楼接着说，“你们需要什么条件，还有什么要求，我们一定满足。这次上级下了死令，不惜一切代价，解决棉服和医药。他只要棉服和医药，别的他不听。并说部队穿得乱七八糟，也不像个野战军的样子。要清楚，我们面对的是超一流装备的、蒋介石的精锐中的精锐。”

童大鹏带着侯长贵等十人的小分队乔装上路了。其中还有四个俄国人。一行人穿着考究，行装豪华，并且都佩带着武器。登上中长铁路南行的客车，出示的是“苏联远东贸易总公司”的特别护照，一路上畅通无阻。因此时的中长铁路正被苏军管辖。

这伙人来到呈现畸形繁华的沈阳市，住进了最高档的铁路饭店。苏联驻沈阳总领事托诺夫，亲自到饭店给他们接风。这个托诺夫和童大鹏是老熟人，八一五光复后，同在沈阳市公安局共事，特殊岁月里，结下了深厚的友谊。这伙人很快和各路商人取得了联系，出重金购买棉布、棉花、皮毛、西药。而这些物资目前大量囤积在沈阳。国民党军统、中统，警察系统乃至军方，已设下严密封锁，此类物资一件也不能流入江北。确实像刘亚楼分析的那样，杜聿明一心要在这个寒冷的冬天，把共产党冻死在江北。

此时的沈阳，已被国民党各路接收大员搞得乌烟瘴气，党政军迅速腐化，超出人们的想象。百姓管他们叫“金子、票子、房子、车子、女子”或“金子、房子、窑子、馆子、戏子”的“五子登科”。绝大多数官员都活在纸醉金迷中了。童大鹏心里有数，面对这个腐败集团，只要有了钱，没有办不成的事。他临行前就做好充分的准备。江北土改，没收了地主、富农的大批浮财，珍珠细软、文物字画、金银珠宝、钻石宝石，应有尽有，都存在民主联军的后勤仓库里。这些东西在解放区派不上用场，但拿到蒋管区却都是通神的灵丹妙药了。卡在哪了，就打点到哪。童大鹏给了他们一个冠冕堂皇的说辞，这批违禁物资，是苏军急需，运到大连后，由大连港转运回国。其实这些个各路官员们，心里明镜似的，这批物资最后的目的地是江北共区。但重金之下，谁也不去捅这个窗户纸，糊涂庙，糊涂神，也许只能瞒着杜长官一个人了。

不到一周，货物备齐，两趟专列呼啸着直抵大连港。那里是苏军军管，等于到了国外。迅速装船，货轮换上了苏军旗帜，乘风破浪，直抵海参崴军港。我东北民主联军的汽车运输大队早在那候着呢，昼夜不停迅速上路。

兵贵神速，前后半个月，第一批物资就运抵哈尔滨。东北局当夜召开紧急会议，哈尔滨全市总动员，制作棉军装、棉军鞋。数九之前，近百万东北民主联军全部配齐了冬装。

这日，童大鹏和侯长贵到双城堡复命，汇报工作。一见面，刘亚楼狠狠地擂了大鹏一拳，无比兴奋地说："真有你的！首长高兴坏了，决定给你个二等功。还让我安排一顿饭，他要好好犒劳犒劳你。"

"谢谢参谋长，谢谢首长。"童大鹏立正敬礼。

"我这也是趁他们冷不防，打了个出奇制胜。更应感谢苏联军方的支持和援助，没有他们的帮助，困难可想而知。"大鹏说。

"这种事情只能做一次，我们得从长计议了。上次谈到的在蒋管区建立贸易和物资流动网络的事，筹划得怎么样了？我们已给多地地下党组织发了通知，让他们全力配合你的工作。"刘亚楼递给他们烟卷，童大鹏接了一支，侯长贵说："我不会。"

"是侦查员侯长贵吧？"刘亚楼问。

"是！首长。"

"听说你会说日、英、俄三种语言。"

"日语可以，我义父是日共党员。英俄语也就是日常对话。"长贵回说。

"这小伙子有语言天赋。"童大鹏说。

"跟外国人打交道越来越多，我们党急需外语人才呀。"参谋长深有感触。

"我们初步拟定了这样一个方案，您看看可行不？"童大鹏说，"当前国民党集团全面贪腐，争夺抗战胜利的果实，大汉奸所持有的财产已全部转移到了他们手上。这些人急于洗钱，或存储到国外。所以敌占区急需国外的投资贸易机构。我们通过地下党和民主党派的头面人物，联系好一位南洋巨商。此人一贯支持革命，倾向我党，已经同意在长春设立他的'南洋大华集团'在东北的分公司，为我党工作。原定派他的大公子侯铁到长春任总裁，却不幸遇车祸身亡。现在长春全面的筹备工作即将结束，再派谁来，侯老先生一时拿不定主意。其间，我们发现侯大公子长得十分像这位侯长贵同志，年龄也相仿。建议由长贵同志顶替侯公子，出任大华公司总裁。这个设想，已得到侯老先生的首肯，但要当面见见长贵。他也认为，派不相干的人来，这个公司的权威性就差了。

"前期的筹备工作都是我党地下组织的同志在操持，现是万事俱备只欠东风了。总裁到任，我们在南满就有了财大气粗的贸易和物流中心了。”童大鹏把一份工作方案交给了参谋长。

“我看可行，但要先请示首长，然后上会。北满背靠西伯利亚，无出海通道，上百万军队的给养，根本不可能自给自足。不打破国民党的经济封锁是不行的。鉴于此次冬装出现的问题，东北局上下已统一了认识，想尽一切办法，保障后勤供应。不能丢掉南满那几个小地方，也有这个因素在内。

“长贵同志，你的任务艰巨。主要是身份的变化，由一名战士转化成富家公子，要注意许多的生活细节，要有智慧，扮演好这个南洋富商。”

“请首长放心，保证完成任务。”侯长贵坚定地回答。

经过短暂的培训和准备，侯长贵扮演的侯大公子正式走上了前台。他先到印尼面见了自己的“父亲”，那位南洋巨商。侯老向他面授机宜，并向他详细介绍了侯公子的为人秉性和日常生活习惯及业余爱好。长贵随后带着随从，转道南京，再飞长春走马上任了。

南洋大华集团声名远播，长春分公司甫一开张，便引起轰动。尤其设立的“华生银行长春代办处”，可为中国人直接办理外汇兑换和境外储蓄业务，乐坏了一人群贪官污吏。因为这个公司让他们有了公开洗钱和向国外转移资金的机会和渠道。

用不着侯公子主动出击，这些人蜂拥般向这个南洋阔少靠拢。侯长贵是地道的东北人，一张嘴说话，就得暴露。无奈借口长期生活在日本，中国话说不好，全操日语交流，这样就必须为他配置一名翻译。经考核，就从公司里选择了一名女职员。

这女子叫吴竟，二十几岁，日语纯熟，毕业于伪满长春大学经济系，是一个富家女。男人是伪军官，光复后被枪决，家也被暴民哄抢。国民党来了之后，成立了松花江联立中学，她在那里代课，因思想进步，被地下党吸收进外围组织。大华贸易分公司成立，因此人有经贸专业背景并且政治上可靠，遂让她到公司做了一名职员。

风流潇洒的南洋公子，身边跟着一位年轻漂亮的女翻译，也算是一道风景。

此时，童大鹏已出任中共东北局财经委员会主任，直接领导设在长春的这家“大华贸易分公司”。公司经理叫原建新，是处于地下的中共长春市委副书记，当然直接指挥侯长贵。

侯长贵活跃在上层社会，整天在花天酒地中应酬，对于一个劳苦出身的战士，是很难做得十分周全的。好在这位翻译吴小姐能左右周旋，临场应变能力很强，已为侯长贵多次解围了。尤其在涉及女人的问题上，她更像一堵墙挡在那里，俨然是侯公子的情侣。这让侯长贵非常为难。

这日，原建新找侯长贵和吴竟谈话，说："据可靠情报，国民党保密局长春站已注意到了我们公司，长贵同志在第一线，处境很危险。组织决定，你二人假扮情侣，吴竟同志要做好侯长贵同志的掩护工作。长贵同志要认真向吴竟同志学习上层社交礼仪，要熟悉上层社会的生活方式，一定要融到这些国民党的贪官污吏中去。不入虎穴，焉得虎子，你一味地躲避，一味地清高，离暴露就不远了。不要小瞧军统特务，他们不但凶狠，而且狡猾，况且已经盯上我们了。"

其实，来长春组办大华公司之初，联军保卫部就交给了侯长贵情报工作的任务，这本是他的分内之事。做这件事情，他得心应手，很快就架设了电台，安置了情报网，把这里变成了情报据点，当然这也是引来军统特务注意的原因之一。

这晚，一场酒会结束之后，吴竟挽着假装喝醉的侯长贵，在酒店里开了房。进屋后，长贵坐在沙发上对吴竟说："今晚我就住在这，你去休息吧。"

"咱俩在一起就讲汉语吧，不别扭吗？"吴竟听他仍说日语，便调侃他说。"惯了，说这么些天了，都快成二鬼子啦。"侯长贵端起茶杯喝了口水。听他说汉语，竟把个吴小姐乐了个前仰后合，弄得侯长贵莫名其妙。

"怎么啦？"长贵问。"咱两家离不远？"听他说了家乡话，吴竟确认，自己判断无误。"知道，听你口音就知道。"长贵回说。"我还知道……"吴竟说话越来越慢，几乎是一字一字地吐："你家在辽西，清水镇，虎石台。我也知道，你爹叫侯德盛，你候铁，真名侯长贵。"长贵没动声色，仔细凝视着面前的女人，也是一字一句地说："你是吸血鬼吴老六的闺女，你叫吴丽娟。"

"你也认出我了吗？我怎么一点感觉都没有？"吴竟奇怪地问。"同学一回，认不出可能，面熟还总是必然的吧。然后再一琢磨，跑了你了。"长贵笑着说，"再说，我是老侦查员了。"

两人真正是彻夜长谈。他们都是十几岁离开家乡，离乡后又走过了一条极其曲折的道路，如今不同的人生轨迹，不想竟奇迹般地交叠在一起。

吴丽娟痛哭着讲述了自己的遭遇，尤其是被孙思奇始乱终弃的一节，恨得咬牙。这也是她恨透了国民党、积极参加学生运动、走向革命的重要原因。听到此节，侯长贵说："我亲手给你报了仇。"然后就详细地讲述了在松花江边处决孙思奇的场景。"真是恶有恶报，善有善报，善恶昭彰，报应不爽。"吴丽娟长出了一口恶气。

她二进满春院没多久，一个病死在满春院的妓女的哥哥来这里寻求赔偿，结果被窑东老鸨乱棍打了出去。这小子当过胡匪，有点武把操，半夜进院，杀死老鸨，火焚了满春院。吴丽娟逃出火场，流落街头，当然也获得了自由。之后凭学识应聘到松江联中代课。联中有中共地下党支部，同事之间有多名地下党员，她正是在这些同志的教育引导下走上了革命道路。

侯长贵向她讲述了自己和金石开老师去送沈万才二叔，在蛟河见到了老同学王北辰、王金凤和焦艳霞的事。可把吴丽娟羡慕死了，一劲儿央求侯长贵介绍她参加东北民主联军，也去当一名无产阶级的革命战士。

不久，侯公子和女翻译吴小姐的暧昧关系就在圈里传开了，还有人说二人已经正式订了婚，不久，即将回雅加达完婚。

工作需要，经组织批准，两个人搬到东朝阳路一处公馆“同居”了。当然院子里配备的男女仆人和司机都是地下党的同志，电台也架设在这里了。

侯长贵公开场合及与陌生人不能讲汉语，有些私人交往身边有翻译极不方便，为此，一定程度上影响了工作。增加了这层关系之后，许多事情就可以不背着吴丽娟了，同时在具体的经贸往来中，吴丽娟又能及时地给予他参谋和协助。

这夜，忽然间停电了。过了一会儿，门前的变压器台上去了两个工人，修理了开关。屋里电灯亮了，吴丽娟撤下了刚点燃的蜡烛。有人敲门，那两个电业局的工人进来检查设备。侯长贵出来接待，不禁大惊，原来来人是童大鹏。真是千面人！此时他是一位满脸络腮胡子、浑身油渍麻花的电业工人。

童大鹏单独见侯长贵，对他近一个时期的工作表现给予了充分肯定。但带来了新的消息和变更工作的决定。侯公子的父亲近日心脏病发作，已到美国治疗，并要做心脏搭桥手术。因病来得急并且很重，故短期内不能离开美国。老先生只有这一个独生子，事已至此，只能假戏真做，需侯长贵去处理大华集团的日常工作。老人家已明确表示并立有遗嘱，要把所有资产捐赠给中国共产党。老人手术之前，侯长贵必须赶到美国，即日就要动身。

童大鹏告诉侯长贵：“接中央保卫部命令，你此去除了处理日常公司业务之外，还要承担特殊任务，中央直属，单线联系，绝密。”“明白。”侯长贵回答。听童大鹏继续说：“要有长期打算，你以后就在国外工作了。组织慎重考虑了，你是孤儿，在国内没有牵挂，何况有侯公子这样的身份掩护。但有一个难题，你看怎么解决？”

“请讲。”长贵说。

“依你和吴竟同志的公开关系，此次她必须和你一同去美国。在组织未和她详谈之前，你先去做一下工作，试探一下，因到美国后，你们的假戏就要真唱了。我们要征求你们的意见。组织了解，你俩都是独身，况年龄相当，你们如无意见，以后要长期生活在海外。如觉得不能成为夫妻，日后找理由，让她单独返回就是了。”童大鹏说。

“这……”对这个问题，侯长贵没有思想准备，一时倒觉得有些难为情。“那……我和她谈谈看。”

童大鹏见他面红耳赤，不禁笑道：“终身大事啊，认真考虑。”

童大鹏走了以后，吴丽娟推门进来。

三天后，北平机场。穿着豪华考究的南洋大华贸易集团的少公子侯铁，偕未婚妻吴竟小姐，登上了一架飞往美国洛杉矶的航班。

第四十六章

光复后，八路军来到清水镇干的最漂亮的一件事，就是处决四大害，大头鬼刘紫玉，小丧门吕耀庭，二鬼子芦茂财，只是活阎王孙占元没到案，替四乡百姓申冤雪恨。

因罪犯民愤极大，工作队对他们采取了站木笼处死的老刑罚。让被害的贫下中农都能来看一看这几个汉奸恶霸的下场。

清水镇街头立着四个木笼，是用圆木制成，此木笼比犯人身量稍高一些，以使犯人站在里面，双脚不能落实，笼子口木枷卡住脑袋，不喂水饭，活活站死。

三个笼子里站立着刘紫玉、吕耀庭和芦茂财，另一个空笼子外钉一块大牌子上写“汉奸恶霸孙占元”。民兵三班倒，持枪站岗，不允许百姓向前，只能远处围观。但阻止不了愤怒的乡民往他们头上扔臭鸡蛋、土豆子、石子、砖头、土块。不到半天，三恶霸的脑袋就都血肉模糊了。民兵看得紧，圈子比较大，围观者离犯人很远，所以不至于把他们打死。

这三个恶霸却也有钢条，站在笼子里双目紧闭，一声不吭。其中最惨的乃是大头鬼刘紫玉。他的身量矮，木笼制高了，双脚不能着地。垫了一块厚木板，有时脚一动，木板靠偏，他就只能吊在那里了。看他快死时，民兵才过去给他正一下木板。他年龄大，身子重，第二天早晨就死在里面，被拖了出去。说他是站死的，不如说是吊死的。

小丧门吕耀庭挺到第三天翻了白眼。最能挺的是二鬼子芦茂财，皆因他个子高，双脚能着实，但他民愤最大，挨打最凶。第四天中午，他竟然还活着，双腿粗大都超过碗口，脑袋像个红紫色的大柳罐斗子。右眼珠子被击中，冒出眼眶。

虎石台的柳天祥，腰掖着几块利石，一直守在这里，要亲手为妻子阮桂香报仇。碍于民兵看守严密，不好下手。这日中午，街上突然奔来一匹惊马，冲进人群，现场大乱，民兵前去救援。铁罗汉柳天祥来到笼子跟前，大喝一声："桂香，我给你报仇了。"双手两块利石，砸碎了芦茂财的天灵盖。

犯人家属俱在刑场，跪成一片，但未闻哭声。犯人已死，便拖出木笼，交由亲属抬回去掩埋。可叹芦茂财家属悉数逃亡，不在现场。他的尸首由民兵扔进了乱葬岗子，喂了野狗。

共产党撤离，国民党进驻，仿佛儿戏一般。这日，虎石台村政府接待了省政府任命的清水镇区区长兼国民党区党部主任委员吕诚。此人少年英俊，伪满"建国大学"毕业，据称在校时就参加了国民党地工。此人另有名堂，他乃是小丧门吕耀庭的亲儿子，他的伯父就是清水镇礼拜堂的牧师国民党地工负责人吕耀祖，眼下是国民党辽宁省党部负责人。更巧的是国民党接收清水镇，吕诚率带一个连的"光复军"走马上任。那个光复军的连长，是一位伪满军官，大号刘金声，竟是大头鬼刘紫玉的嫡孙。这当然是一支名副其实的还乡团，但进镇后并没有反把倒算的举动。

吕诚回家，见家中并未被查抄，还保持着原来的样子。母亲告诉他，其父死后，八路军允许亲属收尸，殡殓下葬，没有更多地为难他们。至于刘金声家大业大，虽然许多商号被哄抢，许多房屋被抢劫焚烧，但还留下有足够的房产、地产和财富。况人丁无恙，家属未受株连。他的老奶奶手拉着孙子的手说："金声啊，你爷爷自作自受，一辈子害人无数，也合当天谴。死了，死了，一死百了，你别想着给他报仇了。再说，你三叔和六叔不都早就是共产党了么？这世道变化太快了，让人看不透啊。"

刘金声当上了清水镇的警察局长，在区长手下工作，二人合作默契，恪守本分。

政权改变了，国民政府首先要实行的是"三民主义"，要改善民生，为民谋福。光复后一应民选的村长、屯长一律不动，村子里的一应工作，仍依旧制，区里并不干涉。区长、局长到各村屯视察，态度谦恭和蔼，只是慢慢地劝说。共产党当政时组成的"农民会""妇女会""儿童团"之类的组织，还是解散了吧，因为不合法统。土地改革是一定要进行的，蒋介石总裁一定会遵循孙中山先生的遗教，节制资本、平均地权，最终定会实现"耕者有其田"。这年秋天，辽西地面平稳，国民政府豁免了农民的捐税。

共产党的大部队撤走了，但留下了游击队等地方武装，对国民党维持地方秩

◎柳天祥：桂香，我给你报仇了。

序的各级政权都造成了极大的威慑。光复后一秋一冬，虎石台闹了个地覆天翻，八路军撤走以后，境况很惨。一场流血斗争，村中八大户风消云散，家破人亡。

开春种地，无数土地撂荒，村中八大地主已无力耕种。时逢乱世，青壮年大批离家远走，有的当八路，有的当国民党。火焚公义堂，查封仁慈堂，实际这些大户已被抢尽分光，仅存的屋舍也被拆分，只剩下了房框子和门楼围墙了。只有土地还在那撂着。村中部分新发户，趁乱超低价购买仁慈堂、明德堂、永吉堂、正心堂的房地产，资金已然用尽，无力扩大再生产了。最主要的原因是经过此番动荡，绝大多数乡民都认识到“发家倒霉”“攒钱造孽”的道理。村民大都不务正业、胡吃海造、闲散欢乐，挥霍手中抢来或分来的钱财。光复后风光一时的贫下中农的头头们，都是退守田园，各安生计，不再出头露面了。

果园被毁，王吉庆和柳天祥结伴下山，在西岭下开荒，坚持党的地下工作。光复后，他们按组织要求，不暴露身份以应对时局变化。

震动一乡的农民会长李大虎和兄弟二虎，与王长江和老董家散伙，不再伙种土地了。但这三家仍然租种正心堂的土地。李家三垧，王家二垧，董家四垧，每垧地年租金三石红粮。李大虎至今独身，二虎没有孩子，王长江有一个儿子顶半拉子。老董家大傻子、二愣子，加上铁柱子的二小子，也还是个半拉子。就这把劳力加之三家的老驴瘦马，搭配耕种，却也干得热热乎乎。二愣子董家驹可算娶妻生子了，了却了董四奶奶的一桩心事。李大虎风风火火干了一任农会会长，也没啥起色，农民闹一回暴动，他竟啥也没捞着。

光复不久，就有人从省城传来消息。老沈家跑出去当土匪的沈万才，已经当了八路军骑兵团的团长。在沈阳待了好几个月也没能抽空回趟家。沈万洪的两个儿子，大秃子先当国兵后当八路，二秃子当了一气儿村干部，八路撤退，也跟着走了。家里只剩下沈大嫂孤身一人。村里闲人议论。虎石台老一辈的八大美女，留在村里的独此一枝了。传说的少一辈八朵花，也只剩下刘月娇、白爱莲、陈帼英三个了。小白梨郝梦梅破产进县，吴丽娟远走他乡，王莉荣被公爹一擀面杖打死，焦艳霞、王金凤二人舍命参加了八路。经历了几百年，养育了数代人，庄稼人流血流汗惨淡创建的村落，一个晚上，雷打火烧，烟消云散了。

闲散人正聚在已被焚毁的关帝庙的花岗石台阶上胡扯，原来的村妇女会主任陈帼英路过这里。“吃过石榴没？”她笑着问他们。“吃是吃过，可北山上的石榴树都被外屯人给砍光了。”“不砍那也是公义堂的财产。”“原来那是官山，随便摘取的，只是让孙扒皮强占了。”一个说。

“这就对了，为了让官山物归原主，我们才起来闹翻身的。”帼英说。“那闹翻身又和吃石榴有啥关系？”一个问。“革命好比吃石榴，得先掰开外壳，才能尝到果实的香甜，是着急不来的。”帼英笑道。

“听说八路军已撤到松花江以北了，国军要穷追不舍，他们就都跑到俄国去了。”有人道。“胡扯。八路军是穷人的队伍，国军是富人的队伍。我问你，天下穷人多还是富人多？”

“穷人多呗。”有人回答。“那不结了，闹到最终，天下是咱穷人的。”帼英信心满满地说。众人都觉木然，无人回话了。

共产党在这里时，吃得开的人物像陈帼英、董四婶、沈大嫂、李大虎、王长江等等，在八路军撤走后，表面上都被乡民孤立了。大家从心里敬重他们，但表面上不敢恭维。农民最怕王法。他们都看得很清楚，吕耀庭的儿子、刘紫玉的孙子绝饶不了他们这些人。往坏了说这才是真正的杀父之仇，焉能不报？

就这样半年过去了。不管外面的世界发生了什么变化，共产党和国民党在东北的争夺多么白热化，虎石台这个山村确实平安无事。

第二年春起，县政府、区政府派下人来，宣传局势，鼓励人心，动员农民扩大生产，并宣传了六项规定。

其一是孙占元公义堂的逆产已经充公，他的田产谁都可以耕种，但秋后要给国家纳课赋。并宣布，大家种他的地，不必害怕，这个大汉奸卖国贼已经在沈阳被公开枪毙了。

其二是芦启良仁慈堂被拆抢一空，那是乡民义愤所为，一律不咎既往了。芦茂财名下的房屋、土地也是悉数依法充公。房户佃户只需按规定向政府交租纳粮。大汉奸芦启良已被国军逮捕，不日公审。

其三是英勇的国军已打下了共产党的老巢延安，共产党已经彻底被消灭了，江北的共军也扑腾不了几天。

其四，国民党县区党部已成立专门机构，组织专业人员进行广大农村的土地丈量和户口普查。就要在全国开展平均地权的活动了。过不多久，就实现耕者有其田了。

其五，当初靠近共产党的，也包括跟着共产党呼呼啦啦做过事的，只要恪守本分，不在暗中同情资助他们，也一律不追究法律责任。但尚存的共产党分子必须主动自首。执迷不悟、继续与政府作对的，一经发现，严惩不贷。

其六，各村长、屯长重新进行选举。老村长、屯长重新被选上的也承认其合法性，这叫不分左右，尊重民情民意。

老百姓并不懂得多少大道理，反正是听共产党、国民党讲的都有道理。不管怎么样，这日本鬼子一滚，不管谁当政，大家都感到日子无论如何好过多了。富人都被整了个不像个人样，走死逃亡。穷人没富，但真不那么穷了。不论国民党还是共产党，好像都挺把咱们当回事了似的。到了归齐，庄稼人脸朝黄土背朝天，拿汗珠子换饭吃总是正理。节气不等人，庄户人都按着自己的设想，忙着耕种去了。

一个老太太颤颤巍巍在街上行走，这是许久不见的庙东永吉堂的老寡妇，拄着大棍子到庙西正心堂来看她的亲家。一路上遇见好几位"一贯道"的道徒，他们主动和老太太打招呼。"王四奶奶又去看刘大爷呀？给他捎个信去，这回选村长我们一准选他。让他备酒备肉，准备吃个喜吧。"

破衣烂衫的王四奶奶像个叫花子一样，走进了正心堂的大门。正心堂样子依旧，干净整洁，院里丫鬟们还有几个，物件陈设也都是原样子。

客厅里座钟挂表滴答响。刘元甲自从家中一系列变故，急火攻心，一直病病歪歪。当然，作为一个道德人，最让他内疚的还是焚烧古庙一事。听亲家母来了，缓缓到客厅来见。老人落座，刘月娇过来敬茶，无比愧疚地叫了声"妈"。

婆婆倒是平静地问她安好，老人说话不乏辞令："月娇啊，南方蛮子没有好东西，那个中央军的连长真是猪狗不如，你就权当是叫大鼻子给祸祸啦。还照旧是我王家的儿媳妇。过三过五，我再帮你找户可心的男人，婆婆我认他做干儿子，咱们不还是一家人吗。"老婆婆说话敞亮，到让月娇很是难为情。

转而面对已是十分瘦弱的刘元甲，小声说："亲家，你这是偷鸡不成蚀把米呀。这没关系，咱们不就是为着报仇吗？村里风传，说大庙是你指使烧的。俺可说，俺们亲家一辈子吃斋念佛，能让关老爷火炼金身吗？谁说这种话，我 × 他祖奶奶。"刘大不回应，只是低头念佛。

刘大奶奶过来了，尽管穿着整洁，但双目失神。拉着王四奶奶的手只是一阵憨笑，看着瘆人。自从刘玉宝跳井自尽，刘月娇上当受骗，这老婆子已然精神失常了。"我说亲家，你倒是给月娇妈好好扎咕扎咕呀。这是邪病，你大坛主要是治不好，那一贯道可就要砸牌子啦。"

刘大一味念佛，并不回应她。心里十分厌恶这个刁恶凶狠的老太婆。当初刘月娇嫁入王家，新郎倌王超洞房被捕，她就认准月娇是"望门妨""扫把星"，害死了芦再新又来害她儿子。后来王超真的横死了，仿佛印证了这老太婆的判断。

从此便不断地虐待这个娇生惯养的娇小姐。最后月娇实在扛不过，回了娘家，这才引出了后来的不幸。这老婆子不管咋说也是亲戚，经常过来向他讨教问主意。刘大念其孤寡无依，却也见怜。沉默半晌，刘大抬起头来慢慢跟她说："别听国民党的宣传，还是快快地折卖房地产。有钱千万别放债，都拿去买金子，钞票很快就要变成废纸了。劝你一句，拿着钱财到锦州投奔娘家人去吧。"

提到娘家触到王婆子内心的痛处，顿时泪落下来："我娘家穷，多年来一直恨我没接济家里，我少倒腾了吗？但那是个填不满的深坑，侄男外女没一个好东西。要真带钱回去，他们非宰了我不可。"刘大无话，继续念佛。

老婆子提起娘家，这可打开了话匣子，千年谷子万年糠，没完没了啦。月娇见老爹极不耐烦，转身对婆婆说："妈呀，你别在屯子里乡亲面前装疯、装穷、装病了。都是老街坊、老邻居的，谁信呢！看起来，八路军一时半会儿回不来。我劝你老是该吃就吃，该喝就喝，该穿就穿，给它来个关门过。如何给咱两家申冤雪恨，我爹爹自有主张。"王婆子哭够半晌，扔了棍子回家了。

开犁动土时，区政府派人来组织虎石台村的村长选举。共产党在时，选村长挑穷的，而国民党选村长就要论家资了。到这个时候，关庆余竟成了虎石台头号大地主了，已拥有土地四十五垧，按老律应该选他。选举这天，这位也是长袍短褂着实打扮了一番，坐在前排，志得意满。此次选举，选民众多。因伪满末期城市不好混，民众争相到乡下来找生活。村子的规模不断扩大，现已有住户上千、人丁过万了。未料选举结果公布，老关头票数少得可怜。这位面色涨红，站起身来，怒冲冲地走出了会场。

得票最多的是近几年发家的药方先生白延龄。白二先生当村长，穷人富人都拥护。这个人在村里行医半生，悬壶济世，口碑非常好。为人老实忠厚，办事也非常谨慎。养女白爱莲，聪明贤惠、乐善好施，对病人关怀体贴，深受村民拥戴。女婿邓富才，质朴勤劳、待人谦恭有礼，一家人和和美美，小医院开得红红火火。虽说是婚前有约，但生下的儿子真的姓白了，这可真是大义感人之举。村里人都知道，爱莲是母亲带着她嫁到白家的。邓富才很有情义，每逢清明，必带着妻子和儿子到前妻——也是他们夫妻的老同学，那个当年被他父亲一擀面杖打死的道德会的讲师——王莉荣的坟前去祭拜。这件事传为美谈，村中人茶余饭后常说："金石开老师教出来的这茬孩子个个知书明理，人情通达。"如今，这些孩子都已成人，但乡亲们却没忘了那个正直的金石开老师。

关庆余恼怒异常，从会场上返回家来，站在堂屋破口大骂。骂国民党党部不主持公道，骂老百姓有眼不识金镶玉，全都瞎了狗眼。再骂主持选举的人和他有仇。“我七子八婿和刘紫玉那个大头鬼分毫不差，正应该做村正。老子一不是官僚，二不是地富，就是共产党回来了，也拿不上我的不是。老关头我节衣缩食，苦巴苦曳，起五更爬半夜，劳苦一生了。哪怕就当几天村长呢，我死也瞑目。我现在又有房子又有地，也是要穿袍子、穿褂子和那些好不错的坐在一张席面上谈唠谈唠。我不学袁连喜那老东西，我也不是袁连喜，给阔主牵马坠镫，末了挨了窝心脚。”

老儿子关秉翾站在旁边，听老爹爹叫骂，不敢吱声。确实，老关头这些年真是走了旺运。买房置地，又将两处住宅修饰一新，论粪堆，看马圈……那都是村中数一。有钱以后六个闺女陆续出阁，六个儿子相继成家，可谓子孙满堂，人丁兴旺。只是四儿子关秉翾二十四岁了还没能说上媳妇。

光复前，老关家的主心骨关大婶一病不起，卧床多日，百姓管那叫“落了炕”。临终前，手拉着儿子的手，淌着眼泪说：“秉翾啊，今年冬天你国高就毕业了，搁学堂里成绩第一。虽说留级两回，可那叫慢雀后飞，多念两年有厚成。学堂要推荐，娘就供你上大学，你要对得起让你念书的金老师。”秉翾也流着眼泪听老妈诉说：“妈死以后，你爸就醒阳了。你一定要劝他，一是别再勒肚皮，要养好身板儿。娘现下不就是叫天天不应，叫地地不灵了吗？二是有了积蓄千万别去放高利贷、印子钱，那是缺德，要遭报应的。三是买房置地别净想着占人家的便宜，谁也不傻呀。四是孩子成群了，千千万万供他们上学读书……”老太太没白厉害一辈子，到底是有些见识的。

关大婶病故，一晃儿都快两年了。这小四儿因战乱失学待在家中，肩不能挑担，手不能提篮，下地农活不会干，出苦力浑身没力气。整天捧着书看，到点吃饭，到点睡觉。家里七男八女十五个孩子，就他一个人拿家里的钱出去念书，兄弟姐妹心里不服，另眼看他。现在钱也花了，书也念了，可能耐一点没见长，倒成了吃闲饭的秧子了。老太太活着，偏心眼，狠命护着他，谁也不敢吱声，这回老太太死了，大家可就没那么客气了，哥哥嫂子调着法地收拾他。

那天老关头在家教训这个书呆子，孩子们过来凑热闹。“我供你念十二年书，花的钱足够买十垧地了，可你给拿回啥来了？就会尝饽饽馅吧？学了那几句日本话，跟鬼子回国罢，还算有个用场，可你配吗？年齐月尽了，最后连个文凭也没能到手，你这叫不戴头巾的秀才。十五岁那年我就张罗给你成亲，可你，加上你那个死妈，万般不干。这回好，高不成低不就，你小子就准备打一辈子光棍吧。”

一旁的大嫂接茬说："二十四岁娶媳妇不算晚，可那得出去混个阔差事啊。有钱有势，不愁十八岁的大闺女。"二嫂白楞一下眼珠子，说："老四，你会说日本话，我看到县城去划拉个没人要的日本娘儿们娶回来吧，都说日本娘儿们不给男人气受。"三嫂眼望房巴，抿嘴一乐："十里八村的姑娘，没他四叔对意的。我妈那堡子有个大姑娘，和他挺相当。就是名字叫着不带劲。""叫啥呀？""巧了，也叫母老虎。"妯娌门把多年的怨气都使在这个窝窝囊囊的小叔子身上了。

家里有一领木柜，是秉椴专门装书用的。也不知何时被打开了，嫂子们都把这些书抢回房，给孩子们擦鼻涕揩屁股了。秉椴在自家院子里，哥哥打，嫂子骂，侄男外女不拿他当长辈，真真跟蹲监牢狱一般无二。

今天，老关头竞选失败，又回家拿儿子出气了。

"小四，你识文断字，说说我为啥不能当村长？"

"我想……大概是因为你老没学问。"

"张大帅、张景惠，哪个不是大老粗！"老爹大声吼叫，狠狠一巴掌打在儿子的脸上。秉椴头次挨爹打，但并未介意。看老爹瘦骨伶仃，须发全白，牙齿也都脱落了，不觉心酸。自从母亲去世，老人家的"小锅"停了，但照旧下地干活。身虽消瘦，但常年劳作，两臂双手却还粗壮，此时因着生气，正瑟瑟地发抖。

秉椴哭了，爹爹也是老泪纵横。"你这个小兔崽子懂得啥呀，爹要当上村长，你不就是指导员吗？退一步说，即使当个文书，咱们家也能借大光。我看不了公事，可你能看。孙扒皮凭着公事面儿独占官山，芦茂财当村长耀武扬威了十多年，那势派你没看到吗？你这一肚子的墨水，全白喝了。"老四想了想说："我看国民党不能长久，你老千万别蹚浑水了……"话没说完，又挨了一巴掌。耳听他爹说："王老好终归下台了吧，那些穷小子照旧还是受穷。公义堂不烧成一片白地，王吉庆、柳天祥不至于到西岭开荒。这叫无君子不养义人。没有财主，唠叨梆子全都得饿死。"

秉椴想了想，觉得还是有必要跟爹说："刘元甲火焚神庙，嫁女报仇，已成了咱堡子的一个大笑话。国民党倒是来了，可到今天，区长和警察局长都没敢动杀他们老爹的穷小子们。听说，八路军大部队已经打过松花江了。西岭和北山上的共产党游击队，一刻也没停止活动。" 老四一时想起娘临终时的嘱托，眼泪又流了出来，"爹呀，你老千万别再抬粮放账，也别再买地了。身逢乱世，自已得有主意，不能一条道跑到黑，得给自己留条后路。你真的一点都没感到这世道真的要变了吗？”老关头坐在长凳上，动手装烟，自语道：“秀才不出门，便知天下闻，也许你这话有理。”

二先生白延龄被选为一村之长，真有了一番风范，注重政府行事的公正廉明。村政府削减了雇员，委派金荣海做助理，让他弟弟金荣焕当了文书。

当年的宝庆堂，从打老金三金广梁、少爷金荣山伏法，景况日益凋零，可说一日不如一日了。西院卖给了关庆余，前院凶宅卖给了白延龄。兄弟俩移居在老房子里，已无力耕种土地了。这时金老太太已故，荣焕刚刚结婚，荣海的孩子们都在上学。金荣海一贯倾向共产党、八路军，金荣焕自幼胆小怕事，所以都不会在村政府里挑弄是非。

这年秋成，因为公义堂、仁慈堂大批土地要征收课赋，所以虎石台向区政府缴纳的款项最多。国民党忙于应付内战，苛捐赋税繁多，但农民尚能招架。一是粮价昂贵，二是钞票贬值。作为政府总不能今晚通知征税五角，明早就管人家要一元吧。交税时，村民才佩服起王吉庆和柳天祥来。因为按当时的法令，开垦生荒，三年免征课赋。

王老好下台以前，他家租赁仁慈堂那三间草房，因年久失修散架子了。这样王家就搬到庙后老沈家去住了。柳天祥夫妻俩也住到儿媳妇陈帼英家里去了。

村子里有两户孤寡人家，让人同情。一户是已故杨福田老伴刘氏，一户是当年公义堂管事的李春山，老伴谢世后就一个人了。这两位都把自己的独生子披红戴花送去当了八路军。李春山住的是顾天成典给仁慈堂的那套房子，但如今得向政府交税金。老杨太太住的仍是当年仁慈堂帮忙翻盖的三间草房，只出租间半，自己住那一半。这二人是一个残废，一个孤寡，生计艰难。

新任村长白延龄看在眼里，于心不忍，竟自作主张，从村公积金里面，每户给了一石粮。但因为这两个老人均系“反属”，因此引起了区里的重视。

已经到了一九四八年的春天。这日，清水镇区区长吕诚、警察局长刘金声率带十多名武装警察，骑着高头大马，来虎石台检查工作。村长白延龄在村公所接待这伙人。

吕区长先是肯定了虎石台交粮纳税方面的成绩，然后开始了盘问：“贵村重新改选后，村委会共有几人？”白村长说：“十人，有金荣海、刘元甲、关庆余、孙大陆……原来村委会的几个人虽然也得了不少的选票，但他们都弃权不干。”区长接着问：“这几个人近况如何？”“王玺山患病，据讲已经落炕了。李大虎、王长江租正心堂的地种。陈帼英随她公公搁西岭下开荒种地呢。”

"贵村有多少人去当八路军了？"区长紧问，口气严肃。"前后大概五十几名吧。"白延龄有些紧张起来。"据了解，您就任村长以来，对他们的家属多有照顾啊。"

村长语塞，半天才吞吞吐吐地说："李春山残废了，老杨太太孤寡无依无靠，鄙人被村民推选为村长，总不能……见死不救吧。"

"省政府705训令，你收到没有？当前战乱剿匪乃国家大政方针，白村长，您这是玩忽法令，明知故犯。"区长的语气很重。村长无言以对，旁边的助理员金荣海接言道："伪满时，我蹲过日本宪兵队，没长骨头，祸害过好人。这回，我姓金的也要耍耍硬骨头，给李春山和老杨太太拨粮是我的主意，该当何罪，由我一人承担。"

区长局长都笑了。"虎石台是八路窝，这在县里是挂号的，已引起了军统局的注意，你们做事掂量着点，千万别给我们上眼药。""那是，那是，这个我们也明白，单说你们二位是咋知道的呢？"金荣海问道。区长含笑指指金荣焕。未料金荣海冲过去，一拳就把这个亲弟弟打了个鼻口蹿血，大声号叫起来。

村政府来了当官的，并且狼哭鬼号地闹了事，村民闻讯来了一大群。吓得警察都挤进一个屋子里，抱着枪抽烟。西岭、北山都有共产党的游击队，镇上也常见穿便衣的八路军。县里虽说有国军，但那是护路的。十几个警察到远近闻名的八路窝公事，两脚不打颤才怪。区长、局长由村长陪着，在"陈家馆子"吃顿饭，趁太阳高高的，一路扬尘回镇里去了。

这个国民党的区长，是昔日黑脸副官、伪警察署长、小丧门吕耀庭的亲儿子，应该是更加穷凶极恶才对。但事情并不是这样，这个青年人不但受过高等教育，还跟从现在已经当上国大代表的伯父牧师吕耀祖信了主，是一个虔诚的基督徒。他伯父遗弃了他的伯母，娶大汉奸女儿为妻。是他把那被逐出家门的伯母留在家中奉养。每逢周日都领着全家老少进"礼拜堂"听道。他伯父从做高官，便把吕耀祖这个名字又改为吕耀祖了。吕诚原名吕成，出监狱后自己改了名字。本意是原来我也想在这世上成功立业，如今我要做个诚实的基督徒。这个"建国大学"的学生，自认没有死在日本宪兵的手里，是因为他在狱中祈祷，得到上帝的垂怜，依靠了基督的救恩。县党部、县政府，对此人在清水镇推行"仁爱"政策，很不满意。但因其根基深厚，又不敢撤换他。

警察局长刘金声，是在吕诚属下当差，做个顺水人情。国共之争，结果何如，谁能看得准，猜得透？明哲保身，才是根本。现在的世面，谁肯去当逼事头呢。

五月端阳，大地一片新绿。早起村民们携儿带女，三五成群地到北山散步，采摘艾蒿。孩子们脖子上都挂着五颜六色的香包，在山路上，欢蹦乱跳，唱着动听的歌谣。俗话讲：五月节，走百病。这一天是无人睡懒觉的，早起走一走，百病不上身。

天蓝，水碧，山青，吸一口微风都觉着沁心地甜。白爱莲和邓富才领着孩子正在北山老果木园子那踏青，忽见远处跑过来一个骑马的，冲她高喊："白大夫，你爸让你带氧气袋到正心堂去，刘大爷怕是不行了。"白爱莲接过缰绳翻身上马，一溜烟儿地回村了。

白延龄虽是汉医，但早就让爱莲学习了西医许多急救的有效措施。病人病情危急抢救，西医救急的办法是非常奏效的。爱莲带上氧气袋和急救箱赶到正心堂，刘月娇泪眼含悲迎到门外，说："爱莲，我爸快不行了。"

刘大的卧房里挤满了人，亲戚朋友都来了，还来了一干一贯道徒。一些道徒正在刘大的佛堂里做法事，宅院烟香浓烈。刘大躺在炕上，面色铁青，双目失神，一口接一口地用下颚呼吸，也就是百姓所说的"倒气儿"，这是病人垂危的征兆。这时，在白延龄的安排下，刘大穿好了整齐的寿衣，头面也修饰过了。屋子里的人都在低声抽泣。

爱莲将这些人赶出病房，先给刘大输上了氧气，又给他注射了一支强心剂。她对白延龄说："刘大爷这是心脏病引起的呼吸衰竭。"延龄点头。十分钟后，刘大面色红润，呼吸也顺畅了一些。先是手抱双拳谢谢白延龄父女，又双手拉住了老伴和月娇的手，艰难地说："国民党气数已尽，共产党一定会兴旺发达，天下将是穷人的啦。这是天道，也是天意。我死以后，你们母女要换上布衣，吃斋念佛，下步要准备过穷日子。先有公义堂、仁慈堂的灾难，下步就轮到咱正心堂了。把匾摘了吧，劈开烧火，让它随我去了。佃户的租粮，就不要去收了，以后也没有人再交了。我刘老大一辈子广行善事、虔心理佛、问心无愧。只是临终末了，想为爱婿爱子报仇雪恨，违心嫁女，火焚神祠，可谓机关算尽，但终受天谴。"袋里的氧气已经不多了，刘大一口气比一口气短，坚持了一会儿，又开口对月娇说："闺女，你的生辰八字、相貌骨骼，合当富贵，罪在为父假冒伪善，欺世盗名，殃及子女了。"

月娇哭着说："爹，你别这么说，都怪女儿命苦。"转而又听刘大说："你要赶紧嫁个庄稼人，穷富不论，年纪相当即可。把咱们的全部家产都交给他，不这样没人要你呀。至于你那个疯妈妈，等你成婚之后，给她吃点毒药，叫她跟我去吧。”刘元甲说完这些话，面色铁青，但双目突然放光，竟喊出了三声“玉宝！玉宝！玉宝！”便垂头咽了气。

刘大的丧事办得可比他亲家王四王雅轩冠冕多了。共产党走了，国民党来了，对这个村子来说，可说是一次小小的改朝换代了。王四那时焉敢发送，让他留个全尸就已经不错了，只得闷灵止吊，半夜出殡。可现在不同，全依老章程办事，没人再搞什么移风易俗了。刘元甲是村中德高望重的老人，辞世的消息传出，全村震动。十里八村的老财主地东们知道信，都套车前来吊唁。他又是一贯道坛主，四乡一贯道徒当然是蜂拥而至，再加上他家为数众多的佃户，所以场面非常大。

刘家院子里摆设了灵堂，旗幡、挽联悬挂若干，大丧盒子昼夜不停焚钱化纸。

守七的时候，刘家来了个特殊人物，现已下台的村妇女会长陈帼英。她来后并未上祭，而是拉着孝女到内室去了。两人是老同学，此时见面，月娇仿佛见到了亲姐姐，痛哭不已，真想把心里的一汪苦水都倒出来。老爹为报仇，舍弃亲生女儿，让她嫁给那个南方蛮子，演出了一出让乡民耻笑的闹剧，而其中竟是自己扮演了主角。真是丢人现眼大发了，今后让她如何面见乡里？

帼英劝慰半晌，直接问道：“现在你已是家里的主事人了，你是怎么想的？”“送走老爹再说吧，只能是走一步看一步了。”她无可奈何地说。“听说你爹让你把全部家产做陪嫁，去嫁人？”帼英问。“有这回事，可姐你说，正经人谁要我？冲我家财产的人，我又不能嫁，这嫁人哪是件容易的事。”

“这两天我琢磨再三，觉得有一个现成人可以试试，如果你没意见，我去给你保这个媒。”帼英爽快地说。“谁呢？”“咱们的老同学，关庆余的儿子关秉龈。”

“秉龈是小伙儿啊，怎么能要我？”月娇惊讶地说。“你觉得秉龈如何？”“以前没想过，印象倒好，人老实，长相也行，但好像有点笨。咱同学里就他一个没结婚吧？”“我要是跟秉龈说好了，你同意不？”“姐……”月娇一时羞赧竟红了脸，只说了句，“一切由你做主。”

帼英不愧是被乡亲们选出的妇女会长，真是心细如发，能把这两个人绑在一起，没点脑筋还真不行，这件事说明了四个字，叫“以德报怨”。

关秉龈自从上次和老爹摊牌、亮相，让老爷子知道了这个儿子还是中用的，书没白念。这才发话，给了这小子自由，不在家圈着他了。

这天他在庙前和同学金荣焕、邓富才闲聊。白爱莲过来找他说："帼英有事找你。"本来一句极普通的话，竟吓得他真魂出窍。两年前，因与慎宗交好，险些丧命。爱莲见他紧张的样子，笑着向他交了底："刘月娇同意嫁给你了，如你不嫌弃，帼英愿意从中做媒人。"几乎成了孤儿状态的秉龈顿时掉下泪来。

满心欢喜回到家，但不敢对老爹说。其实帼英早就让人把消息散布了出去，老爷子早就得信了。娶刘大的闺女，老关头一百个同意。其实帼英心里最清楚，单凭正心堂的家业，老关头没有丝毫不同意的理由。

六月初十，刘月娇给她爹烧过"五七"，就脱去了孝服，换上了红装。摘掉正心堂匾额的刘宅，披红挂彩鼓乐喧天，堡子里第二家招门婿。第一家是当年董四婶招赘刘铁柱进门，这个人光复前出劳工一去未归。村长白延龄说此乃村中的大喜事，他要亲自主持这个婚礼，把喜事操办得热热闹闹。穷的富的都要来喝这顿喜酒，也借此缓解一下光复后村里贫富之间的成见。

新房布置得富丽堂皇，让人羡慕。一对新人年貌相当，况刘月娇又是堡中出名的美女，二人衣冠楚楚，待客彬彬有礼。

让宾客们感到出奇的是，已疯癫许久的刘大奶奶，竟然能盛妆待客，满面笑容。她上身穿一件浅绿色宫绸、绣花镶边、圆襟高领的长袖短衫，下身系一条天蓝色软缎掐褶佩带的落地长裙。头上戴的是凤钗玉簪，北京的绢花，还有一把小小的精致的象牙梳子。金镶翡翠的耳环，是柳叶形的。手上戴了七个珍珠、宝石、变石的镏子。腕上戴三副镯子，一副赤金的，一副汉玉的，一副珊瑚串成的。前来贺喜的妇女们都围着她观看。刘大奶奶坐在藤椅上，总是一阵一阵地憨笑。

月娇说："这些东西，大概是她留着给玉宝娶亲用的，今天突然翻腾出来，自己戴上了。有些我都没见过呢。"在场有些心软的都掉下泪来。

场面热烈，老刘家的新亲家——老关头关庆余来了。今天是特殊地打扮了一番，为的是在乡亲们面前夸夸富。他是足蹬青缎子法兰绒皮底的圆口鞋。白洋袜，扣裆滚裤紧系着裤角，看来是青洋绉的。拖地的长衫名唤"七苏罗"，颜色是墨绿的。上罩深紫色织花"硬纱"坎肩。单挎是银的包金的表链子连同红玛瑙的表坠儿，就耷拉在胸前。上前和亲家母见礼，老关摘下帽子。刘大奶奶竟然认识他，大声叫道："这不是袁连喜吗？永吉丝房的绸子、缎子卖不出了？不用施礼，我能买多少就买多少。"喝喜酒的老乡里，听闻此言，又是一阵子心酸。

关刘两家的喜事办得热火朝天，遗憾的是媒人陈帼英和刘家的佃户李大虎、王长江、董家驹都没来随礼。在大棚里招呼落忙的，有金荣海、金荣焕、邓富才、孙大陆等一干男宾，女客中张罗最欢的，就属月娇的幼年同学白爱莲了。

乡亲们谁也没有料到，关庆余娶个儿媳妇，镚子儿没花。末了，还酒气熏熏地对别人说："我儿子喝刷锅水，老关再出钱，那不是特号的土鳖吗？谁不知道，我儿子是个正儿八经的皇货郎。"

夜深了，宾客散尽，两口子入了洞房，深宅大院也没有谁来闹洞房。月娇见秉嘏身穿裤头背心，躺在她身边，仰面朝天，只顾扇扇子。就推他一把娇声娇气地说："咱们睡觉吧。"这老四，右臂一挥，扇灭了红烛。"这叫长明灯，熄灭它，不能白头到老。"月娇惊呼。"我不懂你家规矩，不管怎么说，我是自由啦。"新郎官转过身去，不一会儿就发出了鼾声。

天快亮了，新郎被新娘碰醒了。"我说，你真不会咋的？"新娘怯羞羞地说。"我……真不会，我怕弄错了，让你笑话。"秉嘏的脸腾地红了起来。"真没见你这么笨的，来，我教你。"鸡叫三遍了，余兴未尽的新郎官从新娘的身上翻下来，极认真地问道："你一开始是和谁学的？""明德堂的吴大嫂教的，大家都管她叫小白梨。"

……

正心堂的长工短工早已辞退，此时家里还有老妈子和一个大师傅。如此这般，关秉嘏随娇妻、岳母，在这大院里享起了清福。

可刘大奶奶的疯癫症越来越重了，饮食无度，还总愿上佛堂拉屎，气得月娇把那间屋子上了锁。刘月娇虽名声不好，转嫁多人，但是并不淫荡。她随玉宝幼读诗书，琴棋书画全都通路，是个很文雅的女子。新姑老爷关秉嘏，过完了洞房花烛夜，就一头扎进书房里不肯出来了。正心堂藏书万卷，一方知名。偏偏这个第四号的姑老爷又是个不折不扣的书呆子。他翻开线装本的《史记》，对月娇说："我们学校图书馆有这部书，是百衲本的，可日本教官不让看，这回我可大饱眼福了。"

月娇指了指满屋子的书架子、书柜、书箱、书格、书立，笑着说："没等你把这些书看完，咱俩就该入土了。"又说："咱家二十四史俱全，还有《资治通鉴》《太平御览》，还藏有几卷《永乐大典》呢。那套《四库全书目录》是我爹花二百块银元买的。"

关秉嘏逐步发现，这个胎里富的女人，不馋不懒，也不尚修饰。因自幼娇宠，只是有点盛气凌人。对她老爹实深怀念，对她疯妈妈也是充满孝心，十分耐心照料。这应叫苗轻根重，刘元甲夫妇均出身于书香世家。让秉龈敬佩的是，遇有家中改善伙食，月娇常叫大师傅拎着提盒给公爹送去一些，她知道老关家向来省吃俭用。婆家来人探望，兄嫂过来串门，她都是盛情款待，临走还都给拿着吃的用的。嫂子们也曾怂恿，让她到永吉堂老王家要回那份天价的嫁妆，月娇只是摇头。经过这么多的风波坎坷，年轻的刘月娇也算是饱经世故了。

婚后已一个月，这天小夫妻在书房谈唠。月娇说："听说公爹供你上学，折合十垧好地。你如今捡了个破底的聚宝盆，烂根的摇钱树，快点拿它还债去吧。咱家还有十八垧地，送给公公十垧。"秉龈大笑不止："解放区按人口分田，按财产定成分，现在我家已经是富农了。父兄没有文化，尚在梦中。我送他十垧地，不是让他们升一格变地主吗？地主啥下场？公义堂、仁慈堂不都摆在那儿了？"关老四真是没白念一回国民高等学校。

月娇无数次地磨着丈夫携重礼去拜望恩姐陈帼英。秉龈推托再三，这才说："共产党反对的就是这个，你送礼反而惹恼了她，不是自讨无趣吗？"月娇怅然无语。

村助理员金荣海，无事时，隔三岔五就去"张小铺"。光复后，这个买卖像他开的。这日前去，对张茂森的儿子说："大立啊，最近粮食涨价可不是好兆头。你爹娘下世，大叔就是你的主心骨。我看柜上少进货吧。你雇了四五个劳金，挂小铺牌子，实际上还是个账房带批货的大门面。共产党有保护民族工商业的政策，可不知道咱们这能不能施行啊？我可听说，松花江以北，连药铺都给分了。"

"大叔啊，八路军进村时，工作队说，我爹死在日本宪兵队，是为保护乡亲而死。我家是烈属，我手里还有'证明'呢。他们二次再来，还能分我吗？"张大立回说。

金荣海苦笑不答，半晌才说："听说江北搞流血斗争，划分成分的时候，追查三年。现在我和荣焕，除了祖传的五间草房，一条垄都没有了。但怕的是有那么一天，我们兄弟俩还得定个地主。"大立黯然。

金荣海从张小铺出来，天色已昏黑了。他越过大庙的废墟，走进了陈家馆子。三间营业室，坐满了顾客，五盏"保险灯"大放光芒。早在光复之前，县里的发电厂便停止向农村供电了。这五盏灯，倒成了陈家馆子发家的见证。从日本鬼子投降，欢庆胜利，到如今整整三年了。它们五个每天都被擦得锃光瓦亮，高悬在棚顶上，照着天天的满堂客。自打八路军进村，镇上公审"四害"，禁赌、戒淫，大神游街，批斗王雅轩，火烧公义堂，给穷苦百姓大报了冤仇。特别是大幅度的减租减息，让贫雇农很占了一把大便宜。这真是从心眼儿里往外乐呀，半辈子没下过馆子的农民，也冲着高兴，下回馆子进来喝两盅。八路军撤退，心里不安，若有所失，借酒浇愁吧，也进来喝两盅。国民党来接收，听说是换汤不换药，一律旧章程，眼前又没了路，憋屈，再来喝两盅。

你两盅，我两盅，陈家馆子生意兴隆，顾客盈门。每日里杀猪宰羊，红火异常。岂不是世道乱，成全他发家吗？这两年，村子里相安无事，未现血光之灾。有人酒后说："这一准是烧了大庙，带来了吉祥，火烧旺运嘛。"实因为，多数人吃馆子的闲钱，都是从公义堂、仁慈堂弄来的外快。这种外来之财，不管义与不义，花着都痛快。前街东头的于二大神又放上明局了，有了钱，除了吃喝还得赌啊。

虎石台吉星高照，必有神佛保佑。光复后俄国大鼻子到东北祸害百姓，但没到这里来。只是八月十七那天，有一股外蒙的骑兵从这里路过，仅仅是牵走了几条毛驴子，据说蒙古人爱吃驴肉。乱世遇兵劫，国民党五十二军骑兵连在这闹腾一气儿，只是正心堂吃了个哑巴亏。至于"匪患"，应该说这几年盗匪横行，并不亚于旧民国，但山后青鱼沟驻着八路军的游击队，护着百姓，已多次剿匪，这周围几十里早已安定。

金荣海走进馆子，满屋子的人，一片震耳欲聋的喧哗。你声大，我声比你还大；你声高，我声比你还高。推杯换盏，大呼小叫。桌桌都有熟人，都拉他过去贴桌，好听他高谈阔论，宣讲拾遗。俗话说，小乱住城，大乱住乡，是真有道理。现如今国民党勾着美国人，共产党仗着俄国人，铆足了劲，争夺东三省这块风水宝地，打得眼睛都红了。八路军大部队先困长春，又困沈阳。买卖人亘古不种地，拿枪的吃粮不捐粮。长春早已是饿殍遍地了，沈阳也见了苗头。听说沈阳城里，卖一件直毛皮袄的钱不够吃顿饭。有个流亡的县太爷，仅是因为饥饿就死在大街上了。八路军困沈阳，允许百姓通行。此地去沈阳，走正道不过一百里地，大车小辆、马载驴驮、肩挑背扛，总之，只要把粮食运进城，指日发财。

金荣海听这些人胡吹乱侃，忽然站起身来，奔了后屋。见大厨子陈龙正光膀子剐肉呢。这位真是见老了，头上秃了顶，眉毛也没了大半，满脸褶子了，但看上去还精壮。老陈见荣海进屋，并未停手。启齿言道："荣海呀，堡中这些二混子正争着抢着往沈阳倒腾粮食。看光景，八路军大部队就要开过来了，那时候，让当兵的吃啥呀？"

“我也正寻思这件事呢，无论如何，咱们得给战士们备足粮食，不能饿着他们。”“得早下把。”“我现在就去和白村长合计合计。”“快去，快去，这是大事。”老厨师放下尖刀，从案子上拿个大膀蹄，塞给荣海。荣海往出走，浓眉大眼、机灵透顶的老堂倌陈小二，冲他扮了个鬼脸。他家老大正在灶上掌勺忙活呢。这兄弟二人，现在已近中年了。老大有一子一女，老二婚后无嗣。这个陈小二利落得很，一个人管十六张饭桌子，竟还能抽出空来喝茶抽烟呢。陈家馆子生意兴隆，聘有账房先生了。

堡子里许多人都参加到买粮外运、投机倒把的行当里去了。起早贪黑，忙忙活活，却也真都挣了钱。

白延龄村长突然宣布，他要变产开个大药铺，三十多垧好地要克日脱手，价钱便宜，但不要现金，只要粮食。为此，村民们议论纷纷，沈阳粮贵，囤积居奇、欺行霸市呀。也有识相的，告诉大伙儿，他见八路势胜，怕再来时“分”他。没地、少地的赶快买地吧，地价没底了，粮价按沈阳的行市折合，可少受不少奔波之苦。他的门婿邓富才去了一趟正心堂，发现刘月娇夫妻已把那十八垧地卖净，已通知李大虎等佃户秋后给新地东交租。

永吉堂的土地没卖。据说那王婆子，在月娇和秉龈成婚之后，不住嘴地大骂三天，又肥吃肥喝多日。最近把宅院交给老管家看管，一个人回锦州娘家去了。

令人意外的是，明德堂的吴广泰和福善堂的张茂隆，一个从县里回来，一个从大虎山返乡，也都甩卖了自家剩余的土地。如此这般，村里外运粮食的事情基本没有了。这回大伙儿才醒过腔来，花钱买房置地不是犯傻吗？等八路回来，白分白得多好啊。

老村长王玺山，腿脚疼痛，动转艰难，整日委在炕上。老人家今年六十八岁，就已须发全白，脸上皱纹堆垒，看上去已是八旬老者了。村里人不分长幼都来看望他。这老人，拖着一条瘸腿，风里来雨里去，披星戴月，走街串巷，解救饥荒，扶持孤寡。淌了多少眼泪，流了多少汗水。从辽河决堤、军阀交战、胡匪抢劫、恶霸争雄，直到日本鬼子进来这十四年，他为村里人做了多少好事。抗战胜利，八路进村，乡亲选他当了村长。这只谓天公有眼可怜众生，好不容易得了这么个好村长。谁承想，道高一尺，魔高一丈，狠心的国民党进了村，又把他赶下了台。如今一个人孤苦地躺在炕上，让乡亲们怎不心疼！

老人说：“我年老体弱，大字不识。眼下俺堡子已有一千零八户人家，九千一百四十多口人了，凭我咋能担这么重的担子。白二先生识文断字，正值壮年，为人良善，比我强多了。”“老村长，你老说，这八路军到底还能不能回来了？”“国家大事，我能猜透吗？”王老好回答。

……

堡子里乱乱哄哄，一个个六神无主。但地下党员却在稳步地开展工作。党支部书记王吉庆、副书记柳天祥早已把贫下中农组织起来了，成立了地下的“贫农协会”，正然准备粮草，迎候子弟兵。妇女会长陈帼英，动员妇女，无日无夜地赶做军鞋。八路军战士时至今日，还凭两只脚转战四方。

隆隆的炮声离这里越来越近了。

第四十七章

老百姓说的没错，共产党必胜，但谁也不会料到，这八路军的仗会打得这么漂亮。辽沈战役从九月十二日攻克锦州，到十一月二号沈阳和平解放，五十多天，把蒋介石的优势主力打了个落花流水，望风而逃。真是干净、麻利、快！老百姓解气，舒心。

八路军现下改称东野了，就是东北野战军。九月份挥师南下，要关门打狗，清水镇就解放了。虎石台一夜之间日月换了新天。光复后，共产党领导的民主政权一切恢复旧制，特殊的是以王吉庆为首的村党支部公开活动了。

老村长王玺山重新披挂上阵，领导这个辽西数一数二的大村落，这回可得叫万民拥戴了吧。老人家一高兴，真是腰也不疼、腿也不酸了，虽还是一瘸一拐，但却显得那么有力气，脸膛儿红润，说话的气都壮了。逢人便说：“老汉我是真盼来了咱穷人翻身的好日子啦！”

庆祝沈阳解放，也就是东北全境解放，虎石台大热闹了三天。秧歌下街，高跷上阵；姚老五的鼓乐班子，锣鼓家什一齐响，五个喇叭匠子拿出了各自的绝活，吹的《百鸟朝凤》《翻身道情》；驴皮影、蹦蹦戏、变戏法的、耍猴的、说书的、唱唱的各有地盘，轮番上演拿手好戏，比当年老爷庙开光那可是热闹万倍了。

自从盘古开天地，三皇五帝到如今，这可是穷苦人真正翻了身的好日子。

王玺山王大村长安排庆典，指挥若定。傍晚，路过红旗招展、红灯高挂的陈家馆子，老爷子一时来了兴致，迈步走了进来。

见王老村长来了，各桌的宾客都起立相迎。陈小二把老爷子让进雅座，村长说：“叫你爹过来陪我喝两盅。”大厨子陈龙听说王村长要喝酒，可是高兴透了，因着他知道王玺山自从腿伤了之后，多少年没摸酒盅了。他打开自家的柜子，取出一瓶珍藏的“泸州大曲”，乐颠颠地进屋来。几位年高的老乡亲也被小二让了进来，凑了一桌。陈老大拿出手艺，煎炒烹炸八样热菜，少时上桌，色香味俱全，引得大家一阵喝彩。

村长先举杯给大家敬酒：“我好好好一辈子了，大家叫我王老好，可都是不好啊。咱们今天才算好，是共产党毛主席给咱们翻的身，给了咱穷人好日子，这头盅酒敬毛主席呀。”席间，大家讲古比今，谈古论今。一句话，这穷人翻身的滋味，可真是说不出来的好啊。

酒过三巡，老好撂下筷子说：“我活了六十八岁了，老了老了，盼来了大救星，盼来了好日子。就是死了，也闭得上眼了，也满心里的知足啊！”

“你老福大命大，一百岁不够活，我们还指着你老领着我们打土豪、分田地哪。”

“那共产党自有安排，瞧好吧。”

这一顿饭吃了三个多点，一瓶“泸州大曲”没够喝，又添了二斤高粱烧。大家起身往出走，老好有些站不住了。他笑着说：“年轻那会儿，三斤二斤没在乎过谁，老了，扛不住酒了。”陈小二要背他走，老爷子不干，非得自己走不可，无奈陈龙让小二扶他回家。正巧，王吉庆听说老爹到陈家馆子喝酒，特意赶来接他。这回可得听儿子的了，吉庆是背起他就走啊。

都快十一点了，陈家馆子的多桌酒席都还没有要散的架势。还有唱蹦蹦戏的两副架儿在这儿唱得欢。门外有人传消息说，王村长回到家就倒在炕上，咋推都不醒了。大家伙儿赶紧起身，赶奔后街。

沈大嫂的院子里挤满了人，一挂大车停在门外，听说是老爷子的病来得急，白二先生治不了，要拉老人上县城。屋子里村干部全在。白二先生说：“老爷子原来就有高血压，这些天太忙碌，也太兴奋，加上今天酒喝多了，引发了脑溢血。这病上哪都治不好，上县没必要，况且他已深度昏迷，挨不了几个钟头啦。”

沈大嫂和王吉庆姐弟伏在老爹的身上痛哭，满屋人都落泪。乡亲们听到信儿的，都赶来了，在街道上、院子里陪老人家走完这最后的一段路。过夜一点钟，老村长王玺山停止了心跳。

屋里屋外一片哭声。村里人都说，王老爷子这真正是乐死的。只是陈厨子总是眼泪不干，恨自己没把住酒局，把酒上多了。

王老好说的没错，“共产党自有安排”。一九五〇年春天，规模很大的“土改工作队”开进虎石台。贫下中农苦盼已久的土地改革运动，轰轰烈烈地开展起来了。经省委批准，本县的土改工作在虎石台试点。

工作队员都穿黄色、蓝色或灰色的干部服，一个个神采奕奕，精神抖擞，因为他们肩负着千古未遇的历史使命。据说这百十号人，其中有县长、乡长、党代表、军代表、工会、妇联、学联、青年团的代表。还有作家、记者和大学教授。看上去，上衣口袋别着钢笔，都像文化人。特别是还有许多戴眼镜的。工作队在原来的村公会办公，队员们分派到贫下中农家居住，并与乡亲们同吃同住同劳动。工作队统一支付补贴。

一周的调查摸底，访贫问苦和随家走访搜集到了大量的资料，这些是土地改革的基础，县长不离嘴的口头禅是:“没有调查就没有发言权。”

这晚，工作队借用陈家馆子的饭厅，召开全体会议，听取汇报。解放后，村里就恢复了供电，那五盏明晃晃的汽灯早就进了仓库。每张桌上都预备了茶壶、茶碗，陈小二负责续水。队员争相发言，气氛非常热烈。但调查结果并不容乐观，这个大村子问题成堆，情况极其复杂。

首先是地主情况复杂。最大的两户是仁慈堂和公义堂，早在光复后，就遭到了洗劫，浮财、房屋均不存在，占有土地已经交公，由散户耕种着。两个大地主孙占元和芦启良正在逃。金家的宝庆堂和刘家的正心堂，解放前均已变产，现已没有了土地，成分都得重新评议了。明德堂的吴家、福善堂的张家，都已破产离乡了。地主王雅轩被群众打死，但并未洗劫他的永吉堂，是这村中八大堂口唯一财产完整的，但地主婆在逃。邓家的天益堂，破产已经多年，但子弟中尚有三家富户。国民党时期的村长白延龄，论成分应属官僚地主，但解放前变卖土地，囤积粮食，支援了解放军，有悔罪立功的表现。目前既属自由职业者，但又是药店的财东。关庆余本来是一个中农，光复后购买了大量土地，已经成了实际上的地主。孙大陆，地主成分，也在解放前破产支援了解放军。让人头疼的还有，村中八户富农，光复前后都送自己的子弟参加了八路军，目前都是军烈属。

调查中居然发现有一百多户贫下中农，家中有人当过保甲队、自卫团丁、伪官吏、警察、宪兵、勤劳奉仕队，光复后又有些人去当了国民党的警察、保安队和光复军。

会场十分热闹，大家都在议论，这现实情况怎么和之前学习的《土地法大纲》和农村阶级分析的状况差距这么大?

一位像是公安局的同志举手发言，他说:“这个村子二流子多得出奇，不务正业耍钱的、吸毒贩毒的、开明局放赌的、老娘儿们卖淫的、搞破鞋的、卖当的、诈骗的，真是应有尽有。竟还发现过拐卖妇女的。投机取巧、投机倒把的大有人在，据调查的八十六户中就涉及二百多人。”

另一位从事民族宗教工作的统战干部说：“这个村民族混杂，有十户回族、六户蒙古族、三户朝鲜族、一百九十户满族。宗教情况也十分复杂，完全超乎想象了。有真正的基督教徒四十户，只是村里还未设教堂，但有长年的聚会点。一贯道势力比较大，有道徒近千人。有二百多户早年参加过道德会，在家理教的也有近三百人。上岁数的都信‘胡仙’。乡民中，佛道教思想根深蒂固。回族乡民按常规奉教。蒙古族全都信佛。朝鲜族并无独立的宗教信仰。这村的大汉奸芦启良，伪满时期创办过红卐字会，但村子里没有人去参加。”

钟敲十二点，县长宣布休息一会儿，每人吃一碗陈老板特意为大家准备的“热汤手擀面”。但不叫夜宵，那是资产阶级的名词，咱们叫“加班饭”。屋子里热气腾腾，陈厨子精心烹调的热汤面，给大家解了馋。十多天了，工作队员都在老乡家吃饭，老乡们这个季节也真拿不出什么好东西改善伙食。

吃完面条，大家抽烟闲聊的当口，一个梳着大背头、戴副大黑边眼镜的人站起来，大家都认得，这位是辽宁大学的教授、民俗学家乌邦达。

“趁休息，我插段民俗方面的情况。来了十多天，这个村子可是让我大开眼界了，简直就是个旧中国的缩影，涉及众多的民俗民风。这村子有三家小铺，也叫杂货铺，还有饭馆子，咱这屋就是，规模可以呀。还有剃头棚子，城里叫理发店。鼓乐房子里的鼓乐班子和唱地方戏的成年合伙到四乡流动，一年四季为乡亲解闷、取乐，用书上的话讲，叫提供精神食粮。有一处‘棚铺’俗称‘杠子房’，业务是包搭彩棚、丧棚，出租桌椅、板凳、盆碗家什，供应彩轿、棺罩、执事等一应婚丧器皿。谁家要娶亲、殡丧是随叫随到。全村遇喜庆之日，高搭彩棚、牌楼、置办盛筵，也都是他们的活计。这是个家族买卖，空闲时还去种地。有一处‘画匠铺’也办得有声有色。这个买卖专营纸扎活儿，灵头幡、望乡台、童男童女、耷拉鬼、金银库，还有替老太太喝脏水的黄牛、给老头子在阴间乘骑的白马。据说，马有龙性，在阴间能踏遍山川。还有大青骡子，黄胎泥、红胎泥、蓝胎泥的花轱辘小车子，按品级供应，骑什么、坐什么都有说道。他们还能扎制成套的宅院，房中陈设俱全，座钟挂表、麻将桌一样不缺。卧榻上还有烟灯、烟斗、大烟枪。”

大家听得津津有味，不时哄堂大笑。

"那他们给活人干什么呢？有啊，新房子落成，他们给吊棚、糊棚、彩绘墙围子。还会用桐油刷制雨帽、雨衣、水靴、雨伞。

"有一处'铁匠炉'，焊洋铁壶，做薄铁活儿。有'木匠铺'承建房屋，打制家具。有油坊、粉坊、豆腐坊。还有一处糖坊，用大黄米制作灶糖、块糖、芝麻糖、脆管糖等，还专供吹糖人养家糊口的糖稀。这些个品种，在大城市都已不多了。有个'小炉匠'，会修留声机、收音机、照相机，各式洋锁、钟表、眼镜，还会鉴别古董玩器，打造首饰呢。"

这个汇报会开到下半夜三点，会后工作队领导们又开了个小会，直到天亮。应该说他们遇到的社会情况太复杂了。

工作队进点，最重要的一项工作任务是访贫问苦，充分调动广大贫下中农的积极性，因为他们是土地改革运动的主力军，当然也是最大的受益者。

这日，乌教授和几个年轻的工作队员来到全村的赤贫户马春和家拜访。老马迈出屋门，把大家让进他那间租来的歪歪斜斜的草房。只见这家人还都破衣破袄，衣衫褴褛，屋里一铺炕上没有席子。掀开米缸盖，缸底还有点苞米面。灶台上有棵大白菜和半个红萝卜。此地解放已两年了，不知此人为何还过着这样贫苦的日子。

雇农马春和，乡亲们都叫他马老实，又称河南马。皆因祖籍开封，荒旱之年，举家逃荒闯了关东，流落在虎石台，时隔上百年了。三代皆受穷，是这里的老户了。马老实幼小孤贫，父母双亡，八岁时就独立生活了。十岁以后给财主放猪、放羊，十五岁当半拉子，二十岁开干长短工，给地主扛活。四十岁成亲，生有三男一女，时至今日，仍然是上无片瓦之存，下无立锥之地。租赁明德堂一间草房，已近二十年。一九四八年吴广泰提出五斗红粮就卖给他，但老马买不起。其妻刘氏，二十四岁下嫁给他，此女相貌丑陋，前鸡胸，后罗锅。但懂得为人处世，通情达理。娘家爹外号山东刘，也是世代赤贫。此人乃西岭窑地的工人，嫁女后回了山东。这刘氏颇像当年的姜大妞。马老实婚后连生贵子，大小子十八，二小子十六，三小子十一，老丫十二。此前父子四人给地主佣工。苦熬苦拽，但最终还是家徒四壁，衣不蔽体。

"家里四个劳力怎么还一贫如洗呢？"乌教授问他。

"庄稼人最怕的是生病，一有病人想翻身也难啊。"老马说："我家夫妻子女连番闹病，都弄得死去活来。不是生疹瘤，就是得哮喘、伤寒。大小子干活伤了手，得了破伤风，差点要了命；二小子脚气厉害，犯病时不能下地；三小子出痘疹，也差点要了命。老丫头上山不知吃了什么山菜、野果，折腾一阵之后，人没死，但不会说话了。老伴儿看上去挺硬实的，但患痰疾，除了春天，三季都得用药顶着，要不不能下炕。由此欠下东家的债，拿啥还？再说，即便是人家要你最低的利息，二分五厘。三年本利停，借一百要还二百的。”

乌教授又问：“八路军出关已经五年，解放也两年多了，村中贫雇农都多少改变了境况，你咋还是这么穷呢？”

“我人笨，但认准一个理，捡来的钱不好花。八路军、村政府多次发放救济粮，可我家这六口人饭量很大，一二盆稀粥吃个半饱，顶得住十个人的饭量。说到光复后，大家伙儿到北山西岭去抢东西，对公义堂先放火，然后趁火行抢，对仁慈堂落井下石，这种事老马死也不会去干。财主家辞退长工，弄得我们父子四人困守家门，这不就硬受穷了吗？”马老实不掖不藏，如实回答。

“都说你家几代都穷，能穷到什么程度呢？”乌教授非常有兴致地问。“我妈一年划三根‘取灯儿’，大年初一、初二、初三，其余的日子看邻居烟筒冒烟，拿一截麻秸前去借火。我姐姐病重要死，想吃几粒咸盐，我妈没给，姐死后全家大哭。”

“你有什么理想没有？”

“有啊，指望毛主席分给我家一间房子几亩地。”

“就这么小的要求吗？”

“人要知足常乐，多了把不过码来。”

“相信共产党能带领我们穷人翻身不？”

“老天爷在上，我看堡子里这几位共产党员都是活菩萨一样。”从老马家走出来，乌教授心里一阵发酸。

乌教授又访问了多家贫雇农，但情况大不相同了。有好吃懒做的，房前屋后都不种菜，屋子院子也不打扫。有迷恋赌博的，有想方设法抽大烟的，有夫妻不和、老娘儿们不会持家的，有老人无道的，压榨儿女，不给儿女好脸色。大多数穷苦人都因子女众多，入不抵出。但这些穷人态度明朗，并且坚决，“分了房子，分了地，一定要安分守己好好干，报答毛主席、共产党。”

共产党推翻了万恶的旧社会，建立新的社会，那就必须破旧立新，提倡新的社会风尚。有首歌唱得好，旧社会好比是黑咕隆咚的苦井万丈深，井底下压着咱老百姓，妇女在最底层。解放妇女，给妇女以正当权利，也是土地改革运动一项重要任务。

妇女主任陈帼英，领着工作队女队员挨门挨户访问乡亲。除地主富农之外，几乎家家走到，宣传政策，讲论成分。“成分”这个词在这里不陌生，因为光复后，八路军就在这里为贫雇农打了一场翻身仗。那时闹得血花四溅、烈焰冲天，贫雇农跟着共产党闹革命，要消灭那些吸血鬼、寄生虫。但中央已有明令，这次土地改革不能搞流血斗争，要依法办事，并且严禁私刑。有人说，芦茂财那小子要熬到今天，就不至于站木笼啦。

调查中，也充分了解了妇女要翻身的迫切性。全村绝大多数是父母包办的买卖婚姻。解放后妇女们都敢说敢做了，直接向妇女会提出要求另嫁人的就有八十多人。寻求自由恋爱结婚，但父母严加阻挠的也有百十人。年轻的寡妇中有意择偶嫁人的有十四人，立志守节的八人。青年妇女常年受公婆丈夫打骂、虐待是非常普遍的现象，有话叫“三天不打，上房揭瓦”，妇女痛苦不堪。当然也有几户老婆婆受儿媳、孙媳虐待的，但比例非常少。娘家妈挑唆婚后女儿搅家不贤的也有那么二十几个人。其中最伤脑筋的是夫妻离散多年，女方要求离婚，另嫁他人竟有三十多人。其中有不少是军属，法律上叫军婚。村里的老人都说：“这妇女会管到炕头上来了。”青年妇女却说：“这才叫新社会，改天换地呢。”

贫协会长李大虎带着民兵，随县乡长查封地富资产，这是工作队开展土改的第一项任务。

公义堂片瓦无存，只剩一个很大面积的瓦砾堆，空空如也。仁慈堂剩下了门楼、院墙和四间未倒的房屋。那是四间钢筋混凝土建造的特殊的库房，拆不出完整的砖木。门楼、围墙太明显，去拆就会被人看见，而且乡政府已明令封存不许破坏。

一群人来到宝庆堂，院子里洒扫干净，台阶上金荣海手托账本率领三弟和全家大小，躬身站立，恭迎工作队执行公务。金荣海报告县长：“一九四八年冬至那一天，农会挂牌办公，我们就把财产清单呈上去了，会长让我们负责保管听候处理。”

县长进了客厅，坐在太师椅上，打开了这份清单，上面写着：公元一九四八年十二月二十五日，地主金荣海、金荣焕，查点剥削得来的财产清单。

计开：正房五间，国松为梁，红松为檩，柞木为椽，顶梁柱六根为硬质楠木。白石为基，青砖垒墙，屋顶苫草一尺二寸。此房寿命已过九十余年，保存完好。

东西厢房各六间，砖石结构，平顶抹灰，因建材粗糙多年失修，虽坍塌破漏，尚可恢复。地主分子精心保管，不敢破坏。

房场，围栏共四亩二分零三厘，车棚、马圈、鸡架、狗窝俱全。

一应农具：犁、铧、锹、镐、耙、笤帚、锄头、镰刀、石槽、木槽、石磙、木磙、铡刀、削刀、鱼刀、掐刀、腰子簸箕、大小簸箕、升子、斗、秤、点种葫芦、大小柳罐、各式料斗子未计其数，计开封存在东厢房。

碾、磨、扇车、辕马家什、软鞧、绳套、饸饹床子、大小蒸笼、豆腐家什、漏粉用具封存在西厢房。

经手出卖土地七十二垧，得款东北九省流通券八百万元，折合金圆券四万五千。房屋两处得款另计。

还剩有干货，计开下款。合宅总计：尚有丝绸、锦缎六十二丈四尺一寸，各色棉布十八疋（每匹百尺），皮毛衣裳新旧十五件，老少新旧衣服一百二十三件（身穿的在内，背心，裤衩未计）。

金元宝三个（每个一两），金镯子两副（重四两六钱），金戒指十二枚（总重一两八钱），银器包括蜡台、酒壶、镯子、簪子、耳环、兜肚链子、表链子、小孩戴的串铃铛、百家锁，总计五斤八两四钱。又注：银元六百二十块，内中哑板钱十一块，此物吹打无声，质量欠佳，伪造者居多。

祖传的“碧玺”一块，佛顶珠一颗。手表、怀表、座钟、挂钟若干。

室内陈设计开：炕柜四领（均带亮格）、炕琴三架、皮箱四只、木箱五对、老式木柜二领、新式立柜一领、炕桌大小五张、地桌（方圆）四张、条桌四张、靠椅十二把、坐凳、春凳、条凳共二十一件，碗柜大小三架，铁锅大小十口（包括备用的），大缸、小缸、地缸子共九口。台灯、吊灯、挂灯、门灯、串灯、风灯、马灯、宫灯、纱灯、手提灯、走马灯、八角琉璃灯、六角玻璃灯共四十三盏。

木雕佛像壹尊，泥塑观音壹尊，锡制供器两套，铜锣一面（注：家中铜器均在伪满时奉献了，此物幸存，日本人不要响铜）。

掸瓶两对，帽筒一对，大小镜子八面，梳头匣子四架。炕毡六条，褥毡十块，棉被新旧十八床，棉褥十二床，棉毯九条，毛毯两条。门帘、幔帐、桌围子、拜垫共十二件。鞋帽、炕席、蓑衣、雨伞、盆、碗、刀、勺，陈旧破烂，没有详记。洗脸盆子、刷牙缸子、羊肚手巾，针线笸箩未记。另计：幔竿、悠车、摇篮、童车共十件。

洋枕头四对，刺绣枕头顶七副，玉石烟袋嘴一个，细瓷茶具一套。貂皮棉帽一顶，琥珀素珠一挂。（注：貂皮帽子是旧的。素珠一百零八颗，还少一颗，用玻璃珠充数）收音机、留声机各一台，唱片若干。

又注：五谷杂粮、鸡鸭鹅犬、油盐酱醋、柴火、煤炭亦开入清单。

县长认认真真看完了底账，才发现金宅一门九口，还在一字形排开，躬身站立，于是叫他们都退下，只留下了金荣海。

县长问道："你家开列的这份财产清单，受何人主使？"

"自觉，自愿。"

"为什么这么主动呢？"

"在下当过伪满和国民党的村官。伪满时我带队出官车到过冀东道，走遍华北平原，佩服共产党，拥护八路军。还乡后因宣传抗日救国，被逮进日本宪兵队。我看清了共产党必胜，国民党是瞎胡闹。"金荣海认真回答县长的问话。

"你有爱国思想，又倾向共产党，那为什么没参加革命呢？"

"在日本宪兵队，我挺刑不过，供出了在关内参加八路军的乡亲的名单，让他们的家属受到了株连。我的好朋友张茂森为这事在狱中自尽了。"说到这，他竟大哭起来，半晌停住，接着说："我二弟金荣山，伪满末期，为泄私怨、图重赏，告我反满抗日、串通八路军，使我深陷牢笼，受尽酷刑。光复后，我告他欺兄霸嫂、奸淫妇女，祸害八路军，也让他锒铛入狱。荣山在押时，为立功赎罪，检举了亲生父。父亲和兄弟皆被处死。金荣海自惭形秽，无脸立身于世。但那时候三弟还未成亲，老母在堂。所以把财产分了三份，让孀妇拿走了一份。以后殡殓老母，三弟成婚，诸项都从俭了。至于变卖田产、房屋的用心，实在不敢隐瞒。人们传说八路军在江北斗争地富，财产全部充公。还说国共合作，原封不动和美苏大战要毁灭地球等等。变产只求图个进退有路。后来给国民党当了两年差，也是求个将功补过。前年，支援解放军打辽西战役，我奉献了小米二十石、红粮三十二石、谷草四千余捆。当初，我在华北战场见许多地主、富农也有这般举动。"

"你家浮财甚多，为什么不选择逃跑呢？"县长有些奇怪。

"家乡故土，非荒旱难活，怎么舍得背离，怕的是在数者难逃。现在是共产党的天下，往哪逃？"金荣海实话实说。

"那么多的金银财宝为何尽数交出呢？"

"那都是贫下中农的血汗，瞒哄共产党就是欺骗老天爷。有钱人只配下地狱。"

县长又问他："下一步怎么打算？"

"交出所有的一切，接受改造，当三年叫花子，然后下地干活、养家糊口。"

县长笑了，心里想，这个地主却还聪明，看得清大势。他又单叫金荣焕过来问了话。金荣焕恭敬地表了态。他和邓富才一同考入镇上的实验农场，关秉龈已经是技术员了。场里说，他们三个是地富家庭出身，本人不算"分子"。他打算"开分"之后，净身出户，跟着哥哥一起接受改造。

一行人转而去看白延龄，凶宅果然变成了药铺，白牌子上写着黑字"延龄诊所"。正房应诊抓药，很小的厢房住人。白先生信仰基督教，不怕住凶宅。白爱莲随父行医，十年都多了，已经是个成手的医生。白二先生的旧宅封存，等候上交。也有一份一九四八年底呈给农会的财产清单。县长早就知道，此人在东野南下时捐给一纵大批粮草，立了大功，受到过东野后勤部的表彰。但因他是官僚地主，是土改的对象，所以也严厉地训斥了一番。白延龄父女诺诺连声。如在抗战期间，按共产党的政策此人应该是"开明士绅"的，但此次大规模土改，没有开这个口子。

来到争议较大的关庆余家，这是真正的人大家。老关头七子八婿，孙男弟女，人丁如蚁，举家务农。十几年克勤克俭，劳苦拼命。借着光复后时局大乱，财主抛售土地房屋，他多年的积蓄派上了用场。现在谈土地数量，他已够地主。但未雇佣长短工，不存在剥削。应该介于富裕中农和富农之间。县长在他家转了转，看了看他家一大群人的穿着打扮，确实一点儿也不像富人。

路过长人于二的宅子，县长执意要去看一看这个大神。于二全家惊恐地来到院外相迎。一见面，县长认识于二，于二也认识县长。这位县长名叫钟杰，原来是八路军的团政委，光复后做过清水镇公安局长。当年于二大神游街，就曾遭到这位钟局长严厉训斥。这位乡长他也认识，叫苗成栋，是八路军青鱼沟游击队的队长，光复那阵子也公开过身份。长人于二自打工作队进村，就麻溜地撤了赌局和香堂，安心在家，听候处理。但自己不够地主，定富农却也心安理得。

县长骂他一顿，并要求他把在村中设赌三年所有收益均算赃款，要经过自报公议，把非法收入上交农会。日后绝不许放赌抽头、装神弄鬼，遇有再犯，严惩不贷。于二跪地连磕响头，县长照他屁股踹了两脚，说："越老越滑，子孙后代也跟你学坏了。"苗成栋乡长知道此人顽固难驯，便又严厉告诉他："马上去镇公安局自首，讲清问题，交代罪行。"于二连说"是，是"。

出离这趟街，来到村东北角，这里居住两户富农——李坤和孙大陆。一个是邓五邓全义的妻侄，一个是金三金广梁的外甥。李坤交过清单。孙大陆不交，自称是富裕中农，几句话谈不拢。

午饭后，这拨人先来到永吉堂老土家。屋舍并未做装修，当年被抢劫的痕迹犹在。走进院门，院落倒还整洁。主人王四奶奶回了娘家，管事的交出底账。其中房地产一项，经查实无误。浮物最少且残缺不全，金银财宝之类根本没有。这个堂口，一九四八年腊月户主王雅轩被打死后，俱已查封。但其间失盗多次，门窗破碎，屋内的箱子、柜子都空空如也。那一次村民暴动，永吉堂的损失仅次于仁慈堂。国民党来后，王婆子装穷、装疯，宅院不加修整，延续至今。

县长瞅瞅乡长，乡长又瞅瞅会长，李大虎笑呵呵地说："耗子偷粮食是讨不回来的，人拿东西，暗里拿，明里还，那得秋后算账。"

大家出离永吉堂，管事的送到门外。李大虎说："这个老管事的，名叫于宝珠，王雅轩的爷爷救过他爷爷的命，是三辈子的生死之交。永吉堂是失盗过，也被抢过，但不会失去那么多东西，这老家伙肯定动了手脚。咱农会不兴霸道，要不一顿皮鞭子，这小子就得把浮财吐出来。"县长接过他的话说："这次土改要讲政策，不得胡来。"

越过庙前的商业街，见这里变化很大，已经焕然一新了。小学校的操场上飘扬着五星红旗，三排砖瓦房刚刚刷过青灰，新盖的一样，教室里传出琅琅读书声。陈家馆子刀勺齐响，此时虽然饭口已过，但还是顾客盈门。张小铺，七间门面，并无牌匾，但人出人进，买卖兴隆。理发店新添了三张洋式座椅，看着气派。鼓乐房子和画匠铺并列，住家门旁有牌子，写的是方棚铺。铁匠炉叮叮当当正在打铁，木匠铺的几个伙计也在里外忙活。

"还有一些作坊买卖都不在庙前。"李大虎说。

来到刘大刘元甲的正心堂，女仆出来开大门。大虎说："这个宅子有个疯婆子需人照料。"又指着女仆说："这个人苦大仇深，我让她留在这里，预防主人生变。特别是那个疯婆子，一旦发病，不能让她捣毁物品，焚烧房屋，或是自寻短见。"二位领导点头赞同。赶上休息，关秉暇也在家，他与邓富才、金荣焕都在农场住宿，平时不回家。刘月娇此时正和丈夫在后院种园子，慌忙过来回话。这大地主的千金，粗布蓝衫，头戴青巾，已是农妇打扮了。

待客厅里已装满了东西，像仓库，桌椅板凳上都编了号码。原来家中陈设、摆挂的古董文物、字画条幅、烟具、茶具等等都已装箱入柜。柜门、箱盖上都标着明细，并都加锁，上了封条。

大家来到书房落座，这里还是老样子，也许没来得及归拢收拾。也许认为书籍、笔砚不算浮财。但书架子、书柜、写字台、圈椅、画案上也都标上了号码。这个大书房地处东厢，三间通连，像是个图书馆。窗明几净，飘着缕缕书香，让来人大开眼界。

刘月娇呈上财产清单，令领导们十分惊愕，其数量和价值，均高于宝庆堂数倍，金条、金元宝、银元、珠宝、首饰、绸缎布匹数量惊人。仅一尊高一尺二寸的赤金佛，净重就达三百斤。此佛原为喇嘛教“圣东皇寺”所有，雍正五年钦制，铁龛供奉。光复后被盗，时任一贯道坛主的刘元甲，发动教徒捐款，花重金买回来。

李大虎介绍说：“本村地富财产清单，一式两份。农会一份，本人一份，双方密存。现土改工作队进村，我们认为可靠了，才给你们来见真佛。”有人提出要见识一下，大虎摆手说：“现在刘大香堂的金佛，已全身涂墨，像青铜一般。因严格保密，道徒和点传师都不知真相的。至于金银财宝，已埋于地下，防止偷盗抢劫，待开分时，再商议。”县长点头。

县长转向站在一旁的关秉碬，问道：“听说你现在实验农场工作，可不可心？”

“一万个可心啊，终究实现了梦想，高兴着呢。”

“为啥？”县长又问。

“伪满兴农部在所辖九省设了十五座实验农场，当时也叫国营。公主岭的规模最大，蜚声东亚，我们清水镇的农场仅次于它，排在第二位。科学家在这里，研究土壤改良，测量气温变化，培育优良品种，改善、改造农机具，试用新型化肥、农药，并且引进国外高产良种，培育各类苗木。对东三省的农业发展起到了关键作用。一九三一年前后，东三省的大豆总产量就独占全世界的三分之二。公主岭的农场是首先把优质大豆引进日本国的。橘树、茶树、咖啡橡胶等也都经过改良尝试栽培。伪满末期，北宁南满铁路经常受到抗日武装的袭击，故规定了铁路两旁不准种高粱。但秫米又是民间主食，为此清水镇农场研制出了新品种——矮棵高粱。棵矮、杆粗、穗大，比传统高粱高产，获得了‘农业部’大奖。”说到专业领域的事，关秉碬来了兴致，滔滔不绝。

县长问：“下一步，你岳母、妻子被分被斗，你还能和他们过吗？”

“当然过，人家待咱好，咱不能负心。再说我家地也不少，保不好也得被分。”秉碬诚实地说。

李大虎带县长、乡长考察敌情，党支部二位书记并未相陪。王吉庆、柳天祥正带领全村农户忙于春耕呢。地方政府扩建，各地农会忙于开分、开斗，致撂荒土地无数。可虎石台独树一帜，起了个名堂叫“借种”，立的章程是，谁种谁收，秋后缴纳公粮。土地都搁荒了，农户吃啥呀？至于下步如何，等待政府法令下达后，依法执行即是了。

工作队开会秉烛达旦，既然是试点村，就要雷厉风行，迅速把土改工作轰轰烈烈地开展起来，这叫以点带面，点面结合，抓两头带中间。关于贫下中农切身利益的翻身大事，刻不容缓。

三天后，县里开来两辆卡车。省委指示，地富分子家中查抄的金银财宝、古董玩器、碑帖书画、赤金大佛，立即清点造册，拉回县政府，一律上缴国库，其他浮物开分。并且通知，土地、房屋按人口平分，五月一日前要颁发土地执照。工作队遵令执行，针对细节，研究了三天三夜。

虎石台设立了公安派出所。王长江出任民兵队长，民兵又添发了枪支弹药，儿童团手握红缨枪又出现在村子里。伪满时的村公所、种马场、兴农合作社、青年训练塾所拥有的四十多间房屋，都被占满了，村中气氛立即紧张起来。

首先，地富全家人净身出户，身上衣服，肚里干粮，简单被褥和换洗的衣裳而已，一律集中到村里的五间官房，但不是牢房。

农会会员和武装民兵开始动手抄家。骡马牛驴、家畜家禽、柴草粮石、一应农具、家伙什物、衣服被褥。皮革制品、五金器械。箱中物品、柜里东西、桌上摆设、炕上备品，寿材、寿衣，儿童玩具，神龛、佛像、香炉、蜡台，无所不包。按地富上报农民会的财产清单，一件一件地查抄。有队员问李大虎：“祖宗龛抄不抄？”“抄！那也是咱贫雇农的血汗。”李大虎断然答道。祖宗龛这个物件不多，一家只有一个。硬木制成，龙盘玉柱，楼状三层，门户可开。父母居下，祖父母居中，曾祖父母居三楼，这叫三代宗亲，同享祭祀。当然，这个物件，查抄可以，但分给谁家也不会要，只能劈柴引火了。

农会抄家，制定有严明的纪律，不允许中饱私囊，就是查抄中遇到好东西，往自己兜里揣。车来人往，把抄没物资送到农会。李会长当众宣布，有人胆敢摸拿查抄物资，随时发现，当场处理，未发现的一律秋收算账！

秋收算账这个词在农村很流行，李大虎一生备受其苦。春耕、夏锄、医病、发丧均需财主帮忙，但都是重利盘剥。贫雇农到秋收算账时，旧债未清、又欠新账。李大虎经常说这个话，是对这四个字刻骨铭心。

会长不亲自去查抄，他是心里有底的。查抄人员中除了农会会员、武装民兵，还有妇女会员、儿童团员，其中不乏共产党员和青年团员，闹革命的贫下中农没有私心。

老百姓讲话，出处没有聚处多。从各家抄来的物资，堆在农会屋子里，集中在院子里，可就海了去了。五谷杂粮近万石，大牲口二百多匹，鸡鸭猪三千余只。最麻烦的是看家狗，主人离宅，他们还是恪尽职守。抄家群众有被咬伤的，便开始打狗。未料，这群狗都跑到五间房去，放声吠叫，状如啼哭。工作队长下令，狗不开分了，谁打归谁，拽回家吃肉。当时农村有“狗史”，讲到仁慈堂的恶狗咬死过骑驴路过的，公义堂的狗不咬洋鬼子。旧民国直至伪满，贫户不许养狗。因大多管养不管喂，饿狗只得出去吃邻居或去祸害庄稼。但狗与主人生死与共，患难不移却是此种动物的本性。

财产抄来以后，出现了意想不到的问题，让工作队感到巨大的压力。春雨连绵，堆放的粮食开始霉烂。大牲口集中以后，不时地闹圈。猪、牛、羊、鸡、鸭、鹅集中到一起，每天都要死很多。财物成堆存放，只见少，不见多。最要命的是农忙时节，群众等待开分，都不下地干活了。

旧民国，村公会召集村民大会，都按前清惯例撞击关帝庙的大钟。伪满十四年里未改，集训青年、勤劳奉仕、防空演习、宣布“出荷”、劳工抽签、检验国兵，全凭此物。遇有民宅失火、盗匪袭村、豺狼下山、野火燎原也是用它撞击报警、聚人。可如今却无能为力了。大庙被焚，钟楼坍倒，那口重达千斤的大铁钟深陷土里，再也敲不响了。无奈，李大虎操起从宝庆堂缴来的那面铜锣，哐哐地敲将起来。村民齐聚，有些老人都是跑来的。

工作队隆重宣布：今日开分。

村子里沸腾了，贫下中农高呼“毛主席万岁”！小学校、农民会、妇女会、儿童团都出了秧歌队，一时间村子里喇叭锣鼓震天响。关帝庙幸存的那对旗杆，高达五丈，合抱不交。有人爬上去挂了几挂长鞭，十响一咕咚，爆裂之声不绝于耳。

东北大秧歌，自打沈阳解放，一改传统风俗。男子头巾，多是白羊肚手巾。女扎彩带，一律短衫、长裤、便鞋。面涂脂粉、头戴鲜花，随锣鼓喇叭的节奏，翩翩起舞。扭秧歌的目视前方，男女不许互逗。有说吉林解放时，万民欢腾。群众闹秧歌，一对男女相互逗弄，动作轻佻，被省主席看见了，叫他俩来到队前，当众互抽了一顿大嘴巴子。事隔三年群众焉敢再犯？

万民欢庆中，浮物开分。工作队全员上阵忙活了三天，多是挑灯夜战，这才把地富的财产分光，贫下中农皆大欢喜。分得很公平，农会存有详细的底账。一来对乡民情况熟悉，再者工作队公正无私，明察秋毫。按贫富程度分东西，最穷的人家得物最多，殷实一些的就分不多了。雇农得的要比贫农多，下中农点到为止，水过地皮湿了。

这个山村，虽然经历上百年没有乞丐，但终年啼饥号寒者数千人。昔日，恶霸地主当权，负责村中一应公务，捉贼、捕盗、戒淫、禁赌、整治纲纪、宣传道德、提倡宗教、改良风气、拥护民国，反对赤化等等。东北农村不像南方那样是家族统治，但却是乡绅体制，村中的一切事务都由有钱人看管。此村不许穷人讨饭，败坏村子的名誉，有说是当年仁慈堂兴的规矩，后来公义堂帮腔，构成了百姓必须遵守的“乡规民约”。

分到大牲口的，驮东西往回走，分得小家畜、禽的赶着背着走。分到零散物品的揣走掖走，分到鞋帽首饰的当场就穿上戴上。开分白得，这叫物归原主。永世难忘的是毛主席、共产党分给我们这些胜利果实。

虎石台在东三省，是新解放区，但又算是老解放区，因其五年前已解放一回了。往前数群众和党血肉相连何止五年，谁说亏心话，天打雷轰。共产党、八路军，走到哪里，就好比春风吹向大地，冰融雪化，草木发芽。不知温暖、不知感恩，还算人吗？此时，斗争地富，分物分房分田，已距松北流血斗争接近五年。广大农民心中祷告：苍天在上，可保护我们穷苦人安居乐业吧，有房有地别无所求了。

前些日子松北来了一伙山东人，他们是到西岭窑地探访亲友的，原打算会同这些乡亲一同回老家分房分地。未料，来到西岭，窑地早已被毁，只剩光秃秃一片空地。无处投奔了，一行人才进了村子。据他们说，伪满末年曾来过西岭，但没停留，便动身到黑龙江垦荒了。日本投降时，打砸“开拓团”，弄到一泡财物，参加流血斗争，又得到第二泡财物。打砸抢一时出了气，并得到外财，人人高兴。共产党的章法很简单，有子要参军，种地交公粮。如今天下太平，他们想到要回归山东老家，安度晚年了。回老家不但家族团聚，旧友重逢，而且穷人都能够有居住的房舍、耕作的牲畜和自己的土地。况能常年祭扫祖先坟墓，寿终之时还能陪父母长眠。这些山东人个个兴高采烈，喜悦之情溢于言表。

山东人走了，村子里一些闯关东来的乡亲们思前想后，拿不定主意，苦恼了好一阵子 。

这次开分，无比公道。三个月限期已到，储存的浮物已经不多了，但都是好东西，有些价值的。工作队检查台账时发现，尚有一百二十多户贫雇农并未来领取浮财，几次下了通知，仍不见有人来。县长最终下了命令，这些人受苦最深，是有些思想顾虑的，怕地主反把倒算。把该分给他们的财物，按名册送到他们家里去。这一下，把个贫协会李大虎气急了，大声嚷道："这些个胆小怕事的，不知好歹，不来的，啥也不给，让他们挨饿受穷。共产党不能流血牺牲养了一帮白眼狼吧？"

李大虎正然发怒，门开处挤进来个老汉。此人年逾花甲，须发全白，面如重枣，双目有神，很是壮实。张口便说："大虎啊，我和你爹有交情，我们老哥儿俩是一个脾气。我问你，在大街上捡没捡过帽子戴？捡没捡过破鞋穿？毛主席已发给咱们庄稼人房子、地，有了这两样东西，要啥没有啊？咱们土里求财，自挣自花。财主家的浮财，我看就是破东乱西，我老马不要。"李大虎没敢吱声，他知道这个河南马，倔强无比，人穷志不短，远近知名。不要浮财也绝不是胆小怕事，怕地主报复，而是坐地没瞧得起地主们的这些浮财，这是骨气。

看着马春和推门而去，那位曾见过并采访过此人的乌教授眼角溢出了泪水。这就是中国的农民啊！乌教授作为工作队员，是有权发给这个全村最穷的赤贫户几匹大牲口和一批财物的。但在开分之前，马春和就和他说了。我只要房子、地，带领孩子白手起家，过好日子，这才对得起共产党、毛主席。

另有一位老贫农，工作队耐心劝说，动员他也去分点东西。这老汉把一领柜门推开，从杂品堆里挑选了一个木制的装大礼帽的空帽盒，笑呵呵地说："这玩意儿我有用，拿家去喂养鸡崽儿。"

新历五月底，地富家的浮财分净。工作队开会总结，刘元甲家的万本藏书引起了争议。乌教授很激动地说："早在省里派人来取走珍宝古董和字画的时候，鄙人便主张把正心堂的藏书运走，因为内中有很多古籍善本，都是非常有价值的。遗憾的是，来人级别太高了，我反复说这个事，可人家听不进去，最后走时只拿走了一部《康熙字典》。浮物归堆时，我又主张把这些书籍交给小学校保管，但又遭到农会的反对。他们说，小学校长和几位教师的成分都偏高。多数人的意思是，骨头玩意儿是地主家的珍宝，咱贫下中农不稀罕。

乌教授沉痛地说："藏书中还有好几本《永乐大典》，那是绝世珍品。据说正心堂、仁慈堂、公义堂里都有几部宋版书，那东西可比黄金珍贵多了。可也不知哪去了，大部分都烧光或包东西用了。"

大家面面相觑，都不知为几本破书这位教授何以如此激动。最后，还是钟县长拍了板，命将正心堂等堂口抄出的书籍，全部充公，放在村小学，设立一个图书馆，连书柜、书架子都搬过去。可李大虎说：“那些书柜、书架子都分下去了，现在就剩这一大堆破书了。”

分田、分地是件很复杂的事，工作队夜以继日地工作，一定要保证公平公正。最终，翻身农民个个心满意足，心悦诚服。

六月初，工作队向农民颁发了地契房照。

夜，深了，万籁俱寂。喧嚣多日的虎石台沉沉地进入了梦乡。可躺在土炕上的父老乡亲们，一个个却都睁着明亮的眼睛，望着窗外的夜空，无法成眠。许多人都把人民政府颁发的房照地照，紧紧地贴在胸口上，用那长满老茧的双手，一遍一遍地抚摸着，抚摸着。苍天呐，俺的亲爹娘啊，穷苦的庄稼人终于盼到了有房有地的这一天啦。谢了共产党，谢了毛主席。让孩子们参军入伍，跟着共产党打天下，值！出多少汗，流多少血，都值！这辈子就跟定共产党了。

夜幕慢慢地消散了，天边现出一抹鱼肚白。大公鸡打鸣了。

一九五三年春张治贤动笔

二〇一五年冬张釜完稿

后　记

这部作品沉淀了六十余年，凝聚了我们父子两代人的心血。其间，中国的历史大起大落、峰回路转、波诡云谲，无人能拿捏得准。所以在小说重新成书的过程中，修改增补是十分艰难的。好在烟消云散，小说描述的1925年至1958年这段历史基本上尘埃落定，不再是众说纷纭。作品此时收笔，可以坦诚地面对这段新旧中国交替的历史了。

优秀文学都具有故乡意义，这部作品就是一部真正的故乡文学，是当事当时人对家乡往事刻骨铭心的领悟和忆念。后来人，虽能根据历史编撰出离奇的情节和动人的故事，但却绝难写出当时的社会和生活细节，而真实可信的历史，是用细枝支撑起来的。考察一个社会的文明程度就要看那个社会的生活细节，以小见大，以精细看深广。由此，六十年的尘封使它成了一件文学孤品。这部书稿伴随父亲穷困潦倒的一生，直至离世也没有完成。用他的话讲，这叫“文章憎命，时数限人”。

1953年，父亲拿起了笔，那年他二十八岁。1955年完成了小说的第一部，竟不知深浅地直接寄给了位高权重、大名鼎鼎的文学评论家冯雪峰。意想不到的是，一年后雪峰先生寄来了亲笔信，不但认真阅过书稿，还将之直接送到作家出版社，亲自安排了出版事宜。先生对书稿的评价是:“经过较大修改，这是一部好作品。”

由此，父亲就在作家出版社第一编辑室的指导和帮助下，开始了作品的修改。期间又陆续写出了第二部和第三部，于1958年完成了120万字的《祖国的乡村》三部曲。这年作家出版社来信，认为整个作品尚有较大的修改余地，建议把第二部抽出来单独出版，父亲没有同意，出版的事就放下了。在当时为一名不见经传的青年作者出版大部头的三部曲绝非易事，何况1957年冯雪峰先生就被划为右派，打入了另册。

这以后，国家的政治走向急剧向左。1962年以后，出版社就只出村史、厂史之类的东西了，对此类小说失去了兴趣，把稿子全部退了回来。父亲不甘心，又把书稿送到吉林省作家协会创作委员会去审阅，设想能在省内出版，当时还有编辑曾来家里交换修改意见。1966年夏天，社会大乱。父亲不放心，到省作协去取稿子，但经手人说，这部书稿被查抄省文联的红卫兵堆在马路上烧掉了。父亲十几年的心血和希望瞬间灰飞烟灭。

这部作品，我是断断续续看过的，冯雪峰先生的来信和编辑们寄来的厚厚的修改意见我也都看过，深知这部书的分量。因此“文革”过后不断鼓励父亲凭记忆把书稿恢复起来。为难的是父亲因嗜酒双手颤抖，已不能正常写字了。这样我就得全程帮助他恢复这部作品。过程很慢，因为这是个拨乱反正的年代，必须对原有情节进行大幅度的增删，大部分都得重新创作。我们只是执拗地认为，这部作品必须整理出来，但在文坛一片浮躁之风的情势下，对于出版并未抱多大希望。所以直至1998年父亲辞世，始终还是一部残稿。

2012年夏，我从工作岗位上退下来，才能潜心扑在这部小说的补写、修订、完善上。经过三年努力，终于完成了这部百万字的书稿，完遂了老爹毕生的愿望，可以告慰他老人家的在天之灵了。

小说的时间跨度仅三十三年，但却经历了四次改朝换代，涵盖了民国、伪满洲国、美苏国共争夺期和新中国成立的全过程。可谓纷繁复杂、千曲百折、棱角突出、特色鲜明。表现这样一段大格局的历史，采用单一主人公的线性叙事结构，显然是十分困难的，当然也是作者的功力所不及。所以，书中是用设置群像式人物及用非线性叙事结构，来对这段特殊的社会生活，进行深入的生活化和世俗化的演绎。用一部长篇小说来演绎这段东北近当代史，重在其特殊的文化价值和历史价值。这是一部严格的写实主义的作品。在已被大致澄清的历史背景下，真实地塑造出一个个血肉丰满的东北农民形象，显示了不同凡响的艺术胆识和文化个性。超越了在文学作品中几乎定了型的对农民和地主的写作模式和欣赏习惯。

作品昭示了无产阶级革命能够在中国发生、发展直至取得最后胜利的历史必然性。而是社会两极分化的贫富之争，到了不能调解的境地，而物极必反的必然结果。

地主阶级是中国无产阶级革命的首要对象，但在当代文学史上却对其缺乏全面完整的形象表述。所谓的地主就是黄世仁、周扒皮、南霸天这样固定的模子里脱出来的坯，千人一面。这部书中，就塑造出十余种各具特色的地主典型，充实了现代文学的人物画廊。

小说具有浓厚的东北语言风格和地方特色，描写了大量的民风民俗和乡风乡习，并深刻展示了各种宗教信仰的传播、发展和封建迷信经久不衰的传承，在民间所产生的巨大教化力。

苏童先生说："乡土是一个作家最大的粮仓。他从那里出生，然后以文字反哺，做一次无论是精神或是文字的还乡，由此来完成一生的创作。作家写作的母体在二十岁以前就形成了，他一生就在回忆那段生活。"我非常赞同他的观点。应该说，这部长篇具有厚重的生活底蕴，源于我们家特殊的家族背景和父亲的一段独特的人生经历。

真实的虎石台，位于辽宁省沈阳市城北，是我的故乡。小说中的许多人物和故事都可以在那里寻到踪影。家乡的往事都深深地镌刻在父亲二十岁的记忆中。

我家祖籍山东济南府历城县，光绪年间，遇干旱，赤地千里。曾祖父张玺山是个烧瓦盆的，万般无奈之际，领着妻儿，挑着瓦盆，闯了关东，在奉天虎石台安家落了户。老人家后在将军衙门谋了差，当过一回典狱长。老爷子有四子一女。长子乡里悬壶是个不出名的汉医，次子庄农为本，我的亲爷爷行三，叫张惠孚，十九岁时牵自家马匹投军当了骑兵。最有出息的是行四的堂爷，原名张家肃，跟随张大帅，更名为张惠霖，后扶持少帅，又改名为张志良，与张家渊源可见一斑。就是他日后发迹，成为东北三省民族工业的奠基人，兴盛了我们这个张氏大家族。

20世纪初，我家在奉天柴火市开了一个小店，叫"来升客栈"。有一个行踪诡秘的人进城办事必到此处落脚，常来常往，形同家人。此人就是日后的东北王。后来，我家便在张作霖的庇荫和提携下，进入了东北的上层社会，成了赫赫的达官显贵。四爷张惠霖先后担任奉天督军府监印官、奉天储蓄总会会长、东三省官银号总稽查、奉天总商会会长、东三省商会联合会会长、全国商会联合会会长、奉海铁路公司总理、东北盐运使、东三省筹济总局督办等要职。我爷爷也在东北军营长的任上，进东北陆军讲武堂一期深造，后在副旅长的职位上退伍。

张惠霖一生坚定实业救国，创办的"惠临火柴公司"挤垮了日本、瑞典的火柴企业，走出了振兴民族工业的第一步。又接着创办"八王寺汽水啤酒公司”“肇新窑业公司”“阜兴洋瓦公司”“阜成建筑公司”“利达公司”“四先贸易公司”“四先建筑公司”“惠华银行”“保兴估衣庄”“四恒当铺”等众多企业，带动了辽沈地区民族工商业的崛起。他强烈抵制日俄对东北筑路权的控制，筹建东北第一条国有铁路，在担任奉海铁路公司总理期间，用自己的钱贴补修建铁路的费用，并自费购买了奉海铁路上的第一辆蒸汽机车。

小说开篇写到东北史上一件大事“郭松龄倒戈”。这是东北军中的进步力量对反动军阀的一次激烈抗争。如若倒戈成功，不会有后来的九一八事变。郭松龄是受到孙中山先生赏识的人物，他是个民主革命者，志在辅佐张学良上台，实行国民党的政治主张。张惠霖就是郭松龄和其妻韩淑秀的挚友，有一致的反日爱国、改革图新的思想。曾一同筹建贫儿学校，致力国民教育，并推动一系列慈善事业。这样的思想和经历，使他在九一八事变后，坚决不当汉奸，被日本关东军视为“要视察人”，软禁在大连黑石礁长达十四年。这在东北军政上层是十分罕见的，作家冰人，根据他的生平和史实，创作了长篇小说《东北大马路》。

抗日战争胜利后，父亲在老师和同学的引荐下，参加了国民党辽宁省党部和军统局北满站。在国民党上层和内部亲历了那段极其特殊的历史。

至于我本人就简单得多。生于长春城围困时，刚满月即随起义的父亲出卡哨来到解放区，堪称共和国的同龄人。高中生、红卫兵、老知青、装卸工。1978 年，三十岁的我考入东北师范大学中文系。毕业后，效力于中国民主同盟会。曾任民盟中央委员、民盟吉林省委副主任委员、长春市政协常委、吉林省政协常委、吉林省人大常委会委员等职。现任吉林省政府参事。

梁晓声先生，对这部作品的评价是厚重。我以为厚重的作品，必来源于厚重的生活。

张釜

2017 年初